dtv

Auch im Frühjahr 1946 tritt in Widin, einer beschaulichen Kleinstadt an der Donau, zur Zeit der Kirschblüte der Fluss über seine Ufer. Sonst jedoch ist nichts mehr, wie es war: Bulgarien ist Volksrepublik geworden. Wer mit den Deutschen paktiert und sich nicht rechtzeitig vor dem Einmarsch der Russen in Sicherheit gebracht hat, ist den Folterknechten des neuen Regimes schutzlos ausgeliefert. Ein Riss geht durch die Gesellschaft: Die Wohlhabenden verlieren ihre Privilegien, so mancher Faschist wird in Windeseile zum Kommunisten. Agitatoren ziehen über die Dörfer und verteilen Broschüren über das neue Leben. Einer von ihnen ist Krum Marijkin, der uneheliche Sohn des Porzellanfabrikanten Ilija Weltschev. Schwer zu sagen, was zäher ist: seine Muskeln oder sein Wille, die Menschen zum wahren Glauben, dem an den Sozialismus, zu bekehren. Ilija Weltschev hingegen muss hinnehmen, dass das traditionelle Paradiesvogel-Dekor auf seinem Porzellan von einem roten Stern abgelöst wird. Nicht jeder findet sich zurecht in der neuen Zeit – wer wird skrupellos genug sein, sich seinen Platz zu erkämpfen? In seinem großen Epos erzählt Vladimir Zarev von einem System, in dem die Ideologie alles beherrscht, und von der Unmöglichkeit, damit in Würde zu leben.

Vladimir Zarev, geboren 1947 in Sofia, studierte Bulgarische Philologie an der Sofioter St.-Kliment-Ohridski-Universität und zählt zu den bedeutendsten Schriftstellern Südosteuropas. Er ist Autor von insgesamt fünfzehn Romanen, Erzählbänden und Sachbüchern. Zudem gibt er die vierteljährlich erscheinende renommierte Literaturzeitschrift ›Zeitgenosse‹ heraus. ›Feuerköpfe‹ ist der zweite Teil der »Weltschev-Trilogie«.

Vladimir Zarev

Feuerköpfe

Roman

Aus dem Bulgarischen
von Thomas Frahm

Deutscher Taschenbuch Verlag

Von Vladimir Zarev
ist im Deutschen Taschenbuch Verlag erschienen:
Familienbrand (14262)

Ausführliche Informationen über
unsere Autoren und Bücher
finden Sie auf unserer Website
www.dtv.de

MIX
Papier aus verantwortungsvollen Quellen
FSC® C019821

2014 Deutscher Taschenbuch Verlag GmbH & Co. KG,
München
Lizenzausgabe mit Genehmigung des Paul Zsolnay Verlags Wien

Die Originalausgabe erschien erstmals 1983
unter dem Titel ›Izhodat‹ im Verlag Bŭlgarski pisatel, Sofia.
Umschlagkonzept: Balk & Brumshagen
Umschlaggestaltung: Wildes Blut, Atelier für Gestaltung,
Stephanie Weischer unter Verwendung eines Fotos
von plainpicture/BY
Druck und Bindung: Druckerei C.H.Beck, Nördlingen
Gedruckt auf säurefreiem, chlorfrei gebleichtem Papier
Printed in Germany · ISBN 978-3-423-14344-8

ERSTES BUCH

Erstes Kapitel

1

Der 1. Mai 1946 kam galant und festlich daher. Die Fahnen zitterten erwartungsvoll, die Natur blühte mit dem Schmuck der Straßenzüge um die Wette. Seltsame Zeichen kündeten von seltsamen Zeiten. Nebenan in der Stadt Kula kam ein Kind zur Welt mit sechs Zehen an einem Fuß und Schwimmhäutchen dazwischen. Vor einer Woche war ein Afrikaner in Widin aufgetaucht, keiner wusste, woher. Seine Zähne lachten so blendend weiß aus der Schwärze seines Gesichtes, dass einen das Mitleid packte vor so viel Einsamkeit. Der Flieder kam spät, und dann in einem seltsam matten Lila. Trüb und dräuend folgte das Frühjahrshochwasser der Donau, das die Leute, weil es Widin stets zur Zeit der Kirschblüte erreichte, »Kirschflut« nannten. Schäumend riss sie mit sich das von Leid kündende Geschützgrollen des eben vergangenen Krieges und die Stille des noch höchst zerbrechlichen Friedens. Die Sümpfe füllten sich mit Stauwassern, die in ihrem mystisch wirkenden Dunst das Abendrot einhüllten und auf ihrer schlierigen Oberfläche das wiedererstehende Leben spiegelten.

Nach dem Hungerwinter schnallten die Bauern ihre Gürtel um ein Loch enger, verpichten ihre Karren neu und machten sich auf zum Markt. Der Lenz wusch die Fenster der kleinen Lädchen und die Gesichter der Zigeuner, dass ihr Lächeln prüfend aufblitzte, und aus den Kaffeehäusern drang das Knallen der Würfel auf Tisch oder Spielbrett. Im Keller der Bezirksverwaltung walkte ein Mann mit dem Spitznamen »die Bestie«, auf dessen Brust eine Loreley tätowiert war und der gestern noch die Kommunisten in den Pranken hatte, hingebungsvoll seine Vorgesetzten von gestern und andere »faschistische Ausgeburten« durch.

Zum Beispiel Polizisten, Fabrikanten oder Großkaufleute, die mit den Deutschen Geschäfte gemacht hatten und nicht weitsichtig oder mutig genug gewesen waren, das letzte weiße Schiff zu nehmen, das noch ungehindert vor dem Einmarsch der Russen in Bulgarien am 5. September 1944 im Frühnebel nach Wien abgedampft war. Im tierisch riechenden Schweiße nicht nur seines Angesichtes und mit dem Eifer eines Inquisitors zog er ihnen die Haut ab, zertrümmerte ihnen die Knochen und entlockte ihnen so jedes Geständnis, das er brauchte.

Die Mücken tankten Wärme in der Sonne, bis sie sich, summend, wieder in fliegende Schalmeien verwandelt hatten, deren Schnarren Erinnerungen an das giftgelbe Gespenst der Malaria weckte. Den Widiner Fischern ging eine deutsche Mine ins Netz. Stumpf und gehörnt, glich sie dem Teufel. Sie hatte etwas Blindwütiges an sich, ging aber dennoch nicht in die Luft, wohl weil der Frieden ihren feinen Mechanismus lahmgelegt hatte. Die alten Frauen kamen wieder vor die Tür, schauten als Erstes, wie viele von ihnen den Winter überlebt hatten und beugten sich dann in der Weinlaube über ihr Strickzeug. Der Dankbare Kotscho deutete seinen letzten Traum und sagte, wenn auch mit Verspätung, die Entwicklung der Atombombe voraus, deren gleißendes Licht den Weg der Menschheit in die Zukunft apokalyptisch ausleuchten sollte. Lehrer Proikov ließ seine physikalischen Experimente sausen, in denen er schon so gut wie sicher die Relativitätstheorie widerlegt hatte, warf seine Pepitafliege fort und trat der Opposition bei. Er begann, Abonnenten für die Zeitung »Freies Volk« zu werben, verherrlichte den vorausschauenden Geist Churchills und der amerikanischen Demokratie, schwang Reden und ertränkte im Pathos starker Worte seine romantische Leidenschaft für die Monarchie. Agitatoren gingen über die Dörfer, zerlumpte Männer, gewappnet mit nichts als Geduld, billigen Broschüren und verheißungsvollen Worten über das *neue Leben*. Aus Knechten wurden Bürgermeister. Die alten Gemeindeoberhäupter versteckten ihre Weizenvorräte und machten die Euter ihrer Kühe wund, um eine Hungersnot auszulösen. Das Volk war entzweit und ohnmächtig. Es ging das Gerücht, dass die Frauen nun Gemeingut werden sollten oder – noch schlimmer – *den Männern gleichberechtigt*, sodass ihre fatale Überlegenheit nun noch klarer hervortreten würde. Die Zigeuner von Widin begrüßten den freudigen Knospenschlag des Frühlings am Tag der Arbeit auf ihre Weise, schmolzen all ihr verfügbares Zinn ein und gingen damit auf die Dorffeste in der Gegend, um die Kupferwaren der Leute, Armbänder, Kessel und Henkeltröge, neu gegen Grünspan zu beschichten.

Die ganze Stadt ging auf die Straße, um *der Freiheit* ein Vivat und Willkomm zuzurufen. Von der geschmückten Tribüne schwenkte die Parteiführung ihre Uniformmützen, in den Holstern der Partisanen schaukelten schwere Pistolen. Alles ertrank in Blumen und Lärm. Vom Balkon des Gebäudes der ehemaligen Bezirksverwaltung dröhnte ein mit neuem Matratzenstoff bezogener Lautsprecher. Jemand ließ einen Papierdrachen steigen. Milizionäre bahnten drei Lastwagen den Weg durch die Menge. Der erste war geschmückt mit zwei Dutzend Flaggen der Revolution, der zweite mit den Porträts von Marx, Engels, Lenin, Stalin und Georgi Dimitrov, angefertigt vom örtlichen Marinemaler. Bedächtiger, seiner Bedeutung gemäß, kam der dritte Opel heran. Da saß doch tatsächlich, angetan mit einem breitkrempigen Hut, Zwetana, das Dienstmädchen der Tante Allwissend, auf der harten Holzbank, und hatte die Aufgabe, der rumänischen Stalinistin Anna Pauker zu ähneln. Barbier Trentscho, der neben ihr saß, stellte in gestreiften Hosen und mit einer gewaltigen Kette über der Weste den Präsidenten Theodore Roosevelt dar. Der Dankbare Kotscho, im normalen Leben Meister der Düfte und Tinkturen, hatte sich frisiert wie Winston Churchill. (Den Kugelbauch besaß er schon.) Und Herrn Hadschipetkovs Drahtbrille gemahnte an den russischen Außenminister Wjatscheslaw Molotow. Und schließlich stand der Schlaffe Kosta auf dem langsam dahinschaukelnden Gefährt und hielt sich mit stolzem Stoizismus an seinen blinkenden Manschettenknöpfen aufrecht. Gekleidet in die Paradeuniform des abgesetzten Bezirksvorstehers, verkörperte er die Größe General Charles de Gaulles. Das tat er mit einer solchen Schauspielkunst, dass man meinte, seine Nase sei irgendwie deutlich länger geworden und hinge markant herab. Niemand jedoch wollte das hochpatriotische Risiko übernehmen und die Rolle des Generalissimus Josef Stalin spielen, denn jedes noch so kleine Versagen würde bedeuten, in den Pranken *des Tiers* zu landen.

Die so personifizierten »Völker« mochten für den Siegesjubel stehen; aber sie lächelten nicht. Sie schauten durch die Menschenmassen am Straßenrand in eine Ferne, die jenseits des Kommenden und des Gewesenen lag – kurz: Sie fuhren vorbei mit Blicken, die in eine utopische Zeit gerichtet waren und in denen nichts Menschliches zu lesen war. Sie waren so leidenschaftlich *verbrüdert,* dass es keine Kraft gab, die sie vom Sockel ihrer Einigkeit hätte herabstürzen können. Die Leute riefen »hurra«, schwenkten Plakate, die noch nass waren, wischten sich bittersalzige, beinah wollüstig hervorgepresste Tränen ab und warfen Blumensträuße, in denen ihr Herz steckte, in die Luft; denn der Freiheitsrausch eines Volkes zeigt sich im Aufbranden seiner naiven Unbekümmertheit.

Vielleicht war die Last dieser Zurufe zu groß für unser symbolisch ohnehin schwerbeladenes Dieselgefährt mit den Brudervölkern, denn es gab ein rasselndes Schnarchgeräusch von sich und – blieb stehen. Ein Moment der Verwirrung folgte. Dann kam Bewegung in »die Völker«. Sie sprangen von der Karosserie herab und machten sich daran, den Opel des Fortschritts anzuschieben. Oben sitzen blieb nur Anna Pauker. Völlig perplex von dieser hektischen Betriebsamkeit, überwältigt von der nun ganz auf sie konzentrierten Berühmtheit, verschwitzt unter ihrem breitkrempigen Hut und dem übergeworfenen Fuchspelz, begann sie, die Finger in das strassverzierte Handtäschchen ihrer Herrin gekrallt, plötzlich zu schluchzen … und da, genau da gelang es den Brudervölkern am Wagenheck, den Motor wieder zum Laufen zu bekommen.

Am selben Abend, überströmend vor Glück, wie großartig er seine Rolle gespielt hatte, betrank sich der Schlaffe Kosta hemmungslos in der Schenke »Zum Hasenblut«. Er tat es der Freiheit zu Ehren und in grenzenloser Ehrerbietung vor de Gaulle, dem legendären Franzosen. Mithilfe des übereifrigen Schneidermeisters Temelko hatten sie die Litzen der Bezirksvorsteher-Uniform auf Hochglanz gebracht, die »faschistischen« Auszeichnungen aber abgetrennt und an deren Stelle ein paar jener funkelnden Stanniolpapierchen aufgenäht, mit denen die Pralinen der Marke »Paradis« eingewickelt waren. Der Schlaffe Kosta hatte noch keinen Begriff davon, dass die Freiheit eine Prüfung war, eine Verpflichtung und eine Arbeit des Menschen an sich selbst; er war an diesem Abend überzeugt, dass die Freiheit *ein General* war! Ausgiebig und voller Genuss leerte er Glas um Glas. Auf seinen Wangen erblühten Veilchen. Schließlich durchdrang ihn das Gefühl, er müsse die Leute anführen, irgendwohin.

»Ich will Gerechtigkeit, will Vergeltung!«, tönte er in promillegestütztem Klassenbewusstsein und führte seine Saufkumpane schwankend, aber entschlossen durch die sternenstille Silbernacht. Sie durchquerten den Park mit seinen duftenden Zypressen, deren Silhouetten im gelblichen Licht des Vollmonds kriegerisch wie Bajonette aussahen, und marschierten ein ins Restaurant »Royal«, wo Herr Wodetschka gerade sein Sodbrennen mit einer Portion Kaisernatron kurierte. Im Separee, dessen Tapeten auch schon mal frischer ausgesehen hatten, tranken Ilija Weltschev, Tante Allwissend, Gesellschaftsschneiderin Dora und der Eisenwarenhändler Zozolanov Bier. Die Kugellampe über ihnen hing herab, schwer wie eine volle Blase. Gina Jotzova hatte noch immer nicht ihren Spleen abgelegt, deretwegen alle sie insgeheim »Tante Allwissend« nannten, und dozierte mit penetrant von ihrer französischen Bildung eingefärbtem Akzent, was die letzten Ergänzungslieferungen der *Encyclopédie Larousse* ihr an neuem Wissen ins Haus gebracht hatten. Es war ein Wissen von jener Art, wie es die Menschheit in Enzyklopädien schon deshalb aufnimmt, um es nicht ein zweites Mal erwerben zu müssen. Sie sprach gerade über den Zusammenbruch des geozentrischen Systems, das Ptolemäus in der Antike geschaffen hatte. Ilija Weltschev sagte nichts dazu; aber er sagte auch sonst zu nichts etwas, seit eineinhalb Jahren schon.

»Da haben wir die Schuldigen«, erhob der Schlaffe Kosta die Stimme. »Ich will Vergeltung!«

Unbeholfen knöpfte er seinen Hosenstall auf, stellte sich vor den noch am besten erhaltenen Spiegel dieses einstmals royalen Restaurants und ließ unter perlender Klavierbegleitung seinem zerrütteten Organismus, der sich in der Begeisterung dieses Tages noch einmal gestrafft hatte, das gelbliche Strählchen eines ohnmächtigen alten Mannes entströmen. Die Luft im Restaurant »Royal« schien sich aufzuladen, wie getränkt vom Geruch eines nahenden Sturms. Schließlich gelang es dem Pianisten, seinen Kloß im Hals herunterzuschlucken, und die letzten Klänge der nach Moll transponierten Melodie von »O, du lieber Augustin – alles ist hin« huschten durch den Raum, auf der Suche nach einem Versteck in den Poren der verstaubten Seidentapeten.

2

»Ein Fest *der was?*«, fragte Gina Jotzova nach dem schändlichen Auftritt Kostas, der für sie zu den Menschen gehörte, die »gestern noch eine Drohne, heute plötzlich blöde vor Begeisterung *die Arbeit* verherrlichen!«

Zum Zeichen ihres Protestes gegen diese neu verordnete Mai-Feierei, die die ganze Stadt aus den Angeln hob, zog Gina ihr schwarzes Taftkleid (das mit den drei Schleifen) an, legte Lippenstift und Rouge auf, um dem roten Politwahn eine geschminkte Antwort zu verpassen, und rauschte ab zur früheren Bezirksverwaltung. Dort angekommen, verlangte sie den höchsten Vorgesetzten zu sprechen. Doch der junge Wachhabende mit spärlichem Bartwuchs, dafür aber umso verwegener sprühenden Blicken, fiel ihr einfach ins Wort:

»Der Genosse Stojanov ist beschäftigt!«

»Écoute bien«, sprühte Gina dem Uniformierten ihren Speichel ins junge Heldenantlitz, »meine Wenigkeit, ja, ich und niemand anderes, habe drei Jahre lang den allseits verehrten Revolutionär Christo Weltschev in meinem Pferdestall versteckt. Ich nehme doch an, dieser Name sagt Ihnen etwas? Und wenn Sie, Sie und Ihre ganze Bande, auch nur ein bisschen Gefühl für menschliche Größe besitzen, dann sorgen Sie dafür, dass in meinem Schuppen eine Gedenkstätte eingerichtet wird. Also bitte, melden Sie mich schleunigst telefonisch an! Ich habe dieses Gebäude bislang betreten, und ich gedenke es auch weiterhin zu tun …«

»Der Genosse Stojanov ist beschäftigt«, wiederholte der Diensthabende irritiert. »Besuchstage sind Mittwoch und Freitag.«

»Je ne sais pas, wann Ihre Besuchstage sind«, zitterte Gina vor Entrüstung, »aber ich bin mir sicher, dass Christo Weltschev, den zu ken-

nen Sie anscheinend weder das Vergnügen noch die traurige Sorge hatten, die Schamröte ins Gesicht gestiegen wäre, wenn er mitbekommen hätte, dass man *an einem Feiertag*, selbst wenn er sich ›Tag der Arbeit‹ nennt, ungehemmt an die Spiegel ehrbarer Restaurants urinieren darf, und das vor Damen …«

Der Junge schaute Tante Allwissend mit wachsendem Interesse an, kam ins Nachdenken, kratzte sich zur Belebung der Denktätigkeit am Hals, grinste, und gab dann gutmütig zu verstehen:

»Guck mal, Tantchen … Der Genosse Stojanov weiß im Augenblick nicht, ob er Männlein oder Weiblein ist. Er hat in der letzten Woche ganze zehn Stunden Schlaf gekriegt, dem dreht sich schon alles vor Augen. Also, ich schätze mal, was dein Problem da mit dem Pinkler angeht, da hat er weder am Mittwoch noch am Freitag Zeit für.«

Gina spürte, wie plötzlich die Spannung von ihr abfiel und eine schreckliche Ruhe sie ergriff, so als sei sie von der Erde fort in die Schwerelosigkeit hinausgedriftet, oder als sei ein Federchen gerissen, das die Unruh ihres Lebens in Schwingung gehalten hatte. Ihr ganzes Leben versank ins Bodenlose …

Die Nacht verlief mondreich und schlafarm. Am Morgen zog sie ihr Trauerkleid an und schritt zur Bestattungsagentur »Sanfte Ruhe«. Das Messingglöckcken über der Tür verhieß dem Inhaber, dass entschlossene Schritte sich näherten.

Eine Woche später hielt ein schwarz lackierter Wagen vor ihrem Haus, darauf ein gedrechselter Eichensarg, der mit schwarzem Krepp bezogen und mit raschelnden Stanniolsternchen verziert war. Zwei Männer trugen ihn ins Haus, als sei's nur eine sperrige Kommode. Gina lüpfte ihre violette Samtrobe, frischte ihre Wangen auf und ließ nach Nentscho, dem Stadtfotografen, rufen. Zwetana brachte ihm ein Tellerchen mit Walnuss-Talern und eilte dann in den Garten, um einen Strauß Tulpen zu pflücken. Und ohne Nentscho genauer zu erklären, was es mit dem ersten, dem in Sofia angefertigten Porträt auf sich hatte, erklärte sie dem Fotografen:

»Das ist *le deuxième fois*, dass ich ein Porträt von mir in Auftrag gebe, und auch wenn es nicht in Öl gemalt ist, hoffe ich doch, dass die Menschen seinen Sinn begreifen werden. Denn nicht *moi-même*, nei-hein« –

sie seufzte so andeutungsvoll, dass es dem Fotografen kalt den Rücken hinunterlief – »*le temps propre*, die Zeit selbst *est mort*!«

Nachdem sie ihren »Kaffee«, eine gemahlene Röstmischung aus Kichererbse und Gerste, ausgetrunken hatten, legte Tante Allwissend sich in den Sarg und kreuzte die Arme über der Brust. Totsein, so stellte sie rasch fest, war eine harte und unbequeme Sache, denn Nentscho brauchte lang, bis er seinen wundersamen Apparat aufgebaut hatte, der bei jedem Drehen, Wenden und Neu-Einstellen der Blende knarrte. Sie starrte ins Auge des Objektivs, und der Salon erfüllte sich mit Magnesiumschein und dem Geruch nach Zerstörung.

»Aber so schließen Sie doch die Augen, gnä' Frau«, klagte der Lichtbildner und warf sich den schwarzen Lichtschutz vom Kopf, »Sie können doch nicht gleichzeitig tot sein und die Welt so hungrig anschauen!«

Das leuchtete Gina ein, und sie schloss die Augenlider. Zwetana ordnete noch einmal die Tulpen, die ihren Oberkörper säumten, und begann – Gott weiß, warum – zu weinen.

»Anna Pauker vergießt niemals Tränen«, wies Gina sie rachsüchtig zurecht.

Das kalte Magnesiumlicht hielt eine Zeit fest, die auch so schon in der gedrechselten Eichentruhe zum Stillstand gekommen war. Der Sarg schloss ihr Abbild ein wie ein Bilderrahmen. Unter seinem schwarzen Schutztuch, das Auge dicht an die Linse des Okulars gepresst, verspürte Nentscho einen ungestümen Grusel, von dem ihm fast schlecht wurde.

Die »Daguerrotypie« geriet prachtvoll im Glanze ihrer Graustufen und braunen Chamois-Töne, und vor allem: Sie wirkte täuschend echt. Tante Allwissend hängte sie gut sichtbar in ihrem Salon auf, passenderweise gleich neben der Standuhr, die diesen Namen seit langem gleich doppelt verdiente. Das Bild und die Uhr erläuterten sich gegenseitig, und selbst die Tropfen, die durchs undichte Dach plitschten, waren nichts als ein tropfendes *Memento mori*.

»Nun bin ich beruhigt«, sagte Gina zu Dora, der Schneiderin, die inzwischen in die Textilkooperative »Progress« eingetreten war und das Schneidern von Damenroben nach dem Vorbild französischer *Haute Couture* mit dem von Feinripp-Männerunterhosen für die werktätige männliche Bevölkerung vertauscht hatte. »Ich weiß zwar nicht, was mit dieser aus den Fugen geratenen Welt noch geschieht, aber ich bin tot! Ich habe alles erlebt, was eine Frau erleben kann, nun sogar das eigene Begräbnis …« Sie wiegte unbestimmt den Kopf und tupfte sich mit ihrem Spitzentaschentuch unsichtbare Tränen ab.

Zwetana trat dem Ortsverband der Vaterländischen Front bei und lernte geduldig das Lesen. Sie war in ihrem löblichen Eifer gerade von der ersten zur zweiten Lesefibel fortgeschritten, als man an sie herantrat mit der Bitte, die Rolle Anna Paukers, der »Eisernen Lady« des rumänischen Kommunismus, zu spielen. Zwetana war heimlich verliebt in einen sowjetischen General, den sie einmal lächelnd auf einem Panzer mit seinem Stab durch Widin hatte donnern sehen. Gina hatte nicht mehr die Kraft, sie dafür zu schlagen; sie hatte auch Angst bekommen, Zwetana könne ihr weglaufen. Sie wusste nur zu gut, dass sie ohne deren praktischen Verstand, der sich ohne jede Nostalgie schon auf die Gebote der Zukunft eingestellt hatte, hungers sterben würde. Der unterschwellige, unablässige Hass zwischen ihnen hatte über die Jahre zu einem harmonischen Gleichgewicht des Schreckens geführt, einer gegenseitigen Abhängigkeit, in der beide in vollkommenem Einverständnis miteinander auskamen.

Eines Abends, als die Stadt hingekauert dalag unter dem veilchenfarbenen Brand des Himmels, begann Ginas uralte Schäferhündin plötzlich zu winseln, schnappte mit ihrem zahnlosen Kiefer nach etwas Unsichtbarem, zog noch ein letztes Mal an ihrem Halsband, dem einzigen Zuhause, das sie ihr Lebtag gehabt hatte, und bekam jenen gläsernen Blick, nach dem kein Blick mehr kommt.

3

Der Mann kam in die Stadt von der Seite des alten Tors her, von da, wo der Weg nach Kula ging. Er eilte nicht, und trotz der Backofenhitze war er nicht verschwitzt. Sein Gesicht wirkte abwesend und teilnahmslos, seine Bewegungen waren zugleich gespannt und träge, so als habe der Sommer selbst ihn ausgebrütet. Die Glut huschte tuschelnd mit den Feuersalamandern durch Kletten und Disteln, knackte unter den Hufen des Mulis und in den vergilbten Blättern der Maulbeerbäume. Er war ungewöhnlich gekleidet, genauer geagt: Nichts von dem komischen Zeug, das er am Leibe trug, passte zusammen. Eine lederne Landvermesserjacke bedeckte seine markanten Schultern, seine Hosen waren gestreift. Seinen Kopf bedeckte ein gut erhaltener Strohhut, wie ihn die Walachen nördlich der Donau gern trugen, und seine Füße steckten in staubigen, rissigen Kavalleristenstiefeln, an denen eine Spore fehlte, sodass nur jeder zweite Schritt des Mannes von einem Rasseln begleitet war. Doch auch diese Spore wirkte überflüssig, denn schaute man sich das alte, vollkommen ergraute Maultier an, das er am Zügel führte, fragte man sich, was beim besten Willen es hier anzuspornen gab? Das Tier war nur gemietet und gehorchte nicht im Geringsten seinen Befehlen, sondern nur dem Weg, der es durch seine pure Erstreckung zum Weitertrotten nötigte. Beladen war es mit dem ganzen Hausrat dieses komischen und dennoch unbesiegbar wirkenden Mannes – vier großen Bündeln. An den Seiten klapperten Kessel und Aluminiumteller, Emaillegefäße stießen aneinander. Das Linnen knisterte, wenn es sich mit dem Webteppich rieb. Die Ärmel einer Frauentracht baumelten herab. Die ganze Szene sah derart eingewickelt aus in Staub und Ermattung, als sei der Mann schon ein Lebtag lang dabei, sturköpfig immer wieder gegen die Stadt anzurennen, werde aber durch eine unsichtbare Membran daran gehindert, dorthinein zu gelangen, wo das neugierige Gaffen der Widiner auf seine Unberührbarkeit traf.

Ein paar Schritte hinter dem Grautier ging eine zerbrechlich wirkende alte Frau mit schwarzem Kopftuch. Die Stadt war ihr völlig egal; *ankommen* wollte sie, nur ankommen. Sie schaukelte beim Gehen wie ein Seemann auf Landgang, weil ihr linkes Bein verkrüppelt und kürzer war als das rechte. Sie lächelte gequält und nickte, wenn der Mann ab und zu sanft fragte: »Kannst du noch, Mama? Es ist nicht mehr weit!«

Als sie Widin genau zur Mittagszeit betraten, wirkten sie gar nicht wie Ankömmlinge, sondern eher wie herausgerissen aus einer anderen, *anders verrückten* Welt mit anderen Gesetzen. Der stämmige Körper des Mannes warf keinen Schatten. Seltsam nur, dass auch später niemand seinen Schatten erblickte, als sei seine materielle Erscheinung zwar dem menschlichen Blick zugänglich, nicht aber den Naturgesetzen unterworfen. Er war weder ein fahrender Händler noch ein Dieb; aber auch kein Walache, der auf den Markt wollte. Er war kein Lehrer, und er sah nicht wie ein Übeltäter aus, dem Böses leicht von der Hand ging. Seine Augen waren azurblau und doch durchscheinend. Sein Blick aber war nicht verlegen, sondern fest. Diese Augen strahlten eine Warnung aus: Wer auf Mitgefühl zählt, lasse alle Hoffnung fahren!

Weder der Mann noch die alte Frau kannten die Straßen von Widin, und auch sie selbst gingen unerkannt über die Hauptgeschäftsstraße. Erst vor der Schenke »Zum Hasenblut« hielten sie an. Der Schlaffe Kosta war der Erste, der die seltsame Ausstrahlung des Mannes erlebte, die penetrant war wie Salmiak und keinen Widerspruch duldete.

»Guten Tag, der Herr«, redete Kosta ihn an, »wohin des Wegs in dieser Hitze?«

»Hier gefällt's mir, gefallen tut es mir«, erwiderte der Mann umständlich und sah die Gäste des Wirtshauses an, als seien ihre Gesichter dunkle Löcher im berstenden Licht. Dann wandte er seinen Blick zum strapazierten Grün des Donauuferparks, als wolle er die satte Unbeweglichkeit der Landschaft provozieren, das in der Glut dahinschmelzende Dach des Offizierskasinos und nicht zuletzt die träge Neugier der Leute. Schließlich verhielt sein Blick und trank sich satt am Anblick der sandigen Fluten des Stromes.

»Er erinnert mich an jemanden«, beugte sich der Schlaffe Kosta zurück.

»An wen denkst du?«, fragte Trentscho, der Barbier.

»Mit diesen blauen Augen, die einem Schuldgefühle einflößen, diesem gedrungenen Nacken und diesem hochgereckten Kinn … na, an Ilijas Sohn, Boshidar Weltschev!«

Sie verwarfen den Vergleich aber sofort wieder, denn der Mann vor ihnen hatte keinen Namen, also auch keine Vergangenheit. Er kam aus dem Unbekannten und stand vor dem Wirtshaus-Eingang wie ausgedacht. Trotzdem wirkte er bedrohlich, auf genau so eine unbestimmte Art bedrohlich wie Gott.

»Wie komme ich zum Bezirkskomitee der Partei?«, fragte der Mann ruhig.

Als er erfahren hatte, was er wollte, klapperten die Hufe seines Maultiers weiter über die Pflastersteine der Hauptstraße, und der Schwanz des Tieres verscheuchte die wild gewordenen Fliegen.

4

Sie mieteten ein Zimmer im Haus der Witwe Hadschiolova, das sich auf der Grenze zwischen Hauptstraße und Zigeunerviertel befand. Auf der einen Seite das Reich der Sorglosigkeit und der Zinngießerei, der kleinen Fertigkeiten und Künste, aber auch des Bangens vor jedem Winter; auf der anderen Seite resedagrün gestrichene Bürgervillen mit vorgebauten, abgerundeten Balkönchen und bröckelnden Stuck-Kränzen über dem Eingang, schweren Türklopfern und teurem Wiener Mobiliar hinter feinen Gardinen. In der Ferne der trübe Spiegel der Donau. Zur Rechten die finsteren Mauern der Zigarettenfabrik Zagorka.

Sie trugen ihre Ballen und Bündel ins Haus. Der Hof war eng und fremd. Aus dem Souterrain roch es nach Schimmel. In allen Ecken und Winkeln lag jener Eigengeruch, in dem jedes Haus seine Geschichte bewahrt. Ihr Zimmer war geradezu luxuriös ausgestattet. Es verfügte über einen Kochherd der Marke »Morgensonne« und ein Doppelbett mit Tafeln an Kopf- und Fußende, auf denen ein verträumter Schäfer seine zerstreute Herde zusammentrieb. Neben der Tür stand ein Sickerstein zum Filtern des Donauwassers, an der Längsseite befanden sich ein Tisch und zwei wackelige Stühle, eine Waschschüssel nebst Kanne, ein Küchenschrank mit Vitrinen fürs Geschirr oben und Fächern für Handtücher und Kleider unten. Ein rostiges Nachttöpfchen ließ dem Mieter die Wahl, ob er es für das kleine Bedürfnis unters Bett schieben oder auf die Fensterbank stellen und mit Geranien bepflanzen wollte.

»Schön ist es hier … Gefällt mir!«, sagte der Mann herausfordernd, warf seinen Strohhut aufs Bett, rieb sich die Stiefel an den Hosenbeinen sauber und ging hinaus.

»Krum, mein Junge«, stöhnte die Alte schwer und begann zu weinen. »Wo hast du mich bloß hingeschleppt?«

Sie weinte, weil sie das Haus in der Nähe der Stadt Kula verkauft hatten, die Ziege und das Saatgut – und weil sie ihr Strickzeug vergessen hatte. Was aber ist eine alte Frau ohne ihre alten Freundinnen und ohne das geduldige Aneinanderreihen der Maschen, die sich am Ende wie die dabei gesprochenen Worte zu etwas fügen, das dem schicksalhaft vorbestimmten Lauf der Dinge passt wie eine Wolljacke, und das vielleicht sogar wärmt?

Maria, so hieß die Alte, wimmerte mit einer Inbrunst und einem Ernst, als verrichte sie eine Arbeit von großer Wichtigkeit. Ihr schwarzes Kopftuch rutschte in den Nacken und entblößte ihr Haar, das, gestern noch mit Kaolinschlamm gewaschen, die Düsterkeit des Souterrains gleichsam bleichte. In ihr vom Weg ermüdetes Gedächtnis kehrte der Moment zurück, in dem Krum in ihr Leben getreten war.

Nicht sie hatte ihn empfangen. Er war wohl die Frucht einer Sünde, die für sie und die übrige Welt in tiefem Geheimnis lag. Vor ihm war ihr Leben nichts als Einsamkeit, Mühe und Arbeit gewesen. Sie war mit einem Hinkefuß auf die Welt gekommen, und der Rhythmus ihrer Tage, Monate und Jahre glich dem unbeholfenen Watscheln einer Ente, die still und voller Hoffnung auf das Wasser zuläuft.

Als die Tür sich öffnete und man ihr das Neugeborene brachte, zischte der Docht der Kerze auf, unter deren Licht sie den Tag beschloss. Der Säugling war in ein Tuch gehüllt, so rot, als habe es sich mit dem Blut des Neugeborenen vollgesogen. Dieses Kind war und blieb das einzig Lebendige, das Maria halten und an sich drücken konnte, ohne sich dafür zu schämen.

Man gab ihr Krum zum Aufziehen, überschrieb ihr, als sei es ein Stück Brot, eine kleine Ackerparzelle, führte ihr eine Kuh mit vollem Euter zu, dann kamen drei Knechte vom Hof des Großgrundbesitzers Jotzo, Ginas Vater, fegten ihr den Hof, reparierten das Dach ihres Häuschens, brachten ihr fünf Wagenladungen Holz und einen Ballen Kattun zum Nähen von Windeln und Kindersachen und ließen sie wieder allein mit dem unverhofften Glück, auf einmal Mutter eines Kindes zu sein.

Bei der Taufe pinkelte das Kind ins Messingbecken. Dann riss die Zeit Pflegemutter und Kind fort, und wie im Flug wurde aus dem Baby ein Junge, aus dem Jungen ein Mann. Wenn Maria zurückdachte, schien ihr die ganze Zeit geprägt von dem dickköpfigen Wunsch des Kindes, zu erfahren, wer sein Vater sei. Dabei hatte er nie nach ihm gefragt, so als akzeptiere er, ihrer – Marias – Jungfräulichkeit entsprungen zu sein. Mit Gott, dem Schöpfer, als einzig ermittelbarem Vater würde er sein Lebtag gezeichnet sein, keinen Vatersnamen zu haben wie die anderen, sondern nur einen Muttersnamen, *Marijkin – der von Maria abstammt*. Und dann erst diese lachhafte Kombination seines Namens: Es begann schrecklich mit *Krum*, dem Namen eines grausamen altbulgarischen Khans aus der Zeit Karls des Großen, und endete, als sei er ein Muttersöhnchen: *Marijkin*. Wie sollte man da nicht ins Taufbecken pinkeln? Und später, wie Jesus, mit dem Gefühl durch die Welt gehen, man müsse den Menschen etwas predigen, sie etwas lehren?

Während seiner ganzen Kindheit fragte Krum nichts, bat nicht ein einziges Mal um Hilfe, sondern lachte nur über Schmerzen, ganz egal, ob er sich die Knie aufgeschlagen hatte oder – Jahre später – Polizisten ihn in den Regen hinauszerrten und mit Hieben und Tritten in den aufgeweichten Misthaufen drückten. Er biss, grün und blau geschlagen, in den Kragen seiner Schülerjacke, krallte sich mit den Nägeln in den Dreck, gab aber keinen Laut von sich. Für Maria war er ein unbegreifliches Wesen, ihr nah wie ein Sohn und doch sternenfern wie ein Außerirdischer. Sein Appetit hingegen war äußerst irdisch, und Maria fragte sich manchmal, wie sie ihn satt kriegen sollte.

So plötzlich und unerwartet man ihn ihr anvertraut hatte, so überraschend und schmerzhaft nahm man ihn ihr auch wieder weg, da er zu einer Gefängnisstrafe verurteilt worden war. Sechs Monate lang sammelte Maria Geld, um in den Kerker von Lom fahren und ihm ein Brathähnchen bringen zu können, ein paar gefärbte Ostereier und ein paar lange in ihrer Brust zurückgehaltene Seufzer. Nach drei Jahren kehrte er zurück, grinsend und erstarkt, als käme er geradewegs aus dem Sanatorium. Da trug er sie schon, die Landvermesserjacke aus Leder. An seinem Schenkel baumelte, glänzend von Metall und Öl, eine Pistole, bei deren Anblick Marias Nachbarinnen aufsprangen und fluchtartig ihr Haus verließen.

Der Zweite Weltkrieg war in der Gegend von Kula unterdessen nur mit ein paar Gewehrschüssen und etwas Artilleriedonner zu spüren gewesen, dann hatte er sich schon wieder nach Westen zurückgezogen.

Der Bürgermeister und die Feldhüter waren bei Krums Heimkehr schon ausgewechselt, über dem Marktplatz wehte die rote Fahne. Die Männer kratzten sich unterm Mützenrand und versuchten sich auf dem Platz oder in der Kneipe schlau zu machen; die Frauen fürchteten sich vor der Ungewissheit und sahen des Abends zu, nicht geschwängert zu werden. »Will der Krum uns was antun mit seinem Schießeisen?«, fragten sie furchtsam und vermieden es fortan, nach Salz fragen zu kommen, nach Sauerteig oder getrockneter Brennnessel für die Suppe oder für Tee. Als Maria die Frage einmal an ihren Ziehsohn weitergab, antwortete Krum ihr:

»Sag ihnen, dass ich sie glücklich machen will!« Er machte zwei große, überlegte Schritte quer durchs Zimmer und wiederholte dann: »Genau so sag es ihnen: *Krum ist gekommen, um sie glücklich zu machen!*«

Alles das machte ihr Sorgen, beschäftigte ihr Bewusstsein aber nicht in Form von Worten, sondern kam als Bild zu ihr, getränkt vom Duft nach Thymian und wildem Majoran, nach Kirchmess und Blitzen, die dem Himmel ein Stück zu entreißen und es auf die Erdkruste zu werfen schienen – auf die Erde dieses Städtchens mit einer Kirche, auf deren Dach Unkraut wuchs, und die manchmal im Schlamm der Frühjahrsregen wegzuschwimmen drohte. Sie sah etwas im müden Vieh, das im Sommer erschöpft von der Weide in den Stall zurückkehrte und hinter sich eine goldschimmernde Staubwolke im Abendlicht aufwirbelte, als überfiele eine wilde Reiterhorde das Dorf. Die Gerüche von Mist und Wolle … ihre hinkende Jugend, ihr hinkendes Alter … Krums Leselernfibel und seine erste Schülerjacke, die sie gebraucht gegen junge Ziegenfelle bekommen hatte …

Welche Worte hätten auch die Liebe erklären können, dieses egoistischste und daher brennendste Gefühl im Menschen? Ihr Krum versprach den Menschen Glück; doch wie konnte das Glück ein Ziel sein? Und wenn, wie sollten sie es annehmen, wenn er es ihnen mit der Pistole vor die Brust hielt? Maria hatte *das Glück nur als kurze Verschnaufpause im Unglück* kennengelernt, als Genesung nach einer Krankheit, als Sättigung nach dem Hunger, als Ruhekissen und Nachtgebet nach schwerer Feldarbeit.

Und jetzt dieses Widin? Hier würde doch ihr Gebrechen himmelschreiend auffallen, weil keiner daran gewöhnt war? So einsam wie jetzt fühlte sie sich sonst nur im Menschengewimmel der Jahrmärkte, dem freitäglichen Wochenmarkt in Kula – und in der Kirche. Und jetzt dieses Zimmer zur Miete? Der fremde Geruch setzte ihr arg zu. Die Aussicht, den ganzen Tag tatenlos darin verbringen zu müssen … Ihr machte zu schaffen, dass Krum, ein schöner Mann, mit seinem Korsarenblick allen sofort auffallen würde, sodass sich auch schnell herumsprechen würde, dass er ein Marijkin, ein Marienkind war.

Maria wischte sich die Augen an einem Zipfel ihres Kopftuchs ab, während ein Sonnenstrahl an der Fensterbank leckte und das Spinnennetz in der Fensterecke vergoldete. Sie hörte, wie Tropfen für Tropfen aus dem Sickerstein austrat und in die Schüssel plitschte, klein wie Schrotkügelchen. Und von einem Moment auf den anderen hörte sie mit dem Gewimmer auf, flocht ihr Haar hastig zu einem Zopf und schaukelte zum Kochherd. Sie spürte, bald würde Krum herrenhaft das Hoftor hinter sich zuschlagen und ihr schon von draußen zurufen:

»Mama, ich hab Hunger!«

5

Krum überquerte die Hauptstraße, ohne nach links oder rechts zu schauen – als sei nicht Mittag, sondern Mitternacht. Er bog ab zur Donau, trank im kühlenden Widerschein ihrer Wasser eine warme Limonade im »Hasenblut«, fragte aber niemanden etwas und mischte sich auch nicht ein in die Gespräche über den Krieg. Er zündete sich eine Zigarette an und marschierte feierlichen Schritts zum Bezirkskomitee der Partei.

Vor dem Eingang wehte eine rote Fahne. Aus dem öffentlichen Radiolautsprecher vor dem alten Bankgebäude dröhnten russische Soldatenlieder. Der Platz lag verlassen in der Mittagshitze; nur ein Zisternenwagen, gezogen von einem mageren Maulesel, wusch das Pflaster mit Donauwasser.

»Verehrter Genosse«, redete Krum den Wachhabenden an, einen jungen, in Zivil gekleideten Mann mit pickeligem Gesicht, widerspenstigdickem Haar und sichtlich zum Platzen gereizter Laune, »ich suche den Sekretär des Bezirkskomitees, den Genossen Stojanov.«

»Ist auf ner Sitzung«, erwiderte der Angesprochene und fuhr fort, an seinem Daumennagel zu kauen, »kommen Sie also morgen wieder.«

»Eh, so weit klar«, unterbrach ihn Krum, »aber ich komme aus Kula.«

»Der Genosse Stojanov hat Sitzung, sag ich!«

»Und ich komme aus Kula«, wiederholte Krum unerschütterlich, als läge Kula am anderen Ende der Welt und sei so etwas wie ein weltbedeutender Wallfahrtsort.

»Zurzeit kommt ihr alle irgendwoher«, konnte der junge Mann kaum an sich halten. Sein Stirnhaar erzitterte bedrohlich. Eine kurze Stille trat ein, die aber lang genug für den Diensthabenden war, um den penetranten Frager abgrundtief zu hassen, der seinerseits *einfach da war*. Krum war so unheilbar ruhig und fühlte sich so absolut in seinem Recht, dass der junge Wachsoldat begann, vor Unbehagen seine Revolvertasche über dem Bauch zurechtzurücken und rot anzulaufen, als hätte Krum ihn ertappt, aber – wobei?

So blieben sie in feindseligem Schweigen eine geschlagene halbe Stunde stehen. Dann hielt es der junge Soldat nicht mehr aus, biss ein Stück Daumennagel ab, hob den Hörer des klobigen Telefonapparats, von dem das Wappen des Zaren ungeschickt abgekratzt worden war, und sagte in dem kurzen Wortwechsel, in dem er offensichtlich einen Tadel einstecken musste, entschuldigend:

»Aber … der Mann kommt geradewegs aus Kula!«

Diese Mitteilung bescheidenen Inhalts entschied die Sache offenbar, denn der Wachsoldat wies müde auf das Innere des Flurs, aus dem die kühle Luft dem Eintretenden durchdringenden Uringestank in die Nase trieb.

»Erste Etage, Zimmer fünf«, rief er Krum hinterher.

Krum kannte diese Bezirksverwaltung; die Kellerräume jedenfalls, in denen er Gelegenheit gehabt hatte, mit *der Bestie* unter vier Augen ein paar sozialistische Dinge zu besprechen, teils mithilfe eines Gummischlauchs, teils mit Erinnerungshilfen durch die behaarten Fäuste des Verhörenden oder durch das Spiel: *Wie werde ich ein Spießbraten?* Jetzt stellte er überrascht fest, dass es hier auch elegant geschwungene Treppen gab mit Geländern, über denen exotisches Gewächs rankte, und die in blitzenden Messingknäufen ausliefen. Aus derselben Metalllegierung waren auch die beiden Nullen geschmiedet, die an der Tür zum Abort klebten. Krum blieb vor dem Porträt Stalins stehen, um in dessen väterlichem Lächeln zu baden und zugleich seine Jacke zu straffen, bevor er einmal tief durchatmete und … anklopfte.

Hinter dem Schreibtisch saß ein Mann mit gequältem Gesichtsausdruck und den tiefen Schatten eines Infarktgefährdeten unter den Augen. Er hatte sich über einen Haufen beschriebener Blätter gebeugt, als blicke er in einen bodenlosen Abgrund, der ihn magisch anzog. Sein Blick ruhte nur kurz auf Krums Schultern mit einem Ausdruck, als hätte ihm ausgerechnet das noch gefehlt. Krum empfand tiefe Anteilnahme.

»Sie wünschen«, sagte der Genosse Stojanov.

»Ich komme geradewegs aus Kula«, begann Krum ungerührt, »auf Verlangen des Bezirkskomitees.«

»Ich weiß, ich weiß. Nur, sehen Sie, ich bin gerade überaus beschäftigt. Im Kino ›Bunte Welt‹ läuft gerade der sowjetische Film ›Traktoristen‹ … Schauen Sie sich den an und melden Sie sich danach wieder bei mir.«

»Verstanden«, nahm Krum, die Hand an der Mütze, militärische Haltung an, verließ rückwärts das Zimmer und schloss die Tür von außen. Er trottete die Treppe hinunter, befühlte die dicken, fettig wirkenden Blätter der exotischen Pflanze und nickte am Eingang dem Wachhabenden vertraulich zu. Mit dem Gefühl, dass *es nur so und nicht anders sein konnte*, überquerte er den Platz, auf dem keine Seele zu sehen war, kaufte sich eine Kinokarte, betrat den dunklen, erfreulich kühlen Kinosaal, in dem es nach Bohnerwachs und Zigeunerhütte roch, und setzte sich in die erste Reihe, obwohl das Kino an diesem Nachmittag unter der Woche halbleer war.

Der Film bereitete ihm großes Vergnügen. Wie angenehm und aufregend war es doch, nicht einfach nur *Glück* zu sehen, sondern *kollektives, allgemeines und brüderliches Glück*. Er behielt das »Habt-Acht«-Liedchen der Traktorfahrer, die weiten, fruchtbaren Ackerschläge, die durch die abgenutzte, vergilbte Filmkopie stets sommerlich aussahen. Als die sechs nackten Glühbirnen im Saal wieder angingen und das

Ende des Lichtspiels markierten, rieb sich Krum verwundert die Augen, als erwache er aus einem Traum.

Dieses Mal wurde er vor dem Bezirkskomitee gar nicht erst angehalten; es machte keinen Sinn mehr. Der unzerstörbare Ausdruck der Überlegenheit im Gesicht des Mannes, der gerade Teil eines *Glückskollektivs* gewesen war, sein schneidender blauer Blick, seine Begabung, sich in seiner Präsenz nicht davon beirren zu lassen, ob er erwünscht war oder nicht, die Lederjacke, die er selbst bei dieser Bruthitze trug, all das zeigte auf beleidigende Weise, dass er selbst dann eintreten würde, wenn der Genosse Stojanov gerade mit Sofia telefonierte oder eine sowjetische Delegation empfing.

Krum erstieg die Treppe mit der ungeduldigen Gewissheit des Gerechten, Gott mit jedem Schritt näher zu kommen, wenn auch langsam und unter Schwierigkeiten. Sein Klopfen durchdrang den Lederbezug der Tür, deren Scharniere beim Öffnen ein gequältes Quietschen von sich gaben. Der Genosse Stojanov erkannte ihn gar nicht wieder. Als er die heftig reflektierenden Gläser seiner Hornbrille auf Krum richtete, sah er aus wie ein Professor.

»Ich komme geradewegs aus Kula«, begann Krum verlegen. »Der Film ›Traktoristen‹ ist unglaublich, ich bin geradezu platt.«

»Warten Sie draußen, Teufel noch mal«, antwortete Stojanov, dann noch einmal nachdrücklich: *»Draußen!«*

»Verstanden …«

Mit dem Gefühl, dass es *nur so und nicht anders* sein konnte, verließ Krum das Arbeitszimmer, machte es sich auf der harten Holzbank gegenüber der Tür »bequem«, fing ein paar Fliegen und schloss die Augen. Hin und wieder huschten Frauen in Baumwollkleidern und Gummischuhen vorbei, und Zimmer fünf betraten und verließen Männer mit angespannten Gesichtern. Eilige Zurufe waren zu hören, das Schrillen von Telefonen, Stühlerücken. Im Fenster am Ende des Ganges erlosch der Tag. Die Wanduhr gab feierlich erst neun Schläge von sich, dann zehn; schließlich verließ der Genosse Stojanov sein Büro, ließ die Tür hinter sich ins Schloss fallen und ging nichtsehenden Auges an Krum vorbei. Nichts war zu hören außer seinen Schritten auf der Treppe. Das Gebäude war still geworden wie eine belagerte Festung.

Mit dem Gefühl, dass es *nur so und nicht anders* sein konnte, streckte er sich auf der kantigen Bank aus, schob sich die Hand unter den Kopf und … schlief ein. Im Schlaf sah er, silberfarben wie ihr Haar, das beunruhigte Gesicht seiner Ziehmutter um sich herumhumpeln. »Schlaf, Mütterchen«, murmelte Krum tröstend, »morgen gehe ich mit dir ins Kino, damit du dir auch die ›Traktoristen‹ ansiehst.«

Der Hunger weckte ihn; vielleicht auch das Gespür des Landmanns dafür, wann es tagt. Er hatte Mühe, seine verspannten Beine auf den Boden zu stellen, und so rollte er gleich ganz von der Bank. Ein heftiger Schmerz durchfuhr ihn an den Stellen, mit denen er auf den Mosaikboden geprallt war; aber das entlockte ihm nur ein Lächeln. Er stakste auf die Tür mit den beiden Messingnullen zu, besprengte sein Gesicht reichlich, trank Wasser aus dem Kran, um seinen Magen mit irgendetwas zu füllen, dann ging er zur Bank zurück. Ja, es konnte *nur so und nicht anders* sein, dachte er und – wartete weiter. Die exotische Ranke am Treppengeländer weckte in ihm neugierige Verwunderung; die ledrige Pflanze machte die Stille sozusagen hörbar. Gegen acht Uhr hallten einsame Schritte durch den Korridor, und schon bald erkannte er die gebeugte Gestalt des Genossen Stojanov.

»Wer sind Sie denn«, fragte der Bezirkssekretär, »und was machen Sie hier?«

»Gestern haben Sie angeordnet, ich solle warten«, sprang Krum munter auf die Beine. »Mein Name ist Krum Marijkin.«

Der Genosse Stojanov lachte aber keineswegs; er lächelte noch nicht einmal. Etwas zwischen Verblüffung und Furcht, Begeisterung und Schrecken steckte ihm in der Kehle. Der Mann vor ihm sah nicht wie ein Bauer aus. Man sah aber sofort, dass er erst seit kurzem in der Stadt war. Allein schon diese zusammengewürfelte Kleidung! Er strahlte etwas Asketisches aus, das an Sadomasochismus grenzte. Was für ein komischer Kauz, dachte Stojanov, nur habe ich leider keine Zeit. Hatte Rechtsanwalt Kamenov, Genosse der ersten Stunde, nicht schon vor Jahren gesagt, dass Bürokratie von ihrer Geburtsstunde an nichts anderes sei als Mangel an Zeit für die Menschen, für die man sie errichtete? Recht hatte der Anwalt Kamenov, Friede seiner Asche!

»Ich erinnere mich an Sie, Genosse Marijkin«, sagte er schließlich.

»Sie kommen geradewegs aus Kula ...« Und nach einer Pause: »Können Sie Motorrad fahren?«

»Ganz recht, Genosse Stojanov«, nahm Krum militärisch Haltung an, »bin sozusagen auf dem Motorrad geboren!«

6

Mit den Schlüsseln in der Hand und einem provozierenden Grinsen im Gesicht überquerte Krum den Hof des Bezirkskomitees. Er umrundete den längst nicht mehr tätigen Springbrunnen, der nun in der Hitze flimmerte wie ein gemauerter Backofen – und da sah er ihn auch schon, den Holzschuppen, der sich an die Brandmauer des Nachbargebäudes lehnte. Es war erst neun Uhr früh und bereits so heiß, dass dem ausgedünnt wirkenden Himmel alle Vögel und Wolken weggebrannt waren. Die Maulbeerbäume raschelten nicht mehr, sie knisterten. Und in den Vorgärten ringsum senkten die Blumen kraftlos ihre Köpfe.

Krum drehte einen seiner Schlüssel im Vorhängeschloss herum und betrat die Baracke. Die Luft im Inneren stand. Es stank nach Teer, Terpentin und Büroabfällen. Der Raum war vollgestopft mit Gerümpel, Spitzhacken mit abgebrochenen Stielen, rostigen Ofenrohren, kaputten Kanistern und aus dem Leim gegangenen Schreibtischen. Irgendwo dazwischen lugte der Frontscheinwerfer des DKW-Motorrades hervor, das dem Bezirkskomitee zugeteilt worden war, ohne dass irgendwer geprüft hätte, ob es überhaupt fuhr. Als Krum den einen wackeligen Schreibtisch umrundet hatte, sah er auch den gewaltigen Auspuff und den riesigen Beiwagen der Maschine, dessen dunkle Farbe unter der dicken Staubschicht kaum zu erkennen war. Die Reifen waren platt, die Speichen glichen den Rippen eines abgemagerten Köters. Auf dem abmontierten Seitenwagen lag eine Motorradbrille mit Kautschukrahmen und breitem Gummiband. Krum zerrte das Zweirad aus dem Gerümpel heraus, dann säuberte er die Brille mit einem Stück Zeitung und streifte sie sich über. Er sah aus wie ein Taucher.

Jetzt muss ich nur noch rauskriegen, wie man das verflixte Ding hier fährt, dachte er. Er schob das Zweirad ins Freie, strich sanft über seine

Blechteile, als wollte er ein Wildpferd vor der Zähmung beruhigen, dann lief er in die Fahrradwerkstatt »Khan Asparuch« nebenan, um eine Luftpumpe zu besorgen.

Das Auftauchen dieses Mannes im leeren, aufgeheizten Hof der ehemaligen Bezirksverwaltung weckte Neugier. Die Damen an den Schreibmaschinen lugten aus ihren Kanzleien hinaus, doch dort waren nur Krum, der mehr Spucke im Mund hatte als der ganze aus Beton gegossene Springbrunnen Wasser, und das Motorrad, das zu starten niemandem je gelungen war. Auch Zeichenlehrer Koitschev, der neuerdings für die optische Gestaltung der öffentlichen Agitation zuständig war, sah ihn. Der Fremdling mit der riesigen Gummibrille auf der Nase kam ihm wie ein pensionierter Kavallerist vor, der seinen verdienten alten Gaul zum Gnadenbrot führt. Ihm fiel auf, dass der Mann da unten trotz der unerträglichen, stehenden Hitze weder seine Lederjacke auszog noch seine Motorradbrille absetzte. Dabei wäre es ein Wunder, wenn er durch deren zerkratztes Glas überhaupt etwas gesehen hätte … Koitschev und die Stenotypistinnen schlossen schnell ihre Fenster, um die Hitze auszusperren, und zogen sich in den Schatten ihrer Räume zurück.

Krum setzte die Luftpumpe ans Ventil, merkte aber schon an den ersten pfeifenden Pumpgeräuschen, dass der Schlauch des Vorderreifens ein Loch hatte. Doch weder ärgerte ihn das, noch freute es ihn. Es bestärkte ihn nur in dem Gefühl, dass es *nur so und nicht anders* sein konnte. Er ging erneut zur Fahrradwerkstatt, wirbelte hinter sich eine feine Staubwolke auf und kehrte zurück mit einem ölverschmierten Beutel voller Werkzeug. Eine halbe Stunde machte er sich an der Gabel zu schaffen, bis er das Vorderrad ausgebaut hatte, dann klemmte er es sich unter den Arm, schaute, ob der Rest des Motorrads sicher stand, und verschwand erneut.

Koitschev unterbrach erst um elf Uhr die Arbeit an seiner Zeichnung, die eine gewaltige *Fabrik der Zukunft* mit rauchenden Schloten zeigte, und riskierte einen Blick in den Hof. Da sah er das Motorrad schon blitzend und mit aufgepumpten Reifen dastehen. Daneben stand noch immer dieser seltsam unwirkliche Kerl mit Lederjacke am Leib und Brille auf der Nase und rauchte eine Zigarette. Fünf, sechs abgerissene Straßenkinder waren aufgetaucht, denen die Sonnenglut nichts ausmachte. Krum schenkte ihnen keine Beachtung. Er hatte nur Augen für das Motorrad, befasste sich methodisch mit einem Hebel, einem Griff nach dem anderen und drückte wie ein Idiot auf jeden Knopf. Schließlich setzte er sich rittlings auf das Sitzpolster. Koitschev sah sofort, dass er unmöglich das Gleichgewicht würde halten können. Krum schob sich mit den Beinen an, aber kaum hatte er seine Stiefelsohlen von der Erde gelöst, schwankte er schon wie ein ungeübter Seiltänzer. Er schlug links hin. Beim nächsten Versuch rechts. Es konnte einen das Mitleid packen bei diesem Anblick. Mein Gott, in dieser Hitze, in der jede kleinste Bewegung wirkte, als renne man gegen eine Wand!

Koitschev konnte nicht wegschauen, er war gefesselt von dieser aberwitzigen Anstrengung des Fremden, immer und immer wieder aufzusitzen, anzuschieben und hinzufallen, während die Kinder eins nach dem andern Richtung Donau verschwanden. Ihm begann sich alles vor Augen zu drehen. Schließlich hielt er es nicht mehr aus, riss das Fenster auf und rief in helfender Absicht hinaus:

»Hallo, Genosse … Nun bauen Sie doch den Seitenwagen an, dann fällt Ihr Motorrad auch nicht mehr um!«

Krum erwiderte nichts, sondern drehte nur den Kopf zu dem Lehrer am Fenster um. Unter der trüben, zerkratzten Taucherbrille war keinerlei Zustimmung oder Dankbarkeit zu erkennen. »Zum Teufel«, fluchte Koitschev und zog sich wieder in den Schatten zurück. Dann ging er ins »Hasenblut«, aß eine fleischlose Bohnensuppe, trank eine lauwarme Limonade und sah die Donau flimmernd und zäh wie geschmolzenes Metall zwischen ihren Ufern dahinfließen. Vom Offizierskasino hörte er das näselnde Kieksen einer einsamen Posaune. Als er wieder in sein Atelier im Bezirkskomitee zurückkehrte, war es schon zwei Uhr nachmittags. Ein Blick in den Hof: Der Mann und das Motorrad waren immer noch da. Der Seitenwagen war jetzt bereits anmontiert, und der Mann saß, ohne zu schwanken, auf dem Polstersitz. Nur dass er nicht wusste, was er nun machen sollte. Doch mit unfassbarer Hartnäckigkeit trat er ein ums andere Mal den Fußhebel, um den Motor zu starten. Auf einmal war ein röchelndes Husten zu hören. Krum trat das Pedal erneut, als gäbe er einem Reittier die Sporen, und wieder ließ der Motor sein bedenkliches Röcheln hören.

»Warum gehen Sie nicht in den Schatten, unter den Maulbeerbaum?«, fragte Koitschev, der aus unerfindlichen Gründen beim Betrachten des Mannes Schuldgefühle bekam.

»Es wird schon noch, es wird … Wo soll's denn auch hin?«, antwortete der Mann da draußen ohne Zusammenhang. »Jetzt muss ich nur noch rauskriegen, wie man es fährt!«

»Haben Sie schon geprüft, ob Benzin im Tank ist?«, fragte Koitschev beklommen.

»Benzin ist da«, erwiderte Krum beflissen. »Hab selbst Benzin aus dem Vorratskanister des Bezirkskomitees nachgegossen, und fürs Öl bin ich extra ins Wehramt gegangen.« Er nickte in Richtung einer alten Korbflasche, die unter der Maulbeere auf der Seite lag.

Koitschev fragte sich, wie sie diesen Mann bei den Militärs mit seiner unmöglichen Kautschukbrille vorgelassen hatten, und wie er es geschafft hatte, dass sie ihm Motoröl in diese bauchige Flasche abgefüllt hatten. Er schluckte seine Fragen hinunter. Der Mann hätte sie auch gar nicht gehört, denn in diesem Augenblick schoss die DKW-Maschine knatternd und pfeifend auf das Becken des trockenen Springbrunnens zu. Kurz nach dem Aufprall sah Koitschev, wie der Mann in einer weichen Bewegung abhob und erst übers Lenkrad, dann über den Brunnen hinwegflog. Ein Plumps! Dann Stille. Koitschev entfuhr ein unwillkürlicher Laut, sein Brusthaar stellte sich auf. Er sah, wie eine dichte Staubwolke aufwirbelte und von der Sonne vergoldet wurde.

Da hörte er auf einmal von hinter dem Brunnen die bereits vertraute Stimme ruhig sagen: »Sehen Sie, dass es wird … Wo soll's denn auch hin?«

Als Erstes tauchte die Brille des Menschen auf, dezent verschoben und blutverschmiert, dann der Rest seiner Physiognomie. Ein verhaltener, aber mächtiger Jubel steckte in dieser Physiognomie, wie in einer hochgereckten Faust. Koitschev schluckte und verschwand wieder im Schatten seines Ateliers.

Den ganzen Nachmittag hörte er das Knattern und Blubbern des Motors. Er stellte sich vor, wie die Maschine um den Brunnen eierte, oben auf ihrem Sitz der Mann in der Lederjacke mit stolz gereckter Brust und Augen, die immer auf die nächste Kurve gerichtet waren. »Sehen Sie, dass es wird …«, schien er unablässig zu wiederholen, »Sehen Sie, dass es wird … Wo soll's denn auch hin?« Von Zeit zu Zeit war ein Krachen zu hören, wenn das Motorrad gegen die Wand donnerte oder gegen den Holzschuppen. Dann riskierten auch die Stenotypistinnen mal einen Blick und sahen, wie sich im Rückwärtsgang ein Mann und eine DKW mit Beiwagen wieder ihren Weg ins Freie bahnten.

Gegen halb acht bekamen die Schatten einen milderen Braunton. Die Zweige des Maulbeerbaums atmeten erleichtert aus. Von der Donau kam ein zwar sumpfig riechendes, aber kühlendes Lüftchen. Koitschev beendete sein Agitprop-Plakat zur Feier der bulgarisch-sowjetischen Freundschaft, räkelte sich vor der noch nassen Leinwand, verstaute die Temperafarben im Schrank, steckte sich eine Zigarette an und ging.

Der Mann im Hof fuhr bereits kokette Achterschleifen über den Hof und steuerte zum Zeichen seiner erworbenen Geschicklichkeit das DKW-Ungetüm mit nur einer Hand. Koitschev wurde das beklemmende Gefühl nicht los, dass dieser Mann, einmal gestartet, nie wieder anhalten würde. Das Benzin, so schätzte Koitschev, reichte für die ganze Nacht, es sei denn, die nächste Kollision mit dem Schuppen setzte dem Knatterspektakel ein vorzeitiges Ende. Wie auch immer: Der Hausmeister kriegte morgen garantiert einen Schlag, auch wenn es nicht so mörderisch heiß war wie heute!

Während er die Zickzackfahrt des Motorradpiloten verfolgte, wuchs in ihm das Verlangen, den Mann einmal ohne dieses Monstrum von Taucherbrille zu sehen, seine Stimme aus der Nähe zu hören. War das schon die Anziehungskraft, die von Siegern ausgeht, das Verlangen, sich in den Strahlenkranz dessen zu stellen, der den Widerstand der Elemente gebrochen hat und nun triumphierend obenauf sitzt auf den Polstern des Erfolges? Immerhin hatte er ja den Kampf des Mannes mit dem störrischen Gefährt von Anfang an begleitet, und noch am Ende hatte er sich gefragt, ob es ihm wohl gelingen werde, die Scheinwerfer einzuschalten, wenn er wirklich die Nacht durch weiterfuhr, bis ihm das Benzin ausging. Vielleicht war es auch der Widerspruch aus kindlicher Hilflosigkeit und an Arroganz grenzender Selbstsicherheit, die der Ausstrahlung des Mannes in Kavalleristenstiefeln etwas zugleich Diabolisches und Charismatisches verlieh. Ja, Koitschev wurde sich bewusst, dass er nur an diesen Mann gedacht hatte, an die Unermüdlichkeit, mit der er jeden erdenklichen Widerstand überwand und kleinkriegte. Dieser Mann hatte sich nicht nur den Kopf beim Flug über den Brunnen gestoßen, hatte nicht nur das rostige Vorhängeschloss des Schuppens aufbekommen, sondern auch an den Schlaf der Stadt gerührt, und nicht nur das Motorrad, sondern ein Stück weit auch die stehende Luft der Sumpflandschaft von Widin in Vibrationen versetzt.

Wenn dieser Kauz nur wollte, dachte Koitschev voller Ingrimm, würde er in einer Woche das Zeichnen lernen und das Plakat, über dem ich einen Monat gesessen habe, mir nichts, dir nichts im Nu herunterpinseln! Er stellte sich Krum mit zwei Pinseln zwischen den Zähnen vor und – wurde traurig … aber nicht des Mannes wegen, sondern seiner selbst wegen. Bevor ihn die Melancholie vollends packte, rief er:

»He, Genosse, wie heißen Sie eigentlich?«

Der Angesprochene drehte ihm erneut das Gesicht zu, so weit das beim Fahren ging, denn er wollte das eben Errungene um keinen Preis gefährden. Als er alles unter Kontrolle hatte, hielt er plötzlich vor Koitschev an, klopfte sich den Staub von der Jacke und sagte in einem Ton, als sei er der Auspuff seines Motorrads:

»Krum Marijkin … Bin vorgestern geradewegs aus Kula gekommen. Ich könnte Sie fahren!«

Die Gefahr hat immer etwas fatal Anziehendes; vermutlich erklärte sich Koitschev deshalb todesmutig bereit, sich nach Hause fahren zu lassen. Mit dezentem Ekel hob er die schmuddelige Abdeckplane vom Sitzloch des Beiwagens und ließ sich hineinrutschen ins Abenteuer einer Fahrt durch Widins enge Straßen und Gassen, die bedauerlicherweise immer in einer Kurve endeten. Koitschev torkelte wie ein Betrunkener nach links, dann nach rechts. Seine Finger schmerzten schon, so heftig umklammerten sie den Haltegriff. In seine Augen geriet Staub. Das alte Motorrad aber zerfiel zu seiner Verwunderung nicht in seine Bestandteile, sondern wurde im Laufe der Fahrt immer flinker und wendiger, so als wollte es Widins verschlafenen Sträßchen mal zeigen, was Fortbewegung heißt. Wenn er Menschen vor sich auftauchen sah, die beängstigend schnell näher kamen, beugte sich Koitschev so gut es ging vor und rief aus voller Kehle: »Aufgepaaasst …« Dann schaute er ängstlich zu

Krum Marijkin hoch, um zu prüfen, ob er dessen Fahrkünste mit seinen häufigen Warnungen nicht beleidigte.

Schließlich kam der Moment der Erlösung: Krum betätigte die Bremse, und das alte Motorrad kam zwischen aufgescheuchten Hühnern zum Stehen.

»Sie sind sehr sicher gefahren«, kommentierte der zu Tode erschöpfte Lehrer. »Ich lade sie gern auf ein Glas Wein zu mir ein.«

»Alkohol trinken, das ist nicht gut«, erwiderte Krum tadelnd; dennoch zog er den Zündschlüssel ab und sprang behende auf die Erde.

In der durchscheinenden Bläue des Abendhimmels sah das Haus von Gina Jotzova riesig aus, fast unwirklich. Durch den verlassenen Garten stahl sich eine Katze, und bei einem leichten Windstoß bewegte sich knarrend das Tor zum verfallenen Pferdeschuppen. Der rote Ball der Sonne schien erschöpft auf dem Kamin des Hauses Rast zu halten, bevor er versank. Aus dem einzigen Fenster, dessen mottenzerfressene Vorhänge zurückgezogen waren, drang ein Hauch von Altersheim und Einsamkeit.

»Hier habe ich ein Zimmer in der oberen Etage gemietet«, wies ihm Koitschev den Weg. »Bitte einzutreten …«

7

Tante Allwissend döste im Lehnstuhl, das Seidenkissen im Arm, Pantoffeln an den nackten Füßen. Die letzten Nummern der Zeitungen »Morgenpost« und »Freies Volk« waren ihr vom Schoß gerutscht und lagen nun auf dem Boden verstreut. Gina las nur diese beiden Zeitungen, weil nur sie ihr weiterhin die Wunder dieser Welt in einer Vielzahl von Reklame ins Haus brachten: »Sonja Henie, John Payne und der Swing Glenn Millers in ›Sun Valley Serenade‹ – Liebe und Abenteuer im schönsten Wintersportort der Welt. Ein Film der Metro-Goldwyn-Mayer«; »Die UNO tanzt … Der Ball der Diplomaten, Putzfrauen und Köchinnen der UNO … Einfach unglaublich«; »Für die Anspruchsvollen ›Renoir‹, für die Verliebten ›Verlaine‹, für die ewig Jungen ›Legrain‹, für die Romantischen ›Pierre Dune‹ – Duftwässer von Weltrang, nur echt in der Originalverpackung mit blauer Banderole«. Ginas letzter Gedanke, bevor ihr die Zeitung entglitt, war gewesen: »Und welches Parfüm verwendet eine, auf die alle vier Eigenschaften zutreffen?«

Die Hitze hatte sie einfach geschafft! Gekauert hinter das grelle Licht im Freien, hatte das Halbdunkel im Salon etwas Mystisches. Am Mittag vermeinte sie die schnurrende Stimme Pantos zu hören, die sie aus dem Sarg in der Küche mit aufdringlicher Sanftheit lockte. Ein Geruch nach Baldachinstoff und abgebrannten Kerzen stieg ihr in die Nase. Sie fuhr zusammen, öffnete die Augen und sah ihren eigenen Tod, schön in ein schwarzes Passepartout eingepasst und in einen bronzefarbenen Barockrahmen gefügt. Sie schrie auf und torkelte die Treppe hoch. Erst vor dem ehemaligen Zimmer ihres Sohnes Georgi, das sie vor zwei Monaten an den Zeichenlehrer Koitschev vermietet hatte, blieb sie stehen. Der war zwar, wie sie ihrer alten Freundin Dora anvertraute, Kommunist, aber wenigstens – im Gegensatz zu ihrem missratenen Sohn – ein wirklicher Künstler und Intellektueller von Rang. Überdies wisse man von den Kommunisten ja, dass sie zwar ein bisschen wirr im Kopf seien, ansonsten aber saubere und ordentliche Leute, die nicht jammerten oder gar stahlen. Sie tranken nicht, machten keinen Krawall und griffen den Dienstmädchen nicht unter die Schürze. Die grellen, optimistischen Farben auf seinen Plakaten und der Geruch nach Terpentin beruhigten sie. Sie fasste sich voller Selbstmitleid ans Herz, sagte aber nicht laut: »Ich Arme! Wo ist nur mein Baldrian?«, weil niemand da war, der sie hätte hören können. Echt ist nur das Gefühl, das auch ohne Zeugen auftritt.

Gina empfand ihre Einsamkeit wie ein Glashaus, das sie von ihrem still gewordenen Viertel trennte, von den Pappeln an der Donau, deren Laub jetzt schon nicht mehr raschelte, sondern knisterte, und den Gerüchen des Hafens, die von ankommendem und abfahrendem Leben voll waren. Von Panto, ihrem Mann, war nichts geblieben außer einigen Briefmarkenalben, ein paar mottenzerfressenen Anzügen und der Erinnerung an den stets ironischen Klang seiner Stimme, die in gespielter Anteilnahme fragte: »Und … wie haben wir geschlafen, meine Liebe?« Nichts geblieben war auch von ihrem Sohn Georgi außer zwei Briefen jährlich: zu Ostern und zu Weihnachten. »Mamas kleiner

Dreckskerl …«, sagte sie rachsüchtig vor sich hin, und die Bosheit munterte sie auf.

Sie schleppte sich zurück in die Küche, brockte Brot in ihre Suppe – ein Schälchen, als wär's für die Katze – und aß. Dann schlief sie wieder – diesmal traumlos – ein, in ihrem Salon, dessen Einrichtung sie in einer anderen, einer zum Verzweifeln fernen Zeit direkt aus Wien hatten kommen lassen. Als sie die Augen öffnete, sah ihr Abbild im Wandspiegel aus wie eine schlechte Wachsfigur. Doch sie war nicht traurig. Es war, als hätte sie das Objekt ihrer Hoffnungen vergessen, die Form und den Sinn des Glücks, das sie so gern noch immer an ihre vertrocknete Brust gedrückt hätte.

Die Schulter tat ihr weh, und so machte sie sich gerade daran, mit ihrer getreuen Larousse-Enzyklopädie in ihr Schlafgemach hochzugehen, da erschreckte sie das schrille Geräusch der Klingel. An diese neumodischen elektrischen Dinge wollte sie sich einfach nicht gewöhnen. Dem Geräusch nach war es nicht Zwetana. Die hätte nie gewagt, die Klingel so durchdringend und anhaltend zu betätigen. Es konnte aber auch kein Fremder sein, denn der hätte sich vorher angemeldet. Sie stand auf, schlurfte durch den Korridor, öffnete die Tür – und da sah sie im verlöschenden Sommertag, im Geruch nach Straßenstaub und welkendem Garten den Lehrer Koitschev mit einem Mann stehen, der etwas von einem Taucher an sich hatte, dafür aber erstaunlich trocken war und eine ungewöhnliche Lederjoppe trug. Gina fuhr fröstelnd zusammen und gab einen kurzen Schreckenslaut von sich.

»Entschuldigen Sie, gnä' Frau«, sagte Lehrer Koitschev galant, »ich habe meinen Schlüssel vergessen, und das ausgerechnet, wo ich einen Freund eingeladen habe.«

Der Taucher setzte seine Brille ab und schritt ohne Zögern durchs Halbdunkel auf den Korridor zu. Diese Zielstrebigkeit, diese frappierende und machtvolle Ungeduld, hineinzugelangen, erinnerte sie an jemanden, der ihr einmal sehr nahe gewesen war. Das Licht des Kronleuchters legte sich auf seine breiten Schultern und beschien seinen gedrungenen Nacken. Dann fiel es in seine blauen Augen, in denen sie einen Hauch Neugier und eine Spur Verachtung las. Auf seiner Stirne prangte eine lila angelaufene Beule, seine krausen Schläfenlocken zierte getrocknetes Blut. Er lächelte säuerlich und schaute sie fragend an; dann fiel sein Blick auf das Foto im schwarzen Passepartout neben der Wanduhr, auf dem Gina, bequem ausgestreckt im harten Eichensarg, wahrhaftig einer Toten glich.

»Der Teufel soll's holen«, lachte der Unbekannte taktlos und sagte: »Das sind ja Sie!« In demselben Moment durchfuhr es Gina: »Mein Gott, das ist ja er!« Ihr verödetes Herz überschlug sich, ihr Atem blieb stehen, ihre Beine knickten weg.

»Wenn sich meine unglaubliche Ahnung bestätigt, mein Herr«, sagte sie schließlich ohnmächtig, »dann werde ich dieses Totenfoto wohl jetzt zum Fenster hinauswerfen können.«

Zweites Kapitel

1

In der Siedlung um die Klokotniza-Straße verging die Zeit in idyllisch wirkender Armut. Die Hitze in Sofia war so drückend, dass nur die Kinder in ihren abgetragenen Hosen unten am Kanal »Faschist und Partisan« spielten. Sie balancierten über die Geländer der kleinen Holzbrücken und entdeckten laufend aufregende Dinge von hohem Nutzwert: leere Taschenlampen-Batterien, beinerne Messergriffe, verrostete Kanapee-Federn, aufgeweichte Teerklümpchen; manchmal aber auch weggeworfene Orden aus der voraufgegangenen Epoche von Zar Boris III. Einmal entdeckten sie sogar – versteckt unter einem Stein wie ein giftiger Salamander – eine gut geölte Pistole!

Wasser und Strom reichten hinten und vorne nicht. Das Hutmacheratelier an der Ecke ging ein ohne Filz, und das Lädchen »Die kleine Nachtigall«, das sich mit dem Besitz einer *echten Stradivari* brüstete, verkaufte nur Liederbüchlein, Dudelsäcke und Pauken. Die neueste Attraktion auf dem Markt war ein Drehorgelmann mit zwei weißen Mäusen und einem mageren Papagei, der mit finsterer Miene französische Flüche ausstieß. Männer gerieten sich in die Haare, um an Coupons für Schwerstarbeiter zu gelangen und so ihre Familien etwas besser ernähren zu können.

Von Nordwesten, aus Ungarn, kehrten die siegreichen bulgarischen Divisionen zurück, überhäuft mit Blumen und Tränen. Freiwilligen-Brigaden räumten die Trümmer, die die Bombenangriffe der Alliierten 1944 hinterlassen hatten, weg. Die jungen Leute glichen Archäologen, übernächtigt vor Ungeduld, die Geheimnisse einer gleichsam antiken, da von der Zeit verschluckten Welt auszugraben. Doch was sie in Wirklichkeit fanden, waren alte Herde, zerbeulte Kochtöpfe, auf Porzellan entwickelte Hochzeitsfotos, zertrümmerte Möbel und Stoffpuppen mit abgerissenem Kopf. Sie gingen so hastig zu Werke, dass sie einander ständig auf die Füße traten. Ihre Wägelchen klapperten über das Pflaster. Zur Linken und zur Rechten wirbelten die Eifrigen Staubwolken auf, die in der Sonne golden schimmerten.

Abends wurden im Viertel oft *bunte Abende* fürs Volk organisiert, mit einer Tombola, deren Preise Nippeskram oder mit Margarine gebackene Kuchen waren, allesamt Spenden der Teilnehmer. Anschließend rezitierten Laienschauspieler Humoresken von Elin Pelin über *Pishu und Penda*, Bulgariens Kasper und Gretel. Mit großem Eifer trat auch eine Bildungsvereinigung auf den Plan. Jeden Montag, Mittwoch und Freitag ging Jonka also in den Klub der Vaterländischen Front (VF), um ihre spärlichen Schreib- und Lesekünste zu verbessern. Ein pickeliger Jüngling mit Brille malte dort Buchstaben an die schwarze Tafel und setzte die Alten der Lächerlichkeit aus, indem er sie dazu brachte, im Chor zu skandieren: »Ma-ma, Pa-pa, O-ma, O-pa«, und ganze Sätze wie: »Va-ter fängt Fi-sche …«

Die Leute übten sich im *kollektiven Leben*, denn laut Propaganda galt Alleinsein als bürgerliches Privileg und Zeichen bourgeoiser Dekadenz. In den Vorschauen der Hauptstadt-Kinos tauchten erste sowjetische Traktoren auf, die laut tuckernd die Schollen brachen und dabei Rabenschwärme aufscheuchten, während die Menschen am Feldrain standen und ihnen mit einer typisch dörflichen Mischung aus Neugier und Misstrauen hinterhergafften.

2

Zwei Wunder ereigneten sich in jenem Sommer, an denen Jonka dank ihrer Weisheit und Liebe zur Magie Anteil hatte. Am höchsten Feiertag des Sieges über den Faschismus, dem 9. September, ging auf dem bunten Abend der Vaterländischen Front das Gerücht um, die Tochter Jowtschos, des Kleinkrämers, habe – ganz wie die Jungfrau Maria – im Traum einen Sohn empfangen. Form und Bedeutung des Traumes blieben unentschlüsselt, doch Piollas Vater, dem in seiner Dauer-Schlaflosigkeit nichts entging, konnte bezeugen, dass die Rolle des Heiligen Geistes von Kutscher Ermenko wahrgenommen worden sei. Dieser Ermenko war auf der stadteinwärts gelegenen Seite des Kanals, im Vielvölkerquartal Jutschbunar – Fünfbrunn – geboren, hatte seiner Stute das Biertrinken beigebracht und auch selber trübe Augen. Abends machte er kleine Zirkusveranstaltungen in Jowtschos Krämerladen und ließ dabei den Hut herumgehen. »Sie mag schon im Traum empfangen haben«, meinte Jonka bissig, »da muss sie aber *sehr, sehr* tief geschlafen haben.«

Gegen Ende Oktober bekam Saschko »Flaschko« Prodevs Frau Weneta das erste und einzige Paket ihres Onkels aus Amerika. Er beglückwünschte sie zu dem bevorstehenden Friedensvertrag zwischen Bulgarien und den USA, klagte über Nierensteine und schrieb, er sei zweimal pleitegegangen, käme nun aber gut über die Runden als Pächter einer kleinen Tankstelle mit angeschlossenem Drugstore an einer Überlandstraße im Mittleren Westen. Dieses riesengroße Paket aus Hartpappe war mit bunten Reklamestickern für Ford-Automobile und mit der amerikanischen Flagge beklebt. Es enthielt fünfzehn Tafeln Schokolade mit Erdnüssen, sechs Konservendosen mit Milchpulver, eine Dynamo-Taschenlampe in Herzform, einige Paar Seidenstrümpfe und billige Strapse, ein elektrisches Wurstschneidemesser und schließlich ein seltsames Textil aus rosafarbener Spitze, das – erst einmal befreit aus seiner transparenten Verpackung – über den Tisch quoll wie Meeresschaum bei einsetzender Flut. Dieses unerwartete Wäschestück von großer Delikatesse, das sofort die Aufmerksamkeit des Viertels auf sich zog, erwies sich als künstliche Brust. Weneta war von der Natur ohnehin schon mit üppigen Naturbrüsten gesegnet; dies hinderte sie aber nicht daran, die künstliche Brustvergößerung zu tragen. Die Wölbung zwischen ihren Oberarmen wurde so atemberaubend, dass Männer und Frauen gleichermaßen auf ihr Dekolletee starrten, das so weit aufgeknöpft war, dass die Spitze des Stütz-Büstenhalters daraus hervorlugte wie ein Gardinensaum.

»Heute mit der künstlichen?«, fragten die Frauen neiderfüllt. Weneta aber erwiderte spitzbübisch und mit kaum versteckter Überheblichkeit:

»Die künstliche habe ich gestern gewaschen, Tante Nadja. Heute Morgen bin ich nur mit der natürlichen.«

In Jowtschos Krämerladen, wo schnittfeste Marmelade eingepackt wurde in aus Plakaten der Opposition geschnittenen Papierstreifen, erörterten die Männer die Frage, ob Weneta wohl auch mit »der künstlichen« ins Bett gehe, und ob »Flaschko« Prodev seit dem Auftauchen des Pakets aus Amerika nicht neue, ungeahnte Dimensionen des Vergnügens kennenlerne.

»Wir dürfen die Wirkung der Schokolade nicht unterschätzen«, räsonnierte Piolla laut, »und dann hat Weneta ja jetzt quasi *vier* Na-ihr-wisst-schons, während unsere normalsterblichen Frauen nur zwei haben. Wenn Saschko danach ist, kann er mit der einen Hand eine künstliche und mit der anderen eine echte anfassen … Eh, bravo, was für Dreckskerle, diese Amis!«

Mochten die Geschenke des Onkels aus Amerika bei den anderen vielleicht Spottlust oder Neid wecken; bei Jonka erzeugten sie heftige Empörung. Sie nahm zwar die zehn Tafeln Schokolade an, und auch die Dose Milchpulver für den kleinen Jordan; doch diese Liebenswürdigkeit Flaschkos hinderte sie nicht daran, mit Weneta Streit anzufangen; denn *so einen Frevel* konnte weder das göttliche noch das menschliche Gewissen zulassen! Ihre Nachbarinnen aus Widin hatten ihre Kinder bis zur Vollendung des dritten Lebensjahrs gesäugt und zum Abstillen ihre Brüste mit Pflanzenextrakten, verdünntem Salepschleim und saurem Weizenbrei übergossen. »Unsere Brüste sind Nahrungsquellen«, sagte sie erbost, »da können sie doch nicht aus rosa gefärbter Seide nachgemacht werden?« Auf ihr Drängen hin meldete sich der Verantwortliche der Vaterländischen Front für die Siedlung, Genosse Nenov, bei der unglücklichen Weneta an, um ihr die Leviten zu lesen. Umleuchtet von der Aura seines Amtes und seiner moralischen Mission kam er an, hüstelte, kostete von dem türkischen Honig, mit dem Jonka ihn bewirtete, und hatte ansonsten große Mühe, seine Neugier zu verbergen. Seine Stimme war fast so hoch wie die eines Kastraten. Trotzdem hörte die halbe Straße, was er sagte: dass eine künstliche Brust dekadent sei und von starkem bourgeoisen Einfluss zeuge. Die neue sozialistische Frau hingegen sei aufgerufen, stolz auf ihre natürlichen, ihre Proletarierbrüste zu sein und deren Reinheit zu wahren.

»Was soll aus Amerika auch anderes kommen als Künstlichkeit und

Schamlosigkeit?«, ereiferte er sich. »Maschinen aber, die wir für den Aufbau unserer künftigen Fabriken und Industriekombinate dringend benötigen, weigert es sich zu schicken! Es nährt weder unsere Kinder, noch räumt es die Trümmerlandschaft, die seine Bomben in Sofia hinterlassen haben. Strapsbänder aber, Taschenlampen-Nippes und künstliche Brüste, die es selbst mit spitzen Fingern nicht anfassen würde, die schickt es uns. Das ist Amerika – heute und für alle Zeiten! Und, verehrte Genossin Prodeva, ich möchte nicht versäumen hinzuzufügen, dass selbst der lausigste Amerikaner Ihre natürliche Brust« – bei diesen Worten riskierte er einen wohlwollenden und theatralischen Blick in Wenetas Ausschnitt – »allen künstlichen Brüsten vorziehen würde, egal, wie effektvoll gewisse Geschäfte dort sie in ihren Auslagen präsentieren. Doch um darüber Klarheit zu erlangen, benötigt der Mensch ein geschärftes Klassenbewusstsein und darf sich nicht in ein amerikanisches Flittchen verwandeln, das den Bazillus der westlichen Unmoral einschleppt. Hab ich nicht recht?«

Am späten Nachmittag saß Jonka auf der Bettdecke in ihrem abgewinkelten Zimmer und legte Karten. Zwischen ihren Fingern und dem groben Wollstoff flogen elektrische Funken. Gespannt folgte sie den Zeichen, als wären es die Worte einer unendlichen Geschichte. Nach dem ehrlosen Tod Boshidars hatte sie endlich dessen Vater, ihrem Bruder Ilija, verziehen. Sie sah die Pläne von Pantos Sohn Georgi Pantov voraus, empfing Alexander Weltschev mit Kartoffeleintopf und weit geöffnetem Mutterherzen. Die Karten zischelten wie Wachstuch. Ihnen zufolge berührte sich Alexander Weltschev mit Assen in einer schicksalhaften Verbindung; in der Auflösung am Ende zeigten sie sich verbunden durch eine seltsame Hassliebe. Ein Mann mit blauen Augen strich von fern um ihr Zuhause. Ihr Blut kannte ihn, ihre Augen aber hatten ihn nie gesehen. Ihm fielen immer wieder Gewalt und Glaube zu, im Wechsel mit Sanftheit und Einsamkeit. Was aber das Seltsamste war: Dieser Mann hatte zwei Mütter! Jonka bemühte ihr Gedächtnis, blätterte im großen Buch der Zeit immer weiter zurück – doch es sollten noch Jahre vergehen, bis dieser Mann an ihre Tür klopfte.

Am meisten beunruhigt war sie über Assen, denn sie konnte sich sein Schweigen nicht erklären. Er schlief nur wenige Stunden, nachdem die Tischlampe hinter dem Vorhang die halbe Nacht gebrannt hatte. Sie hörte ihn seufzend auf und ab gehen wie einen gequälten Nachtmahr, dann schrieb er ein Dutzend Seiten mit dem Kugelschreiber voll, die er dann am Morgen zerriss und fortwarf. Stumm und verschlossen lebte er in seiner Einsamkeit, als habe er keinen Sohn und keinen Namen.

»Sieh zu, dass du ihn verheiratet kriegst, *Mutter Jonka*«, riet ihr Piollas Vater. Die ganze Siedlung nannte sie »Mutter Jonka«, als seien sie alle der Gebärmutter dieser kinderlosen Frau entsprungen.

3

Seit einem Jahr arbeitete Assen als Redakteur bei der Zeitung »Die Volksarmee«. Sein Ressort war die Innenpolitik. Er schaute auf die Welt durch das undurchdringliche Blau seiner Weltschev-Augen, schrieb und schrieb, aber … die Worte wollten nicht fließen im Strom der freien Vorstellungskraft, sondern verhakten sich, wirkten verbissen, räudig und abgegriffen. Man hatte den Eindruck, als ob er sich beim Schreiben mit jemandem stritte. Die Redaktion befand sich auf der Iwan-Wasov-Straße in einem soliden Gebäude, dessen Fenster von Soldaten auf die Schnelle geputzt worden waren. Die Fassade war von den Bombardements in Mitleidenschaft gezogen, das Parkett zerkratzt von Offiziersstiefeln. Im Foyer war das Klappern einer Schreibmaschine zu hören. Ein scharfer Geruch nach Männern mit Rangabzeichen und zweitklassigen Arda-Zigaretten hing schwer und säuerlich im Raum. Das Licht, das von der Brandmauer des gegenüberliegenden Wohnhauses reflektiert wurde, drang nur spärlich hinein.

Assen betrat die Redaktion mit finsterer Miene. Er beugte sich den ganzen Tag lang über die Worte wie über einen Schwerkranken. Allmählich wurde ihm bewusst, dass das Schreiben eine Qual war, die penetranter an einem nagte als der Hunger, weil es eine Sehnsucht nach dem Unerreichbaren und Vollkommenen auslöste, die zum Schicksal werden konnten. Er biss auf das Ende seines Stiftes, bis sein Mund sich mit lilafarbener Spucke füllte, die nach Metall schmeckte. Ein Dutzend Mal strich er seinen Anfangssatz wieder durch. Dabei brachte er nicht weniger Aufmerksamkeit und Konzentration auf als damals, als er vor dem Wohnhaus von Reservegeneral Lultschev ausgeharrt hatte, um den kürzesten Weg zu dessen verängstigtem Herzen zu finden. Manchmal bemerkte er selbst, dass seine Artikel allzu eindimensional ausfielen, um überzeugend zu sein, und dass der Kampf für den Sozialismus und eine nach diesem entwickelte Gesellschaftsordnung nicht nur Beharrlichkeit und Fanatismus erforderte, sondern auch Eloquenz und Sprachfülle. Morgens kaufte er am nahe gelegenen Zeitungsbüdchen das »Werktätigenblatt« und schaute es durch vom ersten bis zum letzten Artikel: »Genosse Georgi Dimitrov für eine Säuberung in der Armee und anderen Institutionen«, »Eine halbe Milliarde Leva Kapital zur Eröffnung von Geschäften mit niedrigen Preisen für das Volk«, »Genosse Georgi Dimitrov und der bevollmächtigte sowjetische Minister Kirsakow verabschieden die zur Pariser Konferenz aufbrechende Regierungsdelegation unter Ministerpräsident Kimon Georgiev und Vize-Ministerpräsident Alexander Obbov«, »Die Aktion zur Sammlung von Kornprodukten und Schweineschmalz weitet sich aus«, »Am 8. September werden alle Überreste von Monarchie und Faschismus mit dem Stahlbesen hinausgekehrt – Es lebe die Volksrepublik Bulgarien!«, »Bei der Erfüllung des Wirtschaftsplans zur Einkleidung des Volkes spielen die Textilarbeiter eine entscheidende Rolle«, »Die Stoßarbeiterinnen aus der Fabrik Bakisch erzeugen täglich 65 Paar Stiefel bei einer Norm von 30 pro Tag«. Danach schlug er die Oppositionszeitungen auf, vor allem das »Freie Volk« von Kosta Lultschev: »Laut ›Tribune‹, der Zeitschrift der englischen Labour-Partei, werden die osteuropäischen sozialistischen Parteien durch die derzeitige kommunistische Politik von innen heraus demontiert«, »Genosse Krastju Pastuchov vor Gericht. Die Verteidigung Krastju Pastuchovs vergleicht das *Gesetz zum Schutz der Volksmacht* mit dem 1941 in Kraft getretenen *Gesetz zum Schutz der Nation*, das die Vernichtung von Juden und Staatsfeinden legalisierte«, »*Nieder mit der kommunistischen Diktatur!* Bürger der Hauptstadt erheben diesen Satz zur Losung auf ihrer oppositionellen Wahlkampfveranstaltung. In seiner Rede spricht Bauernführer Nikola Petkov von einem Bündnis zwischen Bauern und Sozialisten. Die Lager müssten beseitigt werden, die Angst überwunden«.

Assen las diese Zeilen mit Schadenfreude und delektierte sich an ihnen gleich doppelt. Sie stachelten ihn nicht nur an, sich hinter seine klapprige Erika-Schreibmaschine zu setzen, die aussah, als habe er sie aus den Räumlichkeiten seines ehemaligen Arbeitgebers, des Bestattungsunternehmers Alexiev, gerettet; nein, er entnahm ihnen auch seine eigenen Argumente.

Wen überzeuge ich denn schon?, dachte er mit bitterer Ironie. Doch genau wie Jonka alte, weggeworfene Strickwaren aufribbelte, um aus der Wolle etwas Neues zu häkeln, dem nur leider der Geruch nach *ausgebleicht und abgetragen* anhaftete, so ließ sich Assen am Schreibtisch nieder, getrieben von dem inneren Zwang, kompromisslos nützlich und unverzichtbar zu sein.

Die Abende empfand er als Geißel. Die Sterne, noch immer sommerlich, erschienen mit warmem Glanz im Fenster, eine Lokomotivenpfeife zerriss die seidige Nacht. Der kleine Jordan schmatzte hinter dem Vorhang, wenn er von der Brust seiner Mutter träumte. Assen aber, ausgemergelt und einsam, unzufrieden und von Gott und der Welt verlassen, wiederholte gebetsmühlenartig: »Ich muss etwas tun!«

Seltsam, doch Vera, Nada und die Zwillinge waren auch jetzt nicht da. Sie waren aufgegangen in der Unsterblichkeit, in der die menschliche Präsenz die Umrisse eines Mausoleums annimmt. Ihre Vollkommenheit lag in ihrer Abwesenheit begründet, die der wahren und eigentlichen Zeit, der des Gedächtnisses, des Andenkens, Tür und Tor öffnete. Im August reiste Bai Michal nach Süden ins Rhodopen-Gebirge. Dort wimmelte es nur so vor Banden mit kleinen englischen Schnellfeuerwaffen. »Da werden Männer gebraucht«, sagte Bai Michal, »die Junggesellen sind und Erfahrung haben!« Er kehrte leicht gealtert von seiner Mission zurück. Obwohl er mehr als beschäftigt war mit seinen Angelegenheiten bei der Volksmiliz, fand er doch immer noch Zeit, sich über Assens Unversöhnlichkeit Gedanken zu machen, seine drängende Angriffslust und sein wortreiches Streben nach galligen Kommentaren, die ebenso gut Vorzeichen seelischer Gesundheit wie auch Krankheit sein konnten.

Jeden Freitag ging Assen bei Professor Jowtschev vorbei. Das war die einzige Gewohnheit, die ihn noch mit der Vergangenheit verband. Er traf den Professor in seinem verräucherten Salon an, zwischen einer Vielzahl erlesener Gegenstände, die das wohlgefügte Chaos seines Zuhauses ausmachten: Da war ein Zentaur aus Bronze, da standen die Büsten von Aristoteles und Platon mit Lorbeerkränzen, ein Mikroskop, unter dem die zuletzt betrachteten Mikroben sicher schon seit dreißig Jahren mumifiziert waren, ein Tintenfass aus schwarzem Marmor mit einem auffliegenden Adler, barocke, mit Wachs bekleckerte Kerzenleuchter, Messer zum Aufschneiden der Druckbögen neuer Bücher, stapelweise Bände voller sprachlicher Finesse, Zeitschriftenausschnitte, ein hölzerner Schoner mit geschwellten Segeln, ein Gipsabguss des Engels von Chartres, die Wanduhr mit ihrem sorgenvoll-sonoren Klang – all das schuf ein eigentümliches Bedeutungslabyrinth. Jowtschev bewirtete ihn mit Tee, hüllte sich wieder in seinen wollenen Hausmantel und glich doch einem Menschen, dem es nie warm wurde. In einer Aufwallung von Offenheit, als er einmal seine angeborene Zurückhaltung aufgab, hatte er Assen anvertraut: »Welche Zeitung ich auch aufschlage, ich treffe auf einen Artikel von Ihnen. Ich kann das ja alles gar nicht lesen, Herr Weltschev. Sind Sie denn so unverzichtbar?«

Assen hatte keine Freunde, weder in der Siedlung noch in der Redaktion, so als sei er noch immer nicht ganz astrein. Er war kein Soldat gewesen, hatte nicht im Vaterländischen Krieg gekämpft … Die Kollegen wichen ihm aus. Er war ein Fragezeichen in dieser lebendigen, aufgeräumten und kämpferischen Redaktion, ein Fragezeichen jedoch, das eher Respekt oder Ablehnung weckte als Neugier. Nach und nach gewöhnten sich die anderen an ihn, so wie man sich auch an einen überflüssigen oder gefährlichen Gegenstand gewöhnt. Er wurde höflich gegrüßt, und ihm wurde auch bereitwillig zugearbeitet; wenn er redete, hörte man ihm mit übertriebener Aufmerksamkeit zu und bedeutete ihm dadurch, dass er hier nicht am Platze war. »Ich frage mich«, sagte einmal ein redseliger Major, »wie es möglich ist, dass jemand sich so leise und behende bewegen und dabei so lärmend und plump schreiben kann?«

Am angenehmsten fand Assen die Stunden in der Druckerei. Verloren zwischen dem Geruch nach Papier und Farbe, fasziniert von den weichen Bleibuchstaben, beobachtete er die flinken Bewegungen der Setzer und Drucker. Diese höchste Wachheit erfordernde, auszehrende

Arbeit erinnerte ihn an die Tage, als er Lastenträger am Bahnhof gewesen war. Immer wenn er für die nächste Ausgabe verantwortlich war, gab es in der »Volksarmee« nicht einen einzigen Druckfehler.

4

In seinen braunen Kniebundhosen und klobigen Wanderschuhen sah Bai Michal aus wie ein Provinzler, der in die Hauptstadt gekommen war, um sich die Überreste der einstigen Pracht des Zarenschlosses und den Zoologischen Garten anzuschauen. Sie schritten durch die klamme Herbstlichkeit des Parks und hatten gerade »ihre« Gedenkstätte erreicht, an der sie aber statt Trost und Nähe nichts als schmerzliche Einsamkeit überfiel. Das stehende Wasser des Teichs war mit Laub bedeckt. Ein willensschwacher Regen rauschte leise, wie auf Zehenspitzen herab. Die Bänke glänzten im Widerschein des grauen Himmels. Hinter den verwelkten Rosenbeeten aber breitete sich Sofia aus, verräuchert, versunken in seiner Ferne. Assen fröstelte, hüllte sich fester in seinen Trenchcoat. Es kam ihm so vor, als tauchten Vera, Nada und die Zwillinge aus den Nebelschwaden auf. Ihn durchzuckte das intensive Gefühl von Gefahr. Ihm war es, als höre er das amorphe Rumoren einer Menschenmenge, zerrissen von den schrillen Tönen der Trillerpfeife eines Polizisten.

»Es kommt ja doch keiner!«, stellte Assen fest.

»Wir warten doch auch auf niemanden«, entgegnete Bai Michal und zog aus Gewohnheit seine Armbanduhr auf. Er rauchte. Sein gelblicher Schnurrbart siebte die ausgestoßenen Rauchwolken, sein Gesicht wirkte müde, übernächtigt und irgendwie aufgedunsen.

»Ich kann dich nicht in meiner Abteilung einstellen«, wiederholte er schon zum dritten Mal. »Du bist nicht der Mann, dem ich gern befehlen würde. Die Zwillinge, die hatten davon geträumt, Generäle zu werden; für die wäre es angemessen gewesen, als einfache Leutnants bei mir anzufangen. Bei dir aber ist das was anderes! Bei dir habe ich immer gedacht: Nach unserem Sieg wird der Junge einmal Professor.«

»Und warum gerade Professor?«, lächelte Assen.

»Einer der Onkel meiner Frau war Professor. Hab ihn nur ein einziges Mal gesehen. Trug einen gestreiften Anzug mit Weste und eine Drahtbrille … Seine Hände waren fein, die Finger lang. Er saß mitten unter uns am Tisch und trank Pfefferminztee, genau wie wir, aber trotzdem … Er stand irgendwie höher, über den Worten, über uns anderen, über … dem ganzen Nachmittag. Und … als ich den sah, dachte ich: So einer werde ich nie sein können. Verstehst du? Die Zwillinge, die hätten komisch ausgesehen, so mit hochgeschlossenem Kragen und festgezurrter Krawatte hinter einer Tasse Kräutertee; er nicht!«

»Wären die Zwillinge jetzt an meiner Stelle, wüssten sie genau, was sie zu tun hätten, und wie«, unterbrach ihn Assen finster. »Sie wären wirklich *notwendig* gewesen!«

»Es ist nicht schön, die zu beneiden, die nicht mehr da sind. Sie sind tot, und du bist nun an ihrer aller Stelle und musst sie ersetzen … oder es wenigstens versuchen.«

»Du weißt, jeder von uns hätte draufgehen können.«

»Ja, sicher. Aber leider sind du und ich übrig geblieben.«

»Muss ich das nicht bedauern?«

»Ich verstehe dich nicht, mein Junge.«

Assen seufzte. Dieses Gespräch wiederholte sich nun schon seit Monaten mit trauriger Regelmäßigkeit. Wie konnte er Bai Michal seinen Zustand erklären, wenn er selbst nicht wusste, was er eigentlich hatte? Der Sieg des Sozialismus war damals in seinen Träumen ein erhabenes, lebenfunkelndes Licht gewesen, in dem alles einfach und leicht erschien. Um das schwarze Bollwerk der feindlichen Mächte zu überwinden, musste man nur ein paar Erniedrigungen und den erbitterten Kampf bis zum Sieg aushalten. Assen hätte nie geglaubt, dass die Gefährlichkeit dieses Kampfes, die permanente Bedrohung, in der er gelebt hatte, den Menschen in solch heilige Verzückung versetzen konnte, dass sich auf magische Art eine Identität daraus beziehen ließ, die sogar Selbstverwirklichung vorgaukelte. In letzter Zeit hingegen peinigte ihn das Gefühl, überflüssig zu sein, aber er wusste nicht, woher es kam. Er fühlte sich mitgeschleift von einer ins Riesenhafte aufgeblähten Mittelmäßigkeit. Er schrieb also und schrieb, drosch auf die Opposition ein; doch Worte – das sah er wohl – waren nicht immer auch Tat. Es wäre aber lächerlich gewesen, wieder als Träger am Bahnhof anzuheuern, und nicht minder unpassend, Rechtsanwalt zu werden und mit einer Pepitafliege herumzulaufen. Von einer Rückkehr in die erstarrte Provinzialität Widins konnte erst recht keine Rede sein. Erstaunlich: Gerade jetzt, wo er endlich frei war und eigentlich hätte glücklich sein müssen, fühlte er sich niedergedrückt und ausgesperrt.

Morgens erwachte er, berstend vor Energie und mit Muskeln, die zuckten vor Kraft. Ein angenehmes Hungergefühl und Tatendurst erfüllten ihn. Doch der Tag breitete sich vor ihm aus in immer derselben öden Weite; schon morgens hatte er etwas herbstlich Vergilbtes. Einziger Kitzel waren die Nachrichten aus den Oppositionszeitungen. Nein, die Freiheit war kein Gegenstand, den man mal eben so verrücken und nach Belieben verwenden konnte. Was aber ist, so dachte Assen, wenn die Freiheit sich in *erledigter Arbeit* misst, darin, wie unverzichtbar wir sind? Dann war ich vorher freier als jetzt! Ja, *ich war die Freiheit selbst*!

Assen saß in seinem abgewinkelten Zimmer. Die Gardinen siebten das Licht und ließen nur ein drückendes Halbdunkel hinein. Alles, aber auch alles darin erinnerte ihn frustrierend an Vera. Das Weinen des kleinen Jordan versetzte ihn in die Kindheit, zurück zum trügerischen, beweglichen Horizont über der Donau, zum algengrünen Festungsgraben mit seinen Abermillionen Krankheitserregern und dem durchdringenden Geruch nach stehender, ja abgestandener Zeit. All dies verschloss die Welt vor seinen Augen, so wie jetzt seine mangelnde Lebenserfahrung ihn in diesen vier rissigen Wänden einsperrte, in der nur die Stimme Jonkas zu hören war und das rettende Lärmen der Opposition. Solange es noch eine Opposition gibt, erkannte er, werde ich noch gebraucht; aber danach? An seinem Kugelschreiber nagend, spürte er immer deutlicher, dass ihm die direkte Sichtbarkeit, die Präsenz all dessen, was einst verborgen war, am schwersten auf der Seele lag. Welch geheimnisvollen Zauber hatten jene Vormittage besessen, die er im Bestattungskontor »Glückliches Ende bei Alexiev & Sohn« in der Nähe des geistig nicht eben sehr hellen Chefs verbracht hatte, wo Fräulein Pastuchova ihre kleinen Geschichten von trächtigen Katzen erzählte, und von wo aus er aufbrach zur anödend barocken Pracht jener Häuser, in denen der Reichtum selbst einem Verstorbenen glich. Assen war ein Niemand gewesen! Seine Wichtigkeit, seine strategischen Gedanken und Fähigkeiten als Profi blieben im Verborgenen, unerkennbar für die Menschen um ihn herum mit ihrer eitlen Zeigelust! Es war, als hätten diese strikt »undercover« durchlebten Jahre ihn sogar für sich selbst unidentifizierbar gemacht, sodass er Mühe hatte, sich und seinen Gefühlen ins Gesicht zu schauen, ohne dabei die Gespaltenheit und geistige Verstörung seiner Existenz zu sehen. Er fühlte sich herausgerissen aus dem Boden seines eigenen Seins, in bitterster Weise verpflanzt in ein absurdes, beliebig wirkendes Leben. Eingehüllt war er in einen Mantel, der ihm entweder zu weit oder zu eng war, und der nach »fremd« roch.

Die plötzliche *Sichtbarkeit* begleitete ihn als Unterscheidungsmerkmal überallhin. In seinem Bestreben, sie der Wahrnehmung zu entziehen, brüskierte Assen die Menschen um sich herum. Er verhielt sich noch immer wie ein *Illegaler*, überkorrekt, diszipliniert und so ungesellig wie möglich. Ruhig war er nur im Menschengewimmel an den Markthallen, in der überfüllten Straßenbahn, im welken Herbstduft des Marktes oder in vollkommener Einsamkeit. Seine Begegnungen mit Bai Michal und Professor Jowtschev bereiteten ihm Schmerz, machten ihn bitter. Jonka folgte ihm mit fragendem Blick, Goscho Pantov schickte ihm Grußkarten zu den großen Festen und Einladungen zum Mittagessen. Assen aber dachte: Was soll ich dort, wenn ich mich nicht mehr verbergen muss?

Anfangs glaubte er noch, mit Willenskraft und Beharrlichkeit darüber hinwegzukommen. Er erzog sich dazu, wach zu bleiben mit den Katzen und dem Mond, nachts zu arbeiten, wenn der Lärm der Stadt verstummt war und nur noch Naturlaute an sein Ohr drangen. Schließlich begann er unter diversen Pseudonymen zu schreiben und seine Artikel mit Allerweltsnamen wie Iwanov, Petrov oder Georgiev zu signieren. Doch auch diese kleinen naiven Schlaumeiereien, mit denen er gehofft hatte, sich selbst zu überlisten, verschafften ihm keine Erleichterung. Er wich damit einfach nur der Verantwortung für seine eigenen Worte aus, die mit immer derselben galligen Hilflosigkeit die Spalten des »Werktätigenblattes« füllten wie die der »Volksarmee«. Er hatte sich seine äußere Unsichtbarkeit zurückerobert; doch dies entfremdete ihn den Leuten nur noch mehr. »Geh doch mal mit Freunden raus und betrink dich«, riet ihm Jonka. »Es gibt doch genug Mannsbilder in der Siedlung. Wenn's sein muss, prügel dich mit jemandem … So eine Schlägerei lindert das Leid!«

»Wenn du damals schlappgemacht hättest, Junge, hätte ich dich ja wenigstens verstehen können. Ich hätte dich aus unserer Gruppe rausgeworfen, aber ich hätte dir verziehen. Ach, damals, das waren andere Zeiten – da war es nach außen hin schwerer, aber nach innen leichter. – Ich muss mal ein Wörtchen mit deinem Professor reden, diesem Jowtschev.«

Assen musste unwillkürlich lächeln. Er stellte sich die Nähe zwischen den beiden Männern vor, wie sie da in Jowtschevs schäbigem Sprechzimmer in der Universität saßen, voller gegenseitigem Misstrauen, enttäuscht voneinander. Dazu die Würde ihrer beider vorgerückten Jahre, ihre zerknitterten Anzüge, die den Unterschied zwischen ihnen nur noch stärker hervortreten ließen. Beide waren sie seine Lehrer, doch Assen scheute sich, sie zu bitten: »Bringt mir bei, wie ich nützlich sein kann!«

Der Regen wurde stärker. Die Goldfische verkrochen sich in den Schlamm am Grunde des Teichs. Die Tropfen, die auf seine Oberfläche prallten, erzeugten Blasen, so als koche das Wasser.

5

Auf dem Heimweg vom Kino »Gloria Palast«, betäubt von der weichen Herbstnacht, kaute Goscho Pantov auf einem Streichholz und erzählte Sonja die letzten Neuigkeiten, die in der »Morgenpost« auf der Panoramaseite »Aus aller Welt« abgedruckt waren.

»In Philadelphia, meine Teuerste«, begann er träge, »hat der berühmte Forscher Theodore Mason ein Serum entdeckt, das gegen Krebs wirkt. Da er immer so furchtbar übermüdet war von seinen mitternächtlichen Beschäftigungen, suchte dieser große Mann eigentlich ein Aufputschmittel. Anstatt sich jedoch etwas für die Erregung der Nerven zu verpassen, injizierte er sich eine Ampulle Strychnin … So blieb die Formel seines Heilmittels leider unbekannt. Was für eine *Malchance* …«

Sie überquerten bereits den Platz vor der Newski-Kathedrale. Die gelben Pflastersteine glänzten in geheimnisvoll goldener Wärme. Die Straßenlampen um das Parlamentsgebäude daneben brannten bereits; ihr Licht schien Staub abzusondern und damit den Blick auf das erhabene Gotteshaus zu trüben. Sonja war irgendwie zerstreut und melancholisch. Sie strich sich eine widerspenstige Haarsträhne aus der Stirn und erwiderte: »Wie schade.«

Wahre Frauen haben einfach keine Phantasie, dachte Goscho bei sich. Sie füllen die Lücke durch Nervenkrisen! Dafür würden sie aber niemals *Koffein* mit *Strychnin* verwechseln …

Er blieb galant zurück, half ihr, in der Dunkelheit die Treppe zu ersteigen, und empfand plötzlich Mitleid mit ihr. In seinem Drang, die sich abzeichnenden politischen Ereignisse in Bulgarien zu überleben, hatte Georgi sie fast völlig vergessen. Ein halbes Jahr hatte er geschwankt, ob er – als verarmter Gutsbesitzer – der Bauernpartei beitreten sollte, den in der Opposition befindlichen Vereinigten Sozialdemokraten, oder ob er nicht besser parteilos bleiben sollte. Dass er vor lauter sorgenvollem Nachdenken abgenommen hatte, war eines; dass aber beim Grübeln der ganze Vorrat an erstklassigem französischen Cognac zur Neige ging, war das definitive Signal, sich zu einer Entscheidung durchzuringen. Eines Nachts, als er sich besonders einsam fühlte, fiel ihm *Zveno* ein, eine Partei, die keine Vergangenheit und keine Zukunft hatte und ebendarum so nützlich war. Schwankend zwischen gesamtvölkischer Begeisterung und Schrecken, war sie gleichsam der Inbegriff der Gegenwart. Ja, sagte sich Goscho und klimperte den »Flohwalzer« auf dem Flügel, die »Morgenpost« ist wirklich die passendste Zeitung: sie ist ein bisschen *dafür* und ein bisschen *dagegen;* sie ist *für* das Volk – und was könnte es Weiseres geben für jemanden, der es mit niemandem halten will, als für das Volk zu sein?

Auf dem Treppenabsatz vor ihrer Wohnungstür wehte sie der feine Hauch gestörter Ordnung an, der Geruch aufgescheuchter Behaglichkeit. Georgi hüstelte. Seine Hand streifte unwillkürlich den Lichtschalter. Der aufflammende Lampenschein traf ihn mit der Wucht eines Boxhiebs. Erst nach mehrmaligem Zwinkern sah er die herausgerissene Tür zum Wohnzimmer. Eine diffuse Angst hinderte ihn daran, den Raum sofort zu betreten. »Einbruch …«, dachte er und spürte: Die bevorstehende Nacht würde lang sein.

Benommen staksten sie von Zimmer zu Zimmer. Eine höchst erfahrene Hand hatte sich mit der Wohnungseinrichtung beschäftigt, die Satinschatullen mit dem Schmuck geleert und die Kleiderschränke mit den Anzügen des verstorbenen Herrn Toromanov geöffnet; sie hatte die Kommoden durchwühlt und Sonjas Unterwäsche gehässig über den Boden der ganzen Wohnung verstreut. Sie hatte die geschnitzten, juwelenbesetzten Elfenbein-Stücke mit den Szenen aus einer überbesiedelten chinesischen Stadt mitgehen lassen, das Bargeld vom Toilettentisch eingesteckt und darüber das in die Matratze eingenähte Geld keinesfalls übersehen, wie deren aufgeschlitzte Nähte bewiesen; ja, es fehlten sogar drei Flaschen Öl aus der Küche. Das Silberbesteck und die Silberleuchter waren fort, die Suppenterrinen aus Meißener Porzellan waren zerbrochen. Unberührt und unversehrt prangte im Küchenbüfett einzig und allein das mit Paradiesvögeln bemalte Service der Widiner Porzellanfabrik Ilija Weltschev, das dieser ihnen zur Hochzeit verehrt hatte.

»Wir sind beraubt worden«, sagte Goscho Pantov laut. »Was wir jetzt unter keinen Umständen tun dürfen, ist: die Miliz rufen!«

Er nahm den Schlüssel vom rostigen Nagel in der Speisekammer und eilte so behenden Schrittes die Treppe zum Söller hinauf, dass er sich den Kopf an einem Dachbalken stieß. Die Kerze erlosch zweimal, bevor er das Vorhängeschloss, das nicht größer als eine Walnuss war, aufbekam. Der Koffer, dem Vergessen, den Spinnen und dem Staub anheimgegeben, lag unberührt zwischen achtlos herumliegenden Stühlen, Retorten, alten Zeitungen und einem Haufen längst geleerter Gläser und Tassen, geschützt einzig von seiner zerkratzten Unansehnlichkeit. Seine Schlösser quietschten und knirschten, dann leuchteten ihm die Geldscheinbündel mit mattem Glanz entgegen. Wie wehrlos, dieses Geld, sagte er sich munter. Zum ersten Mal, wenn auch nur im Geiste, verbeugte er sich vor der weisen Voraussicht seiner Mutter. Er sah die Spinnennetze im Strahlenkranz der Kerze erzittern unter seinem erleichterten Seufzer.

Beruhigt stieg er wieder hinab. Im Korridor klopfte er sich den Staub vom Anzug. Sonja saß im Lehnsessel, die Hände im Schoß zusammengelegt, abwesend, irgendwie verwaist. Schluchzer schüttelten sie, so wie nur eine Stunde zuvor Lachkrämpfe sie geschüttelt hatten beim Anschauen des französischen Spielfilms »So küsst Fernandel«.

»Ist das denn ein solches Unglück?«, fragte Goscho tröstend. »Schau, Liebes, Christus hat gesagt: ›Wenn du zwei Hemden hast, so gib eines deinem Nächsten.‹ Nun hör auf mit dem Weinen.«

Er konnte nicht wissen, dass sie sich nicht grämte über das Gestohlene und Verschwundene, sondern über alles, was daran erinnerte, weil es im Hause geblieben war.

6

Der Herbsttag spiegelte seine melancholisch gefärbte Pastoralstimmung im See, die müde Sonne polierte die Wasseroberfläche. Die nierenförmige Uferlinie sah aus wie mit Quecksilber versetzt. Das See-Restaurant, erbaut auf einer in den See ragenden kleinen Halbinsel, war halbleer. »Ariana« war Georgi Pantovs Lieblingsgaststätte, denn hier waren noch wirklich aromatische Hackfleischröllchen und Gerichte mit den großen weißen Bohnen aus Raduilovo zu bekommen. Das Bier vom Fass war anständig, der Blick auf die Adlerbrücke majestätisch, und in den Ruderbooten, die hier zu mieten waren, konnte man vielleicht einen Blick auf die zarte Fessel einer echten Dame mit aufgespanntem Sonnenschirmchen erhaschen.

Im »Ariana« erhielt die nächste Stufe des geistigen Niedergangs von Goscho Pantov ihre Konturen. »Der nächste Schritt abwärts«, hatte er Sonja gesagt, »wäre dann, dass ich anfange, dicke Bücher zu lesen oder eine Vereinigung zum Schutze verarmter Reicher gründe.« Ja, im »Ariana« verneigten sich die Kellner noch vor Leuten, die Knarzbrettchen in den Sohlen echter Lederschuhe trugen, erkannten die flauschig weichen Anzüge aus dem Atelier von Couturier Rantschev, wussten, dass der bulgarische Anisschnaps Mastika im Sommer eisgekühlt sein musste und dass die Anrede »Herr« eine privilegierte Form des Anrechtes auf Alleinsein darstellte. Kurz, hier gingen noch Leute aus der guten alten Zeit ein und aus, nur dass sie sich jetzt voreinander schämten, über Magenbeschwerden redeten, über Leberschmerzen und Brennen in der Prostata. Erinnerungen an die Heilquellen von Karlsbad, Wiesbaden und Bankja, an die mystische Entrückung spiritistischer Séancen, an die erlösende Verruchtheit von Frauen wie Seta Topalova oder die asketische Unbesiegbarkeit von Männern wie Boshidar Weltschev, an das Palaver und die südlichen Getränke in der italienischen Gesandtschaft erschienen nun deplaziert, wirkten wie Visionen aus einem Leben, über das zu sprechen unanständig war. Man redete ja auch nicht über einen teuren Verstorbenen in Anwesenheit der nächsten Hinterbliebenen. Wenn nicht gerade irgendein Kretin oder Schwarzmarkthändler sich betrank, herrschte im »Ariana« die Stille traurigen Angedenkens. Zerzauste Vögel in der Herbstmauser flogen vorbei, und die Laubfeuer, die die Gärtner nach dem Zusammenkehren der gefallenen Blätter entzündeten, schienen den Tag zu räuchern und haltbar zu machen für den Winter wie einen schweren Schinken.

Die Weiden streuten ihre Schatten auf den Kahlkopf des Herrn Tschakalov, vermählten sich mit den Spiegelungen auf dem See und vermittelten Kummer und Frieden. Tschakalov, Vetter zweiten Grades seiner Frau Sonja, war einer von den neuen Bourgeois. Er war übermäßig reinlich, stank nach Damenparfüm, hatte ein beginnendes Doppelkinn und seltsam kleine, schwitzige Hände. Manche Menschen gleichen ihren Müttern, andere ihren Vätern, dritte den Hausfreunden – bei Herrn Tschakalov musste man nur das »T« weglassen und schon sah man seinen wahren Charakter – *Schakal*ov. Georgi fühlte sich bei seinem Anblick an den Mann erinnert, dem er Toromanovs Konditorei-Café »Bulgaria« verkauft hatte, den einstigen Treffpunkt der feinen Leute. Dieser Verkauf hatte ihn für sein Leben nicht nur einer Immobilie, sondern auch einer Lebensaufgabe beraubt, die ihm beträchtliches Ansehen hätte eintragen können, wenn er auch nur ein wenig Fleiß und Geschick bewiesen hätte.

Das Angebot Tschakalovs war in einem solchen Maße verlockend, dass Georgi sofort skeptisch wurde. Er kam zu ihnen mit einem Strauß im Umfang eines halben Blumengeschäfts, machte untertänigst den Kotau, küsste mit Wiener Grazie Sonjas Hand und überschüttete sie mit Komplimenten. Er aß gierig, nachdem sie ihn höflich gebeten hatten, doch zum Essen zu bleiben. Da erinnerte sich Goscho an die Worte des alten Toromanov, die er im purpurnen Vestibül des Union Club gesagt haben soll: »Meine Herren, wissen Sie, wie ich es hasse, wenn mich die Leute lieben? Helft mir, rettet mich vor ihrer Liebe – mit ihrem Hass werde ich schon allein fertig!«

»Meine Idee ist ganz einfach«, fuhr Tschakalov schmeichlerisch fort: »Wir bauen zwei, drei Mietshäuser; das Baumaterial und die Arbeitskräfte lassen Sie mal ganz meine Sorge sein. Ich habe Freunde in den Dörfern im Umkreis von Sofia, ja, unter den Schopen, ganz recht! Die haben nicht viel Erfahrung, sind aber dafür billig. Wenn alles fertig ist, verkaufen wir und machen halbe-halbe. Sie sehen selbst, Herr Pantov, zurzeit strömen die Menschen von überall in die Hauptstadt. In Sofia wimmelt es wie in einem Bienenkorb, und dabei liegt die halbe Stadt noch immer in Schutt und Asche. Der Wohnraummangel, den hat uns – wenn Sie mir diesen Ausdruck gestatten wollen – der Himmel geschickt! Des einen Not, des andern Brot!«

Das hörte sich so simpel an, das konnte einfach nicht funktionieren. Georgi nahm einen Schluck von seinem Bier, während seine Gedanken träge und – wie immer – ziellos umherwanderten. Nein, er traute Tschakalov nicht über den Weg, da mochte er ihn noch so sehr seiner aufrichtigen verwandtschaftlichen Verbundenheit versichern. Allein die Größe und Unkontrollierbarkeit eines solchen Bauvorhabens! Sich selbst traute er aus gutem Grund am allerwenigsten! Er hatte sich nie mit Investitionen befasst. Überdies hatte er einen tief sitzenden Widerwillen gegen gelöschten Kalk und gegen Bauern und Dorftrampel. Die unabsehbaren Veränderungen, die im zerbrechlichen und sich immer stärker verengenden Gefäß der Zeit emporquollen, jagten ihm auch so schon genug Angst ein. Trotz all dieser Einwände spürte er nur zu gut: *Etwas* musste er anpacken, denn die so sorgsam von fleißigen Spinnen und Staub gehüteten Geldreserven auf dem Dachboden trugen keine Zinsen. »Verarmender Millionär«, das klang immer noch nach »Eile mit Weile«, doch auch schon ein wenig bedrohlich.

»Mn-jaaa«, räsonnierte Georgi Pantov finster, »Reichtum und Armut sind beide eine Last; aber es ist immer noch angenehmer, die schweren Kalorien des Überflusses mit sich herumzuschleppen als die Leichtigkeit, mit der dem Armen der Magen knurrt. Wenn mein Vater, Ehre seinem Angedenken, allmählich und kontinuierlich verarmt wäre, hätte er nie Hand an sich gelegt; die Kataklysmen dieses verrückten Lebens hätten ihn im bittersüßen Gleichgewicht aus Sorge und sanftem Verzicht zu hohem Alter geführt.«

»In diesen Zeiten gibt es keinen unsichereren Besitz als Geld, Herr Pantov«, sagte Tschakalov gedehnt.

»Da haben Sie wohl recht. Wer welches hat, kann sich nicht mehr sicher fühlen.«

»Sie haben doch, nicht wahr, das Café ›Bulgaria‹ veräußert? Und der alte Toromanov, Gott hab ihn selig, hat meiner lieben Base doch sicher eine Kleinigkeit hinterlassen?«

»Das Café, ja, lieber Freund – nicht ganz Bulgarien! Die Bombenangriffe haben es zerstört, und der Handel selbst hat sich im Nachhinein als übereilt und unvorteilhaft erwiesen; dann diese Inflation … Stellen Sie sich vor, Sie bekommen nirgendwo mehr echten Cognac!«

»Sie müssen mir glauben, Herr Pantov, wo wir doch so gut wie verwandt miteinander sind … Die Schopen und der Zement sind meine Sorge, sie stehen sozusagen unter meinem bescheidenen Dirigat. Zum Wohl!«

Georgi schnippte mit den Fingern nach dem Kellner und zeigte auf sein leeres Glas. Verfluchter Traum, der ihn da neuerdings heimsuchte und ihm das Vergnügen an diesem kühlen Nachmittag raubte. Er träumte, wie sich sein Appartement beständig und mit erhabener Langsamkeit mit Staub füllte. Wie eine zweite Haut bedeckte dieser Staub Möbel und Kaminuhren, Sonjas Flügel und die Bronze-Kerzenleuchter; er klebte auf den Fensterscheiben, sodass das Licht im Raum immer mehr erlosch und zu einem trüben, erstickenden Brei wurde. Monoton sinkend, brachte dieser Staub den Raum zum Stillstand, bis er alle Geräusche erstickt hatte. Goscho versuchte zu schreien, doch auch aus seinem Mund wölkte nur Staub … Albträume hatte er auch zuvor gehabt. In denen stürzte er in Abgründe oder kam auf andere tragische Weise ums Leben; aber das hier, dieses schleichende Ersticktwerden – das war beklemmend.

Wenn er – oft noch im Dunkeln – erwachte, badete er in kaltem

Schweiß. Begierig, etwas Festes, Bleibendes, Gegenständliches zu berühren, streckte er seinen Arm unter der Decke aus und ergriff den bronzenen Knauf eines Bettpfostens. Dessen kühle Glätte beruhigte ihn. Aus Gewohnheit stand er auf, ging zum Arzneischränkchen und träufelte sich Baldrian- und Hoffmannstropfen in ein Glas. Er schaltete die Leuchter im Wohnzimmer ein, die ihn mit dem Perlmuttglanz ihrer Kristalle blendeten. Wie war das jetzt: Durfte man noch »ich« oder musste man schon »wir« sagen, wenn man nicht mehr anwesend war im eigenen Leben?

Morgens stand er auf mit schwerem Kopf und – verbrachte den Vormittag mit Staubwischen. Mit einem weißen Seidentaschentuch prüfte er nach, und wenn er darauf auch nur den kleinsten Staubrest entdeckte, wurde er jähzornig. Irgendwo musste doch ein Ausweg, eine Rettung, ein Halt zu finden sein? Mit dem Müßiggang, seinem ureigensten Talent, kam er nicht weiter. Gewohnheiten, Erinnerungen an verschwundene Persönlichkeiten, der Okkultismus – das alles hatte keine Zukunft mehr! Direkt bedroht hatte ihn noch niemand, doch – aus seinen Träumereien aufgeschreckt – fand er sich in einer amorphen, undefinierbaren Welt wieder. Der leidenschaftliche Instinkt der Weltschevs drängte ihn zu kämpfen; das Beispiel seines bisherigen Lebens hingegen riet ihm, nichts zu unternehmen; das Ringen dieser beiden Kräfte verwirrte ihn und spitzte seine artistische Feinfühligkeit aufs äußerste zu … Und nun geht auch noch der Cognac zu Ende, wiederholte er apathisch. Hätte Sonja nicht wenigstens eine Flasche von dem fassgereiften alten *Napoléon* beschaffen können? Die Idee, eine Druckerei für Ansichtskarten zu kaufen, erschien ihm nicht gut. Einen kleinen Zirkus finanzieren mit faulen Python-Schlangen, dressierten Tauben und edlen Pferden, gelenkigen Artisten und einem Zauberer, der Frauen in Kisten zersägte? Hm. Aber sich von Schopen-Bauern sechsgeschossige Mietshäuser bauen lassen …

Aus seiner Ledertasche hatte Tschakalov ein riesiges Blatt Reispapier herausgenestelt. Die bläulichen Linien darauf kreuzten sich auf komplizierte und undurchschaubare Weise und sahen für den Laien eher nach hervortretenden Altersvenen aus als nach einer Bauzeichnung.

»Die Wohnzimmer sind ein bisschen lang geraten und bekommen

daher zu wenig Licht, aber was interessiert uns das«, murmelte Tschakalov. »Dafür sind die Küchen komfortabel, und die Balkone … Schauen Sie mal, was für ein malerischer Blick aufs Witoscha-Gebirge! Sie müssen mir einfach glauben und vertrauen, Herr Pantov.«

»Aber das tue ich doch, lieber Freund. Die Erfahrung aber lehrt uns, dass man mit Glauben und Vertrauen nur Revolutionen und andere Trümmerhaufen errichten kann; Mietshäuser aber baut man mit Geld.« Er winkte einem jungen Hausmädchen zu, das gerade in einem Ruderbötchen unter der kleinen Brücke hindurchglitt. Ein Mann mit Schiebermütze und Gummischuhen saß darin, der der entzückenden Mamsell den Hof machte. »Was gab es seinerzeit für Frauen!«, seufzte er.

Tschakalovs Doppelkinn erzitterte unter seinem forcierten Gekicher, bei dem er an einem seiner rosafarbenen Öhrchen zog. Der knorrige Bierkrug, den er in der anderen Hand hielt, wirkte in seinen Fingerchen gewaltig. Ihre Gläser kreuzten sich und erklangen hell wie Degen.

7

Sonja Pantova wollte und konnte die Erniedrigung des Einbruchs nicht vergessen. Etwas von der Gewalt, mit der der Täter die Eingangstür zu ihrem Heim aufgebrochen hatte, hatte er gleichsam ihr persönlich angetan. Da gab es also geschickte und gnadenlose Hände, die sich nicht darum scherten, dass sie ihr mit dem Diebesgut auch Ruhe und Sicherheit raubten. Sie hatten ihre Privatsphäre zerstört, jenen intimen, unsichtbaren Teil des Selbstgefühls einer Person, den sie braucht, um *Zuhause* sagen zu können. Den gestohlenen Wertsachen trauerte sie nicht hinterher. Die Vorstellung aber, dass jemand seinen Jux mit ihrer Abwesenheit getrieben hatte, mit dem schutzlosesten Teil ihres Lebens, ließ sie vor Ekel erschauern. Die verstreuten Dessous waren nur der sichtbarste Ausdruck dieses Frevels.

Eine ganze Woche lang verbrachte sie damit, das Wohnzimmer wieder in Ordnung zu bringen. Sie verschob den Flügel, auf dem niemand mehr spielte, die gedrechselten Kommoden und jene Kaminuhren und chinesischen Vasen, deren antiquarischer Wert dem Räuber entgangen war. Doch all ihre Mühe erwies sich als vergeblich. Etwas Unwiderrufliches war geschehen. Auf einmal verstand sie, wovor ihr Mann sich so fürchtete: die langsame und stetige Zerstörung. Der Dieb hatte einen Prozess zum Abschluss gebracht, der schon am Tag ihrer Hochzeit begonnen hatte. Es war, als habe eine Motte die ganze Zeit am Stoff der Zeit genagt und hässliche Löcher in ihrer Seele hinterlassen. Der Einbrecher war gleichsam durch diese Löcher hineingeschlüpft und hatte dem Verlust eine Identität gegeben.

Abends, wenn sie sich vor dem Spiegel ihres Toilettentischchens entkleidete, schämte sie sich plötzlich, weil sie spürte, wie die Augen dieses Jemand gierig über ihre Brüste und Schenkel glitten, und zwar umso stärker, je mehr sie versuchte, ihre Blöße unter dem Nachthemd zu verstecken. In diesen Stunden horchte sie in die leere Wohnung hinein, deren Stille den Klang einer hohlen Glocke hatte, und versuchte, an Assen Weltschev zu denken. Ihr kam es so vor, als könne nur er den Einbrecher aus ihrer Wohnung vertreiben, weil nur er stärker war als die Zerstörung und Macht hatte über jene unsichtbare Bedrohung, die ihr Leben umsponnen hatte. Sie erschrak selbst über ihre Hinwendung zu Assen, die – obwohl sie unter den gegebenen Umständen erfolglos bleiben musste – dennoch die Logik und Richtigkeit weiblicher Intuition besaß.

Tagsüber ertrug sie die Gegenwart des Dienstmädchens und das Herbstlicht, das welk in die Räume drang wie Laub. Da wuchs in ihr das Verlangen, etwas Nützliches zu tun, etwas Eigenes. Zufällig fiel ihr Blick auf die Buchreihen der Bibliothek und verharrte auf den teuer in Leder eingebundenen Werken Maupassants. Beim Durchblättern musste sie bitter lächeln. Auf den vergilbten Seitenrändern waren noch die Bemerkungen Fräulein Tatjanas zu lesen, bei der sie Russisch und Französisch gelernt hatte. Sie hatte den Klang der französischen Sprache immer schön gefunden; sie musste dabei immer an ein verliebtes Mädchen denken, das sitzengelassen worden war.

Nachdem sie die kürzesten und gefühlstriefendsten Geschichten ausgesucht hatte, vertiefte sie sich ins Telefonbuch und ruhte erst, als sie die Adresse des kriselnden Verlagshauses »Stern« gefunden hatte, das übersetzte Literatur, Künstlerplakate und Visitenkarten druckte.

Der Inhaber, ein Herr T. C. Jakimov, hörte ihr mit höflicher Aufmerksamkeit zu. Während sie redete, bemerkte Sonja, dass er melancholisch-verträumte Augen hatte, eine Weste unter dem Sakko und zweifarbige Schuhe trug.

»Die Leute brauchen Wunder, nicht Kunst«, erwiderte ihr der Verleger schließlich, »vor allem jetzt, wo sowjetische Heldengeschichten in Mode kommen. Ich sage Ihnen, verehrte gnädige Frau, es wird nicht lange dauern, und wir haben mehr heroische Bücher als wirkliche Helden; Maupassant wird also noch eine Weile warten müssen … Aber wie sieht es mit Ihnen aus: Haben Sie nicht einmal selbst versucht zu schreiben? Nein? Schade, das Pseudonym *Luisa* würde gut zu Ihnen passen.«

Jakimov lud sie zu Tee und Biskuits ein, Sonja lehnte ab. Auf dem Heimweg fiel – mysteriös! – Schnee aus einem dunklen, wolkenlosen Himmel. Zu Hause durchwühlte sie das Apothekenschränkchen auf der Suche nach Goschos bitterem Kopfschmerzpulver. Sie fühlte, dass nichts mehr in der Lage war, sie von ihrem Übersetzungs-Vorhaben abzubringen; es hatte sie gepackt wie eine Krankheit.

Während der Arbeit hatte Sonja das Gefühl, fremde, märchenhafte Kleidung überzustreifen, die sie mit sich selbst auszufüllen versuchte. Ihr Mann neckte sie für diesen neuen Spleen; heimlich aber war er eifersüchtig auf Maupassant, diesen »an Syphilis krepierten unglücklichen Liebhaber«.

Dem Herbst gingen die Farben aus, bis er einer kargen Strichgrafik glich. Weihnachten rückte näher mit seinen Düften und seinem eisigen Wind. Abends, wenn der Frost kam, krachten die Regenrinnen.

Seltsam. Seit Wochen schon fürchtete Sonja sich nicht mehr vor dem Einbrecher! Dafür hatte sie jetzt Angst vor Assen Weltschev, dessen ständige Präsenz in ihren Gedanken sie quälte. Wenn sie vor dem Toilettenspiegel stand, vermeinte sie zu sehen, wie er scheu den Blick von ihrer Nacktheit abwandte. In seiner Hand hielt er, als sei es ein Liebesbrief, noch immer das Tütchen mit den Petuniensamen. Um ihn zu verjagen, rief Sonja sich das tierische Begehren des Einbrechers ins Gedächtnis, stellte sich vor, wie er sie packte, in eine Ecke drückte und dort lüstern betatschte. Ha, und obwohl er muskulös war und seine Hände riesige Pranken mit langen Nägeln, hatte er doch keine Chance gegen Assen Weltschev, der ihn von ihr fortriss.

Langsam muss ich wohl beginnen, Weihnachtsgeschenke zu kaufen, dachte Sonja verträumt. Damit das Fest kommen kann.

8

Neben dem Fenster sitzend, in dem der Tag verlosch, wirkte Sonja in dem abgewinkelten Zimmer wie eine junge Witwe, deren unverbrauchte Weiblichkeit sich *damit abfand*, von der Zeit in die *vergebliche Trauer* verwandelt zu werden. Ihre Schönheit umstrahlte sie wie ein Lichtschein und verzögerte so den Eintritt der Nacht. Ihre Augenlider zwinkerten heftig, ihre Hände zerknüllten das Taschentüchlein im Schoß. Diese Frau schämt sich, spürte Jonka sogleich.

Ja, Sonja Pantova schämte sich; aber nicht wegen des Geruchs nach verbranntem Kaminholz oder der Ärmlichkeit und schlichten Reinlichkeit des Zimmers, sondern wegen ihrer eigenen, teuren Kleider, die hier wie Festtagsroben wirkten, vor allem ihr teurer Fuchspelzmantel. Sie hatte sich Jonka beim Kommen höchst verlegen vorgestellt, um schließlich die rosafarbenen Schleifen eines Paketes aufzuschnüren, in dem sich Tannenbaumschmuck befand: mundgeblasene, bemalte Kugeln, Glöckchen und Girlanden. Der Tisch schien aufzuseufzen, als das Trockenobst aus ihren Händen daraufkullerte und wie von selbst Feststimmung erzeugte.

»Es ist schließlich Weihnachten«, entschuldigte sich Sonja furchtsam, »und da dachten Georgi und ich, das Kind würde sich sicher sehr freuen.«

Anfangs musste Jonka sich zurückhalten, um nicht böse zu werden. Dieser unerhörte Glanz und Flitter, mit dem diese ihr noch unbekannte Frau sie einfach zu Hause überfiel, ärgerte sie maßlos. Doch dann entdeckte sie die Augen der Frau, die nicht nur wunderschön, sondern auch voller Wärme waren. Gott weiß warum wirkten sie auf Jonka wie die einer Witwe. Sie las darin das Flehen um Entschuldigung und den Wunsch, bleiben zu dürfen in dieser geduckten Armseligkeit.

»Ich bin Goscho Pantovs Frau«, sagte sie, schaute sich um und zuckte zusammen. Dann glitt der Pelzmantel über ihre Schultern herab. Satinfutter schimmerte unter den Achseln auf. Das graue Kostüm darunter betonte ihre wohlgeformte Schlankheit, feines Parfüm veredelte die Zimmerluft. Jonka wollte ihr nicht beim Ablegen helfen; sie versuchte aber auch nicht mehr, sie daran zu hindern. Sie zog den Vorhang zu, der das Zimmer in zwei Hälften teilte, und entzog so den Kanonenofen, den Spülstein und die Töpfe den Blicken des unerwarteten Gastes – vor allem aber Assens Bett, das Bett eines frühen Witwers. Übrig blieb jener Teil des Zuhauses, in dem man unbesorgt Gäste empfangen konnte. Jonka tat das Pulver aus gerösteten Kichererbsen ins Kaffeetöpfchen und holte die Weihnachtsplätzchen hervor, die nur appetitlich aussahen, aber – ohne Butter und Zucker gebacken – nach nichts schmeckten.

»Ich würde gern einmal das Kind sehen«, bat Sonja. Sie schauten sich in die Augen und seufzten: Was sollte das hier bloß werden?

Jonka ging hinaus, um Jordan zu rufen. Sie fand ihn auf dem Hof. Er stand neben dem Schneemann und lutschte an einem Eiszapfen. Die Finger seiner Hände waren krebsrot, seine Lippen blauviolett, aus seinen Augen liefen selige Kindertränen.

»Komm«, rief ihn Jonka zu sich, »so ein Tantchen ist zu Besuch gekommen!«

Sie sagte absichtlich so wegwerfend *Tantchen*, denn sie hatte bereits begonnen, sich vor der Wirkung von Sonjas Schönheit zu fürchten, vor jenem schmerzlichen, schlimmen und beschämenden Augenblick, in dem Jordan sie vielleicht aus seinen Träumen wiedererkennen und sie »Mama« rufen könnte.

»Na komm, das Tantchen wartet!«

Sie betraten das helle Zimmer, und Jordan kniff ein paarmal die Augen zusammen. Auch ohne sein reifbedecktes Mäntelchen und die Schühchen war er von oben bis unten nass, nach Winter riechend und nach Milch.

»Sag schön guten Tag«, leitete ihn Jonka an, aber das Kind war schon am Tisch mit den glänzenden Weihnachtsbaumkugeln. Wie verzaubert legte er sie sich eine nach der anderen in den Handteller, als hüte er ein Lichtlein. Seine Augen funkelten und spiegelten die bunten Farben wider. So viel Schönheit auf einmal! Er seufzte inbrünstig.

»Gefallen sie dir?«, fragte Sonja.

»Ganz liebe Tante«, formte Jordan Worte wie ein Echo, während Jonka hinter den Vorhang ging, weil sie spürte, dass sie störte. Sie wartete ab, bis die Brühe aufschäumte, und goss dann den Kichererbsensud auf die Paradiesvögel am Grund der Tassen. Als sie zurückkam, saß der kleine Jordan bereits bei »Tantchen« Sonja auf dem Schoß; sein Köpfchen war wie von selbst gegen ihre festen, jungfräulichen Brüste gefallen. Zum ersten Mal in seinem Leben atmete er den galanten, aber auch verworfenen Duft eines Parfüms ein und als schützende Aura wieder aus. Sonja hatte, ohne sich auch nur im Geringsten vor der Nässe und dem Dreck vom Hof zu ekeln, den Kleinen an sich gedrückt. Die wertvollen Geschenke hatte Jordan schon ganz vergessen, so schön war es, sich an das Tantchen zu kuscheln, in ihrer Jugend und Wärme zu versinken … Jonka fühlte, dass es Zeit war einzugreifen, bevor die Angst vor der unberechenbaren Schönheit dieser Frau sie wehrlos machte.

»Goscho und Sie, Sie sollten Kinder haben.« Die Tassen klapperten auf die Untersetzer; der Kaffeeersatz schmeckte nach falschem Trost.

Das Gespräch verlief schleppend und voller gegenseitiger Ehrerbietung. Jonka vermied es, ihrem Gast in die Augen zu schauen, aus Angst, am Ende an deren Aufrichtigkeit zu glauben. Sie erfuhr, dass es Goscho gutging, dass er alle Arten von Uhren liebte und sammelte, weil ihn ihre Mechanismen faszinierten, dass er beschäftigt war mit allerlei Projekten und Phantastereien, und dass er nun auch noch beabsichtige, Mietshäuser zu bauen.

»Mietshäuser, sagst du?«, vergewisserte sich Jonka. »Die Weltschevs sagen immer das eine und bauen dann etwas ganz anderes!«

Um fünf Uhr nachmittags war es schon vollkommen dunkel. Der Schnee draußen wurde indigoblau. Die reifbedeckten Zweige der Quitte schienen aus Glas zu sein. Jordan schlief in Sonjas Schoß ein, die es ganz friedlich geschehen ließ, so als habe diese Welt der Armseligkeit ihre ganze unerklärliche und ansteckende Melancholie aufgesogen. Die Kirchenglocken verkündeten den Beginn des Christfestes. Jonka bekreuzigte sich und goss neues Öl ins Lämpchen. Sonja fragte nicht nach Assen, sie schwieg sich über ihn aus, als befände er sich bei ihnen im Zimmer. Jordan lächelte im Traum und wuchs ein bisschen seinem schrecklichen Großvater gleichen Namens entgegen.

»Assen verspätet sich«, sagte Jonka.

Sie geleitete ihren Gast zum Hoftor, und erst dort seufzte sie erleichtert auf. Sonjas Lächeln gefror in der Kälte, löste sich auf im weich fallenden Schnee. In ihrem Pelzmantel glich sie einem gezähmten Fuchs, dem die Schlauheit ausgetrieben worden war. »Wofür hat sie uns bloß gebraucht?«, fragte sich Jonka. »Herr im Himmel, die Karten werden mich peinigen.« Doch zwei Stunden später, als Assen aus der dunstigen Finsternis auftauchte, streng blickend wie ein Pharisäer und dabei schamlos männlich, hatte sie es plötzlich.

Ihre Seele füllte sich mit schlechten Vorahnungen. Sie betete inbrünstig unter dem Halbrund des Wandlichtes und träumte in der Nacht vom Satan, der einen Fuchspelz trug und ihre Schutzbefohlenen mit dem warmen Licht trügerischer Liebe, trügerischer Zärtlichkeit und Sanftheit überflutete, nur um sie dann auf ewig zu verderben.

9

Professor Jowtschev führte ihn in den hintersten Winkel des Konditorei-Cafés »Savoy«, als fürchte er, man könne sie belauschen, und bestellte zwei Kaffee. Der Raum war schlecht erhellt, klamm und unbehaglich. Draußen fiel noch immer schwerer, nasser Schnee. Von Zeit zu Zeit kam jemand von den namhafteren Professoren herein und setzte sich an »seinen« Tisch; dann erhob sich Jowtschev mit einer leichten Verbeugung vom Stuhl, was die Gegenseite mit der gleichen Geste respektvoller Gleichgültigkeit beantwortete. Assen betrat diese Gaststätte zum ersten Mal, und als er die akademische Würde der Personen, die sie aufsuchten, die Düsterkeit des Raums und die Stille zusammennahm, kam er drauf, woran sie ihn erinnerte: an eine Bibliothek.

Der Rechtsgelehrte trank mit fast geschlossenen Augen von seinem heißen Kaffee. Er wirkte außerhalb der Universität wie ein kleiner Bankangestellter, dem bei der monotonen Geldzählerei jeder Sinn für Humor abhandengekommen war. Sein Anzug war zwar maßgeschneidert, aber – wie der an den Ellbogen durchgewetzte englische Stoff verriet – sicher kaum weniger als zwanzig Jahre alt. Der Knoten seiner breiten

Krawatte war verzogen, der Kragen seines Hemdes zerknittert. Diese junggesellenhafte Nachlässigkeit löste bei ihm aber kein Schmunzeln aus, sondern Besorgnis; man nahm sie nicht zum Anlass, seelische Nähe zu verspüren und auch selbst ein wenig die Zügel schießen zu lassen; es zog sich einem vielmehr das Herz zusammen vor Mitleid. Das »irdische« Leben Professor Jowtschevs war offensichtlich reduziert auf dieses beim Lehrkörper der Universität sehr beliebte Café, auf die Buchhandlungen entlang der Graf-Ignatiev-Straße im Zentrum und die seinem Zuhause nächstgelegenen Geschäftchen. Assen hatte das beklemmende Gefühl, dass sein alter Lehrer Fieber habe, Schüttelfrost.

»Ich habe Sie herbestellt«, begann Jowtschev kühl, »weil meine emotionale Verbundenheit mit Ihnen mein Verständnis von Ehre und Gerechtigkeit keineswegs getrübt hat. Von den fünf Kandidaten, die sich um die Dozentenstelle bewerben, haben Sie drei ehrlich aus dem Feld geschlagen. Der fünfte aber ist besser als Sie. Nun hat man mir gleich anfangs zu verstehen gegeben, dass diese Dozentur *eigens für Sie* eingerichtet worden sei.« Er fuhr sich mit dem Taschentuch über die Lippen. »Schleierhaft bleibt mir unter diesen Umständen nur: Wozu dann dieses ganze Theater mit Ausschreibung, Anhörungskommission und Pipapo? Warum soll etwas rechtmäßig aussehen, wenn es doch im Kern als reine Vetternwirtschaft gedacht ist?«

Assen fühlte sich entsetzlich. Das Blut entwich seinem Kopf; er konnte keinen klaren Gedanken mehr fassen, ja, einen Moment lang kam es ihm so vor, als schwanke die verräucherte Wand ihm gegenüber.

»Bitte, antworten Sie mir nicht«, fuhr Jowtschev fort, »denn Ihre Antwort kann ja nur entweder aggressiv ausfallen, und dies ist mir organisch zuwider, oder Sie fangen an, sich zu rechtfertigen, was mir moralisch unerträglich wäre.« Seine Stimme war weich geworden und hatte einen melancholischen Klang bekommen. Er kippte seine leere Tasse auf dem Unterteller um und bekreuzigte sie. »Erlauben Sie mir, Ihnen nun meine aufrichtige Freude auszudrücken. Sie, Herr Weltschev, haben eine Möglichkeit erhalten, die Ihrer ganzen Zukunft Sinn verleiht. Ich persönlich kenne keine höhere geistige Auszeichnung als die, dass der Mensch in der Gegenwart schaffen kann, angespornt von seinen eigenen Vorstellungen über seine Zukunft.«

Eine zerbrechliche Stille legte sich zwischen sie. Professor Jowtschev stand auf, verbeugte sich höflich in Richtung eines Neuankömmlings und setzte sich wieder auf seinen Platz.

10

Bevor ich anfing, hätte ich einen Scherz machen sollen … Nur dass dieses »ich« schon nicht mehr ihm gehörte, sondern dieser müden Stille um seine Stimme, die Worte wie Bumerangs abschoss, die nach einem weiten Bogen in seinen eigenen Ohren landeten. Es gab kein Katheder, an dem er sich hätte stützen können; ihm fehlte die ganze prachtvolle Atmosphäre von Hörsaal 65 mit seinen edlen Holztäfelungen, die dem Raum etwas vom Resonanzkörper eines Streichinstrumentes gaben, und ihm fehlte auch der Nachhall, dem Professor Jowtschev nach einer seiner Metaphern rhetorisch geschickt immer Zeit gab. Stattdessen hielt Assen, da die Räume im Universitätsgebäude für den Studentenandrang nicht reichten, seine Antrittsvorlesung im Kino »Kultura«.

Der Saal war überfüllt mit mageren, rotohrigen jungen Leuten, die aus der Provinz zum Studium nach Sofia gekommen waren, und ihren nassen Wintermänteln. Es roch nach trocknender Wolle, nach Bohnerwachs und nach dem Melodrama, das vorher im gleichen Saal abgespult worden war. Zwei dicke Kanonenofen links und rechts von der Leinwand glühten, die Stuckdecke glich mit den Kondenstropfen, die von ihr herabhingen, einem Fiebernden. Trotzdem war es kalt im Raum. Assens heiße Atemluft verwandelte sich vor seinem Mund in weiß dampfende Sprechblasen. Hinter seinem Rücken, einer geballten Faust gleich, wuchtete die Büste Stalins. Darüber hing das Plakat eines zukünftigen Industriekombinats, das in der Phantasie des Agitprop-Künstlers schon einmal dichte, fröhliche Rauchwolken ausstieß.

Die Gesichter der übrigen Anwesenden verschwammen im Halbdunkel und vereinten sich für den Vortragenden zu einem amorphen Wesen in Lauerstellung. Die Stille im Saal, stickig und hohl, verriet, wie viel Ehrfurcht diese Studenten vor der Wissenschaft hatten. Einige hatten sich auf ihren unbequemen Stühlen ins Schreiben vertieft. Das Auditorium selbst war und blieb ein Kinosaal, doch der Film, der gezeigt wurde, war seine erste Vorlesung und hatte nur einen einzigen Schauspieler: ihn. Sein Kostüm: ein geliehenes Sakko, das ihm zu eng in den Schultern war, und ein Hemd, das nicht mehr viel hergab nach so vielen Beerdigungen, denen es im Namen von »Alexiev & Sohn« beigewohnt hatte. Das Furchtbare war nicht, dass ihn so viele Menschen anstarrten, sondern dass sie ihn separierten, ihn zum Zentrum ihrer Wahrnehmung machten. Von der Decke über seinem Kopf fielen Tropfen. Die Krawatte drückte ihn. Die roten Lämpchen, die die Ausgänge erleuchteten, hypnotisierten ihn.

Assen wusste nicht, ob das Lampenfieber war. Er fühlte sich einfach nur unbehaglich und leicht melancholisch, genau so wie damals, als Goscho Pantov ihm zur Hochzeit das Service mit den Paradiesvögeln schenkte. Als all diese Teller, Tassen und Terrinen in ihrem kargen Zuhause standen, da hatten Vera und er auf einmal so richtig gespürt, wie arm sie waren. Was jetzt auf ihm lastete, war die plötzliche öffentliche Sichtbarkeit. Und waren denn nicht alle Blicke auf ihn gerichtet? Das Podium unter der Leinwand war hoch, und er hatte Angst, nur ja nicht in die Arme von Bai Michal und Professor Jowtschev zu fallen, die ihn mit eiskalten Beinen aus der ersten Reihe beobachteten.

Würde es ihm gelingen, in diesen zugleich trägen und schwindelerregenden fünfundvierzig Minuten zu erklären, was ein Gesetz war? »Das Gesetz ist eine Form des öffentlichen Einverständnisses, und wenn das Gewissen und das Verbrechen etwas Individuelles und Einmaliges sind, so ist das Gesetz – wie die Natur – universal.«

Er begann zu stottern. Da bemerkte er in der Mitte des Saals eine junge Frau von graziler Schönheit, die ihm – wenn ihre Blicke sich trafen – die Daumen drückte. Er erkannte sie, und das erhöhte seine Anspannung noch.

In seinem Bewusstsein tauchte ein Hügel auf, gerundet wie ein Brotlaib, der sich unterhalb des Balkanpasses Hainboas befand. Über die improvisierte Tribüne wehten trockene Blätter, Brigadiere starrten in die Flammen der Lagerfeuer. Es roch nach Herbst, nach verblühten Gräsern und Kräutern, nach Fäulnis – all diese Gerüche zusammen ergaben selbst eine Landschaft. Assen konnte sich des Gefühls nicht erwehren, dass alle sich auf dieser von Haselnusssträuchern bewachsenen Wiese versammelt hatten, um ebenfalls zu vertrocknen. Bai Michal und er hatten von ihrer Revolutionären Zelle erzählt, selbst überrascht von der Leichtigkeit, mit der gestern noch Lebende plötzlich Erinnerung waren. Da war aus dem Zauber dieser duftschwangeren Sternennacht dieses Mädchen mit offenem weizenblonden Haar, mit zerschlissenen Sandalen und einem Kattunkleid am Leib gekrochen …

Wie ein alter Profi verstand sie es, die Blicke auf sich zu ziehen. Sie verbeugte sich und begann zu rezitieren. Das tat sie mit einer derart exaltierten Stimme, dass der Sinn der vorgetragenen Verse völlig verschwand. Eine Windbö kam auf, die die Flammengarben der Feuer zerzauste. Die Schatten zitterten und dehnten sich, das Kattunkleid des Mädchens betonte ihren Körperbau, dann bauschte es sich, und sie sah plötzlich wie eine Pusteblume aus, die sich von ihrem Stiel löst und der Luft anvertraut. Die Brigadiere starrten sie reglos an, ganz und gar verzaubert. Für die, hatte Assen damals gedacht, ist Freiheit, ihre geradezu unanständige Gefallsucht ausleben zu können …

»Sie sind ein Held, Genosse Weltschev«, schwärmte sie ihn später an und entfernte das trockene Blatt aus ihrem Haar, »und ich bin aus der ›fliegenden Agitationstruppe‹ und heiße Emilia.«

Assen rieb unbewusst seine Schuhe am Hosenbein und richtete seine Krawatte. Ich werde sie zum anschließenden Abendessen einladen müssen, dachte er. In seinem Kopf blitzten einige erhabene Sentenzen Ciceros auf, die dieser in der Nachmittagssiesta vor dem römischen Senat gesagt hatte. Er hatte sich gerade bereitgemacht, diese Sentenzen zu zitieren, als der Röhrenton des Pausengongs durch den Kinosaal drang. Die Vorführung hatte mit einem triumphalen Misserfolg geendet. Die Studenten rührten sich, bekamen wieder unterscheidbare Gesichter, und der Saal schien größer zu werden. Da stand ein lang aufgeschossener Hungerleider aus den hinteren Reihen auf und fragte mit geradezu beleidigend freundlicher Stimme:

»Genosse Dozent, könnten Sie uns noch einmal erklären, was ein Gesetz ist?«

11

Durch das französische Fenster des Restaurants »Bulgaria« hatte man einen schönen Blick auf das Bogengewölbe am Eingang der Russischen Kirche St. Nikolaj und auf ihre vergoldeten Kuppeln und Zwiebeltürme. Um diese Jahreszeit erinnerten sie einen an Krokusse. Die Luft im Restaurant war verqualmt, und mit dem Rauch aus ungezählten Zigaretten legte sich auch die schwüle Mischung aus menschlichen Gesten, Worten und Naschlust wie ein Film auf den alten Stuck der Decke. Bai Michal sah glücklich aus. Professor Jowtschevs ungebügeltes Hemd sprach von Müdigkeit. Und Dekan Kotzev stotterte liebenswürdig und machte väterlich Emilia den Hof, die begeistert von dem sommerlichen Agitationscamp bei Hainboas schwärmte: der klapprige Laster mit den gelockerten Bremsen, obendrauf die Akkordeongruppe, die große Pauke, zwei Flügelhörner, eine Flöte und eine Trompete. Ihr weizenhelles Haar sog sich voll mit tiefem Honiggelb, ihre Sommersprossen verblassten dafür unter dem künstlichen Licht der Leuchter. Ihre Augen strahlten verträumt, als sähe sie sich in Gedanken noch immer zu beim Deklamieren revolutionärer Gedichte. Da wischte Professor Jowtschev die Korkkrümel fort, die sich an den Wänden seines Glases abgesetzt hatten, und brachte in der von vielen Stimmen ramponierten Stille seinen Toast aus:

»Verehrter Kollege,
die Vorlesung, die Sie heute gehalten haben, war einfach schrecklich. Sie schreiben schlecht; nun hat sich herausgestellt, dass Sie auch schlecht reden. Dies lässt mich hoffen, dass Sie noch immer ein redlicher, vom Wissen unverdorbener Mensch sind. Die schwerste Metapher in allen – auch den sieben akademischen – Künsten ist die Wahrheit, sind doch die Methoden, sie herauszufinden, immer lügenhaft. Glaubwürdig, elegant und widerspruchsfrei seinen Mitmenschen ins Gesicht zu lügen, das nennen wir ›die Wahrheit sagen‹.« Er zog sein Taschentuch heraus und putzte mit melancholischer Miene seine Brille. »Ich wünschte aufrichtig, dass Sie Erfolg haben mögen. Erfolg wünsche ich auch dieser mir unverständlichen Gesellschaftsform, die zu erbauen ihr euch aufgebürdet habt. Ihr werdet die Gesetze ändern, gut; aber wie wollt ihr die

Lüge abschaffen, wo doch die Wahrheit euch nötigen wird, gegen euch selbst zu sprechen? Es will mir scheinen, dass dies eine übermenschliche Last für einen Einzelnen und etwas vollkommen Unmögliches für welche Gesellschaft auch immer ist!«

Jowtschev seufzte, schob sein Taschentuch zurück in die Hosentasche und setzte sich. Eine betretene Stille folgte, in der alles passieren konnte. Ein Stuhl knarrte, ein Messer klapperte an einen Teller. Dekan Kotzev hüstelte mit finsterer Miene. Ein ältliches Frauchen zwängte sich zwischen den Tischen hindurch und bot Stiefmütterchen feil. Der Wein in den Gläsern lachte dionysisch, aber keine Lippe berührte ihn.

12

Der beißende Geruch nach Ruß kitzelte seine Nase. Er fühlte sich aufgekratzt und zerschlagen zugleich. Er konnte sich weder an etwas aus seiner ersten Vorlesung erinnern noch an das Abendessen im Restaurant »Bulgaria«; ihm tat einfach der Kopf weh. Ringsumher nichts als Trümmerhaufen – die »fliegenden Festungen« der Amerikaner hatten die ganze Innenstadt von Sofia verwüstet. Er hielt an vor den Bruchstücken des Mietshauses gegenüber und las mit Mühe die verwischte Reklame, auf der mit bereits zerlaufener Tusche geschrieben stand: »Wozu wollen Sie frische Zitronen? Georgi T. Simov, Lavellet-Straße 4, bietet ihnen englischen *lemon-juice*, der das Aroma des Südens eingefangen hat!«

Zur Rechten ragten die Ruinen des ehemaligen Bestattungsunternehmens »Glückliches Ende bei Alexiev & Sohn« empor, das er in seinem Gedächtnis mühevoll rekonstruieren musste. Da war das verstaubte Büro von Alexiev, dahinter der enge Flur, in dem Fräulein Pastuchova die Kartei verwaltete, dann kam sein Zimmer mit den Trauerengeln und den schwarzen Baldachin-Stoffmustern. Dort hatte Vera ihren Kopf auf seine Schulter gelegt, sei es, um sich an etwas Gemeinsames zu erinnern, sei es, um etwas zu vergessen … die wütende Unbeständigkeit des Lebens, die Angst … die Demütigung, zu hassen, und die Demütigung, zu lieben … Manchmal lehnte sich die Melancholie an die Ecklaterne vor dem Barbiersalon, neugierig beäugt von Straßengören und einem Pudel mit tränenden Augen. Der bärtige Alte zog die Feder seiner Spieluhr auf und die getragene Melodie des Kaiserwalzers von Johann Strauß lief in Wellen zwischen die Häuser und brach sich an den Ziegeln der Brandschutzmauern. Vera vergaß die Zeit, bis Herr Alexiev sie mit seiner grantigen Stimme in die Wirklichkeit zurückholte: »Herr Weltschev, ich habe die gute Nachricht, dass wir endlich mal einen würdigen Toten zu betreuen haben … einen Fabrikanten mit richtig Geld an den Füßen!«

»Aber Sie hören mir ja gar nicht zu, Herr Weltschev …«

Emilia stand einen Schritt von ihm entfernt und zog frierend ihre Mantelschöße fester um sich zusammen. Ihr blondes Haar leuchtete sanft. Sie zog Assen am Ärmel wie ein Kind, beharrlich, aber lieb. Assen seufzte. Ein Drang, sie zu verletzen, stieg in ihm hoch, damit wenigstens für einen Moment dieses ewige Lächeln von ihrem Gesicht verschwand. Dieses junge Ding übertrieb es ein bisschen mit seiner Schwärmerei. Alles, sogar diese kalte und menschenverlassene Nacht, fand sie einfach wunderbar. Er antwortete ihr:

»Ich musste an etwas Privates denken … an meine Frau.«

»Sie sind verheiratet? Ist sicher reizend, Ihre Frau.«

»Meine Frau ist verstorben!«

Da, da hatte er verletzt, aber nicht Emilia, sondern sich selbst. Er warf seine Zigarette fort. Sie gingen weiter zum Stadtteil Banischora hinauf, der sich außerhalb des Kanals emporzog, und hatten bald die Stelle erreicht, an der die Klokotniza-Straße sich wölbte wie der Bauch einer Schwangeren. Die zugefrorenen Pfützen blinkten, aus den umliegenden Höfen roch es nach Winter, nach Wäsche und nach Armut, ein Duftgemisch, das ihn immer mit Rührung, aber auch mit heiliger Ehrerbietung erfüllte. Er begleitete das Mädchen nach Hause, in die Sicherheit irgendeiner Baracke, um dann endlich allein zu sein.

Bai Michal hatte sich von ihnen an den Markthallen verabschiedet. Seltsam: Er mochte den mürrischen und altmodischen, aber kampfeslustigen Professor Jowtschev, während er Emilia bedingungslos verabscheute. Assen spürte, dass sein väterlicher Freund eifersüchtig war auf die unschuldige Schwatzlust Emilias, darauf, dass der Nebel die beiden jungen Leute einhüllen und die Kälte und Verlassenheit sie einander annähern würden. Sie hatten die vor ihnen liegende Nacht betreten wie ein Labyrinth; nun lag der Ausgang in unvorstellbarer Ferne. Einige Male erwähnte Bai Michal absichtlich Veras Namen, so als lebe sie noch, aber schließlich bog er griesgrämig ab zur Straßenbahnhaltestelle, die von rostigen Straßenlaternen nur schwach erhellt war. »Also ein Herr Dozent sind wir geworden … Das hätte Vera sicher nie gedacht!« –

»Na, wach geworden, Genosse Weltschev?«, lachte Emilia und hauchte sich in die Hände. »Stellen Sie sich doch jetzt bitte einmal das Aktionspoem ›September‹ von Geo Milev vor, verkörpert von einem Schauspieler, sagen wir: mir, und einem antiken Chor aus … *Bauernrüpeln mit Astknüppeln … blöd und fahrig, wild und haarig … und mit Sonnenblumenkernen!* Es geht auf die Kulmination zu, nicht wahr, und plötzlich … plötzlich stöhnt der ganze Chor heroisch: ›Vooolk!‹ Was für ein Effekt! Genosse Sotirov hat zwei 500-Watt-Birnen in einem Fotoatelier aufgetrieben. Sie können sich vorstellen, was los ist, wenn 1000 Watt aufflammen und die improvisierte Bühne erleuchten. In den Dörfern, wo es keinen Strom gibt, nehmen wir Fackeln. Teer und Stofffetzen finden sich ja überall. Die Schatten schwanken, die Leute verschlucken ihre Zungen vor Aufregung, alle schauen mich an und dann, ja, dann eben stöhnt der antike Chor: ›Vooolk!‹ Unglaublich romantisch.«

Sie scharwenzelte vor ihm her, immer halb umgedreht, um zu prüfen, ob er auch aufpasste, was sie sagte. Ihr blondes Haar schimmerte, sie roch nach warmem Brot, nach Sommer und Sorglosigkeit. Assen stellte sie sich barfuß vor, übersät von Sommersprossen, im reifen Licht einer unendlichen Heuernte. *Was hat Geo Milev mit dem antiken Chor zu tun?*, fragte Assen sich hin und her gerissen. Und warum muss dieser Chor *heroisch aufstöhnen?* Ihre bachkieselnde Munterkeit war ihm fremd, erfrischte ihn aber auch, war ihm angenehm. Er kam sich vor wie einer, der die Tochter eines seiner Freunde nach Hause begleitete. Doch diese Vertrauensseligkeit löste zunehmend Beklemmungen in ihm aus. Waren es nicht die Vertraulichkeit und die ständige gemeinsame Angst, die ihn auch an Vera gebunden hatten? Damals fürchteten sie sich vor allem, liefen vor allen fort; unmöglich aber konnten sie auch vor sich selbst weglaufen. Er hörte ihr abgehacktes Atmen, das Atmen gejagter Tiere, das erstarrte Mondlicht, spürte den Adrenalinstoß, den gehetzten Moment der Nähe, als sie im herben Duft der Parkfläche das Gras zerdrückten und ihre Körper sich hysterisch vereinigten, den Moment, in dem ihr Leiden sich Bahn brach und ihr Glück, und in dem alles mündete in der inbrünstigen Bitte um Vergebung.

»Genosse Weltschev, ich möchte Ihnen ein großes Geheimnis gestehen.« Emilia atmete feierlich aus und machte dabei eine leichte Knicksbewegung. »Aber Sie müssen versprechen, mich nicht auszulachen. Bitte! Na los, versprechen Sie's.«

»Gut, ich versprech's.«

»Ich will Schauspielerin werden … Und wissen Sie, warum?«

»Nein«, erwiderte er verwirrt.

»Weil ich mich nicht schäme, wenn man mich anschaut. Ich gehe auf die Bühne, alle schauen mich an, und ich schäme mich nicht die Bohne.« Jetzt war es raus. Sie lächelte erleichtert und klopfte ihm den Ärmel seines Mantels ab. »Als Schülerin war ich so was von einem hässlichen Entlein, und egal, was ich anzog, ich sah so blöde darin aus, dauernd wurde ich rot, ständig war ich gekränkt … Ich hab mich ständig in Grund und Boden geschämt. Seit ich auf der Bühne stehe, hat das aufgehört. Verstehen Sie?«

Sie waren auf einer plattierten Fläche vor einem verwinkelten Häuschen stehen geblieben. Auf dem Hof war ein Waschbecken mit Pumpenschwengel. Aus dem trockenen Laub ragten Lauchstengel. Zur Linken, chimärenhaft, die steinerne Silhouette des Gefängnisses. Blechglänzend und gefährlich wie ein Wasserrohrbruch eine einsame Kinderrutsche.

Emilia näherte sich ihm. Jetzt sah er ihre Augen. Sah, wie in ihnen Mut sich ballte, Schonungslosigkeit und ein undefinierbarer, süßer Wahn.

»Sie haben mich gar nicht gefragt, warum ich zu Ihrer ersten Vorlesung gekommen bin.« Sie stellte sich auf die Zehenspitzen und küsste ihn auf die Stirn. Kaum spürbar traf ihn ihr Atemhauch und erlosch wieder. Flink sprang Emilia fort, und schon aus dem bläulichen Dunkel hörte er ihre Stimme sagen: »Weil Sie ein *Held* sind, Genosse Weltschev …«

Der Genosse Weltschev taumelte durch die Dunkelheit, deren Stille den Abdruck einer eben vorübergehuschten Katze trug.

13

Assens einzigen Wollpullover hatte Jonka schon längst aufgeribbelt und aus den gewonnenen Fäden mit geschickten und regelmäßigen Bewegungen ein Kinderjäckchen gestrickt. Wenn das Loch am Ellbogen nicht mehr zu stopfen war, wude erneut aufgeribbelt! Und wenn es für ein Jäckchen nicht mehr reichte, dann wurden eben Wollschühchen gestrickt …

Sie erzog den kleinen Jordan, wenn er draußen im Dreck spielte, und gab ihm nie so viel zu essen, dass er ganz satt wurde. Abends las sie ihm aus der Bibel vor. Die Geschichte von Jonas, der im feuchten Magen eines Wals die Erkenntnis gewonnen hatte, dass jede Geburt Leiden bedeutete. Tagsüber hatte sie unablässig ein Auge auf ihn und seine kindlich-verrückten Spontaneinfälle, um nicht den Moment zu verpassen, an dem er von einem der reifglatten Äste des Quittenbaums fiel und Hilfe brauchte oder den Trost ihrer Arme oder ihrer Märchenerzählerstimme: »Dacht ich mir's doch, dass du gleich plumps machst, mein Bübchen. Na, gut so! Jetzt weißt du wenigstens, dass so ein Baum hoch ist und die Erde hart.«

Ab und zu bekreuzigte sie sich flüchtig dabei, um dem Jungen die Nähe des Menschlichen zum Göttlichen zu zeigen, und um ihn von all den bösen Versuchungen fernzuhalten, denen viele Menschen ringsum so sündhaft unterlagen. Gleichzeitig bildete das Bekreuzigen auch ein Gegengewicht, das das kleine Vergehen so gut wie ungeschehen machte, und Jonka spürte, dass sie nur so das Böse verringern konnte, ohne das Gute am Wachsen zu hindern.

Frühmorgens, wenn die ersten, und abends, wenn die letzten Schritte im Neuschnee gemacht wurden, hörte ihr Vermieter über ihnen Radio in französischer Sprache und ging mit nervösen Schritten durchs Zimmer. Manchmal klapperte sein Kavallerie-Säbel dabei. Zwischen kraftlosen Hustenstößen hörte Jonka, wie er sagte: »Seid doch alle verflucht …

Das hat ja nie ein Ende!« Jonka hatte von den Atombomben gelesen, die mit ihrem künstlichen Licht und ihrer unsichtbaren Strahlung im fernen Japan zwei ganze Städte verwüstet hatten. Es bewahrheiteten sich die Worte aus der Heiligen Schrift, dass die Menschheit zum zweiten Mal untergehen werde. »Nur dass«, hatte Jonka gesagt, »bei der Vernichtung von Sodom und Gomorrha Gott die Gerechten vorher gewarnt hat, jetzt aber, wo der Mensch an seine Stelle zu treten versucht, vernichtet er erbarmungslos und ohne Vorwarnung alle mit Stumpf und Stiel.«

Die bulgarischen Armeeeinheiten, die in Ungarn gekämpft hatten, waren schon längst zurück, sodass man auf den Straßen oft Krüppel sah, Männer, deren Brust geschmückt war mit Tapferkeitsorden, und deren Armbeuge auf eine Krücke gestützt war. Häufig sah man auch junge Mütter mit ausgetrockneten Augen und schwarzen Kopftüchern. Der Schnee in Sofia hielt sich nicht lang. Grau von den Rußflocken, die seine magische Weiße rasch zerstörten, floss er in trüben Strömen ab zum kanalisierten Wladaia-Kanal. Die Schornsteine der Mietshäuser stießen schweren Rauch aus. Kaminfeger mit Metallbesen und schweren Kugeln standen wie Riesenkrähen neben ihnen, doch sie brachten weder Glück noch gute Zeiten.

14

Groß waren die Aufregungen für Jonka in diesem Winter. Dadurch, dass die Kerzen- und Lichterfabrik Smatrakliev Konkurs machte, wurde Saschko Prodev arbeitslos und begann, sich mit den Gaunern in der Siedlung wegen kleiner Geldbeträge in die Haare zu kriegen. In diesen Elendsjahren legte keiner es darauf an, mit Saschko-Flaschko zu wetten, ob er in der Lage war, ein sieben Kilogramm schweres Lamm vom Spieß in drei Stunden zu verdrücken, wobei ihm nur ein Liter Traubenbrand helfen durfte. Trotzdem fanden sich Schwarzbörsianer, die – um ihren Spaß in Jowtschos Krämerladen zu haben – immerhin bereit waren, zwei Bleche mit ranzigen Krapfen für eine Wette mit Prodev zu kaufen. Mit so etwas wurde dieser locker fertig. Die Völlerei war ja sein einziges Auskommen. Er schwoll an wie ein totes Schaf. Seine Beine wurden unnatürlich dünn unter dem Bauch, der den Verlauf einer Schwangerschaft im Zeitraffer zu simulieren schien. Der Schweiß lief seine unrasierten Wangen hinab, er zitterte von oben bis unten vor Anstrengung, diesen Berg von schlechtem Teig nicht wieder auszuspeien. Danach war er tagelang damit beschäftigt, diese gewaltige Menge an Kohlehydraten zu verdauen. Er hockte im Toilettenhäuschen auf dem Hof und ächzte, als versuche eine dämonische Kraft, ihn von innen heraus zu sprengen. Sein unaufhörliches Pulsieren zwischen Hunger und Fresserei, zwischen Abmagern und Anschwellen weckten die Neugier in der Siedlung, so als wäre er ein lebendiger Kosmos im menschlichen Maßstab. Wenn sie nicht so barmherzig gewesen wäre, hätte Jonka sicher versucht, aus »Flaschko« Prodev die Zukunft zu lesen, so wie die alten Griechen es aus dem Stand der Sterne und die Römer aus dem Vogelflug getan hatten.

Saschko Prodev wäre unweigerlich bald einem Herzinfarkt erlegen, wenn der verarmte Besitzer des Kinos »Gloria Palast« ihn nicht als Kartenkontrolleur eingestellt hätte. Die neue Arbeit gefiel Saschko ungemein. Beim Abreißen der Eintrittskarten bekam er ein Gefühl dafür, was Macht hieß, spürte die Bedeutung, die er durch die Abhängigkeit der Kinobesucher von seinem Nicken erhielt. Sogleich hörte er auf zu trinken. Bald fand er irgendwo eine rote Hotelbedienstetenmütze, die er fortan nie mehr absetzte, weder vor der schnurrbärtigen Frau seines Arbeitgebers noch bei der Andacht in der Kirche, und auch nicht im Dampfbad, wo die nackten Männer ihn entweder für einen General oder für einen Bekloppten hielten. Die Wände seines Zimmers bedeckten sich nach und nach mit Kinoplakaten. Von jedem neuen Film erzählte er Jonka und lud sie ein, doch einmal sein Gast zu sein, er würde sie auch in der Direktorenloge plazieren.

»Mutter Jonka«, sagte er mit größter Zärtlichkeit, »du bist der einzige Mensch, den ich ohne Billett einlassen würde. Sogar meine Frau und Piolla schicke ich erst an die Kasse, bevor sie an mir vorbei in den Saal dürfen!«

Der Handel mit seinen Unterhosen bereitete Piolla große Sorgen. Besonders schwer verkauften sich die teure Spitzenunterwäsche mit aufgenähtem Herzen; die Frauen genierten sich, rosafarbene Herzen auf ihrer Weiblichkeit zu tragen. Es ließ sich nicht vermeiden, dass Jonka und sein Vater binnen zwei Tagen sechshundert Herzen abtrennen mussten, ohne die feine, durchsichtige Seide zu beschädigen, die nach Jonkas Dafürhalten überhaupt nicht wärmte und schon gar nichts verdeckte. Auf dem Markt gab es keine Brillantine mehr, und so begannen Piollas Haare stumpf und glanzlos zu werden.

Die Unruhe, in der sie Assens wegen war, hatte keinen so greifbaren Anlass; doch genau darum plagte sie sie nur umso mehr! Noch immer verbrachte Assen in beängstigender Schreibwut halbe Nächte über seine Blätter gebeugt. Jonka hörte, wie er hinter dem Vorhang einen Bleistift spitzte oder mit einem Kugelschreiber klackerte, sah seinen über den Tisch gebeugten Schatten und spürte seinen inneren Kampf mit etwas, das größer war als er. Morgens war er dann blass und zerstreut. Das erinnerte sie an seinen Vater zu der Zeit, als er den Fuhrmannsgasthof baute. Das, was Assen da ebenso unerfahren wie hartnäckig errichtete, war irgendwie fremd und unüberschaubar.

Die ganze Woche lang hatte sie Angst um Assen. Dienstags und sonntags ging sie in die Kirche, montags und donnerstags in den VF-Klub, um sich mit Freundinnen zu treffen und Neues zu erfahren. Noch immer vegetierten die Menschen hier derart armselig dahin, dass sie bereit waren, an alles zu glauben, selbst an die Worte des Genossen Nenov, der ihnen mit schulmeisterlicher Ausführlichkeit von einem künftigen Wohlstand erzählte, der ans Märchenhafte grenzte. Wenn der Mensch arm ist, ist er nur schwer zu enttäuschen und eher bereit, sich Illusionen über die Zukunft hinzugeben.

»Gebt dem Menschen zu essen, bis er pappsatt ist«, liebte Jonka zu sagen, »und er will schlafen. Schlecht ist nur, dass er beim Aufwachen nicht nur träge und faul ist, sondern auch wieder hungrig. Seht ihr, darum ist jede Wohltat schon im Vorhinein verurteilt, gedemütigt zu werden, und Überfluss erzeugt unweigerlich Unzufriedenheit und Einsamkeit.« Der Genosse Nenov meinte, es wäre wohl ein langer und beschwerlicher Weg bis zu dem Tag dieses Paradieses auf Erden. Wenn Jonka später immer wieder Menschen nörgeln hörte, sagte sie darauf nur: »Solange die Leute nörgeln, haben sie noch genug zu essen und anzuziehen!«

Drittes Kapitel

1

Der Winter erwischte Widin eiskalt. In kaum zwei Wochen fegte der Nordwind die Landschaft kahl. Die Donau umklammerte ängstlich die Beine der Stadt, dann ließ sie los und duckte sich in ihr Bett. Endlich fiel erlösend der erste Schnee. Über der Böschung am rumänischen Ufer hingen Schleierwolken. Wildgänse flogen in typischer Einserformation südwärts, und aus ihrem Paradies verjagte Enten quakten inbrünstig den Horizont an. Die alten Frauen, die den ganzen Sommer auf Bänken vor ihren angelehnten Hoftörchen verbracht hatten, schauten einmal in die Runde, wer alles noch lebte, und gingen dann hinein, in die Küche, ans Herdfeuer. Die Läden auf der Hauptgeschäftsstraße schlossen früh, in den Kaffeehäusern und Kneipen ging es hoch her. Nur die Porzellanfabrik Ilija Weltschevs stieß stur ihre Rauchwolken in die klirrende Winterluft, in der sich kein Schnee und kein menschliches Getratsche lange hielten.

Dies war auch die Zeit, in der sich mit fast besorgniserregender Stetigkeit die Freundschaft zwischen Zeichenlehrer Koitschev und dem neu in Widin angekommenen Agitator Krum Marijkin festigte. Die Leute gewöhnten sich daran, sie zusammen zu sehen – Krum in seiner ledernen Landvermesserjacke und Stiefeln auf dem Motorradsitz, den Lehrer im leichten Frühjahrsmantel und in drei Lagen warmer Wollschals eingewickelt im Beiwagen hockend. Ihre Freundschaft war ebenso merkwürdig wie unvermeidlich: Koitschev war ein fast englisch trockener Typ, schlaksig, zerstreut und erheiternd unpraktisch, Krum hingegen breit und stark wie ein Jahrmarktringer, finster und unerschütterlich, mit gedrungenem Nacken und glühenden Blicken aus blauen Augen.

Tagsüber begegneten sie sich im Bezirkskomitee der Partei, wo jeder seiner Arbeit nachging, abends im Klub »Espero«, wo Koitschev Esperanto lernte – oder sie setzten sich in das unaufgeräumte Zimmer des Künstlers, in dem es nach Farben und Junggesellenschlendrian roch. Voller Ungeduld echauffierten sie sich über die Zukunft, kalkulierten und gaben Prognosen ab, wann der Kommunismus errichtet sei, so als sei dieser nur das Ende einer Schachpartie und hinge einzig und allein davon ab, wie gut und wie weit sie ihre Züge vorausplanten. Koitschev war nachgiebig und taktvoll, Krum Marijkin drängend und unerbittlich. Koitschev warf ihm vor, dass er Marx nicht gelesen habe; Krum hielt dagegen, er, Koitschev, könne Marx wegen seiner Herkunft aus der Intelligentsija nicht verstehen, jenen Marx, der in den Seelen und Herzen der Menschen sei und nur unter Arbeitern, an Orten wie der Zigarettenfabrik studiert werden könne.

Auf der ersten Parteiversammlung saßen Lehrer Koitschev und Krum Marijkin nebeneinander im schlecht gelüfteten Saal. Das verwunderte niemanden. Die Überraschung kam erst, als Krum nach dem Vortrag um das Wort bat. Kühn erklomm er die Rednertribüne mit seiner bis oben zugeknöpften Lederjacke. Die Anwesenden waren neugierig, diesen unbekannten Mann einmal zu hören, dessen Präsenz in Widin gehörig Eindruck machte, dessen Abwesenheit im Bezirkskomitee aber stets mit Seufzern der Erleichterung quittiert wurde, da Krum seine Nase in alles steckte und ebenso ungeschminkt wie ungefragt zu allem seine Meinung sagte. In der Freizeit stritt er sich mit dem Hausmeister, dem er volksfeindliche Verschwendung von Kohle, Bohnerwachs und Putzlappen vorwarf.

Nun, auf der Rednerbühne, erhob er seine Stimme mit heimtückischer Ruhe:

»Ich möchte hier nur einen einzigen Punkt zur Beratung in die Versammlung einbringen, weil mich ansonsten der Vortrag des Genossen Stojanov, wenn er auch unzureichend kritisch war, zufriedengestellt hat. Es geht um die visuelle Agitation in unserer Stadt, für die laut Anstellung und mit seinem Gewissen der Genosse Koitschev einsteht …«

Stille im Saal. Alle bemerkten, wie dem Zeichenlehrer die Röte in die Wangen schoss. Krum teilte mit Stentorstimme, aber in gemessenem

Tonfall mit, dass die visuelle Agitation in einem desolaten Zustand sei. Auf dem Marktplatz seien nicht mehr als fünf, sechs revolutionäre Losungen zu sehen. Es fehlten völlig das Bild des Kolonialsystems und die karikierten Porträts von General Marshall und Präsident Eisenhower; eine Polemik gegen die fiese Visage der Opposition suche man vergebens, und von der Pracht künftiger Industriekombinate – keine Spur. Der Genosse Koitschev möge doch hierzu Stellung nehmen, schloss er wie ein Richter, der die Verteidigung zum Plädoyer aufforderte.

Koitschev war gezwungen aufzustehen und ein selbstkritisches Geständnis abzulegen, für das keiner im Saal mehr Interesse aufbrachte, denn Mitternacht war längst vorüber, und alle sahen zu, dass sie nach Hause kamen. Koitschev und Krum verließen die Versammlung gemeinsam. Der Lehrer duckte sich fröstelnd in seinen Übergangsmantel, sein Kopf wackelte beleidigt. Die Gläser seiner Brille waren beschlagen, als ob er weine.

»Du und ich, wir sind doch Freunde, oder?«

»Absolut«, erwiderte Krum munter.

»Und warum hast du mich dann vor den Genossen derart bloßgestellt? Du hast mich ja zum Gespött gemacht, ist dir das eigentlich klar?«

»Na, eben weil wir Freunde sind«, antwortete Krum Marijkin in so herzlichem Ton, dass es einem kalt den Rücken herunterlief. »Wäre dieser Hausmeister vom Bezirkskomitee, der den Kanonenofen überheizt und Parkettglanz verschwendet, mein Freund gewesen, dann hättest du mal sehen sollen: Den hätte ich restlos auseinandergenommen. Aber da du mein Freund bist, habe ich eben dich genommen.«

Koitschev putzte seine Brille mit dem Taschentuch, setzte sie sich behutsam wieder auf die Nase und sah durch die Gläser, wie neben ihm ein großes, mit sich zufriedenes, vertrauensseliges und grausames Kind durch die nasskalte Finsternis stapfte. Der Fluss vor ihnen spiegelte ein weiches, silbriges Licht; im Uferpark hatte der Pulverschnee die Zypressen aufgeplustert wie Plüschtiere; die Stadt schlief.

»Na gut«, sagte der Zeichenlehrer verärgert, »dann will ich dir den Koitschev-Effekt mal vorführen! Morgen erwarte ich dich in der Schule. Und da will ich drei Dinge von dir: dass du den Mund hältst, zuschaust und begreifst … auch wenn das Letztere dir offenbar schwerfällt.«

2

Am anderen Morgen umrundeten die beiden den Telegrafenturm, erreichten den Fluss und ließen ihre Freundschaft die Segel der Hoffnung hissen. Der Pedell des Ersten Städtischen Jungengymnasiums blieb friedlich im Korridor stehen und schwang ungerührt seine Messingglocke. Der Lärm im Klassenzimmer legte sich, und Krum baute sich vor den dreißig Bälgern auf. Die meisten hatten kurzgeschorene Haare und waren gekleidet in die umgeschneiderten Hosen ihrer Väter. Viele sorgsam gestopfte Stellen bewiesen, dass ihrer aller Mutter Armut hieß.

»Klasse, aufgestanden!«, brüllte der Lehrer, während Koitschev ihnen sein Gesicht zuwandte, ohne sie zu fixieren, und beklemmend sanft, doch nachdrücklich anordnete: »Dreht euch um, ich will eure Rücken sehen!« In diesem Moment spürte jeder, dass etwas Verhängnisvolles geschehen würde.

Koitschev schaute Krum vielsagend an und fragte schließlich mit einem kaum hörbaren Ausdruck des Schmerzes: »Und nun sagt mir, einer nach dem anderen, was auf den drei Pappschildern steht, die über der Tafel hängen! Genosse Marijkin und ich möchten erfahren, was ihr von der visuellen Agitation mitbekommen habt.«

Krum fühlte sich peinlich berührt, so vor den fragenden Rücken der Jungen. Ohne sich von der Stelle zu rühren, las er still die drei unbestreitbar wahren Appelle:

»Mehr Schweiß beim Lernen, weniger Blut im Kampf«

»Vorwärts zu den strahlenden Gipfeln des Kommunismus«

»Ewige Freundschaft und grenzenlose Liebe verbindet die Volksrepubliken«

Die Halbwüchsigen kratzten sich im Nacken, versuchten einander einzusagen, puhlten in den Schulbänken, schnieften, rieben ihre Stoffschuhe an den Hosenbeinen … Die Energie, die ihre Anspannung freisetzte, lud die Luft im Klassenzimmer mit Wärme und Elektrizität auf. Endlose Minuten der Zerknirschung … Doch das erhoffte Wunder ereignete sich nicht. Nur zwei Jungen schafften es, die Aufschriften auf dem Pappkarton zu wiederholen, der seit Monaten heiter und beschwingt die zerkratzte Tafel umrahmte.

»Diese beiden«, erläuterte Koitschev voller Unbehagen, »haben die Texte aufgemalt. Das Schweigen der anderen – das nenne ich den *Koitschev-Effekt*!«

»Verräter …« Krum knallte die Tür des Klassenzimmers hinter sich zu, rutschte beinahe aus auf dem glatten Mosaikboden im Gang. Seine Fäuste hingen, wie im Starrkrampf geballt, herab. Seine klaren blauen Augen waren, zornig und leer, auf etwas jenseits der sichtbaren Welt gerichtet.

Zehn Minuten später, als er am Diensthabenden vor dem Bezirkskomitee vorbeiging, hatte er seine Wut und seine Scham über den Fall des Lehrers Koitschev noch immer nicht verdaut. Er hielt sich gar nicht erst damit auf zu fragen, ob der Genosse Stojanov in seinem Dienstzimmer sei. Mit dieser Art von Siegen war man immer allein, dabei konnte einem keiner helfen …

Der Bezirkssekretär las den nächsten Schwung Verordnungen. Er sah qequält aus, wie er so über den Worten hing, verärgert von der Langsamkeit, mit der die bürokratischen Dinge vorankamen, erschöpft vom schweren Schneematsch und bedrückt von den leeren Scheunen im Umkreis. Dazu die Rheumaanfälle …

»Wissen Sie, was mir gerade passiert ist?«, fragte Krum und ließ sich ohne große Formalitäten auf den Stuhl vor dem Schreibtisch fallen. »Etwas Widerliches ist mir passiert. So etwas habe ich mir nicht vorstellen können.«

Und er erzählte Stojanov mit seiner klaren, nicht zu bändigenden Stimme brühwarm die ganze elende Geschichte. Für diesen kam Krum wie gerufen, denn er hatte inzwischen das unbändige Bedürfnis, seine maßlose Verärgerung und Überreiztheit an irgendjemandem auszulassen.

»Den mach ich so was von zur Schnecke«, zischte er, »dessen Mandeln werden sich bei jedem Schlucken daran erinnern, was ein *Stojanov-Effekt* ist!«

3

Dieses Mal dauerte die Parteiversammlung die ganze Nacht. Die Luft wurde dunstig von so viel menschlicher Transpiration. Die Fenster zitterten, als wüte im Saal ein Sturm. Die Stühle knarrten, als zerfalle unter den Hieben der Worte ein riesiges und uraltes Möbelstück. Dem Genossen Stojanov tat der arme Koitschev im Grunde schon wieder leid. War der nicht eigentlich ein treu ergebener Kommunist der ersten Stunde? Koitschev war schon zu Zarenzeiten, weit vor dem Sieg der Vaterländischen Front und ihrer Verbündeten, Mitglied der damals verbotenen Sozialistischen Jugend gewesen, und die Leute liebten ihn. Trotzdem bestieg einer nach dem anderen das Rednerpult, um ihn des bourgeoisen Liberalismus zu bezichtigen, des Unglaubens und der ideellen Verkommenheit. Jetzt, wo der Marshallplan in Kraft getreten war und der Kalte Krieg die Menschheit zum Zittern brachte, kam Koitschevs Verhalten einem Verrat gleich. Die Parteistrafe – letzte Verwarnung vor Parteiausschluss – traf ihn wie eine schallende Ohrfeige. Der Zeichenlehrer taumelte …

Seine Selbstkritik war, sosehr er sie auch hinflüsterte, inbrünstig, und sie dauerte eine ganze Stunde. Koitschev empfand offenbar eine masochistische Lust bei seinen Bekenntnissen und Selbsterniedrigungen. Die Versammelten fühlten sich teils peinlich berührt, teils betroffen an ihre Plätze genagelt. Stojanov erkannte, dass sie es übertrieben hatten, doch auch er besaß keine Kontrolle mehr über die Ereignisse. Sie alle, wie sie da saßen im künstlichen Licht des Saals, waren Teile eines Albtraums und sahen betäubt ihrer eigenen Brutalität zu, unfähig, daraus zu erwachen.

Mit heiserer Somnambulenstimme fuhr Koitschev fort, sich zu bezichtigen. Seine Worte wurden immer nebulöser und emphatischer, sogen sich voll mit prophetisch-wirren Visionen. Es roch nach ungelüftetem Zimmer und menschlicher Angst. Da endlich brach der Morgen durch die Fenster, und die Versammlung wurde aufgelöst. Die Leute durften endlich ihrer Müdigkeit und ihrem heftigen Verlangen nach einer Zigarette nachgeben, und sie durften endlich zu Koitschev gehen und ihm heimlich die eiskalte Rechte drücken. Der Gerügte stand, einem schief eingepflanzten Steckling gleich, im Korridor und zwinkerte hilflos mit den Augenlidern – nein, allein würde er nicht nach Hause finden. Krum näherte sich ihm, zog ihm wie einem Kindergartenkind seinen Mantel an, wickelte viermal den Schal um Koitschevs dünnen Hals und steckte ihm eine Zigarette zwischen die blauen, zerbissenen Lippen.

»Ich hab dich gerettet«, meinte er stolz. »Na komm, sei nicht sauer.«

Er führte ihn durch den Hintereingang des Bezirkskomitees hinaus, hob ihn hoch und setzte ihn wie eine Puppe in den Seitenwagen seines Motorrades. Der Motor ließ beim Starten sein bedrohliches Tuckern hören, dann legte Krum den Gang ein und brauste los durch die sanften Schneepeitschen des Morgens. Weder Pfützen noch sonstige sichtbare oder unsichtbare Barrieren standen seiner Freundschaft zu Koitschev noch im Weg; er fuhr ihn durch Verbitterung, Schmerz und Scham ins noch schlafende Haus Gina Jotzovas.

Danach war Koitschev zwei Wochen krank. Seine Zähne klapperten, er schwitzte, hatte Schwindelanfälle. Der Doktor nannte diese Krankheit »psychischer Schock«. Krum wusch mit kochendem Wasser den Boden und die Fenster des Zimmers, klopfte den Teppich und füllte den Küchenschrank mit säuerlichen Quitten, die die Luft mit ihrem gelblichen Schimmer und ihrem betörenden Aroma erfüllten. In der zermalmenden und atemlosen Präsenz seines grausamen Freundes sagte Koitschev kein Wort; doch er nahm die Pflege an, und auch die warme Milch, die Krum Marijkin ihm mit einem Teelöffel in den Mund fütterte.

»Als wäre ich durch die Mangel gedreht worden«, stöhnte der Lehrer einmal.

Krum triumphierte. Er hatte *seinen ersten Sieg über die menschliche Rückständigkeit*, sprich: *das Böse*, errungen!

Die Beamten des Bezirkskomitees fürchteten sich inzwischen vor ihm. Der Flur des Amtes verwaiste, wenn sie ihn mit verkniffenen Lippen auf das Büro Stojanovs zusteuern sahen. Auf Krums Betreiben hatte der Hausmeister eine strenge Rationierung der Kohlen und aller anderen Verbrauchsgüter eingeführt; selbst in der klirrendsten Kälte teilte er nur einen Armvoll Brennholz und einen halben Eimer Steinkohle für die Öfen in den Zimmern zu. Die Leute erkrankten scharenweise an Grippe. Mit Kapuzen auf den Köpfen und zwei Jacken unter ihren Wintermänteln, dazu in Wollschals gewickelt, saßen die Stenotypistinnen an ihrem Platz und trampelten unter dem Tisch mit den Füßen auf den Boden, um sich aufzuwärmen. Dieses Geräusch verbreitete sich im Gebäude wie ein unterirdisches Grollen, und obwohl ihnen ohnehin schon kalt war, überlief es die Besucher der Bezirksverwaltung eisig, wenn sie es vernahmen. Genosse Stojanov empfing Krum zu jeder Zeit; Krum aber *hatte nicht immer Zeit* für den Genossen Stojanov!

Am Ende jedes dieser rauhen Wintertage eilte er nach Hause, um nach dem Zeichenlehrer zu schauen, ihm die neuesten Zeitungen zu bringen und eine heiße Brühe mit Brot. Manchmal lud ihn die Vermieterin, Gina Jotzova, zum Kaffee in den Salon. Vollgestopft mit teuren, aber bereits wackeligen Möbeln, glich dieses Wohnzimmer einem Antiquitätengeschäft. Darin war es immer kühl. Das Licht, das durch die zerfressenen Vorhänge fiel, war stets so ausgedünnt, als hätten die Motten auch vor dem Licht nicht haltgemacht. Draußen begannen die Hunde zu bellen, der Himmel wurde starr. Gina stützte sich auf einen Stock mit silbernem Knauf, der einmal einem Mann gehört haben musste. Sie starrte Krum schweigend an, wie eine Nachteule, die auf den Einbruch der Dunkelheit wartet, um endlich sehen zu können. Irgendein schwarzes Geheimnis blitzte in ihren tränenden Augen. Dabei lächelte sie unbestimmt, und ihr erratisches Schweigen überzog sie mit der Patina einer spröden Altersschönheit.

»Ich kenne die Gegend, aus der Sie kommen«, seufzte sie. »Mein Vater hatte einen Hof im Kreis Kula. Was da alles geschehen ist, auf diesem Hof … Und ich – ich kann mich an all das erinnern, so gut erinnern!«

4

Krum lag auf dem Bett ausgestreckt und starrte finster an die Decke. Der Brief hatte in einem feinen, parfümierten Briefumschlag gesteckt und war besprenkelt mit kleinen grauen Flecken, wie sie Tränen hinterlassen. Auf dem Blatt mit dem edlen Wasserzeichen stand nur ein einziger Satz:

»Mein Herr, sind Sie sicher, dass die hinkende Maria Ihre Mutter ist?«

5

Alexander Weltschev schaute sich das Foto seines Vaters an, das in einem Album mit rosafarbenem Seideneinband klebte. Sein Dachzimmer hatte eine Schräge, die es noch stärker verkleinerte, die Farbe der Tapeten an den Wänden musste auch einmal genauer definierbar gewesen sein. Der Raum war vollgestopft mit wertvollen Dingen, die nun verlassen herumlagen wie die kostbaren Nutzlosigkeiten eines Dorian Gray, der sich durch seinen Spiegel für immer aus dem Staub gemacht hatte. Ein nicht minder altmodischer Paravent verdeckte den Blick auf die Spüle. An der gegenüberliegenden Wand erhob sich etwas in der Art eines raumgreifenden Küchenbüfetts, dessen Vorderseite durch viele neckische Lädchen, Türchen und Vitrinchen aus Kristallglas glänzte. Pompös und stillos, erzitterten die Möbel in ihrem blasierten Schweigen schon, wenn nur die Stimme des Lumpensammlers ertönte, der das Viertel in den ruhigen Sonntagsstunden durchstreifte. Licht fiel in die Mansarde durch ein rundes, nicht sehr großes Fenster, das einen an die Bullaugen von Kreuzfahrtschiffen denken ließ.

In dieser Bleibe war es im Sommer drückend schwül, im Winter dafür umso kälter. Eine ewige Dämmerung herrschte darin. Der Blick durch das Bullauge ging auf moosbewachsene Dächer und die quadratische Ehrenhalle, die Bulgariens erstem Fürsten, Alexander von Battenberg, als Mausoleum diente.

»Das Zimmerchen ist pikobello«, hatte Frau Sestrimska behauptet, »und wir vermieten es Ihnen für die Hälfte.« Dann überließ sie ihn mit seiner Scham und seiner idiotischen Höflichkeit dem Gurren der Turteltauben. Er packte seinen Koffer aus, in dem fast nur Bücher und Bettzeug waren. Was die Miete betraf: Sie betrug wirklich die Hälfte – aber nicht die Hälfte der bisherigen Miete, sondern die Hälfte des miserablen Entgelts, das Sestrimski ihm mit der Miene des großen Wohltäters angeboten hatte. »Schau mal, mein Guter«, hatte ihm der Anwalt mit samtigem Bass erklärt, »ich biete dir Wissen und exzellente berufliche Aussichten, für alles Weitere musst du einfach Geduld aufbringen!«

Das Fotoalbum roch nach Baldrian, genauer gesagt, nach einem Herzkranken. Das Foto selbst war oval und hatte einen vergoldeten

Rand. Sein Vater stand im Donauuferpark. Hinter ihm, im Schatten der gestutzten Zypresse, erahnte man die zerstreute Gegenwart Widins, den Geruch nach Sumpf, nach Ladenstraße und Pulpe, die Heimeligkeit des Hafens, die lidgleiche Markise vor dem Restaurant »Royal«, kurz, die ganze typische Trägheit eines staubigen Widiner Nachmittags, öde und endlos wie das Provinzleben selbst. Sein Vater lächelte, und das, obwohl seine Körperhaltung Trauer, tiefes Bedauern und eine unergründliche Angst ausdrückten. Er sah aus, als käme die vergilbte Farbe des Fotos aus seinem Inneren …

Alexander erinnerte sich an die Ärmelschoner aus Satin, die sein Vater als Beamter getragen hatte, an die tadellos gebügelten Hosen und die bananenförmig verlängerten Schuhe. »Ich hätte es tun müssen«, hörte Alex ihn sagen, ohne zu verstehen, was er meinte. »Die Tür zum Glockenturm war unverschlossen und das Dorf lag da wie ausgestorben. Nichts hinderte mich …«

Seine Mutter, äußerlich ruhig und wie abwesend, hatte die schwarze Aura ihrer Trauer längst in eine zweite Haut verwandelt, deren würdevoller Abglanz aus der Erinnerung an etwas Schönes, auf immer Verlorenes zu kommen schien. Ohne spürbaren Wunsch, ihn zu trösten oder gar ihm zu schmeicheln, erwiderte sie: »Plag dich nicht … Hast halt an die anderen gedacht!«

Dieses Rätsel begriff der kleine Alex einfach nicht. Er war verdammt gewesen, neben seinem Lieblingsspielzeug und seinem Herbarium auch mit dieser Unklarheit zu leben. Er musste damals, wenn sie gemeinsam spazieren gingen, einen Matrosenanzug tragen, der viele »goldene« Knöpfe hatte und zwei Anker an den Schultern. Wie alles, was einmal im heimischen Kleiderschrank gehangen hatte, roch er nach Mottenpulver. Bevor es losging, wurde er gekämmt, dann wurde Brillantine auf sein Haar gegossen. Draußen merkte er schnell, mit welcher Begeisterung die Leute seinen Vater begrüßten; es schien, als erwarteten sie etwas Heldenhaftes, Außergewöhnliches von ihm. Er bemerkte aber auch, wie sein Vater sich dabei jedes Mal schämte, während seine Mutter, umleuchtet von ihrer Trauer, von alledem vollkommen unberührt blieb. Sie hielten an, um der Militärblaskapelle zuzuhören, deren Instrumente klingenden Schnecken ähnelten, und die so schneidig spielten, dass noch der ätherischste Walzer sich in einen Marsch verwandelte.

»Ich plage mich ja nicht … aber ich hätte es tun müssen! Der Glockenturm war unverschlossen und alle im Dorf taten so, als schliefen sie.«

Mit kindlicher Hellsichtigkeit spürte Alexander, dass sein Vater ein an sich untadeliger Mensch war, der durch irgendetwas große Schuld auf sich geladen haben musste. Er hatte es wohl beim Versuch, die anderen zu retten, versäumt, irgendein Wunder zu vollbringen, und das hatte ihn innerlich zerrüttet. Zu Weihnachten hatten seine Eltern ihm ein Theater aus Pappe geschenkt, eine Burg mit Fenstern aus Zelluloid und einen Park, ebenfalls aus Pappe. Alex stellte die flachen Figürchen, die dazugehörten, auf. Sein Vater war Kai, seine Mutter Gerda aus Andersens »Schneekönigin«. Das Reich der Verbrecher breitete sich unter seinem Bett aus. Ein verrostetes Hufeisen, das er unterwegs im Dreck gefunden hatte und das angeblich Glück brachte, ersetzte den Elchschlitten. Der Junge hatte aber längst begriffen, dass eigentlich seine Mutter Kai glich mit ihrem längst eingefrorenen Herzen. So hatte er erfahren, wie grausam es war, Kind zu sein, ausgeliefert der Entzweiung der Erwachsenen, ihrer gegenseitigen Entfremdung und Kälte, die sie aber, geleitet von ihrer kleinbürgerlichen Wohlanständigkeit, vor ihm und den Leuten verbargen.

In dem Haus des so furchtbar ermordeten Anwalts Kamenov, dem man immer deutlicher die Jahre ansah, die es auf dem Buckel hatte, lebten sie von einem Tag auf den anderen. Alles, was die kleine Familie tat, machte einen zerbrechlichen, wenig soliden Eindruck. Kurz nach der Reparatur des Dachs tropfte die Decke schon wieder, und im ehemaligen Arbeitszimmer von Elenas Vater roch es auch nach dem Neuanstrich noch pathetisch nach Mausoleum. Der neue Herd erwies sich als defekt und qualmte. Der Stallmist, auf die Blumenbeete im Garten ausgebracht, erwies sich als zu scharf. An der Hühnersuppe, die sie im frisch verzinnten Kupfertopf kochten, hätten sie sich fast vergiftet, weil der Grünspan nicht restlos abgeschmirgelt worden war. Über die Zukunft sprach niemand in diesem Haus, so als existiere sie nicht oder sei eine *unreine Macht*; in der Vergangenheit aber gab es eben diese Schuld seines Vaters in Verbindung mit einem grandiosen, aber eben nicht ausgebrochenen Aufstand in der Widiner Gegend. Und die Gegenwart? Sie war eingesponnen in Schweigen und kleine Misserfolge. Schließlich wurde Christo Weltschev, sein Vater, zum Stellvertretenden Bürgermeister ernannt. In dieser Funktion begann er gegen den Schlendrian in der Stadt anzugehen und für die Pflasterung der Hauptstraße einzutreten.

Alexander wechselte in dieser Zeit ohne Schwierigkeiten aufs Gymnasium. Er war ein hübscher und schüchterner Junge, der leicht rot wurde. In seinem Zimmer roch es nach präparierter Wildwiese. Seine Herbariensammlung, deren Pflege und Ordnung ihn ungezählte Stunden kostete, war beeindruckend und bewahrte ihn vor Pubertätsphantasien, wie die Rosenemulsion der Behaarten Stefania seine Mitschüler vor Aknenarben. Auf einer Wohltätigkeitssoiree im Rathaus wurde Alexander ungewollt Zeuge eines Blickwechsels zwischen seiner Mutter und Herrn Petkov. Er bemerkte die hektischen roten Flecken, die plötzlich die Wangen, ja, sogar Hals und Schulterpartie seiner Mutter bedeckten, und die tödliche Blässe dieses zynischen Sadisten, der seinen Großvater auf dem Gewissen hatte, seinen Vater zu einem Schatten seiner selbst und seine Mutter zu einer ewig Trauernden gemacht hatte. Und ausgerechnet diese beiden sehnten sich nacheinander in unmöglicher, unverzeihlicher und hasserfüllter Liebe, einer Liebe, die sie ausstrahlten wie schwarzes Licht. Alex schaute rasch zu seinem Vater. Gott sei Dank. Der wusste nichts, ja, ahnte noch nicht einmal etwas von dieser fürchterlichen Intimität, da er im Verlies seiner eigenen Schuld steckte, und dies nicht ohne das egoistisch-masochistische Vergnügen, dass, solange er diese Schuld empfand, auch seine einstige Macht noch nicht ganz erloschen war.

So verlor Alexander im Alter von fünfzehn Jahren seinen Glauben an die Liebe. Unterbewusst hatte er begriffen, dass das Allerschwierigste und Anstrengendste für den Menschen ist, seine Wahl zu treffen, sich damit abzufinden und dann seine Gefühle der gesellschaftlich anerkannten Moral unterzuordnen. Fortan erlaubte er es sich nie wieder, an verlogene Ideale zu glauben, sich restlos an einen Menschen zu binden, einer schönen Ideologie zu verfallen, einer Illusion von Ehre und

Integrität nachzujagen, oder was dergleichen unerreichbare Träume mehr sind.

Er hatte Angst, seinen Vater nach *früher* zu fragen. Selbst auf seiner Beerdigung, als die Flugblätter in der flirrenden Julihitze wirbelten wie erstickender Albtraumschnee, als schwitzende, taumelnde und lebenstrotzende Leute sich ballten zu einer kollektiven Faust, verharrte Alexander teilnahmslos auf dem Grat zwischen dieser blinden Begeisterung, die sich noch einmal vor seinem Vater verneigte, und seiner eigenen Melancholie. Der Himmel, verwaschen und durchscheinend wie ein altes Kattunkleid, knatterte lautlos über der verschlafenen Stadt. Die Vögel hatten sich vor der Gluthitze in Sicherheit gebracht. Die Erde war so trocken, dass sie in kleinen Gerinnseln ins frische Grab rutschte. Die Schuhe, denen der Staub jeden festlichen Glanz genommen hatte, drückten ihn, und er schämte sich, dass er nicht weinen konnte. Die Trauerblumensträuße welkten im Zeitraffer und rochen nach gemähter Wiese, während man rings um ihn Nationaldichter Christo Botevs Heiduckenlied »Hadschi Dimiter« intonierte: »Er lebt noch, er lebt …«. Polizeispitzel strichen herum, Herr Petkov lächelte infernalisch. Alexander heftete seinen Blick auf das versteinerte Gesicht seiner Mutter und hatte plötzlich die Eingebung, dass sie nun wohl ihre Trauer, mit der allein sie ihren Ehemann permanent beschuldigt hatte, ablegen würde.

Alexander durchlebte den Tod seines Vaters als Leere, als Lücke, die niemand mehr ausfüllen konnte. In ihm blieb ein Loch – das Unwissen über etwas Wichtiges von schicksalhafter Bedeutung. Und als Assen Weltschev ihn später bei einem Besuch in der Klokotniza-Straße im Winkelzimmer fragte: »Weißt du eigentlich, dass dein Vater mir 1935 das Leben gerettet hat?«, da antwortete er mit gramerfülltem, aber nichtssagendem Schweigen. Die Worte seines Vetters waren liebenswürdig, aber unnötig; sie waren nichts anderes als ein Angebot an ihn, zu wählen. Alexander musste sich entscheiden. Dort, bei Assen, konnte er Freunde finden, Unterstützung; sogar hier, beim Anwalt Sestrimski, konnte er das … Dazwischen aber, in der Mitte, würde er allein bleiben, unnütz und vorzeitig gealtert wie das rosa eingebundene Fotoalbum, das sich nur belebte, wenn Sonnenlicht darauf fiel.

Er lief von der Kanzlei zum Justizpalast, ließ sich in der Schlange vor dem Notariat anrempeln, holte die Dokumente ein, die Anwalt Sestrimski benötigte, und lernte dabei nichts über die geheimniswolle Welt des Rechts, die gespickt war mit gelangweilten Richtern und menschlicher Qual. Abends, wenn er dem Klavierspiel von Fräulein Viktoria Sestrimska lauschte, weder richtig satt noch richtig angezogen, schluckte er Aspirin, um sich vor Unentschlossenheit, Zweifeln und vergilbenden Erinnerungen zu schützen, die ihn wie eine ansteckende Krankheit befielen.

Warum muss ich denn unbedingt wählen?, fragte er sich untröstlich. Jeder Mensch hat doch auch zwei gleichberechtigte Körperhälften? Und die brauchen wir doch beide, um gehen zu können, oder?

Eines seiner Beine war eingeschlafen. Vor dem runden Fensterchen verdämmerte auch dieser Frühlingstag; es war, als strecke sich das Licht selbst hinter den Ziegeldächern da hinten aus und sage gute Nacht! Unter ihm erklang das Lachen Viktoria Sestrimskas wie das Schnurren einer Katze, die Perlen vor sich herrollt.

6

Wie an jedem Samstag hatte Sestrimski seinen Bekanntenkreis bei sich zum Bridge-Spielen versammelt. Der Salon mit der gewölbten Decke war verräuchert; die Lampions brannten und ließen durch ihre Wachspapierschirme ein trübes Licht durch. Der Philodendron in der Ecke spreizte die breiten Finger seiner grünen Handteller, als wolle er jemanden abwehren. In einer Nische des Raums hing ein Stillleben in Öl, hinter dem sich der Geheimtresor des Rechtsanwaltes befand.

»Meine Herren«, dozierte seine große Tochter träge, »wir leben in Zeiten, in denen der Eklektizismus unser einziger Luxus ist. Stilmix ist fürchterlicher als Elend, weil Ersterer den Weg zu Letzterem weist. Seien Sie also nachsichtig, wenn wir Sie zu Cognac und Hartsalami einladen; aber es sind immerhin französischer Cognac und Lukanka aus Panagjúrischte.«

Viktoria wirkte nervös, flatterhaft und – nun ja: verwöhnt. Ihr Haar war so kohlrabenschwarz, dass die Luft noch in einigen Zentimetern

Entfernung bläulich schimmerte. Das dunkle Muttermal an ihrem Hals bereitete Alexander schlaflose Nächte. Seine Angebetete hatte getönte Haut und war von jener Schönheit, die auf Männer »fatal« wirkt, vor allem in Kontrast zu ihrem weißen Kleid. Sie war eine jener Frauen, die vom zwanzigsten bis zum fünfzigsten Lebensjahr immer wie fünfunddreißig aussehen, jenes verführerische Alter der Reife, in dem Frucht und Fülle zueinanderfinden.

Sie spielte an der Seite ihres Vaters gegen Herrn Zankov und Iwailo Papasov. Zankov wirkte mit seinen ausgesuchten Manieren fast schon weibisch; überdies war er übertrieben reinlich. Er arbeitete seit einem halben Jahr bei der Oppositionszeitung »Freies Volk«. Über ihn erzählte man, er habe die erlesenste Badewanne in ganz Sofia und verbringe sein halbes Leben in ihr, eingetaucht in Gedanken und das weiche warme Wasser. »Wasser«, so liebte er bei jeder Gelegenheit zu sagen, »ist das Einzige, das von uns abzustreifen wir die Macht haben, nachdem wir ihm unseren Dreck zugemutet haben. Wie gut, dass es kein Gedächtnis hat … es würde die menschliche Rasse sonst abgrundtief hassen!«

Ihm gegenüber ragte die Gestalt Iwailo Papasovs empor, an dem die schmierigen Säcke unter den Augen auffielen und der Tick, sich ständig irgendwo zu kratzen. Da seine Haut schuppig war, wirbelte bei jedem Kratzen ein Wölkchen feiner Hautfetzen durch die Luft. Ansonsten wirkte er lässig, auch was die Kleidung anbetraf. Er betrank sich fleißig, so als sei Trinken die originellste Art und Weise, seinem intellektuellen Überdruss Ausdruck zu verleihen. Seine angeborene Grobheit flößte Respekt ein. Manche nannten sie auch »diese schamlose Direktheit«. Er war ein enger Freund und Vertrauter von Bauernführer Nikola Petkov und rühmte sich damit, niemals geliehenes Geld zurückzugeben.

Alexander empfing die Herren um sieben Uhr in seinem weißen Sommeranzug, der so gammelig-elegant wirkte, dass er darin aussah wie der Hausdiener in Livree. Er führte die Männer in den Salon mit der gewölbten Decke, entzündete die Leuchter und half, eine Flasche Courvoisier oder Metaxa zu öffnen. Er verteilte die Aschenbecher, die Gläser und die kleinen pikanten Happen – damit es dem gegenseitigen Misstrauen auch ja an nichts fehlte. Die Männer benahmen sich ihm gegenüber so, wie er aussah. Sie lobten ihn nachlässig, duzten ihn und gestatteten es ihm, sie zu bedienen. Dann nahmen die Karten sie so sehr in Anspruch, dass sie ihn abstellten wie einen unnötigen Gebrauchsgegenstand und ihn vergaßen, bis er wieder gebraucht wurde.

Alexander fühlte sich dadurch nicht beleidigt; er hatte es zu einer zynischen Kunst gemacht, geduldig zu warten, zu beobachten und dabei umgänglich zu wirken. Er spürte, dass die Männer im Banne einer Überraschung standen, die sie so verwirrt hatte, dass sie ihre aufgestauten Aggressionen in diese langweiligen und gleichförmigen Abende mitbrachten.

Mit dem Geräusch eines kleinen Ventilators zischten die Karten beim Mischen durch die Finger Herrn Zankovs, während Papasov sich beinahe vulgär kratzte und dabei tote Haut unter seinen Fingernägeln sammelte, nur um sie anschließend wie Zigarettenasche in die Luft zu blasen. Seine Augen waren anfangs von wüstenhafter Leere, doch im Laufe des alkoholreichen Abends füllten sie sich mit der Farbe von Sonnenblumenöl. Anwalt Sestrimski nahm etwas von seiner koffeinhaltigen Spezialmischung in Tablettenform; Viktoria packte das Spielfieber, sodass sie andauernd wiederholte: »Auf dem Markt gibt es kein Fleisch, Mailand gibt es auch nicht … eh, meine Herren, wie soll ich Ihnen da Mailänder Schnitzel machen?«

7

Trotz seiner wenig männlichen Erscheinung machte Zankov Viktoria vor aller Augen ergeben und beharrlich den Hof. Sein blasses Gesicht wurde noch blasser und glich dann dem eines Pantomimen. Die Unterlippe hing leicht herab. Seine linke Augenbraue ging dafür etwas in die Höhe. Die Hände, diese alterslosen, reinlichen und müden Hände pressten sich um die Karten mit beinahe japanischer Delikatesse. Er betrachtete Viktoria mit einer Art vorauseilender Dankbarkeit und machte dabei platte, laue Scherze.

Alexander spürte voller Hass, wie Zankov, einer parasitären Schlingpflanze gleich, Viktoria mit seiner krankhaften Verfallenheit umrankte. Zugleich stieg die typische, rebellische Weltschev-Verachtung in ihm hoch. Er verglich die Trauer, die seine Mutter getragen hatte, mit den schwarzen Strümpfen Viktorias, die sich unter ihrem dünnen Kleidchen abzeichneten und so ihre Weiblichkeit mehr entblößten als verhüllten. Seine Phantasie fügte ganz von selbst Strapsbänder hinzu, kirschrot und flauschig gerüscht, die wiederum auf den Strumpfsaum verwiesen, der ihre festen Schenkel in seidener Umarmung liebkoste. Hielt er die beflissen-impotente Schwärmerei Zankovs dagegen, die Rubinringe, die das einzig Rote an seinen Händen waren, wie sollte ihm da nicht die Verachtung kommen?

Zankov goss seiner Flamme Cognac nach und verschleppte das Spiel, um sich in Ruhe den nächsten Kalauer ausdenken zu können; dann wieder wandte er sich an Alexander, so als sei er ein bemitleidenswert armer Verwandter oder ein teuer bezahlter Butler. Höchst unparteiisch hüllte Viktorias Parfüm sie alle ein. Im dumpfen Licht der Lampions verloren die Gesichter jede Kontur.

Hätten die Gefühle für Viktoria ihm nicht so tief in die Seele geschnitten, und wäre seine Angst nicht, wo er sonst hinsollte – mit diesen Leuten hier verbände ihn nichts, gar nichts. Sollte er etwa in das träge Leben Widins zurückkehren? Das war ihm fremd geworden. Zurück in das Arbeitszimmer seines Großvaters, in die Erinnerungen, die bei jedem Versuch, sie zu fassen, zerfielen wie die getrockneten Blumen und Pflanzen seiner Sammlung? Nein! Er fürchtete sich vor der geheimen Liebe seiner Mutter, die ihn in den Schatten stellen würde; vor der langsamen Verfettung, die ihn rund wie einen Flussstein aussehen ließe, der problemlos von der Strömung mitgerollt werden konnte. Die Widiner Sümpfe, die ständige Malaria-Gefahr würden ihn zerrütten; die Arbeit in irgendeiner verstaubten kleinen Provinzkanzlei ihn zermürben. Sein Traum war nämlich, ein Advokat von einiger Bedeutung zu werden! Er sah sich einsteigen in einen riesigen amerikanischen Straßenkreuzer, wie sie neuerdings auch die Straßen von Sofia befuhren, beobachtete dabei an sich ein ironisches Lächeln unter einem weichen Borsalino-Hut, kostete genießerisch von der Ehrfurcht, die seine Mandanten ihm entgegenbrachten, und fühlte sein ganzes Gewicht, wenn er im Gerichtssaal stand, wohlduftend im säuerlichen Schweißgeruch der Sünder.

Ja, er verachtete sie, diese scheinbaren Wohltäter! Er hasste ihren

Lebensüberdruss, ihre Härte gegen andere, die in diesen Jahren ins Leere lief, ihren wahllosen Luxus, ihr samstägliches Bridge-Ritual, hinter dem sie verbargen, wie eingeschüchtert sie waren. Für Alexander aber gab es keinen Ausweg. Also ging er wie ein alter Haushund in die Küche, kochte ihnen Kaffee, lauschte hinein in die Stille des nächtlich erschlafften Hauses. Die einzige Rebellion, die er sich erlaubte, bestand darin, dass er drei gehäufte Löffel Zucker in Herrn Zankovs Kaffee tat, um so buchstäblich süße Rache an ihm zu nehmen.

»Den haben Sie ja schrecklich übersüßt«, rief Herr Zankov in liebenswürdigem Ton aus.

»Ich finde ihn eher bitter«, verbesserte ihn Viktoria, und ihr Haar blitzte metallisch auf.

»Gut ist er«, seufzte Papasov. »Der Kaffee, den uns Herr Weltschev macht, ist immer gut. Aber ich ziehe nun mal Cognac vor.«

Gegen elf Uhr abends beendeten sie den zweiten Robert, und Viktoria ging in ihr Zimmer hinauf, um Louis Bromfield oder Pearl S. Buck zu lesen. Die Leere, die sie hinterließ, stimmte die Herren philosophisch. Auf ihren Gesichtern zeichnete sich eine kränkliche, fast durchsichtige Melancholie ab, denn plötzlich wurden ihnen die Gründe ihrer gereizten Freundschaft bewusst.

»Eigentlich dumm von uns, Opposition zu spielen«, begann Zankov nachdenklich, »denn gegen wen sind wir eigentlich? Die Antwort haben die da an der Macht doch schon parat: gegen das Volk! Wenn wir beizeiten dieser sagenumwobenen Vaterländischen Front beigetreten wären, könnten wir das System jetzt von innen zersetzen, statt von außen dagegen anzurennen. Die Historie lehrt uns doch: Auch Troja fiel nicht durch den unsterblichen Helden Achilles, sondern durch ein schnell zusammengezimmertes Holzpferd …« Mit einer Geste des Ekels rieb Zankov seine tadellos sauberen Hände an einer sauberen Serviette ab. »Uns bleibt eine letzte Hoffnung, meine Herren, wenn wir überleben wollen: Opfer zu sein; uns vor der Freiheit zu verneigen, wie sich diese Revoluzzer da vor Terror und Gewalt verneigen. Wir müssen glauben an den Kampf für die Demokratie, an den lauen Widerstand des schwindenden Geistes der Traditionsverbundenheit, an den Zaren, Gott hab ihn selig, und an die Heimat, und wir müssen endlich englisch antworten, wenn wir auf Russisch gefragt werden. Das ist die einzige angemessene Reaktion, unsere letzte Hoffnung.«

»Das ist doch naiv, Wertester«, unterbrach ihn Papasov mürrisch, »die neuen Herren glauben doch, dass Demokratie die Diktatur der Massen über die Minderheit ist. Sie haben die öffentlichen Plätze für sich, sie haben Russland, die Miliz und die Armee zu Verbündeten, die Justiz und die Gefängnisse – also bestimmen sie auch, was Demokratie ist! Aber in einem irren sie …« Zu Zankovs Entsetzen kratzte er sich. Einen Augenblick später segelte ihm ein Wölkchen trockener Haut vom Kopf wie ein Schwarm Insekten mit durchsichtigen Flügelchen. »Sie vergessen nämlich, dass Bulgarien ein Land von Bauern ist. Unsere Bulgaren taugen nicht dazu, den Kommunismus anzunehmen und mit Sinn zu erfüllen, denn sie sind mit Leib und Seele der Scholle verbunden. Wer ihnen die nimmt, dem vergessen sie das niemals! Ich bin Optimist: Nicht Europa mit seinem Liberalismus und Egoismus wird Bulgarien retten, sondern unsere lieben Dörfler.«

Ihre Stimmen wurden rauh und bekamen einen rachsüchtigen Unterton. Sie zitierten Churchill, Präsident Truman und den General der Reserve Marshall, ließen die ungeheuerliche Zerstörungskraft der Atombombe Revue passieren, als wäre die ein Heilmittel gegen Krebs. Papasov betrank sich derart, dass er langsam flüssig wurde in seinen Kleidern. Sein Sakko verrutschte, seine Schultern hingen herab. Alexander hatte das Gefühl, jeden Moment könne er nackt dasitzen. Anwalt Sestrimski kaute auf einer wohlriechenden englischen Zigarette, sein fettiger Kahlkopf glänzte matt, irgendwie unanständig.

»Wir bräuchten eine Organisation«, bollerte er nachdenklich, »etwas Großmaßstäbigeres als den ›Militärbund‹ oder den ›Unabhängigen Offizier‹. Ein Geheimnis ist doch lebendig und unverzichtbar nur, wenn möglichst viele Leute es verschweigen!«

Hinter dem Stillleben, das noch immer nach Terpentin roch, in jenem Wandtresor, der vor Jahren Alexanders Kleinstadt-Phantasie überfordert hatte, war ihm eine grüne Aktenmappe aufgefallen. Darin verzeichnete der Anwalt die Namen der Kommunisten des Viertels. Weniger selbst Gegenstand als vielmehr Vorstellung eines Ereignisses, hatte sie ihn entsetzt mit ihren zerlesenen Ecken und dem grob darauf gekrakelten schwarzen Kreuz, das wohl die flüchtige Planskizze eines zukünftigen Grabes darstellen sollte. Sestrimski verbarg sie keineswegs vor ihm; er hatte ihm sogar gestattet, in diesem imaginären Massenbegräbnis zu blättern, um ihn so vom Helfer zum Mitwisser und – noch schlimmer – zum Mittäter zu machen. Alexander schaltete instinktiv auf *begriffsstutzig;* aber Sestrimski wusste natürlich sehr gut, dass er nicht begriffsstutzig war.

»Meine Herren, morgen wird im Klub der Vereinigten Sozialdemokraten auf der Preslavstraße eine Protestversammlung zur Befreiung Krastju Pastuchovs stattfinden«, sagte Zankov unsicher. »Wir bitten die gesamte Opposition um Teilnahme, also fühlen Sie sich eingeladen.«

Er wühlte in der Tasche seines eleganten Sakkos und zog einen Ausschnitt aus der französischen Zeitung »Populaire« hervor, in dem stand, dass die Pariser Sozialisten gegen den Arrest des bulgarischen Oppositionsführers Krastju Pastuchov und die zehn Tage zuvor erfolgte Einstellung der Zeitung »Freies Volk« protestierten. Die Meldung war so kurz, dass sie niemanden sonderlich tröstete. Über ihrem Tisch stauten sich ganze Schichten grauen, aromatischen Qualms. Stille fiel über die Einrichtung, und das Schweigen der Männer füllte sich mit Angst. Durch das leicht geöffnete Fenster strömte etwas von der feucht-schwülen Luft herein, die die asthmatischen Lungen der schlafenden Stadt da draußen ausgeatmet hatten.

»Wir kommen gleich, gut und unschuldig auf die Welt«, stöhnte Papasov, »voller Vertrauen und mit kleinen Milchschnäuzchen – aber dann? Was ist das nur für ein Rätsel, dieses Leben, Herr im Himmel, und was für eine Krankheit!«

Beim Stichwort Milch öffnete Alexander eine neue Flasche Metaxa. Seine verquälten Gedanken erstiegen eine Wendeltreppe und verhielten genau vor dem Korridor, der – nach teuren Damendessous und junger Schlaflosigkeit duftend – zum Schlafgemach von Fräulein Viktoria Sestrimska führte.

8

Zwischen der gestärkten Kühle des Lakens und den parfümierten Spitzen der Decke war es stickig. Das babyrosa mit Samt bezogene Bett kam ihm vor wie ein überdimensionales Kinderspielzeug. Eine Nachttischlampe verbreitete gedämpftes Licht im Schlafzimmer. Der Wecker ratterte laut wie eine Dampflok auf den unsichtbaren Gleisen der Zeit. An der Wand hing das Bild einer nackten Frau, die so schamhaft und jungfräulich aussah, dass sie eher einschläfernde als erregende Wirkung hatte. Auf dem Stuhl lag, als sei es der Requisite eines Theaters entliehen, ein Korsett, fest wie ein Panzer, metallisch-glänzend und doch ausgeleiert von der Anstrengung, die Körperfülle von Frau Angelina Sestrimska zu bändigen.

Ihr Atem hatte sich beruhigt; sie würde also gleich zu schnarchen beginnen. Halb aufgedeckt, glich Viktorias Mutter einer grotesken Puppe. Unter dem durchscheinenden Nachthemd waren ihre gewaltigen Brüste zu erkennen, die auseinanderliefen wie Teig. Ihre fetten weißen Schenkel, deren Orangenhaut auch bei flüchtigstem Hinsehen auffiel, gaben eine Vorstellung von ihrem Rubens-Hinterteil. Das zufriedene Lächeln des Tiers, das sich an seiner Beute überfressen hatte, stieß ihn ab. Die obere Hälfte ihres Doppelkinns war aufgebogen, als erteilte sie noch im Schlaf Anweisungen. Ihr Arm lag locker auf der Decke. Wenn Mama mich von irgendwo so sähe, dachte Alexander Weltschev schmerzlich, würde sie ihr vorwurfsvolles Trauerkleid sofort wieder anziehen!

Das »Verhältnis« währte nun schon ein ganzes Jahr, genauer gesagt, seit dem Tag, an dem er aus Angst, man könne ihn auf die Straße werfen, aus Willensschwäche und aus Herzensleere ihrem Gelüst nachgegeben hatte. »Du bist mein *Bel Ami*«, hatte ihm die Sestrimska damals geschmeichelt. Sie war mit ihm zum Markt gegangen und hatte ihm zwei schwere Netze mit Einkäufen in die Hände gedrückt. Es hatte geregnet, und die Schaufenster der Cafés warfen Spiegelbilder auf den Gehsteig. »Du bist wirklich wie *Bel Ami*«, wiederholte sie und zerrte ihn ungeduldig in Richtung Markthallen. Sie gingen in ein heruntergekommenes Hotel, vor dessen Eingang eine rote Laterne brannte. Drinnen war es stickig und roch schwül nach billigem Eau de Cologne und Kakerlakengift. Dieser penetrante Geruch nach billigem Laster hatte sich sofort unauslöschlich in sein Gedächtnis eingebrannt. Er wäre am liebsten weggerannt. Es überlief ihn heiß und kalt. Doch er ließ sich auskleiden wie ein kleiner Junge, weil er nicht hinauswollte in den Regen da draußen, die Düsterkeit und Einsamkeit. Er fürchtete sich panisch vor der Wut des Ehemannes, und er fürchtete sich vor seiner eigenen Liebe zu beider Tochter Viktoria. Er fürchtete sich vor der Rachsucht der ungeduldigen und unbefriedigten Frau Sestrimska, die den gesprungenen Spiegel so verrückte, dass er das ganze Bett mitsamt der folgenden wüsten Szenen einfing. Alexander sah das kleine goldene Kreuz zwischen Angelinas Brüsten baumeln, er sah ihr krauses Schamhaar, das bis zu ihrem Bauchnabel reichte, und er sah ihre hängenden Schultern. Der Regen, der mit der Dachrinne spielte, nagte von außen an seinen Nerven, und von innen nagte der Schmerz, dass er unter solchen Umständen zum Mann werden sollte. Und dann kam der Ekel, der Ekel vor der eigenen Existenz.

Sie ist eine vernachlässigte, traurige Frau, dachte Alexander, der sich immer noch nicht von dem Gefühl befreien konnte, dass seine Mutter bei alledem zuschaute. Als es vorbei war, gingen sie wieder in den Regen hinaus. In einem Geschäft auf der Maria-Luisa-Straße kaufte Frau Sestrimska ihm ein Dutzend Baumwollstrümpfe und zwei Sätze Unterwäsche.

»*Bel Ami*«, schmachtete sie, »du bist unglaublich!«

Alexander wusste, dass ihr Mann, Anwalt Sestrimski, Liebhaberinnen hatte, allesamt blonde, helläugige und gertenschlanke junge Frauen. Mit der Zeit erfuhr er, dass Sestrimski das Schlafgemach seiner Frau schon seit zehn Jahren nicht mehr betreten hatte. Dies sei, so sagte die Verschmähte, auch der Grund, warum sie so rasch dick geworden sei. Angelina lauerte ihm regelrecht auf, um ihn in irgendeinem stillen Winkel des Hauses an sich zu ziehen, zu küssen und zu befummeln. Sie setzte sich ihm schmollmündig auf den Schoß mit all ihrem Gewicht, zu dem noch der schwere Geruch ihres Parfüms – und die Last ihrer Lust kamen. Irgendwann hörte sie einfach auf mit der Versteckspielerei. Dies geschah nicht so sehr aus Unvorsichtigkeit, sondern aus der sie zusätzlich erregenden, perversen Phantasie heraus, dass nur eine Wand sie und ihren jungen Liebhaber von ihrem Mann trennte. Ihre Lust steigerte sich bis zur Hysterie bei der Vorstellung, dass sie es mit ihrem *Bel Ami* im einstigen Ehebett tat.

Angelina entkleidete sich in lasziver Langsamkeit vor dem mit Cremes und Kosmetika überhäuften Toilettentischchen, und Alexander erduldete alles in einer Mischung aus Ekel und Angst. Diese seine *Angst* war inzwischen so verwickelt, so in sich widersprüchlich und peinigend, dass sie ihn in einen Zustand *verwegener Kühnheit* trieb. Er betrat Frau Sestrimskas Zimmer ohne Zögern und blieb bei ihr, bis sie zu schnarchen begann. Im Schlaf sah sie aus wie eine gealterte und gutmütige Frau, die sich hatte gehenlassen, wie eine Mutter, die Mutter einer zwanzigjährigen Tochter, und wie eine fürsorgliche Ehefrau, die jeden Abend ihr Gebet sprach, bevor sie sich im Kopf zurechtlegte, was sie am kommenden Tag kochen sollte.

Innerhalb eines Jahres schenkte Angelina Sestrimska ihm einen Kamm aus Schildpatt, ein silbernes Kreuz, das ihr Vater am Grab des Herrn in Jerusalem gekauft hatte, zehn abgelegte Hemden ihres Mannes mit eingesticktem Monogramm, einen automatischen Montblanc-Füllfederhalter mit goldener Schreibfeder und einen massiven Ring mit einem zweikarätigen Brillanten. Immer, wenn sie sich stritten, forderte sie den Ring zurück, nur um dann stundenlang im Salon, in der Küche oder im Flur auf ihn zu warten, ihm den Ring reumütig zurückzugeben, sich an ihn zu drängen und ihm zuzuflüstern: »Ich hab dir verziehen, *Bel Ami*.« Sie genoss ihn, wie ein leidenschaftlicher Sammler sich an einem besonders teuren und schwer erworbenen Stück erfreut. Sie wusste, dass sie ihn jederzeit haben konnte; genau deshalb bereitete es ihr auch ein solches Vergnügen, ihn fortzuwerfen, ihn ein, zwei Tage zu vergessen und ihn sich dann wie neu wieder zu holen.

Mit der Zeit wuchs in ihr das Verlangen, Alexander möge sie quälen. Sie träumte davon, dass er sie schlug, ihr schmutzige, beleidigende Worte sagte, ihr die halblangen Seidenunterhosen in den Mund stopfte, kurz, ihr so richtig seine Verachtung zeigte. »Aber nicht doch«, flüsterte sie dann, gerührt von ihrem eigenen Abstieg, »ich bin doch keine von der Straße, bin doch keine Nutte.«

Die ständige, bis zur Aggression gehende Unzufriedenheit mit sich selbst, der Ekel vor der eigenen missratenen Existenz waren Gefühle von solcher Tiefe und verschlingender Kraft, dass sie Alexander schon bald höchst angenehm wurden. Er badete in der perversen Lust, ein Nichts und Niemand zu sein – ein durchschnittlicher Anwaltslehrling für Sestrimski, ein aufmerksamer Diener für seine verwöhnte Tochter und ein einsamer Liebhaber für seine alternde Gemahlin. Die Sonntagmittage, die er bei Assen Weltschev verbrachte, bereiteten ihm nur Schuldgefühle, und die Liebe, die er für Viktoria empfand, verspottete ihn. Überall und in allem saß er, Alexander Weltschev, geistiger Halbkrüppel im besten Alter für Blütenträume, zwischen den Stühlen. Auf keinem von ihnen war für ihn Platz.

Und doch – durch diese Nichtigkeit, dieses permanente Erniedrigtsein nahm er Rache an seinem Vater, der seine Kindheit in die eisernen Zangen des Schweigens gelegt hatte, und an seiner Mutter, die sich in einen Mann verliebt hatte, der seinen Großvater und indirekt seinen Vater, Christo Weltschev, auf dem Gewissen hatte. Rache nahm er auch an Assen Weltschev und dessen brutalem Siegeswillen, an Sestrimski und seinen Freunden für ihre Unfähigkeit, sich mit der politischen Realität abzufinden, und an Viktoria, die mit seinen Gefühlen spielte, indem sie ihm auf hinterhältige Weise demonstrierte, dass sie sie nicht erwiderte. Schließlich nahm er Rache auch an Angelina Sestrimska, mit der er voll sadistischer Verachtung Liebe machte. Ja, an allen, allen, allen rächte er sich, jeden Moment bereit, sie allesamt zu verraten.

Am grausamsten aber nahm er Rache an sich selbst! Bevor der »Moment der weichen Knie« kam in den zitternden Fleischmassen der Sestrimska, stellte Alexander sich vor, wie seine Mutter, die ihre reine, egoistische Trauer abgeworfen hatte, ihm dabei zusah; er stellte sich vor, wie Anwalt Sestrimski ihn im Schlafgemach seiner Ehefrau in flagranti ertappte oder wie – sprachlos bei diesem frevelhaften Anblick – Viktoria in hysterisches Gelächter ausbrach. Alle, alle, alle hatten sich schuldig gemacht vor ihm, weil er selbst sich verraten und verkauft hatte.

Angelinas Atemstöße beschleunigten sich. Auf ihr Gesicht trat ein seliges Kinderlächeln. Ihre Brüste klatschten unter dem Nachthemd aneinander wie Pudding. In Alexander stieg erneut das unstillbare und böse Verlangen hoch, ihr Schmerz zuzufügen. Er streckte die Hand nach dem Toilettentischchen aus, griff nach dem Flakon mit ihrem süßlichen Parfüm, drehte den Verschluss auf und goss ihr den gesamten Inhalt auf Bauch und Schenkel. Als die Flüssigkeit sich mit ihrem Schweiß vermischt hatte, stieg eine Duftwolke auf, als fände im Harem des Sultans eine Massenorgie statt.

9

Als Krum Marijkin, innerlich zerrissen von der Nachricht, dass er zwei Mütter hatte – eine natürliche, die ihn im Namen Satans empfangen und geboren hatte, und eine gesetzliche, von Gott erleuchtet, ihn aufzuziehen –, brannten bei ihm alle Sicherungen durch. Er projizierte sein Inneres nach außen und wütete noch schlimmer gegen die volksfeindliche Verschwendung im Bezirkskomitee und gegen die ganze entzweite Menschheit. Er ging unrasiert, zerzaust und revolutionär verlottert umher. Alles war ihm zu eng, selbst der Himmel über den fruchtbaren, sanft geschwungenen Kuppen der Donauebene. Und die Trägheit des Menschen, der sich so schwertat, aufzubrechen zur sozialistischen Wohlfahrt, war für ihn ein Freibrief zur Selbstjustiz in Wort und Tat.

Er wurde entsandt in Dörfer mit reger Opposition, in denen die Liebe zur eigenen Scholle die Bauern zu allem fähig und entschlossen machte. Krum nahm nur seine Pistole mit und eine rote Tischdecke für die Sitzungen, die er sich wärmend in die Jacke unter die Brust steckte. Wenn er sie auf einem Tisch ausbreitete, war das das Zeichen seiner Handlungsvollmacht. Danach begann er zu reden. Er redete stundenlang, manchmal nächtelang. Die Bauern schliefen ein, erwachten, schliefen wieder ein, betäubt von ihrem eigenen Geruch nach Essig, Wolle und Stall, aufgeschreckt von seiner Stimme oder dem gruseligen Heulen von Nachtvögeln. Krums Stimme war leidenschaftlich, enragiert und flehentlich und entließ einen Wasserfall dröhnender Worte, die sie nicht verstanden.

Sein Blick erstarrte wie der eines an der Einsamkeit irre gewordenen Eremiten. Anfangs spuckte er Speichel, nach Mitternacht trat ihm Schaum auf die Lippen. Sein Arm schnitt weite Kreise in die Luft, von seiner Stirne traten Licht und Wasserdampf. Schließlich, todmüde vom Anhören so vieler unverständlicher Worte und Sätze, unterschrieben die Bauern (ohne auch nur im Geringsten überzeugt zu sein), dass sie freiwillig der Landwirtschaftlichen Kooperative beiträten. Sie übergaben ihr Vieh und ihr Land in die *Hände der Allgemeinheit*, die für sie eigentlich einfach nur *fremde Hände* waren, und wenn sie auf ihren Hof zurückkehrten, weinten sie vor ihren Frauen und ihren Ochsen, vor der Hausikone und dem ganzen eigenen Elend. Nein, sie weinten nicht gleich, sondern erst, als Krum Marijkin schon längst fort war und sie sich von ihm und ihrer restlosen Erschöpfung *befreit* hatten.

»Schlaft nur, ihr unerweckbaren Privateigentümer«, stichelte Krum wütend, »aber ihr tut keinen einzigen Schritt von hier. Schlaft uneinsichtig, schnarcht rückständig. Solange ich bei euch bin, werdet ihr bei mir bleiben!«

Er wusste aus Erfahrung: Ließ man sie bei Nacht laufen, fingen die Hunde an, den Sternenhimmel anzubellen, und wenn die Dorftölen Schaum vor dem Mund bekamen, dann hieß das, dass auch die Oppositionellen aufgeregt durch ihre Häuser spazierten und den Oppositionsgeist weckten, und mit ihm menschliches Leid, menschlichen Hass, die am sozialistischen Bau nagen würden, unsichtbar und beharrlich wie Holzwürmer. Also hielt er sie fest, bis die Sonne im Aufgang wieder ihre zum Pflügen bereiten Felder beschien, ihre Hände nach der Pflugschar zuckten und ihre Seelen nach der Hoffnung, zerschnitten von Furchen und gespickt von Disteln und Dornen.

Peinvoll und süß war dann der Moment, wenn sie die geknickte Schreibfeder ins Tintenfass tauchten, als hätten sie nicht ihre Vorväter verraten, ihr Sippengedächtnis und dessen ewige Ordnung, sondern Gott selbst. In Wahrheit verrieten sie sich und ihre Kinder. Der eine einen Acker mit schiefem Nussbaum, der andere eine Kuh und ihr fleckiges Kalb, der Dritte zwei Ochsen, einen alten Esel und einen Handpflug. Sie ächzten und stöhnten, trieben ihr Vieh auf dem größten freien Platz zusammen, der sich sofort in breiigen Schlamm verwandelte unter so vielen Hufen und so viel Muhen, Blöken, weiblichen Verwünschungen und Kinderaugen. Das war eine schwere und feierliche Prozession in die kommende Zeit …

Das Problem war nur, dass es für das Vieh Ställe brauchte; es gab aber nicht einmal einen Unterstand. Es brauchte Heu; doch das lagerte in hohen Garben auf den einzelnen Höfen. Da begann die Opposition erneut, die Seelen aufzustacheln und Verschwörungen zu spinnen. Das Volk aber glaubt, dass das Böse im Unsichtbaren und Verborgenen lauert. Noch kooperierten nur die ärmsten Dörfer im Regierungsbezirk Widin, unauffällig, mit ein bisschen Musik und umso größerer Bereitwilligkeit – angeblich.

10

Als das Folgende geschah, war es schon Frühling. Die Donau schwoll an, es kam die Zeit der »Kirschflut«. Die ganze Gegend war erfüllt von Nebelschwaden, die Erde entblößte ihre Weiblichkeit unter dem Schnee, und jener verlorene Traktor, der sich heldenhaft für die Verstärkung der visuellen Agitation abrackerte, war in irgendeinem von Weißdorn gesäumten Acker stecken geblieben, verschlissen eher in unnötigen Demonstrationen als in nützlicher Feldarbeit.

Alles spielte sich in Gol Tupan ab, einem Dorf, das so arm und bloß war wie sein Name. Ein mächtiger Holzpfahl war auf dem Dorfplatz aufgerichtet worden, um den herum die ganze Drusch mithilfe von sturen Eseln erfolgte. Gol Tupan, das war außerdem eine von der Kälte gesprungene Kirchenglocke, das waren verunkrautete Höfe und Menschen, die ewig hungrig und darum wohl von verzweifelter Lebendigkeit waren. Pessimistische und betrübliche Gedanken befielen sie nur, wenn sie sich einmal satt essen konnten, und das geschah selten, an Feiertagen, Taufen oder bei Hochzeiten und Beerdigungen.

Nachdem die Kollektivierungsmaßnahmen abgeschlossen waren, hatten sich nur fünf Großbauern mit gestärkten Kragen und fetten Äckern nicht der Kooperative angeschlossen. Man spielte ihnen auf mit Volksmusik, redete ihnen zu, sang vor ihren Hoftoren »Kulake, he, Kulakensohn – dich schert wohl nicht des Volkes Fron!«, aber der Traktor schaffte es einfach nicht mehr die Anhöhe hinauf; er blieb unten stecken wie ein riesiger mechanischer Brummer, und genau deswegen (so dachten einige) blieben diese fünf Großgrundbesitzer unbeugsam in ihrem Stolz.

Das, was dem Traktor nicht gelungen war, musste nun also Krum Marijkin in die Hand nehmen. Er wurde auf seinem Motorrad und mit einem Volkspolizisten als Leibwächter im Eilauftrag nach Gol Tupan geschickt. Sie kamen gegen Mittag durchgeschüttelt an, bedrückten Gemüts vor so viel plattem Land. Das Motorrad bremste in einer flachen Pfütze, und noch bevor es zum letzten Mal aus seinem dicken, von Krum auf Hochglanz polierten Auspuff knallte, sprang sein Fahrer ab, setzte seine Gummibrille ab und stieß die Tür zur Dorfschenke mit derart kompromisslosem Hieb auf, als hätte ein Esel mit seinem Hinterhuf einmal kräftig ausgekeilt.

Die Schenke war so groß, als wäre sie eigens für Versammlungen gebaut worden, doch drinnen saßen mit mürrischer Miene nur genau besagte fünf Großbauern, ihr Bevollmächtigter und der Wirt. Krum blieb aufrecht stehen, wie ausgeschnitten vor dem Rechteck der Tür, sodass man ihn von oben bis unten mustern konnte, ihn, den Tunnel, an dessen Ende das Licht wartete. Er bildete die Silhouette von etwas Großem und Mächtigem, das zwar noch keine Augen, kein Gesicht hatte, das noch nicht Wort oder Zeichen geworden, aber schon unerträglich war! Er blieb lange so stehen, aber nicht, um sie zu mustern oder sich im Raum zu orientieren; er wollte ihnen einfach zeigen, *dass er von jetzt an da war*, dass er genau wusste, was jetzt kam, und an welchem Scheideweg sie standen.

»Sind es die da?«, fragte er so geringschätzig, als handle es sich um einen Haufen Wassermelonen, und um von Anfang an die einzig mögliche Marschrichtung vorzugeben. Die fünfe da konnten nun schon nicht mehr ohne ihn, er sollte nun schon bleiben. Nicht etwa, weil sie unbedingt unterschreiben wollten, sondern weil sie in diesem ungeladenen Gast endlich die über dem Land liegende Gewalt *in Person* vor sich hatten, den Zwang, der irgendwann mit ihrem freien Willen, ihrem angestauten Hass aufeinanderprallen *musste*. Sogar der Bevollmächtigte, der es dank abgeschlossenen Progymnasiums auf ganze sechs Schuljahre gebracht hatte und mit dem halben Dorf verwandt war, selbst er spürte, dass es nun geschehen würde, und dass der Gang durch diesen Tunnel so grausam und unbarmherzig werden würde wie alles, was nur *einen* Ausgang hatte. Aber hieß, so dachte er schwerfällig, »Ausgang« nicht, dass alle raus, dass alle nach draußen mussten?

»Wir sind es«, erwiderte der Älteste unter ihnen, Aglikin. »Und du, wer bist du?«

»Und die wollen nicht unterschreiben?«, wandte sich Krum an den Bevollmächtigten. »Hast du ihnen Volksmusik aufgespielt?«

»M-mmh.«

»Sie agitiert?«

»Ohooo«, erwiderte der Bevollmächtigte, der endlich zu begreifen schien, was menschliche Schuld war.

»Und die wollen trotzdem nicht unterschreiben?«

»Gar nicht.«

»Herrjemineee …«, stöhnte Krum gedehnt, bevor die Anwesenden aus seinem Munde zum ersten Mal jene Phrase hörten, die in der ganzen Widiner Gegend die Runde machen und über Jahre im Gedächtnis der Menschen bleiben sollte: »*Warum wollen diese Menschen nicht glücklich sein?* Worauf wartet ihr denn?«

»Darauf, dass wir nach Hause können«, erwiderte Aglikin mit bauernschlauer Artigkeit.

»Nach Hause, nach Hause – aber erst, nachdem ihr mir die Schreibfeder zurück gegeben habt. So lange bleiben wir hier. Die ganze Nacht, eine Woche … Wenn's sein muss, auch einen Monat!« Er nestelte seine Pistole heraus, näherte sich, ließ sich auf den erstbesten Stuhl fallen. »Ein Jahr, wenn's sein muss …« Weitere Erläuterungen gab er nicht, denn er war in Eile und hatte keine Zeit für so etwas.

Da wurde auch dem alten Aglikin, der so stockend dachte, als läse er ein Telegramm, klar, dass es nun ans Eingemachte ging – nur dass er nicht sagen konnte, was das eigentlich war, dieses Eingemachte! Zu sehr machte der Hass sie blind. Und dieser Mann da in der Landvermesserjacke sollte Grund und Gegenstand ihres Hasses sein? Dieser Mann, der so gar nicht nach der verhassten Macht des kommunistischen Bezirkskomitees aussah, weil er keines der Insignien dieser Macht trug, sondern nur sich selbst?

Der Ankömmling war sichtlich übermüdet. Seine Augenlider hingen herab. Das Knurren seiner Eingeweide verriet, dass er auch hungrig war. Und durchnässt war er, denn fein wie Zigarettenrauch stieg Dampf aus seinen Hosen und Stiefeln auf. Er sah fünfmal so schwach aus wie sie, der Mann, und genau das weckte ihren Argwohn und erschreckte sie.

Der Volkspolizist erhielt eine Anweisung und fuhr mit dem Motorrad fort. Gegen acht Uhr abends machte auch Lasarov, der Bevollmächtigte, sich davon. Schließlich verschloss der Wirt die Tür mit einem klobigen Vorhängeschloss und überließ die sechse drinnen sich selbst, zwei Lampen und einer Flasche Gas. In der Schwärze der Nacht wirkte das Lampenlicht geradezu zögerlich, aber es genügte, um sie alle mit Hass einzuhüllen.

»Danke für die Gasreserve«, sagte Krum zum Wirt, »aber die wird wohl nicht reichen!« Für weitere Erläuterungen hatte er einfach keine Zeit.

Der Morgen fand sie noch immer auf denselben Stühlen vor. Der Bevollmächtigte dachte erst, sie seien gerade neu eingetroffen, denn sie wirkten wacher und stärker aufeinander angewiesen als am Vortag. Dieses Gestern aber, das war schon der Vorschein auf morgen, auf übermorgen, auf alle Zeit der Welt bis ins Jenseits der Zeitlosigkeit, wo alle Hoffnung vergeblich war. Der Anblick vor seinen Augen offenbarte ihm, dass es Hoffnung ohne Zeit nicht gab. Nahm man umgekehrt dem Existierenden die Hoffnung, schwand auch die Zeit, und der Lebende versteinerte zu einem Denkmal seiner selbst.

»Ja, ihr guten Leute«, stöhnte der Bevollmächtigte Lasarov, »habt ihr denn gar keinen Grips im Kopf, dass ihr nicht an eure Kinder denkt? Nun unterschreibt schon, und dann ab, marsch, marsch zu euren Frauen!«

»Hast du ihnen Volksmusik aufgespielt?«

»M-mmh, aber …«

»Sie agitiert?«

»Ohooo …«

»Und sie wollen nicht unterschreiben?«

»Gar nicht«, erwiderte Lasarov und ließ sich so steif neben Krum auf einen Stuhl fallen, als hätte er die ganze Nacht hier verbracht.

»Herrjemineee, warum wollen diese Leute nicht glücklich sein?« Das waren seine ersten und letzten Worte bis zum Mittag. Danach begriffen alle, ohne eigentlich überrascht zu sein, dass dies auch die letzten Worte bis zum Ende des Tages und bis zum Ende des folgenden Tages sein würden, nur dass der Wirt eine neue Flasche Lampengas brachte. Er, der ohne jede Gemütsregung das ganze, in Schmutz und Elend versinkende Dorf trunken machte, brachte am fünften Tag schon einen ganzen Kanister mit Gas von zu Hause mit. Er fasste sich an den Kopf und begann zu ächzen und zu stöhnen. Seine Schenke aber schien kleiner geworden zu sein mit ihren rohen, klobigen Balken und den Bohlen, die die Decke trugen und aussahen wie das Gitter eines Gefängnisses.

Draußen standen die Frauen der fünf Großbauern und wimmerten und heulten zerzaust und barhäuptig so lange vor den mit Fliegenkot besprenkelten Fenstern der Schenke, dass schließlich das ganze Dorf hinging, um zu gaffen. Der Bauer ist ein Mensch mit entwickelter, lebendiger Neugierde, der aber ständig von der Feldarbeit in Anspruch genommen wird. Krum wusste das. Aber, dachte er, eines ist noch stärker als die menschliche Neugier, und das ist der Hunger.

11

Am siebten Tag befiel sie das unabweisliche Gefühl, dass sie auf immer in dieser Schenke eingeschlossen bleiben würden, mariniert von verschüttetem Rotwein, geräuchert von Zigarettenqualm. Bei den Schafspelzen, die die fünf Bauern trugen, hatte man den Eindruck, als seien sie ihnen in der vergangenen Woche als Fell gewachsen. Am frühen Nachmittag kam kurz die Sonne heraus, eine unerhörte Abwechslung für ihre gepeinigten Augen. Aus Gewohnheit rieb der Wirt die Slivovagläschen, die mit ihrem langen Hals aussahen wie kleine Fläschchen, an seiner Schürze »sauber«. Und irgendwann war das Tuckern, Spucken und Knallen des Bezirksmotorrades zu hören. Der Volkspolizist, der Krum hergebracht hatte, stürmte die Schenke.

»In Widin, soll ich sagen, ist man besorgt«, stieß er schwungvoll und mit erschrecktem Unterton hervor. »Ich bin geschickt worden, um nach dem Rechten zu sehen …«

»Hau ab«, zischte Krum Marijkin durch die Zähne, ohne weitere Erläuterungen abzugeben, denn er hatte keine Zeit für so etwas. »Wenn ich sehr auf mich warten lasse, kommt in einem Jahr noch mal nachsehen.« Und das waren seine letzten Worte bis zum Abend, der hereinbrach zusammen mit einem sintflutartigen Regen. Blaue Blitze zerrissen den Himmel, verbanden ihn mit der Erde, um sie von Sünde und Abweichlertum zu reinigen.

Die größte Sünde vor Gott, dachte Aglikin, besteht nicht darin, dass wir nicht an sein ewiges Licht glauben, sondern in unserer Uneinigkeit; dabei hat der Schöpfer uns doch aus einem Lehm, aus einer Erde geformt.

Das Tintenfass und die geknickte Schreibfeder standen unverändert bereit und bürokratisch-abweisend zugleich vor ihnen auf dem Tisch; die fünf Formulare daneben wurden schon schmierig von der schwülen, rauchgeschwängerten Luft im Raum. Ein paar Gläser mit vor langer Zeit bestelltem und nicht mehr angerührtem Schnaps; Krümel von ihrem morgendlichen Imbiss. Krum hatte angeordnet, dass nur morgens etwas gegessen werden durfte, wenn der Bevollmächtigte Lasarov mit den üppigen Speisen ihrer Frauen ankam – Liebesbriefen vom heimischen Herd. Vor Krum legte er nur einen Kanten geröstetes Brot und ein paar Krümel trocken gewordenen, weißen Salzlakenkäse; das war alles, was die dunklen Winkel seiner Vorratskammer vor seinen hungrigen Kindern hatten retten können.

Sie schauten sich nicht an. Dafür kauten sie umso lauter. Doch im Inneren eines jeden Bissens schien eine bittere Pille darauf zu lauern, zerbissen zu werden. Nein, sie wahrten den Anstand beim heiligen Vorgang des Essens: Mal reichte Krum ihnen das Gewürzsalz, mal brachen sie ihm ein Hühnerflügelchen ab, das er sofort verschlang, ohne sich viel mit Kauen aufzuhalten. Alle waren von geradezu gefährlicher Liebenswürdigkeit zueinander, denn sie wussten schon, dass hier entweder keiner von ihnen wieder rauskam oder – was noch schlimmer, noch verhängnisvoller war – nicht alle.

Das Ende deutete sich am neunten Tag an. Abends schloss der Wirt sie noch einmal mit seinem tumben Vorhängeschloss ein – aber wovor schützte es sie denn? Alles, was sie bedrohte, war ja drinnen, drinnen bei ihnen. Tagsüber gestattete Krum ihnen, einzeln hinaus und auf das Plumpsklosett im Hof zu gehen. Sie umrundeten die Kneipe, atmeten tief den herben, fruchtbaren Duft der Erde ein, spähten hinüber zu ihren Feldern, und erst dann betraten sie die Holzkabine. Genau dort »schwante« ihnen auch undeutlich, dass es passieren würde! Ihr Hass auf Krum wurde stahlhart, denn hier fühlten sie sich ihm gewachsen, hier, wo sie allein waren und nicht fünf gegen die Wand aus Krums zermürbendem Schweigen.

In einem Moment gereifter Opferbereitschaft, als er an der Reihe war auszutreten, spannte der bärenstarke Zeko Poplilov also seine Muskeln an und brach mitsamt einiger Splitter die am besten sichtbare Eisenklammer ab, die die morschen Nadelholzbretter des Toilettenhäuschens zusammenhielt. Er hieb sie zwischen zwei Steine und bog sie gerade. Es roch nach Feuerstein, nach Queckengras und nach nahendem Gewitter, denn nun war das schon keine unschuldige Klammer mehr, sondern ein Stachel, ein kurzes Stück rostiger Angst, dräuender Gefahr, die er sich da in den Ärmel seines Schafspelzes schob. Zeko handelte eher instinktiv als in einer wie auch immer gearteten Absicht; dennoch verbarg er das Stück Eisen gut – für alle Fälle! Man musste zu allem bereit sein, und dabei aussehen, als könne man kein Wässerchen trüben.

Verstohlen kehrte er in die Schenke zurück, gab sich lammfromm, wartete ab, dass die Sonne hinter den Hügeln unterging, der Wirt vor dem Gehen den nächsten Gaskanister auf den Tresen gestellt hatte, und fummelte dann im schwachen Licht der Lampe seine Stichwaffe so weit aus dem Ärmel, dass nur seine vier Gesinnungsgenossen sie sehen konnten.

Der alte Aglikin zuckte nicht einmal zusammen, so als sei das angedrohte Jahr Gefängnishaft bereits abgelaufen. Wie das nun wieder vorübergegangen ist, dachte er, und: Wirst du uns vergeben, Herr, unsere größte Sünde? Denn was schafft unser Glaube an dich, wenn unter uns nur Wut und Zwietracht herrschen?

»Ihr wollt also unsere Äcker dem Allgemeingut zuschlagen?«, ließ sich seine ungeschlachte Stimme vernehmen. »Die Felder, auf denen mein Vater am Schlagfluss starb, auf denen Zekos Kind sich die Sehne geschnitten hat, über die Frauen und Alte gegangen sind …« Sein Schmerz war groß, aber Krum Marijkin hatte keine Zeit für Mitgefühl.

Da sprang Zeko mit verzerrtem Mund auf. Das spitze Eisen in seiner Hand hinterließ eine Kratzspur im Raum und durchbohrte dann Krums rechte Schulter. Sofort geriet alles in Bewegung. Die Slivovagläschen kullerten klingelnd durcheinander, die Schenke erzitterte wie bei einem Erdbeben; dem Knarren und Knacken nach konnte sie jeden Augenblick in sich zusammenfallen.

Krums Augen ballten sich wie Fäuste, wurden zu Schlitzen. Die fünf Großbauern sahen in die Mündung seiner Pistole. Sie warteten auf das Klicken des Abzugs, auf den Geruch nach Pulver, Schwefeldampf und Tod. Krum aber rührte sich nicht, und als ihre zuckenden Herzen die Schüsse bereits zu hören vermeinten, ließ Krum die Waffe fallen, tauchte seinen linken Daumen in den abgestandenen Schnaps und stieß sich den so desinfizierten Finger bis zum Schulterblatt in die frische, blutende Wunde. Das Schlimme aber war nicht die Wunde, auch nicht die Art, wie Krum sie mit seinem eigenen Daumen verstopfte; schlimm war die plötzlich über alle hereinbrechende Klarheit, dass man des Unmöglichen nicht Herr werden konnte. Man konnte nicht in einem Augenblick, ganz gleich, von welcher Ausdehnung er war, über die ganze Zeit hinwegsteigen, in der dieses Volk gen Glück und Wohlfahrt schreiten sollte.

»Ich war nicht unschuldig, Brüder«, stieß Krum stöhnend hervor. »Habt mich dafür gestochen … Aber jetzt unterschreibt auch!«

Langsam wie ein Kondenstropfen löste sich eine Sekunde, in der alle Geräusche sphärisch verhallten. Der Wirt entließ ein schweres Seufzen, Lasarov, der Bevollmächtigte, spürte seine Muskeln wie Wackelpudding. Die Hektik erstarb. Die fünf hatten es nicht mehr eilig. Das unfassbare Ende war erreicht. Es machte keinen Sinn, diesen Mann zu töten, nein, nicht einmal ihn zu töten machte noch Sinn! – Jetzt, so sagte sich Aglikin müde, unterschreiben nur wir fünf; wenn wir ihn aber abmurksen, ist gleich der ganze Bezirk dran, die ganze uns bekannte Welt … Er spuckte auf den Boden, dann nahm er die Feder und … unterschrieb; reichte sie Zeko weiter, der sich wie ein reuiger Sünder vorbeugte und … unterschrieb. Sie wirkten wie Verschwörer, die gekommen waren, um sich ewiger Treue zu versichern, und die sich verbeugten vor einem Traum, den sie nicht besitzen konnten.

Aus der Wunde Krums blubberte im Herzschlagrhythmus dunkles

Blut und blieb auf seiner Lederjacke kleben. Sein Daumen steckte noch immer in der Wunde, als er schließlich das erlösende Wort sprach:

»Gut … Ihr könnt dann gehen.«

Erst danach traute er sich, Erbarmen mit sich selbst zu haben – und fiel um.

12

Der Sekretär des Bezirkskomitees, der Genosse Stojanov, schraubte die Kappe seines Füllfederhalters auf, dann wieder zu. Er wagte es nicht, den Blick vom grünen Filz seines Schreibtisches zu heben. Seine Gedanken gingen durcheinander, sein Herz klopfte schnell und voller Gefühl, denn drei Meter entfernt saß mit schuldbewusstem Feixen Krum Marijkin.

»Immerhin hat er dich abzustechen versucht … Den zerren wir vor den Kadi«, murmelte Stojanov.

»Na ja, hab ihn halt arg gereizt, den guten Mann«, wiederholte Krum beharrlich. »War selber schuld … Welcher Teufel hat mich auch geritten, ihn so zu piesacken?«

»Du lügst«, fuhr ihm der Bezirkssekretär entschlossen in die Parade. Er hatte schon vom Bevollmächtigten Lasarov gehört, wie es wirklich gewesen war. »Für so eine Lüge könnte ich dich vor der Partei zur Verantwortung ziehen, ist dir das klar?«

»M-hmm«, entgegnete Krum leise.

»Warum hast du uns nicht gefragt, bevor ihr euch in dieser Kaschemme eingebunkert habt, dich wenigstens telefonisch gemeldet?«

»Hatte halt keine Zeit«, antwortete Krum entschieden. »Dachte, das zieht sich mindestens einen Monat hin, also – keine Zeit.«

Der Genosse Stojanov suchte bemüht nach einem Grund, sich zu ärgern. Er hätte am liebsten mit der Faust auf den Tisch gehauen, aber so, dass der ganze Papierkram hochgeflogen wäre, oder wenigstens mal tröstlich über den schmutzigen Verband gestrichen, der sich unschuldig wie ein Baby um Krums Schulter wand.

»Du hast Mitleid mit einem Kulaken? Das ist ein Klassenfeind, verstehst du, Klas-sen-feind! Der hätte dich eiskalt abmurksen können, Mann …«

»Das hätte er sicher nicht«, ließ Krum provozierend fallen, »schließlich war ich ja mit den fünfen in der Kneipe. Unmöglich, dass sie mich kaltmachen, wo ich doch keine Waffe mehr in der Hand hielt.«

Gegen so viel Sturheit war nichts zu machen. Also schraubte Stojanov die Kappe seines alten Füllers wieder ab und schrieb mit seiner nervösen Handschrift auf das zerknitterte Formular: »Zeko Poplilov ist auf freien Fuß zu setzen.«

Draußen schaukelte der Wind das Frühjahr, das in die Natur geschossen war, plötzlich wie Schamröte. Bauern machten sich auf den Weg zum Freitagsmarkt. Lang nicht geschmierte Radnaben knarzten. Walachen, gefolgt von ihren Frauen, schwangen bunt geschmückte Peitschen. Sie gingen barfuß und zogen ihre neuen Schuhe erst an, als sie das Festungstor von Widin erreicht hatten.

Wie das?, fragte sich mit wachsender Bedrängnis der Bezirkssekretär. Wie kann dieser Krum Marijkin, der bereit war, wegen einer Lappalie seinen besten Freund ans Messer zu liefern, ihn regelrecht zu vernichten, wie kann dieser kämpferische Kerl, der von so blindem Gerechtigkeitswahn besessen ist, dass er einer Idee aus Treue zu ebendieser Idee schweren Schaden zufügt, sich jetzt so, mit seinem ganzen Wesen, für einen Klassenfeind, einen Feind des Volkes, einen Aufrührer und Widerständler gegen die Volksmacht einsetzen? In einem schnellen und für ihn schmerzhaften Moment der Wahrheit ließ der Genosse Stojanov eine Antwort in sein Bewusstsein treten, die er gleich darauf zu vergessen sich mühte: Weil er zu allem bereit ist, ohne nachzudenken! Weil er fähig dazu ist, nicht nur die anderen zu opfern, sondern auch sich selbst!

»Mach, dass du fortkommst … Und dass du dich bei mir mindestens einen Monat nicht blicken lässt«, sagte Stojanov melancholisch, weil er sich ja doch fragte: Und ich? Wozu bin ich fähig?

Krum Marijkins Ruhm aber verbreitete sich in solch fliegender Eile in der Gegend, wie sich eben nur Legenden über wahre Schlachten unter dem Volk verbreiten können. Wenn irgendwo Widerstand oder organisierter Protest gegen die Kollektivierung vonseiten reicher Bauern aufflammte, schickte man Krum hin. Der zog seine Landvermesserjacke über, an deren einer Schulter wie ein Orden der Blutfleck prangte, der von der Stichwunde zurückgeblieben war, bestieg das Bezirksmotorrad, schaltete hoch in den dritten Gang und verteilte den Staub über die engen, buckligen Chausseen, als wär's der Segen des Herrn.

Wenn sie nur hörten, dass *Krum Marijkin* nahte, unterschrieben die Leute, zwar mit beklommenem Herzen, feuchten Augen und in der Tasche geballten Fäusten, aber ohne Scherereien zu machen. Einige hatten ihre kurzen, ungehorsamen Äxte gegen die Bezirks-Agitatoren erhoben, die über Land fuhren; doch auch sie begriffen, dass gegen Krum jeder Widerstand zwecklos war. Sie hatten ja nun gehört, dass dieser sich mit den Leuten in morschen Gaststätten einschloss, alle Schlupflöcher eigenhändig mit seinem in Schnaps getunkten Daumen verschloss und – da er für nichts anderes Zeit hatte – auch in der Zeit keine Fluchtwege offen ließ. Nicht ohne Hintersinn gaben sie ihm den Beinamen Krum *der Schreckliche*, geboren weniger aus den Tiefen der Geschichte als aus dem machtvollen und verzweifelten Leben selbst, und *auserwählt*, ihre Tränen mit der Peitsche zu trocknen, die er nur zu ihrem Besten schwang! Und in jenem hellen und denkwürdigen Moment, in dem sie die Feder ins Fässchen mit der dünnen Tinte tauchten, um ihr so viele Jahre währendes Elend zu unterschreiben, fragte Krum stets:

»Warum wollen diese Leute nicht glücklich sein?«

13

Auf dem Gang draußen hallten Stimmen und Schritte. Es war zwar noch hell, doch in Professor Jowtschevs Sprechzimmer brannte schon die Tischlampe, deren Licht die Profile der Männer als lange Schatten an die Wand mit der alten Stofftapete warf. Sie saßen zwischen der Bibliothek und dem stilvollen Schreibtisch. Auf Jowtschevs Gesicht malte sich Müdigkeit. Dozent Kotzev war unversöhnlich, Assistent Pejtschev glich mit seiner Nachlässigkeit und seinem krausen Haar einem der griechischen Mythologie entsprungenen Satyr. Intelligent und verschlagen, wie er war, wand er vor Vergnügen über den sich ausweitenden Skandal fröhlich das Schlüsselbändchen um seine Finger und blies genüsslich den Zigarettenrauch durch die Nase aus. Dozent Kotzev glättete mit einer angedeuteten, aber nicht ausgeführten Bewegung sein nicht vorhandenes Haupthaar. Die Glatze war nicht das Einzige an ihm, das an ein Baby erinnerte. Sein Kopf war oval, sein Gesichtsausdruck unschuldig, seine Ohren umspielt von blonden Löckchen. In seinem Schoß lag ein Paar kleiner Patschhändchen, auf seinen Wangen ein zartes Apfelrosa. Doch sein Blick, sein Blick war kalt, abwesend und leer wie der einer Katze.

Es roch angenehm nach den Ausdünstungen bedruckten Papiers. Kotzev fächelte mit einer Mappe, während Professor Jowtschev, ein Taschentuch vor seiner ewig laufenden Nase, erregt sprach.

»Mir ist bewusst, dass die Studenten es aus ehrlichem Herzen tun, Herr Dekan«, sagte er gerade, »und ich bin ja durchaus geneigt, jeden anderen Glauben zu respektieren, insoweit er nicht schadet und die Ordnung gefährdet. Ich respektiere auch die politischen Ansichten und die leidenschaftlichen Interessen unserer Studenten, ihr Streben, sie um jeden Preis kundzutun. Doch ich kann mich nicht damit einverstanden erklären, dass sie in jeder Vorlesungspause sowjetische Lieder singen oder Sitzungen abhalten. Die Pausen sind, wie der Name schon sagt, Zeiten der Erholung, nicht Zeiten wilder Begeisterung, die mich anschließend eine halbe Vorlesung kostet, bevor sie sich legt. Bitte verstehen Sie mich richtig: Ich bin Professor für Römisches Recht, nicht der Leiter eines politischen Klubs. Spüren Sie denn nicht, dass das unseriös ist? Ich würde die jungen Leute ja gern einladen, nach den Vorlesungen zu bleiben und zu tun, was sie für unvermeidlich halten, aber ich kann nicht zulassen, dass dies in der Zeit geschieht, in der mein Amt mich bindet, vor ihnen zu reden. Und versuche ich es trotzdem, rede ich doch ins Leere, weil ich merke, dass sie unfähig sind, etwas aufzunehmen …«

Dekan Kotzev war Stotterer, dennoch klang seine Stimme jetzt hart und schroff, als er Jowtschev unterbrach: »Diese Ihre absurde Demagogie, wissen Sie, wie man die nennt? Ist Ihnen klar, dass ich verpflichtet bin, für diese Worte eine schriftliche Erklärung von Ihnen zu verlangen?«

»Absurd, sagen Sie? In der Tat, Herr Dekan, wir sprechen in der Tat über etwas Absurdes. Es ist mir unangenehm, dass meine Studenten sich über mich beklagt haben, doch ich werde es ihnen auch weiterhin nicht gestatten, die Universität in einen politischen Klub zu verwandeln.«

Gereizte, bedrückende Stille folgte. Assistent Pejtschev hatte sich zur Tür gedreht, um sein ironisches Lächeln zu verbergen. Assen spürte, wie sowohl Jowtschevs als auch Kotzevs Augen sich auf ihn richteten in der Hoffnung, er möge Partei ergreifen: Doch er war hin und her gerissen und schwieg. Er hatte den Eindruck, dass sich Jowtschevs Augen mit Tränen füllten, Tränen der Rührung eines alten Mannes.

14

Das Sprechzimmer von Dekan Kotzev befand sich im Erdgeschoss. Aus dem marmornen Vestibül der Universität hallte das akademische Leben und Treiben wie aus einer Höhle zu ihnen herüber. Kotzev hatte ihn »auf einen Plausch« eingeladen, ihm Platz im Ledersessel angeboten. Selbst zog er es vor, über den zerschlissenen Teppich hin und her zu gehen. Er stotterte, verbesserte sich aber schnell, sodass es sich anhörte, als sänge er seine Gedanken im Kanon. Er war gutgelaunt, stand aber sichtlich unter Anspannung. Seine Bewegungen waren erstaunlich geschmeidig für seine Körperfülle. Bei jedem Stottern verharrten seine gestikulierenden Hände, als hätte er vor sich etwas Unziemliches erblickt. Assen dachte, dass seine Vorlesungen qualvoll für die Studenten sein mussten, weil sich mit der Zeit unweigerlich der Drang entwickelte, ihm zu Hilfe eilen und ihm das stecken gebliebene Wort aus dem Mund zu ziehen. Sein ganzes Reden glich dem Versuch, einen sehnigen Braten mit einem stumpfen Messer zu zerschneiden.

Unter dem mächtigen Porträt von Parteiführer Welko Tscherwenkov blieb er stehen. Sein Gesicht, das Gesicht eines vorzeitig groß gewordenen Babys, strahlte vertrauensselig, sein Schädel glänzte kupfern in der Dämmerung.

»Nun, wovon sprach ich gerade«, sagte er und goss sich Wasser aus dem Krug nach. Er schaute auf sein Glas, als läge darin das Gesuchte, trank es auf einen Zug aus und fuhr fort: »Tjaaa … Wir müssen sie unschädlich machen, diese Leute vom Schlage Jowtschevs. Gestern war es zu früh, aber morgen wird es zu spät sein. Denken Sie nur nicht, dass seine beeindruckende Fachkompetenz, die Ausstrahlung seines Geistes mich ärgern. Nein, verehrter Weltschev, dazu bin ich ein viel zu anständiger Mensch. Was meine Bedenken erregt, das ist das System, in dem er denkt, seine angeborene Unparteilichkeit, die gerade deshalb so gefährlich ist, weil sie sich von nichts und niemandem vereinnahmen lässt. *Er ist einfach nicht unser Mann*, verstehen Sie? Professor Jowtschev ist ein Positivist, der an Gott glaubt. Wissen Sie, was er den Studenten vorgeplärrt hat? Wenn sie dauernd Versammlungen abhalten würden, würden sie ihre Individualität einbüßen und ewig Chorsänger bleiben. Er hat ihnen doch tatsächlich von der *Freiheit der Persönlichkeit* gesprochen!« Kotzev zündete sich eine Zigarette an und blies den Rauch zum geöffneten Fenster. »Freiheit der Persönlichkeit … Wer braucht denn so etwas – Freiheit?! Ich sag Ihnen was, lieber Freund: Tief in der Seele sehnt sich jeder von uns nach Ungleichheit … natürlich zu seinen Gunsten. So ist die menschliche Natur nun einmal. Sie mag sich verhüllen, Täuschungsmanöver fahren; aber am Ende steht immer der Wunsch: Ich will mehr! Mehr als die anderen kann der Einzelne sich nur beschaffen, wenn er davon ausgeht, dass alle Menschen verschieden sind, klar! Nehmen wir an, ich unterscheide mich von Ihnen, dann kann ich mir doch mühelos einbilden, ich sei besser als Sie, intelligenter … Steht es mir da nicht auch zu, reicher und glücklicher zu sein?«

Kotzev stotterte jetzt nicht mehr. Er sprach emphatisch, und Assen war wieder einmal perplex über den Widerspruch zwischen seinem treuherzigen, lieben Gesichtsausdruck und der furchteinflößenden Leere in seinen Augen.

»Ich will dir mal was aus meinem missratenen Leben erzählen, und du, wenn du Ohren hast zu hören, dann höre, wenn du Augen hast zu sehen, sieh – wie der alte Evangelist Matthäus schreibt.« Kotzev ging umstandslos zum »du« über und klopfte Assen, um der angestrebten Nähe das Krampfhafte zu nehmen, vertraulich auf die Schulter. »Ich war zwei Jahre im Straflager auf der Insel St. Anastasia interniert. Ringsum nur Stacheldraht und Meer … Kannst du dir etwas Absurderes, Wilderes vorstellen? Ein Horizont wie Glas, um dich herum nichts als toter Stein, Raubmöwen und Klettensträucher. Die Zeit steht wie ein Schiff auf der Sandbank. Vor Hunger meinst du, du musst dich dauernd übergeben. Es ist entweder brüllend heiß oder eiskalt. Der ganze Tag nur Dreck und Prügeleien, und ständig dieses Meer vor Augen – wie eine juckende Wunde, die du weder berühren noch einfach vergessen kannst.

In diesem Lager also habe ich einen Lehrer hier aus der Nähe von Sofia, aus Gorna Dschumaja kennengelernt, einen großartigen Kommunisten. In der zweiten Woche aber fiel mir etwas auf, was mich verwunderte. Gerade waren die Brotrationen verringert worden. Und was tut er? Bricht seinen Kanten durch und verschenkt die Hälfte an die anderen. Abends große Not. Der eine beißt sich in die Faust, der andere ins Kissen. Und was tut er? Setzt sich auf seine Pritsche und fängt an zu singen. Na gut …« Kotzevs Gesicht schien bei der Erinnerung an diese Zeit zu altern. Unter seinen Achseln hatten sich zwei große Schweißflecken gebildet. »In der Nacht auf den 1. Mai schrieben wir an die Baracken: ›Tod dem Faschismus, Freiheit dem Volk!‹ Am nächsten Morgen mussten wir antreten zum Appell. Mitten im Matsch. Der Lagerkommandant hatte sich einen Weidenzweig abgeschnitten und schlug sich damit gegen die Stiefel: ›Bei eurer verfickten Mutter‹, fing er an, ›hier wird gerade gestanden, und zwar kerzengerade! Ihr habt die Wahl: Entweder ihr bleibt hier stehen, bis ihr schmilzt, oder ihr sagt mir, wer der Schmierfink war!‹ Wir hatten uns vorher darauf geeinigt zu schweigen. Wir wollten diesen Spieß so richtig krankmachen durch unsere unverbrüchliche Einigkeit, ihm so richtig geschlossen an den Karren seiner Macht fahren! Er hätte uns unmöglich alle zu Kleinholz hauen können, und im Karzer war auch nicht Platz für alle. Schlapp, schlapp, schlapp, da kommen sie! Die Bajonette auf den Gewehren blitzen, in unseren Mägen hallt es leer wie in der Kirche, die Schwielen bluten, es ist kalt. Auf einmal sehe ich links von mir, wie einer vortritt: der Lehrer! Schnückt sich seine Haartolle aus der Stirn, so richtig pathetisch, mit Schmackes, weißt du, und meldet: ›Herr Hauptmann, der Täter bin ich. Ich übernehme die volle Verantwortung!‹

Wir anderen schauen uns nur an und denken alle dasselbe: *Wie – übernimmt die ganze Verantwortung?* Mit welchem Recht spielt der sich auf als Leiden, Tod und Rettung, wo unsere einzige Chance vor diesem Untier doch war, ununterscheidbar zu bleiben? – Aber … ja klar, ging mir plötzlich ein Licht auf, der will hier heiliger sein als wir anderen, will über uns stehen, will so richtig seine menschliche Größe auskosten! Tja, mein Freund, da hat uns der Lehrer mit seinem Stolz einen schönen Streich gespielt …

Als er aus dem Karzer kam, sah er aus wie ein leerer, rissiger Kartoffelsack. Wir haben ihn erstmal gestopft und aufgepäppelt, aber ich sag dir: Sobald er wieder auf den Beinen war, hat keiner, aber keiner mehr was von seinem Brot haben wollen, und mitsamt seinen Liedern haben wir dem Kerl die kalte Schulter gezeigt.«

Kotzev blickte inzwischen ausgesprochen finster drein. Auf seinem Gesicht malte sich der Ausdruck reiner, gefährlich unschuldiger Grausamkeit. Der Sonnenuntergang in den Fenstern gegenüber war erloschen, sein goldener Abglanz vom belebten Boulevard gewichen. Zeitungsverkäufer, ehrwürdige Amtmänner und Mütter mit Kindern gingen vorbei. Nur selten brauste ein amerikanischer Buick vorüber. Die Stromabnehmer der Straßenbahn kratzten über die Oberleitungen, und auf die gelb gepflasterte Flaniermeile im Zentrum Sofias ergossen sich Funkengarben. Wer weiß, warum, doch Assen hatte Angst, beim Zuhören auch nur seinen Arm zu heben und sich eine Zigarette anzuzünden. Er wurde das Gefühl nicht los, dass die Luft um Kotzev explodierte, wenn er die leiseste Bewegung machte.

»Nei-hein … Im Sto-sto-stolz übers Anders-, übers Bessersein liegt nicht die Rettung«, resümierte Kotzev. »Diese reizende *Freiheit*, die ist kein Ausweg. Die will nicht pflügen, säen und Fabriken bauen, die will einfach nur kommandieren. Lassen wir Unterschiedlichkeit und folglich Individualität zu, stürzen wir das Volk nur in Verwirrung. Die Leute zermartern sich den Kopf, beginnen zu zweifeln, werden ungläubig. An ein und dasselbe können nur Gleiche glauben, mein Freund und Genosse! Darum sage ich dir: *Einigkeit* – die gibt es nur in der *Sklaverei für alle*!« Der Dekan zog aus seiner Hosentasche ein gewaltiges hellbraunes Taschentuch, entfaltete es und wischte sich damit das Gesicht ab. »Ich versteh dich nicht, Weltschev … Warum hast du geschwiegen, mein Freund? Dieser Jowtschev hat die Studenten daran gehindert, ihr politisches Kredo zu artikulieren. Der hat gehandelt wie ein Feind, mehr noch, wie ein Klassenfeind … und gibt vor, neutral und unparteiisch zu sein!«

Das Telefon schrillte. Kotzev erblasste, als habe sich die Tür seines Kabinetts knarrend geöffnet und ein äußerst ungelegener Gast sei eingetreten. Dann auf einmal fiel die Spannung von ihm ab, seine unnatürliche Aufgekratztheit verschwand, er war wieder einfach nur dick. Seine Stimme und sein Stottern klangen nun wieder übertrieben dienstlich, trocken und leicht arrogant: »Der Rektor will mich sprechen«, sagte er unbestimmt, »warte eine Minute hier, ich bin gleich zurück.«

15

Als Kotzev die Tür hinter sich schloss, war Assen äußerst besorgt. Die Aufrichtigkeit des Dekans, diese naive, aber von indirekten Vorwürfen gespickte Mitteilsamkeit, bereitete ihm Unbehagen. Der Mann strahlte eine subtile Maßlosigkeit aus, die schlecht zu beschreiben war, weil sie sich erst andeutete; in Assen jedenfalls löste sie sowohl Verehrung als auch Schamgefühle aus. Am meisten bedrückte ihn die Frage, warum Kotzev ausgerechnet ihn für seine Eröffnung ausgesucht hatte. Woher kam dieses Vertrauen, dieser Glaube, dass Assen ihn bedingungslos unterstützen würde?

So dramatisch der Dissens mit Professor Jowtschev auch aussah; er bildete nur den willkommenen Anlass für seinen langen Monolog. Dass er unvermittelt etwas so Persönliches über sich preisgegeben hatte, deutete darauf hin, dass er überzeugt davon war, auch Assen müsse einen solchen inneren Gewissenskonflikt durchlebt haben.

In der Tat, beide waren sie Kommunisten, Genossen aus Pflicht und durch die gemeinsame Sache; doch Assen ahnte unterbewusst, dass sie es aus anderen Gründen waren. Kotzevs Verhalten war ein Aufruf zum Handeln, zur geheimen Bildung einer Seilschaft, einer durch Freundschaft gekitteten Interessengemeinschaft mit dem Ziel, sich mit vereinten Kräften die Universität zu unterwerfen und die nötigen Opfer bei allen, auch bei den Feinden der Gleichheit, zu erzwingen. Ein Indiz dafür war, dass der Dekan sich nicht die geringste Mühe gegeben hatte, auf eine offizielle Vereinbarung zuzusteuern; er hatte nicht einmal seine Pläne genauer erläutert. Assen hatte den Verdacht, dass Kotzev in Wirklichkeit gar keine Freundschaft suchte, keinen Trost und kein Mitgefühl für das erlittene Lagertrauma, sondern restlose und blinde Unterwerfung.

»Verehrung und Scham«, »fatale Größe«, »entweihtes Pathos« – Assen hatte es empfunden, dieses schmerzliche und widersprüchliche Gefühl. Er erinnerte sich an jenen Herbsttag am Fuße des Gebirgspasses von Hainboas, an die zarte, duftgesättigte Stille aus geknicktem Unkraut, aufgewühlter Erde und reifen Früchten, die einen denken ließ, es müsse ein Kloster in der Nähe sein. Er sah die von Brigadieren ausgehobene Trasse der Chaussee vor sich, die hinunter ins Tal führte …

Man hatte ihn eingeladen, um von seiner Zeit in Bai Michals Revolutionären Zelle zu erzählen. Die Akkordeonisten aus der »fliegenden Abteilung«, Emilias Agitprop-Truppe, hatten »Katjuscha« gespielt; Emilia selbst hatte in ihrem Kattunkleid Verse von Nikola Waptzarov deklamiert. Die Lagerfeuer brannten schon, da krochen aus dem Tal gebeugte Gestalten, als kämen sie direkt aus dem Hades. Vorneweg schleppte sich, die rußgeschwärzte Stirn geneigt, *der Neger*, der die geknechteten Kolonialvölker zu symbolisieren hatte. Er sang leise »dshombol, dshombol, dshombola …« zum Klirren seiner Ketten. Hinter ihm gingen mit schwerem Schritt die »Kolonialherren«, schwangen ihre Lederpeitschen und ließen sie mit menschenverachtender Emphase auf seinen Rücken knallen. Dieser ganze Heerzug wirkte grotesk, wie ausgeschnitten aus einem Geschichtsbuch für Kinder, nur komischer. Der »Neger« zum Beispiel ließ über der verrußten Stirn eine blonde Stirnlocke sehen, seine Brigadierskleidung war, damit sie zerlumpt aussah, eigens zerrissen worden, während die »Kolonialherren« Gummistiefel an den Füßen und selbstgeflochtene Strohhüte auf dem Kopf trugen, und am Handgelenk – zum Zeichen ihres durch Ausbeutung erlangten Wohlstands – eine richtige Armbanduhr. Assen hatte lächeln müssen. Langsam lebten sich die Darsteller in ihre Rollen ein …

Der »Neger« verzerrte in immer weniger gespieltem Schmerz die Lippen, und die »Kolonialherren« knallten in immer selbstzufriedenerem

Sadismus ihre Peitschen. Langsam war das kein Theater mehr, langsam wurde das die vollkommene Wahrheit über Gewalt und Sklaverei in Afrika. Trunken, ganz und gar ergriffen von ihrem wachsenden Zorn, verstanden die »Kolonialherren« keinen Spaß mehr. Die Arbeiterjacke des schwarzen Sklaven ging in Fetzen, darunter kam ein weißer Rücken mit zarter Haut zum Vorschein. In der allgemein ausgebrochenen Sensationsgier war für alle die Stunde der Wahrheit gekommen. Starr und stumm vor Entsetzen und Abscheu, aber auch fasziniert von diesem Anblick, standen sie da … Inzwischen brüllte der Gepeitschte sein »dshombol, dshombol, dshombola …« Schaum bedeckte seine Lippen, seine Schultern knickten ein. Die Gestalten des Zuges sahen riesig aus, vielfach vergrößert durch die kupferfarbenen Flammen der Feuer. Sie leuchteten so grell, als hätte ihr Licht schon das Fegefeuer alles fleischlichen Leidens durchschritten und verwandle sich in Geist. Assen spürte, wie die Menge taumelte. Er sah die geballten Fäuste, das Unverständnis und die Tränen in den Augen, die Sehnsucht nach Selbstjustiz, bis – endlich! – der »Neger« zusammenbrach und ins Gras fiel. Die »Kolonialherren« erwachten wie auf Knopfdruck aus ihrem bestialischen Rausch und eilten, ihm aufzuhelfen …

Dies, genau dies war der Moment gewesen, in dem Assen es empfunden hatte, dieses schmerzliche und widersprüchliche Gefühl. Er hatte es nun selbst gesehen, wie jener archaische Machtrausch sich Bahn brach, in dem alle Grenzen fielen, und der gleichermaßen faszinierend und widerlich anzusehen war. Ihm war gewesen, als habe er im kupferfarbenen Widerschein der Feuer das Abbild der Zeit selbst gesehen, und dies flößte ihm denselben inneren Zwiespalt, dieselbe Resignation ein wie das soeben beendete »Gespräch« mit Kotzev.

Einmal ausgelöst, passierten lauter Zeitereignisse Revue in seinem Kopf: Da waren die durch die Rhodopen vandalierenden Banden, die in ihrem Vergeltungdrang mit grausamen Anschlägen Bai Michal extrem zu schaffen machten. Da waren zur gleichen Zeit aber auch die Volksgerichtshöfe, auf denen nicht nur ausgewiesene Faschisten und bestialische Mörder zum Tode verurteilt wurden oder Oppositionelle, die die Häuser von Partisanenführern angezündet und die Köpfe der Hausherren abgeschlagen und auf Pfähle gespießt hatten; nein, auf diesen Volksgerichten kamen auch Tausende Unschuldiger zu Tode, nur weil sie Teil einer angeblich »volksfeindlichen« Regierung gewesen waren oder gar das Pech hatten, reich zu sein oder einer bürgerlichen Familie zu entstammen. Der dräuende Krieg, den man später wegen seiner Unversöhnlichkeit den »Kalten« nennen sollte, wurde voller Besorgnis in den Zeitungen und dann von den Leuten diskutiert. Die hungrigen, nur mit Spitzhacken oder Spaten bewaffneten jungen Leute von Hainboas träumten von einer *reinen Heldentat.* Dozent Kotzev sprach von Unterwerfung unter kompromisslose Gleichheit. Wünsche und Hoffnungen gehörten stets entweder der Vergangenheit oder der Zukunft an, doch was sie auch immer enthielten, sie liefen stets zurück zu den Trümmern einer Gegenwart voller Hunger und Elend. War dieser Kotzev eigentlich ein aufrichtiger, ein redlicher Mann? Warum hatten seine studentischen »Kolonialherren« dann in ihrem Rausch vergessen, dass der »Neger« ein Kommilitone war, der nach der Aufführung mit ihnen im selben Zelt schlafen würde? Was waren das für Kräfte, die die Zeit da kreißte?

Er hatte höllische Kopfschmerzen. Das hallende Stimmengewirr in dem Vestibül vor der Aula war abgeklungen, im Sprechzimmer war es dunkel geworden. Müde und verwirrt erhob Assen sich aus dem Sessel, schaltete die Deckenbeleuchtung ein und ging …

16

Professor Jowtschev erschauerte und zog den Hausmantel enger um sich. In letzter Zeit war ihm oft so kalt, sogar an warmen Sommertagen, wenn die Abende weich und reif wie die Birnen fielen. Die Gegenwart des jungen Mannes, der seinen Blick unverfroren auf ihn gerichtet hielt, ärgerte ihn. Er hatte schon gesehen, wie sich unter dem Sakko des neuen Dozenten, der noch vor gar nicht langer Zeit Gepäckträger am Bahnhof gewesen war, die Konturen einer Pistole abzeichneten. Dieses primitive Zeichen von Gewaltbereitschaft war für ihn so beleidigend, dass es ihn innerlich schüttelte. Ich lade ihn friedlich zum Tee ein, und er kommt mit *dem da*!, wie der Professor die Waffe in Gedanken anredete, denn er empfand sie als dritte Person, die sich ebenso unbemerkt wie ungebeten ins Wohnzimmer geschlichen und proletenhaft aufs Kanapee geflätzt hatte.

»Worüber sprachen wir doch gleich?«

»Über Dozent Kotzev«, antwortete Assen mit sonderbarem Lächeln. »Ich sagte Ihnen gerade, ich hielte ihn für einen anständigen und aufrichtigen Mann.«

»Ein dummer Kerl ist das«, stampfte Jowtschev mit dem Fuß auf. »Nicht wahr, Herr Weltschev, Sie waren es doch, der mir vor Jahren die Theorie entwickelt hat, dass im Sozialismus der Wert der Persönlichkeit sich daran bemesse, wie nützlich sie für die Gesellschaft sei? Anständigkeit ist noch lange kein Apriori dafür, dass du auch nützlich bist.«

»Die Studenten haben das Recht, in den Vorlesungspausen zu singen und sich zu Sitzungen zusammenzufinden«, wiederholte Assen beharrlich.

»Sie, Herr Weltschev, haben den Inhalt meiner Auseinandersetzung mit Dekan Kotzev überhaupt nicht verstanden! Ob die Studenten in den Vorlesungspausen singen oder stumm sind wie die Fische, hat keinerlei Bedeutung, weder für Sie noch für Kotzev, noch für mich. Auf der Dozentenratsversammlung wollte ich etwas ganz anderes sagen. Die Naivität, mit der hier Ideologie und Humanismus vermengt werden, ist ein vergleichsweise kleiner Fehler; verhängnisvoll jedoch ist es, wenn *Ideologie und Staat* gleichgesetzt werden. Indem diese jungen Leute Tag für Tag ihre politischen Ansichten demonstrieren, glauben sie, sie würden damit den Staat unterstützen, zerstören ihn aber de facto.« Er bemerkte Assens Geste des Einspruchs, hielt ihn aber mit der Hand zurück. »Lassen Sie mich meinen Gedanken zu Ende bringen. – Die von Ihnen gewählte Ideologie besticht durch ihren Humanismus, gut. Doch was ist das Ziel des Staates? Die Erhaltung seiner selbst. Zu diesem Zwecke dringt er auf die Befriedigung seines eigenen bürokratischen Apparates, sei es im Guten und durch enthusiastischen Idealismus, sei es durch Zwang und Gewalt. In diesem Verständnis steckt der Staat voller Tücken und Widersprüche. Er gibt, nimmt aber auch. Für gewöhnlich nimmt er. Er lässt sich beeinflussen von Ereignissen, Persönlichkeiten und der jeweiligen Konjunktur. Er bedient sich unverfrorener Lügen, ja, gelegentlich sogar der Nötigung … Folglich ist er angewiesen auf unsere Vorsicht und darauf, dass wir Kontrolle ausüben, ihm auf die Finger sehen. Und da haben Sie den Grund, warum jede Äquivalenz von Staat und Ideologie sogleich eine *Krise des Humanismus* heraufführt. Verstehen Sie denn nicht: Jedes Hindernis, das aufgrund menschlicher Unzulänglichkeit oder mangelnder Erfahrung im Staat auftritt, wirkt zurück und erzeugt zwangsläufig eine *Krise der Ideologie*!«

Jowtschev schritt mit hinter dem Rücken verschränkten Armen zwischen Bibliothek und Fenster hin und her. Die eben noch veilchenfarbenen Umrisse des Witoscha-Gebirges hatten sich in Nacht aufgelöst, die getrockneten Laken, die auf dem Balkon gegenüber hingen, schienen blau; die Stadt kühlte ab. Er seufzte und kehrte zum Schreibtisch zurück. Der Tee stand unberührt in den Tassen, als seien zwei Notärzte, bevor sie sich zum Gespräch hatten niedersetzen können, schon wieder zu einem Einsatz gerufen worden. Assen Weltschev verstand den Professor vorsätzlich nicht. Dieser spürte, dass sein Schüler offenbar Gründe hatte, auf stur zu schalten. Was ihm blieb, waren Einsamkeit und Verbitterung und die immer sinnlosere Anstrengung, an seine widerwärtigen Medikamente zu denken, nur um nach deren Einnahme mit einem Buch zwischen den weißen Laken seines Bettes zu verschwinden und von dort in die nächste schlaflose Nacht hinüberzugleiten. Er hüstelte und putzte sich aus Gewohnheit die Nase.

»Seit langem reift eine Frage in mir heran«, fuhr er mit gebrochener Stimme fort. »Würde ein Dieb, der vom Justizapparat *des Staates* verurteilt worden ist, von der *Ideologie* des Sozialismus verteidigt werden? Natürlich nicht! Wir nehmen ja an, dass Ideologie und Staat ein und dasselbe geworden sind. Doch ein Dieb ist das Produkt von Armut und Ungleichheit, mithin von einem nicht ausgereiften Sozialstaat. Der Staat kann uns keine Garantien geben, dass er alle Unbill des Lebens austariert, uns mit Wohlstand und Gerechtigkeit beglückt. Selbst euer Sozialismus versteht unter Freiheit und Gerechtigkeit doch nichts anderes als unsere Pflicht, an seine Wahrheit zu glauben. Glaube und Freiheit sind aber recht widersprüchliche Begriffe. Und was heißt das? Der Dieb muss bestraft werden, weil der Staat ansonsten zerfiele, und dazu habt ihr nicht das Recht. Denn ihr habt diesem Unglücksraben nicht einmal dreißig Prozent jenes Lebensstandards verschafft, den er bräuchte, um nicht kriminell zu werden. Wenn ihr Ideologie und Staat verschmelzt, wie wollt ihr dann die erträumte, in mystischem Nebel liegende Zukunft mit der Misere der Gegenwart in Einklang bringen, oder anders gesagt: Wie wollt ihr den Leuten erklären, dass die Widersprüche und Ordnungswidrigkeiten, die fortlaufend im Staat auftreten, nicht auf einem Fehler in der Ideologie beruhen? Erfolg, mein verehrter Weltschev, werden Sie nur haben, wenn Ihre Ideologie und deren Apparat sich in ständiger Opposition zum Staat und seiner Bürokratie befinden. Anderenfalls sind Sie dazu verurteilt, die lobenswerten, aber erfolglosen Versuche der ganzen bisherigen Zivilisationsgeschichte zu wiederholen, die beiden entgegengesetzten Pole der Menschheit zusammenzuzwingen: den Einzelnen und die Gesellschaft, die Freiheit und das kollektive Glaubensbekenntnis!«

Er schwieg. Die Stille legte sich betäubend zwischen sie, stellte aber keine Nähe mehr her wie früher. Assen rauchte nachdenklich. Der Qualm seiner Zigarette legte sich um sein willensstarkes Kinn. Seine Augen sahen bleiern und merkwürdig grausam aus, die scharfen Falten auf seiner Stirn bezeugten seine innere Anstrengung zu verzeihen, Wertschätzung und Toleranz zu zeigen, Werte, die der Vernunft unterliegen, dem natürlichen Gefühl aber unerträglich sind. Professor Jowtschev wurde sich unterdessen bewusst, dass er Assen das Schwierigste abverlangte: seinen unbedingten Siegeswillen zurückzustellen!

»Die Ziele unserer Ideologie fallen mit denen des Staates zusammen«, sagte Assen leise. »Ja, wir sind genötigt, den Dieb zu verurteilen, um die zu schützen, denen er etwas gestohlen hat. Wir opfern ihn, um die anderen zu schützen.«

»Ich war immer beeindruckt von Ihrer fehlenden Weitsicht, Herr Weltschev«, unterbrach Jowtschev ihn mit ironisch angedeuteter Verbeugung, »aber erlauben Sie mir doch, meine Interpretation des Streites mit Kotzev abzuschließen. Ich will Ihnen offen gestehen, dass es mich wirklich entsetzt, wie eine ganze Generation von Intellektuellen dazu verurteilt wird, ohne jede Entwicklungsmöglichkeit zu bleiben. Das passiert ja ständig in Bulgarien und ist die vielleicht schrecklichste Tradition, die sich unter den Existenzbedingungen unserer wenig entwickelten Staatsnation eingestellt hat. Ständig wird hierzulande bei null angefangen. Jedes dramatische Ereignis in unserer Geschichte wischt alles bisher Erreichte beiseite, reißt es mit Stumpf und Stiel aus, oder marginalisiert es zumindest! Jede neue Macht in unserem Staat wurde früher oder später gepackt vom Größenwahn einerseits und einer Totalamnesie in Bezug auf alles, was ihre Vorgänger für Staat und Volk geleistet haben, andererseits. Dadurch wird permanent geleugnet, dass die Geschichte nun einmal nicht mit irgendeinem datierbaren Ereignis beginnt, so groß und erhaben es auch sein mag, und schon gar nicht mit einer Partei oder einer einzelnen Persönlichkeit.«

Der Professor schaute Assen an. Noch nie war er sich so einsam vorgekommen. Ihn fröstelte vor Trauer.

»Ich befürchte, dass ihr nach und nach die Leute dazu bringen werdet, der Ideologie zu dienen und den Staat zu vernachlässigen, *und das ist tödlich*«, fuhr er in milderem Ton fort. »Statt mit Helden füllt ihr die Seiten der Geschichte mit Speichelleckern, und statt einer neuen Kultur schafft ihr einfach aus der Retorte eine neue Intelligentsija … Tausende Halbgebildeter, halbqualifizierter moralischer Krüppel mit Untertanengeist, die wissen, dass es erfolgversprechender für sie ist, Revolutionslieder in den Pausen von Jura-Vorlesungen zu singen als genug Wissen für die Prüfung zu erwerben.« Er holte tief Luft und fuhr, schon am Rande der Erschöpfung, fast flüsternd fort: »Ich verstehe ja, dass Sie mir helfen wollen. Sie legen mir nahe, mich bei den Studenten zu entschuldigen und mich wenigstens diplomatisch mit Kotzev zu versöhnen. Sie drohen mir nicht, sie warnen mich nur. Nun gut, aber was dann? Diese Studenten werden im Namen der Ideologie bestenfalls durchschnittliche Juristen werden, und wenn wir das nicht verhindern, fügen wir dem Staat Schaden zu. Wie ich Ihnen jedoch bereits erläuterte, hat jeder Misserfolg des Staates und seiner Institutionen auch verheerende Folgen für die Ideologie. Im Namen von etwas Idealem und Reinem wollen Sie mir raten, unmoralisch zu handeln? Das ist ein Bumerang, verehrter Kollege, der – wenn auch später als erwartet – gegen Sie zurückschlagen wird, und dann mit all seiner tödlichen Kraft!«

»Warum erzählen Sie mir das alles?«, unterbrach Assen ihn scharf.

Jowtschev umrundete den Schreibtisch und ertappte sich unversehens dabei, mit sinnlosem Eifer seinen Tee umzurühren. Da war etwas kaum Greifbares, das ihn an Assen anzog und eine Art Zuneigung in ihm weckte. Er war an die Einsamkeit gewöhnt und an den unvermeidlichen Egoismus des langjährigen Junggesellen, so wie man sich auch an die Armut gewöhnt, wenn sie schrittweise kommt …

Was er jetzt auf einmal spürte: dass er gern einen Sohn gehabt hätte. In seiner Jugend hatte er einige platonische Beziehungen zu Frauen gehabt, doch er umwarb sie zu lang und zu zurückhaltend und räsonnierte ihnen etwas vom freien Willen des Menschen und der verhängnisvollen Größe der Philosophie Friedrich Nietzsches vor. Er ging mit ihnen durch den Borissov-Park spazieren im Blütenmeer des Frühlings, wo es nach erwachender Erde und zeugender Natur roch. Die Dunkelheit moussierte und weckte stille Seufzer in seiner Begleiterin, doch was tat er? Er fuhr fort zu reden, als sei er allein – ein geborener Redner und ein vorzeitig an seiner Schüchternheit gescheiterter Liebhaber. Wissen kann Begehren nicht ersetzen. Begehren ist eine Form der Wertschätzung für die Geliebte, denn sie verweist darauf, dass wir mit allen Fasern unsere Wahl getroffen haben, dass wir sie vor allen anderen Wesen bevorzugen, mit denen wir den Zauber, jung zu sein, teilen.

Irgendwann tauchte immer ein Klavierlehrer mit erfahrenen und flinken Fingern auf, ein Kavallerieoffizier mit O-Beinen und feschen Koteletten oder ein Bankangestellter, der seine Geldbündel so fest aufschichtete, als baue er ein Haus. Und diese Männer vollbrachten bei seinen Angebeteten binnen zwei Wochen, was dem damaligen Assistenten für Römisches Recht in Jahren nicht gelungen war. Kurz: Seine Freundinnen heirateten andere Männer, ohne ihn vorzuwarnen, schweigend und mit einer Erleichterung, die nicht ohne Schadenfreude war. Schrieb er ihnen Briefe, ließen sie sie postwendend zurückgehen. Auch in diesen – nichts als kluge Worte voll essayistischer Brillanz, Keimzellen seiner künftigen Vorlesungen, die er in intimen Abendstunden vorbereitete. Da sie sich von ihm nicht für voll genommen fühlten, wollten sie ihn damit durchaus verletzen. Was sie erreichten, war, dass seine Komplexe nur noch zunahmen.

Es war ihm peinlich und schmerzte ihn, aber das änderte nichts daran, dass er in seinem Leben nicht eine einzige stürmische Liebesaffäre hatte. Und als er in die besten Mannesjahre kam, fand er sich mit dem Gedanken ab, dass die Wohnung, die er von seiner Tante geerbt hatte, schon bald zu groß für ihn sein würde. Inzwischen war er alt und die Wohnung riesig geworden. Sie beherbergte seine Gewohnheiten und seine Bücher, aber auch die beruhigende Möglichkeit, nach Mitternacht endlich einzuschlafen, die kalten Beine um die abgekühlte Wärmflasche gelegt.

Was war es, das ihn sich unter seinen Studenten ausgerechnet diesem Assen Weltschev hatte zuwenden lassen, diesem ehemaligen Kofferträger, diesem Wesen, das ihn verbitterte mit seiner strotzenden Gesundheit, ihn verärgerte mit seiner Aggressivität, mit den Reflexen seiner noch ungeschliffenen Intelligenz, ja, sogar mit seiner jahrelangen Fürsorge? Weil er die Ausstrahlung eines Waisen hat, kam es Professor Jowtschev plötzlich in den Sinn. Daher auch dieser unbändige Überlebenswille, der im Gegenüber väterliche Gefühle erzeugte und den Wunsch, ihn zu behüten. Zufällig war das nicht, denn – so erinnerte er sich – auch dieser Bai Michal hatte Assen »mein Sohn« genannt. Wenn der sein Lehrer im Handeln war, so bin ich sein Lehrer im Wissen …

»Warum erzählen Sie mir das alles?«, wiederholte Assen seine Frage beharrlich.

»Weil ich Angst vor Ihnen bekomme, Herr Weltschev«, erwiderte der Professor. Dann, überwältigt von den plötzlich in ihm aufsteigenden Gefühlen und dem, was er nun sagen würde: »Und weil ich Angst um dich habe, *mein Sohn*!«

Viertes Kapitel

1

Der Sommer war gekommen, doch Georgi Pantov wagte es nicht, in einen Badeort zu verreisen. Er fürchtete, wenn Sonja und er eine Villa im Norden der Zarenresidenz Evxinograd mieteten, mit Blick auf leere Strände und die türkisblaue Bucht von Warna, könnte in ihrer Abwesenheit in Sofia etwas passieren, das noch traumatischer und ruinöser war als der kaum verkraftete Einbruch. Solange sie aber da waren, schützte die Großstadt sie. Goscho genoss seine erfrischende morgendliche Dusche, und die abendlichen Gänge zum Lokal am Ariana-Teich bewahrten ihn vor übermäßiger Nostalgie nach der guten alten Zeit. Sonja hatte sich verändert. Sie tippte trotz der Hitze im ehemaligen Schlafzimmer ihres Vaters, des alten Toromanov, bei zugezogenen Vorhängen den ganzen Tag ihre Übersetzungen aus dem Französischen in die Schreibmaschine. Sie bewies auch weiterhin Engelsgeduld, doch ließ sie inzwischen immer stärker ihre Gleichgültigkeit gegenüber allem durchblicken, was das Leben und Denken ihres Mannes betraf, der sich zunehmend in die Pose des verarmenden Millionärs warf.

An den frühen Nachmittagen flanierte er über die Graf-Ignatiev-Straße mit ihren schattigen Passagen, verschlafenen Getreidebrei-Schenken und Suppenküchen, in denen man noch gebackene Lammkutteln finden konnte, mit ihren Goldschmiede-Ateliers und den schmalen Schaufenstern der Antiquitätenhändler. Hier schien die Zeit irgendwann vor Ausbruch des Zweiten Weltkriegs stehengeblieben zu sein. Niemand sprach mehr über Politik. An den Hauswänden hingen keine Parolen, versammelten sich keine pausbackigen und rotohrigen Neuankömmlinge, deren Gummischuhe und dreist feixenden Visagen verrieten, dass sie auf Befehl der neuen Zeit vom Dorf »einmarschierten« wie die Truppen siegreicher Mächte. Georgi blätterte in alten, in Leder eingebundenen Lexika oder Wörterbüchern, berührte Wertgegenstände, beugte sich über lauter alten Kram, wie man sich über einen niedrigen Balkon beugt, um zu sehen, wer unten anschellt. Doch was er auch betrachtete, es weckte nichts als Nostalgie …

Mit besonderer Anhänglichkeit betrat er ein Geschäft für alte Uhren. Da gab es Modelle von Prior mit drei silbernen Deckeln, umhüllt von chinesischem Lack und verziert mit kabbalistischen Zeichen; Joker-Spieluhren, die das patriotische Lied »Rausche, Mariza, im Blute …« klimperten; stolze Wanduhren mit Messinggewichten und blitzendem Pendel; Kaminuhren mit Ballerinen auf einem Bein, die zu jeder vollen Stunde Pirouetten drehten; Kuckucksuhren und mechanische Herzen, eingelegt in Edelstein-Truhen. Der Eigentümer bot ihm Kaffee an, reichte ihm eine Lupe und überließ ihn seiner Schaulust. Es roch in diesem Geschäft nach feinem Öl und frisch benetztem Boden. Die Stille verhärtete sich im kaum hörbaren Flüstern der Federn und Rädchen. Selten kaufte er etwas, doch wenn, dann immer erlesene und besonders originelle Erzeugnisse der Uhrmacherkunst: frühe Prior-Modelle mit echtem Rubin und vergoldetem Uhrwerk, unschätzbare Patek Philippes mit mehreren Zifferblättern, die außer den Stunden und Minuten, den Wochentagen und Monaten auch die Mondphasen anzeigten; dann französische Kaminuhren mit aufgesetzten Jagdszenen oder Gestalten aus der antiken Mythologie, schließlich Schweizer Chronometer, die den Weg eines Blitzes über den Himmel anzupeilen vermochten. Einmal fiel ihm sogar eine gut erhaltene arabische Uhr in einem Gehäuse aus Ebenholz in die Hände, die die Zeit mithilfe silberner Kugeln anzeigte, die durch kleine Rinnen rollten.

Goscho verweilte in diesem Geschäft nicht nur wegen der Schwärmerei, mit der er sich als Jugendlicher für Mechanismen interessiert hatte, und auch nicht, weil die Uhren ihn dem Gang der Sterne annäherten und damit eine Brücke schlugen zu seinen okkulten Kenntnissen, sondern weil er merkte, dass dort, im Dämmer des Ladens, sein Denken ruhig und klar wurde. Hier gab er sich Rechenschaft über das Zeitgeschehen und lauerte auf Veränderungen. Hier dachte er nach über die letzten Briefe seiner Mutter, die ihm mit hinterlistig gespielter Schamhaftigkeit irgendeine »schöne Überraschung« versprach, über die Wendung, die Sonja ihrem Leben gegeben hatte, oder über die nassforsche Beharrlichkeit »Vetter« Tschakalovs, der ihn schon nicht mehr bat, sondern bereits bedrohte mit seiner schmierigen Liebenswürdigkeit. Tschakalov überschüttete ihn nur so mit schlechten Nachrichten. Er erwähnte bevorstehende ökonomische Erschütterungen mit voraussichtlich nachfolgender Inflation, am häufigsten jedoch sprach er von einer Währungsreform, die alles angelegte Geld, alle Ersparnisse in einen gewaltigen Haufen bedruckten Toilettenpapiers verwandeln würde.

»Die Kommunisten verstehen nichts von Wirtschaft, Herr Weltschev«, sagte er blasiert. »Nach einem, spätestens zwei Jahren wird das Geld entweder verschwinden oder ausgetauscht, wohingegen ein schönes Mietshaus immer solides und gewinnträchtiges Kapital darstellt. Das ist der echte Cognac zur morgendlichen Tasse Kaffee! Wenn wir noch länger warten, verlieren wir vielleicht alles …«

»Schauen Sie doch mal, wie schön das Wetter geworden ist«, erwiderte Georgi ihm ausweichend, während er sich in den Anblick des Teichs um das Lokal »Ariana« vertiefte, dessen Wasser grün geworden war. »… und da drüben, die Dame im Seidenkleid. Was für einen charmanten Gang sie hat! Da kommt man glatt auf dumme Gedanken.«

Er hatte in der verrauchten »Parisiana«-Bar den jüngsten Sohn von Karagjulev wiedergetroffen. Von dem einst unwiderstehlichen Philipp war nichts mehr übrig außer dem französischen Klang seines Namens. Betrunken und mit bekleckerten Hosen, hatte er einem Strichmädchen mit gepudertem Lächeln und zerrissenen Strümpfen einen ganzen Korb Veilchen gekauft. Die Combo spielte amerikanischen Jazz – eine neue, laute Musik, die ganz anders war als die sanfte Intimität des Tangos. Philipp hatte ihm ebenfalls angedeutet, dass eine Währungsänderung bevorstand. »Russland ist vom Krieg völlig zerstört«, hatte er ihm sichtlich erschrocken erklärt, »und der freie Handel siecht dahin. Das Geld stirbt. Der Westen zieht sich zusammen wie ein Hühnerpopo. Herrje, was waren wir für Idioten, dass wir der genialen Prophezeiung des alten Topalov nicht gefolgt sind, alles, was uns lieb und teuer sei, nebst ein bisschen Gold, in Koffer zu packen und abzudampfen in die schöne Schweiz.«

Währungsreform – was für ein hartherziger Ausdruck für totes Kapital. Leider betraf es das am besten aufgehobene Geld, das Goscho hatte: Es befand sich in einem alten, verstaubten und von Spinnweben bedeckten Koffer inmitten von lauter Gerümpel auf einem nach Lumpen riechenden Dachboden. Er bekam langsam Zweifel an seinem Horoskop, das ihn als »einsamen Liebling der Sterne« bezeichnet hatte. Wie zerschlagen, konnte Georgi Pantov nur noch schweigen. Je bedrängender die Lage wurde, desto häufiger und ernsthafter schaute er sich Tschakalovs Blaupausen an, sah die Kalkulationen durch, diese erschreckenden Zahlenschlangen mit eingebauten mathematischen Rechnungen, die ihm Kopfschmerz verursachten. Sechsgeschossige Mietshäuser mit flachen Kellern und dunklen Treppenhäusern – diese unförmigen Klötze, die schnell hochgezogen und ebenso schnell verkauft werden sollten, waren ihm etwas Unerhörtes, Unbekanntes und daher nicht minder Entartetes wie jene Kreuzung zwischen einer Taube und einem Raben, die er in seinem jugendlichen Schöpferdrang erzwungen hatte.

2

Der Platz, den Tschakalov sich mit dem Instinkt eines Raubtiers für sein Bauvorhaben ausgewählt hatte, lag in der Ljuben-Karawelov-Straße, unweit vom Borissov-Park und dem kanalisierten Perlovska-Bach. Derzeit befand sich dort die Kebab-Grillstube »Alter Partisan«, die bekannt war für ihr frisch gezapftes Bier und ihr neues Blaupunkt-Radio. Der von den unverputzten Brandmauern der benachbarten Wohnhäuser begrenzte Hof war eng und unkrautbewachsen und diente bislang als Müllhalde für Matratzenreste, verrostete Kinderwagen, geplatzte Bleirohre und Dachpappe, aus der sich die Kinder Teer einschmolzen. Im Hintergrund war das alleinstehende Haus der Eigentümerin zu sehen, einer Dame unbestimmten Alters und ohne Beruf, die unzählige Katzen hielt. Ihr Haus, von einem Schweizer Architekten entworfen, hatte ein spitz zulaufendes Dach, vergitterte Fenster und einen Zierbalkon, um den sich Efeu rankte. In dem dazugehörigen Gärtchen prangte ein kleiner Springbrunnen, dessen Umriss einen an eine exotische Wasserlilie denken ließ. Ein steinerner Fisch, dessen Kiemen von der Luft dreckig waren, spie einen ellenlangen Wasserstrahl ins Becken.

Das fette Gesicht Tschakalovs leuchtete. Er konnte sich gar nicht einkriegen vor Begeisterung, rieb unablässig seine Patschhändchen und gebärdete sich, als stünde ein Anwesen mit französischen Parkanlagen inklusive Triumphbogen zum Verkauf.

»Herr Pantov, wir sind unschlagbar«, äußerte er großzügig.

3

Das Verkaufsgespräch mit Frau Gradinarova zog sich bis Mitternacht hin. Zu Tschakalovs Entsetzen wohnte die Nichte der Besitzerin, eine gewisse Viktoria Sestrimska, dem Treffen bei. Sie war die Tochter eines angesehenen Rechtsanwalts, und ihr Name wurde mit einer Vielzahl von Skandälchen aus der ehemals guten Gesellschaft in Verbindung gebracht. Die Wände des Wohnzimmers waren verkleidet mit groben Steinplatten, die Kühle ausstrahlten. Der Raum war vollgestellt mit Möbeln, lauter verspielten Figürchen aus Elfenbein, Ebenholz und geschmiedetem kaukasischem Silber. Auf ein Kissen aus kirschrotem Samt waren ein Dutzend Tapferkeits- und Verdienstorden geheftet; auch ein Uniformmesser war zu sehen. Doch der Träger dieser Auszeichnungen war selbst hinter den vielen gerahmten Fotos nicht zu entdecken, die auf dem Sekretär standen. Stattdessen fand Goscho sich in einer Welt wieder, die von Katzen in Umlauf gehalten wurde. Die Tiere spielten, miauten oder dösten. Er unterschied Siam-, Angora- und Perserkatzen, Zimmertiger, die misstrauisch auf jeden Versuch Unbekannter reagierten, sie zu streicheln.

»Mit Ihren Katzen ist das ja ein idealer Ort für spiritistische Séancen!«, schmeichelte Georgi, der wusste, dass Katzen durch ihre kalte Teilnahmslosigkeit ideale Verbindungen zum Jenseits herstellten.

»Aber ich bitte Sie«, erwiderte Frau Gradinarova und blinzelte verträumt, »nun übertreiben Sie aber maßlos.«

Ihre herzförmigen Lippen glichen einer Wunde, einer Wunde jedoch, die Schmerz bei demjenigen auslöste, der so unvernünftig war, sie zu berühren. Sie rauchte mit einer Zigarettenspitze aus Bernstein, trug türkische Pantöffelchen mit vergoldeten Troddeln und strahlte jene Hingabefähigkeit aus, die nach Überschreiten eines bestimmten Alters Mitleid erregt. Ihr Gesichtsausdruck wandelte sich, je nachdem, wie es ihr für die Verhandlungen am nützlichsten erschien. Sie war je einmal in Paris, in Wien, in Istanbul und in Sofia verheiratet gewesen. Ihr letzter Ehemann, klagte sie, habe telepathische Fähigkeiten besessen. »Stellen Sie sich vor, es war unmöglich, ihn zu betrügen!«, illustrierte sie ihre Feststellung und lachte kokett, womit sie zugleich zu verstehen gab, dass sie dennoch Mittel und Wege gefunden hatte. »Blumen konnte er mit verbundenen Augen durch bloße Berührung identifizieren!« Frau Gradinarova sprach fünf Fremdsprachen. Ihre Redseligkeit verriet, dass sie in ihrem Leben viel gesehen, dass sie in jungen Jahren Dutzende Männer in Bedrängnis gebracht hatte und dass sie nun eine Frau mit einem Liebhaber, einer bezaubernden Nichte und ein paar Immobilien war.

»Ich habe im Grunde nur vor zwei Dingen Angst«, beendete sie ihren Einführungsvortrag und nickte vielsagend zu den Eisengittern vor den Fenstern, »vor Einbrechern und vor Freunden! Gottlob gehören Sie nicht zu meinen Freunden, und ich hoffe, Sie haben auch nicht die Absicht, eine arme, unglückliche Witwe zu berauben. – Meine Liebe«, wandte sie sich an Fräulein Sestrimska, »unterhalte Herrn Pantov doch etwas, während Tschakalov und ich Sechsundsechzig spielen.«

Dies war einer der charmantesten Augenblicke, die das Schicksal Goscho während der letzten Jahre geschenkt hatte. Dieses verführerische, blutjunge Ding auch nur zu betrachten, war schon atemberaubend. Erst jetzt, wo sie allein in der besser beleuchteten Ecke des Wohnzimmers standen, gelang es ihm, ihre rabenschwarzen, glänzenden Haare, die offen über ihre Schultern fielen, eines genaueren Blickes zu würdigen. Eine wahre Femme fatale! Ihr getönter Teint, ach, und dieses feine Mona-Lisa-Lächeln, das die frühe Fülle ihrer Weiblichkeit nur noch mehr unterstrich. Dabei gab es an der Figur der Kleinen nichts auszusetzen, sie war einfach göttlich in ihrem dekolletierten Kleid, das im Rücken so gerafft war, dass ihre Brüste einem verschämt, aber doch offen zuzwinkerten. Ihre schwarzen Seidenstrümpfe mit dem neckisch schrägen Saum zogen die Blicke magnetisch an und verliehen ihr das

Flair einer Frau, die leicht zu haben ist, aber teuer zu stehen kommt. Sie erinnerte ihn etwas an Seta Topalova, doch diese Feststellung entmutigte Georgi so sehr, dass er diesen Gedanken gleich wieder verjagte.

»Mein Fräulein, ich bin ganz der Ihre …«

»Wissen Sie eigentlich«, erwiderte Viktoria mit verletzender, mit gefährlicher Teilnahmslosigkeit, »dass Ihr Vetter, Alex Weltschev, bei Vati arbeitet?«

Georgi musste erst einmal schlucken. Er konnte nicht genau einschätzen, ob er die Erwähnung dieser Tatsache als Ermutigung verstehen durfte, und zündete sich eine Zigarette an.

»Die Welt ist klein, aber die Verwandtschaft groß! Ich freue mich, dass Alex bei Ihnen ist … Da sind wir ja quasi Freunde, nicht wahr?«

Er wartete, bis seine Frage in ihren klugen, durchdringenden Augen erloschen war, dann trank er einen Schluck von seinem Cognac und entschied, dass es das Beste war, auf traurig zu machen. Er erzählte ihr die Geschichte vom dramatischen Tod seines Vaters, mit der er die Damen gern unterhielt, gefolgt von seinem Leben als armes Waisenkind in Widin, dann von seinem erfolgreichen Kreuzungsexperiment, und schließlich von seinen Reisen durch Europa. Den Abschluss bildete die Sache mit dem Feine-Leute-Café »Bulgaria« und seinem betrüblichen Ende. Spätestens hier brachen die Damen für gewöhnlich in Tränen aus. Viktoria Sestrimska aber gähnte nur verstohlen.

»Ein Kaffee, der diesen Namen verdient, duftet nach Frau«, schloss er, »nach etwas Provozierendem, kaum greifbar, das sich ständig entzieht. Ich, mein wertes Fräulein, war Künstler, doch ach … die Zeiten ändern sich. Kunst und Geld sind heute nicht sehr geschätzt; heute sind Armut und Proletenhaftigkeit *en vogue*.« Georgi nickte hinüber zum fetten Rücken Tschakalovs, seufzte und begleitete seinen Seufzer, indem er melancholisch seine Fingerknochen knacken ließ.

Draußen herrschte schon tiefe Nacht, deren Samt zerteilt wurde von den schwarzen Gittern der Fenster. Das dumpfe Stimmengewirr, das vom »Alten Partisan« herüberdrang, hatte sich gelegt, die Katzen schauten sie aus ihren dämonischen Augen an oder waren in der Dunkelheit verschwunden, der Cognac wurde weich, das Dekolletee Viktoria Sestrimskas glich immer mehr der verlockenden Weite einer schönen Landschaft. Das Leben ist ja doch lebenswert, dachte Georgi Pantov willenlos; besser arm und lebendig als reich und tot! Er musste daran denken, wie auf ewig dahingegangen sowohl der alte Topalov, der große Kenner des unschuldigsten menschlichen Lasters, der Dummheit, als auch seine Tochter Seta mit ihrem zynischen Charme und ihrem unberechenbaren Stolz waren; tot war auch sein Vetter Boshidar Weltschev, zugrunde gegangen an seinem eigenen Fanatismus, bevor er so recht zu Verstand gekommen war. Boshidar und Assen – beides Extremisten, dachte Goscho, in jedem Augenblick fähig, für ihre Sache zu sterben, so als sei der Tod ein Privileg. Und doch, dachte er verärgert weiter, gerade solchen bescheuerten Typen konnte man bedingungslos vertrauen. Mit Assen hätte er sich sofort darauf eingelassen, irgendwelche billigen Häuser zu bauen, ganz egal, ob mit Schopen-Bauern oder mit Chinesen, ganz egal, ob mit oder ohne Dach, Papptüren oder was auch immer. Nur … einer wie Assen braucht mich nicht, weil dieser Kerl keine Mietshäuser bauen will, nei-hein, der will etwas viel Grandioseres und Unsichereres, der hat sich vorgenommen, den Kommunismus in Bulgarien zu errichten!

Er erinnerte sich noch gut, wie aufdringlich Assen bei ihnen zu Hause erschienen war, um ihrer Trauer um den verstorbenen Toromanov ein möglichst teures und dabei grottenhässliches Grabmal zu verpassen. Bei den letzten Besprechungen hatte er immer ein und dasselbe Tütchen mit Petuniensamen dabeigehabt als letzten kümmerlichen Beweis seiner Unschuld. Vermutlich war er jetzt ebenfalls verwirrt. Früher hatten Assen und seine Kumpane das Glück gehabt, Helden der Opposition zu sein, mit dem Privileg, sich zu opfern; da sie tatsächlich verfolgt und ständig vom Tod durch Hinrichtung bedroht waren, waren sie ohne Makel. Nun waren sie an der Macht und riefen ihrerseits eine Opposition hervor. Sie waren es, die Todesurteile verkündeten, Menschen folterten und durch Gesetze und Verordnungen Ablehnung, Hass und Gegenwehr auf sich zogen. – Assen, gestern noch Bestattungsagent, war inzwischen also Dozent für Römisches Recht geworden … Erneut kroch panische Angst vor einer ungewissen, aber unausweichlich näher rückenden Zukunft in ihm hoch.

Fräulein Sestrimska gähnte taktvoll in ihr Taschentuch. Ihr war das alles langweilig, womit dieser Georgi Pantov sie da zu unterhalten versuchte. Außerdem war ihr kalt in diesem großen, mit Steinplatten verkleideten Salon. Sie holte ein Fläschchen französischen Parfüms aus ihrem Handtäschchen, als wäre sie allein, und tupfte sich je ein Tröpfchen davon hinter die Ohren. Dann schaute sie zur Treppe, die vom Wohnzimmer aus nach oben in die Ruheräume Frau Gradinarovas führte, vielleicht schon in Gedanken an das Bett, das dort auf sie wartete. Goscho griff zum letzten Mittel seiner Amüsierkunst, einer alten und erprobten Nummer:

»Würden Sie mir erlauben, einen Blick in Ihre Hand zu werfen, mein Fräulein?«

Er setzte sich neben sie aufs Kanapee, wobei sein Schenkel »rein zufällig«, doch entschlossen, den ihren berührte. Das trug aber auch nicht dazu bei, den leeren Raum zwischen ihnen zu verringern. Viktorias Lächeln blieb höflich und ausdruckslos wie eine Visitenkarte, die man überreicht, um jemanden nicht unnötig zu brüskieren. Goscho griff nach ihrem schmalen Handgelenk, vertiefte sich in ihren Handteller und begann mit dem inbrünstigen Murmeln des alten Scharlatans:

»Sie sind Jungfrau, Verehrteste, Ihr Sternzeichen steht in Ihrer Hand geschrieben wie ein Urteil. Die Verstandeslinie dominiert die Gefühlslinie, ja, der Verstand ist Ihre Achillesferse …« Er spürte, dass das alles andere als geistreich war, was er da faselte. »Erlauben Sie mir, Sie zum Mittagessen einzuladen? Versagen Sie mir nicht das Vergnügen, Sie und meinen Lieblingsvetter zu sehen! Darf ich Ihr Schweigen als Zeichen der Zustimmung deuten? Ich fühle mich zutiefst getröstet.«

Auf der zarten, fast transparenten Haut ihrer Handinnenfläche liefen die Lebenslinien zusammen wie Bächlein. Goscho konnte sich einfach nicht konzentrieren. Es war zwecklos, ihr blumig von Astrologie zu erzählen, von den Visionen der Blawatska oder den Prophezeiungen des großen Mystikers Rudolf Steiner. Er fand noch nicht einmal den Mut, Fräulein Sestrimska die Hand zu küssen. Ihre jugendliche Gleichgültigkeit, kaum versteckt hinter ihrer Höflichkeit und Wohlerzogenheit, paralysierte ihn, erstickte jeden schwärmerischen Impuls im Keim.

Vom anderen Ende des Salons, wo Tschakalov und die Gradinarova saßen, hörte man nervöses Stühleknarren. Tschakalov gähnte ungehörig, und Goscho kam es so vor, als entströme seinem Platz der säuerliche Geruch nach Raubtiergehege.

»Ich weiß einfach nicht, was ich tun soll«, dachte Frau Gradinarova laut. »Wer eine Immobilie verkauft, verliert doch immer.«

»Wenn wir unsere Immobilie gebaut haben, verkaufen wir doch auch«, wandte Tschakalov ein.

»Ach, Sie verkaufen die letzte mir verbliebene Erinnerung an meinen Ehemann zu deutlich erhöhtem Preise. Ich hingegen überlasse Ihnen dieses Herzstück meiner selbst ja fast geschenkt, für lächerliche neunhunderttausend Leva.«

»Für eine halbe Million, hatten wir gesagt«, hakte Tschakalov sofort ein.

»Ihr Sinn für Humor ist wirklich köstlich. Ich soll mich mit läppischen fünfhunderttausend begnügen und dafür, bitte entschuldigen Sie, auf einen unschönen Klotz mit Balkonen schauen, von denen Unterwäsche baumelt?«

Sie gestikulierten, als vollführten sie einen Ringkampf über dem Tisch. Die dicke Puderschicht auf den Wangen der Hausherrin war geplatzt, sodass ihr Gesicht einer gesprungenen Gipsmaske glich. Gelangweilt, aber keinen Einspruch duldend, drückte Viktoria Georgis Hand und flüsterte ihm zu:

»Herr Pantov, ich kann dieses Gezerre nicht länger ertragen. Bitte schreiten Sie ein und setzen diesem garstigen Schauspiel ein Ende.«

»Siebenhundertundfünfzigtausend«, machte Goscho sogleich ein Angebot zur Güte. Seine Sehnsucht, diese junge, doch bereits selbstsichere Frau zu beeindrucken, war größer denn alle Vernunft. Zudem fehlte ihm einfach der Willen, seiner melancholischen Tatenlosigkeit ein Ende zu bereiten und Tschakalov einfach den Stuhl vor die Tür zu setzen. In seiner Zukunftsangst hatte er längst den Charme des glanzvollen Verschwenders verloren …

Einen klaren Gedanken fasste er in seiner Lethargie aber doch: *Ich habe also jetzt zweihundertundfünfzigtausend Leva für ein Mittagessen mit diesem leichtfertigen und verwöhnten Gör bezahlt?!* Dieser Gedanke schenkte ihm den Glauben daran wieder, dass er ein geborener Verlierer in besten Verhältnissen war. Viktorias zufriedenes Lachen ließ sofort ihre vom Spitzendekolletee kaum verhüllten Brüste neckisch erzittern; doch bevor Goscho einen Blick in ihre Augen tun und darin lesen konnte, hatte sie sich schon abgewandt.

4

Die Gerüchte, die im Dorf kursierten, bereiteten Krum keine Sorgen; er beachtete sie einfach nicht. Inzwischen aber waren dem ersten, in einem Briefumschlag aus Büttenpapier steckenden Brief, aus dem es seltsam nach Frau roch, weitere drei gefolgt. Sie kamen immer sonntags, so als wollten sie ihm, dem Retter des Volkes, den freien Tag verderben und ihm das Frühstück vergällen. Der Brieftext, so kurz er auch war, klang immer gleich blasiert: »Glauben Sie wirklich, dass Marijka Ihre Mutter ist?« Krum murmelte die Worte vor sich hin, spürte einen Stich im Herzen, dann ging er hinaus ins Toilettenhäuschen, um dort, eingehüllt in Fliegen und Gestank, diese Briefe von der Farbe giftiger Blumen in kleine Stückchen zu zerreißen und ins Loch zu werfen. Dann kehrte er in sein Zimmer zurück, zog schweigend seine Lederstiefel und seine warme Landvermesserjacke an; schließlich half er der alten Maria, zum Motorrad zu gelangen. Er hob sie in den Beiwagen, als sei sie ein kleines Kind, startete den Motor und drehte dann halsbrecherische Runden durch Widins enge Straßen. Er wirbelte Staub auf, wo Staub lag, durchschnitt den Markt wie ein wild gewordener Sankt Martin und fuhr dessen taubengurrenden Sonntagsfrieden in Grund und Boden. Die Tricktrackspieler im »Hasenblut«, das inzwischen Volksrestaurant geworden und in »Zur Roten Fahne« umbenannt war, schreckten von ihren Plätzen hoch, wenn er vorüberbrauste. Auch den Bahnhof ließ er nicht aus mit seinem ewig verspäteten Zug aus Sofia. Gerade jetzt, wo diese Briefe kamen, legte er Wert darauf, dass man ihn mit *seiner Mutter* zusammen sah, damit der Klatsch wenigstens für eine Weile vom Knattern seines Motorrades übertönt wurde.

Die Tour durch ihre selbstgewählte Isolation zog sich über Stunden hin. Wenn sie Menschen passierten, waren sie schon vorbei, bevor sie grüßen oder gegrüßt werden konnten. So etwas hatte dieser Stadt, die in der Hitze brutzelte wie ein Spiegelei, gerade noch gefehlt. Wenn sie das machtvolle Tuckern des DKW-Motors nur hörten, zogen sich die Menschen schon in den Schatten der Vordächer zurück, sprangen in den nächstbesten Laden hinab, drückten ihre Fenster zu, zogen die Vorhänge vor, bis sich Staub und Motorengebrumm wieder gelegt hatten, und schauten diesem von unbegreiflichen Dämonen Gehetzten dann kopfschüttelnd hinterher.

Marijka kullerten die Tränen nur so vor Schreck. An eine so rasende Fortbewegung war sie alles andere als gewöhnt, und dann dieser schlimme Fahrtwind. Ihrer Brust entrang sich ein entsetztes Stöhnen, wenn Krum allzu abrupt einen Gang höher schaltete oder – kurz bevor sie eine der stolzen Bürgervillen mit ihren Stuckornamenten und trompetenblasenden Gipsputten rammten – auf die Bremse trat und scharf in die Kurve ging. Mit schwindligem Kopf und einem Druck auf der Brust, als habe sie schwere Schuldgefühle, krampfte sie ihre Finger um den Haltegriff, während ihr Kopftuch immer weiter nach hinten rutschte. Irgendwann hörte sie dann die tröstend gemeinten Worte Krums:

»Ist das nicht erfrischend, Mama?«

Diese Frage, die Krum ihr zwischen überstandener Gefahr und Bedrohung in Sichtweite stellte, konnte sie in ihrem sprachlosen Entsetzen beim besten Willen nicht beantworten. Sie galt ja ohnehin mehr den neugierigen Menschen da draußen als ihrem auf dem groben Pflaster und den gewaltigen Schlaglöchern hart geprüften Befinden. Nur manchmal, wenn es geradeaus ging, erwiderte die hinkebeinige alte Frau Krums Taucherbrillenblick mit einem scheuen Lächeln.

Um punkt ein Uhr mittags hielt Krum vor dem ehemaligen »Hasenblut«, jetzt »Zur Roten Fahne«, an und half seiner Mutter beim Aussteigen. Auf die verbindliche Nachfrage der Leute, ob es eine schöne Spazierfahrt gewesen sei, antwortete er gar nicht. Er setzte sich mit seiner Stiefmutter an den am besten sichtbaren und daher am meisten der glühenden Sonne ausgesetzten Tisch, bestellte für Marijka zwei Hackfleischröllchen und einen Schweinefleisch-Spieß vom Grill, für sich selbst eine Kuttelsuppe und weiße Bohnen. Das Mittagessen dauerte geschlagene zweieinhalb Stunden – bis halb vier nachmittags, eine in diesem Backofen unerträglich lange Zeit. Unterdessen dösten die alten

Widiner, badeten die Kinder im Fluss, spielten die Männer Tricktrack oder politisierten, wartete die Behaarte Stefania im Schatten des Unterstandes am Bahnhof mit ihren Krapfen auf den Zug aus Sofia. Das Hochspannungswerk brummte, die fleißigen Bienen summten, der schwarze Rauch quoll aus den Schornsteinen von Ilija Weltschevs Porzellanfabrik und zerging in der windlosen Weite. Der Dankbare Kotscho aber, Trentscho, der Barbier, der Schlaffe Kosta und Herr Hadschipetkov alterten leise weiter, zusammen mit ihren naiven und irrationalen Gedanken, die dennoch manchmal eines großen europäischen Geistes nicht unwürdig gewesen wären.

Die anderen Gäste der Volksgaststätte »Zur Roten Fahne« sahen zu, wie Krum, umleuchtet von seiner Unbesiegbarkeit, sich zweieinhalb Stunden lang mit seiner Suppe und seinen Bohnen beschäftigte, neben sich das immer flehentlichere Lächeln Marias, das wie ein sterbender Vogel auf ihrem Gesicht gelandet war.

»Hat's dir geschmeckt?«, fragte Krum so, dass die Männer in der Gaststätte, nein, die ganze Stadt Widin samt Umgebung es hören konnten. In diesen zweieinhalb Stunden leerte Krum gutsherrenhaft einen großen Krug Bier, während die Hände seiner Pflegemutter sich hilflos um eine Limonade voller explodierender kleiner Sodabläschen schlangen. Angelockt vom süßen Duft, umschwirrten Wespen die gallensaftgelbe Flüssigkeit. Marijka fühlte sich nach der wilden Jagd auf dem Motorrad in der Tat wohl dabei, einfach nur ruhig und unbeweglich dazusitzen. Dabei hätte sich wenigstens ihr Selbsterhaltungstrieb regen müssen, denn in dieser Gluthitze stundenlang ungeschützt in der Sonne zu sitzen, war lebensgefährlich. Dem Kellner reichte es schon, zum Servieren und zum Aushändigen der Rechnung hinaus an ihren Tisch zu müssen. Der Schlaffe Kosta stöhnte nur:

»Ich glaub, ich komme sonntags nicht mehr! Gott im Himmel, was für eine unerträgliche Affenliebe.«

»Was für ein unerträglicher Mensch!«, verbesserte ihn der Dankbare Kotscho weise und fing mit einem geschickten Handstreich die vor ihm gelandete Fliege.

Nach dem Begleichen der Rechnung, gegen halb vier nachmittags, fuhr Krum seine Mutter zum Spaziergang in den Donauuferpark. Es war ein reines Wunder, dass der Tank des Motorrades, das in der Sonne gestanden hatte, nicht explodiert war. In Krums Falle war man geneigt, darin weniger eine Überschreitung der Naturgesetze zu sehen als einen Triumph des menschlichen Willens. Sie fuhren mit der DKW die genau einhundertundzwanzig Meter zum Offizierskasino, scheuchten dort einen Schwarm Tauben auf und hielten in einem so schmissigen Stakkato, wie es die Mannen vom Militärblasorchester *auf ihren Instrumenten* wohl nie hinbekommen würden.

Krum kannte kein Pardon. Maria musste sich bei ihm einhaken, dann ging es über die sandbestreuten Parkwege. Dies war für die alte Frau vielleicht das unerträglichste Vergnügen im Rahmen dieser ganzen sonntäglichen Freizeitgestaltung: Klein, gebeugt und humpelnd, war sie gezwungen, ihr Gebrechen zwischen beschnittenen Zypressen allen vorzuführen, die um diese Zeit auf den Beinen waren. Der Walzer, der gerade intoniert wurde, spielte ihnen in ungewolltem Hohn zum Tanz auf und ließ ihren schaukelnden Gang im akkuraten Grundriss dieses französisch angelegten Gartens noch hässlicher erscheinen. Sie kamen an der alten Moschee des Osman Paswantoğlu vorbei, schließlich an der Synagoge. Von den Menschen, die ihnen begegneten, grüßte Krum nur Zeichenlehrer Koitschev und die Beamten und Angestellten des Bezirkskomitees der Partei. Ihre Einsamkeit erreichte dadurch einen ebensolchen Grad an Unerträglichkeit wie das direkte Sonnenlicht am Tisch im Restaurant »Zur Roten Fahne«. Nachdem sie vormittags den Bürgern Widins mit ihrer halsbrecherischen Fahrt im Weg gewesen waren, behinderten sie sie nun durch ihren kriechend langsamen Gang. Hinter ihnen, auf dem schmalen Gehweg zwischen den Parkbänken, tummelte sich immer mehr Volk, das sich nicht traute, die beiden zu überholen, und unwillkürlich in den Humpelwalzer vor ihnen einfiel: Liebespärchen und ganze Großfamilien auf Sonntagsspaziergang, Beamte außer Dienst mit ihren Gattinnen, Hausmädchen mit Wäschekörben und fesche Offiziere, die sich sonst durch nichts in ihrem Marschschritt hemmen ließen. Erst nach dem Telegrafenturm, wenn der mittelalterliche Festungsturm ins Blickfeld geriet, weitete sich der Weg. Maria geriet außer Atem im Bemühen, diesen Punkt schneller zu erreichen, um nicht der Grund eines solchen Menschenauflaufs zu sein; Krum aber gab *seiner Mutter* mit einer knarzenden Bewegung seines im Lederärmel der Landvermesserjacke steckenden Ellbogens zu verstehen, dass sie für nichts und niemanden zu eilen hatten!

Auf dem Schießplatz kaufte er ihr ein Eis und irgendeinen kleinen Krimskrams, mal ein Spiegelchen, mal einen Kamm, während im Westen schon das Tageslicht welkte, der Himmel langsam erlosch, der Fluss sich in eine graue Aschewüste verfärbte und alle Geräusche sich schärften. Die Zeit der Katzen, der Verliebten und der Mücken begann …

»Sollen wir nach Haus gehen?«, fragte Krum sie voller Zärtlichkeit, als er sah, dass keiner mehr da war, der sie zusammen sehen konnte.

Sie aßen zu Abend, entweder von dem Rest des Kartoffeleintopfs vom Vortag, oder Marijka rührte in der Pfanne aus Tomaten, Paprika, Salzlakenkäse und Eiern einen *Mischmasch* zusammen. Sie war so erschöpft, dass sie nur an die bevorstehenden sechs Wochentage denken konnte, in denen sie allein im Zimmer bleiben und ihre Ruhe haben würde. Dort drinnen sah wenigstens niemand ihren Hinkefuß, die Wände antworteten ihren Blicken mit nichts als Gleichgültigkeit, und die Ikone der Muttergottes schenkte ihr zuverlässig ihren allverzeihenden Blick.

Schamhaft zogen sie sich mit dem Rücken zueinander aus, und nur das flackernde Wandlicht teilte die Stille zwischen ihnen. Bis Mitternacht schauten sie schlaflos an die Decke. Krum stand gelegentlich auf, um einen Schluck Wasser zu trinken und um, nur in Unterhosen, die tagsüber angesammelte Hitze aus dem Körper entweichen zu lassen. Er schien im Dunkeln, wenn er am Waschbecken stand und die Kanne mit dem Wasser hob, regelrecht zu phosphoreszieren.

Ja, auch heute hatte er es den Leuten gezeigt, wie grenzenlos er seine in Zweifel gezogene Mutter ehrte.

5

Ausgebleicht, zerfressen von Licht und Motten, wirkten die zugezogenen Vorhänge sterbensmüde; sie hatten sich in ein feines Stoffsieb verwandelt, das nur noch vorgab, die menschliche Neugier abzuhalten. Ihre einst goldenen Troddeln waren jetzt schmutziggelb. Hier und da fiel die Abendsonne durch größere Löcher.

Während Gina von ihrem Kaffee trank, lächelte sie schadenfroh. Sie hatte sich ihm gegenüber hingesetzt mit genau jenem olivgrünen Kleid, das sie vor siebenundzwanzig Jahren getragen hatte, als *es* geschehen war. Die drei komischen Schleifen daran sollten eigentlich *eine gewisse Erinnerung* bei ihm wecken. Geschrumpft, mit Schatten unter den Augen und übertrieben viel Rouge auf den Wangen, wirkte sie auf ihn wie eine riesige Puppe, die sich bewegen, vernünftig sprechen, Kichererbsenkaffee trinken und das Hausmädchen kommandieren konnte; Letzteres jedoch nicht mehr mit Ohrfeigen und Autorität, sondern nur noch mit ihrer beklemmenden Hilflosigkeit. Einer Hilflosigkeit freilich, die noch Ansprüche stellen und hassen konnte.

Ilija Weltschev schwieg. Alles, was ihn mit diesem Haus verband, war ihm zuwider, selbst die in die Jahre gekommene Repräsentativität dieses Salons mit den Kristallglasscheiben des Wiener Büfettschranks und dem Spiegel, der nach so viel reflektiertem fremden Leben aus einer Vergangenheit, die nicht enden wollte, glanzlos und trübe geworden war. Er fürchtete, irgendwann die Schritte seines Bruders Panto zu hören, dessen Selbstmord durch Erhängen an den Zügeln seines Rassepferdes die einzige entschlossene Tat gewesen war, die er in seinem ganzen Leben zustande gebracht hatte. Er stellte ihn sich im Hausmantel vor, rasiert, täuschend frisch und strahlend über seine Briefmarkenalben gebeugt, in denen er Motive aus aller Herren Länder gesammelt hatte. Ein Mensch ohne Ziel war er gewesen, immer und zu jedem gleich herzlich und gerade dadurch grausam gegenüber vielen. Er hatte seine goldene Chance nicht genutzt, die Chance, ein richtiger Bankier zu werden, das durch Heirat erworbene Vermögen zu vermehren, seine Träume fest in die Zeiten hineinzubauen und am Ende reich, glücklich und vor allem steinalt zu sterben.

Ilija rauchte mit seiner elfenbeinernen Zigarettenspitze. Er fragte sich, warum Gina ihn an diesem drückend heißen Nachmittag eingeladen und warum sie für diese Zusammenkunft mit jugendlicher Heimlichtuerei die Vorhänge zugezogen hatte? Und warum trug sie, die schon längst aufgehört hatte, Frau zu sein, dieses Taftkleid, dessen raschelnde Stoffbahnen den Glanz vergangener Tage beschworen? Er musste an den Abend denken, als Panto bereits tot war und er einen Moment lang geschwankt hatte, ob er nicht auch seinen Traum von einer Fabrik finanzieren sollte, indem er einfach Gina heiratete mitsamt Geld und Gut ihres Vaters …

Ganz offensichtlich wollte sie ihm etwas zu verstehen geben, das an Herz und Nieren ging; doch er blockte ab, da Überraschungen gleich welcher Art ihm inzwischen zutiefst verhasst waren. Mit dem Instinkt dessen, der von seiner eigenen Familie verraten und verlassen worden war, spürte Ilija, dass es für ihn in diesem Leben keine guten Neuigkeiten mehr gab.

»Weißt du noch«, stammelte Gina, »als Panto – Gott sei ihm gnädig, dem Dreckskerl – von uns gegangen war, und du zu mir auf Besuch kamst? Ich trug damals genau dieses Kleid …« Sie lachte mit dem meckernden Tonfall des alt gewordenen Menschen. »Nein, wie jung wir doch waren damals, nicht?«

Hässlich waren wir damals, abgrundtief hässlich!, antwortete Ilija ihr in Gedanken. Ansonsten – natürlich erinnerte er sich … Zwei Wochen nach Pantos Tod war das gewesen. Sie saßen unter dem Kerzenleuchter. Das herabrinnende Wachs schien das Einzige zu sein, was um den Verstorbenen weinte. Es war ein Augenblick der Entscheidung gewesen, ein Augenblick, der länger als ein Jahr dauerte. In seiner stolzen Männlichkeit hatte Ilija beschlossen, sich an Gina *zu rächen dafür, dass sie sich so leicht von ihm hatte verführen lassen und ihn auf diese Weise mit einer unauslöschlichen Sünde befrachtet hatte*. Er hätte sie damals heiraten können, sie, den Hof und die Ländereien ihres Vaters, die pleitegegangene Bank und ihre Hässlichkeit, die brannte wie der in Flammen aufgegangene Fuhrmannsgasthof. Doch das wäre zu grausam gewesen, und Ilija hatte Abstand davon genommen! Das Wort »Abstand nehmen« gefiel ihm, und er wiederholte es sich im Geiste, weil so etwas in seinem

Leben kaum je einmal vorgekommen war. Stattdessen hatte er Boshura geheiratet, die üppige Schönheit, die ihrem Namen, »Pfingstrose«, in jeder Hinsicht Ehre machte, auch in jener, dass sie es stets genoss, wenn Verehrer sich staunend über ihre Blüte beugten.

In der Rückschau kam es ihm so vor, als habe er schon damals alles genau gewusst: dass Boshura ihn betrügen würde, dass er einmal eine Fabrik bauen würde, dass sein Sohn Boshidar den Tod finden würde, und dass er einmal einsam und allein sein würde. Dabei war er kein Hellseher wie seine Schwester Jonka. Doch um sein eigenes Schicksal zu erkennen, brauchte er auch keine Magie. Alles Heilige störte eher. Man konnte nicht gleichzeitig an Gott glauben – und eine Fabrik bauen; man konnte nicht einerseits eine Familie gründen, einen Sohn zeugen und vor den Leuten den Ehrbaren spielen – und andererseits Versicherungsbetrug begehen, indem man den eigenen Gasthof in Brand steckte, um an Kapital zu kommen. Wer in diesem grotesken Leben etwas bauen wollte, der musste auch bereit sein zu zerstören. Und das hörte nie auf!

Manchmal, wenn sich ein Sturm zusammenbraute, die Luft nach Ozon und den Wassermassen der Donau roch, dann glaubte er in der angespannten Stille des leeren Hauses Schritte im einst ehelichen Schlafgemach zu hören, das er vor drei Jahren für immer zugesperrt hatte. In der schweren, kaum atembaren Luft, in der selbst die Gegenstände beklommen schwiegen, vermeinte er das Knirschen des weggeworfenen Schlüssels zu hören. Die glückliche Hand eines nun abwesenden Liebhabers mochte ihn gefunden und im verrosteten Schloss herumgedreht haben. Das untreue Parfüm Boshuras stieg ihm in die Nase, das Rascheln ihrer Röcke drang an sein Ohr – gleich würden diese Röcke an ihren prächtigen Schenkeln herabrutschen und das lockige Dreieck freigeben …

In diesen Momenten empfand er in betörender Intensität und voller Grauen zugleich die Vergänglichkeit allen Glücks und all dessen, was er erreicht hatte. Dann hielt es ihn nicht länger im Haus; dann warf er sich seinen schwarzen Ölmantel über und ging im peitschenden Regen durch die nicht umzäunten Höfe des Zigeunerviertels zur Fabrik, ohne darauf zu achten, wie viel Dreck spritzte, wenn er in Pfützen und

Rinnsale trat. Düster und erbost kam er an. Ja, diese Stätte war *nicht das Glück, sondern das Unglück*, dafür war sie aber auch *nicht vergänglich.* Er setzte sich in die Kanzlei, öffnete den Tresor, der ihm nach der Flucht Boshuras immer wie ein Mund nach einem Fausthieb vorkam, holte eine Flasche billigen Destillats heraus und trank sich Vergessen an, bis der Morgen kam und die Öfen entzündete … So rächt sich Gott, dachte er wütend: Er bringt uns dazu, Kinder zu machen, die sterben, und Fabriken zu bauen, die bleiben! – Schließlich, während er den Rest des Schnapses in der Flasche schwenkte, kam ihm der Gedanke, dass es wohl seine Richtigkeit hatte, dass er alles Persönliche, Private verlor, nachdem er sich für die Fabrik entschieden hatte, das ewige, nicht endende Werk, dem er inzwischen noch eine ganz neue Fabrikhalle angegliedert hatte …

Er sah, wie Gina mit zusammengekniffenen, hinter einer dicken Puderschicht gut versteckten Augen auf seine Antwort lauerte. Ja, er erinnerte sich an dieses froschgrüne Kleid, das er mit geradezu alttestamentarischem Furor hochgerafft hatte, bis ihre Schenkel, bis ihre Spitzenunterwäsche zu sehen war; er sah, wie diese Wäsche einem verrutschten Teedeckchen gleich bald darauf auf dem Tisch lag; er sah auch ihre blau angelaufenen Lippen, aus denen Schreie drangen, die sowohl Lust als auch Schmerz verrieten – ihre gemeinsame Lust, ihren gemeinsamen Schmerz, in den sie die Erde, den Lehm ihrer Leiber kneteten. Er hatte seinen Bruder Jordan beneidet, Panto, seinen anderen Bruder aber verachtet, während er in das zähe Fleisch von dessen Frau Gina eindrang …

Nun war alles, Frau, Untreue, Sohn, Staatsstreich, Tod und Verlassenwerden, in der Rückschau nichts anderes mehr als die Quelle jenes Leidens, das ihm die Kraft gab, sich noch mehr auf die Fabrik zu stürzen, sie auszubauen und zu verbessern; denn die Fabrik stand noch, während alle und alles andere fort, vergangen, tot und wie nie gewesen war. Endlich antwortete er leise auf Ginas Frage:

»Ich hab's wohl vergessen. Sind so viele Jahre vergangen seither.«

»Du wirst dich wohl erinnern *müssen*«, sagte Gina und hörte plötzlich auf, einer mechanischen Puppe zu gleichen. Die Schleifen auf ihren Schultern erzitterten, als breite sie, ohnehin kaum noch Haut und Knochen in ihrem viel zu weit gewordenen Taftkleid, ihre Flügel aus, um alsbald aus dem Ohrensessel auf- und durchs Fenster davonzufliegen.

Jetzt, dachte Ilija, sieht sie sogar fast schön aus – es ist nicht leicht! Er spürte die Gefahr kommen, plötzlich wie die Altersschwäche.

»Au, meine Leber«, stöhnte er, »meldet sich wieder. Ekelhafte Schmerzen!«

»Ich brauche noch etwas Zeit, bevor ich dir die Freude machen kann«, verdeutlichte Gina mit einer Stimme, als müsse sie noch letzte Skrupel überwinden, bevor sie ihn endgültig ins Unglück stürzte.

Ilija hatte das Gefühl, dass sogar die Plätzchen mit ihrer hauchdünnen Glasur die von vor siebenundzwanzig Jahren waren, dass der Kaffee auf dem Tisch nur aufgewärmt oder vielleicht nie erkaltet gewesen war, dass die Gartenblumen in der Vase, versteinert inzwischen, die von damals waren – wie auch die schwere, spannungsgeladene Luft und das bräunliche Dämmerlicht im Raum. Der Kragen seines Hemdes war inzwischen schweißgetränkt. Er stand auf und schaltete den Deckenleuchter ein. Aus dem Spiegel schaute ihn forschend ein immer noch starker, aber ergrauter Mann an. In seinem Rücken hörte er, wie eine Frau, die einmal als »Tante Allwissend« bekannt war, für einen Moment die *Contenance* einbüßte und verstohlen in sich hineinkicherte.

6

Die schwarz lackierte Kutsche erinnerte an einen Leichenwagen, der durch die Hitze schlich, gefolgt von müden Staubwolken. Die Landschaft war verblichen wie ein unzählige Male gewaschenes Kleidungsstück. In der Luft lag der herbe Duft wilder Kräuter und bevorstehender Ernte. Die Weizenfelder, gesprenkelt von Mohn, leuchteten tiefgelb und mit hängenden Ähren in der windlosen Weite.

Dieses Land hatte einmal ihr gehört! Das Korn, die wilden Tiere, die sich darin versteckten, der unbezähmbare Wind und der augenlose Nebel; die Knechte auf dem Hof und die Tagelöhner auf den Feldern, die Sommer und die Winter – die ganze unaussprechliche, peitschenknallende Macht ihres Vaters, des alten Jotzo, gehörte ihr!

Scharf hob sich die steinerne Umzäunung des Hofes vom Weg ab. Dieser grob gemauerte Wall schützte jetzt niemanden mehr außer der gähnend leeren Scheune, ein paar Mäusen und flinken Eidechsen im Dunkel des Kellers. Sie vermeinte den schwachen letzten Atem eines Sterbenden zu verspüren, während die Fahrt immer mehr verlangsamte. Das Pferd pochte mit den Hufen, als stünde es auf der Stelle; doch schließlich bog die Kutsche ab und durchfuhr das Feldchen mit dem sonnenverbrannten Mais.

Gina hatte ihr seidenes Sonnenschirmchen mitgenommen, ihren breitkrempigen Hut aufgesetzt und lange weiße Handschuhe übergestreift; sie wollte ein letztes Mal als Dame dies alles durchfahren und Abschied nehmen von dem herrschaftlichen Beginn ihres Lebens, in dem sie vor allem eines getan hatte: mit Grandezza alles an den falschen Mann zu bringen. Ihr Mann Panto hatte durch Faulheit und Unfähigkeit das Bankhaus ihres Vaters ruiniert, ihr Sohn hatte auf seinen Reisen durch Europa das Land gleich hektarweise verlebt, und ihre einstige Gesellschaftsschneiderin Dora kreierte nun keine gewagten Ballkleider mit tiefem Rückendekolletee mehr, sondern nähte Feinrippunterhosen in der Textilkooperative »Fortschritt«.

Wenn dahergelaufene Lumpen ungestraft an die Spiegel gediegener Restaurants pinkeln konnten, durfte man wohl sagen, dass die Welt sich verändert hatte! Ihr blieb nur, ihr Alter mit Geduld zu ertragen, die drohende Armut hinzunehmen und die Demütigung, verlassen und unnütz zu sein, mit Würde zu tragen. Wann hatte sie zuletzt etwas auf Französisch gesagt? Lange her. Wem denn auch? Sogar aus ihren Gedanken war dieser Ausweis gehobener Lebenskultur verschwunden.

Sie hatte so viel Beruhigungsmittel geschluckt und war so schwach geworden, dass sie sich jetzt vor ihrer eigenen Courage fürchtete, mit der sie sich auf dem voranzuckelnden Kutschwagen dem Dorf näherte. Die einzige Möglichkeit, ihren verstorbenen Ehemann, ihren missratenen Sohn Goscho und den sie verschmähenden Ilija Weltschev zu erniedrigen, sie und sich selbst grausam zu bestrafen und sich wenigstens dadurch unauslöschlich einzuprägen, ruhte im verstaubten Archiv der Bürgermeisterei, in einem Hängeschrank, dessen Politur sich längst in der feuchten Luft aufgelöst hatte. Das, was einmal ihre Rache sein würde, musste in einem Heft mit umgeknickten Ecken und beschädigtem Umschlag stehen. Ihre ganze unersättliche Gier, jemanden böse ins Stolpern oder gar zu Fall zu bringen, ballte sich in ihrer trockenen Brust und stieg ihr feucht in die Augen. Dies war keine Laune mehr, kein trügerisches Verlangen, durch Porträtiertwerden im Ölbild zu überdauern; dies war das letzte, lebendig gebliebene Stück aus der Vergangenheit, der Geschichte ihres menschlichen Scheiterns, und ihr letzter Versuch, sich an der Gegenwart festzukrallen.

Inzwischen fuhren sie an der Kirche vorbei mit dem vom Regen schon ganz verwaschenen Engel. Das Dorf wirkte verlassen. Hier und da streckten Hunde mit aufgestellten Schwänzen und betroffenem Blick ihre Schnauzen aus den Höfen, halbnackte Kinder, die hungrig nach Essen und Ereignissen waren, ihre Nasen, und Alte, die wie dunkle Löcher im Licht standen und sommers wie winters dieselben Trachtenhosen und dicken Wolljanker trugen, ihr Kinn. Erst vor dem Bürgermeisteramt hielten sie an. Der Kutscher reichte Gina die Hand, um ihr beim Aussteigen zu helfen.

»Nur einen Augenblick, warte!«, befahl Gina mit hoher Stimme.

Sie fand den vom Trinken reichlich in Mitleidenschaft gezogenen Schreiber sogleich. Sie hatte seinen Namen vergessen, doch er erinnerte sich an den ihren. Die Angst vor der Vergangenheit, vor der Härte und Wut von Ginas Vater, und einer Gegenwart, die mittels eines holterdipolter gegründeten Ortsverbands der Väterländischen Front ihren Fuß in die Tür drückte, liefen in seinem Zieselgesicht zusammen. Die Brille rutschte ihm von der Trinkernase, als er sich vergewissernd umschaute, ob ihn auch ja niemand sähe; und erst dann, nachdem es ihn einmal von oben bis unten geschüttelt hatte, bot er Gina einen Stuhl an. Seine Körperfülle wirkte in diesem Moment drückender als die Mittagshitze. Er rieb sich freundlich die Hände und lauschte gleichzeitig nach allen Seiten. Seine Ärmelschoner aus Satin schimmerten schwarz wie der Panzer eines Hirschkäfers. Aus seinen Schwartenschuhen und seinen Achseln stieg Gina ein durchdringender Iltisgestank in die Nase, aber der eines – wie sie sich gleich präzisierte – verwitweten Iltis …

»Aber selbstverständlich, Frau Jotzova«, erwiderte er auf ihre Anfrage, und die ganze leidvolle Erfahrung mit der alten und mit der neuen Macht spiegelte sich in seinem Gesicht, »doch Sie müssen sich beeilen … Sie wissen ja, wer jetzt da oben an den Machthebeln sitzt.« Entzweiter als dieser Mann konnte man nicht sein. »Ich bitte Sie inständig, sich zu beeilen.«

Sie hatte keine Zeit, sich mit so etwas aufzuhalten, gab ihm mit verächtlichem Lächeln ein Zeichen, sich in die Ecke zurückzuziehen – sie musste sich konzentrieren. Gott sei Dank! Das Register des Jahres 1919 war vollständig erhalten. Als hielte sie die Bibel in Händen, blätterte Gina darin, um die Zeichen eines vergangenen Lebens zu finden, das niemand brauchte. Auf der Seite 305 hatte der letzte Schreiber mit seiner abgehackten Handschrift verzeichnet: »Krum Marijkin – Kind männlichen Geschlechts, adoptiert von der hinkenden Maria.« Darunter hatte sie wohl ihren tintenbeschmierten Daumenabdruck als Stempel hinterlassen. Name und Geburtsdatum stimmten überein. Gina spürte, dass ihr schlecht wurde vor Aufregung. Sie ließ sich zurückfallen und verlangte nach einem Glas Wasser. Sie trank gierig und in großen Schlucken. Nein, das Unglück würde an niemandem vorübergehen!

7

In diesem heißen und schleppenden Sommer verwandelte sich die Stadt nachts in einen auskühlenden Backofen, den der Sonnenaufgang sogleich wieder entzündete. Der Morgen legte lange Schatten in die Höfe, die bis zum Mittag immer kürzer, härter und starrer wurden. Der eingemauerte Wladaia-Bach, der unter der Löwenbrücke durchfloss, war fast ausgetrocknet und stank entsetzlich nach Urin. Alles Grün krümmte sich und welkte früh, und ein vorzeitiger Herbst zitterte sich aus dem Laub mit viel zu kleinen, spröden Früchten. Überall raschelte, knisterte und knirschte es: unter den Füßen das Laub, zwischen den Zähnen der Staub. Abends leuchtete das Gebirge in herbem Violett, bevor die Sterne ungerührt von alldem erstrahlten. Die Frauen nutzten das Übermaß an Sonne, um ihre Weißwäsche auf Hochglanz zu bleichen.

Anfang Juli sollte ein neuer Parlamentsabgeordneter gewählt werden. Der alte, ein parteiloser Gynäkologe mit fünf Kindern, war verstorben.

Nun wurde aus diesem Anlass eine denkwürdige Wahlveranstaltung im Modernen Theater organisiert, einem Kino mit knittriger Leinwand und stuckverzierter Galerie. Der Verantwortliche des Ortsverbandes der Vaterländischen Front, der Genosse Nenov, forderte zu lebhafter Teilnahme auf. Die lokale Agitationsabteilung bereitete ein kurzes Programm mit Musik und Literatur sowie einer Tombola vor, bei der fünfzig von edlen Spendern zur Verfügung gestellte Dinge zu gewinnen waren, die niemand brauchte; darum hatten sie ja die Spender auch aus vergessenen Koffern und den hintersten Ecken ihrer Küchenschränke gefischt.

Auf der Grundlage der neuen Nationalisierungspolitik hatten die Deputierten in der Volksversammlung beschlossen, auch einen Vertreter der Minderheit der Roma in ihre Reihen wählen zu lassen. Und so geschah es, dass das Viertel, in dem Jonka lebte, zu jenem Wahlkreis erklärt wurde, aus dem der erste und vermutlich einzige Zigeuner auf der ganzen Welt zum Abgeordneten gewählt wurde.

Der Kinosaal war brechend voll, als die Versammlung begann. Es roch nach Gummischuhen und Wollsocken. Fahnen und eine weiße Kartontaube von etwa einem halben Meter Höhe schmückten den Saal. Einige Sesselreihen waren von den Roma belegt, die wirkten, als wären sie auch sonst ständig und überall zusammen. Sie verwandelten das Parkett sogleich in ihr Zuhause, denn es ging lebendig und unbekümmert zu. Auf der Vorbühne war, wie für Podiumssitzungen, ein langer Tisch mit roter Tischdecke aufgebaut worden. Darauf stand eine Karaffe mit Wasser, damit der künftige Parlamentsabgeordnete sich das Räuspern aus der Kehle trinken konnte.

Die Glocke ertönte. Aus der Seitentür betrat Hassan G. Husseinov das Podium. Noch war er ein ganz normaler bulgarischer Zigeuner, doch sein Gebaren verriet, dass er schon die höheren Weihen erhalten hatte, das Vertrauen der Wähler und vor allem die Abgeordnetenimmunität. Sein Haar war mit Brillantine zum Glänzen gebracht; ein feiner Schnurrbart krönte sein demokratisches Lächeln, dem ein Goldzahn blitzend die Krone aufsetzte. Er trug einen Anzug, der ihm deutlich zu weit war, sonst aber dem feierlichen Anlass entsprach. Der Stehkragen um seinen Hals wurde von der Pepitafliege unterstrichen. Sein Gesicht leuchtete bronzefarben. Er war klein von Wuchs und dabei von jener selbstsicheren Resolutheit, wie sie Menschen an den Tag legen, die sich der Unterstützung der Machthaber sicher sind.

Genosse Nenov stellte ihn vor. In der Biografie, die er vorlas, wimmelte es nur so vor unklaren, wirren Ereignissen – bis zu dem Moment, in dem Hassan G. Husseinov Chefredakteur der Zeitung »Vaterländischer Ruf« wurde, der neuen Wochenzeitung für die Belange der Minderheiten. Schließlich erteilte er dem Kandidaten selbst das Wort. Eine begierige Stille breitete sich wie Donnergrollen in dem schlecht gelüfteten Saal aus. Hassan G. Husseinov stützte ungezwungen die Ellbogen auf, holte aus der Brusttasche seines Anzugs ein Taschentuch mit demselben Pepitamuster, das auch seine Fliege hatte, wischte sich damit über Stirn und Nacken, trank einen Schluck Wasser und begann dann mit der Stimme eines Bauchladenverkäufers:

»Liebe Mitbürger unseres Vaterlandes, liebe Genossinnen und Genossen, und auch Sie, meine Damen und Herren … Seit einigen Jahren sind die Zigeuner in unserer schönen Heimat endlich freie und gleichberechtigte Bürger; sie sind Teil des allgemeinen Lebens und der glücklichen Zukunft. Ich verrate kein Geheimnis, wenn ich sage, dass ich, der bis gestern noch rechtlose Hassan G. Husseinov, glücklich bin, euren Stadtbezirk im Parlament der ersten bulgarischen Republik zu vertreten.«

Etwa eine halbe Stunde lang redete Husseinov über die rechtlose Situation der Minderheiten in den Jahren von Kapitalismus und Faschismus. Seine Rede war scharf, seine Ausdrucksweise saftig und grell. Dabei wirkte er, als würde ihm der eben noch viel zu weite Anzug zu eng, als wolle er sich aus dem traurig-dunklen Glanz des Stoffes herauswinden, um schließlich ganz unverhüllt, nur in seine gewinnende Herzlichkeit gekleidet, vor den Wählern zu stehen.

»Ich verrate kein großes Geheimnis, wenn ich sage, dass das Volk unterdrückt war, beraubt und gemeuchelt. Hier, genau das war mit dem Volk …« An dieser Stelle führte er überraschend einen ersten Zaubertrick vor. Er zerknüllte sein Taschentuch, ließ es zwischen seinen flinken Händen wandern, dann bauschte es sich zu einem Pepita-Regenbogen und – verschwand in der Luft. Seine verdatterten Wähler konnten die Blicke nicht von der leeren Stelle zwischen seinen Händen abwenden, die mit Magie geladen war wie die Luft vor einem Gewitter mit Elektrizität. Das Publikum ächzte und raunte. Hassan G. Husseinov versprach ihnen bereits ein Krankenhaus mit weichen Betten und Blick aufs Witoscha-Gebirge, eine neue Brücke über den Kanal, die ebenso unnötig war wie die steinernen Schwäne, mit denen sie dekoriert werden sollte, und schließlich Massenausflüge mit Picknicks im Grünen sowie Fleischsuppen an allen christlichen und kommunistischen Festen wie zum Beispiel dem Tag der Großen Oktoberrevolution.

Mit dem zweiten Zauberkunststück verblüffte er Jonka und die übrigen Anwesenden vollends. Nicht nur, dass das verschwundene Pepitatuch wieder zwischen seinen Fingern auftauchte – ihm folgte ein Dutzend anderer, die nun nicht mehr schwarz-weiß gemustert waren, sondern in allen Farben des Regenbogens schillerten.

Schließlich endete der Redner, trank den Rest Wasser aus seinem Glas und bot allen Anwesenden mit suggestiv-verstohlener Stimme an, die Zeitung »Vaterländischer Ruf« zu abonnieren, eine seriöse, patriotische Publikation, die der Abseitsstellung der Zigeuner ein Ende bereiten und dem Volk helfen würde, zusammenzustehen wie die Finger einer Faust. Er zeigte seinen Goldzahn und rief:

»Helfen Sie bei der Einigung des Volkes mit den Minderheiten. Bilden Sie eine Schlange, damit ich Ihnen einzeln Ihre Gutscheine für den ›Vaterländischen Ruf‹ geben kann.«

Im Nu entstand ein unglaubliches Durcheinander. Die Zigeuner sprangen über die Sitzreihen, um Husseinov zu umarmen, neben dem sich bereits eine dichte, ungeduldig wartende Schlange gebildet hatte. Nicht minder fingerfertig als mit dem Taschentuch war er nun beim Zählen des Geldes, gegen das die Gutscheine ausgegeben wurden. Die Tombola musste wegen der fortgeschrittenen Zeit leider ausfallen.

Von Assen hatte Jonka gelernt, dass die Volksversammlung eine ernsthafte Institution war, und dass dort gerade eine erbitterte Schlacht geschlagen wurde zwischen der Vaterländischen Front und der vereinigten Opposition. Nun fragte sie sich, was dieser Alleinunterhalter dort tun wollte. Für alle Fälle schloss Jonka ein Abonnement der Zeitung »Vaterländischer Ruf« für das soeben begonnene dritte Quartal des Jahres ab und kaufte sich die letzte Nummer der Zeitung direkt beim Chefredakteur. Sie hatte bereits die vierte Stufe des Schreib- und Leselernkurses im VF-Klub absolviert und konnte inzwischen frei lesen. Als sie zu Hause angekommen war, nahm sie sogleich die raschelnde, vorzeitig vergilbte Zeitung zur Hand.

Die Zeitung begann mit einem Leitartikel des Chefredakteurs Hassan G. Husseinov. Die nachfolgenden politischen Nachrichten waren unterschrieben von dem internationalen Korrespondenten der Zeitung Hassan G. Husseinov. In der Rubrik »Inland« wurden interessante Einzelheiten aus dem Leben der freien Gemeinschaft der Minderheit der Roma berichtet, aufgezeichnet von Hassan G. Husseinov. Die dritte Seite endete mit nützlichen Haushaltstipps: »Wie verhindern wir, dass das Salz klumpt«, und: »Vorsicht: Abgestandenes Wasser ist schädlich!« Die Tipps stammten von Hussein G. Husseinov. Von wem die geistreichen Anekdoten über den Zigeunerjungen Mango stammten, ergibt sich aus dem bereits Gesagten beinahe von selbst. Doch das Erstaunlichste an dieser verblüffenden Zeitung, die von dem unendlichen Fleiß eines Einzelnen zeugte, war das riesige Foto auf der ersten Seite, übertitelt: »Chefredakteur Hassan G. Husseinov tritt Reise nach Plovdiv an«. Auf dem Foto war eine dunkle, verwischte, unbestimmte Silhouette zu sehen, die aus einem Abteilfenster des abfahrenden Zuges winkte. Unter dem Bild stand: »Fotograf: Hussein G. Husseinov«. Jonka fand keine Antwort auf die Frage, wie Hassan G. Husseinov es geschafft hatte, zugleich aus dem Zug zu winken und sich vom Bahnsteig aus zu fotografieren. Um vielleicht später mehr darüber zu erfahren, schickte sie gleich eine Postanweisung los, um ihr Abonnement für die Zeitung »Vaterländischer Ruf« auf das vierte Quartal auszudehnen.

8

Der Abend war mondbeschienen und kühl, die Quitte im Hof schimmerte silbrig. Auf den Dachziegeln lag das Licht des Erdtrabanten wie ein dünner Wasserfilm. Das Klappern von Küchengefäßen war zu hören und das Husten alter Menschen. Eine per Fußpedal angetriebene Nähmaschine säumte den Stoff der heraufziehenden Nacht. Auf den Platten vor der Bank lagen gespenstisch zwei bläuliche Schatten. Piollas Vater hatte eine Ausgabe des »Vaterländischen Rufs« vor sich aufgeschlagen und sagte nachdenklich:

»Die ganze Straße, von der Barbierstube bis zu Jowtschos Krämerladen, liest den ›Vaterländischen Ruf‹ …«

»Ich frage mich«, entgegnete Jonka, »ob dieser Hassan Husseinov denen in der Volksversammlung auch Zauberkunststücke vorführen wird?«

»Hm … Dort wird er sich doch wohl zusammenreißen. Aber so oder so, er wird garantiert allen Abgeordneten ein Abonnement für diese verflixte Zeitung unterjubeln.«

»Abonnieren werden sie«, stimmte Jonka zu, »zumindest für das dritte Quartal.«

Als sie sich rührte, schien der Abend selbst zu rascheln. Auf der Hofmauer blitzten die phosphoreszierenden Augen einer Katze auf und erloschen wieder. Nach den ausgiebigen Frühjahrsregen hatte Jonka die Dürre dieses Sommers vorausgesagt, doch innerlich beschäftigten sie ganz andere Dinge. Zum Beispiel die Tatsache, dass nach und nach alles und jedes neue Namen erhielt. Aber änderte sich mit den Namen denn nicht auch die Bedeutung, fragte sie sich. Männer und Frauen nannten einander plötzlich »Genosse« und »Genossin« Soundso. Der Borissov-Park hieß auf einmal »Park der Freiheit«. So weit, so gut. Doch auch die Getreidebrei-Stuben, die Kleinkrämereien, die Werkstätten und Bierhallen in der Siedlung gaben sich knallige und pathetische Namen. Strohhüte wurden auf einmal im »Atelier Progress« verkauft, Laufmaschen wurden ausgebessert bei »Elan«, verklumpte Bettdecken aufgemacht und wieder geglättet in der Hechelbank »Roter Stern«, neue Beläge wurden unter abgelaufene Sohlen genagelt in der Schuhmacherei »Ewige Freundschaft«, Herumtreiber und Rentner betranken sich mit Traubenschnaps im »Ruhm des 9. September« … Dies schienen alle so selbstverständlich zu finden, dass selbst Weneta, die Frau Saschko Prodevs, ins Halbdunkel rief: »Mama, geh doch mal in den ›Sieg‹ zu Jowtscho. Er hat gerade Käse hereinbekommen …«

Diese wilde Umtauferei betraf Straßen, Plätze und Straßenbahnhaltestellen; erstreckte sich auf Reklametexte, die mit Schaufensterfarbe auf die Auslagen geschrieben wurden, und machte selbst vor den angebotenen Produkten nicht halt, vom Marzipan bis zu den Plätzchen. Sie verbreitete sich wie eine epidemische Krankheit. Ihr deutlichstes Symptom bestand darin, dass alle neuen Namen gleichsam das Unmögliche möglich und einen Zeitsprung machen wollten, mit einem Satz hinweg über diese Tage des Elends, hin zu jenen verheißenen Tagen, an denen sich ihr Schicksal kommunistisch erfüllen würde.

»Dieselben Sachen sind auf einmal andere«, nickte Piollas Vater.

»Eh, sicher«, erwiderte Jonka weise, »vollkommen andere, aber am Ende doch dieselben!«

Leise raschelnd, bis zum Rand angefüllt mit dem dümmlichen, gedankenlosen Ausdruck der Ewigkeit, legte sich der Mond in die Äste des Quittenbaums zur Ruhe.

9

Von der stehenden Hitze auf der Straße gelangte er ohne Umschweife in die abgestandene, muffig nach Paketen riechende Enge der Post und schaute sich erst einmal um. Selbst diese kleine, innere Unsicherheit verratende Geste erschien ihm gefährlich. In seiner abgewetzten Stofftasche trug er als Alibi Prozessakten aus der Kanzlei Anwalt Sestrimskis, genauer gesagt die Dokumente zweier bevorstehender Scheidungstermine. Wer nicht glauben wollte, dass er nichts Verdächtiges im Schilde führte – hier, bitteschön! Er bekam Beklemmungen, als er sah, dass sich außer ihm kein Mensch im Schalterraum befand. Hinter dem Telefonschalter saß eine Frau mit halb geschlossenen Lidern und halb geöffneter Bluse. Von der Schalttafel vor ihr hingen Kabel herab.

»Womit kann ich dienen?« Ihr Lächeln erblühte und verblühte, eine überflüssige Anstrengung an diesem heißen Nachmittag.

»Ein Telefongespräch mit Warna, verehrte gnädige Frau«, antwortete er mit übertriebener Höflichkeit. Er spürte, wie ihm der Schweiß ausbrach und Salz auf seine Lippen trat, und ließ sich zum Warten auf die Bank fallen.

Im Licht des ungeputzten Fensters spielte golden der Staub. Auf dem schadhaften Holzboden bildete das Sonnenlicht scharfe Quadrate. Aus der Richtung des Paketstapels drangen ihm der Gestank von angeschimmeltem Salzlakenkäse und anderen verdorbenen Lebensmitteln in die Nase. Das ließ ein Hungergefühl in ihm aufkommen, obwohl er erst vor einer Stunde zu Mittag gegessen hatte. Die Zeit schien stehengeblieben zu sein – oder sich sogar zurückzudrehen. Gleich wird mir schlecht, dachte er.

»Warum setzen Sie sich nicht in den Schatten?« Die Stimme der Frau schien von fern zu kommen.

»Ja, natürlich, gnä' Frau … äh, Genossin«, rührte sich Alexander. »Nicht wahr, Sie haben mein Gespräch bestellt?«

Sein weißer Anzug, ungezählte Male mit Benzin von Flecken gereinigt, schimmerte gelblich. Er hatte sich vollkommen der Körperform seines Trägers angepasst, der ihn immer trug, weil er für alles herhalten musste, vom Übermantel bis zum Hausanzug. Die Krawatte drosselte ihn, doch er kam nicht auf die Idee, den Knoten zu lockern. Er umklammerte seine Tasche, als enthielte sie Dynamit oder Geld, von dem niemand etwas wissen durfte. Ja, dachte er, das ist das Wichtigste: Ich darf mich da nicht hineinziehen lassen!

Er war nicht neugierig, fragte nie nach und versuchte so unwissend zu bleiben wie möglich, so als könne diese Unwissenheit ihm Sicherheit geben. Er tat so, als durchschaue er den Sinn der samstäglichen Bridge-Abende bei Sestrimski nicht, als wisse er nichts von jener Aktenmappe im Tresor und als könne er sich weder an die Treffen Sestrimskis mit einem trockenen, ergrauten und anscheinend statt Muttermilch mit Tee gesäugten Engländer erinnern noch an die Gesichter jener Leute, die immer mit Nachtzügen aus der Provinz in Sofia ankamen – absichtlich in billige Anzüge gekleidete, immer ein wenig unreinlich wirkende Schattengestalten. Einige von ihnen waren ehemalige Offiziere, die nach dem Befehlebrüllen nun das Flüstern gelernt hatten, andere Apotheker, die sprachen wie ihre eigenen Beruhigungsmittel, Dritte Fabrikanten, die notorisch knapp bei Kasse waren und pausenlos Zigaretten bei anderen schnorrten. Sie alle tauchten unerwartet auf. In ihren Augen blitzte der Mut der Verzweiflung, wenn sie Sestrimski »teurer Freund« nannten oder »lieber Vetter«. Dann setzten sie sich mit ihrem Gastgeber ins

Wohnzimmer, wo sie flüsternd mit ihm sprachen, und nachdem sie im Haus übernachtet hatten, verschwanden sie wieder.

Alexander Weltschev wünschte sich zwar mehr als alles, davon nichts zu wissen, aber ob er wollte oder nicht: Er bekam eben doch fast alles mit. Jetzt zum Beispiel musste er den Apotheker Kasandschiev in Warna anrufen und mit ruhiger Stimme, die nicht auf Antwort erpicht war, sagen: »Das Wetter in Sofia ist warm und sonnig … Kommen Sie doch am Samstag zu Besuch!«

Er schloss die Augen und lehnte sich entspannt zurück in eines der Lichtquadrate, die die Sonne durch die Fenster auf den Boden warf. Wäre das hier doch schon überstanden, und er wieder in seiner Dachmansarde mit dem Bullaugen-Fenster, wo er sich mit nacktem Oberkörper aufs Bett fläzen konnte und wo er sogar gefeit war vor den lauernden Armen Angelina Sestrimskas; wo er dem Gurren der Tauben und den Geräuschen im Haus lauschen konnte, bis er im Einschlafen alles vergaß … Wenn er wollte, konnte er dort auch träumen, er befände sich im Flur des Justizpalastes, wo das Echo seiner Schritte festlich vom Marmor der Wände widerhallte, ein angesehener Advokat und Liebling der Götter, Helfer fremder Laster und Schwächen, fähig, Unschuldige, nicht zuletzt aber auch Schuldige zu verteidigen mit Scharfsinn, Eloquenz und Willensstärke. Ach, er spürte sie regelrecht, die Begeisterung ringsum, wenn er durch die Menschenmenge schritt, spürte, wie das Licht auf seinem feinen, tadellosen Anzug spielte, doch dies war nicht das gewöhnliche Straßenlicht, sondern das wahre, unvergängliche Licht, das selbst in der tiefsten Finsternis noch auf den Erfolgreichen und Renommierten fiel. So viel wusste er nämlich inzwischen, dass ein erfolgreicher Mensch stärker erleuchtet ist als die anderen, selbst dann, wenn er schläft oder wenn fremder Neid versucht, seine Bedeutsamkeit in den Schatten zu stellen.

Er stellte sich in seinen Tagträumereien sogar Viktoria vor, wie sie elegant, verwöhnt und siegessicher wie ihr Name unter dem Triumphbogen seines Schlafs hindurchschritt, Viktoria, die alle und alles überragte, sogar ihn, und die unausweichlich war wie jeder wahre Sieg. Jetzt träumen irgendwie alle, dachte er, denn in dieser gefährlichen, abartigen Zeit ist nichts gewiss, aber alles möglich …

»Warna … Hallo, Warna ist dran.«

Alexander erhob sich und fühlte, wie die Dunkelheit in der Telefonkabine ihn aufnahm und beruhigte. Der Hörer bebte in seiner verschwitzten Hand.

»Wenn Sie so freundlich wären, ich hätte gern Apotheker Kasandschiev gesprochen«, sagte er schaudernd.

»Er ist nicht da, mein Herr.« Die Frau am anderen Ende der Leitung hörte sich verzweifelt an.

»Aber … Wo ist er denn?«

»Heute Morgen hat man ihn verhaftet, mein Herr.«

10

Diese niederträchtige Angst war ihm dermaßen in die Knochen gefahren, dass er nach dem Verlassen des Postgebäudes selbst das Sonnenlicht als lindernd empfand. Auch die Weite der Straße brachte Erleichterung. Die Möglichkeit zu gehen, sich von der Wortlosigkeit dieses Telefonapparats zu entfernen, in den das pfeifende Signal geplitscht war wie Schweiß – eine Befreiung. Er sog tief die herbe Luft ein, in die sich der Geruch nach Bordsteinplatten und Getreidebrei mischte. Sein Hungergefühl war unerträglich geworden, dennoch ging er an den Schankstuben, Bäckereien und Konditoreien auf der Graf-Ignatiev-Straße vorbei. Hinter den verstaubten Schaufenstern der Letzteren sah er einen Sodahahn und Gläser mit verschiedenfarbigen Sirups für den Geschmack. Doch noch einmal einen Raum mit stickiger Luft zu betreten, in dem er sich belauert fühlte, das ging einfach über seine Kräfte.

In seinem verwaschenen weißen Anzug sah er aus wie ein schlecht entwickeltes Negativ. In Panik versetzt von dem, was sich in Warna ereignet hatte, benahm er sich übertrieben auffällig. Natürlich, er durfte jetzt auf keinen Fall gehetzt wirken, doch wie er so von Schatten zu Schatten eilte und sich in Durchgänge zwängte, hindurch zwischen Plakaten des längst abgereisten Zirkus »Globus« und Schuhputzern, die über ihren blankpolierten Fußbekleidungen dösten, tat er genau das. Er bog zu den Markthallen ab, wo der Gestank nach salzigem Fisch und Innereien herrenlose Hunde und Katzen anlockte, tauchte ein in die menschenleeren Sträßchen hinter der Synagoge, deren einzige Zierde die aufgehängte Wäsche mit ihren zahlreichen Flicknähten war …

Alexander wusste selbst noch nicht, wohin er eigentlich ging, wollte sich das auch nicht fragen. Er bewegte sich mit dem Instinkt eines gejagten Tieres straßabwärts, näherte sich immer mehr dem Wladaia-Kanal, bis die brüllenden Steinlöwen der nach ihnen benannten Brücke vor ihm auftauchten. Ein Licht ging ihm erst auf, als er schon die Ecke der Klokotniza-Straße mit ihrem groben Pflaster sah, die zu einem Haus führte, das ständig im Um- und Ausbau war. Er wollte also zu seinem Vetter Assen Weltschev! Er wollte sich endlich von seiner Unentschiedenheit befreien, wollte einfach die Wahrheit über sich bekennen. Fort mit den ungewissen Träumen von Glanz und Erfolg! Lieber Armut, wenn sie nur so gewiss war wie der Sieg des Sozialismus! Doch ach! Je näher er dem Domizil seines Vetters kam, desto mehr wuchs sie wieder, seine Unentschlossenheit. Er ging an dem wohlbekannten Torgang einfach vorbei und – seufzte erleichtert. Aus den Augenwinkeln sah er, dass der Hof leer und sauber gefegt war. Das Dach über dem Winkelzimmer schien sich in der Hitze zu krümmen.

Er kehrte um, eilends, und wieder ohne bestimmte Richtung und ohne zu wissen, warum. Er schwitzte nun nicht mehr. Die Sonne hatte sich im Widerschein der hohen Federwolken aufgelöst, oder war es umgekehrt, waren diese Federwolken feine Lichtstreifen, die sich noch nicht im Himmel aufgelöst hatten? Die Steinlungen der Stadt atmeten schwer. In ihrer unwirklichen Leere tauchten einzelne Passanten auf, schattenhaft. Straßenbahnen klingelten, kohlenbeladene Gespanne klapperten vorüber. Gleich wird es dunkel, stellte Alexander fest, als wäre das ein Wunder.

Nach einer Stunde stand er plötzlich vor dem Haus Sestrimskis mit seinem Erker, dem Zierbalkon darüber und ganz oben seinem eigenen runden Mansardenfenster. Eine innere Stimme sagte ihm, er sollte jetzt besser nicht das kühle Treppenhaus betreten, da ihn dies unwiderruflich zum Mittäter stempeln würde. Also ging er weiter, umrundete den majestätischen Bogen der Universität. Den Weg von hier zurück zur Klokotniza-Straße, zu dem Haus mit den wuchernden Anbauten, in dem sein Vetter Assen lebte, und vor dem immer eine Reihe abgelaufener Schuhe standen, kannte er ja nun. Dort angekommen, würde er wieder zurücklaufen, ganz wie ein Pendel, das – einmal in Bewegung versetzt – immer hin und her schwang.

Er hatte sich verloren in einer Stadt, die er doch so gut kannte. Er ging, er eilte durch diesen langsam erblauenden Abend, als sei jeder Moment, in dem er noch ging und nirgendwo war, wertvoller als der ganze Sinn seines jungen Lebens. Er spürte, wie im Labyrinth der hereinbrechenden Nacht sein Vater ihn einholte mit der Würde des von einer Schmach gezeichneten Mannes, der ebenfalls einer Entscheidung ausgewichen war, zerrissen von dem Widerspruch, dass jede Entscheidung die falsche sein konnte, aber jedes Hinauszögern der Wahl tödlich!

Irgendwann, als es schon finster und er wieder auf der Klokotniza-Straße war, erfüllten die Sterne den Himmel mit dem Schein ihrer kosmischen Ferne; dann löste die elektrische Straßenbeleuchtung im Stadtzentrum sie auf in der Säure ihrer künstlich erzeugten Helligkeit.

11

»Verhaftet?«, fragte Sestrimski, ohne auch nur einmal mit den Augenlidern zu zwinkern. »Sie sagen, Kasandschiev sei verhaftet worden?«

Barfuß, nur in seinen japanischen Bademantel gekleidet, der vorn lose zugebunden war und die weißen Haare auf seiner Brust sehen ließ, erhob sich der Anwalt aus seinem Ohrensessel und ging zum Fenster, doch der hereinströmende Morgen bremste ihn. Er drehte sich um, stieß sich an der Tischkante. Der Salon war zu eng für eine so große Angst. Überall lauerten Wände, hie mit der Bibliothek, da mit den wächsernen, nachts gleichsam dahingeschmolzenen Lampions. Schließlich fand er wieder zu sich, zog fröstelnd die Schöße des Bademantels enger um sich und begann dröhnend und hysterisch zu lachen.

»Ich bin einfach übernächtigt«, sagte er. »Gott ist mein Zeuge, er weiß, seit wann ich von einem Urlaub am Meer träume. Ich will einfach baden gehen und in der Sonne liegen … Morgen fahren wir!«

Den ganzen Tag über wurden Koffer gepackt. Die Eile, mit der dies geschah, beförderte viel unnötigen Kram ins Gepäck. Gegen Mittag holte Sestrimski die gefährliche Aktenmappe aus seinem mit drei Geheimzahlen gesicherten Wandtresor und verschwand für einige Stunden. Alexander hörte, wie die Haustür hinter ihm ins Schloss fiel. Er seufzte einmal tief und wollte in seine Mansarde hochsteigen, doch im Halbdunkel des Korridors tauchte plötzlich Angelina Sestrimska auf und umfing ihn mit ihren heißen Fleischmassen. Erst am Vortag hatte sie ihm den Brillantring wiedergegeben. Sie hatte ihn gegen die Badezimmertür gedrückt, hinter der Viktoria sich gerade duschte. Das Rauschen des Wassers erinnerte ihn an das Gluckern des Regens in den Blechrinnen jenes Stundenhotels, in dem alles begonnen hatte. »Ich schreie, wenn du ihn nicht zurücknimmst«, hatte Angelina ihm zugeraunt, »aber laut!« Sie steckte ihm das kostbare Stück an den Ringfinger und begann ihn zu befummeln. Ihr mädchenhaftes Kleid löste Beklemmungen bei ihm aus, über ihr Gesicht lief ein mütterliches, allverzeihendes Lächeln. Alexander wollte es diesmal nicht gelingen, seinen Abscheu vor dem kitschigen Elend dieser Szene zu verbergen, und er schlug sie zum ersten Mal. Angelina nahm seine Ohrfeige entgegen wie ein Geschenk und schluchzte mit dankbaren, von echten Tränen erfüllten Augen:

»Weißt du, was ich mir denke? Wenn du wirklich *Bel Ami* bist, dann liebst du meine Tochter und nicht mich!«

12

Das Zarenschloss mit seinem oxidierten Kupferdach, seinem gusseisernen Balkon und den französischen Fenstern wirkte kleiner in der Dämmerung, so wie sich auch die Macht darin selbst verkleinert hatte, seit sie keine Geheimnisse mehr besaß und keine Gewalt mehr ausüben konnte, ohne Glanz und ohne Größe war. Alexander dachte melancholisch, wenn er den neobarocken Palast beträte und darin übernachtete, würde ihn keiner hinauswerfen; das Gebäude war nur noch eine Erinnerung seiner selbst.

Gegenüber, im löchrigen Schutz der Laubbäume, war undeutlich die Konditorei »Bulgaria« zu erkennen, in deren Fensterfront der Tag langsam zur Neige ging. Der Boulevard des »Befreier«-Zaren, der jetzt in »Russischer Boulevard« umbenannt war, funkelte. Im krokusfarbenen Lichtkegel der Taschenlampen tauchten die Silhouetten von Damen auf, die Vorkriegskleider trugen, und verschwanden wieder. Straßenjungen stolzierten mit Schiebermützen und bis zum Ellbogen aufgekrempelten Ärmeln vorbei und Beamte mit der wichtigen Miene von Bestattungsunternehmern. Von Zeit zu Zeit klapperte eine Kutsche vorüber, die den säuerlichen Geruch nach Pferd hinterließ. In der italienischen Gesandtschaft parkte ein Automobil; ein russischer Lastwagen fuhr über die gelben Pflastersteine vor dem Schloss. Im Stadtgarten machten sich die Vögel hüpfend, zwitschernd und tschilpend zum Schlafen bereit, die Gehwege waren leer. Viktoria hatte den Arm auf die Lehne ihrer Bank gestützt und rauchte, angenehm eingehüllt in ihr Alleinsein.

Sie hatten die kleinen Boutiquen auf der Le-Gay-Straße durchstöbert und eine ganze Reihe kleiner Lädchen, in denen es nach Kleiderschrank und Mottenpulver roch und auf deren Regalen es noch nicht einmal Linon für Bettlaken gab. Die Eigentümer der Geschäfte versteckten die Ware, die sie noch aus der Zeit vor der kommunistischen Machtergreifung auf Lager hatten, und boten sie nur heimlich und voller Furcht alten, vertrauenswürdigen Kunden an, die Geld und Renommee besaßen. Alexander hatte Viktoria in seinem unvermeidlichen weißen Anzug begleitet, um ihr die Tüten mit den Einkäufen zu tragen wie ein Lakai mit geknickter Würde, dem der Humor ausgegangen war. Viktoria hatte sich ein Seidenkleid mit neckischem Dekolletee gekauft.

»Morgen fahren wir«, sagte sie. »Was machen wir da am Meer bloß? Da gibt es doch jetzt nichts außer Wellen, Sand und Proleten. Tausende von Proleten, die neuerdings wie die Kakerlaken über die Kurorte herfallen.«

Alexander verbesserte ihre Worte bei sich: Morgen flüchten sie. Flüchten und lassen mich allein in der leeren Kanzlei zurück, im verwaisten Haus, damit ich auf etwas aufpasse, das mir nicht gehört und mir wohl auch nie gehören wird. Ein Wächter von Illusionen und vergeblichen Träumen … Dann musste er an das Gesicht Sestrimskis denken, nachdem er ihm gesagt hatte, dass der Apotheker Kasandschiev verhaftet worden sei. Er sah vor sich das Zittern seiner geschwollenen

Augenlider, das Raffen des Bademantels und seinen inbrünstigen Stoßseufzer, wie übernächtigt er doch sei. Und er sah vor sich, wie Sestrimski versucht hatte, sein Entsetzen zu verbergen, so wie manche versuchen, ihren gewachsenen Bauchumfang zu kaschieren. Dann die Stille, jene gespannte, hallende Glockenstille, wie sie sich auf den Gerichtssaal legt, bevor das Urteil gesprochen wird.

»Sie werden sich erholen, mein Fräulein.«

»Und mich zu Tode langweilen … Wissen Sie, Weltschev, in den letzten Jahren ist die Langeweile, der *ennui*, groß in Mode. Ist schick geworden, eine Lebensart, ein *must*, fast so was wie die einzige Rettung.«

Nach der ermüdenden Einkaufstour saß sie in einer Pose auf der Parkbank, die einen an ein leichtes Mädchen denken ließ. Ihr Haar schimmerte bläulich, ihre Brüste hoben sich einladend, doch ihr Gesicht war regungslos, so als sei dahinter niemand zu Hause. Eine mystische Ruhe einte ihre Züge, ihre sanften Lippen waren halb geöffnet, doch ohne die seinen zu rufen. Im Unterschied zum Schloss, dachte Alexander bewundernd, hat sie ihr Geheimnis vor der Welt bewahrt, und das gibt ihr Macht!

In ihrer Gegenwart fühlte er sich immer geschmeichelt und beleidigt zugleich, eingeladen und verstoßen, und so waren auch seine Gefühle widersprüchlich und nur zusammen möglich: Begeisterung und Verachtung, grundiert vom Hass des Niederrangigen. *Sie* hatte ihn in diesen Park gebeten, *sie* hatte absichtlich die Bank gewählt, die am weitesten vom Boulevard entfernt unter Kastanien mit bereits reifen Früchten stand, gleich neben dem Steingarten mit seinen seltenen Gebirgspflanzen und Blumen. Die Dunkelheit näherte sie einander an, unterstrich aber zugleich Viktorias Unbesitzbarkeit.

»Schauen Sie mich doch nicht so an, Herr Weltschev!«

»Wie schaue ich Sie denn an?«

»Sie müssen wissen, dass die schönen Mädchen verwöhnt sind und das romantische Schmachten ihrer Verehrer schon bald nicht mehr ausstehen können.« Sie sog an ihrer Zigarette und hauchte ihm den aromatischen Rauch ins Gesicht. »Schöne Frauen schalten bei Männern, die ihnen den Hof machen, instinktiv auf Abwehr; dafür werden sie schwach bei denen, die sie nicht beachten. In Ihrem weißen Anzug sehen Sie mir aus wie ein gefallener Engel, und das bringt mich in Verlegenheit. Ich will Ihnen ja helfen. Nun kommen Sie, versuchen Sie doch einfach, mich anders anzuschauen.«

»Und wie, mein Fräulein?«

»Na, als wäre ich nichts Besonderes! Ich verspreche Ihnen, dass mir das Vergnügen bereiten würde.« Sie lächelte charmant. »Wenn Sie möchten, dass wir Freunde werden, müssen Sie so tun, als seien Sie ganz mein unterwürfigster Diener, mich aber heimlich verachten. Sie werden merken, das ist gar nicht schwer, und für uns beide am Ende recht bequem.«

Ihre dunklen Augen durchbohrten ihn, als schauten sie auf etwas, das hinter ihm lag. Der verschwommene Stadtmond schwoll rötlich an in der Himmelsöffnung. Aus den Zweigen der Bäume rann Stille. Durch die unbeleuchteten Fenster wirkte das Schloss wie verzaubert.

»Kommen Sie doch näher …« Sie nahm seine Hand und legte sie auf ihren Schoß. Unter der glatten Seide spürte Alexander die Wärme zwischen ihren Schenkeln und erschauerte. »Was Ihr Verhältnis zu meinem Vater angeht, Herr Weltschev, das interessiert mich nicht. Ich vermute, dass er Sie benutzt, und ich bin davon überzeugt, dass das günstig für Sie ist. Ich habe allerdings eine ungewöhnliche Bitte …« Sie lachte ungezwungen, ließ seine Hand aber seelenruhig wie ein dressiertes Hündchen auf ihrem Knie liegen. »Ich muss wissen, wie die wirklichen Vermögensverhältnisse Zankovs sind. Ich bin neugierig, ob er wirklich Geld hat, oder ob er bloß mit seiner Edel-Badewanne angibt. Meinen Sie, Sie schaffen das?«

Alexander zog seinen Arm zurück und spürte nun die nächtliche Kühle der Bank auf seinem Handballen. Ihm kam es so vor, als ginge er noch immer, als sei der gestrige Abend mit seinem Hin- und Herpendeln zwischen Klokotniza-Straße und Universität noch nicht vorbei, und er habe sich hier nur für ein Minütchen zum Ausruhen auf die Bank gesetzt. Er war allein, zum Schreien allein, mit zwei raschelnden Paketen, die er – Gott weiß warum – mit sich herumschleppte.

»Ich werde das schaffen, mein Fräulein.«

»Bevor ich's vergesse. Rufen Sie doch morgen meinen Vetter Georgi Pantov an – das geplante Mittagessen muss leider vertagt werden. Übermitteln Sie ihm meine Verehrung und sagen Sie ihm, dass ich ihn, wenn ich wieder da bin, zu einer Party bei uns einladen werde.«

»Ich werde mich bei ihm melden, mein Fräulein.«

»Mit der Unterwürfigkeit, das kriegen Sie ja schon prima hin – jetzt bleibt nur noch das andere.« Sie lachte, nun aber irgendwie forciert und spöttisch. »In den drei Wochen, die ich am Meer bin, erlaube ich Ihnen, mich zu verachten. Nutzen Sie die Zeit, Weltschev.«

Alexander stand auf und ging hinter ihr her über den leeren Parkweg. Neben ihnen lag, bleich wie das Skelett eines vorsintflutlichen Tieres, der verlassene Steingarten.

13

Das Wohnzimmer Iwailo Papasovs war riesig groß und angenehm durcheinander. Aufs Kanapee hatte er seinen fleckigen Bademantel, seine Strumpfbänder und seine silberfarbene Krawatte geworfen, über den persischen Teppich kullerten Pantoffeln, ein Bleistift mit abgebrochener Spitze und ein Blöckchen, dessen oberstes Blatt halb abgerissen war. Auf dem Beistelltischchen lagen Briefbogen und ein paar Schreiber, als gäbe es in Papasovs Zuhause ein Geheimbüro. Das Radio in der Ecke dröhnte schnarrend; es lief vermutlich ununterbrochen seit gestern. Überall standen leere Cognac-Flaschen und Gläser mit Cognac-Resten herum. Es roch nach Kneipe, die von einer Razzia erfahren und in panischer Eile die Läden dichtgemacht hatte. Papasov empfing ihn in einem Pyjama, der seinen Bauch nur unzureichend bedeckte; der war aber auch so eindrucksvoll, dass man einen Moment lang zweifelte, ob das Gesicht des Hausherrn sich nicht um seinen Nabel befand. Er schaute Alexander fragend an, kratzte sich heftig und ließ die weißen Hautschüppchen fliegen, die sich dabei unter seinen Nägeln angesammelt hatten.

»Ein Kater ist das widerlichste auf der ganzen Welt«, sagte Papasov gedankenverloren. »Aber wissen Sie, was Trinkerei und Ehe gemeinsam haben? Nein? In beiden Fällen legen Sie sich beflügelt hin und schlafen glücklich ein, aber morgens wachen Sie krank und enttäuscht auf. Am liebsten würde ich im Vollrausch sterben, Weltschev – bitte zu beachten:

betrunken, aber unverheiratet! Spülen Sie sich doch ein Glas aus, wenn Sie wollen … Für mich selbst tue ich das gar nicht mehr. Nicht wahr, Sie wissen doch: Alkohol tötet nicht nur Menschen, sondern auch Mikroben. Das erleichtert mir die Sache ungemein.« Mit einladender Geste wies er auf die abgestellten Gläser. »Wenn überall ein Glas bereitsteht, brauche ich nur die Flasche mitzunehmen.«

»Danke, ich glaube, im Moment trinke ich lieber nichts«, erwiderte Alexander und errötete.

»Ich danke Ihnen ebenfalls. Sie sind ein kluger und guter junger Mann, aber mein Cognac ist kostspielig und inzwischen reichlich schwer zu finden. Ach, welchem Umstand verdanke ich übrigens die Ehre Ihres … und so weiter, und so weiter …?«

»Herr Papasov …« Alexander hielt inne und strich sich linkisch seine Revers glatt.

»Sollten Sie gekommen sein, um mir noch den ein oder anderen Lev zu borgen, würde ich Ihr Angebot nicht ausschlagen. Sollten Sie aber mit der Hoffnung gekommen sein, dass ich Ihrem Chef diese läppischen zwei- oder dreihundert Leva zurückgebe, die ich ihm schulde, dann würde ich das als Zeichen schlechter Erziehung betrachten.« Er nickte hinüber zu den leeren Flaschen mit den verschiedenfarbigen Etiketten. »Meine Ausgaben sind in letzter Zeit gestiegen! Diese verfluchte Zeit macht einen ganz trübsinnig, und Trübsinn, wie Sie sich selbst überzeugen werden, ist ein teurer Luxus. So ein ausgewachsener Trübsinn kostet einen auf Dauer mehr als eine Geliebte.« Er beugte sich vor. Alexander hatte den Eindruck, dass der Mensch in Papasovs Bauch sich bequemer hinzusetzen versuchte. »Am teuersten kommen uns Ignoranz und Trübsinn zu stehen. Und mein Leben, geschätzter Weltschev, ist seit drei Jahren voll von Trübsinn und Ignoranten. Was bleibt mir anderes übrig, als mich ihnen anzugleichen? – Hat Sestrimski Sie geschickt?«

»Nein, Herr Papasov, ich selbst wollte Sie zurate ziehen.«

»Setzen Sie sich doch! Ich stehe Ihnen stets gern mit Rat zur Seite. Ratschläge und leere Flaschen«, grinste er, während er Alexander aufmerksam musterte, »finden Sie bei mir ohne Ende.« Die Säcke unter seinen Augen hingen nun noch tiefer, und er glich einem alten, nachdenklich gewordenen Aasfresser.

Die Sommersonne draußen verschmolz mit einer Wolke. Das Licht in den ungeputzten Fenstern verdunkelte sich, sodass die Flecken auf Papasovs Seidentapeten gnädig kaschiert wurden. Der weiße Anzug Alexander Weltschevs hingegen erblasste. Diesem war die ganze aufdringliche Art Papasovs zuwider, aber was sollte er machen? In der Volksbank hatte man ihm jede Auskunft verweigert. Dann hatte er Zankovs Anwalt aufgespürt, einen eitlen, selbstverliebten Fatzke, der zweifarbige amerikanische Lederschuhe trug und ihn höchst unliebenswürdig empfing. Nachdem er ihn voller Überheblichkeit angehört hatte, erwiderte er trocken:

»Bedaure, Herr Kollege, aber ich kann Ihnen leider nicht dienen. Herr Zankov engagiert mich für juristische Konsultationen und nicht, damit ich ihm sein Geld zähle.« Er machte eine Bedeutungspause, schnippte mit den Fingern und fuhr fort: »Apropos: In letzter Zeit gibt Herr Zankov mir auffällig große Trinkgelder. Er steht also entweder kurz vor der Pleite, oder er hat eine Erbschaft gemacht.«

So kam Alexander keinen Schritt weiter …

Seit Familie Sestrimski nach Warna gefahren war, schlief er pausenlos. Er hatte die Vorhänge in allen Zimmern zugezogen und verbrachte den ganzen Tag in Viktorias Bett, nackt, starr, versunken in die verbliebene Wärme ihres Körpers. Das Licht drang so trübe ins Zimmer, als wäre es ein Aquarium. Er dachte an gar nichts, wollte niemanden sehen, aß zu Mittag, wenn es draußen bereits dunkel war, und zu Abend, wenn der Morgen dämmerte. Dann schlurfte er mit Schatten unter den Augen in Viktorias Schlafzimmer, in dem haufenweise französische Zeitschriften herumlagen, und in dem es nach Moschus, Patschuli und seelischer Verderbtheit roch. Er hatte im Briefumschlag eine Ansichtskarte vom Meer bekommen – zwei Segelboote vor einem bleichen, fast irrealen Horizont … Auf der Rückseite stand: »Ich dreh durch!« Außer der Ansichtskarte befanden sich auch noch ganze einhundert Leva im Umschlag, liebevoll gefaltet von den Händen Angelina Sestrimskas. Mit diesem Geld konnte man inzwischen nur noch vier Kuttelsuppen auf der Graf-Ignatiev-Straße bezahlen oder sich eine Packung amerikanischer Zigaretten leisten.

Nachts strich er wie ein Dieb durch die Zimmer, in denen ihm nichts gehörte, blätterte in alten Nummern der Zeitung »Freies Volk«, um zu erfahren, dass der brillante und weltberühmte Schauspieler Mickey Rooney, der nur einen Meter neunundfünfzig groß war, neben dem aufgehenden Hollywood-Stern Dorothy Ford geknipst worden war, die ihn um ganze dreißig Zentimeter überragte. Er machte sich einen starken Kaffee, nahm eine kalte Dusche und ging anschließend nackt und mit idiotischem Grinsen in Viktorias Schlafzimmer, wo ihn die betäubende Geruchsmischung aus Unschuld und Laster empfing. Sein Kopf schmerzte, und er bekam einen heftigen Hassanfall auf seine Erinnerungen – und schon fing wieder dieser Selbstekel an.

Er versäumte es, am Sonntag wie üblich zu seiner Tante Jonka zum Mittagessen zu gehen; am Montag versäumte er es, beim Notar wichtige Dokumente beglaubigen zu lassen. Wenn das Telefon klingelte, hob er nicht ab, wenn es an der Tür schellte, machte er nicht auf. Schließlich kam er darauf, was mit ihm los war: *Er war krank vor Angst!*

Er fuhr hoch aus seinen Gedanken, weil er den klugen, durchdringenden Blick Papasovs auf sich spürte – und errötete erneut.

»Also, was führt Sie zu mir?«

»Ich hätte da Gelegenheit, Vermittler zu werden«, log er.

»Und für wen? Worum geht es?«

»Ein Verwandter von mir aus Widin hat eine großartige Idee, aber er sucht einen Partner, der Geld einbringen könnte.«

»Ich, Verehrtester, habe kein Geld, wie Sie bereits wissen, nur Charme und Intellekt, die aber in diesen verfluchten Zeiten keinen Heller wert sind.«

»Es geht auch nicht um Sie«, seufzte Alexander mit Unschuldsmiene. »Ich hatte an Herrn Zankov gedacht. Er wirkt immer so selbstsicher und gutsituiert.«

»Selbstsicherheit und Reichtum sind zwei Paar Schuhe«, murmelte Papasov und kratzte sich heftig an der Wade. »Ersteres heißt bloß, dass du ein gewöhnlicher Dummkopf bist, und Letzteres, dass du ein Glückspilz bist. Nachdem unsere Streitkräfte sich von der Ägäis zurückgezogen haben, hat Zankov alle seine Immobilien verloren, die er dort für einen Spottpreis erworben hatte. Aber das wird Ihren Anverwandten kaum erwärmen. Wenn also Zankov im Moment flüssig ist …«, Papasov schnippte mit den Fingern wie ein Gaukler, machte eine bedeutungsvolle Pause, als sei er im Begriff, ein großes Geheimnis auszuplaudern, und fuhr dann fort: »… dann ist dieses Geld nicht seins!«

»Wie das?«

»Wie – wie das? Entweder Sie sind schwer von Begriff, was mir arg zusetzen würde, oder Sie tun nur so, was mir sauer aufstieße. Die Millionen, über die Zankov verfügt, sind Niemandsgeld – sie sind, sagen wir, auf ein noch nicht durchgeführtes und meines Erachtens auch undurchführbares Projekt festgelegt!«

Papasov trank mit gierigem Behagen seinen Cognac aus, schnalzte genießerisch und goss sich in einem anderen Glas zwei Fingerbreit nach.

»Hören Sie, Sie wollen mich doch etwas ganz anderes fragen … Geben Sie's zu, oder ich bin zutiefst beleidigt.«

In Papasovs Salon war für eine Weile nur das eintönige Schnarren des Radios zu hören. Der Hausherr hörte nachts vermutlich »The Voice of America« und »Radio Free Europe«, doch jetzt war keiner der beiden Sender eingestellt. Alexander schwieg. Viktorias Bitte war für ihn ein Befehl, doch unterbewusst war ihm klar, dass die Gründe dafür, dass er Papasov behelligte, nicht in seinen Gefühlen für sie lagen. Es war die erstickende Angst, mit der er durch das leere, unwirklich erstarrte Haus schlich, die ihn hierhergeführt und in diesen Sessel gedrückt hatte. Er hatte sogar Angst, sich zu rühren. Darum sah er nur starr vor sich hin auf das Spinnennetz gegenüber, das die Spinne zwischen den beiden gerahmten Stillleben gewoben hatte. Papasov kippte seine zwei Fingerbreit hinunter und goss sich den dritten Cognac ins dritte Glas.

»Die meisten Leute in meinem Bekanntenkreis sind reich und kleinlich. *Sie* sind mir sympathisch, weil Sie arm und großzügig sind. Wenn Sie um einen Ratschlag gekommen sind« – er lächelte traurig –, »dann rate ich Ihnen: Lassen Sie die Finger von unseren Angelegenheiten! Für Zankov und mich gibt es keinen Ausweg. Wir haben nichts, auf das wir hoffen können, und darum pflegen wir unsere beschissenen Illusionen. Die Briten und Amerikaner hätten hier das Schlimmste abwenden können, ja, sie wären moralisch verpflichtet gewesen, auf dem Balkan eine zweite Front zu eröffnen … Jetzt ist es zu spät. Nachdem diese Soz-Bestien Nikola Petkov verhaftet haben, ist die ganze Opposition erledigt.

Ich glaube zwar nicht, dass Sie solche Ambitionen haben, aber … wer weiß? Sie sind jung! Halten Sie sich raus aus Dingen, die keiner mehr durchschaut. Werden Sie Anwalt, fahrender Händler, Schriftsteller oder Gott weiß was für ein Hundesohn – und wenn gar nichts mehr geht, werden Sie Alkoholiker. Machen Sie Karriere oder ein außereheliches Kind, absolvieren Sie ein Zweitstudium oder lernen Sie eine Fremdsprache, aber halten Sie sich aus der Politik raus. Nicht wahr, das wollten Sie mich doch fragen?«

Er rieb sich die dicken Tränensäcke. Alexander dachte einen Moment lang, er weine.

»Falls Sie gehen wollen … seien Sie doch so nett, und nehmen Sie ein paar von diesen Freundinnen mit …« – er nickte zu den leeren Flaschen hinüber, die sich seit Wochen angesammelt hatten – »… und werfen Sie sie auf den Müll. Wenn Sie lieber bleiben möchten, gehen Sie in die Küche, machen Sie sich einen Kaffee, und lassen Sie mich endlich in Ruhe mich auskurieren.«

Fünftes Kapitel

1

Nur einmal, Ende des Sommers, hatte er sich mit Emilia zum Abendessen verabredet, im »Wilden Hahn«. Das war eine gemütliche Gastwirtschaft mit Herz, in der es nach Grill, Wein und billigen Zigaretten roch, und in der man nicht zu flüstern brauchte, selbst wenn man noch nicht betrunken war. In Erschütterung versetzt wurde der Gastraum des »Wilden Hahns« nur, wenn eine Tram auf der Graf-Ignatiev-Straße vorüberratterte …

Sie aßen kleine, saftige Kebaptsche, Hackfleischröllchen mit Kreuzkümmel und Bohnenkraut, und tranken roten Landwein vom Fass. Einmal ging der Strom aus, und der Kellner hatte Gaslampen an die Tische gebracht. Das Halbdunkel hatte den Raum vergrößert und sie auf diese Weise einander angenähert.

Anschließend brachte Assen sie durch den dichten Nebel nach Hause. Unterwegs zeigte er ihr, wo er sich am ehrwürdigen Granitfriedhof hinter der Kirche Siebenheiligen versteckt hatte. Sie wiederum erzählte ihm von ihrem Besuch im Volkstheater mit seinem majestätischen Vorhang und den hohen Logen; sie habe sogar in die Requisite hineingerochen, in die ganze künstliche Welt aus Sackleinen und Pappmaschee. Das Grübchen unter Emilias Kinn war als sanfter Schatten zu erkennen, ihr weizenblondes Haar strahlte, ihre Brüste kullerten fröhlich unter ihrem Kattunkleid, und diese ganze lebhafte Leichtigkeit und Wärme berührte ihn. Abends, so teilte ihm dies muntere Wesen mit, läse sie die Stücke der großen Dramatiker, ohne irgendetwas zu verstehen. Das waren Stücke aus einer längst vergangenen Zeit voll überflüssiger Gefühlsausbrüche und einer sprachlichen Pracht, mit der sie nichts anfangen konnte.

»Wo findest du im ›Hamlet‹ eine Ahnung der bevorstehenden Revolution?«, fragte sie. »Die Königin widert mich an, Ophelia ist verrückt, und Hamlet – liebt der denn gar niemanden?«

Assen fühlte sich ganz ähnlich, nur nicht beim Lesen fremder Dramen, sondern in seinem eigenen Leben. Bei jeder Vorlesung im Kino »Kultura«, wenn ihn die vertrauensseligen Augen seiner Studenten mitfühlend anschauten, überkam ihn ein Gefühl, dass dies alles wenig dauerhaft und nur vorübergehend sein konnte. Vielleicht deshalb war in ihm der Entschluss gereift, ein Buch zu schreiben, das von Dauer war. Er wusste noch nicht genau, worüber, doch er stellte es sich als tiefgründige Untersuchung vor, die sein ganzes Wesen ergriff und ihm so das verlorene seelische Gleichgewicht wiedergab.

»Nur keine Panik, Ihre Untätigkeit ist nur scheinbar! In Wirklichkeit ist sie eine andere Art des Tätigseins«, ermunterte Emilia ihn. »Ich weiß das von den Stücken her. Außerdem, Genosse Weltschev, neigen wir immer dazu, die Vergangenheit zu idealisieren, vor allem, wenn man jetzt nur ein einfacher Dozent ist, früher aber ein Held war!«

»Da liegt der Hase im Pfeffer«, grummelte Assen, »aber in umgekehrter Richtung: Ich habe eine Neigung, die Zukunft zu idealisieren …«

Sie waren stehen geblieben unter den Platanen vor dem Militärklub, deren Blätter sich schon verfärbten. Emilia hatte Probe, und sie mussten sich trennen. Assen fühlte sich auf einmal wie krank, dabei war er doch von einer geradezu unverwüstlichen Gesundheit.

2

Im Park der Freiheit war es still. Die Gärtner hatten mit ihren Rechen fleißig die gefallenen Blätter zusammengekehrt; nun qualmten ringsum die Laubfeuer. Ihr anheimelnder Duft weckte Erinnerungen an die Kindheit – genau wie der Anblick von Emilias Sommersprossen. Assen dozierte, als hielte er ihr eine Privatvorlesung. Doch obwohl seine Worte sicherlich alles andere als spannend waren, schaute sie ihn so hingegossen vor staunender Begeisterung an, als mache sie gerade eine große Entdeckung.

»Aber das ist ja wundervoll«, wiederholte sie. Sie unterbrach ihn nicht und bestritt nicht, was er sagte. Ja, Emilia verstand das Zuhören noch besser als Professor Jowtschev und Bai Michal, auch wenn sie die dubiose Leidenschaft nicht verstand, die ihn beim Reden überkam. Assen hatte ihr gerade gesagt, dass er beschlossen habe, ein Buch *über die Macht* zu schreiben. Warum gerade darüber, konnte er noch nicht sagen. Die Erleuchtung war ihm so plötzlich gekommen, als hätte jemand auf den Lichtschalter gedrückt. Vor Aufregung hatte er die ganze Nacht nicht schlafen können. Draußen flüsterte der Regen. Hinter dem Vorhang schlief der kleine Jordan, seine Ärmchen um seine erträumte Mutter gelegt, die er noch nie in seinem Kinderleben gesehen, gespürt, berührt hatte. Jonka atmete flach und gleichmäßig. Assen war aufgestanden, hatte die Tischlampe angeknipst, deren Schirm aus einer alten, vergilbten Zeitung bestand, den gespitzten Ölstift in die Hand genommen, sich über den Tisch gebeugt, doch … was nun? Was sollte er schreiben? Stattdessen dachte er: Ich habe wahrhaftig im Namen des Volkes getötet, ich war Gerechtigkeit und Vergeltung, doch auch Gesetzlosigkeit und Gewalt … Das darf sich nie wiederholen! Assen dachte, wenn er dieses Buch schriebe, wäre dies so etwas wie Reue, Wiedergutmachung; wohl darum ersehnte er es so heftig. Er schaute Emilia fast scheu an, dann sagte er, als suche er nach einer Rechtfertigung:

»Durch alle Peripetien der menschlichen Gesellschaft hat sich die Macht als einzige bleibende Größe erwiesen. Sie war stets jenes Instrument, ohne das keine Harmonie, keine Übereinkunft unter den Menschen erzielt werden konnte; darum war sie notwendig für alle, aber unerwünscht, ja gehasst von jedem Einzelnen.« Da war vieles, was er noch nicht verstand; doch eine Ahnung sagte ihm, dass die Menschen ohne eine machthabende Obrigkeit nicht auskamen, so wenig, wie ein Kind ohne Mutter auskam. »Es ist zu einfach, die Macht als Zwang, Ursache von Entfremdung und bürokratischen Wasserköpfen zu diffamieren; sie ist auch eine Art Vernunftordnung, ein geistiges Bedürfnis, denn alles in der Geschichte ist im Namen irgendeines Machthabers geschehen. Vermutlich sind die Mechanismen und Möglichkeiten der Macht sogar der geheime Motor auf dem nicht endenden Weg der Geschichte der Menschheit …«

»Aber so beruhigen Sie sich doch, ich bin ja hier, ich höre Sie ja«, beschwor ihn Emilia. Der Teich vor ihnen hatte bereits ein zaubrisches Violett angenommen. Der Wind riffelte seine Oberfläche kaum sichtbar, und Assen hatte das Gefühl, der Herbst selbst mache diesen Wind, wenn er mit seinem weiten braunen Mantel auf Zehenspitzen vorüberhusche.

»Warum habe ich bisher nie daran gedacht? Ich hatte wohl keine Möglichkeit dazu, sie objektiv von außen zu betrachten, weil ich selbst von ihr in Atem gehalten wurde. Ich habe gegen die Macht gekämpft, weil ich sie ungerecht fand, Gerechtigkeit wollte … Jetzt frage ich mich, ob Gerechtigkeit überhaupt unabdingbar zu ihr gehört?« Er bemerkte gar nicht, wie seine Hand das Revers seines Trenchcoats zerknautschte. »Was ist, wenn es just die Macht ist, die unsere Verschiedenartigkeit zeigt, wenn Macht, Gewalt und menschlicher Individualitätsdrang drei Worte für ein und dieselbe Sache sind?«

»Verstehe«, sagte Emilia und kniff die Augen zusammen, so sehr drängte es sie, nun ihrerseits zu reden. »Das Gleiche habe ich erlebt, als ich fühlte, dass mein Schamgefühl verschwindet, sobald ich die Bühne betrete und viele Menschen mich anschauen. Genau dort sind Sie jetzt auch angekommen, Genosse Weltschev: Sie schämen sich nicht mehr! Denn, ehrlich gesagt, seit wir uns kennen, hatte ich ständig das Gefühl, dass Sie sich für irgendetwas schämen, und zwar so beharrlich und leidvoll, dass ich einfach nicht wusste, wie ich Ihnen helfen sollte.«

Emilia setzte sich neben ihn auf die Bank und hüllte sich linkisch in ihr Mäntelchen.

»Darum habe ich Ihnen gesagt, Sie seien ein Held! Ich wollte Ihnen dazusagen, dass alle lebenden Helden sich schämen, jedenfalls dann, wenn sie sich noch ein bisschen Ehrgefühl bewahrt haben. Wahrscheinlich kommt das daher, dass überlebende Helden eben immer *ehemalige Helden* sind, im Unterschied zu denen, die für ihre Heldentaten gestorben sind … Da ist es doch ganz klar, dass die, die noch leben, Genosse Weltschev, verwirrt, ja, düster gestimmt sind wegen ihrer plötzlichen Alltäglichkeit. Auf einmal können sie sogar Fehler machen, wie ganz gewöhnliche Sterbliche. Also – ein vollkommener Held kann unmöglich am Leben bleiben! Hört sich jetzt vielleicht paradox an, was ich da sage, aber … damit ein Held unsterblich werden kann, muss er erstmal sterben.« Emilia seufzte auf und lächelte. »Ich wollte es Ihnen schon lange sagen, schon damals in Hainboas, aber jetzt, mit diesem Buch, das Sie da schreiben wollen, nehmen Sie das Risiko auf sich zu irren, und durch diese Wahl haben Sie aufgehört, sich zu schämen. Sie sind nun wieder ein ganz normaler, schrecklich lieber und kluger Mensch geworden, ein Mensch, der mich begeistert! Glauben Sie mir, ich bin jetzt sogar noch mehr begeistert von Ihnen, aufrichtiger, und ich würde alles tun, damit Sie Ihre Idee in die Tat umsetzen können.«

Assen spürte, wie ihn ihre Worte zu schmerzen begannen; doch er unterbrach sie nicht. Der Wind mischte die bunten, neu gefallenen Blätter, als seien es Farbkleckse auf einer Palette. Ein einsamer Hund strolchte den benachbarten Parkweg entlang, spitzte die Ohren und verschwand im Dunkel. Emilia überlegte noch einen Moment, dann holte sie tief Luft und sagte:

»Ich weiß nur nicht, ob Sie das Thema Ihrer künftigen Mühen richtig gewählt haben; es ist so schwer zu greifen wie eine Flunder, aber viel gefährlicher. Sie sind so derart aufrichtig, dass Sie gar nicht anders können werden, als zu schreiben, was Sie für wahr halten, und am Ende kann es sein, dass Sie durch dieses Buch wieder ein Held werden. Schauen Sie, ich zum Beispiel will Schauspielerin werden. Ich wiederhole also das, was ein anderer vor mir schon empfunden, erkannt und gesagt hat. Es ist zwar wichtig, dass ich mich auf der Bühne nicht schäme; aber genauso wichtig ist es, dass ich mir nichts Neues ausdenke, sondern einfach nachspiele, gestalte, was da ist. Sie aber, lieber Weltschev, wollen genau das. Das ist Ihr gutes Recht, wenn Sie wollen, auch Ihre Pflicht als Mensch, der im Widerstand gekämpft hat. Aber finden Sie nicht, dass …« Assen spürte, wie sie auf zartfühlende Weise etwas im Grunde Vernichtendes sagten wollte. »… dass Ihnen das alles über den Kopf wachsen wird? Sie haben gegen diese da, diese faschistische Obrigkeit gekämpft; aber jetzt wollen Sie mit Worten alle Arten von Obrigkeit auf einmal kritisieren, auch die, für die Sie gestritten haben. Werden Sie mit diesem Gewissenskonflikt leben können? Werden Sie die Größe haben, die Pein zu ertragen, die das mit sich bringt? Vergessen Sie nicht, dass dann das Schamgefühl, das Sie soeben losgeworden sind, durch die Hintertür wieder hereinkommen und Ihnen ein Beinchen stellen könnte!«

Sie schaute ihn, von ihren eigenen Worten erschrocken, mit glänzenden Augen an, beugte sich vor und hob ein vergilbtes Blatt vom Boden auf, das in ihrer Hand gleichsam Feuer zu fangen schien.

»Sehen Sie, ich hab mich verhaspelt. Ich wollte ja nur sagen … Also ich bin geboren, um nachzuspielen, was andere erdacht haben. Mein Regisseur, der Genosse Sotirov, meint sogar, Schauspieler sollten empfindsam, aber dumm sein, eine schöne Stimme haben, eine angenehme Erscheinung und eine gehörige Portion Narzissmus. Um seine Persönlichkeit nicht zu verlieren, meint der Genosse Sotirov, müsse der Schauspieler jene Eitelkeit besitzen, die ihm hilft, sich selbst mehr zu lieben als alle Rollen, die er verkörpern muss. – Wissen Sie übrigens, dass Sotirov mir den Hof macht?«

Emilia schwieg erschöpft. In der plötzlich eingetretenen Stille hörten sie, wie der Wind die Töne des kleinen Orchesters, das im Restaurant »Ariana« aufspielte, zu ihnen herübertrug. Es spielte gerade einen der hierzulande immer noch heißgeliebten schmachtenden Tangos. Die Sterne über ihnen waren ebenfalls verwaschen – auch sie konnten auf die Frage »warum?« keine klare Antwort geben; warum nämlich, plötzlich wie ein Furunkel, in ihm die Idee gewachsen war, ein Buch zu schreiben. Mit ihrem weiblichen Instinkt hatte Emilia etwas Richtiges empfunden, etwas, das er selbst nicht begriffen hatte; aber warum ihn diese Leidenschaft plötzlich befallen hatte, das konnte auch sie nicht sagen. Assen wusste noch nicht, dass er dieser irrationalen, von Erstaunen und Ehrgeiz geprägten Entscheidung sein ganzes Leben unterwerfen sollte. Und viele Jahre sollten vergehen, bevor er in einem Moment der Besinnung zu der Erkenntnis kam: Ein ganzes Leben … Wie kurz ist das!

3

Sie gingen am Kanal entlang, scheinbar ohne Weg und ohne Ziel. Schließlich bogen sie ab in Richtung Bahnhof. Assen wurde den Eindruck nicht los, als würde Emilia dort in den nächsten Zug einsteigen, und er sei bloß bei ihr, um sie zu begleiten und ihr nachzuwinken. Sie hielten erst an, als sie vor dem Arbeitertheater angekommen waren. Emilia geleitete ihn durch das frischgestrichene Foyer. »Der Genosse gehört zu mir«, sagte sie zur Platzanweiserin, bevor sie ihn in den leeren Saal führte, auf die erste Reihe wies und schließlich mit ein wenig koketter Ungeduld das Treppchen zur Bühne nahm, sich neckisch verbeugte und hinter dem Vorhang verschwand.

Eine halbe Stunde lang saß Assen da wie bestellt und nicht abgeholt. Er fragte sich schon, wann man ihn des Saales verweisen würde, da begannen sich die Sesselreihen zu füllen, vorwiegend mit Eisenbahnern und ihren Frauen, die den Geruch nach brennender Kohle, Rußflocken und Lokomotivendampf, vermischt mit dem Duft herber Kräuter, die zwischen den Schwellen wuchsen, nicht vollständig hatten abwaschen können. Die Leute kannten einander und riefen sich ungezwungen über die Reihen hinweg zu, knabberten gebackene Sonnenblumenkerne aus ihren Schalen, und dann … Dann ging die Beleuchtung im Parkett aus und in der gespannten, lebendigen Stille öffnete sich mit einem zischenden Laut der Vorhang.

Die Bühne war nicht sehr tief und schlecht ausgeleuchtet. Das schien aber Absicht zu sein, denn das Bühnenbild stellte die Kellerräume eines Polizeireviers dar. Das einaktige Stück erzählte, wie ein dicker und schrecklich beschränkter Polizist eine Jungsozialistin folterte. Es war ein aggressives Stück von unglaublich naiver Schwarzweißmalerei. Assen kannte Polizeikeller zur Genüge, und er erinnerte sich höchst genau an die durchdringenden Augen des ganz und gar nicht beschränkten Widiner Bezirksvorstehers Petkov, sein gewinnendes Lächeln und die hohe Intelligenz eines Menschen, der das Phänomen der Macht bis hin zu ihren religiösen Wurzeln durchschaut hatte, dort also, wo ihre Größe und ihr Zynismus sich trafen. Der Polizist in diesem Stück hingegen war zügellos und ständig betrunken, während die Frau, die dem verbotenen

Verband Junger Sozialisten angehörte, und in der Assen sofort Emilia erkannte, stets ruhig und mit fester Stimme antwortete. Von Zeit zu Zeit erschienen ihre Mutter und ihr älterer, während der Aufstände von 1923 ermordeter Bruder, die ihr derart pathetische Monologe über die Pflicht des Sozialistenmenschen hielten, dass sie gar nicht anders konnte, als durchzuhalten und neue Willenskraft zu schöpfen.

Das Publikum aber war sichtlich aufgewühlt. Der Geruch nach in den Bühnenlichtern verbrannter Staubluft wurde immer stärker. Am Ende hielt es die Jungsozialistin nicht mehr aus und – übergossen von einem roten Lichtstrahl – entrang sich ihr ein letzter Schluchzer, bevor sie in den Bühnenhimmel auffuhr. Assen konnte aus der ersten Reihe gut das Seil sehen, an dem der Bühnenaufzug sie den Grenzen von Bühne und Bodenhaftung enthob, der Verklärung entgegen …

Der Saal bebte vor Applaus. Assen hörte, wie hinter ihm jemand laut schniefte, und als er zur Seite schaute, sah er, wie auch die Frau neben ihm weinte.

4

Das Mietshaus, in dem der Regisseur des Stücks, der Genosse Sotirov, lebte, befand sich gar nicht weit entfernt von der Wohnung Georgi Pantovs und ging auf den Platz der Newski-Kathedrale, aus deren kleinen Fenstern ein altgelbes, mystisches Licht drang. Der Vorname des Regisseurs war griechisch-byzantinischen Ursprungs und lautete Theophan oder Theophil, doch alle nannten ihn nur Theo. Dieser Theo war genau so alt wie Assen, nur viel kleiner. Er hatte kurze Haare und kurze Beine, auf seinen bäurisch roten Wangen schimmerte schwarzer Flaum. Wenn er den Mund zum Grinsen öffnete, hatte er auch eine Zahnlücke. »Ein kleiner Mann, und darum ein gefährlicher Mann«, hatte Emilia ihm blinzelnd gesagt, »weil er gerne groß sein möchte, groß wie Napoleon!« Sotirov hatte den Tick angenommen, sich bei jeder Gelegenheit am Ohrläppchen zu zupfen, so als wäre dort der Knotenpunkt, an dem seine Gedanken zusammenliefen. Er war mager, fast ausgemergelt, und verströmte neben dem säuerlichen Geruch lang nicht gewaschener Kleidung diese spezielle Aura von Übernächtigung durch zu viel kreative Reizbarkeit.

Sie hielten an vor dem immer noch halb zerstörten Gebäude, das eigentlich so gut wie unbewohnbar war. Der Verputz war abgebröckelt, die Fensterhöhlen gähnten leer – kurz, eine ideale Ruine für Geister und Gespenster, die aber innen bereits von Schutt und Trümmern geräumt und daher von Menschen bewohnbar war. Das Treppenhaus war fast vollständig intakt, es gab sogar noch Spuren von Marmor an den Sockeln und Absätzen. Sie gingen durch das unbewohnte Parterre hinauf in den zweiten Stock und blieben vor einer Tür stehen, die man mit etwas Phantasie durchaus als Wohnungstür bezeichnen konnte. Sotirov öffnete sie mit einem Tritt. Sie zwängten sich durch den Flur in ein riesiges Wohnzimmer mit verkratztem Parkett, einem Fetzen Perserteppich und zertrümmerten Kristallleuchtern an Decke und Wänden, die noch funktionierten. Zwei Parkbänke standen an den Längsseiten eines Tisches mit Mahagonifurnier. Auf die Reste der Seidentapete hatte Sotirov Bilder geheftet von Stalin, Marschall Tito und einem schlaksigen, russischen Schauspieler in der Rolle Cyrano de Bergeracs.

»Immer hereinspaziert in die gute Stube, Kinder«, lud Sotirov seine Gäste mit königlicher Geste ein. »Bei mir sieht's ein bisschen aus wie bei Hempels unterm Sofa, aber was will man machen.«

Da die Wand zum Schlafzimmer fast völlig fehlte, konnten die Gäste neben dem mit Plüsch bezogenen Bett, das einem Kinderspielzeug glich, ein paar Stühle sehen, auf denen Strümpfe trockneten. Theo schleifte eine riesige Korbflasche mit hausgemachtem Wein von seinen Eltern herbei, dazu »Gläser« – zwei aus Blech, drei aus Glas und eins aus Porzellan. Den einen fehlte der Henkel, die anderen waren gesprungen oder hatten ausgeschlagene Ränder, doch alle hatten einen heilen Boden, und man konnte daraus trinken.

Sie setzten sich auf die Bänke, stützten ihre Ellbogen auf den Tisch und ließen sich von dem dünnen, sauren Wein eingießen. Außer Assen und Emilia waren noch die Jungs von der »fliegenden Agitationstruppe« mit ihren Akkordeons gekommen, obwohl sie keine Rolle in dem Stück gespielt hatten. Theo trank gierig. Er erzählte, unter welchen Schwierigkeiten sie diesen Bühnenaufzug gefunden hätten, mit dem Emilia auffahren konnte in den Himmel der menschlichen Hoffnung, und von dort gleich in die Unsterblichkeit. Er schnippte mit den Fingern und sagte: »Das Problem lag darin, dass – symbolisch betrachtet – das Selbstopfer eine gleichmäßige Bewegung zum Ideal hin ist. Und was passiert? Dieser Depp zieht so ruckartig am Seil des Flaschenzugs, dass der ganze Bühnenzauber, die ganze Erhabenheit im Arsch war. Mir blieb nix anderes übrig, als mitzuziehen. Ach, übrigens – konnte man das Seil eigentlich sehen, Genosse Weltschev?«

»Aus der ersten Reihe … wenn man genau hinschaute … ja, so ein bisschen«, erwiderte Assen verlegen. »Ich denke aber, dass es sonst niemand bemerkt hat, schon wegen des Überraschungseffektes … Emilias plötzliche Auffahrt … wie soll ich sagen …« Er errötete über seine eigene Lüge. »Sie hat ja mit ihrer Präsenz die ganze Leere der Bühne gefüllt. Und in dieser Leere, also das Seil … das war ja so verschwindend dünn, das haben die Leute bestimmt übersehen.«

»Ja, die Emilia, die kann das, glauben Sie mir, die ist eine Schauspielerin mit Zukunft«, raunte Theo und fügte, nachdem er mit einem weiteren Schluck Wein einen unbestimmten Schmerz hinuntergeschluckt hatte, überraschend hinzu: »Übrigens, ich habe ganz vergessen, Ihnen zu gratulieren.«

»Wozu?«, fragte Assen konsterniert.

»Na, zur Verlobung natürlich … Emilia hat's mir erzählt«, erläuterte Theo und hob fast drohend seinen Zeigefinger, der krumm wie ein Haken war. Dann kippte er den Inhalt seines Glases rasch hinunter.

Nun war Assen nicht nur verwirrt, sondern auch schockiert. Emilia machte ihm seltsame Zeichen mit Lippen, Augenbrauen und den Sommersprossen um ihre Nase. Dabei wirkte ihr weißes Kleid noch weißer, geradezu schamlos weiß. Erst jetzt verstand Assen, warum Emilia ihn an jenem Abend einfach geduzt hatte wie einen alten Bekannten. Er rutschte unruhig auf seiner Bank umher, fühlte sich wie ein Pubertierender, den man mit der Hand unter der Bettdecke erwischt hatte. Da zog einer der Akkordeonisten den Blasebalg seines Instrumentes auseinander. Sechs Bässe seufzten auf. Dann erklangen die Anfangsakkorde des Hochzeitsmarsches von Mendelssohn Bartholdy.

»Sie haben sie uns abspenstig gemacht«, fuhr Sotirov in neidischem

Tonfall fort, »… womit ich nicht sagen will, dass wir gut genug auf sie aufgepasst hätten. Zur Hochzeit werde ich Ihnen meinen Wecker schenken. Das ist der kostbarste Gegenstand, den ich habe, wenn auch nicht gerade der genaueste.«

Er stand auf, leicht schwankend. Aus dem Schlafzimmer brachte er einen ungewöhnlichen Gegenstand herein: einen Nachttopf aus Blech, in dem das nackte Uhrwerk des angekündigten Geschenks tickte. Der Wecker hatte Zeiger, aber kein Zifferblatt und kein Gehäuse. Durch den Kontakt mit dem dünnen Blech entstand ein näselndes, aufdringliches Geräusch. Theo stellte das ungeheuerliche Ding neben sich und sagte mit zerlaufenem Trinkerlächeln:

»Nach drei … oder vier … Stunden klingelt das Ding! Bis dahin – auf zum Tanz!«

Die Akkordeonisten intonierten einen beliebten Tango. Theo und Emilia schoben übers verkratzte Parkett. Er war kleiner als sie. Seinen Arm bekam er nur mit Mühe auf ihr Schulterblatt. Das Paar wirkte so grotesk, dass selbst der Perserteppichfetzen sich krümmte und Falten warf.

Assen zündete sich eine Zigarette an. Ihm war unwohl unter diesen Leuten, die er kaum kannte. Er konnte nicht lockerlassen in der überbordenden Ausgelassenheit der anderen und bedauerte, nicht einfach nach Hause gegangen zu sein. Professor Jowtschev hatte ihm Platons Staatslehre »Politeia« in die Hand gedrückt und ihm dazu mit auf den Weg gegeben: »Das ist der erhabenste Versuch zu beweisen, dass sich die Formen der Macht, die Tyrannis, die Oligarchie und die Demokratie, noch so sehr unterscheiden mögen; die Menschen, die sie ausüben, bleiben stets dieselben.«

»Ich bin einer von denen, die das Schicksal bei jedem großen historischen Ereignis an die Oberfläche spült«, nuschelte Theo betrunken, »na, so Leute wie ich eben, wie Ihre verehrte Verlobte unnn … die da drüben, die Musikusse. Die Revolution schafft Raum, frische Luft zum Atmen, einen neuen, jungen Himmel. Ohne Leute wie uns kommt so eine Revolution nicht aus. Wir sind die Leute, die ausm Nirgendwo kommen und zu allem bereit sind, vor allem zu verherrlichen. Wer, wenn nicht wir, richtet die Bühnenscheinwerfer auf den Staub, den die Revolution aufwirbelt, damit der wie Gold aussieht? Seien Sie nicht zu streng, Weltschev, mit uns kleinen Trommlern und Trötern der Revolution …« Um mit gutem Beispiel voranzugehen, schenkte er sich noch einmal ein und leerte sein Glas in einem Zug. »Die Kunst des Tages ist vor allem Agitation, lieber Genosse, da ist nichts als Energie und primitive Schwarzweißmalerei gefragt. Um leicht konsumierbar zu sein, muss sie ordentlich Pathos auffahren und heroisch und sentimental sein – je heroischer, desto sentimentaler.«

»Das stimmt aber nicht, Theo«, meldete sich der Mann zu Wort, der den Polizisten gespielt hatte. »Bei meiner Figur gab es weder Anrührendes noch Heldenhaftes. Ich hab einfach nur einen widerlichen Kerl gespielt, und gehörte trotzdem zu dem Stück dazu, als die eine Seite des dramatischen Konfliktes.«

»Du bist nie irgendeine Seite von irgendetwas gewesen«, ärgerte sich Theo, »du bist einfach nur ein Blödmann.«

5

»Soll ich jetzt vor Scham im Boden versinken?«, fragte Emilia leise.

»Nein, nein«, erwiderte Assen.

»Seit einem Jahr macht Theo mir schon den Hof«, fuhr Emilia erschöpft fort. »Er ist so dreist und hartnäckig … und ich bin nur ein einfaches und schutzloses Mädel. Er ist mir unangenehm mit seinen kleinen Händchen und seinem großen, gierigen Mund. Außerdem würde Theo mich ja nie heiraten«, seufzte sie und streichelte über den Plüschbezug des Doppelbettes, auf das sie ihn gebeten hatte, damit die anderen sie nicht hörten.

»Ich könnte natürlich bei der ›fliegenden Agitationstruppe‹ aufhören, aber ich hab keine Wahl. Ich will Schauspielerin werden, also brauche ich Auftritte, muss vor Publikum spielen. Und Theo stellen sie jetzt als Regisseur beim Arbeitertheater ein, darum brauche ich ihn, obwohl ich ihn kaum ertragen kann. Und als er nicht aufhörte, mich zu belästigen – da habe ich ihn eben mit deinem Namen gestoppt, weil er Respekt vor deinen Heldentaten hat. Damit will Theo nicht konkurrieren, weil er dem nichts entgegensetzen kann. Stark fühlt er sich nur mir gegenüber; vor dir ist er schwach. Und … und da habe ich eben gelogen und ihm gesagt, wir seien verlobt. Das ist lange her, vor deiner Antrittsvorlesung war das. Zu der bin ich natürlich deswegen gekommen. Musste uns Theo ja irgendwie präsentieren.« Ihre Hände strichen nervös über den Plüschbezug, als sei er das Fell eines riesigen Hundes. »Na, da hast du den Salat! Widerwärtig, nicht? Ich hoffe ja gar nicht, dass du mir verzeihst, Genosse Weltschev, ich bitte dich nur, mir zu glauben, dass die Dinge auf einmal sehr schwierig und vertrackt für mich geworden waren …«

Assen spürte, wie eine wenig homogene Mischung aus Entrüstung und Erbarmen sein Bewusstsein flutete. Im Halbdunkel des Raumes kam Emilia ihm noch schöner vor, geradezu ungewöhnlich schön. Die Dunkelheit unterstrich ihre grazile Gestalt, ihre wohlgeformten, starken Schultern, die Kontur ihrer Brüste und die Enge ihrer Taille; sie unterstrich, ja erleuchtete aber auch die Helle ihres Gesichtes, den Glanz ihrer Augen, die jetzt keine Farbe hatten, ihr sommersprossengesprenkeltes Lächeln.

»Schau mal, wie seltsam«, fuhr sie in derselben stillen Weise fort, als rede sie mit sich selbst, »hab ich dir nicht gesagt: Wenn ich wollte, könnte ich sterben vor Scham? Und jetzt sehe ich, dass es stimmt, denn ich sitze neben dir und könnte sterben vor Scham. Aber ich merke, dass ich mir dieses Sterben gleichzeitig als Teil einer Rolle vorstelle, die ich auf der Bühne zu spielen habe. Ich bin also irgendwie nicht richtig ehrlich, weder zu dir noch zu mir, verstehst du? – Ich sag dir das alles, Genosse Weltschev, weil kein Mensch mir so nahesteht wie du. Du und Theo. Theo kennt – wie soll ich sagen – auch meine innere Gespaltenheit allem gegenüber, darum glaubt er ja so an mein Talent. Weil er sieht, für mich ist alles zugleich wirkliches Leben und Theater. Hier zum Beispiel – das Zimmer, in dem wir sitzen, das ist die Bühne; die Nacht und dieses Bett gehören zum Bühnenbild, du bist mein Partner in einem Stück, und ich rede gerade meinen Part. Dabei weiß ich natürlich genau, dass das hier einfache Wände sind, und dass du der Dozent Assen Weltschev bist, mit dessen Namen ich so ein Schindluder getrieben habe, dass du mich sicher jetzt abgrundtief hasst oder – noch schlimmer – verachtest. Du denkst dir jetzt bestimmt: ›Ich habe ihr von dem Buch erzählt, das ich schreiben möchte, also von der wichtigsten Idee für mein Leben, und sie … sie hat mich einfach verraten!‹ Weißt du, als du über dein Buch gesprochen hast, hast du etwas so Starkes und Wundervolles ausgestrahlt, so einen warmen Schein. Mir war es schrecklich interessant, dir zuzuhören, deine Stimme zu berühren, zuzuschauen, wie deine Lippen sich öffnen, das Blaue, den Himmel in deinen Augen zu verfolgen, aber … auch da habe ich mir noch vorgestellt, dass ich die Rolle einer Frau spiele, der es schrecklich interessant ist, dir zuzuhören, deine Stimme zu berühren und … Kannst du dir vorstellen, wie schrecklich ich mich dabei manchmal fühle?« Sie unterbrach ihre Rede und legte ihre Hand leicht auf die seine. »Was bin ich nur für ein Mensch?«

Ihr Gesicht, vor Zerknirschung kaum wiederzuerkennen, näherte sich ihm flehentlich und weiß wie eine Dampfwolke. Assen hatte das Gefühl, es könne sich jeden Augenblick in der von Zigarettenrauch geschwängerten Luft auflösen und im Halbdunkel verschwinden. Erst jetzt bemerkte er, dass Emilia ein ganz wenig schielte. Daher also der Ausdruck steter Verwunderung oder Begeisterung in ihrem Blick! Die Welt, die sie umgab, hatte dadurch zwei Brennpunkte: In dem einen sammelte sich das Reale, für alle Wahrnehmbare, und in dem anderen das Verrückte der eigenen Vorstellung.

»Jeder ist doch innerlich hin und her gerissen«, erwiderte Assen tumb. »Das Gefühl innerer Zerrissenheit ist doch der beständigste, eigentlich der normale Zustand des Menschen.«

Er sprach ebenfalls leise, aber ohne Anteilnahme in der Stimme. Er beschrieb ihr, wie schwer und furchtbar das ging, zu töten. Den da im Schlachthof zum Beispiel, der eine Reihe von Leuten verraten hatte, ein erbärmlicher Typ mit spitzem Kopf, blutbefleckter Schürze und Schlachterbeil, das wie eine Verlängerung seines Arms wirkte … die drei Schüsse, bei denen er meinte, die an Fleischerhaken hängenden Rinderhälften muhen zu hören … dann das instinktive Steigen über den erstarrenden Leib des Toten, das unbewusste Greifen nach Veras Hand, an der er sie eilends zum Ausgang zog. Dass er draußen war, sah er nicht, sondern er roch es, weil er keinen Gestank nach rohem Fleisch und Blut mehr in der Nase hatte. Die Zwillinge hatten hinter ihnen beiden zu laufen begonnen, ihre Mantelschöße flatterten. Erst da sei die Angst gekommen …

Er versuchte ihr zu erklären, was das ist: Angst … wenn der Tod so nah ist und so fern zugleich … eine betäubende, bittersüße Mischung aus Ungewissheit, Verwunderung, Verzweiflung und Glauben, kurz, die Extremform der Gespaltenheit: Der Kopf sei völlig vom Körper abgekoppelt. Er und Vera, ständig verfolgt, ständig auf der Flucht, einer Flucht ohne Hoffnung und Rettung, gefangen in der permanenten existenziellen Überforderung, zu wissen, dass du eigentlich sterben müsstest. Dann ihre bedingungslose Liebe … die Schamlosigkeit vor Müdigkeit überdrehter, von ihrer Angst zermürbter Leute, verflucht, deformiert. Dann Veras Schuld, und dann seine Schuld, die ihn trieb, sie zu idealisieren, obwohl er sie einfach nicht liebte, und dann das Kind als Frucht ihrer Gespaltenheit, und schließlich Veras Tod im Kindbett. »Der Mensch ist immer enzweit«, endete er. »Ich bin es jetzt auch wieder: Einerseits will ich unbedingt dieses Buch schreiben, andererseits frage ich mich: warum und wozu?«

Die Stille umfing sie wie eine plötzlich hereinbrechende Kühle und ließ sie einander näher rücken. Emilia hatte seine Hände ergriffen und drückte sie. Die Akkordeonspieler saßen auf den Parkbänken am Tisch und schliefen, der künftige Regisseur des Arbeitertheaters Theo Sotirov hatte auf amerikanische Art seine Beine auf den Tisch gelegt und betrank sich mit stoischer Beharrlichkeit. Verlobt durch eine Lüge, aber Händchen haltend, schwiegen die beiden entzweiten Menschen auf der Bettkante.

»Manchmal«, sagte Emilia schließlich, »denke ich, du bist krank. Aber es ist schlimmer. Du bist kein verlassener, sondern ein *allein gelassener* Mensch, ein schrecklich einsamer Mensch bist du, Genosse Weltschev.«

Ein schneidend schrilles Geräusch ließ sie auffahren. Der Blechtopf Theos bebte wie wild.

»M-m-meine Erfindung hat gesprochen«, räkelte er sich zufrieden. »Die Vorstellung ist beendet. Ihr k-k-könnt nach Hause gehen!«

6

Sie hatten sich in den kurzen Schatten der Quitte gesetzt, umgeben von Schimpfen, Rufen, Lachen und Geschirrgeklapper aus den Nachbarhöfen. Das Radio ihres Vermieters dröhnte dumpf. Dieser selbst saß, in eine Armeedecke gehüllt, auf dem Balkon, eine fragile Gestalt, die an einen alt gewordenen Vogel denken ließ. Das Licht, das durch die bunt gewordenen Blätter des Baumes fiel, löste den Schatten in ein so lebendiges Gewebe auf, dass die Frau geradezu bestürzend jung aussah. Sie hatte eine tiefe, schöne Stimme, Sommersprossen und ein Grübchen am Kinn. Bei genauem Hinsehen bemerkte man, dass sie leicht schielte, was ihrem Blick eine diffuse Verträumtheit gab.

Sie war mit Assen von einem Ausflug ins Witoscha-Gebirge zurückgekommen. Jonka kannte dieses nur als ferne Silhouette, über der fast allabendlich der Himmel seine Veilchen blühen ließ. Die beiden jungen Leute verströmten einen derart starken Duft nach Gräsern und Kräutern besonnter Wildwiesen, als hätten sie ein Säckchen davon gesammelt und mitgebracht. Eine Aura gemeinsamen Glücks, die sich in jeder Geste bemerkbar machte, unterstrich ihre Nähe. »Assen hat diese Frau mit nach Hause gebracht«, sagte sich Jonka, während sie vor dem Herd stand und wartete, dass der Kichererbsenkaffee aufkochte, »das hat er noch nie getan …« Sie wollte die junge Frau in ihrem Kattunkleid um jeden Preis gernhaben, denn sie war es müde, Mutter zu sein für den kleinen Jordan und den großen Assen. Es war schwer genug, zwei so heftige und dabei so unterschiedliche männliche Wesen zu hüten, für sie zu kochen und zu waschen, ihr Leid auf sich zu nehmen und – um sie in ihrer Einsamkeit nicht zu behelligen – wie abwesend zu sein, wenn mittags das Wollknäuel einschlief auf ihrem Schoß.

Assen trug den Küchentisch ins Freie, Jonka ließ den Kaffee aufschäumen, und während sie ihnen die türkischen Tässchen und die Löffelchen für die süße Sauerkirschkonfitüre hinstellte, erfuhr sie, dass die junge Frau dabei war, einen brotlosen Beruf zu ergreifen: Emilia wollte Schauspielerin werden. Das bedeutete, dass sie sich ständig vor anderen Menschen zeigen musste und von deren Aufmerksamkeit abhängig war. Für Jonka konnte eine solche Frau nicht lieben. Schau mal, wie gut ihr dies Kleidchen steht, dachte sie, und nur wegen all der Zuschauer muss sie es ausziehen und ständig etwas anderes anziehen. Sie wusste nicht, was Assen empfand, doch sie bemerkte, dass er während des Kaffeetrinkens ungewöhnlich gesprächig war. Er machte sogar Scherze, und Emilia lachte darüber. Das Gelärme in den Nachbarhöfen nahm spürbar ab, und neugierige Augen lugten durch die Ritzen des Zauns. Jemand hüstelte tadelnd, was zwei kurzgeschorene Köpfe veranlasste, hinterm Zaun zu verschwinden.

Jonka wollte sich um jeden Preis freuen, doch sie wartete damit lieber noch eine Weile. Sie spürte, dass in der Dämmerung, wenn das Licht sich vergeistigte, etwas Wichtiges, *das* Wichtigste noch geschehen würde.

»Hättest du mir nur vorher Bescheid gesagt«, tadelte sie Assen, »dann hätte ich Teigtaschen backen können. – Wenn ich fragen darf: Wie ist der Name von dem Fräulein Genossin?«

Da knarrte auf einmal das Hoftor, und unter seinem Bogen, direkt von der Straße, stürzte der kleine Jordan in den Hof. Er war barfuß und trug kurze Hosen. Vom Spielen war er erhitzt und dreckig, sein Haar verschwitzt. Mit blauen, zutraulichen Augen lief er auf sie zu. Jonka hatte keine Gelegenheit gehabt, ihn vorzuwarnen. Als er bei ihnen am Tisch angekommen war, kroch er ohne Ankündigung auf den Schoß der jungen Frau, legte ihr seine dünnen, ungewaschenen Ärmchen um den Hals und rief: »Mamileinchen …«

Bei Jonka schrillten die Alarmglocken. Sollte sie Emilia das Kind vom Schoß nehmen, ja, es ihr mitsamt seiner Umarmung vom Halse abpflücken wie eine Quitte vom Zweig über ihnen? War es besser, einfach zu lachen? Oder vielleicht am besten, eines der Tässchen mit den preziösen Paradiesvögeln auf dem Grund zu zerbrechen?

Zu spät! Sie spürte Emilias vollkommenes Überrumpeltsein, ihren Ekel. Dieses Körperchen war ihr fremd. Die verdreckten Beine dieses Körperchens machten sie schmutzig. Seine nassen Küsschen hinderten sie daran, graziös zu lächeln und ihre Überraschung bühnenreif zu gestalten – als *angenehme Überraschung*. Also eilte sie, sich von der Eindeutigkeit des Wortes »Mama«, das eingeschlagen war wie ein Ball in eine Fensterscheibe, zu befreien und den Schaden zu begrenzen. Dies

Kind, gebräunt von Sonne und Sehnsucht nach Nestwärme, war nicht das ihre, sondern die Frucht fremder Sünde, fremder Fürsorge.

Assen erhob sich. Finster und machtvoll beugte er sich über sie, klaubte Jordan vom Hals seiner Freundin und schlug ihn quer übers Gesicht.

Nun holt er schon gegen sich selbst aus, dachte Jonka, und zwar gegen den am meisten verwundeten Teil seiner selbst.

»Lass das Kind doch«, rief Jonka, stand auf und lief hinter Jordan ins Haus. Sie fand ihn mit ausgebreiteten Armen auf dem Bett liegend, so als wolle er dies riesige, leere Liegemöbel für Eltern komplett umarmen. Er sah aus wie ein armes Waisenkind. Und er war eins.

»Wie oft hab ich dir gesagt, du hast keine Mutter«, schimpfte Jonka, um dann, ihre Hand auf seinen Haarschopf gelegt, fortzufahren: »Hör auf mit dem Wimmern, Junge, hör auf und beiß dir in die Hand, in die Faust beiß dir, Junge, aber feste.«

Jonka begann zu hassen.

7

Ende September kam, zeitgleich mit dem ersten Regen, ein Paket für Jonka aus Widin an. Es war nicht groß, in Packpapier eingewickelt und mit einfacher Kordel verschnürt. Die Sendung enthielt einen Brief von Jana, in dem sie bat, ihr ein Foto ihres Enkels Jordan zu schicken. Sie beteuerte Jonka, die sie immer wieder nach Sofia eingeladen hatte, es sei ihr unmöglich, Widin zu verlassen, weil Trentscho den Ischias hätte. Seine Barbierstube ginge sehr schlecht, und alles läge in ihren schwachen Händen. Ihr monotones Bekenntnis endete mit den Worten: »Obwohl nicht Pokladi ist, Tag des Verzeihens, bitte ich dich: vergib mir!«

Im gelblichen Morgenlicht wickelte Jonka das dicke Papier ab, und heraus fielen die Geschäftskladden, die ihr Bruder Jordan für die Kneipe geführt hatte, einige zerknitterte Briefe, die er Jana von der Front geschrieben hatte, und – seine Sterbeurkunde, von eiliger Hand lieblos ausgestellt. Diese Sendung kam so unerwartet und war für Jonka so symbolträchtig, dass sie erschauerte. Sie kochte sich eine Tasse Kichererbsenkaffee, führte den Kleinen auf den Hof und breitete die Blätter vor sich aus, die ihr ältester Bruder mit seiner unregelmäßigen und zornig wirkenden Handschrift beschrieben hatte.

Als der Quitte der Schatten ausging und die Wanduhr Piollas zwölf Schläge tat, kam ihr die Erleuchtung. Auf die denkbar schamhafteste Weise versuchte Jana ihr zu zeigen, dass sie sich anschickte, die irdischen Gefilde zu verlassen. Sie schickte also ihre unerfüllte Jugend zum Zeichen, dass sie Jordan Weltschev, ihrem ersten Mann, bis zum Schluss treu geblieben sei, obwohl er so früh im Krieg gefallen und sie mit zwei kleinen Kindern, ihrer Schönheit und ihrer grenzenlosen Einsamkeit allein gelassen hatte. »So ist das also«, murmelte Jonka vor sich hin, »nun geht auch sie …« Ihr Herz zog sich so schmerzhaft zusammen, dass es ihr am helllichten Tag dunkel vorkam. Der Raum der Erinnerungen hingegen dehnte sich weiter in ihrer Seele, denn nun musste sie auch für Jana darin Platz schaffen.

Als die Blätter ihren Fingern entglitten, hörten sie gleichsam auf zu sprechen. Jana bestand also darauf, eine letzte gute Tat zu tun … Nur wusste Jonka längst, dass diese Welt vom Bösen war; alles Gute stellte sich flüchtig nur dann ein, wenn eine Verkettung von Bosheiten sich zufällig gegenseitig neutralisierte. Jana fürchtete sich nicht vor ihrem Tod, nein, sie *schämte* sich dafür, dass sie starb. Sie schickte diese Dokumente nicht so sehr deshalb, um sie zu erhalten, als vielmehr deshalb, um Assen vor dem falschen Eindruck zu bewahren, dass sie nicht bis zum letzten Atemzug an ihn gedacht habe. Sie konnte ihrem Sohn diese Botschaft nur durch die Stimme seines Vaters zukommen lassen, ihn nur durch diese Aufzeichnungen um Verzeihung bitten, die rein sachlich betrachtet ja jeden Sinn und jede Bestimmung längst eingebüßt hatten.

Jonka trank erstmal einen Schnaps. Dann löste sie ihre Zöpfe. Schließlich zog sie das schwarze Kleid an. Als das Mittagessen vorüber war, wusch sie das Geschirr ab und reichte Assen die Hefte. »Lies«, befahl sie ihm kurz und ernst, »deine Mutter schickt sie dir. Sie sind ein Zeichen dafür, dass sie schon bald auf dem Schoß deines Vaters sitzen wird.« Dann badete sie den kleinen Jordan und zog ihm seine allerneuesten Kleider an. Die sahen ein bisschen winterlich aus in diesem heißen

Zigeunersommer, aber darauf kam es jetzt nicht an. Sie gingen zum nächsten Fotografen auf der Zarin-Johanna-Straße und ließen das erste Foto von dem Jungen machen. Obwohl der unförmige Apparat ihm Furcht einflößte, gelang es Jordan, zu lächeln und dabei seine ersten beiden Milchzahnlücken zu zeigen. »Es ist sehr eilig, geradezu express, dieses Bild«, sagte Jonka dem Fotografen, »ein so eben noch lebender Mensch wartet darauf!«

Als sie mit dem Jungen wieder nach Hause kam, fand sie Assen wie gebannt über die Hefte gebeugt. Sie schaute ihm über die Schultern und bemerkte nur Zahlenreihen. Assen rechnete doch tatsächlich alles nach, die ganze einfache Buchführung seines Vaters. Da hatte sie ihn wieder in der Nase, den schweren Weingeruch der Widiner Kneipe, die Jordan vom alten Assen geerbt hatte. Sie bekam solche Kopfschmerzen, dass sie zum ersten Mal in ihrem Leben eine Arznei schluckte. Wenn auch Jana starb, dann musste sie jetzt erst recht auf ihre Gesundheit achten.

8

Vor seinen Augen lag der Hof der Porzellanfabrik in all seiner Gräue. Nur den Disteln, die ihre Köpfe welk herabhängen ließen, war es gelungen, dort Wurzeln zu schlagen und sowohl ihm, Ilija Weltschev, zu widerstehen als auch der zum Abtransport dort aufgehäuften Schlacke aus den Brennöfen. Sie hatte sich ausgebreitet inmitten der Haufen von Rohkaolin, stoisch und ungerührt, unbeugsam und ungeliebt wie der Herr über diese unverputzten Werkshallen. Durch die feinen Peitschen des Regens, der sich schon bald in Schnee verwandeln sollte, sah das Zigeunerviertel von hier wie schraffiert oder zerkratzt aus. Seit Jahren unverändert, wirkte es doch wie eine verlorene Wagenladung mit seinen leichten Mörtelbauten und beweglichen Menschen. Geduldig hingeduckt, wie in der Bewegung erstarrt, konnte es jederzeit von wilder Hochzeitsmusik wachgeküsst werden und dann in Tänze, Tiraden und Händel verfallen, mal mit, mal ohne Messerstecherei. Dahinter fiel der Regen auf die Hauptstraße mit ihren zweigeschossigen Häusern und den heruntergelassenen Läden der Geschäftchen, mit der Apotheke und den Kaffeehäusern, dem Nabel dieser Stadt, in der Ilija geboren, aufgewachsen und gealtert war. Der Regenschauer erfasste den Hafen, in dem es nach ungewaschenen Fässern roch, nach gebratenem Fisch, nach fernen Ländern und trügerischen Reisen. Er trommelte auf das mit Blech und türkischen Ziegeln gedeckte Dach des Zollgebäudes und plitschte in die Donau, dieser gigantischen Bewegung auf der Stelle, in der sich der Himmel ebenso spiegelte wie das Leben der Menschen, und die das Leben mit seinen Sümpfen, aus denen die Malaria kroch, zugleich bedrohte. So war der Fluss ebenso Teil seines Bewusstseins geworden wie der Stallgeruch des eigenen Zuhauses.

Seufzend trat er vom Fenster zurück, dessen Glasscheibe seit Jahren niemand gewaschen hatte. Doch auch wenn sie sauber gewesen wäre; das Licht, das sich bleiern durch die Regenwolken mühte, drückte einem auch so schwer aufs Gemüt. Der Ofen in seinem Büro wummerte und glühte rosa, auf dem Schreibtisch lagen Dokumente, die er noch nicht unterzeichnet hatte. An der Wand prangte statt des Bildes von Zar Boris III. ein heller, rechteckiger Fleck. Mit weißen Haaren, aber immer noch fast jugendlichem Körper lief er im Unterhemd unruhig hin und her, während er darauf wartete, dass Gina ihm den Knopf wieder ans Hemd nähte. Sie saß mit vorgerecktem Kinn und schon alterstrüb gewordenen Augen im Ledersessel und verfolgte die Nadelstiche, die ihre Finger setzten, und anschließend, wie ihre Hand den Faden in einer fast singenden Bewegung durch den guten Stoff zog.

Ihr Bemühen, ihn zu verletzen, war ihm gleichgültig. Mochte der Schmerz ihn auch peinigen, um seinen standrechtlich erschossenen Sohn Boshidar, um seine noch immer begehrte Frau Boshura, die ihn zuerst betrogen und schließlich verlassen hatte; mochte die allabendliche Einsamkeit ihm auch zusetzen: Letztlich machte dieses Unglück es ihm leichter. Früher hatte er sich teilen müssen zwischen Familie und Fabrik, und das hatte ihm schwer zu schaffen gemacht und seine Willenskraft geschwächt. Dadurch fühlte er sich sowohl wie ein schlechter Vater und Ehemann als auch wie ein halbherziger Fabrikant. Jetzt hingegen, selbst eingerechnet den Energieschwund, den seine Trauer, seine Einsamkeit und sein Alter mit sich brachten, fühlte er sich unendlich frei! Ilija kam für sich zu dem Schluss, dass Glück und körperliche Lüste ein Gefängnis für die Seele waren, und groß die menschliche Dummheit, die sie dennoch ersehnte.

Er steckte sich eine Kariotschka an, das Billigste, was man an Zigarette rauchen konnte. Sie steckten zu acht Stück in einer unansehnlichen Schachtel, die seinem Fabrikantenstatus nicht im Geringsten entsprach. Er inhalierte so tief, bis ihm die Luft wegblieb. Dann beugte er sich über die Blaupausen, die vergessen in der einen Ecke des Schreibtisches lagen, als blicke er in einen Abgrund. Das, was seine Blicke so verlockend auf sich zog, waren die Umrisse der geplanten Produktionshalle mit den zwei neuen Brennöfen. An manchen Stellen verliefen die Linien im Zickzack. Ja, das waren sie, die Umrisse jener unaufhörlichen und wohltuenden Verausgabung, die man Bautrieb nannte, und mit dem Menschen wie er einen Abdruck ihres Inneren in die Welt setzten, und dieses Innere konnte nur hässlich aussehen, weil es eine Anstrengung war.

Gina gab einen tiefen Seufzer von sich. Als sie das Nähgarn mit den Zähnen durchbiss, waren die Schritte schon zu vernehmen. Anfangs noch dumpf und trappelnd wie der Regen, dann jedoch, als sie den Korridor erreicht hatten, klangen sie wie eine wild gewordene Viehherde, die drauf und dran war, durchzugehen. Ilija horchte auf, spannte sich, erfasste augenblicks die nahende Bedrohung. Der Lärm steigerte sich. Ilija entwand Ginas Händen sein Hemd, zog es an. Die Müdigkeit wirbelte wie eine Staubwolke vor seinen Augen. Er straffte sich. Sein welkes Fleisch spürte fröhlich den Kitzel der nahenden Gefahr. Streik!, dachte er unwillkürlich und zuckte zusammen. Erinnerte sich, wie er vor Jahren seine im Fabrikhof zum Protest versammelten Arbeiter auseinandergetrieben hatte. Er, und nicht etwa die verpennten Wachpolizisten des Herrn Bezirksvorstehers!

Die Gräue des Tages kam ihm gerade recht für die bevorstehende Auseinandersetzung. Versunken in ihrem Gleichmut, würde die Natur selbst ihnen zur Konzentration verhelfen – ihm, Ilija Weltschev, und ihnen, die sich erkühnten, seine Ruhe zu stören und ihre Kräfte und ihren Hass mit ihm zu messen.

Er zog sich sein Sakko über und stellte sich breitbeinig vor dem Schreibtisch in Positur.

9

Die Tür öffnete sich und gab den Blick frei auf etwas Wildes und Unförmiges, das den Gang zu seinem Büro mit Reibung, knisternder Elektrizität und Dreistigkeit verstopfte. Es ergoss sich in den Raum, besetzte die Ecken, stieß dabei unfreiwillig aneinander, schwieg. Es roch nach aufziehendem Gewitter, nach angefeuertem Koks und nach Drohung. Ganz vorn baute sich Milizionär Blashe mit seinem langen, unhandlichen Karabiner auf. Seine starre Körpersprache verriet dennoch so viel Unsicherheit, als wolle er nicht etwa die Männerhorde, sondern vor allem sich selbst schützen. Hinter ihm standen die Zeichner, deren Augen von den gifthaltigen Porzellanfarben wirkten, als hätten sie Fieber. Dann kamen die Heizer, draufgängerisch und wirr, mit Gesichtern, die schuldbewusst auf ihre angesengten Drillichhosen gesenkt waren.

Ilija spürte ihren Hass darauf, dass er ihre Arbeitskraft, ja, ihre Lebenskraft gegen einen Spottlohn kaufte; doch ebenso sicher wusste er, dass sie voller Ehrfurcht für ihn waren und mit fast kindlicher Untertänigkeit zu seinem harten, väterlichen Lächeln aufschauten. Ja, er war so etwas wie ein Vater für sie, denn so gering ihre Bezahlung auch war; sie hatten sie auch in den bitteren Kriegsjahren bekommen. Ilija hatte ihnen die Ärzte bezahlt, die die Krankheiten ihrer Kinder kurierten, und war bei einigen gar Trauzeuge geworden. Wenn sie maulten, würde er ihnen halt eine Standpauke halten, und wenn es sein musste, einigen von ihnen auch eine kräftige Maulschelle verpassen, so, wie es eben in einer strengen, aber guten Familie zuging. Dann würden die Kinderlein abziehen, getröstet und schuldbewusst, und bis elf Uhr abends in der Fabrik bleiben, um das Versäumte nachzuarbeiten und sich dabei ein für alle Mal einzuschärfen, dass jeder Ungehorsam vom großen Vater bestraft wurde. Das Recht zum Strafen hatte nur er. Und da mit der Strafe alles abgegolten wurde, war es auch eine Form, ihnen zu vergeben, ja, Gnade walten zu lassen!

Genau in diesem Moment allgemeiner Unsicherheit bemerkte er *den einen da*. Er unterschied sich so drastisch von den anderen, dass Ilija zusammenzuckte. Er war irgendwie närrisch gekleidet in eine Jacke, die einem Harnisch aus brüchig gewordenem, gestopftem Leder glich, in ausgestellte Offiziershosen und Kavalleristenstiefel. Groß war er nicht, aber gedrungen. Seinen starken Hals umspielten Sehnen. Das war wohl ein ganz Zäher, ein Mensch, dem Gewalt vertraut war. Doch nicht das war es, was Ilija verstörte. Nein, die Augen, diese klaren, azurblauen Augen kamen ihm bekannt vor, so bekannt, als hätte er diesen Mann schon irgendwo einmal getroffen. Die engelhafte Schönheit seiner Gesichtszüge war anziehend, aber auch penetrant, weil sie einem wider Willen Beachtung abnötigte. Seine Augenbrauen und sein Kinn glichen geballten Fäusten. Die Stirn wurde in der Mitte durchschnitten von einer starken, pulsierenden Vene.

Die Gegenwart dieses Mannes, das entging Ilija nicht, sorgte keineswegs für Beruhigung, sondern schürte ganz im Gegenteil die Spannung und den aufrührerischen Geist. Je länger das gespannte Schweigen dauerte, desto sicherer musste das ins Unerträgliche anwachsen. Erst jetzt kam er darauf, was das Seltsamste und Anziehendste an diesem Mann war. Alle Männer hinter ihm, dicht zusammengedrängt, bildeten zusammen ein gemeinsames Gesicht; der Typ hier aber war die Gestalt gewordene Bedrohlichkeit dieser Menge. Nie zuvor hatte Ilija etwas so Erstaunliches gesehen: dass einer so viel war wie alle anderen zusammen und diese anderen zusammen das Gesicht dieses einen bildeten.

Sofort war ihm klar, dass dieser Mann es war, der seine Leute aufgewiegelt und hergebracht hatte, und dass nur er sie stoppen und wieder an ihre Arbeitsplätze zurückschicken konnte. In seiner Hand hielt der Mann eine Banderole mit rotem, gestempeltem Wachssiegel. Es war ein kleines, ein rundes Siegel, aber sichtbar genug, um verwunden zu können wie eine Pickelkeule.

10

Gina hatte, nachdem die Eindringlinge die Tür aufgestoßen hatten, als Erstes den Lehrer Koitschev erblickt, der wie immer in einem an Dümmlichkeit grenzenden Ausmaß liebenswürdig abwesend, unsicher und staksig wirkte, dann den Milizionär Blashe mit seinem geladenen Karabiner und dem bis oben zugeknöpften Uniformmantel; alle Weiteren waren für sie nicht mehr als leeres Getöse im stillen Rauschen des Regens. Die Männer rempelten einander unfreiwillig an, bis sie herausgefunden hatten, wie viele Menschen in Ilijas Büro Platz fanden. Neue Leute arbeiteten sich vor, guckten und verschwanden wieder rückwärts, bis ein Ruck durch sie ging und sie entzweibrach wie ein Brot. In der Lücke stand unversehens – Krum Marijkin, wie immer einsam inmitten der Menschen, bewaffnet einzig mit dem roten Siegellack in seiner geballten Faust.

»Aber Krum, mein Kind«, murmelte Gina pathetisch, »sind wir endlich alle beisammen, die ganze Familie, dein Vater, du und ich?« Sie spürte, dass dies ein Moment war, der ewig dauern konnte, oder wenigstens so lange, bis jemand starb. Ihr Herz krampfte sich zusammen, ihre Brust erzitterte, Neugierde und süßes Erschrecken fegten ihre Augen klar. Das ist kein Streik, ahnte Gina, aber was war es dann, was sie wollten von Ilija?

Sie steckte die Nähnadel ein, um niemanden damit zu stechen, dann lehnte sie sich bequem im Sessel zurück und überließ ihr Alter dem Winterlicht, das unvermindert gleichmäßig und gleichgültig durch die schmutzigen Scheiben ins Direktorenbüro schien, stark genug, damit die Leute einander sehen konnten, aber zu schwach, um einander zu erkennen.

Ilija nahm Krum ins Visier, versuchte ihn abzuschätzen. Seine Fäuste lockerten sich, aber seine Augen wurden immer mehr zu Schlitzen. Ganz sachte stieß er sich von der Schreibtischkante ab und machte einen Schritt nach vorn. Krums Schreibtischkante waren die Männer, und auch er löste sich von ihnen und tat einen Schritt nach vorn. Auf diese Weise trafen sie sich in der Mitte, gleich weit entfernt von allem, woran sie glaubten, was sie schützte und was ihnen zu Hilfe eilen konnte. Bei Ilija waren es der Tresor und die Planzeichnungen für die Fabrikerweiterung, bei Krum die Männer, die er hergeführt hatte. Gina kam es so vor, als wohne sie einer Theateraufführung bei. Die Bühne wurde gerade verdunkelt, damit die beiden Hauptdarsteller besser ins Licht gerückt werden konnten. Die Verdunkelung erweckte den Anschein, als hätten die Arbeiter, Milizionär Blashe und Lehrer Koitschev die Szene auf Zehenspitzen verlassen, um Krum und Ilija mehr Raum zu geben. Diese warteten ihrerseits, bis im Zuschauerraum jene feierliche Stille eingekehrt war, die ihr bevorstehender Disput verdiente.

»Bitte sehr, die Herren«, sagte Ilija mit gefährlicher Zurückhaltung. »Ich werde Ihnen Ihre Bestellungen bis Ende des Monats liefern können.«

»Wir … nicht deswegen«, konnte Blashe, der Milizionär, nicht an sich halten, »die Genossen hier … besonders der Genosse Marijkin …«

Niemand lachte über diesen komischen Namen. Selbst wenn er einen Rock trüge, sagte sich Gina, mein Sohn Krum würde trotzdem nicht lächerlich aussehen. Sie konnte noch nicht sagen, ob sie ihn liebte, hatte noch nicht heraus, ob sie sich schämte, oder ob sie gar stolz auf ihn war … Sie war einfach glücklich, dass sie ihn so seinem Vater gegenüberstehen sah, und dass sie endlich gekommen war, die erträumte Stunde des Falls, der Zerstörung und der süßen Rache!

»Es hat doch nicht etwa einer meiner Leute Bockmist gebaut?« In Ilijas Stimme mischte sich ein ironischer Unterton.

»Nein«, erwiderte Krum. »Genosse Weltschev, geben Sie bitte die Firmenbücher und die Schlüssel heraus.«

»Welche Schlüssel?«

»Zum Tresor und zur Fabrik.«

»Aber ich verfüge über Schlüssel nur zu diesem Tresor und zu dieser Fabrik, der Herr«, wunderte sich Ilija aufrichtig. »Wenn es um eine Revision geht, bitte sehr.«

»Nein, nicht für eine Revision, für immer, Genosse!«

Ilija lachte so laut heraus, dass seine Stimme die Arbeiter zur Linken und zur Rechten Krum Marijkins gleichsam an die Wand zu drücken schien. Krum stimmte in das Lachen ein. Dabei glich er Ilija so sehr, als stünde dieser sich selbst gegenüber. Ilija spürte das wohl, denn seine Stimme wurde dünner und brach. Sein einziger Sohn, Boshidar, dies wurde ihm nun bewusst, war ja tot, aber dieser hier erinnerte ihn an etwas, an jemanden so verzweifelt Nahes, wie an eine leidvolle, unerfüllte Liebe, für die er nun keine Kraft mehr hatte. Sie kamen sich noch näher, fast berührten sie sich, getrieben gleichsam von ihrem Wunsch, einander zu erkennen und zu verletzen.

In Wirklichkeit bewegten sie sich gar nicht aufeinander zu, aber Gina spürte, wie sie nicht konnten ohneeinander, wie sie geradezu angewiesen waren auf diese gegenseitige Vernichtung, vom Schicksal unter Druck gesetzt mit allem, was sie hatten – der eine seine verlorene Familie, seine gottlosen Taten und seine Fabrik, der andere seine jugendliche Bockigkeit, seinen Glauben an die strahlende Zukunft und die dem Volk gehörende Fabrik. Sie waren die schreckliche Gegenwart in unverfälschter Reinform und verkörperten den extremen Hass der Parteien aufeinander.

»Von heute an ist Ihr Betrieb Eigentum des Volkes!«

»Sie sind nicht zufällig betrunken?«

»Der Ministerrat hat den Beschluss gefasst, alles große Betriebskapital zu verstaatlichen«, sprach Krum schnörkellos, aber stolz. »Ich bitte Sie, übergeben Sie die Schlüssel freiwillig.«

Erst jetzt wurde Ilija der Sinn des roten Wachses mit dem runden Stempel klar. In der Tat: Krum Marijkin hielt die fürchterlichste Waffe in der Hand, die man sich denken konnte. Seine Stirn bedeckte sich mit Schweißtropfen, auf seine Lippen trat Speichel, seine Kleidung hätte man ihm abnehmen können, als sei er bloß ein Kleiderständer. Doch dieser Eindruck täuschte. Kaum eine Minute später begann Ilija zu wachsen, und der Milizmann Blashe sah sich genötigt, seinen tadellos gepflegten Karabiner zu heben; nicht so sehr, um Ilija in Schach zu halten, als um sich selbst vor dessen mächtigem Zorn zu schützen.

Ilija erzitterte. Das, was ihn stoppte, war nicht der hohle Gewehrlauf, sondern Krum Marijkin, der ihm ein Glas Wasser eingoss und reichte, und zwar genau in dem Moment, in dem Ilija eben keine Hilfe brauchte, sondern Widerspruch und Widerstand. »Kotzbrocken … Blutsauger!«, stöhnte er auf.

Gina dachte nicht an ihn und seine Gesundheit. Sie beobachtete Krum, dessen athletischer Leib wie ein Pflock eingeschlagen war in die Stille, und noch bevor sie sich an der ganzen verräterischen Ähnlichkeit zwischen den beiden begeistern konnte, wusste sie, dass Ilija ein für alle Mal verloren hatte und sterben musste. Ja, Ilija hatte unwiderruflich verloren … aber nicht deshalb, weil man ihm das Letzte nahm, was er besaß, die Fabrik, das Bauen, sondern weil er zum ersten Mal gegen sich selbst kämpfen musste.

11

Sie ließ Ilija hin und her laufen wie ein Raubtier im Käfig. Sie half ihm nicht mit Worten, schaltete auch die Lampe nicht ein, um Raum zu schaffen zwischen Schreibtisch und glühendem Ofen, zwischen Abendregen und Zigeunerfeuern, die eine Nacht erhellten, in deren Luft es schon nach Schnee roch. Die Horde war mitsamt ihres Anführers abgezogen. Nun waren nur noch sie zwei übrig. Der Baldrian, den man ihr gebracht hatte, stand noch unberührt auf dem Tischchen. Gina brauchte ja kein Beruhigungsmittel, sondern einfach nur Zeit. Das Wichtigste war in ihren Augen immer noch nicht geschehen. Ilija Weltschev war zwar angeschlagen, aber die Entscheidung stand noch aus.

»Dieser Dreckskerl«, stöhnte Ilija, »dieser lumpige Hinterwäldler. Weiß nicht, warum ich nicht einfach zugeschlagen habe – irgendwas hat mich zurückgehalten bei diesem elenden Bastard …«

»Ja, ein Bastard – das ist er wirklich!«, bestätigte Gina bereitwillig. Dann, als sie ihre Hand in den Schoß gelegt hatte, kam ihr in den Sinn: Jetzt wird er erst einmal vor Schmerz um seine verlorene Fabrik glauben, er würde verrückt; also muss ich abwarten, bis sein Zorn verraucht ist und ihn der wahre, der stille Hass gepackt hat … dann wird er so tödlich gutmütig, so unfassbar still werden, dass ich ihm alles bis zum Schluss erzählen kann.

Ilija setzte sich hinter seinen Schreibtisch, raffte mit beiden Händen die Baupläne, zerknüllte sie, verwandelte so die wertvollen Blaupausen in ganz gewöhnliches Schmierpapier – und warf sie in den Ofen. Das Feuer leckte gierig an seinen Träumen. Gina hörte förmlich, wie die noch nicht gebaute Halle mit den beiden Brennöfen in sich zusammensackte, wie die Wände einstürzten und im Staub der Zerstörung verschwanden. Da kam es ihr so vor, als ob Ilija weinte, doch die konvulsivischen Bewegungen, die sie durch die Dämmerung erreichten, waren einfach nur Zeichen von Altersschwäche. Erst jetzt wurde ihr klar, *wie* alt er geworden war, und das in kaum einer Stunde. Ja, an diesem Nachmittag hatte man ihm seine Unsterblichkeit geraubt!

»Ich bring ihn um«, flüsterte Ilija, und sie hörte an seiner Stimme, dass das keine leere Drohung war. Die Schublade seines Arbeitstisches quietschte. Ilija wühlte darin, und kurz darauf sah sie in seiner Hand eine kleine, glänzende Pistole, die aussah wie ein Kinderspielzeug.

»Dann bring ihn um …«, sagte sie.

12

Der Kampf mit dem privaten Großeigentum dauerte den ganzen Tag und die ganze Nacht. In die Hände des Volkes gingen außer der Porzellanfabrik Ilija Weltschevs auch die Tabakfabrik über, die Dampfmühle am Ende der Stadt, das Hochspannungswerk und die Versicherungsgesellschaft, die ehemalige Bank Panto Weltschevs, die Limonadenmanufaktur und die Eisenwarenhandlung des Herrn Zozolanov, dem auch die vielen in seinen Lagerräumen gehorteten Hufeisen kein Glück brachten. Verstaatlicht wurde sogar das Haus von Babasz, dem Ungarn, das leer stand, seit er mit seiner Familie vor den Kommunisten nach Wien geflohen war. Jetzt war es ein Stelldichein für Eidechsen, Wespen und Holzwürmer. In den Kellern roch es nach Schimmel. An den Gallet-Lampen im Salon, die gebrannt hatten, bis das Gas aufgebraucht war, und an den Wiener Jugendstil-Leuchtern klebten Staub und tote Motten. Auf dem Meißener Porzellantellerchen lag noch ein Stückchen vertrocknetes Baklava, und auf dem Grammofon – wie ein ironischer Hinweis auf den neuen Wohnort der Babaschovs – eine Schellack-Platte mit dem »Radetzky-Marsch« des alten Johann Strauß.

Widerstand leistete einzig und allein Herr Zozolanov. Doch seine Hoffnung, verschont zu bleiben, währte nur so lange, bis das Knattern des DKW-Motorrades ertönte und Krum Marijkin mit dem Dröhnen eines Schnellzugs vor den Toren seiner weiträumigen Lagerhallen hielt. Am Abend hatte zwar jemand dessen Reifen zerstochen, sodass Krum für ganze zwei Stunden seiner Wendigkeit beraubt war, doch schon am Samstag erwachte die Stadt restlos befreit von Fabrikantenwillkür, getröstet und in voller Gleichheit der Teilhabe des Volkes an den Produktionsmitteln. Die Leute mussten sich erst noch daran gewöhnen, dass jetzt alles allen gehörte, weil sie sich nicht vorstellen konnten, wie das gehen sollte, wenn das ganze arbeitsfähige Volk gleichzeitig nach demselben Hammer griff. Krum erläuterte dieses Paradoxon mit den Worten: »Der Reichtum des zukünftigen Menschen besteht in seiner unabänderlichen Armut. Der Einzelne kann nur dann Besitzer des ganzen Volksvermögens sein, wenn er und alle anderen gar nichts besitzen!«

Vergeblich waren die Bemühungen Lehrer Koitschevs, einem doch immerhin gelehrten und im Marxismus beschlagenen Menschen, den Unterschied zwischen Privateigentum, Gewerbeeigentum und Staatseigentum zu erklären. Er war zwar intelligent und klar denkend, aber ein schwacher Redner, erklärte den Leuten alles viel zu kompliziert und ohne jenes Selbstbewusstsein, das einfache Menschen mehr überzeugt als Argumente. Er benutzte unbekannte Worte, die den Leuten nichts sagten, und kam bei jeder Frage, die ihm gestellt wurde, rasch durcheinander. Krum hingegen – ganz wie der verstorbene Pfarrer Anissi – ließ überhaupt keine Fragen zu. Trentscho, der Barbier, brachte das halb scherzhaft auf die Formel: »Gott und dem Sozialismus stellt man keine Fragen. Da muss der Mensch dran glauben!«

Das Gold des Herbstes musste sich langsam auf die Zehenspitzen stellen, um noch unter dem Pulverschnee hervorzulugen. Der junge Mond glich einer Sense, die ein Bauer nach schwerer Getreideernte erleichtert in den Himmel geworfen hatte. Der werdende Wein brodelte und bockte, so eingesperrt im Fass, bevor seine Stärke dem Menschen zur Schwäche werden konnte. Am Ufer der Donau bildete sich eine Eiskruste, aber der Fluss selbst blieb schiffbar. Der gelbe Widerschein des Schnees nährte das Vorgefühl eines langen Winters. Das Zigeunerviertel zog sich bläulich frierend zusammen und wurde still.

In ebendiesem ungastlichen Spätherbst wurde auch das Restaurant »Royal« umbenannt in »Republik«. Der Herr Wodetschka trank sein Bier mit leerem Blick und riet seinen Kellnern ironisch, ihre Smokings dem erstbesten Wanderzirkus zu verkaufen. Die Opposition nährte die Hoffnung, dass Generalissimus Stalin bald sterben möge. Sie sagten sich, ein Herz, dessen Schlag an die grausamen Dämonen des Krieges gewöhnt war, konnte doch in der Stille des Friedens nur zerspringen. Das Volk aber vergötterte ihn!

Trentscho hielt seine Barbierstube bis Mitternacht geöffnet, der Dankbare Kotscho bot seine Parfüm-, Wässerchen- und Tinkturenbrauerei selbst zur Verstaatlichung an, wissend, dass sein Berufsfeld ideologisch nicht nur nicht opportun war, sondern sogar rückständig: Frauen, die sich parfümierten, waren eindeutig von bourgeoiser Dekadenz angekränkelt. »Besser verstaatlicht als von allen Kunden verlassen«, pflegte er seine Selbstenteignung weise zu kommentieren. Er empfing Krum Marijkin mit einem Krüglein fassgereiften Traubenbrandes, offener Seele und guten Vorgedanken, übergab die Schlüssel zu seinem Labor, in dem ohnehin schon die Spinnen, die Zeit und der Staub den Sieg über den Glanz weiblicher Eitelkeiten davongetragen hatten. Drinnen roch es betäubend nach Gräsern, Alchemie und verflüchtigtem Spiritus. Bequem hinter seinen Schreibtisch plaziert, ließ Kotscho sich ohne Bedauern enteignen, großzügig und mit dem Gefühl, nur seine Pflicht zu tun. Das Inventar hatte er bereits aufgenommen: Da waren eine gewaltige Menge ungespülter Glasgefäße, die er nach Form und Bestimmung sortiert hatte: Retorten, Kolben, Reagenzgläser, bauchige Flaschen mit langem Hals, Farbstoffe, eine Apothekerwaage mit Engel und zwei grau gewordene Allonge-Perücken, die zu Reklamezwecken im Schaufenster lagen, Säcke mit getrockneten Kräutern, Fläschchen mit Rosenöl, Döschen mit chinesischem Jasmin, Sandelholzraspeln, Päckchen mit Kaugummi, Aufguss von Bergminze, keramische Mörser und Kautschukschläuche, von denen es nur so wimmelte. Zusammen mit dem allen ließ Kotscho gleich auch sein krankes Herz verstaatlichen.

Krum erfasste alles mit der entsprechenden Kurzbeschreibung, ohne sich im Einzelnen vorstellen zu können, wozu dieses ganze gläserne, tönerne, porzellanene und gummirote Durcheinander eigentlich diente. Im Verlaufe der nächsten Jahre wurden Retorten, Kolben und Reagenzgläser ins Bezirkskomitee geschafft und dort als Tintenfässer, Vasen oder Tischschmuck verwendet; die kleinen Glasröhrchen mit Rosenöl schenkten sie sowjetischen und rumänischen Delegationen, die den Bezirk Widin besuchten, um seine »soziale Landschaft, Lebensart und Naturdenkmäler« kennenzulernen.

13

In diesen Tagen ereignete sich in Widin etwas Folgenschweres, das den Menschen wegen seines guten Ausgangs die Gewissheit gab, dass alles *nur so und nicht anders* sein könne. Es war Samstagabend, die Sonne ging unter und es schneite, da wurde mitten in der Stadt mit einem kleinkalibrigen Damenrevolver ein Attentat auf Krum Marijkin verübt. Die drei aus dem Hinterhalt rasch nacheinander abgegebenen Schüsse pfiffen durch die eisige Luft – doch sie verfehlten Krum wie durch ein Wunder und durchschlugen die Schaufensterscheibe der Buchhandlung »Bunte Welt«. Eines der Bleigeschosse bohrte sich in den festen Einband des Buches »Don Quijote de la Mancha«.

Dass der Schütze aus solcher Nähe nicht in das lebende Blau der Augen Krum Marijkins, sondern in das tote Blau eines Auges von Don Quijote getroffen hatte, festigte in den Widinern die lange gehegte Vermutung, dass Krum Marijkin unverwundbar, vielleicht sogar unsterblich war. Und der Treffer in die Weltliteratur führte zu den aberwitzigsten Vergleichen zwischen dem toten, nur in Worte gekleideten, aber darin unsterblich gewordenen Ritter von der traurigen Gestalt und dem lebenden, in eine alte Landvermesserjacke gekleideten Kämpfer gegen Ausbeutung und Privateigentum. Kämpften sie nicht beide gegen das Böse? Sogar Krum selbst wurde nachdenklich und las den »Don Quijote«, weil er das verkehrte Gefühl nicht loswurde, dass dies dickleibige Buch ihm das Leben gerettet hatte …

In einer Zeit so erbitterten Kampfes gegen das Privateigentum konnte der Mensch religiös werden! Oder war es etwa Zufall, dass der Milizionär Blashe bei jeder Gelegenheit »Herrgott nochmal!« ausrief? Und woher kam denn Krums zähe Unbeugsamkeit, wenn nicht von der Stärke seines Glaubens, eines stets ungestillten, bittersüßen Schmerzes, der jene andauernde Opferbereitschaft generierte, aus der Heldentaten sich nährten. Je weiter er im »Don Quijote« las, desto mehr Mitleid hatte Krum mit ihm. Fanatisch, seinem eigenen Ehrbegriff ergeben, aber mit all seinem idealistischen Streben nach dem Guten verloren im Sumpf des Bösen, war Don Quijote mehr verlorene, tragikomische Gestalt als geschichtlich notwendiger Held. »Das Trauerspiel vom Don«, erzählte

Krum dem Lehrer Koitschev, »ist, dass er Windmühlen bekämpft hat und nicht das Privateigentum!«

Die Geschichte von dem gescheiterten Mordversuch verbreitete sich wie ein Lauffeuer durch die Stadt und verfehlte ihre Wirkung auf die Menschen nicht. Die Opposition wurde kleinlaut; sogar einigen Mitarbeitern des Bezirkskomitees, die im Kampf gegen das Privateigentum bei sich selbst eine Ausnahme machten, fuhr der Schrecken in die Glieder. Die Zeit für eine Entscheidung war gekommen, doch auf den Schilfflöten um die Sümpfe spielte nur der Wind seine eintönigen Lieder. Es gab keinen Pfarrer Anissi mehr, der solche Wunder wie das von Krums Überleben in seine Chronik eintrug und damit für die Geschichte rettete.

Gina erfuhr von dem Ereignis in ihrem Salon, eingewickelt in eine Wolldecke, die das Entweichen ihrer letzten Körperwärme verhindern sollte.

»Gestern ha'm sie auf den einen da geschossen … Krum Marijkin«, platzte es aus Zwetana, ihrem Hausmädchen, heraus.

»Und, was weiter?«

»Die Kugeln ha'm ihn verfehlt.«

»Gelobt sei der Herr«, erwiderte Gina, »so leicht kommen sie mir also nicht davon!«

»Wer … nicht davonkommen?«

»Na, alle«, seufzte Gina geheimnisvoll und mit kaum verhüllter Genugtuung.

Und schon liefen Tränen ihre Wangen hinab, salzten ihre Lippen und platzten in ihrem Altfrauenschoß wie der ganze Mittagsschlaf.

14

Schon einen Tag, nachdem man versucht hatte, ihn zu beseitigen, berief Krum auf die Schnelle eine Betriebsversammlung in der Porzellanfabrik ein. Er erstieg die frisch lackierte Karosserie des Lastwagens. Zwischen den bröckeligen Schlackehaufen glich er einem Denkmal. Dicht umringt von den Arbeitern, zwischen denen sich der feine Brandgeruch der Öfen durchstahl, ließ er seine kräftige Stimme so verwegen ertönen, dass selbst die Wolken erschreckt auseinanderstoben.

Der Schneefall hörte prompt auf, und gleich einem Bühnenprojektor erschien ein greller Sonnenstrahl am rumänischen Ufer, glitt über die Donau, überging voller Bedauern die geduckten Häuschen der Zigeuner, lächelte plötzlich, und stürzte sich dann auf genau die Stelle herab, an der Krum und die Porzellanarbeiter standen. Es roch nach Ozon und Kaolinschlamm. Auf den unverputzten Wänden der Fabrik erschienen Kondensationstropfen. Krum Marijkin sprach jetzt ganz leise, doch die Menge war so mucksmäuschenstill, dass ihn selbst die ganz hinten Stehenden so gut verstanden, als ob er brüllte. Ehrfürchtig schauten sie zu ihm auf. Sie konnten einfach die drei Kugeln nicht vergessen, die, statt den Redner auf dem Lastwagen zu treffen, nicht nur das Schaufenster der Buchhandlung, sondern die Gegenwart selbst durchschlagen hatten.

Krum Marijkin hatte nicht etwa deshalb das Recht, vor ihnen zu reden, weil er überlebt hatte, sondern weil er vermittels seines zufällig erhaltenen Lebens verhindert hatte, dass der innere politische Konflikt, der in der Stadt gärte, sich noch weiter zuspitzte oder gar eskalierte. Das Schicksal hatte es nicht zugelassen, dass ein Mord begangen wurde, der mit weiteren und grausameren Morden vergolten worden wäre und eine Lawine von Verurteilungen zu Gefängnisstrafen und Lagerhaft ausgelöst hätte. So aber hatte die vereinzelte, private Gewaltanwendung mit ihrer frechen, bedrohlichen Warnung eine Befriedung herbeigeführt, weil sie ohne Blutvergießen geblieben war.

Die Arbeiter glaubten an Krum. Sie fühlten, wie er ihnen eine schwere Last abnahm, ihnen dafür aber eine andere aufbürdete. Trotz dieser innerlichen Zerrissenheit waren sie von Krum begeistert, denn eine Dimension seines wundersamen Überlebens war ja, dass er sich als immun gegen Rachefeldzüge erwiesen hatte! Wie gemeißelt stand er gegen den Himmel da, und die Leute konnten gar nicht anders, als ihrer inneren Spannung Luft zu machen, die Schiebermützen in die Luft zu werfen und vor lauter Erleichterung »Hurra!« zu schreien.

»Diese Fabrik, die einem Einzelnen, Volksfremdem gehörte – sie gehört nun uns, und damit in gewissem Sinne euch«, sprach Krum leutselig. »Was mir Sorgen macht, Genossinnen und Genossen, ist etwas anderes. Warum, so frage ich mich, müssen ausgerechnet Paradiesvögel auf unser Porzellangeschirr gemalt werden? Das ist doch bürgerlicher Luxus? Ich schlage vor, das zu ändern« – er machte eine Handbewegung, als fege er einen Haufen Paradiesvogelfedern weg – »und das hochgestochene Federvieh durch rote Sterne zu ersetzen. Seid ihr einverstanden, Genossen?«

Die Menge war so überrascht, dass sie ihm mit dröhnendem Schweigen antwortete. Krum war auch der Erste in Stadt und Umkreis, der dem aufgehenden fünfzackigen Stern des Sozialismus eine Deutung gab: Vier Zacken symbolisierten ihm zufolge die vier Himmelsrichtungen und verwiesen damit auf die ganze sichtbare und greifbare Erde vom fernen Äquator bis zu den Polen und die auf ihrer Kruste lebende Arbeiterklasse; der fünfte Zacken aber wies mit seiner Spitze auf die märchenhaft goldenen Horizonte des Kommunismus. Der fünfzackige Stern einte also das Gegenwärtige und das Zukünftige, das Erreichte und das Erträumte, während die nutzlosen Paradiesvögel nur das Heutige mit dem Gestrigen verbanden, das Erreichte mit dem Erlittenen …

Jede Wende in der Geschichte, jeder Umbruch im menschlichen Bewusstsein verlangt nach neuen, eigenen Symbolen, Heiligtümern und angebeteten Zeichen, nach seinen eigenen Gesetzen und seiner eigenen Farbe. Der fünfzackige Stern, so wie Krum ihn den Menschen nahebrachte, verband geschickt ihre Gefühle mit der extremen Härte des Daseins, die heftige Begeisterung über den politischen Wandel mit dem Elend ihres gegenwärtigen Lebens.

Die Tausende und Abertausende roter, goldumrandeter Sterne, die sich hinfort über die Porzellangefäße ergossen, füllten nach und nach einen gewaltigen, eintönigen, aber gerechten Himmel, der vom oberen Bord des Küchenschrankes aus über jedem Haushalt aufgehen sollte. Doch das arme sparsame Volk tauschte nicht einfach das Alte komplett durch das Neue aus, und so trat ein Zeichen neben das andere, und aus den Vitrinen meinte man plusternden Flügelschlag zu hören, wenn die alten Paradiesvögel den Glanz ihrer Federn gegen das Strahlen der Sterne zu behaupten versuchten.

Das war die Dämmerung einer neuen Epoche, einer Epoche, die noch keinen Tag hatte.

ZWEITES BUCH

Erstes Kapitel

1

Der erste Spatenstich zum Bau des Mietshauses erfolgte am 23. September, als der Mond begann, sein geschenktes Licht in den Hof des Himmels zu ergießen. Jedem Vorhaben, das unter diesem wohlbekannten okkulten Zeichen begann, waren Verzögerungen, Leiden und Misserfolg beschieden. Georgi wartete, bis die Mondsichel, matt wie ein Platinohrring und verquollen wie ein Auge, das sich an der schmutzigen Stadtluft entzündet hatte, über den bizarr geformten Dächern aufgegangen war, und sagte zu Tschakalov: »Jetzt können wir anfangen …«

Gestrüpp und Unkraut im Hof waren beseitigt. Mit schweißglänzenden Tätowierungen auf ihren entblößten Oberkörpern machten sich die Arbeiter nun daran, die Umrisse des auszuhebenden Fundamentes abzustecken. In der Mitte des künftigen Mietshauses schlugen sie einen Stock ein, an dem ein frischgewaschenes Hemd baumelte. Das sah aus, als wollten sie schon Richtfest feiern, bevor noch der Grundstein gelegt war. Mit dieser improvisierten Vogelscheuche glich die Baustelle noch mehr einem verkehrten Gemüsegarten, in dem statt Nutzpflanzen Kletten, Ranken und Disteln wucherten. Nach dieser Zeremonie gingen Georgi Pantov und Herr Tschakalov zu Frau Gradinarova hinein, um eine Flasche gut gekühlten Sekt zu leeren.

Der Tag war getränkt mit der Farbe vergossenen Heurigens und menschlicher Aufgekratztheit, die Luft schien zu moussieren. Draußen herrschte noch Sommer, im Wohnzimmer der Gradinarova aber verströmten die teuren steinernen Wandpaneele schon spätherbstliche Kühle. Die Katzen waren anscheinend in der Mauser, denn überall flogen elektrostatisch geladene Haare herum. Frau Gradinarova und Herr

Tschakalov setzten sich zur nächsten Partie Sechsundsechzig nieder, Goscho packte die Langeweile. Das Fräulein Sestrimska wollte ursprünglich den ersten Spatenstich mit ihrer jugendfrischen Gegenwart beehren, doch dann hatte sie es sich anders überlegt und Georgi schriftlich für den kommenden Samstag zur Teilnahme am häuslichen Bridge-Abend eingeladen. Im feinen Bütten schimmerte das Wasserzeichen – Herz und Anker, was sich deuten ließ als Liebe, durchkreuzt von Unbeständigkeit und Ferne, ein im Ganzen vieldeutiges, aber – wie ihm schien – auch vielversprechendes Zeichen. Für jeden wahren Sieg (vor allem, wenn es gilt, eine Viktoria zu erringen), sprach Georgi sich Mut zu, braucht der Mensch Courage und Geduld.

In den nächsten Tagen verließen ganze Wagenströme die Lagerhallen am Perlovo-Kanal, beladen mit Ziegeln, Sand und Holz. Ihr ständiges Klappern auf dem unebenen Pflaster machte die Leute im Viertel verrückt. Die Pferdchen reihten sich mit Scheuklappen über ihren traurigen Augen in die Wagenschlange ein. Am Bauplatz warteten fluchend die Arbeiter aus den Schopen-Dörfern, um alles zu entladen. Wild gewordene Wespen zischten durch die schwere Luft über dem Aushub. Irgendjemand hatte das Hemd geklaut, sodass der in seiner Mitte eingerammte Pflock einem seines Sinnes beraubten Kreuz oder einem Marterpfahl glich. Ewig durstig, atmete der ungelöschte Kalk, als sei er ein Lebewesen. Ringsum türmten sich die Ziegelhaufen mit seltsam blaumetallischem Schimmer. Ein gewaltiges Durcheinander. Tschakalov verströmte seine Körpergerüche, Frau Gradinarova bewirtete sie mit türkischem Kaffee. Ein Zigeuner mit einer Tumorbeule am Hals beschallte die Luft mit melodischer Stimme und dem Ausruf: »Kaufe Trödel, alten Trödel …«, woraufhin sich sein Sack mit abgelatschten Schuhen, geflickten Hemden und blankgewetzten Jacketts füllte. Manchmal, an besonderen Tagen, gelang es ihm sogar, jemandem einen Smoking oder gar einen Diplomatenfrack abzuluchsen. Im Nebensträßchen hatte sich der Scherenschleifer niedergelassen, und wenn er auf seinem rotierenden Schleifstein funkensprühend die Küchenmesser und Haushaltsscheren des ganzen Viertels schärfte, glich der ganze Morgen einer immer dünner werdenden Klinge.

Goscho stand gegen neun Uhr morgens auf, schon im Vorhinein müde bei der Vorstellung, dass er etwas ungemein Wichtiges, im Grunde aber Nutzloses zu erledigen hatte. Von dem unverständlichen Dialekt der Schopen bekam er Kopfschmerzen, und die Besprechungen mit Tschakalov waren nicht gerade unterhaltsam. Außerdem hatte er von Kindesbeinen an einen Ekel vor tierischen Körpergerüchen.

»Ich gehe bauen!«, sagte er zu Sonja, bevor er loszog, um sich einen Gehstock oder einen Regenumhang zu kaufen, Gummistiefel oder eine Schweizer Uhr, mit der er hoffte, höchst präzise die Geschwindigkeit des von Flüchen und vom Widerhall der Dachsbeile beschallten Bauprozesses messen zu können. Der Aushub des Fundamentes kam langsam voran. Im Erdreich tauchten scharfkantige Steinbrocken auf und vor allem Grundwasser. Schließlich setzte auch noch der erste Herbstregen ein. Das einzig Gute daran war, dass Goscho mit seinem Regenmantel und seinen Gummistiefeln gut dagegen gewappnet war, während Tschakalov durchnässt durch den Dreck watete. Der Bau versank ins Grübeln …

Zusätzlich zu den anfänglichen siebenhundertundfünfzigtausend Leva, mit denen das Baugrundstück finanziert worden war, bestand Tschakalov darauf, weitere zwei Millionen von seinem Partner zu erhalten, anschließend noch einmal sechshunderttausend Leva. Jedes Mal kam er angedackelt mit lauerndem Tiergeruch, schleimigem Grinsen und einem Blumenstrauß von so spärlicher Restfrische, als hätte er ihn vom Friedhof stiebitzt. Die Quittung hatte er im Vertrauen auf die Einsicht seines Geschäftspartners schon einmal vorbereitet:

»Ich, Seraphim D. Tschakalov, stelle gegenwärtiges Dokument aus als Sicherheit dafür, dass ich von Herrn Georgi Pantov Weltschev die Summe von … (in Zahlen) … (in Worten) erhalten habe. – Der Unternehmer. – Unterschrift«

An das märchenhaft eingesponnene, wehrlose, nur von der trödlerhaften Aura des Dachbodens geschützte Geld im Koffer zu gehen, kam ihm frevelhaft vor. Eines mürrischen Sonntagabends sprach er mit Sonja und schlug ihr vor, den Betrag von ihrem Sparbuch abzuheben, das sie zusammen mit den bereits unnütz gewordenen Rezepten für Eischnee und Schokoladenfüllungen vom alten Toromanov geerbt hatte. Sonja saß hinter dem Schreibtisch im Wohnzimmer, hatte ein Dutzend Bleistifte gespitzt und übersetzte Maupassant. Der Lichtkegel der Schreibtischlampe mit ihrem gerüschten Schirm saß wie ein Bonnet-Hütchen auf ihrem Kopf; der Schatten darunter hinderte Georgi daran, seiner Frau ins Gesicht zu schauen. Draußen regnete es. In den Dachrinnen tanzte das Wasser, als würfe andauernd jemand kleine Münzen hinein. Goscho stolzierte nervös hinter ihrem Rücken hin und her. Im Grunde redete er mit sich selbst:

»Geld, das ist eine Form menschlicher Vergangenheit, Teuerste, sozusagen unsere angenehmste und sicherste Erinnerung. Aber der Mensch lebt nicht von Erinnerungen allein. Reichtum kann auch Zukunft bedeuten, wenn man ihn für sich arbeiten lässt … Will sagen, die im Kapital gespeicherte Geduld macht nur Sinn, wenn es auch im Kommenden reiche Erinnerungsschätze gebiert! Schau mal, ich hab mir einen Wachstuch-Regenmantel gekauft und Gummistiefel; aber das erwies sich natürlich als völlig unzureichend. Ich brauchte unbedingt auch noch eine Schweizer Uhr …«

Er merkte, dass er sich zu verhaspeln begann und alles andere als überzeugend sprach. Vom starken Licht der Tischlampe angestrahlt, lagen Sonjas Hände nun in ihrem Schoß. Sie waren wunderschön, voller Ruhe, wie aus Porzellan gegossen.

Zu seiner Überraschung erklärte sie sich sofort einverstanden. Schon am nächsten Morgen brachte sie ihm ein Köfferchen voller Geldscheinbündel. Die Banknoten waren allesamt neu und rochen noch nach Druckfarben und dem künstlichen Licht eines Souterrains. Goscho gestattete sich das Vergnügen, sie dreimal nachzuzählen. Er kam sich vor wie ein Erpresser, wie ein Großbetrüger, nein, eigentlich eher wie ein kleiner, verhuschter Ganove, der an einem Coup mitwirken sollte, der ein paar Nummern zu groß für ihn war. Er war so überwältigt und hatte ein so schlechtes Gewissen, dass er Sonja einen ganzen Monat lang das Frühstück ans Bett brachte. Ungeschickt fummelte er ihr das Tablett auf die Knie, nicht ohne ein paar Kaffeeflecken auf ihrem Nachthemd zu hinterlassen. Der Winter vor ihren Fenstern schien stehengeblieben zu sein. Endlos sinterte das bleierne Licht durch die Vorhänge und besprühte die Spitzen der Bettwäsche mit einer Vorahnung von Hoffnungslosigkeit.

In Georgi kämpfte das Erschrecken vor seinem neuen, mit Ungewissheit gespickten Unternehmen mit der unwiderstehlichen Begeisterung eines Kindes, das sich endlich, endlich einen Streich ausgedacht hat, der seinem Temperament entsprach. Er hätte vor Rührung weinen können … Das Schweizer Chronometer baute er auf dem Nachttischchen auf. Er hatte das tiefe seelische Bedürfnis, diese ausgedehnte, amorphe Zeit, in der er unter Sonjas nicht minder ausgedehnter, amorpher Güte zu leiden hatte, bis auf die Zehntelsekunde genau zu messen. Ich Ärmster, dachte er, kann es denn wahr sein, dass sie so verantwortungslos und grausam ist? Ihre Güte erdrückt mich, zerrüttet mich, treibt mich geradezu in den Ruin!

Tschakalov marterte ihn ebenfalls, indem er sich das zynische Vergnügen gestattete, den gewaltigen Geldbetrag dreimal zu zählen. Dabei entdeckte er, dass fünftausend Leva fehlten, und Georgi sah sich gezwungen, den abgezweigten Betrag wieder aus seiner Brieftasche zu holen und in das Köfferchen zurück zu legen.

2

Das Haus von Rechtsanwalt Sestrimski war äußerst stattlich. Die Fassade übersät mit Ornamenten und Vignetten, das Dach mit Kupferblech gedeckt. Die Inneneinrichtung aber war vom Überfluss schon längst ins Überflüssige geschwappt. Porzellan von zweifelhaftem Wert füllte die Vitrinen, und überall standen Bronzeleuchter herum, denen man ansah, dass es Abgüsse zweiter Hand waren. Putto-Engelchen, tänzelnde Pferdefiguren und hockende Elefanten standen auf allem, was waagrecht war, dazu ein paar halbbekleidete Justitia-Statuetten mit verbundenen Augen, Schwert in der einen und Waagschalen in der anderen Hand. Ein Napoleon trug seinen unverkennbaren Dreispitz auf dem Kopf und im Gesicht den süffisanten Ausdruck des korsischen Betrügers. Die Polster der weichen Sitzmöbel waren mit Auflagen vor Abnutzung geschützt; die Spuren auf dem Parkett zeigten, dass dort selbiges versäumt worden war. Die Stofftapeten hatten durch das Sonnenlicht an Farbe verloren … Dies war nicht das Haus einer Seta Topalova, in der das Geld zunächst die Phantasie angeregt und dann den Geschmack gebildet hatte.

Hier fehlte die abstimmende Wirkung sanften, aber entschlossenen Stilwillens; der Salon etwa wirkte wie eine Arche Noah für Nippeskram.

Sie tranken, wie üblich an den samstäglichen Bridge-Abenden, Metaxa und Kaffee, der in einer hohen Porzellankanne abkühlte. Über seine Tischgenossen Papasov und Zankov hatte Georgi vor Jahren dies und das gehört. Er wusste, dass sie im Finanzministerium gearbeitet und Büroräume mit Perserteppichen und mehrere Telefonapparate auf ihren Schreibtischen gehabt hatten. Doch sosehr dies für eine hohe amtliche Stellung sprach, ihnen fehlte das bürgerlich Selbständige, sodass sie keine Aufnahme in der guten Gesellschaft Sofias gefunden hatten. Sie waren halt Beamte mit hohen Pensionen, kleinen Schwächen, Siegelringen am Finger und der vom humanistischen Gymnasium herrührenden Leidenschaft, ihre Memoiren schreiben zu wollen. Ihre über Jahre gewachsene Melancholie war ansteckend und lag auf ihren Gesichtern wie ein Film aus Hausstaub und Zigarettenqualm.

Viktoria Sestrimska saß direkt neben Georgi Pantov, was diesen veranlasste, von Zeit zu Zeit vielsagend zu seufzen. Mit ihrer östlichen Schönheit und ihrer Fähigkeit, sich zu entziehen, hatte ihn dieses Mädchen schon einiges an Nerven gekostet. Zweimal wöchentlich speisten sie im »Savoy« gemeinsam zu Mittag, manchmal aßen sie auch zu Abend im »Krim«, das zu der Zeit gerade sehr angesagt war unter der künstlerischen Boheme. Manchmal trafen sie sich auch bei der Gradinarova auf einen leichten Likör. Doch immer fand Viktoria einen Weg, hinauszuzögern, wonach Georgi sich sehnte. Ganze zweimal hatte sie ihm im Park ihre Lippen gewährt, hatte ihm gestattet, ihre Brüste zu streicheln, die prall, fest und rund waren; doch da war die Natur gegen ihn gewesen – es dämmerte eben erst, und der Mond, der Mond hatte schon wieder einen Hof …

Frei von jedem Sinn für Humor machte Zankov auch an diesem Abend Viktoria laue Komplimente; Alexander Weltschev, der wie üblich bediente, folgte ihm dabei mit dem flammenden Blick eines jungen Raufbolds. Seine Verliebtheit stand ihm derart ins Gesicht geschrieben, dass Georgi ihn als völlig ungefährlich abhakte. Ein Mensch, der wirklich liebt, ist unfähig zu Eroberungen; er verblödet in seiner Unterwerfung, versklavt sich selbst. Nichts aber ist weniger attraktiv für eine Frau als männliche Unfreiheit, vor allem seelische. Sie fühlt sich dem armen Tropf überlegen, und weder ihre Phantasie noch ihre Leidenschaft findet Nahrung.

An diesem Abend spielte Georgi sich um Kopf und Kragen, denn er hatte seine Ehre, nicht sein Geld gesetzt. Alle, die um den grünen Spieltisch saßen, überboten sich im Fehlermachen. Dem reinlichen Herrn Zankov fehlte das Quentchen Sorglosigkeit zum Risiko, Papasov die sportliche Disziplin, sodass Goscho und Anwalt Sestrimski ihre Roberts mit Leichtigkeit gewannen. Das Gespräch verlief stockend und gezwungen. Zankov fragte Georgi nach seinen politischen Ansichten, nicht ohne die aristokratische Blasiertheit des Café »Bulgaria«, wie es einst gewesen war, über den grünen Klee zu loben.

»Wir stehen mit dem Rücken zur Wand«, betonte er pathetisch immer wieder, »darum haben wir die heilige Pflicht, uns zusammenzutun. Wir haben keine Wahl: Entweder wir kämpfen – oder wir sterben!«

»Ist es nicht besser, einfach zu überleben?«, versuchte Georgi zu protestieren.

»Warum hat das einfache Volk, verehrter Herr Pantov, zur Zeit des April-Aufstandes Benkovski den Vorzug vor Wolov gegeben? Dem hartgesottenen, arroganten und groben Individualisten vor dem intelligenten, demokratischen und taktvollen Republikaner? Ich frage Sie!«

»Ich weiß es nicht«, fuhr Georgi zusammen. »Hier, ein Pik.«

»Weil es nur Benkovski gelungen ist, eine einigende Idee für den Aufstand zu finden. Er hat sich Fürst nennen lassen und den Leuten keine abstrakte Freiheit angeboten, sondern sich selbst; nicht Gleichheit und Brüderlichkeit, sondern seine eigene künftige Größe! Nachdem das Volk fünf Jahrhunderte unter dem Sultan gelebt hat, als Fremder im eigenen Land, wollte es sehen, wie das Antlitz einer eigenen bulgarischen Macht denn wohl aussehen würde … Heute sind die einfachen Leute um keinen Deut anders! *Zukunft* haben die Kommunisten ihnen versprochen und den Zaren verjagt. Und wer verkörpert *jetzt* diese Zukunft vor Gott und der Geschichte? Soll die plebejische Gleichheit an die Stelle des Aristokratismus der Macht treten? An wen soll das Volk denn seine Unzufriedenheit adressieren, wem seine Dankbarkeit erzeigen? Für all diese Aufwallungen hat es kein Gesicht mehr. Und genau diese politische Blindheit ist unser letzter Trumpf. Wir haben die moralische Unterstützung Europas, wenigstens des Teils, der davon noch übrig ist. Auch Militär und Hochfinanz stehen noch hinter uns!«

»Na, wenn's um Größe geht, dann können Bauer und Arbeitsmann doch ohne Mühe den Zaren durch den Generalissimus Stalin ersetzen«, fiel ihm Papasov ins Wort. »Je unüberschaubarer, tyrannischer und ferner diese Größe ist, desto populärer und unverrückbarer ist sie auch. Die Geschichte, meine Herren, duldet kein Vakuum, genau wie die Natur. Wenn eine Macht ein Ziel hat und die nötigen Mittel, und wenn sie vor offener Gewalt nicht zurückschreckt, wird sie immer auch eine Form der Selbstverherrlichung finden.«

»Auf die beiden Herz antworte ich mit zwei Pik«, sagte Goscho.

»Nun kommen Sie, wie denken Sie darüber, Herr Pantov?«

Georgi Pantov war verrückt genug, sich auf den Bau eines fünfgeschossigen Mietshauses einzulassen, sosehr die Ungewissheit über dessen Gedeihen ihn auch in quälende Sorgen stürzte; doch er hatte sich genug gesunden Menschenverstand bewahrt, um der Politik fernzubleiben, »dieser Königin aller Laster«, wie der alte Unternehmerfuchs Topalov immer gesagt hatte.

»Schauen Sie, Herr Zankov, mein Vater war Bankier in Widin. Er hat Konkurs gemacht und die Ehrbarkeit besessen, sich das Leben zu nehmen. *Ein* solch empfindsamer und opferbereiter Mensch in der Familie ist genug. Er ist ein beredtes Zeugnis dafür, dass jeder Widerstand gegen das Schicksal ein vorzeitiges Ende herbeiführt und den Nächsten Leiden beschert. Ich habe Angst vor den Kommunisten, aber dies gibt mir keine Veranlassung, sie zu hassen. Der Ausgang meines Kampfes mit ihnen wird in meiner Langlebigkeit bestehen – und seien Sie sich dessen gewiss, dass ich, wenn es mir gelingt, ein hohes Alter zu erreichen, ihnen mehr Probleme und Kopfschmerzen bereitet haben werde, als wenn ich es ihnen gestatte, mich schon morgen zu beseitigen!«

Goscho bedauerte seine Redseligkeit sofort. In ihm hatte sich so viel Verärgerung angesammelt, dass er auf die denkbar dümmste Weise mit Herzass angriff. Die Umsitzenden schwiegen betreten. Seine Gleichgültigkeit gegenüber der Politik, der ihre geheimsten Gedanken galten, erboste sie; gleichzeitig aber bewunderten sie insgeheim Goschos angeborene Nonchalance gegenüber den ernsten Dingen des Lebens. Papasov kratzte sich eifrig, Zankov trommelte auf den Tisch, Alexander Weltschev stahl sich hinaus, um den Kaffee aufzuwärmen, und Viktoria gähnte unverhohlen.

»Sie sind langweilig, meine Herren«, sagte sie müde, »ich denke, ich gehe lesen – von der Liebe!«

Georgi konnte sich des Eindrucks nicht erwehren, dass sie ihm dabei vertraulich zuzwinkerte, und die Karten verschwammen vor seinem Blick.

3

Mit der lächelnden Bitte, ihn für eine Weile zu entschuldigenden, stand er auf. Sestrimskis Angebot, ihm den Weg zur Toilette zu zeigen, lehnte er ab. Im Flur war es so dunkel, dass er versuchte, sich an den Gerüchen zu orientieren. Das Parfüm Viktorias zu erkennen, war dabei die leichteste Übung. Er hatte ihn geträumt, diesen geheimnisvoll verebbenden Duft nach gehaltener Arroganz, nach kontrolliertem Laster … Er stieß ans Geländer, stieg leise die Treppe hoch. Sein Herz schlug bis zum Hals. Er hatte Angst, er könnte genau vor Viktorias Schlafzimmer einen Herzinfarkt oder Schlaganfall bekommen; das wäre nun wirklich das Allerletzte. Der Flur machte im ersten Obergeschoss einen Knick. An seinen Wänden hingen Stickteppiche in »goldenen« Rahmen, die holländische Windmühlen oder Winterlandschaften zeigten; ja, eine geduldige und geschickte Hand hatte sogar das »Abendmahl« von Leonardo kopiert. Am Ende des langen Ganges, wie durch Milchglas gefiltert, strömte ein bleiches Licht in den Korridor. Die Tür zum Badezimmer war nur angelehnt! In diesem Moment verfluchte Georgi die angeberischen Knarzbrettchen in seinen Schuhsohlen; er versuchte, nur auf den Fersen zu gehen. Einen Moment verlor er das Gleichgewicht, taumelte. Er hätte sich stoßen, hinfallen und mit seinem Kopf auf den Mosaikboden knallen können, ironisch belächelt von der jungen Nacktheit des Fräuleins Sestrimska, und das – das wäre dann wirklich das Letzte vom Allerletzten!

Da hörte er es, dieses Rascheln, als ob jemand einen Fetzen Seide zerknüllte. Durch die rechteckige Türöffnung erkannte er das geschundene Weiß des Anzuges, für den er seinen Vetter noch vor kaum einer Stunde so bedauert hatte. Alexander!, sagte er sich überrascht; doch die andere Figur, das … das war *nicht* Viktoria! Es war eine massige Frau mit gelöstem lockigen Haar und weich gegossenen Schultern. Die Spitzen des Nachthemdes schienen in der leidenschaftlichen Umarmung seines Vetters aufzuschäumen, so als sei die Frau nackt in ein Seifenbad gestiegen. Er erkannte Angelina Sestrimska erst, als sie ihn aus dem Augenwinkel erspäht hatte. Ein erstickter Ruf entfuhr ihm, dann war er schon im Nebenzimmer verschwunden. Langsam bekam er Spaß an der Sache. So herrlich daneben hatte er sich lange nicht mehr gefühlt. Außerdem gab es ihm immer so ein prickelndes Gefühl der Überlegenheit, wenn er erlebte, wie andere sich schämten, und nicht nur ihm. Menschen lieben es, Zeuge fremder Schande zu sein, das lässt sie ihre eigene Gesichtslosigkeit vergessen, stärkt ihr Selbstbewusstsein und bannt die Selbstzweifel für eine Weile.

»Ich, äh … zur Toilette«, brachte er heraus, bevor er, gegen seinen Willen, lachen musste. Sein Lachen drohte den ganzen Korridor zu erfüllen und von dort aus die Treppe hinabzukullern. Der hatte ja eine enorm heitere Wendung genommen, dieser Besuch beim Advokaten Sestrimski, und nicht nur wegen des Anblicks des in Seide verpackten Allerwertesten der alten Sestrimska und des unverpackten seines Vetters Alexander; auch die Traurigkeit der Männer unten, ihre politische Naivität … Goscho war kurz davor, sich den Bauch zu halten vor Lachen, da sah er auf einmal in die Augen seines Vetters. Sie waren schmal geworden, hart und grau; das war der gefährlich metallische Glanz der Gewalt. Alexander stieß sich vom Waschbecken ab. Seine Hände ballten sich zu Fäusten. Dann näherte er sich mit jener drohenden Langsamkeit, mit der Verbrechen verübt werden. Blitzschnell rief Georgi sich ins Gedächtnis, dass auch dieser Alexander ein Weltschev war, und als er das Knarzen seiner eigenen Schuhsohlen hörte, registrierte er, dass er zurückwich.

»Habe nichts gesehen«, flüsterte er, »weiß nichts und kann mich an nichts erinnern!«

4

»Vorgestern Nacht träumte ich, ich äße Stroh. Man hatte mich in einen Stall gesperrt. Die Luft drinnen war warm und schwül, es roch nach Mist. Jemand piekste mich mit der Heugabel ins Hinterteil und schrie mich an, und zwar kaum hörbar: ›Wenn du Hunger hast, friss Stroh …‹ Es war beklemmend. Und ich … begann zu fressen, Verehrtester. Ich kaute wie ein Ochse und – überlebte, nicht Vieh, nicht Mensch, gehörnt, aber mit Bewusstsein. Mein Mund brannte vor Schmerz, ich hatte schreckliche Blähungen, aber … ich fraß, kaute, schluckte, lieber Vetter.«

Goscho Pantov ging vor dem brennenden Kamin im Wohnzimmer hin und her. Er war in einen Hausmantel gekleidet und hatte einen Seidenstrumpf über den Kopf gezogen, um sein krauses Haar zu glätten. Zusammen mit dem um den Hals geschlungenen Tuch sah er aus wie ein Opernsänger, der die Rolle eines Zirkusartisten spielte, der besseren Zeiten nachtrauerte; doch ohne die Magie der Bühne wirkte er einfach nur banal, ein müder Herr, der in die Jahre kam.

»Du bist nicht minder entwurzelt, Teuerster … Du bist auch auf unbestimmte Zeit irgendwo gelandet und hast sicher auch Träume. Alles um uns herum ist jetzt Traum und Fieberwahn. Die Wirklichkeit ist so grotesk, so phantastisch – sie zerfällt pausenlos. Nimm nur mein Mietshaus: Ich hab ständig das Gefühl, wenn der Bau fertig ist, werden die Fundamente nachgeben und alles wird über mir zusammenstürzen und mich unter sich begraben. Je mehr Angst ich bekomme, desto mehr klammere ich mich an diesen Bau. Ich hasse ihn – und deshalb kann ich nicht mehr ohne ihn. Und erst dieser penetrant stinkende Tschakalov … Ich bitte dich, Verehrtester, wirf doch bitte mal ein Auge auf diese Dokumente und prüfe sie. Wir sind miteinander verwandt, und du weißt doch: Blut ist dicker als Wasser. Du bist meine ganze Hoffnung!«

Alexander hörte ihm zu, während sein Blick schon über die Dokumentenmappe gebeugt war. Die Flammen des Kaminfeuers züngelten empor, aber sie verbreiteten keinerlei Wärme im Raum, sondern nur aristokratische Kühle. Draußen schneite es. Alexander hatte gewusst, dass sein Vetter Georgi Pantov sich bei ihm melden würde. Immer, wenn wir eine Bedrohung spüren, eine in der Luft liegende Gefahr, streichen wir um sie herum, machen ihr regelrecht den Hof, gießen sie wie ein Blümchen mit unserer ängstlichen Feindseligkeit und erhalten sie so am Leben. Ja, nachdem er ihn in den weichen Armen Frau Sestrimskas gesehen hatte, fürchtete Goscho sich unbändig vor seinem Vetter und seiner zurückgehaltenen und daher unberechenbaren Rachsucht … und rief ihn an. Er bat ihn nicht um seine Freundschaft, gab sich auch keine Mühe, Mitgefühl zu zeigen, sondern handelte in der Absicht, ihn so weit zu sich heranzuziehen, bis er unschädlich geworden war. Alexander fühlte sich erkannt, mehr noch, öffentlich bloß- und zur Schau gestellt, und sah sich außerstande, ihm zu verzeihen. Verzeihen konnte man ja vieles, aber nicht, dass jemand Fremdes Einblick nahm in unser Geheimstes, in unsere gemeinen Gedanken und niederen Gelüste, kurz, in unsere eigene Schande.

Dass Goscho Pantov nun von seiner Affäre mit der Ehefrau des berühmten und reichen Anwalts wusste, war das eine; viel übler aber war, dass sie so nahe miteinander verwandt waren. Das war fast so, als hätte er sich selbst in flagranti ertappt und wäre selbst in dieses arrogante, verächtliche Lachen ausgebrochen. Das enthüllende Licht im Bad, das Falten schlagende Fleisch der Anwaltsgattin, ihr tierischer, von Trauer und Anbetung erfüllter Blick – das war ein unauslöschliches Bild, und als Alexander die Hand gegen seinen Vetter erhob, wollte er eigentlich sich selbst schlagen. Die Scham, die ihn in die Einsamkeit schleuderte, und die Wut hatten sein ganzes Wesen derart erfasst, dass er zu allem fähig gewesen wäre, wenn ihm nicht schon an jenem Abend gedämmert hätte, dass er im anderen sein Ebenbild töten wollte.

Angelina Sestrimska hatte die Enthüllung ihres Geheimnisses in einen Zustand solch ungekannter Lüsternheit versetzt, dass sie nach dem Ende des Bridge-Abends noch zu Alexander in die Mansarde hochstieg und die ganze Nacht bei ihm blieb. »Nun lächle doch, *Bel Ami*, ich kauf dir auch ein Piano«, winselte sie. »Ich kauf dir ein kleines Haus mit einem großen Bett darin, ein klitzekleines Haus mit einem riesengroßen Bett. Und wenn ich zu dir komme, spielst du mir auf dem Klavier vor. Und dann laden wir diesen … deinen Vetter ein, diesen Georgi Pantov. Ach, wie glücklich, nein, wie unglücklich bin ich doch!« Er schlug sie leicht, und sie schrie auf vor Lust. Sie hatte ihn eingeklemmt zwischen seine Liebe zu Viktoria und ihre eigenen verschwitzten Fleischmassen, zwischen seine provinzielle Unsicherheit und ihr lockiges, mit Henna rötlich gefärbtes Schamhaar, zwischen die quälende Trauer seiner Mutter und die verlorene Ehre seines Vaters, zwischen seine Furcht, auf der Straße zu landen, und seinem Hass auf Anwalt Sestrimski. »Ich kauf auch einen Schaukelstuhl. Du spielst auf dem Klavier, und ich setze mich nackt hinein und schaukle, während dein Vetter uns zusieht. Kannst du dir diese Szene vorstellen, *Bel Ami*?« Dann musste sie weinen. Ihre Wangen waren bald nass vor Tränen. Der Puder zerlief, und sie begann einer Zelluloidpuppe zu gleichen. In gleichem Maße, wie seine Wut auf sie stieg, stieg auch sein Mitleid mit ihr. Sie war so hilflos, verschmiert und widerlich, dass er sich wiederholte: »Im anderen sein Ebenbild töten!« Nein, diese gallige Wut, dieser süße Hass waren nicht gegen sie gerichtet, nicht gegen ihre verwelkte, traurige Schönheit und ihre dummen Gedanken. »Langsam und hinterhältig im anderen sein Ebenbild töten!«, sagte er sich, völlig ausgelaugt. Die Seufzer schienen Angelina aus allen Poren zu dringen. Endlich war in seinem runden Mansardenfenster der Himmel grau geworden. Die Tauben gurrten den Morgen herbei. Halb erstickt, musste Alexander an sein Herbarium denken, an diese wohlgeordnete, in seiner Seele nachraschelnde Unschuld, die – zwischen Heftseiten geklemmt – dazu verurteilt war, langsam zu zerbröseln. Und an seinen Vater musste er denken, an seine glänzenden Armschoner aus Satin, deren Farbe sich während der langen Jahre an das bleierne Grau seines Beamtendaseins angeglichen hatte. Angelina räkelte sich. Ihre mütterliche Umarmung umfing ihn überall, wärmte ihn, und – er schlief ein …

»Meine Phantasie welkt dahin und schluchzt, Teuerster, Ehrenwort, dahin welkt sie!«

Georgi Pantov hatte sich vor den Kamin gekniet und schürte das heruntergebrannte Feuer mit seinem Lockenbrennstab. Er hatte sich den Seidenstrumpf vom Kopf gezogen, sodass der Silberglanz in seinem geplätteten Haar zu sehen war. Alexander seufzte und schloss die Dokumentenmappe. Außer der Besitzurkunde über das Frau Gradinarova abgekaufte Baugrundstück war keine einzige der Quittungen, die Tschakalov unterschrieben hatte, notariell beglaubigt! Würde es zu einer gerichtlichen Auseinandersetzung kommen, wären sie vollkommen wertlos, auch wenn die übergebenen Geldsummen mit geradezu ironischer Sorgfalt in Worten und in Ziffern darauf angegeben waren. Alexander trank von seinem griechischen Cognac mit dem Duft nach Rosinen und sagte mit monotoner Amtsstimme:

»Alles ist in Ordnung, Herr Pantov. Ihre Dokumente sind einwandfrei!«

5

Im Laufe des Winters verschärfte sich das Spannungsverhältnis zwischen Dekan Kotzev und Professor Jowtschev immer mehr. Die beiden grüßten sich zwar kühl in den Korridoren der Universität, ansonsten aber wechselten sie kein Wort miteinander. Assen geriet zwischen die Fronten. Ins eine Ohr drangen ihm die gewundenen, rhetorisch ausgefeilten und herablassend vorgetragenen Sätze Jowtschevs, ins andere ratterte das leidenschaftliche Stakkato Kotzevs. In der Fakultät bildeten sich zwei feindliche Lager, und auch wenn alle die Form wahrten und höflich mit Assen umgingen, spürte er natürlich den verdeckten Kampf, der um ihn tobte. Er war umzingelt von vielsagenden Blicken und raunender Heimlichtuerei, bei denen er raten durfte, ob sie als Freundschaftsangebot oder Kampfansage gemeint waren. In seiner Verwirrung dämmerte ihm nach und nach, dass er für sein neues Leben diplomatische Erfahrung und taktisches Geschick brauchte, die er nicht besaß. Die Moral der Menschen um ihn herum verkam sukzessive zu einem pervertierten Recht des Stärkeren, bei dem ein reines Gewissen haben und sich als Besitzer der Wahrheit fühlen durfte, wer gerade der anderen Seite überlegen war.

Auf der Sitzung des Fakultätsrats erfüllten lautstarke Auseinandersetzungen den würdigen Saal; Kotzev nannte diese Streitereien »ideologisch«, auch wenn sie ganz elementare Dinge betrafen: ob die Putzfrauen nicht ein bisschen nachlässig waren beim Reinigen der Sprechzimmer; ob es richtig sei, dass die Studenten im Universitätsgebäude rauchten, und ob es nötig sei, dass der Prüfungszeitraum länger als drei Wochen betrug. Und Assen hatte geglaubt, dass *der Sieg* – einer alchemistischen Beschwörung gleich – die Seelen der Menschen reinigen und dass der Sozialismus zu vollkommener Aufrichtigkeit zwischen ihnen führen würde …

Sein letztes Gespräch mit Kotzev fand am Tag vor Silvester statt, als sie sich, festlich gestimmt von der bevorstehenden Neujahrsfeier, vor dem Aufzug im zweiten Obergeschoss trafen. Gegen Unterschrift waren an alle Mitglieder des Lehrkörpers drei Meter Gabardine für einen Anzug ausgegeben worden. Der Stoff leuchtete in einem warmen Braun und fühlte sich butterweich an. Das war sie aber auch schon, die ganze Pracht. In den Geschäften gab es ansonsten noch nicht einmal Linnen, und drei Meter englischer Stoff, das rief in dieser Zeit Pfiffe der Anerkennung bei erfahrenen Vertretern der Schneiderzunft hervor. Assen und Kotzev schauten einander auf ihre Pakete, die vollkommen identisch waren, und mussten lachen.

Der Wind draußen trieb kraftvoll den Schneeregen vor sich her und fegte die Straßen leer. Ganz Sofia hatte sich in Haus, Kneipe oder Straßenbahn zurückgezogen. Eine Kutsche, die es eilig hatte, bespritzte sie an der Ecke und verschwand hinter dem Schneevorhang. Die Straßenlaternen gilbten trüb vor sich hin. Kotzev atmete tief. Ja, er mochte sie, diese Zeit mit ihrer Spannung aus Festlichkeit und Einsamkeit. Tief in ihre Wintermäntel gehüllt, überquerten sie den Platz vor dem Parlamentsgebäude und lenkten ihre Schritte zum Russischen Boulevard, Richtung Schlossgarten, der, seit seine Umzäunung beseitigt worden war, irgendwie kleiner wirkte.

»Nun, Weltschev, wie sieht's aus – sind wir nun Freunde oder nicht?« Kotzev stotterte heftig beim Wort »Freunde«.

»Aber wir sind doch Freunde, Genosse Dekan.«

»Wie sagte dieser Jesus doch gleich: ›Wer nicht mit mir ist, ist gegen mich.‹ Versteh doch, Weltschev, der Klassenkampf spitzt sich zu! Ja, draußen auf den Plätzen haben wir ihn gewonnen, aber jetzt verlagert er sich in uns, in unser Denken, unser Gewissen. Damit das klappt, müssen die Menschen einen Schrecken bekommen, sich ertappt und schuldig fühlen. Und was tut Jowtschev? Sucht den Ausgleich. Ist angeblich apolitisch, nur ein Stubengelehrter … Nee, mein Lieber« – seine

Stimme wurde höher und klang widerborstig, er war hörbar böse –, »so weit kommt es noch, dass ich vor Rührung klein beigebe …« Dann blieb er abrupt stehen und verdeckte mit der Hand seine Lippen, die sich zu einem plötzlichen Lachen verzogen hatten.

»Weißt du eigentlich, dass ich zwei Jahre auf dem Priesterseminar war? Meinen Vater haben sie im Ersten Weltkrieg getötet, und meine Mutter, Gott hab sie selig, ist ihm bald nachgefolgt. Was sollten meine Tanten da machen? Also ab mit dem Jungen zu den Geistlichen … Lach nicht, ich mach keine Witze. Da, im Priesterseminar, hab ich gelernt, dass die wahre Macht unbedingten Gehorsam und Glauben verlangt. Das Schlimmste aber war, dass sich eine Gefühlsmarotte bei mir einstellte: Dauernd war ich von irgendwas *ergriffen*. Wir essen mittags im Refektorium, gut, aber fleischlos, dann gehen wir hinaus in den Park. Die Welt ertrinkt im Licht. Das Licht schafft den Schatten, und meine törichte Jugend die ganze unfassbare Weisheit der Schöpfung. Alles um mich her wächst und gedeiht nach Gottes Fügung. Die Vögel zwitschern, aus dem Springbrunnen plätschert Wasser, ich höre das Gras flüstern und gleichsam die Samen ihre Würzelchen ins Erdreich ausstrecken. Jedes Blättchen strebt gen Gott … und – was geschieht? Mich packt die Rührung! Ich bin ergriffen bis ins Mark, weil meine Seele frei ist, ungespalten, erfüllt von der ganzen unerhörten Unschuld der Natur. Abends fließt des Erlösers Blut rot über den Himmel, die Luft im Fenster des Schlafsaals verfestigt sich, du betest, härtest deinen Willen, beugst deine Seele vor dem Glauben, gewöhnst dich an Unterwerfung und daran, *dass du selber nichts bist*. Mehr noch, du fängst deine Unterwerfung zu lieben an und – bist schon wieder ergriffen.«

Kotzev duckte sich so tief in seinen Mantel, dass der hochgeschlagene Kragen sein Gesicht bedeckte.

»So war es, bis ich mich eines schönen Morgens fragte: ›Warum eigentlich hat Gott Kain abgelehnt und Abel bevorzugt?‹ Diese kleine Frage hat mich monatelang gequält. Eines Tages konnte ich es nicht mehr aushalten, nur zu gehorchen und in blinder Ergriffenheit zu verharren. Da habe ich gefragt. Verstehst du: Statt Gott einfach zu lieben, habe ich mich selbst etwas gefragt! Als ich die Frage laut stellte, wurde ich sofort hinausgeworfen aus dem Seminar. Recht so! Gott verlangt

Selbstlosigkeit, Einförmigkeit und Demut, und nicht drängende Fragen und Freiheit der Persönlichkeit. Er hat die Einheit der Welt zerstört, als er den einen Bruder dem anderen vorzog, und ich verlor meine innere Ganzheit, als ich meine Freiheit *zu denken* erkannte.«

Der bodenlange Mantel beraubte Kotzev völlig seiner Individualität. Der hochgeschlagene Kragen verbarg seine Augen. Seine Stimme aber leuchtete. Seine Worte ergossen sich glatt und … ja, das war auffällig: Er stotterte überhaupt nicht.

»Geblieben ist mir von damals diese Eigenart, leicht von Rührung ergriffen oder von Ergriffenheit gerührt zu werden. Will man von mir, dass ich vergebe, eine Beleidigung oder Schlimmeres vergesse – packt mich die Rührung; will man von mir, dass ich eine Ungerechtigkeit begehe, mein Herz vergewaltige bis zu voller Gleichgültigkeit, dass ich grausam und unmenschlich bin … packt mich wieder das Herzeleid! Kennst du das auch? Na, wie auch? Du bist ja kein Seminarist gewesen, mein Lieber! Du hast diese seelische Offenbarung nicht kennengelernt, dieses aufrichtigste Leuchten des Glaubens. Um es dir geradeheraus zu sagen: Du musst erst noch lernen, richtig zu glauben! Den Wunsch haben, zu glauben, das reicht nicht; zum Glauben braucht man auch eine spezielle Technik.«

Kotzev verlagerte sein Paket mit dem Gabardine-Stoff vom rechten unter den linken Arm und hüstelte drohend. Die gelben Pflastersteine vor dem alten Zarenschloss waren vom Schnee geräumt und glänzten gefährlich glatt unter ihren Schuhen.

»Wie du siehst, bin ich nicht bis zum himmlischen Jerusalem gelangt, habe ich das reinigende Licht nicht erblickt; doch im Priesterseminar habe ich etwas gelernt, was du nicht wissen kannst, und das ist: *Der ganze Kampf zwischen Gut und Böse tobt in unserem Inneren, auch wenn die Versuchungen eindeutig von außen kommen.* Darum habe ich dir gesagt, dass auch der Klassenkampf jetzt *in uns* stattfindet. Professor Jowtschev aber tut mit seinem Intellektuellenhochmut, seinem Aristokratendünkel so, als existierte dieser Kampf gar nicht, oder beträfe jedenfalls die Studenten und die Universität nicht. Ich hasse ihn, Bruder, bis in die Eingeweide hasse ich ihn dafür, dass er den verhängnisvollsten aller Wege aufzeigen will, den Weg zur *Wahrheit*, und nicht den zum

Glauben! Von Christus habe ich mich losgesagt, weil ich mit dem Fragen angefangen habe, so unschuldig diese Fragen von damals auch gewesen sein mögen. Wahrlich, ich sage dir, Bruder: Nur wenn wir die Leute zwingen, sich schuldig zu fühlen, können wir sie retten und für den Glauben gewinnen. Wir alle sind schuldig für das, was war, was ist und was sein wird, verstehst du? Aber so etwas kann der Mensch nicht rational begreifen, so etwas muss er durchlebt haben, wie ich.«

Die Kriegszerstörungen um die Targowska-Straße leuchteten in der Finsternis mit der Reinheit einer unbefleckten Kinderseele. Der Schnee, weich und duftig, verdichtete sich in der Ferne – eine gespenstischweiße, bewegliche Wand. Kotzev atmete tief ein und aus. Er fühlte sich pudelwohl im Flockengestöber, so als brächte ihm der feuchtkalte Wind heilsamen Trost.

Assen empfand erneut ein Gefühl von Bedauern für diesen Mann – und verzieh ihm diesen galligen Ausbruch der Verbitterung. Wie er Kotzev so eingepackt in seinen dicken Mantel sah, kam es ihm vor, als müsse der sich zwangsläufig erkälten. Tatsächlich: Dieser Mann *glaubte* an den Aberwitz, den seine religiösen Leidenschaften ihm diktierten.

Assen hätte ihm gern etwas Nettes gesagt, ihm ein Kompliment gemacht, doch er musste an seinen letzten Besuch bei Professor Jowtschev denken. Er hatte ihm Holz gehackt, hatte seinen Kanonenofen von der Straße hineingetragen, und schließlich, während sie aromatischen Kräutertee tranken und die Flammen aus der offenen Luke wundersame Schattengestalten an die Wand malten, hatte Jowtschev ihm gesagt: »Das Dogma ist ein leichtes Gewand, Weltschev, es bewahrt uns vor der Sünde nicht deshalb, weil es uns hilft, den Versuchungen zu wiederstehen; nein, es hält sie mit Gewalt und Zwang von uns fern. Das Dogma will uns zum Glauben führen, indem es die Wahrheit vor unserer natürlichen menschlichen Neugier verbirgt. Ich setze das Leiden an der Sünde gleich mit der Größe des Lebens. Wenn ein Glaube aufhört, an seinen Belangen zu zweifeln, dann projiziert er seine Zweifel auf die Menschen und beginnt mit ihnen in Streit zu treten. Es hieß immer, die Menschen seien Gottes nicht würdig, aber hat sich auch schon mal jemand gefragt, ob Gott der Menschen würdig ist?«

Kotzev riss ihn aus seinen Gedanken:

»Was schweigst du, Freund? Suchst du einen Weg, um dich herauszuwinden? Du quälst dich, bist wählerisch, dabei vergisst du, dass es hier um die Revolution geht – sie ist das letzte aller Testamente! Ich weiß, dass du Kommunist bist, mit Herz und Verstand, und ich empfinde dich als Bruder, aber, nicht wahr, du verstehst …« Er ließ eine gefährliche Stille folgen, während sie die Straßenbahnschienen vor den Markthallen überquerten. Dann fasste er Assen ans Revers, schaute ihm wie abwesend in die Augen und beendete seinen Satz: »… auch Kain und Abel waren Brüder!«

6

Der Saal, in dem die Sitzung des Fakultätsrats stattfand, verströmte Langeweile. Der rechteckige Tisch nahm fast den ganzen Raum ein. An der Wand gegenüber dem Fenster hingen die Porträts von Stalin, Georgi Dimitrov und eine Agitprop-Tafel. Mit Temperafarben war darauf ein Baum gezeichnet, der die Republik symbolisierte. Seine Früchte stellten den Volksgerichtshof, das Wahlgesetz, die Rechte der Frauen und das Gesetz gegen Spekulantentum dar. Eine üppig bestückte Bäuerin »erntete« diese goldenen Äpfel und legte sie zu anderen in einen Korb. Die Dozenten der Fakultät hatten ihre Stühle zu kleinen Grüppchen zusammengerückt. Zusammen mit den Herren von der Fakultätsverwaltung, allesamt Mitglieder der kommunistischen Partei, waren es nicht mehr als fünfzehn Personen. Das müde Sonnenlicht glitt über die Vorhänge hinab und bildete helle Pfützen auf dem Parkett. Auf der Tagesordnung standen die Umgestaltung des Lehrplans und die Einführung ideologischer Disziplinen an der Universität.

Die Versammlung verlief stürmisch. Erst weit nach Mitternacht war sie beendet. Einige meldeten sich gleich dreimal zu Wort, griffen jemand anderen heftig an oder verteidigten ihn. In einzelnen Momenten wurde es so schlimm, dass diese akademisch ausgebildeten Menschen einander regelrecht überschrien. Dozent Kotzev schreckte nicht davor zurück, in geradezu alttestamentarische Rhetorik zu verfallen. Mit seiner stotternden und keinen Widerspruch duldenden Stimme wirkten seine Worte wie ein Fluch, und in den Köpfen seiner Zuhörer kamen Bilder von einer permanenten, sich in der Zukunft auftürmenden Opferbereitschaft hoch, die kein Ende haben würde.

Alle waren gekleidet in Zweireiher, die sie sich aus den drei Metern zugeteilter brauner Gabardine hatten schneidern lassen. Die Jacketts mit ihren scharf gezackten Revers zeugten ebenso wenig von schneiderischem Einfallsreichtum wie die Anzughosen mit ihren weiten Beinen, die in breiten Manschetten endeten. Diese Uniformiertheit in wenn auch exklusivem Textil war bedrückend in ihrer Aufdringlichkeit. Assen kam es so vor, als handle es sich bei den Versammelten um ein und denselben Menschen, der irgendwo im Dunklen vervielfältigt und daraufhin gebündelt unter das elektrische Licht der Saalbeleuchtung gesetzt worden war. Seltsam war nur, dass dieser *eine Mensch* keineswegs immer einig war, sondern sich auch widersprach, dass er mal leise und heiser, ohne Selbstbewusstsein sprach, mal überheblich und im Brustton der Überzeugung. Dieses einheitsbraun gekleidete Wesen schien kein autobiografisches Gedächtnis zu haben, auf dem sich die Persönlichkeit gründet, sondern stolperte völlig wehrlos durch seine Selbstwidersprüche. Der Wegfall physischer Unterscheidungsmerkmale, der eigentlich Konsens und Geschlossenheit erzeugen sollte, provozierte stattdessen, wie Assen bemerkte, jeden Einzelnen erst recht, sich zu profilieren, und wie ging das anders als durch den Ausdruck des Nichteinverständnisses.

Spät, gegen elf Uhr erst, kamen sie auf den Gedanken, dass man ja auch die Fenster öffnen könnte. Vom plötzlichen Eindringen der schneeduftenden Winterluft wurde ihnen schwindlig, als hätte jemand Giftgas in den Sitzungssaal geleitet. Assen war verblüfft, als Dekan Kotzev ihn in seiner Kandidatur für den Posten des Parteisekretärs der Fakultät unterstützte. Kleinwüchsig, wie er war, hielt er sich zu beiden Seiten des Rednerpults fest, als wolle er es umarmen, sammelte erst die Blicke aller auf sich und begann dann, Assen mit übertrieben feierlichen Worten zu loben, ohne ihm jedoch den Vorwurf des Liberalismus und verwerflicher allseitiger Toleranz zu ersparen. Ihn packte beim Reden ein solcher Enthusiasmus, dass seine Augen zu funkeln begannen. Seine stark nach hinten verlängerte Stirn schimmerte wie eine Kupferplatte. Die Rührung hatte ihn ergriffen! Das aber hieß: Vorsicht! Denn Assen wusste nun, dass dies der Moment war, in dem er sein Herz wieder für seinen Glauben vergewaltigte.

Um Mitternacht wurde Raucherlaubnis gegeben, und die Stimmzettel für die geheime Abstimmung wurden verteilt. Assens Namen hatten sieben der Anwesenden angekreuzt, was Zweifel aufkommen ließ, ob er als Parteisekretär geeignet war. Er wurde schließlich mit einfacher Mehrheit gewählt, worauf Kotzev ihm einen nassen Kuss auf die Wange drückte. In der ungelenken Umarmung des Dekans fielen Assen die Worte des Judas an die Pharisäer ein, die Pater Anissi aus dem Evangelium zitiert hatte: »Den ich küssen werde, der ist es, den ergreifet!«

Die ganze folgende Nacht fand er keinen Schlaf. Er lauschte dem gesummten Lied des Ofens in der Küche, folgte mit seinen Augen dem flink tanzenden Widerschein des Feuers an der niedrigen Zimmerdecke. Ohne dass er den Sieg angestrebt hätte, hatte ihn die Niederlage ereilt …

Am nächsten Tag stürmte Professor Jowtschevs Assistent sein Sprechzimmer im zweiten Obergeschoss. Ewgeni Pejtschev war ein junger, ungewöhnlich intelligenter Mann mit einem wahren Zinken von Adlernase und kurzem krausen Haar. Er zündete sich eine Zigarette an, und die Sonne spann feine Silberfäden in den grau aufsteigenden Rauch, der sich zwischen sie legte. Er nahm ungefragt Platz und schlug die Beine übereinander. Dies gab Assen die Möglichkeit, zu erkennen, dass die Hosenbeine von Pejtschevs Gabardine-Anzug enger geschnitten waren als die aller Übrigen, und unten – fehlten die Manschetten.

»Ich höre …«

»Genosse Dozent«, begann Pejtschev kehlig, »Ihnen ist sicher nicht verborgen geblieben, dass gestern sieben Personen *gegen* Sie gestimmt haben. Die Gruppe Kotzevs besteht aus genau sieben Leuten. Gestatten Sie, dass ich sie Ihnen namentlich aufzähle: Professor Evtimov, Bujuklijski, Natschev …«

»Verlassen Sie sofort mein Sprechzimmer«, sagte Assen leise und begann sich zu fragen, welchem Umstand er diesen unerwarteten Besuch verdankte.

7

In diesem Winter trafen sich Assen und Emilia häufig und mit zwangloser Regelmäßigkeit. Anfangs war ihm das sehr angenehm, dann aber begann es ihn zunehmend zu erschrecken. Beide wurden immer befangener. Die gemeinsam in der Kneipe »Zu den sieben Eseln« vor einem Glas dünnem Bier und einer Portion hastig gegrillter Hackfleischröllchen verbrachten Abende waren schließlich eine einzige Qual. Das Türglöckchen bimmelte freundlich, wenn sie in das erregte Stimmengewirr des Lokals eintauchten. Drinnen war es warm, und es roch nach menschlichen Ausdünstungen, trocknenden Lumpen, Knoblauch in Essig und Obstbrand. Sie gingen an den Krüppeln vorbei, am Tresen Bai Wassos, und setzten sich immer an den Tisch am Fenster, dessen Glas ihre schweigsamen Profile widerspiegelte. Die Straße da draußen – die abendstillen Häuschen, die schartige Silhouette des Sägewerks und des Holzlagers, die ausgespannten Wagen und der Schnee – drang nur schemenhaft durch die Scheiben.

Bai Wasso begrüßte sie stets liebenswürdig und wischte sich erst seine Hände an der fettigen Schürze ab, bevor er ihre Bestellung aufnahm. Die kriegsversehrten Krüppel redeten derweil über sie. Einsame Frauen jenseits der vierzig und mit leeren Augen warteten darauf, dass jemand ihnen einen Menthol- oder einen eisgekühlten Anisschnaps ausgab. Und da kam auch schon ihr Bier – in buckligen Glaskrügen, die »urig« wirken sollten. Der Wirt spielte Tricktrack mit einem eben pensionierten Feldwebel. Die Würfel prallten, die Spielsteine knallten auf das aufgeklappte Holzbrett mit den zwölf lanzettenspitzen Feldern auf jeder Seite.

Je häufiger Assen sich mit Emilia traf, desto klarer kehrte die Erinnerung an Vera zurück, an die Abende, die er mit ihr in ebendieser Schenke, »Zu den Sieben Eseln«, verbracht hatte, und an der sie sich ebenfalls schuldbewusst und trostlos angeschwiegen hatten. Seine Schuld wuchs, glich einer schmerzlich-süßen Ohnmacht. Er begann Emilia von Vera zu erzählen, berauschte sich an den Einzelheiten, vertat sich in einzelnen Details, die ihm entfallen waren. Er wollte auf diese Weise nicht nur von seiner Schuld erzählen, etwas von Vera zu Emilia hinüberretten, sondern dürstete auch danach, sie zu dramatisieren, sie zu verkomplizieren, so als lebte sie noch und sei immer noch seine Ehefrau, die Emilia und er folglich durch ihre Treffen betrogen.

Emilia hinderte ihn nicht, sie wurde nur leicht blass, sodass ihre Sommersprossen stärker hervortraten. Sie schwieg, von ihrem Haar weizenblond gerahmt, doch sie hörte zu und unterbrach ihn nie. Sie versuchte auch nicht das Thema zu wechseln oder ihn zum Gehen zu bewegen. Bai Wassos Papagei kicherte, krächzte rüpelhaft und zerzauste sein Gefieder mit schwarzem Schnabel.

Assen schämte sich insgeheim. Seine Schuldgefühle Vera gegenüber schmerzten wie ein Kloß, der immer dicker in der Kehle wurde. Ausgerechnet da überkam ihn aus heiterem Himmel die Sehnsucht, Sonja Toromanova wiederzusehen, einzutauchen in die samtigweiche, edle Melancholie, die sie um sich her verströmte wie eine Blume. Diese Sehnsucht war so machtvoll und unstillbar, dass Assen sie jenen Trieben zurechnete, mit denen man sich abfinden muss, weil sie einem in ihrer Unerfüllbarkeit so oder so ein Leben lang auf der Seele liegen. Über Sonja Toromanova sprach er daher nie; über sie schwieg er. Sogar vor sich selbst suchte er sie zu verbergen …

Der Schaum auf ihrem Bier fiel in sich zusammen, während sie in ihren Gedanken versanken und der Papagei sie gleichsam nachahmte, indem er den Kopf hängen ließ. Das Bild der drei Frauen mischte sich in Assens Kopf, und das verwirrte ihn umso mehr, als sie sich geradezu gegenseitig in sein Bewusstsein zu rufen schienen. Es gab keinerlei Eifersucht zwischen ihnen, und sie standen einander nicht im Weg. Sie brauchten einander so sehr wie der Schatten das Sonnenlicht brauchte, um Kontur zu gewinnen, Form und Leben. Ohne Emilias aufmerksames Zuhören verstummte Assens Schuldgefühl gegenüber Vera, und ohne dieses erschütternde Gefühl hatte seine Sehnsucht nach Sonja Toromanova keinen Sinn mehr, sondern war einfach nur etwas Unmoralisches.

Emilia stocherte mit der Gabel in ihrem Teller, schob die sauren Gurken und die weißen Bohnen hin und her. Er hatte Angst, sie zu fragen, weil er ihre Antwort bereits kannte. Voller Begeisterung und mit theatralischer Offenheit hatte sie ihm gesagt: »Du rührst mich, Genosse Weltschev, machst mich richtig traurig, aber … manchmal ertappe ich mich auch dabei, dass ich die Rolle einer jungen Frau spiele, die in einer

Gaststätte sitzt mit einem klugen Papagei und einem verstörten Mann. Es ist so einfach, dass ich es nicht näher erklären kann. Alles, was ich tue, ist wahrhaftig, ist nötig für jemanden, weil ich jetzt Zuschauer habe und mich nicht vor ihnen schäme. Wenn ich nur mit dir allein bliebe, würde ich sterben vor Scham, aber das kann ich nicht. Und du willst es ja auch nicht!«

»Sie hat genau so gelächelt wie du«, hatte Assen ihr grausam erwidert.

Er besaß kein Foto von Vera, konnte ihr nur ein paar ihrer billigen Kleider zeigen, die Jonka sorgsam verstaut hatte, sowie das sackartig hängende Umstandskleid, das Vera in der Schwangerschaft getragen hatte. Durch ein paar Falten und aufgesetzte Täschchen war es wenigstens etwas auf »schick« getrimmt. Es war so robust und praktisch, dass Vera es ihr ganzes Leben hätte auftragen können – sie, das Kind, die Garnrollen, Scheren und die Seife, das letzte Handgepäck und das letzte Lebewohl, mit dem sie sich von ihm verabschiedet hatte, bevor sie zur Entbindung gegangen war. Sie verschwand aus dieser Welt, plötzlich und mit allem, womit sie zu ihm gekommen war. Doch genau durch dieses spurlose Verschwinden hatte sie ihm dieses schreckliche, erstickende Gefühl der Schuld beschert. Solange er mit Jonka und Jordan zusammen war, hörte dieses Schuldgefühl auf, gab seine Seele Ruhe. Dann vergaß er auch Sonja Toromanova, ihr über eine Stickarbeit gebeugtes Profil, ihre stolze Einsamkeit, die sie ausfüllte klar wie ein Bergquell.

Bai Wasso machte die Rechnung; ein Trinkgeld lehnte er ab. Der Wirt blinzelte ihm dabei verschwörerisch zu. Der Teekessel brodelte auf dem glühenden Herd. Die Kriegsversehrten sprangen mit unkoordinierten Bewegungen auf, als sie sich zum Gehen anschickten; das Fenster beschlug, und mit ihm auch die umliegenden Häuschen mit ihren kleinen Höfen, die unter einer bläulich schimmernden Schneedecke lagen. Als sie draußen waren, sahen sie den Rauch aus den Kaminen aufsteigen in die Zeitlosigkeit dieser kalten, weiß erstarrten Welt des Stadtrands von Sofia, in der es nach auskühlender Ofenschlacke roch, nach Bahnhof und nach windpoliertem Eis. Emilia hörte, in ihren alten Übergangsmantel gehüllt, mit geneigtem Haupt zu. In all ihrer Jugend, Neugier und Unvoreingenommenheit war sie so erfahren im Spielen ihrer Unschuld, dass Assen fast gar nicht spürte, dass sie ihn liebte.

Über sein geplantes Buch sprachen sie nur noch selten. Assen konnte einfach nicht schreiben. Die Blätter, über die er ganze Nächte gebeugt saß, glichen in ihrer Weiße und Unberührtheit dem Schnee draußen, und jedes Wort würde sie nur verschmutzen. Er redete sich ein, dass er noch in der Vorbereitung sei, noch Quellenmaterial sammle. Außer in Platons »Politeia« blätterte er auch in Lenins »Der Staat und die Revolution« und allem, was ihm sonst noch so in der Bibliothek in die Hände fiel. Er war verblüfft, wie in jedem vergegenständlichten Wort auch etwas zum Thema Macht mitschwang, sogar in der Bibel, die neben Jonkas Bett lag. Professor Jowtschev, darauf angesprochen, wunderte sich gar nicht, sondern versicherte ihm: »Aber natürlich! Das Wasser dringt ja auch überall ein – in die Erde ebenso wie in die Luft. Genau so ist es mit der Macht! An der einen Stelle erscheint sie Ihnen wie ein wogendes Meer aus Leidenschaften oder als offene Aggression, an der anderen sieht sie aus wie ein Federwölkchen, das die Abendröte ziert und das Auge erfreut. Darum werden Sie die Macht auch in jeder, egal welcher, Gesellschaft oder Gesellschaftsform antreffen, in jedem wie auch immer gearteten Wissen, in jeder Wahrheit, jeder Religion. Sie ist der unsichtbare Äther, in den alle Dinge mitsamt ihrer Bedeutungen getaucht sind – wie könnte man sie da von ihnen ablösen und gesondert betrachten? Die Harmonie ist Macht und das Chaos ist Macht, und jede Macht ist auch zugleich Unterwerfung unter Macht. Sehen Sie, darum hungert die menschliche Seele so sehr nach diesem unlösbaren Widerspruch: zu herrschen und sich zugleich zu unterwerfen!«

Emilia hatte aufgehört, ihn zu trösten, weil sie ihren Wunsch verloren hatte, ihn zu verstehen. Und Assen? Schuldbewusst vor dem Andenken Veras, dürstend nach einer Begegnung mit Sonja Toromanova, um sich der aufdringlichen und fremden Begleitung Emilias zu entziehen, fühlte er sich vollkommen wehrlos. Genau in diesem Moment aber, als er ihr hätte sagen müssen, dass es so nicht weiterging, dass dies ihr letzter gemeinsamer Abend war, genau in diesem Moment schlug er ihr vor, sich gleich morgen wiederzutreffen …

Ein unsichtbarer Schmied hatte die Straßen mit dem stählernen Widerschein des Mondlichtes eingefasst, die Luft schien zu klingen. Vor dem Häuschen mit den vielen wahllos angestückten Anbauten hielten sie. Schwer vom Schnee, glich die Weinlaube einem Tunnel, dessen Bogen verlockend zum Zimmer und zum Bett Emilias führte. Assen beugte sich vor, berührte kaum merklich die salzige Wärme ihrer Lippen. Leicht geöffnet, erinnerte ihr Geschmack an den einer Wunde.

8

Endlich hatte Assen die vierundzwanzigtausend Leva beisammen, die er Sonja Toromanova schuldete. Er tat sie in dasselbe kleine, kleeblattförmige, mit Perlchen bestickte Portemonnaie, in dem er sie von ihr bekommen hatte, und meldete sich mit lichtem Vorgefühl telefonisch aus dem Sprechzimmer Professor Jowtschevs bei ihr. Als sie seine Stimme hörte, zuckte sie sofort zurück. Er hörte das beschleunigte Atmen ihrer Panik, ihrer Verzweiflung. Es knackte in der Leitung, und Assen wiederholte:

»Ich möchte Sie um ein Treffen bitten, gnädige Frau.«

Ruhiger, als sei sie plötzlich weise geworden, warf sie ihm vor, dass er lange nicht mehr zum Mittagessen bei ihnen erschienen sei. Er stellte sich den majestätischen, schwarz lackierten Flügel vor, der zumeist nur stumm vor sich hin ächzte, die Wärme im offenen Kamin, die Plüschsessel, das nahrhafte Essen und das Glas mit dem fassgereiften Wein; er erinnerte sich an die betäubende Geschwätzigkeit seines Vetters Georgi, an Sonjas melancholische Aura, und nicht zuletzt an die physische Rettung, die ihm ihr Haus als Zufluchtsort nach dem Attentat auf General Lultschev gewährt hatte. All dies nährte seine Selbstsicherheit, und er betonte:

»Nein, ich möchte mich mit Ihnen allein treffen.«

Nun war ihr Schweigen höflich reserviert. Sonja schwankte. Schließlich antwortete sie: »Ich werde in einer halben Stunde vor dem Haupteingang der Newski-Kathedrale sein.«

Sie sagte das so, als sei die Nähe des erhabenen Gotteshauses Trost und einziger Schutz für sie.

Assen rauchte ein paar Zigaretten, geblendet von der beginnenden Dunkelheit. Das Ockergelb der Studentenbibliothek leuchtete auf, während der Himmel hinter dem Fenster verschwand. In seiner Seele war es öd und leer. Die Tatsächlichkeit des bevorstehenden Treffens hatte das Geheimnis der beständigen inneren Erwartung zerstört. Was war sie denn, diese Wirklichkeit? Vollgestopft mit Geschwätz und Einzelheiten war sie, und doch viel simpler als das subtile Gewebe unserer Erwartung; vielleicht war sie darum oft so enttäuschend. Assen drückte den letzten Zigarettenstummel im Aschenbecher aus und hoffte insgeheim, Sonja möge nicht erscheinen.

Vor der Mensa tauchte er ein in den Geruch nach Weißer Bohnensuppe und Güwetsch. Er verließ das Universitätsgebäude, durchquerte den kleinen Park und gelangte auf den großen Platz um die Kathedrale, dessen Pflastersteine von der winterlichen Feuchtigkeit noch immer wie poliert aussahen. In den Geruch nach Schneeschmelze mischte sich kaum wahrnehmbar ein erster Frühlingshauch, der unruhig machte. Er sah, wie die gertenschlanke Figur Sonjas durch den Lichtkegel der nahen Straßenlaternen schritt, und spürte, wie ungeeignet der vereinbarte Treffpunkt im Grunde für ihre Begegnung war. Hier, im feierlichen Leerraum vor der Kirche, waren sie zum Verzweifeln auffällig, und er wusste, dass diese verwirrende Sichtbarkeit ihn stören würde.

Sonja blieb eingeschüchtert und betörend schön vor ihm stehen. In ihrem Schweigen lagen Frage und Antwort zugleich. Ihre Kleidung war in dunklen, beruhigenden Farben gehalten; sie trug ein schwarzes Hütchen und einen schwarzen Schal, der von einer Nadel zusammengehalten wurde. Sie kam ihm fremd vor, so verletzend in ihrer Eleganz. Sein eigener langer, unförmiger Mantel drückte ihn auf einmal wie ein Rucksack. Leichte, kitzelnde Kühle drang in seinen Kopf ein, und er wiederholte sich etwas, das er vor Jahren im Bann ihres Charmes gedacht hatte: *Aber sie ist doch mein Klassenfeind!* Er zwang sich zu lächeln. Auf den steinernen Stufen vor der mächtigen Silhouette der Kathedrale gab es eigentlich nichts zu sagen. Aber irgendwo hingehen konnten sie auch nicht.

»Im schwersten Augenblick meines Lebens«, sagte Assen schließlich nervös, »hatten Sie die Güte, mir mit Geld auszuhelfen. Das war nach den schweren Luftangriffen auf Sofia … Es ging um meine Familie …«

»Oh, das vergessen Sie aber bitte …«

»Ich bestehe darauf, meine Schuld Ihnen gegenüber zu begleichen!« Das sagte er so schroff, dass es fast beleidigend klang. Er erschrak. Über Sonjas ergebene, erschreckte Augen fiel ein Netz aus langen Wimpern und verschleierte ihren Blick. Unbewusst richtete sie ihren Schal und seufzte. Das perlchenbestickte Portemonnaie schimmerte in seiner Hand wie eine geschlossene Muschel.

»Ich denke ununterbrochen an Sie«, fuhr er leise fort.

Er musste sich dieser beinahe unbekannten und ihm doch so nahen Frau einfach mitteilen, ihr jenen Moment, der sich so tief in sein Gedächtnis eingegraben hatte, in Erinnerung rufen, als sie beide allein vor dem brennenden Kamin geblieben waren und ihre Hand, einer Taube gleich, die Krümel auf dem Tablett mit den Biskuits aufpickte. Dann waren sie ohne jeden Grund aufgestanden, aus einem blinden Impuls heraus, den sie sich nicht erklären konnten. Wenn sein Vetter Georgi sie so gesehen hätte, dachte Assen müde, hätten wir uns nie getrennt! Sonja hatte ihren Kopf auf seine Schulter gelegt. Das war eine Umarmung, die zu nichts führte, in der aber alles enthalten war, die ganze Verschmelzung von Mann und Frau, eine Umarmung, in der die Zeit sich auflöste und alle Worte ihren Sinn verloren. Es war nur ein einziges Mal, *dieses eine Mal*, vorgekommen. Nur ein einziges Mal hatten sie sich die Freiheit erlaubt, aufs Ganze zu gehen, waren das ungeheure Risiko eingegangen, einen ewigen Moment lang auszukosten, wie es wäre, für immer zusammen zu sein. Sie hatten vergessen, wo sie waren und wer sie waren; und da sein Vetter für unabsehbare Zeit das Haus verlassen hatte, hätte es ohne weiteres geschehen können.

Dies hier, sagte sich Assen nun, ist unsere letzte Chance. Ich habe sie gerufen, um ihr das Geld zurückzugeben und die Erinnerung an etwas, das auch ihr gehört. Von nun, von diesem Abend an gibt es nichts mehr, das ich ihr zurückgeben könnte.

Er ergriff ihr Handgelenk. Sonjas Haut war kühl, zart und leistete – noch – keinen Widerstand. Ihre Augenlider zitterten und die Kondenswölkchen vor ihren Mündern mischten sich. Doch wie sollte Assen, der über Jahre nicht den nötigen Mut gesammelt hatte, sich jetzt in einem einzigen Augenblick ändern? Sein Stolz, seine sinnlose und ans Bittere grenzende Anständigkeit, die quälende innere Notwendigkeit, drei

Frauen gleichzeitig treu zu sein, damit der Schemel seiner Seele nicht umfiel, behinderte ihn und durchkreuzte seine Worte, noch bevor sie sein Bewusstsein verließen und zum Mund wanderten.

Noch immer leistete ihre Hand keinen Widerstand. Ihre Lippen waren halb geöffnet, verlockend feucht, betont durch einen dezenten Lippenstift. Ihre Einsamkeit, die vor Erwartung barst wie ein überfülltes Kolosseum vor dem Beginn der Spiele … In den goldenen Kuppeln über ihnen wachte Gott, doch – Assen verpasste den Augenblick. Enttäuscht von sich selbst, niedergeschlagen, gewahrte er wieder ihre Eleganz, das verderbte Schimmern ihres Pelzkragens, das schwarze Hütchen, an dem nur der Schleier fehlte, den schwarzen Schal mit der Nadel, den taillierten Mantel, der ihren Körper nur unterstrich und ihn ihm anbot, als wäre er ein Kuppler.

Seine Finger hätten ihr Handgelenk ganz leicht umknicken können. Sonjas Gesicht verzerrte sich und entfernte sich wie ein abfahrender Zug. Es war noch immer dasselbe und doch verändert, beschienen von der Trennung, die die Nähe zwischen ihnen auslöschen und die Einsamkeit dafür verdoppeln würde; dann das Eintreten der Stille auf dem menschenleeren Bahnsteig.

»Gut, ich nehme das Geld an«, sagte sie schlicht, »doch Sie, Herr Weltschev, bitten mich nie wieder um ein Treffen unter vier Augen … Ich habe Angst vor Ihnen!«

Sie entzog ihm ihr Handgelenk und tat damit alles, was in ihren Kräften stand, um ihn nicht zu enttäuschen. Assen sah, wie ihre Umrisse sich in den dunklen Ausdünstungen der einbrechenden Nacht auflösten, und erst jetzt fühlte er, wie riesig und leer sie war, diese Nacht. Ich liebe sie, dachte er erschüttert, aber es gab niemanden, dem er es hätte sagen können.

9

Binnen weniger Monate erreichte Ilija Weltschev jene Altersgrenze, nach der der Mensch aufhört, sichtbar zu altern, und sich innerlich langsam in ein Kind verwandelt. Nach der Verstaatlichung seiner Fabrik wurde er nicht etwa krank, sondern brach regelrecht zusammen. Sein Haar wurde schlohweiß und sein Gesicht nahm jenen gequälten Ausdruck des Einsiedlers an, der sein ganzes Leben im Kampf gegen den Satan vertan hatte. Seine Anzüge und seine Pantoffeln wurden ihm zu weit, sein Lächeln kam aus würdiger Ferne, und seine Trinkerei war keine Leidenschaft mehr, sondern eine Trauer. Von allen Widiner Industriellen war er der Einzige gewesen, der es abgelehnt hatte, Direktor in seiner eigenen Fabrik zu werden.

Die Zigeuner aus dem benachbarten Viertel sahen, wie zur Nachtzeit ein Lichtschein von Zimmer zu Zimmer durch das ganze stattliche, längst verwaiste Haus wanderte, vor dessen Paradeeingang ausgetretene Schuhe sich mit Frühlingsregen füllten. Einer munkelte, auf diesen spukhaften nächtlichen Wanderungen suche Ilija ein Versteck, in dem er sein Geld vergraben könne, aber die krokusfarbene Flamme der Petroleumlampe stieg nie in den schimmelbefallenen Keller hinab und tauchte auch nie in der nächtlichen Finsternis des Hofes auf. Andere wussten, dass er einfach nur ruhelos sich selbst durchwanderte. Nie öffnete Ilija die Fenster, um die Nacht einzulassen. Er schlurfte durch die angestaubte Pracht seiner Wiener Möbel, erstieg die Treppe zu seinem Arbeitszimmer, ging von da ins Wohnzimmer, ließ das Schlafzimmer aber konsequent aus. Über die Hintertreppe stieg er anschließend in die Küche hinab, wo sich ungespültes Geschirr aus seiner eigenen Fabrik stapelte. Er ging aber nicht durch den Dienstboteneingang hinaus in den Hof, sondern wandte sich wieder um und ging durch den Hausflur zum Bogen des Haupteingangs. Einen Moment lang leuchtete die steinerne Amor-Putte in dessen Mitte geheimnisvoll auf, danach vollendete der Lichtkegel der Petroleumlampe mit ihrem schon verlängerten Docht ihren Rundgang im Salon. So ging das bis zum Morgengrauen.

Die Widiner, nachdem sie aufgehört hatten, Ilija zu hassen, empfanden Mitleid oder Rührung. Niemand wusste, wovon er sich eigentlich ernährte. »Ihm müsste doch langsam das Petroleum ausgehen«, wunderte sich die Behaarte Stefania. Im Flüsterton wurde die Besorgnis geäußert, dass er eines Tages oder Nachts vor Schwäche zusammenklappen, dass die Petroleumlampe zerspringen und das Haus Feuer fangen würde. Zuerst würden die Teppiche schmoren, dann würden die Gardinen auflodern, dann die lackierten Möbel, und dann würde das ganze Haus in einem irren Feuermeer aufgehen und Erinnerungen an den Brand des Gasthofs wecken, dessen Flammengekicher im Jahre 1922 den Himmel gekitzelt hatte und das Zeichen für eine Wende im Schicksal des Volkes gewesen war.

Erst Ende März öffnete Ilija mit großer Mühe die Haustür. Die Türangeln waren eingerostet, die Schlösser verharzt. Er tapste durch die glänzenden Pfützen und zeigte sich dem menschlichen Auge, abgemagert, aber ungebeugt, wie einer, der durchs Fegefeuer gegangen war. Er kaufte ein Blech mit Teigtaschen, ein Stück Salami, zwei Flaschen Obstler und einen ganzen Sack voll Bauklötzchen.

»Was willst denn du mit den Klötzchen anstellen, Herr Weltschev?«, fragte der Schlaffe Kosta.

»Meinst du mich?«, fragte Ilija in dienstlichem Ton, erschauerte und drehte sich – schon im Gehen – noch einmal um und antwortete, mitten im Dreck stehend: »Na, was schon? Bauen. Bauen will ich damit.«

10

In der ermattend langen, aufgezwungenen Untätigkeit hatte er viel Zeit und keinerlei Aufgabe oder Ziel. Nachmittags ging er durch den Regen spazieren, setzte sich auf ein Bier ins ehemalige Restaurant »Royal«, jetzt »Republik«, schleppte sich, gefolgt von den Spötteleien der Kinder, zum Hafen und schaute Stunde um Stunde auf den Fluss, so als sei die Donau nicht nur ein Lebewesen, sondern auch eines, mit dem man reden konnte und das einen verstand. Den einzigen Anblick, den er sich kategorisch versagte, war der Anblick des Rauches, der hinter dem Zigeunerviertel aufstieg und aus den Schornsteinen »seiner« Porzellanfabrik kam. Überwältigt von Erinnerungen, kehrte er heim, starr, aber gestillt. Dann kochte er sich erst Milch auf, streute den Vögeln und dem Wind Krümel auf die Fensterbank, dann rückte er die Sessel im Salon auseinander, leerte den Sack mit den Bauklötzchen auf den Boden und – begann sie aufzuschichten. Mal dachte er sich eine neue, geräumige Lagerhalle aus, mal einen elektrischen Brennofen mit Schornstein und Schutzdach aus Karton für den noch ungemahlenen Ton.

Seine Anspannung wuchs, seine Aufmerksamkeit verdoppelte sich, und er murmelte vor sich hin wie ein Alchemist bei der Arbeit. Wenn Ilijas bunte Klötzchengebilde die Grenzen der Statik überschritten, fielen sie von selbst krachend zusammen. Das war der süßeste Moment für ihn, denn der Moment der Zerstörung des bereits Geformten bedeutete einen neuen Anfang, einen Appell an seine Phantasie, sich einen neuen Bau auszudenken. Eines Abends aber blieb der Klötzchenbau überraschend stehen. Dieses Bild, wie sie unverrückbar dastanden, schockierte Ilija. Was hätte Sisyphos getan, dachte er, wenn der verfluchte Fels nach vollendeter Anstrengung oben auf dem Berg liegen geblieben wäre? Die Antwort erschütterte ihn in ihrer Einfachheit: Sisyphos würde die Muskeln anspannen, das Tal zum Gipfel erklären und anfangen, den Brocken nach unten zu wälzen!

Ilija stand auf, lächelte wie ein Kind und versetzte seinem Bau einen Tritt.

Gerettet!

11

Ende Mai wurde das Wetter klar. Das Grün ergoss sich ungestüm in die Stadt. Der Himmel über der Donau wurde hell. Das Frühlingshochwasser zog sich aus den Kellern zurück, und der Strom gab sich wieder mit seinem Flussbett zufrieden. Der Vollmond versilberte die Nächte mit seinem Lächeln. Ein lauer Wind erzählte schöne Märchen. Das Militärblasorchester erschien mit seinen Instrumenten im Park, nur dass es jetzt nicht die bürgerlich-dekadenten Walzer von Johann Strauß spielte, sondern die Lieder aus dem sowjetischen Film »Walzer aus Sewastopol«, der schon viele Zuschauer zu Tränen gerührt hatte. Gärtner stutzten die Zypressen. Der Hauptweg erinnerte bald an einen Friedhof mit seinem

Geruch nach beschnittenem Frühling und seinem übertrieben feierlichen Posaunenklang.

Aus solch heiterem Himmel fasste das Bezirkskomitee der Partei den Beschluss, den Graben um die alte Festungsmauer zuzuschütten, um der Malaria, dieser Geißel der Widiner Menschheit, endlich den Todesstoß zu versetzen. Vergeblich widersetzte sich der alte Architekt Toko Tassev. Er meinte, der mächtige, uralte Graben sei eine Zierde der Stadt, sozusagen eine Halskrause aus grünem Wasser und Schilfrohr, die zu gegebener Zeit in einen romantischen Kanal umgebaut werden könnte, auf dem Vergnügungsschiffe fahren. Vergeblich wies er auch darauf hin, dass der Malariaerreger sich vornehmlich in den Sümpfen um die Stadt vermehre, über denen morgens der Dunst stand und nachmittags fette Blasen wie Froschaugen in den Himmel starrten.

Das Zuschütten des Grabens war bald eine Herzensangelegenheit der Partei, die höchste Verantwortung gebot. Die Parole, die Lehrer Koitschev in Dutzenden von Varianten zeichnete, und die sogar im Restaurant »Republik« ausgehängt wurde, lautete: »Weniger Malaria, mehr Sozialismus!« Ein Bagger wurde herbeigeschafft und zwei Traktoren auf Kettenrädern. Am Sonntag stellte sich die Bevölkerung mit Spitzhacken und Schaufeln am Graben ein. Bald erhob sich ein gutgelauntes, fröhliches Hallo, begleitet von Neckereien unter Genossen. Lastwagen und Pferdekarren fuhren die Erde heran, und Krum Marijkin zog zum allerersten Mal seine lederne Landvermesserjacke aus. Während er mit einem zentnerschweren Baumstumpf, an dem zur leichteren Handhabung zwei Griffe angebracht waren, die Erde feststampfte, glänzten seine ausgeprägten Muskeln im Licht. Die Opposition hingegen, die immer noch nicht ausgemerzt war, verteilte in ihrer unfassbaren Frechheit Flugblätter mit der Aufschrift: »Das bulgarische Venedig ist tot!«

Tante Allwissend kaufte sich eine Brille, um klarer zu erkennen, was sich da an Veränderungen abspielte; vom Niedergang der Stadt, insbesondere aber dem von Ilija Weltschev, wollte sie nichts verpassen. Jeden Tag ging sie ihn besuchen. Immer unpassend gekleidet in eine ihrer unmöglichen Roben, setzte sie sich in den Salon, wo Boshuras verführerische weibliche Präsenz langsam Staub ansetzte. Sie sprach mit ihm immer über die Zukunft und weckte so seine Nostalgie. Sie nähte ihm

Knöpfe an seine Hemden, beobachtete genussvoll, wie die Sonne die Vorhänge und das Fehlen von Sorgen Ilija zerfraß, und wartete auf den passenden Moment, um ihm eigenhändig den Rest zu geben. Was für ein Kreislauf ist doch das Leben, dachte sie. Ilija war ein Tyrann, der sich nicht selbst verwirklichen konnte; es wurde Zeit, dass er die Gelegenheit bekam, den Kreislauf zu vollenden und sich selbst zu vernichten!

Scheinbar unabsichtlich, aber methodisch zerbrach Gina alles, was einmal Ilijas Frau gehört hatte. Sie sehnte sich danach, mit dieser … dieser … Provinzschnecke ein für alle Mal fertigzuwerden. »Wie konnte ich nur den schönen Spiegel fallen lassen!«, tat sie überrascht und schaute mit offenem Mund zu den Scherben hinab. Oder sie sagte beim Blick in die Kommode: »Ob man diese Kleider nicht der wackeren Filet-Pena schenken könnte?« Worauf Ilija finster grummelnd erwiderte: »Mach damit, was du willst. Ich trage keine Kleider.«

Es bereitete ihr Vergnügen, im gedämpften Duft der Kleiderschränke zu wühlen. Die Seide schien beim Anfassen auseinanderzulaufen; fettig und glänzend wie ein Spiegelei leuchteten die Hüllen üppiger Weiblichkeit ihr entgegen, einer Weiblichkeit, zu der die Frau fehlte und immer fehlen würde. Gina schlug Boshuras Wäsche in die Zeitung von gestern ein, und auf dem Nachhauseweg ging sie am Fluss vorbei, um mit diebischem Vergnügen diese »Liebesgedenkfetzen« einer Unwürdigen der Donau zu überlassen. Die schlammigen Fluten nahmen das Päckchen auf, drehten und wendeten es, bevor es sich in der Strömung auflöste. Bevor sie untergingen, schienen die Kleidungsstücke wie Ertrinkende noch einmal um Hilfe zu winken.

Auf diese Weise starb Boshura dank Ginas geduldiger Bemühung langsam in ihrem eigenen Haus. Nun blieb, dachte sie, während sie mit der Brille auf der Nasenspitze eine Napoleon-Patience legte, nur noch, geduldig darauf zu warten, dass Ilija reif wurde für die ganze Grandiosität ihres Hasses. Was sie dazu beitragen konnte, tat sie, indem sie ihn mit unerschöpflicher Fürsorge vor jedweder Abwechslung bewahrte. Sie riet ihm, das Haus nicht zu verlassen, ja, vergraulte sogar Herrn Zozolanov, mit dem er bislang Ablenkung beim Schach gesucht hatte. Wenn er zum Schnaps griff, machte sie ihm eine regelrechte Szene, angeblich um seine Gesundheit besorgt. Sie fürchtete, er könne am Ende im Alkoholnebel alles Frühere vergessen, und dies war für sie der größte anzunehmende Unglücksfall. Sie wollte, dass er vor Leiden schwang, klang und sang wie ein Streichinstrument, und sie wollte selbst entscheiden, welche Saiten sie verstimmte und welche sie zerriss.

Zu ihren Füßen hockend wie ein minderjähriges Enkelchen, schob er seine Bauklötze hin und her und baute etwas, das nur in seiner Einbildung Form und Bestimmung hatte. Ginas Hass erreichte ihn durchaus und verwandelte sich bei ihm in innere Rage. Seine blauen Augen nahmen dann das Grau einer krankhaften Hornhauttrübung an und signalisierten, dass er zu jedem Streich bereit war.

»Hab ihn nicht erwischt, den Drecksack; dabei hätt' ich ihn unbedingt abknallen müssen!«, rutschte ihm einmal heraus.

»Wen?«, fragte Tante Allwissend mit Unschuldsmiene.

»Na, diesen widerlichen Bastard da, diesen Marijkin.«

»Das ist kein Bastard!«

Das Fass ihrer Geduld lief über. Noch bevor er sich umdrehen konnte, weinte sie schon. Die Tränen, die sie ihrem ausgetrockneten Körper abpresste, verschafften ihr keine Linderung, erniedrigten sie aber auch nicht, sondern schärften ihre Wachheit.

»Was weinst denn jetzt wieder?«, wunderte sich Ilija.

»Herzeleid …«

»Um wen, wenn ich fragen darf?«

»Um dich«, erwiderte Gina leise. »Es wird Zeit, dass du es erfährst: Wir beide haben einen Sohn!«

»Quatsch!«, lachte er und bekreuzigte sich.

Der Kampf würde also hart sein. Ihre Worte mussten klar und einfach sein. Das war gar nicht so leicht, denn die Rührung überkam sie, als sie sich an ihren jugendlichen Leichtsinn damals in Ilijas Gasthof erinnerte. Wie er ihr den Rock bis über den Bauchnabel hochschob. Wie es abgestanden nach ungewaschener Bettwäsche roch, nach schwülem Nachmittag, nach Schläfrigkeit. Schließlich die einsamste Zeit ihres Lebens, als ihre Gebärmutter sich füllte, Krum ihr bald schon von innen gegen die Bauchdecke trat, Ilijas Augen aber bei ihrem Treffen nach dem Tod ihres Ehemannes leer und unbarmherzig blieben. »Ja, da trug ich schon deinen Sohn unterm Herzen und versteckte mich schließlich im

Gehöft meines Vaters …« Die Knechte … das Muhen der alten, sonst stummen Praschporiza, die bitteren Kräuter, ihre Versuche, auf dem Bauch zu kriechen, ihre heftigen Sprünge vom Tisch, um sich von der Frucht zu befreien … die Zähigkeit und Ausdauer des Babys, das schon ungeboren seinem Vater glich: »… so stur und querköpfig wie du!« Die Scham ihres Vaters … das Zimmer, in dem er sie in den letzten fünf Schwangerschaftsmonaten einschloss, nur mit einem Nachttopf und einem Haufen Wolle, damit sie ihre Schande in Einsamkeit zu Maschen verarbeiten konnte.

»Erinnerst du dich nicht, als ich mit dickem Bauch vom Hof meines Vaters heimkehrte?« Mit der Hand unter ihren Rippen streichelte sie diese Erinnerung in sich; erst dann sah sie sein Gesicht. Ilija war sich nicht sicher, er kämpfte noch schwer mit seinem Gedächtnis. In der drückenden Luft lief ihm der Schweiß nur so herunter. Der ganze Seelenschmutz drang ihm aus den Poren. Er presste seinen Kopf mit beiden Händen zusammen, damit er nicht platzte. Das Alter eines Menschen lässt sich wohl nicht so einfach an den Lebensjahren ablesen, dachte Gina boshaft, sondern eher an der Menge der Schuld, die er angehäuft hat.

»Und wer soll das sein, dieser Sohn«, stammelte er, »nun sag schon, du Hexe.«

»Krum Marijkin«, sagte sie leise, aber feierlich.

Sie spürte, wie Ilija ihr von einem Moment auf den anderen glaubte. Er erkannte sein Blut instinktiv und empfand augenblicklich Liebe zu ihm. Liebe bis zur Atem- und Besinnungslosigkeit, bis auf den Tod. Er stöhnte. Es war ein grauenvoller Anblick, bis er endlich auf dem Boden zusammensackte.

12

Doktor Neikov eilte sofort herbei.

»Ein Schlaganfall, gnädige Frau«, sagte er. »Hoffen wir, dass er das Gehirn nicht allzu sehr in Mitleidenschaft gezogen hat.«

Gina ließ es nicht zu, dass Ilija ins Krankenhaus gebracht wurde. Sie hatte Angst, dass er ihr dort »entwischen« könnte.

»Sein Leben muss um jeden Preis gerettet werden«, insistierte sie und ergänzte für sich selbst: »… um zu leiden!«

Sie schafften seinen leblosen Körper in sein Zimmer hinauf. Gina machte das Bett, richtete das Kopfkissen unter seinem schwer hängenden Kopf und blieb eine ganze Ewigkeit bei ihm sitzen, als wäre sie seine Mutter. Sie wischte ihm den Schweiß von der Stirn, beobachtete, wie aus der Infusion eine zähe Flüssigkeit in seine Adern tropfte, bis die Dämmerung sich in den Vorhängen meldete. Sie öffnete die Fenster, damit die Abendkühle eintreten konnte. Die Nachtfalter flogen Amok um die Deckenlampe, prallten auf das heiße Glas und verzierten die Stille mit dem Summen ihrer Flügelchen.

Am Morgen hob Ilija die Augenlider, aber er konnte nicht sprechen. Seine rechte Körperhälfte war gelähmt. Nur die linke Braue hob sich bei Anstrengung, und nur sein linkes Bein, wenn er aufzustehen versuchte. Wenn er mürrisch wurde, machte nur die Muskulatur seiner linken Gesichtshälfte die passende finstere Miene …

»Ich werde keinen Schritt von deiner Seite weichen«, sagte Gina, denn seinem stechenden Augenausdruck entnahm sie, dass er sie zu verjagen versuchte.

Die Tage vergingen, die Wochen. Die Hitze ballte sich zur Faust, ließ wieder locker. Zwetana kaufte ein und kochte unten in Ilijas Küche für sie. Ilija war hellwach und ließ es zu, dass sie ihn mit dem Löffel fütterte. Schreckliche Gedanken gewitterten durch seinen Kopf, aber … er konnte keinen davon äußern. Im September begann Gina schließlich mit ihm wieder das Sprechen zu üben.

»Nun komm, mein Lieber – sag schön ›Mama‹!«

Ilijas Zunge rührte sich und blieb hängen.

»Sag ›Gina, gib mir Suppe‹.«

In Ilijas Auge blitzte eine klitzekleine Träne, aber er sagte kein Wort. Da hatte die alte Tante Allwissend schließlich die rettende Idee:

»Sag *Fabrik*«, rief sie, und da sagte er gehorsam, wenn auch mit schlechter Artikulation:

»Fabrik …«

Das Laub verfärbte sich an den Bäumen. Ende Oktober setzte der Nordwind ein, heulend wie eine Schiffssirene. Dichte Nebelschleier legten sich tröstend über den Fluss. Hoch am Himmel sammelten sich die Störche zum Flug nach Süden. Mithilfe Doktor Neikovs gelang es, Ilijas rechte Hand wieder beweglich zu machen, schließlich mit viel Geduld auch das rechte Bein; nur seine rechte Gesichtshälfte blieb unbeweglich. Von weitem betrachtet, sah es aus, als würde er ständig lachen. Gina brachte ihm Pantos edlen Gehstock mit dem silbernen Knauf, und dann schlurften sie zusammen durchs Haus, schweigend, voller Hass aufeinander, und doch aufeinander angewiesen. Im Garten lärmte der Regen auf dem Flickenteppich des gefallenen Laubs. Abends wickelte sie seine Beine in eine Decke und baute, ohne ihn anzuschauen, die Holzklötzchen auf dem Mahagonitisch vor ihm auf.

»Weiß Krum, wessen Sohn er ist?«, fragte Ilija nur ein einziges Mal.

»Nein, das weiß er nicht.«

»Und? Sagst du es ihm, Hexe?«

»Natürlich.«

»Und er verflucht mich dann?«

»Da sei dir mal ganz sicher!«

Seine Finger erreichten mit Mühe das Medikamentendöschen, warfen es um, und die Tabletten kullerten auf den Boden. Gina lächelte nur und gab ihm andere.

»Leben sollst du!«, sagte sie grausam.

Ende November zerbrach sie die letzte kostbare Erinnerung an Boshura, ein Wiener Puderdöschen aus Elfenbein. Das letzte verbliebene Nachthemd schenkte sie Zigeunern, damit sie eine Vogelscheuche für ihr Wassermelonenfeld daraus machen konnten. Dann kochte sie für eine Woche im Voraus und ging.

13

Im Frühjahr wurde die Bautätigkeit an Tschakalovs und Pantovs Mietshaus wiederaufgenommen. Ein zwölfjähriger Junge fiel in die Kalkgrube; es war der geistig Behinderte des Viertels. Georgi gab dem Vater des Jungen, der gebackene Sonnenblumenkerne im Park der Freiheit verkaufte, fünfhundert Leva Schmerzensgeld und setzte so dem Gerede der Leute ein Ende. Als das Erdgeschoss Gestalt annahm und die Wände so weit hochgezogen waren, dass das erste Gerüst gebaut werden konnte, erwachte Goscho gleichsam aus dem Winterschlaf. Die Schweizer Uhr, die sich immer in seiner Westentasche befand, diente ihm als Gradmesser der *Geschwindigkeit*, nicht der *Dauer* der Arbeiten! Tage, Wochen und Monate interessierten ihn nicht. Wichtig waren für ihn die Sekunden und ihre Hundertstel. Er blieb überall stehen, ließ sich neugierig erzählen, was gerade gemacht wurde, und gab völlig unpraktikable Ratschläge. Mit Wasserwaage und Lot prüfte er Glätte und Geradheit der Wände. Nicht nur Tschakalov und den Arbeitern, auch ihm selbst war bewusst, dass er störte. Doch in diesen Zeiten war Bauen an sich schon eine so schwierige Angelegenheit, dass ein Hindernis mehr oder weniger nicht sonderlich ins Gewicht fiel.

»Der fällt eines Tages, platsch, in ein Loch und bricht sich den Hals«, beklagte sich im Schopen-Dialekt der Vorarbeiter, ein alter Mann, dessen Gesicht verknittert war wie ein Spalierapfel, und der neben der Verteilung der Arbeit auch befugt war, Streitigkeiten unter den Arbeitern zu schlichten und den Tageslohn auszugeben.

»Soll er sich den Hals brechen«, erwiderte Tschakalov finster.

Zwischen Juli und August wurde, so unmerklich wie die Zeit beim Dösen vergeht, das erste Obergeschoss aufgestockt. Die heißen Tage gingen morgens auf wie verklebte Augen, und die erfahrenen Schopen-Bauern vermieden jede schnelle Bewegung. Der Himmel verschwitzte sein Blau und schien zu moussieren, wenn man ihn nachmittags anschaute. Es roch nach Auberginenmus mit Knoblauch, nach fleischlosen Eintöpfen und scharf nach kleinen, gebackenen Paprikaschoten. Als der Herbst kam, waren die Disteln vollkommen versengt. Die Menschen gingen auf ihre Höfe hinaus, zündeten Holzfeuer an und kochten darauf in riesigen Kesseln Marmeladen, Kompott und Wintergemüse ein. Der Kesselflicker rieb mit Salmiak den giftigen Grünspan aus den Kupfergefäßen, dann blitzte unter den Augen der neugierigen Kinder ein Zinnklümpchen auf, zerschmolz überm Feuer und wurde dünn in die Kochgefäße aufgetragen. Aus Samokov kamen Ochsenkarren, beladen mit Kohl und Kartoffeln, aus den Lagern am Perlovo-Bach Kohlenkarren. Die Zugpferde dampften in der Kälte und verströmten durch die Decken, die man ihnen übergeworfen hatte, im feinen Nieselregen sauren Schweißgeruch. Das Leid in ihren hinter Scheuklappen verborgenen Augen wirkte menschlicher als das der ewig besoffenen Kutscher, die auf sie eindroschen. Der Schornsteinfeger kletterte, rußgeschwärzt, mit Eisenkugel und Metallbesen wie eine Katze über den First des gegenüberliegenden Mietshauses zum Kamin, aber auch er brachte kein Glück.

Tschakalov wollte schon wieder Geld! Georgi lehnte kategorisch ab. Ließ fallen, dass er am Ende seiner finanziellen Spielräume angelangt sei, und zerkratzte sich vor Ärger seine Stiefel an einem Nagel. Er wollte die Kalkulationen und Kostenaufstellungen sehen, aber als er sie vor sich hatte, war er zu faul, sich damit zu beschäftigen. Eine Woche später erhielt er einen anonymen Brief des Inhalts, Tschakalov baue auf der Zar-Boris-Straße ein weiteres Mietshaus; woher er die Geldmittel dazu habe, könne sich keiner erklären. Der Unternehmer stritt dies ab, wurde aber blass. Das Taschentuch, mit dem er sich anschickte, seinen Schweiß von der Stirn zu tupfen, zitterte in seiner Hand wie eine weiße Fahne. Die Luft, die vom steinernen Kastenbett des Perlovo-Bachs herüberwehte, kommentierte dies mit scharfem Uringeruch.

Sie mieteten einen Zweispänner und durchquerten darin in wohlgeschütteltem Schweigen die Stadt. Nach einer halben Stunde gelangten sie an ein noch unverputztes Mietshaus, das verdächtig dem ihren ähnelte. Die Mauern bestanden aus denselben bläulich-roten Ziegeln, und im Werkzeugschuppen stand derselbe klapprige Spind wie auf der Ljuben-Karawelov-Straße. Georgi dachte, sie war vermutlich hier, seine angebrochene Flasche echten Cognacs. Es gelang ihm nicht, das nachzuprüfen. Sie stießen auf einen gewissen Grigorov, einen verkalkten, unrasierten, vernachlässigten Mann, der aber teure Kleidung trug und entsetzlich verlegen wurde.

»Genosse Grigorov«, brüllte Tschakalov ihn an, »Herr Pantov möchte gern wissen, ob ich Bauherr dieses Mietshauses bin?«

Das Gestammel und Gejammer Grigorovs ermüdeten Georgi rasch. Gelangweilt, aber beruhigt, gebeugt über zwei Aktenordner mit Dokumenten, von denen er nur Bahnhof verstand, lud er die beiden Schlitzohren in den »Wiener Treff« ein.

Eine Woche später, als Sofia sich unter dem ersten richtigen Herbstregen duckte, kreuzte Tschakalov mit einem Strauß Nelken von zweifelhafter Frische auf, küsste feucht Sonjas Hand und zog aus seiner unvermeidlichen Ledertasche eine Flasche Metaxa. Sie ließen sich im Salon vor dem offenen Kamin nieder, während hinter dem geschlossenen Fenster der Tag erlosch.

»Ich weiß, dass Sie mir etwas Unerfreuliches zu sagen haben, also sagen Sie es frei heraus«, eröffnete Georgi.

Doch Tschakalov rieb sich die Patschhändchen und grinste. Mit bellender Stimme erzählte er, dass er an einen ungewöhnlichen Käufer geraten sei – namhafter Diplomat im Range eines Staatsministers, der sein Geld anlegen wolle.

»Dieser X«, sagte Tschakalov, als sei er neidisch darauf, »ist geneigt, das ganze dritte Obergeschoss zu kaufen, vorausgesetzt, es gelingt uns, es zu einem einzigen Appartement zu machen. Er möchte vor dem Hauseingang Säulen mit antikisierendem Fries haben. Der Salon soll einhundertundzwanzig Quadratmeter groß sein und mittendrin …« – Tschakalov leckte sich die Lippen, als habe er etwas Süßes gegessen – »… ein kleiner Springbrunnen.«

Die Grandezza dieser Idee verschlug Goscho die Sprache. Ein Springbrunnen aus schwarzem Granit in einer Wohnung von Etagengröße? Das war ein Einfall, der einer Seta Topalova würdig war, nein, ein Ereignis war das, das der Gesichtslosigkeit dieses Mietshauses etwas entgegensetzte und es in ein unverwechselbares Objekt ästhetischen Begehrens verwandelte! Georgi fragte gar nicht erst, ob der Herr X die Kapitelle der Säulen im ionischen oder im dorischen Stil wünsche oder gar, wie das Wasser im schwarzen Granitspringbrunnen zirkulieren sollte. Er wollte nicht wissen, wie die Handwerker dieses grazile fünfhundert Kilo-Ungetüm vier Treppen hochschaffen sollten. Im Banne seiner eigenen

Visionen gestattete es sich Goscho, sich zu betrinken. Abends, als Tschakalov fort und sie wieder allein waren, bat er Sonja, doch mal eben zur Bank hinüberzuspringen und noch einmal sechs Millionen Leva von ihrem Sparbuch abzuheben.

»Nimm dasselbe Köfferchen«, riet er ihr besänftigend, »ich denke, das ist bequem und wiegt nicht viel.«

Folgsam und aus unerfindlichen Gründen auch durch seine Freude mit neuer Hoffnung erfüllt, erklärte Sonja sich einverstanden. Am anderen Morgen lagen sie schon auf dem Flügel, die Geldscheinbündel, farbenschillernd wie der personifizierte Betrug und auch so riechend. Dieses Mal wagte Goscho es nicht, fünftausend Leva für sich abzuzweigen. Er hatte gut behalten, dass Tschakalov Geld immer penibel nachzählte. Dreimal …

14

Im Hochsommer beendete Sonja ihre Übersetzung der Erzählungen Maupassants – ein Haufen voller Blätter und leerer Bemühungen, die sie zusammenschnürte und in die Schublade zu ihrem Schmuck legte. Sie war glücklich. Dachte an Assen Weltschev, ohne seinen Namen zu erwähnen; alles zwischen ihnen war ja ohnehin nur als Traum wirklich – märchenhaft und unerfüllbar. Diese wenn auch unschuldige Untreue quälte sie. Sie fühlte sich schuldig vor Georgi und war umso mehr bereit, ihm ihr ganzes Leben zu weihen, ihre ganze Barmherzigkeit und weibliche Sanftheit, als sie nicht die geringsten Gefühle für ihn empfand. Gegen Assen aber, wenn sie in ihrer Einbildung mit ihm sprach, war sie unduldsam und schroff und strahlte die Kühle eines Steins aus; denn sie liebte ihn.

Allmählich gewöhnte sich Sonja an diesen Zustand dauernder seelischer Gespaltenheit. Tiefe Trauer befiel sie hingegen, wenn sie im Bett mit mädchenhafter Scheu die zerstreuten Liebkosungen ihres Mannes ertragen musste – und so Assen untreu wurde. Sie sorgte für ihren Mann, wusch seine Wäsche eigenhändig mit Lavendelseife, und wenn er seine Schuhe im Hausflur auszog, versäumte sie es nicht, sie sogleich zu putzen und die Schuhspanner hineinzutun. Sie tröstete ihn mit der Verbeugung ihres Schweigens und damit, dass sie immer wusste, wann sie ihm den Cognac bringen musste. Sie war mit all seinen spleenigen Vorlieben vertraut, mischte sich nicht in seine Angelegenheiten und schränkte ihn auch in seiner Freiheit nicht ein, der Freiheit eines fünfundvierzigjährigen Mannes, der begonnen hatte, sich vor dem nahenden Alter zu fürchten. Ihrer unerträglichen Liebe zu Assen wegen fühlte sie sich verpflichtet, sich in allem mit ihrem Mann abzufinden und ihn mit der ganzen Aufmerksamkeit ihres erkalteten Herzens zu bedenken.

Abends las sie Tschechow oder Bunin, dann lag sie bis Mitternacht mit offenen Augen wach und dachte nach. Sie wünschte sich, Goscho möge eine Geliebte finden, möglichst eine feine und elegante Dame, mit der auch sie sich anfreunden könnte. Sie malte sich aus, wie sie mit dieser gemeinsam ins Theater ging oder zur Schneiderin, oder wie sie alle drei die Abende vor dem geschwätzigen Flackern des Kamins verbrachten und in merkwürdiger Verbundenheit, voller Vertrauen und Taktgefühl, gemeinsam dem Alter entgegensahen.

Dieses Leiden füllte sie aus, war ihr sogar angenehm. Manchmal noch spielte sie auf ihrem Flügel, stickte oder kümmerte sich um die Blumen auf dem Balkon. Eingehüllt in ihre unantastbare Einsamkeit, war ihre Liebe zu Assen Weltschev grenzenlos geworden, hatte alle Grenzen der Verantwortung überschritten; denn sie hatte sich ja für immer losgesagt von ihm! Und siehe, folgsam blühten und gediehen sie, die Blumen auf ihrem Balkon.

15

Ende August machte Sonja Toromanova endlich die Bekanntschaft von »Fräulein« Viktoria Sestrimska und dem zweiten Vetter ihres Mannes, Alexander Christov Weltschev. Es war ein stickig-schwüler Tag, der kein Ende nehmen wollte. Die Luft stand. Die Gäste verspäteten sich und wurden daher gleich zu Tisch gebeten. Die Erregung über die neue Bekanntschaft äußerte sich in gekünstelter Fröhlichkeit. Sonja spürte die Anspannung, die Affektiertheit und Unnatürlichkeit, die vermittelte, dass alle etwas Künftiges zu überspielen versuchten, für das sie sich bereits im Vorfeld schämten. Georgi tat sich beim Wein keinen Zwang an und sprach über Okkultismus, erzählte von seinen unglaublichen Erlebnissen in Wien mit Schülern des großen Mystikers und Anthroposophen Rudolf Steiner. *Den Lehrer* kannte er natürlich auch persönlich, sodass er aus dem Nähkästchen plaudern konnte, was den Umgang Peter Denovs mit den Mitgliedern seiner Weißen Bruderschaft anging.

»Einmal sind wir mit dem Lehrer im Wäldchen bei Isgrev spazieren gegangen«, fuhr er fort. »Die Vögel sangen, die Sonne blinzelte zwischen den Bäumen zu uns herab, es war feucht, warm und dämmerig. ›Dies ist die Stunde‹, sprach der Lehrer zu uns, ›in der Licht und Dunkelheit, Gut und Böse sich begegnen und für kurze Zeit versöhnen. Aus diesem Grund können wir bei Sonnenaufgang alles sehen, was entweder sehr nahe oder sehr weit weg von uns ist.‹ Denov blieb stehen, schloss die Augen. Die Falten auf seiner Stirn vertieften sich, sein Gesicht erstrahlte. ›Ein Mensch ist gestorben‹, flüsterte er milde. ›Dumm seid ihr Menschen, denn ihr wisst nicht, dass der Tod etwas Schönes ist!‹ …«

»Würden Sie die Güte haben, mich mit der Lehre des Herrn Denov näher bekanntzumachen?«, fragte Viktoria Sestrimska kokett.

»Aber selbstverständlich«, log Goscho. »Der Lehrer und ich waren schließlich gute Freunde.«

»Der Salat ist vorzüglich«, schmatzte Tschakalov. »Ich verstehe mich leider nicht auf Komplimente, Frau Toromanova, aber Ihr Salat, der ist unglaublich!«

Die Horsd'œuvres wurden aufgetragen, dazu eine neue Flasche Weißwein. Das Hausmädchen war nicht an die hohen Absätze gewöhnt und hätte Alexander Weltschev beim Stolpern fast das volle Tablett auf den Rücken gekippt. Alexander war ein sanfter und hübscher, aber verklemmter junger Mann, der immer wirkte, als ginge ihm etwas schwer an die Nieren. Seine Augen waren wasserblau, seine Gesichtshaut aber sah ungesund aus. Vielleicht wurde dieser Eindruck auch von seinem weißen Anzug hervorgerufen, der einmal sehr elegant gewesen sein musste, nun aber aussah, als hätten sich die Strapazen einer ganzen Weltreise in seinen Stoff eingeschrieben.

Alexander zog sofort das Mitgefühl Sonjas auf sich. Ihr kam es so vor, als säße er unverdienterweise weitab vom Tischgeschehen; dabei hätte sie ihn berühren können, wenn sie nur die Hand ausstreckte. Sie tat ihm größere Portionen auf, weil sie sich des Eindrucks nicht erwehren konnte, dass er ausgehungert sei. Sie bot ihm zwei Scheiben von der Kalbszunge in Béchamelsoße an, gab ihm danach das dickste von den englisch angebratenen Steaks, einen vollen Teller mit Waldpilzen, bis sie schließlich merkte, dass ihm ihre Teilnahme unangenehm war, weil sie ihn so als armen Verwandten abstempelte, den man mit dieser Fürsorge für die sonstige Vernachlässigung entschädigte.

Am stärksten prägte sich ihr jedoch die Gegenwart Viktoria Sestrimskas ein, die die Ausstrahlung einer Frau hatte, die sich immer gut amüsiert, vor allem auf Kosten der anderen. Viktorias aufregende Schönheit kannte sie ja schon. Sonja wurde das Gefühl nicht los, diesen wohlgeformten, biegsamen Leib, dessen beinahe mulattenbraune Haut Reflex einer inneren Dunkelheit zu sein schien, in einem der eher unangenehmen Momente ihres Lebens schon einmal gesehen zu haben. In dieser Unsicherheit verblieb sie bis zu den abschließenden Kaffees und Cognacs, zu denen sich die beiden Frauen auf das Kanapee setzten. Als das schmale Sitzmöbel sie einander nahegebracht hatte und die Männer gerade außer Hörweite waren, sagte Viktoria leise, aber mit einer geradezu aufdringlichen Diskretion: »Wir sind uns wohl schon begegnet, gnädige Frau, sogar zweimal …« Sie spülte ihr Unbehagen mit einem Schluck Cognac hinunter. »Das erste Mal auf einer Party von Seta Topalova. Damals trugen Sie ein traumhaftes violettes Kleid, in dem sie einfach entzückend aussahen. Sie waren dort in Begleitung der Mutter von Herrn Pantov.«

Sonja spürte, wie sie errötete. Die Erinnerung wehte sie an wie ein kalter Hauch, und die Bilder von damals stiegen grell und schmerzhaft auf: der mit goldschimmernden Stofftapeten ausgekleidete Salon der Topalovs, von den riesigen Wandspiegeln verdoppelt; das metallische Kratzen, das aus dem Schalltrichter des Grammofons kam; die Kavaliere, die die Jacken ihrer Fracks ausgezogen hatten und einer nach dem anderen Gina Jotzova, die Mutter ihres späteren Ehemannes, mit erbarmungsloser Galanterie zum Tanz aufforderten und sie um sich herumwirbelten; das perverse Lächeln der zuschauenden Seta; das durchdringende Duftgemisch teurer Parfüms … Gepanzert wie ein Kreuzritter mit seinen goldenen Epauletten, genoss General Kowatschev den heraufziehenden Skandal, die beiden Söhne Karagjulevs kicherten. Die schrullige Gina war der guten Gesellschaft »über« geworden mit ihren Widiner Histörchen, ihrer Beschränktheit und ihren unmöglichen Kleidern voller Schleifen, Rüschen und Falten, und vor allem: Sie bereitete Seta Topalova kein Vergnügen mehr!

Sonja war damals die Erste, die begriff, dass die Herren ihre künftige Schwiegermutter mit ihrer übertriebenen Aufmerksamkeit, ihrem gespielten Respekt den Rest geben wollten; erst als ihr schwindelte, sie zu Boden gesunken war und mitsamt ihrer ganzen gealterten Hässlichkeit in einem Berg knatschbunter Seide über den Boden kroch, erst da waren die feinen Leute zufrieden gewesen.

»Ich saß damals zufällig genau neben Ihnen«, sagte Viktoria. »Sie hatten unbewusst meine Hand ergriffen und hielten sie gedrückt. Ihre arme Schwiegermutter! Es war furchtbar … Das zweite Mal haben wir uns dann auf dem Begräbnis Seta Topalovas gesehen.«

Sonja zuckte zusammen. Sie suchte die Augen Viktorias, die sich mit unschuldigem Wimpernschlag schlossen und wieder öffneten. Ja, diese junge Frau strahlte etwas zugleich Bezauberndes und Gefährliches aus, das an Seta Topalova erinnerte; nur dass ihr deren Zynismus und offene Geringschätzung fehlten. Viktoria war nicht zynisch; sie amüsierte sich über fremdes Unglück eher mit naiver kindlicher Schadenfreude und entsprechend grausamer Neugier.

Sonja spürte, dass sie wegen ihres Mannes immer unruhiger wurde. Immerhin ist er mein Freund und Ehemann, dachte sie. Ich bin verpflichtet, ihn zu schützen! Viktoria entzündete sich unterdessen eine Zigarette. Sie rauchte mit einer Zigarettenspitze aus Bernstein, die sie mit nach außen geknicktem Handgelenk zwischen Zeige- und Mittelfinger hielt.

»Lieben Sie das Theater?«, gab Sonja sich einen Ruck.

»Aber natürlich, gnädige Frau.«

»Wollen Sie mich morgen ins Theater begleiten?«

»Aber die Saison ist doch noch gar nicht eröffnet, die Schauspieler sind noch alle in der Sommerpause.«

»Ach … ja.« Sonja trank eingeschüchtert von ihrem Kaffee. »Haben Sie eine gute Schneiderin? Ich könnte Ihnen meine empfehlen.«

Sie spürte, wie Viktoria sie spöttisch anschaute. So also schaute eine Frau, die sich überlegen fühlte. Ihre Stimme aber war freundlich und voller Teilnahme.

»Mit dem größten Vergnügen, Frau Toromanova. In dieser Misere, die über uns hereingebrochen ist, ist schöner Stoff für ein Kostüm ja so gut wie unauffindbar.«

16

Unbequem auf dem Klavierhocker sitzend, schwieg er. Die Nähe zu diesem schönen und edlen Instrument tröstete Alexander. Der schwarz lackierte Flügel gab ihm das Gefühl, inmitten dieses von Kaminuhren und Nippeskram vollgestopften Salons seien das Tasteninstrument und er die beiden einzigen Dinge von Bedeutung, mochten sie auch unbeachtet sein. Die Parallele zwischen den gespannten Saiten des Flügels und seinen Nervenbahnen drängte sich auf. Beide gaben Laute und Klänge von sich, die zu Musik wurden, wenn man es nur verstand, sie richtig anzuschlagen.

Während des Essens litt Alexander unter der bedrückenden Empfindung, dass alles, was er berührte, sogar die Luft, einen ganz vulgären Fleck auf seinem Anzug hinterlassen konnte, den er dann mit sich herumtragen musste, als hätte ein Lausebengel ihm mit Kaugummi heimlich eine Fratze angepappt. Er war so bemüht, nicht zu kleckern, dass ihm am Ende vor lauter Verkrampfung das Messer entglitt und der Fleischsaft seines blutigen Steaks einen kardinalen rotbraunen Striemen auf seinem linken Hosenbein hinterließ, und zwar an einer so peinlichen Stelle, dass Alexander gezwungen war, fortan wie ein präparierter Klammeraffe mit übereinandergeschlagenen Beinen dazusitzen. Davon schlief ihm der Oberschenkel ein. Das Kreuz begann ihn zu schmerzen. Er brach in Schweiß aus. Doch so heiß ihm auch war, er wagte buchstäblich nicht, sich vom Fleck zu rühren. Verdammt dazu, mit seiner Jugend den Eckensteher zu markieren, unfähig, einen sinnvollen Satz zur

Konversation beizutragen, lächelte er idiotisch und hielt seine halbleere Kaffeetasse zwischen den Händen zum Beweis, dass er beschäftigt war.

Sie hatten sich verspätet. Eine Stunde, bevor sie zum Mittagessen bei Georgi Pantov und Sonja Toromanova aufgebrochen waren, hatte Viktoria ihn in ihr Schlafzimmer gerufen und ihn zwischen Tür und Bett stehenlassen wie Falschgeld. Die Falten der Bettdecke winkten verlockend; ein Kleid lag achtlos darauf, das Viktoria gleich anziehen wollte. Es war weiß mit großen roten Punkten. Mädchenhaft. Nicht aufsehenerregend – bis zu dem Moment, in dem Viktoria es ausfüllte mit der Provokation ihres Körpers. Sie stand gerade im Bademantel vor ihrem Frisiertischchen und puderte sich. Dabei achtete sie in ihrer Grausamkeit auf nichts und niemanden außer auf sich und die Stelle, an der sie das Pinselchen über ihre Wangen bewegte.

»Nun reichen Sie mir doch bitte das Fläschchen mit der Lotion … und das Päckchen mit der Watte.« Dann, unerwartet wie eine Ohrfeige: »Herr Weltschev, ich hatte Sie gebeten, mir zu helfen, aber Sie schweigen diskret. Ist das ein Ausdruck Ihrer angeborenen Unfähigkeit oder haben Sie Angst, etwas Falsches zu tun?«

Alexander starrte wie gebannt auf Viktoria, deren schwarzes Haar glänzend gegen die altrosafarbene Tapete abstach. Sie stand da mit angewinkelten Armen, in der einen Hand das Pinselchen, in der anderen den Puder, und war einfach wunderbar mit ihren weit aufgerissenen Augen, die im Spiegel seine dümmliche Physiognomie suchten, deren Ausdruck besagte, dass er es ihr doch nur hatte recht machen wollen.

»Ich weiß nicht, ob ich Sie damit erfreuen kann, mein Fräulein, doch nach allen Erniedrigungen und Laufereien, die ich hinter mir habe, kann ich Ihnen mitteilen, dass Herr Zankov nicht sonderlich vermögend ist.«

»Dürfte ich die genauere Bedeutung des Ausdrucks ›nicht sonderlich‹ erfahren?«

»Ich habe den Eindruck, Herr Zankov besitzt mehr Würde und Pläne für Bulgariens Zukunft als Geld.« Es bereitete ihm Vergnügen, ihr das zu sagen und anschließend zuzuschauen, mit welcher Wut sie den Verschluss auf das Fläschchen knallte.

»Und dieser Idiot besitzt die Kühnheit, mir seine Hand anzubieten – fein, rein, aber klein? Und dazu seine ganze nach Kampferspiritus riechende Altherren-Ranzigkeit, wo ich doch gerade einmal zweiundzwanzig bin? Nein, Herr Weltschev, Sie verstehen es nicht, schlechte Nachrichten zu überbringen, und dafür bestrafe ich Sie jetzt!«

Sie steckte sich eine Zigarette an, tat einen tiefen Zug und warf sie durch das offene Fenster hinaus; dann begann sie zwischen Kleiderschrank und Bett hin und her zu gehen. Der Abstand schien ihr nicht zu genügen, um sich von der angestauten Entrüstung und Wut zu befreien; doch obwohl sie in Rage war, lächelte sie. Dann hielt sie auf einmal abrupt einen Schritt vor ihm und ließ ihren Bademantel zu Boden gleiten. Ihre Brüste prallten ihm entgegen, ihre schwarzen Spitzendessous schimmerten aufreizend vor seinen Augen. Viktoria nestelte an ihrem Strumpf herum, bis er wieder richtig saß, und kümmerte sich nicht im Mindesten darum, dass ihre Blöße für Alexander eine glühende Klinge war, die ihm ins Herz schnitt. Doch ihr war seine männliche Gegenwart in einem solchen Maße gleichgültig, dass sie weder den Wunsch hatte, ihn zu verführen, noch ihn zu bestrafen, geschweige denn zu erniedrigen. Sie bemerkte ihn ganz einfach nicht, sondern war schon wieder mit anderen Gedanken beschäftigt. Er stand wie vom Donner gerührt da, völlig verwirrt. In seinem pennälerhaften Trotz spürte er das Verlangen in sich aufkommen, Viktoria körperlichen Schmerz zuzufügen oder ganz einfach zu weinen. Er befahl sich, in die Ecke zu schauen, aber er konnte die Augen nicht abwenden von ihrem geschmeidigen Körper, auf dem es knisterte und raschelte bei der Berührung von Haut und Stoff. Sie hatte das Kleid vom Bett genommen, raffte es und zwängte sich hinein, als schlüpfe sie zwischen zwei Büschen hindurch. Als sie es an den Schenkeln zurechtzupfte, sah sie aus wie ein riesiger Fehlfarben-Glückskäfer.

»Nun helfen Sie mir doch endlich«, rief sie empört, als sie den Reißverschluss im Rücken nicht erreichte.

Diese Erinnerung an die Stunde, bevor sie zu Sonja und Georgi gekommen waren, brachte ihn noch mehr aus der Fassung. Ich muss aufpassen, nicht auch noch den Kaffee zu verschütten, dachte er mechanisch. Ich kann hier ja nicht die ganze Zeit verknotet sitzen wie ein Fakir! Einige Male fing er den Blick Viktorias auf; doch ihre Neugier galt wohl eher dem Flügel. Tschakalov, überfressen, selbstzufrieden und schwitzend wie ein Ringer, schlief mit offenen Augen. Georgi erzählte abgestandene Anekdoten und lachte allein darüber. Viktoria gähnte verstohlen in ihr Taschentuch, Sonja strich sich den Rock glatt, als tröste sie einen kranken Schoßhund.

»Herr Weltschev, möchten Sie noch etwas Kaffee?«

Alexander fuhr zusammen, seine Hand zuckte, die Restflüssigkeit in seiner Tasse spritzte hoch, und da war es schon geschehen! Diesmal hatte sich der Fleck für das andere Hosenbein entschieden. Langsam kroch eine Wut auf diese reizende und übermäßig besorgte Gastgeberin in ihm hoch, obwohl die doch nur sein Schweigen zerstreuen und ihm helfen wollte. Er konnte sich seine Aufwallung selbst nicht erklären, denn ihm entging keineswegs, dass ihr Wesen edel und ihr Herz gut war. Vermutlich reichte es völlig aus, dass sie die Ehefrau jenes Mannes und nahen Verwandten war, der ihn mit heruntergelassenen Hosen in der Umarmung Angelina Sestrimskas auf frischer Tat ertappt hatte. Außerdem hat die Wohltat, die andere uns erweisen, den Nachteil, dass sie unsere eigene Bedürftigkeit unterstreicht.

17

Zuerst lehnte sie ab, als man sie bat, doch etwas vorzuspielen. Am Ende gab sie nach, weil sie spürte, dass ihr Mann Georgi unbeobachtet mit Viktoria Sestrimska bleiben wollte. Tschakalov erwachte aus seinem Kalorienkoma, erhob sich schwer aus dem Sessel und trat hinter ihren Rücken, um die Notenblätter umzuwenden. Sonjas Finger waren steif, ihr Herz entzweit. Draußen dunkelte es. Der Abend hob den Glanz fort von den goldenen Kuppeln der Newski-Kathedrale. Mit ihrem inneren Auge sah sie sich in die Kühle, das Dämmerlicht des erhabenen Gotteshauses eintauchen; ihrem äußeren aber entging nicht, wie ihr Mann sich zum Ohr ihrer künftigen Freundin herabbeugte. Ihre Unruhe wuchs. Sie hatte Angst um Goscho, denn er war ein empfindsamer und wenig robuster Mann und trotz seiner vorgerückten Jahre viel unbedarfter als die junge Frau, die schon so abgebrüht war, dass es wehtat.

Tschakalov blieb unterdessen nicht untätig, sondern drückte sich mit der Geschmeidigkeit einer Schnecke an ihren Schenkel, während seine Hand erregt zitternd das Notenblatt wendete. Ein Schwall süßlichen Parfüms überflutete sie, dem es aber nicht gelang, die säuerliche Note ganz zu überdecken. Unglaublich, aber wahr: Tschakalov umwarb sie in Anwesenheit ihres Mannes! Den Blick starr auf die Noten gerichtet, von denen er nichts verstand, atmete er geräuschvoll. In seinen Mundwinkeln glänzte der Speichel. Sonja konnte ihr Spiel jetzt nicht unterbrechen, denn das würde einen offenen Skandal bedeuten. Ihre Wangen glühten schamrot, weil sie sich vorstellte, Assen sähe, wie dieser schweißige Lüstling alle Grenzen der Sitte hinter sich ließ.

Das, was sie da vortrug, hatte längst nichts mehr mit Brahms zu tun. Niemand hörte ihr zu, und so übersprang sie eine ganze Passage von »Guten Abend, gut' Nacht«.

Zweites Kapitel

1

Von seiner Hochzeit mit Emilia behielt Assen nur den Lärm, das Gewimmel, die in jeder Hinsicht übertriebene Festlichkeit und – seine Kopfschmerzen; so wie ihm von seiner Hochzeit mit Vera nur die Stille und das bescheidene, fast wortlose Mittagessen in der Gaststätte »Zu den Wilden Hähnen« in Erinnerung geblieben waren. Er lächelte hilflos in seinem neuen Gabardine-Anzug, der viel zu warm für diesen schwülen Nachmittag war. Nicht nur im Stoff, auch im Schnitt glich er so haargenau den Anzügen Professor Jowtschevs und Dekan Kotzevs, dass ein zufällig auf die Feier Geratener bei flüchtigem Hinsehen den Bräutigam gut und gerne verwechseln konnte. Assen verstand weder die Worte noch die Gesten der Hochzeitsgäste. Ihm kam es so vor, als spielten sie ein Pantomimenstück namens »Übertriebene Herzlichkeit«. Das Lied »Liebe, Treue, Hochzeitsstrauß, / Küsse, rückt mit Küssen raus!« ärgerte ihn, und als das traditionell im Chor gebrüllte »Hoch-zeits-kuss, Hoch-zeits-kuss …!« nicht enden wollte, wurde er aus seiner geistigen Abwesenheit gerissen und suchte gehorsam die Lippen Emilias, die den salzig-herben Geschmack nach Meeresfrüchten hatten.

Sonnenstrahlen zerschnitten den Zigarettenrauch. Der Blick durchs Fenster ging auf die kleine Russische Kirche mit ihren goldenen Kuppeln und ihrem kunstvoll bemalten Arkadenvorbau. Die Jungs von der »fliegenden Agitationstruppe« spielten Akkordeon und heizten die Stimmung mächtig an. Regisseur Sotirov gab den Zeremonienmeister. Bai Michal war Trauzeuge. Professor Jowtschev und Dozent Kotzev taten alles, um einander nicht zu bemerken. Es hatten sich rasch Grüppchen gebildet: eine mit Universitätsangehörigen, schweigsam, ehrwürdig und wortreich nur in den Toasts und Trinksprüchen; eine andere, quirlige, vom Arbeitertheater mit Theo Sotirov an der Spitze; und schließlich die Hochzeitsgäste aus dem Viertel, die sich um Jonka versammelt hatten. Weneta hatte sich eigens ihre künstliche amerikanische Brust angelegt, Saschko »Flaschko« Prodev präsentierte seine rotsamtene Hotelpagenkappe, und die Brillantine in Piollas Haar glänzte heute besonders festlich. Jonka selbst lächelte nicht und nahm keinen Anteil am fröhlichen Treiben um sie herum; sie schaute zu, wie es draußen dämmerte – das Licht ging, die Traurigkeit kam …

Emilia blühte in ihrem cremefarbenen Kleid, doch Assen war nicht sicher, ob sie glücklich war, oder ob sie nur die Rolle einer glücklichen Braut spielte. Sie verströmte den kühlen, besänftigenden Duft von Nelken. An ihren Händen trug sie weiße, bis zu den Ellbogen reichende Handschuhe, die Assen in Verlegenheit brachten.

»Nun lächle doch einmal, ich bitte dich«, stieß sie ihn an, und Assen wurde klar, dass Emilia bereits Macht über einen Teil seines Lebens gewonnen hatte. Im Moment schämte sie sich für ihn, weil er so gar nicht unterhaltsam und einnehmend war.

Der Tag wollte nicht enden. Die Krawatte begann ihn zu würgen, die Lackschuhe zu drücken; sein Kopf war drauf und dran zu platzen. Doch die Musiker spielten unermüdlich, Bai Michal verlängerte seinen Wein nach alter Bauernart mit Limonade, das Schauspielerensemble von Theo Sotirov tanzte gesammelt Rumba … Assen wurde das Gefühl nicht los, als stehe er neben sich und schaue aus der Dunkelheit auf seine eigene Hochzeit, in das von so vielen Menschenleibern gerüttelte und geschüttelte Licht.

2

Nach der Hochzeit sollten Jonka und der kleine Jordan erst einmal im Winkelzimmer bleiben, während Assen mit seinem lächerlich wenigen Gepäck zu Emilia zog. Der Umzugskarren ähnelte dem, mit dem Vera und er vor Jahren in der Klokotniza-Straße eingezogen waren. Es tat ihm weh, jetzt an Vera zu denken …

Als er mit den Büchern und der Kleiderkiste ankam, stand vor der Tür des niedrigen, ockerfarben gestrichenen Häuschens, in dem er künftig leben sollte, ein klappriger Lastwagen, über dem die Luft flimmerte. Um ihn herum tummelten sich die Musiker von der »fliegenden Agitationstruppe«, Theo Sotirov und der Portier des Arbeitertheaters. Sie schleppten einen wackeligen Küchenschrank und einen kleinen Bücherschrank mit gesprungenen Glasschiebetüren an, dazu einen alten Teppich mit abgeschnittenen Fransen und ein gewaltiges Ehebett, dessen Federrahmen schon knarrte, wenn man nur den Gedanken hegte, sich daraufzulegen. Augenblicklich bekam Assen wieder einen schweren Kopf.

»Oh, der Bräutigam!«, rief Theo munter. »Das alles hier« – er beschrieb einen weiten Halbkreis mit seinem mageren Arm – »ist aus den Beständen der Theaterrequisite. Ich kann euch das nicht schenken, sondern nur zeitweise überlassen. Wenn wir etwas für eine Inszenierung brauchen, kommen wir es uns holen.«

Er erwartete wohl, dass Assen vor Begeisterung aus den Schuhen kippte; doch er wurde enttäuscht. Assen schwieg. Theo zog ächzend die riesige Korbflasche mit dem sauren Wein von der Ladefläche und ließ sie – wie einen Wassereimer bei Feuer – von Hand zu Hand gehen. Gegen halb sieben stand das Ehebett zusammengebaut in der Wohnung. Zusammen mit dem Küchenbüfett und dem Bücherschrank nahm dies Mobiliar drei Viertel des verfügbaren Raumes in Anspruch. Eine ungenaue Wanduhr tickte und schwang drohend ihr Pendel wie ein kirchlicher Sittenwächter, der sie vor ehelicher Unzucht zum bloßen Vergnügen warnte. Das ganze enge Zimmer erweckte den Eindruck vollgestellter Leere. Assen lächelte abwesend.

»Das Bett gefällt mir am meisten«, zwinkerte Theo unverschämt beim Hinausgehen. Als alle gegangen waren, wirkte das Zimmer noch ungemütlicher.

Emilia setzte sich vor den Spiegel und stützte ihr Gesicht in die Fäuste. Ihr Schweigen ließ vermuten, dass sie unter Assens Teilnahmslosigkeit litt, seinem Unvermögen, in ihre Begeisterung einzustimmen. Ihre Sommersprossen siebten ihr Profil. Ihr weiches Haar hatte die Farbe reifen Korns angenommen. Ihr Körper war durch die unbequem abgeknickte Pose vor dem Spiegel gespannt, verlockend und jung.

»Wie kannst du nur so sein?«, sagte sie wütend. »Wir schleppen die halbe Requisite her, haben nun für die Proben keinen Küchenschrank mehr, und warum? Nur damit du irgendwo deine Manuskripte verstauen kannst.«

»Sehr schön … dieser Schrank«, erwiderte Assen wenig überzeugend.

»Dir gefällt nichts von dem, was ich tue. Jetzt schämst du dich wegen mir, so wie du dich vorher für dich geschämt hast. Das ist einfach schrecklich! Ich bin in meinem eigenen Zimmer, gleichzeitig fast im Theater, und fühl mich trotzdem wie ein ungebetener Gast.«

»Wirklich ganz, ganz prima«, wiederholte Assen und versuchte sie an sich zu ziehen.

»Nun hör doch mit diesem Spießergerede auf«, schrie Emilia und nickte wütend zum Bett, das schon bezogen war. »Du selbst hast mir doch vorgeschlagen, wir sollten heiraten. Vielleicht erinnerst du dich, dass ich dich gebeten habe, dir das genau zu überlegen. Wir haben uns einen ganzen Monat nicht gesehen, damit du ungestört nachdenken kannst. War's nicht so?«

»Ich habe ja nachgedacht«, erwiderte Assen.

Im geöffneten Fensterchen grünte weich der Garten. Die groben Mauern des Gefängnisses kamen ihm vor wie die einer mittelalterlichen Burg. Die Nachbarn waren in ihre Wohnungen zurückgekehrt, und jetzt hörte man die schleppenden Schritte ihrer nackten Füße in Pantoffeln. Emilia zeigte auf das Tischchen vor dem Spiegel, auf das sie sich mit den Ellbogen aufgestützt hatte.

»Hier werd' ich meine Rollen lernen … und da drüben«, ihr Arm machte eine suchende Bewegung durch den vollgestopften Raum und zeigte dann auf das Büfett, »schreibst du dein Buch. Warum hätten wir sonst heiraten sollen?«

Assen seufzte und schleppte gehorsam seine Schreibmaschine in die bezeichnete Ecke. Die beiden unteren Glastürchen des Schrankes waren herausgenommen, sodass die Holzplatte auf seinem an den Ecken abgerundeten, massiven Untergestell eine Ablage bildete, die als Schreibtisch taugte. Er legte ein weißes Blatt in die Walze ein, betätigte einige Male den Hebel und spürte, wie Emilia ihn gespannt beobachtete. Ihm war eng und unbequem; außerdem war es zu dunkel zum Schreiben, selbst wenn sie ihre Lampe anmachte. Die Wanduhr tickte genau neben seinem Ohr, und der getragene Gongschlag, den sie jede halbe Stunde von sich gab, ließ ihn jedes Mal zusammenfahren. Sein Kopf schmerzte, Emilias Bewegungen zogen ihn magnetisch an, seine Gedanken liefen ziellos hin und her wie Straßenkinder, die sich noch nicht darauf geeinigt hatten, was sie spielen wollten. Assen hämmerte auf die Tasten, während in seinem Magen der Wein gärte, den Theo ihn zu trinken genötigt hatte.

»Komm, gehen wir zu Bett«, schlug Assen fast bittend vor.

»Ich möchte, dass du heute Abend zwei Seiten schreibst«, schnitt Emilia ihm das Wort ab, »und denk nicht an diese spießigen Sachen.«

Sie war entweder krankhaft ehrgeizig oder wollte sich davon überzeugen, dass es ihm am Ende doch bequem war und dass er, den Kopf in dieses von Holzwürmern halb zerfressene Schrankdingens gerammt, fähig war, ein Wunder zu vollbringen. Als ihn durch das Fenster der ferne Geruch getrockneter Früchte anwehte, eines Gartens im Herbst, kam er auf die Idee, einfach hundertmal in die Tasten zu hauen: »Der Herbst ist gekommen.« So, indem er das Echo eines galoppierenden Pferdes erzeugte, konnte er wenigstens eine halbe Stunde lang mit dem Gesicht zum Schrank sitzen bleiben.

In letzter Zeit wurde der Strom oft abgestellt. Er hoffte, die Elektriker im Stromverteilerhäuschen des Viertels würden auch an diesem Abend keine Ausnahme machen.

3

Die Nacht war warm und endlos. Assen wurde so heiß, dass er die oberen Knöpfe seines Hemdes öffnete. Er hatte zwei Stunden in der Schlange vor dem Konsum des Viertels gestanden, um ein Kilo Schweinenierchen zu kaufen, eine unglaubliche Delikatesse in jenen Hungerjahren. Er warf das blutige, in Packpapier gewickelte Stück Fleisch ins Waschbecken und seufzte. Dumm vielleicht, aber er hatte das Gefühl, etwas versäumt, etwas nicht gefunden zu haben, und das stimmte ihn traurig. Emilia beachtete ihn nicht. Vor dem fleckigen Spiegel sitzend, studierte sie ihre neue Rolle ein. Theo Sotirov verlangte, dass sie beim Auswendiglernen des Textes Bühnenschminke trug. Das gelbliche Licht der Glühbirne verstärkte die bläulichen Schatten unter ihren Augen. Die Rougetupfer ließen sie älter aussehen. Ihr Lächeln war das eines Wesens aus dem 19. Jahrhundert, das zwischen den Seiten der damals entstandenen Weltliteratur ans Licht des Heute gekrochen war.

Er hatte sechs Stunden Vorlesungen an der Universität gehabt und fühlte sich müde. Das Trockenobst, das auf der Herdplatte in Wasser aufweichte, verströmte so etwas wie häusliche Gemütlichkeit nach einem Tag ohne viel zu beißen zwischen den Zähnen. Auf der dünnen Leine hing Wäsche, die das Zimmer, freundlich im Luftzug winkend, in zwei ungleiche Hälften teilte. Emilia fragte ihn nie, wo er herkam; derartige Fragen unter Eheleuten fand sie frustrierend und spießig, eine unverzeihlich rückschrittliche bürgerliche Marotte. Fremd durch die Schminke, lächelte sie fordernd und sagte mit ihrer mädchenhaften Stimme:

»Setz dich an deinen Schreibtisch … ich will heute zwei Seiten sehen!«

Assen küsste sie auf die Stirn, weil jede andere Stelle ihres Gesichtes den Geschmack von Schminke auf seinen Lippen hinterlassen hätte, und hockte sich gehorsam vor den Büfettschrank – genauer gesagt, saß er fast drinnen in dem Ungetüm. Das Maschinchen, das auf der Klokotniza-Straße nicht aufgehört hatte zu klappern, hinterließ auf dem weißen Blatt wieder nur ein paar sinnfreie Sätze in vielfacher Wiederholung. Hinter seinem Rücken waren das theatralische, verlogen klingende Flüstern Emilias zu hören, das leise Rascheln der Weinlaube in ihrem vegetativen Dämmer und die Hustenstöße des Vermieters. Zusammen schuf dies eine Atmosphäre gefährlicher Gedämpftheit, die ihn an ein Gefängnis erinnerte.

Neben seiner Müdigkeit erfüllte ihn auch noch totale Stumpfheit. Er würde jetzt also geschlagene drei Stunden in konzentrierter Sinnlosigkeit hier verbringen, bis er das erleichternde Rascheln der kühlen Laken hinter sich hörte, nein, spürte, mit all seinen männlichen Instinkten. Assen hätte nie vermutet, dass die körperliche Nähe zwischen Mann und Frau ein so drängendes, allumfassendes Gefühl eruptiver Urgewalt erzeugen konnte. Sowohl er als auch Vera hatten unter ihrem Schamgefühl gelitten. Emilias Nacktheit aber, ihre ovalen Brüste (mit Sommersprossen besprenkelt auch sie) berauschten ihn, das goldschimmernde Vlies unter ihrem Bauchnabel machte ihn rasend, ihr Haar schien seine Hände mit sprudelndem Licht zu übergießen … das breite, durchgelegene Bett spannte sich, sie warf den Kopf zur Seite, biss ins Laken, um ihr Stöhnen vor den wachsamen und höchst interessierten Ohren der Nachbarn zu verbergen. Assen aber wusste nicht, ob diese unschuldige und zerreißende Wollust wirklich ihrem Inneren entsprang, ob die an Schmerz grenzende Lust sie wirklich zu Spasmen hinriss, oder ob sie einfach nur die Rolle einer Ehefrau spielte, die in einer Szene mit ihrem Auserwählten Liebe macht an einem magischen Abend, der in lusterfülltem Schwitzen seine Poren so weit öffnete, als atme der Kosmos.

4

Obwohl sie die Hochzeit in den Karten vorausgesehen hatte, eilte Jonka nicht, sich darüber zu freuen. Sie nährte die geheime Hoffnung, dass sich bei Emilia, wenn sie erst einmal das erste Kind hatte, ihre beständige Euphorie legen, dass sie ihren Beruf wechseln und vielleicht Bankangestellte werden würde, Sachbearbeiterin in der städtischen Verwaltung oder, noch besser, Lehrerin. Jana schickte zur Hochzeit ihres Sohnes ein Grußtelegramm, verließ aber auch zu diesem Anlass Widin nicht. Ihr ganzes Leben war vergangen an diesem Fleckchen Erde. Zerrüttet von ihrer übermäßigen Güte, ihrer unheilbaren Schwäche, sich für andere aufzuopfern, sehnte Jana sich nach der ewigen Ruhe, dem Nichtsein, um dort vielleicht Jordan zu treffen, ihren ersten und wahren Mann, um den ihr Herz nie zu weinen aufgehört hatte. Im Traum erschienen ihr Bilder, wie sie ihm begegnete. Sie hoffte, er würde sie anhalten, wenn sie auf einer Wolke an ihm vorüberflog. An diesem brütenden Augustnachmittag hatte sie die Wäsche gemacht, die Tomaten gegossen, für das Glück ihres Sohnes gebetet und eine Tat von so unfassbarer Güte getan, dass sie an Sinnlosigkeit grenzte, weil niemand ihrer bedurfte.

Jonka griff das alles ans Gemüt. Sie hatte die Laken an der Sommersonne gebleicht und sie gestärkt, bis sie raschelten; dann hatte sie ohne die kleinste Falte das Bett bezogen und ein Sträußchen Lavendel unters Kopfkissen gelegt; denn hier drinnen, im Halbdunkel des Winkelzimmers, würde der ewige Kampf zwischen dem Mann und der Frau entbrennen, würden Kraft und Zartheit aufeinanderprallen, damit neue Menschen auf die Welt kamen. Die gedengelte Sichel des Mondes würde den städtischen Himmel mähen, die Pfeife verspäteter Züge würde die Stille bis zum Zerreißen spannen, doch die Nacht würde nun nicht mehr leer sein! An alles hatte Jonka gedacht, nur nicht daran, dass Assen und Emilia gar nicht bei ihr wohnen würden.

Zwei Tage nach der Hochzeit brachten die Nachbarn aus dem Viertel ihr Geschenk vorbei. Sie hatten einen gebrauchten Radioapparat in schwarzem Bakelitgehäuse gekauft, dessen Knöpfe noch alle gehorchten, und dessen Zeiger beim Drehen flink über die Skala mit den Frequenzen huschte. Ihr Vermieter erlaubte ihnen, seine Antenne auf dem Balkon mitzubenutzen, »Flaschko« Prodev legte eine zweite Steckdose neben das Fenster, und dann schwiegen alle erwartungsvoll, als stünde ein Wunder bevor. Die alten Lämpchen des Blaupunkt-Gerätes leuchteten mit sichtlicher Mühe auf, dann setzte ein jaulendes Piepgeräusch ein, und schließlich füllte sich der Hof mit Musik und menschlicher Rede. Anfangs konnte Jonka es nicht fassen, wie groß, laut und vielsprachig die Welt war. Die ganze Erde war so etwas wie ein in den Himmel ragender, unvollendeter Turm von Babel, und im Äther war es denn ja auch zu hören, wie die Leute sich stritten, überschrien, auf ihrem Recht bestanden, sich bedrohten!

An Mariä Himmelfahrt zündete sie für die Jungvermählten eine Kerze an. Dann war auch der August vorüber … und auf einmal war Herbst! Es roch säuerlich nach Früchten und Gemüse, lindernd fielen die ersten Regenschauer. Die Frauen begannen mit dem Einkochen von Paprikagemüse mit und ohne Fleisch, von Güwetsch, von Gemüseaufstrich aus Tomaten, Paprika und Auberginen, von Kompotten aller Art, und der Himmel wurde ganz bleich von so vielen rauchenden Feuerstellen in den Höfen. Schließlich kam der Zigeunersommer zu Besuch in Sofia; trügerisch heiter des Tags, doch mit kalten Nächten, bescherte er so manchem eine eitrige Angina.

Nun war es das Kind, das Jonkas Augen und ihre ganze Seele erfüllte. Bis zum Mittag spielte Jordan draußen, und die Zeit verging mit Streichen und verrückten Ideen; nachmittags aber kam er nach Hause und begann zu warten. Seine kleinen Fäuste stützten sich auf die Tischkante, sein Körper verschwand im Halbdunkel, als hätte ihn sogar das Licht vergessen, und dann wartete er konzentriert und mit verzweifelter kindlicher Geduld darauf, dass Mama und Papa kamen. Jonka schaltete das Licht ein und las mit Augen, die bereits gut vertraut waren mit den Buchstaben, in der Bibel. Wenn sie von dieser ihr wohltätigen Lektüre aufsah, fragte sie gramerfüllt: Wen soll ich denn noch zusammenhalten, Herrgott, wenn nun schon der Vater sich vom Sohn trennt?

Eines kalten Novemberabends hielt eine Kutsche vor dem Törchen. Ein kleiner Mann zwängte sich heraus, der, ohne groß guten Tag zu sagen, sich Tschakalov nannte. Er brachte ein Paket von gewaltiger Größe, das mit rosa Schleifenband umwickelt war, und erklärte eilends, dies sei das Hochzeitsgeschenk von Sonja Toromanova und Georgi Pantov. In der Anwesenheit des kleinen dicken Mannes füllte sich das Winkelzimmer mit dem Duft eines Parfüms mit weiblicher Note. Jonkas Einladung, doch auf einen Kornkaffee zu bleiben, lehnte er ab; stattdessen verbeugte er sich und machte, dass er davonkam. Jonka löste nachdenklich die Schleifen, öffnete das Paket, und schon bald standen auf dem Tisch, den beiden Betten und dem Regal die sechsunddreißig Teile eines Porzellanservices mit Tellern, Terrinen und Obstschalen. Ein kaltes, gleichmäßiges Weiß füllte das Zimmer, das für einen Moment sogar das Radio überstrahlte. Es war dasselbe Service, das Georgi auch schon zu Assens erster Hochzeit mit Vera geschickt hatte, nur dass jetzt anstelle der Paradiesvögel weinrote, fünfzackige Sterne mit goldener Kontur am Boden der Teller und Tassen prangten.

5

Dieser Sommer sollte den Sieg über die Malaria in Widin markieren. Der erhabene Graben, der bei der Burg Baba Wida begann, die Stadt wie ein Krummsäbel zerschnitt und hinter dem Festungstor Kaleto im Zentrum endete, war Vergangenheit. Das algengrüne Wasser, in dem fette Welse und Wasserschlangen sich getummelt hatten, war mit Donaukies zugeschüttet, das Schilfrohr abgehackt worden; dem Malariaerreger standen schwere Zeiten bevor. Widin aber verlor einen Teil seiner Identität, jenen jahrhundertealten Charme einer Siedlung, die aus dem Wasser geboren wurde, vom Wasser geschützt und an seine fließende Beständigkeit gewöhnt war. Die Leute hatten auf einmal das trügerische Gefühl, dass die Zeit im Zentrum sich verlangsamte und schließlich anhielt, da sie und das Umland sich nun nicht mehr im trüben Spiegel des Grabens betrachten konnten. Mit den Vergleichsmomenten zwischen Widin und Venedig war es nun ein für alle Mal vorbei; was blieb, waren die feuchten, mit bröckligem Stein verkleideten Katakomben unter der Burg Baba Wida, die ihren exotischen Namen behalten hatten: *Venezianisches Lager*.

Der Kampf gegen die Malaria und die chinesische Revolution unter Mao waren die herausragenden Ereignisse des Jahres; während China aber ein Land in märchenhafter Ferne war, das man sich schlecht vorstellen konnte und von dem die Widiner nur in der Gestalt einiger durchreisender chinesischer Jongleure Kenntnis hatten, war der von Komsomolzen und der arbeitsfähigen Bevölkerung zugeschüttete Graben doch etwas, das viel leichter Begeisterung und Nostalgie auslösen konnte. Auf dem Marktplatz zeichnete Lehrer Koitschev unterdessen den Großen Führer des chinesischen Proletariats. So in heroischer Pose vor dem atemberaubenden roten Widerschein des Hintergrunds glich Mao Tse-tung verdächtig Babasz, dem Ungarn; doch im Unterschied zu diesem hatte er Schlitzaugen, die vor lauter Starren in die strahlende sozialistische Zukunft ganz schmal geworden waren. Sein Lächeln aber war genau so herrschaftlich und erhaben wie das des einstigen Widiner Kaufmanns Babaschov. Maos rechter Arm war erhoben und wies munter in Richtung Fortschritt und Kommunismus, die sich in diesem Falle mit der Richtung, in der der zugeschüttete Graben lag, deckte. Er war gekleidet in eine bis zum Hals zugeknöpfte Uniformjacke. In seiner linken Hand hielt er ein Buch, auf dem »Lenin« stand. Die Nähe Mao Tsetungs zum Anführer der Weltrevolution war beruhigend, weil durch dieses symbolische Bindeglied ein Wiedererkennungseffekt beim westlichen Betrachter entstand.

In Sofia und anderen Städten mit nennenswerter Industrie gewann die Stachanov-Bewegung Popularität, benannt nach einem sowjetischen Vordenker der Arbeitsproduktivität durch Akkordarbeit. In den Wochenschauen der Kinos wurden lächelnde Weberinnen gezeigt, wie sie von einem Webstuhl zum anderen gingen; die am frischesten lächelnden Heldinnen der Stoßarbeit bedienten zwölf Webstühle gleichzeitig. Lächelnd knoteten sie den gerissenen Faden zwischen düsterer Vergangenheit und strahlender Zukunft zusammen und wurden zum Stolz der Nation. Auch in den Bergwerken wuchsen Helden der friedlichen Arbeit heran. Mit nacktem Oberkörper standen sie im düsteren Stollen. Mit der Grubenlampe am Helm glichen sie Zyklopen aus der griechischen Sage, die die Spitzhacke schwangen, um mit geröteten und verschwitzten Leibern die Norm gleich fünffach zu übertreffen!

Das Arbeitskollektiv in der neu gegründeten Zugmaschinenstation von Kula beschloss, sich in diese fortschrittliche Initiative zur Steigerung der Arbeitsleistung einzubringen, und vermeldete alsbald, dass die komplette Instandsetzung des einzigen Mähdreschers der ZMS statt in zwei Wochen in zwei Tagen gelungen war. Der Name der heldenhaften Monteure verbreitete sich wie ein Lauffeuer. Sie hatten beim Licht einer starken Petromax-Lampe und einiger gewöhnlicher Petroleumlampen auch die Nächte durchgearbeitet und wurden zum Symbol der neuen Zeit. Ihre Stimmen erklangen aus den sogenannten Radiopunkten, Lautsprechern, über die auch die Dörfer den ganzen Tag mit dem Staatsrundfunk beschallt wurden. Fotos von ihnen erschienen in der Lokalzeitung. Später hielten sie einen flammenden Vortrag im Lesesaal »Bunte Welt« und riefen einen friedlichen sozialistischen Wettstreit unter den Arbeitern der Porzellanfabrik aus.

Die Hitze war unerträglich, der Weizen ließ die Köpfe hängen, die Ernte war in vollem Gange. Da begann der so heldenhaft reparierte Mähdrescher zu röcheln. Seinem Auspuff entströmte fetter Rauch; schließlich gab der Motor in niederträchtigster Weise den Geist auf. Nun halfen keine Petromax-Lampen mehr. Die Stachanov-Helden brauchten jetzt drei Wochen, um die Maschine erneut in ihre Einzelteile zu zerlegen. Dabei entdeckten sie, dass sie im Eifer ihres Rekordakkordes versäumt hatten, die Zylinder wieder in die Kolben des Motors einzubauen.

In ebendieser Zeit wurde auch die Bewegung AVZ – *Arbeits- und Verteidigungsbereitschaft der Zivilbevölkerung* ins Leben gerufen, an der sich Millionen Werktätige beteiligten, um für die Aussicht auf eine Plakette und ein Abzeichen die Normen der AVZ zu erfüllen und damit ihren unschätzbaren Beitrag zur Verteidigung der Volksrepublik Bulgarien und des Fortschrittes der sozialistischen Menschheit zu leisten.

Im Donauuferpark hinter dem Telegrafenturm zogen sich die Angestellten des Bezirkskomitees der Partei, die Beamten der Stadtverwaltung, junge Arbeiterinnen aus den Fabriken, Lehrerinnen, ja sogar enthusiasmierte Rentner und kerngesunde Kriegsveteranen aus – die Männer bis auf kurze Satinhosen, die Frauen bis auf elastische Shorts – und traten zum Wettkampf an. Sie machten Weit- und Hochsprung, Speerwurf und Kugelstoßen, Bockspringen mit vorgesetztem Sprungbrett, kletterten Seile hoch, die von den Ästen uralter Kastanien herabhingen, und zum Schluss stand ein 3000-Meter-Lauf mit Zeitmessung auf dem Programm. Der Schlaffe Kosta, der Dankbare Kotscho und die anderen Alteingesessenen aus dem Viertel, denen das revolutionäre Bewusstsein fehlte, kippten erstmal zwei Anisschnäpse auf leeren Magen im ehemaligen »Hasenblut«, jetzt »Zur Roten Fahne«, dann kauften sie sich jeder ein Tütchen gebackene Sonnenblumenkerne, setzten sich auf eine Bank, die in der Nähe der Turnböcke stand, und beobachteten wortlos und mit wachsender Beunruhigung, wie die jungen Frauen sich mit hüpfender Brust auf die Verteidigung ihres sozialistischen Vaterlandes vorbereiteten.

Die Mücken in Widin wurden nicht weniger. Sie standen in dichten Wolken über den Sümpfen um Widin, blieben aber leider nicht immer auf dem Ödland, sondern überfielen die Stadt in Wellen. Abends mussten die Leute aufpassen, dass sie mit der abgekühlten Luft nicht auch ein paar Mücken einatmeten. Sie bekamen Angst, überhaupt noch die Fenster zu öffnen, und verbrachten viel Zeit damit, mit der Zeitung in der Hand durch die Zimmer zu gehen und auf Stühle und Betten zu steigen, um die kleinen, summenden Störenfriede totzuschlagen.

6

Der Sand im Hof der Zigarettenfabrik Zagorka knirschte unter ihren Sohlen. Sie sahen, wie am Ende dieses glutheißen Tages über dem blitzenden Band der Donau die Fischerboote zu ihrer steinernen Anlegestelle im Hafen zurückkehrten. Jedes Mal, wenn der Wind sich kurz erhob, raschelte es geheimnisvoll in den aufgefädelten Tabakblättern, und ein Duft nach weiten Feldern stieg ihnen in die Nase. Ein reifer, ein betäubender Duft war das, den man bereitwillig mit der goldenen Farbe der langen Blätter verband, die die riesigen Trockenräume nachts erleuchteten mit dem satten Glanz ihrer Pigmente.

Vor dem Eingang der Fabrik standen Krum Marijkin und Wächter Bai Zonjo Metschkarski mit einer Zigarette im Mund, und ihr ehemaliger Eigentümer, ein Herr Kiskinov, der nach der Verstaatlichung zu ihrem Direktor ernannt worden war. Bai Zonjo war ein dürres Alterchen, dessen Haut trocken und zäh aussah wie gelber Strohmörtel. Er hatte im Zweiten Weltkrieg kommunistische Partisanen bei sich versteckt gehalten und war von einer Redlichkeit und Ergebenheit, die an Schwachsinn grenzten. Nach Errichtung der Volksrepublik aber hatte er sich stur geweigert, wenigstens das Progymnasium noch zu absolvieren, um zum Betriebsleiter oder Parteisekretär ernannt werden zu können, und so sah sich die Parteiführung gezwungen, ihn als Wachmann in die Zigarettenfabrik zu schicken, wo er mit seinen aufgerissenen Mandelaugen das volkseigene Tabakvermögen zu hüten hatte.

Bai Zonjo hatte einen entwickelten Sinn fürs Dramatische im Leben. Er war streitsüchtig und hatte – wie der Genosse Stojanov behauptete – »in voller Absicht« darauf bestanden, »nur« Wächter zu werden, um seinen Genossen, bei denen Kampfes- und Karrierelust oft nur schwer auseinanderzuhalten waren, ein Dorn im Auge zu sein. Seht, schien er zu sagen, ich habe unter Gefahr für das eigene Leben Genossen in meinem

Keller versteckt und habe doch kein Kapital daraus geschlagen – während ihr im Handumdrehen große Tiere geworden seid!

Einer von denen, die von seinem Brot gegessen und in seinem Keller geschlafen hatten, war der Genosse Stojanov selbst. Darum wollte er Bai Zonjo ja auch fördern und ihn in die Sowjetunion schicken, um ihn anschließend in Widin zum Vorsitzenden des Ortsverbandes der Vaterländischen Front zu machen. Doch dafür benötigte er nicht nur Zustimmung, sondern auch ein Minimum an schulischer Qualifikation. Bai Zonjo aber weigerte sich hartnäckig, seine Augen für die Welt des Wissens zu öffnen, hatte er doch vor zwanzig Jahren schon seine Seele für die Größe des Glaubens an den Kommunismus geöffnet. »Entweder ihr nehmt mich so wie ich bin«, beschied er Stojanov, »oder ihr könnt mich vergessen!« Strich sich die Locke aus der Stirn, wischte sich den bitteren Speichel aus den Mundwinkeln, stand auf und verließ stante pede das Büro des obersten Parteisekretärs.

Mit dieser Haltung wurde Bai Zonjo Metschkarski zu einem schweren Problem für die Parteiführung des Bezirks, denn wer so desinteressiert an seinem eigenen Schicksal war, der nahm den neuen Herren jede Möglichkeit, der Öffentlichkeit zu zeigen, wie dankbar die Revolution ihren Helfern doch war, und mit welch mütterlicher Fürsorge sie ihren Anhängern Gleiches mit Gleichem vergalt! Jeder in der Stadt hätte es gerade im Falle Bai Zonjos natürlich und in Ordnung gefunden, wenn er aufgestiegen wäre. Auf Sitzungen wusste jeder, wer gemeint war, wenn von der »brennenden Frage« die Rede war. Alle schauten verlegen zur Seite, wenn über ihn gesprochen wurde, traten von einem Bein aufs andere, begannen sich nervös die Hände zu reiben oder sich zu fragen, ob sie ihr Hemd nicht zu hoch zugeknöpft hatten. Metschkarski, so hieß es, sei immer schon ein Querkopf gewesen, und das läge offenbar in der Familie. Schon Bai Zonjos Großvater sei ja einmal im Wald einem Bären begegnet, habe sich aber geweigert, dem Tier Platz zu machen. Am Ende gingen Mensch und Meister Petz einander an die Kehle. So habe der Großvater aus bloßer Sturheit ein Auge verloren, das Tier aber mittels einer Axt sein Leben. Seitdem nannte jeder die Familie Metschkarski – »die mit dem Bären«.

»Gut und schön«, zischte der Genosse Stojanov mürrisch, »aber die

Volksmacht ist doch kein Bär, und es macht nicht den geringsten Sinn, dass Bai Zonjo ihr mit seiner unverschämten Sturheit begegnet. Ich kann keinen Mann ohne Schulbildung in die Sowjetunion schicken; ebenso wenig kann ich ihn als Kandidaten für die Vaterländische Front aufstellen! Überall wimmelt es nur so vor Dokumenten und Papierkram, und dieser ganze amtliche Schriftverkehr will gelesen, verstanden und abgezeichnet werden.«

Die Sache war die, dass aus der Zigarettenfabrik seit geraumer Zeit ballenweise Tabak verschwand. Die Meldung über diese gravierende Ordnungswidrigkeit kam vom ehemaligen Eigentümer und jetzigen Direktor Kiskinov selbst und warf einen direkten Schatten auf Namen und Ansehen Bai Zonjos. Die Sache wuchs sich zu einem Skandal voller ungeklärter Tatsachen aus, in dem ein ehemaliger Bourgeois und Ausbeuter einen aufrechten Kommunisten direkt des Diebstahls bezichtigte. »Ich kann und will es nicht glauben«, murmelte der Genosse Stojanov, »aber wir sind gezwungen, der Sache nachzugehen.«

Krum bestieg also sein ölverschmiertes Motorrad, startete, hinterließ eine dichte Staubwolke und legte die Entfernung vom Bezirkskomitee bis zur Zigarettenfabrik in weniger als drei Minuten zurück. Mit Gedröhne tauchte er in seiner obligatorischen Landvermesserjacke im Fabrikhof auf, beeilte sich aber nicht, seine Kautschukbrille abzusetzen, bevor er nicht durch ihr zerkratztes Plexiglas den alten Wachmann und den gezwirbelten Bourgeois mit seinen glänzenden Lackschuhen ausgiebig taxiert hatte. Bai Zonjo hielt sich stur an seinem Gewehr fest, während Herr Kiskinov sich mit blasiertem Gesichtsausdruck das Kettchen seiner Taschenuhr um den Finger wickelte. Hinter ihnen dräute dunkel die Fabrik, deren Fenster von der untergehenden Sonne zeitweilig erblindet waren.

Krum grüßte nicht, aber auch die beiden Wartenden schenkten ihm keinerlei Beachtung, sodass der Ankömmlung glaubte, er träume diese ganze Szene: die gespannte Stille, die einsamen Schatten der beiden Männer, zwischen denen der unversöhnliche Hass eine tiefe Verbindung schuf. Um sie besser sehen zu können, musste Krum bis zum Eingang gehen. Das Knirschen des Sandes unter seinen Stiefelsohlen holte ihn in die Wirklichkeit zurück.

Zum ersten Mal sah er den alten Bai Zonjo aus der Nähe. Krum mochte ihn, vor allem seine kämpferische Haltung während der Parteiversammlungen, bei denen er die Kühnheit besaß, sogar den Genossen Stojanov zu kritisieren. Jetzt aber war er doch erschüttert von seiner Schroffheit und seinem schneidenden Blick.

»Da wären wir also versammelt«, begann Krum vorsichtig, doch Kiskinov ging gleich in medias res: »Mein Herr, aus der Fabrik verschwinden Tabakballen, und zwar von der teuersten und besten Sorte, Dshebel, wenn Ihnen das etwas sagt.« Die penetrante Parfümwolke, die Kiskinov beim Gestikulieren aufwirbelte, erschwerte Krum das klare Denken. »Dadurch verarmen die Blends, Verzeihung, die Blatt- und Sortenmischungen, und die Zigaretten werden immer schärfer und haben immer weniger Aroma.«

»Und was schlagen Sie vor?«, fragte Krum bissig.

»Ich wage hier nichts mehr vorzuschlagen; nicht wahr, es ist ja nicht mehr meine Fabrik! Ich kann nur Vermutungen äußern.« Er sprach voller Selbstbewusstsein. Dabei wippte er nachlässig auf seinen Lackschuhen vor und zurück und hörte nicht auf, das Kettchen seiner Taschenuhr um seinen Finger ab- und wieder aufzuwickeln. »Tagsüber ist Diebstahl unmöglich, erstens, weil ich im Werk bin, und zweitens, weil die Arbeiter am Ausgang kontrolliert werden. Die einzige reale Möglichkeit ist: Der Tabak wird nachts entwendet. Ich war verpflichtet, die Sache zu melden, auch wenn – ich wiederhole es – diese Fabrik ja nicht mehr mein Eigentum ist.«

Bai Zonjo rührte sich und hob den Karabiner, aber Krum schenkte ihm keine Beachtung. Nicht nur der Haarschopf, der ganze alte Mann stand zu Berge bei diesen Worten. Krum hätte daran denken müssen, sie ins Helle zu führen, doch die Wut über die Verlogenheit dieses dekadenten Bourgeois, dessen Stimme nur so triefte vor gespieltem Pflichtgefühl, trübte seinen Verstand.

»Und zu alledem kommt noch hinzu«, fuhr Kiskinov in scharfem Tone fort, »dass unser Nachtwächter, Herr Metschkarski, mich vor den Arbeitern beschimpft, was meine Autorität als Direktor untergräbt. Eine solche Doppelherrschaft in der Fabrik ist verhängnisvoll und schadet unseren gemeinsamen Interessen … Und Sie, mein Herr, dessen Namen zu kennen ich nicht die Ehre habe, dürften ebenfalls wissen, dass ein Mensch, der mit Machtbefugnissen und Gewehr ausgestattet ist, dem aber leider das Glück versagt ist, das ABC zu kennen, gelinde gesagt unberechenbar ist, ich möchte sogar so weit gehen zu sagen: böswillig.«

»Ach, du widerlicher Bastard«, rief Bai Zonjo mit wachsendem Groll in der Stimme; doch Krum überhörte auch dieses Signal.

»Ich will Ihnen meine Schlussfolgerungen ebenfalls nicht vorenthalten«, sagte Kiskinov näselnd und leckte sich über die Lippen. »Für mich ist klar, dass Herr Metschkarski entweder wissentlich den Dieb auf das Fabrikgelände lässt oder … dass er selbst es ist, der gewissenlos und in aller Seelenruhe Diebstahl am Volkseigentum begeht. Ein Dieb mit Schießgewehr …«

Von hier an rollten die Ereignisse mit einer derart stupenden Schnelligkeit ab, dass Krum nicht reagieren konnte. Er wollte gerade die beiden Streithähne in den Lichtkegel der von Fliegenschissen besprenkelten Birne über dem Eingang rücken, sich das Gesicht Kiskinovs genauer anschauen und ihn gehörig zur Sau machen, um vielleicht dem Schicksal einen Schritt zuvorzukommen, da krachte der Karabiner Bai Zonjos zweimal aus so großer Nähe, dass die Zündflamme ihm Schulter und Augen versengte. Aus dem Augenwinkel sah er, wie Kiskinov einen Ruck machte – oder besser, wie ein unsichtbarer Fausthieb ihn mitsamt seines zynischen Lächelns zu Boden schickte. Sein Bein trat in den Staub, verkrampfte sich; der Glanz seines Lackschuhs schien einzufrieren. Krum vollendete den begonnenen Schritt, dann hockte er schon vor dem niedergestreckten Körper. Kiskinovs fast unanständig penetrantes Parfüm stach ihm erneut in die Nase, nur dass es sich jetzt mit dem Geruch von Blut mischte.

Krum drehte sich so erschüttert um, als sei ein Wunder geschehen, von dem jetzt nur noch das Pfeifen in seinen Ohren zeugte und der Pulverdampf, der ihn in Augen, Mund und Nase biss. Bai Zonjo stand da in all seiner Dürrheit, als sei er aus Karton ausgeschnitten. Sein Gewehr lag vor ihm im Staub. Sein Haar aber, das bis eben noch wie unter Strom emporgestanden hatte, hatte sich auf einmal gelegt.

Da machte Krum seinen dritten, den entscheidenden Fehler. Anstatt dass er den Verstand sprechen ließ und die Phantasie ein bisschen zu

Hilfe rief, ließ er sich von Müdigkeit und Schuldgefühlen niederdrücken. Er hätte in einfachen Worten eine Geschichte stricken müssen, wie Kiskinov sich auf den Alten gestürzt hätte. Er selbst, schon im dunklen Flur der Fabrik, habe nicht mehr eingreifen, sondern nur Ohrenzeuge eines ungleichen Kampfes sein können, der beendet wurde mit zwei aus Notwehr abgegebenen Schüssen. Er hätte dann der Glaubwürdigkeit halber dem Alten zwei ordentliche Watschen verpassen sollen, die sichtbare Spuren hinterließen, und ihn dann am Kragen packen und ihm das ohnehin mehrfach gestopfte Hemd zerreißen müssen. Vielleicht noch ein paar Kratzer, ein Biss ins Ohr, kurz, lauter Beweisspuren für ein Ereignis, das nicht stattgefunden hatte, aber hätte stattfinden können …

Was Krum so vollkommen aus der Fassung brachte, dass er all dies eben nicht tat, war die unfassbare Opferbereitschaft, gepaart mit reinstem Stolz, die diesen alten Mann ohne zu zögern ein Verbrechen zum Wohl aller hatte begehen lassen. Er stand auf, lief zum Wächterhäuschen, in dem es, wie er wusste, ein Telefon gab. Keuchend und sprachlos, musste der Genosse Stojanov ganze zweimal fragen: »Wer ist denn da, hol's der Teufel? Wer ist da, bitte?« Er wollte schon auflegen, da begann Krum, ihm alles wirr und auf die Schnelle, aber vollkommen wahrheitsgetreu zu erzählen, und so wurde er freiwillig vom Mitwisser und Beteiligten zum Verräter.

»Ich hasse dich, Marijkin«, brüllte Stojanov. »Ein Dreckskerl bist du, Marijkin, und ein Dreckskerl wirst du auch bleiben.«

Durch die künstliche Stille der Leitung erlauschte Krum, wie Stojanov irgendein amtliches Papier auf seinem Schreibtisch zerknüllte.

»Du musst ihn sofort verhaften!«

»Wen?«, fragte Krum wie der letzte Idiot. »Kiskinov ist doch tot!«

»Unseren Spezi da … Bai Zonjo Metschkarski halt!«

»Ich kann nicht«, pustete Krum die ganze angestaute Luft aus, und erst da wurde ihm die ganze Unsinnigkeit seines Schrittes klar. Das Schuldgefühl bemächtigte sich mit Stahlklauen seines Bewusstseins, sein Schweiß trocknete auf der Stelle. »Wie soll ich ihn denn verhaften? Er ist doch unser Genosse …«

Aber es war zu spät. Die Leitung war schon unterbrochen, und er stand allein da mit dem schwarzen, eiskalten Telefonhörer in der Hand.

7

Die Nachricht vom Mord am ehemaligen Fabrikanten Kiskinov wurde im Handumdrehen zum Stadtgespräch. Sie hielt die Widiner so in Atem, dass das Thema Festungsgraben auf einmal völlig vergessen war. Und das, obwohl die Tat der Fantasie keinerlei Nahrung bot. Es gab nichts Irrationales, nichts Magisches daran, das man hätte ergründen oder deuten müssen. Alles lag klar zutage, war so hinterhältig unverdeckt geschehen, dass die Menschen gezwungen waren, das Geschehen selbst zu mystifizieren und mit Ausschmückungen zu versehen, um es in ihr kollektives Gedächtnis aufnehmen zu können. Die Sichtbarkeit dieser Tat stieß umso mehr ab, als sie sich so gar nicht in die Vorstellungen von Gut und Böse einordnen ließ. Das Böse braucht, um als solches erkannt zu werden, die Aura des Mysteriösen und Verborgenen, eine gespenstische Nebelhaftigkeit, ohne die es nicht es selbst ist. In den Kaffeehäusern, Kneipen und auf den Plätzen, auf dem Markt, in Trentschos Barbierstube und im türkischen Dampfbad, im Schatten der Weinlauben, Vordächer und Hoftore waren die Leute emsig bemüht, Bai Zonjos Selbstjustiz bis ins Extrem zu verkomplizieren und ihm lauter geheime Motive anzudichten, gerade weil sie auf der Seite des schwächlichen alten Querkopfes standen.

Kiskinov hingegen war in Widin zutiefst verhasst gewesen. Eigenbrötlerisch und ungesellig, immer überheblich – selbst gegenüber Vertretern der höheren Gesellschaftsschicht, egoistisch wie jeder alte Junggeselle, war er doch ein leidenschaftlicher Verehrer des schönen Geschlechts. Er überwand den Widerwillen, den er ansonsten gegen alles Lebendige empfand, und verfolgte seine Opfer ungeschickt, aber hartnäckig. Es waren allesamt Arbeiterinnen aus seiner Fabrik, arme, vom Schicksal gebeutelte Frauen ohne Schulausbildung, deren Männer während des Krieges an der Front waren und die ihre Kinder nur dank ihres Arbeitslohns schlecht und recht durchbringen konnten. Ablehnen konnten sie also nicht. Kiskinov versprühte zudem nicht den geringsten männlichen Charme und verstand keinerlei Spaß. Selbst beim Vollzug, der in der Regel auf dem Kanapee in seinem Büro erfolgte, schaute er mürrisch drein. Er ließ die Mädchen zu sich rufen, trank erst zwei Gläser Cognac, dann streifte er ohne Vorwarnung seine berüchtigten Hosenträger ab und stand bald darauf in seinen langen, warmen und schrecklich teuren Herrenunterhosen da. Nie kam er auf die Idee, auch der Leidtragenden einen Cognac anzubieten; nicht etwa, weil er so knauserig gewesen wäre, sondern einfach, weil er den Gegenstand seiner Triebabfuhr viel zu sehr verachtete. In seinem »Geschmack« war er nicht wählerisch. Keiner sah ihn je eine der Damen aus besseren Häusern umwerben. Er bevorzugte die einfachen Mädchen, die nach einem langen Arbeitstag erregend nach Tabak und Schweiß rochen und seinen Abscheu angenehm kitzelten. Noch mehr angestachelt wurde seine Begierde, wenn er sah, dass die Mädchen litten und in seinen Armen in Tränen ausbrachen.

Bai Zonjos Schüsse krachten den Leuten also gleichsam aus der Seele, und es lag ihrer Meinung nach eine höhere Gerechtigkeit in seiner Tat. Wenn er doch nur ein bisschen darauf geachtet hätte, es nicht bei der nackten Wahrheit zu belassen … Er hätte zur Legende, zum Mythos, zum Volkshelden werden können! Besser noch, der Schütze selbst wäre im Dunklen geblieben, denn dann hätte es jeder von ihnen sein können, und das hätte dieses Attentat letzten Endes zu einer Vergeltungstat des ganzen Volkes gemacht. So aber, indem er sich in seinem maßlosen Stolz selbst ins Licht des Opfertums stellte, benahm er ihnen jede Möglichkeit, sich mit dem Geschehenen zu identifizieren.

Sogar die Waffe war keine Quelle heimlichen Triumphes. Der Schlaffe Kosta zum Beispiel kratzte sich das weiß gewordene Haupt und meinte: »Wenn er wenigstens mittem Messer statt mittem Gewehr …« Der Dankbare Kotscho erinnerte sich nostalgisch des Mordes an Traitscho Babaschov. Ja, das war etwas gewesen! Da waren Leidenschaften im Spiel gewesen, Seelenpein, und im Hintergrund musste es eine Geschichte geben; denn, so erinnerte sich Kotscho, die goldene Taschenuhr war dem Ermordeten ja nicht entwendet worden; sie tickte ungerührt unter seinen nassen Kleidern weiter. Außerdem hatte der Täter die Dunkelheit und das Rauschen des Flusses, das jeden eventuellen Schrei übertönte, für seine Untat genutzt, und auf rätselhafte Weise war es ihm auch gelungen, sein Opfer zu den Überresten der Burg Baba Wida zu locken, deren mächtige mittelalterliche Mauern ja schon selbst Symbol des Unerklärlichen und Ungewöhnlichen waren.

Nein, was der alte Bai Zonjo Metschkarski da von ihnen verlangte, war ein bisschen zu starker Tobak. Schenkte man den Worten dieses anderen Sturkopfes da, dieses Krum Marijkin, Glauben, hatte er sich zu allem Überfluss auch noch ohne Gegenwehr festnehmen lassen. In der »Roten Fahne« tranken sie Bier und eisgekühlten Anisschnaps, doch das Palavern, die beste Beilage des Mannes zum Alkohol, wollte nicht so recht von der Stelle kommen. Die Frauen begaben sich an die große Sommerwäsche, entblößten ihre Waden, wenn sie am Flussufer ankamen, beugten sich manchmal, wenn ein fescher Offizier im Uferpark vorbeistolzierte, tiefer als nötig vor; aber auch unter den Frauen wollte das lustige Ratschen und Tratschen nicht aufkommen. Bei ihnen spielte zudem eine Rolle, dass die so nackt begangene Gewalttat ihnen Angst machte. Sie hatte eine bedrohliche Signalwirkung, wie man schon daran sah, dass die Opposition den Vorfall zum Anlass nahm, sich wieder zu rühren. Das Begräbnis dieses menschlichen Ekels, dieses Kiskinov, war denn auch eine Demonstration: Nicht nur mehrere Popen waren zugegen, auch der Bischof von Widin persönlich! Das Blasorchester intonierte auf seinen festlichen Messinginstrumenten orthodoxe Kirchenmusik, die Kirchenglocken läuteten und die Krokodilstränen flossen. Diese Prachtentfaltung beim letzten Geleit ihres Direktors brachte die Arbeiterinnen der Tabakfabrik dazu, eine Petition mit Ultimatumscharakter an das Bezirkskomitee zu unterschreiben, in der Bai Zonjos sofortige Freilassung gefordert wurde. Die Stadt verstummte und ging auf wie Hefeteig. Die Donau sank, bis der bernsteinfarbene Sand an den Ufern ihrer schmalen Inselchen zutage trat.

8

Es waren schwere Tage für das Bezirkskomitee der Partei, und dabei waren der Fall Bai Zonjos und der Unfall des Genossen Stojanov mit seinem neuen Dienstwagen, einem weißen Pobeda, noch die geringste Sorge. Viel schlimmer war die brütende Hitze, die als Gluthauch vom wolkenlosen, aschfahlen Himmel strömte. Alles Grüne verdorrte, die Schatten der Bäume bekamen eine ungesunde bräunliche Farbe. Die

Ernte würde also auch dieses Jahr mager ausfallen, umso mehr, als die mühevoll errichteten Landwirtschaftlichen Produktionsgenossenschaften noch schwach auf den Beinen waren und nicht so recht in Gang kommen wollten. Im Umkreis breitete sich zu allem Übel auch noch die Maul- und Klauenseuche aus, was die Bauern, die sich nicht so recht an die neuen Zustände gewöhnen wollten, erst recht nervös machte. Jeder Landmann sah zu, dass er sein »eigenes« Vieh gefüttert kriegte, das er unter Schmerzen und nicht immer ohne freundliche Nachhilfe ans Kollektiv abgetreten hatte. Die Dürre war bedrohlich. Der Boden platzte auf und schrumpelte wie das Euter einer unfruchtbaren Kuh. Es fehlten Pflüge, Saatgut und vor allem Erfahrung im großflächigen Landbau.

In diese ganze vor Hitze und Mangel brodelnde Situation also knallte mit zwei Schüssen aus einem alten Karabiner auch noch Bai Zonjo Metschkarski. Die Volksmacht war ja angetreten nicht nur im Namen des Sozialismus, sondern auch, um der vorherigen Willkürherrschaft ein Ende zu bereiten und Recht und Ordnung zu schaffen und für alle gleichermaßen durchzusetzen. Niemand durfte dieses Recht eigenmächtig beugen und Selbstjustiz begehen, denn dies ging zu Lasten des Vertrauens in die Staatsmacht und ihre Fähigkeit, das Volk zu schützen. Genosse Stojanov war außer sich vor Wut und tief betroffen zugleich. Stunde um Stunde saß er vor der dicken Akte; die Buchstaben verschwammen vor seinen Augen. »Dreiundzwanzig Tage im Keller von Bai Zonjo«, murmelte er vor sich hin. »Der gute Alte hat mir das Leben gerettet!«

Immerhin fand Krum Marijkin, angetrieben von seinen Schuldgefühlen, heraus, dass es Kiskinov selbst gewesen war, der die Tabakballen entwendet hatte. Gleich nach der Entdeckung hatte er sein Motorrad auf Höchstgeschwindigkeit gepeitscht und war, voller Staub und Motoröl, bei der Miliz aufgetaucht, um die Beamten über diese tröstliche Tatsache zu informieren. Kiskinov hatte das Diebesgut mit der Hilfe seines schwerhörigen Dienstmädchens durch ein kleines, verrostetes, von Spinnennetzen bedecktes Törchen entwendet und sie im Schutz der Dunkelheit in die Donau geworfen.

Doch mit dieser Aufklärung konnte er seine Fehler nicht ungeschehen machen. Das Schicksal und Krum, Krum und das Schicksal, das waren zwei Kategorien, die alle in der Stadt bis jetzt im Gleichgewicht gesehen hatten; nun teilten sie sich, weil das Schicksal es in seiner verwundeten Allmacht geschafft hatte, diesen bis zur Zerknirschung fanatischen Mann zu täuschen und den Mord an Kiskinov vor seinen Augen geschehen zu lassen.

Der Sieg des Schicksals über Krum erleichterte die Menschen. Die Angestellten im Bezirkskomitee atmeten auf und verbargen nicht ihre Genugtuung. Endlich einmal hatte ihr größter Quälgeist einen kapitalen Fehler begangen, und sie konnten ihn zerknirscht und am Boden zerstört erleben. Sein Gang hatte nun etwas Geducktes, seine Lippen waren zerbissen, seine Augenränder entzündet. Einsam wie jede Verkörperung der Gewalt, schlich er durch die Korridore des Amtes. Wenn die Stenotypistinnen seine Schritte hörten, hielten sie inne; aber bevor er ankam und nachdem er außer Hörweite war, zogen sie und die Verwaltungsbeamten hemmungslos über ihn her. Die Zimmer glichen Bienenkörben, ein solch rasches und vielstimmiges Summen und Brummen erfüllte sie. Seine lederne Landvermesserjacke hörte auf, die Leute in Angst und Schrecken zu versetzen; stattdessen bewirkte sie eher abfälliges Bedauern und spontane Schweißausbrüche.

Der Untersuchungsrichter in diesem Prozess, der sich ebenfalls vor der kommunistischen Machtergreifung bei Zonjo Metschkarski versteckt gehalten hatte, verhörte den Alten äußerst behutsam, fast furchtsam. Dieser wiederholte monoton:

»Ich habe einen Volksfeind erschossen, und bedauere das auch nicht. Wenn ich mich schuldig gemacht habe, verurteilt mich. Mildernde Umstände kann ich nicht geltend machen. Ich war weder betrunken, wie du, Koljo, mir einreden willst, ich hab vorher nicht zu lange in der Sonne gestanden, und verrückt bin ich auch nicht!«

Während des Verhörs trank Richter Koljo zwei Liter Wasser, die sein Organismus nicht brauchte, anschließend musste er alle zehn Minuten auf die Toilette.

9

Als Ersten schickten sie Koitschev zum Alten in die Zelle. Der Zeichenlehrer war ein weichherziger Mensch, der besänftigend wirkte. Er sollte mit Bai Zonjo einmal gut freundschaftlich reden und ihm dabei so ganz nebenbei verklickern, wie unsinnig seine Sturheit doch sei und wie groß die nervliche Anspannung in der Stadt seinetwegen, ganz zu schweigen von den Genossen im Bezirkskomitee, die – obwohl ausführende Organe des Gesetzes – mit ihm fühlten.

Koitschev zog ein weißes Hemd an, das sauber und gestärkt war wie das letzte Hemd eines zum Tode Verurteilten. Er bügelte seine Hosen, ließ seine Festtagsschuhe beim Schuhputzer am Markt auf Hochglanz polieren und ging sich so beim Genossen Stojanov vorstellen. Der Bezirkssekretär schaute ihn von oben bis unten an und zog zufrieden die Augenbrauen zusammen. Schließlich gingen die beiden zwei Etagen tiefer, durchquerten den klammen Kellergang und standen vor der Zelle, deren dicke Tür mit einem Gitter beschlagen war.

»Geh ganz sachte zu Werke«, warnte Genosse Stojanov noch einmal, dann ließ er den Zeichenlehrer vorgehen, schloss hinter ihm ab und klebte sein Ohr an den Metallrand der Tür. Eine ganze Stunde harrte er in dieser unbequemen Haltung aus, lauschte den bescheidenen und weisen Worten Koitschevs, denen ein schwerblütiges, von verborgenen Leidenschaften gesättigtes Schweigen folgte, das den Mut des Besuchers sprengte wie eine Bombe und seine Rede immer ohnmächtiger und hilfloser werden ließ, bis nur noch ein resigniertes Murmeln übrig blieb. Die Zeit zog sich in die Länge. Die Kühle des Souterrains drang Stojanov ins Mark. Wie er hörte, brachte der Lehrer wirklich alle Argumente vor, die ein vernünftiger Mensch vorbringen konnte, redete Bai Zonjo zu, ermahnte ihn; aber was bedeutete all dies gegen Bai Zonjos gekränkten Stolz?

»Nur um eins tut es mir leid«, brachte Bai Zonjo am Ende heraus, und Stojanov stellte sich den Schrecken in seinen Augen vor, »und zwar um meine Tochter. Wer soll sich um die bloß kümmern?«

»Die Partei!«, kam es wie aus der Pistole geschossen freudig aus Koitschevs Mund.

»Nei-hein«, ächzte der Alte, »sie ist 'ne junge Frau, und die Partei kann sie ja schlecht heiraten.«

»Eh, jemand wird sie schon nehmen.«

»Dummes Zeug«, rief Metschkarski aus, »hast du sie mal gesehen? Sie ist ganz der Vater ... so was von hässlich!«

Nach diesem gescheiterten Gesprächsversuch legte sich das Schweigen wie ein schwerer, kalter Findling zwischen die Verantwortlichen im Bezirkskomitee und den unzähmbaren Bai Zonjo. Der Untersuchungsrichter klagte, Zonjo habe ihn zweimal beschimpft, weil er ihm vorgeschlagen habe, statt des angesetzten Verhörs eine Partie Schach zu spielen; dabei habe er auf diese feine psychologische Weise, nämlich indirekt, den Untersuchungshäftling, der ihm vor Jahren die Haut gerettet habe, geneigt machen wollen für sein Anliegen.

»Der hat mir aber so was von die Arschkarte gezeigt«, sagte der Ermittler mit rotem Kopf. »Mit einer Handbewegung wischt er die Schachfiguren vom Brett und schreit: ›Koljo, ich brauch' keine Zerstreuungen, ich brauch' Freiheit! Ich hab einen Verbrecher erschossen. Ich war nicht besoffen dabei, verrückt bin ich nicht, also verurteilt mich.‹ Was machst du mit so einem?«

Ohne den Hungerstreik auszurufen, hörte Bai Zonjo auf zu essen, obwohl das, was ihm aus der Armeeküche vorgesetzt wurde, nicht von schlechten Eltern war. Einmal gab es zum Dessert sogar Honigmelone und Wackelpudding mit Blaubeergeschmack. Der Arzt, der im Bezirkskomitee arbeitete, untersuchte den Alten und entdeckte bei ihm Herzrhythmusstörungen, wie sie bekanntermaßen auch Tiere bekamen, die in Käfige eingesperrt waren. Metschkarskis Tochter kam ihn jeden Tag besuchen, doch die beiden saßen nur da und schwiegen, als wären sie einander fremd. Dies wurde ruchbar, weil Milizmann Blashe, der den dienstlichen Auftrag hatte, an der Tür zu horchen, sich darüber beklagte, stundenlang wegen nichts und wieder nichts sein Ohr wetzen und sein Kreuz verdrehen zu müssen.

Der Untersuchungsrichter eilte nicht, Bai Zonjo dem Staatsanwalt zu übergeben, denn der Staatsanwalt gehörte nicht mehr zu denen, die im Keller Metschkarskis die Jahre des bulgarischen Bündnisses mit Hitler-Deutschland überlebt hatten; doch immerhin hatten sie beide Flugblätter gedruckt, sodass auch der Staatsanwalt kein Interesse daran hatte, den Gang des Prozesses zu beschleunigen.

Bezirkssekretär Stojanov lernte aus der ganzen Sache, dass der Mensch in der Diktatur des Proletariats entweder gesetzestreu oder moralisch handeln konnte, und dass es unmöglich war, beide Kategorien unter einen Hut zu bringen. Er bekam, was einer mit einem schweren Gewissenskonflikt eben bekommt: Ausschlag. Die Stadt aber, am Boden gehalten vom schweren Stiefel der Hitze, wartete.

10

Am Ende sah Stojanov sich gezwungen, doch wieder auf Krum zurückzugreifen. Da würden zwar zwei Sturköpfe aufeinanderprallen, ungreifbar und Funken schlagend wie Mühlsteine, aber es bestand zumindest die Chance einer Lösung, zumal sich in ihnen auch zwei Formen der Schuld begegneten, die zusammengenommen so etwas wie Gerechtigkeit in der Sache ergaben.

Krum ging an die ihm übertragene Aufgabe, ohne sich eigens für diesen Gefangenenbesuch in Schale zu werfen: mit staubigen Stiefeln, verschwitzt, so wie er vom Motorrad stieg. Sein unrasiertes Gesicht umgab die Aureole des Heiligen – oder des Verbrechers … Stojanov brauchte zehn Minuten, bis er seinen Widerwillen überwunden hatte, dann gab er das Zeichen zum Aufbruch. Krum, der den Weg bestens kannte, ließ er vorgehen. Ihre Schritte hallten auf der mit Mosaikplättchen gefliesten Kellertreppe. Am unteren Treppenabsatz bogen sie ab zu dem Gang mit den Arrestzellen der ehemaligen Bezirksverwaltung. Milizionär Blashe wurde für heute vom Lauschdienst befreit. Mit dem Schlüsselbund in der Hand mahnte Stojanov Krum:

»Glaub nur nicht, dass ich dir verziehen habe! Ich gebe dir nur die Möglichkeit, diesen Sumpf mit allem, was darin schwimmt und krabbelt, trockenzulegen!«

Während er das sagte, war ihm glasklar, dass der, dem er diese letzte Möglichkeit gewährte, er selbst war: ihm und seinem Glauben an das Gute und Wahre. Er schloss die Tür hinter Krum, legte sein Ohr an die eisenbeschlagene und mit einem Gitter verstärkte dicke Holztür und verstummte wie einer, der auf sein Urteil wartete.

Von drinnen waren zwei lange und gefährliche Seufzer zu hören, dann ein Geräusch, wie es bei einem Handgemenge oder einer herzlichen Umarmung entsteht, schließlich schlug einer der beiden mit der Faust auf den Tisch, bevor Krums dröhnende Stimme sagte:

»Ich bin schuld, verdammte Hacke, was war ich bloß für ein Idiot. Hab dich verpfiffen, Bai Zonjo, wie der letzte Pfaffe! Ich hätte dir sofort eins auf die Nase geben sollen, bis das Blut läuft, dir am Hemd rupfen und dir das Ohr abbeißen sollen; dann hätte ich nachher sagen können, du hättest den alten Fiesling in Notwehr abgeknallt … Weißt du, worüber ich gerade nachdenke?«

»Worüber?«, fragte der Alte matt, ohne jeden Funken Neugier.

»Wie ich deine Flucht arrangieren kann!«

»Vor wem soll ich denn fliehen, mein Junge?«

»Vor Stojanov und den anderen …«

»Weglaufen tun die Schuldigen, ich aber bin im Herzen unschuldig! Guck, weil du verbittert bist und dir die Sache leid tut, willst du mich schon wieder verraten. Nee, schlag dir diesen Gedanken mal schön aus dem Kopf.«

Die Luft in der Zelle musste schrecklich drückend sein, denn sogar der Genosse Stojanov spürte, wie er zu schwitzen begann. Den hacke ich kurz und klein, diesen Dreckskerl, schoss es dem Bezirkssekretär durch den Kopf, als er Krum reden hörte, enttäuscht und begeistert zugleich von dessen Vorgehen. Am liebsten hätte er dem Dickschädel auf der Stelle verziehen. Er war doch noch jung, dieser Marijkin, unerfahren und naiv.

Die ganze restliche Unterredung zwischen ihnen verlief bis zum Überdruss eintönig. Bai Zonjo tröstete »seinen Jungen« mit einer Milde, als wäre nicht er, sondern Krum der Häftling und er, Zonjo Metschkarski, wäre als freier Mann nur mal kurz aus der Hitze dieses Augusttages in die Zelle gekommen, um sich ein wenig abzukühlen.

11

Als Krum Marijkin die Zelle betrat, saß Bai Zonjo mit hängenden Schultern am Tisch, das Gesicht in den Händen vergraben. In der feuchten Luft, die ihm entgegenschlug, war es, als ob die menschliche Unfreiheit selbst nach Schimmel roch. Erst dann bemerkte er, dass es einen Radiolautsprecher in der Zelle gab, aus dem es fröhlich und munter plätscherte. Das Bett war ein Federbett und die Matratze vom Feinsten. Zwei Stühle standen da, eine schmucke Petroleumlampe und ein neuer, himmelblauer Nachttopf. Auf dem Zementboden lag ein handgewebter Läufer. Diese ganze Pracht hatte aber eine so bedrückende Wirkung, dass einem der Mut nur noch mehr sank.

Metschkarski hob seinen Kopf, sah den Eintretenden aus trüben Augen an, erkannte ihn aber nicht. Da schnappte Krum ihn sich, zog ihn an sich und umarmte ihn so heftig, dass seine Lederjacke knarzte wie eine ungeölte Tür, die sich zwischen den Herzen der beiden öffnete. Als sie sich gesetzt hatten, haute Krum mit der Faust auf den Tisch. Dieser fiel wie durch ein Wunder nicht unter dem Hieb zusammen; dafür schwieg der Radiolautsprecher. Wenn man sich den so ansah, glich er ohnehin mehr dem Ohr eines Denunzianten als der Stimme eines Freundes.

Krum bat Bai Zonjo inbrünstig um Vergebung für die Schuld, die er auf sich geladen habe. Dann entwickelte er dem Alten seine Fluchtpläne, worauf dieser mit traurigem Lächeln erwiderte:

»Weglaufen tun die Schuldigen, ich aber bin im Herzen unschuldig! Guck, weil du verbittert bist und dir die Sache leid tut, willst du mich schon wieder verraten. Nee, schlag dir diesen Gedanken mal schön aus dem Kopf. Wenn ich weglaufe, dann suchen sie mich wie einen erbärmlichen Verbrecher. Was soll ich denn mit der Freiheit, wenn ich mich verstecken muss?« Er zog die Augenbrauen zusammen, dann hatte er gefunden, was er suchte: »Mein Großvater hat mit einem Bären gekämpft; ich werde mich halt mit der Einsamkeit herumschlagen. Mach dir keine Sorgen, Junge, von mir aus soll sie mir mit ihren Tatzen beide Augen auskratzen, am Ende besieg ich sie doch!«

Man hatte dem alten Mann, der im Hemd dasaß, die Haare kurzgeschoren, sodass seine Segelohren riesig und bös wirkten; sein Mund war vor lauter Krum-Trösterei so ausgetrocknet, dass er schließlich direkt aus der Karaffe trank. Als das Wasser beim Absetzen Krum gegen den Hals spritzte, zischte es, als sei es mit heißem Eisen in Berührung gekommen.

»Wenn ich hier rauswollte«, fuhr Bai Zonjo leise fort, »bräuchte ich doch nur zu sagen, dass ich betrunken war, dass ich nicht alle Tassen im Schrank habe, oder dass Kiskinov, dieser Dreckskerl, mich angegriffen hat. Nicht wahr, das ist es doch, was sie von mir wollen: dass sie mich retten können! Nur, mein Junge, nicht so mit dem alten Bai Zonjo! Denen werd' ich die Hölle heißmachen … Also: Wenn die mich ins Gefängnis bringen, denn werde ich sie anklagen! So einfach kommen die mir nicht davon, weder dein Genosse Stojanov noch die anderen. Zieh doch mal diese Jacke da aus in dieser Wärme. Bist doch mein Gast hier!«

Krum knöpfte seine Landvermesserjacke auf; wieder knarrte das Leder erbarmungswürdig. Das kleine Fensterchen zeigte einen Ausschnitt aus dem Hof des Bezirkskomitees, als sei es ein Bilderrahmen. Ein Stück des ausgetrockneten Springbrunnens war zu sehen, der ebene, aber staubige Weg und das Beet mit den längst verwelkten Blumen – ein Ausschnitt aus dem, was draußen der August war, nur ohne jedes Leben.

»Nur um eins tut es mir leid«, jammerte Bai Zonjo betrübt, »um meine Tochter. Wer wird sich um sie kümmern?«

»Wie – wer?«, erwiderte Krum schroff. »Die Partei natürlich!«

»Du verstehst mich nicht, Genosse Marijkin. Meine Tochter ist eine junge Frau, und die Partei kann sie ja schlecht heiraten.«

Ein langes und bedrückendes Schweigen folgte. Im Rechteck des Fensterchens tauchte ein Hund auf, der sein Bein hob. Inzwischen im Unterhemd, sah Krum noch breitschultriger aus. Seine Muskeln zeichneten sich unter der sonnenverbrannten Haut ab, seine unrasierten Wangen schimmerten im Halbdunkel. Bai Zonjo bat um nichts, aber sein Kummer war stärker als er. Zusammengestaucht von diesen vier steinernen Wänden, wuchs sein Leid ins Unerträgliche.

»Ich werde sie heiraten«, verkündete Krum plötzlich in triumphierendem Ton.

»Nei-hein«, stöhnte der Alte, »du kennst sie ja nicht. Sie ist so dermaßen hässlich …«

»Wir werden sehen«, murmelte Krum unbeirrt und steckte sich eine Zigarette an. Der blaugraue Rauch kräuselte sich weich zum Fensterchen hoch und vernebelte die Nachmittagssonne, die die Zelle in zwei genau gleiche Hälften teilte.

12

Am 14. September bat Krum Lehrer Koitschev darum, ihm doch mit seinem weißen Leinensakko auszuhelfen. Da es Letzterem deutlich zu weit war, hatte es genau die richtige Größe für Krums breites Kreuz. Dann bat er seine Mutter, ihm seine Ausgehhose zu bügeln, die von undefinierbar grünbrauner Farbe war mit einem Schuss Grau. Er rasierte sich, zog neue Socken und Halbschuhe an, pflückte im Garten einen großen Strauß Blumen und kämmte sich vor dem Spiegel mit dem kleinen Kamm, den er in seiner Jackeninnentasche trug. Die Männer in der Kneipe »Zur Roten Fahne« wollten ihren Augen nicht trauen, als sie Krum so aufgetakelt und entflammt von irgendeiner Mission durch den goldenen Nachmittag vorbeistolzieren, den Platz überqueren und auf den Donauufergarten zusteuern sahen. Sein ungewöhnlicher Aufzug hatte etwas Attraktives an sich; doch keiner wagte es, ihn zu grüßen. Alle folgten ihm bloß mit den Augen, wie er durch die spitz gestutzten Zypressen schritt und in den bereits herbstlichen Schatten der hohen Ulmen eintauchte.

Am Ende der Stadt, dort, wo sich der Drahtzaun der Grenzstation erstreckte, hielt Krum an. Mit einem schnellen, unruhigen Blick fixierte er das unverputzte, aus Rohmörtel und Weidengeflecht erbaute Fachwerkhaus mit der jungen Weinlaube und dem kleinen Hof, in dem dieselben roten Dahlien wucherten, die er so feierlich in der gereckten Faust vor sich hertrug. Vor dem Hoftor seufzte er einmal tief, dann trat er beherzt ein. Er ging an der rostigen Säge vorbei, die in einem Holzstumpf steckte, passierte den Hühnerhof, in dem aber keine Hennen scharrten, sondern nur die Pickelaugen eines Dutzends gewaltiger Kürbisse vor sich hin starrten, sprang die Stufen zur Veranda hoch und sah zu, dass er nicht über die dort abgestellten Frauen- und Männerschuhe stolperte.

Nachdem er angeklopft hatte, hörte er von drinnen die undeutlichen Geräusche einer hin und her laufenden Person, das Rücken eines Stuhls über die Bodenbretter, den blechernen Klang eines Emailledeckels, der auf den Topf gelegt wird, dann eilige Schritte, die für einen Moment erschreckt innehielten, so als habe er die Bewohner in Unterwäsche ertappt oder beim Zählen des Geldes aus dem Sparstrumpf. Die Tür öffnete sich knarrend zwei Fingerbreit, und aus dem dunklen Spalt fragte eine fast männliche Bassstimme: »Wer ist da?«

»Ich bin's«, erwiderte Krum jovial, »Marijkin.«

»Kommen Sie vom Museum?«

»Nein, vom Bezirkskomitee der Partei.« Er streckte die Hand aus und drückte seinen opulenten Dahlienstrauß durch den engen Türspalt. Die Blumen waren also schon einmal drinnen. Da sich die Tür aber keineswegs öffnete, stand er immer noch draußen.

»Hat Vater Sie geschickt, Genosse Marijkin?« Krum wurde das Gefühl nicht los, dass Bai Zonjo keine Tochter hatte, sondern einen Sohn.

»Ja … Ich habe Ihnen etwas Wichtiges mitzuteilen.«

Nun wurde die Tür jäh aufgerissen, und er stand unvermittelt Auge in Auge mit Newena. Sie war so hässlich, dass er Zeit brauchte, um sich an ihren Anblick zu gewöhnen, so als sei plötzlich ein grelles Licht aufgeflammt, das ihn blendete. Krum zwinkerte ein paarmal mit den Augen, seufzte noch einmal tief, dann nahm er all seinen Mut zusammen und überschritt die Schwelle. Das wenige Licht, das in die große Stube drang, kam von zwei winzigen Fensterchen. Im Hintergrund glänzte üppig gewachst ein schwarzer Kochherd der Marke »Traum«. Der Küchentisch war umgeben von einfachen Bänken. Auf einem Brett an der Wand standen Blumentöpfe mit Petersilie und Rosengeranie.

»Ich komme nicht vom Museum«, wiederholte Krum und bedauerte, dass er seinen Strauß so schnell und fahrlässig überreicht hatte. Jetzt gab es ja nichts mehr, was er tun konnte, und so fummelten seine Hände verlegen an den Schößen seines Leinensakkos herum. Newena, die zum ersten Mal einen so schönen Mann sah, stand in einer kühl abwartenden Lauerhaltung vor ihm, als erwarte sie, dass er sie jeden Moment anfiele. Da sie ihm keinen Platz anbot, drehte Krum sich selbst einen Stuhl herum und ließ sich bequem darauf nieder. Ein langes, bedrückendes

Schweigen folgte, in dem das Ticken des alten Weckers immer lauter zu werden schien, bis es die ganze Entfernung zwischen ihnen eingenommen hatte und der Enttäuschung gewissermaßen einen Rhythmus gab. Durch das eine Fensterchen war das schlanke Minarett der Moschee zu sehen, durch das andere die klobigen Zinnen der Burg Baba Wida, die aussah wie ein gewaltiger Mund, der sich öffnete, um den Himmel zu verschlingen.

»Also nicht vom Museum …«, sagte Newena leise.

»Ganz und gar nicht«, flüsterte Krum zurück. »Ich komme vom Bezirkskomitee.«

»Ich hab Vater heute besucht … Wissen Sie, wie es ihm geht?«

»Nein«, antwortete Krum wahrheitsgemäß. »Ich … also … bin sozusagen einfach so …«

»Gut geht's ihm«, ließ Newena ihre volle, warme Männerstimme, wenn auch ganz leise, ertönen. »Nur dass er der Partei eben ein bisschen böse ist, und der Stadt.«

»Der Partei böse zu sein, hat niemand das Recht, nicht einmal die Eingesperrten. Die Partei ist heilig!«

»Werden sie ihn verurteilen?«

»Ja«, bestätigte Krum, »fünfzehn Jährchen werden sie ihm aufbrummen.«

»Sieh einer an … so viele, das hätte ich nicht gedacht. Er ist ja krank.«

»Im Bezirkskomitee haben wir einen Arzt, der sich um Bai Zonjo kümmert.«

»Aha. Wissen Sie, wie es ihm geht?« Newena redete immer noch so leise. »Ich war heute bei ihm. Gut geht's ihm.«

Während des ganzen Wortwechsels rührte sie sich nicht, drückte mit nichts Bedauern, Leid oder Wut aus, sondern sprach einfach nur die Worte aus, ohne eine Antwort zu erwarten. Sie war weder verwirrt noch liebenswürdig. Sie stand einfach nur mit herabhängenden Armen da. Das spärliche, sanft glühende Licht erlaubte es Krum, sie anzuschauen. Ich werde sie trotzdem heiraten, dachte er traurig. So kleinbürgerlich das auch sein mag, ich habe das Recht zu diesem letzten, diesem einzigen Wunsch, der noch von mir abhängt.

Newena war noch dürrer und magerer als ihr Vater. Ihr Haar war fahl, ihre Lippen dünn und böse, und über ihrem Mund schimmerte dunkler Bartflaum. In ihren dunkelbraunen Kleidern erinnerte sie ihn an einen Falken, aber einen männlichen. Dieser würdige Vergleich machte ihn verlegen. Was ihn aber noch mehr einschüchterte, war ihre finstere Verschlossenheit, bei der man sich fragte, ob diese Frau überhaupt lächeln konnte. Krum konnte sie sich einfach nicht über eine Wiege gebeugt oder mit einem Kind auf dem Arm vorstellen.

»Wissen Sie, ich hab jemanden vom Museum erwartet. In unserem Keller steht eine Druckmaschine, auf der vor dem 9. September Flugblätter gedruckt worden sind, und die wollten sie heute abholen.«

»Ich komme nicht vom Museum … Ich arbeite beim Bezirkskomitee.«

»Schade«, brachte Newena ohne Zusammenhang heraus, »gerade hatte Vater sich vorgenommen, das Haus endlich zu verputzen, da haben sie ihn verhaftet. So unverputzt fängt der Mörtel aber an zu bröckeln. Im Winter zieht er Feuchtigkeit, und vom Frost platzt er.«

Wer ist bloß auf die Idee gekommen, sie Newena – »Ringelblümchen« – zu taufen?, fragte sich Krum. »Newena« – das klingt ja, als habe einer seinen Schabernack mit ihr treiben wollen; und sie tut dem Namen auch nicht gut. Schöner wäre gewesen, wenn sie Penka hieße, oder wenigstens Stefanka …

Und wieder eroberte der dicke Wecker die Stube mit dem Ticktick-tack eines lallenden Idioten. Erst fünfzehn Minuten waren vergangen, seit Krum das Haus Bai Zonjo Metschkarskis betreten hatte, aber sie kamen ihm wie eine halbe Ewigkeit vor. Das Sakko Koitschevs zwickte ihn und hatte sich über seiner Brust ausgebeult. Der Dahlienstrauß lag über den Tisch verstreut wie ein schwelendes Feuer. Das Herbstlicht polierte die Gegenstände auf Messingglanz; ein herber Duft nach reifenden Quitten lag in der Luft.

»Er wird höchstens zehn Jahre davon absitzen, der Bai Zonjo. Mit der ersten Amnestie holen wir ihn raus aus dem Gefängnis.«

»Was nützt das?«, erwiderte Newena. »In zehn Jahren hat die Kälte das Mauerwerk hier völlig zerstört, und das Haus fällt zusammen. Ich werde es wohl allein verputzen müssen.«

»Du wirst nicht allein sein«, sagte Krum jäh und ging zum *du* über.

Er stand auf, machte zwei große und entschlossene Schritte zum Tisch, raffte die Blumen in seiner Pranke zusammen und überreichte sie ihr noch einmal.

»Würdest du mich heiraten?«

Diese Worte trafen sie wie ein Peitschenhieb. Ihr Kopf flog nach hinten. Sie öffnete den Mund. Ihre Augen durchbohrten ihn, finster, gefährlich.

»Ich mach keine Scherze! Würdest du mich heiraten?«

Newena schwieg. Sie sah weder erfreut aus noch enttäuscht. Sie empfand keine Scham und es gab ihr keinen Stich. Sie hielt einfach den Blumenstrauß fest wie einen Gehstock; aber man konnte sich nicht auf ihn stützen, sondern konnte nur ausholen und Krum damit quer übers Gesicht schlagen.

»Heute haben wir Mittwoch. Bis nächste Woche Samstag sind es zehn Tage. Reicht dir das zum Überlegen?«

Newena schwieg versonnen. Einen schöneren Mann hatte sie noch nie gesehen.

»Übernächsten Samstag komm ich dich also um zwei Uhr mittags abholen.«

»Gut«, sagte sie nach Männerart.

Krum drehte sich um, ging durch die Stube, dann durch die Diele. Er empfand eine kolossale Erleichterung, eine ihm bis dahin unbekannte spirituelle Freude, als er wieder unter das müde und reife Herbstlicht trat. Die Straße war voller Staub. Spatzen badeten darin. Ihm war zum Heulen zumute. Seit Kleinkindertagen hatte er das nicht mehr getan, geheult.

13

Als der kompromisslos atheistische Genosse Stojanov die Braut sah, entfuhr ihm ein »Herr, erbarme dich«, und unwillkürlich schlug er das Kreuz. Die Schatten wurden bereits lang, als Krum, Newena und ihr Trauzeuge, der lange Koitschev, ankamen. Da nicht beide Männer zugleich Koitschevs weißes Leinensakko tragen konnten, hatte Koitschev sich eine Jacke übergezogen, die noch recht passabel aussah. Newena trug dasselbe Kleid wie bei Krums überraschendem Heiratsantrag, so als habe sie die zehn Tage seither in einer Art Dornröschenschlaf verbracht.

Nun staksten sie feierlich die geflieste Treppe in den Amtskeller hinab, schritten den Gang entlang und drangen, vier Champagnerperlen gleich, in Bai Zonjos Zelle ein. Der Brautvater ächzte und stöhnte, küsste Krum auf die Stirn, wischte sich die Tränen ab, steckte den Stecker für den Radiolautsprecher ein und prustete los:

»Ich ergebe mich … Jetzt kann ich auf alle Fragen antworten. Jetzt verurteilt mich getrost!«

Die Stadt, die durch die Redseligkeit des Milizmannes Blashe von den Worten des Alten erfuhr, atmete auf. Die Hitze ließ nach, ein stiller Landregen setzte ein, der sich anhörte wie ein himmlischer Leierkasten, dessen Melodie nur aus einem Ton bestand. Der Wein in den Fässern gärte, setzte die Fassreifen unter Druck und verlockte die Privatwinzer mit seinem süßlichen Duft, doch schon einmal von ihm zu kosten. Die alten Frauen schauten wieder, wer von ihnen noch unter den Lebenden weilte, packten ihr Strickzeug ein und suchten Zuflucht am heimischen Herd. Aus den Kaminen stieg der erste Rauch auf.

Im Hause Bai Zonjos war es still und immer dunkel. Die hinkende Maria und ihre neue Schwiegertochter glichen zwei stummen Alten. Newena zeigte durch nichts, dass sie glücklich war, oder dass sie in irgendeiner Weise an diese Heirat geglaubt hatte. Im Verlauf der Flitterwochen schien sie sich erst noch an den Gedanken gewöhnen zu müssen, dass Krum sie nicht hintergangen hatte. Sie war so verschlossen und schweigsam wie zuvor. Krum warf morgens mit Erleichterung seine alte Landvermesserjacke über, sog tief die Nebelluft ein, die sich in weichen Wellen über die Donau wälzte, und – vergaß sein neues Zuhause.

Newena kochte gut, voller Phantasie, und sie beherrschte die Kunst des Würzens. Krums Kleider wusch sie gründlich und mit Hingabe. Zweimal wöchentlich badete sie ihn in der großen Holzwanne, ganz egal, ob er dazu aufgelegt war oder nicht. Abends wartete sie auf ihn und hielt das Abendessen für ihn warm, notfalls auch bis zum Morgengrauen. Nie traf Krum seine Frau beim Heimkommen schlafend an.

Ihre ganze Leidenschaft schien sie in dieses hellwache, unerschütterliche Warten zu legen. Sie trug ihm auf, und während er seinen Porzellanteller leerte, stand sie ruhig neben ihm, um sofort nachlegen zu können, bis er satt war. Krum lächelte beim Kauen. Was für ein schöner Mann! Nicht einmal geträumt hatte sie von so einem! Anschließend wusch Newena ihm den Kopf mit heißem Wasser und weißem Ton. Ihre Finger massierten diese Mischung zugleich furchtsam und mit beständiger Zärtlichkeit ein, bis sie schäumte. Nie fragte sie ihren Mann nach etwas, nie machte sie ihm einen Vorwurf. Was sollte sie auch fragen, jetzt, wo es einen gab, auf den sie warten konnte, und der am Ende auch wirklich kam?

Bei Krum verschwanden während der Flitterwochen die Albträume.

14

Die Nachricht, dass Krum Marijkin die Verrücktheit besessen hatte, sich mit einer bettelarmen und grottenhässlichen Dörrmakrele von Frau zu verheiraten, die in der Gesellschaft nichts darstellte, verstimmte Gina zutiefst. Heimlich, doch mit mütterlichem Streben, das Beste für ihren Jungen herauszuschlagen, hatte sie die Widiner Mädchen im heiratsfähigen Alter einer eingehenden Prüfung unterzogen und dabei auch nach ihrer Mitgift gefragt. Krum war schließlich nicht irgendwer! Er war schön wie ein Engel, hatte heißes Blut und – das Wichtigste – gehörte zu den neuen politischen Herren im Land! Tante Allwissend hatte also etwas zu bieten und konnte mit Fug und Recht fragen, wie die Geschäfte im Eisenwarenhandel des Herrn Zozolanov liefen, was die Tochter des hohen Bankangestellten Hadschipetkov so machte oder die des örtlichen Regimentskommandanten. Häufig besuchte sie das türkische Dampfbad, um in den heißen Nebelschwaden die jungen Dinger zu taxieren, die sirenengleich den diffus-bewegten Wasserbecken entstiegen, mit nichts angetan als Tropfen, mädchenhafter Scheu und den Bemerkungen, die die anderen Frauen über sie machten.

Das Gerücht über diese geschmacklose, überhastete Hochzeit, der jeder Charme abging, traf Gina bis ins Mark. Vom Schicksal rechts überholt, begann sie wieder Beruhigungsmittel zu schlucken. Ihre Verbitterung wuchs derart, dass sie begann, im Kopf heftige Streitgespräche mit ihrem unehelichen Sohn zu führen. Dabei nannte sie ihn liebevoll »Muttermörder«, »Mamas lieben Unhold« und »mein entsetzliches Kind«. Sie ging an Baba Wida vorbei, um ihre Schwiegertochter anzuschauen, dieses bleiche Wesen mit strengem Raubvogelgesicht und – was das Schlimmste war – unbestimmbarem Geschlecht. Dieses braune Kleid, das sie immer trug, schlenkerte an ihrem dürren Körper wie ein teurer Sack, den sie rasch über ihre mageren Schultern gestreift hatte und der aus unerfindlichen Gründen Laschen aufwies, durch die ein dekorativer Gürtel gezogen war. Diese Newena verriet mit nichts, dass sie glücklich war. Als Gina ankam, war sie gerade dabei, geduldig, ohne sich von den Weinfliegen nervös machen zu lassen, Trauben ins Fass abzurebeln. Ihre Hässlichkeit stach ins Auge wie eine riesige Narbe.

Der leise Septemberregen, der die Straßen in Schlammgruben verwandelte, bereitete Ginas Observationen ein Ende. Sie musste ein Zeichen setzen, etwas Außerordentliches tun, aber sie wusste nicht, was, und so verflossen die Tage ungenutzt. Über die familiären Ereignisse im Hause Marijkin ließ sie sich einzig und allein durch den liebenswürdigen Lehrer Koitschev informieren, der ihr bereitwillig alles über seinen Freund erzählte, auch wenn er manchmal ein wenig erstaunt war über ihre einerseits gallige, zugleich aber auch zärtliche Neugier.

»Schau an, schau an«, radebrechte Gina, als sie Koitschev das Tässchen mit dem heißen Kaffee aus Kichererbsen brachte, »plötzliche Heirat … Da war die Genossin wohl schwanger?«

»Aber neiiin«, erwiderte Koitschev voller Überzeugung.

»Vielleicht hat sie ja irgendeine große Immobilie geerbt?«

»Sie gehen vollkommen fehl mit Ihrer Vermutung«, lächelte Koitschev.

»Kann doch sein, dass ihr Vater Stellvertreter dieses hohen Tiers da im Bezirkskomitee geworden ist, dieses Genossen Stojanov?«

»Dummes Zeug … Ihr Vater sitzt im Gefängnis.«

»Warum hat sich Ihr Freund Krum dann überhaupt an diese Vogelscheuche herangeschmissen?«

»Ja, da liegt der Hase im Pfeffer«, nickte der Lehrer und senkte seine

Stimme, »denn das verstehe ich auch nicht. Wissen Sie, Krum ist so etwas von eigenartig!«

»Na sicher ist er eigenartig«, erwiderte Gina geheimnisvoll, »Kinder gleichen nun einmal ihrer Mutter.«

Diese Antwort war für Koitschev nicht weniger rätselhaft als die Antwort auf die Frage, wie der Hase in den Pfeffer gekommen war; schließlich verbuchte er sie unter der Vielzahl der anderen Verschrobenheiten seiner Vermieterin. Diese schien kurz eingenickt zu sein. Doch plötzlich rührte sie sich in ihrem alten, mottenzerfressenen Ohrensessel und fuhr nicht minder geheimnisvoll fort: »Wenn mein Sohn geheiratet hat, dann muss ich wohl mal die Gardinen wechseln.«

»Wie bitte?«

»Und es wäre auch nicht falsch, die Möbel neu zu polstern; das Geld dafür liegt ja unterm Dach!«

»Oh ja, natürlich«, seufzte Koitschev erleichtert, »Sie waren so ein bisschen … eingenickt. Wollen Sie nicht ein Aspirin nehmen?«

»Aspirin? Von wegen Aspirin, Herr Lehrer, es ist Zeit, tätig zu werden!«

Die Verblüffung Koitschevs stieg ins Grenzenlose, als sich das Haus am nächsten Tag tatsächlich mit Handwerkern füllte. Der Kalk zischte, die Arbeiter schwitzten, das Wienerweiß leuchtete, der Zigarettenrauch qualmte. So ein Tohuwabohu hatte Koitschev in diesem Hause noch nie erlebt. Die Hausherrin erschien in glänzendem Seidenhausmantel und Pantöffelchen und spielte die Unzufriedene. Mit einem Gehstock, dessen Knauf silbern war und einmal einem Mann gehört haben musste, gab sie Anweisungen, die das Durcheinander auf hohem Niveau stabilisierten. Hausmädchen Zwetana verrenkte sich das Kreuz beim Hin- und Herrücken der schweren Möbel und beim Wischen des Parketts. Schließlich, Anfang November, war die Renovierung von Salon und Erdgeschoss abgeschlossen. Aus ihren Truhen kramte Gina zwei übrig gebliebene Ballen Plüsch von der Farbe alten Rotweins hervor, und die Maler, Anstreicher und Stuckateure wurden von einem nicht sehr aufgeweckten Polsterer abgelöst, den sein Stottern schweigsam gemacht hatte. Das Haus ertrank in Staub und gewaltigen Haufen von getrocknetem Seegras, das den durchgesessenen Möbeln wieder Form geben sollte. Die Sesselfedern der abgezogenen Möbel ragten empor wie Spiralantennen. Bis sie wieder gestopft und neu bezogen waren, sahen sie aus, als hätte ein Schwarm Heuschrecken sie kahlgefressen. Ihre alten Vorhänge und Gardinen überließ Gina mildtätig der Behaarten Stefania gegen nur ein einziges Blech Krapfen, die auch nicht viel frischer aussahen.

»Die Alte ist ja völlig durchgedreht«, stöhnte die völlig erschöpfte Zwetana einmal, doch Tantchen Allwissend hatte sie gehört, kam aus der Küche angeschossen und stampfte mit dem Gehstock aufs Parkett des Salons: »Ich bin nicht verrückt, Liebchen, ich muss mich einfach nur beeilen. Meine Söhne heiraten schließlich nicht alle Tage.«

Der Salon sah aus, als hätte eine Rotte Wildschweine sich auf Terrakottaerde eine Suhle angelegt. Die weinroten Plüschbezüge reflektierten das Licht im Raum. Dem Betrachter lief der Speichel im Mund zusammen, als schaue er auf ein Glas mit Sauerkirschen. Die Wände rochen frisch gekalkt, und es war, als beträte man ein fremdes Haus, an das man sich erst gewöhnen musste. Doch Gina fragte den Lehrer:

»So, meinen Sie nicht, dass ich jetzt gut vorbereitet bin?«

»Sie sind vollkommen vorbereitet, aber … wofür?«

»Für die bevorstehende Freude«, flüsterte Gina bedeutungsvoll. »Vielleicht bekomme ich ja bald ein Enkelchen. Stellen Sie sich doch nur vor: so eine klitzekleine, zauberhafte und putzmuntere Gina!«

»Eine zauberhafte, putzmuntere Gina … ja, ja, natürlich«, stotterte Koitschev mit verlegenem Lächeln.

Sie goss ihm nach, und der klare Obstler nahm sogleich die Farbe von Sauerkirschlikör an. Der Ofen bullerte einschläfernd, Gina döste ein. Nein, glücklich war sie nicht. Was hatte sie denn geändert durch die hastige und ungeplante Renovierung? Nur die Oberfläche. Das Geld hatte sie mit Freuden ausgegeben, aber sie spürte schon jetzt, dass etwas Wichtiges sich ihr entzog. Einen Moment lang kam es ihr so vor, als habe sie eine echte Bindung an Krum entwickelt und habe unter dem mächtigen Sog ihrer urplötzlich ausgebrochenen Liebe gehandelt, jenem starken Bedürfnis, das sie nur einmal im Leben hatte befriedigen können: sich um jemanden zu kümmern. In Sofia, im Umfeld der aristokratischen und so betrüblich zu Ende gegangenen Freundschaft mit

Seta Topalova, hatte sie die Erleuchtung bekommen, dass es wichtiger war zu lieben als geliebt zu werden, und dass das Gefühl der Fülle im menschlichen Leben nicht durch das entsteht, was man bekommt, sondern durch die Stärke des Wunsches, zu geben. Vielleicht bekomme ich ja wirklich ein Enkelchen?, dachte sie. Immerhin ist Krum ja mein Sohn, und er gehört zu denen, die an der Macht sind. Aber sie verjagte diesen Gedanken rasch.

Einsam, enttäuscht und mit einer Seele, die dem Abstellraum eines Trödlers glich, hörte Gina nicht auf, ihre zerstörerischen Gedanken an Ilija zu verfolgen. Fremdes Leid war ihr zur Notwendigkeit geworden, und sosehr sie sich auch in ihrer Eitelkeit gekränkt fühlte, dass Krum eine so unansehnliche Frau geheiratet hatte, so empfand dieser Teil ihres Wesens doch eine heimliche Freude darüber, dass auch Krum es nicht geschafft hatte, den Hang der Weltschevs, sich selbst ins Unglück zu stürzen, zu überwinden. Sie flogen auf das Unglück wie die Motte auf die Lampe, als seien sie genetisch darauf programmiert. Und so dämmerte Gina allmählich, dass es nicht so sehr Anhänglichkeit war, was sie mit ihrem unehelichen Sohn verband, als vielmehr die Neugier darauf, wie *sein Unglück* in Zukunft aussehen würde.

Sie stellte sich Krums Frau vor, wie sie über die herumliegenden Traubenstiele gebeugt saß, mit bös zusammengekniffenen Lippen und spitzer Hakennase – hässlich und dürr. Hässlich und dürr *wie ich*!, blitzte es in ihrem Bewusstsein auf. Diese Erkenntnis kam so überraschend, dass sie erschrak. Die ganze Sinnlosigkeit der Renovierung, die sie da veranstaltet hatte, wurde ihr nun mit einem Mal klar, denn an der Vergangenheit hatte diese nicht das Geringste geändert. All die symbolträchtigen Dinge, die Erinnerungen und menschlichen Bindungen und Beziehungen, die Gina während ihres Lebens in sich angehäuft hatte, konnte ein tatteriger alter Polsterer nicht einfach mit ein bisschen Seegras und Plüsch kaschieren. Sie stampfte mit Pantos Gehstock aufs Parkett, leckte sich über ihre zitternden Lippen und sagte:

»Bitte *excusez-moi beaucoup*, Herr Lehrer, aber ich bin verpflichtet, ihn unverzüglich aufzusuchen.«

Glaubte man ihrer Stimme, verhieß dieser avisierte Besuch nichts Gutes.

»Aber wen denn?«, fragte Koitschev, nun restlos geplättet. »Ich verstehe Sie nicht.«

»Den Vater natürlich«, warf Gina ihm hin.

15

Ein geschlagenes Jahr schon sah das Haus von Ilija Weltschev nicht einfach nur verlassen aus, sondern unzugänglich für jede menschliche Neugier. Bläulich im Regen schimmernd, mit rostigen Rohren, Rinnen und Schlössern, war es gleichsam vollkommen der menschlichen Phantasie anheimgegeben. Das mysteriöse Licht, das lange unermüdlich in Kreisen durch das Haus gewandert war, flammte jetzt nur oben im Arbeitszimmer auf. Die Frauen vergaßen nach und nach, ihre Kinder zur Ordnung zu rufen mit der Warnung: »Wenn du nicht hörst, dann lass ich dich heute Abend alleine bei den Poltergeistern im Haus von Onkel Ilija.« Die Männer hörten auf, sich zu fragen, was er da wohl machte im Schein seiner Petroleumfunzel. Dass Ilija Weltschev schwer krank und seine rechte Gesichtshälfte gelähmt war, wusste man. So waren die beiden Hälften seines Gesichtes Zeichen für das zwiespältige menschliche Los: zu leiden daran, sterben zu müssen, und zu leiden daran, am Leben zu sein.

Niemand schenkte Gina Jotzova Beachtung, als sie eines Spätnachmittags kurz vor Wintereinbruch den Haupteingang aufschloss, sich noch einmal umschaute, als wollte sie sehen, ob die Luft rein war, und dann hineinschlüpfte wie eine Diebin. Der Geruch lange nicht gewechselter Bettwäsche stieg ihr in die Nase. Abgestandene Luft, stagnierendes Leben, kranker Mann. Sie trug eines ihrer pompösen Kleider von anno dazumal, denn alles, was bevorstand, war angewiesen auf die Illusion, dass Ilija und sie eine vor langer Zeit begonnene Erinnerung fortsetzten. Die Düsterkeit im Haus war so beklemmend, dass Gina unwillkürlich erschauerte und machte, dass sie die Treppe hinaufkam. Stille. Grabesstille. Entweder schlief Ilija, oder er war … tot.

Sie öffnete die Tür einen Spalt und erspähte ein Stück des gedrechselten, lackschimmernden Wiener Schreibtisches, auf dem die Porzellanballerina stand. Irgendwie wusste sie nicht: War die nun fragil oder plump, wie sie da so auf Zehenspitzen in ihrem wehenden Plisseeröckchen erstarrt war? Ilija lag mit offenen Augen auf dem Sofa und schaute starr an die Decke, als denke er angestrengt nach. Um seinen Kopf lag eine dicke Rauchwolke.

»Und? Wie geht es uns?«, fragte Gina schnippisch und ging – ohne eine Erlaubnis abzuwarten – zum Fenster und öffnete es. »Du erstickst mir ja … Du weißt doch, dass du nicht rauchen sollst!«

»Hab meine Arzneien genommen«, erwiderte Ilija ruhig.

»Das eine hat mit dem anderen nichts zu tun. Doktor Neikov hat gesagt …«

»Ich hab meine Medizin genommen«, wiederholte er stur. »Das, wozu du gekommen bist, kannst du mir auch ohne lange Einleitung sagen. Schieß los, Hexe!«

»Ich wollte dich nicht damit behelligen, aber ich bin so schrecklich einsam. Ich hab bei mir renoviert, die Möbel neu gepolstert … für nichts und wieder nichts!«

»Hab dir doch gesagt: Medizin genommen! Was ist denn nun schon wieder passiert?«

»Nur keine Aufregung«, zischte Gina, »die Fabrik haben sie dir jedenfalls nicht restituiert.«

»Interessiert mich nicht. Sonst noch was?«

Ilija glich, abgemagert, aber noch immer gebieterisch, inzwischen einem Menschen, der in einer anderen Welt lebte und nur als Schatten aus dieser rätselhaften Welt zu Besuch gekommen war. Kein Muskel zuckte auf seinem Gesicht, so als hätte er sich ganz hinter seiner gelähmten Gesichtshälfte versteckt und luge nur ein wenig daraus hervor. Dies erweckte in Gina den Eindruck, dass er sie zwar tatsächlich anschaute, aber so, dass sie es nicht sehen konnte.

»Mein Sohn … *unser Sohn* hat geheiratet.« Sie spürte, wie ihre Worte das Schweigen zwischen ihnen zerschlugen und ihn zutiefst trafen. »Aber das muss ja kein Unglück sein. Viel schlimmer ist, dass er ein armes Aschenputtel geheiratet hat, aber keines, das nach dem Waschen schön wird, sondern so ein dürres, hässliches!« Ihre Lippen waren trocken. »Die junge Frau«, flüsterte sie, »hat große Ähnlichkeit mit mir vor über dreißig Jahren. *Tu comprends?* Alles wiederholt sich! Und weißt du, was das heißt? Auch sie können nicht glücklich werden. Wie sollen sie glücklich werden, wenn wir es nicht geschafft haben?«

»So ist es«, stimmte Ilija zu.

»Ich spüre das, als hielte ich einen Würfel in der Hand.«

»Hätte ich gewusst, dass Krum mein Sohn ist, hätte ich ihn niemals allein gelassen. Boshidar und Boshura sind auf und davon … Er hätte bei mir bleiben können.«

»Wenn Krum gewusst hätte, dass du sein Vater bist, hätte er dich umgebracht … schon damals, als er deine Fabrik enteignet hat.«

»Hätte er nicht!« Die bewegliche Hälfte Ilijas lächelte, was sein Gesicht hässlich verzerrte. »Er ist auch ein Weltschev!«

»Und? Was besagt das?«

»Wir Weltschevs bringen nicht *einander* um, auch wenn wir uns alle die Hände schmutzig gemacht haben; wir Weltschevs bringen nur andere oder *uns selbst* um!«

Mit der rechten Hand tastete er über das Tischchen neben sich, holte eine Zigarette aus der Packung, klopfte ihre Enden auf der Tischpolitur platt, vergass aber am Ende, sie zu entzünden. Die gesunde Hälfte seines Gesichtes verkrampfte sich.

»Seit Monaten frage ich mich, ob der Prediger, der Sohn Davids, recht hat damit, dass alles eitel ist auf dieser sündigen Erde. Wir strampeln uns ab, um etwas Bleibendes zu hinterlassen, verlieren dabei unser menschliches Antlitz, aber unser Geltungsdrang und unsere Gier sind unerschöpflich. Das Erreichte ist uns nie genug. Nicht wahr, eine Fabrik kann immer ausgebaut und vergrößert werden, mehr produzieren, mehr Gewinn abwerfen. Und so sind wir Sklaven unserer Unersättlichkeit, verwüsten uns selbst und vergessen ganz, dass nach unserem Ableben das Einzige, was mit der Zeit wächst und größer wird, der Tod und das Vergessen sind.« Er hüstelte hölzern. Im Grunde redete er gar nicht mit Gina, sondern mit sich selbst. »Wie die Blinden jagen wir hinter unseren Hoffnungen her, trampeln uns dabei gegenseitig nieder, geraten in Raserei, bis das Errichtete über unserem Haupt zusammenbricht. Ich war sehr dumm, voller Eitelkeit, und das bedeutet, nicht nur grausam und böse, sondern – wie ich dir schon sagte – abhängig von meinen eigenen Zielen, unfrei. Jetzt, wo ich nur noch diesen Sohn habe, ist mir leichter als all die Jahre, in denen ich alles hatte!«

Er steckte sich die Zigarette zwischen die Lippen und betätigte das Feuerzeug. Er rückte sich zurecht, ohne seinen Blick von der verräucherten, fleckigen Zimmerdecke zu wenden, die anscheinend eine endlose Landschaft war, in der unsichtbar, aber entscheidend jemand Drittes zugegen war.

»Soll er leiden, das schadet ihm ganz und gar nicht«, sagte Ilija schließlich mit erlöschender Stimme. Eine Träne zitterte auf seiner gesunden Gesichtshälfte. »Schlimm wird es erst, wenn er mit dem Bauen anfängt!«

Drittes Kapitel

1

Das Sofioter Stadtviertel zwischen dem Zoologischen Garten und den offenen Lagern am Perlovo-Kanal mit all seiner wuchernden Exotik und der anrührenden Schlichtheit der Armut, in dem auch die Ljuben-Karawelov-Straße lag, hatte stark unter den Bombenangriffen von 1944 gelitten. Alle paar Häuser gähnte eine Ruine, waren die Dächer von Anbauten zerstört oder Wände herausgesprengt, deren Schutt die schmutzige Farbe von Rost angenommen hatte. In diesen unbehausten Räumen vermehrten sich Katzen und Ratten, schliefen Obdachlose und verjagte Hausmädchen, manchmal auch Neuankömmlinge aus der Provinz, die es in Sofia zu etwas bringen wollten oder einfach nur Abenteuer suchten.

Anfangs leise und hinter vorgehaltener Hand, dann immer lauter und maßloser verbreitete sich das Gerücht, dass sich bei Sonnenuntergang in den Mansardenfensterchen der unbewohnten Häuser das Antlitz der Gottesmutter zeige, von einer Aureole umgeben, scheinend in einem weichen, geheimnisvollen Licht. Die Jungfrau halte kein Kind im Arm. Ihr Haar hinge offen herab, und sie weine. Die Schneiderinnen des Viertels hätten sie gesehen, und die Hausfrauen, die in ihren Höfen grüne Tomaten einkochten.

In diesen Jahren eines radikalen, ideologisch verordneten Atheismus galt es nicht nur als rückschrittlich, an Gott zu glauben, sondern war geradezu gefährlich; doch die Menschen waren trotzdem geneigt, an diese unenträtselbare geistige Verbindung aus dem Möglichen und dem Ersehnten zu glauben, die man »Wunder« nennt und die das Elend der sichtbaren Welt mit einem Hoffnungsschimmer erfüllt. Sie liefen in

Scharen vor einem der Trümmerbauten zusammen, flüsterten einander zu und zeigten auf die verstaubten Fensterchen, die, getrübt vom späten Nachmittagslicht, aussahen wie die Augen eines Blinden. Dort schimmerte tatsächlich etwas, und wenn man länger hinschaute, zeichnete sich das undeutliche Bild einer Frau ab, die ihr Haupt traurig oder nachdenklich geneigt hatte.

Wütend und aufgestachelt von so viel menschlicher Naivität stieg ein Schutzpolizist, der soeben Mitglied in der kommunistischen Partei geworden war, die Fassade des ausgebombten Hauses hoch, kletterte über freistehende Balken zum Dach, das jeden Augenblick zusammenstürzen konnte, und zerdepperte mit dem Griff seiner Dienstpistole das Glas, um mit den Scherben zu beweisen, dass irgendein Übeltäter mit Wasserfarben und wenig Talent dies schlechte Porträt der heiligen Muttergottes aufs Fenster geschmiert hatte. Auf dem Stück der Scheibe, das er als Beweis mit nach unten brachte, waren in der Tat zwei höchst naiv, aber liebevoll gemalte Augen zu sehen, die weinten. Um die letzten Zweifel zu zerstreuen, spuckte der Milizionär auf die Augen und zerrieb sie mit dem Finger.

Es dunkelte. Niemand wagte, sich zu bekreuzigen. Aus Löchern und Ritzen des zersprengten Gebäudes wehte der kühle Hauch der Hässlichkeit. Der Himmel, welk und veilchenfarben, zerlief zwischen den Schornsteinen. Eine grau gefiederte Turteltaube kreiste über ihren Köpfen und landete genau auf dem Sims des Fensters, an dem das Antlitz der Gottesmutter soeben zerschlagen worden war. Schon am folgenden Tag sprach sich herum, dass den Schutzmann das Unglück ereilt habe. Seine Frau habe ihre Siebensachen gepackt und sei mit ihrem Pappkoffer und seinem Vetter, einem hübschen Kerl, in den Rhodopen verschwunden …

Dann munkelte man, die Heilige Gottesmutter sei auch in den neu erbauten Mietshäusern aufgetaucht, die sich zu Dutzenden entlang der Karawelov-Straße erhoben wie Phönix aus Schutt und Asche und ihr jene wenig sehenswerte Enge und Belebtheit wiedergaben, die sie vor dem Krieg besessen hatte. Tschakalov war außer sich und nötigte seinen Financier und Kompagnon Georgi Pantov, einen Nachtwächter einzustellen. Wie so viele schwerhörige Menschen war der Alte ein Stoiker, und das Einzige, was er in den tintenschwarzen, drückenden Nächten hütete, war er selbst. Er hoffte wohl, wenn er nur laut genug schnarche, müsse das ausreichen, um jeden Diebstahlsaspiranten zu warnen und ihm zu vermitteln, dass hier Friedlichkeit und Ruhe gefragt seien. »Jetzt gehört doch sowieso alles allen«, räsonnierte er und kratzte sich im Nacken, »vor wem soll ich also diese Häuser beschützen?«

Nach und nach wurde die ganze christliche Wasserfarbenmystik aus Gerede und Glas von den ersten Regenfällen zusammen mit dem Staub des Sommers abgewaschen und verschwand gurgelnd im Rinnstein. Es verschwanden aber auch Menschen, immer noch, und ohne eine Spur zu hinterlassen. Das waren ehemalige Fabrikanten, Bankiers, Großindustrielle und Militärs, aber auch Halbstarke und Dämchen, die anders aussehen wollten als die werktätigen Massen und dabei in Kleidung und Gebaren mit den verderbten Seiten der bürgerlichen Lebensart provozierten. Sie wurden tief in der Nacht oder frühmorgens aus den Betten geholt wie die ersten Brote aus dem Backofen und so, warm und weich, hinausgestoßen unter den kalten Himmel, und keiner wusste, wo sie endeten, ganz wie die Sternschnuppen, die über ihnen herabfielen und verglühten.

2

So zögerlich die Bauarbeiten auch vorankamen, am Ende waren sie doch errichtet, die fünf Etagen des Mietshauses auf der Ljuben-Karawelov-Straße. Mit ihrem aschgrauen Verputz sah es schon bei der Fertigstellung alt aus mit seiner tristen Fassade und dem hingequetschten, wenig repräsentablen Eingang. Die einzige Zier waren die Balkone, deren Fläche aber gerade ausreichte, um den stinkenden Mülleimer aus der Küche hinauszustellen. Der Bau war noch nicht einmal wirklich hässlich, denn wahre Hässlichkeit entsteht durch Schwülstigkeit und eine gewisse dichterische Phantasie; das Appartementhaus Pantovs und Tschakalovs aber war derart gewöhnlich, derart trostlos, als wäre es eine Spezialklinik für hoffnungslose Fälle.

Euphemistisch wie jeder Unternehmer und nicht ohne Sinn für

Humor nannte Tschakalov dieses Ungetüm »unsere Schöne«. Goscho hingegen war maßlos enttäuscht. Alles, was der alte Toromanov durch seine Gabe, feine Creme- und Sahnefüllungen für den verwöhnten Gaumen zu kreieren, über Jahrzehnte auf die hohe Kante hatte legen können, war in diesen geschmacklosen Klotz verbaut worden. Was ihn dabei besonders demütigte, war, dass er niemandem stolz zeigen konnte, was er da geleistet hatte. So ganz hinnehmen wollte Georgi die Sache aber auch nicht, und so ordnete er an, Stuckleisten in den Wohnzimmern anzubringen. Dabei leitete ihn der Gedanke: Welcher vernünftige Mensch schaut sich schon das Bild an? Das, was ihm Eindruck macht, ist doch der Rahmen, in den es eingefügt ist! Dieses kleine bukolische Dekor heiterte ihn auf. Tschakalov machte zwar zunächst eine finstere Miene, blieb aber unerwartet friedlich, ja, geradezu gefährlich liebenswürdig. So viel Einverständnis deutete auf nichts anderes hin als darauf, dass das kleine Raubtier seine Angst vor dem großen Beutetier nun restlos überwunden hatte und nur noch auf den geeigneten Moment wartete, um es anzufallen und ratzfatz aufzufressen.

Mit seinem Weltschev-Instinkt spürte Goscho die Wandlung im Verhalten seines Kompagnons, und die Verachtung für dieses schmierige und glitschige Schlitzohr packte ihn wie eine Krankheit. Dabei war er im Kopf eigentlich mit etwas viel Wichtigerem beschäftigt, nämlich damit, wie er Viktoria Sestrimska am besten den Hof machen konnte, eine männliche Heldentat, zu der ihn Sonja überdies geradezu ermunterte! Nicht ohne Beziehung dazu standen auch seine Träumereien, wie es mit seiner Mansardenwohnung wohl weitergehen würde. Laut Vereinbarung gehörten Goscho neun der fünfzehn Appartements in dem neu errichteten Mietshaus, dazu das riesige Dachgeschoss, in dem er sich mit seiner lebhaften Pennälerphantasie ein richtiges Liebesnest einrichten wollte, mit L-förmigem Wohnzimmer und eingebauter Deckenbeleuchtung, einem diskreten, aber zu allen Schandtaten tauglichen Bett und einem offenen Kamin, für den er bereits ein recht gut erhaltenes Bärenfell gekauft hatte.

Mit der Einrichtung seines »Studios« hoffte Georgi, Viktorias Widerstand zu brechen; wenn nicht mit dem zweiten Frühling, der bei ihm ausgebrochen war, dann wenigstens mit seiner Erfahrung in verführungstechnischen Sachfragen. Sie gestattete es ihm, sie zu umwerben und großzügig zu sein, nahm seine teuren Geschenke mit Vergnügen an, weigerte sich aber, mit ihm allein zu bleiben oder gar mit ihm auf Kurzurlaube ans Schwarze Meer oder in die Berge zu fahren. Mit dem Gespür des erfahrenen und in vielen Schlachten verwundeten Kriegers fühlte er, dass ihr Widerstand wuchs, je erkennbarer Sonjas Einverständnis mit ihrer noch unerfüllten Liebesbeziehung wurde. Diese geheime Verbundenheit zwischen den beiden Frauen peinigte ihn und setzte ihn unter Druck. Das Studio unterm Dach war also nötig, weil er nur so Viktoria getrennt empfangen und die Nähe zwischen den Frauen durchbrechen konnte, durch die die ihm rätselhafte Sehnsucht Sonjas, ihn durch die andere glücklich zu machen, unbewusst Viktorias Verlangen verstärkte, ihn einsam und unglücklich bleiben zu lassen.

Das Leiden an dieser Pattsituation betäubte Goscho derart, dass er Tschakalov in der tölpelhaftesten Weise auf den Leim ging. Im Verlauf des letzten halben Jahres hatte er in unfassbarem Leichtsinn das Sparbuch seiner Frau mit dem ganzen verbliebenen Erbe des alten Toromanov restlos geleert. Bleibt nur das Dachgeschoss, ging ihm biestig durch den Kopf, ein paar hundert Quadratmeter Dachziegel trennen mich von …

Hier löste sich sein Gedanke in ein seliges Lächeln auf, und er ließ seine Fingerknochen krachen.

3

Je näher das glückliche Ende der Bauarbeiten auf der Ljuben-Karawelov-Straße rückte, desto häufiger und länger kam Unternehmer Tschakalov bei seinem Kompagnon zu Besuch. Er wartete gar nicht mehr auf Einladungen, sondern schellte einfach zu den unmöglichsten Zeiten an der Tür, stets mit einem Blumenstrauß für Sonja in der Hand und einem schiefen Grinsen im Gesicht, das das feine Einschlagpapier durchtränkte, als enthielte es fettigen Fisch. Er wirkte fieberhaft wie einer, der in besonderer Mission unterwegs war. Diese notorische Besuchsmanie konnte einem gehörig auf die Nerven gehen, und man fragte sich, ob nicht etwas Gefährliches dahintersteckte. Doch statt sich über diese Frage Gedanken zu machen, nutzte Georgi Tschakalovs Kommen, um sich davonzustehlen, und Sonja kam schneller in ihrem Stickbild voran, dessen Motiv diesmal Leonardos »Abendmahl« war. Die Hosen von Tschakalovs wenig elegantem Anzug waren stets tadellos auf Falte gebügelt, seine Schuhe auf Hochglanz poliert, er selbst schwebte in einer Wolke aus Parfüm. Manchmal, wenn Sonja Tschakalovs nervös-virile Gegenwart nicht mehr aushielt, ging sie in die Küche und hantierte dort so lange, wie sie zur Erholung brauchte.

Tschakalovs Bart wuchs ungeheuer schnell, sodass seine lauernde Gestalt beim Warten bald in einen blaugrauen Schatten getaucht war, der ihm den Ausdruck eines leidenden Menschen verlieh. Die Stoppeln bedeckten seine Wangen bis dicht an die Augen, und Sonja stellte sich entsetzt vor, wie er die Klinge des Rasiermessers ganz nah an den Lidern ansetzte, die unter dem Rasierschaum, der sein rundes Gesicht bedeckte, kaum auszumachen waren. Diese Behaartheit Tschakalovs kontrastierte merkwürdig mit seinen kleinen und stets schwitzigen Händen, seinem Schmerbauch, der ihm wie ein Rucksäckchen unter der Brust hing, seinen kurzen Beinen und den schick gelochten, zweifarbigen Mobstern an den Füßen.

Er machte es sich im Ohrensessel bequem und erklärte Georgi, wie schwer es war, gute Dachziegel zu bekommen und Zinkblech für Rinnen und Abflussrohre. Auf dem Schwarzmarkt aber, beklagte er sich, würden Baustoffe von Tag zu Tag teurer … Und er bat erneut um Geld. »Der ist so klebrig«, hatte sich Georgi einmal beklagt, »dass er binnen einer halben Stunde jeden Widerstand meinerseits auflöst wie Pattex die Magenschleimhaut. Jetzt zahlen wir schon nicht mehr für die laufenden Baukosten, sondern auch noch dafür, dass er mal eine Weile wegbleibt.« Die beiden tranken einen Cognac zusammen, aber dafür, mit Ironie Distanz zu schaffen, hatte Goscho nicht genug Humor; so flüchtete er sich in ein erlesenes Eleganzgetue, um seine Überlegenheit zu demonstrieren und sich wenigstens etwas Genugtuung zu verschaffen.

»Sie möchten mich bitte entschuldigen«, sagte Georgi, »doch heute Abend werde ich bei den Karagjulevs zum Pokern erwartet. Ich habe die Chance, so viel zu gewinnen, wie Ihr Zinkblech kostet, oder das Unglück, so viel zu verlieren, wie die Dachziegel kosten. Sie sind doch so liebenswürdig und leisten meiner Frau Gesellschaft? Sie ist ganz angetan von Ihnen!«

Allein gelassen, versanken Tschakalov und Sonja in einem Schweigen, das nicht minder drückend war als die Abende im Juli. Durch die geöffneten Fenster drangen die Geräusche der Stadt herein, die sich in der Abendkühle langsam wieder belebte. Sonja beugte sich über ihre Stickarbeit und bemühte sich, Tschakalovs wässrigen Augen auszuweichen, die unablässig ihre Brüste und Schenkel taxierten. Sie hatte diesen Gobelin mit dem berühmten Motiv Leonardo da Vincis Viktoria Sestrimska versprochen als Unterpfand ihrer Freundschaft, einer Freundschaft wie zwischen Mutter und Tochter.

Im Bann ihrer Tagträumereien vergaß sie Tschakalov völlig. An Assen Weltschev zu denken, das gestattete sie sich nur abends. Erst wenn die Dunkelheit sie vom Rest der Welt trennte, ließ sie sein Bild von ihr Besitz ergreifen und sprach in Gedanken mit ihm, tröstete ihn, fühlte sich aber nicht schuldig vor seinem zerknirschten Lächeln, da sie bereits wusste, dass sie ihm ihr Teuerstes schon gegeben hatte, so unerfüllbar es auch war: ihre Liebe.

Tschakalov gelang es unter dem Druck des Begehrens wohl nicht mehr, seinen Atem zu verhalten, denn unverhofft traf sie seine Stimme, rauh, fistelnd und – wie ihr schien – beleidigend hoch: »Wissen Sie, verehrte Frau Toromanova, meine Mutter ist kein guter Mensch …« Er leckte sich ausführlich die Lippen, als wolle er ihr andeuten, dass er nun über etwas Intimes sprechen wolle, ohne konkreten Zusammenhang, aber von großer Wichtigkeit. »Als ich ein Kind war, verhielt sich meine Mutter sehr gleichgültig mir gegenüber, als liebte sie mich überhaupt nicht. Ich war klein, unschön, mit pickeliger Gesichtshaut, sie aber war schrecklich eitel. Ihre ganze Fürsorge galt meinen beiden wilden Brüdern, die Violine lernten. Ja, sie bevorzugte die beiden eindeutig. Mit ihnen zeigte sie sich beim Spazierengehen auf der Flaniermeile, mit mir nicht. Sie ließ ihnen die Haare lang wachsen wie Mädchen und erduldete all ihre Streiche. Immer war ich, der Kleinste, schuld und musste alles ausbaden. Ich weiß nicht, warum, aber meine Mutter ekelte sich besonders vor mir, wenn ich Fieber bekam und anfing zu schwitzen. Um so wenig wie möglich mit mir zu schaffen zu haben, verabreichte sie mir Aspirin, heißen Tee und eine Schachtel Kaubonbons. Sie ließ mich allein mit diesem Haufen Karamellen, die ich futterte, bis mir schlecht wurde. Zu Hause hatten wir eine sterilisierte Katze, wild und völlig desinteressiert an uns Zweibeinern, Eulampia nannten wir sie. Mama brachte mir also die Bonbons, ermahnte mich, lieb zu sein, und nahm mir die Katze weg, aus Angst, mich nur ja nicht zu verwöhnen. So lag ich mit Fieber und diesen klebrigen Kaudingern im Bett und hörte, wie meine Brüder im Wohnzimmer die Geige malträtierten. Mama und Eulampia hörten ihnen zu. Und jetzt? Beide sind völlige Taugenichtse! Der eine ist Statist an der Operette und Alkoholiker, der andere ist einem Flittchen verfallen, das ihn völlig ruiniert. Das Haus hat Mama natürlich unter ihnen beiden aufgeteilt, aber leben tut sie bei mir. Wenn sie krank ist, ist sie schrecklich launisch. Dann sollen alle im Haus nur für sie da sein. Es ist schon vorgekommen, dass wir die ganze Nacht an ihrem Bett gesessen haben, und morgens hat sie sich tot gestellt … Können Sie sich das vorstellen, wie sie uns vormacht, nicht mehr zu atmen? Wie sie schweigend und mit gefalteten Händen daliegt und keine Antwort gibt, wenn wir sie rufen? Mir wird schlecht, wenn ich nur daran denke. Nachts erlaubt sie nicht, dass wir die Lampe löschen; aber wenn sie schön ausgeschlafen hat, fängt sie an, die Tote zu spielen.« Er schwieg und befeuchtete sich erneut die Lippen, weil er begann, sich zu verhaspeln. Im dichten Halbdunkel glänzte sein Gesicht wie ein Fettfleck. »Was ich sagen will: Selbst wenn es ihr wirklich schlecht geht, bin ich Mama widerlich.«

Tschakalov holte seine Zigaretten aus der Sakkotasche, steckte sich eine an und blies seufzend die erste Rauchwolke ins Zimmer. »Sie sind mir doch nicht böse wegen meiner Offenherzigkeit, gnädige Frau, oder?«

»Nein«, erwiderte Sonja ebenso mitfühlend wie unbestimmt.

»Wissen Sie, wie oft ich mich danach gesehnt habe, einfach zu verschwinden? Irgendwohin, wo sie mich nicht finden können und ich endlich Geborgenheit finde. Bislang fehlte mir dazu die Courage, weil ich mich immer um die anderen kümmern musste, aber ich bin bald fünfzig, und das Leben vergeht … Dieses mein Verlangen hat nichts mit dem Körperlichen zu tun«, fuhr Tschakalov mit einer Stimme fort, deren Timbre eher für das Gegenteil sprach.

Sonja spürte, dass ihre Nachgiebigkeit im Verein mit ihrer anerzogenen Zurückhaltung seiner Dreistigkeit nur Auftrieb gab. Sie entschuldigte sich und ging in die Küche, wo sie dem Dienstmädchen anordnete, das Haus unter keinen Umständen zu verlassen. Sie dachte voller Ekel, dass bald der Moment kommen musste, in dem Tschakalov sie wieder bitten würde, ihm doch etwas auf dem Flügel vorzuspielen, nur damit er sich beim Notenumblättern schamlos an sie drücken konnte.

»Ich verstehe nichts von Musik«, sagte er jedes Mal, »ich habe ja nur das Gefiedel meiner verzärtelten Brüder gehört. Aber wenn *Sie* sich an den Flügel setzen, dann schreiben gleichsam Ihre Bewegungen die Melodie und streicheln sie in die Tasten.«

Sonja nahm lieber eigene Verbitterung in Kauf, wenn sie dadurch dem anderen eine Beleidigung ersparen konnte. Seine Bitten wurden so penetrant, dass sie fast einer sadistischen Quälerei gleichkamen. Schließlich ließ sie den Stickteppich sinken, auf dem sie gerade am Antlitz des Judas arbeitete, in dem sich menschlicher Verrat und die Verwirklichung des göttlichen Willens geheimnisvoll kreuzten.

4

Mit gerötetem Gesicht, den überreizten Sehnen eines unsportlichen Körpers nach gehetzter Rennerei und dem nächsten Strauß Gartenblumen trat er ein. Tschakalov hielt ihn mit solcher Ungeschicklichkeit, dass ihr bei diesem Anblick ganz übel wurde. Sonja stand erst gar nicht mehr aus ihrem Sessel auf. Sie schloss lediglich das Bändchen von Stefan Zweig und schickte dem Hausmädchen einen besorgten Blick hinterher. Es war gegen vierzehn Uhr. Die Schwüle hielt die Stadt in ihrer schwitzigen Faust. Der Nachmittag glich einer Erinnerung an Ereignisse mit Menschen, die heute fehlten. Und plötzlich schoss panisch der Gedanke in ihr hoch, dass Tschakalov und sie vielleicht ganz allein in Sofia waren.

Er kam näher, legte seinen Strauß auf das Beistelltischchen, dann zog er ein Taschentuch aus seinem Sportsakko und wischte sich den Schweiß aus dem Nacken. Er war so frisch rasiert, dass er nach Barbierstube roch. Er wirkte aufgewühlt, ergriffen von seiner eigenen Unsicherheit. Die Worte schienen sich in seinem Inneren gegenseitig anzurempeln, wollten offenbar alle auf einmal heraus, quetschten sich aneinander und verschmolzen zu einem gequälten Stöhnen. Er sah aus wie ein Taubstummer, der etwas ganz Wichtiges sagen will, doch Sonja machte keine Anstalten, ihm behilflich zu sein, weder mit aufmunternden Blicken noch mit der Einladung, doch im Sessel ihr gegenüber Platz zu nehmen.

»Was für eine Hitze«, sagte sie vorsichtig, lehnte sich an und zog das Buch an die Brust. So geschützt, musste sie etwas möglichst Unbedeutendes und Neutrales fragen. Sie hoffte, dies würde es dem Unternehmer schwerer machen, musste er doch mit der gebotenen Förmlichkeit darauf antworten. Nach und nach würde sein bis zum Platzen gespanntes Gemüt sich dabei vielleicht beruhigen und dabei auch diesen kaum zu bändigenden Gefühlen und Begierden ihre explosive Kraft nehmen.

»Wie geht es denn mit dem Bau voran, Herr Tschakalov?«

Zu spät. Tschakalov hatte bereits seine rechte Hand aufs Herz gelegt und sagte fast wimmernd und in einer höchst peinlichen Pose: »Ich liebe Sie, Frau Toromanova! Ich bin kein Pennäler mehr und weiß, was ich fühle. Vermutlich bringe ich Sie in Verlegenheit, doch mein Vorpreschen ist schutzlos und verletzbar. Haben Sie Erbarmen, seien Sie edel, oder wenigstens restlos grausam zu mir. Reichen Sie mir die Hand und führen Sie mich! Ich will für Sie arbeiten, für Sie leben, wenn es sein muss, auch für Sie sterben …«

Es erschreckte sie nicht so sehr das Wesen seines Bekenntnisses, das ihr in seiner Absurdität harmlos schien, als vielmehr die Resolutheit, mit der er es vortrug. Der Strom seiner Worte traf sie mit fast physikalischer Wucht: als Druckwelle, die nach Schweiß roch, dem Schweiß eines kleinen Raubtiers, das sein Wesen durch teure, intensive Parfüms zu kaschieren suchte. Tschakalov erlegte sich keinerlei Zurückhaltung mehr auf, so als läge er auf der Couch eines Psychoanalytikers, der ihn um schonungslose Ehrlichkeit gebeten hatte. Er rang die Hände, zwinkerte dabei unfreiwillig komisch, lief Richtung Flügel, stolperte über die Teppichkante, umrundete ihn, kehrte zurück. Von der Logik und plötzlichen Ruhe in seiner Stimme wurde Sonja so übel, dass sie vermeinte, sich gleich übergeben zu müssen.

»Es ist Liebe auf den ersten Blick, Sonja. Warum passiert so etwas mir, immer nur mir! Es gibt in meinem Leben wohl kaum einen bitteren Kelch, der an mir vorübergegangen wäre. Das erste Mal, als ich bei Ihnen zum Mittag geblieben bin, trugen Sie ein flauschiges Herbstkleid. Das Licht im Salon war so bizarr, als entströme es der Schale mit den reifen Früchten, es …«

Er hielt inne. Sein Gesicht strahlte ungewohnten Geist aus, den Sonja nicht mit seinem Äußeren in Einklang zu bringen vermochte, daher fasste sie seine Begeisterung als eine makabre Form von Lüsternheit auf! Sieh an, mein Vetter, dieser Nichtswürdige … grob, und nun auch noch lüstern, dachte sie verstört, weil er so anders war, und *dabei sieht er gefühlvoller und klüger aus als er selbst*!

Sein Bekenntnis peinigte sie wie alles Unverhältnismäßige, das nicht am Platze war und eben daher – Peinlichkeit auslöste. Ein Jahr nach ihrer Hochzeit hatte Goscho einmal französische Postkarten mit nach Hause gebracht: nackte junge Frauen, die durchscheinende Pluderhosen trugen, um den Effekt von Orient, Harem, Sinnlichkeit zu erzielen; doch dies genügte nicht, um die obszöne, da unerwünschte Ansicht fremder Nacktheit zu mildern, die ihr abstoßend ins Auge sprang und Schmerz bereitete. Im Vergleich mit Tschakalovs Geständnis kamen ihr diese Kärtchen nun geradezu moderat vor. Schamrot zog sie ihr Kleid über die Knie herunter.

»Auf einmal bin ich nicht mehr bloß ein dummer Bauunternehmer. Seit ich Sie kenne, bin ich zum Dichter geworden oder, wenn Ihnen das zu übertrieben klingt, befreit, ein Mensch, der sich zum ersten Mal traut, frei zu handeln!«

»Hören Sie auf, Herr …«, unterbrach ihn Sonja leise. »Ich kann nichts für Sie tun!«

Ohne Vorwarnung fiel Tschakalov auf die Knie. Es hörte sich an, wie wenn Kinder auf den Boden trampeln. Mit einem lauten Schleifgeräusch kroch er auf sie zu. Seine schwitzigen Händchen umfassten zitternd den Saum ihres Kleides. Sonja erzitterte und machte eine Bewegung, als wolle sie ihr Buch in Sicherheit bringen.

»Nicht so eilig, Frau Sonja«, keuchte Tschakalov, »hören Sie mich erst zu Ende an. Sie ahnen es ja nicht, aber Ihre Zukunft liegt in meiner

Hand, Ihr Wohlergehen oder Ihre Armut und Ihr Elend … Ich bitte Sie inständig, erlauben Sie mir nicht, grausam zu sein und das Böse zu vollenden, das ich begonnen habe. Bewahren Sie mich vor Sünde und Seelenpein. Retten Sie sich oder wenigstens Ihren unwürdigen und verderbten Herrn Gemahl.«

Sonja stieß ihn heftig zurück, entwand sich seinem Umarmungsversuch und lief in die Küche. Als das Dienstmädchen ihre Herrin so bleich sah, und den Schrecken, der in ihren Augen geschrieben stand, schrie sie laut auf.

»Geleiten Sie Herrn Tschakalov hinaus«, ordnete Sonja an. Dann wusch sie sich lange und gründlich die Hände, schleppte sich zum Schlafzimmer, zog sich um und sprühte sich reichlich mit Parfüm ein. Dann ließ sie sich aufs Bett fallen. Die kreideweiße Decke – wie nah und wohltuend erschien sie ihr jetzt. »Das muss ich Goscho erzählen«, dachte sie und bewegte die Lippen dabei, »ich bin verpflichtet, ihn zu warnen!« Doch mit wachsender Schwäche spürte sie sofort, dass ihr Mann mit dem, was geschehen war, nicht das Geringste zu tun hatte. »Ich muss es Assen Weltschev sagen«, verbesserte sie sich, »doch das wäre taktlos und würde nur unsere Trennung in den Schmutz ziehen. Nein, das ist unmöglich!«

5

Sie hatten sich rittlings auf das ungehobelte Fichtenbrett gesetzt, das über Zementsäcken lag, Auge in Auge. Tschakalov umklammerte seine zerknautschte Ledertasche, zog die Dokumente eines nach dem anderen daraus hervor und verstaute sie wieder mit einem Handgriff, als wolle er sie stehlen. Der Dachstuhl erinnerte an ein Spinnennetz aus klobigen Balken, in dem sich die Sonne verfangen hatte. Um sie herum lagen haufenweise zerschlagene Ziegel, getrockneter Kalk und rostige Zimmermannsnägel. Die Herbstluft war schon reif und kühl und begann sich mit dem Altgold der Melancholie vollzusaugen. In der Ferne hatte die alte Dame Witoscha sich einen Fuchspelz über den Felsrücken geworfen, aus dem das Licht rostbraune, rote und gelbe Reflexe herauskämmte.

Während er sprach, gab Tschakalov Schmatz- und Stöhnlaute von sich, als säße er vor einem saftigen Braten. Er war schon unten, im Bauschuppen, nervös gewesen, was seine schmeichlerische Art noch idiotischer wirken ließ, mit der er darauf bestand, dass sie auf den Dachboden stiegen und sich die Welt aus der Höhe ihres gemeinsam vollbrachten Werks anschauten, erhaben und einsam wie Steinadler in ihrem hohen Bergnest. Georgi war in ausgezeichneter Stimmung. Sein grauer Anzug passte ihm wie angegossen, und um sechs Uhr war er bei den Sestrimskis zum Bridge-Abend eingeladen. Er fühlte sich zu Tollheiten aufgelegt wie ein Halbstarker, denn er war verliebt. Die Gefährlichkeit dessen, was dieses kleine Raubtier ihm gegenüber da inszenierte, wurde ihm erst bewusst, als Tschakalov sein Bein über das unebene Brett warf, aufstand und die Hände über seinem Kugelbauch verschränkte.

»Bin heute in Eile«, sagte Georgi panisch, »und bedaure sehr, dass ich mit Ihnen hier hochgekommen bin, denn ich habe einfach keine Zeit.«

»Im Gegenteil, Herr Pantov, Sie *haben* Zeit, denn wir müssen reden«, erwiderte Tschakalov bestimmt und öffnete seine Tasche. Eine leichte Brise wehte, die das Teppichklopfgeräusch aus dem Nachbarhof herantrug. Von unten drangen das Hacken der Dachsbeile und die rauhe Stimme des Trödlers zu ihnen hinauf. Georgi zog seine Schweizer Präzisionsuhr aus der Westentasche, schaute auf deren Zifferblatt, als könne dies kleine runde Gerät die Zeit anhalten oder, besser noch, sie zurückdrehen. Er brauchte diese Geste vorgetäuschter Zeitablesung, denn urplötzlich spürte er die ganze Tragweite von Tschakalovs Drohung, sah, wie unwirtlich ihr Aufenthaltsort eigentlich war, diese verlockende und zugleich schwindelerregende Höhe, in der sie sich befanden. Er brauchte Aufschub, um überlegen und sich mit Anwalt Sestrimski beraten zu können über dieses Phantom, mit dem Tschakalov ihn aggressiv anging.

»Gehen wir zu mir … dort haben wir Ruhe«, bat Goscho, aber Tschakalov konterte: »Ich war schon bei Ihnen; aber es ist nichts dabei herausgekommen!«

»Was ist nicht dabei herausgekommen?«

Für einen Moment überlief Müdigkeit das Gesicht des kleinwüchsigen Unternehmers, was ihm einen Anstrich von Gram verlieh und es menschlicher wirken ließ. Er lockerte den Knoten seiner Krawatte, öffnete den obersten Hemdknopf. Weiß leuchtete der Hals daraus hervor. Endlich gab er sich einen Ruck und redete Klartext. Schon bald begriff Georgi Pantov, dass Tschakalov ihn vorsätzlich vollkommen ruiniert hatte. Zu Anfang löste dies eine Art süßen, ziehenden Schmerz in ihm aus, und ein zerknirschtes »O, hätte ich doch nur …« wollte sich seiner Brust entringen; doch dann packten ihn die nackte Angst und hemmungsloses Selbstmitleid: Das, wovor er sich sein ganzes Leben lang gefürchtet hatte, war eingetreten. Er spürte, wie Schultern, Arme und Beine leicht wurden, als würde er gleich fliegen. Warum? Warum ausgerechnet mir das?, fragte er sich. Ich bin doch nur ein bescheidener, bedauernswerter Mensch, der niemandem etwas zuleide getan hat, keinen unbefriedigten Ehrgeiz und keine Feinde hat …

»Sie haben doch immer bekräftigt, dass neun der fünfzehn Wohnungen mir gehören«, unterbrach Goscho seinen Kompagnon verzweifelt.

»Kann mich an eine derartige Vereinbarung nicht erinnern.«

»Das steht doch im Vertrag, Herr Tschakalov, ich bitte Sie! Sie belieben zu scherzen!«

»Sicher steht es da; aber im Vetrag steht auch, dass Sie sich verpflichten, den Bau zu finanzieren.«

»Das habe ich doch, und das weiß auch jeder. Ich bewahre die Quittungen über alle Zahlungen auf, die ich geleistet habe, sauber und ordentlich! Und Sie haben jede einzeln unterschrieben.«

»Ihre Quittungen sind nicht vom Notar beglaubigt und daher de jure ungültig«, feixte Tschakalov triumphierend. »Aber ich will nicht unmenschlich sein und Ihnen eines der kleineren Appartements überlassen. Die Etage dürfen Sie sich aussuchen.«

»Aber … Sie sind doch der Cousin meiner Frau, unser Verwandter«, empörte sich Georgi und steckte seine Schweizer Uhr zurück in die Westentasche, weil es im Augenblick außer seiner eigenen Dummheit nichts gab, was diese hätte auf die Hundertstelsekunde genau messen können. »Ich habe Sie jederzeit in meinem Haus empfangen, Ihnen alles gegeben, was ich besaß. Sie … Sie sind ja ein Ungeheuer?!«

Tschakalov strahlte vor Zufriedenheit.

»Ein Ungeheuer … Sie schmeicheln mir, Herr Pantov! Dass Sie mich so sehr überschätzen, ist ein Zeichen, dass Sie sich selbst unterschätzen. Ich bin ein einfacher Unternehmer, wissen Sie, ein Mann der Praxis. *Wunschträume* endeten bei mir stets in einem Desaster.«

Jetzt heißt es, sich an die Armut gewöhnen, dachte Georgi erschrocken, und … Oh wie leichtfüßig doch die Schande daherkam! Er hatte nie vergessen, wie kunstvoll inszeniert, aber ruhmlos sein Vater gestorben war. Einsam und allein, in der nach Warmblüter duftenden Luft der Scheune, hing er am zähen Leder der Zügel, deren Bestimmung es war, jede Spur von Wildheit im Ansatz zu unterbinden, und schaukelte sanft im Durchzug. Blauviolett hing seine Zunge heraus. Zwei Handbreit Luft trennten seine Fußspitzen vom Leben … Und was hatte er ihm, Georgi, hinterlassen? Nichts als ein paar Alben mit exotischen Briefmarken und eine Lehre fürs Leben. Diese Lehre bestand darin, dass das Selbstopfer etwas für starke Seelen war; für die schwachen aber war es die Langlebigkeit.

»Zwei Handbreit Luft«, wiederholte Goscho sich verstört, »und hier habe ich ganze fünf Etagen zur Verfügung!« Er befeuchtete seine trockenen Lippen mit der Zunge und versuchte, sich an jenen entscheidenden Unterschied heranzutasten, in dem sich für ihn, den gutmütigen Müßiggänger und Verschwender, die Rettung verbarg. Er spürte, dass dieses fehlende Glied in der Kette nicht unbedingt ein logisches sein musste; es brauchte nur überraschend zu sein. Ihm blieben vielleicht noch eine oder zwei Minuten, in denen er den Schlüssel zum einzigen Ausweg finden musste … Und plötzlich hatte er ihn! Sein Vater war ja zum Verrücktwerden allein gewesen im Moment der Entscheidung. Er aber war es nicht! Sie standen schließlich zu zweit auf diesem Dachboden mit Blick auf den Zoo und das Witoscha-Gebirge, fünfzehn Meter über dem Erdboden. Er hatte also die Wahl!

Die unermessliche Tragweite dieser Entdeckung war verstörend. Fast gleichzeitig gingen sie in Stellung, zwischen Horizont und der Silhouette des Gebirges eingeklemmt. Sie hatten ihre Arme ausgestreckt, aber nicht, weil sie um Hilfe betteln wollten; es sah eher so aus, als würden sie sich gleich umarmen. Noch hatte keiner von ihnen die Oberhand gewonnen. Noch waren beide Teil eines Sieges, den zu teilen unmöglich war. Georgi tat einen tastenden Schritt nach vorn und bemerkte, wie leicht Tschakalov sich zurückdrängen ließ. Da machte er noch einen Schritt, und dann bewegte er sich nur noch ohne Sinn und Verstand, berauscht von seiner Entschlossenheit, glücklich, dass er nicht wusste, was er tat, konzentriert einzig auf das bleich gewordene Gesicht vor sich. Der Abstand zwischen ihnen wurde weder größer noch kleiner. Tastend und richtungslos gingen sie, Georgi vor, Tschakalov zurück; denn jede beibehaltene Richtung hätte unweigerlich zur Kante des Betonplateaus geführt. Sie gingen am Schornstein vorbei, auf dem ein gewaschenes Hemd als Richtfestfahne wehte, an der Spannsäge, die jemand an einem Nagel hängen gelassen hatte, und an den hingeworfenen Brettern und den in mehreren Haufen ordentlich aufgeschichteten Dachziegeln.

Goscho wollte Tschakalov unter keinen Umständen erreichen, denn dabei konnte es zu einer zufälligen, jovial-freundschaftlichen Berührung kommen. Er fühlte weder Zorn noch Betrübnis oder gar Hass, sondern nur jenes Wissen, das ihn aus der Erinnerung an die Todesszene seines Vaters erreichte. Er hörte den Schrei ihres Hausmädchens Zwetana, das Knarren der Tür zum Pferdestall, die trappelnden Schritte der aufgeregt hin und her Laufenden, und dann sah er es schon, das aufgedunsene, verzerrte Gesicht mit dem Ausdruck grenzenloser Verwunderung und der Einsamkeit, die sich gelöst und unendlich geworden war.

Auf Tschakalovs Unterlippe stand ein Blutstropfen; er hatte sich gebissen. Georgis Augen hatten die graue Farbe einer Axt angenommen, deren Schneide stumpf, schartig und eben darum so grauenvoll wirkte, verhieß sie doch alles andere als einen glatten, raschen Hieb. Es war so leicht, sich vorwärtszubewegen. Schmerz wollte er Tschakalov keineswegs zufügen. Er wollte nur an die Tasche mit diesen gefälschten und beweisträchtigen Papieren, die sein Leben zugrunde richteten und den Anfang vom Ende seines Lebenslaufes bildeten, den er einmal als Geschichte eines »verarmenden Millionärs« bezeichnet hatte. »Meine schöne, elende Armut«, sprach er sich flüsternd Trost zu und streckte den Arm aus, wie um sie zum letzten Mal zu streicheln …

Da spürte er plötzlich das rauhe Leder zwischen seinen Fingern und griff mit unmenschlicher Kraft zu. Er tat einen Schritt nach vorn und sah, wie das verschwitzte Gesicht Tschakalovs vor seinen Augen verschwamm. Was für ein trügerischer Augenblick geglückter Nähe, gelungener Balance! Dann riss der Griff der Tasche ab, und vermutlich war dies das Signal für die Schwingen, sich zu öffnen zu jenem lautlosen Flug, in dem Tschakalov sich auflöste. Mit der Eleganz einer Taube hoben seine Füße ab vom Rand des Betonplateaus, zweimal brachten seine rudernden Arme die Schöße des Sportsakkos zum Flattern, dann verschwand er in der Leere. Kurz nach der vierten Etage hörte das Flattern auf, Tschakalov entspannte sich und ein gelber Fleck breitete sich auf seinen Hosenbeinen aus. Schon in der Vorahnung des kommenden Flugs musste der Unternehmer das Bewusstsein verloren haben; nun, als er an der dritten Etage vorbei war, zersprang im Entsetzen vor dem Unausweichlichen auch sein Betrügerherz. Von unten drangen Erschreckensrufe herauf. Georgi erschauerte. Erstarrte. Wich von der hinterhältigen Kante zurück. Über ihm der Himmel leuchtete. Die Silhouette Witoschas leuchtete. Der Löwe im Zoo brüllte festlich. Da packte ihn der freudige Jubel eines Menschen, der aus dem Reich der Schatten zurückgekehrt oder von einer langen und qualvollen Krankheit genesen war.

Er ging das frisch verputzte Treppenhaus hinunter. Vor dem Eingang schaute er sich noch nicht einmal um, so als sei er sicher, dass niemand ihn bemerke. Mit Tschakalovs zerknautschter Tasche, die er mangels Griff unter die Achsel geklemmt hatte, ging er die Graf-Ignatiev-Straße hoch, bog am Jugendsportplatz ab und ging auf den Perlovo-Bach zu. Aus der steinernen Kanalkerbe wehte ihn der Gestank eines lange nicht gereinigten Pissoirs im Sommer an. Das weckte ihn, flößte ihm Courage und Selbstvertrauen ein. Als er die nierenförmige Uferlinie des Teiches am »Ariana« erreichte, spürte Goscho einen Schmerz in den Fingern seiner Hand; es war ein Krampf, so fest hatten sie sich um die Tasche geklammert. Er hielt an, schaute sich zögerlich um, und warf das Lederding ins trübe Gewässer. Ein klatschendes Geräusch, dann bildeten sich Wellen und ein paar verräterische Blasen um die Stelle, an der sie versank. Das Spiegelbild der Trauerweide erzitterte für ein paar Augenblicke, dann beruhigte sich die algengrüne Oberfläche wieder.

»Es ist aus! Vorbei! Ich lebe! Bin reich und frei«, murmelte Goscho vor sich hin, bevor er sich in einer Vorahnung korrigierte: »Dummes Zeug: Jetzt fängt es erst an!«

6

Die zugezogenen Vorhänge, durch die das Nachmittagslicht ins Wohnzimmer drang, schützten vor niemandem; sie waren einfach ein guter Vorwand, um im Flüsterton miteinander zu sprechen.

»Hast du ihn umgebracht?«, fragte Sonja leise.

»Ich weiß es nicht«, erwiderte ihr Mann, »ehrlich! Ich kann mich nicht erinnern. Ich weiß nur, ich wollte ihm nicht wehtun, wollte ihm nur diese verdammte Tasche entreißen … Aber plötzlich kippte er vor meinen Augen nach hinten und verschwand, als hätte er sich aufgelöst. Ich hab noch gesehen, wie er mit den Armen ruderte; aber selbst da ließ er den abgerissenen Griff seiner Aktentasche nicht los. Da überließ ich alles der Höhe und zog mich von der Kante zurück.

»Ich bin schuld, an allem bin ich schuld!«

Wie Sonja zu dieser Auffassung kam, dafür gab sie keine Erklärung. Georgi sah sie zum ersten Mal so. Ihr Gesicht strahlte etwas zugleich Fragiles und Erbarmungsloses aus. Doch zu seiner Verwunderung begann sie nicht zu weinen, sondern rieb ihm den Kalkfleck vom Revers seines grauen Anzugs.

»Du musst jetzt raus, rausgehen musst du«, sagte Sonja. »Geh einfach zu diesem Bridge-Abend bei den Sestrimskis, als wäre nichts gewesen.«

»Ich kann nicht«, stöhnte Georgi.

»Du kannst«, widersprach Sonja sanft, aber bestimmt und schob ihn zur Tür. »Und du sagst in aller Gegenwart, du kämst vom ›Ariana‹, wo du ein Bier getrunken hättest. Na los!«

Sonja schloss die Haustür hinter ihm und lehnte sich mit dem Rücken von innen dagegen. Über ihr hing das Hirschgeweih, eines der Stücke aus der bescheidenen Sammlung von Männlichkeitstrophäen ihres Vaters. Sie schaute sich um, ging ins Schlafzimmer und packte für alle Fälle den kleinen Koffer ihres Mannes. Eine Garnitur warmer Unterwäsche, einen Pullover, ein sauberes Hemd, Seife, Zahnbürste. Sie hatte entsetzliche Kopfschmerzen. Sie schaute in der Hausapotheke nach Schmerztabletten. Nahm zwei. Sie schmeckten nach Kreide. Die Vernünftigkeit dieser kleinen Verrichtung gab ihr den inneren Halt zurück und flößte ihr neues Leben ein.

7

Gegen acht Uhr früh klingelte es an der Tür. Mit auffälligem Nachdruck. Die beiden in alte Trenchcoats gekleideten, glattrasierten, kurzhaarigen Männer wirkten, als hätten sie vor ihrem Kommen an einer Zapfsäule Geduld getankt. Genau daran, dass die beiden keinerlei Nervosität an den Tag legten, erkannte Sonja sie. Sie setzte ein liebenswürdiges Lächeln auf und zog den Hausmantel über ihrer Brust zusammen.

»Herr Pantov?«

»Ist zu Hause …«

»Wir sind von der Volksmiliz. Er muss mitkommen.«

»Da liegt sicher eine ärgerliche Verwechslung vor«, widersetzte sich Sonja matt. »Aber kommen Sie doch herein.«

Als sie das Wohnzimmer betraten, verfinsterte sich ihre Miene. Die elegante Bequemlichkeit der Einrichtung, die teuren Möbel, der Duft nach echtem Kaffee und nach Parfüm brachte die Männer regelrecht auf; doch sie schwiegen. Die Einladung zu einem Glas Cognac lehnten sie ab, die Schachtel Pralinen, die Sonja herausholte, blieb unberührt. So also lebte der Klassenfeind! Doch obwohl der Hass auf ihre wohlerzogene Gastfreundschaft offenkundig war, spürte Sonja, dass die Männer begeistert von ihr waren. Sie entschuldigte sich, um ihren Mann zu holen. Die Blicke, die ihr folgten, waren voller Mitgefühl.

Georgi verlor sich geradezu in dem weiten Schlafraum. Er atmete schwer und sah grau aus, als wäre er krank. Er hatte sich komplett fallen lassen in seine Schwäche und sein Selbstmitleid, doch Sonja hatte keine Zeit, um böse zu werden. Sie tropfte einfach nur zwanzig Tropfen Baldrian auf ein Stück Würfelzucker.

»Sind sie gekommen?«

»Zerkau das rasch«, sagte sie beruhigend, »und versuch zu lächeln. *Du bist nicht schuld*, hörst du, aber das weißt du ja selbst. Du hast ihm kein Haar krümmen wollen. Nun hör gut zu: Tschakalov und du, ihr habt euch vor der Baustelle getrennt. Er hat den Bau besichtigt, du bist auf ein Bier ins ›Ariana‹ gegangen, und dann zum Bridge-Abend bei den Sestrimskis. Präg dir das ein! Es entspricht ja sogar der Wahrheit. Also komm: heitere Miene zum bösen Spiel!«

Sie umfasste zärtlich seinen Kopf, zerstrobelte sein widerspenstiges Haar und gab ihm einen Kuss auf die Stirn. Er hatte Fieber …

Als sie ins Wohnzimmer kamen, fuhr einer der Männer gerade verträumt über die Politur des Flügels. Als er die Hereinkommenden bemerkte, zuckte er zusammen; es war ihm peinlich, bei dieser sehr undienstlichen Schwäche ertappt worden zu sein.

»Meine Herren«, begann Georgi übertrieben jovial, »welchem Anlass verdanke ich die Ehre Ihres Besuches?«

Sie zeigten ihm den Haftbefehl mit dem Stempel der Staatsanwaltschaft.

»Der Fehler liegt nicht bei Ihnen, aber die, die Sie herschicken, befinden sich im Irrtum. Ich habe mich nie mit Schwarzmarkthandel befasst und auch sonst keinerlei Unannehmlichkeiten mit der Volksmacht gehabt.«

Ich hatte ihn gebeten zu lächeln, dachte Sonja, nicht zu grinsen! Es entbehrt jeder Komik, dass sie gekommen sind, um ihn zu verhaften. Goscho näherte sich ihr melodramatisch und legte den Arm um sie. Sonja fühlte, dass sie physisch nicht in der Lage war, seiner Angst standzuhalten; so auf sie gestützt, mit dem Köfferchen in der Hand, war Georgi ungeheuer schwer.

»Ich erwarte dich zum Mittagessen zurück. Hab dir auch Aspirin-Tabletten eingepackt.«

Als die Männer mit Georgi gegangen waren, stellte sich bei ihr das schmerzliche Gefühl ein, dass die Zeit nicht reichen würde. Sie ging zum Telefon, wählte die bekannte Nummer und drückte den Hörer ans Ohr, dessen Kühle sie beruhigte.

»Guten Morgen, Fräulein«, sagte sie betont sorglos, als sie die Stimme Viktorias am anderen Ende der Leitung erkannte. »Ich hätte da für heute einen Vorschlag, natürlich nur, wenn Sie nicht schon andere Verpflichtungen haben.«

»Sonja, für Sie bin ich zu allem bereit.«

»Ich würde Sie gern zu mir nach Hause zu einem bescheidenen Mittagessen unter Frauen einladen.«

»Warum nur unter Frauen«, lachte Viktoria, »wo ist denn der Herr des Hauses?«

»Das ist ja gerade die besondere Nuance: Er ist nicht da.«

»Ich komme gern, gnädige Frau, und bringe ein paar interessante Journale und ein Fläschchen Wein mit. Freue mich sehr.«

Sonja legte auf und seufzte. Sie holte ein Glas aus der Vitrine und goss sich einen doppelten Cognac ein. Doch die aromatische, ölige Flüssigkeit war ihr diesmal zu stark. Sie wusste nicht, was sich zwischen Viktoria und ihrem Mann abgespielt hatte, doch sie legte Wert darauf, schneller zu sein als der Klatsch, oder genauer gesagt: selbst dessen Inhalte zu bestimmen. Dies war die einzige Möglichkeit, ihm die Spitze zu nehmen. Sie kannte die Damen aus der feinen Gesellschaft nur zu gut, denen jedes Laster freistand, ausgenommen jenes, sich mit Menschen zu treffen, die nicht mehr zur Welt der feinen Leute gehörten. Sonja stellte die elegante Flasche wieder in die Bar zurück, rief ihr Hausmädchen und ordnete an: »Wenn ich dir den Telefonhörer reiche, dann bittest du, Herr Alexander Weltschev möge sich doch bitte bei mir melden! Danach geh in die Küche und schneide das Fleisch für die Schnitzel.«

Sie wählte.

»Ich höre …« Alexanders Stimme versuchte sich den Anschein von Wichtigkeit zu geben; aber man hörte, dass er darin noch nicht viel Übung hatte.

»Sonja Toromanova erlaubt sich, Sie zu behelligen. Ich möchte Sie aber bitten, meinen Namen nicht verlauten zu lassen.«

»Stehe ganz zu Ihren Diensten, verehrte Frau.« Alexanders Stimme zitterte. Er musste entweder sehr überrascht oder sehr beunruhigt sein.

»Ich benötige eine Unterredung mit Ihnen, aber bitte unter vier Augen … Passt es Ihnen um sechzehn Uhr?«

»Sie finden mich in der Kanzlei Sestrimski auf der Alabin-Straße, gleich hinter dem Justizpalast.«

»Vielen Dank, ich werde pünktlich sein.«

8

Die Kanzlei von Anwalt Sestrimski verriet in nichts die Stellung, die er in der Gesellschaft innehatte. Auf dem Boden lag ein handgewebter Teppich aus dem Balkanort Kotel; an dem schweren Eichenschreibtisch fielen die zahlreichen Schubladen und die protzig wirkende Geldkassette mit Löwenkopf am Schloss auf. Den überraschendsten Teil des Inventars bildeten die Spiegel unterschiedlicher Größe, die überall hingen. Anscheinend benutzte der renommierte Anwalt sie dazu, seine Mandanten aus allen Ecken und Winkeln genau zu beobachten, während sie ihm mehr oder weniger verstört ihre mehr oder weniger glaubwürdigen Geschichten erzählten. Sonja fühlte sich durch deren kalte Glätte bedrängt. Es roch penetrant nach Politur und nach muffig gewordenem Papier in alten Prozessakten.

»Womit kann ich Ihnen behilflich sein?«, fragte Alexander voller Befangenheit, als fürchte er, Sonja wolle ihn als ihren Scheidungsanwalt verpflichten.

»Vor allem mit Ihrer Diskretion!«

»Die haben Sie; aber das ist das wenigste, was ich Ihnen anbieten kann.«

»Heute wurde mein Mann verhaftet ...«

Sie wartete mit dem Weitersprechen, bis die Röte, die seine frisch rasierten Wangen überlief, sich wieder gelegt hatte, dann fuhr sie fort: »Er ist ein auf seine Weise ehrlicher und anständiger Mann, aber grenzenlos naiv und unbedarft. Das ist Ihnen sicher auch schon aufgefallen?«

Alexander Weltschev nickte nachdenklich mit dem Kopf, während seine Hand die Löschpapierwiege zum Trocknen einer imaginären Unterschrift abrollte.

»Bis hierhin die Vorwürfe, die ich *meinem Mann* zu machen habe; vielleicht, weil die Atmosphäre in dieser Kanzlei mich dahingehend gestimmt hat. Nun erlaube ich mir, *Ihnen* einen Vorwurf zu machen.«

»Aber ... was reden Sie da, gnädige Frau?«

»Ich weiß nicht, wie es dazu gekommen ist, doch Goscho wurde von unseren eigenen nahen Verwandten hinters Licht geführt. Von meinem lieben Cousin, Herrn Tschakalov, und ... von Ihnen, Herr Weltschev.«

»Die Anschuldigung, die Sie da gegen mich vorbringen …«

»Wollen Sie andeuten, dass diese meine Anschuldigung nicht zu beweisen oder dass sie ungerechtfertigt ist?«, unterbrach ihn Sonja ohne Scheu. »Für mich zählt das, was dabei herausgekommen ist! Sie haben Goscho sicher nicht absichtlich schaden wollen, aber Sie haben ihm auch nicht geholfen, ja, es versäumt, ihn auf etwas sehr Wichtiges aufmerksam zu machen. Ich kenne die Gründe dafür nicht, aber er hat *Sie* als seinen juristischen Berater ausgewählt. Ich persönlich bin Zeuge, wie Sie die Quittungen und Dokumente in Verbindung mit der Bausache durchgesehen haben, alle fein säuberlich von Tschakalov unterschrieben, aber – wie sich nun herausgestellt hat – juristisch wertlos.«

»Ich habe Herrn Pantov gesagt, dass die Quittungen nicht notariell beglaubigt sind.«

»Ja, Sie sagten in der Tat etwas dergleichen; Sie haben meinen Mann aber nicht auf das Risiko hingewiesen, das er einging, indem er Tschakalov vertraute. Wie Sie aber sehr gut wissen, handelte es sich um Millionenbeträge, und nicht zuletzt um die Ehre unserer Familie. Selbst wenn ich konzediere, dass Sie vielleicht zerstreut und unerfahren waren … das tröstet mich in keiner Weise.«

Ohne ihn um Erlaubnis zu fragen, nahm Sonja sich eine Zigarette von ihm und entzündete sie. Alexander rauchte Arda Kariotschka, eine zweitklassige Sorte, die zu acht Stück in einer Packung aus billigem Packpapier steckten. Es musste ihm finanziell also wirklich sehr, sehr schlecht gehen. Sie blies den kratzigen Rauch aus und wartete, bis die Röte erneut von seinen Wangen gewichen war.

»Sie fragen sich nun sicher, warum ich mich da ausgerechnet an Sie gewandt habe. Die Vorwürfe hätte ich Ihnen ja auch am Telefon machen können. Doch meine Intuition sagt mir, dass Sie eigentlich kein Betrüger sind, Herr Weltschev. Darum bin ich hier, um Sie zu bitten, nein, um Sie zu veranlassen, sich dieses Falls anzunehmen und die Dinge auszubügeln, soweit dies eben möglich ist.«

Sonja drückte vehement ihre Zigarette aus und holte aus ihrer Damenhandtasche eine zusammengerollte Aktenmappe heraus; dazu ein dickes Bündel Hundert-Leva-Scheine. Sie schob Alexander beides über den Schreibtisch zu.

»Dies sind alle Notariatsurkunden und Quittungen von Tschakalov. Das andere ist Ihr Honorar. Ich denke, es wird Sie zufriedenstellen. Wenn Sie auf unvorhergesehene Schwierigkeiten stoßen, setzen Sie sich bitte sofort mit mir in Verbindung.«

»Von Ihnen kann ich unter keinen Umständen Geld annehmen!«

Das ständige Erröten des jungen Mannes störte sie bei der Konzentration. Um nicht von seiner emotionalen Unreife in ihrer Entschlossenheit wankend gemacht zu werden, wandte sie die Augen ab. Im Spiegel schaute sie eine unbekannte Frau mit bleichem, aber steinhartem Gesicht an.

»Wenn Sie dieses Geld nicht annehmen, werde ich mich an einen renommierteren Kollegen wenden. Ich bin nicht zu Ihnen gekommen, um Sie in Verlegenheit zu bringen, sondern um diesen Fall zum Guten zu wenden.« Sie befeuchtete sich die Lippen. »Wenn dies möglich ist. Was für eine Rolle spielen lächerliche fünfzigtausend Leva, wenn es um verlorene Beträge in Millionenhöhe geht? Sie werden schwerwiegende Beweise finden müssen, um gewisse Leute zu überzeugen!«

Sie erhob sich mit der ganzen weiblichen Grandezza, wie sie nur eine Dame haben kann, die daran gewöhnt ist, schön und reich zu sein. Erst nach dem Verlassen der Kanzlei, auf der steilen Treppe nach unten, begann ihr schwindlig zu werden. Die ausgetretenen Steinstufen verschwammen ihr vor den Augen; sie musste sich am Eisengeländer festhalten. Jetzt bleibt mir nur noch eines, dachte Sonja, ich muss zur alten Jonka!

Sie hoffte, dort nicht Assen Weltschev zu begegnen. Wenigstens für den Moment ginge das über ihre Kräfte.

9

Die Haustür knarrte beim Öffnen. Im scharfen, erleuchteten Rechteck erkannte er die Figur Sonja Toromanovas. Sie war in einen samtenen Schlafrock von grellem Rot gekleidet, der nachlässig um ihre Hüfte zusammengebunden war. Sie stutzte einen Moment, dann trat sie zurück und sagte leise:

»Herr Weltschev! Schön, dass Sie gekommen sind. Bitte einzutreten.«

Im Hausflur sog er den feinen Duft ihres Parfüms ein, dann betraten sie das Wohnzimmer. Die Kamin-, Stand- und Wanduhren waren frisch aufgezogen wie zur Parade; ihr Ticken lief zu einem seltsam pulsierenden Geräusch zusammen. Die Vorhänge waren fest zugezogen, obwohl die Nacht noch nicht gekommen war. Das Kaminfeuer brannte, und kupferne Reflexe spielten auf dem Plüsch der Sessel und der schwarzen Politur des Flügels, der einer riesigen Spieluhr glich.

Er war schon einmal hier gewesen, damals, um über die Grabgestaltung für den alten Toromanov zu sprechen; einmal sogar, um sich vor seinen Verfolgern in Sicherheit zu bringen. Hier hatte er seinen Vetter Boshidar getroffen und seine fanatische Ergebenheit an eine imaginäre, ebenso grausame wie unrealisierbare staatliche Ordnung. Er war zum Abendessen geblieben in der sanften und so ungemein anziehenden Gegenwart Sonjas, die einen bourgeoisen Lebensstil verkörperte, der ihm verboten war.

Jetzt brannten die Kristallleuchter nicht. Das Wohnzimmer wurde nur von einer Tischlampe und vom Kamin erleuchtet; das gedämpfte Licht huschte wie ein emsiger Hausgeist durch den Raum und verlieh ihm eine intime Atmosphäre. Auf dem Beistelltisch standen eine Flasche Cognac und zwei noch unberührte Gläser. Assen fühlte sich unbehaglich, als würde hier eine nicht recht koschere Verschwörung ausgebrütet oder als läge ein abgeschmacktes Geheimnis in der Luft, das schon als Stallgeruch in die Ecken und Winkel eingezogen war.

»Vielen Dank für das Hochzeitsgeschenk, das Service ist wirklich sehr schön«, würgte er heraus.

»Oh, das war doch eine Kleinigkeit«, erwiderte Sonja. »Würden Sie mich, bitte, für einen Augenblick entschuldigen?«

Assen machte es sich auf dem nächsten Sessel bequem und steckte sich eine Zigarette an. Vom Kamin wälzte sich Wärme herüber; die Flammen spielten an der Decke, und er musste unweigerlich an die Hölle und die Sünde denken, die dorthin führte. Verärgert über sich selbst, seufzte er einmal tief. Dies kurze Alleinsein kam ihm eigentlich ganz gelegen; so konnte er wenigstens seine Gedanken ordnen. Jonka hatte ihn am späten Nachmittag in seinem Quartier aufgesucht. Gut, dass Emilia Vorstellung im Arbeitertheater hatte, denn ihr Gespräch war der reinste Albtraum gewesen. Jonka hatte sich auf das breite Bett gesetzt, ihre Arme nach Bauernart vor der Brust verschränkt, einmal warnend gehustet – und da wusste er schon, dass sie etwas Unmögliches von ihm verlangten und ihre eigenen Gefühle und Ansprüche um jeden Preis durchsetzen würde, auch gegen Recht und Gesetz. Ihr graues Haar blitzte metallisch auf, so »geladen« und verärgert war sie.

»Sie haben deinen Vetter verhaftet«, schoss sie los, »du musst ihm helfen!«

Sie erzählte ihm, was sie von Sonja gehört hatte, wenn auch hastig und obenhin, so als habe das, was Georgi, der Sohn ihres Bruders Panto, getan hatte, keinerlei Bedeutung für sie. Sie nannte den Unternehmer Tschakalov einen »alten Bock«, »Betrüger« und »widerlichen Schwarzhändler«, Georgi hingegen »das arme Kind«.

»Wie kannst du so etwas von mir verlangen?«, fragte Assen wie vor den Kopf geschlagen. »Er hat einen Menschen umgebracht!«

»Und du, hast du das etwa nicht getan?«, entgegnete Jonka hart und trocken. »Dein Vater, hat er etwa niemanden umgebracht? Ihr seid alle aus demselben Holz geschnitzt, Sünder vor dem Herrn seid ihr, aber Gott hat mich gestraft damit, auf euch aufzupassen wie auf meine Kinder! Ich möchte keinen Unterschied machen zwischen euch. Ich möchte nicht Partei ergreifen unter euch, und wenn ich *bei dir* geblieben bin, dann nur, weil dein Sohn keine Mutter hat. Ich habe mein Haus verkauft, mein Pferd und alles, was ich hatte; ich hab mein Leben und die Donau zurückgelassen auf meine alten Tage. Wenn du deinen Vetter nicht aus dem Gefändnis holst, dann …«, ihre Stimme senkte sich und bekam einen grausamen Unterton, »… dann kannst du dir meines ewigen Hasses sicher sein.«

Sie trank das Schälchen mit dem aufgeweichten Trockenobst aus, küsste ihn auf die Stirn und hielt erst an der Tür: »Sonja Toromanova möchte mit dir sprechen … noch heute Abend!«

Nun war er also da …

Aus der Richtung der Haustür drang der Klang nervöser Schritte an sein Ohr; dann hörte er schon Sonjas Stimme, erstickt, angespannt und demonstrativ erhoben, so als wolle sie um jeden Preis gehört werden.

»Du kannst für heute gehen, Liebe, ich erwarte dich dann morgen gegen Mittag.« Kurz darauf ging die Tür. Er hörte, wie das Sicherheitsschloss einrastete. Dann sagte ihm der feine Parfümduft, dass Sonja hinter seinem Rücken das Wohnzimmer betreten hatte.

»Jetzt sind wir ganz ungestört«, begann sie, umrundete das Tischchen, verhielt einen Moment, und setzte sich neben ihn. Sowohl bei ihr als auch in der Atmosphäre des Zimmers erhaschte Assen etwas Ungewöhnliches, zugleich Leidgeprüftes und Wunderbares. Er hatte Sonja noch nie in einem so intimen Gewand gesehen. Seltsam, dass ihr Haar so sorgfältig frisiert war. Nur ein paar neckische und widerspenstige Haarbüschel fielen frei hinter ihren Ohren herab. Der rote Samt ihres Nachtrocks war anziehend und abschreckend zugleich. Sie trug schwarze Seidenstrümpfe mit Saum und Ausgehschuhe. Sie wirkte aufgekratzt, ja, außer sich. Sie beugte sich vor und goss Cognac ein; die Gläser füllten sich mit weichen, lebendigen Lichtreflexen.

»Glauben Sie mir, Herr Weltschev«, begann Sonja voller Unbehagen, »ich bedaure zutiefst, dass ich Sie in diese schmutzige Geschichte verwickle und Sie um Hilfe angehe; doch von Ihnen hängt die Ehre und die Zukunft dieses Hauses ab. Das, was ich von Ihnen will, ist so wichtig für mich, dass es das Maß der Hilfeleistung selbst weit übersteigt. Bitte unterbrechen Sie mich nicht …« Sie stammelte, so groß war ihre innere Anspannung. »Mir ist vollkommen bewusst, dass ich mein Leben verpfuscht habe, dass es seelen- und geistlos verlaufen ist, doch … so chaotisch und farblos es auch war, und sosehr all meine Träume auch in Scherben gegangen sein mögen, so habe ich es doch zu einer Art Ganzheit fügen können. Und die ist jetzt bedroht. Mein Mann ist nur eine Masche in diesem Gewebe, doch eine, die, wenn daran gezogen wird, alles aufribbeln kann. Wenn ich also Georgi verliere, dann verliere ich alles! Ihre Mutter …«

»Jonka ist nicht meine Mutter«, korrigierte Assen leise.

»Ihre wunderbare Mutter«, ließ sich Sonja nicht beirren, »hat mich sehr gut verstanden, denn Goscho ist auch für sie eine nicht wegzudenkende Masche in dem Gewebe ihrer Familie, ihrer Existenz. Also … zwei Frauen, die eine Ihnen sehr nah, die andere …« Sonja dämpfte ihre Stimme. Etwas hinderte sie, fortzufahren: »unbedeutender und ferner«, daher sagte sie: »… will sagen, zwei Frauen, die Sie sehr lieben und schätzen, bitten um Ihre Anteilnahme.«

Sonja nippte an ihrem Glas. Jetzt war der Kontrast zwischen ihrer geistigen Entrücktheit und der schreienden Farbkombination aus rotem Hausmantel und schwarzen Strümpfen so extrem, als säßen zwei verschiedene Frauen neben ihm, die gewaltsam und roh in einen Körper gesteckt worden waren. Ihr Leiden rang mit einer demonstrativen und demütigenden Verworfenheit, die sie krampfhaft hervorzukehren suchte.

»Ich möchte nicht unerwähnt lassen, dass Sie diesem Haus, das Ihnen jederzeit Zuflucht geboten hat, etwas schuldig sind … und nicht zuletzt meiner Wenigkeit. Versteht sich, für Sie sind diese guten alten Zeiten *temps passés* … Das sind sie für mich natürlich ebenfalls, aber, ich versichere Ihnen, auch unauslöschlich!«

Sie nahm eine Zigarette vom Tisch, zündete sie an wie ein Kerl und sog den Rauch gierig und genussvoll ein, als rauche sie regelmäßig. Die im Kamin aufgeschichteten Holzscheite fielen rumpelnd zusammen; ein Schwarm rotgoldener Funken stob hoch. Dann leckten bläuliche Flammen zaghaft an den angekohlten Holzstücken.

»Heute haben sie Goscho verhaftet«, fuhr sie matt fort, »doch das beunruhigt mich noch nicht. Seine Angst wird ihn ein, zwei Tage schützen; er ist furchtsam, und sein Schrecken ist groß. Aber wissen Sie, die Angst bestimmt das menschliche Verhalten nur zeitweilig. Wenn nicht jemand einschreitet, und zwar entschieden einschreitet, dann ist es um meinen Mann geschehen. Und damit auch um mich!«

»Ich wollte Sie fragen …«, Assen merkte erst im Reden, wie sinnlos seine Frage war, »Jonka hat erwähnt, dass mein Vetter, also Ihr Mann, Tschakalov nicht etwa vom Dach gestoßen, sondern ihn nur erschreckt hat, sodass der Mann das Gleichgewicht verloren und von allein hinuntergestürzt ist. Für mich und mein Gewissen ist diese Tatsache von Bedeutung, sicher auch für das Ihre?«

»Ich bin mir sicher«, flüsterte Sonja, »dass mein Mann, Ihr Vetter, Tschakalov kaltblütig und vorsätzlich umgebracht hat.«

Sie wollte ihn nicht anlügen, doch man hörte die schwere Tür geradezu, die mit lautem Knall zwischen ihnen zuschlug. Sonja erhob sich ohne Hast. Ihr Lächeln war in einer plötzlichen Entschlossenheit erstarrt, ihr Gesicht wirkte gelähmt, leer, maskenhaft. Sie lehnte sich mit all ihrer natürlichen Grazie und Biegsamkeit an den Kamin, und die Ausstrahlung ihres Körpers ließ ihn nicht unberührt. Ihre Augäpfel funkelten, auf ihre Wangen traten hektische Flecken.

»Wenn ich Sie bitte, ihn zu retten, dann tue ich es mehr meinetwegen als wegen Goscho.« Mit ihrem ganzen Wesen wollte sie, um dies zu erreichen, mit ihrer Unschuld und Schönheit in sein Bewusstsein eindringen und nutzte als Einfallstore alle verfügbaren menschlichen Sinne. »Dafür bin ich bereit, Ihnen alles zu geben … alles, was auch immer Sie wünschen!«

Ihre Finger begannen den Samtmantel zu öffnen, hielten aber, von Müdigkeit gebremst, inne. Nie hatte Assen einem solchen Drama menschlicher Würde und Ehrbarkeit beigewohnt. Diese Frau wollte ihn nicht verführen, ihn nicht abstoßen oder rühren; *sie wollte sich opfern*. Doch mit dieser einen provozierenden Bewegung der Finger hatte sie gezeigt, dass sie an ihn glaubte. Irgendwo tief in ihrem Inneren wusste sie, dass er, Assen Weltschev, sie in einem Moment solcher Wehrlosigkeit unmöglich berühren konnte.

So, wie sie jetzt dastand, würde sie sich auf immer in sein Gedächtnis eingraben, umklammert vom Widerschein der Flammen aus dem Kamin, die ebenso ungreifbar waren wie sie, die ihrer unmöglichen Liebe treu geblieben war.

Assen erhob sich. Tastend ging er um das Kanapee herum. Der Krampf, dieser scharfe Herzschmerz ereilte ihn erst, als er schon im Hausflur war. Krachend fiel die Haustür hinter ihm ins Schloss.

10

Das Gespräch mit Bai Michal war bedrückend und unangenehm. Als Assen ankam, war er noch auf einer Sitzung, und Assen musste eine geschlagene Stunde vor seinem Büro auf ihn warten. Schließlich setzten sie sich unter das Porträt Felix Edmundowitsch Dzierzhinskys, und Assen hatte Gelegenheit, die wachsende Ähnlichkeit seines langjährigen Freundes mit dem polnischstämmigen Gründer des sowjetischen Geheimdienstes zu registrieren. Dabei handelte es sich nicht einfach um eine physiognomische Annäherung der Gesichtszüge, sondern um eine delikate psychologische Ähnlichkeit, die bei der eisig-starren Klarheit des Blicks begann, sich bei den zusammengepressten Lippen fortsetzte und in einem kaum wahrnehmbaren Ausdruck der Entfremdung endete. Bai Michal war sichtlich übermüdet und verärgert. Seine einst sprichwörtliche Güte war verwelkt und abgefallen von ihm wie vertrocknetes Laub, seine zusammengewachsenen Augenbrauen weiß und starr. Die ganze Zeit über, während er Assen zuhörte, schien er an etwas anderes zu denken, obwohl er ab und zu mit dem Kopf nickte zum Zeichen, dass er zuhörte.

»Da kann ich leider nichts machen«, sagte er schließlich kalt, »dein Vetter hat ein Verbrechen begangen.«

»Nein, er hat den Unternehmer nicht umgebracht«, widersprach Assen.

»Woher bist du dir da so sicher?«

»Ich hab da so eine Ahnung«, log Assen ungerührt. »Ich bin mir einfach sicher, dass er unschuldig ist.«

»Aah, ein Vögelchen hat's dir ins Ohr gezwitschert … Nur, Verehrtester, dass wir nicht mit Ahnungen und Vögelchen arbeiten, sondern mit Fakten. Ich rate dir, dich lieber nicht in diese schmutzige Sache verwickeln zu lassen! Beide – Täter und Opfer – sind *Ehemalige* – und Betrüger noch dazu.«

»Ich bin meinem Vetter was schuldig«, wand sich Assen. »Hab mich bei ihm versteckt. Er und seine Frau haben mir nach dem Attentat auf Lultschev das Leben gerettet.«

»Das ist mir bekannt. Ich kann mir aber nicht erklären, warum einige unter den Genossen, die gegen die faschistische Willkür gekämpft haben, nun ihre Verdienste dazu benutzen, um das Gleiche zu tun?«

»Wir haben nicht nur gegen gesetzlose Willkür gekämpft, sondern auch gegen Gesetze, die inhuman und grausam waren. Ich bin zu dir gekommen, um Gerechtigkeit einzuklagen, denn ich bin überzeugt davon, dass hier ein Irrtum vorliegt. Und manchmal sind eure Fehler fatal …«

»Wir werden das prüfen.«

Bai Michal rief in der Kreisverwaltung an und zitierte den zuständigen Ermittler im Fall Georgi Pantov zu sich. Dann bot er Assen eher routinemäßig als gastfreundlich einen Tee an, den er direkt aus seiner Thermoskanne in einen Emaillebecher goss. Seine Müdigkeit war so groß wie eine dritte Person im Zimmer. Auf dem Schreibtisch lagen zwei Brillen, die er ununterbrochen und mit sichtlicher Gereiztheit wechselte. Das Dämmerlicht, das durch die zugezogenen Vorhänge ins Büro sickerte, war feindselig, die eingetretene Stille der beiden Wartenden dienstlich und fad. Bai Michals Sekretärin brachte eine Aktenmappe mit Dokumenten herein und lächelte bemüht. Assen schwieg beharrlich.

Endlich traf der Ermittler ein, ein junger Mann von fast mädchenhafter und darum gefährlicher Schönheit. Sein kurzgeschnittenes Haar war sorgsam geglättet, seine Schuhe auf Hochglanz poliert. Dieser Herr Momtschev wirkte dienstbeflissen bis zur Verstörtheit; es lag ihm offenbar sehr daran, seinem großen und furchteinflößenden Vorgesetzten um jeden Preis zu gefallen, ganz egal, ob mit der Wahrheit oder mit einer Lüge. Leider wusste er nicht genau, was dieser von ihm wollte, was genau er von ihm *erwartete*. Galt es, die Aussagen, die Georgi Pantov gemacht hatte, zu übertreiben oder sie zu marginalisieren? Sollte er einen unheilbaren Verbrecher aus ihm machen oder hervorkehren, dass der Angeklagte vollkommen unschuldig war? Nein, dieser große Bengel mit dem schmalen Schnauzer des Weiberhelden hatte es nicht leicht, zu erschnuppern, woher der Wind wehte.

Momtschev setzte sich servil auf die Stuhlkante und legte seine Arme wenig entspannt zusammen. Tee lehnte er ab. Dafür lächelte er mit einer so betonten Seligkeit, als ob die Gesellschaft Assens und Bai Michals ihn total glücklich mache. Wie er ihn so beobachtete, schämte sich Assen regelrecht für diesen Menschen. Bai Michal mochte den Inspektor ebenfalls nicht. Seine Fragen kamen trocken, geradezu schroff heraus. Seine Stimme war scharf und im Befehlston gehalten. Während des Sprechens trommelte er herrisch auf die Schreibtischplatte.

»Sie sind von der Kriminalpolizei?«

»Ganz recht, Genosse General.«

»Wenn Major Iwanov Sie schickt, dann leiten Sie wohl die Ermittlungen im Fall Georgi Pantov. Haben Sie in der Untersuchung bisher so etwas wie einen politischen Anklang bemerkt?«

»Ganz und gar nicht.« Momtschev bekam einen lauten Hustenanfall. »Es ist vielmehr zu vermuten, denken wir …«

»Ich frage Sie klar und unter Männern, und Sie antworten mir nebulös und ausschweifend wie eine Frau. Hat der Fall einen politischen Aspekt?«

»Wir stehen noch am Anfang, Genosse General …« Der Ermittlungsbeamte musste unwillkürlich blinzeln. »Die Fakten selbst sind noch unklar und trübe.«

Bai Michal wechselte voller Wut die Brille und fasste den jungen Inspektor ins Auge. Momtschev erbleichte; dann befeuchtete er sich verlegen die Lippen. Sein ganzes Wesen stand stramm, zum Dienen bereit. Assen hatte das Gefühl, dass sein unsicheres, qequältes Lächeln sich wie ein Hologramm ein paar Zentimeter vor sein Gesicht setzte.

»Gut. Ihrer Einschätzung zufolge: Hat Pantov diesen Unternehmer da, diesen … wie hieß der Hundesohn noch gleich …?«

»Tschakalov, Genosse General. – Sehen Sie, die Faktenlage ist widersprüchlich. Tschakalov kann von der fünften Etage *gefallen* sein, oder er kann *gestoßen worden* sein. Niemand hat den Angeklagten und das Opfer zusammen oben auf der Dachetage gesehen. Das Wetter an diesem Tag war klar, will sagen, trocken und hell. Die Wahrscheinlichkeit, dass ein fünfzigjähriger Mann unter diesen Umständen einen Fehler begeht, der fatale Auswirkungen auf sein Leben hat, ist minimal. Unsere Prüfung hat ergeben, dass Tschakalov kein nachvollziehbares Motiv hatte, um Selbstmord zu begehen. Dies eben hat Bedenken geweckt und die Frage, ob ihm nicht jemand beim Stürzen geholfen hat. Und der, der in das Verdachtsschema dieses Jemand am besten passt, ist eben Georgi Pantov. Die beiden waren Gesellschafter. Die Dokumentation des Bauprojektes ist spurlos verschwunden, doch es hat zwischen ihnen offensichtlich Reibereien gegeben, deren Ursache irgendwelche finanziellen Transaktionen waren. Bis jetzt leugnet der Angeklagte. Sein Alibi ist naiv, aber gerade darum erscheint es uns glaubwürdig.«

»Ich befehle Ihnen, mir kurz und klar zu antworten«, unterbrach Bai Michal ihn grob. »Ist Georgi Pantov schuldig – ja oder nein?«

Feine Schweißtröpfchen erschienen zwischen Momtschevs Kinn und Unterlippe, sein linker Schuh zitterte. Er war doch schon bereit, allem beizupflichten, jeden Kompromiss einzugehen! Warum steckte ihm denn jetzt keiner die erwünschte Antwort? Die richtige, die rettende Antwort? Er sah aus wie ein Häuflein Elend; das Mitleid, das er erregte, war kaum erträglich. Bai Michal wechselte erneut seine Brille und starrte auf die Blätter in der Mappe vor sich, sonst wäre er schlicht explodiert.

Und auf einmal hatte Assen es: *Das ist das Eigentümliche an der übermäßigen, der totalen Macht – das, was unseren Schrecken vor ihr weckt: nicht, dass sie uns Befehle erteilt und Entscheidungen aufzwingt, sondern dass sie uns nötigt, selbst herauszufinden und auszuwählen, was der Mächtige hören will!* Momtschev aber, das sah man, hatte eine Heidenangst davor, selbst die Antwort zu wählen; denn hier wurden die Grenzen dessen, was ein Staatsdiener durch Subordination leisten konnte, entschieden überschritten, indem er eine Option unter mehreren zur einzigen machen und zur Wahrheit erklären musste!

Professor Jowtschev hatte ihn, als sie über Assens Buchprojekt sprachen, vor dessen größter Schwierigkeit gewarnt: »Etwas über Gesetzgebung und Techniken der Macht finden Sie leicht in fremden Werken; die ganze Schwierigkeit aber liegt in der Auffindung der Erstursachen, die Macht generieren und sie so zu etwas Notwendigem und Unabweisbarem machen. Ihre grundlegende soziale Funktion liegt ja auf der Hand, doch auch die ist nur zweitrangig. Im Anfang muss irgendein rein psychologisches Moment liegen, das so sicher wie ein Naturgesetz eintritt. Das müssen Sie finden, Kollege! Wie hat doch schon der Prediger in der Bibel gesagt: ›Viel Weisheit, viel Verdruss, und mehrt man das Wissen, mehrt man das Leid.‹ Das ist sicher richtig, denn das Unwissen ist erfüllt von der Energie und der unglaublichen Vitalität dessen, das noch ganz und gar unerfüllt ist!«

Nun sah Assen mit eigenen Augen so ein psychologisches Motiv vor sich: die Furcht des Menschen vor einer riskanten Entscheidung; die Angst, eine schwerwiegende Wahl zu treffen und die Verantwortung dafür zu tragen, generiert das seelische Bedürfnis, sie an jemanden zu delegieren. Diese Erleuchtung kam ihm so blitzartig und grell, dass sie ihn für einen Moment blendete. Er hatte keine Zeit, seinen Gedanken zu überprüfen, bemerkte aber, dass er lächelte. Jetzt zu Hause sein, dachte er, und an die Schreibmaschine gehen können, auch wenn sein Schreibtisch immer noch das Büfett aus der Requisite des Arbeitertheaters war.

Momtschevs Anspannung hatte in der Zwischenzeit nicht im Geringsten nachgelassen. Assen kam es so vor, dass er unter dem Druck seines inneren Konfliktes gleich in Tränen ausbrechen würde.

»Ist er schuldig?«, fragte Bai Michal nun mit unverhüllter Wut. Der Ermittler wandte seinen Blick von seinem Vorgesetzten ab und schaute fragend Assen an. Kaum wahrnehmbar, doch deutlich schüttelte Assen verneinend den Kopf.

»Ich denke, nach meinem Dafürhalten … unschuldig!«, stöhnte Momtschev.

»Dann stellen Sie das Verfahren augenblicklich ein und übergeben die Person diesem Genossen hier. Sie können gehen. Aber warten Sie bitte draußen.«

»Selbstverständlich, Genosse General«, sang der Inspektor erfreut. »Ich hatte Major Iwanov auch schon gesagt …«

Als Momtschev draußen war, setzte Bai Michal die Brille ab, und seine Augen, eben auf deren Dioptrienzahl eingestellt, sahen fast blind aus. Überlastet, der Alte, dachte Assen voller Zuneigung, bei Übermüdung wird er bösartig!

»Was für 'ne Kanalratte, ha? Wer stellt die eigentlich ein, diese Typen?« Voller Wut stand Bai Michal auf und schlug die Aktenmappe mit der flachen Hand knallend zu. »Und du bist auch nicht viel besser! Wegen dir – hol dich der Teufel! – musste ich mein Gewissen beschmutzen. Ich will dich drei Monate nicht sehen. Und jetzt raus hier!«

11

Sie ließen das ramponierte, in dunklem Ocker gestrichene Gebäude des Reviers der Volksmiliz hinter sich. Georgi Pantovs Gesicht strahlte. Er atmete tief ein, wie einer, der berauscht ist von der Freiheit nach zwanzig Jahren Gefängnis. Er wusste gar nicht, was er anstellen sollte mit dieser Freiheit, und sog sie ein wie Atemluft. Er grinste grundlos und dümmlich durch die Gegend. Dann mietete er einen Einspänner, denn er wollte etwas Unkonventionelles tun. Mit seinem kleinen Köfferchen in der Hand und der Begeisterung in seinen weit aufgerissenen Augen sah er aus wie ein Schulkind, das stolz ist, zum ersten Mal allein nach Hause zu gehen. Das Pferd wedelte ihm mit dem Schwanz seine sauren Ausdünstungen zu.

Assen wollte jetzt allein bleiben, damit er über diesen spontanen und provozierenden Einfall nachdenken konnte, der ihn im Büro Bai Michals ereilt hatte; doch er fühlte sich verpflichtet (jedenfalls deutete er seinen Drang so), bei Sonja vorbeizuschauen. Er hoffte, durch diese kurze Begegnung würden beide sich von der peinigenden Scham befreien, mit der sie sich getrennt hatten. Sonjas Bereitschaft, sich zu opfern, hatte ihn erschüttert und sein Schuldgefühl, das den Menschen von sich selbst entfremdet, nur noch verstärkt. Georgi schwafelte ununterbrochen. Wer nicht wusste, dass er soeben aus der Untersuchungshaft entlassen worden war, hätte denken mögen, dieser leger in einen teuren grauen Anzug und ein tadellos weißes Hemd gekleidete Herr käme aus einem Fünf-Sterne-Hotel.

»Ich bitte dich von Herzen«, beharrte er, »dir ein Appartement in meinem Mietshaus zu nehmen. Emilia und du, ihr lebt so schrecklich beengt … Ich verkaufe es dir auch zum halben Preis. Dann kannst du auch Tante Jonka aus diesem Loch da in Banischora holen. Warum sollen dein Sohn und sie getrennt von euch in diesem erbärmlichen Winkelzimmer hausen?«

Assen tat der Kopf weh.

»Für so etwas reicht mein Geld einfach nicht«, bremste er Goschos Schwung.

»Immer mit der Ruhe, es gibt ja auch noch Ratenzahlung! Wenn es sein muss, verteilen wir das auf fünf Jahre, zehn Jahre …«

Urplötzlich wich die Aufgekratztheit von Georgis Gesicht, sein oberflächliches Lächeln schmolz dahin, sein Blick wurde grau.

»Glaub mir, Tschakalov war ein Dreckskerl und Betrüger. Ich habe ihn wirklich nicht vom Dach gestoßen. Ich wollte ihn ja noch nicht mal berühren … Ich schwör's dir!«

Sie hielten auf dem Dondukov-Boulevard. Die Blätter der Bäume hatten sich schon verfärbt, die Luft war erfüllt von reifem Gold. Eine Straßenbahn am Ende der Prachtstraße bog ab zum Lewski-Denkmal. An der Ecke verkaufte ein altes Frauchen Blumen. Im Treppenhaus war es kühl. Die Haustür quietschte beim Öffnen. Sonja stöhnte einmal kurz auf, doch sonst verharrte sie schweigend. Ihre Wangen wurden so blass, dass sie geradezu dahinter verschwand.

»Sei so lieb und mach uns einen Cognac, Sonja, im Revier war es lausekalt.« Georgi schaute verlegen zu Assen. »Sehr freundliche Leute da, Liebes! Der Ermittlungsbeamte war sowohl nett als auch seriös … Weißt du, was ich Assen vorgeschlagen habe? Ihm eines meiner Appartements zu verkaufen. Du hast mir doch gesagt, in was für einem Loch sie hausen. – Ich geh mich nur eben rasch umziehen, dann komme ich.«

Nun standen sie einander gegenüber wie bestellt und nicht abgeholt, kaum eine Handbreit voneinander entfernt. Assen bemerkte die Veränderung sofort, die der Salon seit seinem gestrigen Besuch durchgemacht hatte. Die Uhren standen; der Kamin war fein säuberlich von der Asche gereinigt; die Vorhänge waren zurückgezogen. Innerhalb des quadratischen Sonnenfleckes auf den Teppichen leuchteten die Farben. Trotzdem strahlte alles, die Uhren, die Plüschmöbel und das gleichmäßige Weiß der Wände, eine grenzenlose, unheilbare Müdigkeit aus, so als sei er in eine teure Seniorenresidenz geraten. Sonja sah nicht sehr glücklich aus, schämte sich aber auch nicht mehr; sie war stolz auf Assen!

»Haben Sie Dank, Herr Weltschev«, sagte sie leise. »Es ist wohl überflüssig, mehr als dieses Wörtchen zu sagen. Den Rest wissen Sie ja … bereits!«

»Warum packen Sie nicht Ihre Siebensachen«, unterbrach Assen sie unerwartet, »und verschwinden von hier?«

»Wohin soll ich denn gehen?«, lächelte sie gequält.

»Irgendwohin … Das Leben gehört Ihnen, und man kann immer von vorn anfangen.«

»Goscho würde ohne mich nicht klarkommen. Und es wäre auch dumm, sein Schicksal zu ändern. Es ist einfach zu spät, Herr Weltschev, oder viel zu früh. Bei wem sollte ich denn Unterschlupf finden? Soll ich etwa auf die Straße gehen? Hier ist immerhin jemand, der mich braucht … und es ist mein Elternhaus.« Sie fasste Assen ins Auge und wandte dann in einer bitteren Aufwallung den Kopf ab. »Wollen Sie mit uns zu Mittag essen?«

»Sie müssen entschuldigen, aber ich bin in Eile.«

Sonja fügte sich und unternahm keinen weiteren Versuch, ihn zum Bleiben zu überreden. Im Korridor, unter dem vielendigen Hirschgeweih, dachte er: Sie ist einfach wundervoll und nochmals wundervoll. Dann aber, mit einer von fern kommenden traurigen Reue: Ich habe ihr alles andere als geholfen. Damit, dass ich ihren Mann herausgeboxt habe, habe ich ihr das denkbar Böseste angetan!

Als er durch die Tür hinaus war, stand mit blödem Lächeln und einem Blumenstrauß in der Hand sein Vetter Alexander Weltschev davor. Er wich betreten zurück, doch Assen fragte ihn nicht, was er hier suche, da er selbst auf die gleiche Frage gefasst sein musste.

»Auf Wiedersehen, Herr Weltschev«, hörte er Sonjas Stimme hinter sich herrufen. Und kurz darauf sagte dieselbe Stimme: »Oh, guten Tag, Herr Weltschev.«

12

Zwei Wochen lang klapperte seine Schreibmaschine derart, dass es zum Verrücktwerden war. Er füllte die Nächte mit dem Rauschen weichen Herbstregens und vertonte jeden Morgen mit der Monotonie des mechanischen und verbrauchten Echos der Lettern. Erst erschraken die Tauben, dann die Vermieter, und schließlich Assen selbst. Er schrieb, schrieb und schrieb. Das ganze erste Kapitel seines Buches. Hingegeben an das schaurigsüße Martyrium des Schreibens, kamen ihm die Worte auf einmal mit jener wundersamen Leichtigkeit, mit der Märchen erzählt werden.

Emilia hatte gegen Abend ihre Proben; tagsüber aber ging sie auf Zehenspitzen hinter seinem Rücken hin und her, um ihre Damenwäsche unbemerkt auf Stühlen und Bett zum Trocknen aufzuhängen oder auszulegen, so als verstünde sie, dass im Moment jede andere Leidenschaft seiner Inspiration die Farbe und seinem noch ungefestigten Selbstbewusstsein das Rückgrat rauben würde. Gewöhnt an die Schminkerei im Theater, verbrachte sie auch zu Hause Stunde um Stunde gedankenversunken vor dem Frisierspiegel, als suche sie darin den passendsten Ausdruck für ihre aktuelle Rolle in Theater und Familienleben. Assen ärgerte sich über ihre Eitelkeit, vor allem, wenn ihr Gesicht unter der Schminke zur Maske erstarrte und es in ihrem Zimmerchen nach Theater zu riechen begann, nach Bühnenstaub und Dekoration, nach etwas Herausgeputztem und Falschem, das nur aus einer gewissen Entfernung authentisch wirkte. Geschminkt sah Emilia zugleich schöner, älter und … anders aus, nicht blond, sondern wasserstoffblond. Und auch ihre Grübchen verschwanden unter dem Rouge … Was aber noch schlimmer war: Sie begann freiwillig, ohne Engagement – was seine Zweifel an ihrer Aufrichtigkeit nährte und ihn in Nachdenken stürzte – die Rolle der Ophelia einzustudieren. Sie hatte ihm selbst gestanden, dass sie gar nicht verstehe, worum es in Shakespeares Drama eigentlich gehe, dass die enervierende Unentschlossenheit Hamlets sie langweile und die Gestalt der Mutter ihr abartig vorkomme. Und Ophelia selbst? Ein Temperament ohne jeden Ausdruck … Emilia wurde nicht vom Zauber der Sprache gepackt, nicht von der Stärke und Vertracktheit des dramatischen Konfliktes, nein, was sie antrieb, war etwas anderes. Assen ertappte sie einmal dabei, wie sie flüsternd, um ihn nicht zu stören, mit jesuitischer Beharrlichkeit sich den Text aneignete. Es war verblüffend, wie diese Frau, die beinahe nichts kannte als revolutionäres Pathos, sich in eine Rolle hineinlebte, die ihr nicht nur wesensfremd war, sondern auch viel zu schwer. Lag darin nicht eine dekadente Sehnsucht nach jenem Glamour, den sie angeblich hasste, und nach einer Wahrhaftigkeit menschlicher Gefühle jenseits des revolutionären Pathos? Einmal auf diesen stillschweigenden Wandel bei Emilia aufmerksam geworden, drehte er den Spieß um und fragte sich erneut: »Und warum will ich dieses verdammte Buch über die Macht schreiben?« Mit dem feinen Gespür einer Frau, die gereizt war von ihrer beider ununterbrochenen Nähe, eilte Emilia, ihm darauf zu antworten:

»Du bist«, meinte sie zänkisch, »ein Held gewesen, gewöhnt, dich als solchen zu betrachten, und legst Wert darauf, auch weiterhin einer zu sein. Du brauchst einfach den Konflikt; du musst immer in Berührung mit etwas sein, das verboten ist!«

Assen war durchaus selbstkritisch, aber ihre Erklärung kam ihm oberflächlich und wenig überzeugend vor. Er schloss ja eine gewisse unterschwellige Eitelkeit gar nicht aus, die seine Phantasie schürte und sein Erkenntnisvermögen schärfte. Doch tief in seinem Wesen und mit aller ihm zu Gebote stehenden Aufrichtigkeit stritt er ab, dass es dies war, was ihn so zu seinem Unternehmen drängte. Wenn es um Heldentum, Verbotenes und Konflikte ging, brauchte er ja nur in offenen Streit mit Dekan Kotzev zu treten, einem Mann, mit dem ihn politische Überzeugungen verbanden, dessen extrem ideologisierte Auffassungen er aber nicht teilte. Sich in einem pseudowissenschaftlichen Skandal zu beweisen, das wäre doch ein prachtvoller Anlass, um seine Lust am Widerstand zu bedienen. Doch so billig wollte er seine Kraft, seine Nerven und seinen Schlaf nicht aufs Spiel setzen. Der Grund, warum er sich mit diesem Buch, »Probleme der Macht«, eingelassen hatte, lag sehr viel tiefer, denn es war das vielleicht Einzige, was er wirklich selbst wollte.

Emilia schlief abends leicht und schnell ein. Während er auf ihren mädchenhaften Atem lauschte, die müden Augen aufs Rechteck der Fensteröffnung geheftet, spürte Assen, dass er mit dem zweiten Kapitel am besten nicht eher begann, als bis er eine Antwort auf diese Frage hatte. Anfang Oktober, nach einer öden Sitzung des Lehrstuhls, bat er Professor Jowtschev, für ein Gespräch unter vier Augen zu ihm kommen zu dürfen.

13

Der Nebel hatte sich hinter dem Fensterglas langsam abgesetzt, und der Tag hatte die trügerische Klarheit von Quarz angenommen. Professor Jowtschev saß in seinem tiefen Sessel, sammelte sich eine Weile und bat Assen dann, ihm das erste Kapitel seiner »Probleme der Macht« doch einfach vorzulesen. Das billige Schreibmaschinenpapier war vom vielen Blättern bereits gelblich angelaufen und glich im sterbenden Licht einer antiken Handschrift.

Der flehentliche Unterton in Assens Stimme verriet seine große innere Teilnahme. Der Professor hatte die Augen geschlossen, als lausche er nicht trockenen Reflexionen über die Macht, sondern dem Adagio einer spätromantischen Sinfonie. So eingeschlafen hatte er immer ausgesehen, wenn er Assen geprüft hatte. Nun konnte er sich des Eindrucks nicht erwehren, dass dies seine letzte Prüfung – und vermutlich die schwerste war; nur dass jetzt nicht seine Kenntnisse und seine Rhetorik, sondern seine Phantasie geprüft wurde, diese unbeständige Geisteskraft, die uns so oft in die Irre führt. Von Zeit zu Zeit hob Jowtschev die Augenbrauen, als habe jemand eine unsichtbare Tür geöffnet, und schaute Assen mit ironischer Aufmerksamkeit an. Als dieser mit seiner Lektüre fertig war, breitete sich eine schwere Stille im Zimmer aus. Die karierte Decke war dem Professor bis zu den Knien gerutscht, und der unberührte Tee war in ihren Tassen erkaltet.

»Gut«, murmelte Professor Jowtschev. »Das sind schon nicht mehr nur lobenswerte Bemühungen, sondern bereits handfeste Ansätze. Ich müsste darüber nachdenken, was mich an dem Vorgelesenen stört; doch meine Eitelkeit fragt sich schon, was ich ihm hinzufügen würde.« Er zog seine Wolldecke von den Knien wieder hoch und wickelte sie sich um den Rücken. »Machtwillen, Herr Weltschev, ist der grundlegende, unbewusste und alles durchdringende Trieb in jedem von uns, und das Streben nach ihr rührt ans Wesen des menschlichen Lebens selbst. Sie ist etwas, das uns sozusagen schon in die Wiege gelegt wird. Ich wage zu behaupten, dass das Baby die halbe Zeit nicht etwa schreit, weil es hungrig ist, Blähungen oder nasse Windeln hat, sondern um die Aufmerksamkeit seiner Eltern auf sich zu lenken, sie sich zu unterwerfen, indem es sie bei ihrer Liebe packt. Ich gebe Ihnen ein anderes Beispiel. Ist es Ihnen als Kind nicht schon einmal passiert, wenn die Eltern nicht so taten, wie Sie wollten, dass Sie vor Enttäuschung in Tränen ausbrachen und sogar sterben wollten? Mit Ihrem Tod wollten Sie aber nicht sich selbst bestrafen, sondern Ihre Eltern oder Ihre Verwandten! Das Kind will manchmal sterben, wenn es sich anders nicht durchsetzen kann; es will sozusagen Herrschaft ausüben durch das Leiden, das es verursacht. Sogar die Trauer, die man erzeugt, ist eine Art Macht über die, bei denen man sie auslöst. Habe ich nicht recht? Und so geht es weiter: Geld schafft Freiheit und Macht, die Gesetze und das Gefängnis Unfreiheit und Macht; der Tyrann herrscht durch Grausamkeit und Gewalt, der Gelehrte durch seine Kenntnisse; der Liebhaber durch seinen Charme und sein gutes Aussehen, der verkrüppelte Bettler durch seine Hässlichkeit und sein Unglück; der Einsiedlermönch herrscht über unsere Einbildung durch die Vollkommenheit seiner Abwendung von der Welt. Jede menschliche Fähigkeit, sogar die Niedertracht, ist eine Form der Machtausübung über die anderen; und je ausgereifter diese Fähigkeit ist, desto bedrückender, dauernder und erhabener ist die Macht, die von ihr ausgeht. Wenn Sie so wollen, ist jeder geniale Redner, Schriftsteller oder Schauspieler auf seine Weise ein charmanter Tyrann …« Professor Jowtschev unterbrach seine Ausführungen für einen Moment, seufzte und rührte in seinem Tee. »Streben nach Macht können Sie in jedem unserer Gedanken, jeder unserer Handlungen entdecken, ganz gleich, ob bewusst oder unwillkürlich. Es ist in unseren Hoffnungen und Illusionen zu finden, in unseren Träumen und Lebensentwürfen …«

Er zog sein Stofftaschentuch heraus und beschäftigte sich mit seiner verschnupften Nase.

»Ich rede vielleicht ein wenig unzusammenhängend«, fuhr er gedankenverloren fort, »aber wenn Sie ein wenig Geduld haben, dann finden Sie vielleicht wenigstens meine Erfahrung nützlich! Der menschliche Geist, Herr Weltschev, kennt zwei grundlegende Formen des Vergnügens: das Vergnügen am Bilden und Bauen, und das Vergnügen an der Zerstörung. Das erhabenste und vollwertigste Vergnügen aber ist das Vergnügen zu herrschen, denn wer an der Macht ist, der kann nach Lust und Laune hie aufbauen und da zerstören, ja sogar beides gleichzeitig! Genau dies, dass die Macht überall am Werke ist, verlockt potenzielle Tyrannen und zieht sie magisch an. Jeder wahre Satrap wird sich irgendwann seiner unermesslichen Freiheit bewusst, aufzubauen oder alles zu opfern: fremdes Leben, die Moral, die Kultur, die Zivilisation, die ganze Menschheit – nur weil ihm danach zumute ist! Sie sehen und stimmen mir sicher zu: Je größer die Freiheit des einen wird, desto mehr Sklaven braucht er!«

Der Blick des Professors wanderte von der Bibliothek und ihren erstarrten Gedanken wieder zu Assen zurück. Dies waren die Augen eines besiegten Mannes, doch besiegt nicht von den Umständen, sondern von den Gefühlen, die ihn überkommen hatten.

»Denken Sie doch nur einmal … Warum umgeben sich schöne Frauen so oft mit hässlichen Freundinnen? Warum werden reiche Leute auf einmal Philanthropen und wenden sich der Wohltätigkeit zu? Warum sind wir geneigt, dem Unglücklichen alles zu verzeihen, dem Glücklichen aber noch nicht einmal seine völlige Unschuld? Was ich mit alledem sagen will, ist, wie allgegenwärtig und unabänderlich das Streben nach Macht ist, wie es uns bis zum Tode begleitet. Und genauso, wie der Tod die Dinge ordnet und in der Zeit verankert, will die Macht dasselbe in der Wirklichkeit erreichen. Doch was heißt ›den Ereignissen eine Ordnung aufzwingen‹ anderes als: sie abtöten? Was soll das sein, eine wohlgeordnete Leidenschaft oder eine gut sortierte Liebe? Entweder seelische Teilnahmslosigkeit, trügerische Zwiespältigkeit oder Unbegabtheit. Wie dem auch sei … Indem sie uns vor einem Problem bewahrt, sei es der Willkür oder dem Chaos, beschert uns die Macht ein anderes, nennen wir es Unfreiheit! Diese Zwiespältigkeit der Macht ist eines der delikatesten Rätsel unserer geistigen Existenz, denn was ist denn unser Leben selbst anderes als eine diffizil entwickelte Form des Sklaventums?«

Professor Jowtschev schwieg und ließ seine Hände in den Schoß sinken. Er sah aufgewühlt und gealtert aus. Seine Wangen glühten. So hatte ihn Assen noch nie gesehen, so leidenschaftlich und freiheraus. Er strahlte auch jetzt die geistige Kraft aus, die Assen kannte, doch dazu eine immer beeindruckendere Schwäche.

»Wenn es Sie interessiert, was ich sonst noch zur Frage der Macht denke, dann wäre ich genötigt, Ihnen etwas zu gestehen, das langsam in mir herangereift ist und mich erst jetzt, auf meine alten Tage, erreicht hat. Frühling und Sommer lassen die Frucht keimen und heranwachsen, aber Aroma und Reife bekommt sie erst im Spätherbst. Ich kann dieses mythologische Gedankenspiel, von dem ich rede, nicht Offenbarung nennen. Die Idee kam mir zufällig und ist vermutlich Teil meiner Einsamkeit und der Geduld, die ich für alles aufbrachte. Ich bin nicht religiös und das, was Sie hören werden, ist keine rationale Erkenntnis, denn ich bin rein intuitiv darauf gestoßen. Bitte ziehen Sie doch die Vorhänge zu; diese Sonnenuntergänge ermüden mich nur noch. Die Sonnenaufgänge inzwischen nicht minder … Das ist wohl natürlich so, nicht wahr? Und jetzt bitte ich Sie um einige Minuten Schweigen, damit ich mich konzentrieren kann. Wenn ich einmal begonnen habe, unterbrechen Sie mich bitte nicht; Einwände machen keinen Sinn.«

Er streckte den Arm aus, holte einige Blätter aus der Schublade, legte sie auf den Schreibtisch, glättete sie mit dem Handrücken, setzte seine Brille auf und begann zu lesen.

14

Der Weg nach Golgatha: Niedrige, verbrannte Sonne, glühender Stein, welkes Grün und Vögel, deren wirrer Flug nicht zu deuten ist. Die Menge ist aufgekratzt und giert nach einem Spektakel. Dicht wie Staubkörner stehen sie am Weg zur Schädelstätte, bespucken und verhöhnen Jesus und erfüllen so ihren Anteil an seiner Vorbestimmung. Die Dornenkrone gräbt sich mit ihren Krallen in seine hohe Stirn, seine Augen sind halb geschlossen, doch von extremer Lebendigkeit. Das Kreuz, über seine Schulter geworfen wie eine Jacke, beginnt mit seinem Gewicht schon jetzt, den Körper unter sich zu töten. Endlich eingeschlagen, ragt es empor auf dem Hügelkamm. Noch ist es nur ein Gefüge aus zwei zusammengehauenen Balken, nur ein ganz gewöhnliches Folterinstrument; doch als Silhouette, von unten betrachtet, steht es schon vor dem Horizont der Geschichte. Das Kreuz weist auf die vier Himmelsrichtungen. Mit seinem langen Ende – auf die Erde, das Vergessen; mit der kürzeren Spitze auf die unerreichbaren Weiten des Himmels, das ewige Leben in Vollendung. Die schicksalhaften Ereignisse liegen schon zurück: Judas hat in seinem Neid Jesus an die Pharisäer verraten; Pontius Pilatus hat seine Hände in Unschuld gewaschen; Jesu Lieblingsapostel Simon Petrus aber hat ihn dreimal verleugnet, bevor der Hahn krähte. Die Zeit ist reif. Nun muss nur noch Jesus seine Bestimmung erfüllen, die Arme seines Menschseins (zugleich die Flügel seines Gottseins) ausbreiten und durch die Größe der Passion die Macht Gottes wiederaufrichten!

Dieses delikate Rätsel, dieses in unsere Seinsgeschichte eingebrannte Geheimnis hat meine Imaginationskraft so gepeinigt, dass ich mich zu einer gedanklichen Deutung seines metaphysischen Gehaltes provoziert fühlte, umso mehr, als es gleichermaßen das sukzessive Wachsen der Gottesidee und ihrer Zeugungskraft in sich birgt wie auch den Reifungsprozess der Menschheit. Diese beiden Opponenten hatten bei ihrem Aufeinandertreffen in historischer Zeit erhebliche Schwierigkeiten miteinander. Sie haben sich gesucht und geleugnet; sie sind zurückgewichen und haben sich attackiert, denn gerade im Konflikt zwischen Einigkeit und Widerspruch liegt das Geistige im Menschen, der ja fertigwerden muss mit der Einmaligkeit und Endlichkeit seines individuellen Lebens bei gleichzeitigem quasi-unendlichen Fortbestehen des Homo sapiens als Gattung und Prinzip.

Die Schwierigkeit in der langen Geschichte dieser Auseinandersetzung sehe ich in einer Ähnlichkeit der Gegensätze: Gott ist unerklärbar, weil er ewig, unermesslich und unerreichbar ist; die Menschen, weil sie sterblich, veränderlich und mobil sind. In Gott finden wir die Vollständigkeit erreicht, während die Menschheit sich ihr in einem infiniten Prozess annähert. Es mag seltsam klingen, aber die Berührungspunkte ergeben sich genau dadurch, dass die Macht Gottes über den Menschen wächst. Denn hätte der unsterbliche Gott keine Macht über den sterblichen Menschen, so wäre er für diesen keine Realität. Die Bibel ist natürlich auch ein Epos, in dem die Geschichte einzelner Völker, ihrer Wanderungen und Gefährdungen ausgebreitet wird; doch vor allem überliefert sie uns den Reifungsprozess jener Methoden und Techniken, mit deren Hilfe Gott seine Allmacht zu errichten versucht. Und genau dies ist der Punkt, der mich brennend interessiert und umtreibt. Dabei plagt mich nicht das Wunder der Auferstehung Jesu; mich beschäftigt vielmehr die unbeantwortete Frage, warum er, um seine Macht zu beweisen, sich nicht durch ein Wunder gerettet hat, sondern eben die Passion als denkbar größte Heldentat vorzog.

Die ganze Zwiespältigkeit der Macht zeigt sich am klarsten im Verhältnis Gottes zur Menschheit. Je umfassender, unverrückbarer und monolithischer die Macht ist, desto größer und umfassender muss eigentlich auch die Unterwerfung sein. Einmal im menschlichen Bewusstsein erschienen, beginnt Gott (in den fünf Büchern Moses) einen Prozess der Absonderung, um seine Unabhängigkeit zu demonstrieren, und um durch die Eroberung des menschlichen Vorstellungsvermögens seine Macht auszubauen. Durch seine Unsichtbarkeit ist er einerseits im Vorteil, weil alles, was sich entzieht, die menschliche Phantasie und Neugierde weckt; andererseits aber schafft sie auch Probleme, weil er dadurch nicht zeigen kann, dass er es ist, der handelt und eingreift. Aus menschlicher Perspektive ist diese reine Idealität also gleichbedeutend mit Machtlosigkeit. Um sich aus diesem Dilemma zu befreien, beginnt Gott, seine Machttechniken zu erweitern und Wunder zu vollbringen.

Um aufzuklären, warum Jesus gekreuzigt werden, sich mit dem Wahnwitz der menschlichen Grausamkeit gemein machen musste, bleibe ich in meiner Untersuchung noch etwas beim Alten Testament mit all seinen legendenhaften Unklarheiten.

Der Widerspruch steckt ja schon in der Erschaffung des Menschen: Er ist geknetet aus Erde, aber mit dem Odem Gottes zum Leben erweckt. Schon im Garten Eden versucht Gott, den Menschen zur Anerkennung seiner Allmacht zu erziehen. Doch dort wird er bald mit der verblüffenden Komplexität und Unvollkommenheit seines Geschöpfes konfrontiert. Seine uranfängliche Unschuld besteht im unerschütterlichen Glauben an den Herrn; Erkenntnis ist a priori gleichbedeutend mit Schuld. Das, was wir daran Sünde nennen, ist, dass der Mensch Glück empfindet beim Erleben seines Erkenntnisvermögens; Sünde ist der folgende Zweifel, ist die durch seine Entdeckung vollzogene Veränderung und ist der Kampf gegen das Bestehende und bisher Erreichte. Die Erkenntnis fasst Unsterblichkeit und Ewigkeit als Prozesse auf und verwirft sie damit als ausgedehnten, unbeweglichen Zustand. Der unsterbliche Mensch beißt in den bitteren Apfel der Erkenntnis, wird sterblich und verwandelt sich dadurch in ein Wesen, das eintritt in die Genealogie von Geburt und Tod. Die Unausweichlichkeit des Todes bedingt die Unausweichlichkeit von Zeugung und Geburt. Adam und Eva, bisher unvergänglich, kommen durch die Erbsünde in Bewegung. Im Laufe der Generationen wächst diese Schuld im Kampf ums Überleben derart an, bis sie jene kritische Masse erreicht, die in der menschlichen Psyche das Bedürfnis nach Sühne erzeugt!

Durch ihren Ungehorsam haben Adam und Eva aber nicht nur ihre eigene Unsterblichkeit zerstört, sondern auch die Unantastbarkeit der göttlichen Vormacht. Im Paradies hatten sie ja keinen anderen Ausweg, als an Gott zu glauben. Nun, außerhalb der Grenzen des Glücks und seiner zähen Langweiligkeit, ihrer eigenen Phantasie überlassen, können sie alle Möglichkeiten des Zweifels durchspielen. Um sich seine entlaufenen Schäfchen wieder zu unterwerfen, will der zornige Gott sie natürlich bestrafen und sich dabei in seiner ganzen strahlenden Macht zeigen. Doch da Gott noch unerfahren ist, vollbringt er seine Wunder höchstpersönlich! Er selbst lässt Sodom und Gomorrha in Flammen aufgehen, vernichtet diese verderbten Nester der menschlichen Nichtigkeit mit Feuer und Schwert und zwingt die Leute zur Buße. Doch trotz des gewaltigen Ausmaßes seiner Zerstörungstat ist die Wirkung eher bescheiden. Zwar vergessen die Menschen diese Lehrstunde göttlicher Rachelust nicht und fürchten sich auch vor deren Wiederholung; mit dem Sündigen hören sie aber trotzdem nicht auf. Dem biblischen Erzähler wird wohl selbst allmählich klar, dass totale Macht nicht nur Vertrauen und Begeisterung, sondern auch Widerspruch auslöst. Psychologisch betrachtet, sieht es nun gar so aus, als ob nicht der sterbliche Mensch, sondern der jungfräuliche Gott für seine titanische Selbstinthronisierung noch nicht reif ist. Er bedient sich der Gewaltanwendung als Methode zum Ausbau seiner Vorherrschaft; doch dies ist ein grobes, primitives Instrument, das nicht weniger unbehauen ist als der Mensch. Gewalt erzeugt in der Tat Unterwerfung, perpetuiert dadurch aber auch, im Gegensatz zur Liebe, die die Pole in einer höheren Einheit zusammenführt, die Rivalität zwischen Gott und den Menschen. Gewalt unterdrückt auch unseren Entwicklungsdrang und damit jeden Versuch, anders zu sein. Jedwede Form geistiger Freude über Entdeckungen und Erkenntnisse wird verhindert und damit auch Persönlichkeitsfülle. Gewalt lässt Macht sichtbar werden und verbreitet kurzfristig ihren Ruhm durch Furcht und Schrecken; zugleich aber untergräbt sie sie auch und weckt selbst in ihren treuesten Anhängern Gefühle der Entfremdung. Gott stellt verblüfft fest: Die menschliche Rasse ist, wenn auch nur durch den Reproduktionszyklus und sehr instabil, auf ihre Weise ebenfalls auf dem Weg zur Unsterblichkeit und hat dabei durch Techniken der Weitergabe des Wissens eine geistige Existenz geschaffen, die wie ein Korallenriff beständig wächst.

Mit dieser Herrschaftsrivalität will Gott sich natürlich unter keinen Umständen abfinden. Er ist nicht damit einverstanden, sich mit dem Menschen die Erkenntnis zu teilen und – selbst auf ewig vollendet – die vielleicht schmerzhaften, aber auch lebendigen Entwicklungen der unvollendeten Menschheit zu beobachten. Und hier kommt er auf eine genial einfache Lösung: Er selbst zieht sich von der Gewaltausübung zurück und projiziert sie – die Fäden der Macht in Händen haltend – auf einen Sterblichen! Seine Wahl fällt nicht zufällig auf Moses. Moses verblüfft vor allem durch seine Unscheinbarkeit. Er ist grundbescheiden, unauffällig, ohne besondere Talente, und dann auch noch Stotterer. Wer wäre ein besserer Verkünder fremden Glanzes? Ohne zu zögern macht Gott Moses zum Sprecher seiner Vormacht: Sichtbar, aber ohne durch irgendetwas zu beeindrucken, bildet er den bestmöglichen Kontrast zu den Wundern Gottes, die er vorhersagen und verkünden soll. Dabei wird die Macht jedoch keineswegs zwischen Gott und Moses aufgeteilt, sondern sie erhält durch ihn nur eine sichtbare Seite. Wie ich bereits sagte, ist Moses nur ein mechanischer Vermittler, aber einer, der den unsichtbaren, vornehm schweigenden Gott den normalsterblichen Menschen mit ihren simplen Stimmen in verblüffender Weise annähert.

Moses erfüllt noch eine bemerkenswerte und wichtige Funktion: Zum ersten Mal erzielt Gott ein wenn auch trügerisches Gleichgewicht zwischen Dissens und Macht! Ich habe ja bereits meine These geäußert, dass totale Macht Widerspruch weckt, da sie uns nicht nur durch ihre pathetisch verkündeten Ziele mitreißt, sondern uns auch unterdrückt und unsere niederen Instinkte weckt sowie Neigungen, sie zu stürzen oder wenigstens zu demütigen. Als Gott Moses zu seinem Boten erwählte, war es im Grunde dieser Handel, den er schloss: Ihr dürft maulen und unzufrieden sein, solange ich nur an der Macht bleibe. Der ägyptische Pharao erniedrigt Moses ja wiederholt, treibt regelrecht seinen Schabernack mit ihm, doch er beleidigt nur die formale Seite der göttlichen Gebote, nicht die geistige Ganzheit, die diese Form enthält. Da seine Allmacht nicht angetastet wird, erlaubt Gott dem Pharao seine königliche Raserei; er empfindet sogar eine diffuse Genugtuung darüber, dass Moses so geringgeachtet wird. Dadurch, dass er sich geäußert hat, ist der Protest des Herrschers schon schwächer geworden. Der zugelassene Protest ist im Prinzip ungefährlich, befriedigt das artikulierte Anprangern der Mächtigen doch schon unseren Stolz; doch im gleichen Maße, wie unsere Wut sich mildert, wachsen unsere Schuldgefühle darüber, eine Sünde begangen zu haben. Die begangene Sünde ist akzeptabler als die zurückgehaltene, und Gott wird sich dessen allmählich bewusst!

Zusammenfassend gesagt: Gott kommt den Menschen also näher auch dadurch, dass er ihnen die Illusion gestattet, sich gegen ihn auflehnen zu können. Doch obwohl er sich nun auch von der guten Seite zeigt, die Fluten des Roten Meeres teilt und sein Volk mit Manna ernährt, herrscht er über die Menschen noch immer durch Gewalt. Es ist wahr, dass ihm seine Wunder Erleichterung verschaffen; doch sie bergen auch den Untergang. Er schaltet und waltet schon mit der Angst der Menschen, hat sich in ihrem Bewusstsein festgesetzt, ist aber nicht recht in ihr Herz vorgedrungen. Er hat seine allmächtige Unsichtbarkeit etwas demokratisiert, sie aber nicht dem harmonischen Miteinander durch gegenseitige Liebe und Vertrauen unterworfen.

Und hier warten wir beinahe schon darauf, dass jemand wie Jesus von Nazareth erscheinen muss, der geschaffen wurde, um sich im Namen der Buße zu opfern, den menschlichen Geist zu läutern und ihn der Macht Gottes anzunähern und in der Phantasie des biblischen Erzählers das zu einen, was zu Beginn des großen Epos auseinander lag. In den Spannungen der verflossenen Jahrhunderte ist der allmächtige Gott weiser geworden. Nun überwindet er seine Unsichtbarkeit nicht mehr dadurch, dass er sich Boten wie Moses oder der Propheten bedient, sondern er steigt selbst hinab auf die Erde, mischt sich eigenhändig in das Leben ein und wirft einem Teil seines Lichtwesens ein sterbliches Kleid über.

Jesus wird die wahre, die geistige Macht Gottes wiederherstellen, indem er die über jedes erträgliche Maß angestaute menschliche Sünde gegenüber Gott sühnt, aber – auch die Sünden Gottes gegenüber dem Menschen. Da haben wir auch einen Grund, warum Jesus eine Doppelnatur hat, warum er sowohl durch Gott als auch durch Maria geboren wurde, und warum er zweifach verraten wurde – durch Gottes Vorsehung und durch Judas Ischarioth. Jesus markiert den strahlendsten, aber auch den dramatischsten Wendepunkt in der schwierigen Annäherung zwischen Mensch und Gott, da das, was er bringt, die gleich verteilte Macht der Liebe ist!

In dem Augenblick, in dem Gott ihn aus sich entlässt, gibt es nur eine Lösung: ihn ans Kreuz schlagen zu lassen, damit er bei den Menschen bleibt. Und die Menschen haben, in dem Augenblick, in dem sie ihn annehmen, nur eine Möglichkeit: ihn ans Kreuz schlagen zu lassen, um ihn wieder zum Himmel zu schicken. Christus ist die lebendige Botschaft, die zwischen dem zeugenden Geist und dem zeugenden Fleisch ausgetauscht wird. Nun ist die Gewalttat nicht mehr nur eine von Gott an den Menschen begangene, sondern auch eine von den Menschen an Gott verübte. Die Kontrahenten sind nun beide sowohl Täter als auch Opfer, Richter und Gnade, und sie finden Versöhnung durch das geteilte Leid. Indem er zugleich Gott und Mensch ist, verleiht Jesus der Ganzheit der Sühne Ausdruck. Am Kreuz sterben der Mensch, aber auch Gott, und die Zimmermannsnägel, mit denen er daran geschlagen wird, bereiten ebenfalls beiden Schmerz und Leid.

Aus der Rückschau können wir nun mehr über die psychologische Seite und ihre Folgen sagen, die sich durch Leben, Leiden und Tod Jesu entwickelt haben. Jesus ist ja durch seine Doppelkindschaft eine besonders reiche Persönlichkeit, die in ihren tätigen Jahren auf die Menschen einwirkt sowohl durch seinen menschlichen Charme als auch durch seine göttliche Gabe, Wunder zu vollbringen. Worin liegt aber nun der besondere Zauber dieser Zwei-Einheit? Nach meinem Dafürhalten in der so noch nicht erprobten Form der Verknüpfung von Sichtbarkeit und Unsichtbarkeit, Gegenständlichkeit und Idealität. Die Menschen können diesen Mann wahrnehmen, seine Nähe spüren, seine Stimme hören, ihn berühren, ihn sogar schmähen und verleumden, kurz: Sie können sich für ihn begeistern, sind aber zugleich nicht imstande, ihn zu erkennen. Er ist das Wunder, das heilen und Tote auferwecken kann, er ist rein und ohne Sünde, aber zugleich auch schrecklich verwundbar. Jesus weiß natürlich um seine Polarität aus maßloser Macht und Hilflosigkeit. So vollbringt er das Paradoxon und wird Verkörperung des Unmöglichen, wird der nahe, der herabgestiegene, erkennbare, wird »unser« Gott. Einfach gekleidet und ohne Eigennutz, braucht er keine Fürsorge. Er ist nicht aufdringlich, predigt aber eindringlich; er heilt und bedroht, lässt sich aber auch ohne Widerspruch verjagen, wo man ihn nicht will. Der biblische Mythos hinterlässt uns keine körperliche Beschreibung von ihm; die Maler späterer Zeiten stellen ihn sich blass, nachdenklich vor, mit der Ausstrahlung unerschöpflicher Güte, mit feinen Zügen und einer körperlichen Schwäche, die mit seinem mächtigen Geist kontrastiert.

Als Gott weiß Jesus nicht nur um sein Schicksal, er besteht sogar darauf, dass seine Sühne vollzogen wird, und ersehnt den Moment des Verrats! Er weiß, dass er das Opferlamm ist, dargebracht, damit Gott und die Men-

schen zueinanderfinden. Er begreift die Notwendigkeit seiner Passion, damit die Saat aufgehen kann, die er mit seinem Wort ausgesät hat. Er weiß, dass sein Opfer die größte historische Wirkung haben wird, wenn der Verrat eben nicht durch Feinde, sondern von einem seiner nächsten Vertrauten begangen wird, einem seiner Jünger. Pharisäer und Schriftgelehrte könnten ihn ja mit Leichtigkeit töten; aber dann wäre er nur ein Prophet unter vielen, die im eigenen Land nichts gelten. Begeht aber einer seiner Schüler den Verrat, wird sein Heldentum doppelt so dramatisch und tragisch, denn dadurch umgreift seine Passion sowohl die intime, menschliche Seite der Liebe als auch die Außenseite des verkannten Geistes Gottes.

Ich kann nur psychologisch vermuten, dass die Schüler Jesu ohnehin, wenn auch sicher unbewusst, die Hoffnung nähren, dass ihnen dieser viel zu große Löffel vom Mund genommen wird, wenn nötig, mit ein bisschen Nachhilfe. Sie, die als Erste die Macht seiner Heiligkeit angenommen haben, sind überfordert und wollen sich daher auch als Erste von ihr befreien. Obwohl sie seinen Weg über Jahre begleitet haben, können sie immer noch nicht so recht an seine schicksalhafte Bedeutung glauben. Sie folgen ihm zwar, gehorchen ihm, verehren ihn, aber immer noch wie einem Anführer, der Macht hat, und eben nicht, weil er die Liebe ist. Beim letzten Abendmahl enthüllt Jesus ihnen nicht nur sein Los, sondern indem er das Brot bricht und unter sie aufteilt, gibt er ihnen auch als Ersten von seinem Leib, und indem er ihnen Wein ausschenkt, von seinem Blut.

Der Mensch Jesus zittert vor Angst vor dem anstehenden Leidensweg. In der Nacht vor der Kreuzigung ist er voller Unruhe und möchte, dass seine Jünger mit ihm wachen; er verfällt sogar in einen erschütternden Moment der Unsicherheit über die Notwendigkeit seines Opfers, als er im Garten von Gethsemane ausruft: »Vater, alles ist dir möglich: Lass diesen Kelch an mir vorübergehen. Doch nicht mein, sondern dein Wille geschehe!«

Die menschliche Rasse lässt sich ja in ihrem Verhalten fast holzschnittartig auf einige Typen reduzieren: Als Erster fällt unter den Jüngern Judas auf – eine Persönlichkeit mit Charakter, wachem Verstand und ausgeprägtem Drang zur Selbstverwirklichung. Wir können uns leicht ausmalen, wie rasch Judas' Begeisterung für Jesus wächst, und wie auf der Gegenseite sein Groll und sein Neid wachsen auf dessen Ruhm und grenzenlose, allmächtige Güte. Jesu Adel, sein reines Herz begeistern und peini-

gen Judas, der sich zugleich vor seinem Lehrer verneigen will und darüber zutiefst verärgert ist. Judas aber sehnt sich danach, sich durch etwas Bleibendes zu verewigen, in Wettbewerb mit seinem Lehrer zu treten. Und was könnte unseren Namen stärker mit dem eines Unsterblichen verbinden als – ihn auszulöschen, ihn zu töten? Die übermächtige Strahlkraft Jesu Christi hat in Judas die Bereitschaft zum Verrat schon lange vor dem Handel mit den Pharisäern über dreißig Silberlinge reifen lassen. Das sollte seine große Stunde sein! Ohne sich dessen bewusst zu sein, hilft gerade Judas dem Christus, seine Bestimmung zu erfüllen. Es ist ja nun einmal so, dass die Treue zu einem Großen der Weltgeschichte uns nur mit Anonymität belohnt, der Verrat aber macht uns zum untrennbaren Bestandteil seiner Größe und seiner Unsterblichkeit! Psychologisch vollzieht sich dieser Verrat auf eine menschlich geradezu verblüffende Weise: Ausgerechnet im Bruderkuss, dem intimen Moment größter Nähe, Vertrauens und Wahrhaftigkeit, geschieht Lüge, Vertrauensbruch und Distanzierung. Wie sagt er doch zu den Pharisäern: »Den ich küssen werde, der ist es, den ergreifet!«

Für die Jünger ist dies eine schwere Prüfung, die Jesus ihrem Glauben auferlegt, indem er sich nicht seiner göttlichen Macht bedient, um sich zu retten. Denn dadurch zwingt er sie endgültig, nicht mehr durch die Wunder an ihn zu glauben, sondern durch die Liebe!

In diesen schicksalhaften Stunden erkennen wir den zweiten Grundtypus menschlichen Verhaltens: Die Seele von Simon Petrus ist zwar frei von dem Ehrgeiz des Judas; doch sie ist voller Zweifel. Wie jede Persönlichkeit ohne besondere Begabung hat Petrus ein eher praktisches Verhältnis zur Macht. Er will sich auf keinen Fall mit ihr messen; aber er traut ihr auch nicht über den Weg. Noch gegen Anfang, als Jesus übers Wasser geht, wirft dieser seinem Lieblingsjünger Verzagtheit, Unglauben und Schwäche vor. Petrus verteidigt Christus ja nur, solange er dessen göttliche Unverletzlichkeit spürt; als er aber dessen menschliche Wehrlosigkeit erkennt, verleugnet er ihn in der entscheidenden Nacht dreimal.

Pontius Pilatus verkörpert für mich die rein profane Beziehung zum Christusproblem. Doch auch seine Rolle ist schwierig und janusköpfig. Auf der einen Seite distanziert er sich von den Extremen – der emotionalen Unreife der Menschenmassen, die schreien »Kreuziget ihn!« hie, und der kalten Buchstabentreue der Pharisäer zum Gesetz da; auf der anderen Seite aber ist Pilatus ja selbst höchstes Exekutivorgan der römischen Gesetze und muss ein Urteil fällen, also Jesus zum Verbrecher oder für unschuldig erklären. Jesu Los liegt in seinen Händen. Pilatus aber möchte sich seine Hände mit dieser Sache nicht schmutzig machen. Sein Schwanken steht nicht im Einklang mit seinem Gewissen, sondern mit der dummen Menge, die die Freilassung des Verbrechers Barrabas fordert. Das Gleichgewicht ist, wenn auch nur für einen Augenblick, extrem gefährdet. Dabei dürfen wir nicht vergessen: Pilatus verrät Jesus ja nicht; dazu müsste er vorher an ihn geglaubt haben. Er wird ihn auch nicht retten, denn er glaubt auch in diesem Moment nicht an ihn. Was tut er: Er wäscht sich die Hände in Unschuld.

Betrachten wir nun diese Raserei, die die Menge auf geheimnisvolle Weise ergriffen hat, sie aufstachelt und zu jenem gewaltigen Energiestoß bündelt, der das Schicksal des noch immer nicht seiner Bestimmung zugeführten Jesus beschließt. Woher kommt diese Boshaftigkeit, diese archaische Grausamkeit und besinnungslose Undankbarkeit seitens Menschen, die durch Jesus nur Gutes erfahren haben, Heilung und Liebe? Die Antwort ist klar: Dieser Mann aus Nazareth verhält sich nicht wie ein Herrscher, wie ein Gott, obwohl er sich so vorstellt! Er tut nicht, was sie kennen: ihnen seine Befehle, notfalls mit Gewalt, zu erteilen; nein, er lädt sie ein, sich selbst für oder gegen ihn zu entscheiden. Von seiner Kreuzigung an ist der Glaube an Gott keine unter Strafe auferlegte Pflicht mehr. Darum kann er zweierlei sein – Bürde oder Erleichterung, Glück oder Qual – nur eben keine einfache Pflicht mehr.

Jesus wusste nur zu gut, dass er die Leute verwirren und über die Maßen belasten würde, indem er die Freiheit der Persönlichkeit wiederauferstehen ließ und das gegenseitige Vertrauen zwischen Gott und Mensch durch die Liebe. Was er will, ist, dass sie Gottes Macht verinnerlichen; doch damit erlegt er ihnen eine kaum auszuhaltende Eigenverantwortung auf. Denn durch die Gnade werden sie nun zwar nicht mehr für ihre Sünden bestraft; doch Gott vergibt ihnen ihre Sünden auch nicht mehr. Sie müssen sich nun selbst bestrafen; erst dann vergibt auch Gott ihnen. Mochte den Menschen vor Christus Gottes Gewalt zu schaffen machen; jetzt geißelt sie ihre eigene Freiheit. Belastete sie vorher der Zwang zur Unterwer-

fung, bedrückt sie jetzt das Wunder ihrer Unabhängigkeit. Das ist er, der neue Mechanismus der Macht!

»Wenn du der Sohn Gottes bist, steig herab vom Kreuz!«, fordern sie ihn auf. Doch Jesus schweigt. Er weiß, dass die Sühne der beiderseits aufgehäuften Schuld und die beiderseitige Vergebung nicht mit der Leichtigkeit des Wunders erreicht werden können, sondern nur durch das Fegefeuer des Leidens. Jesus hat die Menschen an das Allerschwerste herangeführt, an die Freiheit der Wahl, und dafür hassen sie ihn. Am Kreuz erkaltet, aufgesogen von den stummen Schmerzenslauten seines menschlichen Leibes, verkörpert Jesus die aufgegebene Macht Gottes – und was gibt es Süßeres, als den gefallenen Herrscher nach Strich und Faden zu verspotten, zu verhöhnen und zu erniedrigen? Sicher, einige schluchzen in der Menge und trauern um Jesus, wie die ehemalige Prostituierte Maria Magdalena, doch im Ganzen gesehen ist er umgeben von einer Entladung menschlichen Hasses: Er wird bespuckt, er bekommt mit dem Schwamm Essig zu trinken … Ich höre geradezu ihre ängstlich verkappte Freude sagen: »Von wegen Wunder! Ein ganz gewöhnlicher Mensch war das!«

Christus aber zürnt den Sterblichen nicht, sondern erträgt diesen Gewaltausbruch der Menschen gegen Gott, denn nur so kann die Annäherung der beiden alten Kontrahenten gelingen. In den Stunden am Kreuz ist Jesus umgeben von der aufgebrachten Menge. Seine Sichtbarkeit, seine Passion sind ein Schauspiel, das sich einprägen kann und soll. Erst im Moment der Auferstehung wird er grenzenlos einsam sein …

Ich gebe diese Erklärung des auf einzelne Ereignisse, Tatsachen und Personen aufgeteilte, doch ganzheitliche Verhalten der Menschen deshalb, weil – so an den Haaren herbeigezogen es auch klingen mag – sowohl Judas als auch Petrus, Pontius Pilatus, Maria Magdalena und die gesichtslose Menge im Moment der Reaktion Produkt und Mittel der totalen Macht sind! Im Lauf der Jahre schafft sie sich ihren Judas, ihren Petrus, ihre Barmherzigkeit und ihre Verachtung und schließlich jenen, der sich die Hände in Unschuld wäscht und das Urteil spricht.

Doch hinter alledem, der Rückgabe der Freiheit der Persönlichkeit, der Sühne für die angehäufte Schuld, der Rettung unserer Liebe, steckt, so glaube ich, nur das eine: Gott steigt auf die Erde hinab, um das Problem seiner Macht zu lösen! Die Gewalt als Machtmittel verwerfend, die Frei-

heit der persönlichen Wahl zulassend, rettet er die Menschheit und spaltet sie zugleich in die, die ihm nachfolgen wollen, und die, die es nicht wollen. Was sind wir denn nun – gerettet oder gespalten? Meiner Meinung nach im Moment beides. Aber Gottes Mühlen mahlen langsam. Die Menschen entwickeln sich weiter. Das letzte Wort ist noch nicht gesprochen …

15

Als Jowtschev seinen Vortrag beendet hatte, trat eine dichte und unwirkliche Stille ein. Wenn die bleiche Hand des Professors nicht mit dem Löffelchen den längst erkalteten Tee umgerührt hätte, hätte Assen denken können, dass er wirklich eingeschlafen war. Im Wohnzimmer lag ein penetranter Geruch nach Büchern, nach der Ausdünstung aufbewahrten Geistes, der in der vom Ofen aufgeheizten Zimmerluft roch wie aufgewärmtes Essen.

Assen fühlte sich verstört und bedrückt. Das, was er da gerade gehört hatte, erschien ihm ungeheuerlich. In seiner Halsschlagader pulsierten hilflos seine Entrüstung und Verärgerung, seine Fäuste waren geballt. Doch irgendwo tief in seinem Bewusstsein spürte er, dass es jetzt das Beste war zu schweigen. Jeder Versuch, mit Jowtschev zu streiten, würde ihn in die Pflicht nehmen, anschließend alles Dekan Kotzev zu erzählen. Als ehemaliger Schüler am Priesterseminar würde Kotzev diese Genealogie der Macht als umstürzlerisch deuten und ihren Sinn vollkommen auf die Gegenwart beziehen, was hieß, dass er Jowtschev des bürgerlichen Idealismus bezichtigen würde und endlich einen Vorwand hatte, seine offene Rechnung mit ihm zu begleichen. Ein Disput mit dem Professor heute hieß, ihn morgen auszuliefern. Ihn zu verraten. Nur – an wen?, fragte sich Assen. Dann, ganz unbeabsichtigt, gab er sich selbst die Antwort: an die Pharisäer natürlich … *»Den ich küssen werde, der ist es, den ergreifet!«*

Er steckte sich eine Zigarette an und sog den wohltuenden Rauch tief ein. Sein Zorn legte sich, und das Verlangen, zu vergeben, bemächtigte sich seiner. Eine Art väterlicher Besorgtheit erfüllte ihn, als wäre der Alte, der da drüben im Sessel versank, sein Sohn.

»Während Sie so schwiegen mit einer mir so angenehmen Wertschätzung, musste ich über Sie nachdenken«, sagte Professor Jowtschev unerwartet. »Wissen Sie, Herr Weltschev, warum Sie dieses Buch über die Probleme der Macht schreiben wollen? Weil Sie frei sein wollen. Aber … etwas hindert Sie daran!«

Viertes Kapitel

1

Ganz gleich, ob sie der Lautsprecherstimme des Radios lauschte, dem Gerede der Menschen in den Warteschlangen vor den Geschäften oder den Stimmen, die von den Nachbarhöfen oder der Straße an ihr Ohr drangen – wenn sie in ihr Winkelzimmer zurückkehrte, spürte Jonka, dass um sie herum Wunder geschahen, Wunder im buchstäblichen und im märchenhaften Sinne des Wortes. Sie hörte etwa, dass in den fernen, wilden Rhodopen unschätzbare Erzlagerstätten gefunden worden waren, zu deren Ausbeutung ganze Siedlungen auf der grünen Wiese entstanden, die – und das überstieg selbst Jonkas strapazierte Einbildungskraft – gar keine Friedhöfe hatten, weil dort noch niemand gestorben war. Wer musste da nicht an den Garten Eden denken?

Der Ortsverband der Vaterländischen Front organisierte nun nicht mehr nur Propagandaveranstaltungen und Tanzabende mit Tombola, sondern auch Exkursionen zum Staudammprojekt »Stalin«. Jonka konnte leider nicht mitfahren, da sie auf den kleinen Jordan aufpassen musste und auch sonst unaufschiebbare Verpflichtungen hatte. Weneta aber erzählte ihr, dass dieser Stausee so groß wie ein Meer und mit klarem Wasser gefüllt war, das nach Schnee schmeckte und aus den Karen des Hohen Balkan stammte. Mit einem Teil dieses Wassers sollten Turbinen angetrieben werden, die den anderen Teil zur Wasserversorgung in den steinigen Talkessel von Sofia leiteten. Um die Hauptstadt herum sollte ein Kanal gegraben werden, auf dem zwischen Schwänen und Flugenten Vergnügungsschiffe und Motorboote dahintuckerten. Was aber alles andere übertraf, das war die Schnelligkeit, mit der die Dörfer an die Stromversorgung und damit an die Zivilisation angeschlossen wurden.

Jonka erinnerte sich noch gut, wie die ersten Glühbirnen das Kopfsteinpflaster der Straßen von Widin mit ihrem märchenhaften Schein überflutet hatten – was für ein unglaublicher Anblick! Dieses Licht war gleichsam eine Ausgeburt der Finsternis, geschaffen, um die Sterne zu verjagen. Nun konnten die Leute spätabends noch Zeitung lesen, Kneipen und Kaffeehäuser blieben bis in die Morgenstunden geöffnet, denn nichts weckt die Neugier so wie etwas, das man nicht gut erkennen kann. Pater Anissi hatte sich damals geweigert, Elektrizität in seiner Kirche der heiligen Petka legen zu lassen, und donnerte von der Kanzel: »Des Judas' ist diese wohltätige Erfindung! Diese Lampen leuchten heller als Kerzen und Lampengas, doch wahrlich: Die Dunkelheit, die sie hinterlassen, wird nur umso dichter. Denn sie leuchten gleichmäßig, und sie erlöschen augenblicks und vollständig. Bei Gott, ich fürchte, ihr künstlicher Schein wird nur noch mehr ins Licht rücken, was des Teufels ist!« Jonka aber verfolgte das Vorrücken des elektrischen Lichtes mit großer Anteilnahme, sei es im Radio, sei es in den Zeitungsmeldungen. Was sie beschäftigte, war, dass beide, Dunkelheit und Schlechtigkeit, des Lichtes und der Liebe bedurften; für das Licht nun konnte man Leitungen legen, für die menschliche Liebe aber … das war noch keinem gelungen.

Gebaut wurde überall, schnell und wie von Sinnen. Jonka sah, dass so die Gefahr rascher Zerstörungen ebenfalls groß war. Die Entwicklungen erreichten sie und gingen an ihr vorüber, nicht ohne sie bis zur Erschöpfung mitzunehmen. Sie hätten ihren Altersprozess beschleunigt, wenn da nicht sommers wie winters Jordan zu umsorgen gewesen wäre. Der war dünn, aber ein Wildfang allererster Güte, mit blauen Augen, die ihre Farbe je nach Stimmung änderten. Er brauchte keine Großmutter, sondern Eltern, und tat alles, um Emilia zu gefallen: sammelte ihr trockene Blätter, malte ihr Bilder mit orangeglühender Sonne und einem Haus, in dem sie alle Platz hätten. Nachts träumte er von ihr. Doch Assen und Emilia kamen selten zu Besuch, meist nur am Wochenende. Dann schleppten sie einen Sack an mit allem, was für die kommende Woche an Lebensmitteln und Sonstigem gebraucht wurde, aßen gemeinsam zu Mittag oder – unter dem Licht der nackten Glühbirne, die die Enge im Winkelzimmer noch beklemmender machte – zu Abend.

Die beiden waren immer zerstreut, hatten nie Zeit, waren immer bei irgendwelchen eigenen Sorgen; Jordan aber wartete auf den Tag ihres Kommens jedes Mal wie auf Weihnachten. »In meinem Haus«, sagte der Kleine voller Angst und zeigte auf seine Bilder, »sind alle immer schon mit der Arbeit fertig und zu Hause.«

Freitagabends badete Jonka den Jungen in der Holzwanne. Sosehr er auch den Schmutz liebte, zog sich Jordan doch bereitwillig aus und setzte sich in den dampfenden Schaum, denn »Mama« würde ja bald kommen. Er ertrug Jonkas grobe Hand, die ihm den Rücken wusch, ihm die Ohren säuberte und überhaupt sein ganzes Jungenwesen abschabte, denn »Mama« würde ja bald kommen. Sie sparte sich und ihm das Haushaltsgeld vom Munde ab, damit Ende des Monats etwas übrig blieb, um ihm mal eine Hose zu kaufen, mal breite Hosenträger mit aufgesticktem Edelweiß, mal Strümpfe mit Strumpfhaltern. Zum Frühstück und zum Abendessen gestattete sie ihm kein Fleisch, denn das Kind brauchte keinen übervollen Magen, sondern Liebe. Sie zog ihn an wie ein Püppchen, kämmte seine widerspenstigen Borsten und wusch sein Unterzeug in Lavendelwasser, damit Emilia keine Veranlassung mehr hatte, die Nase zu rümpfen, wenn er ihr auf den Schoß sprang. Ab Samstagmorgen begann Jordan, sie ungeduldig zu fragen, wie viel Uhr es sei, und hörte auf, Streiche zu machen. Ja, nur die Liebe hat die Macht, uns zu verändern.

Die gemeinsamen Mahlzeiten verliefen lustlos. Jordan kam es andauernd so vor, als sei Emilia enttäuscht von ihm, und so kam es, dass ihm in seinem inbrünstigen Bestreben, ihre Aufmerksamkeit zu gewinnen und sich ihre Umarmung zum Abschied zu verdienen, schlimme Pannen unterliefen. Mal verschüttete er Suppe über ihren Rock, mal tat er beim Salzen ihres Kartoffeleintopfes zu viel des Guten, mal machte er ihr eine Laufmasche in den Seidenstrumpf, wenn er um sie herumstrich. Assen schimpfte ihn dann aus, Jonka schwieg dazu, während draußen bläuliche Schneeflocken wie Wollflusen gegen das Fenster wirbelten.

Emilia spürte natürlich, welche Wirkung ihre Ausstrahlung auf Jordan hatte, verhielt sich aber weder abweisend noch gleichgültig zu dem Kind, sondern übertrieben liebevoll – nur um ihn dann desto mehr leiden zu lassen. Jonka hörte nie, dass sie die Stimme erhob, beleidigt reagierte oder ihm mit Worten oder erhobenen Fingern zu verstehen gab, dass seine flinke Hüpferei ihr auf die Nerven ging. Sie spielte die Rolle der liebenden, hingebungsvollen Mutter mit einer solchen Leichtigkeit, dass selbst der ewig mürrische, nachdenkliche Assen sich daran begeisterte. Emilia schloss den Jungen voll Elan in die Arme, wiegte ihn lange darin und war ihm scheinbar ganz zu Willen. Jonka aber spürte, während sie den Kichererbsenkaffee aufbrühte, regelrecht im Nacken, wie die junge Frau auf Jordans nächstes Missgeschick wartete, das ihr Gelegenheit gab, ein weiteres Mal das Stück vom großherzigen Verzeihen zu spielen. Schauspielerin und Kind, dachte Jonka verärgert, das sind doch nur zwei Seiten einer Medaille!

Solange Emilia da war und in ihrer Weiblichkeit die Rolle der Mütterlichen spielte, benahm Jonka sich streng mit dem Jungen, wurde leicht böse und schlug ihn beim kleinsten Anlass. Gegen diese fremde Schauspielerei war sie machtlos, und regelmäßig kochte ihr der Kaffee über … Später dann, wenn der Kleine seine Nase am Fenster plattdrückte, auf dem Eisblumen blühten und Rauhreifspitzen funkelten, und tief seufzend und mit einer Art Hoffnung in der Stimme sagte: »Mama ist fort!«, erwiderte Jonka jedes Mal schroff: »Du hast keine Mama!«

2

In die Zweige der Trauerweiden schoss der Saft ein. Es war Karfreitag und die ganze christliche Welt gedachte des Kreuztodes und der Schuld, auch der eigenen, die der Erlöser für alle Zeiten auf sich genommen hatte. Jonka konnte nicht zur Kirche gehen und sich vor ihm verneigen; sie war gebeten worden, den kleinen Jordan in Emilias Theater zu begleiten. Emilia spielte gerade in einem Stück, in dem ein kleiner Junge auf die Bühne kommen und sagen sollte: »Mama, ich hab Hunger.« Das Kind, dem diese Mini-Rolle übertragen worden war, hatte aber Ziegenpeter bekommen, und auf der Suche nach einem Ersatz war man auf Jordan gestoßen. Der also sollte im Muff der Papierblumen und der Attrappen, unter dem künstlichen, den Bühnenraum in drückende Hitze tauchenden Licht der Strahler und nicht zuletzt den Blicken so vieler Menschen im Saal, die eine einzige Erwartung waren, sagen: »Mama, ich hab Hunger!«

Jonka sah Partisanen mit Gewehren über die Bühne laufen, verfolgt von Polizisten. Dabei passierte allerlei, dennoch verstand sie nicht, worum es in dem Stück ging. Sie wartete nur auf den Moment, in dem das Lebewesen, das ihr das Liebste auf der Welt war, sich zeigen würde, um all diesen Menschen im Saal Seufzer des Entzückens zu entlocken. Schließlich lugte Jordan um die Ecke und machte, den Blick auf seine Füße gesenkt, zwei Schritte, so schwer, als hätte er Blei in den Knochen. Man hatte ihn in abscheuliche Fetzen gekleidet. Das Hemd war zerrissen, und die Hose, viel zu weit und unbequem, schlabberte um seine Beine. Er blieb stehen, starrte wie hypnotisiert Emilia an, schluckte und … brach in Tränen aus. Er hatte seinen Satz vergessen. Jonka ging es durch und durch. Was für ein herzzerreißender Anblick, dieses unschuldige Kind, auf dem die Ungerechtigkeit der ganzen Welt lastete, schluchzen zu sehen. Jemand stöhnte auf, dann brach donnernder Applaus los. Die Menschen hatten den einzigen echten Moment der Vorstellung erkannt und fühlten auf einmal den Sinn des ganzen Stückes.

»Du bist sicher hungrig«, übertönte Emilia sie und stieß Jordan an; vielleicht zwickte sie ihn auch. Jonka spürte, wie wütend sie innerlich war, dass das Kind sie nicht nur um ihre Replik, sondern um den ganzen Ruhm dieses Abends gebracht hatte.

Als die Vorstellung vorbei war und die drei sich in der duftschwangeren und weichen Umarmung der Nacht auf den Heimweg machten, kamen sie an einem Restaurant vorbei, aus dem es nach Grill roch. Da zupfte Jordan Emilia am Ärmel und sagte ebenso aufrichtig, wie er zuvor geweint hatte: »Mama, ich hab Hunger!« Emilia fuhr ihn nicht an, ja, sie ließ nicht einmal eine Andeutung von Tadel in ihrer Stimme durchklingen, als sie antwortete: »Wir kaufen dir jetzt gleich etwas vom Grill, aber du hast die Mama ganz schön bloßgestellt, und sie ist dir böse dafür. Darum wird sie einen Monat lang nicht zu Besuch kommen.«

Das war ein harter Monat. Jonka prügelte den Jungen andauernd, um ihm beim Vergessen zu helfen. Nichts und niemand kann uns so quälen, dachte sie inbrünstig, wie der, den wir lieben! Sie fühlte, wie sie im langsamen Schritt des Willens einer alten Frau begann, Emilia zu hassen. »Vergib mir, Gott …«, flüsterte sie im flackernden Dämmerlicht der Petroleumlampe und goss Lavendelextrakt in die Badewanne. Sie wollte Jordans neue Sachen waschen, denn der launische März mit seinen verrückten Wetterkapriolen ging vorüber, und der blaue Aprilhimmel versprach Linderung.

3

Gina schob den Vorhang zur Seite und schaute hinaus, ob Koitschev zu sehen war. Was für ein Kauz, dieser Lehrer: zeichnete nachts, tags strich er durch die Gegend. Die Straße unter dem Fenster glänzte wie eine Rutsche. Der Schnee hatte alles mit seiner Weiße bedeckt, die Höfe und die Weinlauben, die Trittspuren der Vögel und die menschlichen Laster; selbst den Lärm und die Geräusche der Stadt dämpfte er gnädig. Draußen war es leer und nachdenklich wie im Auge eines uralten Mannes, kalt und rein wie in der Seele eines Heiligen. Die Äste der Bäume hatten sich unter der vereisten Schneelast geneigt und zu Glasfiguren gewandelt. Am Himmel kein einziger Vogel. Der Fluss, der dem Nordwind Einhalt zu bieten schien, schimmerte kühl und glatt wie ein Krummsäbel. Ein Sonntagmittag bei fünfzehn Grad unter null – da würde wohl selbst die Militärblaskapelle nicht wie sonst im Kurpark aufspielen. »Was für ein herrlicher Tag zum Beichten«, dachte Gina böse. »Und was für ein Tag erst, um jemanden zu verletzen!«

Nein, von Koitschev keine Spur, die Luft war rein. Sie schnalzte zufrieden, ließ den Vorhang los und setzte sich wieder in ihren Sessel. Im Salon verbreitete sich eine lebendige Wärme, fast Herzenswärme, denn Zwetana hatte frische Holzscheite in den Ofen gelegt, der nun rot aufglühte. Richtig gemütlich war es. Der Kaffee erkaltete in den Tassen, die sie von Ilija Weltschev geschenkt bekommen hatte, die bunten Paradiesvögel, bedeckt von der schwarzen Flüssigkeit, schwiegen am Grund. »Die Leute von heute bringen dem Kaffee keinen Respekt mehr entgegen«, dachte sie, »weil sie keine Phantasie haben und bei seinem Genuss nicht mehr an Indien denken. Man sagt, dort soll es sehr heiß sein; die Inder würden auf dem Kopf stehen; durch den Dschungel strichen

Elefanten und weise Brahmanen.« Sie schaute ins markante, wettergegerbte Gesicht Krums, dann zerfiel seine Erscheinung wieder vor ihren Augen. »Die Natur und der Mensch ergänzen sich«, dachte das alt gewordene Tantchen weiter, »denn die Natur hat kein Gefühl, der Mensch aber Verstand.« Ja, was für ein herrlicher Tag, um jemanden zugrunde zu richten!

»Was soll ich noch länger auf ihn warten«, grummelte Krum. »Ich gehe.«

»Ich wollte Ihnen mitteilen, Herr Marijkin«, hielt Gina ihn mit liebenswürdigem Lächeln und altersschwacher Verschlagenheit zurück und schob die Zuckerdose in Krums Richtung, »dass ich Sie ab heute nicht mehr mit ›Herr‹ anreden werde.«

»Recht so«, grinste Krum, »bin schließlich Ihr Genosse, also nennen Sie mich auch so!«

»Nicht das wollte ich sagen«, erwiderte Gina unverändert hinterhältig. »Ab heute werde ich Sie duzen.« Sie merkte, wie ihn diese Intimität erheiterte, und fügte rasch hinzu: »Denn du und ich, wir sind Verwandte!«

»Wie das – Verwandte?«

Krums Heiterkeit und fehlender Respekt vor dem Alter erfüllten sie mit Befriedigung. Wenn nur dieser Koitschev, diese Drohne, nicht genau jetzt zurückkehrt, dachte sie nervös, der konnte ihr alles verderben.

»Du hast sicher in letzter Zeit gewisse Briefe immergleichen Inhalts bekommen. Lang mal da zum Schränkchen herüber … *Alors, ich* habe sie dir geschrieben!«

Total verwirrt, geradezu vor den Kopf geschlagen, drehte er den Hals in die bezeichnete Richtung. Er erkannte den Gelbton des feinen Papiers sofort, die luxuriösen, parfümierten Briefumschläge, und … auch die Handschrift. Denn auf dem obersten Blatt, das er vom Stapel nahm, stand in den verschnörkelten Buchstaben einer Einladung von hoher Stelle: »Wissen Sie, dass die hinkende Maria nicht Ihre Mutter ist?«

Sein Lächeln wurde eisig wie der Tag da draußen. Seine Lippen bewegten sich, und zwischen ihnen, wie eine gefährliche Schneide, blitzten seine Zähne. Gina sah, wie seine Faust sich ballte, wie heftige Zuckungen seine Kehle entlangliefen, doch sie fürchtete sich vor nichts Sichtbarem mehr auf dieser Welt. Vor dem Tod, da fürchtete sie sich ein wenig, und noch ein wenig mehr vor der Gleichgültigkeit der anderen, was vielleicht ein und dasselbe war. Sie rutschte unruhig umher und raffte ihren Hausmantel enger um ihre Knie. Krums Aufwallung war so heftig, seine Körperkraft lief derart ins Leere, dass ihre Eitelkeit angenehm davon gekitzelt wurde.

Nun stach seine Ähnlichkeit mit Ilija wirklich ins Auge. Dieselben zu Schlitzen zusammengekniffenen Augen, die alles hereinließen, aber nichts hinaus außer kaltem blauen Augenlicht! Irgendwie mochte sie diesen Mann mehr als ihren anderen Sohn, Georgi Pantov. Mit diesem vermaledeiten Tunichtgut, der sie einfach allein in Widin sitzengelassen hatte, verband sie, dass er ihren ganzen Landbesitz durchgebracht hatte, und irgendwie war er dadurch ihrem Herzen nahe. Dieser hier aber, dieser Krum, hatte ihr nie geschadet oder etwas Böses getan, und darum war er ihr so angenehm gleichgültig. Schau mal da … auf der Straße stotterte ein Lastwagen. Das jaulende, hustende und wiehernde Motorengeräusch drang durch die schweren Vorhänge, und selbst die neuen Plüschpolster vermochten diesen Lärm nicht zu schlucken. Es hätte Gina nicht gewundert, wenn dieses wilde Röcheln von Krums Rücken gekommen wäre zum Zeichen, dass dem unter Strom stehenden jungen Mann die Kabel in der Wirbelsäule durchbrannten und eine Art Kurzschluss seinen Rücken zerfetzte. Sie spürte, dass sie eingreifen musste: »Ich bin nicht verrückt«, sagte sie mit gramvoller Zurückhaltung, »ich bin einfach *deine Mutter*!« Sie schwieg einen Moment. Krum taumelte, hielt sich an der Tischkante fest, als sei sie eine Tür, durch die er hinausgehen konnte.

»Ich verstehe ja deine Enttäuschung; aber du wirst dich daran gewöhnen müssen. In dieser eitlen Welt kann sich der Mensch alles aussuchen, nur nicht seine Mutter. Nun komm schon, trink deinen Kaffee, mein Lieber.«

Mit zitternder, aber ruhiger Stimme erzählte sie ihm die ganze erniedrigende Geschichte, wie sie sich während der Schwangerschaft im Gutshof ihres Vaters verstecken musste, wie mit dem Wachsen der Frucht in ihrem Leib auch ihre Ungeduld wuchs, sich von ihm zu befreien. Anfangs habe sie gedacht, das, was sie da gebäre, sei nichts als ihre eigene Schande, und habe es für das Beste gehalten, das Neugeborene einfach vor irgendjemandes Fremden Tür zu stellen und schnellstmöglich zu vergessen; doch was da schließlich ans Licht der Welt kam, war nur ihre eigene Einsamkeit und unendliche Verlassenheit. Gina erzählte ihrem zweiten Sohn, wie die stumme alte Praschporiza muhte, wie alle erwarteten, dass da eine Ausgeburt an Hässlichkeit zur Welt komme, und wie stattdessen ein kleines Engelchen in der Wiege lag. Dieses Engelchen pinkelte erst einmal unter dem mitfühlenden Blick der Muttergottes ins Taufbecken, dann wurde es in ein rotes Tuch gewickelt. Gina bemerkte, dass ihr detailliertes Erzählen Krum ungeduldig machte, und so setzte sie ihr Erzähltempo noch ein wenig herab, damit sich die Einzelheiten in sein Bewusstsein bohrten wie heiße Klingen in Butter. Und weil das so war, schönte sie die Einzelheiten hie und da ein wenig.

Der Ofen bullerte, ihre Worte kullerten, Krum war totenbleich. Seine Finger klammerten sich um die Porzellantasse, bis sie zerbrach wie ein rohes Ei. Eine Scherbe schnitt ihm in den Handballen, Kaffee und Blut flossen dunkel auf der Tischdecke zusammen.

»Soso«, schloss Gina munter, »wusst' ich's doch, dass du was zerdeppern würdest. Genau wie dein Vater … Das liegt dir einfach im Blut.«

Vom vielen Sprechen war sie so erschöpft, dass ihr die Tränen kamen. Krums Gesicht, in dem Schmerz und Entsetzen standen, verschwamm hinter einem Schleier, und das Grummeln und Knacken des Ofens wirkte nun wie ein Versuch, sie zu beruhigen. Auf dem Büfettschrank lagen Quitten, bei denen man nicht wusste, ob der Duft leuchtete oder ihr Leuchten duftete. Krums Lederjacke knarrte. Sie wirkte nun wie ein Panzer oder ein vom Blitz ausgehöhlter Baumstamm, in denen weder seine Aufgebrachtheit noch sein Widerwille genug Platz hatten. Seine Bewegungen verrieten jedenfalls, dass sie ihm plötzlich zu eng und zu warm war; doch er wusste nicht, wie er sich ihrer, wie er sich *seiner* entledigen sollte.

Ja, wie soll man fern Geglaubtes plötzlich als sein Nächstes annehmen?, dachte Gina zufrieden. Auch in der Seele gibt es Entfernungen und Abstände. Damit wir an ein Wunder glauben, muss erst ein noch größeres Wunder geschehen. Na, jetzt geb ich ihm aber den Rest …

»Du scheinst dich ja gar nicht zu fragen, wer dein Vater ist, lieber Sohn? Dabei hat Gott es so eingerichtet, dass Kinder nicht einfach vom Klapperstorch gebracht werden …« Sie ließ diese Worte erst einmal wirken, glücklich über die Zerstörung, die sie ins Werk setzte. »Also, dein Vater ist Ilija Weltschev, *der Fabrikant* Ilija Weltschev! Schau mal, hier …« Aus ihrem mit Schmuckperlchen besetzten Portemonnaie zog sie ein vergilbtes Foto heraus. »Das ist dein Vater Ilija in jungen Jahren, der Dreckskerl.«

Sie spürte sofort, dass Krum ihr auf einmal glaubte. Zwar wusste er nicht recht, wie ihm geschah; zwar sträubte sich etwas in ihm, hasste und begehrte auf gegen das, was da plötzlich ans Licht gekommen war; aber er ergab sich der Wahrheit genau so, wie man beim Anblick eines übermächtigen Gegners die weiße Fahne schwenkt. Nun war er bereits Teil dieses Geheimnisses, dieser Wahrheit, dieses Fluchs, und des damit verbundenen Leids.

Gina stand ächzend auf und ging, auf den Stock gestützt, ans Fenster. Schob den Vorhang zur Seite. Eine kalte, gleichgültige Sonne kullerte über den Krimskrams der Welt dem Abend zu, dem Schneebett zu; doch beim Blick auf die weiße, erstarrte Landschaft dachte Gina erschöpft: So, endlich habe ich mich gerächt! Ich lebe also noch!

4

Die Kälte verstopfte ihm den Mund und erstickte ihn. Benommen, angeweht von dem nadelspitzen Wind, ungeschützt, nur in seine Lederjacke und seine Schande gehüllt, dem klirrenden Winter ausgesetzt, verwundet und daher gefährlich, ging er an der alten Moschee vorbei, die ihr Minarett ins klare Auge des Himmels stach, und betrat den Uferpark mit seinen Schneewehen. Unter seinen Schritten knirschte es. Als er auf dem Marktplatz angekommen war, hielt er wie vom Donner gerührt an, als hätte er sich im allzu Bekannten verlaufen – und wirklich: Seine Augen sahen zwar alles ganz genau, erfassten die Konturen der Hindernisse auf seinem Weg, aber es gelang ihm nicht, Häuser und Bäume und den Rauch über den Schornsteinen zu einer *Winterlandschaft im Januar* zusammenzusetzen. Mit Gewissheit fühlte er nur eines: dass er es eilig hatte. Jede Minute war kostbar. Die Zeit reichte ihm nicht, so wie einem Flüchtenden die Luft nicht reicht beim Rennen, und er trotzdem weitermuss. Sein ganzes plötzliches Verdammtsein war im Körper zu spüren als brennender Schmerz.

Von frühester Kindheit an hatte Krum sich danach gesehnt, zu erfahren, wer sein Vater war. Er hatte die diffuse Vorstellung, dass das ein freundlicher, graziler Mann sein müsse, der immer ein Buch in der Jackentasche, eine Brille auf der Nase und ein Schnupftuch in der Hosentasche trug. Blaue Augen hatte dieser Mann, und lächeln tat er, wenn er ihm im Schlaf erschien, bevor der erste Hahnenschrei das Seidentuch der Nacht zerkratzte. Er lebte mit der Vorstellung, dass »Papa« in die große, verlockend weite Welt gezogen sei, doch aus dem Erdkunde-Buch wusste er, dass die Erde rund war und dass – wenn der Reisende sie umrundet hatte – er am Punkt seiner Abreise wieder ankommen musste. Auf dem tintenbekleckerten Globus berechnete er die Zeit, die »Papa« brauchen würde, um wieder anzukommen. Ob mit dem Dampfschiff? Mit dem Zug? Oder doch mit der Kutsche? Er stellte ihn sich entweder als Grammatiklehrer vor, der in der Stunde den Kneifer auf die Nase setzte, nur um ihn kurz darauf wieder abzusetzen; dann wieder sah er ihn als Bürgermeister mit gezwirbeltem Schnurrbart und auf Hochglanz polierten Stiefeln; in letzter Zeit erschien er ihm im Traum in der Gestalt des Genossen Stojanov – leichenblass vor Übermüdung, augenlos wie die Revolution und verletzbar wie die Wahrheit.

Sein Herz machte einen Satz und blieb für eine Schrecksekunde stehen. Sein Blick prallte auf die Weiträumigkeit des Platzes. Dann stürzte er sich hinein, zerhackte die Entfernung schrittweise, erklomm die vereiste Außentreppe des Bezirkskomitees und dachte den rettenden Gedanken: Ich habe die sozialistische Pflicht, auf der Stelle alles zu gestehen, Selbstkritik zu üben!

Der Wachhabende sah ihn noch wie von der Tarantel gestochen durchs düstere Foyer schießen, doch bevor er ihm nachrufen konnte: »Genosse Marijkin, heute ist Sonntag. Oben ist niemand …«, war Krum schon im Treppenhaus hinter der Pflanzenstille des Philodendrons verschwunden. Lange, abwartende Stille. Dann kam eher Krum Marijkins

Schatten als er selbst, düster und wütend, lautlos die Stufen wieder herab und ging wortlos hinaus in den hellen Tag. Er wirkte wie ein Blinder ohne Stock, vor sich nichts als Hindernisse. »Sonntag – ich bin verloren!«, murmelte Krum, als der Frost ihn wieder im Griff hatte. Nein, ihm reichte die Zeit nicht, jetzt, wo er sein Los kannte und niemanden hatte, dem er sich mitteilen konnte. Was er jetzt brauchte, das war eine ordentliche Gardinenpredigt. Er wollte kein Mitgefühl, keine Schonung; er wollte die Chance, sich von der Lüge zu befreien, genauer gesagt: der Illusion, in die sein ganzes bisheriges Leben auf einen Streich verwandelt worden war. Krum sehnte sich zutiefst danach, *sich zu stellen*. Wem aber konnte er sich stellen außer der Partei, jenem obersten, einzigen und heiligen Gericht, in dem er als Kläger und Staatsanwalt auftrat, der sich anschließend selbst feierlich auf die Bank des Angeklagten setzte? Ein solch zermalmendes Gefühl von Schuld hatte er noch nie empfunden, selbst da nicht, als er wegen seiner Naivität und Unerfahrenheit zugelassen hatte, dass Zonjo Metschkarski Selbstjustiz verübte. Dieses tiefe, leidenschaftliche Gefühl einer unverzeihlichen Schuld aber war ihm unbekannt. Krum war überzeugt davon gewesen, dass ein Mensch, wenn er nur vom wahren Glauben beseelt ist, nicht schuldig werden könne. Nun aber war er im Zwiespalt mit sich selbst, denn … auf einmal war er nicht mehr bloß Krum Marijkin, sondern *Krum Marijkin und noch etwas*.

Seine gebeugte Gestalt ließ die bodenständigen Widiner denken, da pflügt einer die Hauptstraße! Nur die für diese Temperaturen viel zu dünne Landvermesserjacke erinnerte daran, dass das kein Landmann hinter der hölzernen Pflugschar war, sondern einer, den selbst die feinen, rachitischen Schneeflöckchen zu schmerzen schienen.

Das Elektrizitätswerk summte und klackte. Erst als er daran vorbei war und den Rauch warm aus dem Schornstein aufsteigen sah, fiel Krum auf, dass er sich unbewusst auf den Weg zu Ilija Weltschevs Haus gemacht hatte, »zu meinem Vater«, sprach es unwillkürlich in ihm, und er erschauerte bei diesen Worten. Das matte Resedagrün der Stuckkränze überm Vordach strahlte zusammen mit dem dunklen Eingang und den zu seinen Seiten knienden Putto-Engelchen etwas Mächtiges, Herrschaftliches aus. Bislang hatte ihn nichts als der Hass in seinen Adern mit diesem verfluchten Ort verbunden … nun leider *Hass und noch etwas*!

In seinem Kopf blitzte der Gedanke auf, er könnte Ilija Weltschev doch einfach umbringen und anschließend seine Strafe im Gefängnis absitzen. Er stellte sich das vom Schlaganfall geteilte Gesicht seines Vaters vor, wie es sich zur Hälfte verzerrte, als er ihm die Kehle zudrückte; doch komisch, ihm war, als legte er seine Daumen auf den eigenen Adamsapfel. Und musste schlucken.

Ja, auch dazu war er fähig, Hand an sich selbst zu legen, sich selbst aus diesem Tag und diesem Winter, seiner Schande und Entehrung zu entfernen; doch auf einmal erinnerte er sich an seine Frau und seufzte, denn er hatte vor Zonjo Metschkarski geschworen, sich um dieses verlassene, hässliche und freudlose Wesen zu kümmern! Hechelnd und mit offenem Mund, wie benommen, eilte er weiter, weiter gegen den Wind, denn Zeit hatte er keine, nein, keine Zeit: Der Staatsanwalt in ihm wollte Vergeltung, auf Vergeltung klagte er; der Angeklagte in ihm aber wollte Freiheit, auf Freiheit plädierte er!

5

Auf dem Rückweg verbellten ihn die Hunde. Der Schnee lief vor Kälte blau an. Der Rauhreif auf den Zweigen schillerte und ließ die Bäume zerbrechlich erscheinen. Die Menschen hatten sich vor dem eisigen Wind in Sicherheit gebracht. Die Welt sah verwunschen aus.

Jetzt, unter der gewaltigen Last seiner Schande, wirkte das unscheinbare Fachwerkhaus noch kleiner. Als er eintrat, nach Winter und Wut riechend, schauten sich die beiden Frauen drinnen fragend an. Sein bleiches Gesicht füllte sich wieder mit Farbe, dann tat schon die Wärme ihr Werk, und bald standen seine Stiefel inmitten einer Pfütze. Er sah zugleich hilflos wie ein Kind und herausfordernd wie ein notorischer Schläger aus. Finster dreinblickend wie immer, treu bis zum Letzten, dürr und krumm wie eine Bohnenstange, wartete Newena ab, bis sie ihn ins Bad setzen konnte, und die alte Marijka, die saß, damit man ihr nicht gleich das Hinken ansah, schaute zum Bohneneintopf, der auf dem Küchenunterschrank abkühlte. Es roch nach eingelegtem Wintergemüse, nach selbstgemachter Seife und nach einladender Häuslichkeit; doch als die beiden Krum so breitbeinig und stumm dastehen sahen, fühlten auch sie, dass etwas Verhängnisvolles geschehen sein musste.

Maria langte nach der Essschale. Nur noch eine Sekunde, und sie würde auf dem Boden, zusammen mit der Stille, zu Bruch gehen und den Eingetretenen so stoppen; doch Krum war schneller und die Zeit begann in jenem rasenden Tempo abzulaufen, in dem wir glauben, alles passiere auf einmal.

»Du, bist du meine Mutter?«

Maria schaute zur Ikone der Muttergottes, als wolle sie sich entschuldigen. Die Petroleumlampe drehte sich vor ihren Augen, der weiße Zopf in ihrem Nacken war so unendlich schwer, und doch antwortete sie nicht einsilbig mit »ja« oder »nein«, denn die plötzliche Klarheit erforderte keine zusätzlichen Geständnisse mehr.

»Es ist wahr«, sagte sie still. »Das, was du da weißt, ist wahr.«

Newena stöhnte auf, schloss die Lücke zwischen den beiden, berührte Krum und ihre Schwiegermutter zugleich, um seinen Zorn zu besänftigen und ihre Furchtsamkeit, doch sie waren schon getrennt von furchtbarer Schuld. Krum war schuldig vor allen, seine Mutter aber vor ihm!

»Komm, ich bade dich erst einmal«, sagte Newena mit mörderischer Sanftheit. »Heißes Wasser ist schon fertig, und Seife und Handtuch liegen bereit.«

Kraft, ihm ins Gesicht zu schauen, hatte sie nicht. In dieses Gesicht konnte man nur fallen wie in einen Abgrund. Ihre Finger machten sich geübt an den Knöpfen seiner Lederjacke zu schaffen und streiften sie ihm über die Schultern, dann ließ sie den Pullover folgen, das Hemd, die Hosen.

Hinkender denn je stand Marijka auf und humpelte ihre alten Tage hinaus in ihr Zimmer. Krum war gegangen, für immer gegangen. Er war nicht mehr ihr Sohn und – auf einmal schämte sie sich beim Anblick des nackten Mannes im Zimmer.

6

Als der Genosse Stojanov am nächsten Morgen sein Büro betrat, fand er auf seinem Schreibtisch ein dicht beschriebenes Blatt vor, das gestern noch nicht dort gelegen hatte. Zerstreut schob er es sich zurecht, vertiefte sich in die sorgfältige Handschrift, die ihn an etwas sehr Bekanntes, aber Unangenehmes erinnerte. Dann hatte er es: Krum Marijkin!

»Der wird mir doch nicht noch zum Schriftsteller, der Hornochse«, murmelte er. Der Bezirkssekretär rückte seine Brille zurecht und lehnte sich seufzend gegen den Stuhl. Die Worte, die immer atemloser und wirrer wurden, schnitten sich am Ende doch tief in sein Bewusstsein:

SELBSTKRITIK
VON KRUM MARIJKIN

Genosse Sekretär,
aufgrund des Schicksalsschlags, der mich ereilte, sowie seelischer Unpässlichkeit erlauben Sie mir, mich schriftlich an Sie zu wenden mit der Bitte, diese meine Selbstkritik anzunehmen und zu verlautbaren.

Ich habe vor Ihnen und vor den Bürgern zu gestehen, dass meine bäuerlich-proletarische Herkunft sich als Täuschung erwiesen hat. Wie sich herausstellte, bin ich – ohne es zu wollen – dekadent-bourgeoiser Abkunft. Gestern erfuhr ich mit großem Schmerz, dass meine wahre Mutter Gina Jotzova ist, eine reiche Kleinbürgerin, ehemalige Frau eines Bankiers, und mein Vater der Fabrikant Ilija Weltschev.

Sie werden nun selbst ersehen können, wie besorgniserregend meine Lage ist, die sich jedoch mit Zerknirschung und Reue nicht beheben lässt. Zu meinem Bedauern habe ich diese Tatsache der Partei nicht zur Kenntnis gebracht, doch nicht etwa aus Angst oder um ein doppeltes Spiel zu spielen, sondern aufgrund meines Unwissens.

Ich erkläre mich bereit, mich vor die Genossen hinzustellen und auf alle ihre Fragen einzugehen, auch wenn ich nicht weiß, was ich darauf sagen soll. Bereit bin ich auch, die verdiente Strafe zu erhalten, bitte aber Sie und den Lehrer Koitschev persönlich, mich vor der Versammlung zu verteidi-

gen, da ohne Partei mein Leben seines Sinnes beraubt und endgültig zugrunde gerichtet wäre.

Als Genosse grüßt: Krum Marijkin

Stojanov las den Brief dreimal. Dabei stellte er fest, dass er auf Packpapier geschrieben war, in dem vorher vermutlich türkischer Sesamhonig eingewickelt gewesen war. Das fleckige Stück Presspapier klebte jedenfalls sehr merkwürdig. Der Parteiobere steckte sich erst einmal eine Zigarette an. Durch deren blaugrauen Rauch erschien ihm der Tag draußen reichlich finster. »Na, Gott sei's gelobt«, nuschelte Genosse Stojanov gramerfüllt, »auch dieser Marijkin ist also nicht vollkommen!« Der hatte auch am Päckchen seiner Abstammung zu tragen. Mnjaa … wie hinterhältig und voller Widersprüche war doch das Leben! Vollkommen konnte nur die Zukunft sein! Trösten? Auf keinen Fall! Soll er sich ruhig selbst hassen. Und überhaupt: »Zum Teufel sollen sie gehen alle miteinander!«

Seine Finger trommelten nervös auf der Tischplatte. Dann zerknüllte er das Blatt verärgert und warf es in den Papierkorb.

7

Das, wovor sie sich ein Leben lang gefürchtet hatte – nun war es endlich eingetreten. Neben der zermalmenden Einsamkeit spürte die alte Maria daher auch Erleichterung. Gott hatte es so gewollt, dass Krum die Wahrheit erfuhr; das Schlimmste war also vorbei. Noch am selben Abend packte sie, nachdem sie in ihrem Zimmer lange geweint hatte, ihre Siebensachen zusammen, insgesamt zwei Ballen Kleider und etwas Kleinkram. Damit man nicht sah, dass sie geweint hatte, wusch sie sich am Sickerbecken das Gesicht mit gefiltertem Flusswasser. Nun musste sie nur noch den Morgen abwarten, bevor sie sich mit ihrem Gepäck, ihren Erinnerungen und den wenigen Jahren, die ihr noch blieben, humpelnd auf den langen, verschneiten Weg durch den Winter machte. Ja, dieser Gedanke war so natürlich, dass sie sich erst gegen Mitternacht, als alles abmarschbereit dastand, fragte: Weggehen – aber wohin? Ja, wenn sie ins Dorf zurückkehren könnte zu den Wiesen und Feldern, über denen der Schnee weich und wärmend war, um dort den Frühling abzuwarten mit seinen Schwalben und Störchen, dann den Sommer, wenn die Beete mit Margeriten und Pfingstrosen blühten … Aber sie hatten ja Haus und Hof verkauft, um sich in der Stadt niederzulassen, im Unglück.

Da hörte ihr Schluchzen auf, ihre Tränen trockneten. Sie knotete die Ballen wieder auf und machte alles rückgängig, hängte die Ikone wieder an ihren Platz an der Wand, setzte sich in die Fensterecke und rührte sich nicht. Endlich wurde es hell im Fensterglas, das dornige Feld vor der Burg wurde sichtbar, schließlich auch die Donau, auf deren Oberfläche rosafarbene Lichtinseln lebendig schimmerten. Wegen der Kälte lag milchiger Dampf über ihren Wassern, verhüllte und enthüllte ihren ewigen Lauf, als wäre auch sie eine Mutter, die ihren Sohn verloren hatte und nun voller Kummer Richtung Meer trottete, um ihren Schmerz in die Ewigkeit zu mischen. Maria hatte Vertrauen zu dem großen Strom. Sie staunte, dass sie seine gewundene Gestalt bis jetzt nie bemerkt hatte. Dieses wunderbare Erlebnis plötzlicher Nähe erschütterte sie tief, tröstete ihr Herz und wusch ihre Augen rein.

Kurz und kalt verstrichen die Tage. Das Gerücht verbreitete sich allmählich in der Stadt und wurde von den Leuten haarklein unter die Lupe genommen. Vor dem öffentlichen Backofen wie im Krämerladen, im Dampfbad und auf dem Markt, ja, sogar in der Kirche spürte sie die fremden Blicke auf sich, hörte das beredte Schweigen, das sofort eintrat, wenn sie vorüberhumpelte. Einige bedauerten sie, andere waren bloß neugierig, alle aber erwarteten von ihr, sie würde die Sache abstreiten oder bekräftigen, sich verteidigen oder ihrer grausamen Güte ergeben. Ihre Feindseligkeit gegen die Menschen wuchs, wenn sie sah, wie die Leute ihr auswichen, hinter ihrem Rücken tuschelten, sie neugierig angafften, wenn sie sich einem Platz näherte. Selbst wenn sie ihr Hilfe anboten, taten sie es spürbar deshalb, um sich besser an ihrem Unglück weiden zu können. Solange ein Mensch gesund und unbelastet ist, vergleicht er sich nicht mit den anderen; ist er aber unglücklich, verkannt oder unter Wert verkauft, bekommt er Lust, bei seinen Nächsten nach Wunden zu suchen und sein Selbstwertgefühl an dessen seelischen

Demütigungen zu stärken. Eine der Methoden, um dies zu erreichen, ist, sich wohltätig zu einem armen Wurm niederzubeugen!

Großen Anteil daran, dass dieses Tuscheln hinter vorgehaltener Hand sie so belastete und schmerzte, hatte gewiss Marias großes Schamgefühl. Zudem war ihr Gebrechen nun sichtbarer, ihre Existenz als alte Frau unnützer und unschöner denn je. Die Hunde bellten ihr hinterher, wenn sie unbeholfen das Viertel durchquerte, die Vögel flatterten auf von Zweigen und Stromleitungen, die Kinder kicherten bei ihrem Anblick.

Zu Hause wurde über die Sache weiter kein Wort verloren. Sie wurde aufmerksam behandelt, Krum kaufte ihr ein neues Wollkleid, und Newena begann sogar, sie »Mutti« zu nennen und ihr das Spitzenklöppeln beizubringen. Doch von so viel Güte zog sich ihr Herz nur noch mehr zusammen. Sie konnte sich des Gedankens nicht erwehren, dass sie einfach nur störte. So lieb und teuer sie auch sein mögen, irgendwann werden fremde Leute lästig. Und was sie auch bedrückte: Sie konnte den beiden jungen Leuten nichts hinterlassen, Gina Jotzova hingegen – was für ein Haus die allein hatte!

Eines kalten und klaren Winternachmittags, Newena hatte noch einmal mit dem Holzlöffel in der Gemüsesuppe gerührt und den Topf von der Herdplatte gehievt, da durchfuhr sie auf dem Weg zum Esstisch ein stechender Schmerz. Ihre Arme wurden schlaff, die Suppe spritzte über die Tischdecke. Mit einem entschuldigenden Lächeln wandte sie sich an die alte Maria und sagte:

»Weißt du, Mutti … sieht ganz so aus, als bekäme ich einen Sohn!«

Das Wort »Sohn« verhakte sich in seiner ganzen Unschuld mitten im Raum. Die alte Maria biss sich auf die Lippen; dann stand sie auf, streichelte ihrer Schwiegertochter über die Wange und humpelte am glühenden Ofen vorbei in ihr Zimmer.

Nachbarn beobachteten sie eines Abends, wie sie das verschneite Glacis vor der Festung durchquerte. Ihnen fiel auf, dass sie Sonntagskleidung trug, viel zu leicht für die Jahreszeit. So ziehen sich Frauen an, die nur eben über die Straße eilen, um eine Nachbarin zu besuchen. Doch dort, wo Maria hineilte, gab es keine Nachbarn. Dort gab es nur die Donau. Deren Wasserspiegel leuchtete geheimnisvoll, wie jeden Abend um diese Zeit.

8

Als er seine Angeln im Morgengrauen einholte, spürte der Fischer, den alle nur den »Sterlet« riefen, an einem der Haken heftigen Widerstand. Im ersten Moment hoffte er, dass das Anglerglück ihm hold war und er einen fetten Hausen an der Leine hatte; doch diese Vermutung zerschlug sich rasch. Ein Hausen hätte sein Boot im wilden Kampf um seine Befreiung kilometerweit gezogen; dieser Fang aber war alles andere als wild, nämlich verwirrend gefügig. Als er die Angelschnur eingeholt hatte, sah er einen silbernen Haarzopf und taumelte vor Schreck; denn was gibt es Schlimmeres, als sich den Tod zu angeln, just wenn man mit dem großen Fischerglück rechnete. Die alte Frau sah in ihrer Totenstarre zerbrechlich und zart aus. Ihr Gesichtsausdruck war friedlich und besaß einen eisigen Zauber. Im Frühnebel hatte sie etwas von einer Wachsfigur an sich.

9

Mit dem Leichnam der hinkenden Maria, den der einzige Krankenwagen Widins auf seiner ausgeleierten Federung herankarrte, kam auch neuer Gesprächsstoff in die Stadt. Trotz des unnachgiebigen Winters verbreitete sich die Nachricht wie ein Lauffeuer. Den Frauen fiel es schwer zu glauben, dass Maria zufällig ausgerutscht und in die Donau gefallen sein sollte. Sicher, sie hinkte, sodass sie selbst auf ebener Strecke oft taumelte; doch selbst der kühnsten Phantasie wollte nicht so recht einleuchten, dass jemand mitten im Februar zum Waschen an den Fluss ging. Böszüngig und verantwortungslos wurde geredet, dass die Stiefmutter Krum Marijkins wohl Selbstmord begangen habe. Das erkläre auch, warum sie ihr neues Wollkleid angezogen und ein Holzkreuz vor die Brust gehalten habe, als sie in die eisigen Fluten der Donau sprang mit der Bereitschaft einer Mutter, die ihren einzigen Sohn verloren hat. Sicher, Krum lebte; aber es pfiffen doch schon die Spatzen von den Dächern, dass er nicht ihr eigener Sohn war. Dass dies Gerücht zur Tatsache wurde, dafür hatten sie mit ihrer Neugier und ihrer unersättlichen

Gafferei selbst gesorgt. In ihrem Wunsch, sich an Krum zu rächen, raubten sie der alten Frau den einzigen Menschen, den zu lieben das Schicksal ihr gewährt hatte. Nun seufzten die Leute betroffen und machten der alten Frau noch im Nachhinein Vorwürfe. Was war das auch für eine Art, ihnen mit diesem Freitod zu bedeuten, dass nicht im Weiterleben, sondern im Tod die wahre Sühne liege, um sich die Gnade wiederzuverdienen. Dabei, so vergaß die Behaarte Stefania nicht zu erwähnen, verbot der christliche Glaube doch, Hand an sich zu legen! Der liebe Gott wisse schon, warum er uns auf der Erde leben ließe, denn wo gäbe es eine schlimmere Hölle und ein größeres Fegefeuer als ebendort?

Doch indem sie Maria ihren sinnlosen und unnötigen Tod vorwarfen, konnten die Menschen Krum verzeihen, dem im Namen der strahlenden Zukunft alle Mittel und Wege recht gewesen waren und der das künftige Gute durch das Böse erniedrigt und mit Füßen getreten hatte. Seine legendäre Unverwundbarkeit und Größe waren angekratzt; er war nicht mehr Regisseur, sondern Teil der Tragödie, und damit einer von ihnen geworden. Dieser ganz aus der Überheblichkeit des absolut Glaubenden gewebte Mann war in seinem Leiden reumütig zu ihnen zurückgekehrt. Seine ewige Landvermesserjacke glänzte nun nicht mehr wie eine undurchdringliche, kälte- und hitzebeständige Rüstung, und er selbst war nicht mehr der Ritter mit dem heiligen Schwert.

In diesem Winter also, nachdem er eine falsche Mutter verloren hatte, nahmen die Widiner Krum Marijkin völlig unerwartet als echten Sohn der Stadt auf und entzogen sich so geschickt seiner schrecklichen Herrschsucht. Der Tod duldet keine Heuchelei, war ihre Überlegung! Vor ihm, und nicht vor dem Kommunismus, waren alle Menschen gleich! Nun, wo sie sahen, dass *die strahlende Zukunft* für Krum ins Wanken geriet, mussten sie einspringen und sie verteidigen und daran glauben. So kam es, dass die Männer freiwillig, ohne Zwang und Druck von oben, einverstanden waren, das Restaurant »Royal« zum Restaurant »Republik« umzutaufen und das »Hasenblut« zur »Roten Fahne«; nicht etwa, weil Krum sich verändert hätte, sondern weil sie durch sein privates Unglück die Änderung annehmen, sich ihr unterordnen konnten. Der Schlaffe Kosta redete auf einmal wie selbstverständlich davon,

»das Bier vom Fass in der ›Republik‹ ist auch nicht mehr das Wahre«, und Trentscho, der Barbier, ergänzte seufzend: »Und in meinen Salon ›Septemberruhm‹ setzt keiner einen Fuß, als hätten die Männer keine Bärte mehr.«

An diesem schicksalsträchtigen Tag musste Krum, vollkommen übermüdet nach schlafloser Nacht, die ihn gelehrt hatte, was Zweifeln heißt, an einer Versammlung des Verbandes der Vaterländischen Front in der Porzellanfabrik teilnehmen. Von dem Vortrag bekam er nichts mit, geschweige denn, dass er verstand, wovon die Rede war. Er war nervös und geladen bis zu dem Moment, in dem Zeichenlehrer Koitschev auf Zehenspitzen den Saal betrat, ängstlich, als liefe er über rohe Eier. Koitschev ging an den schweigenden Menschen vorbei und beugte sich zu Krums Ohr herab. Die Arbeiter wussten schon Bescheid! Alle sahen, wie die Jacke Krums plötzlich eng wurde, wie er taumelte, als fiele er gleich in Ohnmacht; doch er nutzte die eigens für ihn und seine Trauer eingerichtete Pause der Veranstaltung nicht, um zu gehen, sondern blieb mit zusammengepressten Lippen bis zum Ende.

Er baute sich furchterregend auf hinter dem roten Tischtuch und sprach ihnen von der paradiesischen Zukunft. Die Arbeiter waren nun verpflichtet, ihm zu glauben, denn sein Leiden hatte sie dem Gott der kommunistischen Idee angenähert. Sichtbarkeit und Unsichtbarkeit, Allmacht und Machtlosigkeit waren nun vereint in dieser schwülen, nach gebranntem Ton stinkenden Luft. Trunken vor Begeisterung, durchdrungen von wachsendem Widerwillen gegen den Redner, rief jemand aus: »Väterchen!« Flüsternd lief dies Wort durch die Reihen, durch den Saal, schwappte durch die geschlossenen Fenster und überflutete die Stadt.

»Väterchen!«, wiederholten die Leute liebevoll, denn verziehen hatten sie inzwischen auch Ilija Weltschev.

10

Die Nachricht vom Tode der Pflegemutter Krum Marijkins erreichte den Genossen Stojanov beim stillen Grübeln über das Wesen der Bürokratie. Verbiestert vor Ohnmacht gegenüber diesem System höchst verantwortlicher Regeln und Pflichten, fragte er sich, wie der Mensch angesichts so strenger Anforderungen überhaupt noch wagen sollte, etwas zu tun, eröffnet doch alles Handeln neue Fehlerquellen. Dieser gewaltige, an allen Ecken und Enden anfällige, klemmende oder leerlaufende Mechanismus verbrauchte den größten Teil der Energie, die ihm zugeführt wurde, zur Aufrechterhaltung seines eigenen Funktionierens. Stojanov war gelernter Maschinenbau-Ingenieur und hatte ausgerechnet, dass der Nützlichkeitskoeffizient des Volksrates bei siebenundfünfzig Prozent lag – unter der Voraussetzung, dass alle Telefone funktionierten und kein Beamter krank war. War dies nicht der Fall, konnte dieser Koeffizient auf null sinken, schlicht und einfach, weil das Rädchen im Getriebe des Dienstwegs fehlte, das die Vorlagemappe X abzeichnete und von Amtszimmer B in Amtszimmer C weiterbeförderte. Im einen Zimmer wurde eine Vorlage nur gelesen, im zweiten nur referiert, im dritten abgestempelt und im vierten zur Beschlussvorlage gebündelt, sofern die Formulare sich nicht auf dem langen Dienstweg verirrt hatten oder von einem überlasteten Sachbearbeiter übersehen worden waren. Stojanov zerkaute eine ganze Schachtel Bleistifte und sandte pausenlos Beschwerden nach Sofia. Von dort erwiderte man ihm, dass es mit der Willkür nun ein Ende habe und die Zeit gekommen sei für Disziplin und Ordnung. Ja, dachte der Bezirkssekretär, wenn eines uns zur vollkommenen Gleichheit führt, dann ist es das feine Räderwerk der Bürokratie! Als Vorgesetzter kann man nichts Vernünftiges allein entscheiden aus dem einfachen Grund, weil man ohne seine Beamten ja gar keine Kenntnis von den Problemen erhält. Jedem Staatsdiener wird mit der Zeit bewusst, dass er zwar auf der einen Seite vollkommen abhängig von den Regeln und Instanzen des Apparats ist, die ihm über- und untergeordnet sind, auf der anderen Seite aber ungeheure Macht besitzt, die ganze Maschinerie zu blockieren oder zu schmieren. Mit anderen Worten: In der Bürokratie ist jeder ein Knecht, und jeder ein kleiner Herrgott, und die dienstliche Verantwortung grenzt nahtlos an ihr genaues Gegenteil, die totale Verantwortungslosigkeit.

Nein, diese resignativen und unwirtlichen Gedanken hatten nichts gemein mit der Nachricht, dass die Pflegemutter Krum Marijkins sich in den eisigen Fluten der Donau ertränkt hatte; doch Stojanov spürte, dass sich die beiden Bereiche geheimnisvoll berührten, genauso wie Verstand und Gefühl sich berührten, Aktion und Kontemplation ein und dieselbe Sache auf verschiedene Weise beschrieben. Was habe ich bloß versäumt? Warum bin ich nicht eingeschritten?, fragte er sich, um schließlich, beim Blick auf die feinen Schneeflocken, die einen weißen Schleier vors Fenster zauberten, zu seufzen: »Armer Kerl!«

Was für wichtige Vorgänge starben ungelöst dahin, bedeckt von Unwissen oder übergangen mit krimineller Flüchtigkeit; da war der Tod irgend so einer humpelnden und enttäuschten Alten der denkbar dümmste Vorwurf. Trotzdem peinigten die Schuldgefühle Stojanov heftig. Wie wenig interessieren wir uns doch für das menschliche Glück, sagte er sich, und dabei liegt doch genau dort der Sinn der Erfüllung unserer Fünfjahrespläne.

Da er weder Krum in seiner Trauer helfen noch den Unglücksfall ungeschehen machen konnte, gestattete er sich wenigstens dieses eine Mal, dem Amtsschimmel die Knute und der Menschenwürde die Ehre zu geben. Er seufzte tief, hob den Telefonhörer ab und ordnete unter Androhung von Strafe strengstens an, alle amtlichen Formalitäten im Zusammenhang mit der Beerdigung der alten Frau in Windeseile zu erledigen, was real so viel bedeutete wie: unter Wahrung der bei Trauerfällen angezeigten Anstandsfrist.

11

Dieser Apriltag euphorisierte mit seinem Licht, doch im Wohnzimmer roch es noch immer winterlich nach Kohlen, Rauch und Schlacke. In Pantoffeln und mit leger über der Brust geöffnetem Bademantel trank Rechtsanwalt Sestrimski seinen Morgenkaffee. Im Sessel neben ihm saß Alexander Weltschev und schaute verträumt durchs geöffnete Fenster hinaus. Er sog die Luft tief ein, als sei er in einem Luftkurort. Plötzlich schrillte die Türglocke, eine Minute später betrat Herr Papasov den Salon. Er war erstaunlich nüchtern, munter und frisch rasiert; an seinem Arm baumelte überflüssigerweise ein Schirm. Er wollte wohl die Neugier durch betonte Zurückhaltung steigern, sah aber bloß trübsinnig und lachhaft aus. Alexander spürte sofort, dass er eine ebenso brisante wie unangenehme Nachricht überbrachte.

»Unser Bridge-Termin ist doch erst heute Abend«, murmelte Sestrimski anstelle einer Begrüßung unangenehm überrascht.

»Das weiß ich, Verehrtester, aber ich komme nicht zum Vergnügen, sondern um meinen Freund vor dem Schlimmsten zu bewahren. Und was sehe ich? Einen nackten Mann der Gattung Barfüßler.« Papasov brach in dröhnendes Gelächter aus. Doch nur sein Bauch bewegte sich rhythmisch mit, sein Gesicht blieb kalt und ausdruckslos. »Na, wenn das nicht geistreich gesagt ist. Habe mich geradezu selbst übertroffen. Und wie sinnfällig! Dem nackten Mann kann keiner in die Tasche greifen …«

»Willst du was trinken?«, fragte Sestrimski voll Widerwillen.

»Nee, ernste Dinge lenken mich nur ab. Lass mich dir erstmal ’ne Freude machen!« Papasov klappte vorsichtig seine Brieftasche auf, zog ein zwiefach gefaltetes Blatt Kohlepapier heraus und legte es auf den Tisch. »Meine Herren, uns erwartet eine wahre Naturkatastrophe …« Er tat einen theatralischen Moment lang so, als überlege er. »Genau genommen – *mich* erwartet gar nichts. Gestern hat einer meiner Vertrauten diesen kostbaren Fetzen direkt aus dem Parlament stiebitzt. Sieht so aus, als sei die Volksmacht finanziell derart auf den Hund gekommen, dass sie beschlossen hat, ihre Kassen mit dem Vermögen von uns Ehemaligen aufzufüllen. Es wird eine Währungsreform geben, verehrter Sestrimski.« Er wartete, bis die Stille feierlich und unerträglich genug geworden war. »Nicht angelegtes Bargeld wird zum Kurs von einhundert zu vier getauscht; bei den Bankguthaben ist es noch schlimmer. Bei bis zu fünfzigtausend Leva Einlage werden einhundert alte gegen drei neue Leva gewechselt. Bei bis zu hunderttausend Leva sind es nur noch zwei Leva pro hundert, bei bis zu zweihunderttausend nur noch ein Lev fünfzig, und bei allem, was darüber liegt, wird hundert zu eins getauscht … Damit soll dem Großkapital ein Schlag versetzt werden, damit die Menschen schneller gleich werden – gleich arm. Stellt euch das vor! Dein Aufzug, so nackt und bloß, veranschaulicht die Lage also blendend!«

Sestrimski blieb der Kaffee im Halse stecken. Hustend und prustend rang er nach Luft und bekleckerte dabei seinen Seidenbademantel. Mit raschem Griff langte er nach dem Blatt Kohlepapier mit dem Faltenkreuz, doch Papasov packte ihn am Handgelenk und hielt ihn zurück.

»Erstens, was auf einem unschuldigen Kohlepapier steht, kann man nur mit einem Spiegel richtig herum lesen, und zweitens … hm, müssen wir erstmal über meine Prozente reden. Denn egal, wie viel du durch die erbarmungslose Maßnahme dieser Gerechten vor dem Herrn verlierst, durch mich behältst du am Ende mehr als alle meine anderen vermaledeiten Bekannten, wenn du deine Milliönchen in Portionen auf deine armen Verwandten aufteilst mit der Bitte, sie auf die Bank zu bringen. So erhältst du dir wenigstens einen Teil deines Reichtums. Diese Währungsreform machen sie im Namen des Volkes *und* des Anwalts Sestrimski, wenn du verstehst.«

»Dreckskerl … alkoholgetränkter Bastard!«

»Ja, da schau einer an, das hat mir Herr Zankov auch gesagt … So also denken meine besten Freunde von mir, selbst wenn ich ihnen zu Hilfe eile!« Papasovs Stimme bekam plötzlich einen bösen Unterton. »Ich will fünf Prozent von allem, was dir am Ende bleibt. Für einen ollen Hagestolz wie mich ist das völlig ausreichend. Na komm, schaff einen Spiegel herbei, es muss nicht gleich der größte sein.«

Sestrimskis Zorn begann sich zu legen, und ein erzwungenes Lächeln erschien auf seinem Gesicht. Mit dem Gespür des erfahrenen Juristen erkannte er, dass der Dienst, den Papasov ihm erwies, in der Tat von unschätzbarem Wert war. Er stand so abrupt auf, dass einer seiner Pantoffeln ihm vom Fuß rutschte. Mit wenigen Schritten war er beim Fenster, schloss es und zog die dicken Vorhänge vor. Von der ganzen Klarheit dieses Frühlingsmorgens blieb nichts als ein trübes Schummerlicht.

»Wir haben keine Zeit zu verlieren«, resümierte Sestrimski schmerzerfüllt, aber vernünftig. »Wozu also streiten?«

»Das war doch ein gepflegter Disput«, widersprach Papasov bereitwillig, »und derlei kommt in den besten Familien vor ... Junger Mann«, wandte er sich an Alexander, »nachdem die Kärrnerarbeit erledigt ist, kehren wir zur Kunst zurück. Ich bin es müde, den anderen und mir selbst gegenüber den Grobian zu spielen; ich brauche langsam ein bisschen Wärme und Sanftheit. In diesem stilvollen Büfettschrank verbirgt sich doch sicher eine Flasche guten Cognacs. Seien Sie so freundlich und spenden Sie mir ein wenig wohlgereiften Trost.«

In der Zeit, in der Sestrimski sich in seinem Schlafzimmer anzog und über die Sache nachdachte, gelang es Papasov, ganze drei gut gefüllte Cognacgläser zu leeren.

»Das Leben, werter Herr Weltschev, entsteht, wächst und altert zusammen mit dem Menschen. Es ist weise, naiv, bauernschlau oder brutal, ganz wie der Mensch, der es lebt. Und nun hören Sie her, junger Mann! Sestrimskis panische Angst kommt daher, dass ihm bewusst ist: Verarmt er, verarmt auch sein Leben – und diese Aussicht macht ihn nervös. Er ist dann nur noch ein armer Mann mit einem armseligen Leben – eine Tragödie, wahrlich, wahrlich!«

Lautlos und vorsichtig wie Katzen war der Anwalt mit seiner Frau ins Wohnzimmer zurückgekehrt. Die Dame des Hauses war noch im Negligee; darüber trug sie einen Bademantel mit grellem Blumenmuster. In ihrem Haar prangten Lockenwickler. Sie schleppte den Spiegel aus dem Schlafzimmer herbei. Auf ihrem Gesicht malte sich der Ausdruck einer dicken, gutmütigen Frau, die man aus ihrer Ruhe aufgescheucht hatte; doch selbst jetzt wirkte sie eher dümmlich als besorgt. Sestrimski hatte einen eleganten schwarzen Anzug angezogen, so als sei er auf dem Weg zu einer Beerdigung.

»Wozu dieses Trauergewand«, feixte Papasov sarkastisch, »Sie haben doch keinen Verstorbenen im Hause, sondern einen teuren Gast.«

In den flinken Taschenspielerfingern Sestrimskis sah das Kohlepapier aus wie ein feines Taschentüchlein. Die Familie beugte sich über den Spiegel und Alexander sah, wie die Lippen der beiden Eheleute sich lautlos bewegten, während sie den Text mit debilem Gesichtsausdruck entzifferten. Sie standen sich gegenseitig im Weg, und wenn man sie so anschaute, konnte man trübsinnig werden. Der Hausmantel Angelina

Sestrimskas öffnete sich leicht, und Alexander bemerkte die roséfarbenen Strapse, die sich in das teigig weiche Fleisch drückten.

»Sieht ganz so aus, als stimme es«, sprach Sestrimski wie vernichtet. »Ich muss kaufen.«

»Kaufen?«, unterbrach Papasov ihn mit schmierigem Lächeln. »Die Fabriken sind verstaatlicht, Gold wird nicht mehr gehandelt, Wertgegenstände sind weggeschlossen … 'ne Tonne Kartoffeln kannste dir kaufen, aber wozu?«

Alexander mühte sich, besorgt und nachdenklich auszusehen. Ja, es war angenehm, Sestrimski leiden zu sehen. Zum ersten Mal nach so vielen Jahren der Erniedrigung fühlte er sich gerächt.

12

Bis zum Mittag schleppten die Sestrimskis Geld und stapelten es auf dem großen Wohnzimmertisch. Sie verschwanden in den Zimmern und kehrten nach einer Weile, beladen mit dicken Banknotenbündeln, in die gute Stube zurück, sichtlich ermüdet vom Gewicht ihres Reichtums, der bislang versteckt gewesen war in dunklen Ecken, unter losen Dielen, im penetranten Naphthalingeruch der Kleiderschränke und den Hohlräumen von Matratzen und Kopfkissen. Der Physiognomie nach zu urteilen, war der Anwalt in seinem schwarzen Winteranzug ein vor Trauer über den Verlust geradezu gezeichneter Mann, während die Frau des Hauses wirkte wie ein Hausmädchen, das den pfauenbunten Seidenhausrock ihrer Herrin übergeworfen hatte. Sie warf Alexander zweideutige Blicke zu, so als wüchse ihre Nähe zueinander proportional zu dem Geldhaufen, der sich auf dem Tisch auftürmte wie ein gewaltiger Altar. Der junge Weltschev hatte das Gefühl, dass Angelina sich nach der Art eines Strip-Pokers lasziv entblätterte: Mit jedem neuen Geldstapel fiel ein Kleidungsstück. Ein quälender Anblick, erregend und widerlich zugleich. Papasov betrank sich teilnahmslos …

In unbequemer Sitzhaltung, fast verschmolzen mit dem künstlichen Dämmerlicht im Raum, versuchte Alexander klar zu denken. Instinktiv erkannte er, dass das hier vielleicht die Chance seines Lebens war. Er brauchte nur brühwarm seinem Vetter Assen das, was er hier beobachtete, zu erzählen und konnte ihm durch diese Warnung, dass Zeitpunkt und Sinn der geplanten Währungsreform entdeckt waren, schlagend den wenn auch verlogenen Beweis seiner Treue zum neuen kommunistischen Regime erbringen. Der auf diese Weise herbeigeführte totale finanzielle Ruin der Sestrimskis würde ihn auch Viktoria annähern und seinen Wert als unentbehrlicher Gefährte der Sestrimskis deutlich machen. Der Fall der anderen würde seine eigene Armut rechtfertigen. Außerdem, beruhte der Erfolg des einen nicht immer auf dem Misserfolg der anderen?

So weit, so gut. Es konnte aber auch gut sein, dass nach dem Kehraus mit dem stählernen Besen der Währungsreform sein Verbleib in Sestrimskis Kanzlei unmöglich wurde. Sestrimski würde wohl kaum noch einen Kanzleigehilfen benötigen; zugleich aber durfte er diesen gefährlichen, unerwünschten Zeugen nicht aus dem Auge lassen! Er könnte – und dazu war Sestrimski fähig – ihn höchstens in seine strafbaren Handlungen verwickeln und ihn so unschädlich machen. Einen Monat später würde er ihn dann unter einem fadenscheinigen Vorwand in die Wüste schicken. Der Augenblick war günstig. Im Durcheinander wäre es ein Leichtes für Alexander, zu seiner Tante Jonka zu gelangen und von dort ohne Umwege in seine strahlende Zukunft. Hatte er denn eine Wahl? Die klar zutage liegenden Umstände hielten ihn in ihrem kalten Zangengriff. Moralische Bedenken gegenüber seinem Arbeitgeber hatte er keine.

»Schieb dieses Altpapier mal ein bisschen zur Seite«, sagte Papasov mit verächtlichem Nicken zu den Geldstapeln, die sich gefährlich seinem Cognacschwenker näherten. »Der Mensch kann ja nicht mal mehr in Ruhe der hohen Trinkkultur pflegen mit dieser muffigen Matratzenfüllung in der Nähe.«

Sestrimski ließ einen Fluch vom Stapel, dann gingen er und seine Frau hinaus, um die letzten Bündel auch noch zu holen.

Wenn es weniger Geld gewesen wäre, hätte Alexander sicher nicht gezögert, zu Assen zu gehen. Aber der pure Anblick dieses bedruckten Papiergebirges, nicht die Angst vor Sestrimski bannte ihn mit seiner starken Aura von Geheimnis, dubiosen Machenschaften und Überheblichkeit. Er war wie gelähmt, hatte keine Kraft zum Verrat. Die Banknoten waren teils frisch und ungebraucht und rochen nach fröhlicher Verschwendung, teils fleckig und labberig wie eine Souterrain-Spelunke, in der ein vom Leid gebrochener Mensch seine letzten Piepen versoff. Vor lauter widersprüchlichen Gefühlen brach ihm der Schweiß aus. In den letzten Jahren hatte das Geld an sich drastisch an Wert verloren, weil es keinen Einfluss mehr auf das gesellschaftliche Geschehen hatte. Darum flößte ihm das, was er da vor sich sah, einerseits Verzweiflung ein, andererseits eine wilde Euphorie: Berühren wollte er es, dieses Geld, es zwischen seinen Fingern spüren, sich an seinem Knistern, Rascheln und Reiben ergötzen.

Die Tür zum Wohnzimmer öffnete sich langsam und knarrend: Viktoria erschien auf der Schwelle, verschlafen, mit kaltem, ungeschminktem Gesicht. Der Anblick des Banknotenaltars auf dem Wohnzimmertisch erschreckte sie zunächst, dann löste er Heiterkeit aus. Ihr Kichern, unbefangen und kindlich, steckte die anderen allmählich an. Sestrimski wischte sich den Schweiß vom kahlen Schädel und bog sich vor Lachen, Angelina giggelte geistlos, Papasov hielt sich das Zwerchfell, als habe er von der Arche Noah aus den rettenden Berg Ararat erblickt. Auch Alexander spürte, wie sich seine Innereien zusammenzogen und zuckten. In seinem Kopf blitzte für einen Moment das kleinmütige, von Zweifeln erfüllte Lächeln seines Vaters auf, der – wie er – seine große Chance verpasst hatte, und es wusste. Dann lachte auch er.

Erfüllt von kaltem Entsetzen und Überlegenheitsgefühlen zugleich, bog Alexander sich vor Lachen, denn jeder lachte hier über die anderen.

13

Im hellen Licht des Nachmittags musste er nacheinander in vier Postämter. Er bog sich unter der Last der schweren Einkaufstasche und einer nicht minder lastenden Müdigkeit. In jeder einzelnen Dienststelle musste er etwa eine halbe Stunde warten und sich in dieser Zeit mit dem Duft von Bohnerwachs und dem scharfen Schimmelgestank vertraut machen, der den haufenweise herumliegenden Lebensmittelpaketen entströmte, bis er schließlich telefonisch mit Warna, Plovdiv, Gorna Dschumaja oder Trojan verbunden wurde, um einem verhuschten Apotheker, einem Reserveobersten oder einem noch praktizierenden Anwalt, deren Namen er natürlich längst kannte, zu sagen: »Ich melde mich im Auftrag von Herrn Sestrimski … Er hat erfahren, dass Schweinefleisch teurer werden soll!«

Er steckte voller Angst. Diese diffuse, blinde Panik kam nicht von dem Wissen, dass die Miliz ihn anhalten und seine alte, bis obenhin mit Geld vollgestopfte Einkaufstasche inspizieren könnte, sondern stand in direkter Verbindung zu dem hysterischen Gelächter, das Viktoria ausgelöst hatte, und das noch in seinen Ohren widerhallte.

Wenn er aus dem Dunkel der Telefonkabinen wieder in das gleißende Sonnenlicht hinaustrat, kam ihm die Jahreszeit fast sommerlich vor. Die Luft duftete nach Leben, die Menschen lächelten herzlich. Doch das verstärkte seine apathische Müdigkeit nur noch, die ihn mit Haut und Haaren ergriffen hatte. Anschließend musste er einige ärmere Verwandte Sestrimskis aufsuchen, die ihn mit Schweigen empfingen und dem Überraschungsgast nichts als Verachtung anboten. Es roch bei ihnen nach altem Kohl, nach Angst. Er musste sich erneut erniedrigen und ihnen mit gekünsteltem Lächeln erzählen, welche Wohltaten sie dem berühmten Anwalt verdankten; wenn nötig, musste er bitten und betteln, manchmal auch drohen. Seine Aufgabe war es, sie dazu zu bringen, die betreffende Summe auf ihren Namen bei einer Bank einzuzahlen, dann ließ er sie lange und umständlich formulierte Empfangsquittungen ohne realen Wert unterschreiben, schüttelte Hände und machte sich auf zur nächsten Adresse, bis er am Ende in so gut wie jedem Teil der unüberschaubaren bulgarischen Hauptstadt gewesen war.

Immerhin: Die unansehnliche Einkaufstasche war deutlich leichter geworden, als die Dämmerung hereinbrach. Alexanders Streichgarnanzug drohte aus der Form zu gehen, so oft musste er sich an diesem Tag hinsetzen und wieder aufstehen. Einen Moment lang ging ihm durch den Kopf, er könnte doch einen Teil des Geldes stehlen und irgendwo verstecken; aber diese Art des Aufbegehrens gegen seinen Chef kam ihm dann doch zu verstohlen, zu mickrig vor.

Dann war es endlich geschafft. Die Frühlingsnacht war kühl und von den Nachtgestirnen festlich erhellt. Düfte nach Flieder und nahem Wald berauschten ihn, doch der aufgeschüttete Sportplatz »Junger Held« dunkelte bedrohlich, und ihn packte plötzlich ein Gefühl der Einsamkeit und Nutzlosigkeit. Ein seltsames Verlangen, etwas Edelmütiges zu tun, überkam ihn; aber in dieser Stadt gab es nicht einen einzigen reichen Menschen, dem er Gutes hätte tun wollen, indem er ihn über die bevorstehende Währungsreform informierte. Er überquerte die knarrende Holzbrücke über den Perlovo-Kanal und ging die Graf-Ignatiev-Straße hoch. Unbewusst hatte er den Weg zum neuen Mietshaus von Goscho Pantov eingeschlagen. Er stellte sich die Überraschung seines Vetters vor und malte sich die gewundenen Formulierungen aus, mit denen dieser ihn hinausgeleiten würde. Pantov hatte sicher noch Geld vom Verkauf der Konditorei »Bulgaria«, wusste aber garantiert nichts von der bevorstehenden Entwertung des alten Geldes. Ich werde sein Rettungsengel sein, dachte Alexander!

Ihm war unbehaglich zumute, und er fröstelte. Die umliegenden Fenster leuchteten verträumt. Im Eingang wehte ihn der Geruch nach Eintopf und Zinkweiß mit Kalkgrundierung an. Die Treppenhausbeleuchtung funktionierte nicht. Alexander fühlte den Puls heftig in seinen Schläfen pochen. Warum war er eigentlich gekommen? Um sich selbst zu helfen, dachte er, denn er starb vor Angst. Er drückte die Klingel. Drinnen schien jemand erschreckt zu warten. Dann ging die Tür auf und Georgi stand im Bademantel vor ihm; graue Brusthaare lugten daraus hervor. Er war alt geworden, aber noch immer gutaussehend.

»Du bist es?!«, rief er überrascht aus, doch Alexander stieß ihn nur in die Mansarde zurück. Die Wohnung war erlesen eingerichtet. An den Wänden goldschimmernde Seidentapeten, davor ein stilvoller Bücherschrank mit lauter ungelesenen Bänden und über die Regalreihen verstreuten Bronzefiguren. Auf dem Tisch standen zwei Gläser mit einem Rest Cognac. Die Luft war verräuchert, die Tür zum Schlafzimmer nur angelehnt. Durch den schmalen Spalt erspähte Alexander ein zerwühltes Bett. Und dann hörte er auch schon, wie sich jemand darin bewegte.

»Es passt mir jetzt gerade gar nicht«, grinste Georgi. »Komm doch morgen wieder, nicht wahr, du verstehst?«

»Ich muss dir etwas Wichtiges sagen!« Er konnte ja schlecht sagen:

»Ich bin gekommen, um dir etwas Gutes zu tun.« Also fasste er ihn nur inständig am Arm.

»Morgen, mein Lieber, morgen …«, beharrte Goscho, als eine schmerzlich bekannte Stimme sich aus dem Schlafzimmer meldete:

»Wenn das der liebe Alex Weltschev ist, lass ihn doch bleiben. Dann hab ich auch gleich jemanden, der mich in der Dunkelheit nach Hause bringt.«

Aus dem Schlafzimmer kam – Viktoria Sestrimska. Sie trug ein wunderschönes, bordeauxrotes Kleid. Ihre Finger knöpften gerade flink dessen Dekolletee zu, durch das das Bustier ihres schwarzen, gesteppten Bodys zu sehen war. Sie setzte ein unwiderstehliches, geneigtes Lächeln auf, als habe sie Alexander seinen dreisten, wenn auch unausgeführten Verrat im Vorfeld verziehen.

14

Der Cognac rauschte unangenehm in den Ohren; ihm war, als höre er die Donau, das tröstende Klatschen der Wellen, in dem so viel Ausgedachtes an die Ufer seiner Kindheit schlug. Die unbeugsame Trauer seiner Mutter, die gespielte Heiterkeit seines vergrämten Vaters, der Duft nach präparierten Kräutern – und nach Hoffnungen und Träumen, die ebenfalls an wohlsortierte, getrocknete Blüten erinnerten. Ich bin selbst nur eine ausgedachte Phantasiegestalt, dachte Alexander leidvoll. Verwundert stellte er fest, dass er nicht eigentlich unglücklich war, sondern einfach nur betrunken, gleichgültig und müde. Er horchte auf die Schritte Viktorias, erschnupperte den feinen Duft ihres jungen Körpers, ihres Parfüms, das sie mit einer unsichtbaren Aura umgab. Sie hatte den Kragen ihrer Mantille hochgeschlagen. Ihr Haar, vom Kamm ausgiebig gestreichelt, glänzte feucht.

»Sind Sie fertiggeworden, Herr Weltschev?«

Alexander öffnete seine Tasche und zeigte Viktoria deren hohles Inneres.

»Ja, habe alles übergeben …«

»Mir … mir war schrecklich langweilig. Gut, dass Herr Pantov die

Güte hatte, mich zu empfangen. Er lud mich ein, mir seinen Papagei anzuschauen …« Sie brach in ein kurzes, schallendes Lachen aus. »Aber am Ende stellte sich heraus, dass der Käfig leer war, er selbst aber voller Verlangen!«

»Haben Sie es ihm gesagt?«, fragte Alexander.

»Was gesagt?«

»Na, das mit der Währungsreform natürlich. Ich bin mir sicher, dass das ein schwerer Schlag für ihn wird.«

»Warum sollte ich ihm das sagen?« Viktoria schaute ihm mit kalter Verwunderung in die Augen. »Sie wissen doch: Von jeder beliebigen Masche aus kann man den ganzen Strumpf aufribbeln! Herr Pantov ist ein schwatzhafter Weichling.«

»Er ist Ihr Freund.«

»Mein Freund? Nie gewesen! Schöne Frauen, mein Herr, haben keine Freunde.«

»Aber …«

»Das war nur diesen einen Abend. Ich fühlte mich verpflichtet, ihm meinen Dank abzustatten, und jeder bezahlt seine Schulden, wie er eben kann. Ich habe ihn *glücklich* gemacht – soll ich ihn nun auch noch reich machen? Im Unterschied zu ihm würden Sie den Reichtum vorziehen, hab ich nicht recht?«

»Wenn ich das nur wüsste«, erwiderte Alexander mit kaum verhüllter Bitterkeit. »Ich weiß überhaupt nicht, was ich will. Ich denke, ich werde Ihr Haus verlassen, Fräulein.«

»Daran tun Sie ganz recht. Mein Vater nutzt Sie brutal aus. Ich habe das Gefühl …« – sie lächelte sadistisch – »… dass auch Maman Ihre Dienste in Anspruch nimmt. – Sie sehen ja wirklich reizend aus, wenn Sie erröten … aber Sie tun es zu oft. Sie überspannen den Bogen.«

Viktoria hielt vor dem dunklen Schaufenster einer Milchwarenhandlung, holte einen Lippenstift aus ihrem Handtäschchen und führte ihn sorgfältig, mit lasziver Erfahrung, über ihre Lippen.

»Stören Sie sich nicht an meiner Direktheit, und seien Sie mir nicht böse. Am Anfang dachte ich, Sie seien verliebt in mich, und das schmeichelte mir. Nicht, dass ich geneigt war, Ihre Gefühle zu erwidern, aber Komplimente sind für eine Dame nun einmal höchst angenehm. Wie jeder Mensch brauche auch ich solche Zeichen der Verbundenheit. Aber Sie lieben mich nicht, Herr Weltschev, und tief in Ihrem Inneren wissen Sie das auch. Mir ist bewusst, dass ich eine gute Partie für Sie wäre. Sie sind kaum je einmal zufrieden mit sich selbst, weil Sie immer das Unmögliche wollen. Ihr Vetter hingegen wollte nur eines … und das hat er bekommen.«

Am Ende des Boulevards erblickte er das Universitätsgebäude. Angestrahlt vom gelblichen Licht der Straßenlaternen an der Kreuzung, wirkte es wie eine Theaterkulisse. Der Wind kam aus der Richtung des Zoologischen Gartens und trug Feuchtigkeit und den sauren Geruch wilder Tiere herbei. Viktoria hakte sich vertraulich bei ihm ein.

»Wozu mussten Sie eigentlich mit dieser ausgedienten Tasche durch ganz Sofia rennen und unsere lieben armen Verwandten abklappern? Ich bin vielleicht bös, aber ich werd's Ihnen sagen: Sie haben eine geradezu panische, ja, eigentlich unverschämte Angst, dass meine Eltern Sie verjagen könnten. Aber genau das werden sie früher oder später tun. Hören Sie auf Ihr Herz und machen Sie, dass Sie davonkommen! Manchmal tun Sie mir leid, Herr Weltschev, auch wenn ich langsam zu der Überzeugung komme, dass Sie so hilflos gar nicht sind, sondern einfach nur ängstlich! Ich wette, diese Ihre dauernde Übervorsicht hilft Ihnen bestimmt dabei, nie viel zu verlieren; aber sie hindert Sie ebenso gewiss daran, jemals zu gewinnen. Sie sind so ängstlich, dass Sie mir jetzt am liebsten eine Ohrfeige verpassen würden.«

Sie wandte ihm ihr Gesicht zu, ihre Augen blitzten spöttisch. Doch seltsam: Er empfand weder Zorn noch Widerwillen. Nichts als Ruhe, überirdische Güte und Einverständnis hatten sich seiner bemächtigt, als hätten seine Sinne und sein Verstand sich wie eine Brausetablette in der feuchten Luft aufgelöst. Eine lange nicht mehr erlebte Leichtigkeit verbreitete sich in seinem Körper. Der Alkohol verflüchtigte sich in seinem Blut, die peinigende Müdigkeit verwischte sich, und mit beinahe lasziver Unschuld sagte er sich: Jetzt habe ich keine Wahl mehr; also habe ich jetzt einen Ausweg!

15

Die Zugfahrt nach Widin an diesem Frühlingsabend machte ihn wieder schrecklich melancholisch. Alexander hätte nicht gedacht, dass er so sentimental war. Er saß allein im Abteil, das nur von einer schwachen blauen Lampe erhellt wurde. Die Luft draußen war voller Gerüche und wirkte dichter durch die Fahrt. Der Duft aufblühender Gräser und Kräuter mischte sich mit den Rußflocken der Lokomotive und dem Harz der Schwellen. Er spürte, dass ein Abschnitt seines Lebens beendet war; ein Neuanfang aber, gleich welcher, erschien ihm unendlich schleierhaft und schwer. Das Mondlicht versilberte die Hügelkuppen. Die ganze Landschaft wirkte irreal, so als sei sie ein Bild aus seinen Kinderträumen. Die Stille und Verlassenheit der kleinen Provinzbahnhöfe ließ ihn an Abstieg, Verfall und Ende denken.

Spät erst kam er an. Vom Bahnhof tauchte er gleich ein in die kalten Nebelschwaden von der Donau, die bei jedem Windstoß andere Teile der Stadt freigaben. Das Wiedersehen mit seiner Mutter erlebte er als geprägt von Zurückhaltung und Würde. Elena berührte nur leicht mit den Lippen die Stirn ihres Sohnes. Kein Ausruf der Freude entfuhr ihr, kein Schluchzer entrang sich ihrer Brust; sie legte einfach ein Lesezeichen zwischen die Seiten, die sie gerade las, und machte Tee. Ganz wie Alexander vermutet hatte, hatte sie nach dem Tod seines Vaters ihr Trauerkleid abgelegt, das eine Art Protest gegen und zugleich Ausdruck der Enttäuschung über Christo Weltschevs Versagen und seine latente Mitschuld am furchtbaren Tod ihres Vaters, des Anwalts und Sozialisten Kamenov, war. Nun sah sie jünger und schöner aus, vielleicht auch einfach nur freier. Ihre Stimme hatte ihre Weichheit bewahrt, ihr Körper seine Weiblichkeit und Biegsamkeit, nur in ihrem Haar schimmerten graue Strähnen. Die Gegenwart seiner Mutter verzauberte Alexander derart, dass er am liebsten wieder ein Junge gewesen wäre. Er fragte sie, was aus seinem Herbarium geworden sei. Sie lächelte, stand auf und holte aus dem Arbeitszimmer des alten Kamenov die Mappen, auf denen auch nicht das kleinste Stäubchen lag. Alexander kamen die Tränen. Ja, seine Mutter war Gebieterin über die Geheimnisse dieses Hauses, die unauslöschbare Vergangenheit, die es barg. Die Zimmerluft roch nach ihr, die Wandborde sprachen beredt von den alltäglichen Verrichtungen ihrer Hände, von seinem Vater hingegen – nichts, keine Spur! Das tat Alexander merkwürdig gut, denn indem er seinen Vater so mit Verachtung strafte, nahm er auch Rache an sich selbst.

»Ich weiß, es muss dir eine große Kränkung, etwas Endgültiges geschehen sein«, sagte Elena taktvoll, »und ich weiß auch, dass die Wunden, die uns dies Leben schlägt, unheilbar sind oder tiefe Narben hinterlassen! Wenn du also in Widin bleiben willst«, fuhr sie träumerisch fort, schämte sich aber zu sagen, »bei mir«, »dann könnte ich mit dem Bezirkssekretär reden … Er ist ein Zögling deines Großvaters und verdankt ihm viel.«

Sie schaute ihn mit ihren dunkel funkelnden Augen an, und Alexander brachte es nicht fertig, sie zu belügen, auch wenn er ahnte, dass eine Lüge, beständig wiederholt, sich allmählich zur Wahrheit wandelt, weil sie Aufschluss gibt über den betreffenden Menschen. Die Lügen, die jemand in sich aufschichtet, sind die Geologie seiner Wahrheit.

»Gut denn«, sagte Elena, »ich sehe, du bist müde. Dein Zimmer ist fertig. Ich wechsle jeden Samstag die Bettwäsche.«

Die folgenden Wochen verstrichen in wunderbarer Reinheit und daher spurlos wie ein Traum. Elena saß meist hinter der Nähmaschine. Sie arbeitete schnell, weil sie alle Anzüge umnähen wollte, die Alexanders Vater über die Jahre gekauft hatte, mit dem einzigen Ziel, der Welt eine gutsituierte Bürgerlichkeit vorzugaukeln, die ihm niemand abkaufte. Alexander ging im Uferpark spazieren, starrte stundenlang auf den Fluss, war glücklich und selbstvergessen, melancholisch und aufrichtig mit sich. Abends gönnte er sich ein paar Zigaretten, und seine Mutter, in farbenfrohe und freundliche Kleider gehüllt, trank ein Gläschen Likör. Sie sprachen wenig, und immer über nebensächliche Dinge, spielten Karten – lächelnd, liebevoll und doch distanziert. Allmählich wurde dem Sohn klar, dass die Trauer seiner Mutter sich in einen Bestandteil ihres Alltags verwandelt hatte, und dass der wahre Kern dieser Trauer er, Alexander, war. Sie mag mich nicht, ist nicht stolz auf mich, und trotzdem liebt sie mich, dachte er bange, genauso wie sie Papa verachtete, sich für ihn schämte, und ihm dennoch treu blieb!

»Geh am besten zu Tante Jonka. Dein Vater hat deinen Vetter seinerzeit vor dem Gefängnis bewahrt; Assen schuldet deinem Vater also etwas und wird dir helfen«, sagte sie nachdenklich. »Ich werde ihnen einen Brief schreiben.«

Das mit dem Brief war wohl leichter gesagt als getan, denn Elena quälte sich Tage damit. Dann, eines schönen Abends Ende Mai, als die Schatten schon sommerlich und die Luft noch frühlingsfrisch war, kam sie mit einer Zugfahrkarte an. Es war ihr letzter gemeinsamer Abend, und die Zärtlichkeit zwischen ihnen war vollkommen. Elena hatte einen Tee aus Thymian und Dost gekocht, die Bienen summten beruhigend und der Lichtkegel des Deckenleuchters, der das Hochzeitsbild seiner Eltern streifte, erhellte nicht nur die Spitzentischdecke, sondern auch ihre Trennung, die – das fühlten sie – wohl für immer war. Die Augen seiner Mutter blieben trocken, sie erlaubte sich nicht einmal einen Seufzer; nur das Batisttaschentuch, das sie die ganze Zeit in der Hand hielt, zitterte unablässig.

Am Morgen mieteten sie eine Kutsche, luden die beiden mit Anzügen und Hemden vollgestopften Koffer auf und fuhren zum Bahnhof. Die ganze Stadt lag so intensiv vor seinen Augen, als sei sie eigens erschienen, um ihm das Geleit zu geben. Auf dem Bahnsteig roch es nach Dampf und Kohlenrauch, nach Abschiedsschmerz und der ewigen Reise des Lebens. Das Durcheinander und Stimmengewirr drang wie durch einen Filter zu ihnen. Die soeben von einem schwarzen Kran mit Wasser und Kohlen versorgte Lokomotive fauchte und zischte wie ein Schwerathlet vor der Hantel. Mutter und Sohn trauten sich nicht, einander in die Augen zu schauen. Schließlich ertönte die Glocke. Die Schwere der Koffer in seinen Händen bewahrte ihn vor der Antwort auf die peinliche Frage: Was tun zum Abschied? Dann war ihm, als würde die Gestalt seiner Mutter plötzlich kleiner und – er wusste selbst nicht, wie es geschah – ihr weißes Kleid kam ihm schwarz vor.

Als Elena nach langem, beklommenem Schweigen plötzlich den Mund aufmachte, erschienen ihm ihre Worte übertrieben pathetisch und pompös. Sie waren lange im Voraus bedacht, diese stillen Worte, die keinerlei praktischen Wert hatten. Seine Mutter spürte dies offenbar, küsste ihn auf die Stirn und schob ihn zur Tür seines Wagens: »Schreib öfter mal.«

Alexander hatte gerade den Kopf durchs Abteilfenster gesteckt, da fuhr der Zug auch schon ab. Ich fange jetzt neu an, dachte er, und sie fängt aufs Neue an zu warten.

In der klaren, hellen Luft entfernte sich eine Frau in Weiß mit dezent erhobenem Arm und dem rätselhaften Lächeln einer Gioconda von Widin. Alexanders Herz krampfte sich schmerzhaft zusammen, denn nun gab es keinen Zweifel mehr: In diesen letzten Tagen seiner Jugend hatte Alexander Weltschev sich, trotz dessen widersprüchlichen Wesens und eindeutigen Scheiterns, für seinen Vater entschieden.

Fünftes Kapitel

1

Durch die Dachluke sickerte schmutziggelbes Licht. Hinten an der Wand lag ein umgefallener Korb voll fremder Erinnerungen und den Stoffpuppen aus Sonjas Kindheit. Obwohl von Staub und kaum sichtbaren Spinnweben bedeckt, führten die Dinge ihr bewusst- und sinnloses Leben fort. Im Schoße des Halbdunkels und unter der feinen Staubschicht barg sich inzwischen kein märchenhafter Reichtum mehr, sondern nur noch ein zerkratzter Koffer mit Aufklebern aus ganz Europa, die von der Verantwortungslosigkeit und dem ungesunden Weg seiner Jugend zeugten.

Die Millionen, die von der Konditorei »Bulgaria« und dem Fleiß des alten Toromanov geblieben waren, würden in Geldscheine umgetauscht werden, die mühelos in Sonjas Damentäschchen Platz fanden. Damit änderte sich nicht nur der Sinn der unter Gerümpel begrabenen Banknoten, sondern auch ihre Menge, ihre physische Gegenständlichkeit, was erhebliche Bedeutung für Georgi Pantovs Sicherheitsbedürfnis hatte. Darüber hinaus ging ein Quell der *Freude am Besitz* verloren, denn es war doch geschmacklos, so ein paar lächerliche Bündelchen aufwendig zu verstecken; so etwas taten nur Geizhälse und Krämerseelen. Außer seiner Ruhe und dem Glauben ans Überleben hatte Georgi auch den Zauber des Geldes eingebüßt, seine scheinbare Schutzlosigkeit, die nur durch Nachlässigkeit und ein klemmendes Vorhängeschloss inmitten von Staub gehütet werden konnte.

Er blies die Kerze aus und ließ sich auf den nächstbesten wackeligen Stuhl fallen. Ihm tat alles weh – der Kopf, die Nieren und das Rückgrat. In seinen linken Arm strahlte ein Schmerz aus, der verriet, wie infarktgefährdet er war, seine Augen, gerade eben erst an die Dunkelheit gewöhnt, schwammen in Tränen, sodass alles auf diesem Dachboden gleichsam in verflüssigter Form sein Bewusstsein betrat. Letzte Nacht hatte er von der Donau geträumt, hatte die weißen Dampfschiffe mit den Messingverzierungen gesehen, die aus Wien kamen, die glitschige Anlegestelle, den schweren Geruch nach Sumpf und gebratenem Fisch; er hatte die pure Ausdehnung dieses majestätischen Stroms gesehen, der in einer Biegung hinter Calafat verschwand wie Vergangenheit und Jugend hinter der Biegung des heutigen Tages. Ich werde alt!, dachte er, als er – es war kaum drei Uhr nachts – erwachte. Der Wecker tickte monoton, doch er konnte einfach nicht mehr einschlafen. Er lauschte dem ruhigen Atmen Sonjas und vertiefte sich in den kaum wahrnehmbaren Lichtfleck auf dem Spiegel.

Ein bisher nicht erlebtes Gefühl, mit dem Leben nicht länger fertigwerden zu können, trieb ihm den kalten Schweiß auf die Stirn. Die Zeit, in der er mit seiner oberflächlichen Schönheit und tiefgründigen Unbeständigkeit aus Europas mythischen Orten zurückgekehrt und es ihm gelungen war, eine Tochter aus reichem Hause – er schämte sich längst nicht mehr vor diesem Wort – *zu täuschen*, lag in weiter Ferne. Nun hatte er die Fähigkeit zu der ihm eigenen Form von Widerstand eingebüßt, die Fähigkeit, im Unglücksfalle *nichts zu unternehmen*, sondern in lächelndem Müßiggang das Schlimmste zu erwarten. Die Gesellschaft, in der er bisher gelebt und bei der er mit seiner charmanten Chuzpe gute Karten gehabt hatte, war von der anbrandenden Flut der neuen Zeiten zerstört und fortgewaschen worden wie eine Sandburg. Was aber bleibt von einem Menschen ohne die gewohnte Umgebung, ohne Freunde, ohne Lebensziel? Sicher, er war nun, nach Tschakalovs Tod, Besitzer eines grottenhässlichen Mietshauses auf der Ljuben-Karawelov-Straße; aber was er von dort an Mieteinnahmen hatte, das war nicht mal Taschengeld für einen wie ihn! Die Knarzbrettchen in seinen Schuhsohlen und die Phantasie unter seinem Scheitel schienen beide aus dem gleichen Grund kleinlaut zu werden. In seine dandyhafte Lust am Ausleben seines Begehrens mischte sich immer mehr Furcht. Die Migräne, mit der er zuvor auf den Jours und in den Salons der guten Gesellschaft kokettiert hatte, wurde nun real, ja, sogar chronisch.

Sein Gesicht büßte seine Frische ein. Er bekam Hornhaut, Hühneraugen und Hämorrhoiden; Leberflecken und Furunkel waren gleichsam Flecken auf seiner Aristokratenehre. Mit ebendieser hatte er es mühelos geschafft, Sonjas Vermögen zu verprassen, und nun war ihr Ruin als Folge grenzenloser Güte nicht mehr nur ein Tadel, sondern eine Erniedrigung.

Das Leben wurde immer schlichter, alltäglicher und kleinformatiger, so als ginge es durch einen Korridor, der immer enger wurde. Das Gewissen plagte ihn; nachts hatte er Albträume, in denen Tschakalov auftauchte – fett, verschwitzt und beinahe immer in Vogelgestalt zur Erinnerung an jenen schwindelerregenden Flug, den Georgi vom Dachboden des fast fertigen Mietshauses aus verfolgt hatte. Er versuchte sich einzubleuen, dass er unschuldig sei. Ja, er hatte zugegriffen, doch nicht, um ein Verbrechen zu begehen, sondern um dem Vernichtungsfeldzug ein Ende zu setzen, mit dem sich dieser Schakal auch noch vor ihm gebrüstet hatte. Nicht töten, sondern sich vor dem stinkenden, schleichenden Raubtier verteidigen, das hatte er wollen. Außerdem, dachte er im Halbschlaf, war ein Schakal kein Vogel. Er war geboren zu kriechen und zu stinken, und nicht zu fliegen und zu spotten.

Mit der Zeit wurde es ihm sogar angenehm, wenn Tschakalovs Gestalt im Traum auftauchte; seinen Flug verband er mit dem Fortfliegen seines Schuldigseins. Der Gedanke, er sei ein Mörder, erfüllte ihn sogar mit Selbstbewusstsein! Doch Tschakalovs Traumbild ließ das nicht einfach so auf sich beruhen und holte zum Gegenschlag aus, indem er einfach – verschwand! Empört und wütend machte sich Goscho in den unwirtlichen Räumen seines Traums auf die Suche nach ihm, rief seinen Namen von einem hohen, aber irrealen Dachstuhl, schreckte halb erstickt und schweißgebadet auf. So wurde sein Leben zur Schlafenszeit fast ebenso beklemmend und einsam wie während des Tages.

Der einzige Lichtstrahl, der in diese Düsternis fiel, war seine Liebe zu Viktoria Sestrimska. Still und heimlich verglich er sie mit Seta Topalova, die in seiner Erinnerung die unschuldige junge Frau geblieben war, die ihren grausamen Schabernack mit ihm getrieben hatte. Während ihn das Leben gehörig zerknautschte, hatte er über die Jahre die Vollendung der Melancholie erlangt. Physisch waren Viktoria und Seta ganz unterschiedlich. Im Bett hatte Seta sich ihrer Leidenschaft hingegeben, nicht unterwerfbar zu sein, während Viktoria einfach unersättlich und vulgär war. Auch geistig war Viktoria nur eine blasse Kopie der jungen Topalova. Sie hatte nicht deren findigen Verstand, unbeugsamen Willen und grenzenlosen Charme, mit dem sie alle beherrschte. Genau darum, dachte Georgi, war Viktoria wohl auch weit lebenstauglicher als Seta, die nur in voller Pracht und Unverschämtheit leben konnte, oder gar nicht. Dieser sich aufdrängende Vergleich bedrückte ihn wie einen Sammler, der nur eine Kopie und nicht das Original besaß. »Du liebst mich, als sei ich eine andere!«, hatte Viktoria ihm, wenn auch lachend, einmal gesagt. An jenem Abend, als es endlich geschah, hatte ihr Parfüm ihn beduselt, ihre saftige Jugend hatte ihm das Mark aus den Knochen gesogen, ihre Haut war rein, dunkel und wie von innen leuchtend gewesen, und es war ihm so vorgekommen, als mache er Liebe mit der ganzen samtenen Nacht, der unenträtselbaren Lebendigkeit der Dinge und der Finsternis.

Viktoria hatte ihre Unschuld schon vor langer Zeit verloren, und sie machte auch kein Geheimnis daraus. Mit einer gewissen Liederlichkeit, die an Missachtung grenzte, erzählte sie ihm, dass ein Schönling von der amerikanischen Militärgesandtschaft sie zur Frau gemacht habe. »Ich hatte gehofft, er würde mich heiraten, und ich käme so aus Bulgarien weg«, erklärte sie ohne jedes Gefühl. »Ich hab Englisch gelernt wie verrückt – und was macht dieser Idiot? Verschwindet einfach und lässt mich mit dem ganzen Verlobungskrempel sitzen: einem Saphirring, einer silbernen Dollarmünze, fünf Tafeln Schokolade, zwei Dosen Kondensmilch, aber leider nicht seiner Adresse.« Sie hätten sich in den kleinen Hotels in der Nähe der Markthallen getroffen. Der Amerikaner wäre stämmig, lüstern und beschränkt gewesen und habe unablässig *chewing-gum* gekaut. Wenn sie fertig gewesen und zur Ruhe gekommen wären, hätte er ihr Märsche auf seiner Mundharmonika vorgespielt. Englische Ausdrücke habe sie von ihm nur fünf gelernt: »come on«, »undress«, »I'm hungry«, »shit« und »bye-bye«.

Georgi fühlte sich betrogen; von den intimen Details, die er hörte, wurde ihm schlecht. Vor Abscheu rauchte er. War es nun schon so weit, dass selbst die Liebe ihm nur noch Leiden eintrug? Die Glut der Zigarette warf einen zarten Lichtschein auf die festen Brüste Viktorias und die erregenden Röschen auf ihnen, die ihm nun Wunden glichen. Er empfand Scham, aber auch eine sadistische Lust an seiner Schande. Genau in diesem Moment packte ihn das Mädchen, das ihrem Namen Ehre machen und für ihn der größte Sieg seines Lebens hätte werden können, an den Weichteilen und sagte: »Du liebst mich, als sei ich eine andere!«

Auch nach diesem vermaledeiten Abend konnte er nicht einschlafen. Er hatte Angst, dass Tschakalov wieder nicht erscheinen könnte. Ganz früh stand er auf, nahm eine kalte Dusche. Im Wohnzimmer wartete dampfender, aromatisch duftender brasilianischer Kaffee auf ihn; das Hausmädchen hatte ihm außerdem Eier gekocht und das »Werktätigenblatt« neben das Frühstückstablett gelegt. Aus reiner Gewohnheit schlug er es auf und überflog flüchtig die erste Seite. Als er begriff, was er da las, brach ihm der Schweiß aus und er stotterte: »Geldumtausch … Ich bin erledigt, ich bin vernichtet, ich bin überlistet, ich bin … ein armer Mann!« Er rief sich den verstaubten Koffer auf dem Dachboden ins Gedächtnis – ach, dieses herrlich schutzlose, stille und treue Geld, dieser wertvollste Teil seiner ermüdeten Phantasie, dieser wahre Triumph seiner Unbegabung und seiner Faulheit.

»Eine Kerze«, brüllte er das erschreckte Dienstmädchen an, »schnell, bringen Sie mir eine Kerze.«

Als er sich der Treppe zum Dachboden näherte, hatte er das Gefühl, er ginge zu einem Sechswochenamt. Die Stufen wollten gar nicht enden. Er rannte sie hinauf. Trat verzinnte Waschwannen zur Seiten, verbeulte Milchkannen, bauchige Wasserkrüge, und all das klirrte, schepperte und klongte um seine Beine. Er stieß den Korb mit den Stoffpuppen zur Seite, die – wie lange schon? – das Wort »Mama« nicht gehört hatten, und wühlte den Koffer aus den Hobelspänen heraus. Das Wissen, dass er nichts finden würde, gab ihm die nötige Entschlossenheit, den Deckel aufzubrechen. Das Geld war an seinem Platz. Wohlgeordnet, schimmernd, kühl und spröde, hatte es seinen Sinn verloren; die Währungsreform würde seine Größe herabmindern bis zur Bedeutungslosigkeit. Georgi Pantov war auf niemanden böse. Auch nicht auf sich selbst. Er gestattete es sich nicht einmal, diesen von Mäusekot besprenkelten Dachboden zu hassen. Der Dachboden hatte ja nur brav aufbewahrt, was er längst verloren hatte.

2

Noch am selben Tag schrieb Goscho Pantov im Licht der Frühlingssonne einen ausführlichen Brief an seine Mutter, der nur so gespickt war von Bezeugungen seiner Sohnesliebe, von Reue und von diffusen Klagen. Er entschuldigte sein langes Schweigen mit den Bauarbeiten an seinem Mietshaus, erwähnte, dass »der hochverehrte Herr Tschakalov« leider auf tragische Weise ums Leben gekommen sei, und dass infolgedessen die ganze Arbeit und Verantwortung auf seinen Schultern läge. Er beschrieb den Bau als »ein modernes, in einem frischen Grau gehaltenes Wohngebäude«, das zwar nicht durch Schönheit glänze, aber Sicherheit ausstrahle, Disziplin und Solidität. »Du wärest stolz auf mich, chère maman! Die Wohnzimmer sind etwas ungemütlich, aber der Blick geht aufs Witoscha-Gebirge, das tagsüber greifbar nah ist und sich erst in der Abenddämmerung zu entfernen scheint hinter Dunst und Dunkelheit.« Dann fragte er scheinbar beiläufig, aber direkt, das Wort »Währungsreform« raffiniert verschlüsselnd, was nach *W* aus ihrem zerknautschten Koffer geworden sei, »denn nach *W* – nicht wahr, du weißt schon … Mein liebes Köfferle ist nun ein bescheidenes Täschchen geworden. – Dein dich liebender Sohn«

Die Antwort kam zwei Wochen später. Sie war verschwommen bis zur Rätselhaftigkeit, wie das ganze Leben seiner Mutter. Sie klagte über den letzten Winter, in dem die Eiszapfen mit ihrem Gewicht die Dachrinne abgerissen hätten, über die Nachbarn, die ihre Hühner in ihrem Hof laufen ließen – und über den *S*, denn der *S* entwöhne die Leute von der Arbeit und zerstöre den aristokratischen Charme Widins, weil unter ihm die Proleten das Sagen hätten und zum Beispiel gegen Restaurantspiegel pinkeln konnten. Mit »S« war natürlich der Sozialismus gemeint. Ihr Stil war blasiert und voll affektierter Melancholie.

»*Körperlich und seelisch vegetiere ich nur noch vor mich hin. Es geht wahrlich über meine Kräfte, dieses große Haus in Ordnung zu halten, dabei ist es das Einzige, was ich vor deiner bodenlosen Verschwendungssucht noch habe bewahren können. Ja, ich bin wirklich stolz auf dieses Mietshaus, das du da gebaut hast, auch wenn ich mir die Beklemmung, ja, das Unglück seiner künftigen Bewohner lebhaft vorstellen kann. Auch nach W fällt noch etwas Licht in den Koffer, doch es ist so spärlich und flackernd geworden, dass es wohl kaum reichen wird, meine verbliebenen Jahre würdig zu erleuchten.*

Mein teurer Georgi, le temps est arrivé, um dir die glückliche Nachricht zu verkünden, dass du einen liebenswerten und vor allem legitimen Bruder hast! Ich sehe schon das Verzeihen und die uneigennützige Freude, die sich in deinen klugen, strahlenden Augen malen. Sollte dich dein Weg einmal durch Widin führen, wirst du das Vergnügen haben können, ihn kennenzulernen. Er ist ein so schöner Mann, dazu großherzig und besorgt. Ich fühle geradezu die brüderliche Liebe, die in deinem Herzen keimt, und nichts wird mich glücklicher machen, als meine beiden Kinder um mich und mein unwirtliches Alter vereint zu sehen. Küsse Sonja von mir! – Deine arme Mutter«

Verdattert und erschreckt rieb Goscho sich seine »klugen, strahlenden Augen« und las den Brief noch einmal. »Jetzt ist sie völlig durchgedreht«, murmelte er verstimmt. Er sah sie vor sich, bis übers Kreuz in eine Decke gewickelt; ihre dünnen Lippen umspielt von einem trockenen, bösen Lächeln. In seiner Vorstellung sah sie aus wie eine Wachsfigur, die jemand in den Ohrensessel plaziert hat, um Einbrecher zu erschrecken.

Ein Schweißfuß kommt selten allein, dachte Georgi erstarrt. So ist jedes Unglück immer auch begleitet von der Aufmerksamkeit derer, die sich daran delektieren. Meine eigene Mutter ist von allen guten Geistern verlassen und will mich verraten. Das kann ich nicht einfach so hinnehmen … Bei dem Gedanken, dass er mit irgendeinem aufdringlichen Typen sein Elternhaus in Widin teilen sollte, wurde ihm ganz anders. Was war mit dem schweren Tafelsilber? Den antiken Wiener Lampen, den Sammelalben seines Vaters? All den Erinnerungen, die dieses Haus in seinen Ecken und Winkeln barg? War das nicht eine Ungerechtigkeit, die zum Himmel schrie? Er war ein mitfühlender und edler Mann, einer, der das Talent besaß, ohne jede Kleinlichkeit, kundig und beherzt anderer Leute Millionen zu verpulvern; doch so verschwenderisch, sich seiner legitimen Erbschaft berauben zu lassen, war er nun auch wieder nicht. Er zerknüllte den Brief und warf ihn in die Flammen des Kamins.

3

Nach der Währungsreform verschwand Viktoria Sestrimska. Sie verlor sich schlicht in den Weiten ihrer jugendlichen Selbstverliebtheit, und Georgi Pantov gelang es noch nicht einmal, sie telefonisch zu erreichen. Anderthalb Monate später meldete sie sich selbst und lud ihn gemeinsam mit Sonja zu einem Jamboree ein. Dieses Pfadfinderwort ärgerte ihn mit seinem orientalischen Klang; er fand, die schwere Silbenfolge Dscham-boo-riii klang billig und proletenhaft; dennoch wählte er seinen feinen, cremefarbenen Anzug und bat Sonja, ein Abendkleid anzuziehen. Nach einem Regen, der Sofia abgewaschen hatte, war die Nacht kühl und feucht. Die Straßenlaternen um den Platz der Newski-Kathedrale glichen Andachtskerzen mit ihrem tiefgelben Licht, die der Wind aus Ehrfurcht nicht auszublasen wagte; über den Himmel wälzten sich schwere Wolken, in denen sich Blitze zusammenbrauten.

Der Salon der Sestrimskis wirkte größer auf ihn, irgendwie verändert. Der ausziehbare Tisch war in eine der Ecken gerückt. Teller mit belegten Broten standen darauf, zwanzig Flaschen Limonade mit Bügelverschlüssen und gummierten Porzellanstopfen, daneben litergroße Siphonbehälter mit Soda, zwei Korbflaschen mit offenem Wein und schließlich ein elektrisches Grammofon. Die teuren Perserteppiche waren verschwunden; das nackte Parkett glänzte. Die Stühle standen, was Georgi besonders idiotisch fand, aufgereiht in der Art einer umlaufenden Wandbank. Nur die Gaslampions an der Wand brannten; durch die bunten Schirme sah ihr Licht wie flüssiges Wachs aus; es hinderte die Leute mehr, als dass es ihnen half, einander zu sehen. Diese ganze scheinbare Unordnung hatte etwas Aufputschendes an sich.

Viktoria empfing ihn kühl. Mit Sonja hingegen tauschte sie herzliche Begrüßungsküsse aus. Dann überließ sie die beiden ihrem Vater. Der alte Sestrimski trug einen gestreiften grauen Anzug; statt einer Krawatte hatte er sich lässig ein Tuch um den Hals geschlungen wie einer, der noch einmal seine fettigrosa glänzende Glatze überspielen und den Künstlertyp geben wollte.

»*Tempora mutantur*, Herr Pantov«, sprach er die Neuankömmlinge aufgekratzt an, »*et nos mutamur in illis* …«

»Wie bitte?«

»Die Zeiten ändern sich, da können wir nicht unverändert bleiben. Und wenn das hier jetzt modern ist, nun, dann müssen wir halt mitspielen.«

Georgi erinnerte sich an die festlichen Jours und Frühlingspartys der guten Gesellschaft; an den Ball im Kasino gegenüber dem Schloss, das prächtige Funkeln der Kristallleuchter und die nackten Rücken der Damen; an das Schimmern der Pelze und den delikaten Duft der Parfüms, die kämpferische Opferbereitschaft der Offiziere und die roten Lampassen der Generäle – kurz: jene Verfeinerung der Sitten, bei der jedes Wort, wenn auch nur in dezenter Andeutung, sich an oder gegen jemanden richtete. Im Glanz der Leuchter und der diskret lächelnden Gesichter, inmitten des Klangteppichs, den die Musikanten ausrollten, und im Rascheln der Roben wirkte der Zynismus Seta Topalovas geradezu unschuldig; selbst Dummheit war so teuer verpackt, dass sie erträglich wurde. Abneigung bis hin zum Hass war über und über bedeckt mit den Stoffbahnen des Comme-il-faut; wer unschöne Rechnungen mit jemandem offen hatte, überspielte das mit Komplimenten und geistreichen Bemerkungen. Verrat kam mit dem Schleifchen der Ehre daher … Er erschauerte. Das, was sich hier abspielte, war eine Bankrotterklärung, bedeutete Verrat an einer Welt, die am Boden lag, ein hässliches Nachtreten gegen jemanden, der sich nicht mehr wehren konnte, aber nicht draußen, wo man es sehen konnte, sondern drinnen, im Wesen des Interieurs, auf das alles ankam. So also sieht es aus, dachte Georgi, wenn blaues Blut langsam rot wird.

Anwalt Sestrimski war ebenfalls nicht wohl in seiner Haut.

»Viktoria hat sehr darauf gehalten, dass Sie kommen«, sagte er finster. »Sie meinte, Sie würden sich meisterhaft machen an dieser Art bunter Abende.«

Das denkst du dir so, dachte Georgi. In der Tat hatte er früher, als der alte Topalov noch einen Salon unterhielt, gern den Hofnarren gegeben; aber damals waren seine sorglos-geistreichelnde Art und seine beeindruckende Fähigkeit, jedem Lebensernst Richtung Müßiggang zu entschlüpfen, hochgeschätzte Unterhaltungsqualitäten. Aber wie lang war das jetzt her? Nein, wie er damals die beiden Söhne Karagjulevs geärgert und die Tochter des berühmten Konditors Toromanov umgarnt hatte! Wie er die brillante Sprunghaftigkeit Seta Topalovas erduldet hatte, ihre Nervenzusammenbrüche, das hatte Sinn gemacht! Ach ja, nicht zu vergessen die »Karamasow-Abende« in den Gaststätten am Fuße des Witoscha- und des Ljulin-Gebirges, wo es deftige Grillgerichte und schmackhafte weiße Riesenbohnen aus Raduilovo gab.

Langsam gewöhnten seine Augen sich an das Dämmerlicht, und er begann sich die Damen anzuschauen. Wie Viktoria waren es allesamt Mädchen aus gutem Hause, das sah man schon an der Leichtigkeit und Grazie ihres Gangs. Doch, Herr im Himmel, wie hatten sie sich nur zurechtgemacht? Ihre Haare waren in feine Löckchen gelegt wie das Fell dieser französischen Boulogne-Terrier, die Farbe ihres Lippenstiftes schreiend, und auch ihre Kleidung war irgendwie zu grell, zu grob. An ihren Händen und um ihre Handgelenke rasselten die Klunker nur so, als trügen sie große Schlüsselbunde … Die armen, einfachen Leute nannten solche aufgetakelten Dämchen »Tussis«, und die zwei bis drei S-Laute des Wortes entsprachen sehr gut ihren schwarzen Seidenstrümpfen und knallbunten Röcken, die – ganz nach dem letzten Schrei geschneidert – ihre Hintern aufbauschten wie Puffreis. Sie alle hatten noch Klavierspielen gelernt, wollten aber keine Stunden geben; zu Hause sprachen sie noch immer Französisch, schämten sich aber wegen der früheren Stellung ihrer Väter, es in Gesellschaft zu tun, und so kam es, dass sie in wenigen Jahren all den erzieherischen Feinschliff vergaßen, der sich über Generationen entwickelt hatte.

Als keiner hinschaute, machte Georgi Pantov seinem Ekel Luft und rotzte einmal auf das nackte Parkett.

4

Später näherte Sestrimski sich seinem Ohr und flüsterte dröhnend hinein: »Viktoria sucht neuerdings die Nähe von Intellektuellen. Der da drüben zum Beispiel, dieser Winzling da, das ist der Regisseur Theo Sotirov vom Arbeitertheater.«

Georgi schaute in die bezeichnete Richtung. Der – ein Regisseur? Mit

Anstellung am Arbeitertheater? Dummes Zeug! Einen Napoleonkomplex hatte der, nichts weiter! Der Mann wollte sichtlich »kess« wirken, frivol, vor allem aber groß und mächtig. Der sollte erstmal in den Spiegel gucken mit diesem karierten Sakko – das sah doch unmöglich aus! Und die Hosen erst! Pepitamuster, und dann »Hochwasser« bis über die Knöchel!

»Und der da …« – Sestrimski nickte zu einem jungen Mann hinüber, neben den Viktoria sich gesetzt hatte – »ist ein Schriftsteller mit Zukunft. Peter Simeonov heißt er. Drei Bücher hat er schon veröffentlicht.«

Georgi Pantov starrte in die bezeichnete Ecke; doch sein herablassendes Lächeln erlosch langsam. Er hatte von diesem Simeonov gehört, sogar etwas von ihm gelesen. Kluge Sachen schrieb der, manchmal sogar tiefschürfende. Sein Anblick aber erschütterte ihn. Der Mann hatte einen gewaltigen Quadratschädel; seine Kiefer waren stark ausgeprägt, was sie gierig wirken ließ. Die Augen voller Neugier, aber auch voller Herablassung. Goscho erfasste sofort, dass dieser Mann ein Erfolgsmodell war; das stand ihm gewissermaßen mit Leuchtschrift auf die Gesichtszüge geschrieben, die einerseits grob, ja, hässlich waren, andererseits aber eine geradezu muskulöse Schaffenskraft und Energie verrieten, wie er es noch nie erlebt hatte. Wenn diese Ausstrahlung nicht gewesen wäre, hätte der Mann aber auch genauso gut ein Hafenarbeiter, Ringer oder Boxer sein können. Viktoria flüsterte ihm gerade etwas ins Ohr, ihr Schenkel lag ganz ruhig an seinem Knie.

»Er soll ja ein ausgebuffter Psychologe sein«, sagte Sestrimski unsicher.

»Oh ja, ein außergewöhnlicher Schriftsteller«, bekräftigte Sonja. »Aus dem wird etwas.«

Genau das war es, dachte Georgi: Alle diese Mädels waren gekommen, um die Zukunft zu heiraten. Tussis, auf ein Jamboree eingeladen.

Das Grammofon gab kratzende Geräusche von sich; die Nadel musste wohl gewechselt werden. Platten mit amerikanischem Jazz wechselten mit irgendeinem neuen, schnellen Tanz. Saxofon und Trompete waren die führenden Instrumente. Deren melodische Verrenkungen wurden geerdet vom brummigen Rhythmus des Kontrabasses. In Georgis Kopf kamen unanständige Assoziationen hoch.

»Zweiter Akt«, brüllte dieser kleine Regisseur vom Arbeitertheater. »Hütchen-wechsle-dich! Hier in meiner Hand, das ist die Melone des Genossen Sestrimski. Los geht's!«

»Was meint er mit *Hütchen-wechsle-dich?*«, fragte Georgi entsetzt.

»Keine Ahnung«, antwortete der Anwalt verlegen. »aber die Melone ist in der Tat die meine.«

Langsam zeichneten sich im grauen Zigarettenqualm die Umrisse tanzender Paare ab. Georgi hatte das Gefühl, er sähe durch Rauchglas in ein großes, irreales Aquarium. Der offene Wein hatte kein Aroma, war aber hochprozentig und wirkte schnell und heftig wie alles Primitive. Viktoria schmiegte sich geradezu an diesen Simeonov, und das schien ihr sogar Vergnügen zu bereiten. Außer sich vor Eifersucht, kippte Georgi bereits sein siebtes Glas Wein; langsam wurde es gefährlich. Er war bereit, sich mit diesem Helden der Schreibmaschine zu prügeln, denn nicht nur seine aristokratische, auch seine männliche Ehre war verletzt und ließ ihm keine Ruhe. Auf so einem Jamboree ist alles möglich, dachte er gespannt bis in die Haarspitzen. Ich muss die Ehre dieser Mädchen verteidigen! Wenn sie sich so der Zukunft in die Arme werfen, dann muss wenigstens einer den Hilferuf der armen, verstoßenen Vergangenheit erhören und sie beschützen!

Hütchen-wechsle-dich stellte sich als unfassbar doofes Spiel heraus. Sotirov ging mit der Melone durch die Reihen der Tanzenden, blieb mit besoffenem Grinsen vor einem bartlosen Poeten mit ausgeleiertem Pullover stehen und stülpte ihm den Hut auf den Kopf. Dieser verbeugte sich daraufhin und trat ihm seine Tanzpartnerin ab. Georgi gab sich einen Ruck, stand auf, nahm dem jungen Dichter die Melone aus der Hand und stülpte sie Simeonov auf den Quadratschädel. Als er Viktorias Gesicht sah, wurde er auf einen Schlag nüchtern. Alles an ihr war finster geworden. Ihre Augen funkelten schwarz und voller Verachtung; in ihren Pupillen stand sein Untergang geschrieben.

»Bitte sehr um Vergebung, mein Herr«, sagte Goscho mit untertänigster Stimme, »ich würde gern einmal mit Ihrer reizenden Dame tanzen.«

»Aber ich bitte dich, nur keine Umstände«, erwiderte Simeonov.

Die Schallplatte war zu Ende, und die Nadel kratzte im gleichmäßigen Takt an deren Innenrand entlang. Endlich kam jemand auf die Idee, sie umzudrehen, und sofort stach ihm der schnelle Rhythmus ins Ohr. Ringsum hüpften junge, in Taft verpackte Hintern auf und ab; Viktoria aber ließ sich von Georgi zu einem Langsamen Walzer verleiten und schaute ihm ins Gesicht.

»Sie sind müde, Herr Pantov«, sagte sie, »der verfluchte …«

»Meine Teuerste, ich bin nicht müde, sondern unglücklich und am Boden zerstört! Diese Währungsreform hat alles hinweggerafft, was mir von der Konditorei ›Bulgaria‹ noch an hellen Stunden geblieben war.«

Ihr kratziges und irgendwie schadenfrohes Lachen ernüchterte ihn vollends. Wollte sie ihn auf den Arm nehmen? Plötzlich wurde ihm klar, dass dieses Gesicht nicht das von Viktoria, sondern die Grimasse der neuen Zeit war, die zu dem ausgeflippten Rhythmus des radikalen Wandels versuchte, Langsamen Walzer zu tanzen. Vielleicht war das auch nur die von Erleichterung zeugende Reaktion eines Menschen, der sich aus einer tödlichen Falle befreit hatte und nun unverblümt zeigte, wie überlegen er sich denen gegenüber fühlte, denen dies nicht gelungen war. Wenn das so war – und bei diesem Gedanken brach Georgi der Schweiß aus –, dann hatte Viktoria von dem Geldumtausch gewusst und ihn nicht gewarnt! Selbst in den zügellosen Momenten zwischen den zerwühlten Laken, trotz Stöhnen und Lustgeschrei, hatte sie ihm den rettenden Wink nicht geben wollen. Etwas zwischen Begeisterung und Hass vernebelte sein Denkorgan. Er starrte die junge Frau an, versank in ihrer fast zigeunerhaften Schönheit, fühlte, dass er nicht ohne sie auskam, nicht ohne sie leben konnte, und fasste sie noch fester um die Taille. Er bekam panische Angst, das Lied könne allzu rasch enden und wieder mit der Nadel am Plattenrand sein aufgekratztes Inneres in einen nervtötenden Laut verwandeln.

»Hören Sie, Fräulein«, sammelte er all seinen Mut, all seine Willenskraft, »wenn Sie morgen nicht in meine Mansarde kommen, dann mache ich einen Skandal.«

»Ich komme mit dem größten Vergnügen, aber … es wird zum letzten Mal sein«, lächelte sie charmant, »denn … im kommenden Monat, so hoffe ich, werde ich schon heiraten!«

Sie nickte flüchtig in Richtung des Stuhls in der Ecke, auf dem der

Schriftsteller Peter Simeonov saß. Verträumt, stark und wie gegen den Wind der Zeiten gestemmt, strahlte er einfach Erfolg aus.

5

Seit sie Radio hören und Zeitung lesen konnte, begriff Jonka allmählich, aber mit prophetischer Klarheit, dass in der zweiten Hälfte des 20. Jahrhunderts selbst der Frieden des einfachen, kleinen Mannes von der Lage des Weltfriedens abhing. Die Welt war nach dem großen Krieg erneut geteilt, doch diesmal weniger im Raum als vielmehr in der Zeit. Zukunft hatten die Staaten, die sich darangemacht hatten, den Kommunismus zu erbauen, also die große Sowjetunion und die Länder, in denen eine Volksrepublik errichtet worden war; im Sumpf der Vergangenheit hingegen versanken die rückständigen imperialistischen Länder nach dem Verlust ihrer Kolonien. Nie war die Erde kleiner gewesen als jetzt, wo Radiowellen Nachrichten durch den Äther schickten, die von rauschenden, piependen und knatternden Empfängern eingefangen und als menschliche Stimme ins Haus gebracht wurden. Vor Jahren erreichte das Gerücht vom nahenden Krieg Widin noch langsam und zögerlich; es rollte heran gemächlich wie die Flusssteine in der Donau. Damals zogen nur die Männer in den Krieg. Jetzt aber würde dieser schon bei den Kindern anfangen. Im Moment hielt sich der Krieg in Korea auf und ließ dort die Menschen sterben; aber die Vernichtung drohte auf die ganze Welt überzugreifen.

Verloren in der Leere des Weltalls, blau und zart wie ein Wassertropfen, verwandelte sich die ganze Erde in einen Schmerzenslaut, der als elektromagnetische Welle in die schwarzen Weiten des Universums flog, vorbei am Mond, hinein in die kosmische Kälte zu den Planeten und flackernden Sternen des Tierkreises. *Wozu noch in die Kirche gehen und dem Herrn unsere Sorgen vorbeten,* sagte sich Jonka, *Gott braucht doch nur Radio zu hören, und er weiß Bescheid!*

Auf einem der Vortragsabende im Klubraum der Vaterländischen Front überwand sie ihre Scham, vor so vielen Menschen und vor allem unter dem Porträt des allmächtigen neuen Parteiführers Tscherwenkov zu reden, und verteidigte den angeprangerten Gott. Der Redner hatte sich zuvor bemüht zu beweisen, dass die Wissenschaft alle Geheimnisse enthüllt und alles erklärt habe und die Technik alles vermöge; mithilfe dieser beiden (der um Anschaulichkeit bemühte Junge nannte sie »wir wissen« und »wir können«) würde der Mensch die Zeit bearbeiten wie einen fruchtbaren Acker, auf dem in Zukunft Freiheit, Gleichheit und paradiesischer Wohlstand wüchsen. »Dies«, so schloss er, und seine Stimme erhob sich bebend ins Falsett wie einst die von Pater Anissi, »ist die Bibel der Zukunft!« Da erhob sie sich, und alle schwiegen, denn sie fühlten, dass nun unter ihnen, den Geborenen, eine Mutter reden würde.

»Ich danke dir, mein Junge, für deine Klugheit und Leidenschaft; aber ich möchte doch fragen: Dein ›wir wissen‹ und dein ›wir können‹ haben sich doch auch die Atombombe und die Unsicherheit auf der ganzen Welt ausgedacht, nicht?«

»Oh, Tantchen, Tantchen«, lächelte der junge Akneträger und strich sich über die ausgedrückten Pickel an seinem Kinn, »mit dem Messer kannst du Brot schneiden oder eine Hirtenflöte schnitzen, aber auch einen Menschen erstechen, nicht wahr? Am Feuer können wir uns wärmen, und wir können damit unser Essen kochen, aber auch das Haus unseres Nachbarn anzünden. Der Dialektik zufolge ist alles, was existiert, voller Gegensätze.«

»Klug gesagt«, unterbrach ihn Jonka, »aber was ich hören wollte ist, dass ›wir wissen‹ und ›wir können‹ kein Herz und keine Seele haben, die die Versuchung anhalten könnten, die sie selbst erzeugen. Ansonsten hast du recht gesprochen: In allem, was zur Welt kommt, ist das Gute und das Böse zu gleichen Teilen enthalten. Wenn die Zukunft uns also das Paradies und die Sorglosigkeit beschert, dann werden wir gleich daneben auch die furchtbarste Hölle erblicken. Denkt an meine Worte!«

Nachts, wenn der kleine Jordan eingeschlafen war, holte sie ihre Karten heraus, breitete sie auf dem Tisch aus und versuchte, in die Zukunft zu blicken, das Ungewisse durch eine Offenbarung oder wenigstens durch eine Ahnung zu überraschen. Wenn sie für Saschko »Flaschko« Prodev oder Weneta Karten legte, wollte sie eigentlich den Lauf der Welt entschleiern; wenn sie aber vor sich die Menschheit hinstreute, deren

Antlitz ihr im Kreuzkönig begegnete, dann wollte sie im Grunde nur die Unbill von Menschen auf der Klokotniza-Straße erraten. Vom kleinen und leichten Frieden träumte Jonka; doch sie wusste inzwischen, dass er nur eine Masche im erschreckend großen Gewebe der Welt war. Die Karten und die Magie verstummten. Ihre Hellsicht hatte sie verlassen. Sie war alt und hilflos geworden. Jetzt war es dieser tote, blinkende Kasten da, der mit seiner Antenne und in seinen Radioröhren entschlüsselte, was die Menschen erwartete.

Ostern ging vorüber, das Fest dessen, der für all diese Sünden gebüßt hatte, und es fiel ein besänftigender und reinigender Regen. Die Kirche Heilige Nedelja war voll alter Leute gewesen; die jungen hatten inzwischen Angst, zur Messe zu gehen; sie waren ja die Zukunft und mussten Atheisten sein. Jonka hatte das Gefühl, alle waren nur gekommen, um sich vor dem Regen ins Trockene zu flüchten. Dann ließ sie sich von der Liturgie entführen. Der Weihrauch nahm ihr die Sicht. Der Altfrauenchor sang engelsgleich »*Smertiju smert poprav*« (Der Tote hat den Tod besiegt), und als die Mitternacht zum Ostersonntag da war, verkündete der Bischof: »*Christos voskrese* – Christus ist auferstanden«, und die ganze versammelte Gemeinde erwiderte darauf in einem gemeinsamen Stöhnlaut »*Wo istina woskrese* – Wahrlich, er ist auferstanden«. Der Milizionär am Eingang schneuzte sich laut, dann leerte sich die Kirche, und die Menschen gingen mit ihren am geweihten Licht entzündeten Kerzlein, die sie zwischen den Handflächen vor dem Wind schützten, nach Hause, wo der Ostertisch schon auf sie wartete. Ein Meer aus flackernden Flämmchen verlief sich im mächtigen Gedröhn der Glocken auf dem Platz, strömte in die Seitenstraßen, teilte sich in einzelne Arme und verlor sich in der Dunkelheit. Wie schön das war! So etwas hatte Jonka im kleinen Widin nicht sehen können. Auf den Gesichtern der Menschen der Widerschein der Barmherzigkeit; für eine Weile fühlten sie sich besser, erkannten einander durch das Licht, verziehen einander, grüßten einander mit dem Ostergruß, wie sie ihn schon in der Messe gesagt hatten, und erfüllten für eine Stunde die ganze Stadt mit ihren flackernden Seelen, die der Wind in jedem unbedachten Moment ausblasen konnte.

6

Der Mai setzte dem Nebel und dem Ofenrauch ein Ende, die Sträucher entlang des Kanals blühten auf, in Jowtschos Krämerladen wurden Gläser mit gekochten Gemüsemischungen geliefert, Fischkonserven mit Sprotten und Anschovis, getrocknete Aprikosen und Marzipan der Marke »Ljulin«. Der Himmel wurde sommerlich gläsern, die Straßenbeleuchtung zersetzte gleich einer starken Säure das Sternbild des Schwans, die Fastenwochen waren zu Ende, die Hitzewochen begannen. An einem trägen Juninachmittag kam direkt aus Widin Alexander Weltschev bei ihr vorbei. Er trug einen eleganten Zweireiher, der Jonka seltsam bekannt vorkam. Der junge Mann stotterte vor Verlegenheit, errötete und händigte den Brief seiner Mutter aus. Jonka las ihn und stieß einen tiefen Seufzer aus.

Noch am selben Abend schickte sie Piolla aus, Assen zu holen. Sie kochte ihren Kornkaffee aus Roggen und Kichererbse, empfing ihn mit einer tröstenden Umarmung und bat ihn, vor dem Vorhang Platz zu nehmen, hinter dem Jordan bereits schlief. Sie goss die Brühe in zwei Tassen, dann reichte sie ihm die Briefbogen, die ihre alten Hände und Augen schon reichlich zerknittert hatten. Am Ausdruck seines Gesichtes erkannte sie, dass ein schweres Gespräch bevorstand. Gestern war ihr Petruniza, ihre alte, längst verstorbene Mutter, erschienen, die ihren langen silbergrauen Zopf aufgelöst hatte und vom Rand ihres Traums her raunte: »Du hast aufgehört, sie zusammenzuhalten, Jonka. Bist du nicht deshalb kinderlos geblieben, um die Mutter aller sein zu können?«

»Der Junge ist in auswegloser Lage«, sagte Jonka leise, »da müssen wir doch für ihn sorgen, ihn retten und ihm helfen, irgendeine Arbeit zu finden.«

»Irgendeine?«

»Ich meine natürlich eine gute, schöne Arbeit … eine, bei der man ein Hemd und eine Aktentasche trägt.«

Assen schwieg finster.

»Sein Vater Christo hat dich beizeiten aus dem Gefängnis geholt, hast du das vergessen? Warum wird immer nur das Böse behalten, das Gute aber vergessen?«

»Hör zu, Mutter«, schnitt Assen ihr ergrimmt das Wort ab, »ich bin es langsam leid, deinen missratenen Verwandten aus der Patsche zu helfen!«

»*Meinen* Verwandten, sagst du?« Jonka griff ihm ans Revers. »Nun hör mal gut zu, du Undankbarer: Wenn dein Onkel Christo nicht gewesen wäre, hätte dieser Folterknecht da, den sie ›das Tier‹ nennen, dich im Keller der Bezirksverwaltung in Stücke gerissen …« Sie stieß ihn von sich und krampfte sich einmal zusammen. »Oder hast du etwa nicht auch dafür gekämpft, dafür *getötet*, dass eines Tages die Menschen glücklich sein können?«

Totenstille. Das Blut war aus Assens Gesicht gewichen. Über seinen Wangenknochen war er kreidebleich. Seine Augen – leer und fürchterlich. Doch es gelang ihm, sich zu beherrschen. Nervös leckte er sich über die Lippen.

»Du nimmst ihn zu dir an die Universität. Ich will, dass er hier in der Nähe ist, nahe bei meinen Karten. Verflixt noch mal – bei meinem grauen Star: Ich will ihn unter den Augen haben!«

7

Dozent Kotzev wohnte auf der Iwan-Schischman-Straße kurz vor dem Siebten Städtischen Gymnasium; die Fenster seines Appartements gingen auf die Kirche Siebenheiligen. Der Juliabend war heiß, die Bürgersteige rochen nach gebranntem Stein, krümeligem Brot und Sommer. Je mehr er sich dem Domizil des Dozenten näherte, desto mehr verwandelten sich Assens Anspannung und Unruhe in Verzweiflung.

»Du gehst doch nicht nur deshalb hin, um für jemanden ein Wort einzulegen«, lachte Emilia unbefangen, »sondern weil er uns zum Abendessen eingeladen hat. Du musst dir nur irgendwann einen Ruck geben, dich halt ein bisschen zusammenreißen und ihn fragen.«

Sie umrundeten die Kirche, die mitten im Zentrum lag und doch, so freistehend auf ihrem Platz, einsam wirkte, und setzten sich auf eine Bank. Zwei Meter von ihnen entfernt erhob sich der Grabstein eines unbekannten Märtyrers. Das Granitkreuz wurde vom verträumten Mondlicht sanft auf Hochglanz poliert. Fast hatte man den Eindruck, es flösse Wasser darüber.

»Na komm, gehn wir«, rief Assen, »vom Warten wird mir auch nicht wohler …«

Kotzevs Ehefrau erwies sich als unerwartet liebe und herzliche Frau. Ihre ruhige Körperfülle stimmte einen positiv, beständig umspielte ein mütterliches Lächeln ihre Lippen. Sie trug ein einfaches Baumwollkleid mit Blümchenmuster.

»Da ist ja unsere charmante Aktrice«, rief sie zur Begrüßung aus, dann, an Assen gewandt: »Kommt doch herein.«

Das Wohnzimmer war groß, die Wände waren lange nicht frisch gestrichen worden und vom Zigarettenqualm ganz verräuchert. Zwei zum Bett ausziehbare Sofas waren übereck gestellt; im Winkel zwischen ihnen schimmerten die glasierten Platten eines Kachelofens. In der Mitte stand ein polierter Tisch. »Inzwischen hat aber auch jeder einen ausziehbaren Esstisch«, flüsterte Emilia ihrem Mann zu. An der Wand finsterte nachdenklich ein Bibliotheksschrank. Einer der Leuchter hatte Lampenschirme mit Globus-Aufdruck, was Emilia, wiederum flüsternd, kommentierte: »Den hat sie wahrscheinlich aus der Tschechoslowakei mitgebracht.« An den Wänden hingen Reproduktionen aus einer sowjetischen Zeitschrift für Kunst, die in »barocke« Rahmen gefügt waren, die beinahe echt golden aussahen. Kurz: Die Einrichtungsgegenstände waren alles andere als im gleichen Stil; sie waren vermutlich zufällig zusammengekauft, rangen um Aufmerksamkeit und standen sich dabei ebenso im Weg wie Menschen verschiedener Generationen, die kein gemeinsames Thema finden.

Am Tisch stießen sie mit Slivova aus Trojan an, dazu gab es als Vorspeise Specksalami und Prager Schinken. Die anschließenden Koteletts wurden auf altblau bemalten Tellern serviert.

»Das Service ist vermutlich aus der Tschechoslowakei?«, fragte Emilia höflich.

»Oh nein«, verbesserte Frau Kotzeva sie lächelnd, »Wlado hat es letztes Jahr aus der DDR mitgebracht.«

Sie plauderten ungezwungen und familiär, was so viel hieß wie: Sie schwiegen artig in Worten. Die Kotzevs waren gastfreundlich und verstanden es, eine patriarchalisch anmutende Atmosphäre von Gemütlichkeit, Vertrauen und Großzügigkeit zu schaffen. Assen war so sehr an das aggressive Pathos des Dekans gewöhnt, dass ihm sein gedehntes Stottern nun seltsam unpersönlich vorkam. Beide Männer hüteten sich, von den feindlichen Lagern in der Universität zu sprechen oder gar von Professor Jowtschev. Gegen neun Uhr, als in den Gläsern fassgereifter, herber Rotwein stand und auf ihren Tellern siruptriefendes Baklava lag, holte Kotzev eine Quetschkommode heraus, ließ den Blasebalg einmal aufseufzen und begann zu singen. Seine Stimme war überraschend melodisch. Er spielte ein wenig falsch, aber aus vollem Herzen. Wie jeder Autodidakt wippte er mit dem Fuß den Takt dazu, und erst da bemerkte Assen, dass er ausgetretene Pantoffeln trug.

Emilia setzte ein verstehendes Lächeln auf und bemühte sich, eine berühmte Schauspielerin zu spielen. Sie war nicht dicker geworden, aber rundlicher; ihre Bewegungen waren voller Weiblichkeit und erfüllt von einer sonderbaren Melancholie. Assen liebte es, ihr beim Ausziehen zuzusehen. Wenn sie sich von der Kleiderhülle befreit hatte, dem Druck, sich hinter Stoff verstecken zu müssen, verwandelte sie sich völlig, so als fielen zusammen mit der Bluse auch Schminke, Bühnenluft und all die auswendig gelernten Rollen idealistisch-gekünstelter Figuren von ihr ab. Dann begehrte er sie augenblicklich, und er konnte es gar nicht erwarten, dass sie ins Bett gingen.

»Deine Tochter verspätet sich schon wieder«, rief Kotzev plötzlich aus und ließ das Akkordeon sinken.

»Sie ist immer noch *unsere* Tochter!«, erwiderte seine Frau verärgert.

Sie gerieten sich zunehmend in die Haare. Die Wärme im Raum wurde unerträglich. Der fuchsrote Kater hatte sich demonstrativ auf der Quetschkommode ausgestreckt. Assen kam es so vor, als schnurre der Faltenbalg. Emilia glättete ihren Rock, stieß ihren Mann an und flüsterte: »Nun komm … sag es ihm schon!« Er fühlte selbst, wie er errötete, doch – vom weichen Nachdruck ihres Knies und dem konsumierten Wein gedrängt – gelang es ihm zu sagen: »Ich habe gehört, du suchst eine wissenschaftliche Hilfskraft. Ich möchte mich nicht einmischen, aber ich denke, ich hätte da einen geeigneten Kandidaten.«

Verdutzt fragte Kotzev: »Gehört der Junge zu *unserer Fraktion*?«

»Sein Großvater hat *die Partei* in Widin gegründet. Sein Vater, im Übrigen mein Onkel, war Kommunist. Hat mir 1933 die Haut gerettet!« Er vermied es bewusst, zu sagen, dass Alexander sein Vetter war, doch der Dekan kam ihm auch so auf die Schliche und lächelte verschwörerisch:

»Schau an, schau an, o Bruder mein … Der Junge scheint in der Tat ganz einer von uns zu sein.«

Betretenes Schweigen. Emilia musterte eingehend die festliche Bluse Frau Kotzevas und fragte sich vermutlich, ob auch die aus der Tschechoslowakei kam; Assen verfluchte Jonka, die ihn zu dieser Fürsprache geradezu geprügelt hatte. Er fühlte sich auf einmal verschwitzt, klebrig, schmutzig. Der Kater hatte sich zusammengerollt. Auf einmal überlief Kotzevs Gesicht jenes zufriedene Babystrahlen, vor dem Assen sich so fürchtete.

»Hör mal, Weltschev, hast du eigentlich mein Buch ›Über die Verfassung‹ gelesen?«

»Ist mir noch nicht untergekommen«, log der Angesprochene plump. *Das Buch*, wie Kotzev sein Opuskulum nannte, war eine edel eingebundene Broschüre, mit der er hoffte, Professor zu werden. Es war ideologisch scharf, unbekümmert und in der Tradition der populären Parteiliteratur geschrieben und tat buchstäblich nichts anderes, als die neue Verfassung nachzuerzählen. Es war voll von Ausbrüchen pathetischer Ungehaltenheit, hatte mit Rechts*wissenschaft* aber nicht sehr viel zu tun. Assen hatte für sich beschlossen gehabt, sich auf der Fakultätsratssitzung negativ darüber zu äußern. Dozent Kotzev beobachtete ihn nun gleichsam aus dem Hinterhalt. Auf seine Wangen war eine leichte Röte getreten. Ihn hatte sichtlich die Rührung ergriffen!

»Wie sollst du es auch lesen, wenn ich es dir noch gar nicht gegeben habe?« Er sprang auf. Das Sofa, plötzlich von seinem Gewicht befreit, knarzte laut und weckte den Kater. »Warum schreibst du nicht eine Rezension im ›Werktätigenblatt‹? Die Redakteure da sind doch deine Leute, und außerdem … nicht wahr, du verstehst?«

Das also war er, der Preis für seinen Vetter! Doch Assen spürte auch noch etwas anderes, das viel wichtiger, viel furchtbarer war: Kotzev würde seinen Vetter ganz unabhängig davon einstellen, was er antwortete; doch er würde auf keinen Fall diese einmalige Gelegenheit versäumen, Assen bei seiner soeben bewiesenen Prinzipienlosigkeit zu packen, ihn darauf festzunageln und ihn so – zum Mittäter zu machen!

»Na, selbstverständlich wird er eine Rezension schreiben«, gab Emilia liebenswürdig Schützenhilfe, »was kostet ihn das schon?«

Assen schwieg gequält. Frau Kotzeva schämte sich sichtlich. Es wurde Wein nachgegossen. Das grünliche Licht der Lampe über ihnen hatte die Farbe eines flachen Meeres, wirkte aber nicht so beruhigend. Emilia blätterte mit übertrieben gespieltem Interesse in Kotzevs Buch über die Verfassung; dann reichte sie es Assen, als wäre es eine kostbare chinesische Vase, die um keinen Preis zerbrechen dürfe. Der tat so, als sei er gerade auf eine interessante Passage gestoßen. In seinem Kopf aber blitzten die Worte Jonkas auf: »Wofür hast du gemordet, wenn diese deine neue Zeit Leute wie deinen Vetter auf die Straße wirft?« Zum ersten Mal bekam er Angst vor seiner Vergangenheit; vielleicht auch vor seiner Zukunft oder vor sich selbst.

Als sie draußen waren, ging sein Blick auf die Kuppel der Kirche Siebenheiligen. Gegen den verwaschenen Himmel über der Stadt sah sie, getränkt von Mondlicht, aus wie eine Silberblase.

8

Im Spätsommer war das Appartementhaus auf der Ljuben-Karawelov-Straße endlich fertig. Noch zwei Tage, in denen die Bauarbeiter das Gerüst abbauten, die Kalkgrube im Hof zuschütteten und die Baubaracke mit ihrem Dach aus Teerpappe in ihre Einzelteile zerlegten, und die Reste der sichtbaren Erinnerung an Bauunternehmer Tschakalov konnten als einfache Holzbestände abverkauft werden. Mithilfe von fünfzigtausend Leva alter Währung und den Bemühungen Alexander Weltschevs hatte Sonja Toromanova es geschafft, die Ansprüche ihres Mannes Georgi auf das Baugrundstück, die neun Appartements und eine große Mansarde unterm Dach zu wahren. Dieser wusste nichts von ihrer entscheidenden Einmischung, ja, vermutete nicht einmal, dass eine Frau, die geduldig Bilder nach Vorlagen der Firma Villers stickte und sich mit Übersetzungen des französischen Lüstlings Maupassant beschäftigte, resolut genug war, um sein Leben mit einem solchen Geschenk zu zieren.

Die Gerichtsverhandlung verlief stürmisch. Tschakalovs Tochter trug Trauer und nannte den ehemaligen Kompagnon ihres Vaters ohne Umschweife einen Mörder. Georgis Anwälte schwenkten grüne Aktenmappen und machten ihrer professionellen Entrüstung darüber in wohlgesetzten Phrasen Luft. Sie beschuldigten Fräulein Tschakalova, sie habe das Trauerkleid aus teurem französischem Stoff nur deshalb angezogen, um den Richter emotional zu beeinflussen. Im grellen Licht und der brütenden Hitze dieses späten Augusttages, die selbst durch die jahrelang ungewaschenen Fensterscheiben des Gerichtssaals nicht abgehalten werden konnten, wirkte die elegante Trauer der Tschakalova in der Tat, dezent ausgedrückt, *vorsätzlich übertrieben.*

Verschwitzt und fast ohnmächtig von der Hitze und den Ausdünstungen des Kanzleipapiers, des Rasierwassers seiner Anwälte und des ununterbrochenen Klapperns der Schreibmaschine der Prozessschreiberin, schlief Georgi an jedem Verhandlungstag erneut ein. So überzeugte er die Schöffen und nötigte ihnen Respekt ab: Ein Mensch, der einschläft, während solch schwere Anschuldigungen gegen ihn vorgebracht werden, kann nicht schuldig, geschweige denn ein Mörder sein! Dann überließen auch sie sich der Müdigkeit und versteckten ihr Gähnen hinter vorgehaltener Hand.

Man stellte fest, dass die Bauunterlagen verschwunden waren. Die Vorgeladenen verwickelten sich, eingeschüchtert von den Fragen der Anwälte des Angeklagten, in Widersprüche. Obwohl die Quittungen nicht notariell beglaubigt waren, wurde die Unterschrift auf ihnen als die Tschakalovs identifiziert, und so entschied der allmächtige Arm des Gesetzes, die von diesem abgezeichneten Empfangsbestätigungen zu berücksichtigen.

Der kritische Moment kam Wochen später, am 22. September. Fräulein Tschakalova brach in Tränen aus, rang inbrünstig ihre jungfräulichen Hände, erhob sie zum Podium des hohen Gerichts und unternahm einen Versuch, in Ohnmacht zu fallen. In der geradezu elektrisch geladenen Luft war dieser Anblick erschütternd; aber Georgi schlummerte. Und so, ohne es zu wissen, ohne irgendein menschliches Vermögen oder wie auch immer geartetes Bemühen an den Prozesstag zu legen, neutralisierte er den stärksten Trumpf der Tschakalova: ihre vorgebliche Schwäche und Schutzlosigkeit.

Der Richter, ein Mann mit rohen, ungeschlachten Gesichtszügen und glänzendem Haarkranz, war entzweit; seine Aufmerksamkeit und sein Gewissen waren gespalten zwischen der aufdringlichen Figur der schluchzenden Frau und der erhabenen Abwesenheit des Beschuldigten, der erst vor wenigen Minuten als »hinterhältiger Satrap« bezeichnet worden war. Seine Anwälte stießen Goscho heftig in die Seiten, und er erwachte genau zur rechten Zeit, denn der Richter hatte für sich bereits beschlossen, dass es unmöglich sei, dass *ein Schuldiger* in wohligen Nachmittagsschlummer versinken könne, wenn *der Unschuldige* versucht, sich mit übertrieben gespieltem Leid zu schmücken. Der wahre Mörder wäre nie eingeschlafen, sagte dem Richter die Vernunft, und so folgte er den Annahmen seiner Schöffen, wohingegen der gespielte Ohnmachtsanfall der jungen Klägerin eine vollständige Niederlage erlitt.

Die Gerechtigkeit siegte. Georgi Pantov bekam genau so viel, wie Tschakalov ihm bei ihren Verhandlungen zugesichert hatte, und dies führte dazu, dass der Freigesprochene auf immer und ewig an die Rechtsprechung glaubte, der es gelungen war, die Wahrheit aus dem Lügengestrüpp zu befreien. In seiner Erinnerung blieb denn auch der Eindruck haften, er habe den Prozess die ganze Zeit über hellwach verfolgt, während alle um ihn herum in der schwülen Luft des Gerichtssaals vor sich hin gedöst hätten. Als er in den Nebeln seines Gedächtnisses das Profil des Richters zu rekonstruieren versuchte, fand er die Worte »mächtig, unbestechlich, weise und redegewandt wie Cicero«. Sonja sagte er, als müsse sie getröstet werden: »Siehst du, das war ein Kampf auf Leben und Tod, aber am Ende hat die Gerechtigkeit gesiegt. Da konnte diese Erbin auffahren, was sie wollte; ich wusste, dass ich gewinne! Gegen die Gerechtigkeit hat das Unglück einfach keine Chance!«

Sonja schwieg. Auch jetzt erzählte sie ihm nicht von ihrem Treffen mit Alexander Weltschev, von den fünfzigtausend Leva, die offenbar erheblich dazu beigetragen hatten, dass die Anwälte sich ein wenig mehr angestrengt hatten. Sie hatte Kopfweh und genehmigte sich ein

Schmerzmittel. Anschließend strich sie ihm über den Kopf, oder vielmehr den Seidenstrumpf auf seinem Haar, und erwiderte nur: »Du bist müde! Du solltest dich hinlegen und ausruhen!«

Mit so wiedererlangtem Selbstbewusstsein begann Georgi wie wild zu verkaufen, so als fürchte er sich, die lederne Aktentasche Tschakalovs könne unverhofft aus den trüben Gewässern des Ariana-Teiches vor dem Borissov-Park wiederauftauchen. Doch so ungeschickt er die Verkaufsgespräche auch führte – eine Grundregel beachtete er von nun an eisern: Die Unterschriften der Vertragspartner wurden nur noch unter den Augen eines Notars geleistet.

»Für mich werde ich nur die Mansarde behalten«, warf er Sonja entschuldigend hin, »ich brauche einfach Raum zum Arbeiten.«

Was genau er in dieser weiträumigen Dachgeschosswohnung *arbeiten* wollte, ließ er im Ungewissen, doch seinem Aussehen nach musste es sich um eine leidenschaftliche und erschöpfende Arbeit handeln, der er geradezu entgegenfieberte. Er bestand darauf, dass die Käufer in bar bezahlten. Da die Geldscheine erst seit kurzem in Umlauf waren, waren sie noch glatt und glänzend und raschelten beim Zählen. Es gab darunter übrigens auch sehr bemerkenswerte, wie zum Beispiel die Banknote über drei Leva fünfundzwanzig!

Mit den ersten Herbstregen kehrte auch Tschakalov in seine Träume zurück, und zwar in Gestalt eines zerzausten Schakals. Der Unglückliche hatte offenbar bereut, denn er heulte nicht, sondern wimmerte zum Zeichen, dass er um Verzeihung flehte. Er leckte Georgi die Hand und redete mit menschlicher Stimme. Dessen Ekel vor diesem bedauernswerten Tier war groß, doch er ließ Milde walten. Zwei Monate nach dem Gerichtsurteil kaufte er eine teure Standuhr mit Gewichten und einem Pendel, das blitzte wie eine Guillotine, und schickte sie Fräulein Tschakalova als Geschenk. Die Gabe wurde mit Schweigen erwidert.

Ende Oktober war nur noch ein Appartement auf der ersten Etage unverkauft; Georgi hatte aber bereits alle seine Beziehungen ausgeschöpft, und inmitten des Geruchs nach gekalkten Wänden und Parkettpflegemittel begann sich der feine Hauch von Schimmel einzunisten. Nachdem er die Armutsschwelle gerade noch einmal übersprungen hatte, konnte er den abgestandenen und aristokratischen Duft des Erfolgs nicht mehr dulden. Während er seine Enttäuschung in den nächsten Brief an Viktoria Sestrimska schrieb, die ihm ihre verwöhnte Schönheit vorenthielt, erinnerte er sich plötzlich an Assen Weltschev. Sein Vetter war immerhin Dozent an der Universität; er war also ein Mann mit guter Bonität. Außerdem war es gerade er gewesen, der ihn durch seine Befreiung aus der Untersuchungshaft davor bewahrt hatte, aus lauter Ungeschick ein freiwilliges Geständnis abzulegen. Dadurch hatte er ihm geholfen, sich tatsächlich für unschuldig zu halten und fest daran zu glauben, dass er mit dem Tod Tschakalovs nichts zu tun hatte. Er lud ihn also zum Mittagessen in den Russischen Klub ein, wo er ihn mit Speisen und Komplimenten geradezu überschüttete.

»Es wird Zeit, dass du dich anständig niederlässt«, sagte er in besorgtem Ton, »du hast Familie, wirst einmal Kinder haben. Emilia ist Schauspielerin, du bist Wissenschaftler, und Tante Jonka wird alt und kann deinen Sohn nicht mehr lange allein hüten … Ich hätte da ein traumhaftes Appartement in Vorzugslage, das ich dir zum halben Preis anbieten kann. Was du gerade erübrigen kannst, zahlst du mir vor dem Notar an, den Rest regeln wir per Ratenzahlung … Ich mache zwar Verlust bei diesem Geschäft, aber das tue ich gern, wenn ich bedenke, welchen Dienst du mir erwiesen hast.«

Schon am nächsten Tag ließ er Assen die Schlüssel zur Wohnung schicken. Sie hingen an einer rosafarbenen Schleife und waren fast melodramatisch von einem Rosenstrauß begleitet. Es sollten Jahre vergehen, bis Assen durch Zufall herausfand, dass Vetter Goscho ihm das Appartement nicht fünfzig Prozent billiger, sondern fünfzig Prozent teurer verkauft hatte.

9

Das Erste, was seine Sinne erreichte, waren diese sonderbaren Strahlen – gleichmäßig, unbewegt und voller Ahnungen strömten sie durch die Oberlichte. Da die Wohnung noch vollkommen leer war, warfen sie keinerlei Schatten, die die Aufmerksamkeit zerstreuen konnten, und so hatte er das Gefühl, dass der Morgen hier drinnen sein Nest hatte, ein

Nest, in dem auch er die Geborgenheit eines wahren Zuhauses finden konnte. Erst dann erschnupperte er den Geruch des Parkettpflegemittels und des noch nicht ganz getrockneten Verputzes. Die Stuckverzierungen rahmten das festlich-weiße Rechteck über seinem Kopf und die nackte Glühbirne in der Mitte mit rankenden Ornamenten.

Emilia seufzte. Er spürte, wie sie sich an ihn drückte mit einer Art Dankbarkeit dafür, dass sie das erleben durfte. Ihre Lippen bewegten sich vor innerer Aufgewühltheit; das sah aus, als schnappe sie nach Luft oder flüstere ein Gebet vor sich hin. Sie gingen durch die drei Zimmer, gelangten durch den engen Flur zu Toilette und Bad, wo ein vorsintflutliches Ungetüm von Boiler angebracht war, dessen Wasserbauch mit Holzfeuerung erhitzt werden musste. Sie öffneten probeweise den Wasserhahn in der Küche, schalteten die Lampe in der Diele ein und kehrten ins Wohnzimmer zurück. Im Rahmen der hohen Oberlichter war die Silhouette des Gebirges gerade eben noch zu erkennen; von der anderen Seite ging der Blick auf den ungeebneten Hof und ein steinernes Haus im englischen Stil. Das Licht draußen war geradezu überhäuft von Schatten. Der Anblick des Efeus, der sich auf der Ziegelmauer voranfraß wie langsames Feuer, brachte ihn in die Wirklichkeit zurück. Über ihren Köpfen trappelten die schnellen Schrittchen eines Kleinkindes. Assen zog Emilia an sich, doch die entzog sich schroff und flüsterte mit Lippen, die ihm jetzt vollkommen unberührt erschienen: »Du verspätest dich! Komm mich nach den Vorlesungen abholen …«

Die Zeit bis zum Abend zog sich endlos hin. Fünf Stunden dauerte diese Fakultätsratssitzung nun schon, auf der es um die Professur für Dozent Kotzev ging; anschließend hatte er Professor Jowtschev noch versprochen, ihn nach Hause zu bringen und ihm die Herdplatte zu reparieren. Ein feuchter Wind wehte und wollte nicht aufhören. Er wehte den Tag fort, er wehte den Mädchen die Kleider weg, und er wehte den Kastanien auf dem Russischen Boulevard die Blätter von den Zweigen. Was für ein trostloser Tag.

Professor Jowtschev schnaufte mürrisch vor sich hin. In seinem altmodischen Anzug sah er wirklich wie ein tattriger Opa aus. Emilia hatte ihn einmal genau so genannt: »Der gefällt mir nicht, dieser Tatterich! Er sieht aus wie ein frühreifes Bürschchen, das in die Jahre gekommen ist.

Ein höchst intelligentes, altkluges und schrecklich verwöhntes Kind!« Von Kotzev hingegen sprach sie äußerst positiv; sie nannte ihn »einen Menschen mit Zukunft«. Sie fand ihn geistreich und natürlich, verbuchte sein Stottern als sympathischen menschlichen Mangel, der ihm sogar – wie sie meinte – half, »erst nachzudenken, bevor er etwas sagt«. Während er die Verkleidung der Herdplatte abschraubte, ging ihm der Wortwechsel mit Emilia durch den Kopf.

»Kotzev wird es schaffen, der macht seinen Weg«, hatte sie notorisch wiederholt.

»Karriere hin, Laufbahn her … er hat keine Buchveröffentlichungen!«

Doch solche offensichtlichen Kleinigkeiten störten Emilia nicht.

»Du musst dich entscheiden, das ist deine Pflicht!«

»Von was für einer Entscheidung redest du?«

»Von der zwischen Vergangenheit und Zukunft … also entweder für deinen alten Lehrer, oder für den, der dich wie seinesgleichen behandelt.«

Er hatte die abmontierten Teile einfach auf dem Schreibtisch des Professors abgelegt. Der gerissene Heizdraht kontrastierte seltsam mit den in dünner Schrift beschriebenen Blättern, der still dastehenden Schreibmaschine und den herumliegenden Büchern. Mit bitterem Lächeln ging Jowtschev zwischen Tür und Bibliothek hin und her. Der Hemdkragen unter seinem Sakko war geknickt, seine Krawatte verrutscht, seine Hosen aus teurem Stoff hatten lange kein Bügeleisen mehr gesehen. So also sah ein einsamer Pensionär aus, der mit zunehmender Verkalkung immer mürrischer, reizbarer und egoistischer wurde in seiner Nutzlosigkeit. Erst wenn er redete, durchlief er eine wundersame Metamorphose. Dann belebte sein wacher Geist die Züge seines Gesichtes und erleuchtete sie von innen, und er schien loszuspringen wie ein alter Jagdhund, der noch einmal hinausdurfte ins Grüne. Spannungsgeladen und wieselflink folgte er der Spur seines Gedankens, als habe er die Witterung eines Wildes aufgenommen; dann verfiel er in jenen geistigen Rausch, den Assen schon als Student in Hörsaal 65 kennengelernt hatte, der mit seiner Akustik wie geschaffen war für Jowtschevs tiefe, tönende Stimme. Dann sagte er:

»Herr Weltschev, ich kann mir einfach nicht erklären, wie Sie diese unsinnige, unwahre, ja, geradezu schockierende Rezension im ›Werktätigenblatt‹ schreiben konnten? Ich kenne ja Ihre politische Nähe zu Kotzev – aber Sie können doch nicht Politik und Wissenschaft in einen Topf werfen?«

Assen hatte vernünftigerweise beschlossen, nichts zu sagen, bis die Wut Professor Jowtschevs verraucht und er sich müde geärgert hatte. Stattdessen verband er mit klammen Fingern die gerissenen Enden des Heizdrahts.

»Ich habe Ihnen immer gesagt: Leichter, als sich ans Dogma zu halten, kann man es sich in moralischer Hinsicht nicht machen! Sich einfach an die kanonisierten Spielregeln halten, egal, wie mumifiziert und lebensfern sie inzwischen sind, und schon fühlt man sich vor Verfehlungen gefeit. Aber leider ist nichts ferner der Wahrheit! Diese Broschüre da unseres hochverehrten Herrn Dekans, das ist keine Analyse, das ist ein Hohn auf die Verfassung.«

Assen schwieg weiter mit versteinertem Gesicht. Hatte Professor Jowtschev auch nur den Hauch einer Ahnung, was für ein Mensch Jonka war? Wie sollte er ihm begreiflich machen, dass diese Frau, die es auf sich genommen hatte, die Sippe zusammenzuhalten, zu allem fähig war? Diese Frau kümmerte sich seit Jahren um seinen Sohn; dafür verlangte sie im Gegenzug seine Anteilnahme an familiären Dingen und belud ihn mit den Problemen von Vettern und anderen Verwandten. Es war nicht schwer, der ganzen Welt gegenüber gerecht zu sein und sich von allen Kompromissen fernzuhalten, wenn man vor dem Leben und seinen Zwangslagen einfach weglief; ja, wenn man allein und ungebunden war, konnte man leicht seinen Stolz pflegen, unbestechlich und konsequent sein! Es war genau diese sittliche Überhebung, die Emilia an Jowtschev hasste. Sie konnte und wollte ihm die scharfe, fast arrogante Art und Weise nicht verzeihen, mit der er seine moralischen Urteile fällte. Assen ging nach den letzten Erfahrungen sogar so weit zu sagen: Konsequent moralisch konnte nur ein vollkommener Egoist sein. Ehrbar zu leben, das war sehr angenehm fürs eigene Gewissen, und ohne jeden Fehl und Tadel zu sein, das war regelrecht gewissenlos! Das hieß natürlich nicht, dass Jowtschev überhaupt kein Recht hatte, Ansprüche an andere zu stellen; doch er konnte das eben nur als Mensch, der frei und einzig von seinen eigenen Entscheidungen abhängig war. Manchmal kam er Assen wie ein Eremit vor, dessen Gewissen, von aller Anschaulichkeit des Lebens befreit, karg und steril war wie eine frühgotische Kathedrale, in der statt Gott die Wahrheit angebetet wurde.

Im Moment hörte Assen kaum zu, was der Alte sagte. Was seine Ohren erreichte, war mehr die energetische Ladung des Schalls als der Sinn der Worte. Er reparierte die Herdplatte ungerührt zu Ende, dann wartete er ab, bis Jowtschev eine Pause machte, um Luft zu holen, und sagte dann ungerührt:

»So, fertig … die Herdplatte funktioniert wieder.«

Dann nahm er seinen Trenchcoat, warf ihn sich über den Ellbogen und ging, gefolgt vom ungläubigen Blick des alten Juristen.

10

Ein feiner Landregen fiel, der Nebel drang rasch durch die Kleidung, und bald spürte er am ganzen Körper die klamme Nässe auf der Haut. Die Straße wirkte wie ein Pantomimentheater, dessen Darsteller im Bühnenhintergrund eilig vorbeihuschten. Der Wasserfilm auf den Gehwegplatten schimmerte kalt. Assen holte ein paarmal tief Luft, um sich von den Gedanken an die Fakultätsratssitzung zu befreien. Immer wieder kehrte in seinen Kopf das ironische Grinsen der Kollegen zurück, mit dem sie seine Stellungnahme quittert hatten. Ihre einheitsbraunen Gabardine-Anzüge schienen zu illustrieren, dass jeder Widerspruch zwecklos war. Jowtschev, der an der Ecke am Ende des langen Tisches saß, hatte eine finstere Miene aufgesetzt. Kotzev strahlte schüchtern. In der Pause hatte er sich Assen genähert und geraunt: »Weltschev, du hattest mir versprochen, mir einen Mann von unserer Fraktion zu schicken; aber der Ordnung halber muss ich doch wenigstens vorher mal ein Gespräch mit ihm führen, bevor ich ihm Stunden zuteile …«

Assen krümmte sich beim Gedanken an diese Szenen. Er schlug den Mantelkragen hoch, ging zur Haltestelle vor der Nationalbibliothek und nahm den Omnibus. Im Fischgeschäft auf der Graf-Ignatiev-Straße kaufte er eine Flasche Rotwein und zweihundert Gramm gedünstete Garnelen, die ihm in einem Stück zur Tüte gerollter Zeitung gereicht wurden. Emilia wartete auf ihn. Er freute sich schon auf sein *wahres* Zuhause, diese wundervoll karge, leere Wohnung, die er in seiner Phantasie füllen konnte, womit er wollte. Im Treppenhaus empfing ihn der Geruch von Güwetsch und Auberginenmus mit Knoblauch.

Emilia öffnete die Haustür und legte den Finger auf den Mund, als schliefe im Nebenzimmer ein Kind. Auch ihr Begrüßungskuss war voller Anspannung. Assen fühlte sich glücklich in dem Moment, in dem er seine leere Wohnung betrat, denn diese Leere war von heiliger Reinheit und Unverletzlichkeit.

»Schließ die Augen«, bat Emilia und zog ihn hinter sich her ins Wohnzimmer. »Und jeeetzt – aufmachen!«

Als Erstes sah er die Sitzecke mit den beiden schmutziggrünen Kanapees. Auf dem Boden lag ein handgewebter Teppich, dessen grelle Farbstreifen verrieten, dass er aus Tschiprovzi kam, in der Mitte des Raums stand ein ausziehbarer Esstisch, um den sechs klobige Stühle standen. Da keine Decke darauf lag, stach ihm die frische Lackfarbe in die Augen, und die dicken, auseinander stehenden Beine vollendeten den Eindruck von etwas Obszönem. Auf dem Tisch stand eine Schachtel mit türkischen Geleebonbons und eine Flasche von demselben Cabernetwein, den auch er in der Manteltasche hatte. Das matte Licht, das durch die Lampenschirme von der Decke drang, vollendete die Anmutung schwülstiger Überladenheit, und er meinte, dies alles schon einmal gesehen und erlebt zu haben. Emilia hatte es tatsächlich geschafft, alles an einem einzigen Nachmittag zu kaufen! Im Raum lag noch der Gestank der billigen und starken Zigaretten, die die Möbelpacker geraucht hatten. Vermutlich waren sie eben erst zur Tür hinaus. Assen war so heftig enttäuscht, dass er Kopfschmerzen bekam. Er musste jetzt unbedingt etwas tun, um Emilia, die kindlich begeistert übers ganze Gesicht strahlte, nicht zu enttäuschen. Ihre Sommersprossen waren vor Aufregung dunkler geworden, und ihm war, als sähe er ihr Gesicht durch einen Schleier. Um Zeit zu gewinnen, drehte er sich um, zog seinen Trenchcoat aus und machte sich daran, den Wein zu öffnen.

»Schön ist das geworden«, sagte er gequält.

»Nicht schön – wundervoll!«

Emilia zog vor seinen Augen den schweren Tisch aus, setzte sich auf einen der Stühle und zündete sich eine Zigarette an. Sie hatte sich eine Schachtel Femina gekauft mit »goldenem« Mundstück. Die Femina gehörten zu den teuren Zigaretten. Der Universitätsrektor rauchte sie, und sonntags auch Dekan Kotzev.

Nun interessierte es ihn schon nicht mehr, was hinter dem Fenster war. Geblendet von der hellen Zimmerbeleuchtung, glich die Scheibe dem Glas einer riesigen Restaurantvitrine. Selbst die Gerüche nach Parkettpflege und nach »neu« hatten sich verschreckt in die Ecken verzogen. Das Weiß der Decke war vergilbt, die Wohnung auf einen Schlag gealtert. Als hätten wir hier schon mindestens zehn Jahre gelebt, dachte er.

Emilia drückte ihre Zigarette aus und zog eines der Kanapees aus, legte sich hin, zog mit erregender Unbekümmertheit ihre Strümpfe aus, spreizte die Beine und klopfte mit der Handfläche auf den Platz neben sich. Assen nahm sie grob und ungeschlacht, ohne sich oder sie weiter auszuziehen. Er wusste, dass er ihr wehtat, doch genau im Inneren dieses Schmerzes fand er jene vollkommene und unverletzliche Leere wieder, von der er geträumt hatte. Dann hörte er ihren beschleunigten Herzschlag. Langsam beruhigte sich ihr Atem, der warm gegen seinen Nacken strömte, und dann sagte sie:

»Weißt du was, Weltschev, wir bekommen einen Sohn!«

11

Jonka tat alles, um glücklich auszusehen. Sie zog ihr schönstes Kattunkleid an, bezahlte die Miete, kaufte eine Korbflasche geharzten Weißwein und brachte noch einmal das ganze Viertel zusammen: Weneta trug ein rundes Blech mit gefüllten, zu Schnecken gerollten Teigtaschen, Jowtscho einen großen Klumpen Marmelade aus seinem Krämerladen, Piollas Vater buk Flachbrote. Der übervölkerte Hof barst vor menschlichen Stimmen, die Luft leuchtete von der Elektrizität so viel versammelter Güte und Wohlgesinntheit. Es wurde gegessen und getrunken,

Versöhnungen wurden vollzogen. Jemand hatte eine Wassermelone ausgehöhlt und in eine Laterne verwandelt, ein anderer brachte eine verzinnte Waschschüssel und weißen Waschton als Geschenk mit, ein Dritter ein noch richtig versiegeltes Paket Spielkarten. Zum Zeichen seiner Verehrung für Jonka trank Ermenkos Gaul einen halben Eimer Bier, »Flaschko« Prodev setzte sein Offizierskäppi ab und verbeugte sich mit militärischem Hackenschlag vor ihr; Weneta, seine Frau, zerriss ihre künstliche amerikanische Brust und brach in Tränen aus. Es war aber nicht der Zeitpunkt für Tränen, sondern für etwas weit Dauerhafteres, etwas Endgültiges: Jonkas Abschied.

»Du kommst doch mal nach uns schauen, Mütterchen, nicht? Wir vergessen dich nicht!«

»Hoffentlich sind mir da Kirche und Kulturklub in der Nähe«, erwiderte Jonka nervös. »Ich kenne mich doch in dem neuen Viertel gar nicht aus.«

Nachdem alle Abschied genommen hatten, spannte Ermenko seinen Gaul vor den Wagen, goss noch einmal Bier in den zerdellten Eimer, hängte ihn der Stute vors Maul, und die schlabberte zum Vergnügen der Anwesenden auch die zweite Großportion weg wie nichts. Dann wurde aufgeladen: die beiden Betten, die Matratzen, die Decken, das Stehregal, drei Ballen mit Kleidern und Laken, die Gardinen mit dem verfliegenden Hauch des Sommers, das Service mit den Paradiesvögeln, die Einkaufstasche mit Petroleumlampe, und das Nähzeug … Oben auf diesen Umzugsthron postierten sie das Dampfradio, das ohne Strom nicht nur stumm war, sondern auch blind, denn sein Lämpchen leuchtete nicht hinter dem bunten Glas.

Jonka prägte sich noch einmal alle Gesichter ein, dann saß sie auf, im linken Arm Jordan, im rechten ihre billige Ikone aus auf ein Holzplättchen gezogenem Papier. Und los ging's, quer durch die Hauptstadt, gelenkt von einem angeheiterten Fuhrmann und gezogen von einem noch beschwipsteren Pferd, dessen beschlagene Hufe Funken auf dem Pflaster schlugen. Hinterdrein gingen »Flaschko« Prodev und Piolla, um ihnen das Geleit zu geben. Als sie die Löwenbrücke überquert hatten, hörte für Jonka die bekannte Welt auf.

»Nun kehrt schon um«, drehte sie sich zu den beiden Männern um,

»mir reicht meine Angst auch so schon, ohne dass ihr sie mir verbreitet …«

»Wir helfen dir noch abladen, Mütterchen«, antworteten sie, hoben die halbleere Korbflasche an die Lippen und beendeten ihren Satz: »Wir bringen dich nur hin und machen uns dann sofort vom Acker.«

Dem kleinen Jordan reichte schon die säuerliche Ausdünstung der Stute, um betrunken zu sein. Seine kleinen Fäuste umklammerten fest Ermenkos perlenverzierte Peitsche, und er nahm sich fest vor, eines Tages Fuhrmann zu werden …

12

Zu Anfang verlor sie sich in dem großen Appartement, öffnete falsche Türen, ging hinein und hinaus mit dem einzigen, in ihr zitternd widerhallenden Gedanken: Wenn wir zusammengezogen sind, also *beisammen,* dann kann es doch nur zum Guten sein!

Bis zum Abend hatte sie den für sie und Jordan bestimmten Raum eingerichtet, einen Nagel für ihr ewiges Licht eingeschlagen, die Gardinen aufgehängt und jenes ihr vertraute Halbdunkel hergestellt, das dem Licht die Farbe eines starken Tees verlieh.

Es folgten Tage, gleichmäßig und ohne Gnade, in denen Jonka suchte, womit sie sich beschäftigen konnte; doch was sie fand, war nichts als Alleinsein und Einsamkeit. Die Stille in der Wohnung verfolgte sie überallhin. Der eigentümliche Geruch Emilias nach Frau und Theater, nach Zügellosigkeit und Affektiertheit löste Beklemmungen bei ihr aus. Ihr fehlten der Hof auf der Klokotniza-Straße, der Quittenbaum mit seinem herben Duft, die Nähe zu den Menschen und damit auch die untergründige Verbindung zu den Mysterien der Welt. Die alten Karten schliefen unbenutzt in der Brusttasche ihres Kleides, die neuen spiegelten noch kein Wissen, sondern lagen unangebrochen im Regal. In dieser sterilen Atmosphäre, in der ihr statt Gesichten nur die Angst zu schaffen machte, kam ihr selbst die lärmende Schwatzhaftigkeit des Radios fremd vor.

Manchmal kam es ihr so vor, als lebten in diesem Mietshaus keine Menschen, sondern nur Schatten – körperlose Wesen, die zwar Geräusche verursachten, aber kein Gesicht hatten. Ohne einander zu sehen, gingen sie im Treppenhaus aneinander vorüber. Jonka hörte, wie sie sich badeten oder die Toilettenspülung betätigten. An bewölkten Tagen wurde es grau im Wohnzimmer, als wären die Fensterscheiben aus durchsichtigem Blei; diese farblose Düsternis setzte ihr schwer zu. Allmählich nahmen die Stunden des Tages die rechteckige Form der Zimmer in ihrer neuen Wohnung an.

In Widin hatte ihr die ganze Stadt gehört; nach ihrer Ankunft in Sofia gehörte ihr noch eine Straße; hier verfügte sie noch nicht einmal mehr über sich selbst. Über ihr hing die Weiße der Decke mit den Stuckornamenten. Ihr ganzes Begehr, Menschen mit Menschen zu verbinden, Vorhaben mit der Ausführung und Diesseitiges mit Jenseitigem, richtete sich nun einzig auf den kleinen Jordan. Sie ließ ihn einfach seine kleinen Streiche machen. Einmal schmolz er Teer und Wachs auf der Herdplatte, ein andermal zerdepperte er etwas mit seinen Glasmurmeln, und wenn er Emilia – entsetzt und fasziniert zugleich – von einem erdachten Land namens *Santo* erzählte, beschmierte er ihre teuren Kleider unweigerlich mit der Marmelade, die er sich zuvor mit den Fingern vom Mund gewischt hatte. Erst nach getaner Untat bestrafte sie ihn, pedantisch, aber ohne ihm wirklich böse zu sein.

»Die Strafe, die wir erduldet haben«, bleute sie dem Jungen ein, »lehrt uns, den anderen ihre Verfehlungen zu verzeihen.«

Sie kaufte dem Jungen Bleisoldaten und eine Spielzeugpistole mit Knallstopfen aus dem nahen Lädchen des Beinlosen, schenkte ihm ein Gummiband für eine Schleuder, hielt ihn aber im Gegenzug an, nach dem Essen die Brotkrümel vom Tisch zu sammeln und sie auf die Fensterbank zu streuen, auf der – ausgehungert – Sonne, Regen und Vögel landeten. Mitte September erkrankte Jordan an Mumps, was vor allem für Jungen nicht ungefährlich war. Er musste reglos im Bett liegen bleiben, weil er sonst vielleicht unfruchtbar werden konnte. Seinetwegen zähmte Jonka eine riesige Herbstfliege, die metallisch glänzte, und stellte sie in Sichtweite des Jungen in einem dünnen Glas auf die Kommode. Jeden Tag träufelte sie ihr ein Körnchen Zucker und ein paar Tröpfchen Wasser hinein. Manchmal erlaubte sie sich den Spaß, statt Wasser Wein zu nehmen; dann prallte das Insekt im Taumelflug immer wieder gegen die harte Durchsichtigkeit seines Glasgefängnisses. Die Beobachtung dieses flaumigen Bällchens Leben erregte Jordans Mitgefühl ebenso wie seine kindliche Grausamkeit.

Morgens war das dominierende Geräusch Assens Schreibmaschinengeklapper. Mal rasend schnell, mal zögerlich, als habe er eine Frage, ertönten die Tastenfolgen auf der alten Erika, die den Schreiber mit einem Bimmelton auf das Zeilenende hinwies. Am Nachmittag nahm Emilia das Schlafzimmer in Besitz. Dort erarbeitete sie ihre Rollen vor dem ovalen Spiegel und wurde sehr ungehalten, wenn man sie dabei störte. Jordan drückte sein Ohr an die Wand, um ihre Stimme deutlicher hören zu können, ihr gespieltes Lachen, ihre Seufzer, ihre Liebeserklärungen. Jonka hinderte ihn nicht daran, sich in ihre Dompteursumarmung zu werfen, in ihr sündig riechendes Parfüm und ihre bis zur Verletzung berührende Weiblichkeit; doch nicht ein einziges Mal ließ sie es zu, dass sie den Jungen badete. Emilias liebes Betragen, hinter dem sie ihre Abneigung gegen das Kind verbarg, ihre überfreundliche Stimme, mit der sie ihm fast alles verbat, kurz, ihre zärtliche Frostigkeit brachten Jonka auf die Palme. Dabei hatte sie ihr schon verziehen, weil sie wusste, dass Emilia bald Mutter sein würde, eine Frau, in deren Schoß das heilige Licht des Lebens aufstrahlte.

Wie erwartet, hatte Jonka Mühe, sich an das neue Viertel zu gewöhnen mit seinem ständigen Straßenbahnkreischen. Der Obst- und Gemüsemarkt war auf der anderen Seite der Graf-Ignatiev-Straße, die Bäckerei ein gutes Stück um die Ecke, und im Kolonialwarenladen gab es so viele verschiedene Sachen, dass sie völlig konfus wurde. Sie sehnte sich nach der überschaubaren Einfachheit von Jowtschos Krämerladen zurück mit den Regalreihen voller unparfümierter Seifen, Essig- und Ölflaschen, den stiellosen Reisigbesen, den großen Blechdosen mit Salzlakenkäse und den ungewaschenen Fässern.

Und hier? Überhängende, graue Hausklötze und plattierte Bürgersteige säumten den Weg zum Milchgeschäft, dessen Verkäuferin einen weißen Arztkittel trug, und deren Metallgewichte in ihrem Holzblock aussahen wie für eine Apothekerwaage. Doch das bulgarische Joghurt war damals noch keine breiige Pampe mit viel Molke, sondern dick und zum Schneiden fest.

Was aber noch viel schlimmer war als der Verlust der magischen Verbindung zum Geheimnis der Menschen, war die Einbuße des wichtigsten Teils ihrer Identität: Sie glich hier keiner Mutter mehr, sondern einer alten Frau, die zu Hause ihre Tage versaß, selten hinausging, und wenn, dann ohne die Todesanzeigen zu lesen, die überall an Wänden, Laternenpfählen und Telefonmasten klebten. Offenbar ist Einsamkeit jene Zauberkraft, die uns gleichgültig macht gegenüber dem Tod.

13

Die Probe verlief stockend, gereizt und unkonzentriert. Theo Sotirov brüllte durch die Gegend und schob seine Darsteller auf der Bühne herum wie Schachfiguren. Dabei bediente er sich saftiger Kraftausdrücke, ein sicheres Indiz dafür, dass er sich seiner Sache selbst nicht sicher war. Das schwüle Licht der Bühnenstrahler machte sie müde. Feiner Staub wirbelte auf, der nach Pappmaschee roch und die Lungen stach, die Sinne betäubte und sich aufs Hirn senkte wie ein Sediment.

Emilia kam in ihrem Text durcheinander, ihr wurde schwindlig. Margarita Lilova hingegen stand wieder einmal mit traumwandlerischer Sicherheit auf der Bühne, und nur ihr erteilte Sotirov nicht eine einzige Rüge. Ihre eigentlich hässliche, abstoßende und stets blasiert melancholisch dreinschauende Physiognomie ging Emilia nur noch auf die Nerven. Am Ende probten sie noch die Verbeugungen nach dem Schlussvorhang. Immer wieder hob er sich und senkte er sich, doch ihr kam es so vor, als ob das leere Parkett sich hob und senkte mit seinen Reihen unbequemer und knarrender Stühle. Schließlich hatte der Albtraum ein Ende. Die Statisten hinter ihrem Rücken rührten sich, Theo schimpfte noch einmal auf den Feuerschutz und steckte sich demonstrativ eine Zigarette an, hustete wie ein Lungenkranker und röhrte dann wenig feinfühlig los: »Weltscheva, komm mal zu mir ins Direktorenzimmer. Aber dalli!«

Er scherte sich kein bisschen um ihr Ansehen bei den Kollegen und trieb sie mit seiner Stimme vor sich her wie ein Dompteur mit der Peitsche das verschreckte Raubtier. Vor dem Theaterdirektor schnauzte er sie genauso an wie vor den Putzfrauen, und wenn ihm ihre Frisur gerade nicht passte, schickte er sie zum Theaterfriseur, einem Homosexuellen von der weichen Sorte. »Ich will dich mit kurzem Haar sehen«, kommandierte er.

Emilia zog eilig ihren Lippenstift nach und ging mit dem Kajalstift die Lidränder nach. In ihrer Umkleide war es empfindlich kalt, während bei Margarita Lilova mit Sicherheit ein Öfchen brannte! Der Mosaikfußboden im langen Gang war schmutzig; Zigarettenkippen und Straßenbahnfahrkarten lagen zuhauf herum. Sie trat gegen eine leere Plätzchenschachtel. Von den Wänden blätterte der Verputz, als ob das ganze Gebäude an Windpocken litte. Die trübe Beleuchtung weckte Unbehagen. Trotzdem liebte Emilia diesen Korridor, denn sie ging ihn stets vor und nach der Theaterarbeit entlang, wenn sie nicht nur Schauspielerin war, sondern auch Frau.

Das Büro des Direktors befand sich ganz am Ende, neben den Toiletten, aus denen es penetrant nach Chlorkalk und Bleichmittel stank. Wenn die Leute einmal die dreckigen Gedärme eines Theaters sehen würden, kämen sie wohl nie wieder zu einer Vorstellung, dachte Emilia fröstelnd, bevor sie ein höfliches Lächeln aufsetzte und an die Tür klopfte.

Obwohl das Büro der größte Raum hinter den Kulissen war, hatte es kein Fenster und wurde nur über den Korridor belüftet. Die Einrichtung war ganz in abgewetztem Plüsch gehalten. Beim Blick in den perlmuttfarben gerahmten Spiegel sah man den uralten Schreibtisch. Möbel und Wände hatten den Rauch Tausender Zigaretten in sich aufgesogen, es roch nach Lasterhöhle. Alles war weich und unwirklich, heruntergekommen und vergessen. Der Lichtkegel der Schreibtischlampe durchdrang nur schwach das Dämmerlicht, bei dem man sogleich assoziierte: Der Tag endet, die Kunst beginnt. Sotirov stand an den Schreibtisch gelehnt wie ein Feldherr. In seinem Mundwinkel hing die unvermeidliche Zigarette. Emilia hatte Angst, dass er sie sofort wieder anfahren und kränken würde mit seiner schrillen Stimme, die nun, nach der Probe, auch noch heiser war.

»Setz dich, Kindchen …« Er ließ ihr Zeit, es sich bequem zu machen, schenkte ihrem Frieden heischenden Lächeln aber keine Beachtung, sondern schaute in die Ecke, und zwar wie ein großer Meister der Hypnosekunst.

»Ein paar Leute, die was von Kunst verstehen, haben einen Film bei mir in Auftrag gegeben …« Er stieß mit seinem knochigen Daumen lässig die blaue Mappe neben sich an. Staub erhob sich von ihrem Deckel. »Hier, da drin ist was für dich!«

Emilia spürte, dass sie in Ohnmacht zu fallen drohte vor Aufgewühltheit. *Hauptrolle – Hauptrolle – Hauptrolle …* wiederholte ihr Bewusstsein wie im Fieber. Sotirov schien ihre Gedanken gelesen zu haben, denn er fuhr fort:

»Die Hauptrolle spielt Margarita Lilova. Doch deine Rolle ist ebenfalls nicht zu verachten. Deshalb hab ich dich auch zum Friseur geschickt, Haare kürzen. Siehst ein bisschen wie ein verschrecktes Huhn aus, aber – du passt für die Rolle … passt *mir* für die Rolle, Kindchen!«

»Nun ist aber mal gut mit dieser Margarita Lilova«, unterbrach Emilia ihn verärgert.

»Schau mal«, hob Sotirov drohend den Zeigefinder, »im Unterschied zu dir ist Margarita eine Hässliche, aber dafür mit echtem melodramatischen Talent! Wenn du sie nur anguckst, wirst du sentimental, und das lieben die Menschen, weil sie wissen, dass die Trauer nur gespielt ist.«

Die Spielfilmhandlung sollte sich um ein grandioses Staudammprojekt drehen, dessen Tücken das Kollektiv zusammenschweißten, aber auch Konflikte schufen und dramatische Ereignisse hervorriefen. Mit dem langsamen Emporwachsen der Staumauer würden auch die Menschen wachsen – an dieser titanischen Aufgabe!

»Die Staumauer ist die tragfähigste Metapher in diesem beschissenen Drehbuch«, erklärte Sotirov selbstzufrieden, »denn sie hemmt nicht nur den Fluss in seinem Lauf, sondern auch den der menschlichen Gemeinheit und Kleinlichkeit. Du wirst die Rolle der neuen, emanzipierten Frau verkörpern, einer Bauingenieurin.«

Emilia schwieg verlegen. Sie hatte langsam genug von diesen Rollen, in denen sie pathetisch bis zur blinden Begeisterung sein musste, aber … das hier könnte ihr Sprungbrett zum Film sein. Was sie verlockte, war der Gedanke, dass durch die Aufzeichnung auf Zelluloid die Kunst des Schauspielers Ewigkeit erlangte. Im Theater hingegen fühlte sie sich nach jeder Vorstellung unglücklich, ausgebeutet und zurückgestoßen; nicht vom Publikum, sondern davon, dass nichts blieb.

Theo stieß sich vom Schreibtisch ab, stolperte über eine aufgeworfene Teppichkante und setzte sich neben sie. Er schaute ihr geradewegs in die Augen, und zwar so, als wäre er der große Hypnotiseur. Das machte er jedes Mal, wenn er allein mit ihr im Zimmer des Direktors war, und jedes Mal kam er ihr in dieser Pose aufs Neue lächerlich vor. Wenn er versuchte, verliebt zu wirken, verlor er all seine Macht als Regisseur. Seine Hand kroch über die Armlehne des Kanapees, auf dem sie saß, hielt an, als müsse sie kurz nachdenken, und berührte schließlich unentschlossen ihren Schenkel. Er wusste, dass diese Nummer nicht zog, aber er wollte es nicht unversucht lassen. Als Mensch, der zutiefst mit dem Theater verbunden war, glaubte Sotirov an Wunder, obwohl doch gerade das Theater lehrt, dass es Wunder nicht gibt, sondern nur Bühnentechnik und mehr oder weniger ungesunde und unrealisierbare Illusionen.

Emilia zuckte zusammen. Sie konnte seine klebrige Berührung einfach nicht ertragen, diese Gier, sich an ihr zu reiben, wenn er sie in einer dunklen Ecke oder einem schmalen Gang abpasste. Sie hasste die Spucke, die ihm unwillkürlich aus den Mundwinkeln lief. Wenn er sie so speicheltriefend anmachte, kam er ihr wie ein wahnsinniges Genie vor. Tja, dachte Emilia, die Lilova mag ja ein Gesicht haben wie ein Ackergaul; aber selbst wenn sie die größte Schönheit vor dem Herrn wäre, würde er es nicht wagen, sie so anzutatschen! Sie fühlte sich erniedrigt und beschmutzt, und Ekel stieg in ihr hoch vor diesem in Anbetung verzerrten Gesicht.

»Jetzt hör mal gut zu«, bremste sie ihn zornig, »wenn du diese Nummer noch einmal abziehst, dann sag ich meinem Mann Bescheid!«

Sotirov hatte panische Angst vor Assen, wie er vor allem Angst hatte, das mit Tod zu tun hatte. Er wusste, dass Assen auf Menschen geschossen hatte, und tief in seinem Inneren hoffte er, dass er ein Mensch war.

»Du ziehst also immer noch Gesetz und Recht der Kunst vor?«

Er wich zurück, tat so, als sei er zerschmettert. Der schwere Tabakgestank und das wächserne Licht mussten diesen Eindruck seelischer Verwüstung noch verstärken. Schließlich wurde es ihm selbst zu langweilig. Er zündete sich eine neue Zigarette an und fuhr finster fort: »Das

Schlimme, Kindchen, ist, dass ich nichts von Kino verstehe. Wenn der Film Erfolg hat, dann werde ich sicher ins Warme, zum Volkstheater hinaufbefördert. Dann werde ich ein letztes Mal dieses widerliche Büro betreten, werde mein Sakko nehmen, mein Spiegelbild, die Lilova, dich und … der Rest kann mir gestohlen bleiben. Nun komm, schnapp dir die Mappe und verschwinde! Wir drehen im Sommer.«

»Weißt du«, unterbrach Emilia ihn mit Hoffnung in der Stimme, »ich bin schwanger.«

Theo schaute nicht, er glotzte sie an, woraufhin er in ein hämisches Gelächter ausbrach.

»Das ist hier keine Entbindungsstation, sondern ein Theater«, sagte er. Offenbar gefiel ihm sein Scherz, denn er beschloss, ihn auszubauen. Das Feuerzeug schnappte vor seinem Gesicht auf. »Ich bin kein Gynäkologe, Kindchen, sondern Regisseur … Wenn du im Film mitspielen willst, dann machst du eine Abtreibung!«

So einfach eroberte man sich seine Machtposition zurück …

Emilia hatte keine Wahl, sie musste sich fügen. Was sie nun brauchte, war Zeit zum Nachdenken. Auf einmal blitzte in ihr die Erkenntnis auf, dass der Hass jenes Gefühl ist, das uns am sichersten Geduld lehrt.

14

Draußen war es schon dunkel. Eingebettet in die Kälte, überliefen Emilia immer wieder Wechselbäder der Freude und der Erniedrigung. Ihre Empfindungen waren so widersprüchlich, dass das Baby in ihrem Bauch ihr wehtat und sie in Tränen ausbrach. Sie hatte es bisher als etwas Hilfloses erfahren, nur ihr gehörig, das ihr beständig zusetzte, lebendig zwar, aber noch kein Leben. Im Omnibus von der Universität zur Patriarch-Evtimi-Straße wechselte sie die Rollen der Mutter und der Schauspielerin beständig. Gegen ihren Willen hörte sie die bissige Stimme Jonkas, die Jordan in der Küche anfuhr: »Sei doch mal ein bisschen ruhig … Siehst du denn nicht, dass sie Mutter wird?« Nun, dachte sie, Mutter konnte sie jederzeit werden; doch der Film, den ihr Sotirov da anbot, der war vielleicht die Chance ihres Lebens …

Die Bäume auf der Ljuben-Karawelov-Straße glänzten wie lackiert. Im Lichtkegel der Straßenlaternen spielten Schneeflocken. Sie verspürte eine seltsame, nie gekannte Neigung, Gutes zu tun, Freude zu bereiten, mit ihren Händen, ihrer Stimme, mit ihrer Wärme. Sie könnte Jordan ja mal ein Märchen vorlesen. Der Kleine vergötterte sie, und wenn er sie so andächtig bewundernd anschaute, dann war er wie das Publikum im Theater und weckte die Schauspielerin in ihr. Ja, sie brauchte das noch zarte Pflänzchen seiner Begeisterung, seine beständige Unterordnung; doch was sie jetzt wollte, das war etwas anderes: Sie wollte die ganze Liebe für ihr eigenes Kind auf den Jungen übertragen, der nicht ihr eigenes Kind war …

Als sie mit der Lektüre von Hans Christian Andersens »Der tapfere Zinnsoldat« fertig war, wischte Jonka sich die Augen, Assen lächelte, die Flammen im Ofen trappelten weich. Auf der Bettkante sitzend und auf ein verzaubertes Kind blickend, wusste sie, dass die gefüllten Sitzreihen eines Theaters mit ihrem Staunen und ihrer Naivität tatsächlich einem verstummten, andächtig lauschenden Kind glichen, und sie, sie war die Frau, die bergende Weiblichkeit ausstrahlte – trotz ihres Bubikopfes. Ihre Augen glänzten, die innere Bewegung hatte ihre Wangen gerötet.

»Genug jetzt«, sagte Jonka trocken, »du musst dich schonen!«

»Morgen fange ich an, dir ›Pinocchio‹ vorzulesen«, versprach Emilia.

»Ooch, bis morgen ist aber lange«, seufzte Jordan. In der sich entziehenden Gegenwart seiner Stiefmutter wirkte er stets wie ein Kranker.

Anschließend zog sie sich mit Assen ins Schlafzimmer zurück. Die Weiße der Möbel machte ihr stille Vorwürfe. Emilia hatte sie eigenhändig mit Lackfarbe gestrichen – Assens Schreibtisch, das wackelige Standregal, den gesprungenen Rahmen des Spiegels, die Beine des Hockers, das Bettgestell und sogar den Wäschekorb. Im Wohnzimmer hatte sie nicht gewagt, etwas zu verändern. Diese geschmacklosen, aber glänzenden Polituren der Möbel waren gerade in Mode. Im Schlafzimmer aber hatte sie dafür umso gründlicher gewirkt, um mit der verbindenden Kraft der Farbe Weiß die alten, ganz und gar nicht aufeinander abgestimmten Einrichtungsgegenstände zu harmonisieren.

Emilia befreite sich von ihrem flusigen Pullover, dann faltete sich der Rock mit einer schaukelnden Bewegung um ihre Knöchel. Ja, sie verstand es, sich schön und verlockend zu entkleiden; sukzessive, fast quälend langsam entblößte sie ihren Körper. Unter dem Glänzen des Stoffs wirkten ihre Brüste kleiner und unschuldiger. Schließlich schlüpfte sie rasch ins Nachthemd und … wirkte nun vollkommen nackt. Fast ganz bedeckt von Seidenblümchen, luden sich ihre Schenkel auf mit Schamlosigkeit. Es war der Blick Assens gewesen, der sie gelehrt hatte, sich so zu entkleiden. Sie bemerkte den stechenden Blick seiner Augen hinter der Zeitung, die Anspannung des gepeinigten Mannes mit ungestilltem Verlangen. Diese Macht über ihn berauschte sie. Manchmal, wenn sie sich liebten, verließ sie ihren Körper und erblickte von schräg oben ihre ineinander verschlungenen Leiber, die im Rhythmus wild schlagender Herzen pulsierten. Diese beiden Körper, die sie von dort oben sah, glichen zusammen einem Herzen.

Sie wartete noch etwas, bis der passende Moment herangereift war, um dann tief Luft zu holen und … Das Theater hatte sie gelehrt, dass Pausen ein wesentlicher Bestandteil menschlicher Beziehungen waren. Sie war bereit, ihre eigenen Interessen zu verteidigen, und machte sich gefasst auf Schreie, Ehekrach und anschließendes tiefes Schweigen. Doch das, was tatsächlich geschah, war viel schlimmer. Assens Augen leerten sich plötzlich und begannen abwesend und bodenlos zu glänzen. Zu Schlitzen zusammengekniffen, wirkten sie, als bereiteten sie sich vor zum Schuss – auf sie. Seine Lider zitterten leicht, seine Augäpfel hielten sie glashart in ihrem Bann. Sie spürte, wie sie sich unter diesem Blick zusammenzog zu einem Punkt, dem Mittelpunkt einer Zielscheibe.

Dies würde sich im Laufe der Jahre noch oft wiederholen, doch Emilia würde sich nie daran gewöhnen können, so wenig, wie sie sich von der Angst befreien konnte, zu wenig schauspielerische Begabung zu haben. Denn in diesem zu Glas erstarrten Blick Assens sah sie genau das: die Bescheidenheit ihres Talents.

»Guck mich nicht so an!«, rief sie und wich so erschrocken zurück, dass sie gegen die Wand prallte. Ein heftiger Schmerz durchfuhr sie. »Ich bitte dich, guck mich nicht so an!«

»Wie gucke ich denn?«, fragte Assen.

Sechstes Kapitel

1

Barfüßig und sorglos strich der Zigeunersommer durch goldbelaubte Bäume, die Donau versank in Ohnmacht. Am Hafen, hinter dem Zoll, staute sich ein penetranter Sumpfgeruch. Die sommerliche Maul- und Klauenseuche verschonte Widin ausnahmsweise, die Reblaus war dank Kupfervitriol erfolgreich bekämpft. Vor der Ernte hatte es – nicht zu viel und nicht zu wenig – geregnet, sodass die Trauben groß und doch süß geworden waren. Die Gärung versprach also, heftig zu werden, und jeder, der einen Weingarten hatte, ließ neue Eisenringe um seine alten Fässer schmieden. Anfang Oktober war es trocken und noch immer so heiß wie im August. Was für ein gesegneter Herbst!

Nach langjähriger Unterbrechung wurde der Widiner Jahrmarkt wieder ins Leben gerufen. Aus der ganzen Umgegend kamen Schausteller mit ihren motorgetriebenen Schaukeln, auf deren Kabinen Schwäne und goldhaarige Feen gemalt waren, Karussells mit fuchsrot und rappenschwarz lackierten Holzpferdchen und zwei Schießständen. Auf der Schulter des Drehorgelmanns saß ein sprechender Papagei, dessen Gefieder in allen Regenbogenfarben schillerte und der mit seinem gebogenen Schnabel Lose zog, die »ewige Liebe« oder »eine große Erwerbung« versprachen. Manchmal stieß er dabei obszöne Flüche aus; gelegentlich aber begleitete er auch krächzend die Spieluhrmelodie »Guten Abend, gut' Nacht«. Aus dem Zigeunerviertel kamen sie mit einem Braunbären, der zur Stehgeige tanzte. Es wurden Zuckerwatte und Luftballons verkauft, sowjetisches Handwerkszeug in Leinentaschen, rumänische Okarinen, polnische Tischdecken und chinesisches Porzellan. Eigens für den Jahrmarkt eröffneten Hackfleischbratereien, die einen so starken

Duft verbreiteten, dass der Schlaffe Kosta meinte: »Wenn du satt werden willst, brauchst du dich nur mit einer Scheibe Brot neben den Holzkohlengrill zu stellen und tief einzuatmen.«

In der Mitte des Jahrmarktes hatte ein Motorradakrobat sein imposantes Zelt aufgebaut; mit seinem dünnen, gezwirbelten Schnurrbart und seinen gierigen Lippen ähnelte er niemandem weniger als Krum Marijkin, aber genau wie dieser fuhr er wie der Teufel. Für achtzig Stotinki Eintritt konnte man sehen, wie er in seiner geschlossenen, bis zur Decke reichenden Trommelpiste beschleunigte und schließlich inmitten blauer Benzinwolken und menschlicher Verwunderung mit dem Kopf nach unten die tödliche Steilkurve nahm. Unter dem Druck der rasenden Geschwindigkeit, einem riesigen Insekt gleichend, das im Spinnennetz ihrer Schaulust zappelte, breitete er tollkühn die Arme aus, nahm eine der Nelken, die zwischen seinen Zähnen klemmten, und warf sie den schönsten Frauen zu. Er selbst war ein Mann von rassiger Schönheit, kleinwüchsig, aber mit der Ausstrahlung eines Errol Flynn. Jeden Abend bezog er Prügel, weil er frisch verheirateten Frauen nachstieg. Doktor Neikov hatte eine Menge Arbeit damit, ihn zusammenzuflicken, aber die Verbände um seinen Kopf hinderten ihn nicht daran, abends wieder seinen Lederhelm aufzusetzen, das Motorrad zu besteigen und erneut die Schleife, die seinen sicheren Ruhm und seinen möglichen Tod bedeutete, zu durchfahren …

2

An Zezka, Stojanovs finster dreinblickender Sekretärin, die nicht nur Haare auf den Zähnen, sondern auch auf der Oberlippe hatte, kam so schnell keiner vorbei. Hier warteten Abteilungsleiter, Vizepräsidenten des Bezirksrats und selbst teure Gäste aus der Hauptstadt, doch Krum preschte einfach durch ins Büro des Bezirkssekretärs, bevor dieses lebende Bollwerk des Genossen Stojanov seine Teerkübel über ihm ausgießen konnte. Er klopfte nur flüchtig an, riss die Doppeltür auf, und bevor der viel frequentierte Mann auch nur sagen konnte: »Ich bin beschäftigt … Lassen Sie mich in Frieden!«, war er schon drinnen. Mochten die anderen warten – die hatten Zeit; er hingegen hatte Ärger und war in Eile! Alle Probleme, die im Zusammenhang mit der politischen Agitation in Widin und Umland auftauchten, löste Krum in direkter Rücksprache mit dem Chef. Fragen nach dessen wertem Befinden sparte er sich ebenso wie Mitgefühl für dessen Überlastung. Er versuchte weder Trost zu spenden noch sich durch ein gewinnendes Lächeln oder schüchtern vorgetragene Komplimente beliebt zu machen; nein, Krum forderte bis hin zur Drohung. Dabei knarzte seine Lederjacke, was die Nerven des Bezirkssekretärs noch mehr strapazierte. Wenn er erreicht hatte, was er wollte, bestieg er seine alte DKW und brauste in jenem aberwitzigen Tempo, mit dem sich nur das Böse und die ihm entströmende Gewalt verbreiten, zum ins Auge gefassten Ziel.

An diesem Morgen aber löste die ungewöhnliche, geradezu unheimliche Stille um Stojanovs Büro selbst in Krum Beklemmungen aus. Die Bittsteller von verschiedenem Amt und subalternen Würden, die sonst auf der Bank im Flur saßen und ergeben warteten, waren verschwunden, auch Verwaltungsbeamte waren nicht zu sehen. Ein Blick in den Übertopf zeigte, dass der Philodendron am Treppengeländer nicht gegossen worden war. Er drückte die Klinke herunter: Die Tür war abgeschlossen und mit einem roten Wachssiegel versehen, so als sei das gesamte Arbeitszimmer ein unter Geheimverschluss stehender Safe, in dem staatsgefährliche, volksfeindliche Akten verwahrt wurden. Krum versuchte es bei Zezka. Als die ihn erblickte, brach sie in lautes Schluchzen aus, das sie nicht einmal unterbrach, um seine Fragen zu beantworten. Das war ganz so, als hätte er nach einem Verstorbenen gefragt, der ihr nahegestanden hatte. Das Herbstlicht legte seine Weichzeichnerlinse vor die Blumentöpfe auf der Fensterbank, in denen Krause Minze, Petersilie und Rosengeranien wuchsen. Der Schreibtisch war vollkommen geleert, die schwarze Schreibmaschine war mit einer Stoffhaube abgedeckt, die Rollschränke fest geschlossen.

»Wer hat denn dieses blöde Siegel da an der Tür angebracht?«

Zezka hob gequält die Schultern, dann, als hätte Krum ihr ein unsittliches Angebot gemacht, begann sie ihren Plisseerock zu richten.

»Wo zum Teufel ist der Genosse Stojanov?«

Nur das Ticken der Wanduhr antwortete ihm.

Erbost und besorgt zugleich steuerte Krum das Atelier Koitschevs an, spielte eine Partie Schach mit ihm, verlor, und – als habe dies das Fass zum Überlaufen gebracht – beschuldigte ihn, er verschwende zu viel Staatseigentum, sprich: Lackfarbe für sein aktuelles Plakat, auf dem eine rosafarbene Mutter ein rosafarbenes Baby in ihren Armen barg, um es vor der explodierten Wasserstoffbombe zu schützen, deren Atompilz hinter den beiden aufstieg. Der durchdringende Geruch nach Knochenleim und Terpentin erschien ihm unerträglich. Da war etwas Wichtiges in seinem unmittelbaren Umfeld geschehen, und er bekam nicht heraus, was es war. Krum seufzte, stand auf und verließ das Gebäude des Bezirkskomitees. Im Hof, gleich neben dem vertrockneten Springbrunnen, wusch Stojanovs Chauffeur den weißen Pobeda ausgiebig mit hausgemachter Seife, bevor er den gelösten Schmutz mit einem wassergetränkten Gummischwamm abrieb. Die Hitze flimmerte um die glänzende Karosserie. Krum steckte sich eine Zigarette an und schlenderte heran.

»He, Pepi«, sprach er den Chauffeur mit gespielter Milde an, »wo ist denn der Genosse Stojanov. Ich brauch da eine Paraphe von ihm unter meinen Urlaubsantrag.«

Der Angesprochene zuckte zusammen. Mit ihm erzitterten auch das gutartige Geschwür an seinem Hals und der Schlauch in seiner Hand. Der Wasserstrahl plätscherte in die heiße Luft. »Pass auf«, wich er aus, »nicht, dass ich dich nass mache!«

»Hab mich wohl zu amtlich ausgedrückt. Ohne Schnörkel gefragt: Weißt du, wo der Chef ist? Ich muss ihn dringend sprechen.«

»Bisschen Abstand, Meister, sonst kriegst eine Dusche.« Der Chauffeur umrundete den hinteren Kotflügel, blies zwei unsichtbare Staubkörnchen fort und begann dann die Melodie des Volksliedes »Ging ein Mädchen Brombeer' pflücken« zu pfeifen. Seine Augen aber füllten sich mit einem verstörenden Ausdruck von Furcht und Trauer.

Krum, perplex, aber alles andere als wankelmütig geworden, knöpfte seine Landvermesserjacke bis oben hin zu und bestieg sein ausgekühltes Motorrad, obwohl Stojanov nur einen Steinwurf entfernt wohnte. Er setzte seine Taucherbrille auf, besah sich noch einmal den Innenhof durch das zerkratzte, längst trüb gewordene Plexiglas und legte den Gang ein.

Selbst der Fahrtwind kühlte nicht. Hinter Krums Rücken wirbelte eine golden blinkende Staubwolke auf. Als er sich dem Markt näherte, erreichte ihn der vertraute Geruch nach Sommer, nach fermentierender Frucht. Das Haus, in dem der Bezirkssekretär das Obergeschoss bewohnte, warf ihm seinen Schatten entgegen, sodass es wirkte, als sei es mit Stille verputzt, auf der Zierbalkönchen aus Pappmaschee aufgeklebt waren. Zu ebener Erde beherbergte das Haus eine Apotheke, deren wohlgeordnetes Schaufenster die Blicke mit einer imposanten Hippokrates-Büste auf sich zog. Daneben standen Gläser und Petrischalen mit allerlei Pillen und Pülverchen, Cremes und Salben. Außerdem bot es dem kaufkräftigen Kranken Saugnäpfe gegen Ischias und ein emailliertes Klistier an. Was die beiden schwarzen Perücken bedeuten sollten, das musste man wohl den Apotheker fragen. Die sterile, kalte Weiße hinter dem Glasfenster zog Krums Aufmerksamkeit magisch an, denn sie kam ihm klinisch, künstlich und unmenschlich vor. Er schlüpfte durch den Eingang und nahm die schiefen Treppenstufen im Laufschritt. Hier war lange nicht gelüftet worden, schien es. Vor den Türen standen ausgetretene Schuhe.

Krum schellte Alarm. Zunächst antwortete ihm nur Stille, doch dann hörte er furchtsame Schritte auf der anderen Seite der Wohnungstür. Die Schritte verhielten, schienen nachzudenken, sich zu fragen, ob sie öffnen sollten oder nicht; schließlich drehte sich der Schlüssel knirschend im Schloss, und Genossin Stojanova stand vor ihm. Die kleine, auffallend grazile Frau unterrichtete Deutsch am örtlichen Gymnasium. Sie sah unausgeschlafen aus und wirkte verstört. Ihre Augen glänzten feucht und waren von dunklen Schatten unterlegt. Der erste Blick ins Entree vermittelte den Eindruck, als hätten die Vandalen einen Kurzbesuch gemacht, und Krum hatte das Gefühl, er schaue in jemandes bestohlene, verwüstete Seele.

»Tschuldige die Störung, aber wo ist der Genosse Stojanov?«, fragte er so munter und geradeheraus wie möglich. »Er müsste mir da eilig was paraphieren …«

Die kleine Frau wollte ihm antworten, doch ihrer Kehle entrang sich nur ein gequältes Stöhnen. Dann barg sie ihr Gesicht an Krums Schulter und begann hemmungslos zu schluchzen.

3

Die Nachricht, dass der Bezirkssekretär des bourgeoisen Liberalismus beschuldigt und verhaftet worden sei, erschütterte die Stadt. Die Angst kehrte zurück und nistete sich wie Feinstaub in den Poren der Abenddämmerung ein, sodass die Nacht den Menschen Albträume bescherte. Und tags klebte es auf dem eigenen Spiegelbild ebenso wie auf dem Lächeln entgegenkommender Mitbürger. Sie verstummten zur Begrüßung, und *über Politik* zu bramarbasieren – das traute sich keiner mehr. Stattdessen schauten die Männer verlegen auf ihre Füße, kratzten sich im Nacken und hatten dann eilig zu Hause zu tun, wo sie von nun an auch ihren Schnaps tranken. Die Frauen als die mutigeren und verantwortungsloseren Geschöpfe gaben wenigstens im Dampfbad ihrem Nicht-Einverständnis Ausdruck, doch nur, solange sie nackt waren. Der Jahrmarkt verwaiste. Der schöne Motorradakrobat flog beim Durchfahren seiner Todesschleife aus der Spur, zerriss das Sicherheitsnetz und prallte vor den Füßen der schönsten Frau auf den Boden. In seinen Augen Spott, zwischen den Zähnen eine Nelke; seine Hand betätigte noch in galvanischer Zuckung den Gashebel. Kurz darauf lief das Gerücht durch die Stadt, dass ein eifersüchtiger Ehemann sich mit der Bandsäge an der Holzkonstruktion zu schaffen gemacht hatte. Einer nach dem anderen reisten die Schausteller ab; gegen Ende des Sommers verschwand auch der Letzte von ihnen mit seinem Schießstand.

Was den Genossen Stojanov betraf, so mochte er oft unnachgiebig, cholerisch und dickköpfig sein; er war aber auch der Gründer der Abstinenzlervereinigung, trank nicht, rauchte nicht und war kein Schürzenjäger. Solche Qualitäten waren in Widin hochgeschätzt. Sicher, er war ein Vertreter der Macht und ihrer Arroganz, hatte sie mit seiner fatalen Hartnäckigkeit dazu gebracht, den Burggraben zuzuschütten; dennoch war er ihnen selbst dann nah, wenn er in seinem chromglänzenden weißen Pobeda an ihnen vorbei in die dank Zezka fast unzugängliche Festung seines Büros chauffiert wurde. Je höher ein Mensch steht, desto mehr Menschen können ihn selbst aus größerer Entfernung sehen, und so werden sowohl seine Schlechtigkeiten wie seine Güte, seine Niedertracht und sein Leid sichtbar. Dass Stojanov einer von der leidenden

Fraktion war, daran zweifelte niemand in der Stadt. Alle wussten, dass er donauaufwärts, im Gefängnis von Lom, gelegen hatte, dann war er in einem nordbulgarischen Dorf interniert gewesen, und schließlich war seine einzige Tochter an galoppierender Tuberkulose gestorben. Wer aber gelitten hatte, der war einer von ihnen, ganz egal, ob er eine große oder kleine Nummer war, ein schlichtes Gemüt oder ein hochgelehrter Mann: Schmerz und Leid verbanden, machten die Menschen einander gleich! Sosehr sich die Leute also auch das Maul zerrissen, wenn die weiße Luxuslimousine auftauchte, sie beschlossen ihre Hechelei nie, ohne versöhnlich zu schließen: »Ist halt stolz, dass er es so weit gebracht hat … Trotzdem ist er einer von uns!«

Die Angst also kehrte zurück. Die Leute konnten sich nur schwer vorstellen, dass der Bezirkssekretär die Obrigkeit in irgendeiner Form verletzt oder verraten hatte, zumal sie für eine Ideologie stand, für die er sein Leben und die zarte Gesundheit seiner Tochter aufs Spiel gesetzt hatte. Doch dieses vollkommen lautlose Verschwinden in den frühen Stunden nach Mitternacht ohne jede Ankündigung und ohne Widerstand war mehr als mysteriös, und jedes Geheimnis zieht bekanntlich den menschlichen Verstand an und reizt ihn, den Schleier zu lüften. Hier und da munkelte man, dass Stojanov in seinem Hass auf die Bürokratie und mehr noch auf das persönliche Ausnutzen einer Machtposition wütende Briefe an die vorgesetzten Stellen in Sofia geschrieben habe.

Mit Angst und Schrecken aber, wie sie die Seelen der Widiner ergriffen hatten, kommt man der Wahrheit nicht näher. Deshalb ruhte ihre ganze Hoffnung, des Rätsels Lösung zu erfahren, auf Krum Marijkin. Dieser war der Einzige gewesen, der dreist genug gewesen war, direkt zu fragen, vielleicht weil er selbst Teil des Machtapparates in dieser stürmischen Zeit war, der nach Gutdünken mal alles sah, mal sich blind stellte. Insofern war Krums bohrendes Fragen, was mit Stojanov geschehen war, durchaus auch keine Privatangelegenheit dieses verschrobenen Sonderlings, sondern eine Frage, die die Zukunft betraf und die Ungewissheit des Kommenden. Selbst aus der Ungewissheit aufgetaucht, glaubten die Widiner, dass Krum beidem gewachsen war: der Macht und dem Schleier um das Geschehene. Zwar sahen sie ihn kaum, dafür hörten sie das dumpfe Tuckern seiner DKW-Maschine, mit der er die Stille der Straßen aufriss, sei es in Richtung Bezirkskomitee, sei es stadtauswärts zu den umliegenden Dörfern. Und sie zählten die Tage, denn in einem Monat würde schon der Winter kommen und die Gegend einfrieren und mit seiner weißen Schneedecke auch das noch verhüllen, was jetzt noch so gewiss war wie früher das Amen in der Kirche.

Mitte November traf direkt aus Sofia der neue Bezirkssekretär ein, ein Mann unbestimmten Alters mit großem Quadratschädel und sehr kurzen Fingern, der ewig unzufrieden und griesgrämig wirkte. Sein Blick war schwer und durchdringend, seine Stimme gefährlich leise. Er bestand darauf, dass ihm alles zugetragen wurde, und das hieß, dass ihm *über jeden* alles zugetragen wurde! Mit seiner Ernennung verbreitete sich ein neues Gerücht, nämlich dass der Genosse Stojanov für den englischen Geheimdienst gearbeitet haben sollte. Auf einem Parteiplenum in Sofia soll er mit dem in Ungnade gefallenen und später auf Moskaus Betreiben in einem Schauprozess verurteilten Traitscho Kostov gesprochen und sogar Tee getrunken haben. Während des Prozesses selbst soll er sich auf gemeine Weise herausgeredet haben. Diese Anschuldigung traf Krum wie ein Fausthieb an die Schläfen; ihre Absurdität ließ ihn taumeln und stachelte ihn nur noch mehr auf.

»Wie kann er denn ein Spion sein, wenn er sein Lebtag keinen Engländer gekannt hat?«, sagte er zu Lehrer Koitschev. »Und der Prozess von Traitscho Kostov ist doch längst vorbei?«

»Das ist kein profunder Einwand«, parierte ihn Koitschev.

»Dann verstehe ich gar nichts mehr.«

»Ich auch nicht«, gestand Koitschev gequält. »Aber … wenn der Mensch nicht mehr versteht, muss er eben glauben. Unser Glaube ist die beste Wahrheit.«

»Hör mal gut zu, Koitschev«, widersprach Marijkin, »umgekehrt wird ein Schuh draus: Die Wahrheit ist der beste Teil jedes Glaubens!«

Krum ging in sich. Man sah ihn immer seltener im Bezirkskomitee und behelligte weder den Hausmeister noch sonst jemanden. Die Stenotypistinnen lebten auf bei der Vorstellung, dass sie diesen Winter vielleicht mal im Warmen arbeiten konnten.

Seit etwas über einem Jahr wurde ein ansehnliches Appartementhaus am Donauuferpark gebaut. Die Fensterfront des luxuriösen Baus mit der Bruchmarmorverkleidung und den dekorativ umrahmten Türen ging auf die Donau. Krum hatte sich verbissen dafür eingesetzt, dass die Wohnungen gerecht zwischen den Mitarbeitern des Bezirkskomitees und den besten Stoßarbeitern der Tabak- und der Porzellanfabrik aufgeteilt wurden. Jetzt, in der plötzlich aufgekommenen Angst vor Veränderung, wurden die Appartements stillschweigend und in Windeseile unter der Partei- und Verwaltungselite vergeben. Krum reagierte auch darauf nicht. Er verschwand irgendwo in den Dörfern, um gegen die Religion, das Opium fürs Volk, zu agitieren. Wenn er, verdreckt vom Staub und Schlamm der Landstraßen, zurückkehrte, war das Einzige, was ihm Zuflucht gewährte, die Hoffnung der Menschen und das aufgeweichte Leder seiner Landvermesserjacke.

Selbst Uneingeweihten wurde klar, dass der Genosse Stojanov und Krum, dass der schwankende Liberale und der radikale Fanatiker plötzlich und zugleich weg vom Fenster waren, so als ob nur die sichtbare Macht des einen die direkte Ursache für die Unerschütterlichkeit und Größe des anderen gewesen wäre.

4

Die Parteiversammlung begann um achtzehn Uhr, doch alle ahnten, dass sie bis weit nach Mitternacht dauern würde. Draußen wirbelten gleich Mückenschwärmen Schneeflöckchen durch die Luft, der leergefegte Hof mit dem versiegten Springbrunnen hinter den Fensterscheiben schimmerte blau. Im Saal war es fast erstickend warm. Es roch sauer nach Angst und trocknenden Mänteln; man erschnüffelte förmlich die Sehnsucht nach Versöhnung. Das Präsidium nahm mit wichtiger Gebärde seine Plätze unter den Porträts von Marx und Lenin ein, die Lehrer Koitschev gemalt hatte. Dem Eröffnungsredner wurde ein Glas Wasser aufs hölzerne Pult gestellt, die Stühle kratzend zurechtgerückt, einige Zuhörer hüstelten sicherheitshalber noch einmal auf Vorrat, dann legte sich erwartungsvolle Stille über den Raum. Zuerst bemerkte nur der verwirrte Koitschev die erhobene Hand, dann auch die anderen Anwesenden. Die Hand, die in einer fremdartig wirkenden Bewegung plötzlich einsam in der Luft erstarrte, gehörte Krum Marijkin. Alle fühlten, dass – umgeben von einer erdrückenden Mehrheit verschreckter Menschen – Krums Einsamkeit nun die Grenzen des Unerträglichen überschritten hatte.

»Bitteschön, Genosse Marijkin«, lud ihn der Vorsitzende des Parteipräsidiums zum Reden ein.

»Ich würde gern eine Frage stellen«, sagte Krum ruhig und unbeugsam. »Warum wurde der Genosse Stojanov seines Postens enthoben, und wo befindet er sich jetzt?«

»Wir haben uns hier versammelt, um unsere Arbeit zu erledigen, und nicht, um Fragen zu stellen«, erwiderte der Vorsitzende mit unterdrücktem Zorn. »Nicht wahr, dafür haben wir doch eine Tagesordnung beschlossen und verabschiedet?«

Der Inhalt des folgenden, dreistündigen Rechenschaftsberichts kam den Zuhörern so fern und doch so bekannt vor wie ein lang nicht gesehener Freund. Es war viel die Rede von Industrialisierung und von den Resultaten des ersten Fünfjahresplans. Kritik wurde geübt an gewissen Unregelmäßigkeiten im Bereich der Landwirtschaft. Schließlich wurde die Bedeutung des ideologischen Kampfes unter den Bedingungen des Kalten Krieges betont. Die mit Steinkohlen gestopften Öfen liefen derweil so heiß, dass die Fenster beschlugen. Der Redner trank gierig sein Wasser, kam kurz mit den Seiten seines Redemanuskriptes durcheinander, fand aber rasch wieder ins Wortgeleise zurück. Schließlich hörte er auf zu reden, setzte sich auf seinen Platz und überließ die Szene dem, was nicht zu ändern war. Der Applaus war ohrenbetäubend, begeistert und nicht enden wollend, denn alle hofften, dass der dröhnende Lärm im Saal ein Wall gegen die prekäre Neugier Krums sein würde.

»Gibt es Wortmeldungen?«, fragte der Vorsitzende gereizt.

Langsam, wie von einem geheimen Magnet geleitet, richteten sich alle Blicke auf Krum Marijkin, der auch tatsächlich den Arm erhoben hatte. Die Reihen erstarrten. Das Bemühen, keinen Mucks zu machen, glich dem bei einer fotografischen Aufnahme alten Stils, bei der man genau im richtigen Moment richtig dreinschauen musste, und bei der das Magnesiumlicht des Blitzes doch nur die gelbe Stille der Angst vor dem

Versagen einfing. Noch barg ihre Angst die Möglichkeit der Wahl; es war ein aufwühlender, festlicher und unerträglicher Moment zugleich. Krum, gewöhnt an gewaltsames Vorpreschen, zog sie nolens volens hinein in sein Schicksal, machte sie mindestens zu Zeugen seines Selbstopfers.

»Bitte sehr, Genosse Marijkin.«

»Ich würde gern meine Frage wiederholen«, sagte Krum. »Warum wurde der Genosse Stojanov seines Postens enthoben, und wo befindet er sich jetzt?«

Durch das amtierende Präsidium lief eine unruhige Bewegung, über die Wangen des neuen Bezirkssekretärs gefährliche Zornesröte. Die Männer auf dem Podium berieten sich raunend; anschließend verkündete der Versammlungsvorsitzende eine fünfzehnminütige Pause. Im düsteren Foyer wurden Pappschälchen mit Würstchen und je ein Glas Limonade verteilt. Alle, egal, ob alte Partei-Haudegen oder Jungspunde, zündeten sich Zigaretten an und rauchten schweigend. Krum stand verloren abseits, um ihn gähnende Leere. In seiner abgeschabten Lederjacke sah er zugleich verletzlich und unverwüstlich aus wie ein kampferprobter Schild.

Die Pausenglocke schlug einladend, der gelüftete und mit neuer Ungewissheit erfüllte Saal wirkte auf einmal größer. Hinter dem Rednerpult hatte sich ohne formale Ankündigung durch den Vorsitzenden der neue Bezirkssekretär, ein Genosse namens Grigorov, aufgebaut. Sein Blick war leer, aber angespannt, so als blicke er nicht auf eine Menschenansammlung, sondern auf eine schwere Tür, die er mit einem einzigen Fußtritt öffnen wollte.

»Genossen, wir alle wissen, dass unter den Bedingungen des siegreichen Sozialismus die Diktatur des Proletariats nicht an Bedeutung verloren hat, sondern – ganz im Gegenteil – noch bedeutungsvoller geworden ist.« Er sprach leise, aber so durchdringend, als ginge ein Fanfarenstoß durch den Saal. »Die Volksherrschaft hat dem Kapitalismus das Rückgrat gebrochen, den Arbeitern die Produktionsmittel zurückgegeben, den Landbesitz kollektiviert, die Opposition zerschlagen. Doch der Feind lebt weiter, listiger und gefährlicher denn je. Denn heute befindet sich der Feind in unseren eigenen Reihen, ja, in uns selbst! Wir alle sind auf die eine oder andere Weise unwürdig vor der großen Idee. Aufgrund unserer Unachtsamkeit unterlaufen uns Versäumnisse, bewusst oder unbewusst begehen wir Fehler. Darum sind wir alle schuldig. Allein die Partei ist heilig und rein. Wer nun, so frage ich, erlaubt es sich, von der Partei, vom Volk, Rechenschaft zu verlangen?« Grigorov machte eine Bedeutungspause, damit seine Frage die Fleischlichkeit einer geballten Faust annehmen konnte. »Der Sohn eines ehemaligen Fabrikanten und einer vermögenden Müßiggängerin erfrecht sich, uns Fragen zu stellen und den Glauben an unsere strahlende Zukunft zu beschmutzen. Dies zeugt von niedriger Gesinnung und ist unzulässig. Wir können damit nicht einverstanden sein!«

Grigorov sprach immer unklarer, feierlicher und nur noch im Pluralis Majestatis. In die Herzen der Anwesenden sickerte das Gift des Hasses. Unfähig, eine eigene Wahl zu treffen, wussten sie nicht, wen sie mehr verabscheuen sollten: Krum – oder sich selbst. Im Augenblick der größten Prüfung waren sie bereit, Krum auszuliefern, zwang sie dieser verzweifelte Gerechtigkeitsfanatiker doch, eine Wahl zu treffen, die über ihre Kräfte ging, und somit, sich selbst zu verachten.

5

Trotz des beharrlichen Drängens von Krum Marijkin, den Ratschlägen von Koitschev und den altersschwachen Bitten Doktor Neikovs bestand Newena auf ihrem Wunsch, nicht ins Krankenhaus zu gehen, sondern ihren Sohn zu Hause zu gebären, in dem kleinen überheizten Zimmer, in dem die hinkende Maria durch ihren Selbstmord einen Platz freigemacht hatte.

Als die Wehen unerträglich wurden und sie fühlte, dass das Türchen in ihrem Inneren sich öffnen wollte für ein neues Leben, war Mitternacht gerade vorüber. Obwohl es draußen keineswegs kalt war, hatte Krum den Ofen mit hochwertiger Kohle gefüllt, die hell aufloderte und schon bald Kondenströpfchen an die Innenseiten der kleinen Fenster zauberte. Die Luft war drückend heiß und zum Schneiden dick, der Duft nach Quitten und karamelisierten Sirups betäubte die Sinne.

Wortlos, unschön und mit beinahe komisch wirkenden Verrenkungen zerkratzte Newena zwei saubere Laken, während sie sich stöhnend auf die Lippen biss. Krum fuhr der Schrecken in die Glieder. Er streifte sich seine Landvermesserjacke über und schlüpfte hinaus. Draußen war es dunkel und still. Über dem Fluss ein weicher Schein. Niedrige Haufenwolken verdeckten die Sterne, irgendwo da hinten im Dunst war das Minarett der türkischen Moschee zu erahnen.

Der diensthabende Arzt im Krankenhaus erwies sich als Kardiologe, und so gab man Krum dort die Adresse Doktor Neikovs. Der aber, verwitwet und schon lang den Geheimnissen nächtlicher Einsätze entwöhnt, schlief mit Wachsstopfen in den Ohren. Krum warf Steinchen an sein Schlafzimmerfenster, rief, donnerte gegen die Tür, weckte die Nachbarn auf, die erschreckt und in ihren Nachthemden hinausgelaufen kamen, um nutzlose Ratschläge zu erteilen … alles vergeblich! Der Alte, versunken in Kinderträumen, schlief tief und fest.

Verzweifelt bog Krum an der Post ab, überquerte die ins galliggelbe Licht der Laternen getauchte Hauptstraße und betrat den Stadtgarten. Im Gefühl der Verlassenheit war er dabei, völlig auszurasten. Von den nackten Zweigen der Bäume plitschten silberne Tröpfchen, der Fluss unter ihm atmete röchelnd und warf sein Wasser gegen den steinernen Deich, wo es drohend grollte. Geleitet von einem archaischen Instinkt, begann er zu laufen, vorbei an der stolzen Synagoge der jüdischen Gemeinde, und erst da erkannte er das Haus … In den Nebel geschmiegt, wirkte es wie ein verkleinertes, verlassenes Schloss. Sein Herz füllte sich mit Schwäche, seine Seele mit Unentschlossenheit. »Immerhin ist sie meine Mutter!«, redete er sich zu. Er betätigte die Klingel, ohne den Knopf loszulassen, bis er Schritte hörte. Die Tür ging einen Spalt auf und im Rahmen erschien die magere Gestalt Koitschevs in langen, weißen Unterhosen und mit einem eilig übergeworfenen Wintermantel.

»In Herrgottsnamen, Krum!«, rief er aus.

»Schnell«, stieß der Angesprochene ihn ins Innere, »Newena gebiert.«

»Immer mit der Ruhe«, fuhr Gina sie von der Treppe aus an, »Weltschevs sind immer eine schwere, schmerzhafte und lange Geburt.«

Wie von Sinnen im panischen Gefühl, zu spät zu kommen, musste Krum nun auch noch warten, bis Gina eines ihrer überkandidelten Kleider angezogen, ihren lächerlich pompösen Hut mit der Fasanenfeder aufgesetzt und ihr seidenes Sonnenschirmchen gefunden hatte, ohne das sie zu dieser Nachtstunde natürlich unmöglich das Haus verlassen konnte. Endlich brachen sie auf. Gina hakte sich bei ihm ein, nervte Krum aber, indem sie pedantisch jedem Pfützchen auswich. Unterwegs erzählte sie ihm munter, wie er damals einsam und nur vom Muhen der stummen Proschporiza verkündet das Licht der Welt erblickt hatte.

»Dein Bruder Goscho«, sagte sie mit verächtlichem Unterton, »war schon ein undankbarer Eigenbrötler, als ich ihn noch austrug; der drehte sich wie ein Wurm in mir. Du warst ein ganz Gehorsamer, Stiller, geradezu lieb warst du … vielleicht, weil ich dich wegmachen, dich abtreiben wollte.«

Als sie das kleine Häuschen erreicht hatten, spürte Krum, wie ihm übel wurde. Im Zimmer war es heiß und schwül, Newena ächzte und stöhnte, ihre Augen waren verdreht. Gina setzte eine strenge Miene auf und öffnete erst einmal weit das Fenster. Dann setzte sie zwei Töpfe mit Wasser auf den Herd, verlangte Spiritus, und da keiner im Haus war, befahl sie, ihr vom stärksten Schnaps zu bringen. Um halb fünf in der Frühe ging es los. Newenas Körper hob und senkte sich, als sei er ein Hügel, der von einem Erdbeben erschüttert wurde. Gina goss heißes Wasser aus dem Topf in eine Waschschüssel, dann wuschen beide ihre Hände zur Desinfektion mit dem Schnaps, und dann sagte sie unsicher:

»Weißt du … ich bin alt und empfindlich. Mir wird übel werden.«

»Wie jetzt?«, entfuhr es Krum, aber für Wutanfälle fehlte die Zeit. Ihm ging durch den Kopf, dass es wohl sein Los war, eigenhändig seinem Sohn auf die Welt zu helfen, eben weil er selbst ein ungewolltes, uneheliches Kind war. Als er die Schenkel Newenas festhielt, spürte er die pulsierenden Krämpfe, ihren Schmerz. Ihr Leid war so glühend und biegsam, als stünde ein unsichtbarer Schmied über ihr, der rhythmisch mit dem Hammer auf ihre Weichteile einschlug. Krum gewann den Eindruck, jeden Augenblick müsse aus dem aufgerissenen Schoß seiner Frau ein Licht hervorschießen, wenn es nicht genau andersherum kam und sie die endlose, gewaltige Nacht gebar. Schließlich kam es ihm vor, als glitte das Baby ganz von allein hinaus, stieße sich den Kopf an der rauhen Luft und beginne durch diesen Aufprall zu weinen. Gina klemmte ungeschickt die Nabelschnur ab und band sie mit einem roten Faden zusammen – für Gesundheit und gegen böse Geister. Das Neugeborene zwinkerte ein paarmal mit seinen noch blinden Augen, und auf einmal erblickte es die Einsamkeit.

»Ein Junge«, sprach Gina, »genau so einer wie du.«

Von seiner Mutter getrennt, mit lockigem Flaum auf dem Kopf und speckigen Beinchen, sah das Baby niemandem ähnlich, höchstens einem Putto-Engelchen. Plötzlich entleert und in sich zusammengefallen, begann Newena schwer und im Rhythmus des alten Weckers zu atmen. Krum aber empfand kein Mitleid für sie. Wenn ich mit meinen blutverschmierten Händen näher komme, dachte er, muss sie ja denken, ich sei der Schlachter.

Der Nebel draußen schwoll bedenklich an, wurde hell, so als sei er dabei, die Stadt zu gebären. Und so saugte der Neugeborene mit der ersten Milch auch das erste Licht.

»Weil du lieb und artig warst«, belehrte Gina ihn zärtlich, »wird Großmutter dir einen Ohrensessel schenken, dazu ein Hufeisen und einen Sammelordner mit Briefmarken, wie du sie noch nicht gesehen hast.«

6

Mit all ihrer weiblichen Hartnäckigkeit bestand Newena darauf, dass ihr erstgeborener Sohn den schrecklichen Namen seines Vaters tragen sollte. Krum Krumov Marijkin war ein gieriger Sauger, dafür weinte er selten, und immer nur mit Grund. Er schlief achtzehn Stunden am Tag, gähnte in seinem Weidenkörbchen und schmatzte niedlich mit den Lippen. Auf seinem Gesicht aber lag die Weisheit eines alten Mannes.

Schon in der zweiten Woche nach der Geburt war Newena wieder so mager wie vor der Schwangerschaft, doch die wundersame Natur schenkte ihr reichlich Milch. Über ein Jahr gab sie dem kleinen Krum ihre pralle runde Brust. Die ausgeprägte Warze verschwand im zahnlosen Mund des Babys, das schweigend saugte, mit seinen Patschhändchen ruderte und sichtlich bestrebt war, nicht einen Tropfen vom Licht der Mutter zu verlieren. Doch sogar dem großen Durst des kleinen

Mannes gelang es nicht, alles zu trinken, was Newenas Milchdrüsen hergaben, und so bekleckerte sie abends Nachthemd und Bettlaken damit.

Dadurch, dass er selbst unfreiwillig den Geburtshelfer gegeben und mit Händen tief in die glitschige, gesegnete Finsternis seiner Frau hatte eindringen müssen, konnte er ihr plötzlich alles vergeben, sogar, dass sie seinen Heiratsantrag angenommen hatte. Newena hatte ihm ihrerseits vergeben, dass ein so starker, mächtiger und schöner Mann sich erkühnt hatte, um ihre Hand anzuhalten. Ihr Leben verlief ruhig, geeint von einem Körperchen, das sie jeden Abend gemeinsam badeten. Das Frühjahr brachte viel Regen, der Sommer drückende Hitze und eine solche Mückenplage, dass Krum mit der Zeitung auf einen Stuhl stieg und die erbarmungslosen Blutsauger reihenweise erschlug, die wie kleine Tauchsieder die Luft mit ihrem manischen Summen zum Brodeln brachten.

In der Luft verbreitete sich der Duft von Bratäpfeln und das Gerücht, dass der Genosse Stojanov nicht nur seines verantwortlichen Postens enthoben, sondern auch verhaftet und angeklagt worden sei. Krum reagierte darauf wie schon zuvor, indem er über die Dörfer ging und spät, müde und finster zurückkehrte. Newena hatte sich geschworen, ihn nach nichts zu fragen. Im Warten lauschte sie auf seine hallenden Schritte, rieb sich die Tränen aus den Augen und hatte Angst um ihre Milch. Denn in diesen Stunden der Ungewissheit stockte der Milchfluss, und die weiße Gabe gerann, sodass sie fürchtete, ihren Sohn damit zu vergiften. Ansonsten ließ sie sich nichts anmerken. Das Essen für Krum stand immer warm, sein Hemd war immer sauber und gebügelt, im Keller warteten Axt, Säge und Hobel, in den Beeten ihres kleinen Gärtchens schoss das Unkraut, doch Newena spürte mit dem Instinkt der Mutter, dass Krum Trost nur fand, wenn er in Bewegung war. Sie sah zu, ihr Heim schöner zu machen, polierte den gusseisernen Herd, häkelte ein Spitzendeckchen für den Tisch, kalkte auch die Wände selbst, und abends stellte sie das Körbchen mit ihrem Sohn ans Bett, damit das Kind dem schwer geprüften Herzen seines Vaters nahe war.

Graue, öde Tage voller Ungewissheit zogen ins Land. Nach der großen Parteiversammlung schlurfte Krum in Pantoffeln bis zum späten

Morgen durchs Haus; auf seinem Kopf zeigten sich die ersten grauen Haare. Zu Besuch kam nur Koitschev, der Zeichenlehrer, aber mit gesenktem Blick und gequältem Lächeln, sodass auch er keine Erleichterung brachte. Krum fiel ihm grob und mit immer denselben Worten in die Parade, Worten, die sich tief in Newenas Gedächtnis eingruben.

»Ich bin unschuldig, und das weißt du auch. Ich habe alles gestanden … auch, dass ich selbst nicht Bescheid wusste über meine bürgerliche Herkunft. Ich habe meine Selbstkritik schriftlich formuliert und dem Genossen Stojanov auf den Schreibtisch gelegt!«

Newena hörte, wie ihre Stimmen im Widerstreit aufeinanderprallten. Sie hörte, wie der Lehrer langsam säuerlich wurde und Krum ihn wieder aufrichten musste. Wenn er den, der ihn beschuldigt, trösten muss, dann kann ja nur etwas Schreckliches passiert sein, erschloss sie für sich aus den wenigen Anhaltspunkten, die sie hatte.

Ihr blieb in dieser Zeit nur, noch verschlossener und geduldiger zu sein, als sie ohnehin schon war. Mit gesenktem Haupt ging sie an ihrem Mann vorbei, schweigend, ohne die kleinste Frage. Es sah so aus, als hätten sie sich einander entfremdet, doch einmal, als Krum unverhofft in die Küche kam, sah er, wie sie scheu sein frischgewaschenes Hemd küsste.

7

Zum ersten Geburtstag ihres Sohnes buk Newena eine richtige Torte mit Eiercremefüllung und Karamelglasur. Das brennende Kerzlein darauf glich einem Krokus. Gelb war auch das Laub der Bäume, blau der Himmel und zerzaust von einem leichten Wind. Das Fenster der großen Stube stand offen. Der kleine Krum konnte schon laufen und stapfte in seinen dicken, von Newena gestrickten Strumpfhosen auf sein Törtchen zu und blies die Kerze aus. Genau in diesem Moment klopfte jemand an die Tür. Davor standen zwei Träger mit einem dicken Seil um den Hals, die einen gewaltigen Sessel mit verlängerter Rückenlehne anschleppten, dessen seitliche Kopfstützen aussahen wie die Ohren eines Bären. Das pompöse Ungetüm war bezogen mit sauerkirschrotem Plüsch und verwandelte den Nachmittag in ein großes, gefülltes Einmachglas. Den ganzen Abend fragten sich die Marijkins, was sie mit dem Ding anstellen sollten. Sie schoben es von einer Ecke in die andere, von einem Zimmer ins andere, doch wie auch immer sie es richteten, das vornehme Möbel widersetzte sich hartnäckig der Armut.

Der kleine Krum Krumov aber gewöhnte sich schnell an ihn und liebte ihn sehr. Was für ein herrlich großes, weiches Spielzeug das war, der Ohrensessel!

8

Alexander Weltschev überwand nicht nur das tief sitzende Misstrauen Dekan Kotzevs und den wortlosen Widerstand Professor Jowtschevs, sondern auch seine eigenen Bedenken wegen seines unzureichenden Wissens und wurde zum ordentlichen Honorarassistenten ernannt. Er brauchte ein paar Monate, um sich seinen Lehrstoff im Bereich des Strafrechts zu erarbeiten, und noch einmal so lange, um mit der hallenden Akustik der Hörsäle im neuen Gebäudeflügel, dem Bohnerwachsgeruch und der Tatsache klarzukommen, dass hinter dem Rednerpult er selbst stand. Doch als er bemerkte, dass er trotz seiner Ängstlichkeit frei, stilvoll und inspiriert reden konnte (freilich ohne etwas von Bedeutung zu sagen), stieg sein Selbstbewusstsein.

Die Leichtigkeit, mit der er sich in seine neue Aufgabe einfand, weckte Skepsis, seine elegante Erscheinung wurde bald sprichwörtlich. Mit den Anzügen seines Vaters, die seine Mutter ihm in Widin passend gemacht hatte, konnte er ja nur auffallen inmitten der einheitsbraunen Gabardine des restlichen Lehrkörpers. Er allein schien etwas von der Verfeinerung höheren Wissens zu verkörpern. Die Studenten warteten voller Ungeduld auf seine Übungen, fanden ihn geistreich, romantisch und charmant. Er benahm sich ihnen gegenüber kameradschaftlich, siezte sie aber. Seine langen Finger unterstützten den aristokratischen Gesamteindruck und alle glaubten, er sei sicher ein begabter Pianist, der seine Junggesellenabende in die rauschenden Akkorde und Passagen alter Sonaten tauchte. Was sie aber vielleicht am meisten anzog, war, dass

Alexander den Eindruck erweckte, der Aufmerksamkeit zu bedürfen, ja, der Fürsorge und des Schutzes.

Ohne aufdringlich zu sein, verstand er es, sich nützlich zu machen. In der Zeitschrift »Justiz« wurde ein lobender Artikel von ihm über seinen Vetter Assen abgedruckt; zwei Hefte später erschien seine Panegyrie über Dekan Kotzevs Büchlein. Ein Uneingeweihter, der die Broschüre »Über die Verfassung« des frisch gekürten Professors nicht gesehen hatte, musste nach der Lektüre dieser Lobhudelei den Eindruck gewinnen, es handle sich um eine umfangreiche, tiefschürfende Analyse von hohem wissenschaftlichen Rang. Die dritte, deutlich zurückhaltendere Rezension, die er über Professor Jowtschev geschrieben hatte, sollte niemals seine Schreibtischschublade verlassen.

Auch sonst orientierte er sich schnell über die Machtverteilung an seiner Fakultät. Mit zynischer Unverblümtheit kam er zu dem Schluss, dass der Kampf zwischen Kotzev und Jowtschev vollkommen sinnlos war, da der Sieger im Vorhinein feststand. Auf den kurzen, angespannten Sitzungen des Lehrstuhls zog er es vor zu schweigen, wenn er nicht ausdrücklich aufgefordert wurde, das Wort zu ergreifen. Dann berief er sich entweder auf Äußerungen, die Wladimir Kotzev, oder auf solche, die Assen Weltschev getan hatte. Mit Jowtschev pflegte er nur einen respektvollen und höflichen Umgang. Der alte Professor missbilligte die Art und Weise, durch die Alexander in den Lehrkörper der Universität gelangt war, verachtete seine vorgefertigte Eleganz und machte ihn gern zum Gegenstand ironischer Anspielungen.

»Sie benehmen sich so übervorsichtig und gehemmt«, blaffte Jowtschev den jungen Kollegen einmal an, »als würden Sie sich dauernd fragen, auf welchen Platz Sie sich setzen sollten, auf Ihren oder auf meinen!«

Solche offenen Zeichen der Ablehnung seitens des alten Jowtschev erleichterten Alexander die Annäherung an Kotzev. Er gewöhnte sich an, ihn abends nach Hause zu begleiten. Kotzev stotterte dermaßen, dass sogar sein Gang ins Stocken geriet, so als stolpere er über die Worte, die er nicht über die Zunge brachte. Im Schatten der orthodoxen Kirche Siebenheiligen trennten sie sich dann.

»In der ›Justiz‹ haben Sie es aber reichlich gut mit mir gemeint«, tadelte Kotzev ihn wohlwollend, »aber ich kann nicht anders, als einigen Ihrer Schlüsse und Urteile dezidiert beizupflichten. Ich habe Pläne, meine Arbeit über die Verfassung auszuweiten und zu vertiefen.«

Geschickt vermieden es beide, den Namen Assen Weltschev zu erwähnen, so als befolgten beide unter dem stimmungsvollen Laubdach der Bäume die gute alte römische Devise *De mortuis nihil nisi bene* – Über die Toten soll man schweigen oder nur Gutes reden. Tief in seiner Seele war Alexander seinem Vetter dankbar, doch die Vorstellung, ihm nun auf ewige Zeiten verpflichtet zu sein, peinigte ihn. Assens Wohltat war angesichts der aussichtslosen Lage, in die er bei Anwalt Sestrimski geraten war, so ungeheuer groß, dass sie sich bedauerlicherweise weder ungeschehen noch unsichtbar machen ließ! Gelegentlich lud Kotzev ihn auf eine Tasse grusinischen Tee zu sich nach Hause ein; dadurch lernte Alexander Kotzevs Tochter kennen. Ljuba war ein liebes, stupsnasiges Mädchen, das zur Euphorie neigte. Ihre Wangen waren rosig, ihre Lippen unberührt. Wie sich herausstellte, saß sie in seiner Übung zum Strafrecht und verhehlte ihre Begeisterung für ihn nicht. »Sie sind der Liebling der Studenten«, rief sie aus, »alle meine Kommilitoninnen sind verliebt in Sie!« Sie wurde knallrot, stellte das Tablett mit Tee und Zubehör auf dem Tisch ab und verschwand in der Küche.

In diesem sorglosen Jahr freundete sich Alexander nach und nach auch mit dem anderen Assistenten des Lehrstuhls an, dem hitzköpfigen und undurchschaubaren Ewgeni Pejtschev. Pejtschev stand auf niemandes Seite, und das demonstrierte er auch, indem er anzügliche Bemerkungen über jedermann fallenließ. Er hatte ein beeindruckendes Wissen, war unverzeihlich intelligent, gebildet und respektlos. Sein Gesicht glich dem eines altgriechischen Satyrs. Dickes, naturgelocktes Haar umstand seine hohe Stirn, seine Adlernase verlieh ihm etwas Raubtierhaftes. Seine aufgeworfenen und sinnlichen Lippen verrieten unverhüllte Lüsternheit. Ähnlich wie Assen und Kotzev hatte auch er Pluspunkte bei der Partei, weil er vor der kommunistischen Machtübernahme vom 9. September 1944 – noch als Pennäler – Waffen und verbotene Flugblätter gehortet hatte. Über ihn redete man, dass er schamlos seinen Studentinnen nachstieg, ansonsten – umleuchtet von der Aura seines Einzelgängertums – gern seinen Wein im »Winterlager« trank. Bei sich zu

Hause sollte er sogar ein Kartenspiel haben, auf dessen Bildseite nackte Frauen prangten!

Pejtschev unterlag raschen Stimmungswechseln. Manchmal, wenn er in düstere Misanthropie versackte, wurde er grob und teilte bedenkenlos nach links und rechts aus wie einer, der sich mit der Machete einen Weg durch den Urwald schlägt. Seine Augen funkelten herausfordernd, und wenn er seine Faust um einen Gegenstand ballte, dachte man: Gleich holt er damit aus! Unausgeglichen und freiheraus wie ein Kind, gierig nach intensiven Erlebnissen, brachte er Alexander dazu, den nach Hustensaft schmeckenden bulgarischen Cognac der Marke »Goldener Anker« zu trinken und mit ihm ins Stadion zu Fußballspielen zu gehen. »Fußball ist für den Mann 'ne echte Alternative zum Puff«, meinte er. »Ob du ins Stadion gehst oder ins Bordell – du liebst deine Frau weiter, kannst aber Druck ablassen.« Sonntag für Sonntag – egal, wie das Wetter und welche Jahreszeit gerade war – schleppte er ihn auf den Fußballplatz, und gegen Abend, aufgeschreckt von der anbrechenden Dunkelheit, eilten sie ins »Bambus«, das gegenüber dem Volkstheater Iwan Wasov lag und in künstlerischen Kreisen gerade das angesagteste Lokal war. Dort gab es eine richtige Bar mit ebenso richtigen Barhockern. Die Wände waren tapeziert mit gebeizten Bambusmatten. Neonröhren spendeten klinisches Licht, das die Gesichter unnatürlich irden, ja, gläsern wirken ließ. Genau wie Pejtschev zog dieser Bohemeschuppen Alexander mit seiner Lässigkeit an, stieß ihn aber auch ab, weil es immer verräuchert und vor lauter Menschenandrang schon wieder verlassen wirkte.

Die stickige Luft, von so vielen Lungen geteilt, vermittelte das Gefühl einer panischen Freiheit, so als hätten die Anwesenden permanent Angst, gleich könnten Milizmänner die Tür aufstoßen und sie verhaften. Alexander kam ohne viel Rätselraten darauf, dass die bloße Anwesenheit hier schon ein *Protest gegen etwas* war. Die Worte, die durch die Luft flogen, glichen elektrischen Funken. Junge Schriftsteller, Schauspieler, Künstler und freischaffende Müßiggänger machten Mädchen mit tiefen Schatten unter den Augen und übermäßig getuschten Wimpern den Hof.

Auf Pejtschev wirkte diese sinnlich-aufgekratzte Atmosphäre beruhigend. Er schwieg, zog sich in sich selbst zurück, trank fünf Cognacs mit Zucker und Limonenscheibe, dann rief er die Bedienung, zahlte die ganze Rechnung und stand auf. Draußen, in der frischen, klaren Nacht, hatte man den Eindruck, er käme von der Beichte, habe sich etwas Bedrückendes von der Seele geredet.

Nach fünf Monaten dieser seltsamen und wenig vertrauensvollen Freundschaft betrat Alexander endlich auch einmal die Bude Ewgeni Pejtschevs. Bilder von nackten Frauen suchte er vergebens; dafür aber hingen an der Wand ausgeschnittene Drucke der Mona Lisa, der Mendel'schen Tabelle und ein vereinfachtes Schema eines noch nicht getesteten Düsentriebwerks. Das Zimmer war unansehnlich, durch eine breite Glastür abgeteilt und vollgestopft mit Büchern. Ewgeni las wohl sehr viel und wahllos. Da waren Liebesromane aus der Buchreihe »Goldene Perlen«, populärwissenschaftliche Broschüren über den Kosmos, Stefan Zweigs Lebensbeschreibungen von Talleyrand und Joseph Fouché, Tolstois »Krieg und Frieden«, die russische Zeitschrift »Kunst« und Karl Mays »Old Shatterhand«. Augenzwinkernd könnte man sagen, die Bücher lagen derart kunterbunt durcheinander, dass er jedes beliebige Buch hervorziehen konnte, ohne die übrigen zu beleidigen. Seine Adler-Schreibmaschine verschwand unter Bergen von Blättern, von denen viele zerknüllt waren und wild verstreut auf und um den Schreibtisch lagen. Das künstlerische Chaos und die anarchische Freiheit dieser Räuberhöhle machten starken Eindruck auf Alexander, aber ebendieses künstlerische Chaos und diese anarchische Freiheit stießen ihn auch ab, weil sie Ausdruck einer Existenz waren, die auf den Moment gebaut war.

9

Das ganze Semester verging im Zeichen der stetigen Aufmerksamkeit, mit der Wladimir Kotzevs Tochter ihn überschwänglich bedachte. Bei den Übungen setzte Ljuba sich in die erste Reihe, zog ein dickes Heft heraus, stützte sich auf die Ellbogen und hörte dann nicht auf, mit ihrem unschuldig-begeisterten Blick in Alexander zu versinken, als schaue sie von einer prachtvollen Aussichtsplattform auf eine weite Landschaft.

Obwohl ihr Gesichtsausdruck verriet, dass sie träumte, entging ihr nicht die kleinste seiner Bewegungen. Alexander verlor vor Aufregung häufig den Faden, kam vom schmalen Weg seiner Kenntnisse ab und stolperte von einer Wissenslücke in die andere. Er musste einiges an Rhetorik aufbieten, um sein Thema wenigstens so lala abzuhandeln. Das graue Licht des Winters machte nicht nur müde, sondern verkleinerte auch den Seminarraum, sodass Ljubas Nähe kaum auszuhalten war. Gereizt und aus unerfindlichen Gründen auch betroffen, verließ er gleich nach dem Glockenschlag fluchtartig die Stätte seines Wirkens.

Diese schreckliche Direktheit, mit der Ljuba an ihm klebte, ging ihm absolut gegen den Strich. Als Schüler hatte er sich ein paarmal verliebt. Zuerst in seine Französischlehrerin, genauer gesagt, in ihre kehlige Stimme, dann in die Aushilfslehrerin für Physik mit ihren großen, hängenden Brüsten und ihren massigen Schenkeln, die sie erregend langsam bewegte. Er hatte sich jedoch niemals erlaubt, seine Gefühle zu zeigen, sodass Sitte und Anstand in der Schule zu keiner Zeit gefährdet waren!

Ljuba machte keine Spielchen, um ihn für sich zu interessieren; weder tat sie so, als sei er Luft, noch gab sie die unzugängliche Diva; sie himmelte ihn einfach offen und unverstellt an und stellte Nähe zwischen ihnen her, indem sie die Entfernung zwischen ihnen mit Blicken verschlang. Alexander fühlte diese Nähe regelrecht körperlich. Im Laufe der Monate entspann sich in ihm ein Kampf zwischen seiner Eitelkeit und seinem Selbsterhaltungstrieb. Die Eitelkeit verlieh seiner angeborenen schauspielerischen Ader Flügel und trieb ihn dazu, den Hörsaal oder Seminarraum immer wie aus dem Ei gepellt zu betreten. Gleiches galt für seinen Vortrag. Wenn er schon nicht viel zu sagen hatte, so wollte er es wenigstens so elegant wie möglich sagen. Ja, im Laufe der Zeit machte Ljuba einen richtigen Redekünstler aus ihm. Sein Selbsterhaltungstrieb wiederum riet ihm zur Nüchternheit und dazu, einer Begegnung mit Ljuba auszuweichen; immerhin war sie die Tochter seines Chefs, und zwar die einzige!

Ja, wenn Ljuba ein bisschen mehr Zurückhaltung an den Tag gelegt hätte, hätte ihm das Spiel vielleicht sogar gefallen, doch sie gehörte einer Generation an, die von einem fanatischen Idealismus erfüllt war. Ihre

Beziehung zum Leben war geprägt von einer geradezu religiösen Inbrunst. Ihre Moralvorstellungen erstreckten sich dementsprechend absolut und unantastbar auch auf den ganzen Bereich zwischenmenschlicher Beziehungen, und das machte sie frei, sich restlos dem einmal gewählten Objekt ihrer Liebe hinzugeben.

Sukzessive und mit wachsender Besorgnis stellte Alexander fest, dass der Mensch in seiner Unsicherheit verschiedene Rollen spielt; er schickt sozusagen einander widersprechende Teile von sich, die aber das Ganze seiner Persönlichkeit repräsentieren, als Doppelgänger in die Welt und existiert faktisch durch sie. Nur: Hat er einmal in den Augen eines Gegenübers ein bestimmtes Bild angenommen, besteht dieser darauf, dass er auch tatsächlich so ist und so bleibt. Anstatt in der Folge einfach spontan so reagieren zu können, wie es ihm gerade entspricht, muss der Unsichere von nun an das Bild bedienen, das er jeweils von sich erzeugt hat. Den einen erscheint er vielleicht als geistreich und lebensprühend, anderen als Melancholiker, der von seinem unheilbaren Weltschmerz niedergedrückt wird. Dritten ist er der unverstandene Mann, den niemand beachtet … Das einzig Gemeinsame an diesen Rollen ist, dass sie stets nur einen wohlbedachten Teil der Gesamtpersönlichkeit zeigen. Ja, dachte Alexander bekümmert, solche wie ich streben danach, immer das zu sein, was die Leute wollen, dass wir sind!

Und tatsächlich gab er vor Assen den demütig-dankbaren Vetter; bei Kotzev demonstrierte er den aufstrebenden Nachwuchs-Akademiker mit Karriereambitionen, auf dessen Wort man sich verlassen konnte; Jowtschev musste er kalt und unbeeinflussbar vorkommen; die Studenten lernten ihn als Menschen mit dem Mut zu bissig-ironischen Spitzen gegen fremde Autoritäten kennen. Die Eitelkeit, die Ljubas grenzenlose Aufmerksamkeit in ihm geweckt hatte, trieb ihn gar dazu, ketzerische Gedanken zu äußern und seine subjektive Meinung zu unterstreichen. Ljuba bot ihm etwas so unfassbar Schönes und Gefährliches, dass er in seiner Angst unfähig war, sein ganzes Wesen zu zeigen, sondern nur den glänzendsten Teil davon.

10

Ihre erste Begegnung war zufällig, aber entscheidend. Professor Kotzev bestand darauf, dass er Mitglied der Bulgarischen Kommunistischen Partei wurde, und als Aufnahmekandidat war Alexander verpflichtet, an den stürmischen Komsomolzenversammlungen teilzunehmen. Ende Dezember stand das »amoralische« Verhalten eines Studenten auf der Tagesordnung, der von seiner Freundin der »versuchten Unzucht« bezichtigt worden war.

Das Auditorium platzte aus allen Nähten, es war stickig. Die Stimme der anklagenden Studentin war zittrig und ressentimentgeladen, die Kastanien draußen auf dem Russischen Boulevard düsterten totenschwarz. Ljuba verspätete sich, errötete, dann schlüpfte sie durch die Bank an seine Seite. Während die Versammlung lief, hob sie kaum die Augen, sondern schraubte nur den Verschluss ihres russischen Füllfederhalters auf und zu, auf und wieder zu. Die Spannung zwischen ihnen war so schneidend schmerzhaft, als wären sie allein im Saal.

»Es fällt mir schwer … es ist so demütigend«, erklärte das Mädchen im Leidenston. Sie sah erschütternd unansehnlich aus, hatte kurze Beine und farblos wirkendes, dünnes Haar. »Iwan hat versucht, mich zu verführen!«

»Bitte erklären Sie deutlicher«, unterbrach sie der Komsomolzensekretär des Studienjahrgangs.

»Vor einer Woche waren wir im Park spazieren. Ich hatte ihm Galina Ulanowas Buch ›Kämpfe unterwegs‹ zu lesen gegeben. Wir setzten uns auf eine Bank und fingen an, über das Buch zu sprechen. Iwan wartete ab, bis es dunkel wurde, und dann fing er an, mich zu begrapschen.«

»Wo genau hat er dich denn angefasst?«, meldete sich eine hämische Stimme. Die Studentin brach in Tränen aus.

»Das ist nicht fair«, flüsterte Ljuba protestierend. »Iwan würde sich so etwas niemals erlauben. Er wollte einfach nur Schluss mit ihr machen, aber Parwoleta hat ihm gedroht, sie würde dann dafür sorgen, dass er von der Universität ausgeschlossen wird.«

Alexander war sprachlos, wie leicht jede moralische Streitfrage durch ihre pure innere Widersprüchlichkeit nach Belieben zurechtgebogen werden konnte. Unter den Bedingungen einer absolut gesetzten, folglich unrealisierbaren Sittlichkeit stand ja das Prinzip über der Wahrheit. Die Wahrheit aber war widersprüchlich und veränderlich, weil sie nicht gegenwärtig zu fassen war, sondern immer nur als Vergangenheit oder Zukunft erschlossen werden konnte. Für die Gegenwart blieb nur das willkürlich gesetzte Prinzip, das darauf wartete, gefüllt zu werden. Mit Fakten – oder aber einer gezielten Denunziation! Eine Denunziation genügte, und schon …

Alexander hatte nicht vorgehabt, sich zu äußern. Er hatte die belehrenden Worte Kotzevs im Ohr: »Zu verteidigen lohnt sich nur, was klar auf der Hand liegt, oder was vollkommen unbeweisbar ist.« Doch die aufregende Nähe Ljubas verwirrte ihn und weckte einen seiner Doppelgänger. In ihren vertrauensseligen, von Begeisterung erfüllten Augen war er ja ein Held, ergo wollte und musste er sich wie ein solcher gebärden! Alexander wartete, und sprach dann als Letzter. Wie gewöhnlich waren seine Gedanken von nebulöser Schönheit, gekleidet in Worte, die alles und nichts sagten. Zuerst ging er metaphernreich auf Galina Ulanowas idealistischen Roman ein, der ganz und gar nach dem Muster des Sozialistischen Realismus gestrickt war; dann – ohne sich um die fehlende Logik zu scheren – riet er, dass ein Mädchen, das nicht begrapscht werden wolle, eben nicht im Park über dieses wunderbare Buch diskutieren dürfe. Am Ende machte er den Vorschlag, Iwan eine letzte Verwarnung zu erteilen, und erläuterte, warum es nicht rechtens sei, ihn von der Universität auszuschließen. Er spürte den kribbelnden Sekt der Erleichterung, der durch die dicke Luft des Hörsaals ging. Das Licht wurde gleichsam greller, Ljubas Augen füllten sich mit Dankbarkeit und Bewunderung, denn er hatte nicht nur einen verleumdeten Studenten gerettet, sondern auch ihr verletztes Gerechtigkeitsgefühl.

»Wenn Sie auf dem Heimweg bei meinem Vater vorbeischauen«, druckste sie, »könnten Sie mich ja nach Hause begleiten.«

Draußen war es klar und kalt, und auch das verstärkte das Gefühl der Nähe. Es stimmte ihn weich, dass Ljuba sentimental sein wollte. Er erzählte ihr von seinem Vater und dessen »sozialer Unversöhnlichkeit«, dann von seiner Mutter und deren »vorwurfsvoller Trauer«, von seiner Herbariensammlung, in der er seine ganze schwierige und einsame

Kindheit getrocknet und unter Reispapier gelegt hatte. Seine zur Schau getragene Betroffenheit wirkte echt; er seufzte ästhetisch und ohne Grund. Dann schlitterten sie schon den spiegelglatten, abschüssigen Straßenabschnitt vor dem Klubgebäude der Volksarmee hinab. Ljuba hatte sich tief in ihren Mantel gemummt und sah hilflos und zerbrechlich aus. Das entsetzte ihn. Starr vor Angst, dass er und sie so bedrohlich allein auf weiter Flur waren, und in seiner Sehnsucht, sie so schnell wie möglich loszuwerden, machte Alexander den folgenschweren Fehler, Ljuba zu einem Konzert einzuladen. Ewgeni Pejtschev hatte ihm zwei Eintrittskarten für den Silvester-Auftritt der Jazz-Combo »Optimisten-Orchester« geschenkt.

11

In diesen Jahren schaute man nicht gerade wohlwollend auf den Jazz. Er galt als Überträger westlicher Dekadenz, und Pejtschevs Leidenschaft für eine solche kakophone Musik konnte ja nur weiterer Beleg seines dickköpfigen Abweichlertums sein. Jazz-Konzerte waren bestenfalls geduldet. Das »Orchester« spielte im Zirkus »Bulgaria« in den frühen Nachmittagsstunden, wenn die Löwen noch schliefen, die Pferde noch ohne Federschmuck in ihren Boxen wieherten und Dompteure, Akrobaten, Trickkünstler und Clowns Weckhörnchen mit Weizenbrei in der Konditorei gegenüber zu sich nahmen.

Wie verabredet, trafen sie sich vor dem Zirkuseingang. Der beißende Wind riss an den knallbunten Plakaten und den Mänteln der Menschenmenge, die zusah, sich so schnell wie möglich vor dem eisigen Hauch ins Zelt zu retten. Ljuba trug unter ihrem Mantel ein Wollkleid, das über dem Dekolletee von einer Spinnenbrosche geschlossen wurde. Sie verströmte den schweren Duft sowjetischen Parfüms. Ohne ihre Golfhose und den formlosen Pullover, den sie auf der Uni trug, entpuppte sich ihre Figur als erstaunlich wohlgeformt und biegsam. Es war, als hätte sie sich in wenigen Tagen in eine Frau verwandelt. Alexander betrachtete sie unauffällig und war sehr zufrieden mit dem Ergebnis. Mit so einer konnte er sogar im Café »Bambus« aufkreuzen.

Die Bahnen des Leinenzeltes flappten träge unter den Windstößen. Drinnen war es kalt und ungemütlich. Der Luftzug versetzte das bedenklich leere Hochtrapez ins Schaukeln. Es roch erregend nach wilden Tieren und harzigen Sägespänen, die nach der nächsten Vorstellung geradezu schrien. Zwei Scheinwerfer verströmten ein kaltes Licht und erhellten eine improvisierte Bühne. Aus dem Plüschvorhang sprangen ein knappes Dutzend junge Männer mit Bürstenhaarschnitt, Seemannshosen und weißen Sakkos hervor. Einige von ihnen trugen Sonnenbrillen. Durch die Reihen ging ein Raunen. Ungeduld lud die Luft mit Elektrizität auf, ungestümer Applaus brandete auf. Das Saxofon wand sich lianengleich, der Kontrabass seufzte brummend – diesen Melodien, die einen Anfang hatten, aber kein Ende, entströmte etwas Leidenschaftliches, das alles mit sich fortriss. Die Musikanten bogen sich im Takt, riefen immer wieder »Swing, Swing«, warfen ihre blitzenden Instrumente herum, und das Publikum folgte ihnen und verfiel in rhythmische Zuckungen, die aussahen wie Ebbe und Flut im Zeitraffer. Die Manege schien sich zusammenzuziehen, es wurde eng und warm im Zelt.

Ein brünetter Mann wippte mit den Metallkappen seiner Schuhe gegen die Holzbrüstung und sang betont rhythmisch das argentinische Lied »Ein Gaucho ist immer auf der Hut«, von dem sich Alexander aus unerfindlichen Gründen der Refrain einprägte: »Lasso, Lasso und Sombrero, / um die Hüften Pistolero …« Als eine üppige Schönheit in tief dekolletiertem Silberkleid die Bühne betrat, rastete das Publikum komplett aus. Die Lampen erloschen, nur ein Scheinwerfer warf seinen Lichtkegel über sie. Dies ließ sie irgendwie unwirklich erscheinen, wie eine mythische, nur für die geweissagte Stunde sichtbare Gestalt. Die unnachahmliche Lea Iwanova sang nacheinander »Oho-Oha« und »Chico aus Portorico«.

Alexander war weder begeistert noch enttäuscht. Er überlegte sich, dass das Interesse eines Jura-Assistenten für eine derartige Musik doch eher ungesund und fehl am Platze war. Ohne je etwas von ihm gehört zu haben, befand er: Beethoven ist da doch ein ganz anderes Kaliber. Da fiel ihm auf, dass er noch nie ein Sinfoniekonzert besucht hatte. Ljuba verstand auch nichts von Jazz, aber sie sah glücklich aus beim Applaudieren. Ihre leicht auseinander stehenden Augen leuchteten, ihre Wangen hatten eine angenehm rosige Farbe angenommen. Das schwere russische Parfum hüllte sie ein und verringerte den Abstand zwischen ihnen.

Als sie nach dem Konzert das Zelt verließen, war es milder geworden. Der Wind war verebbt, dafür hatte es zu schneien begonnen. Die Stadt sah auf einmal heller aus. Die Straßen waren laut und voller Menschen. Ach ja, Silvester! Die Leute tätigten ihre letzten Einkäufe für das Neujahrsfest. Alexander und Ljuba gingen in verlegenem Schweigen über den aufgetauten, glitschigen Gehweg, und plötzlich standen sie vor dem Volkstheater. Gegenüber leuchteten bläulich und verlockend die Scheiben des Café »Bambus«.

12

»Und? Gehn wir rein?«, fragte Alexander unsicher.

»Wenn Sie möchten«, antwortete Ljuba errötend. Das Lokal sog sie ein in sein Gewimmel aus Menschen, Stimmen, verschüttetem Alkohol, lauernder Razziagefahr und Laster und schien sie dabei zu trennen. Der Zigarettenqualm wälzte sich in dicken Wolken um die Lampen über dem Bartresen. Alexander seufzte einmal und schaute sich dann um, bis er schließlich einen freien Tisch für sie gefunden hatte. Wenn er mit Pejtschev hier war, legte er sich immer ein zynisches Dauerlächeln in den Mundwinkel, um seine Unsicherheit zu überspielen, bis sein selbstbewusster Freund sein Quantum intus hatte und sie wieder gingen. Jetzt musste er allein den Sicheren spielen, lässig wirken, abgebrüht, und genau das stellte ihn vor große Schwierigkeiten.

»Mimi«, rief er die Bedienung mit übertriebener Vertraulichkeit, »bring uns mal zwei Cognac und eine Mandeltorte für die Genossin.«

Er ärgerte sich über sich selbst, weil er fand, dass das anfängerhaft geklungen haben musste, doch in Ljubas Augen stand auch weiterhin Bewunderung, ergänzt nur durch einen verschmitzten Ausdruck von *Ach-so-einer-sind-Sie-also*!

»Der Jazz«, begann er zu referieren, was er von Pejtschev gelernt hatte, »ist eine ganz eigene Art von Musik. Jedes Stück hat ein Thema, eine Grundmelodie, auf der improvisiert wird. Das Improvisieren im

Jazz nennt man auch ›Swing‹, was übersetzt so viel heißt wie schwingen, sich schaukeln oder verrenken …«

Ljuba nickte mehrfach dankbar mit dem Kopf. Wie sie den so leicht schief auf die Hände gestützt hielt, illustrierte sie beim Nicken mit Hals und Schultern das Stottern ihres Vaters. Beim Kopfnicken gerieten ihre Brüste leicht in Bewegung. Das sah schön aus.

»Klar, Jazz ist natürlich nicht Beethoven«, beendete er seinen Vortrag belehrend.

»Oh ja«, bestätigte Ljuba, die sich plötzlich als leidenschaftliche Liebhaberin klassischer Musik herausstellte. Mit einer Freundin ging sie oft zu Konzerten. Vor allem schwärmte sie für die Königin der Instrumente, die Orgel. »Als ich zum ersten Mal ›Toccata und Fuge‹ von Bach gehört habe, musste ich weinen«, sagte sie lächelnd, »und war sogar bereit, an Gott zu glauben. So viel Harmonie und Leidenschaft vereint … das klang, als käme es direkt vom Himmel.«

»Ja, Bach ist wirklich göttlich«, bestätigte Alexander, um seine völlige Unkenntnis zu überspielen, und leerte sein Glas auf einen Zug. Sogleich bestellte er sich einen zweiten Cognac, und noch bevor Ljuba ihr Stück Mandeltorte aufgegessen hatte, hob er schon die Hand für einen dritten. Angenehme Wärme breitete sich in ihm aus. Er fühlte sich nun wirklich leicht und lässig und kam auf gewisse Gedanken. Das gleichmäßige Stimmengewirr von den Nebentischen erschien ihm nun wie eine Schutzhülle, das kalte Neonlicht ergriff ihn.

»Wissen Sie eigentlich, dass Ihnen dieses Kleid gut steht?«, sagte er unerwartet. »Sie sehen fraulicher aus darin, erwachsener, und eleganter.«

»Als ich klein war«, erwiderte Ljuba furchtsam, »wollte ich gar nicht erwachsen werden. Die Großen haben nie Zeit, sind immer in Eile … Sie sind groß, weil sie sich nicht mehr über kleine Dinge freuen können. Als ich in der Grundschule war, haben sie meinen Vater verhaftet und ihn in ein Konzentrationslager für Politische gesteckt. Da hab ich gedacht: Wenn ich groß werde, kommt er nie wieder!«

»Recht haben Sie«, fiel Alexander ihr ins Wort, »aber die Großen können sich dafür über große Dinge freuen. … die Liebe zum Beispiel.«

Ljuba errötete bis unter die Haarwurzeln. Er war zu weit gegangen.

Mit einem Zug leerte er seinen dritten Cognac, schnipste mit den Fingern und bestellte – bereits voller Selbstbewusstsein und mit der Vertraulichkeit des Stammgastes – noch einen vierten bei Mimi.

»Manchmal denke ich, dass Vater nur überlebt hat, weil ich es geschafft habe, nicht groß zu werden. Er sagt mir immer wieder, dass die Welt nicht geschaffen ist für solche Idealisten wie mich.«

»Aber Ihr Vater ist doch auch Idealist!«

»Nein, ist er nicht«, Ljuba unterstrich ihre Verneinung mit energischem Kopfschütteln, »er ist Materialist und hat eine Menge Kompromisse gemacht.«

Alexander suchte nach der passenden Antwort.

»Wenn Sie es so sehen, dann war auch Marx Materialist, oder nicht?«

Ljuba schien ihn gar nicht zu hören. Sie stocherte mit der Gabel in den letzten Krümeln ihres Tortenstücks, ihre haselnussbraunen Augen waren erfüllt von einer diffusen Trauer. Dann sagte sie leise: »Gerade Marx hat doch gesagt: ›Das Sein bestimmt das Bewusstsein.‹ Wenn das stimmt, dann ist das Bewusstsein sekundär, abhängig von den Lebensbedingungen, von denen es modelliert wird. Ein elendes Leben voller Mängel und Entbehrungen müsste entsprechend ein egoistisches und brutales Bewusstsein erzeugen. Warum wollen wir den Leuten dann a priori das richtige Bewusstsein eintrichtern? Wir vernachlässigen ständig das Sein und übertreiben die Rolle des Bewusstseins. – Sehen Sie, wie ich mich verhasple? Vater lacht dann immer …«

Alexander hatte keine große Lust, über dieses verwickelte philosophische Problem nachzudenken; er hatte ohnehin nicht eine einzige Zeile von Marx gelesen. In dem bauchigen Glas vor ihm sammelten sich die aromatischen Dämpfe des Weinbrands; dieselbe Flüssigkeit hatte im Mund einen bitteren Nachgeschmack. Er machte auf melancholisch, indem er lange und bedeutungsvoll schwieg. Die silberne Spinnenbrosche, die Ljubas Kleid unter ihrem Halsansatz schloss, hinderte ihn daran, sie in Gedanken zu entkleiden. Die Erinnerung, dass sie immer noch die Tochter seines Chefs war, brachte ihn auf den Boden der Tatsachen zurück. Er sollte dieser massiven Brosche dankbar sein.

Der Stimmenlärm ringsum war abgeklungen. An den Tischen träumten Einsame vor sich hin. An der Bar hatte sich ein sehr berühmter, in die Jahre gekommener Schauspieler auf einem Hocker niedergelassen. Er trug Anzug und eine olivgrüne Fliege. Das Getränk vor ihm und seine offensichtliche Einsamkeit waren ein und dieselbe Flüssigkeit, und die auszutrinken hatte er Angst.

»Kehraus, wir machen Feierabend«, rief Mimi mit ihrer kehligen Raucherstimme. »Heut' ist Silvester, da schließen wir um neune.«

Der Gedanke, dass sie in die Kälte hinausgejagt würden, kam ihm unerträglich vor. Draußen fiel noch immer in dicken Flocken ein nasser Schnee. Die Straßen waren nach den Einkäufen wieder verwaist, und die Leute waren zu Hause, um sich auf Neujahr vorzubereiten. Nur die Fenster würden die Nacht trügerisch mit ihrem Lichterschein wärmen. Alexander hatte für diesen Abend keine Verabredung getroffen, wenn man davon absah, dass Jonka ihn eingeladen hatte, bei ihnen zu feiern. Doch er hatte einfach keine Kraft mehr, vor seinem Vetter Assen schon wieder den Dankbaren geben zu müssen. Er hatte sich ein Stück Specksalami gekauft, je eine Flasche Cognac und Krimsekt, und den würde er um Mitternacht knallen lassen, um mit der Langeweile auf das neue Jahr anzustoßen.

»Die schließen hier … und was machen wir jetzt?«, fragte er leicht panisch.

»Wir könnten in die Uni gehen, da veranstalten sie einen Tanzabend.«

Die Idee, seine Nähe zu Ljuba vor der versammelten Studentenschaft zu demonstrieren, begeisterte ihn nicht sonderlich, und so lehnte er ab.

»Na, dann«, errötete Ljuba und nahm all ihre Unschuld und all ihren Mut zusammen, zu denen sie fähig war, »könnte ich auch mit zu Ihnen gehen!«

13

Das Licht drang in seine Augen und füllte sein Bewusstsein rasch wie ein reißender Bach. Als er seine verklebten Augenlider auseinander bekam, fiel sein Blick auf eine nackte Schulter. Dann sah er ein Lächeln. Und schließlich erkannte er das Gesicht, zu dem dieses Lächeln gehörte. Dieses Gesicht lag erst noch in nebelhafter Ferne; dann senkten sich zwei feuchte Lippen, verlockend und prall, direkt vor seinen Augen nieder. Es waren junge Lippen, aber schon die Lippen einer Frau. Alexander räkelte sich, doch sein Kopf blieb leer. Er fühlte sich zerschlagen. Von dem schlechten Alkohol hatte er einen Belag auf dem Gaumen, der nach Rost schmeckte.

»Du schläfst wie ein Kind …« Die Stimme streichelte sein Ohr, und auf einmal erkannte er Ljuba – ganz, denn er berührte sie überall. Sie richtete sich auf. Dabei schlugen ihre breiten, aber strammen Brüste mit den aufgerichteten Warzen leicht zusammen; am Rand der herabgerutschten Decke war ihr dunkelblondes Schamdreieck zu erkennen. Dann erblickte er die blutigen Flecken auf dem zerknitterten Laken. Er kam sich vor wie ein Metzger. Betrunken, mit betäubten Sinnen und dementsprechend grob musste er ihr Schmerz zugefügt und ihr dabei das genommen haben, was eine Frau nur einmal geben kann. Doch Ljuba näherte sich ihm mit warm leuchtendem Blick. Ihre leicht auseinander stehenden Augen waren karamelbraun und hatten einen verträumt-sinnlichen Ausdruck. Es ging schon auf Mittag zu. Das Licht spielte fleckig an der Decke, als ginge es durch die Gischt eines Wasserfalls.

»Frohes Neues Jahr«, sagte sie und kuschelte sich an ihn.

Alexander schluckte einmal hilflos, schaute sich um. Alles, was er sah, war ihm bis zum Überdruss bekannt, wirkte aber seltsam unwirklich. In seiner Seele hielt die Scham Einzug, still und leise rieselte sie hinein, ja, dachte er, ein Schneefall! Er konnte nur ahnen, was für blödes Zeug er am Abend vermutlich von sich gegeben hatte. Bei der Vorstellung, dass es vielleicht dieselben schmutzigen Worte gewesen waren, die Angelina Sestrimska so erregt hatten, erschauerte er vor Ekel.

»Du schläfst wie ein Kind«, wiederholte Ljuba verträumt. »Du bist so lieb, so rein! Als ich aufgewacht bin, wollte ich mich ein bisschen bei dir in der Wohnung nützlich machen, aber es ist ja alles aufgeräumt. Jedes Buch steht an seinem Platz, die Schreibmaschine – und die drei Äffchen auch.« Sie kicherte leise. Die Affen, die sie meinte, waren eine Art Scherzartikel aus Bronze für Juristen und standen auf dem Regal. Der erste Affe hielt sich die Ohren zu, der zweite die Augen, der dritte den Mund: Nichts gehört, nichts gesehen, nichts gesagt!

»Na, die Gläser hab ich natürlich gespült und die Flasche weggestellt.«

Ihre Hand strich zärtlich über sein Haar. Dabei lächelte sie beinahe traurig, vielleicht weil sie ihm ihre Würde, ihre Jungfräulichkeit hingegeben hatte und – was nicht minder erschütternd war – den Ruf ihres Vaters. Aus Liebe. Niemand hatte ihn bis jetzt so schlicht und aufrichtig geliebt. Alexander war sich seiner Macht über sie so sicher, dass er sich – wenn auch unsicher – gar verstieg, zu sagen: »Das ist mir noch nie passiert. Du kannst alles mit mir machen …«

»Du mit mir auch«, antwortete sie ohne jedes Falsch.

»Ich liebe dich.«

»Endlich bin ich doch groß geworden. Deinetwegen.«

Hinterhältig und lockend wie die listige Schlange im Garten Eden kroch das Verlangen in ihm hoch. Er küsste Ljuba scheu hinters Ohr, auf die Schulter. Dann liebten sie sich, die Blicke ineinandergetaucht. Ihr tat es noch weh. Ihre verzerrten, doch durstigen Lippen waren der Spiegel seines Tuns, seiner Übermacht in diesem Moment. Sie tat ihm leid. Zudem wurde ihm klar, dass er sie anlog. Sich selbst aber konnte er nicht belügen. Der Gedanke, dass ihr Vater von der Sache Wind bekommen könnte, ernüchterte ihn, erregte ihn aber auch zusätzlich, sodass er mit all seiner verletzenden Kraft in sie hineinstieß. Er wollte nur noch, dass diese unmögliche Leidenschaft möglichst schnell verging und sie sich anzogen, damit er sie nach Hause bringen konnte. Ein für alle Mal.

»Bleib doch!«, flüsterte er ihr zu.

Ljuba fasste ihn ins Auge und lächelte. Sie schlüpfte aus dem Bett, stieg in ihre Dessous, schließlich verschwand ihr Körper ganz unter dem silbernen Wollkleid. Sie machte einige zögernde Schritte zum Spiegel, als wolle sie prüfen, ob sie ausgehfertig war, doch sie schaute nur hinein und winkte sich einmal zu.

»Wenn du willst, kann ich wiederkommen«, sagte Ljuba mit unverzeihlicher Sanftheit.

Im Entree fielen sie beinah über die ausgelatschten Pantoffeln seiner Vermieterin. Er hatte ihr für den Monat im Voraus bezahlt, sie aber hatte mit der Zunge über ihren dunklen Bartflaum geleckt und ihn gewarnt: »Und wenn ich bitten darf, Genosse Weltschev: keine Frauen! Ich bin eine anständige Witwe.«

Alexander wühlte in seinen Sakkotaschen und fand schließlich etwas, woran er sich festhalten konnte: eine Zigarette, aaah! Er zündete sie an, inhalierte tief.

»Ich weiß, dass es nicht schön ist, worum ich dich jetzt bitte, aber … sag deinem Vater nichts!«

»Natürlich nicht.« Sie näherte sich ihm und legte ihm den Zeigefinger auf die Lippen. »Das geht nur dich und mich etwas an. Das gehört nur uns!«

Sein Magen zog sich schmerzhaft zusammen. Er kam sich dumm vor, jetzt allein zu bleiben, nackt und verlassen. Nur die Angst, mit ihr zusammenzubleiben, war noch stärker. Diese erbärmliche, archaische Angst versetzte ihn in solche Panik, dass er sie an sich zog und mit der Stimme eines seiner Doppelgänger wiederholte:

»Ich liebe dich … Bitte bleib bei mir!«

Siebtes Kapitel

1

Mit dem Buch über die Probleme der Macht kam er nur mühsam voran; dennoch bereitete ihm die Arbeit daran eine fast körperliche Befriedigung. Ihm fehlten Wissen und Erfahrung, die ehrwürdige Atmosphäre der Universitätsbibliothek, in der es still war wie in einem Dom, setzte ihm zu. Mit der Zeit erkannte er, dass die amoralischen Mechanismen und Techniken der Macht in philosophischen Termini allein nicht zu beschreiben waren; sie hatten auch viel mit rein menschlichen, psychologischen Faktoren zu tun. Ohne es zu wollen, rein intuitiv, war er zu einer gefährlichen Schlussfolgerung gelangt, die ihn so verstörte, dass er seine Arbeit unterbrechen musste. »Bei genügend langer Herrschaft ohne Kontrolle«, hatte er voller Bitterkeit geschrieben, »erliegt selbst der schwache, zauderhafte Herrscher seiner Selbstliebe und greift aus Eitelkeit zu Gewalt und anderen niedrigen Mitteln. Mit einem Wort: Er besudelt seine Macht, indem er sich in einen Tyrannen verwandelt.« Was ihn so verstörte, war der Allgemeingültigkeitsanspruch dieser Erkenntnis. Über unbegrenzte Macht zu verfügen schien einem endlosen Alkoholrausch oder einer pausenlosen sexuellen Erregung zu gleichen, die durch nichts befriedigt werden konnte.

Anfang des Jahres kam eine Direktive vom Ministerium, dass ein neues Lehrbuch für Römisches Recht erstellt werden sollte. Nach scharfen Debatten und Zänkereien fasste der Fakultätsrat den Entschluss, dass Assen das Lehrbuch schreiben sollte. Kotzev, der sein ganzes Gewicht als Dekan in die Waagschale geworfen hatte, hoffte auf diese Weise, stillschweigend und für immer den alten Jowtschev aufs Abstellgleis zu befördern. Assen war derart vor den Kopf geschlagen von der Größe der

Verantwortung, die dieser Auftrag mit sich brachte, dass er ohne Gegenwehr einwilligte. Er schob alles andere zur Seite, ging an die Arbeit und schrieb die Einführungskapitel mit ihn selbst erstaunender Leichtigkeit. Professor Jowtschev besah sie sich mit unverhüllter Feindseligkeit, doch während die Blätter in seinen dünn gewordenen Fingern raschelten, hellte sich sein Gesicht langsam auf.

»Das ist das Beste, was ich je von Ihnen gelesen habe«, rief er schließlich mit Stolz in der Stimme aus. »Ihr Lehrbuch entwickelt sich objektiv, klug gegliedert und stringent.«

Das Frühjahr war kalt, abweisend und verschlafen-regnerisch. Endlich wurde es doch warm, und der Hof des Mietshauses auf der Ljuben-Karawelov-Straße füllte sich mit frischem hellen Grün. Ostern nahte. Am Samstag vor Palmsonntag brachen die Zigeuner Weidenzweige ab und verkauften sie an die Menschen, die sie sich, zum Kranz gebunden, über die Wohnungstür hängten, damit die Auferstehung des Erlösers und der Natur heil vonstatten gehen konnte. Auch die Premiere des Films, in dem Emilia mitgewirkt hatte, rückte näher.

2

Um den Erfolg des Films mit dem Titel »Vom Sturme gestählt« machte Emilia sich keine Sorgen; um ihre Garderobe dafür umso mehr. Sie hatte sich eine Schneiderin nach Hause bestellt, die gezupfte Augenbrauen hatte und grellrot gefärbte Haare. Sie war eine Kaffeenase, bat Jonka, ihr doch aus den Karten zu lesen, und scharwenzelte den ganzen Tag um Assen herum. Das Wohnzimmer verwandelte sich in ein Schneideratelier, in dem die Singer-Nähmaschine so nervös ratterte, als säume sie die Zimmerluft gleich mit. Der Stoff, den Emilia nach langem Hin und Her auswählte, war aus golddurchwirktem Taft. Beim skeptischen Blick in den Spiegel seufzte sie:

»Ich sehe ja aus wie ein Goldklumpen.«

Frau Despodova fuhr fort, Assen bei jeder Begegnung mit einem kehligen »Guten Morrrgen, Herr Professor« zu grüßen, und warf ihm dabei ein müdes Lächeln à la Greta Garbo zu. Das zweite Kleid, bei dem der Kragen als Schal gearbeitet war, fand noch weniger Gnade vor Emilias Blick.

»Aus, Ende … ich bin erledigt«, stöhnte sie, »Margarita Lilova wird das Kleid tragen, das ihr Dummkopf von Ehemann ihr aus Budapest mitgebracht hat.«

Vor Nervosität begann sie an ihren Nägeln zu knabbern, dann telefonierte sie lange mit jemandem. Die Nacht war warm und veilchenfarben, durch das geöffnete Fenster drang ein Duft nach Kindheit herein. Um die ungehörige Zeit von elf Uhr abends klingelte es dreist an der Tür. Der Überraschungsgast war Georgi Pantov. Er war außer Atem, lächelte unbeholfen, als hätte er soeben einen dummen Kinderstreich verübt oder sei einem unangenehmen Geheimnis auf die Spur gekommen. Er trug ein Paket im Arm, das in Seidenpapier eingeschlagen war. Darinnen war eines der Kleider von Sonja. Es war von frappierend schlichter Eleganz und nur am Kragen mit einem Silberfaden abgesetzt. Der schwarze Samt sog das Licht geradezu an. Emilia stellte sich vor den Spiegel und – strahlte übers ganze Gesicht.

»Ich fühle mich geehrt, dass ich aushelfen konnte«, zwinkerte Georgi.

In der Tat: In diesem außergewöhnlichen Textil glich Emilia einer heranwachsenden Tochter, die auf Probe das Leben ihrer Mutter übergestreift hatte. Assen fühlte sich irgendwie betrogen. Er bemühte seine ganze verfügbare Phantasie, doch es gelang ihm nicht, sich Sonja in dem sinnlichen Taftfetzen vorzustellen, mit dem sich seine Frau da gerade vor dem Spiegel drehte. Emilia selbst war es gewesen, die ihm diesen Vergleich aufgedrängt hatte.

Vor dem Lichtspieltheater »Dimiter Blagoev« herrschte großes Gedränge. Leute suchten einander, reichten sich Eintrittskarten oder Einladungen, erkannten einander, stießen Begeisterungslaute aus. Die Männer vom Ortsverband der kommunistischen Partei trugen annehmbare Jacketts, aber unten, unter dem Hosensaum lugten billige Gummischuhe hervor. Umso eleganter die Frauen der Schriftsteller und Schauspieler. Dekan Kotzev und Alexander Weltschev trugen rote Rosensträuße in der Faust. Als er sah, wie Sonja sich von fern auf sie zubewegte, wurde Assen schlecht. Drinnen, im gerammelt vollen Saal, mussten sie lange auf die Vorführung warten. Es war feierlich und schrecklich langweilig.

Der Film riss Assen nicht vom Sessel; er enttäuschte ihn aber auch nicht. Alles war an den Haaren herbeigezogen und viel zu heroisch; aber es gab ein Happyend. Emilia schaute in ihren Szenen selbst dann noch munter und verrucht, als sie den Ereignissen nach eigentlich hätte am Boden zerstört sein müssen. Oft holte die Kamera ihr kindliches Lächeln nah heran, sodass die ganze Leinwand von diesem leeren Optimismus ausgefüllt war. Assen war verblüfft, wie stürmisch der Beifall am Ende war. Die Menschen hatten wohl durch die vielen endlosen Versammlungen, an denen teilzunehmen sie genötigt wurden, gelernt, sich auf diese Weise von ihrem Frust und ihrer Langeweile zu befreien.

Mit gespielter Bescheidenheit und hölzernen Schritten betraten die Schauspieler und der Regisseur, Theo Sotirov, die Bühne vor der Leinwand. Margarita Lilova trug ein ganz schlichtes Kattunkleid; der hypereleganten Emilia in ihrem schwarzen Samtkleid gelang es, sich einen halben Schritt vor ihr zu postieren. Im Saal breitete sich der erregende Duft nach Theater aus, nach durchlebtem Schauspiel. Ein Mann, dessen Stimme sich durchs Mikrofon noch näselnder anhörte, sprach über den künstlerischen Erfolg des Kollektivs, wofür Sotirov als dessen Leiter seinen wärmsten Dank aussprach. Von weitem glich er in seinem karierten Sakko und dem knallbunten Künstlerhalstuch einem Bajazzo. Assen schloss die Augen. Er hatte Angst, irgendwo zwischen den Sesselreihen Sonja zu erblicken.

3

Das angesehene Restaurant »Republik«, eines, in das »man« zu dieser Zeit ging, befand sich gleich neben der Badeanstalt im Park der Freiheit. Es war berühmt wegen seiner überhängenden Terrasse, von der aus man einen guten Blick auf die drei Schwimmbecken hatte, deren Wasser nicht sehr vertrauenerweckend roch. Die silbrige Patina auf den umliegenden Nadelgehölzen und die Nähe zum Observatorium verliehen ihm etwas Exotisches, brachten es, wie Theo Sotirov sich ausdrückte, »auf Tuchfühlung mit den Sternen«. Das Orchester, das dort spielte, erwies sich jedoch als laut und altmodisch, die Klappstühle waren wackelig, die

Girlanden aus nackten Glühbirnen, die für diese Premierenfeier aufgehängt worden waren, brachten den Himmel zum Verschwinden; außerdem war es kühl und – was das Wichtigste war – weit weg vom Lichtspieltheater, in dem die Filmpremiere stattgefunden hatte. Die Gäste mussten den halben Park durchqueren, stellten sich in Gruppen um den vorbereiteten langen Tisch und warteten darauf, bis alle da waren.

Dennoch verlief der Abend entgegen alle Erwartung stimmungsvoll. In ihrem zugleich eleganten und bescheiden wirkenden Samtkleid mit der Silberborte fühlte sich Emilia glücklich, ja, gerettet. Sie schwebte zwischen all der Bewunderung, mit der Fremde sie anschauten, einher, und wenn jemand sie lobte, tat sie, als sei sie ein bisschen böse, und hielt den Lobenden entgegen, dass es ihr nicht gelungen sei, »einzelne Feinheiten« ihrer Rolle auszuarbeiten; sie wusste ja, dass man sie nun erst recht vom Gegenteil überzeugen würde. Alexander gab den Kavalier für sie. Strahlend in seinem Frühlingsanzug füllte er mit Vergnügen jene dezente Nebenrolle aus, wie sie auch ein geschmackvoll ausgewähltes Collier für das Kleid einer Frau spielt. Galant ließ er ihr den Vortritt, hörte schweigend zu, wie ihr Komplimente gemacht wurden, und wenn die Aufmerksamkeit für sie nachließ, geleitete er sie mit diplomatischem Gespür zur nächsten Gruppe weiter. Er schaute sich um. Assen saß, sichtlich gepeinigt von dem Trubel, abseits. Margarita Lilova hatte sich vor der Kühle in ihren knittrigen Trenchcoat gehüllt. Theo Sotirov trank aus einem Flachmann, den er von Zeit zu Zeit aus der Sakkotasche zog.

»Das ist Simeonov, der Drehbuchautor«, sagte Emilia leise und nickte hinüber zum Springbrunnen, in dem Blätter und die Lichtreflexe der Girlanden sich mischten. Alexander folgte ihrem Blick und – fuhr zusammen: Am Terrassengeländer lehnten ein großer und kräftig gebauter, aber unschöner Mann mit hängenden Schultern und – Viktoria Sestrimska. Die Gesichtszüge Simeonovs schienen mit dem Beil zurechtgehackt worden zu sein, was ihm die Anmutung eines Bauern verlieh, der auf einem steinigen Acker hinter dem Pflug herging. Der Kitschfilm »Vom Sturme gestählt« basierte auf seiner gleichnamigen Novelle. Alexander hatte aber gehört, dass derselbe Autor in seinen Erzählungen auf unkonventionelle und brillante Weise mit unvergleichlichem psychologischen Gespür die bürgerliche Dekadenz beschrieb. Viktoria trug ein tailliertes weißes Kleid, das ihre makellose Figur ebenso betonte wie ihre dunkle Schönheit.

»Eine Dame von Welt«, seufzte Emilia.

»Hab einige Jahre bei ihrer Familie gewohnt.« Vor Verlegenheit zog Alexander sein Taschentuch heraus und wischte sich ohne Grund die Stirn ab.

»Warum machst du uns dann nicht miteinander bekannt?«

Als sie sich näherten, schaute Simeonov sie misstrauisch und mit der Geringschätzung des typischen Misanthropen an, während Viktoria ein einladendes Lächeln aufsetzte.

»Oh, der Genosse Weltschev«, begann sie in liebenswürdigem Ton. »Ich habe Sie ja eine Ewigkeit nicht gesehen, dafür umso mehr Gutes über Sie gehört. Alle Studentinnen sollen Ihrem unwiderstehlichen Charme erlegen sein … Das hier ist mein Mann. Er ist schrecklich eifersüchtig und wird Sie nicht mögen; aber in ihn bin wenigstens nur ich verliebt.«

Alexander trat von einem Bein aufs andere wie eine wippende Stahlfeder. Er fing in Viktorias Stimme etwas von der früheren Herzlichkeit ein, aber auch einen warnenden Unterton an seine Adresse.

»Ich hab Hunger«, grummelte Simeonov.

»Ich denke auch, dass jetzt alle versammelt sind«, unterstützte ihn Emilia. »Wir könnten uns eigentlich an den Tisch setzen.«

»Dieser Gestank bringt mich noch um«, fuhr der Schriftsteller im gleichen ungehobelten Ton fort. »Als Kind wohnte ich neben einer Hackfleischbraterei, meine Eltern waren bitterarme Leute. Den Geruch nach Holzkohlengrill kenne ich wie das Vaterunser – bis zum Überdruss.«

»Sie waren umwerfend«, mischte sich Viktoria ein, um die Kindheitserzählung ihres Mannes zu unterbrechen.

»Das Drehbuch des Genossen Simeonov ist ja auch überragend. Wenn es eine gute Dramaturgie und echte Konflikte gibt, haben wir Schauspieler es leicht.«

»Sie hätten unbedingt die Hauptrolle spielen müssen. Margarita Lilova ist wunderbar fürs Theater mit ihrer Dramatik, aber für den Film fehlt ihr, wie soll ich mich ausdrücken … die Anmut. Auf der Leinwand sieht man alles, sie ist wie eine Lupe und vergößert erbarmungslos Vorzüge und Mängel des Darstellers.« Sie machte eine Bedeutungspause, dann strahlte sie Emilia mit affektierter Begeisterung an. »Im Film muss einfach alles harmonisch und schön aussehen.«

»Sie schmeicheln mir, Genossin Simeonova. Bedauerlicherweise ist es Theo nicht gelungen, das Wertvollste des Drehbuches herauszuarbeiten: die Tragik.«

Alexander spürte, dass die beiden Frauen sich auf Anhieb mochten. Im Nu war zwischen ihnen eine solche Nähe entstanden, als hätten sie in der anderen jene lange gesuchte Freundin gefunden, um eine schöne kleine Verschwörung gegen jemand noch Unbestimmten auszuhecken. Ja, um die letzten Reserven zu beseitigen und wirklich Vertraute werden zu können, mussten sie gemeinsam jemanden verraten.

Simeonov setzte sich neben Emilia und kippte mit einer fast bacchanalischen Rücksichtslosigkeit gegenüber seinen Sitznachbarn zwei Gläser Obstbrand. Alexander musste sich wohl oder übel neben Viktoria setzen. Für einen Augenblick vermeinte er, die brennende Berührung ihres Knies zu spüren. Die Tische waren instabil und wackelten, der Wald ringsum war wie nicht vorhanden, das Observatorium schiere Einbildung, der Himmel über ihnen ohne Tiefe, behangen mit ein paar verwaschenen Sternen. Die Musikanten verliehen dem Bankett mit ihrem Repertoire etwas Provinzielles, ihre Sängerin schob lasziv mit dem Oberarm, der das Mikrofon hielt, ihre Brüste hin und her, als wolle sie jemanden damit umhauen. Die Kühle wurde Kälte, doch Emilia blieb eisern. Sie würde niemals einen solchen kapitalen Fehler begehen wie die Lilova und sich einen Mantel überziehen. Nein, sie würde sich höchst elegant eine dicke Erkältung holen.

4

Den Schlüssel zu seiner Bude hatte er unter die Fußmatte gelegt, damit sie drinnen auf ihn warten konnte. Er stellte sich vor, wie Ljuba sich auf Zehenspitzen hineinstahl, damit die Vermieterin sie nicht bemerkte, wie sie im dunklen Zimmer ins Bett schlüpfte, während im Rechteck des Fensters nur hin und wieder die Scheinwerfer vorüberfahrender Automobile aufblendeten, sich im Wandspiegel brachen und verschwanden. Ein grundloser Melancholieanfall drückte ihn nieder. Doch die Vorstellung, dass sie beim Warten auf ihn allein war und litt, erfüllte ihn schadenfroh mit kleinlichem Stolz.

Alexander hatte sich schon am 3. Januar telefonisch bei ihr gemeldet und ihr ein erneutes Treffen vorgeschlagen. Im Zimmer roch es nach Krankenhaus, denn er hatte sich einen starken Lindenblütentee gekocht. Er wollte Manieren zeigen, ihr aber dennoch schonungslos beibringen, dass der Vorfall in der Neujahrsnacht ein bedauerliches Missverständnis gewesen sei. »Meine Schuld daran ist groß und nicht zu tilgen«, würde er ihr kühl sagen, »aber haben Sie die Dinge nicht auch selbst ein bisschen durch Ihre Verantwortungslosigkeit herbeigeführt?«

Ljuba kam am Nachmittag um genau fünf Uhr dreißig. Sie trug dasselbe Kleid wie in der Neujahrsnacht. Die silberne Spinne hielt ihre verlockende Brust fest unter Verschluss. Sie hatte sich einen Pony geschnitten. Stand ihr gut, wie die dunkle Locke so über die Stirn fiel. Sie schaute ihn fragend an. Alexander spürte, wie seine Knie weich wurden. Sie lächelte verliebt und voller Vorschussvertrauen, strahlte ein so bezwingendes Glück aus, dass seine ganze hochtrabende Kanzelrede zu einer staubigen Akte verkümmerte, die sich im Riesenarchiv seines Gedächtnisses verlor. Ljuba hatte ein Stück Salami mitgebracht, Sülze, Brot und ein Glas mit sauer eingelegtem Gemüse. Sie entfernte die Teekanne und mit ihr den letzten Zeugen seiner Absichten, breitete die Tischdecke aus und sagte mit Erschrecken in der Stimme:

»Ich hatte noch Geld übrig, aber Sekt zu kaufen hab ich mich nicht getraut, weil … irgendwie hatte ich das Gefühl, du hast mich zum letzten Mal hergebeten!«

Alexander stritt das natürlich mit feierlicher Geste ab. Sie löschten das Licht, liebten sich voller Angst, ihre körperliche Anziehung könnte stärker sein als ihre seelische Nähe, anschließend – ausgelaugt von ihren Liebkosungen – hörten sie Tschaikowski im Radio. Alexander überliefen heißkalte Schauer.

Diese Ambivalenz der Gefühle wiederholte sich mit mechanischer Beständigkeit. Für einige Stunden waren sie glücklich; dann stieg in Alexander der Hass des Ohnmächtigen hoch, dass er gegen ihre blinde Bewunderung nicht ankam, die ihn bedrängte und ihn so in die Rolle jenes Menschen drängte, den Ljuba in ihm sah. Wenn er sich von ihr befreien wollte, musste er sie verletzen, sie tief enttäuschen. Getrieben von dieser permanenten Lüge, wurde die Aufrichtigkeit zum bestimmenden Element ihrer Beziehung. Ewgeni Pejtschev sagte ihm einmal aus heiterem Himmel: »Du bist das verkörperte Glück im Unglück! Es gibt solche Leute. Egal, was ihnen zustößt, am Ende ist es immer zu ihrem Guten.«

Das kleine Restaurant-Orchester intonierte eine beliebte Melodie von Jossif Zankov und holte Alexander damit in die Wirklichkeit zurück. Der Wind wälzte Papierschnitzel über die Terrasse, die Premierengäste hatten ein paar pompöse Toasts über sich ergehen lassen und widmeten sich jetzt schweigend dem Abendessen. Messer und Gabeln klapperten, ab und zu knarrte einer der unbequemen Stühle. Die Schaschlikspieße auf seinem Teller kamen ihm vor wie aufgereihte Talgklumpen und erregten seinen Ekel. Das eitle Getue am Tisch interessierte ihn nicht. Er trank vor sich hin, bis es in seinen Ohren angenehm rauschte. Viktoria wirkte in ihrem weißen Kostüm ohnehin unerreichbar. Simeonov, ihr Mann, kaute geräuschvoll und erweckte auch sonst den Eindruck eines Mannes, der zuverlässig das kostbarste Stück vom Porzellan zerdeppert. Schon als er ihn das erste Mal taxierte, wurde Alexander den Eindruck nicht los, dass Viktoria ihn nur aus ganz pragmatischen Erwägungen geehelicht hatte. Wenn er jetzt den Mut aufbrächte, mit Viktoria anzubandeln, würde er auch die Kraft haben, die Geschichte mit Ljuba für immer zu beenden!

Mit dem Knie nahm er Kontakt zu ihrem Schenkel auf, rieb sich leicht daran wie ein Kater und wartete ab. Sie wandte sich ihm zu, schaute ihn lange und prüfend aus verschleierten Augen an, als befrage sie die Zukunft. Nur ihren Mundwinkeln gestattete sie ein angedeutetes Lächeln. Ihre Augen blieben ruhig und kühl. Auf dem Stofftuch, das ihren Schoß bedeckte, lagen ein paar Krümel, und er empfand den ungestümen Wunsch, sie mit der Hand wegzuwischen. Seine Geste war sinnlos und triebgesteuert, er konnte sich nicht kontrollieren. Plötzlich bollerte Simeonov mit vollem Mund und dem herabhängenden Kinn eines Boxers los: »Viki, der Mensch da neben dir bedrängt dich wohl, ha?«

Die Schamröte, die Alexanders Wangen im Nu überlief, trat in lebhafte Konkurrenz zu dem Wein in seinem Glas. Bis zum Ende des Abendessens war es das. Nicht unbemerkt, aber unberührbar für alle! Als sie sich schon zum Gehen wandten, flüsterte Viktoria ihm ins Ohr, grausam und vielversprechend: »Dummkopf, du!«

5

Mit dem Zweitschlüssel öffnete Alexander die Eingangstür, zog in der Diele die Schuhe aus und schlüpfte – vorbei am hellhörigen Schlaf seiner Vermieterin, dem muffigen Geruch nach Antiquitätengeschäft und morschen Möbeln – in sein Zimmer. Drinnen war es dunkel, doch er spürte augenblicklich jemandes Gegenwart. Sein Bett lebte. Ein kaum wahrnehmbarer Schein ging von ihm aus, Wärme. Er zwinkerte, um seine Augen an die Dunkelheit zu gewöhnen. Da stand er nun, ein Ritter von der traurigen Gestalt mit einem Paar schmutziger Schuhe in der Hand. »Ich bin wirklich ein Dummkopf!«, sagte er sich.

Ljubas Gesicht war vom Weinen geschwollen. Die Tränen hatten Spuren auf ihren Wangen hinterlassen; sie glühte, als hätte sie Fieber. Ihr Körper hing an seinem Hals. Er sah sich gezwungen, seine Schuhe auf dem Schreibtisch notzulagern.

»Mein Liebster, mein Einziger«, schluchzte sie ihm ins Ohr. »Ich dachte schon, es sei etwas Schreckliches passiert … Eine Straßenbahn hat dich überfahren … Jemand hat dich im Park überfallen … Ich war drauf und dran, die Krankenhäuser abzuklappern, die Polizeireviere … nach dir.«

Ihre leidenschaftliche Übererregung war ihm fremd, doch sie gab ihm das nötige Selbstbewusstsein zurück, um die Rolle des Liebhabers gut auszufüllen. Während er mit den Händen ihre Brüste streichelte, wich seine Selbstverachtung, und er hatte das Gefühl, ihr zu verzeihen. Erfüllt von wilder Dankbarkeit, flüsterte er, als formuliere er eine Kampfansage an die ganze feindliche Welt da draußen: »Ich liebe dich! Möchtest du, dass wir heiraten?«

6

Newena hatte nicht die Kraft, sich Krum einfach zu packen und ihn in ihrem Herzen zu bergen. Dazu war er zu groß und leider auch zu unmenschlich. Ein so enges, so einfaches Frauenherz würde er niemals als Schutz vor fremdem Spott und zukünftiges Zuhause akzeptieren. Einer wie er konnte sich nur *unter allen* verstecken. Angeschuldigt, aber unbeugsam durchquerte er im Affentempo die Stadt, eine dicke Abgaswolke hinterlassend, als sei er eine wilde Reiterhorde, wie sie zu türkischer Zeit die Dörfer überfielen, und brannte sich so den Blicken der Menschen ein. Mochte er »enttarnt« sein als Bürgerspross, er konnte eben doch nicht aus seiner Haut, unter der Ungeduld, Unbeugsamkeit und Gewaltbereitschaft verwachsen waren mit seiner Siegermentalität. Vielleicht deshalb fing er auch weder an zu saufen, noch stellte er Dummheiten an, und schon gar nicht bat er jemanden um Hilfe. Stattdessen schrieb er lange, wütende Briefe nach Sofia; in der übrigen Zeit agitierte er für das propagierte *neue Leben*, inspizierte die tiefe herbstliche Pflügung und die Mais-Aussaat, die in Quadrateinheiten erfolgte. Und in den zwei Tagen, in denen er seine Argusaugen voll und ganz auf die Produktion in der Porzellanfabrik richtete, gab es dort nicht den geringsten Ausschuss.

Der Hass auf ihn wuchs wieder. Die Leute versteckten sich, wenn sie das Knattern seiner DKW-Maschine hörten. In fieser Kleinbürgerrachsucht hatten sie ihn Krum Marijkin, *das Bürgersöhnchen* getauft! Doch wie konnte sich einer, der sich selbst der Partei nicht unterordnete, dem Klatsch und den Gerüchten beugen. Mit der Zeit wurde er allen überdrüssig, sogar sich selbst. Er war auf dem besten Wege, selbst die unermüdliche Treue Newenas zur Verzweiflung zu bringen.

7

Es war ein stiller, heißer Nachmittag. Newena ließ Krum Krumov in seinem Körbchen schlafen, zog ihr neues Kleid mit dem Marienkäfer-Muster an, kämmte sich sorgfältig und brach auf. Sie würdigte die Donau keines Blicks, während sie unter den Schatten des Uferparks entlangging; sie fürchtete wohl, von den wallenden Fluten durcheinander-, vielleicht zum Weinen gebracht zu werden. Sie passierte die alte Moschee, sog tief die glühend heiße Luft ein, bahnte sich zwischen lauter Hühnern ihren Weg über die Straße und betrat das Haus Gina Jotzovas. Drinnen war es düster und kühl. Es roch nach Spiritus, nach Kampfer und nach Winter. Gina döste, in eine Decke gehüllt, in ihrem Sessel gegenüber den zugezogenen Vorhängen. Auf dem Tischchen neben ihr lagen die Karten einer Patience, die nicht aufgegangen war, ein Briefmarkenalbum und eine Lupe, deren Glas einen Sprung hatte. Unter dieser Lupe sah alles riesig aus, irreal, nicht mehr zu ändern. Ganz so wie Newenas Leid und Krums Unglück.

»Guten Tag, Mutter«, grüßte Newena erwartungsvoll.

Die Angesprochene fuhr zusammen, riss ein Auge auf, sah Newenas Hässlichkeit, und das half ihr, auch das zweite bereitwillig zu öffnen.

»Wie geht es meinem Enkelchen, Krum Krumov?«, fragte sie überrascht.

»Spielt mit dem Ohrensessel … den liebt er über alles.« Newena beugte sich vor, als wolle sie so einen zerbrechlichen Gegenstand mit ihrem Körper schützen, und flüsterte Gina eine Bitte ins dünn gewordene Ohr.

»Das kann ich nicht«, fuhr Tante Allwissend entsetzt auf, »ich schicke euch lieber noch so einen Sessel …«

»Aber du bist doch seine Mutter, gnä' Frau, nicht?«

»Eben drum. Wenn ich mich öffentlich von ihm lossage, würde Krum mir das niemals verzeihen! Ich kann ihn nicht ein zweites Mal der Willkür des Schicksals ausliefern. Er ist so bockig, unbelehrbar und stur … Er braucht mütterliche Fürsorge und Zärtlichkeit. Noch heute Abend schicke ich euch den Sessel.«

Newena biss sich auf die Lippen, dankte Gina verwirrt und fand irgendwie hinaus. Draußen empfing sie die Backofenhitze des Nachmittags; nur die gestutzten Zypressen im Donauuferpark trotzten schwarz dem grellen Licht. Vom ehemaligen Offizierskasino meldeten sich abwechselnd Kieksen und Brummton einer Basstuba; jemand übte darauf wie von der Tarantel gestochen. Sie überquerte den gähnend leeren Stadtplatz, ging erhobenen Hauptes an der Woll-Hechelbank vorbei, die jetzt unter dem Namen »Hammer und Sichel« firmierte. Ein träger Blick folgte ihr … und ließ sie ziehen.

Auch dieses verwunschen daliegende Haus war ihr unbekannt. Über der Tür hatte sowas wie ein Baby-Engel, der pausbackig in eine steinerne Tröte blies, seine kurzen Flügel ausgebreitet. Newena betätigte die Türglocke und wartete, ergeben, ohne Ungeduld, ohne Erwartung, aber beharrlich. Drinnen wurde der Sichtschutz des Spions zur Seite geschoben, wodurch die runde Öffnung wirkte wie das tagblinde Auge eines Uhus. Dahinter stand jemand, finster und fest. Auf einmal knarrte die Tür und im Spalt erschien Ilija Weltschev.

»Habe nicht die Ehre, Sie zu kennen.« Seine Augen hatten nicht die Kraft, ihrer Hässlichkeit standzuhalten, und mussten zwinkern.

»Ich bin die Frau Ihres Sohnes, Krum Marijkin«, sagte sie unliebenswürdig.

Ilija Weltschev fuhr zusammen. Seine noch bewegliche Gesichtshälfte verkrampfte sich. Er bat sie herein, schloss die Tür und humpelte hinter ihr her. Der Salon war weiträumig, sauber und trug noch die wenn auch verblassten Spuren einstiger bürgerlicher Pracht: Wiener Möbel, schwere Vorhänge und Petroleumlampen aus Porzellan – alles schien im Dornröschenschlaf zu liegen. An der Wand hingen eine lange nicht aufgezogene Pendeluhr und das Porträt einer schönen Frau. Auf dem Teppich lagen Bauklötzchen verstreut. Das Dunkel im Raum wirkte, als habe es sich zusammengerollt wie der Kater eines Zauberers. Ja, das war es: Newena hatte das Gefühl, die Residenz eines Zauberers betreten zu haben.

»Alte Leute, verehrte Frau, sind wie Kinder: Entweder spielen sie, oder sie stellen was an.« Er nickte knapp zu den Bauklötzchen. »Ich wüsste nicht, womit ich Ihnen dienen könnte. Nehmen Sie Platz.«

Newena blieb stehen.

»Sie beschuldigen Krum, dass er ein Fabrikantensohn ist«, stieß sie atemlos hervor. »Sie wollen ihn aus der Partei ausschließen. Das wäre für ihn eine Katastrophe.« Sie suchte nach einem passenden Vergleich. »Das wäre … das ist, als ob einer dem Fabrikanten seine Fabrik wegnähme.«

Nun wirkte auch Ilijas gesunde Gesichtshälfte wie vom Schlag gerührt. Er schwieg.

»Sagen Sie sich von ihm los. So können Sie ihn retten!«

Ilija verstand sofort, wovon sie redete. Sein Gesicht blieb zwar starr, aber die Gefühle tobten in seiner Brust, stauten sich in seiner Kehle und entließen nur einen heiser grummelnden Ton. Ein vereinzelter Sonnenstrahl fiel ins Zimmer und erleuchtete einem Projektor gleich den Moment seines Kampfes um eine Entscheidung, genauer gesagt, seiner vielleicht letzten Trennung. Newena kam er wie eine halbe Ewigkeit vor. Der Alte fuhr sich mit der Hand durchs Haar, das vollkommen weiß zurückblieb.

»Warten Sie hier«, sagte er stimmlos, nur mit den Lippen. Er quälte sich humpelnd die Treppe hoch; die silberne Kette seiner Taschenuhr rasselte. Newena richtete ihr Haar. Die Luft geriet kurz in Bewegung, verschaffte ihr Erleichterung und kam erneut zum Stillstand. Nicht lange, und Ilija erschien wieder auf der Treppe, als habe er den Brief schon fertig in seinem Arbeitszimmer liegen gehabt. Seine Augen strahlten nun unerträglich blau, transparent, leer. Er streckte ihr die Hand mit dem Blatt entgegen, als reiche er ihr die ihm verbliebene Hälfte Leben. Newena überflog das Blatt. Ihre Lippen bewegten sich stumm.

Verehrte Frau,
zu mir ist das unsinnige Gerücht gelangt, Krum Marijkin sei mein leiblicher Sohn. Ich hatte nur einen einzigen Sohn, Boshidar Weltschev, der als Hauptmann in der Armee seiner Hoheit, des Zaren, treu seiner Heimat diente, ein stolzer und tapferer Offizier, den das Unglück ereilte, vom Volksgericht zum Tode verurteilt worden zu sein. Wie unnütz und grausam, auf solch sinnlose Weise erniedrigt zu werden.

Bitte haben Sie die Güte, das Ehrenwort eines sterbenden Mannes anzunehmen, der, wenn auch ehemaliger Fabrikant, immer noch Bürger die-

ses Landes ist. Der selbsternannte Sohn möge, sofern er seine Behauptung nicht widerruft, seiner gerechten Strafe zugeführt werden!

In unverbrüchlicher Hochachtung vor Recht und Gesetz:

Ilija Weltschev

»Sie müssen das nur noch in einen Umschlag tun und in den Briefkasten werfen«, sagte er ihr zum Zeichen, dass sie gehen könne. Er geleitete sie nicht hinaus.

8

An sich glaubte man Krum Marijkin, da er nie gelogen hatte; aber eines war das nackte menschliche Vertrauen, etwas ganz anderes sichere Beweise, amtlich beglaubigt mit Stempel und Unterschrift. Von der schriftlichen Selbstkritik, die Krum behauptete, auf dem Schreibtisch des Genossen Stojanov hinterlassen zu haben, fehlte jede Spur. Sie befand sich weder im Archiv noch zwischen den persönlichen Sachen des ehemaligen Bezirkssekretärs. Stojanov selbst war ebenfalls unauffindbar; vermutlich hatte man ihn in eines der Straflager geschickt. All dies ließ keinen anderen Schluss zu, als dass Krum schuldig war, ein für alle Mal!

Die Parteidelegierten fanden sich im Sitzungssaal zusammen, einem langen, schmalen Raum mit einem ebenso langen, schmalen Tisch, auf dem eine lange, schmale rote Decke lag. Zwei leere, abgeschlossene Rollschränke standen darin als Zeugen der ehemaligen Bezirksverwaltung der Polizei. Ein staubiger Läufer führte zur Tür. Von den nackten, verräucherten Wänden lächelten warm die Porträts von Lenin und Stalin. Es war heiß und schwül. Die Luft, die durch die geöffneten Fenster hereinkam, brachte keine Kühle. Der Blick ging auf das moosige Dach des Gebäudes der Bank, das in der Luft flimmerte. Der Marktplatz war verlassen. In der Ferne blitzte die Donau an der Stelle, an der sie den Himmel berührte.

Bereits zu Beginn der Beratungen wurde Zeichenlehrer Koitschev klar, dass Krum Marijkin unrettbar auf verlorenem Posten stand. Dieselbe blinde und prinzipientreue Grausamkeit, die er gegen andere geübt hatte, kehrte nun wie ein Bumerang zu ihm zurück. Die Männer taten sich schwer. Schon zwei Stunden umkreisten sie den wunden Punkt. Sie fürchteten sich vor den buschigen Augenbrauen des neuen Bezirkssekretärs Grigorov, unter denen sie der schwere Blick eines gesunden, aber irgendwie mental verkrüppelten Mannes ansah, bei dem selbst Fragen schon wie fertige Antworten klangen. Die Sekretärin hatte einen Tee aus Gartenkräutern gekocht. Alle schwitzten und klebten vor Angst und Demütigung.

Im Moment sprach Koljo Petrov, der Leiter der Ermittlungsbehörde. Ihm wurde es auch langsam ein bisschen zu viel. Das war nun schon der dritte Genosse aus der Zeit des Partisanenkampfes im Krieg und vor der Machtergreifung, der verurteilt werden sollte. Zuerst Bai Zonjo Metschkarski, weil der die Nerven verloren und Selbstjustiz verübt hatte, dann Stojanov durch höhere Parteiinstanzen, und schließlich Krum Marijkin wegen seiner bourgeoisen Abkunft. Die stickige Schwüle schien Petrov so zu schaffen zu machen, dass er kaum zu hören war. Er redete, als flüstere er Geheimformeln. Was er den versammelten Parteigenossen vermitteln wollte, war, dass sie die Beweise für Krums Anständigkeit in ihren Herzen suchen müssten.

Koitschev war wie vor den Kopf geschlagen. Dieser Ermittlungsbeamte wollte nicht die Wahrheit finden, sondern Krum retten. Er schien nicht zu spüren, dass er seinen Mitstreiter und Gesinnungsgenossen mit diesem emotionalen Eintreten ungewollt verriet, ließ seine Rede unter den Versammelten doch den Verdacht aufkommen, dass Krum seine bürgerliche Herkunft wissentlich verschwiegen habe und nun auf ein mildes Urteil hoffe. »Das geht hier ja zu wie beim abendlichen Klatsch unter der Dorflinde«, dachte Koitschev, »da brauchst du nicht weit zu laufen, um den zu finden, der dich ans Messer geliefert hat, weil er mit Sicherheit entweder aus deinem Verwandtenkreis kommt, ein alter Freund ist oder ein Mitschüler, mit dem du dieselbe Schulbank gedrückt oder in der Kaserne eine Stube geteilt hast.« Und so versuchte der Verräter stillschweigend und erfolglos, das Los des Opfers zu erleichtern, wie es Koljo Petrov im Augenblick tat. Gewalt und Grausamkeit, ging Koitschev durch den Kopf, waren in der bulgarischen Provinz stets eine höchst traditionelle, ja, patriarchale Angelegenheit, und diese

»familiäre« Note war es wohl auch, die sie so hässlich und zynisch machte. Auf der anderen Seite erlaubten es genau diese Strukturen in Bulgarien nicht, dass Pogrome und Vernichtungsfeldzüge erschreckende Ausmaße annahmen; das war der Vorzug einer kleinen Nation.

Koitschevs Blick wurde vom Ermittler angezogen. Dessen kleine, fast zarte und ungewöhnlich saubere Hände spielten voller Unbehagen mit dem Schlüsselkettchen. Koitschev erinnerte sich an das, was Vater Anissi über Pontius Pilatus gesagt hatte, und – schaute instinktiv auf seine eigenen Hände. Gottlob, an denen hafteten noch grau gewordene Tuschespuren und Flecken von Karminrot.

»Ich schlage daher vor, dass Krum Marijkin streng, aber gerecht bestraft wird«, schloss Koljo Petrov im Falsett. »Mit einer letzten Verwarnung auf Ausschluss aus der Partei entledigen wir uns in angemessener Weise unserer Pflicht, ohne unser Gewissen mit Füßen zu treten.«

In der lastenden Stille war das wilde Brummen einer Fliege zu hören, die die Fensteröffnung suchte, aber immer wieder gegen das Glas des geschlossenen Flügels prallte. Genosse Grigorov musste unwillkürlich husten. Im Befehlston rief er auf: »Koitschev …«

Der Zeichenlehrer zuckte zusammen, leckte sich die ausgetrockneten Lippen und nahm einen Schluck von seinem abgestandenen Tee.

»Genossen«, begann er mit einer Stimme, die so aufgekratzt war, dass sie an die eines Schmerzensmannes erinnerte, »ich bin Lehrer von Beruf, Maler und Parteimitglied, und als solcher rede ich hier: als Lehrer, Maler und Parteimitglied. Ich kenne Krum Marijkin am besten unter allen Anwesenden hier und kann einen Eid darauf schwören, dass er, als er in Widin eintraf, nicht die geringste Ahnung von seiner bürgerlichen Herkunft hatte. Vergessen wir nicht, dass Krum sein Lebtag in Elend und Hunger verbracht hat. Einer von uns muss sie aussprechen, die Wahrheit: Krum ist unschuldig! Das Gerücht, er sei der Sohn Ilija Weltschevs, hat er als persönliche Tragödie erfahren. Hier ist vielleicht die Stelle, um in Erinnerung zu rufen, dass er selbst es war, der die Enteignung der Fabrik seines angeblichen Vaters durchgeführt hat. Gut, seine schriftliche Selbstkritik liegt hier nicht vor, sie hat sich in Luft aufgelöst, wie es scheint. Doch wir sind nicht einmal sicher, ob er überhaupt der Sohn des Fabrikanten ist. Wie die Ertrinkenden suchen wir unablässig einen Beweis, obwohl wir ihn doch schon in Händen halten. Der Fabrikant Ilija Weltschev selbst hat dem Bezirkskomitee einen Widerspruch gesandt, mit dem er seine Vaterschaft abstreitet.«

»Ihre Dreieinigkeit von Lehrer, Maler und Parteimitglied riecht mir nach heiliger Dreifaltigkeit«, unterbrach Grigorov ihn finster. »Die Motive … mich interessieren die Motive für diesen plötzlichen Widerspruch Weltschevs. Wie kommt dieser in seiner Klassenzugehörigkeit eingerostete alte, reiche Dreckskerl plötzlich auf die Idee, seine Vaterschaft abzustreiten?«

Koitschev wischte sich die Stirn mit dem Taschentuch trocken, geriet aber nicht aus der Fassung.

»Ilija Weltschev ist ein alter und verbohrter Privateigentümer, der um seine Immobilie zittert. Sein Motiv ist: Er hat Angst, Krum könne Anspruch auf sein riesiges Wohnhaus erheben, und vielleicht auch mehr.«

Die Stille glich inzwischen schon nicht mehr einer brummenden Fliege, sondern einer Wespe. Jemand kam auf die Idee, mal die Tür zu öffnen. Der Durchzug griff in die Mappe Koljo Petrovs. Grigorov trommelte gereizt mit den Fingern auf die Tischplatte.

»Letzte Verwarnung vor Parteiausschluss … richtig«, grummelte er unzufrieden.

Allgemeines Lächeln und Seufzer der Erleichterung traten auf die Gesichter der Versammelten. Dann fiel die Anspannung in sich zusammen, und mit ihr die unerträgliche Hitze. Krum war nicht *gerettet*, sondern *begnadigt* worden.

Koitschev war sich sicher, dass die Versammlung den Beschluss der Parteiführung einstimmig annehmen würde – wie immer. Er spürte, wie etwas sich in seiner Magengrube zusammenkrampfte und ein grünlicher Saft hochstieg. Er sprang auf und eilte zu der Tür mit den zwei Messingnullen, um sich zu erbrechen.

9

Am stärksten erregte der Holzstumpf seine Aufmerksamkeit, auf dem er im Winter Holz hackte. Klobig, schwer und voller Risse und Kerben, strahlte dieser Klotz etwas Wildes aus, das Gegenwehr provozierte, Gewalt! Krum beugte sich vor, legte seine Hand auf dessen grobe Festigkeit. Der kleine Finger stand von den übrigen etwas ab, wirkte irgendwie fremd, unnütz. In der Hitze regte sich kein Blatt an den Bäumen, und ihm kam es so vor, als habe der Tag angehalten, um ihm zuzusehen. Da dachte er: Wenn ich mir den kleinen Finger abschneide, wird mir leichter werden, und alles ist wieder gut. Er stellte sich den Trennschlag der Axt vor, sah in Gedanken, wie der kleine Finger in den Staub flog und Koitschev, der auf der Schwelle saß, so erschreckte, dass er floh, als sei er gar nicht dabei gewesen.

In Krums Hirn war es kühl, fast kalt. Er war sich sicher, das herausschießende Blut rasch stoppen zu können. Er würde in den Fingerstumpf beißen, ihn mit den Zähnen zupressen, bis er einen starken Schnaps und einen geeigneten Verband aufgetrieben hatte. Wenn er keinen Verband fand, würde er sich halt eine seiner gebleichten Unterhosen schnappen, die zum Trocknen auf der Leine hingen. Koitschev war noch immer dabei, ihm zu erläutern, was die Parteidelegierten beschlossen hatten. Worte, Worte, nichts als Worte. Eigentlich hockte er doch da, weil er Schuldgefühle hatte, weil er seinen Verrat gestehen wollte – und Krum sollte ihn anschließend trösten. Doch Krum, den seine eigenen vertrackten Gedanken umwälzten, schwieg. Er hatte nicht die Kraft, sich auch noch um den Lehrer zu kümmern, und ihm reichte auch die Barmherzigkeit nicht, ihn fortzujagen und ihm auf diese Weise zu vergeben!

»Geh, steck dir 'ne Z'arette an«, sagte er still, »ich hack derweil ein bisschen Holz.«

Wie sie da so auf dem Klotz lag, kam ihm seine Hand fremd und unbekannt vor. Der kleine Finger, sagte er sich, mit dem schreibt man nicht, und man stimmt nicht ab damit … Er holte tief Luft, langte nach der Axt. Ihr feiner Schimmer füllte sich mit Sonne und Schwere. Er zielte.

Plötzlich krabbelte ein Ohrenkneifer über die flache Oberseite des Stumpfes. Der Käfer war nur klein, doch er versetzte alles in Krums Augen in Bewegung. Krum atmete aus, kam zu sich. Er hatte die kurze Heftigkeit physischen Schmerzes gesucht, die Verstümmelung seines Fleisches, um den unstillbaren Schmerz in seiner Seele zu betäuben, seines Herzens und seines Stolzes. Doch das würde ihn nicht reinigen, sondern seine Schuld in den Augen der Leute nur schwerer machen. Wenn ich mir den kleinen Finger abhacke, dann gebe ich zu, dass ich ein Lügner bin!

Die Axt pfiff durch die Luft und fraß sich mit einem hässlichen Ächzen ins Holz.

Das reife Licht begann wieder zu strömen und ihn zu blenden; bald kehrte auch die Welt, weise und wiedererkennbar, in seine Augen zurück. Die Vögel zwitscherten, die Tomaten wuchsen, und in der Luft schwebte der fruchtige Geruch nach Sommer. Federwolken stelzten hoch über den Himmel und lösten sich auf in der gähnenden Bläue. Alles verwandelte sich im Augenblick und lebte ohne Schuld, ohne Zukunft und ohne Geheimnisse.

10

Schwarzglänzend und mit bauchiger Karosserie häckselte das Motorrad die Stille, eine Rußwolke hinter sich lassend, als wär's kein Zweirad, sondern ein Lastwagen. Von weitem sah Krum mit seiner Lederjacke, seinem Lederhelm und seiner dicken Kautschukbrille aus wie ein Reiter, der ein Wildpferd zuzureiten versucht. Er drehte zunächst ein paar Abschiedsrunden um den Trockenbrunnen im Hof des Bezirkskomitees, und alle, wie sie da waren und aus dem Fenster schauten, die gereizten Stenotypistinnen, die dösenden Sekretärinnen, die Beamten und der Amtsleiter, hatten den trügerischen Eindruck, sie sähen diesen Mann, der gewissermaßen eben erst angekommen war mit der Absicht, für immer bei ihnen zu bleiben, zum ersten Mal. Stiefel und Reiterhosen wirkten eng, um seine Hüften hatte er sich gleich einem Rettungsring einen reichlich abgefahrenen Reservereifen gelegt. So bis zur Kenntlichkeit entstellt, dachte selbst Lehrer Koitschev, dass dieser Irre da unten gleich die Kontrolle über seinen Knatterkasten verlieren, gegen das Brunnengeländer donnern und sich den Schädel einschlagen würde.

Sein Eindruck trog. Der Motorradfahrer machte eine geschickte Kurve, mit der er allerdings haarscharf an der Gebäudemauer vorbeischrammte; mit sechzig Sachen passierte er nicht minder knapp den weißlackierten Pobeda des Bezirkssekretärs, auch hier, ohne sich Beulen zu holen; dann ließ er das Lenkrad los, verschränkte die Hände hinter dem Nacken, sodass das Kraftrad herrenlos in die Kurve ging; erst dann trat Krum auf die Bremse und kam mitsamt seiner Wut und seiner hitzehellen Gerechtigkeitsmanie zum Stillstand. Auf diese aufdringliche und geringschätzige Art und Weise verabschiedete er sich vom Tag, vom Sommer, von der Stadt, ihnen allen und … drehte den Spieß wieder um und machte sich erneut zum Herrn der Vergebung!

Er stieg ab von seinem knatternden Thron, nahm Reifen, Helm und Brille ab, wischte den Beiwagen ab, deckte die Öffnung mit dem Zeltleinen zu und schloss das Tor zum Lagerschuppen auf. Mensch und Maschine verschwanden in der Baracke, als seien sie miteinander verlötet, aber zum Erstaunen der Neugierigen kam Krum Marijkin allein wieder hinaus. Ohne seine DKW schien er ein ganz anderer zu sein, lockerer, unbeweglicher – ein Zentaur, der seinen Vierbeinerrumpf verloren hatte und nun nur noch ein schlichter Mensch war, allein und ohne mythologischen Aufputz. Leicht humpelnd lenkte der Mann, der mit der unverzeihlichen Sünde lebte, Sohn eines Fabrikanten zu sein, seine Schritte Richtung Marktplatz. Gekreuzigt zwischen seiner früheren Unfehlbarkeit und seiner jetzigen Schande, war er geringer geworden in ihren Augen. Doch ohne ihn schien das Grün der Bäume schlaff zu werden, und von der Hauptstraße dieser Kleineleutestadt blieb nichts als Leere, in der ein weiterer Sommertag erlosch.

11

Das Lehrbuch zum Römischen Recht stand inzwischen in den Buchhandlungen und erhielt Anerkennung sowohl von den Studenten als auch von Assens Kollegen. Hinter seiner verstummten Erika-Schreibmaschine sitzend, liebkoste er den kleinen Band mit den Augen und kam so stets in gute Arbeitslaune. Die Schwere des Einbandes gefiel ihm, in dem der Text sich geheimnisvoll versteckte. Der Geruch des Papiers und der Druckerschwärze machten ihn euphorisch. Die Umschlagfarbe war ein schmutziges Grau, so als wäre das Römische Recht irgend so ein selbstischer und roher Mensch, der unwirsch darauf bestand, in Ruhe gelassen zu werden. Näselnd ertönte das Telefon, und Assen legte seufzend den Band mit »der größten Errungenschaft des Römischen Imperiums«, wie er im Vorwort geschrieben hatte, wieder in die Schublade zurück. Kotzev war am Apparat. Seine Stimme klang so sanft und milde, dass er sehr aufgebracht sein musste!

»Es ist sehr wichtig … Komm sofort zu mir – nach Hause«, sagte er, ohne zu stottern. »Sag Emilia Bescheid, dass ich dich länger brauche, damit sie nicht zum Abendessen auf dich wartet.«

»Das klingt ja wie ein Befehl«, scherzte Assen.

»Das klingt nicht nur so, das ist einer«, knallte Kotzev den Hörer auf die Gabel.

Es musste sich etwas Unerfreuliches ereignet haben, das Folgen für den gesamten Lehrstuhl hatte. Draußen fiel ein nervtötender Regen. Der Himmel hatte jene platte Farbe angenommen, die auch den Umschlag seines Lehrbuchs zierte. Kotzev öffnete ihm mit offenem Hemd, unrasiert, in Pantoffeln, unausgeschlafen. Er paffte eine seiner dicken Zigaretten der Marke »Diplomat«, was ein sicheres Anzeichen dafür war, dass er nicht nur gerührt war, sondern erbarmungslos gerührt.

»Setz dich und lies«, sagte er heiser, »ich mach dir in der Zwischenzeit Kaffee.«

Auf seinem Schreibtisch hatte er ein dünnes, am Bund mit schwarzem Stoff zusammengenähtes Manuskript hinterlassen. Es war die Dissertation des Assistenten Ewgeni Pejtschev. Assens Gefühle gegenüber diesem Mann mit dem ironischen Blick und den Zügen eines Satyrs waren widersprüchlich. Er war intelligent. Was er sagte, war immer interessant und wurde mit ungestümer Leidenschaft vorgetragen. Aber ihn umgab die Aura eines allumfassenden geistigen Zynismus. Dieser Ewgeni war weder ein Schleimer noch ein Intrigant; er war keine leichte Verschiebemasse und kein handzahmes Fakultätshündchen; mit den verfeindeten Gruppen in der juristischen Fakultät hatte er nichts zu tun, und ein Karrierist war er auch nicht. Doch eben: Er litt an so etwas wie vitalem Maximalismus. Auf der einen Seite pragmatisch-kühl, auf der anderen Seite ungezügelt emotional, gehörte Pejtschev zu den Leuten, für die jeder Erfolg eine Schmach ist. Er war ein Liebhaber des Misserfolgs, und genau darin lag der Kern seines Zynismus, seiner Krankhaftigkeit.

Assen genehmigte sich eine der wohlriechenden Zigaretten Kotzevs und vertiefte sich in den Text. Rasch fand er hinein. Das Fenster erblindete langsam, dunkelte. Diese Dissertation war bunt gesprenkelt mit ketzerischen Gedanken; der Geist Professor Jowtschevs war anwesend. Das Seltsamste aber war, dass die streitbaren und unbequemen Schlussfolgerungen dieses Assistenten weitgehend mit denen übereinstimmten, zu denen auch Assen in seiner Theorie der Macht gelangt war. Die grundlegende These Pejtschevs war, dass im unentwickelten Sozialismus das Gesetz in seiner Objektivität der Ideologie in all ihrer Intoleranz und wandelbaren Subjektivität unterworfen ist. Pejtschev sagte nicht, dass das gut oder schlecht war, rechtens oder unzulässig, er deklarierte es im Verfolg seiner Analyse einfach als Bulgariens Status quo. »Selbst die Wirtschaftsgesetzgebung ist gänzlich von der Ideologie beeinflusst«, schrieb er. »Im unerfahrenen Sozialismus ist nicht das Gesetz des Marktes, Angebot und Nachfrage, bestimmend, sondern das, was der Staat an Bedarf vorgibt. Das Endprodukt ist Ergebnis sowohl eines rein technologischen Prozesses als auch einer ideologischen Laune. Dies ist der Grund dafür, dass die unwissenschaftlichen, da undefinierbaren Begriffe von Gleichheit und Gerechtigkeit hierarchisch höher stehen als die ökonomischen Notwendigkeiten wie Qualität und Produktivität. Befreit vom Konkurrenzdruck und von den natürlichen ökonomischen Gesetzen, lebt der Arbeiter im Sozialismus sicherer, ja, sorgenfrei, produziert aber weniger und – schlechtere Qualität.«

Assen schloss das Typoskript und seufzte. Letzten Endes handelte es sich um eine persönliche Meinungsäußerung und betraf den Lehrstuhl nicht. Zudem war Pejtschev Jurist und konnte in einem Gespräch, in dem er auf den Boden der sozialistischen Tatsachen zurückgeholt wurde, dazu gebracht werden, die Passagen zu streichen, die die Wirtschaft betrafen. Draußen war es schon Nacht. Der Regen hatte aufgehört. Die Fenster der Kirche gegenüber leuchteten mystisch in einem diffusen, unwirklichen Licht. Kotzev steckte ungeduldig seine Nase durch die Tür. Mit zwei Tellern dampfender Suppe kam er herein.

»Und?«, fragte er triumphierend.

»Ich sehe nichts Bedrohliches … Hat er klug entwickelt.«

»Genau das ist ja das Gefährliche. Er ist verrückt, Recht und Ideologie in Gegensatz zu bringen!«

»Er polarisiert sie ja nicht, sondern beschreibt nur ihre Interferenzen in unserer Transitionsperiode. Wenn du genauer drüber nachdenkst«, sagte Assen und zündete sich noch eine Zigarette an, »wirst du sehen, dass in der Tat in allem, selbst in der elementarsten Entscheidung des Gerichts, nicht das juristische, sondern das ideologische Prinzip dominiert.«

»Red du nur! Ich sage dir, wenn diese Dissertation das Licht der Welt erblickt, dann sind wir im Arsch! Wir müssen ihm einen Denkzettel verpassen!« Der letzte Satzteil klang beinahe herzlich, doch Assen, der Kotzevs verkehrte Gemütsverfassung ja nun gründlich kannte, empfand sie wie eine Ohrfeige.

»Wieso gleich ein Denkzettel?«, fragte er verständnislos zurück. »Verweigert einfach seiner Dissertation die Zulassung, und fertig.«

»Das Geschriebene ist leider schon Fakt, und viele Leute haben es gelesen. Die Fakultät ist in Aufruhr.« Kotzev schlürfte gierig seine Suppe und stotterte, als seien die einzelnen Silben schlecht gekaute Bissen, die seinen Redefluss unterbrachen. »Und wer ihm diesen Denkzettel verpassen wird, das bist du, denn du bist der gewählte Parteisekretär … Wir sind bloß Beamte!«

»Aber ich bin einverstanden mit einem Teil seiner Ideen, mir gefällt seine Diss.«

Kotzev starrte ihn mit leeren Augen an, ging zwischen der Liege und dem Schreibtisch hin und her. Schließlich kam er zurück, nahm den leeren Teller vom Tisch und schmetterte ihn zu Boden. Die schimmernden Porzellanscherben spritzten klirrend um ihre Füße wie Wasser.

»Für wen bist du eigentlich, Weltschev, für uns oder für die? Jetzt reicht's mir aber mit deinem blasierten Liberalismus! Es wird Zeit, dass du begreifst: Wenn du nicht für uns bist, bist du auf ihrer Seite.«

»Auf wessen Seite?«

Der Dekan konnte ihn schwerlich erschrecken. Assen hatte eine Zeit hinter sich, die von Entbehrungen und bedingungsloser Treue gekennzeichnet war. Er hatte getötet im Namen der guten Sache; man hatte auf ihn geschossen. Kotzev wusste das nur zu gut. Assens Absage war überdies ja auch noch nicht offiziell verlautbart. Sein »blasierter Liberalismus« hatte sich nur in einem Privatgespräch geäußert, unter vier Augen. Ohne Öffentlichkeit aber bedeutete seine Ablehnung noch keine Position. Assen hatte offenbar beschlossen, neutral zu bleiben und zu schweigen, und Schweigen ist unangreifbar, selbst wenn es ein Schweigen über einen Dissens ist.

Mit dem tief sitzenden Instinkt des Verschwörers suchte Kotzev nach Assens schwacher Stelle, jenem Punkt, an dem er erpressbar war. Er setzte ein gespielt versöhnliches Lächeln auf, sammelte die größeren Porzellanscherben vom Boden auf und wickelte sie in die Tageszeitung von gestern. Die Komödie endete, bevor sie sich zur Tragödie auswachsen konnte. Wollte der Dekan durch diesen willkommenen Präzedenzfall seine alten Rechnungen mit Jowtschev begleichen und dessen liberaler Fraktion an der Fakultät? Oder insgesamt jenem wuchernden Widerstand, der seiner absoluten Machtstellung im Wege stand? Denn – ja, Kotzev sehnte sich nach Macht. Er war zutiefst davon überzeugt, dass alle ihn für einen unqualifizierten Dummkopf halten würden, wenn er es nicht schaffte, unangefochten an die Spitze zu gelangen. Eine solche Machtstellung versprach nicht nur Sicherheit, Einfluss und die Eröffnung neuer Erfolgsmöglichkeiten; nein, sie war zumindest zum gegenwärtigen Zeitpunkt auch der einzige Nachweis seiner Fachkompetenz. Von ihm stammte der Aphorismus, der an der Fakultät zum geflügelten Wort wurde: »Der Löwe büßt ein in den Augen der Beute, wenn er sie nicht sofort reißt.«

Kotzev versuchte es nun auf die scherzhafte Tour. Dabei schlug er einen Ton von so hinterhältiger Gutmütigkeit an, dass seine Worte einem Tornado glichen. Er hüstelte, lächelte – ein übles Zeichen! – breit und liebevoll und sagte:

»Ich versteh deine Bedenken ja, Bruder. Mir tut's ja auch leid um den Jungen, und ich würde ihm auch gern helfen. Und es ist ja nicht so, dass ich nicht auch hie und da mit ihm übereinstimme. Doch wir können hier nicht unserem Herzen folgen, und auch nicht unseren eigenen Kriterien und Einschätzungen. Ich bin heute zum Zentralkomitee zitiert worden. Die Partei will es so, Bruder, die Partei!«

Genau das hatte Assen befürchtet. Die Partei war etwas Unermessliches und Heiliges. Sie ahnte wohl kaum etwas von der unveröffentlichten Dissertation Pejtschevs und hatte auch keine Veranlassung, sich dafür zu interessieren. Die Partei ist überall, rief sich Assen ins Gedächtnis, darum konnte ihre mächtige Anonymität sich in jedem Einzelnen verkörpern. Er war sich inzwischen sicher, dass Kotzev selbst das Treffen mit Vertretern des Zentralkomitees verlangt hatte, selbst über die weichen Teppiche in den Fluren des Parteigebäudes gegangen und gewartet hatte, bis er vor irgendeinem grauen Funktionär stotternd »im Namen der Parteiinteressen« den Wissenschaftlichen Assistenten Pejtschev des liberalen Revisionismus bezichtigt hatte. Dieser wohlerzogene und im Grunde seines Herzens sogar gute Mann hatte jemanden kaltblütig denunziert, um hinter sich und seinem Ehrgeiz alle Wege abzuschneiden.

Was sollte Assen machen? Er war verpflichtet, sich der Partei zu unterwerfen.

12

Über und über bedeckt mit den dicken, nassen Schneeflocken dieses Januars, erreichte Assen die Adresse, klingelte – wie auf dem Klingelschild erbeten – dreimal kurz hintereinander und wartete. Ich seh aus wie Väterchen Frost, dachte er, und das Geschenk, das ich ihm bringe, wird er so schnell auch nicht vergessen! Pejtschev öffnete, taumelte zurück vor Überraschung, zog sich ins Innere der Diele zurück und nickte hinüber zu einem wackeligen Garderobenständer.

»Nein danke, ich werde nicht ablegen«, erwiderte Assen kalt.

Pejtschevs Zimmer war recht groß. Die Wand hinter dem Kanonenofen war mit Lackfarbe gestrichen, die an mehreren Stellen bereits aufplatzte. Unter der Decke hingen Kondenstropfen, als seien sie im Badezimmer. Überall lagen Bücher verstreut, auch die Regalbretter bogen sich unter deren Gewicht. Das Bett war ungemacht, der Aschenbecher neben der Schreibmaschine quoll über – kurz: Es herrschte totales Chaos, in dem offensichtlich aber ein intelligenter Mensch wohnte, der im Kopf sehr aufgeräumt sein musste. Auf dem Tisch schimmerten Weißweinflaschen der Sorte »Dimyat«, von denen zwei bereits leer waren. Pejtschev schaute wie vom Donner gerührt. Der so typische ironische Zug war vollkommen aus seinem Gesicht gewichen und hatte einer in fieberhaftem Denken gekrausten Stirn und erschreckt zusammengezogenen Augenbrauen Platz gemacht. In der Wärme begann Assens Mantel zu tropfen.

»Wie sagt doch das Sprichwort«, eröffnete Pejtschev unartikuliert, »wenn der Prophet nicht zum Berg kommt, kommt der Berg zum Propheten. – Welchem Umstand verdanke ich die Ehre, dass das Gebirge mit all seiner Erhabenheit zu mir kommt?«

»Sie sind ja betrunken …«

»Ich hab gewisse Gründe, mir ein paar zu genehmigen«, fuhr ihm Pejtschev scharf in die Parade.

»… wie ein Kutscher.«

»Noch nicht … Aber ich verspreche Ihnen, das in den nächsten zwei Stunden zu ändern.« Er nickte warmen Blicks zu den Flaschen. »Im ›Winterlager‹ haben sie echten Dimyat aus Karnobat bekommen. Woll'n Se 'n Glas auf mich heben?«

»Deswegen bin ich nicht gekommen!« Die dicke Luft im Zimmer und der Alkoholdunst machten Assen schwindlig.

»Wissen Sie, Genosse Weltschev, ich fänd's übel, wenn Sie jetzt dahingehend agitieren wollen, dass ich mich distanziere von dem, was ich geschrieben hab. Aber zum Kotzen fände ich es, wenn Sie gekommen wären, um sich zu entschuldigen. Ich hab meine Arbeit getan, morgen erledigen Sie die Ihre … alles im grünen Bereich. Die Tage kam 'ne Studentin, die Mitleid mit mir hatte. Als ich ihre verweinten, ungläubigen Augen sah, tat sie eher mir leid. Bei Ihnen is das was anderes, Sie tun mir nich leid. Das Mädel war ja noch 'n Küken, aber Sie sind 'n großer Vogel, 'n Adler geradezu, Genosse Dozent.«

»Deswegen bin ich nicht gekommen«, sagte Assen schroff. »Wissen Sie, dass Professor Jowtschev sich morgen für Sie aussprechen wird?«

»Hab dergleichen läuten hören …«

»Wir müssen ihn um jeden Preis daran hindern!«

»Ich könnte Ihnen jetzt sehr kompliziert und verschnörkelt antworten, aber die rhetorische Vollendung liegt in der Schlichtheit: Soll er doch tun, was er nicht lassen kann!«

Die Ohrfeige knallte wie ein Barbierleder und warf Pejtschev zu Boden. Seine Gliedmaßen glichen einem Haufen schmutziger Wäsche. Seine Hände blieben provozierend in den Hosentaschen. Assen beugte sich über den Assistenten, dessen schwerer Atem sauer roch.

»Jetzt hör mal gut zu, was ich dir sage, Pejtschev. Ich werd' dich morgen zu Kleinholz machen und deine verfluchte Dissertation in der Luft zerreißen; aber soweit ich weiß, hat keiner die Absicht, dich an die Luft zu setzen. Du bist ein junger akademischer Hoffnungsträger, während Jowtschev ein klassischer *bürgerlicher* Intellektueller ist, dazu noch in die Jahre gekommen. Seit langem suchen sie einen Vorwand, ihn abzusägen, und wenn er sich auf der Beratung *pro Pejtschev* zu Wort meldet, wird er sofort aufs Altenteil geschoben und pensioniert! Haben wir uns verstanden?«

Pejtschev war schlagartig nüchtern geworden. Die Konzentration kehrte in seine Augen zurück, das Licht, die Vernunft. Er erhob sich, schüttelte den Kopf; offenbar brummte es noch in dem geröteten Ohr.

»Das hätten Sie gleich sagen sollen.«

»Haben Sie mich denn irgendetwas gefragt? Sie haben doch gleich mit diesem blöden Sprichwort angefangen …« Assen schwieg müde. »Sehen Sie, auf mich wird Jowtschev, obwohl wir schon so lange befreundet sind, niemals hören. Ich gehöre ja zu den Henkern. Aber Sie, wenn Sie ihn bitten, als Opfer … Na, kommen Sie, anziehen, wir bringen das gleich hinter uns.«

Auf dem ganzen Weg sprachen die beiden Männer kein Wort. Der Schnee fiel dicht und ließ die Nacht unwirklich hell erscheinen. Der Eingang des Mietshauses, in dem Professor Jowtschev wohnte, glich einem Tunnel. Pejtschev rieb sich noch einmal die brennende, geschwollene Wange und ließ ein bitteres Kichern hören.

»Mein Weg endet hier«, sagte Assen.

»Ich tu mein Möglichstes, um den Alten rumzukriegen.«

»Ich verlass mich auf Sie. Ein Mann, der solch eine Dissertation geschrieben hat, kann kein Schuft sein!«

Assen blieb allein in der unwirtlichen Düsternis des Treppenhauses zurück, in dem es kalt und zugig war. Es roch nach Keller, nach Schimmel und Sauerkohl. Ihm war beschissen zumute, beschissen bis zum Selbstmitleid. Es schüttelte ihn, als habe er plötzlich Fieber bekommen. Würden ihm der Wille und die Courage reichen, damit er tun konnte, was diesen Abend zu tun er *verpflichtet* war?

13

In diesen freudlosen und nasskalten Tagen musste Assen wider Willen des Öfteren an die Begegnung mit seinem Vetter Boshidar Weltschev im Borissov-Park denken. Dort hatte sich im Schatten der Nadelbäume etwas Schicksalsträchtiges ereignet, das mit der morgigen Beratung in gewisser Weise zu tun hatte. Damals nämlich hatten ihn zum ersten Mal mit aller Leidenschaft jene schmerzhaften Selbstvorwürfe befallen, weil sein natürliches Empfinden für Moral und Gerechtigkeit in Konflikt geraten war mit der Moral der Sache, für die er kämpfte und die sich aus dieser ohne Ansehen der Person notwendig herleitete.

Damit das Gute und die Gerechtigkeit siegen konnten, hatte Assen töten müssen. Doch dieses Gute war abstrakt gewesen und lief unter der Parole »im Namen des Volkes«; den Mord aber, den hatte *er persönlich* begangen. Die Überzeugung, nur eine Tötungsmaschine zu sein, die mit mechanischer Genauigkeit auf die Stirn verkommener Henkersknechte, Verräter und Sadisten zielte, hatte ihm Befriedigung verschafft. Durch diese genau umrissenen Gewalttaten erfüllte er so etwas wie seine menschliche Pflicht. Aus Pflicht, ohne Liebe zu empfinden, hatte er auch Vera geheiratet. Erst später, im Zusammenleben, hatten ihn die Kälte und Gefühllosigkeit ihr gegenüber gepeinigt. So idealisierte er sie zur »Reinsten«, zur »Heiligsten«, und dies waren Ideale, außerhalb von ihm und höher als er, und somit wiederum nicht von der Wankelmütigkeit des Herzens, sondern von der Strenge der Pflicht diktiert. Die Liebe hingegen konnte keine Pflicht sein, sondern immer nur Wahnwitz und Religion. In jenen gefährlichen Jahren hatte Assen auf die Zukunft gehofft, hatte geglaubt, dass im Strahlenkranz des verwirklichten Kommunismus persönliche und notwendige Moral wieder zusammenfinden, sich versöhnen würden, sodass seine individuelle Wahl stets im Einklang mit dem Gemeinwohl, dem Willen der ganzen Gesellschaft stand.

Nun hatte Kotzev ihn auf hinterhältige und widerlich kumpelhafte Art erneut an genau denselben Scheideweg geführt. Assen sollte etwas vernichten, das er persönlich zutiefst schätzte und für würdig befand. Der Dekan hatte sich damit aus der Affäre gezogen, dass er behauptete, die Partei und die ideologische Linie stünden hinter ihm; doch hinter Pejtschev hockte schweigend und voller Sorge die Wahrheit. Das Widerlichste an der Geschichte war, dass Pejtschev ja nicht etwa ein perverser Faschist war; er war weder ein Volksverräter noch ein Halsabschneider, sondern Kommunist wie er, nur eben einer, der mutig war und nicht blind. Ganz egal, was Assen tat, er stand vor einem Dilemma und würde so oder so etwas von seiner persönlichen Integrität zerstören. Wenn er im Namen seiner angeborenen Moral gegen die Parteidisziplin aufbegehrte, würde er die Partei als unfehlbare Instanz insgesamt und damit deren unantastbares moralisches Recht in Frage stellen; folgte er aber Kotzev, war hinfort sein persönliches Gerechtigkeitsgefühl für immer beschädigt.

In diesen Tagen fröstelte er unablässig. Emilia wunderte sich, was er hatte, und zeigte keinerlei Verständnis oder Mitgefühl; Professor Jowtschev hingegen hatte kein Mitgefühl, weil er sehr gut wusste, wovon Assen so kalt war. Gebetsmühlenartig wiederholte sich Assen, dass er ein anständiger Mensch war und nur keine andere Wahl hatte. Jowtschev hatte ihn in seinem Sprechzimmer festgehalten, lange seine triefende Nase geschneuzt, die allergisch auf die Ausdünstungen des schmelzenden Schnees reagierte. Vom Fenster war ein Lichtschein auf sein Gesicht gefallen, der es träumerisch und melancholisch erscheinen ließ. Seine Hände spielten mit dem teuren Füllfederhalter, als denke er darüber nach, ob er ihn Assen nicht schenken sollte.

»Sie tun mir leid, Herr Kollege«, hatte Jowtschev gepeinigt gesagt. »Sehen Sie nun, wie die totalitäre Macht bestrebt ist, alle Bürger in Mittäter zu verwandeln? Sie sind nur ein Spielball. Sie werden manipuliert wie ein minderjähriges Kind und so früh wie möglich gezwungen, ungerechtfertigt Gewalt anzuwenden. Denken Sie daran: *Wenn Sie etwas von Ihrer Freiheit abtreten, büßen Sie jede Möglichkeit ein, Widerstand zu leisten.* Das ist erst der Anfang! Demnächst wird Kotzev etwas anderes von Ihnen verlangen, später noch etwas … Und wenn Sie einmal schmutzige Hände haben, können Sie nie mehr aufhören!«

»Ich werde meine Pflicht tun.«

»Was Sie tun werden, das ist: Ihr eigenes Urteil sprechen«, unterbrach ihn Jowtschev inbrünstig. »Ich wollte Sie nur vorwarnen, dass unsere Wege sich von heute an trennen. Ab morgen werde ich Ihr Gegner sein.«

Ein fremdes Urteil werde ich sprechen, dachte Assen. Doch in der Tat: Auf geheimnisvolle Weise berührte es auch etwas sehr Intimes in ihm. Erneut begann es ihn zu frösteln. Er hörte, wie oben die Wohnungstür knarrte und zuschlug. Der Durchzug im Treppenhaus hatte seine Muskeln verhärtet, sein Kreuz schmerzte; immerhin hatte er Klarheit gewonnen. In der Dunkelheit kam ihm Pejtschev entgegen. Sein Gesicht strahlte, und man wusste nicht, ob es Arroganz oder Betäubung war.

»Der Alte ist phänomenal!«, rief er leise aus. »Er hat mir aber zugesichert, dass er morgen nichts sagen würde!«

Sie gingen auf die Straße hinaus, wo es noch immer in dicken Flocken schneite.

»Trotzdem muss ich anmerken: Sie sind 'n ziemlich sonderbarer Typ, Genosse Weltschev.«

»Jeder Mensch ist sonderbar«, erwiderte Assen.

»Trinken Sie jetzt ein Glas Wein mit mir zusammen?«

»Wenn Sie mich morgen, nachdem die Schlachterei beendet ist, immer noch einladen, sage ich nicht nein.«

Beide mussten gleichzeitig lächeln, streckten sich gleichzeitig die

Hand hin. Ewgeni Pejtschev eilte Richtung Universität und verschwand im »Winterlager«, Assen ging seinem Ausweg zu …

In der Ljuben-Karawelov-Straße angekommen, schloss er seine Haustür auf, ohne vorher zu klingeln. Jonka und Jordan schliefen in ihrem Zimmer, Emilia hatte noch Vorstellung und würde später kommen. Assen goss sich ein Glas Wasser ein und trank es auf einen Zug aus. Dann schlurfte er ins Schlafzimmer, zog aus der obersten Schublade sein unvollendetes Manuskript über die Macht, das immerhin schon 375 Seiten stark war. Die Blätter raschelten irgendwie herbstlich in seiner Hand. Voll schwerer Melancholie und entrückter Sanftheit ließ er die Blätter durch die Finger laufen, las aber nicht eine einzige Zeile. Dann kehrte er ins Wohnzimmer zurück.

Er zog sich einen Stuhl heran, schaute lange in die herabgebrannten, schon bläulichen Flammen des Ofens. Es roch betäubend nach Kohlendioxid, nach langsam wirkendem Gift. *Ich habe kein Recht, zu schreiben, was ich anderen zu schreiben verbiete,* dachte er. *Da, da ist der Ausweg!* Sein Geistesblitz war so mächtig, dass seine Hand zitterte. Sein Speichel schmeckte nach Eisen, doch seine Augen blieben trocken. Mit einer bitteren Leidenschaft stopfte er das Typoskript in den Ofen. Die Flammen leckten sofort an den Seiten hoch, das Licht der brennenden Worte beschien sein Gesicht. Große Männer hatten den Scheiterhaufen vorgezogen, statt sich von ihren Erkenntnissen loszusagen. Der Vergleich verstörte ihn nicht und freute ihn nicht. Er sah einfach zu, wie der wertvollste Teil seiner selbst verbrannte.

14

Eingefasst von den ehrwürdigen Kreuzbögen der Aula mit ihren vorspringenden Ornamenten und Kühle verströmenden Säulen, im Echo seiner eigenen Stimme, die widerhallte wie in einem Dom, vor sich die prächtigen Ledersessel und die braunen, uniformen Gabardine-Anzüge des Lehrkörpers, entledigte er sich argwöhnisch und voller Ingrimm, so als würde ihm keiner der Anwesenden auch nur ein Wort abnehmen (obwohl ihm doch alle andächtig lauschten), auf schwindelerregende Weise jener aufgenötigten Rede, die mit ihrer rhetorischen Virtuosität und Leidenschaft noch lange im Gedächtnis bleiben, inhaltlich aber – sich unverzüglich nach dieser Promotionsrunde in Luft auflösen sollte. Es war ein verzweifelter Versuch, eine Gewaltsamkeit zu rechtfertigen in einer Zeit, in der Gewalt eigentlich der Vergangenheit hätte angehören müssen. Dadurch war das, was hier geschah, ein Fanal für deren stillschweigende Wiedergeburt. Dass Assens Worte von Klugheit, Aufrichtigkeit und Anständigkeit zeugten, enthüllte erst recht den ganzen Zynismus dieser Machtdemonstration. Pejtschev, der am Ende der Reihe mit den Herren vom Kommissionspräsidium saß, glich einem schwer angeschlagenen Satyr, während Dekan Kotzev trotz akuter Zahnschmerzen übers ganze Gesicht strahlte.

Das Licht war so grell, dass Assen sich unsichtbar vorkam. Er berauschte sich am schweren und tiefen Strom seiner Formulierungen, während seine Kollegen mit schiefem Lächeln seiner Argumentation folgten, als seien sie jederzeit auf dem Sprung, ihm auf die Sprünge zu helfen, denn jede noch so kurze Unterbrechung des Redeflusses hätte alle schlagartig ernüchtert und ihnen die Absurdität dieser sophistischen Kraftanstrengung vor die Brust gespült wie eine donnernde, alles zermalmende Flutwelle.

Seine Kehle war trocken, dennoch griff Assen nicht zu dem bereitstehenden Glas mit Wasser, hatte inzwischen doch auch er selbst Angst vor der kleinsten Zäsur. *Nur solange er redete, verkörperte er die Macht!*

Er redete, redete und redete, zerpflückte die Dissertation Pejtschevs in ihre kleinsten Bestandteile; doch jedes kritische Wort, das er sagte, erhöhte letztlich nur die Bedeutsamkeit des Textes. So spürten die Anwesenden, schließlich sogar Assen selbst, dass die Analyse Ewgeni Pejtschevs *so viel Anerkennung*, so viel brillante *Unterstützung* nun auch wieder nicht verdiente.

»Sie glichen einem großen Illusionisten«, befand Professor Jowtschev später, »der sich wie ein Hütchenspieler vom Lande vor Leuten gebärdete, die mit allen Wassern der Taschenspielerei gewaschen waren. Ich hab die Gründe für Ihren tragischen Bankrott schon verstanden, aber unerklärlich ist mir der rhetorische Aufwand geblieben, den Sie betrieben haben. Sie haben uns schwindlig geredet mit Ihrer Hütchenschieberei, und wir haben uns ständig gefragt: Wo ist es denn nun, das Kügelchen?«

Bevor die Ovationen über ihm zusammenschlugen, bilanzierte Assen mit der explosiven Überzeugungskraft jedes Widerspruchs:

»Selbst wenn er recht haben sollte mit seinen Schlussfolgerungen: Dem Genossen Pejtschev ist ein unverzeihlicher ideologischer Fehler unterlaufen.«

15

Mit den Jahren wurde das Viertel um die Ljuben-Karawelov-Straße immer größer für Jordan; jetzt reichte es schon bis zum Tiergarten auf der anderen Seite des Kanals, dessen Lauf mit Flieder bestanden war, und weit hinein in den Park der Freiheit. In den versteckten Grünflächen um die Lagerschuppen am Perlovo-Bach vagabundierte er mit den Jungens von der Bande der »Distelheiducken« und stieg als Mutprobe in offene Keller ein, in denen es geheimnisvoll nach abgelebtem Leben und muffigem Trödel roch. Auf dem leeren Grundstück neben ihnen wurde ein Eisenbahner-Wohnhaus gebaut. Auf dem Hof drängelten sich die Menschen bald wirklich wie auf dem Bahnhof, und in den Augen des Jungen gewannen Karbid, Blei und Teer deutlich an Wert.

Alle ein, zwei Wochen tauchte ein Zigeuner mit geharztem Schnurrbart auf. »Der Kesselflicker, der Kesselflicker ist daaa«, rief er mit heiserer Stimme. Dann grub er ein kleines Loch im Hof, setzte sich auf seine schmuddelige Matte, als sei die ein fliegender Zauberteppich, schmolz mit alchemistischem Gemurmel Zinn und reinigte erst einmal Innenwände und Böden der ihm gebrachten Gefäße mit Schwefelsäure. Der Gestank fauler Eier breitete sich aus. Dann nahm er – »zack!« rufend – sein Schmelztöpfchen vom Holzkohlenfeuer, dessen Farbe dem des Sonnenunterganges über dem Witoscha-Gebirge glich – und schon kugelte das Zinnklümpchen quicklebendig über die gereinigten Kupferflächen und wurde glattgestrichen, bis alles spiegelblank war.

»Drrr Scheeerenschleifrrrr«, wie der Mann sich mit überschlagender Stimme ankündigte, kam samstags oder sonntags. Auf seiner Schulter trug er einen Schleifstein mit so kompliziertem Mechanismus, dass die Leute jedes Mal staunten, wenn das Schleifrad sich, angetrieben durch Zahnräder, die mittels eines Transmissionshebels in einem Pedal mündeten, tatsächlich zu drehen begann. Führte er den Schenkel einer Schneiderschere an den Schleifstein, zischte es, war es ein Küchenmesser, summte es. Die Funken sprühten in vollen Garben, bis die Schneiden blitzten und eine solche Schärfe hatten, wie sie eigentlich niemand wirklich brauchte.

Gegen Abend tauchte, mit einem sauberen Jutesack und Budapester Schuhen, ein anderer Zigeuner auf. Er hatte eine dicke Geschwulst am Hals und beschallte die Straße bis hin zu den obersten Etagen der Häuser mit in den Nacken gelegtem Kopf: »Trödel, kaufe Trödel!« Das konnten gestopfte lange Hosen sein, Mäntel, Jacketts mit metallisch schimmernden Manschetten, Gummizüge, Strampelanzüge, und manchmal ergatterte er sogar einen alten Frack, der den Kampf gegen die Motten noch nicht verloren hatte.

Zur Herbstzeit knarrten die Achsen hölzerner Fuhrwerke über die Straße, die beladen waren mit Kartoffeln aus Samokov oder mit Kohl aus den umliegenden Dörfern. »Frischer Weißkohl, frischer Weißkohl«, riefen die Schopen-Bauern mit rauher Stimme. Die vorgespannten Pferdchen wackelten dazu mit den Ohren und entließen dampfend ihre sauren Ausdünstungen in die Luft. Die Frauen kamen angelaufen und erörterten den Preis, handelten, feilschten, und zählten anschließend lange kleine Stotinka-Münzen und Geldscheine, denn eingelegtes Wintergemüse und angesäuerten Kohl für Krautwickel brauchten ihre Männer, damit sie im Winter zusammen mit einem ordentlichen Schnaps etwas für ihre Kraft und Gesundheit tun konnten.

Die kalte Jahreszeit kündigte sich im November mit Nebel an und dem schwer aufsteigenden Rauch aus den Kaminen, der die ganze Stadt in eine gewaltige Fabrik verwandelte. Erst wenn es zu schneien begann und die zu Flocken verklebten Wasserkristalle die Schmutzkörner in ihre Stille einfroren, wurde die Luft wieder sauberer. Ach, dieser warme Schnee, wie er sich von Kinderhänden formen ließ. Die Mädchen bauten Schneemänner, die Jungen nahmen sie auseinander, um mit den fertiggerollten Kugeln Schneeburgen zu bauen.

Dann stieg auch der Schornsteinfeger wieder gleichsam aus der Schachtel mit dem Quartettspiel Schwarzer Peter und kletterte über die Dächer. Seine einsame und gebeugte Gestalt war immer verrußt. Über seine Schulter hatte er den zusammengerollten Draht geworfen, an dessen Ende eine Eisenkugel baumelte, und einen zweiten mit einem rostigen Stahlbesen. Beim nächsten Kamin hielt er an, verrichtete sein Werk und hinterließ den Hausbewohnern ein bisschen Glück.

Spätnachmittags schob alles, was sich männlich nannte, ab zum Rutschhang, einer Buckelpiste, die bald spiegelglatt war, um den Mut der Kinder zu testen. Sie begann an der Erhebung im Park der Freiheit. Bei der sausenden Abfahrt mit den selbstgebastelten Steuerschlitten blieben die Zeit und das Herz stehen. Bis zu zehn Kinder hatten auf diesen hölzernen Ungetümen mit den eisernen Kufen aus Sargbeschlägen Platz, und manchmal sprangen sie aus ihrer Spur und krachten seitlich in die Bäume. Da gab es Arm- und Beinbrüche zuhauf und manchmal auch ein Loch im Kopf, bis eine aus Asien kommende Grippeepidemie die ganze Herrlichkeit stoppte und die mutigen Abfahrer im Virenschulterwurf in die Betten verfrachtete. Die Mädchen waren Mädchen und machten diese »Halsbrecherei« nicht mit. Sie waren angeblich zartbesaitet, bekamen aber noch nicht mal die Grippe, und gingen ungerührt auf dem zugefrorenen Nierenbeckensee am »Ariana«-Restaurant Schlittschuh laufen.

Im Viertel gab es einen ewigen Gymnasiasten namens Botko, der Wunderbare. Er lockte die kleinen Jungs in einen Keller, zeigte ihnen Bilder von nackten Frauen und brachte ihnen Doktorspielchen bei. Er hatte auch immer Zigarettenkippen dabei, manchmal Mentholzigaretten der Marke »Frischo«. Wenn sie genug von seinen Schmuddelsachen hatten, kehrten sie wieder in die Prärien zu Winnetou und Old Shatterhand zurück oder stritten sich darum, wer den Meisterdieb Arsène Lupin spielen durfte. Ja, was für tolle Filme es in den Kinos zu sehen gab! Jeder hatte ein Dutzend Mal den chinesischen Film »Boot auf stürmischer See« gesehen, desgleichen den Sowjetstreifen »Hinterhalt im Gebirge«. Sie stellten sich bei den Kartenabreißerinnen auf Zehenspitzen, damit sie größer wirkten und in die für Schüler verbotenen Filme »Der Tramp«, »Sinfonie in Gold« und »Fanfan la tulipe« kamen. Das

Kino »Kultura« war das Königreich der wilden Tiere Afrikas, exotischer Sonnenuntergänge und ozeanischer Tiefen, der Weltwunder und tätigen Vulkane, der arktischen Eiswüsten und ethnografischen Filme über tropische Eingeborenenstämme.

Im Sommer, je nach Mondphase und Windrichtung, roch es aus dem Perlovo-Kanal penetrant nach Urin. Die Straßen verwandelten sich in Backröhren und leerten sich, die Großeltern holten ihre Enkelchen zur Sommerfrische aufs Dorf, im Büdchen auf der Graf-Ignatiev-Straße hatten sie ein grandioses Sahneeis bekommen, das im Hörnchen oder zwischen zwei Waffeln verkauft wurde, dazu eine Art Marzipan.

Die Sommerferien waren die wahre Heimat der Kinder. Mit einem großen Seufzer wurde sie betreten, und dann begannen die Tage nur so zu fliegen. Im Hof spielten sie mit Steinchen eine Art Boule für Kinder, und mit den alten Geldscheinen, die sie ihren Eltern stahlen, spielten sie Bank, ein Glücksspiel der höheren Art, das regelmäßig in Massenprügeleien endete, bei denen sich Jordan wie die meisten Kleinwüchsigen besonders hervortat. Das Versteckspielen wurde von Räuber und Gendarm abgelöst, aus Papierkrampen und Teerröhrchen machten sie Blasrohre. Es wurde Fußball gespielt, bis der Ball in irgendeiner Fensterscheibe landete. Der Anblick des unglaublichen Bodybuilders Steve Reeves veranlasste sie, selbstgebaute Hanteln zu stemmen und Gummizüge zu Expandern zu knoten; aber irgendwie waren die Ergebnisse nicht so, dass sie ihrer neidvollen Bewunderung ein Ende bereiteten. Nachts huschten sie durch den Park, verfolgten irgendein Pärchen, um es im Schutz ihrer Unschuld und manchmal auch milde vom Mond beschienen beim Küssen oder mehr zu belauschen …

In dieser Zeit lernte so gut wie niemand Englisch, Deutsch, Französisch oder Klavier; das Akkordeon war der Traum aller Heranwachsenden. Gekleidet in schwarze Satinhosen mit Vorstoß, barfuß oder in Gummilatschen, ohne Spielzeug, doch voller Träume, hatten die Kinder Phantasie und Pionierhalstücher, und als Pioniere träumten sie von großen Taten. Mithilfe des Aufrufs »Sei bereit!«, auf den sie mit »Immer bereit!« zu antworten hatten, konnten sie jeglicher Unbill, den Mängeln aller Art und der fortdauernden Armut trotzen … bis zum endgültigen Sieg des Kommunismus.

So also lebte das Viertel mit seinen neugierigen, zerzausten und unausgeschlafenen Kindern … Die Zeit selbst glich ja einem Kind: Sie war gesund und zäh, und ihre Augen waren voller Unschuld und voller Grausamkeit.

DRITTES BUCH

Erstes Kapitel

1

Nach dem Verkauf der letzten Wohnung seines Mietshauses auf der Ljuben-Karawelov-Straße befiel Georgi Pantov ein so heftiges Gefühl der Unsicherheit wie bei einer unerwiderten Liebe. Das Geld, das er einnahm, tat er in den feuerfesten Safe des alten Toromanov, einen Kasten mit zwei Schlössern und Zahlencode. Doch seltsam: Derart diebes-, bomben-, erdbeben- und feuersicher weggeschlossen, kam es ihm aller Würde beraubt vor und eben dadurch zum Verzweifeln schutzlos. Wie frei, wie geistbegabt war es doch in Staub und Spinnweben des Koffers auf dem Dachboden gewesen, wie hatte der Anblick des schäbigen alten Reiseutensils die Phantasie beflügelt! Jetzt war es nur noch ein Haufen Papier mit aufgedruckten Ziffern, den man zählen und – was noch viel schlimmer war – ausgeben konnte, bis er aufgebraucht war und den Grund seiner Angst freilegte, den Grund seiner wachsenden Bedeutungslosigkeit. Der Safe war in die Wohnzimmerwand eingelassen und befand sich hinter dem Barockspiegel, und wenn er ihn öffnete, glich die gähnende Finsternis drinnen seinen eigenen betrogenen und zerschlagenen Hoffnungen.

Den ganzen Tag saß er reglos mit dem Seidenstrumpf auf dem Kopf am Fenster und beobachtete, was auf der Straße passierte, um jede Bewegung sogleich einer Messung durch sein Chronometer zu unterziehen. Als ihn die Nachricht von Viktoria Sestrimskas Hochzeit erreichte, die die Geringschätzung und Grausamkeit besessen hatte, Simeonov, den aufsteigenden Stern der bulgarischen Belletristik, zu heiraten, wurde er schlagartig nüchtern. Eines Nachts, der Schlummer traute sich aus den Ecken des Schlafzimmers noch nicht so recht zu ihm, hatte er das verstörende Gefühl, alt zu sein, alt, vergessen und in aristokratischer Würde verarmt. Die Vergangenheit hatte in seinem Leben vielleicht zu lange gedauert. Zu lange hatte er sich an ihr orientiert und dadurch die Gegenwart versäumt, sodass er nun keine Zukunft hatte.

Er bekam zwei Stellen angeboten. Beide lehnte er angewidert ab. Er hätte Leiter der Abfallverwertung in einer Baracke hinter den Lagern am Perlovo-Kanal werden können, die gegen Pfennigbeträge Papier, Alteisen, löchrige Kupfergefäße und Zinnrohre ankaufte. Dort hatte er die angelieferten Wertstoffe auf der Waage mit dem verschiebbaren Gewicht auf der einen Seite abzuwiegen, kurz, sich mit Bettlern und Landstreichern abzugeben, mit betrunkenen Fuhrleuten und diebischen Zigeunern. Das andere Stellenangebot war, Wärter im naturkundlichen Museum an der Russischen Kirche zu werden und den Rest seines Lebens vor dem Skelett eines Dinosauriers zu verbringen, dessen Rekonstruktion so unvollständig war wie Goschos Leben auch. Seine künstlerische Natur bäumte sich auf. Die erzwungene Nähe zum Bodensatz der Gesellschaft war für ihn schlimmer als Hunger und Elend. Stolz und voller Verachtung lehnte er ab, trank ein halbes Fläschchen Baldrian und ging in ein Konzert.

Endlich erschien auch das Bändchen mit Sonjas Übersetzung der Erzählungen Maupassants in den Buchhandlungen, und sie erhielt ein Honorar dafür. Um das Ereignis zu feiern, verbrachten Georgi und sie einen Abend voll schmerzlicher Nostalgie in jenem Konditorei-Café, das einmal ihrem Vater gehört hatte. Das »Bulgaria« hatte nur seinen patriotischen Namen und seine Leuchter behalten. Die Bedienung war jetzt träge und plebejisch-ruppig, der Likör schmeckte nach Arznei, die berühmte Garash-Torte wurde mit viel Zucker und wenig Kakao hergestellt, der Kräutertee war geschmacklos, wenn nicht schimmlig. Jetzt verkehrten hier *die neuen Intellektuellen*, um sich wie die Kosaken zu besaufen. Vom Dorf oder aus Kleinstädten zum Studium in die Hauptstadt gekommen, waren sie jung und laut, geschmacklos gekleidet und strahlten eine respektlose Revoluzzerdreistigkeit aus, die durch keinerlei Talent gedeckt war. Der Lärmpegel, der Geruch nach abgestandener Luft, nach Kneipe stieß Georgi ab. Als sie schließlich ins Restaurant gingen, gab er sich alle erdenkliche Mühe, Sonjas Honorar sogleich zu verprassen. Es war so schwer und auf so redliche Weise verdient, dieses Geld, dass er es wie einen persönlichen Vorwurf empfand.

Das Letzte, was ihm – abgesehen von seiner beständigen Verunsicherung – geblieben war, war das bittersüße Nostalgiebild seines Elternhauses in Widin. In seiner Erinnerung war es ein zweistöckiges, riesiges und provinzielle Gastlichkeit ausstrahlendes Anwesen, romantisch von Weinreben umrankt, auf denen zahllose Spatzen saßen. Seine Phantasie zeichnete ein von schweren Möbeln gedämpftes Leben im Halbdunkel, in dem es gut möglich war, dass einer auf alte Goldschätze stieß.

Auf geht's, dachte Georgi, Zeit, etwas zu unternehmen!

Mitte März schnappte er sich seine Reisetasche, tat eine Flasche alten Cognac hinein, die er sich für Notzeiten auf die Seite gelegt hatte, einen Satz warmer Unterwäsche, das gefälschte Diplom der Wiener Universität, die Messingschlüssel von Toromanovs Safe und fuhr nach Widin. Die Stadt lag verdreckt und arm im Nebel. Der Hafen, von dem er in Jugendjahren nach Wien abgedampft war, schien keineswegs auf seine niemandem förderliche Ankunft als reifer Mann gewartet zu haben. Alles, was er sah, war viel heruntergekommener und unansehnlicher, als er es in Erinnerung hatte. Die Lädchen auf der Hauptstraße wurden von ihren neuen Firmenschildern mit den donnernden Namen geradezu erschlagen: »Septemberruhm« ging das los, »Ewige Freundschaft« hieß das, »Hammer und Sichel« dröhnte es, dann die Abkürzungen: NarMag und Koop … Wo er auch hinsah, rieselte der Verputz von den Wänden. Die Frauen kamen ihm besorgt und gealtert vor, die Donau grau und langweilig. Und die Landschaft wirkte im Regen, als sei sie bloß auf ein Sieb gemalt.

Als Gina in ihrem weichen Ohrensessel erwachte und ihn erblickte, huschte weder ein Lächeln noch ein sonstiges Zeichen der Freude über ihr Gesicht. Sie verjagte ihn aber auch nicht, sondern erkannte ihn einfach unter Gähnen, als hätten sie sich gestern erst getrennt. Sie machte dort weiter, wo sie aufgehört hatten: »Hallo, Ungeheuer, welchem Umstand verdanke ich die Ehre und so weiter und so weiter?«

»Ich bin einfach hundemüde von der Arbeit, *Maman*. Vor lauter Überanstrengung habe ich Migräne und Herzklopfen bekommen; da bin ich gekommen, um mich bei dir ein bisschen zu erholen«, erwiderte

Georgi zärtlich und küsste sie auf die Stirn. Ihre Haut war so trocken, dass sie bei der Berührung leise knisterte.

»Ich glaube dir kein Wort, mein Herzchen«, antwortete Gina skeptisch, »du warst immer kerngesund, dafür aber stinkfaul.«

Sie liebten einander wirklich! Wechselseitig verurteilt zu etwas, das, wenn auch vergangen, unvollendet geblieben war! Grenzenlos liebten sie sich. Vernichtend geradezu!

»Du bist sicher gekommen, um deinen Bruder kennenzulernen«, warf Gina gallig hin.

»Nun hör schon auf mit diesen Dummheiten, *Maman*, deine Scherze machen mich nur traurig. Sie verstimmen mich. Übrigens, du siehst blendend aus.«

»Das sind keine Dummheiten! Dank deines Bruders habe ich sogar schon ein Enkelchen.«

Georgi lief ein kalter Schauer über den Rücken. An ihrem rachsüchtigen Lächeln erkannte er, dass sie nicht log. Eine unbeholfene Lüge hätte seine Mutter nie *so* glücklich gemacht. Sie rieb sich vergnügt die Hände, und Georgi vermeinte, zwischen ihren Handflächen das Rascheln von Zeitungspapier zu hören. Das war aber noch nicht alles. Sie hatte auch noch sein Kinderzimmer, jenes Heiligtum, in dem er seine unheilige Phantasie trainiert hatte, an jemanden vermietet.

2

In seinen erwachsen gewordenen, leidgeprüften Augen blieb von dem repräsentativen Privatsitz des Bankiers Panto Weltschev, seines Vaters, nicht mehr viel übrig: Alles sah enttäuschend schlicht und heruntergekommen aus. Dienstmädchen Zwetana war verschwunden, die Möbel mit den Löwenfüßen wackelig geworden, der ganze Salon in Staub versunken, sodass der neue kirschrote Plüschbezug ihm die ungesunde Erregtheit eines Bordells verlieh. Das Holz des Treppenaufgangs war trocken geworden und knarrte schrecklich; aus seinem Kinderzimmer, jetzt Unterkunft des Zeichenlehrers Koitschev, mischte sich der provinzielle Muff mit dem Geruch nach Terpentin und trocknender Farbe. Die

Stille im Haus war nicht mehr erwartungsvoll gespannt, sondern dumpf und leer. Mit seiner allgegenwärtigen Verschlissenheit hatte das Haus etwas von einem Museum, das wegen schlechter Besucherzahlen vor langer Zeit geschlossen worden war.

Unberührt von der Zeit sah nur das Arbeitszimmer seines Vaters aus, in dem er sich für die Zeit seines Aufenthaltes niederließ. Auf dem mit grünem Filz bezogenen Schreibtisch standen eine Löschpapierwiege, ein ausgetrocknetes Tintenfass, auf dessen Stopfen ein Adler prangte, die Bronzefiguren einer Nymphe und eines Zentaurs, eine Petroleumlampe mit bröcklig gewordenem Docht, ein Engelchen mit stehengebliebener Uhr, ein verblichener Globus, ein Glöckchen und ein paar Alben. Die Möbel sahen wie präpariert aus. Aus dem Kleiderschrank, in dem eine Reihe verblichener Anzüge hing, roch es nach abgestandenem Mottenpulver. Auf seinen Boden hatte jemand das Familiensilber regelrecht ausgekippt; dazu einige kostbare Gallet-Vasen und teure Porzellanfigürchen aus Meißen. Mittendrin in diesem Durcheinander: die Geschäftsbücher der in Konkurs gegangenen Bank seines Vaters. Nirgendwo auch nur eine Spur Gold …

Die Matratze war hart und klamm, das Kopfkissen roch süßlich nach Baldachinstoff und Zersetzung, nach mumifizierten Albträumen. Während er sich so in der Langeweile des Nachmittags ausruhte, fragte Georgi sich, ob und wozu ihm sein neuer Bruder nützlich sein könnte. Am nächsten Morgen erwachte er gerädert und grundlos trübsinnig. Der Nebel hatte sich verzogen, der Himmel war klar, doch die Luft war noch immer winterlich und hatte etwas von der Farbe des Drecks und Schlamms der Straße angenommen. Das Minarett der Moschee stach heraus. In der Ferne wachten imposant die Zinnen der Festung Baba Wida. Auf der Donau trieben gespenstisch Fischerboote. Die ganze Landschaft glich dem alten Stich einer orientalischen Stadt.

Träge rasierte er sich. Der früheste Zug von Widin nach Sofia ging erst um fünfzehn Uhr. Das bedrückte ihn. Ein aufwühlender Gedanke, den er beim Schlafen vergessen hatte, setzte ihm zu. Er öffnete noch einmal den Kleiderschrank, holte die Silbergefäße heraus und stellte sie der Reihe nach auf den Boden. Vor lauter Nichtbeachtung sahen sie müde aus unter ihrer Patina und fast zerbrechlich. Dabei wogen sie alles in allem wenigstens zehn Kilogramm. Er erinnerte sich, wie selten dieses Familiensilber aufgetischt worden war, eigentlich nur, wenn der damalige Bezirksvorsteher, Herr Petkov, ihnen die Ehre seines Besuches erwiesen hatte, oder wenn Großvater Jotzo zu Gast gekommen war, der immer nach Wind und nach Stall gerochen hatte. Ach ja, und beim reichen Kaufmann Babaschov, den sie Babasz, den Ungarn nannten, da hatten sie es auch benutzt. Goscho sah sein Abbild im Spiegel. Nein, wie ein Dieb sah er nicht aus. Er wirkte eher verjüngt, irgendwie beflügelt von seinem Vorhaben, ganz so, als habe er mit dem matten Schimmer des Silbers sein Gesicht gewaschen.

Der Mann hinter dem türkischen Kaffeetässchen, den seine Mutter »deinen lieben Bruder« genannt hatte, ähnelte entfernt seinem Vetter Boshidar. Er besaß kantige, herrschsüchtige Züge wie dieser, war dabei von einer bezwingenden Schönheit und hatte die typischen tiefblauen Weltschev-Augen. Jetzt waren sie gläsern und kalt. Krum war kleiner als Georgi, dafür hatte er deutlich breitere, muskulösere Schultern.

»Wie ich mich freue, Sie kennenzulernen«, begann Goscho jovial.

»Ihr könnt euch doch duzen«, fiel ihm Gina ins Wort. »Seid schließlich Brüder, oder nicht?«

»Ich heiße Krum Marijkin«, meldete sich der Breitschultrige kühl.

»Ich bin ja so aufgeregt, lieber Marijkin … Endlich ist die ganze Familie beisammen.«

Seine Nase sagte Georgi, dass ausgerechnet dieses stämmige, dem Nichts oder vielleicht auch nur der schwarzen Phantasie seiner Mutter entsprungene Mannsbild ihm helfen würde bei etwas Kühnem, Entschlossenem und – das verstand sich von selbst – Unwürdigem. Das Gespräch verlief schleppend und mit Unterbrechungen. Krum Marijkin war sichtlich gelangweilt. Das Licht, das durch die Vorhänge drang, hatte die Farbe von dünnem Kirschkompott. So ähnlich war das Licht auch gewesen, als er endlich den Widerstand des Hausmädchens Zwetana gebrochen, ihre blondhaarigen Schenkel auseinandergeschoben und mit jugendlichem Ungestüm ins Mysterium des Sündenfalls eingedrungen war. Nein, wie die Jahre vergingen …

»Das ist euer gemeinsames Zuhause«, holte ihn Gina in die Gegenwart zurück. »Nun, zu teilen habt ihr ja nichts!«

Georgi wollte diesen seinen fremden Bruder nicht hassen, ihn weder verfluchen noch mit Verachtung strafen; er sah sich einfach gezwungen, ihn zu belügen. Krum war ihm sympathisch, weil er keinerlei Ansprüche auf die Immobilie anmeldete und zusah, dass er so schnell wie möglich ging. Gina war dennoch glücklich über den gelungenen Streich. Unmerklich war es Mittag geworden.

»Mein Zug geht gleich«, sagte er zu seiner Mutter, »ich mache oben schon mal mein Gepäck fertig.«

Gottlob waren die Schrankkoffer seines Vaters noch vollkommen intakt. Als er sie aufklappte, gähnte ihm ein wahrer Abgrund entgegen. Er wickelte alles Wertvolle einzeln in seine Wäsche oder seine Hemden ein und passte dabei ängstlich auf, dass das Silber, die Vasen oder die Meißener Porzellanfigürchen keine verräterischen Laute von sich gaben. Die Alben mit den kostbaren Marken aus aller Herren Länder dienten ihm zur Stabilisierung des Bodens. Seine Hände arbeiteten geduldig und mit erstaunlicher Geschicklichkeit; er hatte das Gefühl, genau so komme er seinem Bruder näher. Und allen Ernstes sagte er sich, dass er ihn im Grunde ja gar nicht bestahl, sondern sich nur einstimme, ihn kennen- und akzeptieren zu lernen.

Er war Krum regelrecht dankbar für dessen oberflächliches Begrüßungslächeln und kühle Gleichgültigkeit während ihres Treffens, und ein lang nicht erlebtes Gefühl von Verwandtenliebe bemächtigte sich seiner. Während seine Mutter ihren gesegneten Mittagsschlaf hielt, schaffte er die Koffer an ihr vorbei und stellte sie nahe der Haustür im Korridor ab.

3

Kotzev lief nervös zwischen Schreibtisch und Fenster auf und ab. Er hatte sein Jackett ausgezogen, unter seinen Achseln prangten riesige Schweißflecken. In seinem Sprechzimmer fehlte etwas, und das weckte in Assen anfangs Vorsicht, später Misstrauen und schließlich Stress.

»Wir sind zu weit gegangen bei Pejtschev«, murmelte Kotzev unzufrieden, »und jetzt bekommen wir dafür die Quittung ...«

Auf der gestrigen, geheimen Wahl des Rektors hatte er eine katastrophale Niederlage erlitten. Er war sich seines Erfolges so sicher gewesen, hatte so fest auf die Unterstützung von oben gebaut, dass er ein Bankett gegeben hatte, angeblich anlässlich seines Geburtstages, in Wahrheit aber, um die Geladenen auf den Geschmack eines Rektors Kotzev zu bringen. Niemand konnte ja ahnen, dass binnen weniger Monate die Hierarchien in der Universität eine derart revolutionäre Umwälzung erfahren würden, dass der Frühling selbst sich in eine Metapher der allgemeinen Erleichterung verwandeln sollte.

Anfangs wollten die Mitglieder des Lehrkörpers einfach nicht glauben, was sich da abspielte, und so gab der Dekan in seinem Bestreben, seine Machtposition zu untermauern, jenes denkwürdige Bankett. Mit der Großzügigkeit seiner Geste wollte er die eingeschüchterten Lehrstuhlinhaber und ihre sich anbiedernden, aber stets zum Verrat bereiten Untergebenen dahingehend beruhigen, dass das, was in den Zeitungen geschrieben wurde, bloß Formalitäten seien, und der Phönix der Begeisterung, der sich aus der Asche der Angst erhob, eben nur ein eingebildeter, mythischer Vogel sei, während in Wirklichkeit die von der Diktatur des Proletariats einmal geschaffene Ordnung fest und unveränderlich sei.

Kotzev war fünfzig Jahre alt geworden und lud die halbe juristische Fakultät ein. Er investierte das komplette Honorar, das er für die zweite Auflage seines Buches »Über die Verfassung« bekommen hatte, um den Veränderungen im Staate demonstrativ die kalte Schulter zu zeigen. Schon als er sein Buch über die Macht schrieb, hatte Assen begriffen, dass diese sich vielleicht bei ihren zynischen Machenschaften im Verborgenen halten musste, aber auch sichtbarer Zeichen bedurfte. Man stelle sich nur vor, dass in der Sauna ein Feldwebel geringschätzig an einem General vorbeigehen konnte, weil beide ohne Uniform gleich aussahen. Kotzev hatte dementsprechend genau das Gegenteil versucht. Er hatte sich gewissermaßen die Paradeuniform angelegt, um alle Aufmerksamkeit auf sich zu ziehen. Er hatte sogar Leute von der zuständigen Abteilung beim Zentralkomitee und aus dem Ministerium eingeladen. Die, noch wie betäubt von den Ereignissen auf dem XX. Parteitag der KPdSU, waren unsicher, woher, wie stark und wie lange dieser Wind der Veränderung wehte. Sie erschienen also, lächelten geheimnisvoll, als wüssten sie, was in den hohen Etagen der Macht ablief, verabschiedeten sich aber früh wieder, ohne das Wort zu ergreifen und einen Toast auf den Jubilar auszubringen. Während des Banketts wurde der halbe Misserfolg noch als halber Erfolg aufgefasst.

Assen war an diesem üppigen, aber sinnleeren Abend ausnahmsweise einmal blendend aufgelegt. Er demonstrierte seiner Frau regelrechte schauspielerische Paradestückchen. Doch alles, Stimmung, Lächeln, Worte, schien unsichtbar auf Messers Schneide zu wandeln. Den Kollegen eilte es nicht mit dem Applaudieren, sie wagten aber auch nicht, ganz unbeteiligt zu bleiben, so als hätte die Gesellschaft gleich dem Frühjahr Knospen gebildet, deren Blüte, wie schön und vergänglich auch immer, noch keiner kannte. Als die radikalen Maßnahmen verlautbart wurden, hatten alle bei sich vor Erleichterung geseufzt. Aus Erfahrung wussten sie aber nur zu gut, dass jeder Wandel in den gesellschaftlichen Stimmungen scheinbar war und nur als Vorwand für eine erbarmungslose Schlacht um die Posten in den Führungsetagen der Partei diente. Das brachte neue Unsicherheit, stand doch jeder wieder vor der Entscheidung: dafür oder dagegen? Kotzev wollte sie mit aller Macht davon überzeugen, dass er und sein Stottern fest im Sattel saßen; doch seine Gäste saßen voller Angst, hatten sie doch gesehen, wie die »hohen Herren« aus Ministerium und Zentralkomitee unsicher Zurückhaltung übten und früh gingen, noch bevor die große Limonentorte aufgetragen wurde. Und so sehr Kotzev die Zuglöcher im verfallenen Saal des Restaurants »Bulgaria« auch mit neckischen Anspielungen und Scherzen zuzukleistern versuchte – die Mischung aus Ungewissheit und eigenem Schwanken hatte die Leute so ermüdet, dass sie nur noch Kraft hatten, das Richtige zu empfinden: Oben in den Zentralen der Macht gab es ein Vakuum!

Kotzev hatte einige seiner Freunde, aber alle seine Feinde eingeladen, deren Anwesenheit ihm natürlich weit wichtiger war. Ewgeni Pejtschev wurde mit besonders ermutigender und wortreicher Aufmerksamkeit bedacht, war er doch plötzlich einer von denen, die unter dem vom April-Plenum angeprangerten *Personenkult* gelitten hatten! Auf einmal war er ein Opfer mit Zukunft geworden, eine große Nummer. Dementsprechend versuchten die Leute mit geradezu tapsiger Ungeschicklichkeit, Assen aus dem Weg zu gehen. Wenn sie ein paar Worte mit Kotzev sprachen, dann sahen sie zu, es flüsternd zu tun, und nach Möglichkeit unter vier Augen. Ein Korken knallte. Der Krimsekt …

Neben Assen und Emilia hatte sich Professor Jowtschev gesetzt. In seinem abgetragenen Anzug und seinem zerknitterten Hemd sah er unscheinbar aus wie immer; er gab sich am Tisch auch nicht die geringste Mühe, amüsant zu sein, sondern schwieg. Nach der denkwürdigen Rede Assens in der Aula sprach er auch mit diesem nur noch wenig. Beide quälte das, aber keiner wollte klein beigeben, und so gingen sie sich aus dem Weg. Der Geräuschpegel um sie herum stieg proportional zu den geleerten Gläsern. Schließlich hielt Jowtschev es nicht mehr aus, beugte sich zu Assen und fragte:

»Verzeihen Sie, *Genosse* Weltschev, glauben Sie an das, was um uns herum geschieht, wovon die Zeitungen schreiben und das Radio berichtet? Denken Sie, dass das überhaupt möglich ist?«

Assen zuckte kurz zurück, versuchte seine diffusen Vorahnungen zu sammeln, im Grunde aber seine ganze Courage, und erwiderte:

»Ich glaube das nicht nur, Professor Jowtschev, es ist ja schon Realität!«

Dieser April 1956 breitete sich in den Seelen der Menschen aus wie ein Naturwunder, auch wenn er im Lauf der Jahre, nachdem jeder benutzt worden war, welken und sich verflüchtigen würde. Nein, Kotzev konnte mit der barocken Fülle seiner Geburtstagsfeier niemanden mehr verlocken, auf ihn zu setzen. Die Wahl zum Rektor im Halbrund des Hörsaals war geheim, und seine Niederlage war vernichtend. Jetzt wütete er, enttäuscht und verletzt, durch sein Sprechzimmer, hin und her geworfen zwischen Erschrecken und Wut, und dabei wurden die Schweißflecken unter seinen Achseln immer größer.

»Wenn das so weitergeht, platzt mir noch das Magengeschwür, oder mich trifft der Schlag.« Er schwieg einen Moment, wischte sich den Schweiß von der Stirn, dann sprach er weiter, ohne zu stottern und mit einer Vehemenz, als spiele er einen Militärmarsch. »Demokratie … dass ich nicht lache. Diese Demokratie ist doch nur die eleganteste Form der Sklaverei. Ein freier Mensch, ein wirklich freier Mensch kann keiner

Idee dienen. Er ist von seiner Freiheit so gebannt und verzaubert, ist ihr so untertan …«

Assen hörte ihm gar nicht zu. Kotzevs Raserei wirkte beruhigend auf ihn. Und wieder hatte er dieses Gefühl, dass im Sprechzimmer des Dekans eine Lücke gähnte, etwas so auffallend fehlte, dass der Raum kategorisch anders wirkte. Die Möbel standen unverändert an ihrem Platz, der Teppich auf dem Boden war derselbe wie immer, selbst die Ordner lagen – wie sonst auch – wild durcheinander auf seinem Schreibtisch. Plötzlich bemerkte Assen, was es war. An der Wand, dort, wo bisher die Porträts von Stalin und Welko Tscherwenkov gehangen hatten, gähnten helle Rechtecke.

4

Der Sandweg führte sie zu dem kleinen See. Lauter Großmütter waren da, die strickten oder auf ihre Enkelchen aufpassten. Die Kleinen rührten im Wasser, ließen Papierschiffchen schwimmen oder versuchten die huschenden Schatten der Goldfische zu fangen. Der Nachmittag war heiß, der Himmel blähte sich sommerlich und trieb am Horizont dahin. Bai Michal sah sich nervös um. An diesem Platz erinnerte nichts mehr an Vera, Nada und die Zwillinge. Die Jahre hatten ihn bearbeitet, bis er einer anderen Welt angehörte. Sie gingen um den Sandkasten und die Klettergerüste des Spielplatzes herum und setzten sich auf eine Bank nahe dem Observatorium. Bai Michal holte eine Schachtel Arda Gold heraus, klopfte die Zigarette auf seinem gelb verfärbten Fingernagel fest und zündete sie an.

»Ich lauf rum wie betrunken«, sagte er, »und fühle mich schrecklich schuldig.«

»Geht mir genauso. Fühle mich auch schuldig«, erwiderte Assen tröstend.

»Und dann diese Kopfschmerzen … Ich kann nicht schlafen.«

»Ich auch nicht.«

»Was haben wir bloß falsch gemacht?«

»Wenn ich das wüsste.«

Bai Michal schwieg lang und gramvoll. Assen versuchte sich vorzustellen, was in seiner Seele los war, wie in ihr Autoritäten und Auffassungen vom Sockel stürzten. Im Unterschied zu Dekan Kotzev war er moralisch integer und unbefleckt geblieben. Er hatte unerbittlich Gewalt angewandt, hatte in Gewalt gebadet, und das nur, um die Gewalt abzuschaffen, kurz, er hatte versucht, den Teufel mit dem Beelzebub auszutreiben. Assen hingegen piesackten seit langem die Worte Professor Jowtschevs, dass die Gewalt das unsicherste und unvollkommenste Machtinstrument sei; einmal angewandt, erzeuge sie Gegenreaktionen und humanitäre Proteste, da Gewalt nichts als neue Gewalt gebar. Den Leuten im Volk würde es so immer schwieriger gemacht, an die Segnungen der Zukunft zu glauben, an die Chimären von Gleichheit und absoluter Gerechtigkeit, denn sie lebten *jetzt*, in den Wunden der Gegenwart. Im Flüsterton und hinter vorgehaltener Hand waren Assen einige erschütternde Dinge über gewisse *Lager in Sibirien* zu Ohren gekommen. Auch in Bulgarien sollte es so etwas geben, in Lowetsch und auf der Donauinsel Belene. Wenn diese Gerüchte der Wahrheit entsprachen … Ob Bai Michal davon wusste? Von diesem schrecklichen alten Haudegen mit dem Knittergesicht tropfte doch selbst Blut? Er wollte die vom Tabak gelbbraun verfärbte Hand des Alten streicheln, doch er wusste, dass Bai Michal kein Mitgefühl brauchte, sondern Zeit zum Nachdenken. An seinem Lebensdrama war nichts mehr zu ändern, das in jenem leidvollsten und unverarbeiteten Teil des Sieges bestand, zu dem jeder nur allein und abgeschieden gelangt.

»Ich wollte nur, dass du weißt …«, er warf die Zigarette fort und zertrampelte sie wütend mit dem Fuß, »egal, wie wir vorgegangen wären, wir hätten so oder so Fehler gemacht! Die Zeit war einfach so, und wir hatten keinen anderen Ausweg.«

5

Ein Jahr nach dem April-Plenum, das dem Personenkult ein Ende gesetzt und die Entstalinisierung beschlossen hatte, hatten die Veränderungen die Straßen von Sofia noch kaum berührt. Auf dem Platz der geräumten Trümmerfelder in der Stadtmitte wurde mächtig gebaut. Das neue Zentrum stand vor der Fertigstellung – atemberaubend pompös und hoffnungslos hässlich. Die Stadtlandschaft aber blieb so provinziell und geduckt wie zuvor … nur die Menschen stiegen auf die Zehenspitzen und wurden ein klein wenig größer.

6

Alexander Weltschevs Hochzeit mit Ljuba Kotzeva überraschte niemanden außer den Bräutigam selbst. Geschenke gab es zuhauf, und sie frappierten den Betrachter mit ihrer Nützlichkeit: neue Aluminiumtöpfe, ein Radioschallplattenspieler der Marke »Daugava«, zwei Meter Wollstoff für ein Damenkleid, eine Herdplatte mit offenem Heizdraht, ein Abonnement für die russische Zeitschrift »Ogonjok«, ein Fässchen hausgemachten Weins, ein sowjetischer Wecker der Marke »Slava«, ein Satz Schraubenzieher aus Deutschland und zwei Bücher, »Wie das Härten von Stahl« und »Zement«. Alles andere überstrahlend aber ein glänzendes Porzellanservice, auf dessen Teilen fünfzackige rote Sterne mit goldener Kante prangten. Der Karton war mit einer rosafarbenen Schleife verschnürt, und beim Öffnen fiel die Visitenkarte Georgi Pantovs heraus.

Die Jungvermählten bezogen nicht gleich eine eigene Wohnung, sondern bekamen von Ljubas Eltern das kleine Zimmer zugewiesen, dessen Fenster auf den Park an der Kirche Siebenheiligen ging. Die über den Boden verstreuten Hochzeitsgeschenke ließen es noch enger wirken. Ein Friedhofsduft nach welken Blumen lag in der Luft, bei dem man an die zu Grabe getragene männliche Freiheit dachte. Niemand wollte zum Abendessen bleiben. Ljuba hatte noch ein Referat vorzubereiten. Kotzev gähnte geräuschvoll und bot Alexander an: »Ich bin so aufgekratzt, ich werde sowieso nicht einschlafen können … Komm doch ins Wohnzimmer, da schauen wir die Nachrichten zusammen.«

Die beiden machten es sich auf dem Ecksofa bequem, Kotzev öffnete eine Flasche Wein. Sie stießen an, die Gläser klangen vertraulich. Nun war also der mächtigste Mensch, den er je kennengelernt hatte, sein Schwiegervater. Dies seltsam angenehme Gefühl war, als löse sich auf einmal eine große Anspannung. Kotzev gab sich häuslich. Nur notdürftig bekleidet, schob er die Pantoffeln von sich und wackelte mit den Zehen.

»Nenn mich einfach ›Vater‹«, stotterte er. Und dann, seufzend: »Ich wollte schon lange mit dir reden. Nicht wahr, du siehst selbst, was um uns herum los ist. Dieser Chruschtschow ist doch total durchgedreht und macht die Leute verrückt … Jetzt, wo du Ljuba geheiratet hast, kann ich wenigstens mit *einem* Menschen offen reden.«

Ein unwillkürliches Lachen der Erleichterung entfuhr ihm. Sein Gesichtsausdruck verriet, was für eine Wohltat das für sein gestresstes Herz war. Sein Lächeln einladend und warm. Vor so viel verwandtschaftlicher Herzensergießung wich alle Kraft aus Alexanders Armen.

»Soll ich dir noch ein Schlückchen Wein eingießen? Sooo … Der Personenkult oder Führerkult – hör mir auf damit, daran können doch nicht alle schuld sein! Man muss *einen* Verantwortlichen suchen. Hörst du? Nur einen! Guck mich nicht so an. Ja, ich hab sie noch alle.« Kotzev schwieg, schaute Alexander an, als erwarte er von ihm die fix und fertige Antwort und sagte dann: »Wir müssen Assen Weltschev einen Denkzettel verpassen. Er ist beliebt, klug und … hat sich die Hände in der Sache mit Pejtschev schmutzig gemacht. Assen ist eine markante Figur mit gesundem Rückgrat, das heißt, er taugt zur Identifikation oder, wenn du so willst, für diesen einen, von dem ich sprach!«

»Aber das ist unmoralisch. Sie wissen sicherlich, dass er und ich …«

»Nenn mich einfach Vater«, unterbrach Kotzev ihn freundlich. »Die Moral ist eine Erfindung der Kirche. Moralisch sind die Schwachen, die Unangepassten und Zweifelnden! Ich war auf dem Priesterseminar, mein Sohn, ich weiß, wovon ich rede! Oder … verurteilst du den Personenkult gar nicht?«

»Aber ich bitte Sie! Wie können Sie nur denken …?« Alexander nippte an seinem Wein, weil er spürte, wie ihm die Zähne klapperten.

»Nenn mich ruhig Vater! … Und wer war der Begründer des Personenkultes an unserer Fakultät? Das warst doch wohl nicht du? Oder ich? Oder der olle Jowtschev?«

»Sie haben recht, völlig recht, aber Assen Weltschev und ich, wir sind …«

»Unterbrich mich nicht, mein Sohn. Sprich mal freundschaftlich mit Pejtschev. Grüß ihn nett von mir und deute ihm an, dass ich bereit wäre, seine Dissertation zu befürworten. Er wird mit Sicherheit einverstanden sein, deinem Vetter eine zu verpassen.«

In Widin hatte Alexander im Spätherbst einmal eine gefangene Blindschleiche gesehen. Das sich windende Tier weckte Abscheu, obwohl es vollkommen unschädlich und schutzlos war. Es weckte Angst, weil es ein kaltes, glitschiges Kriechtier war, und nicht wegen böser Absichten. Die Kinder hatten die Blindschleiche mit einer Astgabel hinter dem Kopf gefangen. Ihr gespaltenes Zünglein schoß aus dem Mundschlitz wie eine schnelle Blutfontäne. Die Jungen hatten ihren Spaß daran, wie sie sich vergeblich zu befreien versuchte. So nahmen sie stellvertretend Rache an allen Schlangen.

Alexanders Hand fuhr bei dieser Erinnerung instinktiv in seinen Nacken. Die Wirbel taten ihm etwas weh.

»Bei Pejtschev musst du beharrlich bleiben«, sagte der Dekan mit mörderischer Fürsorge in der Stimme, »denn wenn der sich weigert, gegen Assen aufzutreten, dann bleibt nur noch einer übrig, der das machen könnte – du, mein lieber Sohn!«

7

Die beiden zusammengerückten Betten bildeten eine warme Insel im eiskalten Zimmer. Ljuba hatte sich ins Kissen gekuschelt, die aufgebauschten Laken zwischen ihnen glichen Schaum, das Ziegelrot der Rhodopen-Webdecke leuchtete in der Nacht. Alexander erzählte seiner Frau das Gespräch mit ihrem Vater, nicht ohne dabei seine Ohren aufzustellen und in die Stille dieser erschreckend riesigen Wohnung hineinzuhorchen, ob sich etwas regte. Ljuba nickte immer wieder mit dem Kopf und unterbrach ihn übereifrig. Ihr Gesicht versank im Halbdunkel, als sei es das Ende eines Tunnels.

»Das ist ja schrecklich!«, meinte sie.

Alexander wollte ihre Nähe sehen, ihre Anteilnahme schmecken, die Bewunderung in ihren goldenen Augen lesen. Er beugte sich vor, schaltete die Nachttischlampe ein, und alle Gegenstände im Zimmer liefen weg. Ljubas Hand glitt über seinen Nacken, sanft und unerfahren. Das waren die Finger eines Mädchens, das vielleicht eben noch mit Puppen gespielt hatte.

»Wie kann er nur so etwas von dir verlangen?« Ihr Blick war voller Licht und Vertrauen. Dieser Blick wollte, dass er sich opferte, dass er unbefleckt und inspiriert die Rolle des Gerechten weiterspielte. Und tatsächlich: Alexander fühlte sich irgendwie einsam und erhaben, verraten gleichermaßen von seinem mächtigen Schwiegervater und vorgesetzten Professor, und von Ljuba.

»Dank Assen bin ich ja überhaupt nur an die Universität gekommen«, sagte er.

»Ohne den Genossen Weltschev hätten wir uns nie kennengelernt«, pflichtete Ljuba ihm, erschüttert von dieser Vorstellung, bei und kuschelte sich an ihn.

Die Unwiderlegbarkeit dieses Argumentes erfüllte ihn mit Widerwillen und Selbstverachtung. Bei dem Gedanken, wie unerträglich verpflichtet er seinem älteren Vetter war, verzogen sich seine Lippen zu einem bitteren Lächeln.

»Papa ist herzensgut«, sagte Ljuba, »das wirst du schon noch merken … Als er im Lager war, wollte ich nicht groß werden. Ich hatte Angst, wenn ich groß werde, stirbt er.« Sie seufzte. Ihr eifriges Nicken glich einem Stottern, und das erweckte den Eindruck, als wollte sie alles, was sie dachte, auf einmal sagen. »Ich kann mich noch genau erinnern an den Tag. Damals lebten wir in einem Souterrain auf der Partschewitsch-Straße im Zentrum. Mama war in der Fabrik, arbeiten, ich hab für die Schule gelernt, auf dem Herd köchelte der Bohneneintopf. Das Fenster reichte nur ein ganz bisschen über die Erde. Auf einmal sah ich im Fensterausschnitt zwei Beine, die Beine eines Mannes, der angehalten hatte, als müsse er etwas überlegen. Ich wagte mich nicht zu rühren, selbst als die Wohnungstür ging. Vater war abgemagert, unrasiert und schmutzig. Ich flog in seine Arme. Seine Wangen kratzten, und ich wurde ganz klein, verschwand fast. ›Du bist ja schon ne ganz Große‹, sagte er, und augenblicks wurde ich groß. Siehst du, wie gut er ist?«

»Niemals werde ich das tun!«, unterbrach er sie. Alexander fand sich in ihren verwunderten Augen auf geradezu unerträgliche Weise gewachsen.

»Genau darum hab ich's dir erzählt«, erwiderte Ljuba. »Natürlich wirst du nicht tun, was er von dir verlangt.«

Alexander umarmte sie gequält, wickelte sie in die Decke und dachte, wie schwer es für ihn sein würde, sie zu lieben. In ihrer sanften und hingebungsvollen Anwesenheit fühlte er sich immer gerecht, sicher und – schuldig! Er löschte die Nachttischlampe. Das Zimmer kehrte im Nu in die Kälte zurück, und nur durch das Fenster drang der neblige Widerschein trüben Laternenlichts. Nach kurzer Zeit hörte er ihr gleichmäßiges Kinderatmen. Sie löste sich von seiner Brust, drehte sich um, ihr Haar fächerte über die Kissen. Diese Ljuba glaubte ihm bedingungslos. Hatte ihn ihrem Vater vorgezogen. Doch im Dunkeln, ohne die blinde Bewunderung in ihren Augen, fraß sich die Dunkelheit erneut in ihn vor. Er fühlte sich bedroht, unsicher und irgendwie betrogen. Die Angst kam wieder, mächtig und vor nichts haltmachend wie eine Leidenschaft, die einen hinabzog. Mit einer solchen Leidenschaft hatte er für sein Herbarium gesammelt. Schönheit und Verschiedenheit zu sammeln, sie zwischen Buchseiten zu trocknen und in ein Heft einzusortieren, das ist nichts anderes als der Versuch, die eigene Angst zu verbergen, indem man etwas anderem die Freiheit nimmt. Diese Pflanzen und Blumen waren nicht nur wehrlos und wunderschön, sie waren auch furchtlos in ihrem Tod.

8

Dürstend nach einer Zigarette, bog Alexander in den Gang ein. Seine Sinne waren abgestumpft vom langen Reden vor den Studenten. Er sah Assen im letzten Moment, sodass er nicht mehr den rettenden Griff der Toilettentür schnappen und hineinhuschen konnte. Er setzte ein breites, schuldbewusstes Lächeln auf, nahm die hingestreckte Hand seines Wohltäters, wagte aber nicht, ihm in die Augen zu schauen.

»He, du Flitterwöchner im Liebesrausch«, zog sein älterer Vetter ihn auf, »Jonka wird langsam böse, euch nicht zu sehen … Kommt dieser Tage doch zum Abendessen.«

»Tschuldige«, nuschelte Alexander, »ich komm zu spät zur Übung.«

Er entwand sich und steuerte aufs Dekanat zu. Auf einmal begann er, überraschend sogar für sich selbst, zu laufen. Er hatte das Gefühl, Assen würde sich auf jeden Fall nach ihm umdrehen, ihm mit Blicken folgen, und seine idiotische Rennerei war der einzige Beweis seiner Unschuld: *Siehst du nicht, wie ich eile, damit ich nicht zu spät komme? Die Studenten warten, und ich fliege.* Dabei hatte er gar nichts Böses getan, hatte noch gar nicht mit Pejtschev gesprochen … noch nicht!

Halt an!, befahl er sich, doch sein Wille war wie paralysiert. Die würdigen Bogenfenster im Aufgang zum großen Hörsaal blendeten ihn. Sie waren riesig und ungewaschen wie die Fenster der verlassenen Widiner Synagoge. Im Zwielicht des Treppenhauses verflüchtigte sich seine kindische Angst. Die Synagoge hatte doch nichts mit Gott zu tun, sie glich einem Konzertsaal mit vielen freien Plätzen.

9

Das ganze Frühjahr regnete es. Das Dach wurde undicht, die Feuchtigkeit kroch in die Wände, sog sich ins Balkenwerk der zweiten Etage, von da in die Stuckornamente des Wohnzimmers und bildete die Form des okkulten Fische-Zeichens. Wie symbolträchtig, dass es weder trocknete noch seine Form änderte. Es überstand die erste Junihitze und füllte sich bei den ersten Platzregen im Juli gleich wieder mit Leben. Der Verfall sammelte Kraft – und Wasser. Gina unternahm nichts, denn sie spürte, dass sie sterben würde. Sie konnte einfach nicht länger auf dieser Welt bleiben, auf der es immer kalt war, sogar in der Gluthitze des Augusts, in diesem Stück Raum zwischen den neuen Gardinen und dem stets alten, vorüberjagenden Tag. Ihre Energie, Böses zu tun, versiegte, und auch sie selbst trocknete vollends aus. Sie hatte den Eindruck, dass dieser ganze Hochsommer nach letzter Ruhe roch, nach gesättigter Erde.

Mitte August beschlossen Krum und Lehrer Koitschev endlich, das kaputte Dach zu richten. Krum kaufte gebrauchte Dachziegel, fuhr mit einer Schubkarre Kalk und Sand herbei, dann entblößten die beiden Männer ihre Oberkörper, um sich an diesem babygleichen Morgen an die Arbeit zu machen; aber es war schon zu spät! Die Schippen kratzten im Hof, der Eimer quietschte an der Winde. Drei Tage lang rannten sie zwischen der Weinlaube, dem verunkrauteten Garten und den Tauben auf dem Dach, die den Himmel weiteten, hin und her. Die Dachbalken ächzten, hielten aber. Abends leuchtete der Kalkhaufen phosphoreszierend, als hätte die Dunkelheit einen Sprung.

Krum rief sie nicht »Mutter«, aber er trug ihr brav den Ohrensessel hinaus in den Schatten, damit sie ihnen in ihrem Wollkleid bei der Arbeit zuschauen konnte. Mit Sonnenschirmchen in der Hand, gespickt mit Schleifchen und Bändern, bis auf die Knochen abgemagert, aber bei vollem Bewusstsein und tadellosem Gedächtnis, döste sie ein, da das, was sie sah, nicht die Vergangenheit war, die allein sie liebte.

Ein Vogel flog in der Nachmittagsstille vorüber, Bienen landeten auf dem blühenden Unkraut, Nachbarn hievten Kessel auf ihre Feuerstellen im Hof, um Gemüse, Marmeladen und Kompotte einzukochen. All dies war das Leben, war der Aufstand der Dinge dieser Welt dagegen, unverändert zu bleiben. Nicht die großen Ereignisse und schicksalhaften Wendungen, nein, die einfachsten Dinge waren es, die Gina mit ihrem Veränderungsdrang fassungslos und traurig machten. Es erschien ihr auf einmal ganz leicht zu sterben; viel schwerer war es doch, weiterleben zu müssen und sich mit all diesen eigensinnigen Einzelheiten der Welt herumzuschlagen.

Gina leistete keinen Widerstand mehr, sondern löste sich auf, mischte sich in den Tag. Sie hatte ihren Sinn dafür verloren, was schön und was hässlich war, was Gewissen und was Moral; folglich konnte sie auch nichts Gutes und nichts Böses mehr tun. Nun, vollkommen unnütz und von den Menschen vergessen, war sie Teil des Tages geworden, seiner Schatten, die immer blasser, transparenter wurden, Teil der Kühle, die von der Donau heranwehte, Teil eines jeden Augenblicks, in dem die Zeit an ihrer weisen Lückenlosigkeit arbeitete.

Gedanken streiften sie beim Zuschauen, kurz wie Schwalbenflügel: Wenn dieser schaukelnde Eimer sich vom Haken löst, fällt er Krum – pardauz! – auf den Kopf. Oder: Wenn er neben dem Schornstein steht, sieht man erst, was für ein Lulatsch das ist, dieser Koitschev! Aber das waren nur sehr dünne Verbindungslinien zur Welt, letzte Versuche, den Tod noch ein bisschen auf die Folter zu spannen. Georgi, ihren Erstgeborenen, und ihre frustrierte Liebe zu ihm hatte sie vollkommen vergessen. Panto, ihrem früh verstorbenen Ehemann, hatte sie dessen Selbstmord verziehen, und Ilija, dessen jüngstem Bruder, und sich die Liebe, der Krum entsprungen war. Die Sanftheit, mit der der Abend kam, versetzte sie in ein ekstatisches Staunen, als sähe sie dieses Schauspiel des untergehenden Lichtes zum allerersten Mal.

Mit Hingabe und diffusem Lächeln strengte Krum sich an, das zu reparieren, was die Jahre bei ihr in Mitleidenschaft gezogen hatten, denn eingebrochen war nicht das Dach ihres Hauses, sondern die Decke ihrer Seele. Nun gab es keine Eitelkeit mehr, die sie anstacheln, herausfordern konnte, und nichts von dem, was sich in ihrem Leben nicht erfüllt hatte, wühlte sie noch auf. Gina dachte nicht an Krum Krumov, ihren kleinen Enkel, nicht an die Schande auf dem Teufelsball, mit dem Seta Topalova sie vor der ganzen guten Gesellschaft von Sofia lächerlich gemacht hatte, nicht daran, dass Zwetana, ihr langjähriges Hausmädchen, sie eines Novembermorgens ohne Vorwarnung verlassen hatte. Sie bedauerte nicht, dass Ilija Weltschev sich an ihrer Hässlichkeit vergangen hatte, dass ihr Mann sie herzlos mit der großbusigen Boshura betrogen hatte, die schon keine Frau mehr war, sondern ein richtiger Acker, Freude einer jeden Pflugschar.

Gina liebte niemanden mehr, weil sie allen verziehen hatte, sogar sich selbst. Den Mann da drüben mit dem nackten, muskelglänzenden Oberkörper, der Krum hieß und ihr Sohn war, konnte sie sowieso nicht mehr ändern. Sie konnte ihn ja nicht mehr in sich zurückholen und neu gebären. Wenn sie aber der Möglichkeit beraubt war, ihm ihr Leben zu weihen, so konnte sie ihn wenigstens noch mit ihrem Tod umarmen und sich befreien von dem wenig dauerhaften, sechsundachtzigjährigen Wimpernschlag ihres Lebens.

10

Als Krum und der Lehrer mit der Ausbesserung des Daches fertig waren, den Hof gefegt und Schutt und Bruch weggeworfen hatten, erhob Gina sich wohlwollend aus ihrem Sessel und sagte: »Wartet noch … Ich möchte mich mit einer kleinen Gabe bedanken, einem kleinen Erinnerungsgeschenk.«

Ohne Eile, aber auch ohne zu trödeln, stieg sie die Treppe hinauf ins Arbeitszimmer ihres verstorbenen Mannes. Doch die bunten, romantischen Briefmarken, die zwischen den Deckeln von Pantos Alben die Fähigkeit verloren hatten, Botschaften zu bringen, waren verschwunden. Instinktiv öffnete sie die Türen des großen Kleiderschranks und entdeckte – nichts! Zwischen Mottenpulver und Mottenfraß keine Briefmarkenalben, aber auch kein Familiensilber, keine Gallet-Vasen und keine Meißener Porzellanfigürchen; alles, was ihr von ihrem Reichtum noch geblieben war, war fort. Es hatte sich ja nicht mehr um einen Koffer voller Geld gehandelt, eine teure Immobilie oder etwas anderes, das einem ein Gefühl der Sicherheit gab, sondern nur ein schwaches Vertrauen darauf, dass ihr Leben weiterging, das sie immer noch mit der Größe der Wirklichkeit verband!

Gina setzte sich auf den ledernen Bürostuhl und brach in Tränen aus. Sie schluchzte hemmungslos wie ein Kind, das sein billigstes Spielzeug verloren hatte, als stünde ihr eine ganze Ewigkeit an Leiden bevor. Sie war nicht etwa böse, dass ihr eigener Sohn Georgi sie bestohlen hatte, sie empfand keinen Hass und keinen Abscheu gegen ihn; nein, was sie peinigte, war, dass er auch vor dem Letzten nicht haltgemacht hatte, das sie besaß, und nicht die Möglichkeit genutzt hatte, wenigstens ein einziges Mal anständig und korrekt zu handeln. Ja, das war es: Sie war der Gerechtigkeit böse! Krum und Lehrer Koitschev hatte sie ganz vergessen.

Im schwachen Licht der Glühbirne füllte Gina Wasser ins Tintenfass, um die Farbe zu lösen, suchte und ergriff Pantos Schreibfeder, holte ein Blatt Papier heraus und begann, ihr Testament zu schreiben. Mit kühlem Kopf und haarklein teilte sie alles, was geblieben war, in drei gleiche Teile, die an ihre beiden Söhne Georgi und Krum und an ihren Enkel Krum Krumov gingen. Das war eine Arbeit, die sie sehr anstrengte, aber sie gab nicht auf. Am Ende unterschrieb sie fahrig und mit großzügiger Schrift. Sie zog ihre Schuhe an, lief schaukelnd durch halb Widin und hielt erst vor dem Tor zu Ilijas Anwesen. Sie musste lange klingeln, bis er endlich die Güte hatte, ihr zu öffnen. Seine paralysierte Gesichtshälfte war inzwischen ganz grau geworden, und Gina empfand eine fast mütterliche Zärtlichkeit für ihn. In der anderen Hälfte sah sie wie in einem gesprungenen Spiegel seine blanke Angst. Ja, er fürchtete sich vor ihr.

»Was willst du?« Er war sich sicher, dass Gina ihm das nächste gut inszenierte Unglück brachte oder sonst etwas Unangenehmes.

»Lass mich doch erstmal herein …«

»Geht nicht!« Dann, noch schroffer: »Will nicht!«

»Ich hab mein Testament gemacht«, sagte Gina und zog das zweimal gefaltete Blatt heraus. »Kümmerst du dich bitte darum?«

Er nahm das Blatt und wurde verlegen. Wie es aussah, verstand er, was Sache war, aber er hatte keine Kraft, sich zu rühren. Er war gekleidet wie für einen Empfang – Zweireiher, Weste …

»Vergib mir«, bat Gina. Jetzt, wo sie wusste, was Gerechtigkeit war, machte sie sich weis, dass auch sie ihm vergab.

»Gott möge dir beistehen«, murmelte er lautlos.

Sie trennten sich nicht als Freunde, nicht als Feinde; eigentlich trennten sie sich nicht einmal. Die Tür krachte vor ihrer Nase ins Schloss, so unmöglich war aller Trost. »Das war die vorletzte Tür«, sagte sich Gina müde. Ohne zu eilen und ohne zu trödeln, machte sie sich auf den Rückweg. Die Dunkelheit kam geradewegs aus den Sternen. Die Welt um sie herum war voller Ahnungen und lautlosem Leben. Über die Donau hatte sich, gleich einem Kupferbeschlag, der Pfad des Mondlichtes gelegt.

Ihr Haus lag da in einer stummen, bergenden, verheißungsvollen

Stille. Gina goss sich Wasser ein, tappte zu ihrem Sessel und hüllte sich in ihre Wolldecke. Sie nahm nur ein einziges Tütchen Schlafpulver, da sie das Schicksal nicht herausfordern wollte. Es war so alt und hart geworden, dass es keinen Geschmack mehr hatte, so wie das Wasser keine Farbe hatte. Als sie wegschlummerte, begegnete ihr diese abartige Kreuzung Goschos – ein Vogel, der nicht Taube, nicht Rabe war und ihren Traum mit seinem krächzenden Gurren, mit der ganzen Sinnlosigkeit seiner Existenz füllte.

Als Letzte verließen sie die Gerechtigkeit und die Wärme. Sie starb bewusstlos, frei von Schmerz oder Angst, schön und unbemerkt, wie die Puppen sterben.

11

Gina, einst auch »Tante Allwissend« genannt, wurde beigesetzt in der Gruft ihres Mannes Panto. Auf dem Familiengrabstein saß ein Engel mit im Gebet gefalteten Händen und ausgebreiteten Flügeln, der sich nun schon vierzig Jahre lang, bei Sonne, Regen, Wind und Wetter danach sehnte fortzufliegen. Nachdem er auch seine wahre Mutter begraben hatte, die Krum bei sich immer noch »die Genossin Gina Jotzova« nannte, kehrte er Widin den Rücken. In dieser Stadt hielt ihn nichts mehr, wenn man von der Donau, seinem eigenen Fall und der erlittenen Schande einmal absah. Während er die verschnürten Ballen hinaustrug in den stillen, verwahrlosten Hof, machte er seine größte und nutzloseste Entdeckung: dass dieses Leben immer unvollendet bleibt.

12

In dem klapprigen sowjetischen Kleinlaster, mit dem ein Fahrer Krum, seine Familie und sein Hab und Gut ins Dorf Gol Tupan fuhr, waren früher Melonen transportiert worden. Die Karosserie roch nach Benzin und nach Wochenmarkt, war klebrig und wurde sofort von den Wespen attackiert. Krum tauchte auf, wie er immer auftauchte: plötzlich, ungeladen, mit dem Sieg im Rücken. Obwohl er dieses Mal nicht auf seinem Motorrad kam und weder seine legendäre Landvermesserjacke noch die klobige Kautschukbrille trug, glich er in seiner Unveränderlichkeit immer noch mehr einem Heldendenkmal als einem lebendigen Menschen. Die Herbstluft stand, die abgesengten Stoppeln der Felder hinter den letzten Häusern waren noch nicht untergepflügt. Im Hof der Landwirtschaftlichen Kooperative brummte der Motor einer Dreschmaschine. Der Dorfplatz gähnte leer, nur ein angepflockter Esel stand da und eine wilde Mirabelle, die mehr Früchte als Schatten gab. Der Kleinlaster fuhr eine Schleife, verjagte Fliegen und Gänse, und die Alten in der Dorfkneipe verdrehten die Augen und seufzten wie aus einer Kehle: Sie hatten ihn schon erkannt, noch bevor er ausgestiegen war.

Die Ladefläche der alten Rostlaube war vollgepackt mit Hausrat und allem, was der Mensch sonst noch brauchte: drei Eisengestellbetten mit Rost, einem zweitürigen Kleider- und einem Küchenschrank, verschnürten Kleiderballen, einem weichen Sessel mit Bärenohren, wie ihn die Landleute hier noch nie gesehen hatten; und in der Fahrerkabine neben Krum saßen eine unfassbar hässliche Frau und ein engelhaft schöner Junge. In diesem Moment begriffen die Leute, dass dieser unerträgliche Mensch tatsächlich vorhatte, sich bei ihnen, in ihrer Welt, anzusiedeln, die vielleicht bald schon nicht mehr so ganz die ihre sein würde. Der stockbetrunkene Bai Serafim wurde auf einen Schlag nüchtern, die anderen, später gekommenen Kneipengäste begannen unverzüglich, sich zu betrinken.

Krum stieg aus, klopfte sich ab und nahm den Platz ein, als gehöre er ihm. Es roch nach Mist und gemähtem Unkraut. Die Sonne stand wie eine Metallscheibe über dem Horizont. Das Licht des Sonnenuntergangs schien sich um Krum zu stauen, seine Geringschätzung und zerstreute Unaufmerksamkeit aufzuladen und weiterzutragen. Er betrat das Gebäude der Gemeindeverwaltung. Kaum eine Minute später erschien er mit dem Leiter der Landwirtschaftlichen Kooperative, überließ ihm seinen Platz neben dem Chauffeur und sprang selbst auf die Ladefläche. Der Dieselmotor ratterte, und los ging die Fahrt zum Ende des Dorfes. Kaum war er außer Sichtweite, bekamen die Worte in der

Kneipe wieder Sinn, der Platz gewann seine alten Ausmaße und fiel erleichtert in seine verwaiste Öde zurück.

Der Abend ließ sich Zeit am Himmel. Klare, greifbar nahe Sterne erstrahlten, und mit dem Vieh, das von den Weiden am Hang kam, wehte ein kühler Wind von den Ausläufern des Balkans, der nach später Heumahd roch. In dieser Nacht brannten die Lichter in der Dorfschenke lange. Das Gerücht, dass Krum Marijkin zu ihnen gekommen war, hatte in ihnen den Wunsch geweckt, mit dem Trinken nie wieder aufzuhören, und verbreitete sich rasch wie die Reblaus oder die Maul- und Klauenseuche. Eine Stunde später betrat der Leiter der Kooperative die Kneipe, bestellte sich eine Limonade und erklärte ihnen raunend, dass Krum sich tatsächlich mit seiner Familie bei ihnen niederzulassen gedenke. Er habe einen Filmprojektor der Marke »Ukraina« dabei, mit dem er in Gol Tupan und den umliegenden Dörfern Abend für Abend Agitprop-Filme vorführen wolle.

Bis dahin war von Zeit zu Zeit ein Filmvorführer gekommen, der so unscheinbar war wie die Filme, die er zeigte. Der bartlose Mann hatte das ganze eingenommene Kleingeld in eine Tasche gepackt und versucht, in den Westen zu flüchten. An der jugoslawischen Grenze war er mit elf Kilogramm bulgarischen Pfennigen geschnappt worden. Die Grenzschützer machten sich den Spaß, sie ihn eigenhändig zählen zu lassen, bevor er zu einer Gefängnisstrafe verurteilt wurde. An seine Stelle also trat nun Krum Marijkin, der hier seit seinem Auftritt von vor einigen Jahren keineswegs vergessen worden war. Obwohl er im Wesentlichen derselbe geblieben war – etwas war doch anders: Durch seine bürgerliche Herkunft war er vom Sockel seiner Vollkommenheit geholt worden und automatisch des Verrats und des Revisionismus verdächtig. Für die neue Aufgabe war er direkt vom Bezirkskomitee eingeteilt worden; als Wohnsitz hatte er sich Gol Tupan ausgesucht, da es auf halbem Wege zwischen dem Widiner Umland und der Felsenlandschaft von Belogradtschik lag.

Die Leute wurden blass und nachdenklich. Dieser Marijkin, der zuvor Handlanger der Macht gewesen war, das scharfe Schwert des Gesetzes, sollte nun für ihre Unterhaltung zuständig sein? Bei der Erinnerung daran, dass er sie schon vorher gezwungen hatte, pausenlos glücklich zu sein, konnte diese Perspektive ja nur Entsetzen auslösen. Die Männer, die ihre speckigen Schiebermützen schief auf dem Kopf sitzen hatten, stießen nachdenklich miteinander an. Was Beklommenheit bei ihnen auslöste, war nicht, dass sie montags und freitags Kinofilme schauen würden, sondern dass dieser Genuss mit aufklärerischem Akzent dank Krum jetzt zur eisernen Pflicht werden würde!

Er wurde einquartiert im Hause des Landarztes Bontschev, einem Tolstoi-Anhänger mit Ziegenbart und Drahtbrille. Es war vollgestopft mit allerlei Arzneien, noch unaufgekochten Kräutern und höherem medizinischen Wissen. Der Mann konnte einen Zahn ziehen, Lungenentzündungen kurieren, aber auch Hämorrhoiden oder Furunkel behandeln. Er nahm Tetanus- und Tollwut-Impfungen vor, war Geburts- oder Sterbehelfer. In seiner Freizeit arbeitete Bontschev an einem Heilmittel gegen Krebs. Gebeugt über seine Petrischalen und Mörser, zerstampfte er getrocknete Kräuter, fügte leichte Gifte hinzu, gekaufte Pülverchen und … etwas Alchemie.

Noch am Ankunftsabend suchte Krum einen Platz zwischen den Asternbeeten im Vorgarten des Doktors für sich und die Filmvorführmaschine, ohne die Kinder, die mit kahlgeschorenen Köpfen über den Bretterzaun hingen, auch nur zu bemerken. Leisteten sie ihm denn Widerstand? Nein! Also wozu sollte er sie bemerken? Mit noch größerer Neugier als Hunger verfolgten sie, wie der fremde Mann um die komplizierte Maschine herumging und sie mit wachsender Behutsamkeit befühlte. Das Kabel hing an der Säule mit dem Dreiphasenstrom, das Objektiv leuchtete dumpf, aber das Räderwerk der Maschine wollte sich einfach nicht drehen. Mit revolutionären Überzeugungen, selbst denen eines besonders reumütigen Revisionisten, war hier nichts auszurichten; hier waren Fachkenntnisse gefragt. Die Grillen begannen mit Flügelgezirpe den Tag zu treffen, und über das Dorf fiel sanft das dunkle Segel der Nacht.

Nun schauten auch die Frauen durch ihr Strickzeug herüber und gewannen augenblicklich den Eindruck, dass der Mann da sich den ganzen vertrackten Mechanismus selbst ausgedacht hatte, vom Gefüge der Zahnrädchen angefangen, die er soeben mit Maschinenöl eingerieben hatte, und dass die beiden Lautsprecher, die aussahen wie große Koffer, voller Zauberei steckten, voller unvollendeter Reisen durch den Tag hinein in die Stille der Nacht. In seinem weißen Kittel brachte Doktor Bontschev höchstpersönlich ihm einen Tee hinaus und sagte freundschaftlich: »Komm, Nachbar, mach mal Pause …«

Krum antwortete nicht, schaute ihn noch nicht einmal an. Auch dieser Doktor leistete ja keinen Widerstand, sondern legte nur Fürsorge an den Tag.

»Das Ding läuft nur rückwärts«, sagte Krum schließlich, den Blick in die Anleitung gebohrt. »Da muss ich was übersehen haben.«

Und wieder zerlegte er den Apparat, baute ihn wieder zusammen, ölte ihn wieder, aber so reichlich, dass er ihn noch einmal auseinandernehmen musste, weil es aus allen Teilen tropfte. Es wurde spät. Als Erster räumte Doktor Bontschevs Kater seinen Beobachtungsposten, nachdem er im Lichtkegel des Projektors genug Nachtfalter gefangen und gefressen hatte. Dann verließ ihn das Mitgefühl der Frauen. Und zum Schluss gingen auch die Kinder. Todmüde, träumten sie in dieser Nacht von seltsamen Flugmaschinen, aus denen Öl tropfte.

Die ganze dörfliche Welt, schlicht, mit ihren Sorgen und ihrer ständigen Übermüdung, legte sich schlafen. Die ersten Hähne krähten, dann die zweiten. Die Sterne verblassten am Dorfhimmel, doch ein Weltwunder zog blinkend darüber hin: der erste sowjetische Satellit. Krum bemerkte nichts von alledem. Als die Frauen aufstanden, um die Schafe zu melken, knatterte der Projektor wie ein Topf, in dem eine dicke Suppe köchelte. Auf der verputzten Wand des Hauses von Doktor Bontschev aber galoppierte eine wilde Reiterschar mit gezogenen Säbeln.

»Läuft doch«, sagte der ölverschmierte Mann im Unterhemd, »schau einer an, es läuft.«

Als die Lautsprecher näselnde Platzgeräusche von sich gaben, bekreuzigten sich die Frauen erschrocken. Krum zeigte soeben seinen ersten Film: den sowjetischen Film »Tschapajew« – über den Bürgerkrieg nach der Oktoberrevolution.

13

Krum warf sich mit jener fanatischen Hingabe und Leidenschaft auf seine neue Arbeit, wie sie typisch ist für einen Menschen, der alles verloren hat! An jedem Herrgottsabend war er in einem der umliegenden Dörfer, um einen Film zu zeigen; er ließ keine Siedlung aus, in der es Menschen, schlechte Schulbildung und Dreiphasenstrom gab. Um sich und seinen Projektor transportieren zu können, bekam er einen kastrierten Hengst zugeteilt, der den donnernden Namen Orlik trug, und eine zweirädrige Karre, die an eine russische Lafette aus dem Ersten Weltkrieg erinnerte. Statt Geschützrohr prangte das Objektiv der Ukraina darauf. Da die Radnaben knarrten, obwohl sie geteert waren, hörten die Leute ihn schon von weitem kommen. Die Kinder umringten sein Gefährt im hereinbrechenden Abend und schrien aufgeregt: »Tschapaj … Tschapaj … Der Tschapaj kommt!« Diesen Spitznamen, der sich rasch verbreitete, konnte er sich selbst zuschreiben, zeigte er den Film »Tschapajew« doch geschlagene einhundertundzwanzigmal hintereinander, bis das Zelluloidband auseinanderfiel. Die wilde Schlacht um die »strahlende Zukunft« entflammte vor ihren Augen; während der Schlachtenszenen knackte es heftig in den Lautsprechern. Die Bauern schauten wie verzaubert auf den vergilbten Film, als spiele er in einem stürmischen, aber endlosen Herbst. Beim nächsten Mal wartete Krum, als sich die Leute wieder schuldig genug fühlten, und verkündete dann grimmig: »Heute sehen wir den sowjetrussischen Film ›Tschapajew‹!«

Meist fanden die Vorführungen im Schulzimmer statt, in dem es winters eiskalt und sommers drückend schwül war. Stühle wurden aufgestellt. Es roch nach Bohnerwachs, Müdigkeit und nasser Wolle. Motten flatterten durch den Lichtkegel vor der Leinwand.

Krum war alles in einer Person: Kassierer, Elektriker, Vorführer, Ankündiger und – mangels echter Kino-Wochenschau – Vorredner. In seinen Vorträgen mischten sich Nachrichten aus dem »Werktätigenblatt« mit seinem Hass auf den globalen Imperialismus; in späteren Jahren sprach er begeistert über den Märtyrer der Wahrheit Che Guevara und über den legendären Fidel Castro. Die Vorführung unterbrach zum Rollenwechsel leider an der interessantesten Stelle. Die Leute drehten sich um, sahen, wie er das Filmband mit der Handkurbel zurückspulte, dann gefror ihr Atem von neuem. »Denkt gut nach«, half Krum ihnen auf die Sprünge, »hört ihr, wie dieser niederträchtige Kerl euch in die Falle locken will?«

Die Filme, die er außerdem auswählte, schufen die Illusion einer siegreichen, aber permanenten Revolution, die die ganze Menschheit erfasst hatte. Die Opfer in ihnen waren Grund zur Freude, Leiden veredelte, und die Verräter, die der Glaube braucht wie das Licht den Schatten, wurden am Ende stets ihrer gerechten Strafe zugeführt. In Krums Filmen wurde andauernd stolz, inbrünstig und glücklich gestorben! Die Frauen trockneten ihre Tränen mit dem Kopftuch, die Männer knautschten ihre Schiebermützen in den Händen. Die Kinder schnieften und trampelten mit den Füßen, wenn »die Bösen« auf der Leinwand erschienen, und klatschten, wenn »die Guten« ins Bild kamen. Die Luft lud sich elektrostatisch auf …

Krum hatte angeordnet, dass bei den Vorführungen mindestens ein erwachsenes Familienmitglied anwesend sein musste. Die Anzahl der Häuser im Dorf hatte er vorab gezählt. Er spuckte sich auf den Daumen, zählte eine entsprechende Anzahl Eintrittskarten ab und begann mit der Vorführung des Films nicht eher, als bis sie allesamt verkauft waren. Kindern gewährte er freien Eintritt, und dafür liebten sie ihn.

In all diesen Jahren ließ er nicht einen einzigen angesetzten Filmabend ausfallen. Er wurde nicht krank, sein Pferd bekam keinen Schlag, auch wenn das Heulen der Wölfe, die winters über die zugefrorene Donau aus Rumänien kamen, es in Panik versetzte. Es kam vor, dass Schneewehen die Wege unpassierbar machten, dass Telefonleitungen zusammenbrachen, Post über Wochen liegenblieb; Krum aber war stets dort, wo er sein Kommen angekündigt hatte. Ein solcher Mann hatte das Recht, ihnen mit der Größe fremden Leinwand-Heldentums ins Gewissen zu reden.

»Sie haben sich aus Setschischte gemeldet, dass sie keinen Strom hätten«, sagte Doktor Bontschev einmal mit der abgekochten, aber noch nicht gesetzten Spritze in der Hand, und fühlte sich irgendwie klein.

»Macht nichts«, entgegnete Krum. »Dann halte ich ihnen einen Vortrag über die internationale Lage.«

14

Mittags nahm er den fersenlangen staatlichen Pelzmantel vom Haken in der Garderobe, während Newena den kleinen Krum Krumov warm anzog. Dann spannten sie den Karren an und machten sich auf den steinigen Weg. Manchmal wurde es eng, wenn ein Autobus an ihnen vorbeiwollte. Gleich Käfern aus Metall tauchten Traktoren und Mähdrescher in den Feldern auf, die vom Absengen noch rauchten. Die Erde atmete. Alles schien bemüht, sich in sie zu verkrallen, um sie zurück- oder wenigstens aufzuhalten, sogar die Molotow-Laster, die an den Rand fuhren und anhielten, um sie vorbeizulassen. Sie kamen am Dorf Kaluger vorbei; beim Sonnenuntergang fuhren sie gerade an den Felspyramiden von Belogradtschik vorüber. In dieser erhabenen Landschaft konnte der Tag erlöschen schön wie eine Gräfin, die in Ohnmacht fällt.

Sie kamen früher, sogar sehr viel früher als erwartet an. Krum stellte die Stromversorgung her und sah in seinem Heft nach, wie viele Häuser das Dorf hatte. Die Kinder waren schon da, kratzten sich die stoppelkurz geschorene Rübe, knabberten gebackene Sonnenblumenkerne aus der Schale und trampelten ungeduldig mit den Füßen auf den gebohnerten Boden. Endlich erloschen die Lichter und die Vorführung begann. Die Anwesenden atmeten wie ein Mann, so stark erlebten sie das Filmgeschehen mit, nein, sie waren Teil dessen, was da auf der Leinwand passierte. Für zwei Stunden bekam Krums Leben einen Sinn. Er hörte, wie sie ächzten, wie sie in Verzückung gerieten, wie sie sich kathartisch reinigten … In diesen zwei Stunden machte er sich keinerlei Vorwürfe, weil er nützlich war. Schließlich, zugleich dankbar und betroffen, lief das Volk auseinander, und der zweirädrige Karren machte sich auf den Rückweg durch den Bauch der Nacht, so als würden sie an deren Ende selbst neu geboren – der von Gott und der Partei vergessene Krum Marijkin, ein kastriertes Zugpferd und ein an seinen Vater gekuschelter Junge, dessen Kindheit vergehen würde in Hin- und Rückwegen und Revolutionswirren, die auf alten Filmkopien vergilbten.

Betäubt von der Wärme seines Vaters, döste das Kind ein. Über ihren Köpfen verlief die Milchstraße wie ein stehengebliebener Fluss; unheilschwanger meldete sich ein Uhu, dann eine Eule. Blöde vor Einsamkeit, spürte Krum die Schuldgefühle in sich wieder bohren, eine scharfe und rostfreie Klinge. Stille. Eisige Stille. Hoffnungslose Stille, unterbrochen nur von den nimmermüden Grillen, die zirpten: »Lass ab, lass ab, Unglücklicher! Schließ Frieden mit dir! Keiner sucht sich seine Eltern aus. Du bist nicht schuld an deinem Vater …«

In Winternächten bekam der Schnee einen blauen Schein, die Luft wurde schwarz. Von der Pferdedecke stieg Dampf auf. Wölfe meldeten sich mit ihrem Heulen. Das klang kalt und grausig und doch auch schmerzerfüllt und unsagbar traurig. Auch sie riefen in die Nacht: »Schließ Frieden mit dir!« Aber Krum suchte nicht Trost und Seelenfrieden, denn er wollte ja nicht glücklich sein, sondern nützlich! Dann spürte er, wie ihn der kleine Finger schmerzte und nach der Axt schrie.

Zweites Kapitel

1

Die sichere Erwartung, dass Ewgeni Pejtschev durch den belebenden Hauch von Freiheit, den der April 1956 nach dem berühmten XX. Parteitag der KPdSU auch in die Bruderländer des Warschauer Paktes getragen hatte, Assen Weltschev einen Denkzettel verpassen würde, erfüllte sich nicht. Er verhielt sich reservierter als zuvor, ließ sich umgarnen und fördern, vermied es aber, etwas Schlechtes über seinen direkten Vorgesetzten zu sagen. Er beließ es bei einem bissigen Lächeln. Dies, zusammen mit seiner Hakennase, seinem sinnlichen Mund und seiner lockigen Satyr-Haarpracht, verlieh seinem Ausdruck genug Arroganz und Dreistigkeit, um die Kollegen einzuschüchtern und auf Distanz zu halten. Als Alexander in Kotzevs Auftrag zu ihm kam, sagte er nur: »Mich an Assen Weltschev rächen? Dummes Zeug! Niemand hätte bessere Werbung für meine Diss machen können als er«, schnitt er Alexander das Wort ab. »Außerdem«, fuhr er fort und schnippte mit den Fingern wie ein Trickkünstler, »hat der Dozent so was Spezielles … Ihn umweht so eine tragische Aura von davongekommenem Opfer, und das beeindruckt einen.«

Das Gespräch des jungen Verbalhooligans mit Kotzev selbst war fachlich und noch schroffer. Der Professor hatte manchmal sogar den Eindruck, dass Pejtschev seinen Schabernack mit ihm trieb, da er einige Male demonstrativ stotterte und ihm betont artig zur dritten Auflage seines immer noch dünnen Werkes »Über die Verfassung« gratulierte, das er voller Häme einen »soliden Band« nannte. Bei den Wahlen zur Korrespondenzmitgliedschaft in der Bulgarischen Akademie der Wissenschaften scheiterte Kotzev erneut; auch als Dekan wurde er nicht wiedergewählt. Er war außer sich über das Tohuwabohu und die Personalwechsel in der Universität, sprach andauernd über Moral und hängte sich ein kleines, verschämtes Kreuz um den Hals. Er glich einem Reserveoffizier, der, da er ohne Rangabzeichen und Schulterstücke blieb, wenigstens seine Frau weiter herumkommandierte.

Trotz seiner Wahlniederlagen behielt Kotzev sein Sprechzimmer. An der Wand hinter seinem Schreibtisch hing nun das Porträt eines anderen Mannes. Aus dem neuen Rahmen lächelte Todor Shiwkov den Betrachter leutselig und väterlich an. Der Professor bat Pejtschev, Platz zu nehmen, knöpfte sich irgendwie irritiert die oberen Knöpfe seines Hemdes zu, um die Aufmerksamkeit des Besuchers auf sein Kreuzchen zu lenken, den konservativsten, aber auch bezwingendsten Teil seiner Herzlichkeit.

»Das war«, sagte er stotternd an Assens Adresse, »eine schreiende Ungerechtigkeit.«

»Ich denke immer noch, es war gar nicht Dozent Weltschev, der hinter dieser – wie sagten Sie doch: ›schreienden Ungerechtigkeit‹ steht.«

»An Ihrer Stelle würde ich mich verteidigen … und Angriff ist die beste Verteidigung.«

»Nun, wenn Sie wollen, können wir ja die Plätze tauschen«, parierte der juristische Hauptassistent Pejtschev mit dem unverschämten Lächeln des mit allen Wassern gewaschenen Dreckskerls.

2

Das Schweigen Pejtschevs wurde gedeutet als »von oben verordneter Maulkorb«. Die Gerüchte über bevorstehende Säuberungen, Vergeltungsfeldzüge und öffentliche Verurteilungen verebbten zwar, aber nach der Juni-Sitzung der Fakultät wurde aus heiterem Himmel eine offene Versammlung zum Thema »Der Personenkult und seine negativen Folgen« anberaumt.

Niemand konnte sich erklären, wieso ausgerechnet Alexander Weltschev auserkoren wurde, den Vortrag zu halten. Ihre große Verblüffung kam daher, dass der elegant gekleidete, aber immer schüchtern wirkende junge Assistent gar keine Figur im großen Spiel war. Er hatte ja noch nicht einmal *vor* den April-Ereignissen zu denen gehört, die unter ideologischer Repression gelitten hatten. Welches moralische Recht hatte er also, jetzt Urteile zu sprechen? Alexander musste ein Bauer sein, den ein erfahrener Schachspieler im Hintergrund vorschob, um ihn entweder zu opfern – oder durchzubringen und in eine Dame zu verwandeln.

Alle wussten, dass Alexander und Assen Verwandte waren. Ersterer verbarg auch keineswegs seine Dankbarkeit Letzterem gegenüber. Im Gegenteil! Wer aber einem verdienten Helden der Revolution mit derart großem öffentlichen Ansehen so exzessiv, so unterwürfig seine Dankbarkeit bezeugte, der wurde selbst Teil von dessen Stärke und – machte sich selbst unbelangbar.

Die Verfahrenheit der Situation verstörte die Dozenten am juristischen Lehrstuhl. Assen gegenüber empfanden sie Wertschätzung mit einer leichten Beimischung von Feindseligkeit und purer physischer Angst. Dieser offene und direkte Mann mit den klaren, aber verträumten Augen hatte einmal gemordet und strahlte Bedrohung aus. Er machte keine Anstalten, sich mit ihnen zu verbünden, sie sich gewogen zu machen oder eine eigene Interessengruppe am Institut aufzubauen. Ihm fehlte Kotzevs Kombination aus weichem Gemüt und knallharter Rachsucht. Ihm fehlten aber auch menschliche Schwächen, die seine Feinde für sich ausnutzen konnten, wenn man von seinem Bestreben nach größtmöglicher Integrität einmal absah. Die Nachricht, dass Alexander Weltschev seinem Vetter einen Schlag versetzen sollte, weckte also Unverständnis und Ablehung, aber auch niedrige Instinkte. »Wer will das nicht sehen«, fasste Pejtschev es drastisch, aber zutreffend in Worte, »wie ein züchtiges Mädchenpensionat zur Lasterhöhle gemacht wird.« Die Dozenten waren allesamt Leute, die die Gesetze kannten und wussten, wie man sie gegebenenfalls umging; sie hatten aber – wenigstens für ihre Kreise – auch Vertrauen in so etwas wie menschliche Anständigkeit, darin, dass jeder zumindest bemüht war, sein Gesicht zu wahren.

Keiner von ihnen fehlte bei der Versammlung. Sie kamen teils aus Zwang, teils aus Angst, am meisten aber aus Neugier. Vierzig, fünfzig oder mehr Jahre alt, wurde ihnen plötzlich klar, dass es sogar für ihre Berufs- und Lebenserfahrung Ereignisse und Leidenschaften gab, die sie noch überraschen konnten. Mit ihren Rundbögen und den bunten Glasfenstern, mit ihren Stuckaturen und ihrer Höhlen-Akustik hatte die Aula etwas von einem Kirchenschiff an sich. Alexanders Stimme klang belegt, sei es aus Verlegenheit, sei es aus Nervosität. Er verlor den Faden, stotterte wie Kotzev, kurz: Seine Rede war keine, die sich einprägte. Trotzdem lauschten alle mit angehaltenem Atem. Assen bedauerte niemand. Der wirkte, ganz am Rande des Tisches der Versammlungsleitung sitzend, zwar verlassen, aber nicht geknickt. Ihnen tat eher der Redner leid, der nicht einmal das Talent zu einem guten Inquisitor hatte, einem Mann, der den herrschenden Zynismus rhetorisch glanzvoll in Worte zu fassen verstand. Selbst seine Überlegungen zum Gedanken des Personenkultes an sich waren uninspiriert und so wenig heilsam wie eine teure Arznei, die die verlorene Gesundheit ja auch nicht wiederherstellt, sondern nur anders beeinflusst.

Die Männer trugen keine Einheitsgabardine mehr, sondern verschiedenfarbige Anzüge. Verstohlen und mit fast religiöser Andacht lebten sie ihre unterdrückte Freiheitsliebe aus. Die bislang verbotenen Worte, die an ihr Ohr drangen, berührten und bewegten sie, aber nicht deshalb, weil sie Assen Schläge versetzten, sondern weil sie immerhin so etwas wie eine Halbwahrheit vermittelten. Das alles, was der junge Redner da vorne sagte, hatten sie doch am eigenen Leibe erfahren und konnten es bestätigen; was es zur Halbwahrheit reduzierte, war, dass es sich nur gegen einen einzelnen Menschen richtete. Das maßgeschneiderte Jackett des Redners verlieh ihm auf den ersten Blick etwas Glamouröses, auf den zweiten aber ließ es den Mann darin eher unscheinbar erscheinen.

Alexander begann mit einer Apotheose auf Pejtschev, gefolgt von einer Attacke auf Assen. Mit dieser holzschnittartigen Gegenüberstellung von Idealisierung des einen und Dämonisierung des anderen erreichte er aber nicht viel von dem gewünschten Effekt. Hätte er zu gleichen Teilen die Qualität der Doktorarbeit Pejtschevs und die Brillanz der Kritik daran vonseiten Assens anerkannt und damit sowohl den Mut und die Weitsicht des Doktoranden wie die Courage Assens, das Offensichtliche lobend abzustreiten, ins Licht gerückt, wäre sein Vetter in der Tat verloren gewesen. Es ist ja billig und verlogen, sich unter erklärten Tugendbolden zwischen Tugend und Laster zu entscheiden; qualvoll aber ist es, eine Wahl zu treffen *zwischen zwei Formen* der Tugend oder des Lasters. Alexander versuchte, Gift und Galle zu versprühen, doch er wirkte nur zaudernd und erbärmlich.

Der Applaus galt nicht so sehr dieser um Assens Erniedrigung bemühten Schelte, sondern war nur erleichtertes Signal, dass das Ende dieses grauenvollen Machtrituals gekommen war. Dieser einhellige, nicht enden wollende, übertriebene Applaus, der sich im Widerhall der Aula fortpflanzte, war der einzige Ausdruck dafür, wie glücklich die Leute waren, sich von dem vorherigen Albtraum erzwungener Einheit verabschieden zu dürfen. Das Gesicht Professor Kotzevs war hellwach bis zur Aufgeregtheit, als habe er etwas zu versprechen. Die Lippen Pejtschevs hingegen waren zu einem bitteren Lächeln verzogen. Professor Jowtschev musste an seinen improvisierten Essay über Jesus denken und verstand, dass diese inquisitorische Abstrafung Assens wohl ebenso unumgänglich war wie die Gewalt, die erschütternd und mit schicksalhafter Unausweichlichkeit über Jesus gekommen war, damit die Einheit des Seins und das Machtverhältnis zwischen Gott und den Menschen durch das Leiden des Mächtigen wiederhergestellt werden konnte. Seine Augen wurden feucht. Er sank im Sessel zusammen, als der Applaus orkanartig losbrach. Irgendwo, jenseits der Grenzen von Vernunft und Willen, begannen auch seine Hände sich aufeinander zuzubewegen, laut und ohne Scham.

»Recht hat Marx, wenn er sagt, dass die Menschheit sich durch Lachen von ihrer Vergangenheit befreit«, sagte der alte Professor sich traurig. »Der einzelne Mensch aber befreit sich von seiner Vergangenheit, wenn er aufrichtig Beifall klatschen kann.«

3

Professor Kotzev hatte die Güte besessen, ein volles Glas Wasser vor ihn hinzustellen. Assen rührte es nicht an. Er mühte sich, Entschuldigungen für Alexander zu finden. Ihn selbst schmerzte nichts! Sein Herz schlug fest, ruhig und rhythmisch. Die Worte erreichten ihn, als kämen sie aus dem Jenseits und riefen eine Erinnerung in ihm wach, von der er glaubte, sie vergessen zu haben. Sogar der Geruch nach Schimmel und Schleim war ihm noch präsent. Es war etwas, das ihm widerfahren war, eigentlich genau dasselbe wie das hier jetzt, und es hatte sich im Keller der damaligen Bezirksverwaltung von Widin zugetragen. Der Bezirksvorsteher und damit auch Polizeichef Petkov saß auf einem eigens für ihn hereingetragenen Sessel; Assen hingegen stand, gefesselt und von den Schlägen *des Tiers* und seiner Helfer bis zur Unkenntlichkeit entstellt. »Die Heiligen bereiten ihre Seelen auf das Jenseits vor«, hatte Petkov überfreundlich begonnen, »aber – unter uns gesagt – wir sind Atheisten und glauben nur an das, was die Natur uns sagt … Glauben Sie nicht, Herr Weltschev, dass es mir nicht wehtut, wenn ich zusehe, wie meine Folterknechte Ihren Körper – ja, ganz recht, nicht: Sie, sondern: Ihren Körper – auf das Jenseits vorbereiten! Ich wünsche Ihnen Glück, obwohl es sicher angebrachter wäre, Ihnen ein langes Leben zu wünschen.« Bei diesen Worten hatte er Assen mit einem ironischen Ausdruck von Betrübnis angeschaut. »Doch bedauerlicherweise haben wir beide ein Ziel. Ich sage: bedauerlicherweise, da unser Ziel leider verschieden ist!«

Im grellen Licht der Saalbeleuchtung waren die da unten in der Aula versammelten Menschen für ihn zu einer einzigen Person geronnen. Ihre Augen waren nicht auf ihn gerichtet; folglich warfen sie ihm auch nichts vor. Ihre zufriedene Gleichgültigkeit verschaffte ihm Erleichterung. Unser Ziel, dachte er mit Petkovs letzten Worten im Kopf, meines, Kotzevs, das dieses redenden Kläffers mit Namen Alexander, ist ein und dasselbe. Wir haben uns hier nicht versammelt, damit ich vernichtet werde, sondern damit wir uns vergeben!

Das war das Maximum, was Assen in diesem Augenblick für sich und seinen Vetter Alexander fähig war zu tun.

4

Kurz darauf hatte Professor Jowtschev ihn an einem heißen Nachmittag, an dem die Luft zu stehen schien, ins »Bulgaria« auf einen Kaffee eingeladen. Der große Saal war halbleer an diesem Nachmittag, die Luft neblig und verschlafen, die Kellner gähnten.

»Tut mir leid für Sie«, sagte der Alte und schwieg lange und bedrückt. »Haben Sie sich eigentlich mal nach dem Sinn von Opferungen gefragt? Ich meine: wozu die Menschen dieses Ritual eigentlich gebraucht haben? Gott wird sich doch wohl kaum durch ein Opfer besänftigen lassen! Und ich glaube auch nicht, dass es uns ihm näher bringt. Eher schon glauben die Menschen wohl unterbewusst, dass das Opfer sie ersetzt! Und Sie, Sie waren so ein Opferlamm, das stellvertretend die Schuld aller büßen sollte, sogar die meine.« Aus dem schattigen Innenraum sah die vergoldete Kuppel der Russischen Kirche Heiliger Nikolaj so aus, als würde sie gleich Feuer fangen.

»Von der menschlichen Erfahrung«, fuhr Jowtschev versöhnlich fort, »bleibt nur das, was ins Gedächtnis eingeht. Alles Unwichtige und Alltägliche wird vergessen. Bedauerlicherweise hat der Zufall Sie zum Teil eines traurigen, doch notwendigen Gedächtnisses gemacht.« Er seufzte. »Manchmal sage ich mir ganz naiv: Trink dieses Wasser nicht, es ist von gestern … Dabei ist Wasser doch etwas Ewiges! Ich weiß nicht, ob meine Worte für Sie irgendeine Bedeutung haben, oder ob Sie sich zu diesem Treffen nur deshalb bereiterklärt haben, weil Sie gut erzogen sind.«

»Die Gespräche mit Ihnen haben mir gefehlt, Professor Jowtschev.«

»Dann lassen Sie uns doch zu den Opferungen zurückkehren … Meist entschuldigen wir uns doch für unser Tun mit den Sünden, die unsere Vorfahren aufgehäuft haben. Dabei übersehen wir gern, dass auch wir dazu beitragen, eine Vergangenheit voller Sünde und Gewalt zu hinterlassen. Ganze Generationen opfern sich im Namen irgendeiner Doktrin, die ihnen human erscheint und sie vor der Einsamkeit bewahrt. Doch dann häuft sich unter dieser Doktrin eine Vergangenheit mit wachsendem Sündenregister an, die Ideale nutzen sich ab. Ohne Ideal und Glauben aber bricht die Doktrin zusammen, und weitere Generationen opfern sich, um sie zu beseitigen. Wir Menschen kämpfen immer gegen das, was wir unter so viel Leid, Kompromissen und Gewaltanwendung erfochten haben …« Jowtschev trank einen Schluck von seinem Kaffee, schnalzte. »Überlassen Sie sich der Zeit, die Zeit heilt Wunden.«

»Warum wollen Sie mich trösten?«

»Weil ich Sie verstehe.«

»Nun mal ehrlich: Warum haben Sie mich eingeladen, *Herr* Professor?«

»Mich interessiert lebhaft … Ehrlich gesagt, wollte ich Sie fragen, was aus Ihrem Buch über die Macht geworden ist, *Genosse* Weltschev! Jetzt wäre seine Zeit gekommen!«

»Oh, vergessen Sie's, ein solches Buch gibt es nicht«, erwiderte Assen betreten und voller Schmerz.

»Aber, nicht wahr, Sie haben mir doch ein ganzes Kapitel daraus vorgelesen?« Plötzlich kam Jowtschev selbst darauf und schwieg. Ein Lächeln voller Bewunderung und Begeisterung huschte über sein Gesicht, erst dann versank es in Trauer.

»Wissen Sie, was ich Ihnen unbedingt sagen wollte?« Der Professor rutschte unruhig auf seinem Stuhl umher, machte eine Pause, um seinen Gedanken zu präzisieren. »Opfer des Kultes waren nicht nur jene, die ungerechterweise Gewalt zu erdulden hatten; Opfer sind auch die, die sie verübt haben. Das Phänomenale bei Ihnen ist, Herr Weltschev, dass Sie Opfer Ihrer selbst geworden sind!«

Der alte Mann wollte sicher noch weiterreden, aber Assen konnte so viel Mitgefühl nicht ertragen. Wer jetzt Mitgefühl benötigte, das war sein Vetter Alexander. Jowtschev hatte ja recht, auf tragische Weise recht. Was Assen jetzt brauchte, waren keine Erklärungen, sondern – Zeit.

5

In den Tagen des Ungarn-Aufstandes wurde es früh ruhig in Sofia. Über die Straßen hallten nur vereinzelte, furchtsame Schritte. Eine unsichtbare Bedrohung hing in der Luft, die nach Grausamkeit roch, nach abgeplatztem Verputz, nach Pulverdampf.

Assen zog sich in sich zurück, traf sich immer häufiger mit Bai Michal, hörte auf zu essen, und dieser beißende Hunger verriet seine Bereitschaft, sich erneut zu opfern. Die Brusttasche seines Jacketts war immer ausgebeult; Jonka schaltete, er müsse wohl seine alte Tatwaffe ausgegraben, gereinigt und einsatzbereit gemacht haben. Schließlich wurde die »Konterrevolution« mit Panzern niedergewalzt, Budapest schwamm in Blut, und das Gute gewann wieder die Oberhand. Professor Kotzev legte sein Kettchen mit dem kleinen Kreuz ab und sah gerührt aus, als man ihn zum Stellvertretenden Rektor wählte, der für den Lehrplan zuständig war. Die Dogmatiker seiner Gruppe glaubten, bald Revanche nehmen zu können, wenn die guten alten Zeiten wiederkehrten, in denen es nur eine Wahrheit gab und in der Beschlüsse Pogromen glichen.

Langsam legte sich die Spannung. Die alten Zeitungen vergilbten, die Jahreszeiten wechselten, doch dafür erreichte sie die Krise im Nahen Osten. Die Welt beugte sich über den Krieg wie über einen Abgrund. Eine ganze Woche schliefen Emilia, Assen, Jordan und Jonka angezogen. Sie hatten zwei Koffer gepackt und einen Sack Zwieback. Assen hungerte wieder, als halte er streng eine Fastenzeit ein. Bis Mitternacht hörten sie die Nachrichten im Radio, dessen Auge in mystischem Grün leuchtete. In der Dunkelheit bewegten sich Armeen und andere Bedrohungen. Die umstehenden Gebäude sahen plötzlich so instabil aus wie Sandburgen. Aus dem Atombunker im benachbarten Mietshaus wurden die Kinder verjagt, damit die Luftschächte durchgepustet werden und Konserven- und Mehlvorräte angelegt werden konnten. Schließlich ließ die arabische Seite lautstark verkünden, dass sie gesiegt habe. »Warum gerade die?«, fragte sich Jonka. Die Leute atmeten auf, und der erste Herbstregen wusch der Erde das staubige Gesicht …

Es folgten ruhige Tage, in denen Jonka sich wieder mit dem Alleinsein anfreunden musste. Nur selten kam sie Bai Sando, der Glasermeister, besuchen. Er war ein bartloser Mann mit Kastratenstimme und ausgesuchtesten Umgangsformen. Die Haut seiner Wangen war glatt und rosa, seine Augen tränten ununterbrochen. Bai Sando hatte ein kleines Lädchen auf der Graf-Ignatiev-Straße, in dem es betäubend nach Kitt und nach alternder Frau roch. Die Zerbrechlichkeit der Glasscheiben hatte ihn zum Dichter gemacht, und zwar nicht nur im übertragenen Sinne: Er schrieb Verse, in denen er unbewusst stets den Wind und die

Kinder besang, jene beiden Naturelemente, die seinen Glasscheiben am meisten zusetzten.

Die Schwester Bai Sandos hieß Rosa. Ihr Körper war füllig und besaß die Form einer Amphore. Sie verkaufte Eintrittskarten im Kino »Slawejkov«, trug immer tief ausgeschnittene Dekolletees und lackierte ihre Nägel rot. Die Farbe dieses Nagellacks war so grell, dass man stets meinte, ihre Finger bluteten. Ihr Mann war der Betreiber des öffentlichen Backofens im Viertel und war bei seiner Frau auf alles und jeden eifersüchtig. Ganze Nächte musste er schwitzend das Feuer in seinem Backofen unterhalten, sogar im Winter. »Wenn es sein muss, zünde ich mich selbst an; wenn es sein muss, verschmore ich wie ein Braten«, liebte er zu bekennen, »aber um keinen Preis lasse ich mir Hörner aufsetzen!« Er machte seiner Rosa immer wieder heftige Szenen, weil er einfach nicht glauben konnte, dass eine Frau, die so viele Nächte allein war, die einen solch runden Prachthintern hatte und so erzählfreudige Brüste, keinen Liebhaber haben sollte. Der beständige Kontakt mit dem Feuer hatte ihn gelehrt, abstrakt zu denken. Rosa aber war von geradezu unerhörter Unschuld.

Zweimal wöchentlich versammelten sie sich im Lädchen des Schneiders. Dort, zwischen der mit Stecknadeln gespickten Anziehpuppe und den auf dem langen Tisch ausgebreiteten Anzugschnitten, las Jonka ihnen aus den Karten. Sie traf es immer, denn was sollte diesen Leutchen aus dem Viertel schon Außergewöhnliches passieren? Der Schneider, der »hinkende Gott«, wie ihn die Pubertierenden des Viertels nannten, prüfte mit dem Daumen das heiße Bügeleisen und verlagerte sein Körpergewicht auf das gesunde Bein. Rosa kam im Hausmantel zu ihm, die Haare auf Papierröllchen aufgedreht. Sie sah zerstreut aus. Auf ihrem Gesicht glänzte polnische Nivea-Creme. Auf dem Herd des Schneiders köchelte ein Kessel mit Wasser, ein schwarzer Kater mit abgeschnittenem Schwanz schnurrte oder schoss aus seinen leeren grünen Augen Blicke auf sie ab, die Kuckucksuhr an der Wand tickte verschlafen. Jonka bereitete einen Tee aus starken Kräutern und sagte Rosa heimlich eine verhängnisvolle Liebschaft voraus, ihrem Mann aber die unverbrüchliche Treue seiner Frau. Dem Schneider prophezeite sie Gesundheit, dem Glasermeister »Sturm und einen sommerlichen Hagelschauer«.

Sie hatte inzwischen eine Beziehung zu diesen Menschen entwickelt und verfolgte ihre Schicksale wie zuvor die der Menschen auf der Klokotniza-Straße; aber es gab einen Unterschied: Hier nannte sie keiner mehr »Mutter«! Mit der Fühllosigkeit der Menschen von heute riefen sie sie »Tante Jonka«.

6

Und die Zeit raste … Kaum war Jordan auf dem Gymnasium, da bedeckten sich seine Wangen auch schon mit dem ersten Bartflaum, seine Stirn mit den ersten Aknepickeln. Beim Ausziehen schämte er sich vor Jonka. Er war ein hübscher Junge und ein guter Schüler; wohl darum riefen scharenweise verwöhnte Backfische bei ihm an. Er bekam ein Mambo-Tonbandgerät geschenkt, einen schönen Kasten, der in seinem aberwitzigen Gedächtnis jeden beliebigen Ton und jede Melodie speichern konnte. Abends kam er nun spät und aufgekratzt, manchmal auch mit den Spuren einer Prügelei, von »Feten« nach Hause. Seine Hosen ließ er sich eigens beim »hinkenden Gott« schneidern. Eng mussten sie sein, so eng, dass man kaum hineinkam. Bai Sando beschwichtigte Jonka: »Lass ihn doch, Tante, *jetzt* ist der Junge doch ganz in Ordnung. Was er dagegen als kleiner Bub an Scheiben zerdeppert hat …«

Zu dieser Zeit geschah, was Jonka die ganze Zeit hatte kommen sehen. Die ergebene, aber hoffnungslose Liebe Jordans zu Emilia verwandelte sich in Hass. Sie war nie seine Mutter geworden; er hörte auf, ihr Sohn zu sein; beide aber mussten sich ununterbrochen Assen teilen!

Eines Tages lief Jordan plötzlich von zu Hause weg und verschwand in der Milde des Herbstes. Mit diesem mageren Mädchen, bei dem man nicht wusste, ob sie verdorben oder einfach nur trübsinnig war, hatte er das Grab Veras, seiner Mutter, gesucht. Sie stellte sich die beiden vor, verloren zwischen den Gräbern, mit von Kreuzen vergitterten Augen und der Ausdünstung von Gram; abends dann aneinandergekuschelt in der Vergessenheit und Großmütigkeit eines verlassenen Dachbodens. Assen holte aus, um seinen Sohn zu schlagen; der aber hatte seine Manneskraft und die Bereitschaft der Frau nun kennengelernt und sagte: »Wenn du mich anrührst, geh ich zu Mama.«

Assen erbleichte, das Blut wich ihm aus dem Gesicht, sein erhobener Arm erschlaffte. Nun musste Jonka also mit seinem zähen Hass kämpfen, so wie sie zuvor mit seiner Liebe gerungen hatte. Doch hier gab es keine Wildwiese, auf der zauberkräftige Kräuter wuchsen; um sie herum nichts als viel zu viele Menschen auf einem Haufen, Gleichgültigkeit, und im Sommer aufgeheizte Steinwüste.

Vor Mariä Himmelfahrt fand Jonka auf dem Markt glasierte Keramikblumentöpfe, füllte sie mit Muttererde aus dem Hof und pflanzte Storchenschnabel und Rosengeranien ein. Sie stellte sie auf den Balkon, ließ den ersten Regen die Pflänzchen waschen, und als diese sich an ihre neue Umgebung gewöhnt hatten, ging sie damit in Emilias Schlafzimmer, wischte Staub, machte voll guter Vorsätze das Bett und sagte: »Hier, ich schenke dir diese Blümchen. Von heute an gehören sie dir!«

Den ganzen Monat war sie angespannt und wie gelähmt, schaute ihre Karten und ihr Strickzeug nicht an, sodass sie vor lauter Untätigkeit und Verdruss Arthritis in den Fingergelenken bekam. Als sie sich davon überzeugt hatte, dass ihre Vorahnung richtig war, klopfte sie an die Tür und betrat Assens Arbeitszimmer.

»Schreibst du?«, fragte sie mit gedämpfter Stimme.

»Ich arbeite.«

»Die Blumen sind eingegangen … Von meiner Mutter und deren Mutter weiß ich, dass eine Frau, die nicht weiß, was eine Blume braucht, auch für ihren Mann nicht sorgen kann.«

»Aber Emilia hat Probe, sie ist ständig eingespannt.«

»Sie wollten doch nur ein bisschen Zuwendung und Wasser«, unterbrach ihn Jonka. »Ihr müsst ein Kind haben, ihret-, deinet- und Jordans wegen.«

Abends setzte sie sich ans Fenster, wenn der Sonnenuntergang es erreichte. Sie war schon so verwachsen damit, wie das Herbstlicht verwachsen war mit der Farbe der Quitten und der Reife der Früchte. In diesen müden, gedehnten Stunden vollzog sich ein Geheimnis; getränkt von der Dunkelheit und unsichtbar, floss das Leben draußen vorüber, doch nicht nach vorn und talabwärts zum Meer wie das Wasser der

Donau, sondern gleichsam zurück und aufwärts. So blieb sie sitzen, versunken in den Anblick von etwas, das sie weder anhalten noch verstehen konnte. All diese Veränderungen verwirrten sie nur noch. Die Leute vom Land zum Beispiel verließen ihre seit Urzeiten immergleiche Plackerei und das Gedächtnis ihrer Augen, die störrische Freigebigkeit der Erde, die Sonnenauf- und die Sonnenuntergänge über den Stoppelfeldern und siedelten über in die Städte, wo sie sich in enge und unbequeme Unterkünfte quetschten, ihre abgelatschten Schuhe vor die Wohnungstür stellten und sie mit dem Geruch nach Unsicherheit und einquartierter Unbehaustheit erfüllten. Eine Landpflanze zu sein, das galt auf einmal als rückständig, als etwas, für das man sich schämen musste. Sie wurden massenhaft Industriearbeiter. Die Städter wiederum wechselten ihre Büros und Dienststellen, ihre Vergangenheit und ihre Freunde, als kleideten sie sich nur mal eben um. Sie warfen ihre Erinnerungen und ihre Würde fort, ihre Spitznamen und die Tapferkeitsmedaillen ihrer Vorväter, diesen ganzen in Ruhm und Staub versackten familiären Reliquienramsch, und füllten ihr Zuhause mit Einheitsware, mit Politurmöbeln, Bakelit und Nylonwäsche. Sich selbst überdeckten sie mit einer Schicht aus Fett und Vergessen. Im Leben der Menschen gab es nichts Beständiges außer dem Wandel … Das war, als ob die Welt, wenn du nur mal kurz in Betrachtung, in Nachdenken oder in einen Nachmittagsschlummer versankst, nachher nicht wiederzuerkennen war.

7

Schwanger im sechsten Monat, fühlte Emilia sich einfach unglücklich ohne Theater. Theo Sotirov war inzwischen mitsamt seines karierten Possenreißer-Sakkos zum Hauptregisseur am Volkstheater ernannt worden, mit der Aufgabe, einen Teil des klassischen Repertoires wiederaufzubauen. Er hielt sein Versprechen und nahm Margarita Lilova und Emilia von der Arbeiterbühne mit hinüber; doch sie sollte gerade ihre erste Rolle bekommen, da wurde Emilia von den starken unförmigen Stößen des werdenden Lebens daran gehindert.

Aus diesem dramatischen Anlass war sie, wenn auch grundlos,

schrecklich böse auf Assen. Sie schminkte sich mit auffallendem Eifer, als wolle sie ihr Gesicht wechseln, und durch den Park spazieren gingen sie nur noch abends, weil sie sich schämte.

»Guck mal den da mit der Schiebermütze, wie der mich anguckt. Hat mich sicher erkannt«, sagte sie schadenfroh zu Assen. »Es ist schrecklich, schwanger zu sein und dabei berühmt.«

Allmählich merkte Emilia, dass das Schwierigste an der Arbeit des Schauspielers die Gestaltung der Pausen war, jenes Abgestelltsein auf der Bühne, wenn nichts geschah außer dem Licht der Scheinwerfer. Die aktiven Parts, die fielen ihr leicht, darin hatte sie mit den Jahren an Ausdruckskraft und Leichtigkeit gewonnen. Doch zwischen den Wortwechseln senkten sich oft, unsichtbarem Staub vergleichbar, lange und quälende Pausen herab, in denen sie sich regelrecht verlor. Genau diese vertrackten Interims waren es aber, die ein Gefühl real ablaufenden Lebens erzeugten, wohingegen die physische Bewegung und der Dialog Akzente waren, die die Illusion der Wirklichkeit annähern sollten. Emilia konnte nicht ohne Bühnendekoration, sie schätzte eine detaillierte und schwatzhafte Kulisse; sie brauchte einen Stuhl, auf den sie sich setzen, eine Uhr, die sie aufziehen konnte, einen Teller, den sie in die Hand nehmen und verschieben oder gar lautstark auf die Bretter pfeffern konnte. Sie hielt sich an den Gegenständen auf der Bühne regelrecht fest, da sie ohne deren rettende Unterstützung einsam und wie abgeschnitten vom dramatischen Geschehen war.

Man hatte ihr Rollen in der »Möwe« von Tschechow und in Brechts »Mutter Courage« versprochen, doch Sotirov redete sich dreist immer wieder heraus. Margarita Lilova gab eine phantastische Mutter Courage, bei der Premiere blieb Emilia die Luft weg. Margarita sagte ihren Text nicht auf, er schien ihr im Moment des Redens einzufallen. Während der Pause, im Stimmengewirr des weitläufigen Foyers, sagte Emilia beiläufig, Margarita fehle »ein klein wenig Verrücktheit«. Dieser Ausdruck war damals in Mode. Er klang sensibel, hatte aber die Wirkung eines Rotweinflecks auf dem weißen Kleid des Erfolgs.

»Ich verstehe Ihren Einwand nicht. Sie ist doch wun-der-voll«, erwiderte Simeonov. »Auf der Bühne ist diese hässliche Frau ja beinahe schön!«

Genau genommen rettete die Schwangerschaft Emilia also vor einer Spielpause am Theater, die sie ohnehin gehabt hätte. Sie kam mit Vergnügen den Interview-Bitten des Kulturradios, der Zeitungen und der Zeitschrift »Frau heute« nach, wo sie unbestimmt von ihren kreativen Plänen sprach, im Grundton der Bescheidenheit kommende Triumphe andeutete … doch sie spürte selbst, dass ihre Zeit vorbei war. Sie spielte immer nur positive Heldinnen, idealisiert und langweilig, und denen glaubte einfach kein Mensch mehr. Selbst in den für sie schmeichelhaftesten Kritiken bezeichneten die Theaterkoryphäen sie als »Typen-Darstellerin«.

Die ersten paar Monate der Schwangerschaft waren schwer für sie. Ununterbrochen war ihr übel. Sie musste sich zwingen zu essen, und noch schwerer fiel es ihr, sich daran zu gewöhnen, dass sie bald *Mutter* sein würde. Die Zeit kam ihr so richtungslos vor wie ihr Bauch, weil nichts geschah. An große physische und psychische Belastungen im Theater gewöhnt, wo sie immer im Brennpunkt gespannten Interesses gestanden hatte, betrachtete Emilia ihren aufgeblähten Körper mit Widerwillen. Er kam ihr vor wie ein hässliches, unförmiges Kleid. Ihre Brüste schwollen unästhetisch an, und die Unterwäsche, die sie nun tragen musste, war nicht einfach nur die einer dicken, sondern die einer ihr unbekannten Frau. Die ganze Welt wurde eine einzige endlose Spielpause und sie hielt sich dauernd an irgendwelchen Gegenständen fest, um sich anwesend zu fühlen auf der Bühne des Lebens. Doch je mehr sie sich ihnen widmete und schön anzuordnen versuchte, desto schneller gingen sie kaputt.

Und im Unterbewusstsein wuchs ihr Groll gegen Assen. Aufrichtig besorgt um sie, handelte er egoistisch, denn so gestattete er ihr nicht, ihren inneren Konflikt nach außen zu kehren in einem lauten und prächtigen Krach, der ihn entschärft hätte. Mit seiner Behutsamkeit entzog Assen ihr das Recht auf Handeln, auf Präsenz, auf eine scharfe Erwiderung und verdammte sie so zu einer nicht enden wollenden Bühnenpause, dem, worin sie am schlechtesten war und sich am schlechtesten fühlte, weil sie nicht sie selbst sein konnte.

Manchmal weinte Emilia theatralisch. Unwiderruflich zu ihrer Schwangerschaftskleidung verdammt, entnervt vor Untätigkeit und unbefriedigter Eitelkeit, war sie auf einmal sogar eifersüchtig geworden. Sie wühlte in Assens Taschen und regte sich selbst über ihre fünfzigjährige unansehnliche Nachbarin auf, die als Buchhalterin in der Süßwarenfabrik Maltschika arbeitete. In der jungen und animierenden Gegenwart Viktoria Simeonovas wurde sie regelrecht tollwütig. Sogar Assens väterliche Gefühle für Jordan brachten sie auf die Palme. Peter Simeonov hatte ihnen sein letztes Buch mit Kurzgeschichten geschenkt, sodass Assen sich gezwungen sah, die Geste zu erwidern und ihm sein Lehrbuch mit Widmung zu überreichen.

»Peter hat Ihr ›Römisches Recht‹ wie einen Roman verschlungen«, sagte Viktoria ihm einmal. »Er meint, die Bibel und die römischen Gesetze seien das Beste an Literatur, worauf er je gestoßen sei. In beiden gebe es alles: Weisheit, Lehre, Größe und vor allem eine Ahnung vom Schicksal der Welt.«

Es war ein warmer Juliabend. Die drei hatten sich auf die ausziehbaren Kanapees gesetzt; die aschfarbene Dämmerung draußen war erfüllt von Silhouetten und Geheimnis. Viktoria lachte freiheraus. Ihre auf Assen gerichteten Augen funkelten, als betrachte sie ein Juwel.

»Hast du nichts zu arbeiten?«, blaffte Emilia ihn plötzlich an. »Du hängst die ganze Zeit hier bei uns Frauen herum!«

Eines langweiligen Tages gestand sie sich ein, dass sie eigentlich gar nicht wegen der fremden Frauen eifersüchtig war, sondern wegen sich selbst: Was war sie nur vor dieser Schwangerschaft für eine schlanke, attraktive, von fremder Aufmerksamkeit erleuchtete Frau in den besten Jahren gewesen, die, bis zur Besinnungslosigkeit verliebt in ihre eigene Berühmtheit, niemandem gehörte. Sie hatte mit dem Gefühl gelebt, diese reife, attraktive Frau würde sie immer bleiben …

Mitte Juli, als die Hitze die Menschen aus Sofia vertrieb, die Luft zum Stehen kam und die Ecken sich mit abgestandenen Gerüchen füllten, hielt Viktoria Simeonova es nicht mehr aus und erzählte Emilia von der Versammlung in der Universität, bei der Assen ideologisch in die Zange genommen worden war. Diese tat so, als sei sie empört und schrecklich betroffen über das Geschehene, in Wirklichkeit aber empfand sie Erleichterung. Hah! Assen hatte eine Niederlage erlitten! Kaum hatte sie das erfahren, fühlte Emilia, dass die Gleichheit zwischen ihnen wiederhergestellt war. Angegriffen von den Worten der anderen, aber besiegt gleichsam von sich selbst, hatte er ihre Bühnenpause abgebrochen und ihr eine neue Rolle geschenkt: die Rolle der enttäuschten Ehefrau!

Emilias Gesicht nahm einen scharfen, rachsüchtigen Ausdruck an, fast so, als hätte sie sich geschminkt, um den denkbar geringschätzigsten Ausdruck für ihre Verbitterung zu finden. Sie hatte kein Mitgefühl mit ihm, sie war nicht wütend, hasste ihn auch nicht … Ihre Feindseligkeit war viel versteckter und verletzender. Sie verachtete ihn!

»Es gibt doch nichts Erbärmlicheres als einen *ehemaligen* Helden«, sagte Emilia ihm einmal aus heiterem Himmel. »So einer ist doch wie eine Bühne, auf der die Lichter ausgegangen sind. Die Leute sind schon gegangen, und zwischen den Reihen nichts als Grabesstille und der Hauch der Abwesenheit. Ja, so ist es, wenn das Spiel aus ist! Ich frage mich nur, und ich frage es dich: Warum hast du dich eigentlich nicht verteidigt?«

»Dazu hatte ich kein Recht!«, erwiderte Assen leise.

»Ah, ja, klar, natürlich, das Recht dazu haben ja nur die Mächtigen. Du aber bist anständig bis zur Dummheit, und obendrein bist du auch noch stolz und gleichgültig. Mir steht deine ganze Moral bis hier! Die ist doch keinen Heller wert, deine verdammte Moral. Kotzev ist für einen Fliegenschiss Professor geworden. Alexander Weltschev wird jetzt Dozent. Ja, die machen Karriere, weil sie klug sind. Und du? Du schwebst in deinen olympischen Wolken und bist zehn Jahre nicht von der Stelle gekommen. Mir reicht's langsam mit deiner Moral, Genosse Weltschev. Der erste Akt ist beendet. Jetzt kommt der zweite! Das Leben hat seine eigenen Gesetze.«

»Vera, hör auf!«, rutschte es Assen heraus. Er merkte seinen Versprecher rasch und verstummte.

»Mein Name ist Emilia«, zischte sie gallig. »Vera war der Name deiner Ehemaligen. Ich weiß ja, dass du an sie denkst. Ich komme mir vor wie ein Gegenstand, der ständig mit einem anderen verglichen wird. Ja, so einer bist du. Du bist so verkommen und pervers, du läufst nicht anderen Röcken hinterher, du betrügst mich mit Toten.«

Assen stand abrupt auf, näherte sich ihr. Schaute ihr kalt in die

Augen, ohne ihr eigentlich wehtun zu wollen. Ihr Nachthemd glitt ihr über den Bauch und fiel zu Boden wie eine abgestreifte Haut.

»Guck mich nicht so an«, sagte Emilia voller Grausen. »Guck mich bloß nicht so an …

»Wie guck ich denn?«, fragte Assen.

8

Ende August kam ein Telegramm, ein zerknitterter Fetzen Papier, auf dem nur zwei sparsame Worte standen, so als sei der Tod das Billigste und Unbedeutendste, was man seinen nächsten Verwandten mitteilen konnte: »Jana gestorben«. Der Morgen verschwamm in Jonkas Augen und sie musste sich an der rutschigen Kante des Waschbeckens festhalten. Dann murmelte sie ketzerisch: »Ja, damit der eine geboren werden kann, muss der andere sterben. Gott, vergib Jana ihre verhängnisvollen und grausamen guten Taten!«

Die Nachricht kam erst zwei Tage nach dem Todestag an; Assen fuhr dennoch. Etwas mehr als eine Woche verbrachte er in Widin und kehrte ausgelaugt von Trauer und Hitze zurück. »Mutter«, sagte er zu Jonka, »ich hab keine Mutter mehr …«

Der September ging trocken vorbei, das Licht reifte und wurde golden. Anfang Oktober regnete es wie aus Kübeln, sodass das Kind gleichsam mit den gurgelnden Fluten auf die Welt gespült wurde. Jonka hatte auf der Wachstuch-Tischdecke in der Küche Karten gelegt, als ein Schmerz im Bauch sie rief. »Es geht los«, dachte sie, und da hörte sie auch schon, wie Assen per Telefon ein Taxi zum Krankenhaus bestellte. Die Haustür wurde zugeschlagen, dann war es den ganzen Abend still. Die Nacht war kühl, still und voller Geburt. Die Karten wurden rätselhaft. Bei Herzdame fiel ein Mädchen heraus. Es würde blonde Locken haben und die verletzend blauen Augen seines Vaters.

Eine Woche später beugte sich Jordan über die Wiege, schaute in das weise Altfrauengesicht seiner Schwester und wollte sie nicht erkennen. In seiner Unwissenheit glich ihm das Baby einem Engelchen. Es hatte einen rosigen Körper und fast transparente Öhrchen, dessen zarte

Muscheln schon die Tiefen, Flachheiten und Unvollkommenheiten des Lebens erlauschten. Das Kind kam an einem Feiertag zur Welt, einem Sonntag, und so gab man ihm den königlichen Namen Dessislava …

Befreit von der Frucht und den Geburtsqualen, wirkte Emilia wie verwandelt. Sie hatte viel Milch und war von einer plötzlichen Güte, einem inneren Licht erfüllt und erlangte binnen kurzer Zeit ihre schlanke Figur und ihre Schönheit wieder.

Am Abend, nachdem der Säugling gebadet und in Stoffwindeln gewickelt war, schrieb Jonka in die Familienbibel: »Am 5. Oktober 1958 wurde dem Vater Assen und der Mutter Emilia ein Kind weiblichen Geschlechts geboren, das den wohltätigen und hohen Namen Dessislava erhielt.« Sie seufzte, legte den Federhalter weg und blätterte mit dem kleinen Finger ihrer linken Hand in den Bibelseiten, weil sie sehen wollte, welcher Vers dem neuen Leben Klang und Kontur geben würde. Sie bekreuzigte sich, strich die vergilbten Blätter auseinander und las aus dem Ecclesiasticus, dem Buch Jesus Sirach: »Drum hüte dich und sieh dich vor, und gehe nicht mit den Menschen der Gewalttat!«

9

Morgens beobachtete Ljuba ihn, wie er sich im Bad rasierte. Was für ein gut gebauter, schöner Mann stand da vor den weißen Kacheln, duftend nach einem leichten Männerparfüm. Sie hätte weinen mögen. Die Tränen zwickten unter ihren Augenlidern, und sie wusste nicht, woher diese Aufwallung?

»Hey, Nierchen«, rief Alexander ihr zu, »und? Schon Milch gehabt?«

Wach, aber noch warm vom Bett, mit seinen großen Pantoffeln an den Füßen und eben von ihrem Sohn leergetrunkenen Brüsten stand sie hinter ihm. Sein Gesicht im Spiegel sah rein und irgendwie kindlich aus. Seine blauen Augen blickten milde und so, als erstaune ihn etwas. Der Rasierapparat knisterte leise, während er den bläulichen Schatten auf seinen Wangen abschabte, bis sie sanft schimmerten.

Als sie ihren schwachen Moment überwunden hatte, wiederholte Ljuba unwillkürlich: *Er ist nicht so einer! Er ist nicht so wie die anderen.*

Sie frühstückten gemeinsam in der Küche. Ohne zu wollen, hörte Ljuba also die Gespräche zwischen Alexander und ihrem Vater mit. Die beiden taten sich vor ihr auch keinerlei Zwang an, sondern redeten beim Klingklang der Löffelchen in den dampfenden Teetassen offen und ohne ein Blatt vor den Mund zu nehmen miteinander. Entsetzt stellte sie fest, dass ihr Mann eben doch *genau so einer war,* und zu ihrem Bedauern ganz und gar *so wie die anderen.* Sie fand zu den gleichen Worten, die sie gebrauchte, wenn ihr kleiner Sohn Christo etwas tat, das ihr nicht gefiel: »Alex ist böse …« Ja, Alexander war böse. Alles in ihr bäumte sich dagegen auf. Doch das Wissen fiel in sie wie Staub, erstickend, unaufhaltsam und unauslöschlich. Sie kämpfte mit sich, begann fieberhaft die Wohnung zu putzen, die Möbel zu wischen, um ihre Liebe zu Alexander, die sie für rein gehalten hatte, in eine permanente Reinigung zu verwandeln. Doch klinische Sauberkeit ist keine Reinheit. Als ihr Mann sich einverstanden erklärte, Assen Weltschev einen Denkzettel zu verpassen, drehte Ljuba vollends durch. Ihr knickten die Beine weg, und zwei Wochen war sie unfähig, das Staubtuch auch nur anzurühren. Es hatte einfach keinen Sinn.

»Ich will mich endlich von dieser schrecklichen Dankbarkeit befreien«, flüsterte Alexander ihr im Bett zu. »Dieses Gefühl, ihm verpflichtet, abhängig von seiner Gnade zu sein, ein Sklave des Guten, das mir erwiesen wurde, macht mich noch wahnsinnig. Ich geh vor die Hunde!«

»Tu's nicht«, bettelte sie. »Wir werden deinem Vetter einfach ein großes Geschenk machen, ihm unsererseits einen Dienst erweisen, und dann seid ihr quitt.«

Seine Augen waren so unschuldig, verwundert und blau an die Decke geheftet wie … wie die eines professionellen Falschzeugen. Eingefangen im Netz dieser von ihm ausgehenden Ausstrahlung von Verwunderung, nickte sie, nickte sie und nickte sie – sie war nur noch angewidert von ihrer Charakterlosigkeit.

»Diese widerliche Dankbarkeit … unter der leide ich nicht nur Assen gegenüber. Die kannst du nicht einfach durch irgendetwas abgelten, die kannst du nur zermalmen, zerquetschen, kurz und klein hauen. Die Kollegen an der Fakultät grinsen schon, wenn ich mit meinem servilen Dankbarkeitsgehabe aufkreuze. Das läuft inzwischen unter Geburtsschaden, verstehst du? Ich bin nichts als ein Anhängsel der Dankbarkeit, verstehst du? Ich bin ein Niemand!«

10

Ihr Vater schlug Alexander vor, als Koautoren eine umfangreiche und repräsentative Studie »Über die Demokratie« zu schreiben. De facto bedeutete das, dass Alexander gründlich die Klassiker lesen und nach Zitaten durchkämmen, das Material auswählen und strukturieren, die Bibliografie erstellen und den Text verfassen sollte, und ihr Vater anschließend all seine Einwände gegen die Demokratie hinzufügte.

So glich ihr Vorhaben schon im Anfangsstadium einem totgeborenen Kind, im Keim erstickt von ihrem Unwillen, es als gesetzlichen Nachwuchs anzuerkennen.

11

»Hey, Nierchen, schon die Milch gewärmt?«

Ljuba beobachtete, wie der weiße Schaum, unter dem sein Gesicht wie das eines Pantomimen aussah, unter der Rasierklinge dahinschmolz. Langsam belebten sich seine Züge.

»Ich hab eine Verabredung mit Pejtschev«, fuhr er mit sanfter Stimme fort. »Müssen Ruhm und Ehre unter uns aufteilen.«

Ljuba sagte dazu nichts. Sie spürte, wie Alexander sich vor Ärger über ihre Reaktion gereizt und hastig mit dem Handtuch das Gesicht abwischte und dabei die Windeln vom Waschbeckenrand stieß.

»Na gut, wenn du drauf bestehst, dann eben auch Schimpf und Schande!«

Das letzte Wort blieb in der Luft hängen – und das Bad blitzte auf vor Sauberkeit. Bis um zehn Uhr versuchte Ljuba, etwas zu lesen, doch jede Zeile kam ihr so bedeutsam vor, dass sie es einfach nicht schaffte, den Sinn des Textganzen zu erfassen. Sie seufzte, nahm das weiche Staubtuch aus der Küche und begann Staub zu wischen. Manchmal fing sie regelrecht Feuer bei diesen eintönigen und sinnlosen Bewegungen. Sie spiegelte sich in der Politur der Möbel, wenn auch nur wie durch einen Nebel. In dieser Wohnung gab es so viel von dieser Politur, und so viel Glanzlackierung, dass man den Eindruck haben konnte, eine Riesenschnecke sei hindurchgekrochen. Schließlich holte sie der kleine Christo aus ihrer Versunkenheit mit seinem Plärren. Sie gab ihm die Brust, wickelte ihn neu, legte ihn in den Kinderwagen und ging mit ihm spazieren.

Draußen herrschte eine stehende Hitze. Die Luft roch nach Benzin und glühendem Steinstaub. Sie durchquerte den kleinen Park hinter der Kirche Siebenheiligen und ging die Rakovski-Straße hinunter. Sie hatte keinen konkreten Weg geplant. Plötzlich stand sie vor dem roten Ziegelbau des Volkstheaters, und da kam ihr der naheliegende Gedanke: Wenn Alex sich jetzt mit Pejtschev getroffen hat, dann haben sie sich sicher ins »Bambus« gesetzt … Da konnte sie doch eigentlich kurz guten Tag sagen und einen Kaffee mit den beiden trinken?

Am Vormittag waren die Tische vor dem Lokal leer. Ljuba näherte sich, spähte durch die Glasscheiben ins Innere. Drinnen war es verraucht, trübe und finster wie in einem unbeleuchteten Aquarium. Plötzlich sah sie sie. Ganz hinten in einer der Nischen. Alexander und diese dunkelhäutige Frau, die sie mit ihrer sinnlichen Schönheit frappiert hatte. *An unserem Tisch*, durchfuhr es Ljuba schmerzlich, er sitzt mit ihr *an unserem Tisch*! Das leichte, modische Kleid der Frau unterstrich eher noch ihre provozierende Ausstrahlung, als dass es sie dezent verhüllt hätte. Die Nähe zwischen den beiden war noch im Aufbruch, doch schon jetzt von unverhülltem Begehren. Die Rauchsäulen ihrer Zigaretten verflochten sich zärtlich über dem Aschenbecher. Viktoria lächelte gönnerhaft, während Alex ihr aufgekratzt etwas erzählte. Er drückte den Abzug ihres Feuerzeuges, das die Form einer Damenpistole hatte, als wolle er Selbstmord begehen.

Ljubas ganzer Körper war ein einziger Schmerz. Sie dachte, gleich falle sie auseinander. Der Gedanke an das Kind brachte sie zur Vernunft. Sie schob den Kinderwagen in den Schatten des Theatergebäudes. Auf dem Fries über dem säulenbestandenen Treppenaufgang bliesen Steinfiguren in Streitwagen triumphal in ihre Fanfaren. Ljuba fiel plötzlich ein, dass die beiden sie aus dem Dunkel des »Bambus« bemerken konnten. Das verwirrte sie stark. Sie fühlte sich schuldig, als sei sie es, die etwas Niederträchtiges getan hatte. *Er ist nicht so einer!*, hämmerte sie sich erschrocken ein. Das Kind schaute sie aus dem Kinderwagen an mit den reinen, blauen und verwunderten Augen eines professionellen Falschzeugen.

12

Ende Oktober bestellte Assen ihn in sein Sprechzimmer, das er mit Professor Jowtschev teilte. Seit Tagen fiel ein unwirtlicher Regen. Der Himmel über dem Witoscha-Gebirge war niedrig, die ganze Landschaft triefte, tropfte, rann und plitschte. Alexander fühlte sich durchnässt, auch ohne draußen gewesen zu sein. Er hatte sich vorgenommen, sich ehrbar und anständig zu verhalten, und erwartete, dass Assen nach dem kalten, angespannten und ausgedehnten Schweigen so etwas wie eine Erklärung von ihm verlangen würde. Jeder denkbare Vorwurf würde ihn mit Selbstsicherheit erfüllen, jede Drohung seines Vetters ihm Schuld abnehmen. Alexander hoffte, dass Assen unmoralisch vorgehen und sich an ihm rächen würde. »Wir sind Rädchen in einem hochkomplizierten Mechanismus«, liebte Kotzev zu sagen. »Wenn das große Zahnrad sich einmal langsam dreht, dann rasen die kleinen …« Assen war nicht von gestern. Er hatte seine Biografie und gehörte zu den größeren Rädchen. Jetzt schaute er gedankenversunken durchs Fenster, wo der Grünspan auf dem Kupferdach der Universitätsbibliothek zu sehen war. Nach der Vorlesung sah Assen müde, gealtert aus. Seine Augen wanderten zu Alexander; doch in ihnen stand nichts als tiefe, verletzende Gleichgültigkeit.

»Ich wollte dir mitteilen«, begann er in dienstlichem Ton, »dass Professor Kotzev darauf besteht, dass ich Gutachter für deine Dozentur werde.« Mit einem Hauch von Ekel stieß er an das Manuskript. »Deine Arbeit ist ordentlich, aber ich habe eine Reihe von Anmerkungen zu machen.«

»Ich wusste nicht, dass Genosse Kotzev …« Alexander spürte, wie ihm der Schweiß ausbrach. Auf seine Wangen trat die peinliche Röte eines frisch gekochten Krebses.

»Das tut nichts zur Sache … Mein Gutachten wird im Großen und Ganzen positiv ausfallen. Der Kampf wird zwischen dir und Pejtschev gehen.« Er verschob die marmorne Löschpapierwiege auf dem Schreibtisch und fuhr mit sichtlicher Anstrengung fort: »Auf der Fakultätsratssitzung werde ich für euch beide stimmen.«

Alexander stand, die Hände in den Taschen seines Mantels vergraben, da wie bestellt und nicht abgeholt. Er fühlte sich schwer. Verzweifelte fast, als er spürte, wie schon wieder heiße Dankbarkeit in seiner Brust brandete. Er fühlte sich klein und hilflos.

»*Onkel* Assen«, druckste er, obwohl Assen nicht sein Onkel, sondern sein ältester Vetter war, »ich hab mich dagegen gewehrt …«

»Sicherlich.«

»Sie haben mir gesagt: Du bist ihm verpflichtet. Nur wenn *du* es machst, wird jedem klar, dass es ums Prinzip geht.«

Assen schwieg lange und ohne Bedauern für seinen jüngeren Vetter. Jetzt konnte man deutlich die Regentropfen auf das vermooste Dach gegenüber trommeln und aufplatzen sehen wie transparente Knospen vergänglicher Blumen.

»Du hast das Richtige getan«, murmelte Assen. »Das hätte aber auch ein anderer können, das Richtige tun!«

»So ist es, aber … du hast keinen ergebeneren, dir näher stehenden Menschen als mich in der ganzen Fakultät!«

Dieses Argument war wirklich unschlagbar. Assen musste unwillkürlich lächeln.

»Mein Gutachten wird positiv ausfallen«, wiederholte er tröstend.

Sie drückten sich die Hände so herzlich, *als habe Alexander Weltschev seinem großen Vetter wahrhaftig verziehen.*

13

Alexander verglich sich mit einer Münze, die zwei entgegengesetzte Seiten hatte, und zwar im räumlichen wie im übertragenen Sinne. Die eine Seite war unberührt von schmutzigen Fingern und dazu noch von Ljuba auf Hochglanz poliert, die andere, von Eitelkeit und dem ängstlichen Drang, sich der Situation entsprechend zu verändern, sah so abgewetzt aus, dass die Prägung kaum noch zu erkennen war. Mit Ljuba war er wirklich aufrichtig und unverstellt; doch mit ihrem Vater wurde er ein ganz anderer, ein Mann, der vollkommen vom »Karriere«-Doppelgänger beherrscht war. Diese Zwiespältigkeit quälte ihn, einerseits; andererseits war er auch stolz auf sie, weil er, indem er seine sittliche Integrität verletzte, sich von seiner Angst befreite und nicht mehr wie ein farbloser Niemand fühlte.

Moral und Unsittlichkeit sind die beiden Pole ein und derselben Sache, sagte er sich. Beide sind zu gleichen Teilen Ausdruck unserer Angst! Er hatte ja nun den Rausch kennengelernt, im Zentrum der öffentlichen Aufmerksamkeit zu stehen. Der ebenso donnernde wie unverdiente Applaus in der Aula der Universität galt zwar nicht ihm persönlich, sondern einem politischen Ereignis, das er nicht verantwortete; doch letztendlich hatte er, Alexander Weltschev, mit seiner Rede der allgemeinen Erleichterung grünes Licht gegeben.

Sein diffuses Hingezogensein zu Viktoria Simeonova, das er im Eifer der Gefechte fast vergessen hatte, bekam Zunder in dem Moment, in dem er klein beigab und sich einverstanden erklärte, den Vortragsbericht gegen seinen Vetter Assen zu verfassen. Jahrelang hatte diese Leidenschaft geschlafen. Sie war zur Ruhe gekommen, aber keineswegs überwunden; nun flammte sie plötzlich und verzehrend wieder auf. Wenn man einem Kind pausenlos wiederholt, wie gut es sei, rechtfertigte Alexander sich, dann kann es aus reiner Selbsterhaltung doch nur den Wunsch entwickeln, etwas anzustellen. Alles war natürlich viel komplizierter, widerwärtiger und ungewöhnlicher. Alexander war ein sentimentaler Typ, und alle Erinnerungen, die er aus seiner Zeit bei der Familie Sestrimski bewahrt hatte, stießen ihn angenehm ab. Viktorias Vater hatte ihn ausgenutzt und um ein Haar sogar geopfert, ihre Mutter hatte ihn in ein Lustwerkzeug verwandelt, mit dem sie sich jünger fühlen konnte. Viktoria selbst hatte sich ihm gegenüber ausgesprochen geringschätzig und arrogant verhalten und dabei jene weibliche Ironie an den Tag gelegt, die für einen Mann so erniedrigend und beleidigend ist wie nur wenig sonst. Im reichen, doch gefährdeten und verfallenden Haus spielte er die Rolle des treuen Lakaien, doch seltsam: Dieser Familie gegenüber hatte er nicht mit dem galligen Hass zu kämpfen, der die Beziehungen zu seinem Vetter und Wohltäter Assen so vergiftete.

Nie dachte er an Viktoria mit Zärtlichkeit oder Melancholie. Seine Gefühle für sie überrollten ihn wie ein Feind, doch ein Feind, dem man sich ergeben will, weil er den Willen zum Widerstand betäubt hat. Die Nähe zwischen ihnen stellte sich spontan ein. Schon nach der Filmpremiere im Restaurant »Republik«, als Emilia ihren ersten Triumph auskostete, fühlte er, dass Viktoria und er einander brauchten. Umgeben von der kühlen Nacht und dem Durcheinandergerede der Gäste, von leerer Eitelkeit und Geltungssucht, dem nervtötenden Gejaule der Live-Musikanten waren sie im Grunde allein miteinander. Damals war die aufgekeimte Nähe zwischen ihnen noch ohne Folgen geblieben, weil er sich noch nicht die Hände schmutzig gemacht, noch keine Gemeinheit begangen hatte! Damals hatte er Ljuba noch keinen Heiratsantrag gemacht, war Assen gegenüber voller Demut, und die Kollegen am Lehrstuhl sahen in ihm nichts als ein männliches Mannequin, das die enger gemachten Anzüge seines Vaters trug.

Nach der entscheidenden Versammlung in der Aula überfielen Alexander erst einmal Gewissensbisse. Die Liebe zu Ljuba setzte ihm arg zu und hatte auf ihn die Wirkung eines ständigen Vorwurfs, da sie an jenen Teil seines Wesens gerichtet war, den er nun freiwillig beschädigt hatte. Er hasste Assen so sehr, dass selbst *der Name* seines Vetters ihn schon ärgerte. Was aber das Seltsamste war: Die Nähe zu Kotzev gab ihm kein Selbstbewusstsein, sondern erfüllte ihn nur mit Angst und Unsicherheit. Und so nistete sich der Gedanke an Viktoria in seinen Kopf ein wie der einzig mögliche Ausweg.

Das erste Mal meldete er sich aus einer Telefonzelle bei ihr. In der Kabine war es stickig und heiß, auf dem Boden lag ein blutiger Verband, es roch nach frischer Lackfarbe.

»Ich würde dich gern sehen«, bat er.

»Mit Vergnügen …« Die Telefonleitung brach ab. Er wusste den Grund dafür nicht, wagte es aber vorsichtshalber nicht, noch einmal anzurufen. Erst nach zwei Tagen versuchte er es erneut, und sofort sprang ihm die Freude einer Frau entgegen, die die sommerliche Langeweile gepackt hatte. Sie trafen sich im »Bambus«, um einen Cognac zusammen zu trinken. Die Atmosphäre unterschwelliger Sünde war beiden angenehm. Sie sprachen nur wenig. Alexander machte ihr noch nicht einmal den Hof. An ihnen vorbei glitten Schauspieler wie große Raubfische, Schriftsteller und Lümmel aus den Innenstadtvierteln von Sofia, die hautenge Röhrenhosen trugen.

»Wir sollten lieber nicht noch einmal herkommen«, lächelte sie. »Peter ist schrecklich eifersüchtig, und alle, die in dies Lokal kommen, kennen ihn.«

Viktoria hatte ihre Zukunft gerettet, indem sie ihre Vergangenheit als verwöhntes Mädchen aus gediegen-bürgerlichem Hause abgestreift hatte und sich nun als eine der neuen Intellektuellen ausgab! Diese Metamorphose nahm sie mit einer Leichtigkeit vor, mit der sich die Puppe zum Schmetterling wandelt. Die harte Membran ihrer demonstrativen Überlegenheit war geplatzt; nun wirkte sie einfacher, erreichbarer, aber auch noch unberechenbarer. Ihre Wandlung spiegelte sich sogar in ihrer Kleidung. Sie hatte ihren Hang zur Eleganz geopfert und pflegte dafür den unkonventionelleren Stil der Bohemiens. Sie trug prätentiöse Sonnenbrillen, war aber völlig ungeschminkt. Ihre Nägel waren provozierend rot lackiert, dafür war ihr Dekolletee nur angedeutet. Sie zündete ihre Zigaretten mit einem teuren Ronson-Feuerzeug an, rauchte aber billige bulgarische Zigaretten. Nachdem sie ein paar Romane einiger der hochgejubelten sowjetischen Autoren überflogen hatte, konnte sie mit Leichtigkeit über die gesamte Weltliteratur mitreden. Selbst ihre Schönheit hatte sich verändert. War sie früher eine Herausforderung für die männliche Phantasie gewesen, so war sie jetzt eine Prüfung für den männlichen Willen.

14

Die Luft unter dem Blechvorsprung zitterte, die Dachziegel glühten. In der Mansarde war es drückend heiß. Es roch nach lustfeuchtem Federbett und Sauerstoffmangel, doch er wagte nicht, das Fenster zu öffnen. Die auf dem Boden verstreuten Kissen verstärkten noch den Eindruck nach allem, was schweißtreibend war. Aus dem Badezimmer hörte man das Wasser rauschen; wenigstens der Wein würde also schön kühl sein.

Alexander schaute auf seine Uhr. Viktoria hatte zunächst eine Verabredung zum Kaffee mit Emilia, dann musste sie warten, bis ihr Mann angerufen hatte, der sie auf diese Weise kontrollierte, und danach würde sie zu ihm kommen. Dem Wartenden schien es, als stünden die Uhrzeiger auf der Stelle. Er fläzte sich aufs Kanapee und versuchte seinen Atem unter Kontrolle zu bekommen, doch sobald er sich auf ihn konzentrierte, wurde er beim Einatmen der Luft kurzatmig und lief Gefahr zu ersticken.

Am Vortag war er zu Georgi Pantov gegangen, der ihm mit dem Seidenstrumpf auf dem Kopf öffnete. Pantov beklagte sich über Geldmangel und bot ihm ein Album mit alten Briefmarken zum Kauf an. Alexander zog einen Silberteller vor, auf dem eine Jagdszene zu sehen war. Die feine Patina des Silbers verstärkte die Anmutung, dass der Hirsch gegen den Jäger keine Chance hatte. Die Summe, die Pantov dafür haben wollte, erschien ihm astronomisch, doch es war einfach das passende Geschenk für Viktoria.

»Altes Familiensilber«, stöhnte Georgi. »Hat *Maman* mir gegeben …«

Alexander steuerte so unverfänglich und behutsam wie möglich auf sein Anliegen zu, erzählte zuerst, wie lebhaft sein Sohn Christo sei, wodurch er zu Hause nicht recht arbeiten könne, und dass er *vorübergehend* eine stille und unbewohnte Arbeitswohnung suche. Georgi, der abgemagert und gealtert aussah, hörte ihm zerstreut zu wie einer, den permanent die Migräne plagt. Schließlich feixte er verstehend.

»Ich kann dir den Schlüssel geben, *vorübergehend*«, sagte er. »Du kannst die Mansarde montags, mittwochs und freitags haben – für hundertundfünfzig Leva.« Dann neigte er sich zu seinem Verwandten und fügte sarkastisch hinzu: »Und grüß Viktoria Simeonova schön von mir.«

Diese einhundertundfünfzig Leva waren keine allzu hohe Hürde. Was ihn ärgerte, war viel eher, dass sein Vetter ihm gleich auf die Schliche gekommen war. Durch irgendetwas in seinem Verhalten musste er sich verraten haben. Er war einfach noch sehr ungeschickt im Lügen.

Er hatte Kopfschmerzen. Zuerst fand er das Warten auf Viktoria ja noch prickelnd, aber dann wurde es immer trostloser. Nach drei Stunden fand er es unerträglich, und das alte Gefühl der Selbstverachtung kam wieder in ihm hoch. Schweißgebadet im bauschigen Bettzeug liegend, döste er schließlich ein. Die Klingel schreckte ihn auf. Mit Verwunderung stellte er fest, dass es draußen dunkel geworden war. Er holte die Weinflasche aus dem Bad und besprengte sein Gesicht mit kaltem Wasser. Ja, es war tatsächlich Viktoria. Sie setzte ihre Sonnenbrille ab, wodurch ihre Augen aber nur noch blinder und ausdrucksloser wurden. In ihrem gelben Kleid glich sie einer schönen Riesenwespe. Diese Empfindung wurde noch durch ihre schwarzen Nylonstrümpfe verstärkt, die vermutlich mit Strumpfhaltern an Strapsen befestigt waren. Alexanders Erregung war so mächtig, dass es ihn schmerzte. Tief in sich spürte er den Wunsch, sie möge besser gleich wieder gehen.

Hin und her gerissen, nahm Alexander sie ungeschickt in die Arme, berührte ihre Brüste. Sie waren prall, aber elastisch, hatten Birnenform und verrutschten ständig unter dem dünnen Stoff. Das gab ihm die Gelegenheit, sich zu erinnern, und es war ihm angenehm, ihre Nachgiebigkeit zu berühren.

»Welchem Anlass verdanke ich diese Einladung?«, fragte sie grausam.

Alexander taumelte. Er goss Wein in die Gläser und begann von Ljuba zu erzählen, von der Universität und von der widerlichen Dankbarkeit gegenüber Assen, die er nicht loswurde. Viktoria beobachtete ihn kühl und ironisch-distanziert. Die Worte, die auszusprechen ihm Qualen bereitete, waren ihr amüsant. Sie war gekommen, um sich an seiner schrecklichen Verstörtheit zu ergötzen. Ihre halb geöffneten Lippen kamen – was durch den Lippenstift noch verstärkt wurde – Alexander wie eine Wunde vor. Das Parfüm, das sie sich kurz vor dem Kommen hinter die Ohren getupft haben musste, verströmte Kühle. Müde schwieg er. Die Stille zwischen ihnen flößte ihm auch nicht gerade Mut ein, und so öffnete er das Fenster. Amorphe Stadtgeräusche quetschten sich in die Mansarde.

»Deine Frau und dein Vetter sind ganz wundervolle Menschen, wie du sie einfach nicht verdienst«, sagte Viktoria schließlich versonnen. »Du hast nur zwei Möglichkeiten, mein Teurer: Entweder du wirst tatsächlich das, wofür sie dich halten, oder du enttäuschst sie endgültig.«

In diesem Moment hätte er sie schlagen mögen. Viktoria, als ahne sie so etwas, lehnte sich abrupt zurück.

»Es gibt natürlich auch noch eine dritte Möglichkeit … dich von Zeit zu Zeit mit mir zu treffen!«

Voller Elan legte sie ihre Kleidung ab, so als wische sie eine bedrohliche Wespe fort. Sinnlich und heiß schimmerte ihr Körper im Dunklen auf. Das Begehren, einander Schmerz zuzufügen, streckte sie auf die Kissen. Der Fußboden war hart und stabil genug, um jeder Gewalt standzuhalten.

Drittes Kapitel

1

Durch den Überraschungsbesuch Alexanders erfuhr Georgi Pantov nicht nur ein Geheimnis, das ihn zunächst verblüffte und in ein Wechselbad aus Freude und Verbitterung stürzte; ihm kam dadurch auch eine neue Idee, womit er seinen aufwendigen Lebensstil finanzieren konnte. Damit war nicht die jämmerliche Miete von hundertfünfzig Leva gemeint, die sein Vetter ihm für die Mansarde zahlen wollte, obwohl dies nach der zweiten Währungsreform eine keineswegs geringe Summe darstellte, sondern der Silberteller. Stolz auf sich, wie profitabel er den unbrauchbarsten Teil des Familiensilbers aus Widin losgeschlagen hatte, erkannte er, dass der ihm ganz neue Überlebensperspektiven eröffnete. Er hatte Alexander aufmerksam dabei beobachtet, wie er beim Anblick des alten Silbers, das gleichsam von innen leuchtete, ach! und oh! gemacht und es wie hypnotisiert angestarrt hatte. Ja, gerade mit seiner patinierten Gleichgültigkeit weckte dieses Silber Besitzgier. Die zweihundert Leva, die er für das gute Stück forderte, waren eigentlich eine astronomische Summe; umso erstaunter war er, dass sein jüngerer Vetter ohne Murren bereit war, sie ihm zu bezahlen. Als Alexander ihn bat, über diesen Kauf zu schweigen, war Georgi sich endgültig sicher, dass er das Tellerchen Viktoria schenken wollte. Nur diese Frau, die den Sieg als Namen trug, vermochte einen Mann zu einem solchen Geschenk zu bewegen.

Die Idee wuchs heran und formte sich in seinem Kopf mit der Langsamkeit, mit der ein Kind geboren wurde. Sonja übersetzte gerade etwas von Alfred de Musset, sodass Georgi sich getrost auf sich selbst konzentrieren konnte. Als Erstes suchte er eine ehemalige Hofdame des Zaren auf, mit der er einen kurzen und platonischen, aber stilvollen Flirt gehabt hatte. Die Zimmer ihrer Wohnung waren voller Untermieter, und eine ganze Reihe lokaler Parteigrößen wartete darauf, dass sie endlich starb, um dies Appartement in Vorzugslage für einen Apfel und ein Ei kaufen zu können. Die Wände waren verräuchert, überall lagen gewaschene Windeln, kaputtes Spielzeug und ungeleerte Nachttöpfe herum. Die alte, spleenig gewordene Dame führte ihn ins Wohnzimmer, das sie jetzt auch als Schlafzimmer benutzte. So viel sie auch verloren hatte, ihre französische Aussprache und ihre aristokratischen Manieren hatte Fräulein Likova sich erhalten; beides Dinge, die bei den Genossinnen und Genossen, die mit der Zeit gingen, inzwischen nur noch Spott oder peinliches Berührtsein hervorriefen.

Sie empfing Georgi liebenswürdig und mit jener Munterkeit, die uns nach einem klaren und schönen Traum beseelt. Ihre Wohnung war voller teurer und unnötiger Gegenstände: einer Kaminuhr mit vergoldetem Zentaur, einem Esszimmer im Empire-Stil, einem Spiegel, der eingefasst war in einen Rahmen aus Perlmutt und Elfenbein. An den Wänden hingen Bilder des tschechischstämmigen Malers Jaroslav Weschin und einiger seiner bulgarischen Kollegen, in der Ecke standen zusammengerollte Perserteppiche. All dies schuf den Eindruck eines abgelaufenen, sinnlos gewordenen, verblichenen Lebens. Ohne besondere Schwierigkeiten erwarb Georgi von Frau Likova für seine eintausend Leva einen kompletten Satz silbernen Essbestecks für zwölf Personen. Er stopfte alles in seine Ledertasche und hörte sich auf dem Rückweg durch den Doktorenpark hinter der Nationalbibliothek an wie eine Abteilung säbelrasselnder Kürassiere. Er traf Viktoria in jener verdrießlichen Nachmittagslaune an, wie sie typisch ist für eine Frau, die keine Aufgaben hat. Sie hatte vermutlich Migräne, ließ ihn wenig liebenswürdig eintreten, warnte ihn aber beim Eintreten: »Mein Mann ist zu Hause!«

Bei den Simeonovs war alles viel zu neu und lackiert, um echt sein zu können. Georgis Blick glitt erfahren über die Regalreihen der Bibliothek, bis er auf dem einzigen Gegenstand von kunsthandwerklichem Wert verweilte: einem Silberteller mit Jagdszene – Hunde hatten einen Hirsch zu Fall gebracht. Sein Herz krampfte sich zusammen in freudiger Vorahnung. Viktoria bot ihm weder Kaffee noch Platz an. In ihren dunklen Augen stand nichts als beleidigtes Vergessen. Georgi Pantov kam aus ebenjener Vergangenheit, die sie abgestreift und die ihr längst fremd geworden war, und die sie sich auch nicht in Erinnerung rufen wollte.

»Womit kann ich Ihnen dienen?«

Sie redete ihn absichtlich in der Höflichkeitsform an. Und tatsächlich öffnete sich plötzlich die Tür zum Nebenzimmer, und auf der Schwelle stand Simeonov. Unrasiert, in einem ausgeleierten und an den Ellbogen zerrissenen Trainingsanzug sah er aus, als wolle er gleich eine Prügelei anfangen. Er hatte Ähnlichkeit mit jenen unproportionierten, aber gesunden und von den Härten des Lebens selbst erzogenen Mischlingshunden, die ihren reinrassigen Artgenossen an Kraft, Ausdauer und Bissigkeit entschieden überlegen waren. Georgi ließ sich davon nicht aus der Fassung bringen, hatte er sich ihre Begegnung doch genau so vorgestellt. Als gediegener älterer Herr weckte er Vertrauen. Flink breitete er sechs Messer, Gabeln und Löffel auf dem Tisch aus, als lägen Teller dazwischen, und seufzte diskret: »Eine gute Bekannte von mir braucht dringend Geld, und so hat sie sich entschlossen, ihr Familiensilber zu einem Preis zu veräußern, der mir recht annehmbar erscheint.«

Simeonov zwinkerte ein paarmal empört. Seine Augen begannen diabolisch zu funkeln. Er war Zeuge einer Szene, die seine Neugier geweckt hatte. Viktoria atmete unmerklich auf, lächelte und wies auf das Sofa. Das ungeputzte Silber begann weich und verlockend zu schimmern.

»Hat Ihre Bekannte denn keinen vollen Satz von diesem Besteck?«

Georgi schüttelte entschieden verneinend den Kopf, bemüht, keine falsche Bewegung zu machen, damit der Tascheninhalt ihn nicht durch ein Rasseln verriet.

»Für diese Kostbarkeit«, sagte er in gespielter Aufgewühltheit, »will die arme Frau nur fünftausend Leva haben.«

»Ist das nicht ein bisschen viel?«

Goscho mochte ja willensschwach und nachgiebig sein, aber er war ein guter Psychologe. Er spürte einfach: Bis er alle Feinheiten seines neuen Gewerbes erlernt hatte, schwieg er besser. Die Stille passte gut zu der dunklen Patina auf dem Silberbesteck. Simeonov schien seine Freude zu haben an dieser neuen Situation, Viktoria hingegen zögerte. Jetzt war sie vielleicht schon so weit, sich an die verlorene Nähe zwischen ihnen zu erinnern, doch die Gegenwart des Schriftstellers störte sie dabei.

»Ich nehme sie«, sagte sie schließlich. »Trinken Sie einen Kaffee?«

Georgi spürte, wie sich plötzlich Ruhe seiner bemächtigte; es war diese blöde, irgendwie feierliche Gleichgültigkeit, wie wir sie bei plötzlichen und unerwartet großen Erfolgen empfinden. Wenn ich jetzt die andere Hälfte noch bei Emilia Weltscheva losschlage, dachte er, dann bin ich erst einmal aus dem Gröbsten raus!

Langsam, aber sicher fand Goscho Pantov hinein in sein neues Metier als *Animateur der menschlichen Eitelkeit und Besitzgier*. Rasch wurde er ein Profi und lebte auf in der geheimnisvollen Welt schöner alter Dinge. Er schaffte sich eine riesige und starke Lupe an, las einige Bücher über die Stilrichtungen Barock, Empire und Jugendstil, eine »Kurze Geschichte der Numismatik«, »Der junge Briefmarkenliebhaber« und »Wanduhren erzählen«. All dies tat er nicht, weil er seine rudimentären Kenntnisse aufbessern wollte, sondern weil er seinen Wortschatz mit Wörtern und Begriffen spicken wollte, die seine Kunden nicht verstanden.

Emilia kaufte die zweite Hälfte des Silberbestecks tatsächlich und trat von nun an in einen stillschweigenden Antiquitätensammel-Wettbewerb mit Viktoria Simeonova. Georgi Pantov setzte Himmel und Erde in Bewegung, um ihre Kollektionen zu vervollständigen. Kollektion – was für ein großspuriges Wort! Auf die Schnelle jubelte er ihnen die Perserteppiche des Fräulein Likova unter, zehn Schmuckschatullen und eine Schnupftabaksdose aus kaukasischem Silber, eine Waage mit Gramm-Gewichten, erlesene Spielührchen, die Brahms' »Guten Abend, gut' Nacht« klimperten, einige Buddhas aus Elfenbein und Sandelholz und ein auf unerfindlichem Wege nach Bulgarien gelangtes Leopardenfell mit Kopf und bunten Keramikaugen.

Regisseur Sotirov, mit dem Emilia ihn nach einer Weile bekanntmachte, erwies sich als Liebhaber alter Waffen. Goscho nahm Kontakt auf zu einem unternehmungslustigen Zigeuner aus Konjowiza und machte sich daran, Steinschlossgewehre mit Perlmuttkolben aufzutreiben, Steinschlosspistolen mit silbernen Griffbeschlägen, Krummsäbel und Degen mit Klingen aus Solingen-Stahl, die bei Hieben in der Luft pfiffen und sich biegen ließen wie Flitzebögen, Parademesser von Offiziersuniformen mit der Aufschrift »Gott mit uns«, schwere Trommelfeuergewehre, deren dunkle Mündungen sich liebevoll auf Herzen richten ließen.

Die Nähe seines Metiers zu schönen Dingen verwandelte Goscho, entzündete seine Phantasie und befriedigte sein Bedürfnis nach Auftritten. Unweigerlich platzte er in die seltsame, deformierte Welt der Intellektuellen. Ein großer Teil von ihnen, müde vom Industriepathos der neuen Zeit, die ihnen wenig haltbare Produkte aus Bakelit, Nylon und Plastik beschert hatte, sehnte sich nach echten Wertsachen, die den Ruhm und die Melancholie einer verlorenen Zeit verströmten, nach handgefertigten Unikaten, wie sie das bulgarische Bürgertum in seiner kurzen Blüte hervorgebracht und mit einem Traditionsbewusstsein verwendet hatte, als würde es ewig leben. Überwältigt von einer Sammelleidenschaft, die sich aus jahrhundertelang erlittenem Mangel speiste, strebten sie nach etwas, das ihnen genommen oder ganz vorenthalten worden war. Ansonsten waren sie natürlich »moderne« Menschen und heimliche Patrioten. Der größte Teil von ihnen unterwarf sich den Geboten der Partei, verachtete ihre Funktionäre aber insgeheim. Sie gruben Originalausgaben aus dem 19. Jahrhundert aus, sei es der bulgarischen Tagebücher Konstantin Jiretscheks, sei es das erste bulgarische Wörterbuch Naiden Gerovs. Sie baten Georgi, in den Antiquariaten nach einer 1911er Originalausgabe von Simeon Radevs »Baumeister des zeitgenössischen Bulgariens« zu schauen, sprachen aber in derselben Zeit viel von Sigmund Freud, von Entfremdung, vom Existenzialismus der französischen Schriftsteller Camus und Sartre und von der nebulösen Philosophie des Spaniers Ortega y Gasset. Goscho hatte weder Zeit noch Lust, die Metamorphosen der sozialistischen Intelligentsija zu ergründen, doch er diente ihr treu und kam sie teuer zu stehen.

Einige Jahre nach dem schmerzlosen Umtausch begann der Wert von »Antiquitäten« zu steigen, und die Verbindungen Georgis zur Unterwelt erweiterten sich. Er nahm Kontakt auf zu »Ehemaligen« und erwarb von ihnen spottbillig alles, was sie mit ihrer bourgeoisen Vergangenheit, für die sie sich schämten, verband. Er unterhielt Geschäftsbeziehungen mit einigen Uhrmachern und dem einzigen Kommissionsgeschäft auf der

Graf-Ignatiev-Straße, wurde zum häufigen Besucher der Antiquariatsbuchhandlung und reiste nach Kardshali, Smoljan und in die neuen Bergarbeiterstädte, die in den Tälern des Rhodopen-Gebirges auf der grünen Wiese errichtet worden waren, um türkische Waffen zu kaufen, allerlei Zierrat, silberne Ketten, Schnallen und Trachten. Er klapperte auch die Donauhäfen im Norden ab – bis hin zum schmucken Städtchen Russe, dem einstigen Rustschuk, und wurde zum intimen Kenner von echten Antiquitäten und – wertlosem Kitsch. Er zog seine Riesenlupe hervor, vertiefte sich mit Kennerblick in das müde Metall und unterschied todsicher echtes von gefälschtem Filigran. Er kaufte Ikonen, jüdische Talismane und Uhren, die außer Minuten, Stunden, Wochentagen und Monaten auch die Mondphasen anzeigten.

Die, die kauften, lernten mit der Zeit, Georgi im Preis herunterzuhandeln, und die, die ihm etwas verkauften, verlangten mehr Geld, sodass die Handelsspanne für ihn immer geringer wurde. Schließlich wechselte er das Genre. Zu einer Zeit kaufte er rhodopische Festtrachten, erwarb ganze Aussteuern, Schafwolldecken und Wollsocken mit Spitze, traditionelle Kleider in allen Farben des Regenbogens und Seidengewänder mit Samtkragen. Doch Professionalismus ist die Mutter der Langeweile! Die häufigen Reisen und die ununterbrochene Feilscherei begannen ihn anzuwidern. Vom durchdringenden, säuerlichen Geruch nach »alt« wurde ihm nur noch schlecht.

Zu dieser Zeit war Goscho ein begehrter Gast bei der Familie seines Vetters Assen. Emilia verwöhnte ihn und lud ihn auf ihre Premieren ein. Jonka strahlte, denn seine allwöchentlichen Besuche gaben ihr Gelegenheit, für ihn zu kochen, ihm Wein zu kredenzen, und den unstillbaren Blick der Mutter, die allmählich ihre verstreuten Kinder aus den Augen verliert und ihre Fürsorge für sie aus den Händen, und mit ihnen das Licht ihrer Augen.

2

In diesen unverändert armen, aber bewegten, ja, gesegneten Jahren raffte sich das Dorf Gol Tupan auf, um über seinen Namen nachzudenken, der Assoziationen an ungezogene Kinder weckte, die den nackten Hintern versohlt bekamen. Viele neue Häuser wurden gebaut, hässlich, aber zweistöckig, die sich allesamt darin glichen, dass sie über den tatsächlichen Raumbedarf weit hinausgingen. Es war damals Mode, unter die Vordächer Spiegelbruchstücke zu kleben, sodass das Dorf an Sonnentagen flimmerte wie ein Kaleidoskop. Auf dem Dorfplatz wurde das Koop-Geschäft »Probuda« – »Erwachen« aus dem Boden gestampft, in dem von Hausrat bis zur Kleidung alles verkauft wurde, was der Mensch brauchte. Sogar sechs Paar Damenschuhe standen in der Auslage, die so hohe und dünne Absätze hatten, dass keine Frau im Dorf es wagte, sie zu kaufen. Die ersten Fernsehgeräte der Marke »Opera« und unförmige Waschmaschinen gab es auch schon. Die schöne alte Kneipe wurde aufgemotzt zu einem drittklassigen Restaurant, auf dessen Wänden ein junger Künstler aus Widin unschuldige Maiden in Volkstrachten malte, über denen sich Weinblätter rankten. In ihren Armen trugen sie volle Weinkrüge, die Erfolg und gute Ernte symbolisieren sollten. Auf den staubigen Dorfstraßen begannen Mopeds und russische Moskwitsch-Autos zu knattern, und die Leute richteten ihre guten Stuben mit Wohnzimmergarnituren ein, die *Jantra* oder *Nelli* hießen. Als der Neuerungselan befriedigt war, begannen die Leute trotzdem abzuwandern. Vor allem die Jungen verschwanden nach Widin, Michailovgrad und Wraza; einige bekamen sogar Arbeit in den neuen Industriekombinaten Sofias.

Mit der Zeit freundete Krum sich mit dem Agronomen der Landwirtschaftlichen Kooperative, Pero Wassilev, an. Das war ein Mann wie ein Fass, dessen Beleibtheit in immer größeren Wellen vom Doppelkinn bis zu den Bauchfalten über den Gürtel schwappte. Wassilev hatte einen flinken, unruhigen Blick und ein stets hochrotes Gesicht. Er war intelligent und ein guter Freund, neigte aber zum Jähzorn. Vor Krum hatte er so wenig Angst, dass er nicht ein einziges Mal zu dessen Kino-Vorführungen ging. Seine Kinder waren allesamt Mädchen. Inzwischen hatte er vier Stück davon, aber er war mit der Beharrlichkeit des vom Schicksal beleidigten Menschen wild entschlossen, nicht eher aufzuhören, bis er es zu einem Sohn gebracht hatte. Zwischen seinen fünf Frauen, meinte er, fühle er sich wie ein Weißer auf einer Insel mit Menschenfressern. Alle seine Haustiere waren zum Ausgleich dafür männlich. Auf seinem Hof stolzierten vier Hähne, die vor Einsamkeit neurotisch geworden waren, denn es gab nicht eine einzige Henne.

Krum kritisierte ihn scharf dafür, dass er sich die reiche sowjetrussische Erfahrung nicht zunutze machte. »Was denn für eine Erfahrung«, widersprach Pero verärgert, »in der Kolchose, die ich mir angucken durfte, ernten sie zweihundertfünfzig Kilo Weizen auf tausend Quadratmeter, und ich hole hier bei uns auf derselben Fläche vierhundert raus.« Er weigerte sich auch kategorisch, auf den Melonenfeldern statt der großen, dunkelgrünen Sorte, die bis zu zwanzig Kilogramm schwer werden konnte, die ukrainischen Mitschurinki zu säen, die weder richtig groß noch richtig rot und süß wurden. Beim Streiten war sein rechtes Auge immer geschlossen.

Sie trafen sich montags, wenn Krum frei hatte, und zerstritten sich immer bis zum nächsten Montag. Er liebte es, das verbreitete bulgarische Sprichwort: »Jeder Frosch muss seinen Tümpel kennen« zu ergänzen: »… und seinen Platz darin.« Gegen Abend gesellte sich Doktor Bontschev unaufdringlich zu ihnen und versuchte, Frieden unter den beiden Streithähnen zu stiften. Er war auch in der Sowjetunion gewesen und erzählte ihnen von Jasna Poljana. Seine Brille blitzte hin und wieder im Dunklen. Weißhaarig geworden, feingliedrig, zur Ruhe gekommen nach Erfüllung seiner menschlichen Pflicht, begann er langsam dem Schriftsteller Lew Tolstoi zu gleichen.

3

Newena war in Gol Tupan wahrhaft glücklich. Hier fiel ihre Hässlichkeit nicht weiter auf. Ihr Sohn Krum Krumov wurde an frischer Luft groß und konnte nach Herzenslust durch Felder und Wiesen streifen. Zonjo Metschkarski, ihr Vater, war inzwischen aus dem Gefängnis entlassen und als Wächter in derselben Tabakfabrik wieder eingestellt worden, aus der heraus er verhaftet worden war. Nur dass man ihm jetzt das Recht genommen hatte, ein Gewehr zu tragen. Er kam häufig nach Gol Tupan zu Besuch. Doktor Bontschev nutzte dies, um ihn mit Heilkräutern von seinem Magengeschwür zu kurieren. Auch Krum wurde besonnener. Die endlosen Stunden, die er unterwegs zubrachte, schienen ihn besänftigt zu haben; die pausenlosen Dialoge in den Filmen hatten ihn gelehrt zu schweigen. Newena trat im Jahre 1965 als Erzieherin in den Kindergarten ein, und der Kontakt mit den kleinen, neugierigen Wesen mit den kurzgeschorenen Köpfen erfüllte sie mit Trost und Muttergefühlen.

Alle vierzehn Tage kam Lehrer Koitschev sie besuchen. Er traf ein mit einem klapprigen Jeep, denn er war Vorsitzender des Ortskomitees der Partei geworden. Da hatte er auf die Schnelle geheiratet und plötzlich angefangen, Anzüge zu tragen. Mit wichtiger Miene und dicker Hornbrille auf der Nase sog er die würzige Landluft ein und sagte, dass hier alles nach Brot und Wahrheit röche. Krum und er setzten sich in Doktor Bontschevs Gartenlaube und tranken ein Glas Wein zusammen, bis die Fleischspieße und Koteletts auf dem Holzkohlengrill zu zischen begannen. Auf einer Holzplatte wurde ihnen zum Wein Schweinespeck serviert, der mit rotem Paprika bestreut war. Während die Sonne unterging, erhoben sich ihre Stimmen immer mehr und klangen immer unversöhnlicher. Koitschev malte nicht mehr, und das sah man ihm an; er hatte nun eine Führungsposition, und auch das sah man ihm an.

»Du hast es doch auch abbekommen … hast auch unter dem Personenkult gelitten, Mann«, argumentierte der Lehrer.

Stur, mit von der Dämmerung entleerten Augen, zog Krum ein Porträt Stalins aus seinem Portemonnaie, das schon ganz abgenutzt und über die Jahre ausgeblichen war, und hielt es, als wolle er sich ausweisen, Koitschev unter die Nase. Die Erde begann auszuatmen, in die Laube drang der Geruch nach Wiesenkräutern und Streit. Die Grillen zirpten monoton, der Nachthimmel klarte auf, der Mond schwang seine langsame Sichel durch die Himmelsähren – alles sehnte sich nach Ruhe. Doch Krum zerriss diese Ruhe mit seinen scharfen Worten, als sei sie ein zerschlissenes Laken:

»Ihr seid bürgerlich geworden, schachert euch Wohnungen zu, kauft euch Autos, vergebt schöne Grundstücke für das Wochenendhäuschen auf dem Land … Man sollte euch Zügel anlegen, euch zur Ordnung rufen, euch zurückpfeifen!«

»Marijkin, Marijkin«, schüttelte der ehemalige Lehrer erbost den Kopf, »und wir haben dich damals nicht aus der Partei geworfen!«

Um Mitternacht warfen sie ihre schwarzen Schatten über den Hof, wenn sie verfeindet auseinandergingen; aber Newena wusste, dass Koitschev genau vierzehn Tage später wiederkommen würde, besänftigt und beladen von seinen Sorgen und seinem ewigen Schuldgefühl Krum gegenüber. Er sagte ihr selbst: »Ich hasse ihn, aber ich kann nicht ohne ihn. Er ist der Einzige, der sich an der Verbesserung der materiellen Lebensumstände nicht bereichert und nicht schmutzig gemacht hat, denn … wie soll ich mich ausdrücken … auch Wohlstand beschmutzt die Seele!«

Durch inständige Protektion Koitschevs bekam Krum wieder ein Motorrad zugeteilt, mit Beiwagen für seinen Filmprojektor. Auch diese Maschine war ein altes Ding mit abgefahrenen Reifen; auch diesmal versetzte Krum binnen weniger Tage wie ein Wiedergänger seiner selbst die Gegend in einen Aufruhr, dass man nicht wusste, ob das Motorrad mehr knatterte oder die Leute mehr zitterten. Er brachte es nicht fertig, zu einer vereinbarten Vorführung auch nur eine Minute zu spät zu kommen, und bestand weiterhin darauf, dass mindestens ein erwachsenes Mitglied jeder Familie seine neuen Revolutionsfilme mit ansehen musste.

In diesem Frühjahr aber geschah etwas, das Newena anfangs verblüffte, dann stark beunruhigte und schließlich vollends verwirrte. Der kleine Krum Krumov war bereits mehrfach mit einem neuen Spielzeug, einem Tütchen Kaubonbons oder einer Knallstopfenpistole von der Schule heimgekehrt. »Das hat mir ein kleiner, schwarzer Opa gegeben«, erklärte das Kind aufgeregt. »Hat mich in die Konditorei genommen, und hat mir Kuchen und Limonade gekauft, und hat gesagt, ich soll schön lernen, soll ich.«

Dies wiederholte sich in regelmäßigen Abständen – immer am Mittwoch, so als ob das Böse, ermüdet von den montäglichen Krächen zwischen Krum und Pero Wassilev, bis Mittwoch Kraft sammeln musste. Es geschah immer um die Mittagszeit, kurz bevor der ölverschmierte Bus die Handvoll Leute aufsammelte, die nach Widin wollten. Der seltsame dunkle Mann brachte dem Jungen nichts Böses bei, redete nichts Unanständiges mit ihm und versuchte auch nicht, ihn in die Felder hinauszulocken. Er schien einfach nur alt, beharrlich und fast immateriell mit guten Absichten zu kommen. Eines Tages wusste Newena nicht mehr weiter und erzählte Krum die Sache. Ihr Mann lief rot an, entriss seinem Sohn die Tüte mit den Mentholbonbons und zerstampfte sie auf dem Boden. Dann durchforstete er das ganze Dorf. Aber der seltsame Mann war schon verschwunden.

Am folgenden Mittwoch bat Newena ihre Kollegin im Kindergarten, ihre Gruppe mit zu betreuen, wartete, bis ihr Söhnchen aus der Grundschule kam, und folgte ihm von weitem. Es war ein warmer Vormittag im Mai, die Kirschen blühten, die Erde rauchte und in der Luft lag kühler Dunst. Als der Junge den Dorfplatz erreicht hatte, sah sie, wie sich aus dem Schatten des Restaurants ein weißhaariger alter Mann in einem altmodischen Anzug löste. In seiner Hand hielt er ein ausgebeultes Paket. Er streichelte dem kleinen Krum über den Kopf, und als er sich wieder aufrichtete, um eine Zigarette anzuzünden, erkannte sie ihn. Sie war ihm nur ein einziges Mal begegnet, und zwar im Friedhofsdunkel seines schönen großen Hauses. Ilija Weltschev nahm ihren Sohn an die Hand und ging mit ihm in die Konditorei. Er humpelte, wegen des Schlaganfalls.

Dieser alte Herr, der ihrem Ehemann das schrecklichste Leiden seines Lebens zugefügt hatte durch seine Vaterschaft, kam jetzt, um seinen Enkel zu sehen, von dem er sich doch auf ihre Bitten hin losgesagt hatte. Newena verschwieg Krum, was sie gesehen hatte. Dafür begann sie nun, ihren Sohn jeden Dienstag in die Wanne zu stecken, und am Mittwoch zog sie ihm seine neue Hose an, sein schönstes Hemd und sah mit feuchten Augen zu, wie das Kind in den Tag hinauslief.

»Wenn man dir etwas schenkt«, brachte sie ihm bei, »dann musst du ›danke schön‹ sagen.«

»Ist er denn gut, der Onkel?«, fragte der Kleine, der aus den Filmen seines Vaters gelernt hatte, dass alle Menschen nur entweder gut oder böse sein konnten.

»Das weiß ich nicht«, erwiderte Newena zerstreut, »aber er ist einsam und vergessen, und traurig.«

4

Im Herbst kam Georgi Pantov, ohne sich anzumelden, nach Gol Tupan und blieb eine ganze Woche. Gealtert, mit polierten Mobster-Schuhen und ebensolchem Lächeln, huschte er leisetreterisch um seinen Gastgeber herum, als schliefe dieser ununterbrochen und dürfe um keinen Preis aufgeweckt werden.

»Ich will dich nicht stören, Bruder«, sagte er mit Dackelaugen, »aber ich konnte es einfach nicht mehr erwarten, dich mal wiederzusehen. Es vergeht kein Tag, an dem ich nicht an unsere Mutter denke, und dann kommen mir die Tränen …«

Als Schlafplatz stellte Doktor Bontschev ihm sein Behandlungszimmer zur Verfügung. In der maniakalischen Sauberkeit und Weiße dieses Zimmers, in dem es nach Heilkräutern, Jodtinktur und leichten Betäubungsmitteln roch, schlug man ihm ein Klappbett zwischen dem präparierten Uhu und dem aufgehängten Farbschema des Blutkreislaufs auf. Tagsüber verschwand Goscho auf mysteriöse Weise. Er klapperte in Begleitung von Pero Wassilev die Häuser ab, kaufte gegen Pfennigbeträge Uhren und Waagen aus der Zeit vor dem Ersten Weltkrieg, von Hand geklopfte Kupferreliefs, Tapferkeitsorden und klobige Bügeleisen, die noch mit glühender Holzkohle gefüllt wurden. Nicht nur wegen ihres spitz zulaufenden Bugs glichen sie Seeschiffen, sondern auch deshalb, weil sie eine Galionsfigur hatten, sei es einen Hahn, einen Löwen oder einen Heiducken.

»Dein Bruder ist ein ganz Ausgefuchster«, sagte Pero ihm eines Abends, »aber *er kennt seinen Platz im Tümpel*!«

Binnen weniger Tage war Georgis Name bis in den letzten Winkel von Gol Tupan ein Begriff; er übersprang wie ein Kurzschluss die Gemeindegrenze und breitete sich auf die umliegenden Gemarkungen aus. Immerhin war er ja aus der fernen, sagenumwobenen Hauptstadt Sofia gekommen, und gab auch noch Geld für allerlei alten Plunder und unnötigen Kram. Die Omas begannen ihre Häuschen zu durchwühlen. Dabei ging es ihnen gar nicht so sehr darum, etwas Verkäufliches zu finden und daran zu verdienen, sondern darum, dem Mann aus Sofia zu gefallen. Und so kam alles ans Tageslicht, was sich, stillschweigend vererbt und vergessen, in Jahrhunderten in diesem armen und gottverlassenen Flecken angesammelt hatte. Georgi schmeichelte ihnen, nannte die verrosteten Scheren zur Schafschur Reliquien und zeigte ihnen auf alle erdenkliche Weise, dass auch sie in ihren feuchten, schimmligen Kellern etwas Kostbares aufbewahrt hatten, das man gebrauchen konnte, und nicht nur Erinnerungen, Leid und – neuerdings – Sehnsucht nach der strahlenden Zukunft. Diese kleinen Fetische mit dem Siegel des Authentischen würden nämlich schon bald die Wohnungen berühmter und wichtiger Hauptstädter zieren.

Krum war baff über die schnelle Popularität, die sein Halbbruder erlangte. Was ihn erstaunte, war, dass er diese Bekanntheit, die der seinen schon bald gleichkam, ohne jede Gewaltanwendung erzielte, allein durch die freiwillige Zustimmung der Menschen. Der graue, tadellose Anzug, mit dem Georgi aufkreuzte, sein liebenswürdiges Lächeln, die zweifarbigen Lochlederschuhe, all dies war als Markenzeichen ebenso einprägsam wie Krums ewige Landvermesserjacke und seine Kavalleristenstiefel. Diese wenn auch unnötige Bedeutung Goschos näherte die beiden einander an. Krum begann in ihm den Blutsverwandten zu erkennen und raunte: »Schade, dass er so ein Taugenichts und politischer Idiot ist … Ansonsten wäre er der geborene Agitator!«

Mittags setzten sie sich gemeinsam in Doktor Bontschevs Gartenlaube und tranken ein Glas Wein zusammen. Die Hitze legte sich wie eine Isolierschicht auf die Dächer der Nachbarhäuser, in Wellen trug die Luft ihnen den Geruch nach Mist und müden Blumen zu. Der Himmel wurde blass, der Horizont hinter den Hügelkuppen durchsichtig wie eine Membran. In der Ferne, an der Chaussee, war ein Plakat von drei Meter Breite angebracht, auf dem man mit etwas Phantasie und viel gutem Willen Nikita Chruschtschow erkennen konnte, dessen Haupt umflattert war von hundert Tauben, die die Friedensbotschaft in alle im Kalten Krieg erstarrten Länder der Welt tragen sollten. Darunter stand die flammende Agitprop-Losung: »Grüße an alle zum 1. Mai!«

5

Am ersten Montag gegen Abend, als Pero Wassilev mal kurz zu Hause »bei seinen Frauen vorbeischauen« ging und Doktor Bontschev noch arbeitete, beugte Krum sich vor, fasste sanft, aber bestimmt den Unterarm Goschos und fragte ihn:

»So, jetzt mal klare Ansage: Weshalb bist du hier?«

»Wollte dich halt wiedersehen«, wand sich Goscho. »Und wie du siehst, hab ich ja auch zu tun, grabe Sachen aus … und wollte dich bei der Gelegenheit einladen, mal nach Sofia zu kommen.«

»Gut, ich komme«, antwortete Krum, »aber trotzdem: Warum bist du hier?«

»Weißt du, wie lange ich dich schon mit Assen Weltschev bekanntmachen möchte? Ich hab ihn damals bei mir vor der Staatspolizei versteckt.«

»Gut, ich werde ihn kennenlernen«, ließ Krum nicht ab, »aber du: Warum bist du hier?«

Georgi Pantovs Augen blitzten verschwörerisch auf. Auch sie glänzten so glattpoliert, dass alles an ihnen abglitt: das Licht, die Schatten, ja, sogar die unterschwellige Drohung in der Stimme seines Halbbruders.

»Wir müssen das Haus teilen«, sagte er gepresst.

»Welches Haus?«

»Mamas Haus natürlich, und den ganzen Krempel, der dazugehört. Ich biete dir ein Drittel an, das ist, denke ich, ein faires Angebot. Wir sind zwar gleichberechtigte Brüder, aber ich bin ja schon viel länger ihr Sohn als du!«

»Bin nicht damit einverstanden.« Georgis Gesicht zog sich zusammen, als hätte man ihn geschlagen. Krum seufzte erleichtert, lachte sogar. »Ich will gar nichts haben.«

Dieser Krum nahm ihm aber auch jede Gelegenheit, ihn übers Ohr zu hauen. Er biss sich auf die Lippen. Sah angespannt aus. Zerrissen zwischen Abscheu und Dankbarkeit. Dann klopfte er sich den Staub von seinen Lochschuhen und meinte:

»Würdest du das auch vor dem Notar beglaubigen lassen?« Das schien für ihn eine ganz besondere Wichtigkeit zu besitzen, denn er wiederholte es noch einmal fast mürrisch: »Vor dem Notar und vor dem Gesetz, denn unbeglaubigte Papiere akzeptiere ich nicht …«

6

Als sie alle vier Vetter einträchtig nebeneinander auf dem ausziehbaren Sofa sitzen sah, beschienen von dem Licht des hohen Fensters, das ihr dennoch einen Augenblick fast schattenhaft vorkam gegen das Licht, das von den vieren ausging, erkannte Jonka Krum augenblicklich ganz und gar und für immer als einen der ihren. Die Ähnlichkeit zwischen den Männern war zwar keine auf den ersten Blick erkennbare, aber bei genauerem Hinsehen drängte sie sich geradezu auf. Etwas Quälerisches, den Sinnen nicht Zugängliches floss von einem zum anderen, ein und dieselbe Flüssigkeit, von Glas zu Glas umgegossen. Die Ähnlichkeit lag nicht nur im Blau der Augen, diesem kalten, klaren Weltschev-Himmel, nein, sie lag eher in einem heftigen und permanenten Drang zur Zerstörung, als wollten sie sich allesamt Platz zum Bauen schaffen. Diese Ambivalenz war wie mit dem Brandzeichen um ihren Mund eingeprägt. Wenn sie lächelten, spiegelten sie die verschiedenen Abstufungen ein und derselben Ganzheit wider.

»Krum, mein Kind«, rief es in Jonka, doch im selben Moment erkannte sie, dass Krum, der durch eine Laune des Schicksals den lächerlichen Namen Marijkin erhalten hatte, ihrer Hilfe und Fürsorge nicht bedurfte. Gleich Assen war er ihr schon genommen, nicht so sehr von den geheimen Kräften des Lebens oder den harten Fügungen des Weltenlaufs, sondern einfach durch sein Wesen. *Der verlorene Sohn war zurückgekehrt aus den Weiten der Zeit*, als käme er aus ihren Visionen, in denen sie es gewagt hatte, mit der Liebe und dem Wissen der kinderlosen Mutter die Zukunft vorauszusehen! Ob er auch getötet hat? Diese Albtraumfrage vermochte sie allerdings nicht zu beantworten. Ihr Blick trübte sich, die Gesichtszüge der vier liefen zu einem zusammen, und durch das Feuchte in ihren Augen sah sie, wie aus dem Reich der Toten das Antlitz ihres Vaters auf sie schaute.

7

Seit Jonka begonnen hatte fernzusehen, für das es anfangs nur am Montag, Mittwoch und Freitag Programm gab und erst nach geraumer Zeit an jedem Wochentag, seit sie also auf dem bläulich zitternden, toten Bildschirm die ganze endlose Vielfalt und Widersprüchlichkeit der Menschen sah, versiegte ihre Fähigkeit, aus den Karten die Bewegungslinien der ins große Sein eingelassenen Schicksale zu erkennen. Seit sie die Welt sah, die alle sahen, war es ihr versagt, in die Weiten der Zeit und die Tiefe der Herzen einzudringen.

8

Im Sommer 1966 trat Ljuba als juristische Sachbearbeiterin bei TexIm ein, einer Außenhandelsfirma mit außerordentlichen Vollmachten. Sie trieb Handel mit der ganzen Welt, kaufte Ausrüstungen und Luxusartikel, betrieb Zwischenhandel mit Öl, hatte eine eigene Flotte, verfügte über Bürohäuser und Geschäfte, in denen Kleidung, Markenunterwäsche, Parfüms und Kosmetika aus dem Westen zu kaufen waren. Ihr finanzieller Spielraum war so gewaltig geworden, dass sie das Recht und die Freiheit erlangt hatte, wie ein Staat im Staate zu agieren.

Ljubas Bürogebäude befand sich auf dem Russischen Boulevard im Zentrum. In dessen Räumlichkeiten roch es nach brasilianischem Kaffee und teurem Männerparfüm. Auf den Schreibtischen häuften sich Reklameprospekte, in Originalkisten steckte fassgereifter Whisky zusammen mit den Importpapieren. Die Aschenbecher quollen über vor Pallmall-, Marlboro- oder Kent-Stummeln. Die Sekretärinnen waren großbusige Mädchen vom Typ Mannequin und führten auf den Korridoren ihre langen, wohlgeformten Beine spazieren und entblößten sie, wenn sie sich vor den Schreibtischen ihrer Chefs zum Diktat hinsetzten; eine Intimität, die nicht nur von gelockerten Sitten zeugte, sondern auch von besonderer Treue und Subordination. Die meisten Vorgesetzten waren Agenten der Staatssicherheit, trugen Markenanzüge von Yves Saint Laurent, Schuhe von Hush Puppies oder Bata und modische Krawatten und entzündeten ihre West-Zigaretten mit Feuerzeugen der Marke »Ronson«. In ihren Diplomatenköfferchen steckten japanische Transistorradios, die nicht größer als eine Handfläche waren – zu jener Zeit ein unerhörter Luxus. Ihre Bewegungen verrieten trainierte Arroganz. Ihre pure Gegenwart bestand aus jenem Gemisch von Süffisanz und Eitelkeit, wie sie typisch ist für Menschen, die unverhofft und unverdient Erfolg haben. Ihre Miene war die von Leuten, die suggerieren wollten, dass sie über wichtige Staatsgeheimnisse informiert waren, umso mehr, als sie diese gegen entsprechende Gegenleistungen gern verkauften.

Ljubas Arbeitsplatz befand sich in der fünften Etage, weit entfernt von den teuer eingerichteten Büros der Chefs und der sie umgebenden Laufsteg-Atmosphäre, genauer gesagt, zwischen der Toilette und dem Büro des Chefjuristen, eines alten, verlebten Mannes mit unruhigem Blick und trockenen Raubvogelhänden. Sie teilte ihr Büro mit zwei Kolleginnen, die einen Mercedes-Kalender hinter sich aufgehängt hatten, und einem Rollschrank. An den Wänden hingen Reklameplakate von Seiko-Uhren und Models, die mit scheuem Lächeln für die Triumph-Spitzenunterwäsche warben, die sie am Leibe trugen.

Ihr Arbeitstag verging leicht und angenehm. Die Kaufleute aus den unteren Etagen reisten durch die ganze Welt, sodass etwas Exotisches in der Firmenluft lag, ganz so, als sei TexIm das Heiligtum Merkurs, ein Gotteshaus voll klingelnder Telefone, in dem Priester in schwarzen Blazern und grauen Hosen mit Lederköfferchen und angewachsenem Grinsen ein und aus gingen. Verträge wurden unterschrieben, unter der Hand wurden kleine Geschenke unter Freunden gemacht, wie zum Beispiel Uher-Kassettenrekorder und Sony-Fernseher, manchmal sogar ein Volkswagen. Getrunken wurde französischer Cognac, und am Schwarzen Meer buchte man immer gleich die teuersten Hotelsuiten. Dies alles war ein Überfluss, der an eine verwöhnte, untreue Frau denken ließ, die zeigte, was sie hatte.

Allmählich, so als erhole sie sich langsam von einer lebensgefährlichen Krankheit, befreite sich Ljuba von ihrer Liebe zu Alexander. Diese Heilung verlief schmerzhaft, schenkte ihr jedoch die nötige Besonnenheit, um sich mit dem Unabänderlichen abzufinden. Sie verzieh ihrem Mann seine weibische Eitelkeit, sein ständiges Gejammer, dass irgendwer ihn hasste, und hatte auch seine grobe Untreue mit dieser dunkelhäutigen und verführerischen Viktoria Simeonova verdaut, die ihn mit ihrer Unbeständigkeit und Verderbtheit im Griff hatte. Einmal im Monat gingen sie sogar gemeinsam zu Besuch bei den Simeonovs. Das waren schwere, bedrückende Abende für sie, zumal sie bemerkte, dass der Schriftsteller sich nicht bemühte, seine Abneigung gegen Alexander zu verbergen. Dieser lobte dessen neue Bücher, während Viktoria ihr flüsternd riet, sich einen Liebhaber zu suchen. Sie tat es dezent, durch Andeutungen und mit jenem geduldigen Lächeln, das sich seines Sieges sicher ist. Sie benutzte derzeit einen silbrig glänzenden Lippenstift, sodass ihre Lippen glänzten wie zwei Muschelhälften.

Ihre ganze Liebe konzentrierte Ljuba auf ihren Sohn Christo, den sie vergötterte und – was das Wichtigste war – dazu erzog, mutig zu sein! Sie hatte inzwischen begriffen, dass Alexanders ganze Charakter- und Gesichtslosigkeit in seiner Angst wurzelte, die zäh wie ein Unkraut allen Versuchen, sie auszurotten, widerstand. So konnte sie sich auch weiterhin einreden, dass er von Natur aus eigentlich gut und warmherzig, durch ein Lebenstrauma aber und die panische Angst vor dem Scheitern zu einem Opportunisten geworden war.

Wenn Ljuba mit Christo zum nächsten Kinderspielplatz ging, ermunterte sie ihn dazu, auf dem Bauch und mit dem Kopf nach unten die steile Rutsche hinabzurutschen. Mit klammem Herzen erlaubte sie ihm, sich über den Balkon zu beugen oder auf die fahrende Straßenbahn aufzuspringen. Das Spielzeug, das sie ihm kaufte, war ausschließlich »Jungensspielzeug«: Gewehre und Pistolen, Holzschwerter, die metallgrau angestrichen waren. Sie verwöhnte ihn, ertrug seine Launen, doch unter Androhung von Strafe verbot sie ihm, sich für irgendetwas zu entschuldigen!

9

Der hartnäckige und erbarmungslose Kampf zwischen den Professoren Kotzev und Jowtschev endete schließlich mit einer Niederlage für beide. Kotzev wechselte an die Akademie, was ein Mittelding zwischen Beförderung und Hinausbeförderung war, und Jowtschev wurde aufgrund seines fortgeschrittenen Alters einfach pensioniert. Er nahm diese Nachricht mit stoisch-erschöpftem Lächeln und einem Heuschnupfenanfall zur Kenntnis, aber auch mit einer gewissen Erleichterung. Er nahm seine Bücher aus dem Bibliotheksschrank, sein Baldrian und seine Pülverchen gegen Kopfschmerz aus dem Schreibtisch, gab der Putzfrau fünf Leva, um sein langjähriges Sprechzimmer einmal zu wischen, und berief eines Märzmorgens seine letzte Lehrstuhl-Sitzung ein. Ein wenig mürrisch und mit laufender Nase verlautbarte er, was alle in Verwirrung versetzte. Er zählte seine illustren Vorgänger auf, dankte seinen Kollegen für die langjährige Zusammenarbeit und erhob sich von seinem Stuhl, der – höher als die anderen – etwas von einem Thron hatte.

»Ich hoffe«, schloss er müde, »dass sich auf meinen Platz ein Mensch setzen wird, der der wissenschaftlichen Objektivität ergeben ist.« Er nickte kühl zu Alexander hinüber. »Dozent Weltschev, fahren Sie bitte fort.«

Alle, sowohl Pejtschev als auch die jungen Wissenschaftlichen Assistenten, durchfuhr ein Schauer, waren sie doch überzeugt, dass allein aufgrund der Dienstjahre Assen Weltschev diesen Lehrstuhl hätte übernehmen müssen. Alexander tat überrascht, obwohl er natürlich wusste, wohin Kotzev gegangen war, dann bewegte er sich wie unter einer Zentnerlast in Richtung des Throns und zündete sich eine Zigarette an. So gewann er Zeit für sich und die anderen, um seine neue Bedeutung zu realisieren, aber auch seine Zweifel und seine Gewissensbisse. Die Stille war beklemmend. Die Geräusche, die von draußen und vom Flur hereindrangen, gaben ihr nur noch schärfere Umrisse. Jemandes langsam sich entfernende Schritte schienen einen Stollen in das gleichmäßig graue Licht zu hauen. Draußen fiel ein kalter Regen in den Schneematsch. Der Himmel hing tief und voller Quellwolken. Die auf den Boden gehefteten Blicke der anderen verrieten Alexander, dass keiner seiner moralischen

Zerknirschung glaubte, darum tat er noch einen tiefen Zug aus seiner Zigarette und drückte sie im Aschenbecher aus. Er sprach Jowtschev seinen Dank aus, unterstrich, dass Jowtschev für immer der Patron des nun ihm anvertrauten Lehrstuhls bleiben würde und dass dieser Wechsel auf dem Lehrstuhl eine eher symbolische Angelegenheit sei, Frucht des üblichen technischen Prozedere. Seine Bescheidenheit fand so viele Worte, dass alle sich nur noch schämten.

Eine Woche später kam vom Rektor eine Direktive, in der dem Lehrkörper mitgeteilt wurde, dass ein bedauerlicher Fehler eingetreten sei, da zum Leiter des Lehrstuhls in Wirklichkeit *Assen* Weltschev bestimmt worden sei. Die Zeremonie wurde wiederholt, Professor Jowtschev nannte Assen »meinen schwierigen Schüler, von dem aber auch ich eine Kleinigkeit gelernt habe«, und umarmte ihn väterlich. Dann erneut der Thronwechsel. Jemand klatschte Beifall.

Für Alexander war dies Ritual so erniedrigend, dass er, entwürdigt und jedes Willens zum Widerstand beraubt, nur dem irrationalen Gefühl der Erleichterung nachgeben konnte. Er fand, dass mit dieser perfiden Vergeltung seine ganze Schuld gegenüber Assen abgegolten war. Auf einmal verschwanden auch seine Ungeduld, Karriere zu machen, seine Heuchelei und sein Eigennutz, vor allem aber seine schreckliche Angst! Verwirrt und verlassen, bis zum Hals in seiner Schande steckend wie in Sirup, wurde ihm klar, dass er schon lange sehnsüchtig auf diesen Moment gewartet hatte. Die Gleichheit mit seinen Kollegen war wiederhergestellt. Spontan, für sich selbst überraschend, stand er auf, ging zu Assen, küsste und beglückwünschte ihn mit aufrichtiger Herzlichkeit.

Der Himmel neigte sich dem Abend zu, die regengereinigte Luft duftete. An den Haltestellen wurden rot-weiße Martenitschki, Frühjahrs-Glücksbringer, verkauft. Alexander machte sich unwillkürlich auf den Weg zur Mansarde seines Vetters Georgi Pantov. Im Eingangsbereich des Mietshauses hörte er sich wie gewohnt um, weil er Angst hatte, dass Assen ihm auf der Treppe über den Weg lief. Er schloss auf. Der Duft von Viktorias Parfüm lag in der Luft, mittwochs der Duft von Montag, und freitags der von Mittwoch. Die Vorstellung ihrer nackten Unersättlichkeit, die das große Bett kaum fasste, stieß ihn ab und, was noch seltsamer war, erfüllte ihn mit Angst. Ja, seine Angst war zurückgekehrt.

Er zog seinen feuchten Trenchcoat aus, brühte in der Küche Kaffee auf, und als sie mit ihrem Zweitschlüssel die Tür öffnete und jenen leichten und wohlbekannten Luftdruck erzeugte, fühlte er sich bereits untröstlich einsam, weil er wusste, dass sie sich trennen würden.

10

In den darauf folgenden Monaten machte Alexander eine Änderung durch, äußerlich unerkennbar und eben darum so gefährlich. Er blieb zu Hause, arbeitete in seinem häuslichen Arbeitszimmer, wusch nach dem Abendessen das Geschirr ab, ging mit Christo immer wieder ins Kino »Kultura«, um Tierfilme wie »Die Serengeti darf nicht sterben«, über die großen Wüsten oder über das Eismeer zu sehen. Von Jacques Cousteaus Unterwasserfilm »Welt der Stille« war Christo so tief beeindruckt, dass er unbedingt Taucher werden wollte.

Ljuba verfolgte die Wandlungen ihres Mannes achselzuckend, aber mit wachsendem Entsetzen. Sie liebte zwar den Anblick, wie ihr Mann und Christo über ein Märchenbuch gebeugt dasaßen, oder ganz vertieft ins Dominospiel; aber das weckte auch ihre Furcht. Furcht vor sich selbst! Sie wollte Alexander nicht wieder vertrauen, denn die Enttäuschung, die sie durchgemacht hatte, war verzehrend und erstickend gewesen. Alexanders Aufmerksamkeit folgte ihr gleichsam auf Schritt und Tritt. Er begann ihr wieder den Hof zu machen, als sei sie eine fremde Frau, die er erst noch erobern müsse, und sie ertrug das wie ein unpassendes Geschenk, das man aus Höflichkeit annimmt. Die ständige Wachsamkeit, die diese Situation ihr abverlangte, war anstrengender als das Unglück. Ljuba wusste inzwischen, dass die Vorahnung und das Warten auf das Böse den Menschen mehr ermüdeten als das Böse selbst.

Im Frühjahr kaufte Ljubas Vater einen grasgrünen Wolga, eine Luxuslimousine, auf deren Kühlergrill ein kleiner Hirsch prangte. Jeden Sonntag fuhr die ganze Familie darin zum »Storchennest«, einem angesagten Ausflugsrestaurant am Isker-Stausee südlich von Sofia. Die Fahrt durch die Talenge war in der Tat eine Augenweide. Wie sich das Flüsschen erst durch die Ebene schlängelte, endlich die Felsen des Vorgebirges zerteilte und schließlich den Blick freigab auf die immer noch verschneiten Gipfel des Rila-Gebirges. Sie aßen Fisch, und zum Nachtisch bestellten sie Kaffee und Mandeltorte. Der See spiegelte den Himmel, an der Anlegestelle schaukelten die Bötchen, die Ufer waren gesäumt von Anglern, die mit ihren Gerätschaften das Ufer säumten, geduldig und schweigsam über ihre Angeln gebeugt, als erhofften sie ein Wunder. Alexander und Christo sammelten am Ufer verkohlte Holzstückchen. Ljuba konnte ihr Lachen nicht hören, aber sie sah es, und wenn sie dann weich wurde, warnte sie sich: Pass auf, das ist eine Falle! An ein Wunder zu glauben ist tückisch, denn es schenkt uns das Glück so leicht, dass wir das Mögliche ungeprüft schon für bare Münze nehmen!

Sie hatte Angst, sich jenes langweilige Idealbild ihres Mannes ins Gedächtnis zu rufen, das im Verlauf der Jahre ebenso zerfallen war wie die getrockneten Blüten und Pflanzen in seinem Herbarium. Auf dem Rückweg, ihren Sohn an sich gekuschelt, fühlte Ljuba sich geschützt von der Wärme Christos. Sie war höchst zufrieden. Nicht so sehr mit dem angenehmen Ausflug in den Blütenrausch des Frühlings, als vielmehr über das Wissen, dass sie auch diesmal dem Charme widerstanden hatte, den Alexander ebenso geerbt hatte wie das Blau seiner Augen.

11

Ihren vierzigsten Geburtstag beging Viktoria Simeonova mit einem ebenso prunkvollen wie provozierenden Fest. Das verräucherte, in Dämmerlicht getauchte Wohnzimmer war gespickt mit Künstlern, die Selbstbewusstsein, blasierte Langeweile und die gespielte Müdigkeit dessen verströmten, der alles schon kennt. Sie ließen die Frau des Hauses zu ihrem runden Geburtstag hochleben und den Hausherrn zur Verleihung des Georgi-Dimitrov-Ordens, den er vor wenigen Tagen erhalten hatte. Unter den Gästen waren auch junge Schriftsteller, die sich dekadent gaben, Komponisten und bildende Künstler, die noch nicht sattelfest in ihrem Ruhm saßen, dazu Regisseur Theo Sotirov, Assen und Emilia Weltschev, ein stotternder Pianist, der nur im Ausland konzertierte, und Dozent Ewgeni Pejtschev.

Mit dem ironischem Lächeln dessen, der alle, sogar sich selbst verachtete, hatte er sich in den Sessel gleich neben dem aufgebauten kalten Büfett gefläzt, futterte mit dem Esslöffel fettigen Russischen Salat in sich hinein und goss reichlich Wodka obendrauf. Es war bei den Männern aus der Kunstszene gerade in Mode gekommen, Stolichnaya-Wodka mit Tomatensaft zu trinken, und bei den Frauen Campari. Ein vierspuriges Tonband in der Ecke beschallte den Raum mit den Blues-Stücken von Elvis Presley, Louis Armstrong und dem blinden Stimmzauberer Ray Charles, und auch die ersten Stücke der Beatles, als sie noch »Pilzköpfe« hießen, waren zu hören.

Ljuba kannte diese Atmosphäre gespielter Herzlichkeit, falscher Geselligkeit, vorgetäuschten Erfolgs und jenes nervösen, tuschelnden Mütchens, das sich kühlte an einem Witz über die Blödheit und Kulturlosigkeit der Parteigenossen. Sie hatte sich in eine unscheinbare Ecke zurückgezogen und kämpfte mit ihrer Langeweile, als sie plötzlich, auf dem Höhepunkt der Party, die schmerzliche Entdeckung machte, dass das Techtelmechtel zwischen Viktoria und ihrem Mann wohl beendet war; nicht der geringste Funke flog mehr zwischen ihnen hin und her, und auch die künstliche Kälte, mit der Liebhaber sich tarnten, fehlte. Stattdessen war jene freundliche Gleichgültigkeit eingekehrt, die man nicht spielen konnte. Alexander kümmerte sich um Ljuba, als hätte er sie vor wenigen Wochen erst kennengelernt. Er goss ihr Campari nach, flüsterte ihr Worte voll keuscher Leidenschaft ins Ohr, und wenn sie tanzten, drückte er sie verliebt an sich.

Gerade diese unbestreitbare Tatsache, dass er mit Viktoria Schluss gemacht hatte und nun sie begehrte, versetzte Ljuba in helle Aufregung. Sie hatte sich wenig bequem auf dem Kanapee hingesetzt. Von dem fruchtig-herben italienischen Bitter leicht beschwipst, wurde ihr innerer Widerstand so schwach, dass sie schon bereit war, sich zu ergeben. Sie fürchtete, in Tränen auszubrechen. Unmerklich prüfte sie ihre Wangen. Trocken, Gott sei Dank! Die langsame Musik, die man gleichsam mit dem Herzen hörte, wiegte sie. Alexander beobachtete sie voller Anbetung. Das hätte sie eigentlich sanft und versöhnlich stimmen sollen, doch es stieß sie nur ab.

Auf einmal kam Pejtschev von irgendwo, beugte sich spöttisch über sie, als schaue er von einem hohen Balkon zu ihr nieder, und forderte sie zum Tanz auf. Na also, da war er ja, der Ausweg, ging ihr unwillkürlich durch den Kopf. Sie tanzten Blues, sie mit den Armen um seinen Hals, er die seinen um ihre Taille gelegt. Der bissige Geruch männlichen Wilds stieg ihr in die Nase, aber eines in der Brunftzeit.

»Sie sind ja wohl die bestaussehende Lady diesen Abend«, sagte Pejtschev. Sein zugleich schalkhafter und aufmunternder Blick wühlte etwas in ihr auf.

»Ich bin bloß betrunken …«

Ewgenis verschränkte Finger lösten sich, seine Hand begann über ihr Seidenkleid zu wandern, um schließlich vulgär auf ihrem Schenkel liegen zu bleiben. Dies war die Hand eines Räubers, der sich anschickte, auf die unlogischste und gefährlichste Art seinen nächsten Einbruch zu starten: Er wollte etwas Kostbares, Unverkäufliches stehlen, ohne sich zu schämen oder zu verstecken! So primitiv war noch niemand mit Ljuba umgegangen, doch vielleicht war es genau das, weswegen sie nicht zurückzuckte. In der Geschicklichkeit ihres Tanzpartners, seiner unverhüllten Lüsternheit gab es nämlich auch etwas, das sie mit Erleichterung zur Kenntnis nahm: Noch nie war jemand so offen und ehrlich mit ihr umgegangen! Seine Hand, befreit von der Rutschigkeit des Stoffs, bewegte sich nun geschmeidig und erfahren, als seien sie beide allein hier, abgetrennt nur durch die langsame Musik, die pulsierende Dunkelheit und die Gleichgültigkeit der anderen. Sie waren aufrichtig und schamlos-unbekümmert wie kleine Kinder. Sie tanzten auch den nächsten Blues noch zusammen – ein eindringliches, betörendes, endloses Stück …

»Ich werde wohl mal zufällig bei TexIm vorbeikommen«, zwinkerte Pejtschtev ihr zu. Und Ljuba, wie betäubt von der Unwahrscheinlichkeit dieser Situation, entsetzt bei der Vorstellung, sie könnte wieder anfangen, ihrem Mann zu vertrauen, schloss die Augen, versank im schaukelnden Dämmerlicht und antwortete weder mit Ja noch mit Nein. Alles war so primitiv, dreist und wundervoll, dass man es vielleicht nur mit dem Sündenfall, vielleicht aber auch einfach nur mit der unbarmherzigen Vorbestimmung des Schicksals vergleichen konnte.

12

Bai Michal war achtundsechzig Jahre alt, als er einen schweren Schlaganfall erlitt. Überstrapaziert von Arbeit und Einsamkeit, angewidert von der Nichtigkeit des Menschen, mit einer vom Bodensatz der Gesellschaft abgenutzten Psyche, innerlich zerfressen nach dem Prager Frühling, der im gleichen Jahr stattfand, lag er einige Tage auf Leben und Tod in der Reanimation des Militärkrankenhauses, doch er erholte sich rasch und konnte nach einem Monat wieder nach Hause gehen. Zurück blieb nur ein unkontrollierbares Zittern der rechten Hand, das aussah, als setze Bai Michal permanent seine nervöse Unterschrift unter ein Schriftstück, das man sich dazudenken musste. Viel schlimmer als der gesundheitliche Schaden war für den alten Mann (und er glich inzwischen wirklich einem Großvater, dessen Enkel schon erwachsen waren), dass das Innenministerium ihn in Pension schickte, sodass er in jenes Lebenszeitvakuum entlassen wurde, das uns zuerst der Weisheit und Besonnenheit näherbringt, bald schon aber der ungestümen Unvernunft kleiner Kinder.

Allein in seinem von drei Schlössern gesicherten Einzimmer-Appartement auf der Rakovski-Straße, in dem es außer Stühlen, Bett, Tisch, Schrank, Fernseher und einem Expander so gut wie nichts Überflüssiges gab, las er erst einmal die paar Bücher, die er sich im Laufe seines Lebens angeschafft hatte. Dann begannen seine Nerven vor Untätigkeit langsam zu flattern wie das Spiegelei, das in der Pfanne hüpfte, wenn er sie mit der rechten Zitterhand anfasste. Doch er war nicht in der Lage, seine eisernen Gewohnheiten aufzugeben oder gar sein Geld auszugeben. Punkt sechs Uhr früh, unfähig, sich auszuschlafen, setzte er sich in seinem Eisengestellbett auf; welche seiner drei Brillen er aber auch aufsetzte, da war niemand mehr, in dessen Seele er eindringen konnte, um darin zu lesen, was der Betreffende ihm zu verschweigen versuchte.

Assen widmete ihm einen großen Teil seiner freien Zeit, ging mit ihm durch den Park an Plätzen vorbei, die nur ihnen beiden noch etwas sagten, oder er blieb einfach bei ihm in der Wohnung. Bai Michal hatte, um sich selbst zu überlisten, ein Kochbuch für Anspruchsvolle gekauft und wollte Assen nun zu »kulinarischen Verderbtheiten« einladen. Der Mittag neigte sich in die Melancholie der blauen Stunde, die Augen des alten Generals wurden feucht. »Für mich ist das Leben zu Ende«, sagte er nachdenklich, »jetzt beginnt die Anpassung!«

Einmal öffnete er Assen in seiner Generalsuniform. Er ließ Assen seinen Kaffee trinken, verlor sich in Gedanken und vergaß bald, dass er einen Gast hatte. Auf einmal drehte er sich unerwartet um und sagte, als rede er mit einem Soldaten:

»Ich möchte, dass du mir etwas versprichst. Schwöre mir, dass du dein Buch über die Macht weiterschreibst.« Sein Gesicht hatte Härte angenommen, und die Farbe von Feuerstein. Assen kam es so vor, als ob es bei der Berührung mit der Luft Funken schlüge. »Du hast teuer genug bezahlt für das Recht, dieses Buch zu schreiben!«

13

Das Meer konnte Professor Jowtschev mit seiner seidigen Weite genau eine Woche bannen. Er kam genau so weißhäutig und unberührt von der Sonne zurück, wie er in den Badeort am Goldstrand gefahren war. Seine philosophische Miesepetrigkeit unter dem Strohhut nur schlecht verborgen, mit Sandalen an den nackten Füßen und dem nachlässigen Äußeren des Pensionärs hatte er vergeblich darauf gewartet, dass die Kellner ihn bedienten. »Ich wäre bald hungers gestorben«, erzählte er gedemütigt. Von der ganzen Exotik des Meeres brachte er nur ein unscharfes Foto mit, das ihn auf einem zweihöckrigen Kamel zeigte, so richtig mit Burnus und einem Beduinenspeer in der Hand, außerdem eine Plastiktüte mit schönen Muschelschalen und ein paar vom Wasser abgerundeten Feuersteinen.

»Wunderschöne Steinchen«, sagte Assen.

»Und alle sind abgerundet«, erwiderte Jowtschev nach einer Weile. »Was für eine verblüffende Fähigkeit des weichen Wassers, zu schleifen und zu runden. Aber wissen Sie auch, warum das so ist?«

Assen zuckte die Schultern. Ihm war heiß in dem unaufgeräumten und noch ungelüfteten Wohnzimmer.

»Weil das Wasser Zeit hat. Das Meer ist mit der Ewigkeit verwandt, und charakteristisch für die Ewigkeit ist ihre Profillosigkeit. Es mag Ihnen paradox klingen, aber die Ewigkeit steht für alles, was in der Natur keinerlei Begabung aufweist. Die Ewigkeit gleicht an, gleicht aus, macht gleich. Sie ist der Schöpfer der primitiven Harmonie, der Beständigkeit, des Allgemeinen. Da haben Sie's, worüber ich an diesem verfluchten Goldstrand beim Suchen dieser Steinchen nachgedacht habe. Dem Runden fehlt ja jegliche Dramatik. Und so ist die Ewigkeit der höchste Ausdruck der Mitte, des Mittelmaßes und der Mittelmäßigkeit. Daher, so absurd es auch klingen mag, der einzige Grund für die Sterblichkeit des Menschen ist, dass er nicht mittelmäßig, sondern einzigartig ist! Das Einmalige, Originelle, Unwiederholbare widersteht der Ewigkeit; folglich ist es zum Scheitern verurteilt.«

»Und was ist mit den unsterblichen Ideen und der Kunst?«, warf Assen matt ein.

»Die Kunst, ja … Ein großer Roman wird doch ständig umgeschrieben mit jedem, der ihn liest. Eine Idee ist ewig, wenn sie von einer anderen Idee negiert wird. Selbst Gott, wenn er allmächtig und endlos ist, realisiert sich im Wandel und in der Bewegung. Nein, nein, keine Sorge, ich hab keinen neben mir gehen, habe auch keinen Sonnenstich bekommen. Ich red nicht einfach so drauflos … Was ich Sie aber immer schon fragen wollte: Was ist eigentlich aus Ihrem Buch über die Macht geworden?«

Assen verschluckte sich fast vor Überraschung. Er zog an seiner Zigarette, blies den Rauch aus und antwortete seinem alten Professor: »Bringt mir nichts als Unglück!«

»Wunderbar, genau das wollte ich hören!« Jowtschev rieb sich die Hände. »Aus genau diesem Grunde müssen Sie es schreiben. Ich beobachte Sie seit geraumer Zeit. Sie fangen an, einem meiner Steinchen zu gleichen, Weltschev, und zwar bedenklich. Sie werden Ihre schönen Gedanken verlieren, die Zeit wird alle scharfen Kanten glätten und am Ende … sind Sie genau so einer wie Kotzev!«

14

Ende des Sommers fuhren auch Emilia und die kleine Dessislava nach Sosopol ans Meer, und Jordan, der seinen Wehrdienst absolviert hatte, studierte Journalismus und machte Tag und Nacht Party. Jonka spürte, dass Assen wie festgenagelt an einem seelischen Kreuzweg stand, und ließ ihn in Ruhe. Obwohl er das Fenster weit aufgerissen und die Rollos heruntergelassen hatte, um die Sonne abzuhalten, saß er mit nacktem Oberkörper schweißgebadet im Schlafzimmer und machte sich ein zweites Mal an die Niederschrift des ihm auferlegten Buches. Jetzt ging die Arbeit viel schwerer voran als beim ersten Mal, doch auf Assen hatte es dieselbe reinigende und daher befriedigende Wirkung. Er wollte, dass sein Buch objektiv und nicht tendenziös geriet, dabei reifer, tiefer und – was inzwischen das Wichtigste war – voller Abweichungen von der Linie. Er schrieb ununterbrochen, wenn er nicht gerade schlief.

Die Sommernächte fielen samtweich und tröstend herab, und sie rochen nach verlassener Stadt, nach Stein, der seine angestaute Hitze ausseufzte. Der Mond warf ein besonderes, beinahe feuchtes Licht auf die Erde, und die Dunkelheit füllte sich mit geheimnisvollen Zeichen. Assen hatte das Gefühl, dass die ganze Welt eingeschlafen war, um ihn allein mit seinen Gedanken zu lassen. Manchmal kam es ihm gar so vor, als diktiere ihm ein höherer Geist ganze Passagen, die sein menschlicher Verstand nicht in der Lage gewesen wäre, so zu komponieren.

Im Herbst organisierte er ein Spezialseminar, in dem er die ersten Kapitel seines Buches vortragen und diskutieren wollte. Einmal bekam er in der Pause zufällig das Gespräch zwischen zwei Studenten mit, die neben der Tür zu seinem Sprechzimmer standen und rauchten.

»Der Alte ist gar nicht so langweilig und dumpf, wie er aussieht.«

»Wer, ey? Der Weltschev?«, vergewisserte sich der andere. »Professor Weltschev, ey, das ist doch hier der Gott!«

Viele Komplimente hatte er in seinem Leben ja nicht bekommen, dachte Assen. Und jetzt gleich so eins!

15

In diesen segensreichen Monaten, die sich in sein Gedächtnis einprägen sollten mit ihrem wachsfarbenen Licht, und in denen er glücklich in Arbeit, Schlaf und Traum war, ging an seinem Lehrstuhl der nächste Krach los. Ohne bestimmten Grund entbrannte zwischen Alexander Weltschev und Ewgeni Pejtschev ein Konkurrenzkampf, der das Klima unter allen Kollegen verschlechterte. Assen wurde den Eindruck nicht los, dass es nicht nur um die zweite Professorenstelle ging, die ausgeschrieben worden war, sondern auch um etwas anderes, weitaus Intimeres.

Assen hielt sich bedeckt. Ihm hingen die Reibereien und Grüppchenbildungen auch so schon zum Halse heraus, und er wollte sich nicht in ein Hickhack einschalten, das nur sein Denken vergiften, ihn ablenken und beschmutzen würde. Er wusste aus eigener Erfahrung, dass der Kampf um Prinzipien für gewöhnlich diktiert ist von egoistischen Hintergedanken und kleinlichen Interessen! Er tat darum so, als bemerke er ihre gefletschten Zähne und ausgefahrenen Ellbogen nicht, mühte sich zwar, sie zu versöhnen, aber ohne einem von ihnen den Vorzug zu geben. Eines regnerischen Oktoberabends kam nicht etwa Alexander, von dem er derlei erwartet hatte, sondern Pejtschev auf ihn zu und hielt ihn an der Tür an:

»Wie immer sind Sie für keinen und keiner ist für Sie. Kotzt Sie dieses stolze Einzelgängertum nicht langsam an, Genosse Professor? Diese erhabene Neutralität, die Sie da wahren, ist doch langsam lächerlich ...«

Assen schaute den Sprecher schweigend an. Auch Pejtschevs deftige Ausdrucksweise konnte ihn nicht mehr aus seiner erhabenen Neutralität reißen. Er wartete auf die Fortsetzung.

»Und trotzdem«, kam die Fortsetzung, »manchmal beneide ich Sie sogar. Und wissen Sie, warum?«

»Na, weil ich nicht an der Flasche hänge«, bremste ihn Assen. »Man riecht Ihre Alkoholfahne ja aus fünf Meter Entfernung. Was ist das, was Sie mit Dozent Weltschev nicht teilen wollen ... oder können?«

»Seit geraumer Zeit«, antwortete ihm Pejtschev mit drohendem Unterton, »teilen er und ich alles, absolut alles. Nur dass Ihr Vetter das nicht weiß!«

Viertes Kapitel

1

Im Herbst kamen die Handwerker von der Wärmezentrale und kloppten ihre Wohnung in Schutt und Asche, um Rohre zu verlegen und Heizkörper anzubringen, aber irgendwie bekamen sie den Anschluss an die Verteilerstation nicht hin. Der folgende Winter wollte nicht enden. Im Klammergriff einer beispiellosen stationären Wetterlage waren die Emissionen des Stahlwerks Kremikovzi drauf und dran, Sofia zu vergiften. Selbst das Witoscha-Gebirge mit seiner Schneekuppe, dem grünen Eichbaum- und dem roten Buchenstreifen darunter glich einer bulgarischen Fahne, die jemand in den Dreck geworfen hatte.

In ebendiesem Winter wurde am Volkstheater Shakespeares »Hamlet« inszeniert; die lang ersehnte Rolle der Ophelia wurde Emilia jedoch standhaft verweigert. Ihre gehässigen Einwürfe, dass Theo Sotirov ihre Kollegin Margarita Lilova nur deshalb vorgezogen habe, weil sie seine eigene Frau sei, waren weder sachlich noch moralisch gerechtfertigt. Lilovas Hässlichkeit erschien auf der Bühne wie das gültige Zugehörigkeitsmerkmal zum norddänischen Adel des 15. Jahrhunderts, an einem Königshof, an dem Gemeinheit, wahllose Blutkreuzungen und Grausamkeit nur durch Blindheit und Abgestumpftheit ertragen werden konnten, Wahrheitsliebe und Ehrbarkeit aber den sicheren Untergang bedeuteten. Lilova wurde frenetisch gefeiert. Wütend und zutiefst verstimmt, zettelte Emilia einen Krach mit Sotirov und seiner »Shakespeare-Meute« an. Sie blieb zu Hause, kaute vergrätzt an ihren Nägeln, und ihre Augen, blass geworden, hatten rote Ränder. Assen kam langsam zu der Überzeugung, dass das Talent seiner Frau nur für tragende Nebenrollen reichte, und das Schlimmste war, dass Emilia das auch wusste. Sie hätte vermutlich Sotirov und der ganzen Bagage der hochgestochenen Theaterkritiker, ja, sogar Assen verziehen, wenn sie dafür an das Gegenteil hätte glauben können!

Trotzdem war sie geboren fürs Theater. Der erregende Duft nach Bühne, nach dem Pappmaschee des Bühnenbildes und der Mischung aus Staub und Holz kratzte sie innerlich auf. Sie hatte ein ungeheures Repertoire an Stücken, Regieanweisungen und dramatischen Konflikten gespeichert, die sie auf ihr Privatleben übertrug, als sei auch dies ein Theaterstück. In der Unzahl verkörperter Charaktere hatte sie ihren eigenen verloren. Assen war überzeugt, dass ein großer Schauspieler nicht in der vorgegebenen Rolle aufgeht, sondern sie sich anverwandelt und auf diese Weise immer nur sich selbst spielt. Emilia aber war bereit, sich zu zerreißen, sich völlig zu verausgaben, nur um der Figur Genüge zu tun, und verletzte dadurch deren Authentizität. Vielleicht kam daher ihre Leidenschaft für das Absurde Theater. Zu dieser Zeit wagte es jedoch noch niemand, ein Stück von Beckett oder Ionesco zu inszenieren. Am sichersten, ausgefeiltesten, der Vollendung am nächsten war Emilia in schwachen Theaterstücken!

Zusammen mit den Misserfolgen am Theater, vielleicht sogar durch sie ausgelöst, entwickelte Emilia eine Kaufsucht. Dies war ein atavistischer Besitzdrang, mit dem sie versuchte, ihr seelisches Gleichgewicht wiederzugewinnen, in der Hoffnung, alles auf dieser Welt ließe sich kompensieren – fehlendes Talent mit Äußerlichkeiten, geistige Leere mit einem Zuhause voller Krimskrams, Kleidung und kostbaren Antiquitäten. Sie bezahlte nicht nur sündhaft viel für ein Esszimmer aus schwarzem Ebenholz mit Perlmutt-Intarsien, von dem Georgi Pantov behauptete, dass es einst einen Salon im Schloss des Zaren geziert habe, sondern auch einen taubengrauen Renault bulgarischer Fertigung und – als Krönung – ein massives Holzhaus am Hang des Witoscha-Gebirges.

Assen lebte in ständiger Angst, dass sie und ihre Tochter Dessislava mit dem neuen Auto auf dem Weg zur Villa am Ende des Dorfs Simeonovo verunglücken könnten. Es roch in diesem Wochenendhaus nach Sägewerk und Harz. Beim Anblick der großen Gartenlaube musste Assen unwillkürlich an einen Vogelbauer denken, in dem ein großes, trauriges Federtier mit gestutzten Flügeln hockte. Eine Fledermaus-Familie hatte sich unter dem Dach einquartiert und wirbelte jeden Abend die Luft durcheinander mit ihrem chaotischen Hin- und Hergeflatter. Nachts gingen die Holzwürmer mit kratzenden und grabenden Geräuschen an die Arbeit. Ein halbes Jahr war Emilia mit der Renovierung und Einrichtung des Häuschens beschäftigt. Es gelang ihr, die Fledermäuse zu verjagen und die Holzwürmer zu vergiften. In dieser Zeit herrschte Frieden und Verständnis zu Hause. Doch der erste Sommer, den sie dort verbrachten, war noch nicht vorbei, da bedauerte sie das Ganze schon! Die Zimmer waren ihr zu klein, der offene Kamin war zu purer Dekoration verdammt, weil er nicht den Brandschutzbestimmungen entsprach, und die ausgesägten Herzen an den Türen der Plumpstoiletten im Garten fand sie geschmacklos.

Assen hingegen kam in Simeonovo gut voran mit seiner Arbeit. Ringsum erstreckten sich unberührte Wiesen, die nach Heu und Kräutern dufteten, und wenn man nach unten schaute, sah man, wie Sofia in der Gluthitze flimmerte. Eine schmierig-braune Wolke lag über der Stadt, sodass man den Beton der sie säumenden Plattenbauviertel wie durch Rauchglas sah.

Emilia dekorierte ihre Enttäuschung, indem sie seltene Blumen und Sträucher im Garten pflanzte, zwei Gartenwege anlegte und sie mit glattgeschliffenen Ziegeln pflasterte.

»Unsere Wohnung ist zu klein«, beklagte sie sich einmal, als sie auf der Terrasse saß, unter der blühende Geraniumpflänzchen ihre fünf Blattfinger spreizten. Ein plötzlicher Regenschauer hatte Sommerluft und Pflanzen gewaschen, die Sofioter Niederung dampfte in der Ferne. Sie tranken ihren Nachmittagskaffee und Assens Seele wollte nichts als Ruhe haben. So stellte er sich taub.

»Dessislava ist schon groß … Sie kann nicht länger im Wohnzimmer schlafen«, ließ Emilia nicht locker. »Und Jordan ist ein erwachsener Mann und braucht ein eigenes Zimmer.«

Sie konnte es Jordan nicht verzeihen, dass er schon so groß war. Sie schämte sich, weil sein Alter indirekt auch ihre vorgerückten Jahre verriet, und so beeilte sie sich, wenn sie jemandem vorgestellt wurden, zu ergänzen: »Das ist Assens Sohn aus erster Ehe!«

»Je größer die Kinder, desto kleiner die Wohnung!«, wiederholte Emilia hartnäckig.

Plötzlich kam Assen seine eigene Frau fremd vor mit ihren im Schattenfall noch kantiger wirkenden Gesichtszügen, ihrer jammernden Unzufriedenheit und ihrer falschen Besorgtheit um die Kinder. Er setzte seine ungeleerte Tasse ab und erwiderte feindselig: »Warum gehst du nicht zum Volkstheater und forderst von denen eine größere Wohnung?«

Durch Emilia ging ein Krampf, dann fiel sie schlaff im Stuhl zusammen, verschränkte die Hände vor dem Gesicht und begann zu weinen. In ihrem Hausmantel mit dem unbekümmert weit geöffneten Dekolletee, auf dem es von Sommersprossen wimmelte, die ihrer Bräune etwas Sinnliches verliehen, prägte sie sich ihm ein wie eine schöne unbekannte Frau, die er irgendwann einmal gesehen hatte. Erst jetzt bemerkte er die Falten um ihren Mund, die Krähenfüße um ihre Augen, den Blick, der erfüllt war von Verzweiflung und Hunger. Ihn packte das Mitleid. Er beugte sich vor, sein Atem blies gegen ihren Hals. Das Licht spielte mit ihrem Gesicht, veränderte es, entfremdete es ihm.

»Was soll ich denn machen?«, murmelte Assen versöhnlich. »Ich habe niemanden, von dem ich eine andere Wohnung bekommen könnte.«

»Du hast einen«, schluchzte sie. »Wir könnten Goscho Pantov seine Mansarde abkaufen. Kleines Wohnzimmer, Schlafzimmer und Küche … Für Jordan und Jonka wäre das ideal.«

Erst jetzt dämmerte Assen der versteckte Sinn ihres Gesprächs. Emilia wollte, ohne sich dessen bewusst zu sein, Jordan und Jonka vertreiben. Sie hatte vermutlich das Gefühl, dass es diese beiden waren, die sie daran hinderten, sich als erfolgreiche Schauspielerin mit einer makellosen Karriere zu fühlen. Sie schaute zu ihm auf, mit feuchten, fragenden Augen, bereit, seine Rüge oder seine Milde zu ertragen, aber nicht, zurückzustecken. Assen seufzte und schüttete seinen kalt gewordenen Kaffee ins Gras.

»Na gut«, sagte er, »versuch es halt. Sprich mit Goscho.«

2

Auf der Terrasse wurde es kühl. Um die schmiedeeiserne Gartenlaterne versammelten sich Nachtfalter, die blind in ihr Licht flogen und es so ständig in Bewegung erhielten. Nach dem Abendessen beschlossen sie, ins Haus zu gehen. Ein kurzes Durcheinander entstand. Dann setzten Assen und Peter Simeonov sich mit einer Flasche bulgarischen Cognacs vor den Deko-Kamin, während Emilia das Geschirr hineintragen und abwaschen sollte. Jordan war, wie jeden Abend, verschwunden. Auch Dessislava war nicht zu sehen. Sie jagte vermutlich Glühwürmchen in den Wiesen ringsum.

Die Grillen hörten sich an, als führe in der Dunkelheit ein Ochsenkarren vorbei, das Mondlicht schien auf mystische Weise der Luft selbst zu entströmen. Emilia war müde, und sie wünschte sich, dass die Simeonovs endlich gingen. Ihr tat der Kopf weh. Den ganzen Tag hatte sie gekocht, gelächelt, bedient, gedeckt, abgeräumt und Kaffee gekocht. Jetzt stand es ihr wirklich bis oben hin. Sie wischte sich die Hände an der Küchenschürze ab und ging hinaus, um ihre Tochter zu suchen. Der Himmel schien sich unter dem Gewicht der flimmernden Sterne gesenkt zu haben, der abendliche Fallwind vom Hang des Witoscha-Gebirges hatte sich gelegt, alles war still, nichts rührte sich. Im Schutz der Sommernacht näherte sie sich auf Katzenpfoten der Gartenlaube. Ein undefinierbarer Stöhnlaut machte sie hellhörig, und so spähte sie hinein. Im Messingglanz des Mondes glichen die beiden an der Wand lehnenden, ineinander verschlungenen Körper Scherenschnitten. Das Kleid der Frau war hochgeschoben, Stoffrascheln war zu hören, und das stoßartige Atmen von Leuten, denen die Luft ausging.

Mit den Augen konnte Emilia die beiden immer noch nicht erkennen, doch plötzlich ahnte sie, wessen Leiber das waren, die sich da in ungestümer Erregung, eingehüllt in den Duft frisch gemähten Grases, verhakt hatten: Viktoria Simeonova, die reife, eigenwillige Frau ihres Alters, und Jordan, bis gestern noch ein Rotzjunge; ihre beste Freundin und der Sohn ihres Mannes. Emilia fuhr zurück wie mit heißem Wasser übergossen. Zunächst empfand sie gar nichts außer der Ungewöhnlichkeit ihrer Entdeckung; erst dann durchstach sie der Schmerz. Nutte!, zischte sie stumm und wich zurück. Lautlos, wie sie gekommen war, stakste sie durch das Gras zur Veranda zurück und ließ sich in den Schaukelstuhl fallen – auch der bei Georgi Pantov erstanden. Jetzt muss ich die beiden auch noch decken!, dachte sie voller Widerwillen. Sie malte sich die neurasthenischen, jähzornigen Eifersuchtsanfälle des Schriftstellers Simeonov aus, das Entsetzen und die Scham in den Augen Assens, dann ihre eigene wackelige Position in diesem labilen Gleichgewicht zwischen »bezauberndem Abend« und »nicht wiedergutzumachendem Vorfall«. Sollte Peter Simeonov jetzt auf die Terrasse kommen, würde sie hüsteln und ihn in ein Gespräch verwickeln müssen, um ihn aufzuhalten!

Sie streifte die Küchenschürze ab, knüllte sie zusammen und warf sie auf den Tisch. In ihrem Kopf tauchte die Gestalt Jordans auf. Großgewachsen und gut gebaut, mit breiten Schultern und federndem Gang, war er beinahe schön zu nennen. Er hatte lauernde Augen, einen gierigen Mund und die hohe Weltschev-Stirn. Wann war er nur erwachsen geworden? Dies war keine Frage, sondern die Antwort auf die plötzliche und schwindelerregende Entdeckung, die sie soeben gemacht hatte. Sie sah ihn nackt bis zum Gürtel die Trainingshanteln heben und senken, sah ihn mit der Zigarette im Mund über seine Journalistik-Lehrbücher gebeugt, und sie sah ihn mit einem blassen, mageren, depressiv wirkenden Mädchen vor seinem Mambo-Tonband sitzen.

Die Glühwürmchen sprenkelten die Luft mit ihrem Phosphor, eine Federwolke verhüllte den Mond, es roch bitter nach gemähtem Unkraut, junger Nacht und spätem Sommer. Etwas in Emilia war zerbrochen, etwas, das ihre Einsamkeit verdoppelte. Welche Rechte habe ich eigentlich an diesem fremden Jungen?, fragte sie sich. Sie war schließlich nicht seine Mutter. Und auch nicht seine Freundin. Er hatte ihr niemals sein Herz ausgeschüttet oder sich etwas von der Seele geredet – sie führten stattdessen mit der Angst von Geizkrägen einen kalten, kleinlichen und aussichtslosen Krieg um Einfluss auf Assen. Und doch – so unlogisch es sein mochte – war das, was Emilia in diesem Moment empfand, ein Gefühl tiefer Eifersucht! Sie sorgte sich keineswegs um Jordans Anständigkeit, sondern bedauerte, dass er ihr genommen worden war. Nicht als Mann und nicht als Sohn, nein, es war etwas viel Unerklärlicheres, das noch viel mehr schmerzte.

3

Inzwischen reizte sie alles an Viktoria: die Schminke, die das Dunkle ihrer Augen unterstrich, ihr falsches Lächeln, ihre affektierten Bewegungen. Es war, als werde sich Emilia erst jetzt bewusst, wie nutzlos das ganze Leben dieser Frau war. Sie ging nicht zur Arbeit, hatte nicht einmal einen Beruf erlernt. Sie hatte kein Kind zur Welt gebracht und kümmerte sich noch nicht einmal um ihren eigenen Mann, sondern prasste einfach nur mit seinem Geld und seinem Talent. Ihre ganze Existenz war angehaucht von Leere und Sinnlosigkeit, von einem findigen Egoismus und dem Glauben an das, was ihr Name bedeutete: Sieg. Emilia hätte sie ja liebend gern aus ihrem Haus verjagt, aber Simeonov schrieb gerade wieder ein Drehbuch, und darin gab es eine Rolle, »die scheint er sich speziell für dich ausgedacht zu haben, meine Liebe!« Also ertrug sie sie. Dreimal in der Woche tranken sie Kaffee bis zum Abwinken, und wenn Jordan zufällig um sie herumlümmelte, verhielt Viktoria sich wie eine Nonne.

Warum, zum Teufel nochmal, hatte Jordan ihr bloß nachgegeben?, fragte Emilia sich verzweifelt. Er hatte doch eine Freundin, jenes gleichsam vor lauter fehlenden Problemen krankhaft mager gewordene Ding, das auch noch hautenge Cordhosen trug? Die Antwort kam aus heiterem Himmel und machte sie sprachlos: *aus Hass auf mich!* In den fordernden Umarmungen der Simeonova wollte er sich eigentlich an ihr rächen! *Und was, wenn er heimlich in mich verliebt ist?* Diesen sündigen Gedanken verwarf sie rasch. Der Hass dieses unfertigen Mannes war vermutlich die Frucht seiner Liebe, einer Liebe, die nicht die zu einer Mutter und nicht die zu einer Frau war ... Sie konnte es sich auch nicht erklären.

Mehr als einen Monat lebte sie in der Angst, Assen könnte etwas erfahren. Sie wusste noch immer nicht, was sie tun sollte. An einem heißen Augustnachmittag betrat sie Jordans Zimmer, der gerade Hanteltraining machte. Emilia schloss das Fenster und näherte sich ihm, ohne seinem gockelhaften Grinsen Beachtung zu schenken.

»Ich wollte dich um etwas bitten«, sagte sie leise, mit aufrichtiger Zärtlichkeit.

»Wir hören, Mamachen …« Dieses Wort, so provozierend spöttisch ausgesprochen, brachte sie zur Weißglut. Jordans Muskeln glänzten so schweißnass, als schrien sie nach Kampf. In der Küche klapperte Jonka mit den Tellern.

»Ich habe für heute Abend eine Einladung zu einem Cocktailempfang, und dein Vater ist beschäftigt«, sagte sie. »Du bist inzwischen erwachsen, ein schöner, junger Mann, auf den jede Mutter nur stolz sein kann! Würde mich freuen, wenn du heute Abend mein Kavalier sein würdest.«

Sie sah, wie sein Gesicht sich spannte, wie seine Arme erschlafften und die eine Hantel sich aus seinen Fingern löste und zu Boden polterte.

4

Jonka lebte bereits in einer halb imaginären Welt, in der der Milchladen, das Obst- und Gemüsegeschäft und die Omas aus dem Viertel sich mit ihren Erinnerungen und den Bildern aus ihren Träumen mischten. Einmal im Monat zerdepperte sie absichtlich das Küchenfenster, damit Bai Sando vorbeikam mit dem Geruch nach Kitt, seinem Diamant-Glasschneider und der geheimnisvollen Transparenz des Glases. Der »hinkende Gott« wiederum warf seine Musterpuppe fort und schneiderte nun die in Mode gekommenen Schlaghosen, die sich vom Knie an glockenförmig weiteten und in einer fünf Zentimeter hohen Manschette endeten. Der Schneider roch nach Alkohol und hatte sich eine neue Devise zugelegt, die er eisern befolgte: »Den Wodka von heute trink nicht erst morgen!«

Jonkas Bewusstsein war klar, ihr Gedächtnis funktionierte tadellos, der graue Star behinderte sie beim Sehen, doch die fortschreitende Blindheit half ihr offenbar, in das luftige Gewebe der Dinge einzudringen. Nachdem sie begonnen hatte fernzusehen, wurde ihr klar, dass die Welt für das Gute sehr klein und überschaubar war, für das Böse und die Gewalt aber groß. Sie hörte auf, aus den Karten zu lesen, verlor die Intuition der Mutter, deren Liebe sich auch auf den immateriellen Teil des menschlichen Loses erstreckt, doch dafür wurde ihre Verbindung zum

Jenseitigen stärker, und sie begann ein für alle Mal, an UFOs zu glauben. In einer kalten Februarnacht sah sie durch den weißen Schneevorhang nicht so sehr mit ihren vom grauen Star beeinträchtigten Augen als mit ihrem inneren Radar ein Himmelszeichen, das die Wolken mit einem blauen, dann mit einem orangen Schein bestrahlte. Dieses Leuchten löste sich von dem Flugobjekt gleich dem Schall einer Stimme, die rief. Die Straßen waren leer, der Anblick unerträglich. Jonka deutete diese Präsenz als Ausdruck jeder vernunftbegabten Einsamkeit, als Wunsch nach Kontakt und dem Wunsch, nicht so sehr kosmische Distanzen als vielmehr die kosmische Angst zu überwinden.

In diesem Augenblick übertrug das Fernsehen Bilder vom Vietnamkrieg. Die Flugzeuge glichen Insekten, die von einem fremden Planeten kamen.

5

Jonka war die Erste, die den seltsamen und inoperablen Defekt bei Dessislava bemerkte. Das Mädchen, das vor Vertrauensseligkeit und Naivität überfloss und in ihren Kleidchen einer spanischen Infantin glich, hatte einen unstillbaren Drang zum Lügen! Irgendwo gab es da eine geheime Verbindung zwischen ihrer niedlichen Schönheit, ihrem unwiderstehlichen Charme und den Lügen. Anfangs fanden alle die Hirngespinste der Kleinen noch lustig und deuteten sie als Frucht einer überbordenden, noch nicht gebändigten Phantasie, die ihr zusammen mit den Milchzähnen schon ausfallen würde. Aber die Milchzähne gingen, das Lügen blieb. Mit puppensüßem Zelluloidlächeln log sie über alles und jedes, in der Schule und zu Hause, vor Freundinnen und Erwachsenen.

Einmal jagte sie ihnen einen regelrechten Schrecken ein. Sie erzählte ihnen, wie ein unbekannter Onkel sie auf der Straße angehalten und zu sich nach Hause gebracht hatte. Sein Wohnzimmer sei voller Singvögel und sprechender Papageien gewesen, doch es habe nicht einen einzigen Vogelkäfig gegeben. Sie hätten sich auf den riesigen, dunklen Spiegel gestürzt und seien darin verschwunden. Jonka kannte ein Kraut gegen Albträume und gegen Inkontinenz; sie wusste, wie man am Gaumen schneiden musste, wenn das Kind kein stimmhaftes »R« aussprechen konnte, wie man Vakuum-Saugnäpfe auf dem Rücken plazierte, um schwere Erkältungen aus dem Körper zu ziehen, doch gegen das Lügen war sie machtlos! »So ist sie beschaffen, die Welt«, sagte sie achselzuckend, »sie lässt uns immer das Gute bei uns selbst und das Böse bei den anderen sehen. Da gibt es keinen Ausweg, weil wir alle mit dem Bösen bei den anderen kämpfen und glauben, so das Gute bei uns selbst zu vermehren. Es ist ja richtig: Dessislava lügt … Aber wichtig ist, wen sie damit eigentlich täuschen will: das Böse bei den anderen oder das Gute bei sich?«

In demselben Jahr ließ sich Georgi Pantov überreden, Assen und Emilia seine Mansarde zu verkaufen. Der Preis, den er dafür haben wollte, war so astronomisch, dass sie viel Ärger hatten und sich viel Geld leihen mussten. Sie kauften das gute Stück mit Einrichtung, von den stilvollen Möbeln angefangen bis zur tropfenden Decke und jenen Kissen, auf die so viel Schweiß geflossen war. Jonka wusch sie, dann ordnete sie sie hübsch an für Jordan und sein halb lebendiges, halb wächsernes Mädchen. Je mehr sie selbst von der Welt getrennt war, desto mehr glich sie der alten Petruniza. Wie sie so vor den bläulich-kalten Flammen saß, die aus dem Fernsehbildschirm flackerten, war sie weder glücklich noch unglücklich; sie war einfach da und hielt die Sippe zusammen, so gut sie es vermochte, das letzte Glied einer einigenden Vergangenheit. Ohne sie würde alles auseinanderfallen und in Vergessen sinken. Inzwischen kam keiner aus der Familie mehr zu Besuch, weder Alexander noch Georgi Pantov, und auch nicht dieser schreckliche Krum Marijkin. Nur sie wahrte ihrer aller gemeinsame Wurzel noch in ihrem Herzen und ihrem Gedächtnis, und – ganz wie einst bei der alten Petruniza – war ihr Leben nur noch ein Opfer für die anderen.

Emilia ging auf einmal überraschend lieb mit Jordan um. Sie lud ihn und seine Freundin ins Theater ein, und nach der Vorstellung führte sie die beiden zum Abendessen in den Russischen Klub. Sie verhielt sich, wie eine richtige Mutter sich mit ihrem Sohn verhielt. Da blieb Jonka vollkommen allein, sodass sie nun für alle da sein konnte. Sie nickte ein, wenn die Spätnachrichten vorbei waren, und wenn sie die Augen öffnete, sah sie, dass längst Sendeschluss war. Das blaue Auge des Bildschirms flackerte wie das eines Zyklopen, der aus einer mythischen Welt hereinschaute. Sie stand auf, schaltete den rauschenden Apparat aus und hörte den Wind. In den oberen Etagen heulte er wie in einer Höhle.

6

Von der endlosen Fahrerei kreuz und quer durch Bulgarien häufte sich in Georgi Pantov ein Widerwille gegen das Reisen an, gegen stinkende Abteile in schmutzigen Zügen und klapprige Autobusse, in denen seine ganze Eleganz zum Teufel ging. Die Warterei auf den Bahnhöfen war für ihn der reinste Horror, und der penetrante Geruch nach harzigen Schwellen, Abfahrt und Tapetenwechsel weckte nur noch sein Schlafbedürfnis. In Gegenwart fremder Leute schien er im Zeitraffer zu altern. Schließlich schmiss er den ganzen Handel mit Antiquitäten, blieb in Sofia und schulte um auf den Verkauf modischer Waren, die selten und in kleinen Mengen auf den staatsregulierten Markt geworfen wurden. Er bot sie an im Café des Schriftstellerverbands auf der Angel-Kantschev-Straße, schleppte sie im Einkaufsnetz durch Redaktionen, Ateliers und Theatergarderoben, besuchte hochrangige Intellektuelle und populäre Artisten und Schauspieler zu Hause. Niemals drängte er etwas auf oder wurde gar dreist; er zog einfach seine Flasche echten Malt-Whisky aus der Tasche, seine Dose schwarzen oder roten Kaviar, russische Krebse, französischen Cognac und manchmal sogar ein Paar italienischer Schuhe, türkische Lederjacken, japanische Kassettenrekorder oder ein paar Tafeln Schweizer Schokolade, elektronische Uhren mit roter Leuchtdigitalanzeige – alles, wofür es Nachfrage gab, was aber so gut wie unmöglich zu finden war. Er war auch bereit zu allen Arten kleiner Dienstleistungen, angefangen vom Kinderhüten, Hundausführen, einen kubanischen Papagei, einen guten Englischlehrer oder Fliesenleger auftreiben.

Wohnungskosten und Haushalt bezahlte Sonja. Sie war als Redakteurin bei der Frauenzeitschrift »Bonjour« angenommen worden, fuhr aber nebenher mit den Übersetzungen französischer Klassiker fort. »Aus

Rache«, das war jedenfalls die einzige Entschuldigung, die Goscho einfiel, bestahl er sie gewissenlos und verscherbelte binnen weniger Jahre ihre Pelzmäntel, ihren Goldschmuck, ihre Diamantbrosche, ihren Ring mit dem zehnkarätigen Rubin, der seine Farbe nach dem Licht und mit der Tageszeit änderte; sogar den Nerzkragen, der seine rassige Geschmeidigkeit und seinen Glanz über all die Jahre bewahrt hatte, verschonte er nicht.

Sonja tat so, als bemerke sie nichts. Morgens verschwand sie in ihrer Redaktion, nachmittags arbeitete sie im Zimmer ihres Vaters. Abends trafen sie sich vor dem Fernseher, wo Georgi, in seinem alten Hausmantel und immer noch mit dem Seidenstrumpf auf dem Kopf, zerstreut liebenswürdig und irgendwie lau, seinen abendlichen Whisky trank. Er rauchte wenig, aber immer nur Kent-Zigaretten, und wenn er trank, dann nur Markengetränke. Ins Theater ging er nur, wenn er eine Karte für die Premiere ergattern konnte. Zweimal wöchentlich ging er in den »Widiner Treff«. Die Kellner dort kannten ihn – und ganz egal, wer von der Tischgesellschaft am Ende die Rechnung übernahm, für die Bestellung wandten sie sich stets an ihn, denn selbst wenn er keinen müden Groschen in der Tasche hatte, so war er doch mit der blasierten aristokratischen Ausstrahlung, die er sich bewahrt hatte, Mittelpunkt jeder Gesellschaft, ihre Zierde und ihr Qualitätssiegel.

»Schau, meine Teuerste«, wiederholte er gern, »das Leben ist kurz … nur Amusements sind ewig!«

7

An diesem Morgen war Georgi angenehm erregt. Ihm war schon vor längerer Zeit aufgefallen, dass Sonja im Kleiderschrank etwas versteckte oder zumindest vor ihm verbarg. Er hatte sie hin und wieder dabei ertappt, wie sie eine kleine, mit bunten Perlchen bestickte Börse in der Form eines vierblättrigen Kleeblatts herauszog. Nun wartete er, bis sie das Haus verlassen hatte, schaute ihr auf dem Balkon nach, bis sie auf den Dondukov-Boulevard abbog, dann kochte er sich genüsslich einen starken Kaffee und rauchte eine gute Zigarette. Nein, nur keine Hetze.

Es wäre ihm stillos erschienen, Sonja in Pyjama und Pantoffeln zu bestehlen. Also rasierte er sich erst einmal, tupfte sich zwei Tropfen Duftwasser hinter die Ohren, zog seinen grauen Anzug an, stand nachdenklich vor dem Spiegel, und erst dann schnappte er sich einen Hocker und schleppte ihn zum Kleiderschrank. Er musste in all dem alten Kram lange und angestrengt suchen; schließlich hatte er es, Sonjas kleines Glückstäschchen, verstaubt, aber nicht vergessen! Er stellte sich vor, es enthalte einen Brillanten, in Reinheit erstarrt wie eine ungeweinte Träne, oder zumindest ein massives Goldarmband, als Schlange ausgearbeitet. Über diese Phantasien war er selbst so gerührt, dass er beinahe weinen musste. Den Reißverschluss zog er mit so zittrigen Fingern auf, als befände er sich auf dem Rücken des Kleides einer lange begehrten Frau. Das Portemonnaie war leer. Mit Mühe klaubte er aus dem Innenfutter etwas heraus, was ihn anfangs verblüffte, dann aber fast vom Hocker haute. In der Hand hielt er ein zerknittertes Tütchen, auf dem in gut lesbarer Handschrift geschrieben stand: »Petuniensamen. A. W.«

Die Erinnerung traf ihn wie eine Faust: Assen Weltschev, wie er in ihrem einst so prachtvoll eingerichteten Salon stand, lauernd und gefährlich, ein in die Ecke gedrängtes Tier, das ständig mit der einen Hand in der Brusttasche seines abgetragenen Sakkos wühlte. Dort schien sie auf etwas Gefährliches gestoßen zu sein, etwas Kaltes und Todbringendes. Sonja hatte gesagt: »Machen Sie sich doch bitte miteinander bekannt. Hauptmann Boshidar Weltschev ist Ihr Vetter.« Assens Hand hatte nicht zu zittern begonnen, doch sie fuhr fort, nach etwas zu wühlen, als suche sie nach einer Entschuldigung dafür, sich so unnötig und gefährlich lange in dieser Sakko-Innentasche aufgehalten zu haben. Als sie wieder ans Licht kam, diese Hand, wirkte sie wie ein eigenes Lebewesen. Und was befand sich darin? Nicht etwa eine gut geölte, kalt glänzende Mordwaffe, sondern – ein Tütchen Petuniensamen. *Dieses* Tütchen Petuniensamen. Es stand symbolisch für die Frage der Bepflanzung des Grabes von Sonjas damals gerade verstorbenem Vater, und mit diesem an Einfachheit nicht zu unterbietenden Alibi hatte Assen sein plötzliches Auftauchen bei ihnen gerechtfertigt. Das also war es! Diesen entscheidenden, schrecklichen Moment ihrer gemeinsamen Vergangenheit hatte Sonja bewahrt und vor ihm verborgen gehalten.

Georgi lehnte sich gegen den Schrank, versuchte, sich die Sache zu vergegenwärtigen. Anfangs verwunderten ihn seine Empfindungen, die von einer Kargheit waren, als hätte man sein Inneres auf einen Streich restlos geplündert. Sonja, die ihn nun schon mehr als dreißig Jahre lang ertrug, ihm alles verzieh, viel mehr, als verzeihlich war, diese seine unenträtselbar und über jedes vernünftige Maß hinaus treue Ehefrau hatte einen anderen geliebt. Die Wahrheit schnitt sich so scharf in sein Bewusstsein, als hätte ihn jemand vor aller Augen zum Gespött gemacht. Der anfänglichen düsteren Verwunderung folgte eine kurze Zorneswallung, die schließlich abgelöst wurde von einer schmerzlichen, doch heilsamen Erleichterung. Gott sei Dank! Auch Sonja hatte ihn betrogen, war nicht jene Heilige, die nur Widerwillen weckte. Er lächelte. Eine bittersüße Träne löste sich aus seinem Auge und lief ihm über die Wange. Er war wie erschlagen von diesem langjährigen Drama seiner Frau; erschlagen war er auch von seiner Einsamkeit in diesem Moment.

Mit taumelnden Schritten ging er durchs Wohnzimmer, trat auf den Balkon hinaus und schüttete mit der verzweifelten Panik eines in flagranti ertappten Diebes die Samen in den Blumentopf mit den vor langer Zeit abgestorbenen Blumen. Beäugt von den Tauben, gerettet vom Regen, begossen von der Sonne, sollten daraus ein paar schwächliche Petunien sprießen, entartet und wunderlich, als hätten sie nach Jahrzehnten im dunklen Verlies des Vergessens gekeimt im Lichte eines fremd gewordenen Lebens, das bis zur Unkenntlichkeit verändert war.

8

Um 1975 begann in Widin der Bau der großen Chemiewerke zur Herstellung von Polyester und Automobilreifen. Einzig möglicher Standort waren die schilfbewachsenen Sümpfe an der Donau, die beim Frühjahrshochwasser außerordentlich fischreich waren. Doch das Königreich der Mücken und der Zugvögel steckte voller tückischer Fallen. Ausgerechnet dort nun in unmittelbarer Ufernähe sollten Werkshallen mit modernen Produktionsanlagen errichtet werden. Keiner in Widin wollte glauben, dass sich auf diesem nachgiebigen Boden etwas Festes würde errichten lassen. Die Zweifel waren irrational und daher durch Argumente nicht zu beseitigen. Sie verstummten jedoch in Erwartung der gewaltigen sowjetrussischen Aushubmaschine, einer Kreuzung zwischen Schiff und Schaufelradbagger, die die Sümpfe und ihren nachgiebigen Grund mit Donaukies zuschütten sollte.

Endlich, an einem verregneten Tag, kam das Ungetüm an, und alle waren enttäuscht über seine tatsächliche Größe. Das Ding ging stromabwärts vor Anker, fuhr seine Krakenarme aus, dann erdröhnten seine Motoren wie gequälte Kreaturen. Ketten setzten sich in Bewegung, und über ein Transportband häuften sich am Flussufer Tausende Tonnen Kies. Die Arbeiten, die mehr einer Ausgrabung als einem Bau glichen, wurden auch im Winter nicht unterbrochen, obwohl es große Schwierigkeiten gab, bereitwillige Arbeiter zu finden. Mit der Planung und Organisation haperte es dermaßen, dass das ganze Projekt zunehmend in den Bereich der Phantastik rückte! Die künftigen Werke waren schon Teil der Stadt, und doch war nichts von ihnen zu sehen. Ungehindert pfiff und wütete der Nordwind über dem Flachland.

9

Für so ein Bauprojekt brauchte man als zuständigen Parteisekretär einen zähen, ausdauernden und willensstarken Menschen. Für die Fachkenntnis hatte man Ingenieure. Was aber fehlte, war jemand, der an das Gelingen der Sache glaubte und sie beharrlich, mutig und unerschütterlich vorantrieb. Er musste dementsprechend entweder die überentwickelte Phantasie eines Schwärmers haben, oder überhaupt keine Phantasie, sondern nur ein Herz voller Begeisterung und männliche Entschlossenheit. Im Bezirkskomitee wurde in dieser Frage lange beraten, so lange, bis die Mitglieder der Findungskommission nur noch gähnten vor Erschöpfung und zerstreut durchs Fenster schauten. Überdies war Zahltag, wer dachte da an Arbeit? Schließlich ergriff Koitschev das Wort und sagte mit leidgeprüfter, von den Wortgefechten ganz heiserer Stimme:

»Es gäbe da so einen Menschen!«

»Und wer wäre das?«, fragte Grigorov, der Erste Sekretär, während er etwas in seinen in Leder gebundenen Terminplaner schrieb. Seine Augen hatten vor Müdigkeit einen regelrecht gramvollen Ausdruck.

»Nun, Krum Marijkin«, erwiderte Koitschev verlegen. Den jüngeren Genossen sagte dieser Name nichts mehr; die älteren schauten sich dafür umso erschreckter an und verstummten.

Noch am selben Abend fuhr Koitschev in einem schwarzen Dienst-Wolga nach Gol Tupan, parkte vor dem Häuschen von Doktor Bontschev und klopfte. Newena erhitzte gerade Schnaps auf dem Herd. Es war gemütlich warm drinnen, so warm, dass sich Kondenswasser auf den Fensterscheiben niederschlug. Auf dem Tisch lagen das Manuskript des Agronomen Pero Wassilev mit dem Titel »Die Wahrheit über den Mord an Präsident Kennedy« und eine kürzlich erschienene Biografie über den russischen Kosmonauten Juri Gagarin. Wenn man sich dessen Lächeln auf dem Umschlag ansah, dachte man unwillkürlich: So also lacht einer, der heil wieder auf die Erde zurückgekommen ist! Wie immer kriegten sich Krum und Koitschev in die Wolle, ihre Stimmen überschlugen sich; auf einmal grinste Koitschev, führte ein Stück Wintergemüse zum Mund und sagte mit naiver Stimme:

»Schwierige Sache, eminent schwierige Sache, verdammt noch mal. Auf dem Bau brauchen wir erfahrene und kämpferische Leute … Wärst du bereit?«

»Ich bin bereit«, antwortete Krum schlicht. Er fragte nicht, zu was sie ihn ernennen wollten, auch nicht, wo und was er arbeiten sollte. Seinen Hals überlief Röte, seine Augen blitzten unternehmungslustig, sodass Koitschev, bevor er sich davonmachte, schroff sagte: »Ich weiß, dass ich einen Fehler mache, Marijkin. So ein Werk baut sich nämlich nicht mit Hass allein.«

Am folgenden Samstagnachmittag sahen die Dorfbewohner, wie vor der verschneiten Gartenlaube Doktor Bontschevs ein alter russischer Lastwagen hielt. Vielleicht war es derselbe Klapperkasten, der Krum vor Jahren hergebracht hatte, und vielleicht wurde ja auch nur der Film zurückgespult, denn nun kam alles, was ins Haus des Arztes hineingetragen worden war, wieder hinaus, als wär's gestern gewesen: der Kleiderschrank, die Eisengestellbetten mit dem Federrost, der alte, holzwurmzerfressene Küchenschrank … Es sah ganz so aus, als verließe er sie für immer, und mit ihnen auch der alte Ukraina-Filmprojektor, das Motorrad mit dem Beiwagen und jene sture Beharrlichkeit, mit der er überall erschienen war, so sicher wie Tag und Nacht.

Niemand trauerte diesem unzeitgemäßen Menschen hinterher. Sie merkten aber schon, dass sich in ihren Seelen eine Leere auftat, denn durch die Unermüdlichkeit, mit der Krum ihnen seine langweiligen Revolutionsfilme gezeigt hatte, hatte er sie gelehrt, sich durch Selbstverneinung zu verteidigen, indem sie beispielsweise kamen und auf die Leinwand schauten, aber ohne etwas zu sehen, körperlich anwesend waren, aber im Geiste ganz woanders! Er hatte sie in einer hart geführten Schlacht zwar beschmutzt, doch sie hatten seinen Sieg geschmälert durch ihre Teilnahmslosigkeit, ihre menschliche Abwesenheit. Mit seiner inzwischen lächerlichen Linientreue hatte er ihnen das Recht zur Opposition gegeben, und so hatte er auf seine Schultern das ganze potenzielle Nichteinverständnis mit den Ungerechtigkeiten ihres Lebens genommen. Wenn die Landwirtschaftliche Kooperative kein DDT oder keinen Kunstdünger mehr hatte – wer war schuld? Krum! Dasselbe galt für das HoReMag, den Hotel-Restaurant-Einkaufskomplex: Wenn dort ihr Lieblingsschnaps ausgegangen war oder die Elektroherde der Marke »Traum«, die Kühlschränke »Frost« oder einfach die Gummistiefel – wer war schuld? Krum! Nun aber würde sich ihre Unzufriedenheit in ihnen ansammeln und ihre Seelen zerfressen, denn nun konnten sie es nicht mehr diesem Mann aufhalsen, der so wichtig war, dass man sich vor ihm nur retten konnte, wenn man ihn nicht bemerkte. Die Leere konnten selbst die Acht-Uhr-Nachrichten »In der Welt und bei uns« nicht füllen, und auch nicht die Unterhaltungsprogramme.

Die Nachbarinnen trauerten unter Tränen der Güte Newenas nach, die kleinen Kinder verabschiedeten sich von Krum Krumov. Doktor Bontschev kochte einen Abschiedstee aus Thymian und Johanniskraut, Pero Wassilev schenkte ihnen seinen prächtigsten Hahn mit einem Kamm, der der Stirntolle des russischen Revolutionärs Tschapajew täuschend ähnlich sah. Es war kalt. Krum zog seinen bodenlangen Pelz an und fuhr ab, ohne irgendjemandem »auf Wiedersehen« zu sagen. Vor Jahren, bei seiner Ankunft, hatte er ja auch niemandem »guten Tag« gesagt; es war, als sei er nie da gewesen.

Allein blieben sie zurück, starrten in die weiße Schneewüste wie plötzlich groß gewordene Waisenkinder. Mit nassen Mützen und schweren Herzen spürten sie, das das Fehlen Krum Marijkins ihnen eine bittere Freude sein würde, aber auch eine unbekannte, süße Trauer. Das Schneetreiben schloss seinen weißen Vorhang hinter den Abreisenden. Der Revolutionsfilm »Krum Marijkin« war aus.

10

Niemand schenkte dem leeren Pathos seiner Worte Beachtung. Die Arbeiter waren allesamt hartgesottene Kerle, die auf vielen staatlichen Großbaustellen geschuftet hatten. Einige von ihnen hatten sogar die Lößbetonwände des Atomkraftwerks im nahe gelegenen Kosloduj gegossen. Was erzählte ihnen dieser Verrückte da vorne also noch, und das bei eisigem Wind? Sie feixten, stießen sich an, taten so, als hörten sie ihm zu, dachten in Wirklichkeit aber ans Fußballspiel von gestern oder an den appetitlichen Hintern der neuen Kassiererin, die wohl nicht merkte, dass ihre Nylonstrümpfe eine Laufmasche hatten.

Sogar sein Schweigen wurde nicht beachtet, das eine vorwurfsvolle Stille schaffen sollte, die nichts zu tun hatte mit dem Zischen des Kieses, wenn er zu riesigen Haufen aufgeschüttet wurde, und nichts mit der Kälte und der Einsamkeit des Montage-Arbeiters; diese Lautlosigkeit, die sich da hallend von diesem Menschen absonderte, mit Nachdruck versehen von seiner grandiosen Sturheit, ließ die Frage aufkommen, ob er überhaupt da war, um ihnen Mut zu machen und wertvolle Ratschläge zu erteilen, oder ob er einfach schwieg, weil er sich in den Sümpfen einen Fisch angeln wollte.

So beziehungslos blieb es bis zu jenem denkwürdigen Tag, an dem der schwere Schlamm, der schon aufgetaut war, wieder hart wurde. Der Winter kehrte unvermutet zurück, der Nordwind wütete mit der Kraft eines großen Orchesters beim Stimmen seiner Instrumente; alles bedeckte sich mit einer dünnen Eisschicht. Selbst der Horizont wirkte hart und zerbrechlich. Die Donau wurde blassgrau, die Bäume am rumänischen Ufer schwarz.

An diesem Tag also gewann die ohnmächtige Verzweiflung endgültig die Oberhand über ihren Stolz. Weder die hohen Löhne noch das Versprechen, sie groß in der Lokalzeitung »Rote Fahne« abzubilden, konnten sie noch hinterm Ofen hervorlocken. Die Bulldozer, die den aufgehäuften Kies in die Sümpfe schoben, blieben stehen. Nur das heisere Pfeifen der russischen Riesenkrake mit ihrem Schaufelrad war zu hören. Die Männer versammelten sich in der Mitte der Schlammwüste, die einmal ein Industriekombinat werden sollte, hackten einen vom Fluss angespülten Baumstumpf klein, schichteten ein Lagerfeuer auf und kauerten sich zusammen; aber ihr Brigadier, dem der Daumen der rechten Hand fehlte, sagte mit schwerem Blick:

»Jungs, bei den Wetterverhältnissen ist kein Arbeiten … Das Eis trügt, die Maschinen würden überall einsinken!«

Kilkin, Hauptmechaniker der künftigen Chemiewerke, ein körperlich stämmiger und beleibter, seelisch aber wenig robuster Kerl, rief die Bodenstation an. Er sah völlig deplaziert aus in seinem eleganten Anzug, wirkte fremd unter den Arbeitern. Er forderte Hilfe an. Beim Warten zündete er sich eine Zigarette an. Nach zehn Minuten tauchte ein Jeep auf, der mit Zeltbahnen gegen das Wetter geschützt war. In der Ferne sah er wie eine Flugente aus, der es nicht gelang abzuheben. Die Arbeiter wussten, dass jetzt die großen Überredungsversuche losgingen. Sie rückten eng zusammen und streckten ihre Hände gegen das Feuer, so nah, dass die Flammen sie fast erreichten. Von weitem sah das aus, als hätte ihre vereinte Empörung Feuer gefangen.

Der Jeep hielt an und spritzte sie mit Schlamm voll. Heraus sprang ausgerechnet dieser mit dem hohlen Pathos, dieser Krum Marijkin, leicht humpelnd, als trüge er schwer an dem Unglück, das er zufügen musste. Zwischen den Ohrenklappen seiner gewaltigen Pelzmütze waren eben gerade noch zwei klare und harte Augen zu sehen und zwei von der Kälte blau angelaufene Lippen. Keiner der Anwesenden hätte vermutet, dass diese Lippen sich würden öffnen können. Krum scheuchte die Vorarbeiter mit Tritten auseinander und stand dabei bis zu den Hüften im Feuer, fing aber wundersamerweise nicht an zu brennen.

»Was hockt ihr hier herum wie die Großmütter?«, schrie er.

»Hör zu, Chef, die Maschinen sinken ein«, erwiderte der Brigadier ruhig und zeigte mit dem fehlenden Daumen Richtung Horizont. »Die Erde obendrauf sieht fest aus, aber darunter ist sie butterweich, da können wir nur Schaden anrichten.«

»Wo sollen die einsinken?«

»Na da, gleich vor meinem Bulldozer ist so ein Loch«, sagte der Brigadier mit immer noch ruhiger Stimme.

Krum Marijkin lief blindlings los, als wolle er verhindern, dass ihm der Sumpf weglief. Eine träge Menschenschlange folgte ihm. Sie wollten ja doch sehen, wie dieser blindwütige Geradeausmensch sich mit Schlamm und Schande bedeckte. Das Saugrohr des russischen Baggerungetüms gab das heulende Kichern eines Idioten von sich. Die Dämmerung setzte ein. Über die Einöde flog ein Schwarm Wildgänse. Krum bestieg den Bulldozer mit demselben hastigen Elan, mit dem er sich auch auf sein altes DKW-Motorrad schwang. Seine Pelzklappenmütze verrutschte, als er sich aus dem Fenster der Fahrerkabine neigte und mit gefährlicher Stimme fragte:

»Wie macht man das Ding an?«

Und hier begann die größte Quälerei, die die Männer sich nur vorstellen konnten. Es war, als sei der Bulldozer das vernünftige Wesen, das sich dem unerschütterlichen Willen Krums widersetzte, ins Ungewisse zu fahren, zumal dieser ja über nichts verfügte außer Unkenntnis, Ungeschicklichkeit und Sturheit. Geschlagene zwanzig Mal ratterte die Maschine los und blieb wieder stehen, zwanzig Mal rief Krum: »Ah, jetzt weiß ich!« Und wieder betätigte er die Führungshebel und Schaltknüppel, und wieder drehten die Ketten im Schlamm durch, während der Motor ächzte und sprang wie eine verdrehte oder zusammengedrückte und losgelassene Feder. »Ah, jetzt weiß ich!« … Und noch einmal das Ganze! Schließlich setzte sich der Bulldozer schwerfällig in Bewegung, und dies nicht etwa, weil Krum gelernt hätte, ihn zu bedienen, sondern weil das Glück beim Tüchtigen ist und der Zufall dem Unvernünftigen beisteht.

»Wo soll das hier weich sein?«, schrie Krum herausfordernd. Er fuhr auf die schmierige Pfütze zu, um sie zu durchqueren. Das Wasser spritzte in hohen Fontänen links und rechts, doch plötzlich (die Männer hatten es kommen sehen) begann das viele Tonnen schwere Gerät einzusinken. Die Ketten drehten durch, der Schieber kam nicht mehr von der Stelle. Die Welt ringsum wurde still, schrumpfte zusammen, bis sie größengleich mit einer zerrupften Pelzklappenmütze war, unter der blaue Lippen ihr feines Polarlicht aussandten. Noch bedauerte keiner Krum, noch machte sich keiner Sorgen um ihn, noch hatten sie nur Angst um sich selbst; noch waren sie alle nur voller Hass auf diesen Irren, als hätte der sie in die Kabine des Bulldozers gesteckt und wäre selbst abgesprungen, um sie mit dem Schlamassel allein zu lassen.

Krum wurde langsam ungeduldig in seiner Kabine. Er fühlte sich seines Rechtes beraubt. Schon wieder versuchte das Schicksal, an der Größe seiner Unverwundbarkeit zu kratzen. Es folgten Sekunden, die endlos schienen. Die Maschine heulte wild auf, all ihre Pferdestärken schienen mit Hufen auszukeilen. Vom eigenen Gewicht erdrückt, sank sie und sank immer tiefer, je mehr der Mann im Führerhaus versuchte, sie mit einem gewaltigen Satz von zwanzig Metern aus dem Loch nach vorn zu bewegen, als gäbe es keine Schwerkraft, keine physikalischen Gesetze. Noch einmal heulte der Motor des Bullen gedehnt auf, ballte alle Kraft zusammen, um sich zu befreien, vielleicht auch nur von seinem Reiter; dann schnarchte der Antrieb ein letztes Mal und blieb stehen. Es wurde still.

»Aber … der Mann wird ja ertrinken«, rief der Brigadier mit dünn gewordener Stimme. Erst jetzt bemerkten alle, dass die Maschine bis zum Bauch eingesunken war. Blasen stiegen unter ihr auf. Über der Motorhaube dampfte es. Die geölten Zylinder zischten. Doch all das konnte nicht Krums Stimme übertönen, der immer noch rief: »Ah, jetzt weiß ich!«

Nichts wusste er, gar nichts. Er zog an den Hebeln, drückte die Pedale, triezte die Batterie bis zum Letzten und – verschwand. Ja, vor ihrer aller Augen löste er sich auf wie eine Vision, und zwar in dem Wasser, das jetzt bereits gluckernd in die Fahrerkabine strömte. »Ah, jetzt weiß ich!«, wiederholte er munter, während ein paar Todesmutige sich bereits bis zum Kreuz in den Sumpf gestürzt hatten und versuchten, die verschlammte Tür zu öffnen. Sie fluchten, was das Zeug hielt. Ihr Hass auf Krum war jetzt so gewaltig, dass es nicht an fehlender Kraft liegen konnte, wenn sie ihn nicht retteten. Am Kragen zerrten sie ihn durch das Fenster hinaus, schleiften ihn auf den nächsten Kieshaufen und schlugen auf ihn ein. Aber seltsam! Warum beschlich sie das Gefühl, dass nicht sie ihn, sondern er sie gerettet hatte?

Sie atmeten heftig, schwer, restlos erschöpft. Standen auf. Wandten sich um. Der Wasserspiegel war glatt. Er hatte sich bereits über dem Bulldozer geschlossen.

»Abgesoffen«, sagte einer.

»Habt ihr gesehen, dass es geht?«, fragte Krum leise, und sein Blick verharrte drohend auf dem nächsten Bulldozer.

»Natürlich geht es«, erwiderte der Brigadier.

»Na also, das wollte ich ja nur zeigen!«

Sie warteten nicht, bis er aufgestanden war, sondern trotteten ein jeder zu seiner Maschine. Die, die durch den Sumpf gewatet waren, eilten zu den Baracken, um sich etwas Trockenes anzuziehen, Krum Marijkin hingegen stakste, während ihm die Kleider am Leib festfroren, zu seinem Jeep. Er musste doch nach Widin zurück und – noch bevor Koitschev von dem Vorfall erfahren hatte – die Militärs um einen Hebekran und starke Seilwinden bitten. »Vor zwanzig Jahren habe ich von denen zwei Liter Motorenöl gewollt«, sagte sich Krum zuversichtlich, »da werden sie sich doch jetzt um so einen Hebekran nicht lumpen lassen?«

Viel zu tun war ja nicht mehr. Es musste nur noch ein Bulldozer aus dem Sumpf gezogen werden.

11

Anderthalb Jahre später hatte sich der ganze Bauplatz in eine funkelnde Quarzwüste verwandelt. Es war ein heißer und trockener September, die Arbeiter sahen vor Müdigkeit nur noch ihre einsamen Schatten, und selbst die Donau verströmte keine Kühle, sondern Kummer, als ein gefährlicher Schaden in einem der fünfundzwanzig Meter tief gebohrten Brunnen festgestellt wurde. Die Ventilstopfen hatten dem Druck des Grundwassers nicht standgehalten und tropften bedenklich. Nun beugten sich die Arbeiter über die Schächte und schauten hinein in diese umgekehrten Kamine, rauchten und zerknautschten in ihren Händen die

Papiermützen aus der Zeitung vom Vortag. Ihre Münder waren trocken, obwohl gerade ihre Tagesration Milch abgeladen worden war.

»Da können wir nicht runter«, stammelten sie.

Es dauerte keine halbe Stunde, da war Krum Marijkin zur Stelle. Zuerst sahen sie die gewaltige Staubwolke, die an eine nahende Reiterhorde denken ließ, dann hörten sie auch schon das Quietschen der Bremsen. Krum sprang im Feinripp-Unterhemd aus dem Jeep, schaute auf seine Uhr, als habe die Weltzeit gerade angehalten, und sagte, ohne überhaupt zu fragen, was passiert war: »Hab ich euch nicht gesagt, dass es geht?«

Sofort fanden sich zehn Mutige, die ohne zu murren die schmale Leiter hinab stiegen, bevor Krum auf die Idee kam, sie hinunterzubegleiten, was die sichere Katastrophe bedeutet hätte. Er hätte sich selbst und sie ohne Aufsehens mit jener unvergleichlichen Leichtigkeit ertränkt, zu der nur Unsterbliche fähig sind. Langsam tauchten die zehn in eine Welt aus Dunkelheit und klammer Feuchtigkeit. Beim Anblick der dünnen, tropfenden Stopfen, hinter denen das Herz des Flusses pumpte, versuchten sie möglichst nicht zu atmen, um die brausenden Wassermassen nicht unnötig zu erzürnen; oben aber schrie ihnen Krum Marijkins Stimme heftig hinterher. Die lotrechten Brunnenwände wirkten wie ein Megafon, sodass sich die Stimme des kompromisslosen Parteifunktionärs zu einem grausigen Hall steigerte. Feierlich und mit unendlicher Geduld wiederholte ihnen Krum jene pathetischen Hohlformeln, die ungelesen auf ihren zerknüllten Papierhütchen standen.

12

Die Marijkins bezogen wieder Newenas Elternhaus, das nach wie vor der gründlichen Renovierung durch eine zupackende Männerhand bedurfte. Newenas Vater, Bai Zonjo Metschkarski, hatte gerade noch die Kraft dazu gehabt, einen elektrischen Boiler im Bad anzubringen. Krum verdingte Handwerker und bezahlte ihnen einen guten Lohn, doch ohne Aufsicht gingen die Arbeiten nur schleppend voran. Es gab keinen, der Tapeten in den Zimmern klebte, das Esszimmer mit Latexfarbe strich, die Küchengeräte anschloss und die Möbel aus hellem Holz zusammenbaute, denn Krum war den ganzen Tag, manchmal auch nachts auf den Baustellen mit seinem Jeep und seiner Weisungsbefugnis unterwegs. Newena bekam ihn kaum zu Gesicht. Im Winter trug er eine wattierte Jacke, im Sommer Jeanshosen und billige chinesische Stoffturnschuhe mit Gummikappen. Ob ausgeschlafen oder nicht, um sechs Uhr früh verließ er unerschütterlich das Haus und kam erst um Mitternacht wieder, nach Schweiß stinkend und etwas Undefinierbarem, das abstieß und Respekt einflößte.

Manchmal gingen sie Kilkin, den Chefmechaniker, besuchen, dessen Trommelbauch und angeborene Kurzsichtigkeit den Eindruck der Weichlichkeit und – wie Krum fand – »schädlichen Gutmütigkeit« schufen.

»Aber du kannst doch nicht mit Gewalt bauen«, stammelte Kilkin mit schlechtem Gewissen.

»Wenn ich sage, man kann, dann kann man!«, beschied ihm Krum.

Newena fühlte, wie der Widerwille gegen Krum in den Leuten anstieg, als hätten sie Giftpilze gegessen. So eine Willenskraft, so eine Hingabe an das Ziel konnten sie kaum aushalten. Das war nicht viel anders als bei wahren Heiligen, deren freiwilliges Leiden sie zwang, sich vor ihnen zu verneigen.

»Gib mir zu essen«, sagte er herrisch. Newena wollte gleich laufen und ihn umarmen, seinen Kopf an ihre warme, schläfrige Brust drücken, ihn beschützen vor den ungerechten Worten und dauernden Drohungen, doch nachdem sie einmal ihr Märtyrerlos auf sich genommen hatte, ihre Gefühle zu verbergen, erwiderte sie unfreundlich:

»Tu dir selbst auf, der Topf steht auf dem Herd.«

Sie sah zu, wie seine Kiefer sich beim Kauen mächtig bewegten, wie sein Adamsapfel auf und nieder sprang, seine Schultern sich schwer senkten. Dann schmolz ihre Seele dahin, sehnte sich nach Beichte und Bekenntnis; doch hatte Gott ihr das große Gefühl der Liebe gewährt, die zärtlichen Worte verweigerte er ihr.

In diesen Jahren wurde alles erneuert, so als wäre die Zeit selbst ein Film, den ihr Mann gedreht, durch die Lande gefahren und vorgeführt hätte. In Widin entstanden Plattenbauten für die Bauern, die aus den umliegenden Dörfern zur Arbeit in den neuen Werken kamen und eine Wohnung brauchten. Die Leute, die man nun in den Kaffeehäusern und auf dem Marktplatz sah, waren anders als die von früher: Immer hatten sie es eilig! Sie eilten, um ein Päuschen zu machen, sie eilten sogar, sich zu betrinken. Die Weinlauben in den Höfen schienen aus einem Dornröschenschlaf zu erwachen. Und die Chemiefabriken, die da im Entstehen waren, warfen schon ihre Bedeutung als neues Schicksal der Menschen voraus. Unberührt und unverändert floss einzig die Donau dahin …

Newena hatte keine Zeit, Gedanken daran zu verschwenden, warum es zu Hause nicht voranging. Sie las einfach eine entsprechende Anleitung und klebte die Tapetenbahnen schließlich allein, lernte, Zementmörtel zu mischen und Kacheln an die Wand zu kleben. Sie spannte sogar ein Schnürchen, damit die Fugen gerade und gleichmäßig fünf Millimeter breit wurden. Sie reparierte dann auch noch ihren Elektroherd und den kleinen Kühlschrank, montierte die Antenne für ihren Orion-Fernseher und kümmerte sich um ihren großen und ihren kleinen Mann, die in ihrer Unbändigkeit beide hilflose Kinder waren.

Im Rahmen der Bauleitplanung musste Krum oft auf Dienstreise nach Sofia. Er nächtigte dann bei Assen Weltschev, dem er sich nahe fühlte und den er mit einer seltsamen, fast erbarmungslosen Liebe verehrte. »Die sind bürgerlich geworden!«, sagte er Newena bei der Rückkehr, und die stellte sich vor, wie quälend die Gespräche wohl verlaufen sein mochten. »Kaufen Wochenendvillen und Autos, sammeln alten Kram … verdorbene Leute!« Der berühmten Schauspielerin Emilia Weltscheva gegenüber verhielt er sich unverändert von oben herab; vor der allsehenden Blindheit seiner Tante Jonka aber verneigte er sich. Wenn er losfuhr, nahm er meist eine Korbflasche abgelagerten Weines für Assen und eine Flasche Donauwasser für Jonka mit.

13

Eines heißen Julitags nahm der uralt gewordene Ilija Weltschev sich ein Taxi und fuhr hin, um mit eigenen Augen, mehr noch aber mit seiner Phantasie die gigantischen Chemiefabriken in Augenschein zu nehmen. Inmitten von Staubwolken und gereizt hupenden Lastwagen erreichte er die nun bereits befestigten Sümpfe, strich mit dem Blick über die riesigen Werkshallen und versteinerte: Was sich da kilometerweit vor seinen Augen erstreckte, hässlich bis zur Abartigkeit und vom grellen Sonnenlicht beschienen wie von einem Filmprojektor in seinem Traum, das war … das war sein unverwirklicht gebliebener Traum! Sein Herz, das Herz eines Menschen, der zum Bauen und zum Herstellen geboren war, krampfte sich so schmerzlich zusammen, dass ihm die Kräfte nicht reichten. Er berührte den Taxifahrer leicht und gab das Zeichen zur Rückfahrt.

Es war ein reines Wunder, dass er nach dem zweiten schweren Schlaganfall überhaupt noch atmete. Die Ärzte wollten es anfangs gar nicht glauben, dass er überlebt hatte, selbst als er die Augen aufriss und sie mit einem zornigen Blick begrüßte. Dann begannen sie zu denken, er sei wohl unsterblich, denn die medizinische Praxis weltweit zeigte, dass in seinem Alter niemand diese Krankheit überlebte. Als er Ende August dann friedlich einschlief, wollten sie es wieder nicht glauben. Sie fürchteten, sie könnten mit der Autopsie beginnen, und dieser Mann risse plötzlich die Augen auf und schaute sie zornig an. Aber nein, Ilija Weltschev war wirklich tot. Sonderlich nahe ging das niemandem. Die Menschen aus dem Viertel hatten ihn ja lange kaum noch gesehen, hatten ihn gar vergessen über ihren täglichen Sorgen und nahmen die Nachricht auf wie zum Zeichen, dass am Ende auch die Großkopfeten dran glauben müssen. Der Ortsverband der Vaterländischen Front klebte eine billige Todesanzeige im Viertel auf, dessen wortreicher Text so begeistert traurig klang, als sei er für einen ganz anderen Menschen bestimmt.

Seit Ilijas Frau Boshura mit diesem Stenz Karol Iwanov irgendwo nach Österreich verschwunden war, hatte noch nicht einmal das Licht ihr Zimmer betreten. Das Türschloss war mit den Jahren eingerostet, und der Schlüsseldienst, der nun eilig gerufen wurde, ächzte und hatte seine liebe Not mit dem Ding. Dazu noch wollte er rasch fertigwerden, um das samstägliche Fußballspiel nicht zu verpassen. Von Mücken und seiner ungesunden Neugier angestochen, war der Beamte vom Gemeinderat bereit, die minuziöseste Bestandsaufnahme seiner Laufbahn zu machen, hoffte er doch, in diesem Damenzimmer echte Goldstücke zu finden, oder vielleicht US-Dollars oder wenigstens ein bisschen kostbaren Schmuck! Als alles nicht half, fassten Schließfachmann und Amtmann den Entschlus, die Tür aufzubrechen. Sie spannte sich, bog sich durch und krachte dann auf, als hätte Ilijas Geist persönlich den Riegel gespielt. Unmengen Staub wirbelten auf und boten dem Licht die Flanke.

Ihre Enttäuschung war gewaltig: Außer dem Geruch nach gestohlenem Luxus fanden sie nichts als ein zerwühltes Bett, Fotografien einer schönen und unersättlichen Frau, einen blind gewordenen Spiegel, Spinnweben mit bizarren Formen und Vorhänge, die ohne diese Spinnweben vielleicht schon kraftlos von der Stange zu Boden gesunken wären. Die Schubladen des Kommodenschranks waren herausgerissen, die knielangen Damenschlüpfer, die sie unvorsichtigerweise anfassten, zerfielen in ihren Händen. In der Ecke schimmerte matt der noch am besten erhaltene Einrichtungsgegenstand: ein Nachttopf aus Porzellan. Nein, Ilija Weltschev hatte nichts hinterlassen, nichts, worüber man hätte klatschen können!

An der Beisetzung nahmen einige dazu abgeordnete Vertreter der Vaterländischen Front teil. Sie hatten schon so viel »öffentlichen Tod« gesehen, dass sie selbst sich fast unsterblich vorkamen. Sie gingen um das Grab herum, es roch nach feuchter Erde und schweren Friedhofsblumen, Vögel sangen. Niemand wollte den Deckel des billigen, aus Pressspan gezimmerten und mit Stanniol umwickelten Sarges öffnen, um den Toten noch einmal zu sehen, so als habe dieser sich schon lange zu den Vätern versammelt, und nur noch seine Kleider müssten feierlich entsorgt werden. Und man stelle sich nur den Ärger vor, wenn sie den Deckel öffneten und es sich herausstellte, dass ein Fehler passiert war und sie den Falschen bestatteten. Die Totengräber, zwei kräftige Walachen, warfen ein paar Brocken Erde auf den Sarg, um der Würde die

Ehre zu geben, dann machten sie sich ein Bier auf und schalteten das in den Sträuchern versteckte Transistorradio ein.

In diesem Moment aber kam auf dem leeren Friedhofsweg der Schatten einer alten Frau heran, die gebeugt und ausgebrannt wirkte wie eine dünne, verloschene Andachtskerze. Die Totengräber hatten sich mit ihrem dudelnden Radio und den Führseilen schon entfernt; doch selbst wenn sie sie gesehen hätten, diese dünne Gestalt eines gefallenen weiblichen Engels: Wie hätten sie in dieser Alten die einstige Freude zahlloser Männer, Filetstück-Pena, erkennen sollen, unter deren hingebungsvollen Augen und raschelnden Röcken auch Ilija Weltschev zum Mann geworden war?

Fünftes Kapitel

1

Der erste Brief war eine solche Backpfeife, dass Alexander taumelte und Sterne sah. Er lauschte, als befürchte er, jemand könne mithören, wenn sich die Worte beim Lesen in seinem Kopf in Schall verwandelten. Das schläfrige Gurren der Tauben draußen fand er auf einmal unangemessen hämisch. Er teilte sein Sprechzimmer an der Universität mit Assen, und so kam es, dass er das Blatt unwillkürlich weiterreichte. Dieser rückte seine Brille zurecht, las es aufmerksam, dann zerknüllte er es und warf es in den Papierkorb.

»Hast wohl irgendeinen Unglücksraben bei der Prüfung zu hart angefasst«, sagte Assen. »Mach dir nichts draus.«

Der zweite Brief kam eine Woche später. Er war aus Zeitungsbuchstaben zusammengeklebt und schloss mit derselben anonymen Formel wie der erste: »Ein Wohlmeinender«. Alexander wühlte in seiner Schreibtischschublade und nahm vier Baldrian auf einmal. Da stand ihm wohl ein endloser Gang nach Canossa bevor, so ärgerlich und voller Zerknirschung, dass er für einen Augenblick die Ursache vergaß. Er glättete das Blatt mit der Hand und las es noch einmal: »Wissen Sie, wie und mit wem Ihre Frau ihre Abende verbringt? Spüren Sie nicht diesen speziellen Kitzel, auf einmal ein betrogener Ehemann zu sein?«

Auf einmal erinnerte er sich an jene kleinen Merkwürdigkeiten in Ljubas Verhalten, die er bisher nicht hatte bemerken wollen. Ihr Blick wich dem seinen schuldbewusst aus, und sie hatte aufgehört, ihm Vorwürfe zu machen; in lebhafter Gesellschaft verteidigte sie ihn, zeigte sich gar mit betroffen, wenn seine Eitelkeit verletzt wurde. Kurz, sie tolerierte in seinem Verhalten alles, was sie zuvor so verbittert hatte. Vor sein inneres Auge trat das Bild einer reifen Frau mit nach wie vor tadelloser Figur, mit leicht schräg stehenden, länglichen Augen voller Trauer, einer Frau, die immer noch linkisch war im Umgang mit anderen Leuten, vielleicht, weil sie sich den moralischen Idealismus ihrer Jugend bewahrt hatte, als alles romantisch und leicht, alles bloß Traum oder Illusion gewesen war. Da wollte wohl jemand seine Frau auf die grobe Tour anschwärzen!

Seine Vorlesung zog sich quälend in die Länge; endlich ertönte der rettende Gong. Er beschloss, ins Kino »Kultura« zu gehen, sie gaben wieder »Die Serengeti darf nicht sterben«, aber diesmal half ihm die bezaubernde Exotik dieses Films ganz und gar nicht. Zudem befummelten sich neben ihm zwei glatzköpfige Männer, und das Dämmerlicht schien zu kleben. Er ging hinaus. Die Sonne war so stark, dass die Schatten der gegenüberliegenden Mietshäuser Tunneln glichen. Er betrat die Milchbar, bestellte sich bei der miniberockten Kellnerin einen doppelten Cognac und ein Himbeereis, die ihm bei der Aufnahme der Bestellung neben ihren Oberschenkeln auch noch ihren billig überkronten Eckzahn zeigte, bevor sie ihn warten ließ. Heute schmeckte der bulgarische Pliska-Cognac wie ein Abfallprodukt der Hustensaftherstellung, und das Himbeereis weckte mit seinem übertriebenen Lila Assoziationen an Blutergüsse.

Wenn er jetzt an die Abende dachte, an denen er allein mit Ljuba gewesen war, fiel ihm auf, dass in ihren Blicken kein Vorwurf mehr steckte, aber auch kein Einverständnis; nur Gleichgültigkeit und schöne Leere. Dafür war die Keuschheit aus ihren Liebesumarmungen fast verschwunden, und sie schämte sich ihrer Nacktheit nicht mehr, weder vor ihm noch vor dem Spiegel, in dessen Licht sie früher so langsam und frierig getreten war, als strecke sie das Bein in einen Gebirgsbach. Zack!, tropfte ihm das Eis vom Löffel und hinterließ einen Fleck auf seiner Hose.

Alexander hätte nicht erwartet, dass Eifersucht ein so starkes, schwindelerregendes Gefühl sein konnte, begleitet von der beschämenden Erregung, Ljuba in flagranti zu ertappen. Es interessierte ihn so gut wie gar nicht, warum sie ihm wohl untreu geworden war; viel mehr drängte es ihn, zu erfahren, mit wem. Was danach kam, war ihm erst einmal gleich. Der Gedanke, sie zu bestrafen, die Scheidung einzureichen, tröstete ihn mehr. Und wie er sich so beim Leiden zusah, war er geradezu begeistert von der Erhabenheit, die ihm das verlieh. Am heftigsten setzte ihm nicht etwa zu, dass jemand die intime Ausschließlichkeit mit seiner Frau zerstört hatte, sondern die narzisstische Kränkung, dass jemand seine persönliche Macht, die bezwingende Kraft seines männlichen Charmes gebrochen hatte!

Als er ging, war es noch immer heiß; trotzdem wählte er die besonnte Seite der Rakovski-Straße. Nach Aufdeckung der großen Missbrauchsfälle bei TexIm wurde die Firma mit Pauken und Trompeten geschlossen. Nun arbeitete Ljuba bei MinMetall, einer anderen Außenhandelsfirma. Die dortigen Kaufleute glichen Pudeln, die gerade vom Trimmen kamen. Alexander stellte sich vor, dass es einer von denen war: Mit tadellos »auf Kniff« gebügelter grauer Hose, schwarzem Blazer und dem verstohlenen Lächeln des erfahrenen Playboys hielt dieses Herrchen seiner Ljuba die Beifahrertür seines VW mit jener Überheblichkeit auf, die die meisten Bulgaren nach ein paar Dienstreisen in den Westen an den Tag legten. Der Firmensitz von MinMetall befand sich nicht weit vom Russischen Klub. Alexander musste also unbedingt vor siebzehn Uhr vor dem Restaurant sein und sich hinter dessen gusseisernem Gitterzaun verbergen, um von dort beobachten zu können, wer die Büroräume der Firma verließ. »Ich krieg dich schon!«, machte er sich Mut, denn seine Unentschlossenheit bescherte ihm solche zerreißenden Qualen, dass er erst unter ihrem Druck die fehlende Sicherheit fand.

Ljuba war eine der Ersten, die nach der Bürozeit herauskamen. Sie trug einen sehr kurzen Plisseerock, schaute sich um, als fürchte sie, von jemandem erkannt zu werden, und ging die Dobrudsha-Straße hinab. Alexander kam aus seinem Versteck und folgte ihr. Die Straße war auf beiden Seiten von Autos zugeparkt und endete bald in einer Querstraße. Von ferne sah er mit Erleichterung, wie sie in einen zerbeulten Wartburg stieg, der ihm bekannt vorkam.

Pejtschev? O Gott, Pejtschev! Ausgerechnet! Der einzige Mensch, der ihn hasste! Alexander bekam so weiche Knie, dass er sich an einem Fenstersims des nächsten Hauses festhalten musste.

2

Als er sie im Schlafzimmer zur Rede stellte, stritt sie nicht das Geringste ab. Sie war einfach nur schrecklich müde und wollte schlafen. Sie hatte sich bereits abgeschminkt, ihr Gesicht sah leer aus, in ihren trockenen Augen blitzte weder Angst noch Verzweiflung. Sie hatte sich geschlossen wie eine Muschel.

Alexander stolzierte zwischen Schreibtisch und den zusammengerückten Betten hin und hier. Auf die Idee, mal seinen Krawattenknoten zu lockern und seine Schuhe auszuziehen, kam er nicht. Er sah aus, als sei er auf dem Sprung, das Haus zu verlassen. Er fragte sich nicht, ob *er* Ljuba liebte oder nicht. Er wusste, dass er eine starke Bindung an ihre blinde, nun gestorbene Bewunderung für ihn entwickelt hatte, und auch an die kleinen Gewohnheiten, die sie verbanden. Der vertraute Geruch nach Seife, wenn sie ins Bett schlüpfte; der Kaffee am Morgen; ihr aufgeregtes Nicken, das wie ein Stottern aussah. Der Gedanke, dass sein größter Feind seinen Platz einnahm, seinen Sohn zurechtwies, jeden Abend mit seiner Frau ins Bett ging und ihr sein aufgeblasenes Geschreibsel zu lesen gab, machte ihn wütend, bezähmte ihn aber auch. Und was, wenn Pejtschev mein bester Freund gewesen wäre, fragte er sich, hätte das die Sache denn weniger schmerzhaft gemacht?

Alexander fuhr sich mit der Zunge über die Lippen. Sie waren gesprungen, es schmeckte nach Blut. Er zündete sich eine neue Zigarette an, inhalierte tief. Vier Stunden dauerte dieses Gespräch nun schon, und nur im Flüsterton, damit die Eltern nichts merkten. Man hätte meinen können, sie brüteten eine Verschwörung aus oder hätten Angst, ein lautes Wort könne den anderen verjagen. Das weiße Nachthemd umhüllte Ljuba wie schmutziger Meeresschaum, das Zucken ihrer Augenlider verriet, wie müde sie war, ihr Blick war erloschen.

»Jetzt wird nicht geschlafen«, sagte Alexander. »Red weiter …«

Ljuba schilderte ihm ihr erstes Rendezvous mit Pejtschev nun schon zum dritten Mal. Ihre Stimme war gleichmäßig und ausdruckslos wie die einer Sprechpuppe. Alexander merkte, dass sie sich vor Ekel jeden Moment erbrechen konnte; das war seine Rache. Er nötigte sie, sich an jedes schmutzige kleine Detail zu erinnern, erniedrigte sie in ihren eigenen Augen. Plötzlich durchschnitt ein Gedanke mit scharfem Schmerz sein Bewusstsein: War es nicht die gegen ihn gebrauchte Gewalt, die den Sünder in einen Heiligen verwandelte? Wenn er sich also weiter so belud, half er ihr nur, ja, ermunterte sie regelrecht, sich von ihrer Schuld und Schwäche zu befreien. Doch er konnte einfach nicht aufhören. Eine masochistische Lustempfindung hatte sein Leiden überflutet; jeder Satz fuhr wie eine Pfote mit ausgefahrenen Krallen über die Haut seiner Seele. Er hörte Ljubas Stimme wie von weitem sagen: »Ich hab mich gar nicht gewehrt, aber er meinte trotzdem, meinen Body zerreißen zu müssen.«

»Ist er besser als ich? Na, sag schon, du Nichtswürdige: Ist er besser im Bett als ich?«

Alexander spürte seine bittere Erregung; die Lust am Schmerz stieg ins Unerträgliche! Er riss die Vorhänge auf, als zerrisse er ihr Nachthemd. Ein schwaches Mondlicht drang ins Zimmer und hob hervor, was tagsüber verborgen blieb.

»Liebst du ihn?«

»Nein, natürlich nicht.« Ljuba verneinte entschieden mit dem Kopf wie ein artiges Kind. »Nein, ich liebe ihn nicht.«

»Und warum, zum Teufel, hast du es dann getan?«

»Das wirst du nie verstehen.« Sie zog ihr Nachthemd über der Brust zusammen. »Er ist der einzige Mensch, der je aufrichtig mit mir gewesen ist. Mein Vater, du, ihr alle habt mir versprochen und versprochen, und am Ende habt ihr mich doch angelogen. *Er hat mir gar nichts versprochen …* und mich nicht belogen!«

Alexander hatte das Gefühl, vor einer unsichtbaren Wand zu stehen. Er versuchte sie mit Blicken, mit all seinen Sinnen zu durchdringen, aber er konnte sie nicht überwinden. Er hätte Ljuba am liebsten geschlagen, doch er spürte, dass ihr das Erleichterung verschafft hätte.

»Und jetzt noch einmal ganz von Anfang«, hörte er seine Stimme sagen, »von dieser verdammten Geburtstagsparty bei den Simeonovs an.«

3

In der Milde der Nacht sah die Hauptkuppel von Siebenheiligen so leicht aus, als löse sie sich gerade in Luft auf.

»Du wirst dich telefonisch bei ihm melden«, sagte Alexander hart. »Wenn Pejtschev die Güte besitzt, sich um dich und Christo zu kümmern, verziehe ich mich. Sofort!«

Er schaffte den Telefonapparat von der kleinen Bar des Wohnzimmers herein, steckte ihn in den Anschluss und hörte, wie sich ein an- und abschwellendes Piepen in sein Ohr schnitt. Er wählte die bekannte Nummer. Ljuba torkelte herbei, stolperte, fing sich. Als Pejtschev schließlich aufgewacht war, kam es Alexander so vor, als würde es schon hell.

»Wer stört den Schlaf des Junggesellen um diese Zeit?«

»Ich bin's«, sagte Ljuba mechanisch.

»Oh, welch angenehme Überraschung … Professor nicht zu Hause?«

»Nein, der ist nicht da.«

»Warum nimmst du dir kein Taxi und kommst auf 'n Sprung rüber zu mir? Hab Angst, zu euch zu kommen. Dein Vater könnte einen Schlag kriegen!«

»Du bist ja verrückt«, entgegnete Ljuba reflexartig. »Und was den Professor betrifft: Der hat uns heute gesehen und weiß alles über uns.« Sie schwieg, seufzte schwer, schluckte. »Ich rufe an, um zu fragen, ob du Christo und mich haben willst.«

»Was für ein Christo? Mach keine Witze.« Jetzt war er wach. Seine Stimme klang scharf.

Ljuba schaute in die Ecke, in der vor Jahren die Kinderwiege gestanden hatte, und ergänzte: »Mit meinem Sohn. Wir könnten dann für immer zusammen sein.«

Am anderen Ende der Leitung wurde schwer geschwiegen, so schwer und angespannt, als wären mehrere Männer bei einer Krisensitzung in eine Sackgasse geraten. Doch Pejtschev überlegte nicht, zögerte nicht, empfand weder Spott noch Schadenfreude; er brauchte einfach Zeit, um das Gehörte zu verdauen.

»Nein«, antwortete er dann betreten, fast gramvoll, »ich kann euch nicht aufnehmen. Dazu will ich es nicht genug!«

Ljubas Reaktion war so frappierend, dass Alexander gar nicht bemerkte, wann sie den Telefonhörer aufgelegt hatte. Ihr Gesicht war nun vollkommen bleich geworden und schien nur noch aus Augen zu bestehen – riesigen Augen, die sich voller Dankbarkeit, ja, Bewunderung vor dem verneigten, der ihr soeben eine Absage erteilt hatte. Genau diese Augen waren es, die Alexander im Hörsaal aufgefallen waren, bevor sie sich kennenlernten, genau dieser Blick, den er mal »allsehende Blindheit« genannt hatte.

»Dreckskerl«, schnaufte Alexander.

»Ganz im Gegenteil.« Er spürte, dass Ljuba ihn nicht kränken wollte. Sie konnte sich aber auch nicht mehr bremsen. »Ewgeni war vollkommen aufrichtig. Er hat mir nie etwas versprochen, eben um mich nicht zu belügen und mir keine falschen Hoffnungen zu machen.«

»Dumme Gans, Dirne …« Das waren jetzt Worte ohne jeden Sinn.

Ljuba kehrte in die Gleichgültigkeit des Bettzeugs zurück. Ihr durchsichtiges Nachthemd, ihr Schweigen, ihre Sehnsucht, alles zu ertragen, entfernten sie von ihm. Ich war bereit, ihr die Freiheit wiederzugeben, sagte sich Alexander, habe meine Angst unterdrückt und ihr gestattet zu wählen. Aber sie hat keine Wahl, außer bei mir zu bleiben. Nur: Wenn sie nicht gehen will, wie soll ich ihr da verzeihen? Er fühlte sich schrecklich betrogen und erniedrigt, weil Pejtschev und seine Frau die ganze Verantwortung ihm aufgebürdet hatten, sodass nun er es war, der sich entscheiden musste. Er fühlte sich unangenehm rein, geradezu vernichtend unschuldig.

»Du hast mir noch nicht geantwortet: Ist er besser im Bett als ich? Nicht wahr, du wusstest doch, dass wir uns hassen? Wie ist das nur gekommen?«

Als er Ljubas Stimme hörte, artig, mechanisch, am Rande der völligen Teilnahmslosigkeit, kam ihm seine Frau wie eine Aufziehpuppe vor, die Gespeichertes abspielen konnte.

»Als ich gesehen habe, dass er an der Ecke auf mich wartet, bin ich in sein Auto eingestiegen. Wir hatten uns nicht verabredet. Ich hatte Angst, jemand könnte uns sehen. Er schlug mir vor, zum Kopito-Gipfel im Witoscha rauszufahren, aber ich bat ihn, wir möchten doch lieber zu ihm … Er hat gelächelt und gesagt: ›So gefällst du mir, Kleine!‹

Er macht selbst die schmutzigsten Sachen nie so, dass sie deine Würde mit Füßen treten, ihn oder die anderen beleidigen … Als er die Tür zu seiner Wohnung aufschloss, zitterte seine Hand. Ich wollte nicht hineingehen, glaub mir, ich wollte nicht!«

»Und, warum hast du's dann getan?«

»Wäre doch komisch gewesen, erst mitzukommen, und dann nicht reinzugehen. Ewgeni tat mir leid. Er war so offen und ehrlich zu mir, da musste ich auch ehrlich mit ihm sein! Es machte ihn schrecklich nervös, dass ich mich so gar nicht zierte. Er war grob deswegen … Hat eine Flasche Wein aufgemacht, aber schon bevor er den in die Gläser geschüttet hatte, hat er mir den Reißverschluss heruntergezogen. War natürlich irgendwie schwer, dabei die Flasche zu halten; da hab ich sie ihm abgenommen, die Flasche.«

Die Morgendämmerung legte ihre Fingerspitzen auf die Fensterbank. Die Luft füllte sich mit einem zarten Resedagrün, als öffne sich eine Blattknospe. Die Kirche Siebenheiligen nahm wieder an Gewicht zu und rundete sich. Ljuba sah jetzt schlicht aus, erwartungsvoll nah. Unter ihren Augen prangten tiefblaue Schatten. Alexander spürte, wenn er nicht alles zwischen ihnen zerstören wollte, musste er jetzt aufhören.

»Lass mich nur ein Glas Wasser trinken«, sagte Ljuba wie abwesend, »dann fang ich nochmal von vorn an …«

4

Für einen Augenblick verlangsamte sie ihren Schritt auf dem sonnengesprenkelten Parkweg, um in das kluge, aber finstere Gesicht Assen Weltschevs zu schauen. Es fiel ihr nicht leicht, ihn mit Vornamen anzureden. Mal sagte sie »du«, dann wieder »Sie«. Er hatte sie in Römischem Recht geprüft, und nun hinderte sie ihre tiefe Verehrung für diese spröde, integre Persönlichkeit daran, unbefangen zu sein. Aber wenn ich es nicht jemandem sage, hatte Ljuba am Morgen überlegt, bevor sie ihn anrief, dann platze ich.

Anfangs schämte sie sich vor ihrer eigenen Offenheit. Wahrheit macht uns immer verlegen. Doch langsam wurde es besser, als das Gesicht des

Mannes sich aufhellte, die Müdigkeit in seinen Zügen verschwand. Er hörte ihr aufmerksam zu, schaute sie an; aber nicht mit ärgerlicher Neugier oder Anteilnahme, sondern verstehend. Ihr wollte es die ganze Zeit so scheinen, als kenne dieser Mann mit der warmen Hand und dem kalten Auge eine Zauberformel, die sie im Nu zur erträumten und tröstenden Lösung führte. Der Sand knirschte unter ihren Schuhen, die Sommersonne trank die nächtliche Feuchtigkeit, die Luft war dunstig und angenehm kühl.

»Ich kann dir weder einen Vorwurf machen noch dir recht geben«, sagte Assen leise. »Schade ist nur, dass du dich ausgerechnet mit Pejtschev eingelassen hast, diesem vollendeten Zyniker.«

»Er hat mich vielleicht grob benutzt, ja … aber er war immer ehrlich. Nie habe ich einen aufrichtigeren Menschen als ihn getroffen.« Sie merkte, dass sie errötete.

»Da hast du recht. Nur leider gleicht Pejtschev einem enttäuschten Mystiker, der seinen Glauben verloren hat, um dafür Freiheit zu erlangen. Das sind die gefährlichsten Leute! Da sie sich selbst bestraft haben, vergeben sie niemandem!«

»Er fand es schön mit mir.«

»Und wie war es für dich?«

Sie saßen in einer der übers Grün des großen Parks verstreuten Lauben. Über ihnen in den Baumkronen sangen Vögel. Es roch nach morschem Holz. Alles sog sich voll mit Saft und Kraft. Alles lebte, kämpfte um Licht. Die Zweige und Blätter der Bäume wuchsen ineinander, bedrängten sich, trieben sich in die Höhe. So ist es wohl auch bei den Menschen, dachte Ljuba: Sie rempeln sich an, stehen sich im Weg, hassen sich, und so wachsen sie. Es war ihr angenehm mit Assen Weltschev. Sie fühlte sich in seiner Gegenwart geborgen wie ein kleines Mädchen, das noch Schleifchen im Haar trug.

»Es hat sich herausgestellt, dass Alexander eben doch so einer ist«, schloss sie schmerzerfüllt. »Allmählich hatte ich aufgehört, ihm zu vertrauen, aber ich liebte ihn immer noch. Ich schwöre es Ihnen: Sogar wenn ich mit Ewgeni zusammen war, liebte ich ihn. Jetzt ist er mir nur noch gleichgültig, und das erschreckt mich.« Sie nahm eine von Assens Zigaretten.

»Du hast Angst …«, setzte er an und brach ab. Über sein Gesicht lief ein Krampf, und Ljuba spürte, dass er alles verstanden hatte.

»Ja, jetzt habe ich wirklich Angst, dass ich ihn betrügen könnte!«

»Möchtest du, dass ich mal mit ihm rede?«

»Was würde das helfen? Von Alexander hängt ja jetzt nichts mehr ab. Jetzt müssen Sie mit mir reden.«

»Dich trösten macht keinen Sinn«, setzte Assen neu an, »daher nur einen Rat: Wenn wir leben wollen, müssen wir verzeihen. Alexander hat seine erste Niederlage erlitten. Jetzt wird er klüger werden.«

»Weißt du«, weinte Ljuba, »ich hab es einfach satt zu warten. Ich will nicht länger immer nur hoffen.«

»Wir hoffen immer«, lächelte Assen wissend. »Der Mensch sucht seine Stütze immer in der Zukunft, und vielleicht zeigt das seinen ganzen Glanz und sein ganzes Elend.«

5

Endlich, am Ende dieses regenreichen Septembers, übergab Assen das Manuskript seines Buches »Psychologie und Technik der Macht« und behielt in seinem Sprechzimmer nur den zweiten Durchschlag, der wegen des abgenutzten Kohlepapiers schwer zu lesen war. Er setzte sich mit seinem Morgenkaffee hinter den Schreibtisch und blätterte in dem Stapel wie einer, der ein Rendezvous hat. Er öffnete es an einer zufälligen Stelle, so wie man es meist mit der Bibel macht, zündete sich eine Zigarette an und versank in Zeilen, die er in gewisser Weise mehr als zwanzig Jahre mit sich herumgetragen hatte.

Die Macht ist nicht nur eine Wirkung des Lebens, sondern ihr Kennzeichen und unveräußerliches Merkmal. Das Streben nach Macht ist jedem lebenden Wesen zutiefst eigen, nicht zuletzt dem Bewusstsein. Daher ist die Frage der Macht das wichtigste existenzielle Problem eines jeden; sie bestimmt sein ganzes Dasein und verleiht ihm Sinn. Der Drang nach Macht ist angeboren und unser ständiger dämonischer Begleiter. Durch die Kategorie der Macht können wir das menschliche Verhalten bis in die

Einzelheiten erklären: angefangen von unseren Hoffnungen und Träumen bis hin zu den Illusionen und Plänen – alles, was wir tun oder wonach wir streben, entspringt unserem Wunsch, über jemanden oder etwas Macht auszuüben.

Assen trank einen Schluck Kaffee und lächelte verquält. Schon Professor Jowtschev hatte ihm im Versuch, seine laufende Nase zu stoppen, gesagt: »Wenn Sie bedenken, Kollege, der Heilige Geist drückt ganz genau aus, wie Gott ein Bewusstsein seiner eigenen Macht erhält. Der Heilige Geist erklärt Gottes Macht nicht als Befehl oder Zwang, sondern als Allgegenwart, als Alldurchdringung. Unser angeborener, genetischer Drang nach Macht ist im Grunde jener Odem, mit dem Gott dem Adam Leben eingehaucht hat. Ja, Gott hat uns auch den Verstand eingehaucht, indem er uns den Drang nach Macht eingepflanzt hat. Indem er uns erlaubt hat, uns mit ihm zu messen, hat er uns zu seinem Ebenbild gemacht, zu schöpferischen Wesen!«

Welche Wirkungen hat Macht in psychologischer Hinsicht auf den Einzelnen? Sie beginnt ihn – Phase 1 – zu verändern, ihn trügerisch zu locken; sie hebt sein Selbstwertgefühl, schmeichelt ihm und weicht seinen Charakter auf, sodass die dunklen Seiten seiner Psyche erwachen: Gier und Grausamkeit. Mit einem Wort: Die Macht beseitigt die individuellen Schranken und macht sich den Einzelnen gefügig als willfähriges Werkzeug.

Danach beobachten wir – Phase 2 – den umgekehrten Prozess: Der Einzelne strebt danach, die Macht zu bändigen, um sich ihrer zu seiner Bereicherung bedienen zu können. Er versucht also nun, die Macht sich und seinen egoistischen Zielen gefügig zu machen.

Nun, nachdem er genug hat von den Ehrbezeugungen der Beherrschten und die Gewaltfrage in den Griff bekommen hat, beginnt die dritte Phase des Machtzyklus: Er versucht sie sich für immer zu sichern und alle anderen Prätendenten auszuschalten. Führt der Mechanismus von Phase 1 zum Zerfall der Persönlichkeit, zu ihrem moralischen Kollaps, so führen die Versuche des Herrschenden, sich die Macht gefügig zu machen und sie seinen Interessen dienstbar zu machen, durch Gewaltanwendung stets zu gesellschaftlichen Dramen historischen Ausmaßes.

Plötzlich und unerwartet überkam ihn ein unwiderstehlicher Schlafdrang. Sein Kopf nickte weg, aber nicht aus Müdigkeit, sondern aus einer bis dahin nicht empfundenen Sehnsucht nach der eigenen Abwesenheit. Er schlief tief ein, traumlos und selbstvergessen. Wie einer, der alle Hoffnung fahren ließ. Für fünf Minuten, fünf Stunden? Er erwachte mit dem Gefühl, er sei in einem anderen Zimmer gewesen und nun zurückgekehrt. Der Kaffee war in der Zwischenzeit erkaltet. Er goss sich dennoch nach. Dann las er weiter.

Das menschliche Leben ist im Grunde nichts anderes als eine ununterbrochene Folge von Entscheidungen. In jedem Augenblick unseres Daseins stehen wir vor der Wahl. Sollen wir in der Sonne bleiben oder in den Schatten gehen? Sollen wir unserem Hungergefühl oder Durst nachgeben oder weiter dem Fall der Sternschnuppen zusehen? Sollen wir unbeteiligt bleiben, gut oder böse sein? Sollen wir eine Beleidigung aussprechen oder nicht? Sollen wir über eine Beleidigung mit Verachtung hinweggehen oder sie mit entsprechendem verbalen Geschütz beantworten?

Außer solchen alltäglichen Entscheidungssituationen, die gleichsam an der Epidermis unseres Seins liegen, gibt es auch solche, die an seine Grundfesten rühren und es bestimmen: Sollen wir eine bequeme Anstellung wählen oder uns mit den Härten der freien Existenz herumschlagen? Sollen wir uns einen Platz im Leben erkämpfen, eine Familie gründen und es bis zum Tode mit jemandem teilen in guten und in schlechten Zeiten? Was ist uns lieber: die Macht des Geldes, die Größe des Erfolgs oder die Bescheidenheit des Glücks?

Am schwierigsten und qualvollsten sind Entscheidungen dann, wenn die getroffene Wahl Folgen für unsere ganze weitere Existenz hat. Ein heftiger Kampf begleitet diesen von Zweifeln und Unsicherheit begleiteten Akt, denn uns ist klar, dass wir mit unserer Entscheidung alle übrigen Optionen verwerfen, in gewisser Weise also Schicksal spielen.

Die Zukunft ist eine Richtung in der Zeit, die durch Freiheit der Entwicklung gekennzeichnet ist. In ihr sind alle potenziellen, beweglichen Ereignisse enthalten, unsere Ideen, Hoffnungen und Enttäuschungen. Die Gegenwart ist nichts als der Moment der Entscheidung, die Vergangenheit fixierte Unveränderlichkeit. Schaut er auf die Vergangenheit, ist der

Mensch unglücklich, befriedigt oder gleichgültig. In der Gegenwart seiner Existenz aber schwankt und zittert er, ist er zerrissen von der ständigen Notwendigkeit, sich zu entscheiden. Vor der Zukunft ist er weitsichtig, unvernünftig oder erbärmlich, immer aber steht er vor der Aufgabe, den Schleier möglicher Ereignisse zu lüften und auf der Basis unsicherer Faktoren und vieler Fürs und Widers abzuwägen, was das Beste für ihn sein könnte.

In einer noch unreifen, unentwickelten Gesellschaft führt jedes dramatische Ereignis zu Unordnung, zur Äußerung widersprüchlicher und die Einigkeit des Gemeinwillens (volonté générale) schwächenden Meinungen. Wenn zum Beispiel ein Stamm von seinen Nachbarn überfallen wurde, dann werden einige kämpfen, auch auf die Gefahr hin zu unterliegen, andere werden finden, dass es besser sei, den Angreifern das Territorium, die Vorräte oder die Frauen zu überlassen, Dritte werden sich ängstlich ergeben. So viele Menschen, so viele unterschiedliche Möglichkeiten der Entscheidung, der Wahl. Sie treten ein in einen Kampf um die Vormacht, um ihre Meinung durchzusetzen. Erschöpft durch diese internen Kämpfe, beschließen sie, die Entscheidungsvollmacht jemandem zu übertragen. Dieser Jemand soll sie von ihrer peinigenden Unentschlossenheit befreien und stellvertretend für sie entscheiden, was für die Zukunft das Beste ist. Kurz: Er soll die Verantwortung tragen! Das kann der Häuptling sein, der physisch Stärkste, der Erfahrenste oder der Schamane, der die geistige Welt und die in ihr verborgenen Energieströme beherrscht. Hat er aber einmal die Bürde auf sich genommen, für alle verantwortlich zu sein, ihr Anführer und Prophet zu sein, will er im Gegenzug dafür Privilegien erhalten. Er wird sich ein Tabu ausdenken, will Dinge tun und wissen, zu denen den anderen der Zugang verboten ist. Er will die schönsten Frauen und das beste Essen haben, überhaupt sich materieller Segnungen erfreuen, die für die anderen unerschwinglich sind. Er ist die Verkörperung von Recht und Gesetz und wird Furcht und Schrecken verbreiten, um schließlich auch dafür noch zu sorgen, dass sein Name in die Geschichte eingeht. Verantwortung gegen Privilegien, dieser unweigerliche Tausch steht im Kern des psychologischen Machtmechanismus und erklärt sowohl seine Konfliktträchtigkeit als auch seinen Erfolg über die Zeiten hinweg und die Entwicklung seiner sozialen Verankerung in der Gesellschaft.

Je lastender, monolithischer und starrer eine Herrschaft ist, desto mehr Opfer, Verrat und Gesichtslosigkeit braucht sie. Jeder Herrscher träumt davon, unbeschränkt und für immer an der Macht zu bleiben, und wenn ihm dies nicht durch Terror und Gewalt gelingt, dann eben durch den Anschein der Güte. Für den vollendeten Tyrannen hat fremdes Leben keinen Wert. Der größte Zynismus aber besteht in seinem Versuch, sich selbst zum Gott zu erheben, das heißt, seinen Untergebenen nicht nur die physische und moralische, sondern auch die geistige Freiheit zu nehmen.

In den Augen der Masse der Unterworfenen bedeutet aber Gottgleichheit, die wertvollste Eigenschaft der Götter zu gewinnen: die Unsterblichkeit. Der Unsterbliche ist a priori unschuldig, ganz gleich, wie ungeheuerlich seine Gedanken und Verbrechen sind; denn er kann ja nicht bestraft werden. So war es bei den Gottkönigen des Nahen Ostens, so war es bei den römischen Imperatoren. Aber gilt nicht das Gleiche auch für zeitgenössische Herrscher wie Hitler oder … Stalin?

In diesen Tagen fühlte Assen sich endlich einmal wirklich frei. Er hatte ja schon mehrere Lehrbücher und Monografien verfasst; nun aber saß er friedlich vor diesen fünfhundert Seiten, und alles in ihm war eins mit dem reifen Herbst, leuchtete gar mit dessen Früchten um die Wette. Vielleicht waren dies überhaupt die glücklichsten Augenblicke seines Lebens, denn ohne Gewaltanwendung gegen andere oder sich selbst fühlte er sich mächtig. Er hatte sich befreit von seinem langen Schweigen, von der Entzweiung zwischen der ideologisch aufgenötigten und seiner natürlichen Moral, von dem Hin- und Hergerissensein zwischen seinem Glauben an eine gerechtere Gesellschaftsordnung und den permanenten Enttäuschungen, die ihm die Wirklichkeit bescherte, von der Misere seiner menschlichen Einsamkeit, und – was vielleicht das Wichtigste war – er hatte sich von jenen Erkenntnissen befreit, die er während seiner ganzen bewussten Existenz angehäuft hatte.

In der Nacht darauf fand er keinen Schlaf. Von allen verlassen, sogar von sich selbst, lag er wach, den Blick geheftet an den leeren, bleichen Himmel der Zimmerdecke.

6

Assen war perplex über die Veränderung, die Jordan durchgemacht hatte. Sein Sohn war nicht wiederzuerkennen. Zwischen ihnen herrschte fast nur Zuneigung, aber sie fanden nur schwer in ein Gespräch. Ihr Unbehagen angesichts des fortdauernden Schweigens war das nahestehender Menschen, die genug Gelegenheit zum Austausch haben, aber nur ein geringes Bedürfnis danach. Jordan hatte sein Journalistik-Studium mit Auszeichnung abgeschlossen. Jetzt roch er in die einzelnen Redaktionen in Sofia hinein. Er hatte schon »romantische« Reportagen über den Bau des Atomkraftwerks von Kosloduj und das gewaltige Chemiekombinat zur Kunstdüngerherstellung vor den Toren von Warna geschrieben; heftig kritisiert hatte er die Außenpolitik des amerikanischen Präsidenten Johnson; er hatte sogar ein Büchlein mit dem Titel »Bridge für alle« übersetzt. Im Radio äußerte er sich zum intellektuellen Modethema schlechthin, »Die Entfremdung des Menschen und der Existenzialismus«. Sein Haar trug er lang. Er war zu allem bereit, war dreist und unwillig, sich festzulegen, wie seine ganze Generation, konnte alles, jedenfalls so lala, tat aber nichts mit Hingabe oder gar Verantwortungsgefühl.

Dank Emilias aktiver Einmischung und Theo Sotirovs Protektion bekam Jordan eine Stelle beim Fernsehen. Sein Name erschien auf dem Bildschirm zuerst in der Sendung »Panorama«; später hatte er die Frechheit, eine eigene Sendung zu entwickeln, die »Klub 3« hieß. Er war ein schlanker und gutaussehender junger Mann, der die blauen Augen der Weltschevs und die feinen Lippen Veras geerbt hatte. Er hatte einen Hang zu östlichen Religionen, wurde binnen eines halben Jahres Vegetarier und Yoga-Anhänger, beschäftigte sich mit Zen-Buddhismus, doch dann besiegte der Sexualtrieb alle Formen der Askese und füllte seine Mansarde mit dem Geruch nach rohen Muscheln und Meeresvegetation. Er spielte Tennis auf einer der Anlagen im Borissov-Park, gab sein Geld aus, ohne viel nachzudenken, und hatte – auch das typisch für seine Generation – die Neigung, alles Pompöse zu verkleinern. Luxusrestaurants nannte er »Nobelschuppen«, und die Belletristik, die er las, waren *Geschichtchen* oder *Romänchen*. Eines dieser Romänchen war Dostojewskijs »Die Brüder Karamasow« … Bei Verabredungen verspätete er sich notorisch, so als würde kleinliche Pünktlichkeit den Glamour seiner unwiderstehlichen Gegenwart mindern. Er war nicht übertrieben eitel, aber furchtbar reinlich. Seine Markenseifen, Shampoos und Deodorant-Dosen füllten ein ganzes Fach seines Kleiderschranks, der wiederum einem edlen Apothekerschrank glich. Seinen Achseln entströmte nie Schweißgeruch, sondern immer der Duft eines verzärtelten Hündchens.

Für gewöhnlich setzten Jordan und sein Vater sich vor den Deko-Kamin in ihrem Wochenendhaus. Sie gossen sich eine gute Abenddosis Hochprozentigen ins Glas, taten Eiswürfel hinzu, und ließen das Dämmerlicht alles Interesse für die Welt des Sichtbaren auslöschen. Die Landschaft draußen nahm Farbe und Textur von Samt an, die Lüft füllte sich mit nächtlicher Kühle. Ihre Gespräche endeten meist im Streit und mit gegenseitigen Vorwürfen. Sie griffen ihre Generationen an, so als wären sie nicht Vater und Sohn, sondern nur die Sprecher verfeindeter Gesellschaftsgruppen. Assen zeigte sich zutiefst verärgert über die unerträgliche Leichtigkeit und den Zynismus der jungen Leute von heute; Jordan entgegnete darauf, dass der auf die Spitze getriebene Zynismus ebenfalls eine Form der Moral sei, und zwar als Ausdruck der Enttäuschung über die ständig wechselnden Autoritäten und Leitbilder.

»Jetzt reicht's mir aber mit eurer Moral«, plusterte er sich auf. »Immer Lenin, Lenin, Lenin! Erst waren es Lenin und Stalin, dann Lenin und Chruschtschow, und jetzt Lenin und Breschnjew … Nur dass alle, die nach Lenin kamen, entweder Tyrannen waren oder beschränkte Dummbeutel oder Technokraten.«

Was sollte Assen darauf sagen? Er konnte seinem Sohn ja nicht den Boden zeigen, auf dem sein Wertesystem sich gebildet hatte, nicht die Jahre der Ohnmacht und des Hungers, denen der flammende Idealismus seiner Generation entsprungen war; und wiederum konnte er sich nicht gewöhnen an diese Jahre vergleichsweise großen materiellen Wohlstands und großer Sicherheit, die erkauft werden mussten mit moralischer Demütigung. In ihrem Übereifer hörten sie einander gar nicht bis zu Ende an, sondern konterten die Worte des anderen mit vollen ironischen Breitseiten. Jordan weigerte sich nachzuempfinden, was es hieß, in der Illegalität zu leben oder dauerhaft arbeitslos zu sein, und Assen konnte nicht verstehen, was für ein Problem es sein sollte, wenn der Mensch doch genug zu essen hatte, dass er nicht reisen oder öffentlich demonstrieren konnte, dass er Orientierung suchte, aber nicht fand und sich einsam fühlte mitten im Kollektivismus. Ihr verbaler Schlagabtausch wurde zu einem Theaterschauspiel, das nur Emilia zu unterbrechen den Mut aufbrachte.

»Nun sag mir doch, was euch fehlt?«, stichelte Assen.

»Na, die Freiheit, das zu sein, was wir sind!«

»Jetzt hör mal her, du Neunmalkluger: Freiheit bekommt man nicht geschenkt, die muss man sich erkämpfen. In diesem Leben habt ihr so wenig geleistet, wollt aber so viel, dass ich euch Taugenichtse am liebsten erstmal mit dem Spaten zum Umgraben schicken würde.«

»Na, dann macht doch eure KZs wieder auf und steckt uns alle, die wir noch was fühlen und denken, rein. Das zumindest könnt ihr ja!«

»Jetzt wirst du primitiv, du Grünschnabel …« Vor Empörung hatte Assen Kopfschmerzen bekommen, sein Mund zitterte.

»Er provoziert dich doch absichtlich«, mischte sich Emilia ein, um die Streithähne zu besänftigen. »Er liebt dich und meint, das sei genug. Er hat einfach keine Lust, dich auch noch zu verstehen!«

7

Ende des Herbstes bekam Assen eine Einladung zu einem Vortrag vor der Widiner Juristischen Gesellschaft. Er beschloss, Jordan mitzunehmen. Dank der Flimmerkiste erwies sich sein Sohn als geradezu unanständig populär. Doch ausgerechnet dort geschah etwas, das ihn erschütterte. Jordan nahm die Atmosphäre der Stadt an der Donau auf wie ein Waisenkind, das endlich seine wahren Eltern gefunden hatte. Es schien, als läge diese Welt in seinen Genen, die Ungehobeltheit und Verschrobenheit der Menschen, die überbordenden Gerüche, das eigentümliche Licht über der Donau und die unausgesetzte Gegenwärtigkeit des Stroms.

Nicht minder verdattert war Assen, wie souverän Jordan auf dem

Podium saß und moderierte. Dieser oberflächliche, halbgare Junge machte eine regelrechte Metamorphose durch, als die Scheinwerfer ihn bestrahlten und aller Augen sich auf ihn richteten. Er wirkte auf einmal solide, nachdenklich und höchst besorgt um die in Frage stehende Sache. In Assen reifte die Überzeugung, dass Jordan wohl einen guten TV-Kommentator abgab, denn auch das Fernsehen war ja so etwas wie ein Podium, eines freilich, bei dem keine Anwesenheitspflicht bestand.

Auf der Rückfahrt nach Sofia sagte er es ihm, und sein Sohn errötete geschmeichelt. Es war ein ungemütlicher Novemberabend; unterhalb von Petrohan ging der Regen in einen nassen, gefährlichen Schnee über und die Heizung im Auto funktionierte nicht. Der Gebirgspass war wie ausradiert. Die Chaussee wand sich wie das entrollte Farbband einer Schreibmaschine. Der Asphalt war von herumliegender Schlacke übersät. Jordan verströmte den betäubenden Duft seines Kiefernnadel-Shampoos. Zum ersten Mal gerieten Vater und Sohn nicht in Streit, doch etwas von dem, was sein Sohn sagte, behielt Assen: »Weißt du, Papa, der Generationenkonflikt ist eigentlich schnell erklärt: Die Jungen wollen einfach gute Vorbilder, aber was bekommen sie? Worte!«

Assen geriet ins Nachdenken. In der Tat: Den Kindern wurde eine hehre Moral eingetrichtert, für die es immer weniger lebende Beispiele gab. Stattdessen wurden sie überschüttet mit einer wachsenden Flut von leeren und ansichtskartenschönen Worten, bis sie eines Tages selbst Eltern wurden. Das Leben setzte die gestrigen Rebellen unter Druck, belud sie mit Problemen und lehrte sie, Kompromisse zu machen und Beschränkungen ihrer Freiheit hinzunehmen. Dafür füllte es ihre Wohnungen mit Möbeln und ihre Sparbücher mit Einlagen. Und schon begannen ihre Kinder sich nach Vorbildern zu sehnen. Und auch sie, was würden sie bekommen? Gute Ratschläge, gute Wünsche und Worte, Worte, Worte …

8

Emilia konnte sich nicht genug wundern über die plötzliche Redseligkeit Assens. Er ging auf einmal gern zu Besuch, empfing Freunde, ging mit ihr ins schöne Fischrestaurant »Lebed« – »Schwan« – an den Pantscharevo-Stauseen, wehrte sich nicht, als sie meinte, es sei Zeit für zwei neue Anzüge, und verbrachte Stunden mit den Kindern, mit denen er gleichsam jetzt erst Bekanntschaft schloss, oder bei denen er nach vielen Jahren des Reisens durch die große weite Welt, müde, aber glücklich über die Rückkehr, erst einmal wieder die Erinnerung an so etwas wie einen Vater wecken musste.

Eingezwängt in ihr schwarzes Korsett, saß Emilia vor dem Spiegel und schminkte sich. In einer Stunde musste sie fertig sein für die Premiere, den nächsten Triumph Margarita Lilovas, den sie mit stürmischem Applaus, Bravo-Rufen und versteckter Missgunst feiern würde. Assen hatte noch Vorlesungen, und sie wollten sich direkt vor dem Theater treffen. Er ärgerte sich darüber, dass sie nie rechtzeitig fertigwurde, hielt sie an, sich zu beeilen, und beraubte sie so des Vergnügens, das jede schöne Frau im delikaten Zwiegespräch mit dem Spiegelbild empfindet.

Gottlob hatte er dieses furchtbare Buch in Druck gegeben, das ihn jahrelang so gequält hatte, und das Emilia schon deswegen nur hasste. Unterbewusst war sie vielleicht eifersüchtig darauf, dass sie Assen mit den Gedanken teilen musste, die ihn beständig plagten und schlaflos machten. Seit sie ihn kannte, war er immer noch derselbe naive Held, der sie mit jener Bescheidenheit fasziniert hatte, die mehr Sein als Schein verrät; doch in der heutigen Zeit waren Helden nicht mehr gefragt, sondern praktisch denkende Leute, die es verstanden, ihr Leben so einzurichten, dass sie und ihre Familien möglichst wenig Sorgen hatten.

Sie legte Tusche auf ihre Wimpern, seufzte. Die weiße Haut an Hals und Schultern kontrastierte hübsch mit dem schwarzen Rüschenbesatz ihres Korsetts. Ja, sie war noch eine vitale, begehrenswerte, wenn auch reife Frau mit fröhlichen Sommersprossen – trotz der Langeweile, die ihr sinkender Stern mit sich gebracht hatte, und der chronischen Migräne. Plötzlich dachte sie, dass sie Assen nie betrogen hatte, und das kam ihr seltsam vor. Sie war weder stolz auf ihre Treue, noch jagte diese ihr Schrecken ein; es machte sie einfach nur traurig, so wie es der Gedanke an eine ersehnte, aber nie in Erfüllung gegangene Reise tut. Sie war weitaus interessanteren Männern als Assen begegnet, Männern mit vielversprechenden Augen und charmantem Lächeln; jungen, vor keinem Experiment zurückschreckenden Schauspielern mit Phantasie und Erfahrung; spröden Intellektuellen mit dem Baldriangeruch eines Selbstbewusstseins, das auch ohne Sex auskam. Sie hatte ungezählte Möglichkeiten gehabt fremdzugehen, doch nie hatte sie sich auch nur den kleinsten Seitensprung geleistet. Aus Angst vor dem Moment, in dem Assen sie mit diesem dämonischen Blick anschaute, in dem sich der Himmel mit einem tiefen Gebirgssee vereinte. Dann verfiel sie einfach in panische Angst vor der Kraft dieses Mannes, sich selbst treu zu bleiben. »Guck mich nicht so an!«, flehte sie dann voller Entsetzen, und er fragte ruhig und machtvoll zurück: »Wie guck ich denn?«

Sie wusste, dass sie eitel war, und sie liebte es, in den Augen der Männer Begeisterung, Bewunderung und dreistes Interesse zu lesen. Doch sobald sie die Hitze in ihrem Fleisch spürte, wenn ihre Verehrung sich in Begehren wandelte, machte sie sie mit einer solchen Herzlichkeit zu *Freunden*, dass fortan alles Männliche amputiert war. »Dumme Schwadronierer«, beschwichtigte sich Emilia, wenn die so Bezeichneten sie mit der ausgebeulten Stelle in ihren Hosen daran zu erinnern versuchten, dass jede Freundschaft zwischen Mann und Frau nicht ganz aufrichtig sein konnte. Emilia neigte nicht zu Lastern, aber sie hatte Assens Erfolglosigkeit satt, jene bedrückende Stetigkeit in seiner Lebensbahn, die ihn bis zur Vollendung führen würde, zumal ihre Erfolge in Theater und Kino sie zu völliger Wesensfremdheit geführt hatten.

In letzter Zeit lebte sie sich mit Leidenschaft in ihre Rolle als Mutter Jordans ein. Der konnte sich auf einmal auf sie verlassen. In ihrem Rollenbuch stand, dass sie ihn liebte, und in der Regieanweisung, dass sie eine war, die Stunde um Stunde bereit war, mit ihm seine Probleme zu erörtern, ihn zu ermutigen und sein Zusammenleben mit dieser schlaffen, undurchschaubaren Neda zu akzeptieren, die am Ende auch noch schwanger von ihm wurde. Die beiden heirateten heimlich und auf die Schnelle, in ihren Alltagskleidern und vor allem: als ob sie nicht wüssten, warum eigentlich? Mit diesem ihren Schritt verletzten sie die Vatergefühle Assens sehr, sein Gefühl für Ordnung und Anstand. Er glaubte, dass anständig nur das ist, was für alle sichtbar geschieht.

Nach der heutigen Premiere musste Emilia ihn in den Russischen Klub ausführen, ihm unter der verräucherten Kopie des Bildes »Taras Bulba schreibt dem Sultan einen Brief« von der Hochzeit erzählen und vor allem ihm erklären, dass es in der heutigen Zeit eben Mode war, dass die jungen Leute heimlich heirateten, ohne Aufhebens zu machen oder mit gewaltigem Hochzeitsaufwand vor Verwandten und Bekannten anzugeben. Da standen ihr also zwei äußerst unangenehme Erlebnisse bevor: Das eine war, Maragarita Lilova ein Kompliment zu machen, und das andere, ihrer Freude Ausdruck zu verleihen, dass Assen Großvater werden würde – und sie: Großmutter!

Der Name Neda, bulgarisch gleichlautend mit »Nein-Ja«, entsprach vollkommen der Unbestimmtheit dieses Wesens, das permanent beides gleichzeitig zu sagen schien. Schön, aber schrecklich dünn und wortkarg, wirkte sie fast transparent; doch indem man gleichsam durch sie hindurchschaute, fragte man sich anschließend: Was ist eigentlich in ihr drin? In ihren bisherigen Begegnungen mit diesem weiblichen Rätsel kam Emilia nicht über den Eindruck hinaus, einer Glasfigur gegenüberzusitzen, der bestenfalls kalt oder warm werden konnte. Alle weiteren Gefühle schienen auf der Anästhesiestation der Moderne in Vollnarkose zu liegen.

»Wenn sie doch glücklich sind!«, würde Emilia Assen anlügen, um zugleich zu spüren, dass ihr Familienleben sich in einen flächendeckenden Albtraum verwandeln würde. Sie stellte sich Jordan vor, wie er hinter den Vorhang mit den unzähligen Falten lugte, hinter dem aber wieder nur ein Vorhang mit unzähligen Falten war … Wie sollte diese Generation denn aus sich selber schlau werden? Sie bekam ja schon Neurosen davon, dass sie auf der Welt war. »Wer lebt, ist verrückt …«, hatte Dessislava ihr einmal gesagt. Dabei waren, genau besehen, diese ganzen jungen Leute so dermaßen durchschnittlich, langweilig und stinknormal, dass man ihnen einmal etwas Erschütterndes im Leben wünschte, damit sie ihr Wohlergehen und ihre Gesundheit zu schätzen lernten.

Sie stellte sich vor, wie das Blut aus Assens Gesicht wich, einfach weil er nicht in der Lage war, eine *heimlich* vollzogene Trauung als *anstän-*

dig zu betrachten. »Wer hat ihnen denn im Weg gestanden«, würde er empört fragen, »dass sie glauben, sich verstecken zu müssen? Und vor wem verstecken sie sich und, zum Teufel nochmal, was haben sie zu verstecken?«

9

Weil sie zitterte, verrutschte ihr der Lidschatten mit dem Goldschimmer, und ihre Augen füllten sich mit Tränen. Woran hatte sie gerade gedacht? Ah ja, dass sie ihrem Mann nie untreu geworden war. Die Stille in ihrem Kopf erleichterte sie. Sie beendete ihre Schminkprozedur, tat Pinsel und Döschen wieder ins Schminkkästchen zurück, tupfte sich zum Abschluss einen Tropfen Chanel No. 5 hinter die Ohren und breitete ihr Kleid aus, ein phantasievoll geschneidertes Stück, das mit jener (aristokratischen) Patina geadelt war, die nur teure Stoffe im Lauf der Zeit bekommen, und zog es an. Dann kämmte sie ihr Haar, das immer noch einem besonnten Weizenfeld glich, das zwischen den Zähnen des Kamms sanft und doch schwer knisterte. Und da plötzlich hatte sie es! Die Gründe, dass sie Assen nicht betrogen hatte, waren einmal, dass sie ihn einfach bis zum Umfallen liebte, diesen spröden, unpragmatischen und großartigen Menschen, und zum anderen – war ihr schauspielerisches Talent einfach nicht groß genug! Wäre es so groß gewesen, dass sie jeder Situation auf der Bühne gewachsen war, hätte es ihre Liebe vielleicht eines Tages überwogen. So aber blieb sie Assen treu, weil sie sich selbst nicht trauen konnte …

Aus dem Spiegel schaute sie eine enttäuschte Frau, aber in tadelloser textiler Verpackung an. Ihre Reife hatte jene Schwelle überschritten, an der man unwiderruflich den Herbst in sich spürte. Erntezeit, Opferzeit. Im Kino bot man ihr immer nur Rollen von geschiedenen Friseusen an, von heruntergekommenen Kellnerinnen oder zeitweiligen Liebhaberinnen. Sie ahnte, bald würden die Rollenangebote für Mütter kommen, deren Kinder unlösbare Probleme hatten. Eine Mutter, die mit ausdruckslosem Gesicht, als Persönlichkeit langweilig, aber voller Hingabe die Spielhandlung des Films mit der notwendigen Portion realistischen

Trübsinns grundierte; eine Frau, die abends todmüde mit der Einkaufstasche die Wohnungstür aufschloss und jene banalen Sätze aus der Welt der Erziehung aufsagte, die todmüde, berufstätige Mütter abends um sechs, sieben Uhr eben sagten.

Eine gut erhaltene, aber ein bisschen dumme Mutti … Das also wäre das Ende ihres Lebens, jener Euphorie und jenes alles verzehrenden Ehrgeizes, mit denen sie Assen treu geblieben war. Doch jeder Abschlussjahrgang der Schauspielakademie produzierte reihenweise hübsche Strahlemädchen, die – mit nichts als ihrer fehlenden Berühmtheit – sich in Künstlerkneipen, Kursen und den Betten aufgeblasener Regisseure herumtrieben. Ihre ersten Rollen spielten sie mit jener Sicherheit, zu der nur Unerfahrene fähig sind, die noch glauben, dass Leben und Theater eins sind. Das Theater war sozusagen dessen festliche Seite, mit dem glamourösen Licht der Scheinwerfer und dem leuchtenden Finger der Vorsehung, der genau auf sie zeigte. Sie hatten noch nicht erfahren, was es heißt, an die Grenzen seiner Begabung zu stoßen, und zwar gerade dadurch, dass sie auf ein und derselben Bühne mit einem wirklich talentierten Schauspieler standen.

In ihrem Kopf war ein Druck, als platze er gleich. Sollte sie zwei Analgin nehmen? Ihren Nacken massieren, ihre Gymnastik-Übungen machen? Für alles andere war es schon zu spät. Oder zu früh? Der Schnee draußen schimmerte bläulich, als sei er durch die chemische Reinigung der Abenddämmerung gegangen. Die Äste und Zweige der Bäume reckten sich bizarr wie entfremdete Gestalten auf einer Kaltnadelradierung, die Fenster der Mietshäuser gegenüber reflektierten das Licht mit dem trügerischen Schein menschlicher Wärme. Emilia ging im Schlafzimmer auf und ab, ließ sich auf ihr Bett fallen, berührte mit den Fingerspitzen ihre Schläfen.

Und der Ausweg? Ah ja, der Ausweg … Durch welche Tür bitte ging es da nochmal hin? Rückwärts? Da lagen nur Erinnerungen. Vorwärts? Künftige Erinnerungen. Die stellten sich immer ein, gerufen oder ungerufen! Ja, was gab es für einen Ausweg? Was war denn, wenn der Ausweg immer nur *jetzt* war, in der stilvollen Eleganz des Kleides, das nur eine Ahnung von ihr preisgab? In ihrer untröstlichen Liebe zu Assen? Darin, dass sie ihm treu war?

Geschmeidig und mit Schwung stand sie auf, als wäre sie auf der Bühne. Sie probte vor dem Spiegel noch einmal ihr charmantestes Lächeln und verbeugte sich vor ihrem Abbild. Na also! Dieser Abend versprach doch wenigstens etwas Angenehmes! Zudem war es draußen so schneidend kalt, dass sie doch eigentlich ihren neuen Pelzmantel anziehen konnte, den aus Murmeltierfell.

10

Die unerwartete Eheschließung Jordans hatte ihn zwar einerseits verbittert, letztlich aber auch gefreut. Er kannte Neda Welinova als Freundin seines Sohnes schon jahrelang und hatte sich immer gefragt, ob Jordan nicht nur deshalb so an ihr hing, weil er sie nicht verstand. Sie glich einem schönen Gegenstand, bei dem niemand recht wusste, wozu er nütze war. Ihr Widerstand war permanent und ermüdend, weil man ihn ihr nicht ansah. Nur einmal hatte sie ihr Schweigen gebrochen und auf schlichte Weise etwas gesagt, das ihn zum Nachdenken brachte: »Jeder Mensch hat für sich selbst recht; aber darum ist auch jeder in den Augen der anderen an etwas schuld.«

Neda hatte die Züge und die Figur einer östlichen Statuette. Sie lief ständig mit abgewetzten Jeans oder Minirock herum, was ihre Magerkeit noch augenfälliger machte und Assen zu der Sorge verleitete, wie sie überhaupt diese Schwangerschaft durchstehen sollte. Neda versuchte nie, sich bei anderen interessant zu machen, ließ sich aber auch von den anderen nicht ausfragen. Wenn sie antwortete, dann kurz und mit jener Genauigkeit, nach der jede weitere Frage sinnlos wird. Seltsames Wesen – zwischen Fragilität und Magersucht. Assen hatte ja nun Erfahrung mit Menschen und glaubte immer an eine gewisse Grundanständigkeit. Neda, so dachte er, konnte mit ihrer extremen Ehrlichkeit eigentlich niemandem ein wirklicher Freund sein, weil eine Freundschaft nicht nur von Moral lebte, sondern auch von Verbundenheit; von Objektivität, aber auch von Parteinahme.

In der versöhnenden Gegenwart Emilias und der verbindenden Teilnahme der alten Jonka gab er ihnen seinen Segen, indem er Jordan und

Neda auf die Stirn küsste. Eine Woche später beschlossen Nedas Vater und er, dem jungen Paar ein Auto zu schenken, denn der Zufall wollte es, dass Welinovs zehn Jahre laufender Auto-Sparvertrag für einen Lada fällig wurde. »Wenn sie schon die Karre vor die Wand fahren, dann wenigstens gemeinsam«, scherzte er. Zäh, flink und herzlich, war Welinov noch einer vom alten Schlag, einer aus *der guten alten Zeit*.

11

Nach der Vorlesung war ihm nicht danach heimzugehen. In seiner Tasche trug er ein Probeexemplar seines Buches. Der Umschlaggestalter hatte sich Mühe gegeben und ein riesiges, altertümliches Vorhängeschloss gezeichnet, die Buchstaben des Titels, rot und zerlaufen wie bei einem Horrorschocker, reihten sich zu den Worten: »Psychologie und Technik der Macht«.

Nun war es also Realität geworden, und er wollte sich darauf einen ausgeben, ganz allein die Freude auskosten, den mühevoll errungenen Sinn seines Lebens mit Händen greifen zu können, bevor andere ihn mit neugierigem Blättern zerfledderten. Er hatte sich lange nicht mehr mit Bai Michal und Professor Jowtschev getroffen; doch selbst diese beiden erschienen ihm in seiner plötzlichen sentimentalen Anwandlung fremd und fern. Sein Gemüt war weich bis zur Hilflosigkeit, sein Glück beseligt bis zur Nostalgie. Er hätte jetzt am liebsten Unsinn gemacht, irgendeinen Streich begangen …

Er betrat das Restaurant »Zum Stadion«, wo sie manchmal Lammklein und Leberrouladen anboten. Da wollte er einfach eine Flasche Wein trinken und sich den Bauch vollschlagen. Und dann … und dann … Wem sollte er eigentlich das erste Exemplar widmen?, fragte er sich, und ihm fiel nur Mutter Jonka ein. Drinnen war es proppenvoll und laut, entsprechend schlecht war die Luft. Über den Tischen hingen Rauchwolken, es roch nach Holzkohlengrill. Bevor er den Kellner fragen konnte, ob der Platz in der Ecke da hinten noch frei war, entdeckte er Georgi Pantov, der breit grinsend und lebhaft gestikulierend in Gesellschaft zweier grell geschminkter fremder Frauen dasaß. Assen ging rückwärts zur Tür, erleichtert, dass sein Vetter ihn nicht bemerkt hatte.

Der Schnee draußen war so matschig, dass er sich kaum auf den Ästen der Bäume hielt. Die Straße war entsprechend schlecht gangbar, zumal auch noch viele Leute unterwegs waren, die sich vorwärtsschoben wie zäher Brei. Der tief hängende Himmel hatte die Farbe eines Rachenkranken. Noch immer wollte er nicht nach Hause. Goscho würde, wie es aussah, noch eine ganze Weile im Restaurant verbringen. Irgendetwas an diesem Gedanken wühlte ihn auf. Dann konnte er doch auch eigentlich …

Er stand an der Kreuzung mit dem Denkmal des letzten mittelalterlichen bulgarischen Patriarchen Evtimi und tastete sich innerlich an etwas heran. Da spürte er, wie ein alter, bittersüßer Schmerz ihn ergriff: Dann könnte ich doch auch zu Sonja gehen? Das war es doch, was er den ganzen Abend gewollt hatte, was als unbewusste Sehnsucht vielleicht über Jahre in ihm angewachsen war.

Assen warf seine Zigarette fort und wandte sich in großen Schritten zurück Richtung Universität. Es war jetzt ganz dunkel geworden, sodass es im Lichtkegel der Neonlampen aussah, als fielen Lichtflocken vom Himmel. Er überquerte den Russischen Boulevard und sah, wie die Alexander-Newski-Kathedrale im gelblichen Nebel der auf sie gerichteten Strahler ertrank.

Den Eingang ihres Hauses erschnüffelte er wie ein aufgeschrecktes Tier. Ja, da war er, der unvergessliche Geruch gewischten Mosaikfußbodens, den er in den frühen Jahren der Illegalität als Mitarbeiter der Bestattungsagentur »Alexiev & Sohn« so oft aufgesucht hatte, um im Hause Georgi Pantovs auszuruhen von den Spannungen des Verfolgten und die gut geölte Kühle der Pistole in seiner Brusttasche zu vergessen. Das jedenfalls hatte er sich immer eingeredet. Jetzt gestand er sich ein, dass er einfach nur Sonjas wegen immer wieder hingegangen war.

Auf dem wohlbekannten Treppenabsatz holte er tief Luft und drückte den Klingelknopf. Beinahe sofort hörte er die gedämpften Schritte von Füßen, die in Pantoffeln steckten. Nach dem Beiseiteschieben des Bronzeplättchens erschien im Spion jemandes erschrockenes Auge, ganz kurz nur, so wie man den Schatten eines vorüberfliegenden Vogels gewahrt. Dann war er wieder allein in der Stille, stand vor einer verschlossenen Tür, die niemand öffnete.

12

Als es klingelte, saß Sonja gerade mit einem Wollschal um die Schultern im kalten Wohnzimmer und ging die ersten fünfzig Seiten ihrer Übersetzung von Rabelais' »Gargantua und Pantagruel« durch, die sie schnell abliefern musste, um den versprochenen Vorschuss zu erhalten, mit dem sie die seit zwei Monaten unbezahlte Heizungsrechnung begleichen konnte. Sie war so vertieft in die Arbeit, dass sie beim Klang der Türglocke hochschreckte. Draußen war es dunkel geworden, die gelblichen Strahler, die auf die Alexander-Newski-Kathedrale gerichtet waren, brannten schon, sodass das Gotteshaus fast wie ein Hologramm aussah.

Sonja stand auf. Ihre Lederpantoffeln schlurften über das alte Parkett. Die persischen Teppiche hatte ihr Mann längst verkauft. Sie ging durch das stehende Halbdunkel des Hausflurs zur Tür und sah durch den Spion. Ihr blieb die Luft weg. Draußen stand Assen Weltschev mit gefährlichem, Entschuldigung heischendem Lächeln. Er war ein bisschen fülliger geworden, so als ruhe er mehr in sich selbst. Seine Schläfen waren grau geworden.

Sie griff ans Schloss, um zu öffnen. Hielt inne. Unwillkürlich glitt ihr Blick hinüber zum Spiegel, in dem sie ihr verwaschenes, undeutliches Abbild sah. Der Oma-Schal um ihre Schultern ließ sie gebeugt erscheinen, und ihr Haar war ungekämmt. Ihr Gesicht sah müde aus, ihr Hausmantel von anno dazumal. Die Pantoffeln, richtig dicke Puschen, ließen ihre Fesseln deformiert erscheinen. Und soweit sie sich erinnerte, hatte ihr Seidenstrumpf eine Laufmasche, die über die ganze Wade reichte. Sie näherte sich dem Spiegel, berührte mit den Fingerspitzen seine kalte Oberfläche und erkannte plötzlich, wie sehr sie gealtert war! Daran hatte sie seit Jahren keinen Gedanken mehr verschwendet. Die Veränderungen ihres Äußeren waren ihr egal, seit sie in geistiger Klausur mit ihren

Übersetzungen und anderen Büchern lebte, und natürlich mit den bizarren Launen ihres Mannes.

Sie hatte ihre brennende Zigarette im Wohnzimmer gelassen. Nackt und kahl, mit hellen Rechtecken an den Stellen, an denen einst Bilder gehangen hatten, und Kristallleuchtern, die jetzt nur die völlige Leere ihres Zuhauses anstrahlten, kam es ihr fürchterlich unaufgeräumt vor. Vor einer Woche hatte Goscho dann auch noch den schwarzen Flügel verkauft, das Letzte, was Sonja in den Stunden vollkommener Einsamkeit ein wenig Glück schenkte. Mit seiner schweren, gestimmten Ruhe wirkte sein Anblick entspannend auf sie, weil er der Stille im Haus mit seiner edlen Lautlosigkeit und den patinierten Elfenbeintasten Schönheit verlieh. Geblieben war ein einziger Sessel, auf den sie ihre Folklore-Decke aus den Rhodopen geworfen hatte, um sich die Beine zu wärmen. Auf dem Beistelltisch lag ihr Manuskript, daneben stand ein halbleerer Joghurtbecher. Der alte Elektron-Fernseher thronte hinten in der Ecke.

Wenn ich ihn hereinbitte, dachte Sonja voller Bedrängnis, wohin dann mit ihm? Worauf soll er sitzen? Da ist ja nichts mehr im Wohnzimmer! Sie wusste, dass Assen allein und bedrückt war, doch er tat ihr nicht leid. Sie hatte lange, sehr lange gewartet, hatte sich dem Vergessen widersetzt und hatte – neben den Erinnerungen – auch das schwarze Samtkleid aufbewahrt, in dem Assen sie das erste Mal gesehen hatte. Durch Goscho hatte sie erfahren, dass er Professor geworden war. Sie freute sich über seine Erfolge und folgte seinem Leben von weitem, ohne Neugier, aber mit leiser Trauer, so als sei Assen weit vorangekommen – ja, sie gebrauchte genau dieses Wort: *vorangekommen*, um die Entfernung zwischen ihnen zu bezeichnen. Im Fernsehen und auch im Theater hatte sie seine Frau gesehen. Sie mochte Emilias Spiel und verteidigte sie vor ihren Kolleginnen mit der Formulierung, das sei eben eine »introvertierte, ein wenig intellektuelle Schauspielerin«. Er hat sie verdient, wiederholte sie sich oft. Gib Gott, dass sie glücklich miteinander sind.

Und doch hatte sie all die Jahre, die sie irgendwann zu zählen aufhörte, auf ihn gewartet. Nicht, dass sie an Wunder glaubte! Sie wusste schon, dass zwischen ihnen alles aus war, bevor es überhaupt angefangen hatte, weil ihre Sittlichkeit eine unüberwindliche Hürde für ihre Gefühle war und ihr Verantwortungsgefühl für die anderen ihr eigenes Begehren, ihre Leidenschaft, diese ganze Raserei der Liebe eben, abgewürgt hatte. Sie musste an den einen Vers des Dichters Dimtscho Debeljanov denken: »Und unsre Liebe, sie ist gleichsam reiner, / weil wir uns voneinander trennen müssen«. Sonja wusste sehr wohl um die Verlockungen des Unerreichbaren und hätte sich einer solch magischen Wendung ihres Schicksals widersetzt, doch auf ein Treffen, in dem eine Liebeserklärung die unausgelebte Nähe erträglicher gemacht hätte, darauf hatte sie schon gehofft.

Die Stille war nun hohl und feierlich wie in der Kirche. Durch die angelehnte Wohnzimmertür drang ein schmaler Streifen Licht. Ihr taten die Beine weh vor Schwäche. Nein, sie konnte ihm ja nicht einmal einen Platz anbieten, wiederholte sie sich, um dann resigniert zu begreifen: Noch einmal wird er aber nicht kommen!

Sie schämte sich nicht wegen der Armut. Ihr Vertrauen in Assen war ungebrochen. Wovor sie sich fürchtete, war ihr eigenes Spiegelbild, das die Müdigkeit einer Frau zeigte, die die fünfzig längst überschritten hatte und deren Gesicht ein dichtes Netz feiner Fältchen überzog. In einer plötzlichen Aufwallung hasste sie sich für dieses Gitternetz, das ihre Jugend einsperrte. Nein, sie wollte nicht, dass Assen sie so nachlässig und armselig sah! Der Gedanke, dass er auf den halbleeren Joghurtbecher starren und dabei Bedauern für sie empfinden könnte, peinigte und erboste sie, würde doch dies das Bild sein, das jenes ersetzte, das er als Traum in sich trug. Wenn sie ihn also hereinließ, würde sie ihn nur enttäuschen, und das hieß, dass sie seinen Traum verraten würde. Nein, dazu hatte sie kein Recht bei jenem Mann, den zu betrügen sie sich niemals erlaubt hatte.

Auf Zehenspitzen, mit komisch rudernden Bewegungen, ging sie leise ins Wohnzimmer zurück und schloss vorsichtig die Tür. Sie wurde empfangen von der herzlichen Nacktheit der Wände, dem zahnlosen Gähnen des schon lange nicht mehr angezündeten offenen Kamins. Klar und unwiderruflich, ohne Betrübnis oder Erleichterung, sagte sie sich: Ich bin ja nicht schuld … Er ist es, der zu spät gekommen ist! Nein, die Trennung würde ihre Zuneigung nicht in Bitterkeit tauchen; sie war ja unerfüllt geblieben, so wie auch ihre Liebe zueinander unerfüllt geblieben war.

Sie versuchte zu lesen, doch ihr Blick rutschte immer wieder ab von den Buchstaben des Manuskriptes. Sie aß den Joghurt auf und warf den Plastikbecher fort. Draußen fiel noch immer Schnee, obwohl im warmen Wind schon eine Ahnung von Frühling war. Es roch nach aufgetauter Erde, nach Jugend.

Sonja ging ins Schlafzimmer und zog sich langsam aus. Im Neonlicht der Straßenlaternen sahen ihre Schultern erstaunlich weiß und zart aus. Sie begann mit dem Haar. Kämmte es, ließ es über ihren langen Hals fallen. Dann beschäftigte sie sich mit ihrem Gesicht, trug sparsam Schminke auf, ein wenig Rouge nur, eine Spur Lippenstift und eine Andeutung von Lidschatten. Sie seufzte, trat vom Frisierspiegel zurück und war zufrieden. Sie holte das schwarze Samtkleid aus dem Kleiderschrank, stieg in ihre schwarzen Schuhe mit dem hohen Absatz und … begrub ihre Liebe.

Vor ihr stand eine schöne Frau unbestimmten Alters mit zerstreutem Lächeln, aber festem Blick. Sie ging ins Wohnzimmer zurück, schritt von Wand zu Wand. Keinerlei Mobiliar hinderte sie, übte Macht über sie aus. Sie näherte sich dem Beistelltischchen, entzündete eine Zigarette, schob das Manuskript zur Seite, setzte sich in den Sessel, den einzigen, und schaute in die Richtung, in der sich bis vor wenigen Tagen noch die erhabene Silhouette des Flügels befunden hatte. Jetzt war dies das leerste Stück Raum im ganzen Haus.

»Leb wohl«, sagte Sonja, nur zu sich, und ganz ohne Trauer.

13

War es eine Minute oder eine Stunde, die er so dastand und auf die starre Grimasse der Tür starrte? Seine Ahnung, dass ihm nicht aufgetan werden würde, war längst zur Gewissheit geworden, doch er konnte seinen Blick einfach nicht von der Bronzefassung des Spions lösen.

Seine Tasche wechselte von einer Hand in die andere und wieder zurück. Der Schnee auf seinen Schultern schmolz, durchdrang seinen

Mantel und legte sich feucht und kühl auf seine Schultern. Ihm kam die Idee, eine Nachricht zu hinterlassen, doch er wusste, dass er den Schlüssel zu dieser Tür verloren hatte. Es war etwas Einfaches, aber Wichtiges passiert, das er nicht zu verstehen vermochte. Der furchtsame Blick, der innen vorbeihuschte wie ein Vogelschatten, erklärte ja gar nichts.

Trotzdem quälte ihn die Frage weiter, warum? Er würde ja gern seine Enttäuschung herunterschlucken und für immer verschwinden und sich mit dem Verjagtsein abfinden – wenn er nur eine Erklärung hätte. Er schüttelte sich mürrisch in der Dunkelheit wie ein Mensch, der bereit war, sich auf einen langen Weg zu machen. Ihm wurde kalt. Sollte er vielleicht doch noch einmal auf den Klingelknopf drücken? Den Bakelitknopf mit dem Finger so lange gedrückt halten, bis … Irgendwann drehte er sich von der Tür weg und ging langsam, wie ein Krüppel, die Stufen der Freitreppe hinab.

»Sonja wird mir nicht aufmachen«, murmelte er voller Entsetzen, »weil mich jetzt keiner mehr verfolgt, weil ich jetzt außer Gefahr bin.«

14

Diesen Augenblick würde Georgi Pantov mit jener prägnanten Schärfe und Klarheit behalten, mit dem unser Bewusstsein nur höchst bedeutungsvolle oder lang währende Ereignisse speichert. Dabei geschah eigentlich alles sehr schnell, nicht länger als das Anreiben eines Streichholzes, ein Moment, in dem die Verblüffung darüber, dass du bewegungsunfähig und sprachlos bist, beweist, dass du noch lebst.

Wenn ich eine Minute zum Nachdenken gehabt hätte, gestand er Sonja aufrichtig, hätte ich es wohl nicht getan. Aber es kam so unerwartet, dass ich schon vor dem Losgehen nicht mehr zurückkonnte. Erst als ich an der Kante stand, an der Grenze zwischen Licht und Dunkel, und keine Wahl mehr hatte, noch nicht mal mich erschrecken konnte, begriff ich, dass das der Moment war, in dem ich mich retten und alle meine Sünden ungeschehen machen konnte!

Es war gegen sechs Uhr nachmittags gewesen. Von dem kurzen Frühjahrsschauer waren die glatten Pflastersteine auf dem Tolbuchin-Boulevard rutschig geworden. Es war noch hell, sodass er die Wartenden an der Omnibus-Haltestelle sehen konnte, die sich auf ihre geschlossenen Schirme stützten. Ein Krüppel verkaufte Luftballons und Lotterielose. Georgi war auf dem Weg zum Restaurant »Zum Stadion«. Die blühenden Pappeln entließen ihre flaumigen Samen in die Luft, sodass es aussah, als fiele noch einmal später Schnee. Das Treffen mit der »alten Garde« freute ihn nicht besonders. Das Geld, das er für den Verkauf von Sonjas Flügel bekommen hatte, war schon fast wieder verjubelt. Eine diffuse Besorgtheit nagte an seiner Seele, die ihn nostalgisch machte. Weit vor ihm teilte sich der Boulevard wie die Astgabel eines Baums.

Plötzlich erblickte er die schwarze Limousine, einen Wolga. Die Fußgänger-Ampel vor dem Zoologischen Garten sprang auf Grün, doch der Wagen verringerte seine Geschwindigkeit nicht. Die beiden kleinen Buben in Matrosenanzügen, die sich bei dem Krüppel Ballons gekauft hatten, beide den gleichen, hatten inzwischen die Bürgersteigkante erreicht. Der Kraftwagen war noch entfernt, und die beiden sahen ihn kommen und hielten an. Auf einmal aber riss sich der kleinere Junge von der Hand seines Brüderchens los und betrat die Fahrbahn. Er begann zu laufen, rutschte aber auf den glatten Pflastersteinen aus und fiel. Sein Matrosenhütchen mit den Schleifenbändern flog ihm vom Kopf, und der Kleine hatte nur im Sinn, sein Hütchen wiederzubekommen, und kroch darauf zu. Georgi spürte unterdessen mehr, als dass er es sah, wie sich der Wagen unaufhaltsam näherte.

Die Bremsen quietschten im Versuch des Fahrers, den Abstand von kaum noch dreißig Metern nicht kleiner werden zu lassen, doch die Reifen rutschten über das regennasse Pflaster und machten die Limousine zu einer Art schwarzem Schlitten, der mit trügerischer Gutwilligkeit auf den Buben zusauste. Der, mit seinem Matrosenhütchen in der Hand, war wie versteinert. Auf seinem Gesicht stand ein schuldbewusstes Lächeln, und um seine Lippen zitterte der Zweifel, was jetzt wohl mit ihm geschah. Ob jemand ein Foto von ihm schoss in seinem schönen Anzug?

Georgi hielt an. Er war dem Unabwendbaren am nächsten. Durch die Leute an der Haltestelle ging eine Wellenbewegung, und auf einmal fühlte er wieder den Schwindel, wie beim Blick vom Dachstuhl eines fünfgeschossigen Mietshauses. Ja, er fühlte sich, als schaue er in einen Abgrund. Der Junge, er war noch auf seiner Höhe, aber schon auf dem Weg nach drüben. Kaum eine Sekunde Ungewissheit trennte ihn noch. Diesen Moment hatte er schon einmal erlebt. Er erinnerte sich gut, wie die Entfernung zwischen ihm und Tschakalov vom Licht weggeätzt worden war, wie sie am Rand des Daches ankamen, wie Tschakalov taumelte und mitsamt seines tierisch intensiven Geruchs in der Leere des Tages verschwand. Jetzt verschmolz das Bild Tschakalovs mit dem des Kindes. Der Drang, es zu retten, war so gewaltig, dass Georgi sich voranstürzte – zwei Schritte, in denen er ein ganzes Viertel seiner Lebenszeit überwand. Es gelang ihm, den Jungen gerade noch wegzustoßen, dann war schon der Benzingestank da, und die Luft wurde zusammengedrückt wie eine Feder. Der Schmerz zerriss die Welt, und Goscho zerfiel in der Dunkelheit …

15

In der ganzen Zeit im Fegefeuer des Krankenhauses, in der Weiße dieser Zwischenwelt voll erzwungener Ruhe, Nachdenken und Schmerzen, ließen sich die Eltern des kleinen Jungen mit dem Matrosenhütchen nicht ein einziges Mal blicken. Doch Georgi dachte daran ohnehin nicht, denn ihm tat alles weh, und zwar heftig. Fremde Dankbarkeit brauchte er jetzt nicht. Was ihn beschäftigte, war vielmehr, dass er endlich für alles bezahlt hatte! Auf sein Bett gestreckt, den Blick tagaus, tagein auf das schwere Gewicht geheftet, das über einer Rolle am Fußende hing, lag Georgi unbeweglich da, hörte die anderen Kranken stöhnen – und schwieg. Die Ärzte waren sichtlich beeindruckt von seinem Stoizismus. Die Schwestern trauten der Ruhe nicht über den Weg und kamen immer wieder herein, um nachzusehen, ob er noch atmete. Endlich hatte er sich befreit von dem ihn verfolgenden Bild Tschakalovs, hatte es vergessen; selbst wenn er Sonja gegenüber von ihm sprach, hatte er das Gefühl, er rede von jemand Unbekanntem. Tschakalov behelligte ihn nicht mehr in seinen Träumen: Nachdem er ihn als Kind auf dem Boulevard

Tolbuchin, gleich vor dem Tiergarten, vor einem herannahenden Auto gerettet hatte, ging er freiwillig und für immer.

Im ersten Monat war Georgi ganz mit sich selbst beschäftigt. Er fühlte, wie seine Knochen, ja, sogar seine Sinne und sein Bewusstsein von irgendwo herkamen, sich in seinem Krankenbett sammelten und langsam wieder ihren Platz in seinem Körper einnahmen. Der Fahrer des schwarzen Wolga erwies sich als Betriebsratsvorsitzender der Schokoladenfabrik von Svoge und überhäufte ihn mit gefüllten Pralinen und haufenweise Schokoladentafeln der Serie »Zoo«; bald war die ganze Station des Krankenhauses mit Süßwaren versorgt. Sonja versäumte keinen der Besuchstage und kam jeden Donnerstag und Sonntag mit länglichem übernächtigten Gesicht, um sich klaglos wieder und immer wieder von ihrem Mann anzuhören, was passiert war, bis es fad und abgestanden war wie der Krankenhaustee. Georgi malte betulich und mit dem Pinsel eines akademischen Malers jedes Detail sorgfältig aus, auch wenn es zum Inhalt des Gemäldes nichts beitrug. Sonja fütterte ihn mit dem Teelöffel wie ein kleines Kind und antwortete auf alle seine Fragen bestätigend.

»Du sagst also, die Gerichtsverhandlung ist gewonnen, und ich bekomme für meine schweren körperlichen Schäden ein Schmerzensgeld von zweitausend Leva?«

»Ja, ganz genau.«

»Zweitausend Leva hab ich für deinen Flügel bekommen. Jetzt kann ich sie dir zurückgeben.«

Beim Bewegen knarrte sein Gipsverband, in dem er eingeschalt war wie ein Einsiedlerkrebs. Jemand stöhnte auf. Die Frau, die sich über das Nebenbett beugte, weinte. Im Zimmer roch es nach Blumen, Betäubungsmitteln und zur Unbeweglichkeit verurteilten Männern. Aus dem Tagesraum am Ende des Korridors hörte man die blubbernden Geräuschfetzen eines Fernsehers; die aufstehen konnten, schauten wohl ein Fußballspiel.

»Kommst du zurecht, so ohne mich?«

»Schwer!«, erwiderte Sonja. Ihre Augen waren trocken, hingebungsvoll und berückend schön.

»Erst jetzt verstehe ich, warum Vater Hand an sich gelegt hat«, unterbrach Georgi sie auf einmal. »Er hat sich allein gefühlt. Und schuldig. Allein und schuldig … Denkst du, dass das, was ich da gemacht habe, ein versuchter Selbstmord war?«

»Du hast einfach ein unschuldiges Wesen gerettet. Tut dir etwas weh?«

»Die Seele«, erwiderte Georgi pathetisch-finster, »denn die Seele kann man nicht schienen und in Gips legen. Wenn sie einmal gebrochen ist, wächst sie krumm und schief wieder zusammen.«

Das Frühjahr ging langsam in den Sommer über, und das Witoscha-Gebirge begann abends veilchenfarben zu leuchten. Die Luft an der Kreuzung vor dem Pirogov-Unfallkrankenhaus war grau von den Abgaswolken der Kraftfahrzeuge. Es war trocken und heiß, und Georgi merkte, wie dreckig sein Körper unter dem Gips inzwischen war. Wenn er schwitzte, juckte es schrecklich, aber er konnte sich ja nicht waschen. Die Verkehrsunfälle häuften sich, und die Station wurde immer voller. Am Ende wurden Betten auf den Gang gestellt.

In diesen Monaten ergriff Georgi eine neue Leidenschaft, und zwar für Wissenschaftsphantastik. Nachdem er einen Artikel in der Zeitschrift »Kosmos« gelesen hatte, entdeckte er gleich sechs neue Beweise, dass die Cheopspyramide von Außerirdischen entworfen und gebaut worden sein musste. Es konnte doch kein Zufall sein, dass ihre Spitze um Mitternacht genau auf das Sternbild Sirius zeigte?

Im September wuschen ein paar erfrischende Regengüsse die Luft, und die Ärzte nahmen Georgi endlich den Gips ab. Er hatte das seltsame Gefühl, neu geboren zu werden, als sei er aus der unbequemen Enge der Gebärmutter ins Freie gelangt. Durch eine weitere Operation entfernte man ihm die eingesetzten Platinnägel, und er begann die Tage zu zählen. Verlockend und wohltätig, war die Freiheit jetzt gleichbedeutend damit, nach Hause gehen und dort liegen zu dürfen. Er hatte den Eindruck, sich in diesen Monaten innerlich gereinigt und mit dem, was das Leben eben bot, abgefunden zu haben. Sonja nahm er wahr wie eine Mutter; doch jetzt war sie die Mutter eines Sohnes, der schon groß, klug und besonnen geworden war.

16

Ein paar Tage vor seiner Entlassung gingen sie im Krankenhaushof spazieren. Die frischgestrichene Bank glühte in der Sonne, die Blumen waren regelrecht verbrannt. Die Kranken glichen mit ihren verquälten Gesichtern und grauen Bademänteln Gefängnisinsassen.

Georgi war voller Ruhe. Er blinzelte. Sein Arm glitt über Sonjas Schulter, und er fühlte, wie sie sich zärtlich an ihn drückte. Das Glück tat ihm weh, und er hatte Angst, er könnte noch einmal so auseinandergenommen werden wie im Augenblick des Unfalls. Er zündete sich eine Zigarette an, aus Angst, vor so viel sauberer Luft könnte ihm schwindlig werden.

»Weißt du«, begann Georgi friedlich, »vor Jahren hab ich im Kleiderschrank ein Tütchen mit Petuniensamen gefunden.«

»Ich weiß«, entgegnete Sonja kraftlos.

»Damals habe ich gedacht, dass du einen Mann sehr geliebt haben musst. Stimmt das?«

»Ja.«

»Und … liebst du ihn noch?«

Wenn er sich nicht verhörte, hatte sie wieder »ja« gesagt.

»Du hast es nicht leicht mit mir gehabt.«

Sonja sagte darauf nichts. Aus dem Augenwinkel aber sah er, wie sie sich eine Zigarette aus seiner Schachtel nestelte und sie anzündete. Ihr erstickter, fast grauenvoller Seufzer schmerzte ihn nicht. Sie hatte einfach den bitteren Zigarettenrauch durch den Mund ausgeblasen. Georgi kniff erneut die Augenlider zusammen und stellte sie sich vor in ihrer verplemperten Jugend, einsam und gefasst, von einer kaum zu greifenden Vollkommenheit. Sie war irgendwie gar nicht gealtert, sondern nur trauriger geworden. Er fürchtete, wenn er die Augen öffnete, den verblassten Farbton ihres Kleides und die Silberfäden in ihrem Haar zu sehen. Ein schöner Augenblick, schön und traurig.

»Mir wurde klar, dass es mein Vetter Assen Weltschev war«, sagte er wie von fern. »Aber es ist doch alles vorbei zwischen euch, nicht?«

»Ja«, bestätigte Sonja fast lautlos.

»Ich hab's satt, vor den Leuten den Hofnarren zu geben. Es wird Zeit, dass ich auch mal arbeite. Eh, ich werde nicht gerade an der Waage stehen, wo der wiederverwertbare Müll abgeliefert wird, aber … Seit uns diese Kommunisten alles kaputtgemacht haben, habe ich mich noch nie so arm, frei und glücklich gefühlt!« Er wartete, bis eine beleibte Krankenschwester vorbei war, und fuhr dann fort: »Nach ein paar Jahren wirst du in Pension gehen. Dann verkaufen wir die Wohnung …« Der Ausdruck »verkaufen wir« klang ja doch wieder ein wenig sehr unverschämt, und so sah er sich gezwungen, ihn zu wiederholen: »Dann verkaufen wir alles und ziehen nach Widin. Da renovieren wir das Haus meiner Mutter und legen uns einen Hund zu. Nachmittags gehen wir im Donauuferpark spazieren und schauen den Schiffen nach, wie sie um die Flussbiegung von Calafat verschwinden. Zu sehen, wie so ein weißes Dampfschiff verschwindet, ist traurig, ja, es ist immer weiß und trügerisch und lässt dich immer allein zurück …«

Das leichte Erzittern ihrer Schultern übertrug sich auf seinen Körper wie ein Stromstoß. Er hatte Angst, Sonja jetzt anzuschauen. Er wusste auch so, dass sie weinte.

Sechstes Kapitel

1

Die neuen Fabrikanlagen wuchsen rasch und unmerklich heran wie Kinder. Kilometerlang erstreckte sich ihre Silhouette am Donauufer. Das Elektrokraftwerk und die gewaltige Produktionsstätte für Polyamidfasern waren schon in Betrieb. Kurz vor der Fertigstellung stand die Montage der französischen Maschinen für Automobilreifen, die Anlagen für die Anmischung des Kohlenstoffs und des Rohkautschuks glichen vorsintflutlichen Ungeheuern.

Krum zerbrach sich nicht den Kopf über Sinn oder Unsinn des Ganzen, und vielleicht deshalb erschien sein Tun so folgerichtig, so schlüssig und präzise. Das Einzige, worunter er litt, war, dass er nicht überall gleichzeitig sein konnte. Er vergrub sich immer mehr in der Baubaracke, in der es muffig nach wattierten Winterjacken roch, und in der nervtötend ständig mehrere Telefone gleichzeitig läuteten. Krum wählte intuitiv eines der Gespräche aus und fertigte den Anrufer nach ein paar groben Wortwechseln kurz und schmerzlos ab. Ununterbrochen reichte etwas nicht aus, fehlte oder war zu viel. Das überall hervorsprießende Unkraut verbreitete den Duft von Wildnis, die Pappeln am Ufer standen starr und glühend im Abendrot da wie Kerzen. Die ganze Organisation der Arbeiten war so unübersichtlich und aufs Geratewohl, dass sie schon wieder gut war.

Anfang des Herbstes fielen die ersten Regenschauer, und Nebel krochen wieder über den Fluss. Die Schubschiffe hatten Mühe, die Fahrrinne zu finden, und betätigten vor der Einfahrt in die große Flussschleife warnend ihre Sirenen. Schließlich klarte das Wetter auf und der Zigeunersommer begann. Krum Marijkin blieb den Monteuren immer auf den Fersen, schlief bei ihnen neben den Maschinen und stritt sich bis aufs Blut mit Kilkin, dem Chefingenieur.

»Aber man kann doch diese ganzen vertrackten Kessel und Tröge nicht mit Hass zusammenbauen!«, protestierte Kilkin. Krum aber fasste ihn am Kragen, schleifte ihn zur Seite und sagte dann, ohne zu versuchen zu verstehen, worin das Problem lag:

»Und ich sage, dass es geht!«

2

Die Feierlichkeiten zum 9. September, dem Tag der kommunistischen Machtergreifung, waren gerade vorüber, da bekam Krum einen Brief von Kilkin, der nicht nur überraschend war, sondern auch so aussah: auf edlem Papier geschrieben und mit einer schönen, bauchigen Handschrift, die weiblich aussah: »Bitte komm am 10. zu uns!«

Nach ihrem großen Krach waren die beiden sich aus dem Weg gegangen, und wenn sie sich doch einmal auf den Fluren des Bezirkskomitees über den Weg liefen oder ihre Stühle bei einer Arbeitsbesprechung zufällig nebeneinander standen, drehten sie die Köpfe weg, als würden sie sich nicht kennen. Krum legte das Blatt zur Seite, feixte siegessicher, und so wie er war, im Hemd mit aufgekrempelten Ärmeln, in alten Hosen und Sandalen, stürzte er hinaus, um dem zu verzeihen, den er so erniedrigt und beleidigt hatte. Der Abend war warm und tief, im Uferpark tummelten sich die Liebespärchen, die Donau glänzte im Licht des Mondes, und aus dem Restaurant von Balkantourist jaulten elektrische Gitarren. Er ging über den Marktplatz, durchquerte die halbe Stadt, bis er zu dem neuen Plattenbau-Viertel kam, das die Widiner »Bangladesh« nannten, weil es so weit vom Stadtzentrum entfernt lag und so unsagbar hässlich war.

Die Luft hatte einen festlichen Blauschimmer, in den Fenstern hing noch die bulgarische Trikolore, auf den Balkonen die bulgarische Buntwäsche; alles sah noch sehr unfertig aus, wie auf die Schnelle hingesetzt, ein Eindruck, zu dem auch neu ausgehobene Fundamente beitrugen, unfertige Wohnwege und Haufen Bauschutt. Die Klettergerüste auf dem Kinderspielplatz waren schon rostig; die bei einem der freiwilligen kollektiven Arbeitssamstage gepflanzten Nadelbäumchen hielten sich mühsam aufrecht.

Auf der Schwelle empfing ihn nicht Kilkin, sondern dessen Frau. Sie duftete nach sowjetischem Parfüm, ihr Gesicht war ungewöhnlicherweise geschminkt, ihre Lippen mit knallrotem Lippenstift bemalt. Maria war so betont nachlässig gekleidet, dass ein Blinder ohne Krückstock sah, wie minuziös sie sich auf diesen Abend vorbereitet hatte. Verblüfft, ja, sogar leicht empört, trat Krum von einem Bein aufs andere und fragte ungeduldig:

»Und wo ist der Herr des Hauses?«

»Kilkin ist verreist«, antwortete Maria mit einer Art vorauseilender Trauer. »Gestern musste er dienstlich nach Sofia.«

»Aber ich hab doch einen Brief von ihm bekommen.«

»Komm erstmal rein …«

Sie trat zur Seite, und Krum bemerkte, wie sie nervös zusammenzuckte. Er sog den versteckten Geruch der Wohnung ein, zog seine Sandalen in der Diele aus und ging ins Wohnzimmer. Die Vorhänge waren so auffällig fest geschlossen, als solle hier ein konspiratives Treffen stattfinden. Nur die Tischlampe in der Ecke brannte. Auf der modischen Bibliothek saßen Puppen mit leeren, schüchternen Augen aufgereiht. Es roch süßlich nach Parkettpflege, nach gebackenen roten Paprikaschoten und fermentiertem Kompott. Über die Sessel hatte Maria dicke Wolldecken geworfen und auf den Tisch eine Kristallvase mit drei Plastikrosen gestellt. Auf dem Grammofon drehte sich leise eine Schallplatte. Alles war so peinlich sauber, dass er Angst bekam, nur ja nichts fallen zu lassen. Diese Sauberkeit hatte etwas Erbarmungsloses, das dem Gast keine Chance ließ.

»Bitte mich einen Moment zu entschuldigen …«

Maria errötete und ging hinaus. Sie kam wieder mit einem Tablett, auf dem eine Flasche eisgekühlten Wodkas stand, dessen Reifkruste sich in der Wärme sofort in Kondenstropfen auflöste, und auf einem Teller grünte ein gemischter Salat. Von der Hausfrau ging etwas Unsicheres, Verletzbares aus, und in dieser geheimnisvollen Verlegenheit und Schüchternheit wirkte sie noch schöner. Krum blieb die Luft weg. Sie stellte den Teller auf den kleinen Tisch, suchte nach einem Aschenbecher und Gläsern, doch die Dinge gehorchten ihr nicht so recht. Sie war mit den Gedanken ganz woanders, sodass ihre Hände ungeschickt waren wie die eines fremden Menschen.

»Das ist Wodka«, sagte sie und richtete ihr Haar mit geübter und hübscher Bewegung. Die fest zugezogenen Vorhänge schienen die Luft nun noch stickiger zu machen. »Nimm Salat dazu.«

»Ich hab einen Brief von Kilkin bekommen«, wiederholte Krum finster. »Er hat mich für heute Abend zu sich eingeladen.«

»Wirklich?«, spielte Maria wenig überzeugend die Überraschte. »Aber er ist doch gestern weggefahren. Auf die Schnelle … nach Sofia.«

»Tja, dann geh ich wohl wieder.«

»Warte!«

Maria sprang auf, aber Krum begriff augenblicks, dass es nicht deshalb war, um etwas zu tun. Der rote Hausmantel gab den Blick frei auf kräftige Schultern, volle Brüste, die kein Büstenhalter verdeckte, und wohlgeformte Schenkel. Sie sah in ihrem Unglück so schön aus, dass Krum, angezogen von ihrer unbewegten Haltung, den Moment versäumte, zu gehen. War ihm diese Frau nicht schon einmal im Traum begegnet? Ihr warmer Körper an diesem warmen Abend, ihr stiller Hass auf sich selbst, ihre mitten in der Bewegung erstarrten Hände und ihre erschreckten Augen, die etwas zu Ende erzählen wollten. Sie musste jetzt etwas tun, also ging sie zum Grammofon, wo die Nadel sich kratzend in der letzten Rille der Schallplatte drehte. Sie ergriff den Tonarm, setzte ihn auf den Plattenrand; eine langsame, traurige Melodie erklang.

»Warum machst du nicht mal das Fenster auf?«, fragte Krum betreten.

»Draußen ist es kühl.«

Die Tischlampe hütete die Gegenstände in ihrem Lichtkegel, als sei sie ihr Schäfer. Sie erfasste auch den Schreibtisch mit den ausgebreiteten Planzeichnungen Kilkins, seine Pantoffeln, die wie Hauskatzen vor dem Sofa dösten, die ungelesenen Bücher im Bibliotheksschrank, die unberührten Puppen. Die Wanduhr tickte schläfrig. Ihr Pendel schnitt die Zeit in Scheiben.

Sie nippten an ihrem Wodka. Maria begann leise zu reden, so als sei sie allein. Dabei hielt sie die Stirn in die Hand gestützt, als wolle sie ihr

Gesicht verbergen. Ihre Stimme war gleichmäßig, entrückt, entkräftet von starken Schamgefühlen; sie klang, als spreche sie ein Gebet oder bitte rituell um Verzeihung. Sie erzählte ihm, wie sehr Kilkin und sie einander liebten.

»Glaubst du mir das?«, fragte sie erschrocken. Sie betonte, dass die Beziehung zwischen ihnen einmalig und vom Himmel gestiftet sei. Kilkin gliche einem großen vernünftigen Kind, das falsch, aber aus vollem Herzen singe und sich ständig beim Essen bekleckere. Seine ganze Kleidung sei voller Flecken.

»Glaubst du mir das?«, wiederholte sie.

»Ich war eigentlich schon auf dem Sprung zu gehen …«

»Seit fünf Jahren hält er Diät, isst kein Brot, rührt keine Teigwaren an, nichts Süßes … und trotzdem nimmt er immer weiter zu. Er nimmt von der Luft zu, von nichts … was für ein gütiger Mensch.«

Krum schaute sich hilflos um. Langsam bekam er Beklemmungen. Maria versuchte zu lächeln, als sie fortfuhr.

»Ich mag ihn auch so, verstehst du? Wir sind glücklich miteinander. Ich möchte, dass du das weißt. Aber das weißt du ja auch, nicht?«

Ohne es selbst zu bemerken, zündete sie sich eine Zigarette an, sog gierig daran, hustete. Der Rauch kroch zwischen ihren roten Lippen heraus und legte einen Schleier über ihren Nagellack. Ihr Bademantel war jetzt ganz aufgegangen und ließ verlockend ihr ganzes prächtiges Dekolletee sehen.

»Aber wir haben kein Kind!«

»Ich war eigentlich schon auf dem Sprung zu gehen …«

»Als Junge hatte Kilkin Mumps. Glaubst du mir das?«

Die Schallplatte war wieder zu Ende, und die Nadel kratzte wieder in der letzten Rille der Platte entlang. Maria hatte sich nicht gerührt, doch Krum kam es so vor, als sei sie näher gekommen. Ihre Ausstrahlung stieß ihn ab und zog ihn an. Er spürte ihr erhitztes Fleisch, ihren Kampf mit sich selbst, ihre Scham vor dem noch Unverwirklichten. Dann berührte sie ihn. Fuhr zurück, als habe sie sich verbrannt. Was machte diese Nichtswürdige da? Verführte ihn mit ihren entleerten Puppenaugen und ihrem schrecklichen Kummer. Es war, als betrüge sie nicht Kilkin, ihren Mann, sondern ihn.

»Ich hab dir diesen Brief geschrieben. Glaubst du mir das?«

Auf einmal verstand er alles. Das schmerzte ihn. Er wollte nichts wie weg hier, verschwinden, doch sie zog ihn schon aus wie ein Kind, und es ging nicht mehr. Während sie sich liebten, in Schweiß und Lust gebadet und zerrissen von widersprüchlichen Gefühlen bis hin zum gegenseitigen Hass, begann Maria auf einmal zu weinen.

3

Durch die verstaubte Glasscheibe waren die Umrisse des Uferparks zu erkennen, die schwarzen Baumkronen, zwischen denen rötlich der junge Mond nistete. Im Restaurant von Balkantourist war es laut und Krum musste schreien, um über den Tisch gehört zu werden. Eine fesche Sängerin im Minirock schwenkte, was sie zu bieten hatte, und die jungen Leute tanzten Shake. Die E-Gitarren lärmten in seinen Ohren.

Kilkin hatte wohl geweint, oder vielleicht waren auch nur seine Brillengläser beschlagen. Mit seinen breiten Hosenträgern über dem Hemd sah er aus wie ein geplatzter Heißluftballon: Sein Bauch lag in Falten, und sein Haar war so nassgeschwitzt, als käme er gerade aus der Dusche. Statt männlichem Zorn lag eine Entrücktheit auf seinem Gesicht, bei der einen Frostschauer überlaufen konnten. Eine so gefährliche Friedlichkeit und Wehrlosigkeit lag auf seiner gewaltigen Körperfülle, dass er unangreifbar wirkte. Voller Zerknirschung hatte Krum das Allerschwierigste getan, obwohl er am liebsten geschwiegen hätte. Aber die Pflicht, die Pflicht – und die Wertschätzung und die Achtung vor dem leitenden Ingenieur zwangen ihn zu reden. Nur so kann ich ihm helfen, dachte er gequält. Und nur so kann ich die Schuld von Maria nehmen, sie reinwaschen.

Kilkin zog ein quadratisch gefaltetes Taschentuch aus seiner Hose, betrachtete es, fuhr sich damit aus Gewohnheit über die Nase; dann seufzte er gleichsam mit dem Bauch und wischte sich die Stirn mit dem Tüchlein ab. Der Wodka vor ihm, den Krum für ihn bestellt hatte, schwitzte, wurde aber nicht weniger. Der Lärm war so grauenvoll, als vibriere die Musik in ihren Knochen.

»Du hättest es mir nicht sagen sollen«, sagte er voller Bedauern. »Ich weiß ja, dass du es redlich und mit offenem Herzen tust, aber du hättest es mir trotzdem nicht sagen sollen!«

»Maria liebt dich sehr«, erwiderte Krum voller Überzeugung.

»Eben darum …«

»Eine wunderbare Frau!«

»So ist es.«

»Sie liebt dich sogar über alle Maßen … Meine Newena würde sich für mich nie in derartiger Weise opfern!«

»Sieh einer an!«

»Maria will dir einfach ein Kind schenken. *Euer* Kind.«

»Sicher!« Seine Stimme war leise, fast unhörbar.

»Dein Kind.«

»Mein Kind?«

»Wessen denn sonst?«, fragte Krum blöde.

Kilkin spannte mit den Daumen seine breiten Hosenträger, ließ sie knallen und wischte sich erneut die Stirn ab. Dann brach er plötzlich in Lachen aus, wie wahnsinnig, aber auch lachen tat er mit dem Bauch.

»Du warst der einzige Mensch in dieser verdammten Stadt, zu dem sie Vertrauen hatte«, fuhr er kichernd fort, »und zwar so unbeschreibliches Vertrauen, dass ich manchmal richtig eifersüchtig war.«

»Was für ein Vertrauen?«, fragte Krum unbedarft.

»In allem! Einfach so: in allem.«

Krum knetete ein Stück Brot zwischen den Fingern. Er konnte den Ingenieur einfach nicht verstehen, und das schmerzte ihn. Er hatte das dumpfe Gefühl, dass Kilkin geneigt war, *ihm* Vorwürfe zu machen, *ihn* der Kleinmütigkeit zu bezichtigen und nicht seine Frau. Das war peinigend und ungerecht. Die Wahrheit stand doch über allem, begehrte es in ihm auf, auch über dem menschlichen Glück! Und er hatte Kilkin eigens hierher eingeladen, um ihm alles zu erzählen und ihm damit zu helfen.

Die Männer am Nebentisch sprachen vom gestrigen Fußballspiel. Daran, wie sie die Worte beim Sprechen dehnten, hörte man, dass sie angetrunken waren. Die Band drehte so richtig auf, und die Sängerin, sich ihrer unwiderstehlichen Wirkung sicher, sang mit dem Rücken zum Saal. Auf der Tanzfläche schüttelten sich unermüdlich, rhythmisch, aber ohne feste Tanzschritte langhaarige Jugendliche, die dafür lebten, modern zu sein; sie kleideten sich wie Clowns, um modern zu sein, ließen sich mit Alkohol volllaufen, um modern zu sein, und so verging ihre Jugend gleichförmig, seelenlos und modern. Kilkin berührte den Rand seines Glases mit den Lippen, stellte es aber wieder hin, ohne getrunken zu haben. Seine Hände wirkten schrecklich schwer. Im Ausschnitt seines weit aufgeknöpften Hemdes sah man, wie ihm der Schweiß über die Brust rann.

»Du bist der einzige Mensch, dem Maria geglaubt hat«, fuhr Kilkin mit hoher, aufgekratzter Stimme fort. »Ich hab mir den Kopf zerbrochen, war mir schon sicher, dass irgend so ein Dreckskerl sie beschmutzt hat, oder dass man sie vergewaltigt hat.«

»Jetzt hör mal zu, du Dummkopf«, überschrie ihn Krum. »Begreif doch endlich, dass sie dich liebt! Und krieg dich wieder ein ... Bist schließlich ein Mann.«

»Das kann ich leider nicht – mich einkriegen.« Kilkin ließ, restlos erledigt, seine Hosenträger noch einmal knallen. »Wissen Sie, Genosse Marijkin, Sie haben mich ziemlich müde gemacht mit Ihrem erhabenen Idealismus und Ihrer Ehrbarkeit, todmüde haben Sie mich gemacht.«

Er wühlte in seiner tiefen Hosentasche und beförderte zusammen mit seinem karierten Taschentuch einen zerknitterten Fünf-Leva-Schein hervor. Den warf er auf den Tisch, erhob sich und tapste schwerfällig zum Ausgang. Als er an Krum vorbeikam, beugte er sich über ihn und sagte:

»Nur zu Ihnen hatte sie Vertrauen, Genosse Marijkin, verstehen Sie? Warum haben Sie ihr den ganzen Sinn ihrer Erniedrigung geraubt, ihrer kleinen Heldentat, mit der sie mir eine große Freude machen wollte ... Warum haben Sie sie so schändlich verraten? In Zukunft habe ich nicht mehr die Ehre, Sie zu kennen; ich kann nicht länger Ihr Freund sein!«

Zwei Stunden später, mit einem Kopf, aus dem der Alkohol alles fortgespült hatte, entkleidet bis auf die Unterhose, schweißgebadet und glänzend im Mondlicht wie ein Ringkämpfer, setzte sich Krum aufs Bett und fragte leise, um Krum Krumov im Nebenzimmer nicht zu wecken, voller Zweifel, aber selbst in seiner Schwäche noch unbesiegbar:

»Also auch du gibst Maria recht?«

»Ich hasse sie, bis ins Eingeweide hasse ich sie … aber ich verstehe sie!«, antwortete Newena.

Einsam erstarrt in ihrer Hässlichkeit, in ihrem weißen Nachthemd gleichsam mit der gekalkten Wand verwachsen, mit gesenktem Kopf und leblosen Augen, begann sie auf einmal zu reden. Ihr Flüstern war nicht böse, nicht werbend und nicht tröstend. Nie hatte sie es sich erlaubt, ihn nach etwas zu fragen, nie versucht, ihm einen Ratschlag zu erteilen, und vielleicht konnte sie genau deshalb jetzt nicht aufhören. Sie war schrecklich in ihrer Verzweiflung. Die Tränen liefen ihr in Strömen über die Wangen, während sie mit ihren Fäusten wild auf seine Brust einschlug, als wolle sie ein Loch hineinschlagen, um sein starkes Herz in die Hand nehmen und streicheln zu können.

»Wie kannst du nur, Marijkin, wie kannst du nur dein Lebtag nicht begreifen, dass Menschen nicht nur aus Ideen und Glauben bestehen, sondern auch Herzen haben? Mit wem und für wen hast du eigentlich gekämpft, Marijkin? Du bist durch die Leute gestapft wie ein Elefant durch den Porzellanladen und hast zerdeppert, zertreten und immer nur gewonnen, Marijkin. Aber bitte sag mir eins, du ewiger Sieger: Wen hast du glücklich gemacht …« Newena verschluckte sich an ihren Tränen, taumelte, umschlang ohnmächtig seinen Nacken und drückte sich heftig an ihn, »außer mir, wen, hörst du, du Ungeheuer?«

4

Nach der dreizehnten Beschwerde wegen unangemessener Härte gegen Untergebene wurde Krum Marijkin nach einer stürmisch verlaufenen Besprechung des Bezirkskomitees von seinen Pflichten entbunden. Das löste nicht nur bei den Arbeitern und dem bereits eingesetzten Verwaltungsstab der fast fertigen Chemiewerke Erleichterung aus, sondern überraschenderweise auch bei seinen nächsten Freunden. Nicht einmal Koitschev machte sich für ihn stark, und Kilkin wischte sich zwar den Schweiß ab und rieb sich nervös den Bauch, schwieg aber. Im Sitzungssaal war es drückend schwül, der Kaffee war kalt geworden und das Sodawasser abgestanden und lauwarm.

»Was ist denn das für einer, dieser Marijkin?«, fragte einer.

»Unglaublich«, antwortete Kilkin verlegen. »Wenn ich ihn auf der Straße sehe und die Augen schließe, kommt es mir so vor, als träumte ich von ihm.«

»Die Sache ist die«, mischte sich Koitschev ein. »Krum will sich für die Leute opfern, um sie zu befreien, aber dann nimmt er ihnen sofort das Recht, sich frei zu fühlen.«

Und so geschah an diesem 2. Oktober das, wovor Newena sich gefürchtet hatte. Sie wusste aus Erfahrung, dass jeder errungene Sieg für Krum nur der Anfang seiner Niederlage war, dass seine unbändige Sehnsucht, sich aufzuopfern, im Grunde zu herrschen durch die Heldentat seines Opfers, in den Augen der Menschen im Handumdrehen wertlos wurde. Krum konnte nur im Tätigkeitsmodus existieren. Machtvoll und notwendig war er, wenn er sich unerbittlich gegen alle stellte; doch wenn er dann auf ebendiese Weise einen Konflikt beigelegt hatte, lief seine Urgewalt ins Leere, was ihn jedes Mal aufs Neue in Verwirrung stürzte.

Newena wusste schon, was Krum machen würde. Er würde sein löchriges Hemd anziehen, seine alten Cowboy-Nietenhosen überstreifen und mit entleerten, verlorenen Augen in seinen Jeep klettern. Dem würde er die Sporen geben wie einem Pferd, mit dem er ein entlaufenes Rind einfangen musste, würde – aufgepeitscht vom Motorgeräusch – mit quietschenden Reifen diese dreihundert Meter bis zum Bezirkskomitee fahren, genau über die Straße, in der die Durchfahrt verboten war, notfalls auch das Verbotsschild umnieten und sich seinen Weg durch den sonnenbeschienenen Tag und das lauernde Misstrauen der Menschen bahnen, die ihn bei geschlossenen Fenstern furchtsam hinter ihren Gardinen beobachten würden, und würde eine Handbreit vor der Wand, kaum eine Sekunde vor dem Aufprall, den Wagen mit kreischenden Bremsen zum Stillstand bringen. Dann würde er den Wagenschlag aufstoßen und gleichsam unter der Angst der Menschen durchkriechen. Ihre neiderfüllten Augen würden seine gebeugte Gestalt verfolgen, die einem Bauern glich, der mit dem Pflug die endlose Furche seines Lebens zog, die blinzelnden Augen immer nach vorn, in die Zukunft gerichtet mit jener restlosen Entschlossenheit, die nur das Leiden, die Einsamkeit und die Intoleranz des Glaubens an die eine, die einzige Wahrheit verleihen.

»So viel freie Zeit hat dein Vater noch nie gehabt«, sagte Newena erschrocken zu ihrem Sohn Krum Krumov. »Ich beschwöre dich … spiel Schach mit ihm, am besten den ganzen Tag.«

Einige Monate später lag Kilkins Ehefrau Maria mit zusammengebissenen Lippen im Kreißsaal und brachte einen Jungen mit klaren blauen Augen zur Welt, der zur Warnung schon einmal heftig weinte und auf die Unvollkommenheit dieser schwierigen Welt seine Blase leerte.

5

Gott sei Dank hatte Krum Krumov keine Freundin! Er bereitete sich aber auf die Universitäts-Aufnahmeprüfung vor. Das Schachspiel versetzte ihn in Stress mit seiner langweiligen Wohlgeordnetheit, das ihm wie ein vereinfachtes Schema des Lebens vorkam, reduziert auf alle Variationen kausaler Beziehungen. Jeder Zug, beispielsweise der vorgeschobene weiße Bauer, verursachte durch die Bedrohung gegnerischer Figuren eine neue Wirkung, etwa den aggressiven Gegenschlag des schwarzen Springers. Beide, Krum und sein Sohn, waren schwache Schachspieler. Doch unter der Weinlaube entflammte ein geradezu grausamer Zweikampf, da Krum sich verpflichtet fühlte zu gewinnen. Und Krum Krumov hatte die Aufgabe, diesen Sieg so lange wie möglich hinauszuzögern. Partie um Partie, Tag um Tag leistete der Junge Gegenwehr, nahm auf seine Schultern das Leid der ganzen Stadt und – schaffte es immer, ein Remis zu erkämpfen!

Wir sind aus einem Holz geschnitzt, sagte sich Krum Krumov zerknirscht und wie von Sinnen vor Langeweile und Verbitterung, dieses absurde Unentschieden zu halten und sich immer wieder neue Patt-Varianten auszudenken. Für Vater gibt es keine Rettung, weil jede Ursache eine Wirkung erzeugt, und selbst ein Remis ist nur eine solche Ursache, die Ursache für ein neues Spiel!

Durch die Stadt kroch das dubiose Gerücht, dass Newena sich mit

Koitschev, dem ehemaligen Zeichenlehrer, traf. Von einem wundersamen inneren Licht erhellt, angetan mit ihrem neuen Jersey-Kleid, wartete sie Stunde um Stunde vor seinem Büro. Koitschevs Sekretärin verstand die Welt nicht mehr, und der Milizmann an der Pforte, der alt gewordene Blashe, tat so, als bemerke er sie gar nicht. Newena brachte nichts außer ihrer Hässlichkeit und ihrer unendlichen Geduld. Sie sprach leise und ohne zu betteln; sie flößte kein Erschrecken ein und wirkte genau darum so gefährlich. Man hatte hier im Bezirkskomitee noch nicht vergessen, dass ihr Vater Zonjo Metschkarski wegen Mordes im Gefängnis gesessen hatte. Schließlich, nach hartnäckiger Protektion Koitschevs, wurde Krum Marijkin eine stille und vollkommen gefahrlose Arbeit zugewiesen: Er wurde Direktor der Stadtteilkooperative »Sieg«, hinter der sich nichts anderes als die chemische Reinigung verbarg.

Noch am selben Tag bügelte Newena Krums Anzüge, nähte lose Knöpfe fest, bürstete seinen Mantel ab, küsste unter Tränen seine weißen Hemden, machte einen Versuch zu lächeln und rief durchs Fenster ihren Sohn.

»Von morgen an«, sagte sie streng zu ihm, »könnt ihr das Schachspielen sein lassen. Ihr habt's ohnehin übertrieben!«

Krum Krumov umarmte sie, drückte seine erwachsenen Lippen auf ihr silbern gewordenes Haar, ging hinaus und … verlor noch am selben Abend seine erste Partie gegen seinen Vater. Während die Stadt munkelte und Rätsel riet, was wohl nun kam, endete ihr erbitterter, über einen Monat gehender Zweikampf mit eins zu null für Krum Marijkin.

6

In dem Raum mit den von Dampf und Schimmel geschwärzten Wänden roch es nach frischer Weißwäsche und Chemikalien. Die trockenen Laken, die Schlafanzüge und Nylonnachthemden lagen gefaltet und aufgestapelt da, Hemden und Sakkos hingen an Drahtbügeln, aus allen Ritzen und Fugen quoll der Geruch nach entferntem menschlichen Schweiß und nach Apotheke, und mittendrin in dieser beinah geistlichen Doppelherrschaft standen Frauen, die schon Enkel und graue Haare hatten.

Am Anfang gafften sie ihn mit vor Verblüffung aufgerissenen Mündern an, dann mit Misstrauen, und schließlich, als sie sich mit seiner Nähe abgefunden hatten, schalteten sie den Gedanken an ihn einfach aus und vergaßen, dass er da war. Draußen, durch die Scheiben kaum zu erkennen, die Konturen eines Kindergartens mit seinen Klettergerüsten und seiner Spielzeuglokomotive. Manchmal schreckte er sie mit irgendeiner heftigen Geste auf; dann stiegen seine Worte in der feuchten Luft auf und platzten unter der Decke wie schillernde Seifenblasen. Die krebsroten Hände der Frauen, vom heißen Wasser aufgedunsen, sahen traurig aus in den Ärmeln ihrer weißen Schürzen, ihre Gesichter waren vom ständigen heißen Dampf weich geworden und wirkten apathisch, als seien sie in Gedanken ganz Ohr für das, was im Kofferradio lief, das irgendein Idiot bis zum Anschlag aufgedreht hatte.

»Genossinnen und Genossen«, rief er mit Prophetenstimme, obwohl der einzige Genosse er selbst war, »der Kampf um Sauberkeit ist ein ideologischer Kampf, gilt es doch, den Schmutz nicht so sehr aus der Kleidung als vielmehr aus den Seelen der Menschen zu waschen.«

Die Frauen hörten ihm gar nicht zu. Ihr Desinteresse an allem, was über das Tun selbst hinausging, ihre zerstreute Liebenswürdigkeit brachten ihn in Rage, und die aufgestapelten Laken und Kissenbezüge stellten sich ihm feindlich wie Windmühlen entgegen. Alles störte ihn im toten, gleichmäßigen Neonlicht. Warum wollen diese Menschen nicht glücklich sein, fragte er sich inständig. Dann stahl sich das Bild der hinkenden, kinderlosen Maria mit ihrem stillen Gram in sein Bewusstsein, die korpulente Gutmütigkeit Kilkins und der in seinen Augen stehende Kummer. Die Fäuste Newenas fielen ihm ein, die auf sein Herz trommelten, und ihre Stimme, nicht so sehr vorwurfsvoll, sondern voller Verzweiflung einer zur Liebe verurteilten Frau: »Wen hast du glücklich gemacht – außer mir, wen, hörst du, du Ungeheuer?« Krum spürte, wie ihm die Knie weich wurden. Plötzliche Stille erfüllte den Raum, brach sich an den weiß gekachelten Wänden und kehrte hallend, lebendig und voller Leid zurück.

»Nun, was ich eigentlich sagen wollte … Ich hab euch Krapfen mitgebracht«, lenkte er ein und sah, wie auf ihren Lippen plötzlich ein Lächeln aufging. »Ach ja, und eine Schachtel Pralinen und Likör.«

7

Sonnenverbrannt und enttäuscht kamen sie vom Meer zurück. Zwanzig Tage hatten sie im Erholungsheim der Bulgarischen Akademie der Wissenschaften unterhalb vom Goldstrand verbracht. Ihr Fenster ging hinaus auf die weit geschwungene Bucht. Morgens war das Meer grün und wurde zum Horizont hin immer blasser; tagsüber war es hellblau, und abends nahm es die Farbe von Rohöl an. Die sich weitende Wasserfläche gab dem Kurort einerseits etwas Leichtes, das einen in Urlaubsstimmung versetzte; andererseits hatten die Wassermassen etwas Allverschlingendes und Weises. Das Plätschern der Wellen unterstrich diese aus den Tiefen kommende Stille, Silbermöwen flogen vorüber, ihre kleineren Artgenossen verfolgten die Makrelen- und Stöckerschwärme. In der Ferne löste sich der Rumpf eines Überseedampfers zwischen Himmel und Wasser auf. Unter Sonnenschirmen lagen mit ihren aus der Form gegangenen Leibern die Akademiker mit ihren Frauen im bernsteinfarbenen Sand und dösten. Manchmal fuhren braungebrannte junge Schönlinge auf Scootern oder Miezen auf Wasserskiern vorbei.

Alexander stieß das Meer ab. In seiner Freiheit, Ungreifbarkeit und Unkontrollierbarkeit war es sozusagen immun gegen alles, was mit Gesetzen zu tun hatte, hatte seinen eigenen Kopf. Der Tag roch nach Jod, schwitzendem Fett und Algen. Christo baute Sandburgen. Ljuba sah mit ihrer guten Figur im Badeanzug jünger aus, geradezu attraktiv. Ihre Haut hatte die Farbe von karamelisiertem Honig angenommen. Sie überließ sich den Wellen und schwamm gefährlich weit hinaus, so als suche sie jemanden da draußen. Eine maßlose Eifersucht packte ihn, doch auch die Angst, dass sie zurückkam. Der Wind trug den Geruch nach geöffneten Muscheln ans Land.

Alexander war nach diesem Urlaub am Meer eher noch müder als zuvor. Im September aber wurde sein Schmerz unerträglich. Pejtschev hing wie ein Schatten, wie ein Geist in der Luft, der ihm in seinem Rücken überallhin folgte, ironisch, verderbt und böse. Alexander war in seinem Verhalten Ljuba gegenüber hin und her gerissen. Einmal schmeichelte er ihr, machte ihr bis zur Sinnlosigkeit teure Geschenke, sah ihr verliebt in die Augen und verzieh ihr gequält, laut und theatralisch, um ihr zu beweisen, dass er nicht in der Lage war, ihr zu verzeihen. Dann, wenn er sein Pulver verschossen hatte, nannte er sie Schlampe und Nutte. Pejtschev war in ihrem Heim so penetrant und langanhaltend präsent wie der Dieb, der Sonjas und Georgis Wohnung ausgeraubt hatte.

Ende September las er dann Assens Buch über die Macht und war erschlagen. Der Text transportierte nicht nur Erkenntnisse, sondern erzählte das ganze Drama ihrer Generation, die von einer Epoche voller Triumphe und Niederlagen einfach schonungslos ausgenutzt worden war. Dieser emotionale Unterstrom entsprach seiner eigenen seelischen Zwiespältigkeit und erzeugte in seinem Gemüt einen Flächenbrand, der zugleich alles beleuchtete und zerstörte. Er schrieb eine kluge Rezension für das »Werktätigenblatt«, in der er es unterließ, seine persönliche Aufgewühltheit in eine billige Lobeshymne zu verwandeln, sondern sich auf die Analyse jener Textdimension konzentrierte, in der Assen auf luzide Weise die Vergangenheit, die auch die seine war, einer hochnotpeinlichen Befragung unterzog.

Professor Kotzev, sein Schwiegervater, sprang bei der Lektüre hingegen im Dreieck. Mit offenem Hemdkragen, plötzlich gealtert und mit ausgemergeltem Gesicht und trüben Augen, bezeichnete er Assens Werk stotternd als »ideologische Falle«.

»Warum hast du nicht vorher mit mir gesprochen?«, schrie er.

Aber Alexander hörte ihm gar nicht zu, denn er fürchtete sich nicht mehr vor ihm. Plötzlich und unerwartet stellte sich heraus, dass Ljubas Untreue seine von ihm selbst verspielte Integrität und damit auch seine Widerstandskraft wiederhergestellt hatte.

»Das lässt du nicht drucken!«, befahl Kotzev zänkisch.

»Doch, das lasse ich drucken, Vater!«, erwiderte Alexander fest.

Kotzev hatte Macht über seine Angst besessen, aber er hatte keine Macht über sein fortwährendes Leiden. Zu seiner eigenen Verwunderung kam Alexander zu der Einsicht, dass ein Mensch, der leidet, frei ist. Diese Entdeckung verwirrte ihn; sie hatte etwas von dem salzigen Hauch des Meeres auf seiner Haut, das ihn kurz zuvor noch so abgestoßen hatte. Er musste endlich etwas tun, sein Leben in die Hand nehmen, um aus dem Sumpf, in dem er steckte, herauszukommen.

Er betrat das Schlafzimmer. Ljuba lag im Bett und las. Er zog den

Stuhl unter dem Schreibtisch heraus, stellte ihn vor den Kleiderschrank, bestieg ihn und holte den Koffer herunter. Dann nahm er seine Anzüge, seine Hemden und seine Wäsche aus dem Schrank und legte alles auf einen Haufen. Ljuba sagte nichts, hatte aber ihr Buch in den Schoß fallen lassen.

Er sah sich schon, wie er mit dem Koffer in der Hand dieses Haus für immer verließ und im Park unter dem herbstlichen Sternenhimmel schlief. Trost gab es nur in der Veränderung, im Unbekannten, so amorph und bedrohlich es auch sein mochte. Er stellte sich die Morgendämmerung vor, duftend, still und noch unverbraucht. Mit geübten Griffen packte er die Sachen in seinen Koffer. Dabei hatte er gar nicht das Gefühl, dass er wegging, sondern eher, dass er irgendwo ankam. Ja, nach einer langen und unbequemen Reise kehrte er endlich zu sich selbst zurück, aber in jenem ersehnten Leben, das frei von Angst war. Jetzt musste er nur noch das Rasierzeug aus dem Bad holen. Er machte einen Schritt zur Tür, als in seinem Kopf die Frage aufblitzte: Und was ist mit dem Kind? Er sackte auf den Stuhl, seine Arme hingen auf einmal schwer herab. Wo konnte er denn hingehen? Zu wem? Und so kam ihm die besorgte Frage nach dem Kind gerade recht, um bleiben zu können.

»Christo möchte, dass wir ihm ein Fahrrad kaufen. Alle Kinder im Viertel hätten schon eines«, sagte er erschöpft. Und dann, wie aufgelöst von der plötzlichen Rückgratlosigkeit: »Dein Vater hat mir geraten, die Rezension über Assens Buch nicht zum Druck zu geben. Vielleicht höre ich auf ihn.«

Ljuba lag reglos da. Nur ihr Kopf nickte, mitfühlend, und immer wieder.

8

Der leitende Arzt der Krankenstation, auf der Professor Jowtschev lag, erwies sich als Schulkamerad Assens. Iltschev empfing ihn in seinem Sprechzimmer liebenswürdig, bat die Oberschwester, ihnen Kaffee zu kochen, und bot ihm Pralinen an, die vom langen Liegen in der Stationsküche grau angelaufen waren. Sie schwelgten in Erinnerungen an Vater

Anissi, bei dem sie Religionsunterricht gehabt hatten, und an den Physiklehrer mit seiner Leydener Flasche. Die Namen der übrigen Klassenkameraden, an die sie sich zu erinnern versuchten, klangen beinahe geheimnisvoll nach so vielen Jahren.

»Große Stadt, dieses Widin«, sagte Assen nostalgisch.

»Die größte Stadt im Leben ist doch immer die Kindheit«, nickte der Arzt.

Auf der Fensterbank landete eine zutrauliche Turteltaube, was den Männern Gelegenheit gab, einen Moment zu schweigen. Dann stellte Assen entschlossen seine Tasse auf Iltschevs Schreibtisch ab und fragte geradeheraus:

»Wie geht es denn meinem guten Alten?«

»Die offizielle Diagnose für den Professor lautet auf Herzinsuffizienz«, antwortete Iltschev spröde. Sein gestärkter Kittel knisterte wenig ermutigend.

»Und die inoffizielle?«

»Altersschwäche … Der Organismus deines Alten ist schrecklich verbraucht. Mir scheint, er wird sich nicht mehr erholen.«

Als Assen das Krankenzimmer betrat, war Jowtschev gerade allein und eingeschlafen. Die anderen Patienten waren Mittag essen gegangen. Er war frisch rasiert und roch untypisch nach billigem Rasierwasser. Sein eingefallenes Gesicht sah durchgeistigt aus. Als er die Augen öffnete, verriet sein Blick volle Orientiertheit. Seine auf dem Laken liegende Hand war knochig und fast transparent, sodass die Venen stark hervortraten.

»Orangen … Wo haben Sie die denn her?« Jowtschev sah Assen mahnend an, als wollte er sagen: Ich brauche kein Mitgefühl! Seine Augen aber waren voll kindlicher Sanftheit. Er stellte das Paket auf den Nachttisch und lächelte angestrengt. »Wahrhaft unglaublich – Orangen. Freue mich, dass Sie einen Weg gefunden haben, zu mir zu gelangen; heute ist nämlich kein Besuchstag.«

»Man hat mir diese Tarnkleidung hier gegeben.« Assen wies auf den weißen Arztkittel, den Iltschev ihm gegeben hatte.

»Und Sie gebeten, mich zu trösten und mir zu sagen, dass ich noch dreißig Jahre zu leben hätte?«

»Nein«, erwiderte Assen ruhig, »man hat mir gesagt, dass es Ihnen sehr schlecht geht.«

»So ist es … Ich fühle, dass ich erlösche. Zu Hause unterm Fenster hab ich einen Freund, einen Baum mit vielen Ästen. Im Herbst bleiben immer ein paar Blätter mit ihrem Gold übrig, die sich tapfer bis zum Schluss halten, aber auch die sind nun abgefallen.«

Die Fenster waren fest geschlossen, anscheinend, um die Hitze nicht hereinzulassen. Im Zimmer roch es nach Medizin und Desinfektionsmittel. Professor Jowtschev redete verlangsamt, vermutlich bereitete ihm das Sprechen Schmerzen. In seinen Augen war Melancholie zu lesen, aber auch eine Bitte, die ihn zu quälen schien. Assen stellte den mitgebrachten Rosenstrauß in die Vase und ordnete die Blumen sorgsam an.

»Wissen Sie, warum ich Sie um Ihr Kommen gebeten habe? Das Ende macht uns immer besser oder schlechter, doch so oder so führt es uns zu einer Bilanz. So sind wir wohl geschaffen: In unseren letzten Tagen tritt das Bilanzieren an die Stelle des Hoffens.« Er schwieg, als müsse er Kraft sammeln. Dabei sah er aus, als höre er Musik. Genau so hatte er auch ausgesehen, als er Assen vor dreißig Jahren in Römischem Recht geprüft hatte. Zum Zeichen seiner Anerkennung und seiner guten Wünsche hatte er ihm seinen teuren Füllfederhalter geschenkt. Assen hatte ihn damals sogleich verkauft, um sich endlich einmal satt essen und sich ein Hemd kaufen zu können.

»Ich habe mehr Gedanken, als ich ertragen kann«, fuhr der Professor traumverloren fort, »aber auf dieses Gespräch habe ich mich vorbereitet. Ohne zu wissen, warum, lebte ich in der unerklärlichen Befürchtung, dass die zeitgenössische Kultur die Ganzheit der Ideen zerstört, so wie die zeitgenössische Kunst die Schönheit zerstört. Bitte, unterbrechen Sie mich jetzt nicht, ich bitte Sie … Nun, was ich hier im Krankenhaus begriffen habe, ist, dass nur der Glaube die Harmonie zwischen Mensch und Welt wiederherstellt. Die Menschheit muss an etwas glauben, um zu überleben!« In einer unbewussten Bewegung zog er die Decke über seine Brust hoch; vielleicht war ihm kalt. »Natürlich, jeder übertriebene Glaube macht uns unfrei, weil er uns unserer Besonderheiten zugunsten des Universalen beraubt. Er legt der Freiheit und dem Glanz unseres Geistes Fesseln an. Darum sucht der Mensch den Glauben, fürchtet ihn aber auch. Vor allem ein kriegerischer Glaube, der uns zwangsweise verordnet wird, teurer Weltschev, tut uns in hohem Maße Gewalt an, ja, ist manchmal eine Form der Grausamkeit! Und trotzdem: Je näher mein Ende rückt, desto mehr brauche ich den Glauben, wenn Sie so wollen, auch Demut, um sagen zu können: ›Das, was ich war, hat trotz allem Sinn!‹ Ich würde alles darum geben, wenn ich das Wissen, das ich angehäuft habe, für Vertrauen hingeben könnte, die Zweifel für Begeisterung, die Eitelkeit für Zufriedenheit, die Selbstverliebtheit für Liebe zu Gott! Mein Glaube und der Ihre werden sich auf immer unterscheiden; aber ganz ohne Glauben sind das Leben und der Tod einfach sinnlos. Ich habe Sie ja immer wegen Ihres Glaubens kritisiert, und gefallen tut er mir auch jetzt nicht, weil er auf Zwang aufgebaut ist; ich habe mich *vor Ihnen* und *wegen Ihnen* gefürchtet; doch ich habe immer meinen Hut gezogen vor Ihrer Fähigkeit, die Dinge leicht zu machen. Die zwangsweise, dumme Einmütigkeit wird die Welt nicht retten, aber ebenso wenig die Aufmüpfigkeit. Die von oben verordnete Zustimmung schafft kein Vertrauen, aber auch Streit und Diskussionen können das nicht! So wie die Schönheit durch Harmonie ein Hoffnungsschimmer ist, so schafft der Glaube durch sein Licht einen Ausweg. Ich dürste nach Licht und innerem Frieden, doch weil sie mir fehlen, sehe ich ein, dass ich nutzlos war und bleiben werde. Niemand braucht mich, Herr Weltschev, denn ich habe niemals an irgendetwas geglaubt. Ich hatte nie den Mut, zum Verkünder einer Lehre zu werden. Mein Drang nach Wissen und dessen Vertracktheit haben mich für mein ganzes Leben zum Schüler gemacht. So absurd es auch klingen mag: Ein Mensch, der aufrichtig an etwas glaubt, etwas Eigenes, das zu ihm gehört, ist gerettet!«

Kraftlos fuhr er sich mit der Zunge über die ausgetrockneten Lippen und hob die faltigen Lider. Seine Augen waren feucht, und ein geradezu rasendes Leid stand darin. Seine Hand kroch von der Bettdecke auf die Assens zu und entspannte sich. Jemand lugte ins Zimmer hinein und schloss schnell wieder die Tür.

»Das Römische Recht ist eine Chimäre, Herr Weltschev, wie auch der Reichtum, der Ruhm und das Verdienst Illusionen sind … Sie sind wichtig für die, die kommen, aber nicht für die, die gehen! Nun gehen Sie bitte … Ich bin doch sehr müde geworden.«

Assen erhob sich. In seiner Kehle steckte ein gewaltiger, harter Kloß, den herunterzuschlucken er keine Kraft hatte. Er war so gerührt, dass es wehtat, denn ihn beschlich das Gefühl, dass sich vor seinen Augen ein Sakrament vollziehe, wunderbar und schrecklich zugleich. Er hatte das Gefühl, wenn er jetzt in den stillen Krankenhausflur hinausginge, ja, sogar wenn er sich nur umdrehte, würde Professor Jowtschev in eine Ferne entschwinden und sein Bett leer zurücklassen. Er war gekommen mit dem Vorhaben, dem Alten ein bisschen vom Lehrstuhl, seiner alten Wirkungsstätte zu erzählen, sich vielleicht ein bisschen über die Kollegen zu beklagen und ihn so zu zerstreuen, und in seiner Tasche hatte er auch sein Buch über die Psychologie und Technik der Macht dabei. All das kam ihm auf einmal wenig wichtig vor, unterlag einem völlig anderen Erfahrungsbereich. Professor Jowtschev hatte das Gewand dieser Welt, aus der Assen ihn besuchen kam, bereits abgelegt, so wie er beim Gehen seinen weißen Arztkittel wieder ausziehen würde. Er nahm noch wahr, wie ein Lächeln über Jowtschevs Lippen huschte, das keinen Trost und keine mildernden Umstände suchte, und vernahm eben noch so seine Stimme, wie sie sagte:

»Nun aber auf Wiedersehen, mein Sohn … Sonntag ist Besuchszeit. Da warte ich auf dich!«

9

Neben sich hörte er das ruhige Atmen Emilias. Eine ihrer nackten Schultern lag frei, beleuchtet vom starken Licht des Vollmonds. Im Bett war es stickig, die Decke lag schwer auf ihm, das Kopfkissen machte ihn wahnsinnig. In seinem Kopf pulsierte das Leidensbild Professor Jowtschevs; es kam ihm bereits wie eine Erinnerung vor. Er wollte tief und gleichmäßig atmen, doch wenn er sich autosuggestiv zu beeinflussen versuchte, verkrampften sich seine Lungen, und er bekam Atemnot. Schließlich stand er auf, ging im Wohnzimmer umher, rauchte zwei Zigaretten. Widersprüchlich, in bizarrer Vereinzelung, setzten sich die

Antiquitäten, die Emilia gesammelt hatte, im Mondlicht voneinander ab. Er musste an die kahle Armut im Winkelzimmer auf der Klokotnitza-Straße denken, an Vera, keusch, verliebt und auf ewig schuldbeladen in der vom tropfenden Wasserhahn gegliederten Stille. Dann kam in seinem Kopf das allverzeihende Lächeln Sonja Toromanovas hoch. Auf einmal wurde ihm klar, dass er alle drei Frauen geliebt hatte, mit einer Liebe, die unerfüllt geblieben war und daher für ihn schwer unterscheidbar. Nun veranlasste ihn genau dies, sie als unteilbar im Strom der Zeit wahrzunehmen, und mochte er auch ein moralinsaurer alternder Professor sein, er fühlte sich frei in dieser Dreieinigkeit, ohne das Gefühl zu haben, eine der Frauen zu betrügen oder sich selbst zu quälen.

Er schlurfte in die Küche, kochte sich Kaffee und ging auf den Balkon hinaus, von dem er einen Blick auf die Brandmauern der benachbarten Mietshäuser hatte. Die Fenster, die man von hier sah, waren blind und leer – die Leute waren in ihrem Schlaf verschwunden, um ihn allein zu lassen. Über den klaren Nachthimmel flog ein Düsenflugzeug. Sein Motorenlärm hörte sich an, als schimpfe die Nachtluft diesen Ruhestörer lautstark aus, die Signallichter versuchten sie mit sanftem Blinken zu beschwichtigen.

Früher hatte er geglaubt, der Mensch würde sentimental, wenn er erst einmal angenehm und in einem gewissen Wohlstand lebte; dann hatte er gedacht, Sentimentalität habe etwas mit dem Altwerden zu tun, und jetzt begriff er, dass sie einfach die Sehnsucht nach lebendiger Verbundenheit war. Eine heftige Nostalgie nach Widin ergriff ihn, nach seiner fieberhaften Lektüre am Flussufer, nach den Schatten der Kindheit, die so schwer und doch so wundervoll gewesen war mit ihren staubigen Sommern, den Geheimnissen der Sümpfe und des Hafens, an dem die Schleppkähne hielten oder nicht hielten mit ihrer Fracht, die dem Kind so geheimnisvoll war wie eine Zauberschrift. Dann, dachte Assen und erschauerte, verschwanden diese Kähne hinter der Flussbiegung, lösten sich spurlos auf, wie das Leben. Ihm war schon klar, dass Widin eine fremde Stadt geworden war, die ihm die kalte Schulter zeigte, mit dem achtzehngeschossigen Hochhaus des Stadtrates, das sich wie eine gotische Kathedrale im Zentrum erhob und das die Gründerzeitgebäude seiner Kindheit verdrängt hatte, mit dem bunten Durcheinander der Menschen, mit dem modernen, dem fächerförmigen Hotelklotz des staatlichen Reisemonopolisten Balkantourist, seinen gigantischen Chemiewerken vor der Stadt, die gleichsam auf seiner Erinnerung an die Sümpfe emporgewachsen waren. Andere Menschen lebten jetzt in dieser Stadt, die ihm so unbekannt, so fremd waren, dass er bei ihrem Anblick nur Einsamkeit, Schmerz und Angst fühlen würde. Vielleicht, dachte er, machte das Leben ja gerade deshalb Sinn, weil die Welt voll unbekannter Menschen war?

Die Nacht senkte sich vor seinen Augen herab wie Kaffeesatz in einer Tasse. Er hielt es nicht länger aus auf dem Balkon, griff intuitiv nach seiner Reisetasche, warf Rasierzeug und Zahnbürste hinein, zog seinen Samtanzug an und schrieb Emilia einen Zettel. Sein Wagen startete sofort, die Scheinwerfer flammten auf und schnitten sich in die Straßen, die leer waren und in kaltes Neonlicht getaucht. Er hatte es eilig. Rasch hatte er die Steigung zum Priesterseminar genommen und die Umgehungsstraße erreicht. Die Reifen brausten beruhigend, die Scheinwerfer seines Wagens stanzten helle Lichtkegel in die Luft, in die er hineinfuhr wie in eine künstliche Welt.

Er hatte das Gefühl, dass er mit Vera, Sonja und Emilia gleichzeitig reiste, weil sie sich hier auf magische Weise zu der einen, der einzigen geliebten Frau vereinten. Befreit von der zermürbenden Schwerkraft des Alltags, war auch er befreit von seinem Ich. Hoffnungen, Entfernungen und Hindernisse waren bedeutungslos. Zum ersten Mal in seinem Leben war er wirklich frei, lebte, über das Lenkrad seiner Schlaflosigkeit gebeugt, sein Wesen in einem Spontaneinfall, der eines romantischen Jünglings würdig war. Wie schön das war, wie herzzerreißend …

Je weiter sein Wagen ihn aber vorantrug, desto stärker zog eine unbekannte magnetische Kraft ihn zurück. Zuerst merkte er es an der fallenden Geschwindigkeit, am Leiserwerden des Motors, daran, dass sein Fuß vom Gaspedal ging. Dann hatte er das Gefühl, die Nachtluft würde dicker und der Lichtkegel seiner Scheinwerfer verlöre an Tiefe und – an Courage.

An einer entlegenen Abzweigung in der Nähe der finster-bedrohlichen Silhouette von Petrohan hielt er an. Die Sterne blinkten aufgeregt, der Mond war bereits untergegangen. Assen stieg aus und rauchte eine Zigarette. Wie klein und verloren er doch war, geradezu nichtig unter diesem Himmel. In seiner Phantasie ging Assen noch einmal durch die neuen, fremden Straßen Widins, stellte sich vor, wie er nicht einmal das Grab seiner Mutter fand, wie er vergeblich darauf lauerte, dass der Schlaffe Kosta, der Romanzero und der Dankbare Kotscho um die Ecke kamen, oder der klapprige Pferdekarren seines Onkels Todor, wie der Geruch der offenen Feuer aus dem Zigeunerviertel ihm in die Nase drang, scharf wie blitzende Messer und metallisch wie flüssiges Zinn … All das, so musste er zugeben, war unwiederbringlich verloren. Er sah sich auf einer Bank im Donauuferpark sitzen, ein fremder Herr, der überflüssig war zwischen den noch höher gewordenen Zypressen, und dessen Blick auf den großen Strom keine Bilder mehr zurückwarf, weil *sein Strom* nur noch durch sein Inneres floss und mit ihm sterben würde.

Das Wirklichkeitsempfinden, das diese Vorstellungsbilder begleitete, war so stark, dass er völlig durcheinander kam. Nein, es war eine schreckliche Vorstellung, nach Widin zu fahren, in Widin zu sein. Was ihn dort erwartete, war doch nichts anderes als das, was Professor Jowtschev mit Verzweiflung im Blick »die Bilanz« genannt hatte! Sein Leben lang hatte Assen sich danach gefragt; doch für eine Antwort war es noch zu früh. Die Vergangenheit, die Gericht über ihn halten würde, ihn vielleicht auch begnadigen würde, lag noch in ferner Zukunft. Er musste sofort umkehren, sich die finsteren Gedanken aus dem Kopf schlagen und mit einem großen Schritt über diesen Schwächeanfall hinweggehen.

Der zähe Wind streichelte ihn sanft, und die funkelnde Schatztruhe des Himmels, die offen über ihm gähnte, erschien ihm nun nah und vertraut. Er spürte, wie er sich sammelte, wie er in sich wuchs, sich ausfüllte, fest wurde. Zurück in die Zukunft!, befahl er sich. Da packte ihn auf einmal ein lang nicht empfundener Heißhunger auf Fleisch. Es aß ihn Fleisch, es trank ihn Fleisch. Ein atavistisches Gefühl der Bedürftigkeit, das ihn mit seiner alles verschlingenden Gier zwar erniedrigend, aber auch aufmunternd von seiner ganzen Freiheit befreite. Die einfachen, vor langer, langer Zeit gesprochenen Worte Jonkas fielen ihm ein: »Wem zeigst du da eigentlich dauernd die Zähne, Kind, Bruderkind?«

Müde setzte er sich ins Auto, wendete, und fuhr seiner Niederlage entgegen, dem künstlich erleuchteten Sofia. Seine Geschwindigkeit war nun gleichmäßig. Er hatte es nicht eilig. Nach dem Heimkommen würde er den kleinen Zettel zerreißen, den er Emilia in der Küche hinterlegt hatte, die Spuren seines missglückten Fluchtversuchs beseitigen, sich in der Vertrautheit des Schlafzimmers verstecken und in der tröstlichen Weiße der Laken versinken. Geduldig würde er auf den Schlaf warten, den unsichtbaren Radiergummi des Schlafs, um die Erinnerung auszuradieren. Und am Morgen, in der erleichternden Weite des Tages, würde er zu Emilia sagen: »Weißt du, was ich gestern begriffen habe? Ich bin gescheitert, aber ich bedaure nichts.« Ihm tat alles weh, aber er war ganz ruhig. Die Dunkelheit draußen setzte ihm zu, aber in diesem Moment hatte er das Gefühl, dass er endlich glücklich war. Denn das Glück, sagte sich Assen, ist doch in uns. Sinnlos, es zu suchen.

10

Ja, seit sie Passion und Passivität des Fernsehens erlegen war, verlor Jonka ihre magischen Kräfte. Die Karten sagten ihr nichts mehr und die Kräuter, die sie aus alter Gewohnheit auch weiterhin aufkochte, entfalteten keine Heilwirkung mehr. Ihre Vorhersagen starben in der Zeit, und so fiel nach und nach alles Außergewöhnliche von ihr ab. Es blieb ihre Leidenschaft, als einigender Kern für die Sippe da zu sein. Ihre Ähnlichkeit mit der alten Petruniza war inzwischen frappierend, aber … wer sollte die denn noch feststellen? Ihre Mutter war ja lange schon tot, und hier kannte sie keiner mehr! Es war, als sei im wundersamen Kreislauf der Natur ein Punkt erreicht, an dem das sich wiederholte, was gewesen war, damit sich aus der Gegenwart reproduzieren konnte, was einmal sein würde. Unsterblich waren ja nicht die Lebenden selbst, sondern nur ihre Bedeutungen.

Die Minirock-Mode war vorüber, und Jonka war beruhigt, dass die jungen Frauen jetzt mit Midi- oder Maxiröcken ausgingen. Die Frauen wurden gleichsam länger, und die Männer gewannen etwas von ihrem Selbstbewusstsein zurück, wurden wieder mutiger in ihrem Verlangen und unersättlicher im Bett. Eines verschlafenen Tages schleppte Jordan zwei Beatniks aus Dänemark an, die wie die Schnecken ihr Haus in Form riesiger Rucksäcke im Kreuz trugen. Sie hatten blonde, lange Haare, und Jonka konnte nicht erkennen, wer nun der Mann und wer die Frau war. Am nächsten Morgen, als sie mit dem dampfenden Kaffeetöpfchen ins Wohnzimmer kam, spielte einer der beiden auf einer quietschigen bulgarischen Blockflöte. Das unbestimmbare Wesen saß mit gekreuzten Beinen auf dem Teppich, mit nackten und schmutzigen Füßen, und lächelte entrückt und selig wie ein Irrer, der die ganze Erde durchstreift und zur Liebe gefunden hatte.

Jonka fragte sich auch, wie die klapperdünne Neda gebären sollte. Weltschev-Kinder waren groß! Sie betrachtete sie, ohne viel zu sehen, doch sie hörte ihr kehliges Röcheln, wenn sie sich nervös auf der Toilette übergab, so als wehre sie sich gegen die Frucht, die da in ihr heranwuchs. Sie erwartete ihr Urenkelchen voller Ungeduld und hatte schon die Bibel bereitgelegt, um den Namen des Neugeborenen hineinzuschreiben – *Assen*, wenn es ein Junge war, *Jana* – nach der Großmutter –, wenn es ein Mädchen wurde. Neda und Jordan stritten sich nicht. Es war, als redeten sie überhaupt nicht miteinander. Immer waren sie in Hetze, eilten irgendwohin. Sie aßen, wann und wie es gerade passte, manchmal sogar stehend am Tisch. Das wollte Jonka nicht in den Kopf. Eine Familie, das war doch seit Urzeiten jene Schar Menschen, die sich um den Tisch versammelte, um zur Linken und zur Rechten des Familienoberhauptes aus dem menschlichen Mangel, dem Hunger, ein Gemeinschaft stiftendes, täglich sich wiederholendes Ritual zu machen?

Nein, Jonka verstand gar nichts mehr, aber – sie war anwesend! Assen sah sie oft wochenlang nicht, Alexanders Stimme hörte sie oft über Monate nicht, Georgi Pantov war ihr seit Jahren nicht mehr untergekommen und Krum Marijkin lebte im fernen Widin. Also schaltete sie den Fernsehapparat ein und starrte mit ihren schlecht sehenden Augen auf die bewegten Bilder, bis sie eindöste. Die Pantoffeln waren ihr zu groß geworden, ihr silberner Zopf wog schwer in ihrem Nacken, doch ihre Wäsche war immer sauber. Ihr Kopf füllte sich mit flüsternden Stimmen, ihr Herz mit Visionen. So wachte sie in ihrem Schlummer, beging die kirchlichen Feste, wie es sich gebührte, aber sie hatte aufgehört, sich dem Bösen entgegenzustellen. In ihrer Jugend hatte sie sich ihm geradezu kriegerisch entgegengestellt; Lebenserfahrung und Alter aber hatten sie ernüchtert. Die Ewigkeit, so fühlte sie, bekämpft das Böse, indem sie es duldet wie der Strand die Brandung und es durch Verzeihen sich totlaufen lässt. Nur wer in Eile ist, wenig Zeit hat, muss sich einmischen bis hin zur Gewaltanwendung, während die Dauer alles beruhigt und das Wesen des Menschen im Gang der Ereignisse erkennt, der ja immer nur wie die dichtgedrängten Bäume im Wald nach Auswegen zum Licht sucht. Jonka aber hatte schon vom Zauber der großen Zeit gekostet. Sie hatte ihre außerordentliche Begabung verloren, denn das Geheimnis, das Magische und Ungewöhnliche bieten Erkenntnis nur für das Veränderliche in der Natur; Jonka aber war die Natur selbst geworden, gekleidet in Frauensachen und mit dem Schleier des Alters vor den Augen.

11

Es war eine lauschige Sommernacht. Es roch nach hingeduckten Blumen und verbranntem Benzin. Die Sterne durchstießen den Neonvorhang der Straßenbeleuchtung, leuchteten fern, verlockend und voller Herzlichkeit. In ihre verhärteten Augäpfel drang nur Dunkelheit, erst im Inneren verwandelte sie sich in Licht. Im Wohnzimmer dudelte Jordans Tonband, dann schwieg es plötzlich, und Jonka hörte die Seufzer eines Mannes und einer Frau, deren Körper über zerknitterte Laken rieben; es hörte sich an wie Gras, das im Wind flüsterte.

Da klopfte jemand vorsichtig an ihre Tür. Ein schöner, schwarz gekleideter Jüngling mit einem heiteren Lächeln trat ein, der aussah, als könne er alles und jeden umarmen und beruhigen, bis er bereit war, ihm zu folgen. Jonka erschrak nicht. Sie hatte Vertrauen zu dem fremden Jüngling. Ihr grauer Star ließ etwas Licht durch, und ihre Augen wurden feucht.

»Bist du es?«, fragte sie.

»Ich bin es!«, bestätigte der Sprachlose.

»Ich bin so müde«, sagte Jonka.

»Ich weiß.«

»Ich kann es nicht erwarten zurückzukehren … zu mir.«

»Darum bin ich hier.«

»Ich bin bereit«, sagte Jonka, »nur … wem soll ich sie anvertrauen, wer wird sie zusammenhalten?«

»Die Zeit«, antwortete der Strahlende sanft.

»Die Zeit, mein Lieber, trennt«, seufzte Jonka, »die Zeit trennt immer!«

Da hob er langsam seine Hand, strich ihr aber nicht übers Herz. Die Nacht raschelte wie ein Gewand, aber Jonka wollte sie nicht ausziehen.

»Gut«, sagte der Wortlose, »dein ist die Vergangenheit, dein möge auch die Zukunft sein. Du wirst ewig leben … Verzeih mir, dass ich dich so unauslöschlich bestraft habe!« Er lächelte noch ein letztes Mal und verschwand sofort.

Am anderen Morgen erwachte Jonka mit dem Gefühl, zehn Jahre jünger geworden zu sein. Der silberne Zopf in ihrem Nacken war nicht mehr so schwer, der graue Star wich zurück, und ihre Augen sahen klar auf die Leiden der Welt. Die Entfernung bis zum Fenster erschien ihr leicht überwindbar, Nedas Worte sanft und hingebungsvoll. Sie hörte, wie die Schwangere sich im Bad übergab, und empfand Schmerz. Dann kramte sie das lange nicht angerührte Strickzeug hervor und strickte ein paar Maschen. Die Ewigkeit würde ja doch eine sehr erschöpfende, langsame und endlose Strickerei sein.

Noch am selben Abend fragte sie sich fieberhaft: Was hieß das überhaupt, ewig zu leben? Dass die starben, die sie liebte, dass alles verging, in dem ein Stück von ihr war, und nur sie zurückblieb? Was sollte sie dann noch zusammenhalten außer Erinnerungen, Todestage und kosmische Stille?

Der luftig gekleidete, unbekümmerte Sommer verging und ließ den Herbst die Welt mit seiner Reife und Besonnenheit vergolden; bis zum Feiertag des gegenseitigen Vergebens im März war es noch lang. Da bat Jonka Assen scheu, doch noch einmal alle Verwandten zu versammeln. Jeder brachte mit, was zu ihm gehörte. Emilia einen trüb gewordenen Theaterspiegel, Georgi Pantov eine silberne Uhr, die auch die Mondphasen anzeigte, Assen sein Buch »Psychologie und Technik der Macht«, Alexander Weltschev seine Gesichtslosigkeit, seine Frau Ljuba ihre unauslöschliche Scham, Jordan sein aufgesetztes Fernsehmoderatorenlächeln, Neda ihren mit Zukunft gefüllten Bauch. Jonka ging um sie herum, berührte sie mit dem Abstand ihrer Jahre, erriet ihre verborgenen Gedanken und sagte:

»Ihr alle seid voller Sünde! Heute ist nicht Vergebungstag, aber ich vergebe euch, vergebe euch heute und für immer! Bald wird etwas mit mir geschehen. Mir tut das Herz weh, wenn ich fernsehe, wenn ich diese erstarrte und gequälte Welt auf dem Bildschirmauge versammelt sehe, das du öffnen und schließen kannst, wie du magst. Seid nun rein und würdig vor mir, solange ich noch unter euch bin. Wenn es aber an mir vorübergeht, befreie ich euch wieder zur Sünde!«

Die Herbstregen gingen vorbei, und eines Morgens fiel plötzlich glöckchengleich der erste feine Schnee. Die Erde wurde weiß wie die Seele eines Kindes, die Spatzen verzogen sich. In der Nacht vom 15. auf den 16. Oktober verspürte Neda plötzlich Wehenkrämpfe; da stieß jemand kräftig ans Tor, wollte hinaus. Wie der Schmerz aus dem Menschen hinauswill. Wie das Licht in der Morgendämmerung.

Jordan und sie machten sich auf den Weg zum Krankenhaus, Jonka geleitete sie bis zur Tür und blieb allein zurück. Unbehaust allein. Vergessen sogar von sich selbst, so allein. Sie legte sich hin, schlief aber nicht ein. Sie wartete, bis die Welt gegen Mitternacht eingedämmert war, wischte sich zwei letzte Tränen aus ihren sehenden Augen und bat ihn vertraulich, zu kommen.

Er betrat ihr Zimmer durchs Fenster mit milden Augen und einem aus dem Dunkel gesammelten Lächeln, ging um die Nähmaschine herum, schob das Strickzeug zur Seite, in dessen letzten Maschen sich seine Worte verflochten, dann setzte er sich auf die Kante ihres Bettes, das plötzlich ganz leicht wurde. Er war schön und frei von Sünde wie der Tod.

»Da bin ich«, sagte der Sprachlose.

»Ich habe dich gerufen, weil der Vergebungstag noch so weit ist«, erwiderte Jonka zutraulich. »Ich habe ihnen schon vergeben, habe ihre Sünden jetzt und immerdar auf mich genommen. Mehr gibt es für mich hier nicht mehr zu tun. Nimm mich mit dir.«

»Aber du bist unsterblich«, antwortete der Strahlende grausam. Du bist ja nur Zukunft. Wie soll ich dich da mitnehmen, und wohin?«

»In die Vergangenheit«, bat Jonka tapfer.

Er lächelte sanft, zog sein Jackett aus, und aus seinen Schulterblättern wuchsen Flügel.

»Du hast deine Wahl getroffen … Ich werde versuchen, dich im Schlaf zu entführen. Doch es wird rückwärts gehen und so lange dauern wie das Leben.«

Und er führte sie durch die Weiten der Zeit, als flösse die Donau aufwärts. Sie kamen an der Klokotnitza-Straße vorbei, wo sie sich von Bekannten und Nachbarn verabschiedete; dann bestieg sie rückwärts den Zug, mit dem sie nach Sofia gekommen war, und die rauchende Lokomotive schob die angehängten Waggons mit dem letzten an der Spitze zurück nach Widin. Die Zigeuner nahmen ihre Zinnarmbänder von ihrem Hof mit und gingen in ihr Viertel zurück, die Frauen trugen die trockene, schmutzige Wäsche vom Fluss zurück in ihre Häuser, kurz, Jonka sah alles wie in einem Film, der rückwärts lief. Assen wurde gefährlich jung und immer jünger, bis er in Jana und ihrem untröstlichen Schicksal verschwand; Ilija baute voll aggressiver Ungeduld seine Fabrik und seinen großen Traum ab; ihr anderer Bruder Panto nahm sich die Schlaufe aus Zaumzeug vom Hals und wurde wieder Bankier, Gesellschaftsschneiderin Dora löste die Nähte von Ginas pompösen Kleidern, dann stand Jonka vor dem brennenden Wahnsinn der Herberge, bis der hell auflodernde Brand in seinen Zündfunken zurückfand; schließlich erblickte sie auch ihren ältesten Bruder, Jordan, schrecklich in seinem blutigen Geheimnis, sah, wie sie sich in ihren Mann Todor verliebte, dem der im Balkankrieg von einem Geschütz abgerissene Arm wieder angewachsen war. Es war qualvoll und grausam, denn Jonka verlor ihr Gedächtnis, und mit dem Gedächtnis auch ihre Liebe! Ihr ganzes Leben kehrte in eine arme Kindheit zurück und näherte sich dem Dunkel des Beginns. Ihre Seele leerte sich; nun war sie schon ein Säugling, in Windeln gewickelt. Das Letzte, was sie sah, war die Donau, der prachtvollewige Strom. Dann versank Jonka in der Gebärmutter Petrunizas, genau im selben Moment, in dem Neda gebar.

12

Das Jahr 1976 ging zu Ende, als ein Mädchen auf die Welt kam, das die Sippe der Weltschevs fortführen und den klangvollen Namen seiner Großmutter, Jana, tragen sollte. Der Arzt lächelte erschöpft, klatschte dem Kind auf den Rücken, damit es zu weinen begänne. Es blinzelte, betrat das Leben mit Geschrei, erkannte das Licht, rieb sich an der groben Haut der Luft und empfand sein erstes Leid in dieser sündigen Welt. Die Augen des Kindes waren blau, so blau wie die Zeit, und es hatte ein Gesicht, faltig und weise wie das einer uralten Frau.

Lojze Kovačič im dtv

»Mag seine Chronik belegen, dass ›Menschenleben der Mode unterworfen‹ sind, so beweist sie auch, dass der Atem der Literatur weiter reicht.«
Andreas Breitenstein in der ›Neuen Zürcher Zeitung‹

Die Zugereisten
Eine Chronik · Erstes Buch
ISBN 978-3-423-**13642**-6

Über Nacht muss die Familie des zehnjährigen Erzählers Basel verlassen und nach Slowenien zurückkehren, von wo der Vater einst ausgewandert war, denn Bürger ohne eidgenössischen Pass werden im Jahr 1938 aus der Schweiz ausgewiesen. Aus der Sicht des Kindes und zugleich mit dem sezierenden Blick des Außenseiters protokolliert Kovačič das vergebliche Bemühen der Familie, in der alten, neuen Heimat wieder Fuß zu fassen.

Die Zugereisten
Eine Chronik · Zweites Buch
ISBN 978-3-423-**13756**-0

Ljubljana 1941: Der Krieg hat Jugoslawien erreicht, Terrorakte gehören zum Alltag, das tägliche Leben ist von Misstrauen geprägt. Seit ihrer Ausweisung aus der Schweiz kämpfen der dreizehnjährige Ich-Erzähler und seine Familie ums Überleben. Packend und dicht berichtet Kovačič vom Heranwachsen in einer besetzten Stadt und vom sozialen Abstieg einer Familie.

Die Zugereisten
Eine Chronik · Drittes Buch
ISBN 978-3-423-**14063**-8

Mai 1945: Titos siegreiche Partisanenarmee hält triumphierenden Einzug in der slowenischen Hauptstadt Ljubljana. Eine neuerliche Zeitenwende steht bevor, und bald darauf gerät der siebzehnjährige Bubi zwischen die Fronten. Er schlägt sich durch, landet immer wieder im Gefängnis und findet schließlich im Schreiben seine Berufung und eine neue Heimat.

Alle Titel wurden übersetzt von Klaus Detlef Olof